U1018030

话说中华五千年

隋唐五代史演义（上）

(清) 褚人获 许慕羲 著

中国文史出版社

图书在版编目（CIP）数据

隋唐五代史演义 /（清）褚人获，许慕羲著 .-- 北京：中国文史出版社，2018.6
（话说中华五千年）
ISBN 978-7-5205-0297-9

Ⅰ.①隋… Ⅱ.①褚… ②许… Ⅲ.①章回小说－中国－清代 Ⅳ.① I242.4

中国版本图书馆 CIP 数据核字 (2018) 第 113460 号

责任编辑：秦千里

出版发行：中国文史出版社
社　　址：北京市海淀区西八里庄 69 号院　邮编：100142
电　　话：010-81136606　81136602　81136603（发行部）
传　　真：010-81136655
印　　装：廊坊市海涛印刷有限公司
经　　销：全国新华书店
开　　本：16 开
印　　张：46.25
字　　数：984 千字
版　　次：2019 年 5 月北京第 1 版
印　　次：2019 年 5 月第 1 次印刷
定　　价：158.00 元

文史版图书，版权所有，侵权必究。
文史版图书，印装错误可与发行部联系退换。

出版说明

《隋唐五代史演义》包括《隋唐演义》和《五代史演义》两种。

《隋唐演义》,共一百回,清代褚人获著。作者以《隋唐志传通俗演义》为底本,参考明刊本《大唐秦王词话》、无名氏《隋炀帝艳史》以及唐宋传奇、戏曲、民间传说等材料,广采博收,精心编撰成此书。

全书始于隋文帝灭陈,终于唐肃宗平定安史之乱,唐玄宗自蜀返回长安,西内驾崩。主要叙述了三个方面的故事:一是隋末群雄聚义,秦琼、徐懋功、程咬金、李靖、尉迟恭、罗成等人反隋兴唐的英雄传奇故事;二是隋炀帝弑父篡权,荒淫灭国的宫闱故事;三是唐太宗李世民收纳反隋英雄,玄武门杀兄夺权,开创大唐盛世的武功文治,以及唐玄宗宠爱杨贵妃导致安史之乱的悲剧结局。

褚人获(1635-1682),字稼轩,又字学稼,号石农、没世农夫。清初文学家,著有《坚瓠集》《读史随笔》《续蟹集》《退佳琐录》等作品。

《五代史演义》,共三十五回,民国许慕羲著。作者自言,本书材料悉尊历史,朝野大事,采取无遗,可作正史读。其内容上起朱梁篡唐,下迄陈桥兵变。写作风格上,明白顺畅,务使妇孺皆可阅读。

作者生平不详,著有《宋宫十八朝演义》《元宫十四朝演义》等作品。

目 录

隋唐演义

五代史演义

隋唐演义

（清）褚人获　著

竇皇后
唐高祖
裴寂
劉文靜

唐太宗
長孫皇后
巢剌王妃
元吉
建成

王伯當
李密
竇建德
王世充
單雄信

柴紹
尉遲敬德
秦瓊
程知節
平陽公主

李靖
紅拂妓
虬髯客
李勣
即徐懋功

杜如晦
房玄齡
魏徵
王珪

唐高宗
長孫無忌
王皇后
褚遂良
蕭淑妃

裴行儉
劉仁軌
婁師德
薛仁貴

武承嗣
張昌宗
武則天
太平公主
狄仁傑

張柬之
上官婉兒
韋后
唐中宗
武三思

安樂公主
唐玄宗
唐睿宗
姚崇
宋璟

楊國忠
安祿山
楊貴妃
高力士

張九齡
李白
張說
杜甫
駱賓王

李光弼
郭子儀
張巡
顏真卿
許遠

史思明
唐肅宗
張良娣
李輔國

藥葛羅
回紇太子
唐代宗
唐德宗
僕固懷恩

段秀實
盧杞
朱泚
李泌
陸贄

韓愈
李愬
唐順宗
唐憲宗
裴度

唐敬宗
唐穆宗
郭太后
宋若昭
岐陽公主

牛僧孺
李德裕
唐文宗
唐武宗
仇士良

鄆王漼
唐懿宗
唐宣宗
郭淑妃
同昌公主

唐僖宗
王仙芝
田令孜
黃巢

昭宣帝
劉季述
唐昭宗
何皇后
韓全誨

崔胤
王建
朱温
李茂貞
李克用

第一回　隋主起兵伐陈　晋王树功夺嫡

诗曰：

繁华消歇似轻云，不朽还须建大勋。
壮略欲扶天日坠，雄心岂入驽骀群。
时危俊杰姑埋迹，运启英雄早致君。
怪是史书收不尽，故将彩笔谱奇文。

从来极富、极贵、极畅适田地，说来也使人心快，听来也使人耳快，看来也使人眼快；只是一场冷落败坏根基，都藏在里边，不做千古骂名，定是一番笑话。馆娃宫、铜雀台，惹了多少词人墨客，嗟呀嘲诮。止有草泽英雄，他不在酒色上安身立命，受尽的都是落寞凄其，倒会把这干人弄出来的败局，或是收拾，或是更新，这名姓可常存天地。但他名姓虽是后来彰显，他骨格却也平时定了。譬如日月：他本体自是光明，撞在轻烟薄雾中，毕竟光芒射出，苦是人不识得；就到后来称颂他的，形之纸笔，总只说得他建功立业的事情，说不到他微时光景。不知松柏，生来便有参天形势；虎豹小时，便有食牛气概。说来反觉新奇。我未题这人，且把他当日遭际的时节，略一铺排。这番勾引那人出来，成一本史书，写不到人间并不曾知得的一种奇谈。可是：

器当盘错方知利，刃解宽髀始觉神。
由来人定天能胜，为借奇才一起屯。

从古相沿，剥中有复：虞，夏，商，周，秦，汉，三国，两晋。晋自五马渡江，天下分而为二，这叫做南北朝。南朝刘裕篡晋称宋，萧道成篡宋称齐，萧衍篡齐称梁，陈霸先篡梁称陈。虽然各有国号，绍袭正统，名为天子，其实天下微弱，偏安江左。北朝在晋时，中原一带地方，到被汉主刘渊、赵主石勒、秦主苻坚、燕主慕容廆、魏主拓拔珪诸胡人据了，叫做五胡乱华，是为北朝。魏之后乱离，又分东西。东西二魏，一边为高欢之子高洋篡夺，改国号曰齐；一边被宇文泰篡夺，改国号曰周。周又灭齐，江北方成一统。这时，周又生出一个杨坚，小字那罗延，弘农郡华阴人也，汉太尉震八代孙。乃父杨忠，从宇文泰起兵，赐姓普六茹氏，以战功封隋公。生坚时，母亲吕氏梦苍龙踞腹而生。生得目如曙星，手有奇文，俨成王字。杨忠夫妻知为异相。后来有一老尼对他母亲道："此儿贵不可言，但须离父母方得长大，贫尼愿为抚视。"其母便托老尼抚育。奈这老尼，止是单身住庵，出外必托邻人看视。这日老尼他出，一个邻媪进庵，正将杨坚抱弄，忽见他头出双角，满身隐起鳞甲，宛如龙形。邻媪吃了一惊，叫声"怪物"，向地下一丢。恰好老尼归来，连忙抱起，惋惜道："惊了我儿，迟他几年皇帝！"总是天将混一天下，毕竟产一真人。

自此数年，杨坚长成。老尼将来，送还杨家。未几，老尼物故。后来杨忠亦病亡，杨坚遂袭了他职，为隋公。其时，周武帝见他相貌魁奇，好生猜忌，累次着人相他。相者知他后有大福，都为他周旋。他也知道周武帝相疑，将一女夤缘做了太子妃，以固宠。直至周武帝晏驾，太子即位，是为宣帝。宣帝每有巡幸，以后父故，恒委坚以居守。宣帝庸懦，杨坚羽翼已成，竟篡夺了周国，国仍号隋，改年号为开皇元年。正是：

莽因后父移刘祚，操纳娇儿覆汉家。
自古奸雄同一辙，莫将邦国易如花！

隋主初即位，立独孤氏为皇后，世子勇为太子，次子广封为晋王。打起一番精神，早朝晏罢。又因独孤皇后悍妒非常，成全他不近女色。更是在朝将相，文有李德林、高颎、苏威，武有杨素、李渊、贺若弼、韩擒虎。君明臣良，渐有拓土开疆、混一江表意思。

若使江南人主也能励精图治，任用贤才，未知鹿死谁手。无奈创业之君多勤，守成之君多逸。创业之君亲正直，远奸谀；守成之君恶老成，喜年少。更是中材之君，还受人挟持；小有才之君，便不由人驾驭。

这陈主叔宝，也是一个聪明颖异之人；奈是生在南朝，沿袭文弱艳丽的气习，故此好作诗赋。又撞着两个东宫官：一个是孔范，一个是江总，又乃薄有才华、没些骨鲠的人。自古道："诗为酒友，酒是色媒。"清闲无事，诗赋之余，不过酒杯中快活，被窝里欢娱，台池的点缀，打点一段风流性格，及时取乐。始得即位，不说换出他一副肝肠，倒越畅快了许多志气，升江总为仆射，用孔范作都官尚书。君臣都不理政务，只是陪宴、和诗过了日子。陈主又在龚贵嫔位下，寻出一个美人，姓张，名丽华，发长六尺，光可鉴物；更是性格敏慧，举止娴雅，浅笑微颦，丰华入目；承颜顺意，婉娈快心。还有一种妙处：肯荐引后宫嫔御。一时龚、孔二贵嫔，王、李二美人，张、薛二淑媛，袁昭仪、何婕妤、江修容，并得贯鱼承宠。陈主那有闲暇理论朝廷机事？就有时披览百官章奏，毕竟自倚着隐囊，把张丽华放在膝上，两人商议断决。妇人有甚远见？这里不免内侍乘机关节，纳贿擅权；又且孔范与孔贵嫔结为兄妹，固宠专政。当时只晓有江、孔，不知有陈主了。

檀口歌声香，金樽酒痕绿。
一派绮罗筵，障却光明烛。

况是有了一干娇艳，须得珠珰玉佩，方称着螓首峨眉；翠缥锦衾，方称着柳腰桃脸。山珍海错、金杯玉斝，方称他舞妙清讴；瑶室琼台、绣屏象榻，方称他花营柳阵；不免取用民间。这番便惹出一班残刻小人：施文庆、沈客卿、阳惠朗、徐哲、暨慧景，替他采山探海，剥众害民。在光昭殿前起临春、结绮、望仙三座大阁，都高数十丈，开广数十间。栏槛窗牖，都是沉香做就；还镶嵌上金玉珠翠，外布珠帘。里边列的是宝床玉几，锦账翠帷。且是一时风流士女，绝会妆点。在太湖、灵璧、两广，购取奇石，叠作蓬莱，山边引水为池，文石为岸，白石为桥，杂植奇花异卉。正是：

直须阆苑还堪比，便是阿房也不如。

陈主自住临春阁，张丽华住结绮阁，龚、孔二贵嫔住望仙阁。三阁都是复道回廊，委宛相通，无日不游宴。外边孔范、江总，还有文士常侍王瑳等；里边女学士袁大舍等，都是陪从。酒酣，命诸妃嫔及女学士江、孔诸人，赋诗赠答，陈主与张丽华品题，各有赏赐；把极艳丽的，谱在乐中。每宴，选宫女数千人，分番歌咏，焚膏继晷，辄为长夜之饮。说不尽繁华的景象、风流的态度。正是：

费辄千万钱，供得一时乐。
杯浮赤子膏，筵列苍生膜。
宫庭日欢娱，闾里日萧索。
犹嫌白日短，醉舞银蟾落。

消息传入隋朝，隋主便起伐陈之意。高颎、杨素、贺若弼，都上平陈之策。正在议论之间，忽然晋王广请领兵伐陈，道："叔宝无道，涂炭生民。天兵南征，势同压卵；若或迁延，叔宝殒灭，嗣以令主，恐难为功。臣请及时率兵讨罪，执取暴君，混一天下。"看官们，你道征伐是一刀一枪事业，胜负未分，晋王乃隋亲王，高爵重禄，有甚不安逸，却要做此事？只为晋王乃隋主次子，与太子勇俱是独孤皇后所生。皇后生晋王时，朦胧之中，只见红光满室，腹中一声响亮，就像雷鸣一般，一条金龙突然从自家身子里飞将出来。初时觉小，渐飞渐大，直飞到半空中，足有十余里远近，张牙舞爪，盘旋不已。正觉好看，忽然一阵狂风骤起，那条金龙不知怎么竟坠下地来，把个尾掉了几掉，便缩做一团。细细再一看时，却不是条金龙，倒像一个牛一般大的老鼠模样。独孤后着了一惊，猛然醒来，随即生下晋王。隋主闻知皇后梦见金龙摩天，故晋王小名叫做阿摩。独孤后大喜道："小名佳矣！何不并赐一个大名？"隋主道："为君须要英明，就叫做杨英罢。"又想道："创业虽须英明，守成还须宽广，不如叫杨广。"正是：

元鸟赤龙曾降兆，绕星贯月不虚生。
虽然德去三皇远，也有红光满禁城。

只因独孤后爱子之心甚切，时常在晋王面前说那生时的异兆。晋王却即不甘为人下，因自忖道："我与太子一样弟兄，他却是个皇帝，我却是个臣子。日后他登了九五，我却要山呼万岁去朝他。这也还是小事。倘有毫厘失误，他就可以害得我性命。我只管战战兢兢去奉承他，我平生之欲，如何得遂？除非设一计策，谋夺了东宫，方遂我一生快乐。只是没有些功劳于社稷，怎得到这个地位？"左思右想，想得独孤最妒，朝臣中有蓄妾生子的，都劝隋主废斥。太子因宠爱姬妾云昭训，失了皇后的欢心。晋王乘机，阳为孝谨，阴布腹心，说他过失，称己贤孝。到此又要谋统伐陈兵马，贪图可以立功；且又总握兵权，还得结交外臣，以为羽翼。

却喜隋主素是个猜疑的人，正不肯把大兵尽托臣下，就命晋王为行军兵马大元帅，杨素为行军兵马副元帅，高颎为晋王元帅府长史，李渊为元帅府司马。这高颎是渤海人，字昭玄；生来足智多谋，长于兵事。李渊，成纪人，字叔德，胸有三乳；曾在龙门破贼，发七十二箭，杀七十二人。更有两个总管：韩擒虎、贺若弼——都是杀人不眨眼的魔君——为先锋，自六合县出兵；杨素由永安出兵，自上流而下。一行总管九十员，胜兵六十万，俱听晋王节制。各路进发，东连沧海，西接川蜀，旌旗舟楫，连接千里。

陈国屯守将士，雪片告急。施文庆与沈客卿遏住不奏。及至仆射袁宪陈奏，要于京口、采石两处添兵把守，江总又行阻挠。这陈主也不能决断，道："王气在此，齐兵三来，周师再来，无不涣败，彼何为者耶！"孔范连忙献谄说："长江天堑，天限南北，人马怎能飞渡？总是边将要作功劳，妄言事急。臣每患官卑，隋兵若来，臣定作太尉公矣！"施文庆道："天寒人马冻死，如何能来？"孔范又道："可惜冻死了我家马。"陈主大笑，叫袁宪众臣无可用力。这便是陈国御敌的议论了。饮酒奏乐，依然如故。

北来烽火照长江，血战将军气未降。
赢得深宫明日月，银筝檀板度新腔。

到了祯明二年正月元旦，群臣毕聚。陈主夜间纵饮，一睡不醒，直到日暮方觉。不期这日贺若弼领兵，已自广陵悄悄渡江。韩擒虎又带精兵五百，自横江直犯采石。守将徐子建一面奏报，一面要率兵迎敌。元旦各兵都醉，没一个拈得枪棒的。子建只得弃了兵士，单舸赶至石头。又值陈主已醉，自早候至晚，才得引见。回道："明日会议出兵。"

次日鬼混了一日。到初四日，分遣萧摩诃、鲁广达等出兵拒战。内中萧摩诃，要乘贺若弼初至钟山，击其未备；任忠要精兵一万，金翅三百艘，截其后路。都是奇策，陈主都不肯听。到了初八日，督各将鏖战。其时，止得一个鲁广达竭力死斗，也杀贺若弼部下三百余人。孔范兵一交就走。萧摩诃被擒。任忠逃回，陈主也不责他，与他两柜金银，叫他募人出战。谁知他到石子冈，撞着擒虎，便率兵投降，反引他进城。这时城中士庶乱窜，莫不逃生。陈主还呆呆坐在殿上，等诸将报捷。及至听得北兵进城，跳下御座便走。袁宪一把扯住道："陛下尊重，衣冠御殿，料他不敢加害。"陈主道："兵马杀来，不是耍处！"挣脱飞走，赶入后宫，寻了张贵妃、孔贵嫔，道："北兵已来，我们须向一处躲，不可相失！"左手绾了贵妃，右手绾了贵嫔，走将出来。行到景阳井边，只听得军声鼎沸，道："罢，罢，去不得了，同一处死罢！"将自投于井。后阁舍人夏侯公韵以身蔽井，陈主与争久之，乃一齐跳入井中。喜是冬尽春初，井中水涸，不大沾湿，后主道："纵使躲得过，也怎生出得去？"

凯歌换却后庭花，箫鼓番成羯鼓挝。

王气六朝今日歇，却怜竟作井中蛙！

三人躲了许久，只听得人声喧闹，却是隋兵搜求珠宝宫女。只见正宫沈后，端处宫中；太子深闭阁而坐。单不见了陈主。众军四下搜寻。有宫人道："曾见跑到井边的，莫不投水死了？"众军闻得，都来井中探望。井中深黑，微见有人，忙下挠钩去搭。陈主躲过，钩搭不着。众军无计，遂将石块投井中，试看深浅，好下井找寻。陈主见飞下石子，大喊起来道："不要打我！快把绳子抛下，扯了我起来！"众兵急取长绳，抛钩数十丈。又等半日，听得陈主道："你等用力扯，我有金宝赏你，切不可扯不牢跌坏我！"初时两人扯，扯不动；又加两人，也扯不动。这些人道："毕竟他是个皇帝，所以骨头重。"一个道："毕竟是个蠢物！"及至发声喊，扯得起来，却是三个人，与张贵妃、孔贵嫔同束而上，故这等沉重。众人一齐笑将起来。宋王元甫有诗曰：

隋兵动地来，君王尚晏安。
须知天下窄，不及井中宽。
楼外烽交白，溪边血染丹。
无情是残月，依旧凭栏干。

众人簇拥了陈主，去见韩擒虎。陈主倒也官样相见，一揖。晚来，贺若弼自外掖门入城，呼后主相见。后主见他威风凛凛，不觉汗流股战。贺若弼看了笑道："不必恐惧，不失作一归命侯！"着他领了宫人，暂住德教殿，外边分兵围守。这时晋王率兵在后，先着高颎、李渊抚安百姓，禁止焚掠。驰入建康，两人正在省中，出来晓谕黎庶，禁约士卒，拘拿陈国乱政众臣。

只见晋王向来矫情镇物，不近酒色。此时他远离京师，且又闻得张丽华妖艳，着高颎之子记室高德弘驰到建康，来取张丽华。高颎道："晋王身为元帅，伐暴救民，岂可先以女色为事？"不肯发遣。高德弘道："大人，晋王兵权在手，取一女子，抗不肯与，恐至触怒。"李渊便道："高大人，张、孔狐媚迷君，窃权乱政；以国覆灭，本于二人。岂容留此祸本，再秽隋氏？不如杀却，以绝晋王邪念。"高颎点头道："正是。昔日太公蒙面斩妲己，恐留倾国更迷君也。今日岂可容留丽华，以惑晋王哉！"便吩咐并孔贵嫔取来，斩于清溪。高德弘苦苦争阻，不听。

秋水丰神冰玉肤，等闲一笑国成芜。
却怜血染清溪草，不及西施泛五湖。

张、孔二美人既斩，弄得个高德弘索兴而回。回至行营参谒，那晋王笑容可掬道："丽华到了么？"高德弘恐怕晋王见怪，把这事都推在李渊身上，道："下官承命去取，父亲不敢怠慢，着备香车细辇，还选美貌嫔御十人，陪送军前。"晋王笑道："非着记室往取，高长史也未必如此知趣。"高德弘道："只是可奈李渊，他言祸水不可容留，连孔贵嫔都斩了！”晋王听了失惊，道：“你父亲怎不作主？”德弘道：“臣与父亲再三阻挡，必不肯听，还责下官父子做美人局，愚弄大王。”晋王大怒道：“可恶这厮！他是酒色之徒，一定看上这两个美人，怪我去取，他故此捻酸杀害。”却又叹息道：“这也是我一时性急，再停两日，到了建康，只说取陈叔宝一干家属起解，那时留下，谁人阻挡？就李渊来劝谏，只是不从，也没奈我何。这便是我失算，害了两个丽人。”临后恨恨的道：“我虽不杀丽华，丽华由我而死。毕竟杀此贼子，与二姬报仇！”当下一场懊恼散了，早已种下祸根。

头悬白下惩亡陈，谁解匡君是忤君？
羡是鸱夷东海畔，智全越国又全身。

晋王因此一恼，到免强做个好人。一到建康，拿过施文庆，道他受委不忠，曲为谄佞；沈客卿重敛逢君；阳慧朗、徐哲、暨慧景，侮法害民；时为五佞，都将来斩在石关前。又把孔范、王瑳等投于边裔，以息三吴民怨。使元帅府记室裴矩，收图籍，封府库，一无所取，以博贤声。又道贺若弼先期决战，有违军令；李渊怠惰不修职事，上疏纠劾，请拘拿问。隋主知平陈，若弼首功，渊居官忠直，俱免罪。还先召回若弼，赐绢万段。

其时各处未定州郡，分遣各总兵督兵征服；川蜀、荆楚、吴越、云贵，皆归版图，天下复统于一。惟岭南未有所附，数郡共奉高凉郡石龙夫人洗氏为主。夫人，陈阳春太守冯宝之妻，冯仆之母也。闻隋破陈，夫人亲自起兵，保全四境，筑城拒守，众号圣母，谓其城曰“夫人城”。隋遣柱国韦洸，安抚岭外。夫人拒之，洸不得进。晋王遣陈主遗夫人书，谕以国亡，使之归隋。夫人得书，集首领数千人，尽日恸哭，北面拜谢后，始遣其孙盎，率众迎洸入广州。夫人亲披甲胄，乘介马，张锦伞，引彀骑卫从，载诏书称使者，宣谕朝廷德意，历十余州，所至皆降。凡得州三十，郡一百，县四百。封盎为仪同三司，册夫人为宋康郡太夫人，赐临振县为汤沐邑；一年一贡献，三年一朝觐。时人作诗，以美其事，有“锦车朝促候，刁斗夜传呼”，及“云摇锦车节，月照角端弓”之句。智勇福寿，四者俱全。年八十余而终，称古今女将第一。

不说那谯国夫人之事。却说是年三月，晋王留王韶镇守建康，自督大军，与陈主与他宗室嫔御文武百司，发建康。四月至长安，献俘太庙。拜晋王为太尉，赐辂车衮冕之服、玄圭白璧。杨素封越公，贺若弼、韩擒虎并进上柱国。若弼封宋公。擒虎因放纵士卒，淫污陈宫，不与爵邑。高颎加上柱国，进爵齐公。李渊升卫尉少卿，因是晋王恼他，不与叙功，反劾他，故此他封赏极薄。李渊也不介意。喜是晋王复奉旨出镇扬州，不得频加谮害。但是晋王威权日盛，名望日增，奇谋秘计之士，多入幕府。他图谋非望之心越急了。

四皓招来羽翼成，雄心岂肯老公卿。
直教豆向釜中泣，宁论豆萁一体生。

况且内有独孤后为之护持，外有宇文述为之计画，那有图谋不遂的理？但未知隋主意下如何，且听下回分解。

第二回　杨广施谗谋易位　独孤逞妒杀宫妃

诗曰：

人谓骨肉亲，我谓谗间神。
嫌疑乍开衅，宵小争狺狺。
戈矛生笑底，欢爱成怨嗔。
能令忠孝者，衔愤不得伸。
巧言固如簧，萋菲成贝锦。
此中偶蒙蔽，觌面犹重阃。
心似光明烛，人言自不侵。
家国同一理，君子其敬听。

常言木有蠹，虫生之。心中一有爱憎，受者便十分倾轧。隋自独孤皇后有不喜太子勇的念头，被晋王窥见，故意相形，知他怪的是宠妾，他便故意与萧妃相爱，把平日一段好色的心肠，暂时打叠。知他喜的是俭朴，他便故意饰为节俭模样，把平日一般奢华的意气，暂时收拾。不觉把独孤皇后爱太子的心，都移在他身上。这些宦官宫妾，见皇后有些偏向，自然偷寒送暖，添嘴搠舌。循规蹈矩的事体，不与他传闻；有一不好，便为他张扬起来。晋王宫中有些劣处，都与他掩饰；略有好处，一分增作十分，与他传播。况且又当不得晋王与萧妃把皇后宫中亲信的异常款待，就是平常间，皇后宫人内竖往来，尽皆赏赐。谁不与他在皇后前称赞？

此时晋王已知事有七八分就了。他又在平陈时结识下一个安州总管宇文述，因他足智多谋，人叫做小陈平。晋王在扬州便荐他做寿州刺史，得以时相往来。一日与他商议夺嫡之事。宇文述道："大王既得皇后欢心，不患没有内主了。但下官看来，还有三件事：一件皇后虽然恶太子，爱大王，却也恶之不深，爱也不甚。此行入朝，大王须做一苦肉计，动皇后之怜，激皇后之怒，以坚其心。这在大王还有一件，外边得一位亲信大臣，言语足以取信圣上，平日进些谗言，当极力为撺掇；这便是中外夹攻，万无一失了。但只是废斥易位，须有大罪，这须买得他一个亲信，把他首发。无事认作有，小事认作大，做了一个狠证见，他自然展辩不得。这番举动不怕不废，以次来大王不怕不立，况有皇后作主。这两件下官做得来。只是要费金珠宝玉数万金，下官不惜破家，还恐不敷。"晋王道："这我自备。只要足下为我，计在必成，他时富贵同享。"其年恰值朝觐，两个一路而来，分头作事。

巧计欲移云蔽日，深谋拟令腊回春。

一边晋王自朝见隋主及皇后；朝中宰执，下至僚属，皆有赠遗；宫中宦官姬侍，皆有赏赐。在朝各官，只有李渊，虽为旧属，但人臣不敢私交，不肯收晋王礼物。这边宇文述参谒大臣、拜望知己之后，来见大理寺少卿杨约。这杨约是越公杨素之弟。素位为尚书左仆射，威倾人主。只是地尊位绝，且自平陈之后，陈宫佳丽，半入后房；颇耽声色，不大接见人，故人有干求，都向杨约关节。他门庭如市，宇文述外官，等了许久，方得相见。送了百余金厚礼，一茶而退。

但是宇文述与杨约是平日忘形旧交，因此却来答拜。宇文述早在寓等候，延进客坐。只见四壁排列的都是周彝商鼎，奇巧玩物，辉煌夺目。杨约不住睛观看。宇文述道："这都是晋王见惠。兄善赏鉴，幸一指示。"杨约道："小弟家下金宝颇多，此类甚少，尝从家兄宅中见来，觉兄所有更胜。"见侧首排有白玉棋枰、碧玉棋子，杨约道："久不与兄交手矣！兄在此与何人手谈？"宇文述道："是随行小妾。"杨约道："是扬州娶来的了。扬州女子多长技艺。"宇文述道："棋枰在此，与兄一局何如？"便以几上商鼎为彩。宇文述故意连输了几局，把珍玩输去强半。及酒至，席上陈设，又都是三代古器，间着金杯玉斝。杨约道："这些金酒器，一定也是扬州来的。我北边无此精工。"宇文述道："兄若赏他，便以相送。"便教另具一桌盒与杨爷畅饮，这些玩器，都送到杨爷宅中。手下早已收拾送去了。

杨约还再三谦让道："这断不敢收。这是见财起意了，岂可无功食禄！"宇文述道："杨兄，小弟向为总管，武官所得不够馈送上司；及转寿州，止吃得一口水，如何有得送兄？这是晋王有求于兄，托弟转送。"杨约道："但是兄之赐，已不敢当；若是晋王的，如何可受？"宇文述道："这些须小物，何足希罕！小弟还送一场永远大富贵与贤昆玉。"杨约道："譬如小弟，果不可言富贵；若说家兄，他富贵已极，何劳人送？"宇文述笑道："兄家富贵，可云盛，不可云永。兄知东宫以所欲不遂，切齿于令兄乎？他一旦得志，至亲自有云定兴等，宫僚自有唐令则等，能专有令兄乎？况权召嫉，势召谮，今之屈首居昆季下者，安知他日不危昆季、思踞其上也？今幸太子失德，晋王素溺爱于中宫，主上又有易储之心，兄昆季能赞成之，则援立之功，晋王当铭于骨髓。这才算永远悠久的富贵。是去累卵之危，成泰山之安，兄以为何如？"杨约点头道："兄言良是。只是废立大事，未易轻诺，容与家兄图之。"两人痛饮，至夜而散。

二五方成耦，中宫有骊姬。
势看俱集菀，鹤禁顿生危。

次日宇文述又打听得东宫有个幸臣姬威，与宇文述友人段达相厚。宇文述便持金宝，托段达贿赂姬威，伺太子动静。又授段达密计道："临期如此如此。"且许他日后富贵。段达应允，为他留心。

及至晋王将要回任扬州，又依了宇文述计较，去辞皇后，伏地流涕道："臣性愚蠢，不识忌讳；因念亲恩难报，时时遣人问安。东宫说儿觊觎大位，恒蓄盛怒，欲加屠陷；每恐谗生投杼、鸩遇杯酌，是用忧惶，不知终得侍娘娘否？"言罢呜咽失声。皇后闻言曰："睍地伐（太子小字）渐不可耐，我为娶元氏女，竟不以夫妇礼待之，专宠阿云！使有如许豚犬，我在汝便为所凌，倘千秋万岁后，自然是他口中鱼肉。使汝向阿云儿前，稽首称臣讨生活耶！"晋王闻皇后言，叩首大哭。皇后安慰一番，叫他安心回去，非密诏不可进京；不得轻过东宫，停数月，我自有主意。晋王含泪而出。宇文述道："这三计早已成了！"

柳迎征骑邗沟近，日掩京城帝里遥。
八乌已看成六翮，一飞直欲薄云霄！

一废一兴，自有天数。这杨约得了晋王贿赂，要为他转达杨素。每值相见，故作愁态。一日杨素问他："因甚怏怏？"杨约道："前日兄长外转，东宫卫率苏孝慈，似乎过执，闻太子道：'会须杀此老贼！'老贼非兄而谁？愁兄白首，履此危机。"杨约笑道："太子亦无如我何！"杨约道："这却不然。太子乃将来人主。倘主上一旦弃群臣，太子即位，便是我家举族所系，岂可不深虑？"杨素道："据你意，还是谢位避他，还是如今改心顺他？"杨约道："避位失势；纵顺，他也不能释怨。只有废得他，更立一人，不惟免患，还有大功。"杨素抚掌道："不料你有这智谋，出我意外！"杨约道："这还在速，若还迟疑，一旦太子用事，祸无日矣！"杨素道："我知道，还须皇后为内主。"

杨素知隋主最惧内，最听妇人言的，每每乘内宴时，称扬晋王贤孝，挑拨独孤皇后。妇人心肠褊窄浅露，便把晋王好、太子歹，一齐搬将出来。杨素又加上些冷言热语。皇后知他是外廷最信任的，便托他赞成废立，暗地将金宝送来嘱他。杨素初时还望皇后助他；这时皇后反要他相帮，知事必成。于是不时在隋主前搬斗是非；又日令宦官宫妾，乘隙进谗，冷一句，热一句，说他不好的去处。

正是积毁成山，三人成虎。到开皇二十年十月，隋主御武德殿，宣诏废勇为庶人。其子长宁王俨，上疏求宿卫，隋主甚有怜悯之意，却又为杨素阻住。还有一个五原公元旻直谏，一个文林郎杨孝政上书，隋主听信杨素，俱遭刑戮。杨素却快自己的富贵可以长久。到了十一月，撺掇隋主立晋王为太子，以宇文述为东宫左卫率。晋王接着旨意，先具表奏谢，随择吉同萧妃朝见，移居禁苑，侍奉父母，十分孝敬。隋主见他如此，也自欢喜，且按下不提。

却说独孤后的性儿，天生成的奇妒，宫中虽有这宫妃彩女，花一团，锦一簇，隋主只落得好看，那一个得能与他宠幸？不期一日，独孤后偶染些微疾，在宫调理。隋主因得了这一个空儿，带了小内侍，私自到各宫闲耍。在鸩鹊楼前，步了一回，又到临芳殿上，立了半晌。见那些才人、世妇、婕妤、妃嫔，成行作队，虽都是锦装绣裹，玉映金围；然承恩不在貌，桃花嫌红，李花怪白。看过多时，并无一人当意。信着步儿，走到仁寿宫来。也是天缘凑巧，只见一个少年宫女，在那里卷珠帘，见了隋主来，慌忙把钩儿放下，似垂柳般磕了一个头，立将起来，低了眼，斜傍着锦屏风站住。隋主仔细一看，只见那宫女生得花容月貌，百媚千娇，正是：

笑春风三尺花，骄白雪一团玉。
痴疑秋水为神，瘦认梨云是骨。
碧月充作明珰，轻烟剪成罗縠。
不须淡抹浓描，别是内家装束。

隋主问道："你是几时进宫的，怎么再不见承应？"那宫女见隋主问他，因跪道："贱婢乃尉迟迥的孙女，自投入宫，即蒙娘娘发在此处，不许擅自出入，故未曾承应皇爷。"隋主笑道："你且起来，今日娘娘不在，便擅自出入也不妨。"正说间，只见近侍们请回宫进晚膳。隋主道："就在此吃罢！"不多时，排上宴来，隋主就叫尉迟氏侍立同饮。尉迟氏酒量原浅，因隋主十分见爱，勉强吃了几杯，遂留在仁寿宫中宿了。次日隋主早起临朝，满心畅意道："今日方知为天子的快活！但只怕皇后得知，怎生区处？"

却说独孤后虽然有病，那里放心得下，不时差心腹宫人打听。早有人来报知这个消息。独孤后听了，怒从心上起，也顾不得自家的身体，带了几十个宫人，恶狠狠的走到仁寿宫来。此时尉迟氏梳洗毕，正在那里验臂上的蜂黄，退了多少。猛看见皇后与一队宫女，蜂拥而来，吓得他面如土色，扑碌碌的小鹿儿在心头乱撞，急忙跪下在地。

独孤后进得宫来，脚也不曾站稳，便叫："揣过这个妖狐来。"众宫人那管他柳腰轻脆，花貌娇羞，横拖的乱挽乌云，倒拽的斜牵锦带，生辣辣扯到面前。便骂道："你这妖奴，有何狐媚伎俩，辄敢蛊惑君心，乱我宫中雅化！"尉迟氏战兢兢答道："奴婢乃下贱之人，岂不知娘娘法度，焉敢上希宠幸？也是命合该死，昨晚不期万岁爷忽然到宫吃夜膳，醉了，就要在宫中留幸。贱婢再三推却，万岁爷只不肯听，没奈何只得从顺。这是万岁爷的意思，与贱婢无干，望娘娘哀怜免死。"独孤后说道："你这个妖奴，昨夜快活！不知怎么样装娇做俏，哄骗那没廉耻的皇帝。今日却花言巧语，推得这般干净！"喝宫人："与我痛打！"尉迟氏叩头："望娘娘饶命！"独孤后道："万岁爷既这般爱你，你就该求他饶命，为何昨夜不顾性命的受用，今日却来求我？你这样妖奴，我只提防疏了半点，就被你哄骗到手。今日就将你打死，已悔恨迟了，不能泄我胸中之气！怎肯又留一个祸根，为心腹之害？左右，为我快快结果他性命！"众宫人听了，一齐下手。可怜尉迟氏娇怯怯身儿，能经甚么摧残？不须利剑钢刀，早已香销玉碎。正是：

入宫得宠亦堪哀，今日残花昨日开。
一夜恩波留不住，早随白骨到泉台！

却说隋主早朝罢，满心想着昨夜的快活，巴不得一步就走到仁寿宫来，与尉迟氏欢聚。及进得宫，那晓得独孤后愁眉怒目，恶刹刹站在一边，尉迟氏花残月缺，血淋淋横在地下。猛然看见，吃了一惊，心中大怒，更不发言，往外便走。恰遇一小黄门牵马而过，隋主便跨上马，从永巷中一直径奔出朝门，逞一愤然之气，欲抛弃天下，奔入山谷中去。幸值高颎出朝见了，抵死上前阻住，叩问何故。隋主只得回马，仍至大殿，召集各官，将独孤后打死尉迟氏女说了一遍，要草诏废斥那老妇。高颎奏道："陛下差矣。陛下焦心劳思，入虎穴，探龙珠，不知费了多少刀兵，方能统一天下，正宜励精图治，以遗子孙，岂可以一妇人而轻视天下乎？”隋主怒犹未息。颎等再三申劝，方始回宫。

独孤后病中着恼，又因这一惊，病体愈加沉重；合眼只见尉迟女为厉，遂成惊痫之疾，日甚一日，不数月而崩。免不得颁诏天下，命所司议定丧葬仪制，一一如礼。后人有诗，专道独孤后之妒云：

夫婴儿兮子奇货，以爱易储移帝座。
莫言身死妒根亡，妒已酿成天下祸。

隋主自独孤后死后，宫帏寂寞，遂传旨于后宫嫔妃才人中选择美丽者进御。自有此旨，宫中人人望幸，个个思恩。谁知三千宠幸，只在一身，如何选得许多？选遍六宫，仅仅选得两个：一个是陈氏，一个是蔡氏。陈氏乃陈宣帝的女儿，生得性格温柔，丰姿窈窕，真个有沉鱼落雁之容、闭月羞花之貌。蔡氏乃丹阳人也，一样风流娇媚。隋主见了，喜不自胜，因说道：“朕老矣！情无所适。今得二卿，足为晚景之娱。”随封陈氏为宣华夫人，蔡氏为容华夫人。二人虽并承雨露，而宣华夫人宠爱尤甚。隋主自此以后，日日欢宴，比独孤后在日，更觉适意。

那隋主到底是个创业皇帝，有些正经；宫中虽然欢乐，而外廷政事，无不关心，百官章奏，一一详览，常至夜分而寝。一夜正在灯下披阅本章，不觉困倦，隐几而卧。内侍们不敢惊动，屏息以待。隋主朦胧之间，梦见己身独立于京城之上，四远瞻眺，见河山绵邈，心甚快畅。又见城上三株大树，树头结果累累。正看间，耳边忽闻有水声，依视城下，只见水流汹汹，波涛滚滚，看看高与城齐。隋主梦中吃惊不小，急急下城奔走。回头看时，水势滔天而来。隋主心下着忙，大叫一声，猛然惊醒。左右忙献上茶汤。隋主饮了一杯茶，方才拭目凝神，细想梦中光景，大非佳兆，乃洪水滔没都城之象，须要加意防河，浚治水道，以备不虞。又想此处如何便有水灾？或者人姓名中，有水傍之字的，将来为祸国家，亦未可知；须存心觉察驱除，方保无患。

梦中景象费推求，疑有疑无事可忧。
天下滔滔皆祸水，行看大业付东流！

隋主本是好察机祥小数、心多嫌忌的，今得此梦，愈加猜疑了。究竟未知此梦主何吉凶，且听下回分解。

第三回　逞雄心李靖诉西岳　造谶语张衡危李渊

词曰：

英雄气傲，硬向神灵求吉兆。行雨空中，不是真龙也学龙。
流言增忌，危矣唐公偏姓李。仙李盘根，却笑枯杨稊不生。

调寄《减字木兰花》

从来国家吉凶祸福，虽系天命，多因人事；既有定数，必有预兆。于此若能恐惧修省，便可转灾为祥。所谓妖由人兴，亦由人灭。若但心怀猜忌，欲遏乱萌，好行诛杀，因而奸佞乘机，设谋害人，此非但不足以弭灾，且适足以酿祸。

却说隋主，因梦洪水淹城，心疑有个水傍名姓之人为祸。时朝中有老臣郕国公李浑，原系陈朝勋旧，陈亡而降隋，仍其旧爵为郕公。隋主猛然想得："浑字军傍着水，其封爵为郕公，郕者城也，正合水淹城之梦。且军乃兵象，莫非此人便是个祸胎也？但其人已老，又不掌兵权，干不得甚事，除非应在他子孙身上。"因问左右："李浑有几子，其子何名？"左右奏道："李浑长子已亡，止存幼子，小名洪儿。"隋主闻洪儿两字，一发惊疑，想道："我梦中曾见城上有树，树上有果。树乃木也，树上果是木之子也，木子二字，合来正是个李字。今李家儿子的小名，恰好是洪水的洪字，更合我之所梦。此子将来必不利于国家，当即除之。"遂令内侍赍手敕至李浑家，将洪儿赐死。李浑逼于君命，不得不从。可怜洪儿无端殒命，举家号哭。后人有诗叹云：

殷高与文王，因梦得良相。
楚襄风流梦，感得神女降。
堪叹隋高祖，恶梦添魔障。
杀人当禳梦，举动殊孟浪。

隋主以疑心杀了李家之子，此事传播，早惊动了一个姓李的，陡起一片雄心。那人姓李，名靖，字药师，三原人氏。足智多谋，深通兵法，且又弓马娴熟，真个能文能武。幼丧父母，育于外家，其舅即韩擒虎也。擒虎常与他谈兵，赞叹道："可与谈孙吴者，非此子而谁？"时年方弱冠，却负大志。见隋朝用法太峻，料他国脉必不长久。闻知隋主以梦杀人，暗笑道："王者不死，杀人何益？"又想道："据梦树木生子，固当是个李字；洪水滔天，乃天下混一也。将来有天下者，必是个姓李之人。"因便想到自己身上。

一日，偶有事到华州，路经华山，闻说山神西岳大王，甚有灵应。遂具香烛，到庙瞻拜，具疏默祷道：

布衣李靖，不揆狂简，献疏西岳大王殿下。靖闻上清下浊，爰分天地之仪；昼明夜昏，乃著神人之道。又闻聪明正直，依人而行，至诚感神，位不虚矣。伏惟大王嵯峨擅德，肃爽凝威；为灵术制百神，配位名雄四岳；是以立像清庙，作镇金方。遐观历代哲王，莫不顺时禋祀。兴云致雨，天实肯从；转孽为祥，何有不赖？于乎靖也，一丈夫尔，何乃进不偶用，退不获安，呼吸若穷池之鱼，行止比失林之鸟，忧伤之心，不能已已！社稷凌迟，宇宙倾覆，奸雄竞逐，郡县土崩。兹欲建义横行，云飞电扫，斩鲸鲵而清海岳，卷氛祲以辟山河。俾万姓昭苏，庶物昌运，即应天顺时之作也。若大宝不可以据望，思欲仗剑谒节，俟飞龙在天，捧忠义之心，倾身济世，吐肝胆于阶下，惟神降鉴。愿示进退之机，以决平生之用。有赛德之时，终陈击鼓。若三问不对，亦何神之有灵？靖当斩大王之头，焚其庙宇，建纵横之略，未为晚也。惟神裁之。

祷罢，试卜一爻，暗视道："我李靖若有天子之分，乞即赐一圣爻。"将爻掷下。却也作怪，那两片爻儿，都直立于地。李靖心疑，拾起再一掷，却又依然直立。李靖见了，不觉怒从心起，挺立神前，厉声用力击桌道："我李靖若无非常之福，天生我身，亦复何用？惟神聪明，有问必答，何故两次问爻，阴阳不分？今我更卜，若不显应明示，定当斩头焚庙。"祝毕再将爻掷下。那爻在地盘旋半晌方定，看时却是个阳爻。李靖暗想道："阳为君像，亦吉兆也。"遂收爻长揖而去。一时在庙之人，见他口出狂言，也有说他亵渎神明的，也有疑他是痴呆的。正是：

燕雀安知鸿鹄志，任他肉眼笑英雄。

且说李靖是夜宿于客店，梦一神人，幞头象简，乌袍角带，手持一黄纸，对李靖道："我乃西岳判官，奉大王之命，与你这一纸。你一生之事都在上。"李靖接来展看，只见上写道：

南国休嗟流落，西方自得奇逢。红丝系足有人同，越府一时跨凤。
道地须寻金卯，成家全赖长弓。一盘棋局识真龙，好把尧天日捧。

李靖梦中看了一遍，牢记在心。那判官道："凡事自有命数，不可奢望，亦不须性急；待时而动，择主而事，不愁不富贵也。"言讫不见。李靖醒来，一一记得明白，想道："据此看来，我无天子之分，只好做个辅佐真主之人了。那神道所言，后来自有应验。"自此息了图王夺霸的念头，只好安心待时。正是：

今日且须安蠖屈，他年自必奋鹏抟。

一日，偶因访友于渭南，寓居旅舍，乘着闲暇，独自骑马，到郊外射猎游戏。时值春末夏初，见村农在田耕种，却因久旱，田土干硬，甚是吃力。李靖走得困倦，下马向一老农告乞茶汤解渴。那老农见是个过往客官，不敢怠慢，忙唤农妇去草屋中，煎出一瓯茶来，奉与李靖吃了。李靖称谢毕，仍上马前行。忽见山岩边走出一个兔儿。李靖纵马逐之。那兔东跑西走，只在前面，却赶他不着；发箭射之，那兔便带着箭儿奔走。李靖只顾赶去，不知赶过了多少路，兔儿却不见了。回马转看，不记来路，只得垂鞭信马而行。看看红日沉西，李靖心焦道："日暮途歧，何处歇宿哩？"举目四望，遥见前面林子里有高楼大厦。李靖道："那边既有人家，且去投宿则个。"遂策马前往。

到得那里看时，乃是一所大宅院。此时已是掌灯时候，其门已闭。李靖下马扣门。有一老苍头出问是谁。李靖道："山行迷路，日暮途穷，求借一宿。"苍头道："我家郎君他出，只有老夫人在宅。待我入内禀知，肯留便留。"李靖将所骑之马，系于门前树上，拱立门外待之。少顷，内边传呼："老夫人请客登堂相见。"李靖整衣而入。里面灯烛辉煌，堂宇深邃。但见：

> 画栋雕梁，珠帘翠箔。堂中罗列，无一非眩目的奇珍；案上铺排，想多是赏心的宝玩。苍头并赤足，一行行阶下趋承；紫袖与青衣，一对对庭前侍立。主人有礼，晋接处自然肃肃雍雍；客子何来？投止时不妨信信宿宿。正是潭潭堪羡王侯府，滚滚应惭尘俗身。

那老夫人年可五十余，绿裙素襦，举止端雅，立于堂上。左右女婢数人，也有执巾栉的，也有擎香炉的，也有捧如意的，也有持拂子的，两边侍立。李靖登堂鞠躬晋谒。老夫人从容答礼："请问，尊客姓氏，因何至此？"李靖通名道姓，具述射猎迷路、冒昧投宿之意，且问："此间是何家宅院？"老夫人道："此处乃龙氏别宅。老身偶与小儿居此。今夜儿辈俱不在舍，本不当遽留外客。但郎君迷路来投，若不相留，昏夜安往？暂淹尊驾，勿嫌慢亵。"遂顾侍婢，命具酒肴款客。李靖方逊谢间，酒肴早已陈设，杯盘罗列，皆非常品。夫人拱客就席，自己却另坐一边，命侍婢酌酒相劝。李靖见夫人端庄，侍婢恭敬，恐酒后失礼，不敢多饮，数杯之后，即起身告退。老夫人道："郎君尊骑，已暂养厩中。前厅左厢，薄设卧榻，但请安寝。倘夜深时，或者儿辈归来，人马喧杂，不必惊疑。"言讫而入。苍头引李靖到前厅卧所，只见床账裀褥，俱极华美。李靖暗想："这龙氏是何贵族？却这等丰富，且是待客有礼！"又想："他家儿子若归来，闻知有客在此，或者要请相见，我且不可便睡。"于是闭户秉烛，独坐以待。因见壁边书架上，堆满书籍，便去随手取几本观看消闲。原来那书上记载的，都是些河神海若，及水族怪异之事，俱目所未睹者。李靖看了一回。

约二更以后，忽听得大门外喧传："有行雨天符到。"又闻里边喧传："老夫人迎接天符。"李靖骇然道："如何行雨天符，却到他家来？难道此处不是人间么？"正疑惑间，苍头叩户，传言老夫人有事相求，请客出见。李靖忙出至堂上。老夫人敛衽而言道："郎君休惊。此处实系龙宫，老身即龙母也。两儿俱名隶天曹，有行雨之责。适奉天符：自此而西，自西而南，五百里内，限于今夜三更行雨，黎明而止，时刻不得少违。怎奈大小儿送妹远嫁，次儿方就婚洞庭，一时传呼无及；老身既系女流，奴辈又不可专主。郎君贵人，幸适寓宿于此，敢屈台驾，暂代一行；事竣之后，当有薄酬，万勿见拒。”

李靖本是个少年英锐、胆粗气豪的人，闻了此言，略无疑畏，但道：“我乃凡人，如何可代龙神行雨？”老夫人道：“君若肯代行，自有行雨之法。”李靖道：“既如此，何妨相代。”老夫人大喜，即命取一杯酒来。须臾酒至，老夫人递与李靖道：“饮此可以御风雷，且可壮胆。”李靖接酒在手，香味扑鼻，遂一饮而尽，顿觉神气健旺倍常。老夫人道：“门外已备下龙马，郎君乘之，任其腾空而起，必不至于倾跌。马鞍上系一小琉璃瓶儿，瓶中满注清水，此为水母。瓶口边悬着一个小金匙，郎君但遇龙马跳跃之处，即将金匙于瓶中取水一滴，滴于马鬃之上，不可多，不可少。此便是行雨之法，牢记勿误！雨行既毕，龙马自能回走，不必顾虑。”

李靖一一领诺，随即出门上马。那马极高大，毛色甚异。行不数步，即腾起空中，御风而驰，且是平稳，渐行渐高。一霎时间，雷声电光，起于马足之下。李靖全不惧怯，依着夫人言语，凡遇马跃处，即以滴水滴在马鬃上。也不知滴过了几处，天色渐次将明，来到一处，那马又复跳跃。李靖恰待取水滴下，却从曙光中看下面时，正是日间歇马吃茶的所在，因想道：“我亲见此处田土干枯，这一滴水济得甚事？今行雨之权在我，何不广施惠泽？况我受村农一茶之敬，正须多以甘霖报之。”遂一连约滴下二十余滴。

少顷事竣，那马跑回，到得门首，从空而下。李靖下马入门，只见老夫人蓬首素服，满面愁惨之容，迎着李靖说道：“郎君何误我之甚也！此瓶中水一滴，乃人间一尺雨；本约止下一滴，何独于此一方连下二十滴？今此方平地水高二丈，田禾屋舍人民，都被淹没。老身因轻于托人，已遭天罚：鞭背一百，小儿辈俱当获谴矣！”李靖闻言大惊，一时愧悔踢蹐，无地自容。老夫人道：“此亦当有数存，焉敢相怨？有劳尊客，仍须奉酬；但珠玉金宝之物，必非君子所尚，当另有以相赠。”乃唤出两个青衣女子来，貌俱极美，但一个满面笑容，一个微有怒色。老夫人道：“此一文婢，一武婢，惟郎君择取其一，或尽取亦可。”李靖逊谢道：“靖有负委托，以致相累，方自惭恨，得不见罪足矣，岂敢复叨隆惠？”老夫人道：“郎君勿辞，可速取而去。少顷儿辈归来，恐多未便。”李靖想道：“我若尽取二婢，则似乎贪；若专取文婢，又似乎懦。”因指着那武婢对老夫人道：“若必欲见惠，愿得此人。”老夫人即命苍头，牵还了李靖所骑之马，又另备一马，与女子乘坐，相随而行。

李靖谢了夫人，出门上马，与女子同行。行不数步，回头看时，那所宅院已不见了。又行数里，那女子道：“方才郎君若并取二女，则文武全备，后当出将入相；今舍文而取武，异日但可为一名将耳！”遂于袖中取出一书，付与李靖道：“熟此可临敌制胜，辅主成功。”举鞭指着前面道：“此去不远，便达尊寓，郎君前途保重。老夫人遣妾随行，非真以妾赠君，正欲使妾以此书相授也。郎君日后自有佳人遇合。妾非世间女子，难以侍奉箕箒，请从此辞。”李靖正欲挽留，只见那女子拨转马头，那马即腾空而起，倏忽不见。李靖十分惊疑，策马前行，见昨日所过之处，一派大水汪洋，绝无人迹，不胜咨嗟懊悔。寻路回寓，将所赠之书展看，却都是些行兵要诀及造作兵器车甲的式样与方法。

正是：

龙神行雨人权代，赢得滔天水势高。
鞭背天刑甘自受，还将兵法作酬劳。

李靖自得此书之后，兵法愈精，不在话下。

且说那些被大雨淹没的地方，有司申报上官，具本奏闻朝廷。隋主览奏降旨，着所司设法治水，一面赈济被灾的百姓，因想："我曾梦洪水为灾，如今果然近京的地方，多有水患，我梦应矣！"自此倒释了些疑心。

仁寿元年六月，隋主第三子蜀王秀，因晋王广为太子，心怀不平。太子恐其为患，暗嘱杨素求其过端而谮之。隋主信了谗言，乃召秀还京，即命杨素推治。杨素诬其酷虐害民，奉旨废为庶人，幽之于别宫。那不怕事的唐公李渊，又上本切谏，且请将已废太子勇及蜀王秀，俱降封小国，不可便斥为庶人。隋主虽不准奏，却也不罪他。只是愈为太子所忌，遂与张衡、宇文述等商议，问他："有何妙计，除却此人？我的东宫安稳，你们富贵可保。"宇文述道："太子若早说要处李渊，可把他嵌在两个庶人党中，少不得一个族灭。如今圣上久知他忠直，一时恐动摇他不得。"张衡道："这却何难！主上素性猜嫌，尝梦洪水淹没都城，心中不悦。前日郕公李浑之子洪儿，圣上疑他名应图谶，暗叫他自行杀害。今日下官学北齐祖珽杀斛律光故事，布散谣言：浑渊都从水傍，能不动疑？恐难免破家杀身之害。"太子点头称妙。

谋奸险似蜮，暗里欲飞沙。
世乱忠贞厄，无端履祸芽。

张衡出来暗布流言。起初是乡村乱说，后来街市喧传；先止是小儿胡言，渐至大人传播，都道："桃李子，有天下。"又道是："杨氏灭，李氏兴。"街坊上不知是那里起的，巡捕官禁约不住，渐渐的传入禁中。晋王故意启奏道："里巷妖言不祥，乞行禁止。"隋主听了，甚是不悦。连李渊也担了一身干系，坐立不安。但隋主已是先有疑在心了，只思量那李浑身上。

其时，朝中有那诬陷人的小人、中郎将裴仁基上前道："郕公李浑，名应图谶。近因陛下赐死其子，心怀怨恨，图谋不轨。"圣旨发将下来勘问，自有一班附和的人，可怜把郕公李浑强做了谋逆，一门三十二口，尽付市曹。

诚心修德可祈天，信谶淫刑总枉然。
晋鸩牛金秦御虏，山河谁解暗中迁。

李渊却因此略放了心。

那张衡用计更狠，又贿赂一个隋主听信的方士安伽陀，道李氏当为天子，劝隋主尽杀天下姓李的。亏得尚书右丞高颎奏道："这谣言有无关系的，有有关系的，有真的，有假的。无关系的，天将雨商羊起舞是了；有关系的，檿弧箕服实亡周国是了。有真的，楚虽三户亡秦必楚，后来楚霸王果亡了秦是了；有假的，高山不推自倒，明月不扶自上，祖珽伪造害了斛律光，遂至亡国是了。更有信谗言的秦始皇，亡秦者胡，不知却是胡亥。晋宣帝牛易马，却是小吏牛金与琅琊王妃子私通生元帝。天道隐微，难以意测。且要挽回天意，只在修德，不在用刑，反致人心动摇。圣上有疑，将一应姓李的，不得在朝，不得管兵用事便了。"

此时蒲山公子李密，位为千牛。隋主道他有反相，心也疑他。他却与杨素交厚。杨素要保全李密，遂赞高颎之言，暗令李密辞了官。其时在朝姓李的，多有乞归田的，乞辞兵柄的。李渊也趁这个势，乞归太原养病。圣旨准行，还令他为太原府通守，节制西京。这高颎一疏，单救了李渊，也只是个王者不死。

猛虎方逃柙，饥鹰得解绦。
惊心辞凤阙，匿迹向林皋。

此时是仁寿元年七月了。太子闻得李渊辞任，对宇文述道："张麻子这计极妙，只是枉害了李浑，反替这厮保全身家回去。"宇文述道："太子苦饶得过这厮罢了；若放他不下，下官一计，定教杀却李渊全家性命。"太子笑道："早有此计，却不消费这许多心思。"宇文述道："这计只是如今可行。"因附太子耳边说了几句。太子拊掌道："妙计！事成后将他女口囊橐尽以赐卿。只是他也是员战将，未易翦除。"宇文述道："以下官之计，定不辱命。纵使不能尽结果他，也叫他吃此一吓，再不思量出来做官了。"两人定下计策，要害李渊。不知性命何如，且听下回分解。

第四回　齐州城豪杰奋身　楂树岗唐公遇盗

诗曰：

知己无人奈若何？斗牛空见气嵯峨。
黯生霜刃奇光隐，尘锁星文晦色多。
匣底铦锋悲自扃，水中清影倩谁磨？
华阴奇士难相值，只伴高人客舍歌。

这首诗名为《宝剑篇》，单说贤才埋没，拂拭无人，总为天下无道，豪杰难容。便是有才如李渊，尚且不容于朝廷，那草泽英雄，谁人鉴赏？也只得混迹尘埃，待时而动了。况且上天既要兴唐灭隋，自藏下一干亡杨广的杀手，辅李渊的功臣，不惟在沙场上一刀一枪，开他的基业，还在无心遇合处，救他的阽危。这英雄是谁？姓秦，名琼，字叔宝，山东历城人。乃祖是北齐领军大将秦旭，父是北齐武卫大将军秦彝，母亲宁氏。生他时，秦旭道："如今齐国南逼陈朝，西连周境，兵争不已，要使我祖孙父子同建太平。"因取一个乳名，叫做太平郎。

却说太平郎方才三岁时，齐主差秦彝领兵把守齐州。秦彝挈家在任，秦旭护驾在晋阳。不意齐主任用非人，政残民叛。周主出兵伐齐，齐兵大溃。齐主逃向齐州，留秦旭、高延宗把守晋阳，相持许久，延宗城破被擒，秦旭力战死节。史臣有诗赞之曰：

苦战阵云昏，轻生报国恩。
吞吴空有恨，厉鬼誓犹存。

及至齐主到齐州，惧周兵日逼，着丞相高阿那肱协同秦彝坚守，自己驾幸汾州。不数日，周兵追至，高阿那肱便欲开门迎降。秦彝道："朝廷恐秦彝兵力单弱，故令丞相同守。如今守逸攻劳，正直坚拒，以挫敌锋。丞相国之大臣，岂可辄生二志？"那肱道："将军好不见机！周兵之来，势如破竹，并州、邺下多少坚城不能持久，况此一壁？我受国厚恩，尚且从权，将军何必悻悻？"秦彝道："秦彝父子，誓死国家！"吩咐部下把守城门，自己入见夫人道："主上差高阿那肱助我，不意反掣我肘，势大败矣！我誓以死守，图见先人于地下。秦氏一脉托于你。"说未毕，外边报道："高丞相已开关放周兵入了！"秦彝忙提浑铁枪赶出来，只见周兵似河决一般涌来。秦彝领军，虽有数百精锐，如何抵当得住？杀得血透重袍，疮痍遍体，部下十不存一。秦领军大叫一声道："臣力竭矣！"手掣短刀，复杀数人，自刎而死。

重关百二片时隤，血战将军志不灰。
城郭可倾心愈劲，化云飞上白云堆。

此时宁夫人收拾了些家资，逃出官衙。乱兵已是填塞街巷，使婢家奴，俱各惊散。领了这太平郎，正没摆划，转到一条静僻小巷，家家俱是关着。听得一家有小儿哭声，知道有人在内，只得扣门，却是一个妇人，和一个两三岁小孩子在内。说起是个寡妇，姓程，这小孩子叫做一郎，止母子二口，别无他人，就借他权住。乱定了，将出些随身金宝腾换，在程家对近一条小巷中，觅下一所宅子，两家通家往来。此时齐国沦亡，齐国死节之臣，谁来旌表？也只得混在齐民之中。且喜两家生的孩子，却是一对顽皮，到十二三岁时，便会打断街、闹断巷生事。到后程一郎母子，因年荒回到东阿旧居，宁夫人自与叔宝住在历城。

这秦琼长大，生得身长一丈，腰大十围，河目海口，燕颔虎头；最懒读书，只好轮枪弄棍，厮打使拳。在街坊市上，好事打抱不平，与人出力，便死不顾。宁夫人常常泣对他道："秦氏三世，只你一身，拈枪拽棒，你原是将种，我不禁你；但不可做轻生负气的事，好奉养老身，接续秦家血脉。"故此秦琼在街坊生事，闻母亲叫唤，便丢了回家。人见他有勇仗义，又听母亲训诲，似吴国专诸的为人，就叫他做赛专诸。更喜新娶妻张氏，奁中颇有积蓄，得以散财结交，济弱扶危。

初时交结附近的豪杰：一个是齐州捕盗都头樊虎，字建威；一个是州中秀才房彦藻；一个是王伯当；还有一个开鞭仗行贾润甫。时常遇着，不拈枪弄棒，便讲些兵法。还有过往好汉遇着，彼此通知接待，不止一个。大凡人没些本领，一身把这两个铜钱结识人，人看他做耍子，不肯抬举他；虽有些本领，却好高自大，把些手段压伏人，人又笑他是鲁莽，不肯敬服他，所以名就不起。秦琼若论他本领，使得枪，射得箭，还有一样独脚武艺：他祖传有两条流金熟铜锏，称来可有一百三十斤。他舞得来，初时两条怪蟒翻波，后来一片雪花坠地，是数一数二的。若论他交结，莫说他怜悯着失路英雄，交结是一时豪杰；只他母亲宁夫人，他娘子张氏，也都有截发留宾、剉荐供马的气概。故此江北地方，说一个秦琼的武艺，也都咬指头；说一个秦琼的做人，心花都开。正是：

才奇海宇惊，谊重世人倾。
莫恨无知己，天涯尽弟兄。

一日，樊虎来见秦琼道："近来齐鲁地面凶荒，贼盗生发，官司捕捉，都不能了事。昨日本州刺史，叫我招募几个了得的人，在本郡缉捕。小弟说及哥哥，道哥哥武艺绝人，英雄盖世，情愿让哥哥做都头，小弟作副。刺史欣然，着小弟请哥哥出去。"秦琼道："兄弟，一身不属官为贵。我累代将家，若得志，为国家提一枝兵马，斩将搴旗，开疆展土，博一个荣封父母，荫子封妻；若不得志，有这几亩薄田，几树梨枣，尽可以供养老母，抚育妻儿。这几间破屋，中间村酒雏鸡，尽可以知己谈笑；一段雄心，没按捺处，不会吟诗作赋，鼓瑟弹琴，拈一回枪棒，也足以消耗他。怎低头向这些赃官府下，听他指挥？

拿得贼是他的功，起来赃是他的钱。还有咱们费尽心力，拿得几个强盗，他得了钱，放了去，还道咱们诬盗。若要咱和同水密，反害良民，满他饭碗，咱心上也过不去，做他甚么？咱不去！”樊虎道：“哥，官从小大来，功从细积起。当初韩信也只是行伍起身。你不会拈这枝笔，做些甚文字出身，又亡故了先前老人家，又靠不得他门荫，只有这一刀一枪事业，可以做些营生，还是去做的是。”

惭无彩笔夜生花，恃有戈矛可起家。
璞隐荆山人莫识，利锥须自出囊纱。

说话间，只见秦琼母亲走将出来，与樊虎道了万福，道：“我儿，你的志气极大，但樊家哥哥说得也有理。你终日游手好闲，也不是了期，一进公门，身子便有些牵系，不敢胡为。倘然捕盗立得些功，干得些事出来也好。我听得你家公公，也是东宫卫士出身，你也不可胶执了。”秦琼是个孝顺人，听了母亲一席话，也不敢言语。

次日，两个一同去见刺史。这刺史姓刘，名芳声，见了秦琼：

轩轩云霞气色，凛凛霜雪威凌。熊腰虎背势嶙嶒，燕颔虎头雄俊。声动三春雷震，髯飘五绺风生。双眸朗朗炯疏星，一似白描关圣。

刘刺史道：“你是秦琼么？你这职事，也要论功叙补。如今樊虎情愿让你，想你也是个了得的人，我就将你两个，都补了都头。你须是用心干办。”两个谢了出来。樊虎道：“哥，齐州地面盗贼，都是响马，全要在脚力可以追赶，这须要得匹好马才好。”秦琼道：“咱明日和你到贾润甫家去看。”次日，秦琼袖了银子，同樊虎到城西。却值贾润甫在家，相见了。樊虎道：“叔宝兄新做了捕盗的都头，特来寻个脚力。”贾润甫对叔宝道：“恭喜兄补这职事，是个扯钱庄儿，也是个干系堆儿。只恐怕捉生替死，诬盗扳赃，这些勾当，叔宝兄不肯做；若肯做，怕不起一个铜斗般家私？”叔宝道：“这亏心事，咱家不做。不知兄家可有好马么？”贾润甫道：“昨日正到了些。”两个携手到后槽，只见青骢、紫骝、赤兔、乌骓、黄骠、白骥，斑的五花虬，长的一丈乌，嘶的，跳的，伏的，滚的，吃草的，咬蚤的，云锦似一片，那一匹不是：

竹披耳峻，风入轻蹄；
死生堪托，万里横行。

那建威看了这些，只拣高大肥壮的道：“这匹好，那匹好。”拣定一匹枣骝。叔宝却拣定一匹黄骠。润甫道：“且试二兄的眼力。”牵出后槽，建威便跳上枣骝，叔宝跳上黄骠，一辔头放开，烟也似去了。那枣骝去势极猛，黄骠似不经意；及到回来，枣骝觉钝了些，脚下有尘；黄骠快，脚下无尘，且又驯良。贾润甫道：“原是黄骠好。”叔宝就买黄骠。贩子要一百两，叔宝还了七十两。贾润甫主张是八十两。贩子不肯，润甫把自己用钱贴去,方买得成,立了契。同在贾润甫家,吃得半酣回家。以后却是亏这黄骠马的力。

一日忽然发下一干人犯,是已行未得财的强盗,律该充军,要发往平阳府泽州、潞州着伍。这刘刺史恐有失误,差着樊虎与秦琼二人,分头管解:建威往泽州,叔宝往潞州,俱是山西地方,同路进发。叔宝只得装束行李,拜辞母亲妻子,同建威先往长安兵部挂了号,然后往山西。

游子天涯路,高堂万里心。
临行频把袂,鱼雁莫浮沉。

不说叔宝解军之事。

再说那李渊,见准了这道本,着他做河北道行台太原郡守,便似得了一道赦书,急忙叫收拾起身,先发放门下一干人。这日月台丹墀仪门外,若大若小,男男女女,挨肩擦背,屁都挤将出来。唐公坐在滴水檐前,看着这些手下人,怜惜他效劳日久,十分动念,目中垂泪道:"我实指望长安做官,扶持你们终身遭际。不料逼于民谣,挂冠回去。众人在我门下的,都不要随我去了。"唐公平昔待人有恩,众人一闻此言,放声大哭,个个十分苦楚。

唐公见他们哭得苦楚,眼泪越发滚出来,将袖拂面忍泪道:"你们不必啼哭。难道我今日不做官,将你这些众人,赶逐去不成?我有两说在此:有领我田畴耕种的,有店房生意容身的,有在我门下效劳、得一官半职的,有长安脚下有甚么亲故的,这几项人,都不要随我去了。若没有田畴耕种、店房生理,长安中又举目无亲,这种人留在京中,也没有用处,都跟我到太原去,将高就低,也还过了日子。"这些手下人内,有情愿跟去的,即忙答应:"小的们愿随老爷。"人多得紧,到底不知是那个肯去那个不肯去。唐公毕竟有经纬,吩咐下边众人:"与我分做两班:太原去的,在东边丹墀;长安住的,在西边丹墀。分定立了,我还有话。"唐公口里吩咐,心中暗想道:"情愿去的,毕竟不多。"谁料这干人略可抽身的,都愿跟归太原;有立在西丹墀的,还复转到东边去;一立立开,东西两丹墀,约莫各有一半。那些众人在下边纷纷私议:在长安住下的,舍不得老爷知遇之恩;要去时,奈长安城中,沾亲有故,大小有前程羁绊,生意牵缠,不得跟去。故此同是一样手下人,那西边人羡东边人,好像即刻登仙的一般。

唐公问西丹墀:"都是长安住下么?"有几员官上来禀谢道:"小人蒙老爷抬举,也有金带前程。"有几个道:"小人领老爷钱本房屋。"有几个禀道:"小的领老爷田畴耕种,这项钱粮花利,每年赍解到老爷府中公用。"唐公听毕,吩咐把卷箱抬出来,不拘男妇老幼,有一名人与他棉布二匹、银子一锭。赏毕又吩咐道:"我不在长安为官,你众人越该收敛形迹,守我法度。都要留心切记!"众人叩头去了。唐公又向东边的道:"你们这干是随去的了么?"众人都上前道:"小的们妻孥几辈了,情愿跟了老爷太原去。"唐公吩咐开一个花名簿,给与行粮银两,不许骚扰一路经过地方,细微物件,都要平买平卖,强取民间分文,责究不恕。吩咐了,退入后堂少息。

只见夫人窦氏向前道:"今日得回故里,甚是好事。只是妾身身怀六甲,此去陆路,不胜车马劳顿;况分娩将及,不若且俄延半月起程。"李渊道:"夫人,主上多疑,更有奸人造谤,要尽杀姓李的人,在此一刻,如在虎穴龙潭。今幸得请,死还归故乡死。你不晓得李浑么?他全家要望回去是登天了!"窦夫人默默无言,自行准备行李。李渊一面辞了同僚亲故,一面辞了朝,自与窦夫人、一个十六岁千金小姐,坐了软舆;族弟道宗与长子建成骑了马,随从了四十余个彪形虎体的家丁,都是关西大汉,弓上弦刀出鞘,簇拥了出离长安。

回首长安日远,惊心客路云横。
渺渺尘随征骑,飘飘风弄行旌。

此时中秋天气,唐公趁晴霁出门得早;送的也不多,止有几个相知郊饯。唐公也不敢道及国家之事,略致感谢之意,作别起程。人轻马快,一走早已离京二十余里,人烟稀少。忽见前面陡起一岗,簇着黑丛丛许多树木,颇是险恶:

高岗连野起,古木带云阴。
红绣天孙锦,黄飘佛国金。
林深鸟自乐,风紧叶常吟。
萧瑟生秋意,征人恐不禁。

这地名叫做楂树岗。唐公夫妇坐着轿,行得缓,三四十家丁慢带马,前后左右,不敢轻离。只有道宗与建成赶着几个前站家丁,先行有一二里多路。建成是紫金冠红锦袍,道宗是绿扎巾,面前绣着一朵大牡丹花,玄纻袍,腰上缠有一条大剥古龙金鹘兔带,粉底皂靴。向前走一个落山健,赶入林子里来。若是没有这两个先来,唐公家眷一齐进到林子内,一来不曾准备,二来一边要顾行李,一边要顾家眷,也不能两全,少不得也中宇文述之计;喜是这几个先来,打着马儿正走。

这边宇文述差遣扮作响马的人,夤夜出京,等了半日,远远望见一行人入林:一个蟒衣,是个官员模样;一个小哥儿,也是公子模样,断然道是唐公家眷,发一声喊,抢将出来。都是白布盘头,粉墨涂脸,人强马壮,持着长枪大刀,口里乱吆喝道:"无须儿拿卖路钱来!"建成此时见了,吃了一吓,踢转马便跑。道宗虽然吃了一惊,还胆大,便骂道:"这厮吃了大虫心狮子胆来哩,是罐子也有两个耳朵,不知道洒家是陇西李府里,来阻截道路么?"说罢,拔出腰刀便砍,这几个家丁是短刀相帮。

这边建成吓得抱了鞍轿,凭着这马倒跑回来,见了唐公轿子,忙道:"不好了,不好了!前面强盗,把叔爷围在林子里面了!"

喜是翻身离虎穴,谁知失足在龙潭!

唐公听了道:“怎辇毂之下,也有强盗?”使跳下轿来吩咐道:“家丁了得的,分一半去接应;一半可护着家眷车辆,退到后面有人烟处驻扎。”自己除去忠靖冠,换了扎巾,脱去行衣,换了一件箭袖的纻袄;左插弓,右带箭,手中提一枝画杆方天戟,骑了白龙马,带领二十余个家丁,也赶进林子里来。早望见四五十强人,都执器械,围住着道宗。道宗与家丁们,都拿的是短刀,甚是抵敌不住。唐公欲待放箭,又恐怕伤了自己的人,便纵一纵马,赶上前来,大喝一声道:“何处强人,不知死活,敢来拦截我官员过往么?”这一喝,这干强盗也吃了一惊,一闪向两下一分。被唐公带领家丁,直冲了进来,与道宗合在一处。这些强人,看有后兵接应,初时也觉惊心;及至来不过二十余人,遂欺他人少;况且来时,原是要害唐公,怎见了唐公反行退去?仍旧拈枪弄棒的,团团围将拢来,把唐公并家丁围在垓心。正是:

九里山前列阵图,征尘荡漾日模糊。
项王有力能扛鼎,得脱乌江厄也无?

不知唐公也能挣得出这重围么,且听下回分解。

第五回　秦叔宝途次救唐公　窦夫人寺中生世子

词曰：

天地无心，男儿有意，壮怀欲补乾坤缺。鹰鹯何事奋云霄？鸾凤垂翅荆榛里。情脉脉，恨悠悠，发双指。

热心肯为艰危止，微躯拼为他人死。横尸何惜咸阳市，解纷岂博世间名？不平聊雪胸中事，愤方休，气方消，心方已！

调寄《千秋岁引》

天地间死生利害，莫非天数。只是天有理而无形，电雷之怒，也有一时来不及的，不得不借一个补天的手段，代天济弱扶危。唐公初时，也只道是寻常盗寇，见他到来，自然惊散。不料这些都是宇文述遣的东宫卫士，都是挑选来的精勇。且寻常盗贼，不得手便可漫散，这干人遵了宇文述吩咐，不杀得唐公并他家眷，怎么回话！所以都拚命来杀。况是他的人，比唐公家丁多了一倍，一个圈把唐公与家丁圈在里边，直杀得：

四野愁云叆叇，满空冷雾飘扬。扑通通鼓炮驱雷，明晃晃枪刀簇浪。将对将，如天神地鬼争功；马邀马，似海兽山彪夺食。骑着的紫叱拨、五花骢、银獬豸、火龙驹、绿骓骢、流金騧、照夜白、玉騊駼、满梢马、的卢马，匹匹是如龙骄骑，飞兔神驹。白色的浪滚万朵梨花，赤色的霞卷千围杏蕊；青色的晓雾连山，黄色的浮云闪日。舞着的松纹刀、桑门剑、火尖枪、方天戟、五明铲、宣花斧、鋈金锤、必彦挝、流金镋、倒马毒，件件是凌霜利刃，赛雪新锋。飘飘絮舞，万点枪刀；滚滚杨花，一团刀影。虹飞电闪，剑戟横空；月转星奔，戈矛耀目。何殊海覆天翻，成个你赢我负。

战够一个时辰，日已沉西。唐公一心念着家眷，要杀出围来。杀到东，这干强盗便卷到东来；战到西，这干强盗便拥到西了。虽不被伤，却也不得脱身。留下家丁，又以家眷为重，不敢轻易来接应。这唐公早已在危急的时候了。

这也是数该有救。秦叔宝与樊建威自长安解军挂号出来，也到临潼山下，楂树岗边经过。听得林中喊杀连天，便跳上高岗一望，见五七十强盗，围住似一起官兵在内。叔宝对建威道："可见天下大荒，山东、河南一望无际，盗贼生发也便罢了。你看都门外，不上数十里之地，怎容得响马猖獗？"樊建威指定唐公道："那一簇困在当中的，不是响马，是捕盗官兵，众寡不敌，被他围在此处，看他势已狼狈了。兄在山东六府，称扬你是赛专诸，难道只在本地方抱不平，今路见不平之事，如何看得过？兄仗平生本领，助他一阵,也见得兄是豪杰大丈夫。”叔宝道:“贤弟,我倒有此意,但恐你不肯成全我这件事。”樊建威道:“小弟撺掇兄去,甚么反说我不肯成全?”叔宝道:“贤弟既如此,你把这几名军犯先下山去,赶到关外,寻下处等我。”樊建威道:“小弟在此,还可帮扶兄长,怎到教小弟先去?”叔宝道:“小弟一身,尽够开除这伙盗贼。你在此帮扶,这几名军犯,谁人管领?”樊建威道:“这等,仁兄保重。”便领了这几个军犯先去了。

叔宝按一按范阳毡笠,扣紧了铤带,提着金锏,跨上黄骠马,借山势冲将下来,好似:

猛虎初离穴,咆哮百兽惊。

大喊一声道:“响马不要无礼,我来也!”只这一声,好似牙缝里迸出春雷,舌尖上震起霹雳。只是人见他一人一骑,也不慌忙,就是唐公见了,也不信他济得事来。故此这干假强盗,还迷恋着唐公厮杀,眼界中那有一个捕盗公人在黑珠子上?直待秦叔宝到了战场上,才有一二人来支架。战乏的人,遇到了一个生力之人,人既猛勇,器械又重,才交手早把两个打落马下。这番众强盗发一声喊,只得丢了李渊,来战叔宝。这叔宝不慌不忙,舞起这两条锏来:

单举处一行白鹭,双呈时两道飞泉。飘飘密雪向空旋,凛凛寒涛风卷。马到也,强徒辟易;锏来也,山岳皆寒。战酣尘雾欲遮天,蛟龙离陷井,狐兔遁荒阡。

前时这干强徒倚着人多,把一个唐公与这些家丁逼来逼去,甚是威风。这番遇了秦叔宝,里外夹攻,杀得东躲西跑,南奔北窜:也有逃入深山里去的,也有闪在林子里的。唐公勒着马,在空处指挥家丁,助叔宝攻击。识势的走得快,逃了性命;不识势的,少不得折臂伤身。弄得这干人:

犹如落叶遭风卷,一似轻冰见日消。

早有一个着了锏坠马的,被家丁一簇,抓到唐公面前。唐公道:“你这厮怎敢聚集狐群狗党,惊我过路官员?拿去砍了罢!”这人战战兢兢道:“小人不是强盗,是东宫护卫,奉宇文爷将令,道爷与东宫有仇,叫小人们打劫爷。上命差遣,原不干小人们事。”唐公道:“我与东宫有何仇?你把来搪塞,希图脱死?本待砍你狗头,怜你也是贫民,出于无奈,饶你去罢!”这人得了命,飞走而去。

唐公看那壮士时,还在那厢恶狠狠觅人厮杀。唐公道:“快去请那壮士来相见!”只见一个家丁,一骑赶到道:“家爷请相见!”叔宝道:“你家是谁?”家丁道:“是唐公李爷。”叔宝兜住马,正在踌躇,只见又是一个家丁赶到道:“壮士快去,咱家爷必有重谢哩!”叔宝听了一个“谢”字,笑了一笑道:“咱也只是路见不平,也不为你家爷,也不图你家谢。”说罢带转马,向大道便走。

生平负侠气,排难不留名。
生死鸿毛似,千金一诺轻。

唐公见家丁请不来壮士,忙道:“这原该我去谢他,怎反去请他?这还是我不是了!”吩咐家丁:“你们且去趱家眷上来,我自赶上谢他罢!”忙忙带紧丝缰,随叔宝后边赶来道:“壮士且住马,受我李渊一礼。”叔宝只是不理。唐公连叫几声,见他不肯住足,只得又赶道:“壮士,我全家受你活命之恩,便等我识一识姓名,报德俟异日何妨?”此时已赶下有十余里。叔宝想:“樊建威在前,赶上时,少不得问出姓字,不如对他说了,省得他追赶。”只得回头道:“李爷不要追赶了!小人姓秦名琼便是。”连把手摆上两摆,把马加上一鞭,箭也似一般去了。正是:

山色不能传侠气,溪流不尽泻雄心。
功勋未得铭钟鼎,姓字居然照古今。

唐公欲待再追,战久马力已乏,又且一人一骑,在道儿上跑,倘有不尽余党,乘隙生变,那里更讨壮士出来?只得歇马。但是顺风,加上马銮铃响,刚听得一个琼字,又见他摇手,错认作五行,生生地把一个琼五,牢牢刻在心里,不知何日是报恩之日。

放马正要走回,却见尘头起处,一马飞来。唐公道:“不好了!这厮们又来了!且莫与他近前,看我手段。”轻拽雕弓,射一箭去,早见那人落马。再看尘头到处,正是自己家眷。唐公正在叙说,得琼五救应,杀散贼,这真是大恩人,两两慰谕。只见几个脚夫,与村庄农夫,赶到唐公马前,哭哭啼啼道:“不知小人家主何事触犯老爷,被老爷射死?”唐公道:“我不曾射死你甚主人!”众人哭道:“适才拔下喉间箭,见有老爷名字。”唐公道:“哦,适才我与一干强盗相杀方散,恰遇着一人飞马而来,我道是响马余党,曾发一箭,不料就射死是你主人,这也是我误伤。你主人叫甚名字?是何处人?”众人道:“小人主人,乃潞州二贤庄上人。姓单名道,表字雄忠,在长安贩缎回来到此。”唐公道:“死者不能复生,叫我也无可奈何了。便到官司也是误伤,不过与些埋葬。你家还有甚人?”众人道:“还有二员外单通,表字雄信。”唐公道:“这等你回家,对你二员外说:我因剿盗,误伤你主人,实是错误。我如今与你银子五十两,你从厚棺殓,送回乡去。待我回籍时,还差官到潞州,登堂吊孝。”安慰了一番。自古道:“穷不与富斗,富不与官斗。”况在途路之中,众人只得隐忍,自行收拾。

唐公说便如此说,却十分过意不去,心灰意懒,又与这干人说了半晌;却因此耽延,不得出关。离长安六十里之地,没有驿递,只有一座大寺,名叫永福寺。唐公看家眷众多,非民间小户可留,只得差人到寺中,说要暂借安歇。本寺住持名为五空,闻知忙忙撞钟擂鼓,聚集众僧,山门外迎接。一边着行童打扫方丈,收拾厨房;一面着了袈裟,手执信香,率领合寺僧众,出寺迎接。唐公吩咐家眷车辆,暂停寺外,自己先入寺来。

但见：

千年坚固台基，万岁峥嵘殿宇。山门左右，那风调雨顺四天王；佛殿居中，坐过去未来三大士。绮丽朱牖，雕刻成细巧葵榴；赤壁银墙，彩画就浓山淡水。观音堂内，古铜瓶插朵朵金莲；罗汉殿中，白玉盏盛莹莹净水。山猿献果，闻金经尽得超升；野鹿衔花，听法语脱离业障。金光万道侵云汉，瑞气千条锁太空。

后人有诗赞之曰：

佛殿龙宫碧玉幢，人间故号作清凉。
台前瑞结三千丈，室内常浮百万光。
劫火炼时难毁坏，罡风吹处更无伤。
自从开辟乾坤后，累劫常留在下方。

走至殿上，左右放下胡床，僧人参谒了唐公。着令引领家丁，向方丈相视，附近僧房，俱着暂行移开，然后打发家眷进来，封锁了中门。自己在禅堂坐住，因想："若是强人，既经挫折，不复敢来。恐果是东宫所遣，倘或不肯甘心，未免再至。"故此吩咐家丁，内外巡哨，以防不虞。自己便服带剑，在灯下观书。不知这干人在山林里，抹去粉墨，改换装束，会得齐，傍晚进城，如何能复来？就是宇文述与太子，一计不成，已是乏趣；喜得李渊不知，不成笑话。况且这干人回话，说杀伤他多少家丁，杀得李渊如何狼狈；道把他奚落这一场，也可消恨，把这事也竟丢开。但唐公是惊弦之鸟，犹自不敢放胆。

坐到二更时候，欠伸之际，忽闻得异香扑鼻。忙看几上博山炉中，已烟消火灭。奇是始初还觉得微有氤氲，到后越觉得满堂馥郁。着人去看佛殿上，回报炉中并不曾有香。唐公觉是奇异，步出天井；只见景星庆云，粲然于天；祥霞烁绕，瑞雾盘旋。在禅堂后面，原来是紫微临凡，未离兜率，香气满天，已透出母胎来了。正仰面观看时，忽守中门家丁报，夫人分娩二世子了。时仁寿元年，八月十六日子时也。

唐公忙着隔门传语问安否时，回复是因途中闻有强人阻截，不免惊心；后来因遇强人，吩咐退回有人烟处驻扎，行急了不免又行震动，遂致分娩。喜得身子平安，唐公放了心。

捱到天明，唐公进殿参礼如来。家丁都进禅堂，回风叩头问安。住持率僧人，具红手本贺喜。唐公道："寄居分娩，污秽如来清净道场，罪归下官，何喜可贺？"随命家丁取银十两，给与住持，着多买沉檀速降诸香，各殿焚烧，解除血光污秽。又对住持道："我本待即行起身，怎奈夫人初分娩，不耐途路辛苦，欲待借你寺中再住几时，何如？"住持禀道："敝寺荒陋，不堪贵人居止，喜是宽敞。若老爷居住，不妨待夫人满月。"唐公道："只恐取扰不当。"吩咐家丁，不得出外生事及在寺骚扰。又对住持道："我观此寺，虽然壮丽，但不免坍颓处多，我意欲行整理。"住持道："僧人久有此意，但小修也得千金，重整不下万两，急切不得大施主，就是常蒙来往老爷，写有缘簿，一时僧人不敢去催逼，以此不敢兴工。”唐公道：“我便做你个大施主，也不必你来催我，一到太原，即着人送来。”随即研墨，饱渗霜毫。住持忙送上一个大红织金纻丝面的册页。唐公展开，写上一行道：“信官李渊，喜助银一万两，重建永福寺，再塑合殿金身。”

这些和尚伸头一张，莫不咬指吐舌，在那边想：“不知是那一个买办木料，那个监工，少可有加一二头除。”有的道：“你看如今一厘不出的，偏会开缘簿，整百千写下，那曾见拿一钱来？到兴建时寻个护法，还要大块拱他，陪堂管家，都有需索。莫说一万，便拿这五百来，那个敢去催他找足？”胡猜了一会。次早寻了四盘香，请唐公各殿焚香，撞钟擂鼓，好不奉承。自此唐公每日在寺中住坐，只待夫人满月启行。未知后事如何，且听下回分解。

第六回　五花阵柴嗣昌山寺定姻
一蹇囊秦叔宝穷途落魄

诗曰：

沦落不须哀，才奇自有媒。
屏联孔雀侣，箫筑凤凰台。
种玉成佳偶，排琴是异材。
雌雄终会合，龙剑跃波来。

世间遇合，极有机缘，故有意之希求，偏不如无心之契合。唐公是隋室虎臣，窦夫人乃周朝甥女。隋主篡周之时，夫人只得七岁，曾自投床下道："恨不生为男子，救舅氏之难。"原是一对奇夫妇，定然产下英物。他生下一位小姐，年当十六岁，恰似三国时孙权的妹子刘玄德夫人，不喜弄线拈针，偏喜的开弓舞剑。故此唐公夫妇也奇他，要为他得一良婿。当时求者颇多，唐公都道庸流俗子，不轻应允，却也时时留心。

松柏成操冰玉姿，金闺有女恰当时。
鸾凤不入寻常队，肯逐长安轻薄儿？

此时在寺中，也念不及此，但只是终日闲坐，又无正事关心，更没个僚友攀话，止有个道宗说些家常话，甚觉寂寞。况且是个尊官，一举一动，家丁便来伺候，和尚都来打听，甚是拘束。耐了两日，只得就僧寮香积随喜一随喜，欲待看他僧人多少、房屋多少、禅规严不严、功课勤不勤的意思。不料篱笆槅扇缝中，不时有个小沙弥，窥觑唐公举动。唐公才向回廊步去，密报与住持五空知道。五空轻步，随着唐公后边，以备答问。转到厨房对面，有手下道人，大呼小叫，住持远远摇手。唐公行到一所在，问："此处庭院委曲，廊庑洁净，是甚么去处？"住持道："这是小僧的房，敢请老爷进内献茶。"唐公见和尚曲致殷勤，不觉的步进清舍，却不是僧人的卧房，乃一净室去处，窗明几净，果然一尘不染，万缘俱寂。五空献过了茶，推开槅子，紧对着舍利塔，光芒耀目，真乃奇观，复转身看屏门上，有一联对句：

宝塔凌云一目江天这般清净
金灯代月十方世界何等虚明

侧边写着"汾河柴绍熏沐手拜书"。唐公见词气高朗，笔法雄劲，点头会心，问住持道：

“这柴绍是甚么人?”住持道:“是汾河县礼部柴老爷的公子,表字嗣昌。在寺内看书,见僧人建得这两个小房,书此一联,以赠小僧,贴在屏门上。来往官府,多有称赞这对联的。”唐公点头而去,对住持道:“长老且自便。”

唐公回到禅堂。是晚月明如昼,唐公又有心事的人,停留在寺,原非得已,那里便肯安息?因步松阴,又到僧房,问:“住持曾睡也未?”五空急趋应道:“老爷尚未安置,小僧焉敢就寝?”唐公道:“月色甚好,不忍辜负清光。”住持道:“寺旁有一条平冈,可以玩月。请老爷一步何如?”唐公道:“这却甚妙。”住持叫小厮掌灯前走。唐公道:“如此好月,灯可不必。”住持道:“怕竹径崎岖,不便行走。”唐公道:“我们为将出征,黑地里常行山径。这尺来多路,便有花阴竹影,何须用灯?只烦长老引路,不必下人随从。”住持奉命,引领行走。唐公不往日间献茶去处,出了旁边小门,打从竹径幽静所在,步上土冈。见一月当空,片云不染,殿角插天,塔影倒地。又见远山隐隐,野树蒙蒙,人寂皆空,村犬交吠,点缀着一派夜景。

唐公观看一会,正欲下冈,只见竹林对过,灯火微红,有吟诵之声。唐公问道:“长老诵晚功课么?”住持道:“因夫人分娩,恐贵体虚弱,传香与徒子法孙,暂停晚间功课。”唐公点头。步转冈湾,却又敞轩几间。唐公便站住了脚,问道:“这声音又不是念经了?”住持道:“这就是柴公子看书之所。老爷日间所见的对联,就是他写的。”唐公听他声音洪亮,携了住持的手,轻轻举步,直到读书之所。窗隙中窥视,只见灯下坐着一个美少年,面如傅粉,唇若涂朱;横宝剑于文几,琅琅含诵,却不是孔孟儒书,乃是孙吴兵法。念罢拔剑起舞,有旁若无人之状。舞罢按剑在几,叫声:“小厮柴豹,取茶来!”

一片英雄气,幽居欲问谁?
青萍是知己,弹铗寄离奇。

唐公听见,即便回身下阶,暗喜道:“时平尚文,世乱用武。当此世界,念这几句诗云子曰,当得甚事?必如这等兼才,上马击贼盗,下马草露布,方雅称吾女。且我有缓急,亦可相助。”走过廊庭,随对住持道:“吾观此子,一貌非凡,他日必有大就。我有一女,年已及笄,端重寡言,未得佳婿,欲烦长老权为媒妁,与此子结二姓之好。”住持恭身答道:“老爷吩咐,僧人当执伐柯之斧。明早请柴公子来见老爷,老爷看他谈吐便知。”唐公道:“这却极妙。”唐公回到禅堂,僧亦辞别回去。

明日清晨,五空和尚有事在心,急忙爬起,洗面披衣,步到柴嗣昌书房里来。公子道:“长老,连日少会。”住持道:“小僧连日陪侍唐公李老爷,疏失了公子。”柴公子道:“李公到此何事?”住持道:“李老爷奉圣旨钦赐驰驿回乡。十五日到寺,因夫人分娩在方丈,故此暂时住下,候夫人身体康健,才好起马。”公子道:“我闻唐公素有贤名,为人果是如何?”住持道:“贫憎见千见万,再不见李老爷这样好人。因夫人生产在此,血光触污净地,先发十两银子,吩咐买香,各殿焚烧。又取缘簿,施银万两,重建寺院,再整山门。昨日午间,到小僧净室献茶,见相公所书对联,赞不绝口;晚间同小僧步月,听得相公读书,直到窗外看相公一会。”公子道:“甚么时候了?”住持道:“是公子看书将罢、拔剑起舞的时节。”公子道：“那时有一更了。”住持道：“是时有一鼓了。”公子道：“李公说甚么来？”住持道：“小僧特来报喜。”公子道：“甚么喜事？”住持道：“李老爷有郡主，说是一十六岁了，端重寡言，未得佳婿。教小僧执伐柯之斧，情愿与公子谐二姓之好。”公子笑道：“婚姻大事，未可轻谈。但我久仰李将军高名，若在门下，却也得时时亲近请教，必有所益，也是美事。”住持道：“如今李老爷，急欲得公子一见，就请到佛殿上，见他一面如何？”公子道：“他是个大人长者，怎好轻率求见？明日备一副贽礼，才好进拜。”住持道：“他渴慕相公，不消贽礼，小僧就此奉陪相公一往。”公子道：“既如此，我就同你去。”公子换了大衣，住持引到佛殿，拜见了唐公。

唐公见了公子，果然生得：

> 眉飘偃月，目炯曙星。鼻若胆悬，齿如贝列。神爽朗，冰心玉骨；气轩昂，虎步龙行。锋藏锷敛，真未遇之公卿；善武能文，乃将来之英俊。

唐公要待以宾礼，柴嗣昌再三谦让，照师生礼坐了。唐公叩他家世，叙些寒温。嗣昌娓娓清谈，如声赴响。唐公见了，不胜欣喜。留茶而出，遂至方丈与夫人说知。夫人道：“此子虽你我中意，但婚姻系百年大事，须与女儿说知方妥。”唐公道：“此事父母主之，女孩儿家，何得专主？”夫人道：“非也！知子莫若父，知女莫若母。我这女儿，不比寻常女儿。我看他往常间，每事有一番见识，有一番作用，与众不同。我如今去与他说明，看他的意思。他若无言心允，你便聘定他便了；若女儿稍有勉强，且自消停几时。量此子亦未必就有人家招他为婿，且到太原再处。”唐公道：“既如此说，你去问他，我外边去来。”说了走出方丈外去了。

夫人走进明间里来，小姐看见接住了。夫人将唐公要招柴公子的话，细细与小姐说了一遍。小姐停了半晌，正容答道：“母亲在上，若说此事，本不该女儿家多口；只是百年配合，荣辱相关，倘或草草，贻悔何及？今据父亲说，貌是好的，才是美的；但如今世界止凭才貌，不足以勘平祸乱，如遇患难，此辈咬文嚼字之人，只好坐以待毙，何足为用？”夫人接口道：“正是你父亲说，公子舞得好剑。月下看他，竟似白雪一团，滚上滚下，量他也有些本领。”小姐见说，微微笑道：“既如此说，待孩儿慢慢商酌，且不必回他，俟两日后定议何如？”夫人见说，出来回复了唐公。

小姐见夫人去了，左思右想，欲要自己去偷看此生一面，又无此礼；欲要不看，又恐失身匪偶，心上狐疑不决。只见保姆许氏，走到面前说道：“刚才夫人所言，小姐主意若何？”小姐道：“我正在这里想。”许氏道：“此事何难？只消如此如此，赚他来较试一番，才能便见了。”小姐点头色喜。正是：

> 银烛有光通宿燕，玉箫声叶彩鸾歌。

却说柴公子自日间见唐公之后，想唐公待他礼貌谦恭，情意款洽，心中甚喜。想到婚姻上边，因不知小姐的才貌，又未知成与不成，到付之度外。其时正在灯下看书，只见房门呀的一声,推进门来。公子抬头一看,却是一个眼大眉粗身长足大的半老妇人。公子立起身来问道:“你是何人?到此何干?”妇人答道:“我是李府中小姐的保姆。因老爷夫人,要聘公子东床坦腹;但我家小姐,不特才貌双绝,且喜读孙吴兵法,六韬三略,无不深究其奥,誓愿嫁一个善武能文、足智多谋的奇男子。日间老爷甚称公子的才貌,又说公子舞得好剑,故着老身出来,致意公子:如果有意求凰,不妨定更之后,到回廊转西观音阁后,菜园上边,看小姐排成一阵。如公子识得此阵,方许谐秦晋。”公子见说,欣然答道:“既如此说,你且去,到更余之后,你来引我去看阵何如?”许氏见说,即便出门。

公子用过夜膳后,听街上的巡兵起了更筹。庭中月色,比别夜更加皎洁。读了一回兵书,又到庭前来看月,不觉更筹已交二鼓。公子见婆子之言,或未必真,欲要进去就枕,蓦地里咳嗽一声,刚才来的保姆,远远站立,把手来招。公子叫柴豹箧中取出一副绣龙扎袖穿好,把腰间丝绦收紧,带了宝剑。叫柴豹锁上了门,跟了保姆到菜园中来。原来观音阁后,有绝大一块荒芜空地,尽头一个土山,紧靠着阁后粉墙,旁有一小门出入。

公子看了一回,就要走进去。许氏止住道:“小姐吩咐这两竿竹枝,是算比试的辕门。公子且稍停站在此间,待他们摆出阵来,公子看便了。”公子应允,向柴豹附耳说了几句。只见走出一个女子来,乌云高耸,绣袄短衣;头上凤钗一枝,珠悬罩额,臂穿窄袖;执着小小令旗一面,立在土山之上。公子问道:“这不是小姐么?”许氏道:“小姐岂是轻易见的?这不过小姐身边侍儿女教师,差他出来摆阵的。”话未说完,只见那女子把令旗一招,引出一队女子来:一个穿红的,夹着一个穿白的;一个穿青的,夹着一个穿黄的。俱是包巾扎袖,手执着明晃晃的单刀,共有一二十个妇女。左盘一转,右旋一回,一字儿的排着。许氏道:“公子识此阵否?”公子道:“此是长蛇阵,何足为奇!”

只见那女子又把令旗一翻,众妇女又四方兜转,变成五堆,一堆妇女四个,持刀相背而立。公子仔细一看,只见:

红一簇,白一簇,好似红白雪花乱舞玉。青一团,黄一团,好似青黄莺燕翅翩跹。错认孙武子教演女兵,还疑顾夫人排成御寇。

公子见妇女一字儿站定。许氏道:“公子识此阵否?”公子看了笑道:“如今又是五花阵了。”许氏道:“公子既识此阵,敢进去破得阵,走得出,方见你的本事。”公子道:“这又何难?”忙把衣襟束起,掣开宝剑杀进去。两旁女子看见,如飞的六口刀,光闪闪的砍将下来。公子疾忙把剑招架。那五团妇女,见公子投东,那些女子即便挡住,裹到东来;投西,他们也就拥着,止住去路。论起柴公子的本领,这一二十个妇女,何难杀退?一来刀剑锋芒,恐伤损了他们,不好意思;二来一队中有一个女子,执着红丝锦索,看将要退时,即便将锦索掷起空中,拦头的套将下来,险些儿被他们掩翻,故此只好招架,未能出围。

公子站定一望,只见阁下窗外,挂着两盏红灯,中间一个玉面观音,露着半截身儿站着。那土山上女子，只顾把令旗展动。公子掣开宝剑，直抢上土山来。那女子忙将令旗往后一招，后边钻出四五个皂衣妇女，持刀直滚出来，五花变为六花。公子忙舞手中剑，遮护身体，且走且退，将到竹枝边出围。那五团女子，如飞的又裹上来，四五条红锦套索，半空中盘起。公子正在危急之时，只得叫："柴豹那里？"柴豹听见，忙在袖中取出一个花爆，点着火向妇人头上悬空抛去。众女只听得头上一声炮响，星火满天。公子忙转身看时，只听得飕的一声，正中柴公子巾帻。公子取来月下一看，却是一支没镞的花翎箭，箭上系着一个小小的彩球。公子看内时，不特阁上美人已去，窗棂紧闭，那些妇人形影俱无。听那更筹，已打四鼓。主仆二人，疾忙归到书斋安寝。

不多时鸡声唱晓，红日东升。柴公子正在酣睡之中，只听得叩门声响。柴豹开门看时，却是五空长老，引到榻前，对公子说："今早李老爷传我进殿去，说要择吉日，将金币聘公子为婿。"柴嗣昌父母早亡，便将家园交与得力家人，就随唐公回至太原就亲。后来唐公起兵伐长安时，有娘子军一支，便是柴绍夫妻两个，人马早已从今日打点下了。

> 云簇蛟龙奋远扬，风资虎豹啸林廊。
> 天为唐家开帝业，故教豪杰作东床。

不提唐公回至太原。却说叔宝自十五日，就出关赶到樊建威下处。建威就问："抱不平的事，却如何结局了？"叔宝一一回答，建威不胜惊愕。次日早饭过，匆匆的分了行李，各带犯人二名，分路前去。樊建威投泽州，秦叔宝进潞州。到州前见公文下处，门首有系马桩，拴了坐下黄骠马，将两名人犯带进店来。主人接住，叔宝道："主人家，这两名人犯是我解来的，有谨慎的去处，替我关锁好了。"店主答道："爷若有紧要事，吩咐小人，都在小人身上。"秦叔宝堂前坐下，吩咐："店主，着人将马上行李搬将来了，马拆鞍辔，不要揭去那软替；走热了的马，带了槽头去吃些细料。干净些的客房，出一间与我安顿。"店主摊浪道："老爷，这几间房，只有一间是小的的门面，容易不开；只等下县的官员府中公干，才开这房与他居住。爷要洁净，开上房与爷安息罢。"叔宝道："好。"

主人掌灯搬行李进房，摆下茶汤酒饭。主人尽殷勤之礼，立在膝旁斟酒，笑堆满面："请问相公爷高姓，小的好写账。"叔宝道："你问我么？我姓秦，山东济南府公干，到你府里投文。主人家你姓什么？"主人道："秦爷，你不曾见我小店门外招牌？是'太原王店'。小人贱名，就叫做王示，告示的示字。"秦叔宝道："我与你宾主之间，也不好叫你的名讳。"店主笑道："往来老爷们，把我示字颠倒过了，叫我做王小二。"叔宝道："这也是通套的话儿。但是开店的，就叫做小二；但是做媒的，就叫做王婆。这等我就叫你是小二哥罢！我问你，蔡太爷领文投文有几日耽搁？"小二道："秦爷没有耽搁。我们这里，蔡太爷是一个才子，明日早堂投文，后日早堂就领文。爷在小店，止有两日停留。怕秦爷要拜望朋友，或是买些什物土仪人事，这便是私事耽搁，与衙门没有相干。"叔宝问了这些细底，吃过了晚饭，便闭门睡了。

明日绝早起来,洗面裹巾,收拾文书,到府前把来文挂号。蔡刺史升堂投文,人犯带见,书吏把文书拆于公案上。蔡刺史看了来文,吩咐禁子松了刑具,叫解户领刑具,于明日早堂候领回批。蔡刺史将两名人犯,发在监中收管。这是八月十七日早堂的事。叔宝领刑具,到下处吃饭,往街坊宫观寺院顽了一日。

十八日侵早,要进州中领文。日上三竿,巳牌时候,衙门还不曾开,出入并无一人,街坊静悄。这许多大酒肆,昨日何等热闹,今日却都关了;吊闼板不曾挂起,门却半开在那里。

叔宝进店,见柜栏里面几个少年顽要。叔宝举手问道:“列位老哥,蔡太爷怎么这早晚不坐堂?”内中有一个少年问道:“兄不是我们潞州声口?”叔宝道:“小可是山东公干来的。”少年道:“兄这等不知太爷公干出去了?”叔宝道:“那里去了?”少年道:“并州太原去了。”叔宝道:“为甚么事到太原去?”少年道:“为唐国公李老爷,奉圣旨钦赐驰驿还乡,做河北道行台,节制河北州县。太原有文书,知会属下府州县道首领官员。太爷三更天闻报,公出太原去贺李老爷了。”叔宝心中了然明白:“就是我临潼山救他的那李老爷了。”再问:“老兄,太爷几时才得回来?”少年道:“还早。李老爷是个仁厚的勋爵,大小官员去贺他,少不得待酒。相知的老爷们遇在一处,还要会酒。路程又远,多则二十日,少要半个月才得回来。”叔宝得了这个信,再不必问人;回到寓中,一日三餐,死心塌地,等着太守回来。

出外的人,下处就是家里一般,日间无事,只好吃饭而已。但叔宝是山东豪杰,顿餐斗米,饭店上能得多少钱粮与他吃?一连十日,把王小二一副本钱,都吃在秦琼肚里了。王小二的店,原是公文下处,官不在家,没人来往,招牌灯笼都不挂出去。王小二在家中,与妻计较道:“娘子,秦客人是个退财白虎星。自从他进门,一个官就出门去了,几两银子本钱,都葬在他肚皮里了。昨日回家来吃些中饭,菜蔬不中用,就捶盘掷盏起来。我要开口问他取几两银子,你又时常埋怨我不会说话,把客人都恶失到别人家去了。如今到是你开口问他要几两银子。女人家的说话就重些,他也担待得了。”王小二的妻柳氏,最是贤能,对丈夫道:“你不要开口。入门休问荣枯事,观着容颜便得知。看秦爷也不是少饭钱的人。是我们潞州人,或者少得银子。他是山东人,等官回来,领了批文,少不得算还你店账。”

又捱了两日难过了,王小二只得自家开口。正直秦叔宝来家吃中饭。小二不摆饭,自己送一钟暖茶到房内,走出内外,傍着窗边,对着叔宝陪笑道:“小的有句话说,怕秦爷见怪。”叔宝道:“我与你宾主之间,一句话怎么就怪起来。”小二道:“连日店中没生意,本钱短少,菜蔬都是不敷的。意思要与秦爷预支几两银子儿用用,不知使得也使不得?”叔宝道:“这是正理,怎么要你这等虚心下气?是我忽略了,不曾取银子与你,不然那里有这长本钱供给得我来?你跟我进房去,取银子与你。”王小二连声答应,欢天喜地,做两步走进房里。叔宝床头取皮挂箱开了,伸手进去拿银子,一只手就像泰山压住的一般,再拔不出了。正是:

床头黄金尽,壮士无颜色。

叔宝心中暗道："富贵不离其身，这句话原不差的。如今几两盘费银子，一时失记，被樊建威带往泽州去了，却怎么处？"叔宝的银子，为何被樊建威带去了呢？秦叔宝、樊建威两人，都是齐州公门豪杰；点他二人解四名军犯，往泽州、潞州充伍。那时解军盘费银两，出在本州库吏人手的，晓得他二人平素交厚，又是同路差使。二来又图天平法码讨些便宜，一处给发下来，放在樊建威身边用。长安又耽搁了两日；及至关外，忽忽的分路。他两个都不是寻常的小人，把这几两银子放在心上的。行李文书件色分开，只有银子不曾分开，故此盘费银两，都被樊建威带往泽州去了。连秦叔宝还只道在自己身边一般，总是两个忘形之极，不分你我，有这等事体出来。一时许了王小二饭银，没有得还的，好生局促！一个脸登时胀红了。

那王小二见叔宝只管在挂箱内摸，心上也有些疑惑："不知还是多在里头，要拣成块头与我？不知还是少在里头，只管摸了去？"不知此时叔宝实难区处。毕竟如何回答王小二，且听下回分解。

第七回　蔡太守随时行赏罚　王小二转面起炎凉

诗曰：

金风瑟瑟客衣单，秋蛩唧唧夜生寒。
一灯影影焰欲残，清宵耿耿心几剜。
天涯游子惨不欢，高堂垂白空倚阑。
囊无一钱羞自看，知己何人惜羽翰？
东望关山泪雨弹，壮士悲歌行路难。

常言道："家贫不是贫，路贫愁煞人。"叔宝一时忘怀，应了小二；及至取银，已为樊建威带去。汉子家怎么复得个没有？正在着急，且喜摸到箱角里头，还有一包银子。这银子又是那里来的？却是叔宝的母亲，要买潞州绸做寿衣，临行时付与叔宝的，所以不在朋友身边。叔宝只得取将出来，交与王小二道："这是四两银子在这里，且不要算账，写了收账罢。"王小二道："爷又不去，算账怎的？写收账就是了。"王小二得了这四两银子，笑容满面，拿进房去，说与妻子知道，还照旧服侍。只是秦叔宝的怀抱，那得开畅？囊橐已尽，批文未领，倘官府再有几日不回，莫说家去欠缺盘缠，王小二又要银子，却把甚么与他？口中不言，心里焦闷，也没有情绪到各处顽耍，吃饱了饭，镇日靠着炕睡儿呆呆的望。正是：

人逢喜事精神爽，闷向心来瞌睡多。

又等了两三日，蔡刺史到了。本州堂官摆道，大堂传鼓下，四衙与本州应役人员，都出郭迎接。叔宝是公门中当差的人，也跟着众人出去。到十里长亭，各官都相见，各项人都见过了。蔡太守一路辛苦，乘暖轿进城门。叔宝跟进城门，事急无君子，当街跪下禀道："小的是山东济南府解户，伺候老爷领回批。"刺史陆路远来，轿内半眠半坐，那里去答应领批之人？轿夫皂快狐假虎威，喝道："快不起来！我们老爷没有衙门的，你在这里领批？"叔宝只得起来了，轿夫一发走得快了。叔宝暗想道："在此一日，连马料盘费要用两方银子。官是辛苦了来的，倘有几日不坐堂，怎么了得？"做一步赶上前去，意思要求轿上人慢走，跪过去禀官。自己不晓得力大，用左手在轿杠上一拖，轿子拖了一侧，四个抬轿的，四个扶轿的，都一闪支撑不住。还是刺史睡在轿里，若是坐着，就一交跌将出来。那时官就发怒道："这等无礼！难道我没有衙门的？"叫皂隶扯下去打。叔宝理屈词穷，府前当街褪裤，重责十板。若是本地衙门里人，皂隶自然用情；叔宝是别处人，没人照顾，打得皮开肉绽，鲜血迸流。正是：

文王也受羁囚累，孙膑难逃刖足灾。

王小二在门首先看见了，对妻子道：“这姓秦的，也是个没来历的人，住我家有个把月了，身上还是那件衣服。在公门中走动的人，不晓得礼仪？今日惹了官，拿到州门前，打了十板来了。”官进府去，叔宝回店。王小二迎住，口里便叫：“你老人家！”不像平日的和颜悦色，就有些讥讪意思：“秦大爷，你却不像公门的豪杰，官府的喜怒你也不知道？还是我们蔡老爷宽厚，若是别位老爷，还不放哩！”叔宝那里容得，喝道：“关你甚么事？”小二道：“打在你老人家身上，干我甚么事？我说的是好话，拿饭与你吃罢。”叔宝包着一肚皮的气，道：“不吃饭，拿热水来！”小二道：“有热水在此。”秦叔宝将热水洗了杖疮去睡，巴明不明，盼晓不晓。

次日负痛到府中来领文，正是在他矮檐下，怎敢不低头？蔡刺史果然是个贤能的官府，离家日久，早出升堂。文书案积甚多，赏罚极明，人人感戴。秦叔宝只等公务将完，方才跪将下去禀道：“小的是齐州刘爷差人，伺候老爷领批。”叔宝今日怎么说个齐州刘爷差人？因腿疼心闷，一夜不曾睡着，想道本州刘爷，与蔡太爷是同年好友，说个刘爷差人，使蔡太爷有屋乌之爱。果中其言，蔡刺史回嗔作喜道：“你就是那刘爷的差人么？”秦叔宝道：“小的是刘爷的差人。”刺史道：“你昨日鲁莽得紧，故此府前责你那十板，以儆将来。”秦琼道：“老爷打的不差。”经承吏将批取过来，蔡刺史取笔签押，不即发下去。想：“这刘年兄，不知此人扳了我的轿子，只说我年家情薄，千里路程把他差人又打了。”叫库吏动支本州名下公费银三两，也不必包封，赏刘爷差人秦琼为路费。少顷库吏取了银来，将批文发直堂吏，叫“刘爷差人领批，老爷赏盘费三两。”秦琼叩谢，接了批文，拿了赏银，出府回店。

王小二在柜上结账，见叔宝回来，问道：“领了批回来了，饯行酒还不曾齐备，却怎么好？”叔宝道：“这酒定不消了。”小二道：“闲坐着且把账算起了何如？”叔宝道：“拿账过来算。”小二道：“相公爷是八月十六日到小店的，今日是九月十八日了；八月大，共计三十二日。小店有规矩，来的一日，去的一日，不算饭钱，折接风送行。三十个整日子，马是细料，连爷三顿荤饭，一日该时银一两七折算，净该纹银二十一两。收过四两银子，准少十七两。”叔宝道：“这三两银子，是蔡太爷赏的，却是好的。”小二道：“净欠十四两。事体又小，秦爷也不消写账，兑银子就是了，待我去取天平过来。”叔宝道：“二哥且慢着，我还不去。”小二道：“秦爷领了批文，如今也没有甚么事了。”叔宝道：“我有一个樊朋友，赶泽州投文，有些盘费的银子，都在他身边。想是泽州的马太爷，也往太原公贺李老爷去了。官回来领了文，少不得来会我，才有银子还你。”小二道：“小人是个开饭店的，你老人家住一年，才是好生意哩。”叔宝写账，九月十八日结算，除收净欠纹银一十四两无零。

王小二口里虽说秦客人住着好，肚里打稿：见那几件行李，值不多银子。有一匹马，又是张口货，他骑了饮水去，怎好拦住他？就到齐州府，寻着公门中的豪杰，那里替他缠得清？倒要折了盘费，丢了工夫，去讨饭账不成？这叫个见钟不打，反去铸铜了。我想那批回，是要紧的文书，没有此物去，见不得本官；不如拿了他的，倒是绝稳的上策。这些话，都是王小二肚里踌躇，不曾明言出来。将批文拿在手内看，还放在柜上，便叫妻子：“把这个文书，是要紧的东西。秦爷若放在房内，他要耍子，常锁了门出去。深秋时候，连阴又雨，屋漏水下，万一打湿了，是我开店的干系。你收拾好放在箱笼里面，等秦爷起身时，我交付明白与他。”秦叔宝心中便晓得王小二扳作当头，假小心的说话，只得随口答应道：“这却极好。”话也不曾说完，小二已把文书递与妻子手内，拿进房去了。正是：

无情便摘神仙珮，计巧生留卿相貂。

小二又叫手下的：“那饯行酒不要摆将过来。秦爷又不去，若说饯行，就是速客起身的意思了，径拿便饭来请爷吃。”手下知道主人的口气，便饭二字，就是将就的意思了。小菜碟儿，都减少了两个，收家伙的筛碗顿盏，光景甚是可恶；早晨面汤也是冷的。叔宝吃眉高眼低的茶饭，又没处去，终日出城到官路，望樊建威到来，正是：

闷是一囊如水洗，妄思千里故人来。

自古道：“嫌人易丑，等人易久。”望到夕阳时候，见金风送暑，树叶飘黄。河桥官路，多少来车去马，那里有樊建威的影儿？等了一日，在树林中急得双脚只是跳，叫道：“樊建威，樊建威！你今日再不来，我也无面目进店，受小人的闲气。”等到晚只得回来。那樊建威原不曾约在潞州相会，只是叔宝痴心想着，有几两银子在他身边。这个念头撑在肚里，怎么等得他来？暗里摇桩，越摇越深了。明日早晨又去，“今日再不来，到晚我就在这树林中，寻一条没结果的事罢”。等到傍晚又不见樊建威来；乌鸦归宿，喳喳的叫。叔宝正在踌躇，猛然想起家中有老母，只得又回来。脚步移徙艰难，一步一叹，直待上灯后，方才进门。

叔宝房内已点了灯。叔宝见了灯光，心下怪道：“为甚今夜这般殷勤起来，老早点火在内了？”驻步一看，只见有人在内呼幺喝六，掷色饮酒。王小二在内，跑将出来，叫一声：“爷，不是我有心得罪。今日到了一起客人，他是贩甚么金珠宝玩的，古怪得紧，独独里只要爷这间房。早知有这样事体，爷出去锁了房门，到也不见得这事出来。我打账要与他争论，他又道：‘主人家只管房钱，张客人住，李客人也是住得的；我与多些房钱就是了。’我们这样人，说了银子两字，只恐怕又冲断了好主顾。”口角略顿了一顿，“这些人竟走进去坐，倒不肯出来。我怕行李拌差了，就把爷的行李，搬在后边幽静些的去处。因秦爷在舍下日久，就是自家人一般。这一班人，我要多赚他些银子，只得从权了；爷不要见怪，才是海量宽洪。”叔宝好几日不得见王小二这等和颜悦色，只因倒出他的房来，故此说这些好话儿。秦叔宝英雄气概，那里忍得小人的气过；只因少了饭钱，自揣一揣，只得随机迁就道：“小二哥，屋随主便，但是有房与我安身就罢，我也不论好歹。”

王小二点灯引路，叔宝跟随。转弯抹角，到后面去。小二一路做不安的光景，走到一个所在，指道："就是这里。"叔宝定睛一看，不是客房，却是靠厨房一间破屋：半边露了天，堆着一堆糯糯秸。叔宝的行李，都堆在上面。半边又把柴草打个地铺，四面风来，灯挂儿也没处施设，就地放下了；拿一片破缸爿，挡着壁缝里风。又对叔宝道："秦爷只好权住住儿，等他们去了，仍旧到内房里住。"叔宝也不答应他。小二带上门竟走去了。叔宝坐在草铺上，把金装锏按在自己膝上，用手指弹锏，口内作歌：

旅舍荒凉雨又风，苍天着意困英雄。
欲知未了生平事，尽在一声长叹中。

正吟之间，忽闻脚步响声；渐到门口，将门上枭吊儿倒叩了。叔宝也是个宠辱无惊的豪杰，到此时也容纳不住，问道："是那一个叩门？你这小人，你却不识得我秦叔宝的人哩！我来时明白，去时焉肯不明白？况有文书鞍马行李，俱在你家中，难道我就走了不成？"外边道："秦爷不要高声，我是王小二的媳妇。"叔宝道："闻你素有贤名，夜晚黄昏，来此何干？"妇人道："我那拙夫，是个小人的见识，见秦爷少几两银子，出言不逊。秦爷是大丈夫，把他海涵了。我常时劝他不要这等炎凉，他还有几句秽污言语，把恶水泼在我身上来。我这几日不好亲近得秦爷，适才打发我丈夫睡了，存得有晚饭送在此间。"

萧萧囊橐已成空，谁复留心恤困穷？
一饭淮阴遗国士，却输妇女识英雄。

叔宝闻言，眼中落泪道："贤人，你就是淮阴的漂母，哀王孙而进食，恨秦琼他日不能封三齐而报千金耳！"柳氏道："我是小人之妻，不敢自比于君子，何敢望报？只是秦爷暂处落寞。我见你老人家，衣服还是夏衣，如今深秋时候，我这潞州风高气冷，脊背上吹了这两条裂缝，露出尊体，却不像模样。饭盘边有一索线，线头上有一个针子，爷明日到避风的去处，且缝一缝，遮了身体，等泽州樊爷到来，有银子换衣服，便不打紧了。明日早晨，若厌听我拙夫琐碎，不吃早饭出门，媳妇倒趱得有几文皮钱，也在盘内，爷买得些粗糙点心充饭；晚间早些回来。"说完这些言语，把那枭吊儿放了，自去了。

叔宝开门，将饭盘掇进。又见青布条捻成钱串，拢着三百文皮钱；一索线，线头上一个针子。都取来安在草铺头边。热汤汤一碗肉羹。叔宝初到他店中说这肉羹好吃，顿顿要这碗下饭。自算账之后，菜饭也是不周全的，那里有这样汤吃？因今日下了这样富客，做这肉汤，留得这一碗。叔宝欲待不吃，熬不得肚中饥馁，只得将肉羹连气吃下。秋宵耿耿，且是难得成梦，翻翻覆覆，睡得一觉。醒了天尚未明。且喜这间破屋，处处透进残月之光，他果然把身上这件夏衣，乘月色，将绽处胡乱揪来一缝，披在身上，趁早出来。

补衮奇才识者稀，鹑悬百结事多违。

缝时惊见慈亲线，惹得征人泪满衣。

带了这三百钱，就觉胆壮；待要做盘缠，赶到泽州，又恐遇不着樊建威，那时怎回？且小二又疑我没行止，私自去。不若且买些冷馍馍火烧，怀着在官道上坐等。

走来走去，日已西斜。远远望见一个穿青衣的人，头带范阳毡笠，腰跨短刀，肩上负着挂箱，好似樊建威模样；及至近前，却又不是。接踵就是几个骑马打猎的人冲过。叔宝把身子一让，一只脚跨进人家大门，不防地上一个火盆，几乎踹翻。只见一个五十多岁的妇人，手执着一串素珠，在那里向火；见这光景，即便把叔宝上下一看，便道："汉子看仔细，想是你身上寒冷，不妨坐在此烤一烤火。"叔宝见说，道声："有罪了。"即便坐下。

妇人道："吾看你好一条汉子，为怎么身上这般光景？想不是这里人？"叔宝道："我是山东人。因等一个朋友不至，把盘缠用尽，回去不得。"妇人道："既如此，你随口说一个时辰来，我替你占一个小课，看这朋友来不来？"叔宝便说个申时。妇人捻指一算，便道："卦名速喜。书上说得好：'速喜心偏急，来人不肯忙。'来是一定来的，只是尚早哩。待出月将终，方有消息。"叔宝道："老奶奶声口，也像不是这里人，姓甚么？"妇人道："我姓高，是沧州人。因前年我们当家的去世，便同儿子迁到这里来倚傍一个亲戚。"叔宝道："你家儿子叫甚号？多少年纪？做甚么生意？"妇人道："只有一个儿子，号叫开道。因他有些膂力，好的是使枪弄棍，所以不事生业，常不在家。"说完，立起身对叔宝道："想你还未午膳，我有现成面饭在此。"说完进去，托出热腾腾的一大碗面、一碟蒜泥、一双竹箸，放在桌上，请叔宝吃。叔宝等了这一日，又说了许多的话，此时肚子里也空虚，并不推却，即便吃完了，说道："蒙老奶奶一饭之德，未知我秦琼可有相报的日子？"那妇人道："看你这样一条汉子，将来决不是落寞之人，怎么说恁话来？杀人救人方叫做报，这样口食之事，说甚么报？"其实街上已举灯火。叔宝点头唯唯，谢别出门，一路里想道："惭愧我秦琼出门，不曾撞着一个有意思的朋友，反遇着两个贤明的妇人，消释胸中抑郁。"一头想，一头走。正是：

漂母非易得，千金曾掷水。

却说王小二因叔宝不回店中，就动起疑来，对妻子道："难道姓秦的，成了仙不成？没钱还我，难道有钱在别处吃不成？"妻子道："人能变财，或者撞见了甚么熟识的朋友，带挈他吃两日，也未可知。"小二道："既如此，我央人问他讨饭钱。"一日清早，叔宝刚欲出门，只见外边两个穿青的少年，迎着进来。不知为何事，且听下回分解。

第八回　三义坊当锏受腌臜　二贤庄卖马识豪杰

词曰：

牝牡骊黄，区区岂是英雄相？没个孙阳，骏骨谁相赏？
伏枥悲鸣，气吐青云漾。多惆怅，盐车踯躅，太行道上。

调寄《点绛唇》

宝刀虽利，不动文士之心。骏马虽良，不中农夫之用。英雄虽有掀天揭地手段，那个识他、重他？还要奚落他。

那两个少年与王小二拱手，就问道："这位就是秦爷么？"小二道："正是。"二人道："秦大哥请了。"叔宝不知其故，到堂前叙揖。二人上坐，叔宝主席相陪。王小二看三杯茶来。茶罢，叔宝开言道："二兄有何见教？"二人答道："小的们也在本州当个小差使。闻秦兄是个方家，特来说分上。"叔宝道："有甚见教？"二人道："这王小二在敞衙门前开饭店多年，倒也负个忠厚之名。不知怎么千日之长、一日之短，得罪于秦兄？说你怪他，小的们特来陪罪。"叔宝道："并没有这话，这却从何而来？"二人道："都说兄怪他，有些店账不肯还他。若果然怪他，索性还了他银子，摆布他一场，却是不难的。若不还他银子，使小人得以借口。"

叔宝何等男子，受他颠簸，早知是王小二央来会说话的高人了。"我只把直言相告二兄：我并不怪他夫妇，只因我囊橐罄空，有些盘费银两，在一个樊朋友身边。他往泽州投文，只在早晚来，算还他店账。"二人道："兄山东朋友，大抵任性的多。等见那个朋友，也要吃饱了饭，才好等得；叫他开饭店的也难服事。若要照旧管顾，本钱不敷；若简慢了兄，就说开饭店的炎凉，厌常喜新。客人如虎居山，传将出去，鬼也没得上门，饭店都开不成了。常言道：'求人不如求己。'假若樊朋友一年不来，也等一年不成？兄本衙门，不见兄回也要捉比，宅上免不得惊天动地。凡事要自己活变。"叔宝如酒醉方醒，对二人道："承兄指教，我也不等那樊朋友来了。有两根金装锏，将他卖了算还店账，余下的做回乡路费。"二人叫王小二道："小二哥，秦爷并不怪你。倒要把金装锏卖了，还你饭钱。你须照旧伏侍。"也不通姓名，举手作别而去。好似：

在笼鸲鹆能调舌，去水蛟龙未得飞。

叔宝到后边收拾金装锏。王小二忽起奸心："这个姓秦的奸诈，到有两根甚么金装锏，不肯早卖，直等我央人说许多闲话，方才出手。不要叫他卖，恐别人讨了便宜去。我哄他当在潞州，算还我银子，打发他起身；加些利钱儿，赎将出来。剥金子打首饰，与老婆带将起来。多的金子，剩下拿去兑与人，夫妻发迹，都在这金装锏上了。”笑容满面，走到后边来。

叔宝坐在草铺上，将两条锏横在自己膝上，上面有些铜青了。他这锏原不是纯金的，原是熟铜流金在上面。从祖秦旭传父秦彝，传到他已经三世了。挂在鞍旁，那锏楞上的金都磨去了，只是槽凹里有些金气。放在草铺上，地湿发了铜青。叔宝自觉没有看相，只得拿一把穰草，将铜青擦去，耀目争光。王小二只道上边有多少金子，朦着眼道：“秦爷，这个锏不要卖。”叔宝道：“为何不要卖？”小二道：“我这潞州有个隆茂号当铺，专当人甚么短脚货。秦爷将这锏抵当几两银子，买些柴米，将高就低，我伏事你老人家。待平阳府樊爷来到，加些利钱，赎去就是了。”叔宝也舍不得两条金锏卖与他人，情愿去当，回答小二道：“你的所见，正合我意，同去当了罢！”

同王小二走到三义坊一个大姓人家，门旁黑直棂内，门挂“隆茂号当”字牌。径走进去，将锏在柜上一放，放得重了些，主人就有些恨嫌之意。“呀！不要打坏了我的柜桌！”叔宝道：“要当银子。”主人道：“这样东西，只好算废铜。”叔宝道：“是我用的兵器，怎么叫做废铜呢？”主人道：“你便拿得他动，叫做兵器。我们当久了，没用他处，只好熔做家伙卖，却不是废铜？”叔宝道：“就是废铜罢了。”拿大称来称斤两，那两根锏重一百二十八斤。主人道：“朋友，还要除些折耗。”叔宝道：“上面金子也不算，有甚么折耗？”主人道：“不过是金子的光景，那里作得账！况且那两个把子，算不得铜价，化铜时就烧成灰了。如今是铁枥木的，觉重。”叔宝却慷慨道：“把那八斤零头除去，作一百二十斤实数。”主人道：“这是潞州出产的去处，好铜当价是四分一斤，该五两短二钱，多一分也不当。”叔宝算四五两银子，几日又吃在肚里，又不得回乡，仍然拿回去。小二已有些不悦之色。叔宝回店，坐在房中纳闷。

举世尽肉眼，谁能别奇珍？
所以英雄士，碌碌多湮沦。

王小二就是逼命一般，又走将进来，向叔宝道：“你老人家再寻些甚么值钱的东西当罢！”叔宝道：“小二哥，你好呆！我公门中道路，除了随身兵器，难道带甚么金宝玩物不成？”小二道：“顾不的你老人家。”叔宝道：“我骑这匹黄骠马，可有人要？”小二道：“秦爷在我家住有好几时，再不曾说这句，说甚么金装锏，我这潞州人，真金子还认做假的，那晓得有用的兵器！若说起马来，我们这里是旱地，若大若小人家，都有脚力。我看秦爷这匹黄骠，倒有几步好走，若是肯卖，早先回家，公事都完了。”叔宝道：“这是就有银子的？”小二道：“马出门就有银子进门。”叔宝道：“这里的马市，在怎么所在？”小二道：“就在西门里大街上。”叔宝道：“甚么时候去？”小二道：“五更时开市，天明就散市了。”小二叫妻子收拾晚饭与秦爷吃了，明日五更天，要去卖马。

叔宝这一夜好难过，生怕错过了马市，又是一日，如坐针毡。盼到交五更时候起来，将些冷汤洗了脸，梳了头。小二掌灯牵马出槽。叔宝将马一看，叫声嗳呀道：“马都饿坏在这里了！”人被他炎凉到这等田地，那个马一发可知了。自从算账之后，不要说细料，连粗料也没有得与他吃了，饿得那马在槽头嘶喊。妇人心慈，又不会铡草，瞒了丈夫，偷两束长头草，丢在槽里，凭那马吃也得，不吃也得。把一匹千里神驹，弄得蹄穿鼻摆，肚大毛长。叔宝敢怒而不敢言。要说饿坏了我的马，恐那小人不知高低，就道连人也没有得吃，那在马乎？只得接扯拢头，牵马外走。王小二开门，叔宝先出门外，马却不肯出门，径晓得主人要卖他的意思。马便如何晓得卖他呢？此龙驹神马，乃是灵兽，晓得才交五更，若是回家，就是三更天也鞴鞍辔、捎行李了。牵栈马出门，除非是饮水龁青，没有五更天牵他饮水的理。马把两只前腿蹬定这门槛，两只后腿倒坐将下去。若论叔宝气力，不要说这病马，就是猛虎，也拖出去了。因见那马尫瘦得紧，不忍加勇力去扯他，只是调息绵绵的唤。王小二却是狠心的人，见那马不肯出门，拿起一根门闩来，照那瘦马的后腿上，两三门闩，打得那马护疼扑地跳将出去。小二把门一关道："卖不得，再不要回来！"

却说叔宝牵马到西营市来。马市已开，买马与卖马的王孙公子，往来络绎不绝。看马的驰骤杂遝，不计其数。有几个人看见叔宝牵着一匹马来，都叫："列位让开些，穷汉子牵了一匹病马来了，不要挨倒了他。"合唇合舌的淘气。叔宝牵着马在市里，颠倒走了几回，问也没人问一声，对马叹道："马，你在山东捕盗时，何等精壮！怎么今日就垂头丧气到这般光景！叫我怎么怨你，我是何等的人？为少了几两店账，也弄得垂头丧气，何况于你！"常言道得好：

人当贫贱语声低，马瘦毛长不显肥。
得食猫儿强似虎，败翎鹦鹉不如鸡。

先时还是人牵马，后来到是马带着人走。一夜不曾睡得，五更天起来，空肚里出门，马市里没人瞅睬，走着路都是打盹睡着的。天色已明，走过了马市，城门大开，乡下农夫挑柴进城来卖。潞州即今山西地方，秋收都是那茹茹秸儿；若是别的粮食，收拾起来枯槁了，独有这一种气旺，秋收之后，还有青叶在上。马是饿极的了，见了青叶，一口扑去，将卖柴的老庄家一交扑倒。叔宝如梦中惊觉，急去搀扶。那人老当益壮，翻身跳起道："朋友，不要着忙，不曾跌坏我那里。"那时马嚼青柴，不得溜缰。老者道："你这匹马牵着不骑，慢慢的走，敢是要卖的么？"叔宝道："便是要卖他，在这里撞个主顾。"老者道："马膘虽是跌了，缰口倒还好哩！"叔宝正在懊闷之际，见老者之言，反欢喜起来了。

喜逢伯乐顾，冀北始空群。

问老者道："你是鞭杖行，还是兽医出身？"老者道："我也不是鞭杖行，也不是兽医。老汉今年六十岁了，离城十五里居住。这四束柴有一百多斤，我挑进城来，肩也不曾换一换，你这马轻轻的扑了一口青柴，我便跌了一交，就知这马缰口还好；只可惜你头路不熟，走到这马市里来。这马市里买马的，都是那等不得穷的人。"叔宝笑道："怎么叫做等不得穷的人？"老者道："但凡富贵子弟，未曾买马，先叫手下人拿着一副鞍辔跟着走。看中了马的毛片,搭上自己的鞍辔,放个辔头,中意方才肯买。他怎肯买你的病马培养?自古道:‘买金须向识金家。’怎么在这个所在出脱病马来?你便走上几日,也没有人瞧着哩!”叔宝道:“据你说起来,还是牵到甚么所在卖呢?”老者道:“只是我要卖柴,若不是卖柴,引你到一个去处,这马就有人买了。”叔宝道:“你卖柴的小事。你若引我去卖了这匹马,事成之后,送你一两银子牙钱。”老者听说,大喜道:“这里出西门去十五里地,有个主人姓单,双名雄信,排行第二,我们都称他做二员外。他结交豪杰,买好马送朋友。”

叔宝如酒醉方醒,大梦初觉的一般,暗暗自悔:“我失了检点。在家时常闻朋友说:‘潞州二贤庄单雄信,是个延纳的豪杰。’我怎么到此,就不去拜他?如今弄得衣衫褴褛、鹄面鸠形一般,却去拜他,岂不是迟了!正是临渴掘井,悔之无及。若不往二贤庄去,过了此渡,又无船了,却怎么处?也罢,只是卖马,不要认慕名的朋友就是了。老人家,你引我前去;果然卖了此马,实送你一两银子。”老者贪了厚谢,将四束柴寄在豆腐店门口,叫卖豆腐的:“替我照管一照管。”扁担头上,有一个青布口袋儿,袋了一升黄豆,进城来换茶叶的。见马饿得狠,把豆儿倒在个深坑塘里面,扯些青柴,拌了与那马且吃了。老庄家拿扁担儿引路,叔宝牵马竟出西门。约十数里之地,果然一所大庄,怎见得?但见:

碧流萦绕,古木阴森。碧流萦绕,往来鱼腾纵横;古木阴森,上下鸟声稠杂。小桥虹跨,景色清幽;高厦云连,规模齐整。若非旧阀,定是名门。

老庄家持扁挑过桥入庄。叔宝在桥南树下拴马,见那马瘦得不像模样,心中暗道:“己所不欲,勿施于人。我也看不上,教他人怎么肯买?”因连日没心绪,不曾牵去饮水啃青刷铇,鬃尾都结在一处。叔宝只得将左手衣袖卷起,按着马鞍,右手五指,将马领鬃往下分理。那马怕疼,就掉过头来,望着主人将鼻息乱扭,眼中就滚下泪来。叔宝心酸,也不去理他领鬃,用手掌在他项上,拍了这两掌道:“马耶,马耶!你就是我的童仆一般。在山东六府驰名,也仗你一背之力。今日我月建不利,把你卖在这庄上,你回头有恋恋不舍之意,我却忍心卖你,我反不如你也!”马见主人拍项吩咐,有欲言之状;四蹄踢跳,嘶喊连声。叔宝在树下长叹不绝。正是:

威负空群志,还余历块才。
惭无人剪拂,昂首一悲哀。

却说雄信富厚之家,秋收事毕,闲坐厅前。见老人家竖扁担于窗扇门外边,进门垂手,对员外道:“老汉进城卖柴,见个山东人牵匹黄骠马要卖;那马虽跌落膘,缰口还硬。如今领着马在庄外,请员外看看。”雄信道:“可是黄骠马?”老汉道:“正是黄骠马。”雄信起身,从人跟随出庄。

叔宝隔溪一望,见雄信身高一丈,貌若灵官,戴万字顶皂荚包巾,穿寒罗细褶,粉底皂鞋。叔宝自家看着身上，不像模样得紧，躲在大树背后解净手，抖下衣袖，揩了面上泪痕。雄信过桥，只去看马，不去问人。雄信善识良马。把衣袖撩起，用左手在马腰中一按，雄信膂力最狠，那马虽筋骨峻嶒，却也分毫不动。托一托头至尾，准长丈余，蹄至鬃，准高八尺；遍体黄毛，如金丝细卷，并无半点杂色。此马妙处，正是：

奔腾千里荡尘埃，神骏能空冀北胎。
蹬断丝缰摇玉辔，金龙飞下九天来。

雄信看罢了马，才与叔宝相见道："马是你卖的么？"单员外只道是贩马的汉子，不以礼貌相待，只把你我相称。叔宝却认卖马，不认贩马，答道："小可也不是贩马的人；自己的脚力，穷途货于宝庄。"雄信道："也不管你买来的、自骑的，竟说价罢了。"叔宝道："人贫物贱，不敢言价；只赐五十两，充前途盘费足矣。"雄信道："这马讨五十两银子也不多；只是膘跌重了，若是上得细料，用些工本，还养得起来。若不吃细料，这马就是废物了。今见你说得可怜，我与你三十两银子，只当送兄路费罢了。"雄信还了三十两银子，转身过桥，往里就走，也不十分勤力要买。叔宝只得跟过桥来道："凭员外赐多少罢了。"

雄信进庄来，立在大厅滴水檐前。叔宝见主人立在檐前，只得站立于月台旁边。雄信叫手下人，牵马到槽头去，上些细料来回话。不多时，手下向主人耳边低声回覆道："这马狠得紧，把老爷胭脂马的耳朵，都咬坏了。吃下一斗蒸热绿豆，还在槽里面抢水草吃，不曾住口。"雄信暗喜，乔做人情道："朋友，我们手下人说，马不吃细料的了。只是我说出与你三十两银子，不好失信。"叔宝也不知马吃料不吃料，随口应道："但凭尊赐。"雄信进去取马价银。叔宝却不是阶下伺候的人，进厅坐下。雄信三十两银子，得了千里龙驹，捧着马价银出来，喜容可掬。叔宝久不见银，见雄信捧着一包银子出来，比他得马的欢喜，却也半斤八两。叔宝难道这等局量褊浅？他却是个孝子，久居旅邸，思想老母，昼夜熬煎。今见此银，得以回家，就如见母的一般，不觉：

欢从眉角至，笑向颊边生。

叔宝双手来接银子。雄信料已买成，银子不过手，用好言问叔宝道："兄是山东，贵府是那一府？"叔宝道："就是齐州。"雄信把银子向衣袖里一笼，叔宝大惊，想是不买了，心中好生捉摸不着。正是：

隔面难知心腹事，黄金到手怕成空。

未知雄信袖银的意思如何，且听下回分解。

第九回　入酒肆蓦逢旧识人　还饭钱径取回乡路

诗曰：

乞食吹竽骨相臞，一腔英气未全除。
其妻不识友人识，容貌似殊人不殊。
函谷绨袍怜范叔，临邛杯酒醉相知。
丈夫交谊同金石，肯为贫穷便欲疏？

结交不在家资。若靠这些家资，引惹这干蝇营狗苟之徒，有钱时，便做出拆屋斧头；没钱时，便做出浮云薄态。毕竟靠声名可以动得隔地知交，靠眼力方结得困穷兄弟。

单雄信为何把银子袖去？只因说起齐州二字，便打动他一点结交的想头，向叔宝道："兄长请坐。"命下人看茶过。那挑柴的老儿，看见留坐要讲话，靠在窗外呆呆听着。雄信道："动问仁兄，济南有个慕名的朋友，兄可认否？"叔宝问："是何人？"雄信道："此兄姓秦，我不好称他名讳；他的表字叫做叔宝，山东六府驰名，称他为赛专诸，在济南府当差。"叔宝因衣衫褴褛，丑得紧，不好答应"是我"，却随口应道："就是小弟同衙门朋友。"雄信道："失瞻了，原来是叔宝的同袍。请问老兄高姓？"叔宝道："在下姓王。"他因心上只为王小二饭钱要还，故随口就是王字。雄信道："王兄请略坐小饭。学生还要烦兄寄信与秦兄。"叔宝道："饭是不领了，有书作速付去。"雄信复进书房去封程仪三两，潞绸二匹，至厅前殷勤致礼道："要修一封书，托兄寄与秦兄；只是不曾相会的朋友，恐称呼不便，烦兄道意罢！容日小弟登堂拜望。这是马价银三十两，银皆足色；外具程仪三两，不在马价数内；舍下本机上绸二匹送兄，推叔宝同袍分上，勿嫌菲薄。"叔宝见如此相待，不肯久坐等饭，恐怕口气中间露出马脚来不好意思，告辞起身。

良马伏枥日，英雄晦运时。
热衷虽想慕，对面不相知。

雄信友道已尽，也不十分相留，送出庄门，举手作别。叔宝径奔西门。老庄家尚在窗外瞌睡，挂下一条涎唾，倒有尺把长。只见单员外走进大门，对老儿道："你还在这里？"老儿道："听员外讲话久了，不觉打盹起来；那卖马的敢是去了？"雄信道："即才别去。"言罢径步入内。老庄家急拿扁挑，做两步赶上叔宝，因听见说姓王，就叫："王老爷，原许牙钱与我便好！"叔宝是个慷慨的人，就把这三两程仪拆开，取出一锭，多少些也就罢了。老儿喜容满面，拱手作谢，往豆腐店取柴去了。不题。

却说叔宝进西门,已是上午时候,马市都散了,人家都开了店。新开的酒店门首,堆积的熏烧下饭,喷鼻馨香。叔宝却也是吃惯了的人,这些时熬得牙清口淡,适才雄信庄上又不曾吃得饭,腹中饥饿,暗想道:“如今到小二家中,又要吃他的腌臜东西,不如在这店中过了午去,还了饭钱,讨了行李起身。”径进店来。那些走堂的人,见叔宝将两匹潞绸打了卷,夹在衣服底下,认了他是打渔鼓唱道情的,把门拦住道:“才开市的酒店,不知趣,乱往里走!”叔宝把双手一分,四五个人都跌倒在地。“我买酒吃,你们如何拦阻?”

世情看冷暖,人面逐高低。

内中一人跳起身来道:“你买酒吃到柜上称银子,怎么乱往里走?”叔宝道:“怎么要我先称银子?”酒保道:“你要先吃酒后称银子,你到贵地方去吃。我这潞州有个旧规:新开市的酒店,恐怕酒后不好算账,却要先交银子,然后吃酒。”叔宝暗想:“强汉不掠市。”只得到柜上来把潞绸放下,袖内取出银子来;把打乱的程仪,总包在马价银一处,却要称酒钱,口里喃喃的道:“银子便先称把你,只是别位客人来,我却要问他店规,果然如此,再不消提起。”柜里主人却知事,赔着笑脸道:“朋友,请收起银子。天下书同文,行同伦,再没有先称银子后吃酒的道理。手下人不识好歹,只道兄别处客人性格不同,酒后难于算账,故意歪缠,要先称银子。殊不知我们开店生理,正要延纳四方君子,况客长又不是不修边幅的人,出言唐突,但看我薄面,勿深计较,请收起银子里面请坐,我叫他暖酒来与客长吃便了。”叔宝见他言词委曲,回嗔作喜道:“主人贤慧,不必再提了。”袖了银子,拿了潞绸,往里走进二门。三间大厅,齐整得紧。厅上摆的都是条桌交椅,满堂四景,诗画挂屏。柱上一联对句,名人标题,赞美这酒馆的好处:

槽滴珍珠漏泄乾坤一团和气
杯浮琥珀陶熔肺腑万种风情

叔宝看看厅上光景,又瞧瞧自己身上褴褴褛褛,原怪不得这些狗才拦阻。见如今坐在上面自觉不像模样,又想一想:“难道他店中的酒,只卖与富贵人吃,不卖与穷人吃的!”又想一想:“想次些的人,都不在这厅上饮酒。”定睛一看,两带琵琶栏杆的外边,都是厢房,厢房内都是条桌懒凳。叔宝素位而行,微笑道:“这是我们穷打扮的席面了。”走向东厢房第一张条桌上,放下潞绸坐下。正是:

花因风雨难为色,人为贫寒气不扬。

酒保取酒到来,却换了一个老儿,不是推他那些人了。又不是熏烧的下饭,却是一碗冷牛肉,一碗冻鱼,瓦钵磁器,酒又不热。老儿摆在桌上就走去了。叔宝恼将起来:“难道我秦叔宝天生定该吃这等冷东西的?我要把他家私打做齑粉,房子拖坍他的,不过一翻掌间，却是一庄没要紧的事，明日传到家里，朋友们知道了：'叔宝在潞州，不过少了几两银子饭钱，又不疯不颠，上店吃酒打了两次，又不曾吃得成。' 总来为了口腹，惹人做了话柄，熬了气吃他的去罢。" 这也是肚里饥饿，恕却小人，未免自伤落寞。才吃了一碗酒，用了些冷牛肉。正是：

土块调重耳，羌亭困汉光。

听得店门外面喧嚷起来，店主人高叫："二位老爷在小店打中火去！" 两个豪杰在店门首下马，四五个部下人推着两辆小车子，进店解面衣拂灰尘。主人引着路进二门来，先走的戴进士巾，穿红；后走的戴皂荚巾，穿紫。叔宝看见先走的不认得，后走的却是故人王伯当。两个：

肥马轻裘意气扬，匣中长剑吐寒芒。
有才不向污时屈，聊寄雄心侠少肠。

主人家到厅上拖椅拂桌，像安席的一般虚景："二位爷就在这头桌上坐罢！" 吩咐手下人："另烹好茶，取小菜前边烹炮精洁的肴馔，开陈酒与二位爷用。" 言罢自己去了。只见他手下人掇两盆热水，二位爷洗手。叔宝在东厢房，恐被伯当看见了，却坐不住，拿了潞绸起身要走，不得出去。进来时不打紧，他那栏杆围绕，要打甬道才出去得。二人却坐在中间。叔宝又不好在栏杆上跨过去，只得背着脸又坐下了。他若顺倒头竟吃酒，倒也没人去看他；因他起起欠欠的，王伯当就看见了，叫跟随的："你转身看东厢房第一张条桌上，这个人像着谁来？" 跟随的转身回头道："到像历城秦爷的模样。" 正是：

轩昂自是鸡群鹤，锐利终为露颖锥。

叔宝闻言，暗道："呀，看见我了！" 伯当道："仲尼、阳货面庞相似的正多，叔宝乃人中之龙，龙到处自然有水，他怎么得一寒至此？" 叔宝见伯当说不是，心中又安下些。那跟随的却是个少年眼快的人，要实这句言语，转过身紧看着叔宝。吓得叔宝头也不抬，箸也不动，缩颈低坐，像伏虎一般。这跟随的越看越觉像了，总道："他见我们在此，声色不动，天下也没这个吃酒的光景。" 便道："我看来便像得紧，待我下去瞧瞧不是就罢了。" 叔宝见从人要走来，等他看出却没趣了；只得自己招架道："王兄，是不才秦琼落难在此。" 伯当见是叔宝，慌忙起身离坐，急解身上紫衣下东厢房，将叔宝虎躯裹定，拉上厅来，抱头而哭。主人家着忙都来陪话，三个人有一个哭，两个不哭。王伯当见叔宝如此狼狈，伤感凄凉，这人乍相见，无甚关系，叔宝却没有因处穷困中就哭起来的理。总是：

知己虽存矜恤心，丈夫不落穷途泪。

叔宝见伯当伤感，反以美言劝慰："仁兄不必堕泪，小弟虽说落难，原没有甚么大事。只因守批在下处日久，欠下些店账，以致流落在此。"就问这位朋友是谁。伯当道："这位是我旧相结的弟兄，姓李名密，字玄邃，世袭蒲山郡公，家长安。曾与弟同为殿前左亲侍千牛之职，与弟往来情厚。他因姓应图谶，为圣上所忌，弃官同游。小弟因杨素擅权，国政日非，也就一同避位。"叔宝又重新与李玄邃揖了。伯当又问："兄在此曾会单二哥么？怎么不往单二哥处去？"叔宝道："小弟时当偃蹇，再不曾想起单二哥；今日事出无奈，到二贤庄去把坐马卖与单二哥了。"伯当道："兄坐的黄骠马卖与单二哥了？得了多少银子？"叔宝道："却因马膘跌重了，讨五十两银子，实得三十两，就卖了。"伯当且惊且笑道："单二哥是有名豪杰，难道与兄做交易，讨便宜？这也不成个单雄信了。如今同去，原马少不得奉还，还要取笑他几句。"叔宝道："贤弟，我不好同去。到潞州不拜雄信，是我的缺典。适才卖马，问及贱名，我又假说姓王。他问起历城秦叔宝，我只得说是相熟朋友，他又送潞绸二匹、程仪三两。我如今同二位去，岂不是个踪迹变幻？二位到二贤庄去，替我委曲道意，说卖马的就是秦琼。先因未曾奉拜得罪，后因赧颜不好相见，故假托姓王；殷勤之意，已铭肺腑，异日再到潞州，登堂拜谢。"

玄邃道："我们在此与单二哥四人相聚，正好盘桓。兄有心久客，不在一两日为朋友羁留。我们明日拉单二哥来，欢聚两日才好话别。吾兄尊寓在于何处？"叔宝道："我久客念母，又有批回在身。明日把单二哥所赠程仪，收拾两件衣服，即欲还家。二位也不必同单二哥来看我。"伯当、玄邃道："下处须要说知，那有好弟兄不知下处的道理？"叔宝道："实在府西首斜对门王小二店里。"伯当道："那王小二第一炎凉，江湖上有名的王老虎，在兄分上可有不到之处？"叔宝感柳氏之贤，不好在两个劣性朋友面前说王小二的过失处。道："二位贤弟，那王小二虽是炎凉，到还有些眼力，他夫妇二人在我面上，甚是周到。"这叫做：

小人行短终须短，君子情长到底长。

柳氏贤慧，连丈夫都带得好了；妻贤夫祸少，信不虚言也。

三人饮到深黄昏后，伯当连叔宝先吃的酒账，都算还了店主。向叔宝道："今夜暂别，明日决要相会。吾兄落寞在此，吾辈决不忍遽别。明日见了单二哥，还要设处些盘缠，送与吾兄，切勿径去。"叔宝唯唯，出店作别。王、李二人别了叔宝上马，径出西门，往二贤庄。

叔宝却将紫衣裹着潞绸一处，径回王小二店来，因朋友不舍，来得迟了。王小二见午后不归，料绝他不曾卖马，心上愈加厌贱，不等叔宝来家，径把门扇关锁了。叔宝到店来扣门，小二冷声扬气道："你老人家早些来家便好。今日留得客人又多，怕门户不谨慎锁了门。钥匙是客人拿在房中去了。恐怕你没处睡，外面那木柜上，是我揩抹干净的，你老人家将就睡睡。五更天起来煮饭，打发客人开门时，你老人家来多睡一回就是了。"叔宝牙关一咬，眼内火星直爆，拳头一举，心中怒气横飞："这个门不消我两个指头就推掉了，打了他一场，少不得惊官动府，又要羁身在此，打怎么紧？况单雄信是个好客的朋友，王、李二兄说起卖马的，来朝不等红日东升，就来拜我；我却与主人结打见官，可是豪杰的举动？这样小人藉口就说我欠了许多饭钱，图赖他的，又打坏他的门面。适来又在王伯当面前，说他做人好，怎么朝更夕改，又说他不好？我转是不妥当的人了。小不忍则乱大谋，忍到如今已是塔尖了，不久开交，熬也熬得他起了。这样小人，说有银子还他，必就开门了。”

笑是小人能好利，谁知君子自容人。

叔宝踌躇了这一会，只得把气平了，叫道：“小二哥，我的马卖了，有银子在此还你。在外边睡，我却放心不下，万有差池，不干我事。”此时王小二听见言词热闹，想是果然卖马回来了。在门缝里张着，没有了马，毕竟有了银子，喜得笑将起来：“秦爷，我和你说笑话儿耍子，难道我开店的人，不知事体，这样下霜的天气，好叫你老人家在露天里睡不成？我家媳妇往客房讨钥匙去了。”柳氏拿着钥匙在旁，不得丈夫之言，不敢开门。听得小二要开，说道：“钥匙来了。”

小二开门，叔宝进店，把紫衣潞绸柜上放下。王小二道：“这是马价里搭来的么？不要他的货便好。”叔宝道：“这却不是马价里来的。有银子在此。”袖中取出银子来。小二见了银子道：“秦爷财帛要仔细，夜晚间不要弄他，收拾起了；且将就吃些晚饭，我明日替你老人家送行。”叔宝道：“饭不要吃了，竟拿账来算罢。”小二递过账簿道：“秦爷，你是不亏人的，但凭你算罢了。”叔宝看后边日子倒住得多，随茶粥饭又有几日不曾吃饭，马又饿坏了，不曾上得马料。叔宝却慷慨，把蔡太守这三两银子不要算数，一总平兑十七两银子，付与小二。对柳氏道：“我匆匆起身，不能相谢，容日奉酬娘子。”柳氏道：“秦爷在此，款待不周，不罪我们，已见宽洪海量，还敢望谢？”叔宝道：“我的回批快拿与我。”柳氏道：“秦爷此时往那里去？”叔宝道：“此时城门还未关，我归心如箭，赶出东门再作区处。”小二也略留了一回，就把批文交与叔宝。叔宝取双锏行李，作别出店，径奔东门长行而去。未知后事如何，且听下回分解。

第十回　东岳庙英雄染疴　二贤庄知己谈心

诗曰：

困厄识天心，题撕意正深。
琢磨成美玉，锻炼出良金。
骨为穷愁老，谋因艰苦沉。
莫缘频失意，黯黯泪沾襟。

如今人，小小不得意便怨天；不知天要成就这人，偏似困苦这人一般。越是人扶扶不起，莫说穷愁，便病也与他一场，直到绝处逢生，还像不肯放舍他的。

王伯当、李玄邃为叔宝急出城西，比及到二贤庄，已是深黄昏时候。此时雄信庄门早已闭上了。闻门外犬吠甚急，雄信命开了庄门，看有何人在我庄前走动。做两步走出庄来，定睛一看，却是王、李二友。三人携手进庄，马卸了鞍，在槽头上料，手下都到耳房中去住了。雄信手下取拜毡过来，与二友顶礼相拜坐下。雄信命点茶摆酒。

叙罢了契阔，伯当开言："闻知兄长今日恭喜得一良马。"雄信道："不瞒贤弟说，今日三十两银子，买了一匹千里龙驹。"伯当道："马是我们预先晓得是一匹良马，只是为人再不要讨了小便宜，讨了小便宜，就要吃大亏。"雄信道："这马敢是偷来的么？"伯当道："马倒不是偷来的，且问卖马的你道是何人？"雄信道："山东人姓王，我因欢喜得紧，不曾与他细盘桓。二兄怎知此事？敢是与那姓王的相熟？"伯当道："我们倒不与姓王的相熟，那姓王的倒与老哥相熟了。巧言不如直道，那卖马的就是秦叔宝，适在西门市店中相遇，道及厚情，又有所赠。"雄信点头咨嗟："我说这个人，怎么有个欲言又止之意？原来就是叔宝，如今往那里去了？"伯当道："下处在府西王小二店内，不久就还济南去矣。"雄信道："我们也不必睡了，借此酒便可坐以待旦。"王、李齐道："便是。"这等三人直饮到五更时候。正是：

酣歌忘旦暮，瘖寐在英雄。

把马都备停当，又牵着一匹空马，要与叔宝骑。三人赶进西门，到王小二店前，寻问叔宝。叔宝却已去了。王小二怕他好朋友赶上，说出他的是非来，不说叔宝步行，说："秦爷要紧回去，偶有回头差马连夜回山东去了。"就是有马，那雄信放开千里龙驹也赶上了。忽然家中有个凶信到：雄信的亲兄出长安，被钦赐驰驿唐公发箭射死，手下护送丧车回来。雄信欲奔兄丧，不得追赶朋友。王、李二友因见雄信有事，把这追赶叔宝的念头，亦就中止，各散去讫。

单题叔宝自昨晚黄昏深后，一夜走到天亮，只走得五里路儿。福无双至，祸不单行。如叔宝要走，一百里也走到了。他卖了马，又受着王小二的暗气，背着包儿，想着平日用马惯的人，今日黑暗里徒步，越发着恼，闯入山坳里去，迷了路头。及至行到天明，上了官路，回头一看，潞州城墙还在背后，却只好五里之遥。

富贵贫穷命里该，皆因年月日时排。
胸中有志休言志，腹内怀才莫论才。
庸劣乘时偏得意，英雄遭困有余灾。
饶君纵有冲天气，难敌平生运未来。

却说叔宝，穷不打紧，又穷出一场病来。只因市店里吃了一碗冷牛肉，初见王、李二友，心中又着实不自在，又是连夜赶路，天寒霜露太重，内伤饮食，外边感了寒气。天明是十月初二日，耳红面热，浑身似火，头重眼昏，寸步难行，还是禀气旺，又捱下五里路来。离城十里，地名十里店，有二三百户人家，入街头就是一座大庙，乃东岳行宫。叔宝见庙宇轩昂，且到里面晒晒日头再走。进三天门，上东岳殿前一层阶级，就像上一个山头，巴到殿上，指望叩拜神明，求阴空庇护。不想四肢无力，抬不起脚来，一个头眩，被门槛绊倒在香炉脚下。那一声响跌，好像共工奋怒，撞倒不周山；力士施椎，击破始皇辇。论叔宝跌倒，也不该这等大响，因有这两条金装锏，背在背后，跌倒掼去，将磨砖打碎七八块。守庙的香火，搀扶不动，急往鹤轩中，报与观主知道。

这观主却不是等闲之人，他姓魏，名征，字玄成，乃魏州曲城人氏。少年孤贫，却又不肯事生业，一味好的是读书。以此无书不读，莫说三坟五典、八索九丘、诸子百家、天文地理、韬略诸书，无不精熟，就是诗词、歌赋、小技，却也曲尽其妙。且又素有大志，遇着英雄豪杰，倾心结纳。因是隋时重门荫，薄孤寒，一时当国的卿相，下至守令，都是一干武臣，重的是膂力，薄的是文墨。自叹生不遇时，隐居华山，做了道士。

后遇一个道友，姓徐名洪客，与他意气相投，道："隋主猜忌，诸子擅兵，自今一统，也只是为真人扫除，却不能享用。我观天象，真人已生，大乱将起。子相带贵气，有公卿之骨，无神仙之分。可预先打点一个王佐，应时而起。"朝夕只与他讲些天文，说些地理，帷幄奇谋，疆场神策。忽一日对魏征道："昨观王气，起于参井之分，应是真人已生。罡星复入赵魏分野，应时佐命已出，王气犹未王，其人尚未得志。罡星色多沉晦，其人应罹困厄。不若你我分投求访，交结于未遇之先，异日再与子相会。"洪客遂入太原，魏征却在潞州。他见单雄信英雄好客，是一个做得开国功臣的，因此借寓东岳庙中，图与交往，且更要困厄中寻几个豪杰出来，以为后日帮手。

这日正在鹤轩内看诵黄庭。正是：

无心求羽化，有意学鹰扬。

香火进报道："有个酒醉汉，跌倒在东岳殿上。随身兵器，将磨细方砖，打碎了好几块，搀又搀他不动,来报老爷知道。”魏玄成想:“昨夜仰观天象,有罡临于本地,必此人也。待我自家出去。”离了鹤轩,径到殿上来,见叔宝那狼狈的景象:行李掼在一边,也没人照管,一只臂膊屈起,做了枕头,一手瘸着,把破衣袖盖了自己的面貌。香火道:“方才那只脚还绊在门槛上,如今又缩下来了。”

魏玄成上前把手揭开衣袖,定睛一看,见满面通红。他得的阳症,类于酒醉,不能开言,但睁着两个大眼。魏征点头叹道:“兄在穷途,也不该这等过饮。”叔宝心里明白,喉中咽塞,讲不出话来。挨了半日,把右手伸将出来,在方砖上写“有病”两字。那方砖虽净,未免有些灰尘,这两字倒也看得清楚。魏玄成道:“兄不是酒困,原来是有恙。”叔宝把头点一点。玄成道:“不打紧。”叫道人:“房中取我的棕团过来。”放在叔宝面前,盘膝坐下,取叔宝的手,放在自己膝上。寸关尺三脉一呼四至,一吸四至,少阳经受症,内伤饮食,外感风寒,还是表症,不打紧。却只是大殿上风头里睡不得,后面又没有空闲的房屋,叫道人就扶在殿上左首堆木料家伙的一间耳房里去。虽非精室,却无风雨来侵。地上铺些稻草,把棕团盖上,放叔宝睡下,双锏因众人拿不起,仍留在殿角。

玄成把叔宝被囊打开,内有两匹潞绸,紫衣一件,一张公文批回,又有十数两银子,就对叔宝道:“这几件东西,恐兄病中不能照顾,待贫道收在房中,待兄病体痊可,交付还兄何如?那双锏,我叫道人搓两条粗壮草绳,捆束在一处,就放在殿角耳门首,量人也偷不动,好借他来辟去些阴气虚邪。”叔宝听说,伏地叩首。玄成把紫衣潞绸等件,收拾进房,在鹤轩中撮一帖疏风表汗的药儿,煎与叔宝吃了,出了一身大汗。次日就神思清爽,便能开言。玄成不住的煎药与叔宝吃,常来草铺头边坐倒,与叔宝盘桓,渐将米汤调理,病亦逐渐安妥。

不觉二七一十四日,是日是十月十五日,却是三元寿诞。近边居民,在东岳庙里做会。五更天就开大门,殿上撞钟擂鼓。叔宝身子虚弱,怎么当得?虽有玄成盘桓,却无亲人看管,垢面蓬头,身上未免有些龌龊,气息难当。这些做会的人,个个憎嫌,七嘴八舌。正是:

身居卵壳谁知凤,迹混鲸鲵孰辨龙?

大凡僧道住庵,必得一两个有势力的富户作护法,又常把些酒食,餍足这些地方无赖破落户,方得住身安稳。魏玄成虽做黄冠,高岸气骨还在,如何肯俯仰大户、结识无赖?所以众人都埋怨魏道士可恶,容留无籍之人,秽污圣殿。叔宝听见,又恼又愧。正无存身之地,恰凑着单员外来了。

雄信带领手下人到东岳庙来,要与故兄打亡醮。众会首迎出三天门来道:“单员外来得正好。”雄信道:“有甚说话么?”众人道:“东岳庙是我潞州求福之地,魏道主妄自擅专,容留无赖异乡之人,秽污圣殿,不堪瞻仰。单员外须要着实处他。”雄信是个有意思的人,不作福首,不为祸先,缓言笑道:“列位且住,待我对他讲,自有道理。”说了自上殿来,叫手下去请魏法师出来,自己走到两旁游玩。只见钟架后尽头黑暗里锏光射出，雄信上前仔细一看，却是一对双锏，草绳捆倒在地。雄信定睛看了，默然半晌，便问众人道："这兵器是那里来的？"众道人齐声答道："这就是那个患病的汉子背来的。"

雄信忙欲再问，只见魏玄成笑容满面，踱将出来，向雄信作了揖。雄信便问道："魏先生，舍亲们都在这里，谈论这座东岳庙，乃是潞州求福之地，须要庄严洁净，以便瞻仰。今闻先生容留甚么人住在庙中，作践秽污，众心甚是不喜，故此特问先生，端的不知何等样人？"玄成从容道："小道出家人，岂敢擅专？只因见这个病夫，不是个寻常之人，故此小道也未便打发他去。又况客中患病，跌倒殿上，小道只得把药石调治，才得痊安。出于一念恻隐，望员外原情恕罪，致意列位施主。"雄信忙问道："殿角的双锏，就是那人的兵器么？是那里人氏？"玄成道："山东齐州人。"雄信为叔宝留心，听见"山东齐州"四字，吓了一跳，急问道："姓甚么？"玄成道："那月初二日，跌倒在殿，病中不能开言，有一张公文的批回上，写单名叫秦琼。及至次日清楚，与他盘桓问及，表字叫做叔宝，乃北齐功勋苗裔。"雄信忙止住接口问道："如今在那里？"玄成把手一指道："就在这间耳房里住下。"雄信搀着玄成的手，推进侧门里来，忙叫手下人："快扶秦爷起来相见。"手下人三四个在铺上抓寻，影儿也没有一个。雄信焦躁道："难道晓得我来，躲在别处去了不成？"一个香火道："我刚才见他出殿去小解，如今想在后边轩子里。"雄信见说，疾忙同玄成走出殿来。

原来叔宝亏了魏玄成的药石，调理了十四五日，身中病势已退，神气渐觉疏爽。是日因天气和暖，又见殿上热闹，故走出来。小解过，就坐在后轩里，避一避众人憎恶。只见一个火工，衣兜里盛着几升米，手里托着几扎干菜走出。叔宝问道："你拿到那里去？"火工道："干你甚事？我因老娘身子不好，刚才向管库的讨几升小米，几把干菜，回家去等他熬口粥儿将息将息。"叔宝见说，猛省道："小人尚思孝母，我秦琼空有一身本事，不与孝养，反抛母亲在家，累他倚闾而望。"想到其间，止不住双泪流落。见桌上有记账的秃笔一枝在案，忙取在手。他虽在公门中当差，还粗知文墨，向粉壁上题着几句道：

> 兕虎驱驰，甚来由，天涯循辙？白云里，凝眸盼望，征衣滴血。沟洫岂容鱼泳跃，鼠狐安识鹏程翼？问天心何事阻归期，情呜咽。
>
> 七尺躯，空生杰；三尺剑，光生箧。说甚擎天捧日名留册，霜毫点染老青山，满腔热血何时泻；恐等闲白了少年头，谁知得？（调寄《满江红》）

叔宝正写完，只听见闹烘烘的一行人走进来。叔宝仔细一看，见有雄信在内，吃了一惊，避又无处避得，只得低着头，伏在栏杆上。只听见魏玄成喊道："原来在这里！"此时单雄信紧上一步，忙抢上来，双手捧住叔宝，将身伏倒道："吾兄在潞州地方，受如此凄惶，单雄信不能为地主，羞见天下豪杰朋友！"叔宝到此，难道还不好认？只得连忙跪下，以头触地叩拜道："兄长请起，恐贱躯污秽，触了仁兄贵体。"雄信流泪道："为朋友者死。若是替得吾兄，雄信不惜以身相代，何秽污之有？"正是：

已成兰臭合，何问迹云泥。

回顾魏玄成道："先生，先兄亡醮之事，且暂停几日。叔宝兄零丁如此，学生不得在此拈香，把香仪礼物先生都收下了，我与叔宝兄回家。待此兄身体康健，即到宝观来还愿，就与先兄打亡醮，却不是一举而两得？"吩咐手下："秦爷骑不得马，看一乘暖轿来。"

其时外边众施主，听见说是单员外的朋友，尽皆无言散去了。魏玄成转到鹤轩中去，将叔宝衣服取出，两匹潞绸，一件紫衣，一张批回，十数两银子，当了雄信面前，交与叔宝。雄信心中暗道："这还是我家的马价银子哩。"叔宝举手相谢，别了玄成，同雄信回到二贤庄。自此魏玄成、秦叔宝、单雄信三人，都成了知己。

到书房，雄信替叔宝沐浴更衣，设重裀叠褥，雄信与叔宝同榻而睡，将言语开阔他的胸襟，病体十分痊妥。日日有养胃的东西供给叔宝，还邀魏玄成来与他盘桓，正赛过父子家人。正是：

莫恋异乡生处好，受恩深处便为家。

只是山东叔宝的老母，爱子之心无所不至，朝夕悬望，眼都望花了。又常闻得官府要拿他家属，又不知生死存亡，求签问卜，越望越不回来，忧出一场大病，卧在床上，起身不动。正是：

心随千里远，病逐一愁来。

还亏得叔宝平日善于交几个通家的厚友，晓得叔宝在外日久，老母有病。众人约会齐了，馈送些甘供之费，又兼省问秦老伯母。秦母道："通家子侄，都来相看，这也难得，都请进内房中来。"坐到榻前，共是四人：西门外异姓同居，今开鞭仗行的贾润甫，齐州城里与叔宝同当差的三人，唐万仞、连明，同差出去的樊建威。秦母坐于床上，叔宝的娘子张氏，立在卧榻之后，以幔账遮体。

秦母见儿子这一班朋友，都坐在床前，观景伤情，不觉滚下泪来道："列位贤侄，不弃老朽，特来看我，足见厚情。但不知我儿秦琼如何下落？一去不回，好教我肝肠都断。"贾润甫等对道："大哥一去不回，真好奇怪。老伯母且放心，吉人天相，料无十分大虑，不争早晚多应到家。"秦母埋怨樊建威道："我儿六月里与你同差出门，烧脚步纸起身，你便九月里回来了。如今隆冬天气，吾儿音信全无，多应不在人世了。"媳妇听得婆婆一句话儿，幼妇不敢高声，在帷账中啾啾唧唧，也啼哭起来。众人异口同声，都埋怨樊建威道："樊建威，你干的甚么事？常言道：'同行无疏伴。'一齐出门，难道不知秦大哥路上为何耽搁，端的几时就该回来，如今为何还不到家？老伯母止生得大哥一人，久不回家，举目无亲，叫他怎不牵挂？"

樊建威道："诸兄在上，老伯母与秦大嫂埋怨小弟，不敢分辩。诸兄是做豪杰的人，岂不知在家千日好，出门一时难？六月里山东赶到长安，兵部衙门挂号守批回，就耽误了两个月。到八月十五，才领了批。秦大哥到临潼山，适遇唐国公遇了强盗，正在厮杀之际，大哥抱不平起来，救了唐公，出得关外，匆匆的分了行李，他往潞州，我往泽州。不想盘缠银子，总放在我的箱内。及至分路之后，方才晓得，途中也用尽了。如今等不得他回来，也补送在此。”把一包银子放在榻前。秦母道：“我有四两银子，叫他买潞绸的，想必他也拿来盘缠了。”樊建威道：“我到泽州的时节，马刺史又往太原恭贺唐公李爷去了。两个犯人养在下处，却又柴荒米贵。及至官回投文领批，盘费俱无了。”

秦母道：“这都是你的事，你此后可晓得吾儿的消息呢？”樊建威道：“若算起路程日子，唐公李爷到太原时，秦大哥已该到潞州了。那时蔡刺史还不会出门，是断乎先投过文了。我晓得秦大哥是个躁性的人，难道为了批回，耽误在潞州不成？我若是有盘费，也枉道到潞州寻他，讨个的信。因没了盘费，径自回来，那里晓得秦大哥还不到家？”众友道：“这个也难怪你，只是如今你却辞不得劳苦，还往潞州找寻叔宝兄回来，才是道理。”

樊建威道：“老伯母不必烦恼，写一封书起来，待小侄拿了到潞州去，找寻大哥回来便了。”秦母命丫环取文房四宝，呵开冻笔，写几个字封将起来，把樊建威补还的解军银子，一同付与樊建威道：“这银子你原拿去盘费，寻他回来却不是好！”樊建威道：“小侄自盘缠去，见了大哥，也就盘缠他回来了，何必要动他前日的银子？”秦母道：“你还是拿去，只觉两便。”众人道：“如今只要急寻大哥回来，你便多带些盘缠去也好，不如从了老伯母之命。”樊建威道：“如此，小侄就此告别，去寻大哥了。”秦母道：“远劳你，却是不当。”众人将送来的银钱，都安在秦母榻前，各散去讫。

樊建威回家，收拾包里行囊，离了齐州，竟奔河东潞州一路，来寻叔宝。不知可寻得着否，且听下回分解。

第十一回　冒风雪樊建威访朋　乞灵丹单雄信生女

诗曰：

雪压关山惨不收，朔风吹送白蒙头。
身忙不作洛阳卧，谊密时移剡水舟。
怪杀颠狂如落絮，生增轻薄似浮沤。
谁知一夕蓝关路，得与知心少逗留。

这一首雪诗，单说这雪是高人的清事、豪客的酒筹、行旅的愁媒，却又在无意中使人会合。樊建威自离山东，一日到了河东，进潞州府前，挨查了几个公文下处，寻到王小二店，问道："借问一声，有个山东济南府人，姓秦号叫做叔宝，曾在你家作寓么？"小二道："是有个秦客人，在我家作寓。十月初一日，卖了马做路费，星夜回去了。"樊建威闻言，长叹流泪。王小二店里有客，一阵大呼小叫，转身走进去了。

柳氏听见关心，走近前问道："尊客高姓？"樊建威道："在下姓樊。"柳氏道："就是樊建威么？"樊建威道："你怎么便知我叫樊建威？"柳氏道："秦客人在我家蹉跎许久，日日在这里望樊爷来。我们又伏侍他不周，十月初一黄昏时候起身的，难道还不曾到家么？"樊建威道："正为没有回家，我特来寻他。"心中想道："如今是腊月初旬，难道路上就行两个多月？此人中途失所了，在此无益。"吃了一餐午饭，还了饭钱，闷闷的出东门，赶回山东。

天寒风大，刮下一场大雪来。樊建威冒雪冲风，耳朵里颈窝里，都钻了雪进去，冷气又来得利害，口也开不得。只见：

乱飘来燕塞边，密洒向孤城外，却飞还梁苑去，又回转灞桥来。攘攘挨挨，颠倒把乾坤压，分明将造化埋。荡摩得红日无光，威逼得青山失色。长江上冻得鱼沉雁杳，空林中饿得虎啸猿哀。不成祥瑞反成害，侵伤了垄麦，压损了庭槐。暗昏柳眼，勒绽梅腮，填蔽了锦重重禁阙官阶，遮掩了绿沉沉舞榭歌台。哀哉苦哉，河东贫士愁无奈。猛惊猜，忒奇怪，这的是天上飞来冷祸胎，教人遍地下生灾。几时守得个赫威威太阳真火当头晒，暖溶溶和气春风滚地来。扫彤云四开，现青天一块，依旧祥光瑞烟霭。

樊建威寒颤颤熬过了十里村镇，天色又晚，没有下处，只得投东岳庙来宿。那座庙就是秦叔宝得病的所在，若不是这场大雪，怎么得樊建威刚刚在此歇宿？这叫做：

踏破铁鞋无觅处，得来全不费工夫。

东岳香火正在关门，只见一人捱将进来投宿。道人到鹤轩中报与魏观主。观主乃是极有人情的，即便延纳樊建威到后轩中，放下行李，抖去雪水，与观主施礼。观主道："贵处那里？"樊建威道："小弟姓樊，山东齐州人，往潞州找寻朋友，遇此大雪，暂停宝宫借宿一宵，明日重酬。"观主道："足下是樊先生，尊字可是樊建威么？"樊建威吓了一跳，答道："仙长何以知我贱字？"观主道："叔宝兄曾道及尊字。"樊建威大喜道："那个叔宝？"观主道："先生又多问了，秦叔宝能有得几个？"樊建威忙问："在那里？"观主道："十月初二日，有病到敝观中来。"樊建威顿足道："想是此兄不在了，且说如今怎么样了？"观主道："十月十五日，二贤庄单员外邀回家去，与他养病。前日十一月十五日，病体全愈，在敝宫还愿。因天寒留住在家，不曾打发他回去，见在二贤庄上。"樊建威一闻此言，却像什么光景？就像是：

穷士获金千两，寒儒连中高魁。洞房花烛喜难挨，久别亲人重会。
困虎肋添双翅，蛰龙角奋春雷。农夫苦旱遇淋漓，暮景得生骐骥。
（调寄《西江月》）

观主收拾果酒，陪建威夜坐。樊建威因雪里受些寒气，身子困倦，到也放量多饮几杯热酒。暂且睡过一宵，才见天明，即便起身，封一封谢仪，送与观主。这观主知是秦叔宝的朋友，死也不肯受他的，留住樊建威吃了早饭，送出东岳庙来，指示二贤庄路径。樊建威竟投雄信庄上来。

此时雄信与叔宝，书房中拥炉饮酒赏雪，倒也有兴。正是：

对梅发清兴，倩酒敌寒威。

手下庄客来报，山东秦太太央一个樊老爷寄家书在外。叔宝喜道："单二哥，家母托樊建威寄家书来了。"二人出庄迎接。叔宝笑道："果然是你。"建威道："前日分行李时，银子却在弟处，不曾分得。回去送与伯母，伯母定要小弟做盘缠，寻觅吾兄回去。"叔宝道："为盘缠不会带得，担搁出无数事来。"雄信道："前话慢题，且请进去。"雄信叫手下人，接了樊老爷的行李，一直引到书房暖处。雄信先与建威施宾主之礼，叔宝又拜谢建威风雪寒苦之劳。雄信吩咐手下重新摆酒。

叔宝问道："家母好么？"建威道："有书在此，请看。"叔宝开缄和泪读罢，就去收拾行李。

一封书寄思儿泪，千里能牵游子心。

雄信看见，微微暗笑。酒席完备了，三人促膝坐下。雄信问："叔宝兄，令堂老夫人安否？”叔宝道：“家母多病。”雄信道：“我见兄急急装束，似有归意。”叔宝眼中垂泪道：“不是小弟无情，饱则扬去。奈家母病重，暂别仁兄，来年登堂拜谢仁兄活命之恩。”雄信道：“兄要归去，小弟也不敢拦阻。但朋友有责善之道，忠臣孝子，何代无之？要做便做个实在的人，不要做沽名钓誉的人。”叔宝道：“请兄见教，怎么是真孝？怎么是假孝？”雄信道：“大孝为真，小孝为假。徇情遂意，故名为假。兄如今星夜回去，恰像是孝，实非真孝。”叔宝眼泪都住了，不觉笑将起来道：“小弟贫病流落，久隔慈颜，实非得已。今闻母病，星夜还家，乃人子至情，怎么呼为小孝？”樊建威道：“秦大哥一闻母病，二奉母命，作急还家，还是大孝。”雄信道：“你们只知其一，不知其二。令先君北齐为将，北齐国破身亡，全其大节，乃亡国之臣，不得与图存。天不忍忠臣绝后，存下兄长这一筹英雄，正当保身待用，克光前烈。你如今星夜回去，寒天大雪，贵恙新愈，倘途中复病，元气不能接济，万一三长两短，绝了秦氏之后，失了令堂老伯母终身之望，虽出至情，不合孝道。岂不闻君子道而不径，舟而不游，跬步之间，不敢忘孝。冒寒而去，吾不敢闻命。”

叔宝道：“然则小弟不去，反为孝么？”雄信笑道：“难道教兄终于不去么？只是迟早之间，自有道理。况令堂老伯母是个贤母，又不是不达道理的。今日托建威兄来打寻，只为爱子之心，不知下落，放你不下。兄如今写一封回书，说领文耽搁日久，正待还家，忽染大病。今虽痊愈，不能任劳。闻命急欲归家定省，径说小弟苦留，略待身子劳碌得起，新年头上便得回家。令堂得兄下落所在，忧病自然痊可，晓得尊恙新痊，也定不要你冒寒而去。我与兄长既有一拜，即如我母一般，收拾些微礼，作甘旨之费，寄与令堂，且安了宅眷。再托樊兄把潞州解军的批回，往齐州府禀明了刘老爷，说兄卧病在潞州，尚未回来，注消完了衙门的公事，公私两全。待来春日暖风和，小弟还要替兄设处些微本钱，劝兄此番回去，不要在齐州当差。求荣不在朱门下，倘奉公差遣，由不得自己。使令堂老伯母倚门悬望，非人子事亲之道。迟去些时，难道就是不孝了？”叔宝见雄信讲得理长情切，又自揣怯寒不能远涉，对樊建威道：“我却怎么处？还是同兄回去，还是先写书回去？”樊建威道：“单二哥极讲得有理。令堂老伯母，得知你的下落，自然病好；晓得你在病后，也不急你回家了。”叔宝向雄信道：“这等说，小弟且写书安家母之心。”叔宝就写完了书，取批回出来，付与樊建威，嘱托他完纳衙门中之事。

雄信回后房取潞绸四匹，碎银三十两，寄秦母为甘旨之费。又取潞绸二匹，银十两，送樊建威为赆敬。建威当日别去，回到山东，把书信银两交与秦母，又往衙门中完了所托之事。雄信依旧留叔宝在家。

一日叔宝闲着，正在书房中看花遣兴。雄信进来说了几句闲话，双眉微蹙，默然无语，斜立苍苔。叔宝见他这个模样，只道他有厌客之意，耐不住问道：“二哥平日胸襟洒落，笑傲生风，今日何故似有忧疑之色？”雄信道：“兄长不知，小弟平生再不喜愁。前日亡兄被人射死，小弟气闷了三四日，因这桩事，急切难以摆布，且把丢开。如今只因弟妇有恙，无法可以调治，故此忧形于色。”叔宝道：“正是我忘了问兄，尊嫂是谁氏之女？完姻几年了？”雄信道：“弟妇就是前都督崔长仁的孙女，当年岳父与弟父有交。不道不多几时，父母双亡，家业漂零，故此其女即归于弟处。且喜贤而有智，只是结褵以来，六七年了尚未生产。喜得今春怀孕，迄今十一月尚未产下，故此弟忧疑在心。”叔宝道：“弟闻自古虎子麟儿，必不容易出胎；况吉人天相，自然瓜熟蒂落，何须过虑？”正闲话间，只听见手下人嘈嘈的进来报道：“外边有个番国僧人在门首，强要化斋，再回他不去。”雄信听说，便同叔宝出来。只见一个番僧，身披着花色绒绣禅衣，肩挑拐杖，那面貌生得：

一双怪眼，两道拳眉。鼻尖高耸，恍如鹰爪钩镰，须鬓蓬松，却似狮张海口，嘴里念着番经罗喃，手里摇着铜磬琅珰。只道达摩乘苇渡，还疑铁拐降山庄。

雄信问道：“你化的是素斋荤斋？”那番僧道：“我不吃素。”雄信见说，叫手下的切一盘牛肉，一盘馍馍，放在他面前。雄信与叔宝坐着看他。那番僧双手扯来，不多几时，两盘东西吃得罄尽。雄信见他吃完，就问他道：“师父如今往那里去？”那番僧道：“如今要往太原，一路转到西京去走走。”雄信道：“西京乃辇毂之下，你出家人去做什么？”番僧道：“闻当今主上倦于政事，一切庶务，俱着太子掌管。那太子是个好顽不耐静的人，所以咱这里修合几颗耍药，要去进奉他受用。”叔宝道：“你的身边只有耍药，没有别的药么？”番僧道：“诸病都有。”雄信道：“可有催产调经的丸药，乞赐些。”番僧道：“有。”向袖中摸出一个葫芦，倾出豌豆大一粒药来，把黄纸包好，递与雄信道：“拿去等定更时，用沉香汤送下。如吃下去就产是女胎；如隔一日产，便是个男胎了。”说完立起身来，也不谢声，竟自扬长去了。

雄信携着叔宝的手，向书房中来。叔宝叹息道：“主上怠政卸权，四海又盗贼蜂起，致使外国番隅，多已知道。将来吾辈不知作何结果？”雄信道：“愁他则甚？若有变动，吾与兄正好扬眉吐气，干一番事业。难道还要庸庸碌碌的过活？”说罢进去。

其夜，雄信将番僧的药，与崔夫人服下。交夜半子时，但闻满室莲花香，即养下一个女孩儿来，取名爱莲。夫妻二人喜之不胜。正是：

明珠方吐艳，兰茁尚无芽。

叔宝闻知，不胜欣喜。

倏忽间不多几日，已到了除夕。雄信陪叔宝饮到天明，拥炉谈笑，却忘了身在客乡。叔宝又想着功名未遂，踪迹飘零，离母抛妻，却又愀然不乐。天明又是仁寿二年正月，年酒热闹。叔宝席席有分，吃得一个不耐烦起来。一个新年里，弄得昏头搭脑，没些清楚。

将酒滴愁肠，愁重酒无力。

又接了赏灯的酒，主人也困倦了。雄信十八日晚间，回到后房中去睡了。叔宝自己牵挂老母，再不得睡下，只管在灯底下走来走去。

那些手下人见他不睡，问道："秦爷，这早晚如何还不睡？"叔宝道："我要回山东之心久矣，奈你员外情厚，我要辞他，却开不得口。列位可好让我去，我留书一封，谢你员外罢。"因主人好客，手下人个个是殷勤的人，众人道："秦爷在此，正好多住住儿去，小的们怎么敢放秦爷回去？"叔宝道："若如此我更有处。"又在那厢点头指手，似有别思。众人恐怕一时照顾不迭，被他走去，主人毕竟见怪。一边与叔宝讲话，一边就有人往后边报与主人道："秦大爷要去了。"雄信闻言，披衣靸履而出道："秦大哥为何陡发归兴？莫不是小弟简慢不周，有些见罪么？"叔宝道："小弟归心，无日不有，奈兄情重，不好开言。如今归念一动，时刻难留，梦魂颠倒，怕着枕席。"言罢流下泪来。有集唐诗道：

愁里看春不当春，每逢佳节倍思亲。
谁堪登眺烟云里，水远山长愁杀人。

雄信道："吾兄不必伤感。即如此，天明就打发吾兄长行便了。今晚倒稳睡一觉，以便早起。"叔宝道："已是许下了呢！"雄信道："我一世不曾换口，难道欺兄不成？"转身走进去了。叔宝积下一向熬煎，顿觉宽慰。手下人道："秦爷听得员外许了明日还家，笑颜便增了许多。"叔宝上床，伸脚畅睡不题。

你道雄信为何直要留到此时，才放他回去？自从那十月初一日，买了叔宝的黄骠马下来，伯当与李玄邃说知了，就叫巧手匠人，象马身躯，做一副熔金鞍辔，正月十五日方完。异常细巧，耀眼争光。欲以厚赠叔宝，又恐他多心不受，做一副新铺盖起来。将白银打扁，缝在铺盖里，把铺盖打卷，马鞴了鞍辔，捎在马鞍鞒后，只说是铺盖，不讲里面有银子。方才把那黄骠马牵将出来，又自有当面的赆礼。叔宝要向东岳庙去谢魏玄成，雄信又着人去请了来。宾主是一桌酒奉饯。旁边桌子上，摆五色潞绸十匹，做就的寒衣四套，盘费银五十两。

雄信与叔宝把盏饮酒，指桌上礼物向叔宝道："些微薄敬，望兄哂纳。往日叮咛求荣不在朱门下，这句说话，兄当牢记，不可忘了。"魏玄成道："叔宝兄低头人下，易短英雄之气；况弟曾遇异人，道真主已出，隋祚不长。似兄英勇，怕不做他时佐命功臣？就是小弟托迹黄冠，亦是待时而动。兄可依员外之言，天生我材，断不沦落。"叔宝心中暗道："玄成此言，殊似有理。但雄信把我看小了。这叫做久处令人贱，赆送了几十两银子，他就叫我不要入公门。他把我当在家常是少了饭钱卖马的人。不知我虽在公门，上下往来朋友，赆礼路费，费几百金不能过一年，他就说许多闲话。"只得口里答谢道："兄长金石之言，小弟当铭刻肺腑。归心如箭，酒不能多。"雄信取大杯对饮三杯，玄成也陪饮了三杯。叔宝告辞，把许多物件，都捎在马鞍鞒后，举手作别。正是：

挥手别知己，有酒不尽倾。
只因乡思急，顿使别离轻。

出庄上马，紧纵一辔，那黄骠马见了故主，马健人强，一口气跑了三十里路，才收得住。捎的那铺盖拖下半边来。这马若叔宝自己鞴的，便有筋节，捎的行李，就不得拖将下来；却是单家庄上手下人的捎的，一顿顿松了皮条，马走一步踢一脚。叔宝回头看道："这行李捎得不好，朋友送的东西，若失落了，辜负他的好意。耽迟不耽错，前边有一村镇，且暂停一晚，到明日五更天，自己鞴马，行李就不得差错了。"径投店来。

此处地方名皂角林，也是叔宝时运不利，又遭出一场大祸来。未知性命如何，且听下回分解。

第十二回　皂角林财物露遭殃　顺义村擂台逢敌手

诗曰：

英雄作事颇嗷嗷，谗夫何故轻缁涅。
积猜惑信不易明，黑白妍媸难解辨。
雉网鸿罹未足悲，从来财货每基危。
石崇金谷空遗恨，奴守利财能尔为。
堪悲自是运途蹇，干戈匝地无由免。
昂首嗟嘘只问天，纷纷肉眼何须谴。

凡人无钱气不扬，到得多财，却也为累。若土著之民，富有资财先得了一个守财虏的名头，又免不得个有司看想、亲友妒嫉。若在外囊橐沉重了些，便有劫掠之虞。迹涉可疑，又有意外之变，怕不福中有祸，弄到杀身地位？

说话秦叔宝未到皂角林时，那皂角林夜间有响马，割了客人的包去。这店主张奇，是一方的保正，同十一个人，在潞州递失状去，还不曾回来。妇人在柜里面招呼，叫手下搬行李进客房，牵马槽头上料，点灯摆酒饭，已是黄昏深后。张奇被蔡太守责了十板，发下广捕，批着落在他身上，要捉割包响马，着众捕盗人押张奇往皂角林捉拿。晓得响马与客店都是合伙的多，故此蔡太守着在他身上。叔宝在客房中，闻外面喧嚷，又认是投宿的人，也不在话下。

且说张奇进门，对妻子道："响马得财漏网，瘟太守面糊盆，不知苦辣，倒着落在我身上，要捕风弄月，教我那里去追寻？"妇人点头，引丈夫进房去。众捕盗亦跟在后边，听他夫妻有甚说话。张奇的妻子对丈夫道："有个来历不明的长大汉子，刚才来家里下着。"众捕盗闻言，都进房来道："娘子你不要回避，都是大家身上的干系。"妇人道："列位不要高声，是有个人在我家里。"众人道："怎么就晓得他是来历不明？"妇人道："这个人浑身都是新衣服，铺盖齐整，随身有兵器，骑的是高头大马。说是做武官的，毕竟有手下仪从；说是做客商的，有附搭的伙计。这样齐整人，独自个投宿，就是个来历不明的了。"众人道："这话讲得有理，我们先去看他的马。"手下掌灯，往后槽来看。却不是潞州的马，像是外路的马，想是拒捕官兵追下来失落了，单问："如今在那个房里？"妇人指道："就是这里。"众人把堂前灯，都吹灭了，房里却还有灯。众人在避缝外，往里窥看。

叔宝此时晚饭吃过，家伙都收拾，出去把房门拴上，打开铺盖要睡。只见褥子重很紧，捏去有硬东西在内，又睡不得；只得拆开了线，把手伸进去摸将出来。原来是马蹄银，用铁锤打扁斫方的，好像砖头一般，堆了一桌子。叔宝又惊又喜，心中暗道："单雄信,单雄信,怪道你教我回山东,不要当差。原来有这等厚赠,就是掘藏,也还要费些力气,怎有这现成的造化。他想是怕我推辞,暗藏在铺盖里边。单二哥真正有心人也。”只不知每块有多少重,把银子逐块拿在手里掂一掂,试一试。那晓得:

隔墙须有耳,窗外岂无人?

众捕盗看他暗喜的光景,对众人道:“是真正响马。若是买货的客人,自己家里带来的本钱,多少轻重,自然晓得。若是卖货的客人,主人家自有发账法码,交兑明白,从没有不知数目的。怎么拿在饭店里,掂斤播两。这个银子难道不是打劫来的么?决是响马无疑。”常言道:“缚虎休宽。”先去后边把他的马牵来藏过了,众捕盗腰间解下十来条索子,在他房门外边,柜栏柱磉门房槅子,做起软绊地绷来,绊他的脚步。捡一个有胆量的,先进去引他出来。

店主张奇,先瞧见他这一桌子的银子,就留了心,想:“这东西是没处查考的,待我先进房去,掳他几块,怕他怎的?”对众人道:“列位老兄,你们不知我家门户出入,待我先进去引他出来何如?”众捕人晓得利害的,随口应道:“便等你进去。”张奇一口气吃了两三碗热酒,用脚将门一蹬,那门闩是日夜开闭,年深月久,滑溜异常,一脚激动,便跳将出来。张奇赶进房去,竟抢银子。叔宝为这几两银子,手脚都乱了。若空身坐在房里,人打进来招架住了,问个明白,就问出理来了。因有满桌子的银子,不道人来拿他,只道歹人进来抢劫,怒火直冲,动手就打。一掌去,遏的一声响,把张奇打来撞在墙上,脑浆喷出,嗳呀一声,气绝身亡。正是:

妄想黄金入袖,先教一命归泉。

外面齐声呐喊:“响马拒捕伤人。”张奇妻子举家号啕痛哭。

叔宝在房里着忙起来:“就是误伤人命,进城到官,也不知累到几时。我又不曾通名,弃了行囊走脱了罢。”泄开脚步,往外就走。不想脚下密布软绊,轻轻跌倒。众捕盗把挠钩将秦琼搭住,五六根水火棍一起一落。叔宝伏在地绷上,用膀臂护了自己头脑,任凭他攒打,把拳头一镨,短棍俱折。众人又添换短的兵器,铁鞭拐子、流星铁尺、金刚箍、铁如意,乒乓劈拍乱打。正是:

虎陷深坑难展爪,龙遭铁网怎腾空。

四肢都打伤了。众人将叔宝跣剥衣裳,绳穿索绑取笔砚来写响马的口词。叔宝道:“列位,我不是响马,是山东齐州府刘爷差人。去年八月间,在你本府投文,曾解军犯,久病在此。因朋友赠金还乡,不知列位将我错认为盗,误伤人命,见官自有明白。”众人那里听他的言语,把地下银子都拾将起来,赃物开了数目,马牵到门首抬这秦琼。张奇妻子叫村中人写了状子,一同离了皂角林,往潞州城来。这却是秦琼二进潞州。

到城门首时，三更时候，对城上叫喊守城的人："皂角林拿住割包响马，拒捕又伤了人命，可到州中报太爷知道。"众人以讹传讹，击鼓报与太爷。蔡刺史即时吩咐巡逻官员开城门，将这一干人押进府来，发法曹参军勘问。那巡逻官员开了城门，放进这一干人到参军厅。这参军姓斛斯名宽，辽西人氏；梦中唤起，腹中酒尚未醒。灯下先叫捕人录了口词，听得说道："获得赃银四百余两，有马有器械，响马无疑。"便叫："响马你唤甚名字？那里人？"叔宝忙叫道："老爷，小的不是响马，是齐州解军公差秦琼。八月间到此，蒙本府刘爷给过批回。"那斛参军道："你八月给批，缘何如今还在此处，这一定近处还有窝家。"叔宝道："小的因病在此耽延。"斛参军道："这银子是那里来的？"叔宝道："是友人赠的。"斛参军道："胡说，如今人一个钱也舍不得，怎有许多银子赠你？明日拿出窝家党羽，就知强盗地方与失主姓名了。怎又拒捕打死张奇？"叔宝道："小的十九日黄昏时候，在张奇家投歇，忽然张奇带领多人，抢入小的房来。小的疑是强盗，失手打去，他自撞墙身死。"斛参军道："这拒捕杀人，情也真了。你那批回在何处？"叔宝道："已托友人寄回。"斛参军道："这一发胡说。你且将投文时，在那家歇宿，病时在谁家将养，一一说来，我好唤齐对证，还可出豁你。"叔宝只得报出王小二、魏玄成、单雄信等人。斛参军听了一本的账，叫且将赃物点明，响马收监，明日拘齐窝主再审。可怜将叔宝推下监来。正是：

平空身陷遭罗网，百口难明飞祸殃。

次日，斛参军见蔡刺史道："昨蒙老大人发下人犯，内中拒捕杀人的叫做秦琼，称系齐州解军公人，却无批文可据。且带有多银，有马有器械，事俱可疑。至于张奇身死是实，但未曾查有窝家失主党羽，及检验尸伤，未敢据复。"蔡刺史道："这事也大，烦该厅细心鞫审解来。"斛参军回到厅，便出牌拘唤王小二、魏玄成、单雄信一干人。

王小二是州前人，央个州前人来烧了香，说是他公差饭店，并不知情，歇了。魏玄成被差人说强盗专在庵观寺院歇宿，百方刁措，诈了一大块银子。雄信也用几两，随即收拾千金，带从人到府前，自己有一所下处。唤手下人去请府中童老爹与金老爹来。原来这两个，一个叫做童环，字佩之；一个叫做金甲，字国俊。俱是府中捕盗快手，与雄信通家相处。雄信见金、童二人到下处来，便将千金交与他，凭他使用。两人停妥了监中，去见叔宝，与他同了声口。斛参军处贴肉揌，魏玄成也是雄信为他使用得免。及至皂角林去检验尸伤，金、童二人买嘱了仵作，把张奇致命处，做了砖石撞伤。捕人也是金、童周全，不来苦执复审，把银子说是友人蒲山公李密与王伯当相赠的，不做盗贼。不打不夹，出一道审语解堂道：

审得秦琼以齐州公差至潞州，批虽寄回，而历历居停有主，不得以盗疑也。张奇以金多致猜，率众掩之。秦琼以仓猝之中，极力推殴，使张奇触墙而死。律以故杀，不大苛乎？宜以误伤末减，一戍何辞。其银两据称李密、王伯当赠与，合无俟李密等到官质明给发。

论起做了误伤,也不合充军,这也是各朝律法不同。既非盗赃,自应给还,却将来贮库,这是衙门讨好的意思,干没以肥上官。捕人诬盗也该处置,却把事都推在已死张奇身上。解堂时,斛参军先面讲了,蔡刺史处关节又通,也只是个依拟。叔宝此时得了命,还敢来讨鞍马器械银两?凭他贮库。问了一个幽州总管下充军,佥解起发。

雄信恐叔宝前途没伴,兵房用些钱钞,托童佩之、金国俊押解,一路相伴。批上就佥了童环、金甲名字,当差领文,将叔宝扭锁出府大门外,松了刑具,同到雄信下处,拜谢活命之恩。雄信道:“倒是小弟遗累了兄,何谢之有?”叔宝道:“这是小弟运途淹蹇,至有此祸。若非兄全始全终,已作囹圄之鬼。”雄信就替佩之、国俊安家,邀叔宝到二贤庄来,沐浴更衣,换了一身布衣服,又收拾百金盘费,壮叔宝行色,摆酒饯别告辞。雄信临分别,取出一封书来道:“童佩之,叔宝在山东、河南交友甚多,就是不曾相会的,慕他名也少不得接待。这幽州是我们河北地方,叔宝却没有朋友,恐前途举目无亲,把这封书,到了涿郡地方,叫做顺义村,也是该处有名的一个豪杰,姓张名公谨,与我通家有八拜之交;你投他引进幽州,转达公门中当道朋友,好亲目叔宝。”佩之道:“小弟晓得。”辞了雄信,三人上路。正是:

春日阳和天气好,柳垂金线透长堤。

三人在路上说些自己本领,及公门中事业,彼此相敬相爱。不觉数日之间,到了涿郡。巳牌时候,来至顺义村。一条街道,倒有四五百户人家,入街头第二家就是一个饭店。叔宝站住道:“贤弟,这就是顺义村,要投张朋友处下书;初会面的朋友,肚中饥饿,不好就取饭食。常言说:‘投亲不如落店。’我们且上饭店中打个中火,然后投书未迟。”童、金二人道:“秦大哥讲得有理。”三人进店,酒保引进坐头,点下茶汤,摆酒饭。才吃罢,叔宝同国俊、佩之出店观看。

只见街坊上无数少年,各执齐眉短棍,摆将过去。中军鼓乐簇拥。马上一人,貌若灵官,戴万字顶包巾,插两朵金花,补服挺带,彩缎横披;马后又是许多刀枪簇拥,迎将过去。叔宝问店家:“迎送的这个好汉,是什么人?”主人道:“我们顺义村,今日迎太岁爷。”叔宝道:“怎么叫这等一个凶名?”店主道:“这位爷姓史,双名大奈,原是番将,迷失在中原。近日谋干在幽州罗老爷标下,授旗牌官。罗老爷选中了史爷人材,不知胸中实授本领,发在我们顺义村,打三个月擂台;三个月没有敌手,实授旗牌官。旧岁冬间立起,今日是清明佳节。起先有几个附近好汉,后边是远方豪杰,打过几十场。莫说赢得他的没有,便是跌得平交的也没见,如今又迎到擂台上去。”叔宝问道:“今日可打了么?”店家道:“今日还打一日,明日就不打了。”叔宝道:“我们可去看得么?”店家笑道:“老爷不要说看,有本事也凭老爷去打。”叔宝道:“店家替我们把行李收下,看打擂台回来,算还你饭钱。”叫佩之、国俊把盘费的银子,谨慎在腰间。

三人出得店门。后边看打擂台的百姓,络绎不绝。走尽北街,就是一所灵官庙。庙前有几亩荒地,地上筑起擂台来,有九尺高,方圆阔二十四丈。台下有数千人围绕争看。史大奈吹打迎上擂台。叔宝弟兄三人,捱将进去,上擂台马头边,看可有人上去打还没有人？只见那马头左首，两扇朱红栏杆，方方的一个拐角儿。栏杆里面设着柜，柜台上面天平法码支架停当。又有几个少年掌银柜。

三人到栏杆边，叔宝问："列位，打擂是个比武的去处，设这柜栏天平何用？"内中一人道："朋友，你不知道，我们史爷是个卖博打。"叔宝道："原来是为利。"那人道："你不晓得，始初时没有这个意思。立起擂台来，一个雷声天下响，五湖四海尽皆闻。英雄豪杰群聚于台下。我们史爷为人谨慎，恐武不善作打伤了人，没有凭据，有一个人上去打，要写一张认状。如要上去的，本人姓名乡贯年庚，设个誓要写在认状上，见得打死勿论。这个认状却雷同不得，有一个人要写一张。争强不伏弱，那人肯落后，都要争先，为写这个认状，几日不得清白。故此史爷说不要写认状了，设下这柜栏天平，财与命相连；好事的朋友都到柜上来交银子。"叔宝道："交多少？"那人道："不多。有一个人交五两银子，不拘多少人，银子交完了，史爷发号令上来打。有一个先往上走，第二个豪杰赶上一步，拖将下来，拖下的就不得上去，就是第三个上去了。当场时有本事打我史爷一拳，以一博十，赢我史爷五十两银子，踢一脚一百两银子，跌一交赢一百五十两银子，买一顿拳头打残疾回去怨命就罢了。起先聚二三十人上台去，被史爷纷纷的都掼将下来，一月之间，赢了千金。但有银子本领不如的，不敢到柜上来交，有本领没有银子的也打不成。故此后来这两个月上去打的人甚少。今日做圆满，只得将柜栏天平布置在此，不知道可有做圆满的豪杰来？"叔宝对佩之、国俊笑道："这倒也是豪杰干的事。"

佩之就撺掇叔宝道："兄上去。官事后中途发一个财。兄的本领，是我们知道的，一百五十两手到取来，幽州衙门中用也是好的。"叔宝道："贤弟，命不如人说也闲，我的时运不好。雄信送几两银子，没有福受用，皂角林惹官事，来潞州受了许多坎坷。这里打人又想赢得银子，莫说上去，只好看看罢。"佩之就要上去道："这个机会不要蹉了，小弟上去耍耍罢。"这个童佩之、金国俊不是无名之人，潞州府堂上当差有名的两个豪杰。叔宝与他不是久交，因遭官事，雄信引首，得以识荆，又不曾与他比过手段，见他高兴要上去耍耍，叔宝却也奉承道："贤弟逢场作戏，你要上去，我替你兑五两银子。"叔宝交银子在柜里，童佩之上擂台来打。

那擂台马头是九尺高，有十八层鼍刹。才走到半中间，围绕看的几千人，一声喝彩，把童佩之吓得骨软筋酥。这几千人是为许久没有人上去，今日又有人上去做圆满，众人呐喊助他的威。却不晓得他没来历的吓软了，却又不好回来，只得往上走，走便往上走，却不像先前本来面目了，做出许多张致来：咬牙切齿，怒目睁眉，揎拳裸袖，绰步撩衣，发狠上前。下边看的人赞道："好汉发狠上去了。"

却说史大奈在擂台上，三月不曾遇着敌手，旁若无人。见来人脚步嚣虚，却也不在他腔子里面。狮子大开口，做一个门户势子，等候来人，上中下三路，皆不能出其匡郭。童环到擂台上，见史大奈身躯高大，压伏不下，他轻身一纵，飞仙踹双脚挂面落将下来。史大奈用个万敌推魔势，将童环脚拿落在擂台上。童环站下，左手撩阴，右手使个高头马势，来伏史大奈。史大奈做个织女穿梭，从右肋下攒在童环背后，揸住衣服鸾带，叫道："我也不打你了，窜下去罢！"把手一撑，从擂台上窜将下来，下边看的一让，掼了个燕子衔泥，拍拓跌了一脸灰沙。把一个童佩之，弄得满面羞惭。

一个秦叔宝急得火星爆散，喝道："待我上去！"就往前走。掌柜的拦住道："上去要重兑银子，前边五两银子已输绝了。"叔宝不得工夫兑，取一大锭银子，丢在柜上道："这银子多在这里，打了下来与你算罢。"也不从马头上上擂台去，平地九尺高一窜，就跳上擂台来，竟奔史大奈。史大奈招架，秦琼好打：

> 拽开四平拳，踢起双飞脚。一个韬肋劈胸敦，一个剜心侧胆着。一个青狮张口来，一个鲤鱼跌子跃。一个饿虎扑食最伤人，一个蛟龙戏子能凶恶。一个忙举观音掌，一个急起罗汉脚。长拳架势自然凶，怎比这回短打多掠削？

也不像两个人打，就如一对猛虎争餐，擂台上滚做一团。牡丹虽好，全凭绿叶扶持。难道史大奈在顺义村打了三个月擂台，也不曾有敌手，孤身就做了这一个好汉。一个山头一只虎，也亏了顺义村的张公谨做了主人，就是叔宝有书投他，尚未相会的。

此时张公谨在灵官庙，叫庖人整治酒席，伺候贺喜。又邀一个本村豪杰白显道。他二人是酒友，等不得安席，先将几样果菜在大殿上，取坛冷酒试尝。只见两个后生慌忙的走将进来道："二位老爷，史老爷官星还不现。"公谨道："今日做圆满，怎么说这话？"来人道："擂台上史爷倒先把一个掼将下来，得了胜，后跳一个大汉上去，打了三四十合不分胜败。小的们擂台底下观看，史爷手脚都乱了，打不过这个人。"张公谨道："有这样事？可可做圆满，就逢这个敌手。"叫："白贤弟，我们且不要吃酒，大家去看看。"出得庙来，分开众人，擂台底下看上边还打哩，打得愁云怨雾，遮天盖地。正是：

> 黑虎金锤降下方，斜行要步鬼神忙。
> 劈面掌参勾就打，短簇赚擘破撩裆。

张公谨见打得凶，不好上去，问底下看的人："这个豪杰，从那一条路上来的？"底下看的人，就指着童佩之、金国俊二人道："那个鬓脚里有些沙灰的，是先掼下来的了。那个衣冠整齐的，是不曾上去打的。问这两个人，就知道上头打的那个人了。"张公谨却是本方土主，喜孜孜一团和气，对佩之举手道："朋友，上面打擂的是谁？"童佩之跌恼了，脸上便拂干净了，鬓脚还有些沙灰，见叔宝打赢了，没好气答应道："朋友，你管他闲事怎么？凭他打罢了！"公谨道："四海之内，皆兄弟也。恐怕是道中朋友，不好挽回。"金国俊却不恼他，不曾上去打，上前来招架道："朋友，我们不是没来历的人，要打便一个对一个打就是了，不要讲打攒盘的话。就是打输了，这顺义村还认得本地方几个朋友。"公谨道："兄认得本地方何人？"国俊道："潞州二贤庄单二哥有书，到顺义村投公谨张大哥，还不曾到他庄上下书。"公谨大笑。白显道指定公谨道："这就是张大哥了。"国俊道："原来就是张兄，得罪了。"公谨道："兄是何人？"国俊道："小弟是金甲，此位童环。"公谨道："原来是潞州的豪杰。上边打擂的是何人？"国俊道："这就是山东历城秦叔宝大哥。”

张公谨摇手大叫:“史贤弟不要动手,此乃素常闻名秦叔宝兄长。”史大奈与叔宝二人收住拳。张公谨挽住童佩之,白显道拖着金国俊四人笑上台来,六友相逢,彼此陪罪。公谨叫道:“台下看擂的列位都散了罢！不是外人来比试,乃是自己朋友访贤到此的。”命手下将柜台往灵官庙中去。邀叔宝下擂台,进灵官庙铺拜毡顶礼相拜,鼓手吹打安席。公谨席上举手道:“行李在于何处?”叔宝道:“在街头上第二家店内。”公谨命手下将秦爷行李取来,把那柜里大小二锭银子返璧于叔宝。叔宝就席间打开包裹,取雄信的存书,递与公谨拆开观看道:“嗄！原来兄有难在幽州。不打紧,都在小弟身上。此席酒不过是郊外小酌,与史大哥贺喜,还要屈驾到小庄去一坐。”六人匆匆几杯,不觉已是黄昏时候。公谨邀众友到庄。大厅秉烛焚香,邀叔宝诸友八拜为交,拜罢摆酒过来,直饮到五更时候。史大奈也要到帅府回话,白显道也要相陪。张公谨备六骑马,带从者十余人,齐进幽州投文。不知后事如何,且听下回分解。

第十三回　张公谨仗义全朋友　秦叔宝带罪见姑娘

词曰：

云翻雨覆，交情几动穷途哭。惟有英雄，意气相孚自不同。
鱼书一纸，为人便欲拚生死。拯厄扶危，管鲍清风尚可追。

调寄《减字木兰花》

交情薄的固多，厚的也不少。薄的人富贵时密如胶漆，患难时却似团沙，不肯拢来。若侠士有心人，莫不极力援引，一纸书奉如诰敕；这便是当今陈雷，先时管鲍。

顺义村到幽州只三十里路，五更起身，平明就到了。公谨在帅府西首安顿行李，一面整饭，就叫手下西辕门外班房中，把二位尉迟老爷请来。这个尉迟，不是那个尉迟恭，乃周相州总管尉迟迥之族侄，兄弟二人，哥哥叫尉迟南，兄弟叫尉迟北，向来与张公谨通家相好，现充罗公标下，有权衡的两员旗牌官。帅府东辕门外是文官的官厅，西辕门外是武弁的官厅，旗牌听用等官，只等辕门里掌号奏乐三次，中军官进辕门扯旗放炮，帅府才开门。尉迟南、尉迟北戎服伺候，两个后生走进来叫："二位爷，家老爷有请。"尉迟南道："你是张家庄上来的么？"后生道："是。"尉迟南道："你们老爷在城中么？"后生道："就在辕门西首下处，请二位老爷相会。"

尉迟南吩咐手下看班房，竟往公谨下处来。公谨因尉迟南兄弟是两个金带前程的，不便与他抗礼，把叔宝、金、童藏在客房内，待公谨引首，道达过客相见，才好来请。张公谨、史大奈、白显道三人正坐，兄见尉迟兄弟来到，各各相见，分宾主坐下。尉迟南见史大奈在坐，便开言道："张兄今日进城这等早，想为史同袍打擂台日期已完，要参谒本官了？"公谨道："此事亦有之，还有一事奉闻。"尉迟南道："还有什么见教？"公谨衣袖里取出一封书来，递与尉迟昆玉，接将过来拆开了。

兄弟二人看毕，道："啊，原来是潞州二贤庄单二哥的华翰，举荐秦朋友到敝衙门投文，托兄引首。秦朋友如今在那里？请相见罢了。"公谨向客房里叫："秦大哥出来罢！"豁琅琅的响将出来。童环奉文书，金甲带铁绳，叔宝娃着虎躯，扭锁出来。尉迟兄弟勃然变色道："张大哥，你小觑我。四海之内，皆兄弟也。单二哥的华翰到兄长处，因亲及亲，都是朋友，怎么这等相待？"公谨陪笑道："实不相瞒，这刑具原是做成的活扣儿，恐贤昆玉责备，所以如此相见；倘推薄分，取掉了就是。"尉迟兄弟亲手上前，替叔宝疏了刑具，教取拜毡过来，相拜道："久闻兄大名，如春雷轰耳，无处不闻，恨山水迢遥，不能相会。今日得兄到此，三生有幸。"叔宝道："门下军犯，倘蒙提携，再造之恩不浅。"尉迟南道："兄诸事放心，都在愚弟身上。此二位就是童佩之、金国俊了。"二人道："小的就是童环、金甲。"尉迟南道："皆不必太谦，适见单员外华翰上亦有尊字，都是个中的朋友。”都请来对拜了。

尉迟南叫：“佩之，桌上放的可就是本官解文么？”佩之答道：“就是。”尉迟南道：“借重把文书取出来，待愚兄弟看里边的事故。待本官升堂问及，小弟们方好答应。”童环假小心道：“这是本官钤印弥封，不敢擅开。”尉迟南道：“不妨。就是钉封文书，也还要动了手。不过是个解文，打开不妨。少不得堂上官府，要拆出必得愚兄弟的手，何足介意。”公谨命手下取火酒半杯，将弥封润透，轻轻揭开，把文书取出。尉迟兄弟开看了，递还童环，吩咐照旧弥封。

只见尉迟南嘿然无语。公谨道：“兄长看了文书，怎么嘿嘿沉思？”尉迟南道：“久闻潞州单二哥高情厚谊，恨不能相见，今日这桩事，却为人谋而不忠。”秦叔宝感雄信活命之恩，见朋友说他不是，顾不得是初相会，只得向前分辩：“二位大人，秦琼在潞州，与雄信不是故交，邂逅一面，拯我于危病之中，复赠金五百还乡。秦琼命蹇，皂角林中误伤人命，被太守问成重辟；又得雄信尽友道，不惜千金救秦琼，真有再造之恩。二位大人怎么嫌他为人谋而不忠？”尉迟南道：“正为此事。看雄信来书，把兄荐到张仁兄处，单员外友道已尽。但看文书，兄在皂角林打死张奇，问定重罪，雄信有回天手段，能使改重从轻，发配到敝衙门来。吾想普天下许多福境的卫所，怎么不拣个鱼米之乡，偏发到敝地来？兄不知我们本官的利害，我不说不知。他原是北齐驾下勋爵，姓罗名艺，见北齐国破，不肯臣隋，统兵一枝，杀到幽州，结连突厥可汗反叛。皇家累战不克，只得颁诏招安，将幽州割与本官，自收租税养老，统雄兵十万镇守幽州。本官自恃武勇，举动任性，凡解进府去的人，恐怕行伍中顽劣不遵约束，见面时要打一百棍，名杀威棒。十人解进，九死一生。兄到此间难处之中。如今设个机变：叫佩之把文书封了，待小弟拿到挂号房中去，吩咐挂号官，将别衙门文书掣起，只把潞州解文挂号，独解秦大哥进去。”

众朋友闻尉迟之言，俱吐舌吃惊。张公谨道：“尉迟兄怎么独解秦大哥进去？”尉迟南道：“兄却有所不知。里边太太最是好善，每遇初一月半，必持斋念佛，老爷坐堂，屡次叮嘱不要打人。秦大哥恭喜，今日恰是三月十五日。倘解进去的人多了，触动本官之怒，或发下来打，就不好亲目了。如今秦大哥暂把巾儿取起，将头发蓬松，用无名异涂搽面庞，假托有病。童佩之二位典守者，辞不得责，进帅府报禀，本人途中有病。或者本官喜怒之间，着愚兄下来验看，上去回复果然有病，得本官发放，讨收管。秦大哥行伍中，岂不能一枪一刀，博一个衣锦还乡？只是如今早堂，投文最难，却与性命相关，你们速速收拾，我先去把文书挂号。”

尉迟二人到挂号房中，吩咐挂号官：“将今日各衙门的解文都掣起了，只将这潞州一角文书挂号罢。”挂号官不敢违命，应道：“小官知道了。”此时掌号官奏乐三次，中军官已进辕门。叔宝收拾停当，在西辕门伺候。尉迟二人将挂过号的文书，交与童环，自进辕门。随班放大炮三声，帅府开门。中军官、领班、旗鼓官、旗牌官、听用官、令旗手、捆绑手、刀斧手，一班班，一对对，一层层，都进帅府参见毕，各归班侍立府门首。报门官报门：“边关夜不收马兵官将巡逻回风人役进。”这一起出来了。第二次就是供给官，送进日用心红纸札饮食等物。第三次就是挂号官，捧号簿进帅府，规矩解了犯人，就带进辕门里伺候。挂号官出来，却就利害了：两丹墀有二十四面金锣，一齐响起。一面虎头牌，两面令字旗，押着挂号官出西首角门，到大门外街台上。执旗官叫投文人犯，跟此牌进。童环捧文书，金甲带铁绳，将叔宝扭锁带进大门，还不打紧；只是进仪门，那东角门钻在刀枪林内。到月台下，执牌官叫跪下。东角门到丹墀，也只有半箭路远，就像爬了几十里峭壁，喘气不定。

秦叔宝身高丈余，一个豪杰困在威严之下，只觉的身子都小了，跪伏在地，偷眼看公坐上这位官员：

玉立封侯骨，金坚致主心。
发因忧早白，谋以老能沉。
塞外威声远，帷中感士深。
雄边来李牧，烽火绝遥岑。

须发斑白，一品服，端坐如泰山，巍巍不动。罗公叫中军，将解文取上来。中军官下月台取了文书，到滴水檐前，双膝跪下。账上官将接去，公座旁验吏拆了弥封，铺文书于公座上。罗公看潞州刺史解军的解文，若是别衙门解来的，打也不打也就发落了。潞州的刺史蔡建德，是罗公得意门生。这罗公是武弁的勋卫，怎么有蔡建德方印文官门生？原来当年蔡建德曾解押幽州军粮违限，据军法就该重处，罗公见他青年进士，法外施仁，不曾见罪。蔡建德知恩，就拜在罗公门下。今罗公见门生问成的一个犯人，将文书看到底，看蔡建德才思何如，问成的这个人，可情真罪当。亲看"军犯一名秦琼，历城人"，触目惊心，停了一时，将文书就掩过了，叫验吏将文书收去，誊写入册备查，吩咐中军官："叫解子将本犯带回，午堂后听审。"童环、金甲听得叫他下去，也没有这等走得爽利了，下月台带铁绳往下就走。

此时张公谨、史大奈、白显道，都在西辕门外伺候，问尉迟道："怎么样了？"尉迟道："午堂后听审。"公谨道："审什么事？"尉迟南道："从来不会有这等事，打与不打就发落了，不知审什么事？"公谨道："什么时候？"尉迟南道："还早。如今闭门退堂，昼寝午膳，然后升堂问事，放炮升旗，与早堂一般规矩。"公谨道："这等尚早，我们且到下处去饮酒压惊。出了辕门，卸去刑具，到下处安心。只听放炮，方来伺候未迟。"

却说罗公发完堂事，退到后堂，不回内衙。叫手下除了冠带，戴诸葛巾，穿小行衣，悬玉面铤带，小公座坐下。命家将问验吏房中适才潞州解军文书，取将进来，到后堂公座上展开，从头阅一遍，将文书掩过。唤家将击云板，开宅门请老夫人秦氏出后堂议事。秦氏夫人，携了十一岁的公子罗成，管家婆丫环相随出后堂。老夫人见礼坐下，公子侍立。夫人开言道："老爷今日退堂，为何不回内衙？唤老身后堂商议何事？"罗公叹道："当年遭国难，令先兄武卫将军弃世，可有后人么？"夫人闻言，就落下泪来道："先兄秦彝，闻在齐州战死。嫂嫂宁氏，止生个太平郎，年方三岁，随任在彼。今经二十余年，天各一方，朝代也不同了，存亡未保。不知老爷为何问及？"罗公道："我适才升堂，河东解来一名军犯。夫人你不要见怪，到与夫人同姓。"夫人道："河东可就是山东么？"罗公笑道："真是妇人家说话。河东与山东相去有千里之遥，怎么河东就是山东起来？”夫人道：“既不是山东，天下同姓者有之，断不是我那山东一秦了。”罗公道：“方才那文书上，却说这个姓秦的，正是山东历城人，齐州奉差到河东潞州。”夫人道：“既是山东人，或者是太平郎有之。他面貌我虽不能记忆，家世彼此皆知，老身如今要见这姓秦的一面，问他行藏，看他是否。”罗公道：“这个也不难。夫人乃内室，与配军觌面，恐失了我官体，必须还要垂帘，才好唤他进来。”

罗公叫家将垂帘，传令出去，小开门唤：“潞州解人带军犯秦琼进见。”他这班朋友，在下处饮酒压惊。止有叔宝要防听审，不敢纵饮，只等放炮开门，才上刑具来听审，那里想到是小开门。那辕门内监旗官，地覆天翻喊叫：“老爷坐后堂审事，叫潞州解子带军犯秦琼听审！”那里找寻？直叫到尉迟下处门首，方才知道，慌忙把刑具套上。尉迟南、尉迟北是本衙门官，童环、金甲带着叔宝，同进帅府大门。张公谨三人，只在外面伺候消息。

这五人进了大门、仪门，上月台，到堂上，将近后堂，屏门后转出两员家将，叫：“潞州解子不要进来了。”接了铁绳，将叔宝带进后堂，阶下跪着。叔宝偷眼往上看，不像早堂有这些刀斧威仪。罗公素衣打扮，后面立青衣大帽六人，尽皆垂手。台下家将八员，都是包巾扎袖。叔宝见了，心上宽了些。罗公叫：“秦琼上来些。”叔宝装病怕打，做俯伏爬不上来。罗公叫家将：“把秦琼刑具疏了。”两员家将下来，把那刑具疏了。罗公叫：“再上来些”。叔宝又肘膝往上，捱那几步。罗公问道：“山东齐州似你姓秦的有几户？秦琼道：“齐州历城县，养马当差姓秦的甚多，军丁只有秦琼一户。”罗公道：“这等你是武弁了。”秦琼道：“是军丁。”罗公道：“且住，你又来欺诳下官了。你在齐州当差，奉那刘刺史差遣公干河东潞州，既是军丁，怎么又在齐州当那家的差？”秦琼叩首道：“老爷，因山东盗贼生发，本州招募，有能拘盗者重赏。秦琼原是军丁，因捕盗有功，刘刺史赏小的兵马捕盗都头，奉本官差遣公干河东潞州，误伤人命，发在老爷案下。”罗公道：“你原是军丁，补县当差。我再问你：当年有个事北齐主尽忠的武卫将军秦彝，闻他家属流落在山东，你可晓得么？”叔宝闻父名，泪滴阶下道：“武卫将军，就是秦琼的父亲，望老爷推先人薄面，笔下超生。”罗公就立起来，道：“你就是武卫将军之子？”

那时却是一齐说话，老夫人在朱帘里也等不得，就叫：“那姓秦的，你的母亲姓什么？”秦琼道：“小的母亲是宁氏。”夫人道：“呀，太平郎是那个？”秦琼道：“就是小人的乳名。”老夫人见他的亲侄儿伶仃如此，也等不得手下卷帘，自己伸手揭开，走出后堂，抱头而哭。秦琼却不敢就认，哭拜在地。罗公也顿足长叹道：“你既是我的内亲，起来相见。”公子在旁，见母亲悲泪，也哭起来。手下家将早已把刑具拿了，到大堂外面叫：“潞州解子，这刑具你拿了去。秦大叔是老爷的内侄，老夫人是他的嫡亲姑母，后堂认了亲了。领批回不打紧，明日佥押送出来与你。”尉迟南兄弟二人鼓掌大笑出府。张公谨等众朋友都在外面等候，见尉迟兄弟笑出来，问道：“怎么两位喜容满面？”尉迟南道：“列位放心，秦大哥原是有根本的人。罗老爷就是他嫡亲姑爷，老太太就是姑母，已认做一家了。我们且到下处去饮酒贺喜。”

却说罗公携叔宝进宅门，到内衙，吩咐公子道：“你可陪了表兄，到书房沐浴更衣，取我现成衣服与秦大哥换上。”叔宝梳蓖整齐，洗去面上无名异；随即出来拜见姑爷、姑母，与公子也拜了四拜。即便问表弟取柬帖二副,写两封书:一封书求罗公佥押了批回,发将出来,付与童佩之,潞州谢雄信报喜音;一封书付尉迟兄弟,转达谢张公谨三友。

此时后堂摆酒已是完备,罗公老夫妇上坐,叔宝与表弟列位左右。酒行二巡,罗公开言:"贤侄,我看你一貌堂堂,必有兼人之勇。令先君弃世太早,令堂又寡居异乡,可曾习学些武艺?"叔宝道:"小侄会用双锏。"罗公道:"正是令先君遗下这两根金装锏,可曾带到幽州来?"叔宝道:"小侄在潞州为事,蔡刺史将这两根金装锏作为凶器,还有鞍马行囊,尽皆贮库。"罗公道:"这不打紧,蔡刺史就是老夫的门生,容日差官去取就是。只是目今有句话,要与贤侄讲:老夫镇守幽州,有十余万雄兵,千员官将,都是论功行赏,法不好施于亲爱。我如今要把贤侄补在标下为官,恐营伍员中有官将议论,使贤侄无颜。老夫的意思,来日要往演武厅去,当面比试武艺。你果然弓马熟娴,就补在标下为官,也使众将箝口。"叔宝躬身道:"若蒙姑父提拔,小侄终身遭际,恩同再造。"罗公吩咐家将,传兵符出去,晓谕中军官,来日尽起幽州人马出城,往教军场操演。

明早五更天,罗公就放炮开门。中军簇拥,史大奈在大堂参谒,回打擂台事,补了旗牌。一行将士都戎装贯束,随罗公驷马车拥出帅府。

十万貔貅镇北畿,斗悬金印月同辉。
旗飘易水云初起,枪簇燕台霜乱飞。

叔宝那时没有金带银带前程,也只好像罗公本府的家将一般打扮:头上金顶缠骔大帽,穿猱头补服、银面鞓带、粉底皂靴,上马跟罗公出东郭教军场去了。

公子带四员家将,随后也出帅府,奈守辕门的旗牌官拦住,叩头哀求,不肯放公子出去。原来是罗公将令:平昔吩咐手下的,公子虽十一岁,膂力过人,骑劣马,扯硬弓,常领家将在郊外打围。罗公为官廉洁,恐公子膏粱之气,踹踏百姓田苗,故戒下守门官不许放公子出帅府。公子只得命家将牵马进府,回后堂老母跟前,拿出孩童的景象,啼哭起来,说要往演武厅去看表兄比试,守门官不肯放出。老夫人因叔宝是自己面上的瓜葛,不知他武艺如何,要公子去看着,先回来说与他知道,开自己怀抱。唤四个掌家过来。四人俱皆皓然白须,跟罗公从北齐到今,同荣辱,共休戚,都是金带前程,称为掌家。老夫人道:"你四人还知事,可同公子往演武厅去看秦大叔比试。说那守门官有拦阻之意,你说我叫公子去的,只是瞒着老爷一人就是。"四人道:"知道了。"公子见母亲吩咐,欢喜不胜。忙向书房中收拾一张花梢的小弩,锦囊中带几十枝软翎的竹箭,看表兄比试回家,就荒郊野外射些飞禽走兽耍子。

五人上马,将出帅府,守门官依旧拦住。掌家道:"老太太着公子去看秦大叔比试,只瞒着老爷一时。"守门官道:"求小爷速些回来,不要与老爷知道。"公子大喝一声:"不要多言!"五骑马出辕门,来到东郭教军场。此时教场中已放炮升旗,五骑马竟奔东辕门来,下马瞧操演。那四个掌家,恐老爷账上看见公子,着两个在前,两个在后,把公子夹在中间,东辕门来观看。毕竟不知如何,且听下回分解。

第十四回　勇秦琼舞锏服三军　贤柳氏收金获一报

诗曰：

沙中金子石中玉，干将埋没丰城狱。
有时拂拭遇良工，精光直向苍天烛。
丈夫踪迹类如此，倏而云泥倏虎鼠。
汉王高筑惊一军，淮阴固是绛灌信。
困穷拂抑君莫嗟，赳赳干城在兔罝。
但教有宝怀间蕴，终见鸣珂入帝里。

俗语道得好：运去黄金减价，时来顽铁生光。叔宝在山东也做了些事，一到潞州，吃了许多波浪，只是一个时运未到。一旦遇了罗公，怕不平地登天，显出平生本领？罗公要扶持叔宝，大操三军。罗公坐账中，十万雄兵，画地为式，用兵之法，井井有条。账前大小官将头目，全装披挂，各持锋利器械，排班左右。叔宝在左班中观看，暗暗点头："我是井底之蛙，不知天地之大，枉在山东自负。你看我这姑爷五旬以外，须发皓然，着一品服，掌生杀之权，一呼百诺，大丈夫定当如此。"要知罗公也却不要看操，只留心于叔宝。见秦琼点头有嗟咨之意，唤将过来，叫："秦琼。"叔宝跪应道："有。"罗公问："你可会甚么武艺？"秦琼道："会用双锏。"罗公昨日帅府家宴问过，今日如何又问？因知他双锏在潞州贮库，不好就取锏与他舞。罗公命家将："将我的银锏取下去。"罗公这两条锏连金镶靶子，共重六十余斤，比叔宝锏长短尺寸也差不多；只是用过重锏的手，用这罗公的轻锏越觉松健。两个家将，捧将下来。叔宝跪在地下，挥手取银锏，尽身法跳将起来。轮动那两条锏，就是银龙护体，玉蟒缠腰。罗公在座上自己喝彩："舞得好！"难道罗公的标下，就没有舞锏的人，独喝彩秦琼么？罗公却要座前诸将钦服之意。诸将却也解本官的意思，两班齐声喝彩道："好！"

公子在辕门外，爬在掌家肩背上，见表兄的锏，舞到好处，连身子多不看见，就是一道月光罩住，不敢高声喝彩，暗喜道："果然好。"叔宝舞罢锏，捧将上来。罗公又问道："还会什么武艺？"叔宝道："枪也晓得些。"罗公叫取枪上来。两班官将奉承叔宝，拣绝好的枪，取将上来。枪杆也有一二十斤重，铁条牛筋缠绕，生漆漆过。叔宝接在手中，把虎身一矬，右手一迎，牛筋都迸断，攒打粉碎，一连使折两根枪。秦琼跪下道："小将用的是浑铁枪。"罗公点头道："真将门之子。"命家将："枪架上把我的缠杆矛抬下与秦琼舞。"两员家将抬将下来。重一百二十斤，长一丈八尺。秦琼接在手中，打一个转身，把枪收将回来，觉道有些拖带。罗公暗暗点头道："枪法不如。此子还可教。"这里隐着个罗府传枪的根脚。罗公为何说叔宝枪法不如？因他没有传授。秦琼在齐州当差时，不过是江湖上行教的把势，野战之法却怎么当得罗公的法眼？恰将就称赞几声。这些军官见舞得这重枪也吃惊，看他舞得簇簇，不辨好歹，也随着罗公喝彩，连叔宝心中未必不自道好哩！

叔宝舞罢枪，罗公即便传令开操。只听得教场中炮声一响，正是：

> 阵按八方，旗分五色。龙虎奋翼，旗帜迷天。横空黑雾，皂纛标坎北之兵；彻汉朱霞，赤帜识南离之象。平野满梁园之雪，旄按庚辛；乱山回寒谷之春，色分甲乙。顽愚不似江陵石，雄武原称幽冀军。

操事已完，中军官请号令："诸将三军操毕，禀老爷比试弓矢。"罗公叫秦琼问道："你可会射箭？"罗公所问，有会射就射、不会射就罢的意思。秦琼此时得意之秋，只道自己的锏与枪舞得好，便随口答应："会射箭。"那知罗公标下一千员官将，止有三百名弓箭手，短中取长，挑选六十员骑射官员，都是矢不虚发的，若射金刚腿枪杆，就算不会射的了。罗公晓得秦琼力大，将自己用的一张弓、九枝箭，付与秦琼。军政司将秦琼名字续上，上台跪禀道："老爷，众将射何物为奇？"罗公知有秦琼在内，便道："射枪杆罢。"这枪杆是奇射中最易的，不是阵上的枪杆，却是后账发出一扛木头枪杆来，九尺长，到一百八十步弓基址所在，却插一根木枪，将令字蓝旗换去。此时军政司卯簿上唱名点将。那知这些将官，俱是平昔间练就，连新牌官史大奈，有五七人射去，并不曾有一矢落地。叔宝因是续上的在后面，看见这些官将射中枪杆，心中着忙："我也不该说过头话，方才我姑爷问我道：'会射箭么？'我就该答应道：'不会。'也罢了，他也不怪我。却怎么答应会射？"心上自悔。

罗公是有心人，却不要看众将射箭，单为叔宝。见秦琼精神恍惚，就知道他弓矢不济，令他过来。叔宝跪下。罗公道："你见我标下这些将官，都是奇射。"罗公是个有意思的人，只要秦琼谦让，罗公就好免他射箭。何知叔宝不解其意，少年人出言不逊道："诸将射枪杆是死物，不足为奇。"罗公道："你还有恁奇射？"叔宝道："小侄会射天边不停翅的飞鸟。"罗公年高任性，晓他射不得枪杆，定要他射个飞鸟看看，吩咐中军官，诸将暂停弓矢，着秦琼射空中飞鸟。军政司将卯簿掩了，众将官都停住了弓矢。秦琼张弓搭箭，立于月台，候天边飞鸟。青天白日望得眼酸，并无鸟飞。此时十万雄兵，摇旗擂鼓的演操，急切那有飞禽下来？罗公便道："叫供给官取生牛肉二方，挂在大纛旗上。"只见血淋淋挂在虚空里荡着，把那山中叼鸡的饿鹰，引了几个来叼那牛肉。

正是当局者迷，旁观者清。公子在东辕门外，替叔宝着忙："我这表兄，今日定要出丑。诸般雀鸟好射，惟有鹰射不得。尘不迷人眼，水不迷鱼眼，草不迷鹰眼。鹰有滚豆之睛，鹰飞霄汉之上，山坡下草中豆滚，他还看见，你这箭射不下鹰来，言过其实，我父亲就不肯重用你了。可怜他也是英雄，千里来奔，我助他一枝箭吧。"撩开衣服，取出花梢小弩，把弦拽满了，锦囊中取一枝软翎竹箭，放在弩上，隐在怀中。那些官将头目十万人马，都看秦大叔射鹰，却不知公子在辕门外发弩。就是跟公子的四个掌家，也不知道，前边两个不消说是不知道了，后边两个在他面前，向西站立，夕阳时候，日光射目，用手搭凉棚，遮那日色，往上看叔宝射鸟。公子弩硬箭又不响，故此不知。公子却又不好把箭就放了去。叔宝不射，他射下鹰来，算那一个的账？可怜叔宝见鹰下来叼肉，刚要扯弓，那鹰又飞开去了。众人又催逼，叔宝没奈何，只扯满弓弦，发一箭去。弓弦响动，鹰先知觉。看见箭来，鹞子翻身，用折叠翅把叔宝这枝箭裹在硬翎底下，却不曾伤得性命。秦琼心上着忙，只见那鹰翩翩跹跹，裹着叔宝那一枝箭，落将下来。五营四哨，大小官将头目人等，一齐喝彩。

旁观赞叹一齐起，当局精神百倍增。

连叔宝也不知这个鹰怎么射下来的？公子急藏弩摭掩袍服，领四员家将上马，先回帅府。中军官取鹰来献上。罗公自有为叔宝的私情，亲自下账替叔宝簪花挂红。动鼓乐迎回帅府。吩咐其余诸将，不必射箭，一概有赏，赏劳三军。罗公也自回府。公子先回府内，此事不曾对老母说，恐表兄面上无颜。

罗公回到府中家宴上，对夫人道："令侄双锏绝伦，弓矢尤妙，只是枪法欠了传授。"向秦琼道："府中有个射圃，贤侄可与汝表弟习学枪法。"秦琼道："极感成就之恩。"自此表兄弟二人，日在射圃中走马使枪。罗公暇日自来指拨教导，叫他使独门枪。

光阴荏苒，因循半载有余。叔宝是个孝子，当初奉差潞州，只道月余便可回家，不意千态万状，逼出许多事来。今已年半有余，老母在山东不能回家侍养，难道在帅府就乐而忘返，把老母就置之度外？可怜他思母之心，无时不有。只因晓得一分道理，想道："我若是幽州来探亲，住的日久，说家母年迈，就好告辞。我却是问罪来的人，幸遇姑爷在此为官提拔，若要告辞，我又晓得这个老人家任性，肯放我去得满心愿？他若道：'今日我老夫在此为官，你回去也罢了；若不是我老夫为官，你也回去么？'那时归又归不成，又失了他的爱。"这个话不是今日才想，自到幽州就筹算到今。却与表弟厚了，时常央公子对姑母说，姑爷面前方便我回去罢。可知公子的性儿，他若不喜欢这个人，他在府中时刻难容他；与表兄英雄相聚，意气符合，舍不得表兄去，就是父母要打发他，还要在中间阻挠，怎么肯替他方便？不过随口说谎道："前日晚间已对家母说，父亲说只在几日打发兄长回去。"没处对问，不觉又因循几个月日，只管迁延过去。

直到仁寿三年八月间，一日罗公在书房中考较二人学问。此时公子还不曾梳洗。罗公忽然抬头，见粉墙上题四句诗，罗公认得秦琼的笔迹。原来叔宝因思家念切，一日酒后，偶然写这几句于壁上。罗公认是秦琼心上所发，见了诗怫然不快。

这几句怎么道？

一日离家一日深，犹如孤鸟宿寒林。
纵然此地风光好，还有思乡一片心。

罗公不等二子相见，转进后堂。老夫人迎着道："老爷书房考较孩儿学问，怎么匆匆进来？"罗公叹道："他儿不自养，养煞是他儿。"夫人道："老爷何发此言？"罗公道："夫人,自从令侄到幽州,老夫看待他,与吾儿一般,并无亲疏。我意思等待边廷有事,着他出马立功,表奏朝廷,封他一官半职,衣锦还乡。不想令侄却不以老夫为恩,反以为怨。适才到书房中去,壁上写着四句,总是思乡意思;这等反是老夫稽留他在此不是。”夫人闻言,眼中落泪道:“先兄弃世太早,家嫂寡居异乡,止有此子,出外多年,举目无亲。老爷如今扶持,舍侄就是一品服还乡,不如叫他归家看母。”罗公道:“夫人意思,也要令侄回去?”老夫人道:“老身怀此念久矣,不敢多言。”罗公道:“不要伤感,今日就打发令侄回去。”叫备饯行酒,传令出去。营中要一匹好马,用长路的鞍轿,进帅府公用。罗公到自己书房,叫童儿前边书房里,与秦大叔讲:“叫秦大叔把上年潞州贮库物件,开个细账来,我好修书。”那时蔡建德还复任在潞州,正好打发秦琼,到彼处自去取罢。

童儿到书房中道:“大叔,老爷的意思,打发秦大叔往山东去。教把潞州贮库物件,开一细账,老爷修书。”公子进里边来对叔宝说了,叔宝欢喜无限。公子道:“快把潞州贮库的东西开了细账,叫兄长自去取。”叔宝忙取金笺简,细开明白。重儿取回。罗公写两封书:一封是潞州蔡刺史处取行李,一封是举荐山东道行台来总管衙门的荐书。酒席完备,叫童儿:“请大叔,陪秦大叔出来饮酒。”老夫人指着酒席道:“这是你姑爷替你饯行的酒。”叔宝哭拜于地。罗公用手相挽道:“不是老夫屈留你在此,我欲待你边廷立功,得一官半职回乡,以继你先人之后。不想边廷宁息,不得如我之意。令姑母道令堂年高,我如今打发你回去。这两封书,一封书到潞州蔡建德取鞍马行李,一封书你到山东投与山东大行台兼青州总管,姓来名护儿。我是他父辈。如今分符各镇一方,举荐你到他标下,去做个旗牌官。日后有功,也还图个进步。”叔宝叩谢。拜罢姑母,与表弟罗成对拜四拜。入席饮酒数巡,告辞起身。此时鞍马行囊,已捎搭停当。出帅府,尉迟昆玉晓得了,俱备酒留饮。叔宝略领其情,连夜赶到涿州辞别。张公谨要留叔宝在家几日,因叔宝急归,不得十分相强。张公谨写书附复单雄信,相送分手。

叔宝归心如箭,马不停蹄,两三日间,竟奔河东潞州。入城到府前饭店。王小二先看见了,往家飞跑,叫:“婆娘不好了!”柳氏道:“为什么?”小二道:“当初在我家少饭钱的秦客人,为人命官司,问罪往幽州去了。一二年到挣了一个官来,缠鬃大帽,骑着马往府前来。想他恼得我紧,却怎么处?”柳氏道:“古人说尽了:‘去时留人情,转来好相见。’当初我叫你不要这等炎凉,你不肯听。如今没面目见他。你躲了罢。”小二道:“我躲不得。”柳氏道:“你怎么躲不得?”小二道:“我是饭店。倘他说我住住儿等他相见,我怎么躲得这些时?”柳氏道:“怎么样?”小二道:“只说我死了罢。人死不记冤,打发他去了,我才出来。”王小二着了忙,出这一个题目与妻子,忙走开了。柳氏是个贤妻,只得依了丈夫,在家下假做哭哭啼啼。叔宝到店门外下马,柳氏迎道:“秦爷来了。”叔宝道:“贤人,我还不曾进来拜谢你。叫手下看了马上行李,待我到府中投文书来。”取罗公书,竟往府中去。

此时蔡公正坐堂上。守门人报幽州罗老爷差官下书。蔡公吩咐着他进来。叔宝是个有意思的人,到那得意之时,愈加谨慎,进东角门捧着书走将上来。蔡刺史公座上,就认得是秦琼,走下滴水檐来,优待以礼。叔宝上月台庭参拜见。蔡公先问罗公起居,然后说到就是仁寿二年皂角林那桩事,我也从宽发落。叔宝道:“蒙老大人提拔,秦琼感恩不浅。”蔡公道：“那童环、金甲幽州回来，道及罗老将军是令亲，我十分欢喜，反指示足下到幽州与令亲相会了。”叔宝道：“家姑父罗公有书在此。”蔡公叫接上来。蔡公见书封上，是罗公亲笔，不回公座开缄，就立着开看毕道：“秦壮士，罗老将军这封书，没有别说，只是取昔年在我潞州的物件。”叔宝道：“是。”蔡刺史叫库吏取仁寿二年寄库赃罚簿。库吏与库书，除旧管新收，开除实在，将赃罚簿呈现到公座上。蔡刺史用珠笔对那银子。当日皂角林捕人进房已失了些，又加参军厅乘机干没，不符前数。止有碎银五十两，贮封未动。那黄骠马一匹，已发去官卖了，马价银三十两贮库。五色潞绸十匹，做就寒夏衣四套，缎帛铺盖一副，枕顶俱在，熔金马鞍辔一副，镫扎俱全，金装锏二根，一一点过，叫库吏查将出来，月台上交付秦琼。叔宝一个人也拿不得许多东西，解他的那童环、金甲见了，却帮扶他拿这些东西。蔡刺史又吩咐库吏：“动本府项下公费银一百两包封，送罗老将军令亲秦壮士为路费。”这是：

时来易觅金千两，运去难赊酒一壶。

叔宝拜谢蔡公，拿着这一百两银子，佩之、国俊替他搬了许多行李，竟往王小二店中。叔宝正与佩之、国俊见礼叙话，只见柳氏哭拜于地道：“上年拙夫不是，多少炎凉，得罪秦爷。原来是作死。自秦爷为事，参军厅拘拿窝家，用了几两银子，心中不快，得病就亡故了。”叔宝道：“昔年也不干你丈夫事。我囊橐空虚，使你丈夫下眼相看，世态炎凉，古今如此。只是你那一针一线之恩，到今铭刻于心。今日既是你丈夫亡故，你也是寡妇孤儿了。我曾有言在此，你可比淮阴漂母，今权以百金为寿。”柳氏拜谢。叔宝暂留佩之、国俊在店少待，却往南门外去探望高开道的母亲，不想高母半年前已迁往他处去了。正是：

富来报德易，困日施恩难。
所以韩王孙，千金酬一餐。

叔宝回到王小二店中，把领出来的那些物件，捎在马鞍鞒旁，马就压矬了，难驮这些重物。佩之道：“小弟二人且牵了马，陪兄到二贤庄单二哥处，重借马匹回乡。”辞别柳氏，三人出西门往二贤庄去了。毕竟不知何如，且听下回分解。

第十五回　秦叔宝归家侍母　齐国远截路迎朋

诗曰：

友谊虽云重，亲恩自不轻。
鸡坛堪系念，鹤发更萦情。
心逐行云乱，思随春草生。
倚门方念切，遮莫滞行旌。

五伦之中，生我者亲，知我者友；若友亦不能成人之孝，也不可称相知。叔宝在罗府时，只为思亲一念，无虑功名，原是能孝的，不知在那要全他孝的朋友，其心更切。如那单雄信，因爱惜叔宝身体，不使同樊建威还乡，后边惹出皂角林事来，发配幽州，使他母子隔绝，心甚不安。但配在幽州，行止又由不得，雄信真有力没着处。及至有人报知叔宝回潞州搬取行囊，雄信心中快然，忖道："此番必来看我！"办酒倚门等候。因想三人步行迟缓，等到月上东山，花枝乱影，忽闻林中马嘶。雄信高言问："可是叔宝兄来了？"佩之答道："正是。"雄信鼓掌大笑，真是月明千里故人来。到庄相见携手，喜动颜色。得佩之、国俊陪来最好。到庄下马卸鞍，搬行李入书房，取拜毡与叔宝顶礼相拜。家童抬过酒来，四人入席坐下。

叔宝取出张公谨回书，送雄信看了。雄信道："上年兄到幽州，行色匆匆，就有书来，不曾写得详细与罗令亲相会情由。今日愿闻在令亲府中，二载有余，所作何事？"叔宝停杯道："小弟有千言万语，要与兄讲；及至相逢，一句都无。待等与兄抵足，细诉衷肠。"雄信把杯放下了道："不是小弟今日不能延纳，有逐客之意，杯酌之后，就欲兄行，不敢久留。"叔宝道："为何？"雄信道："自兄去幽州二载，令堂老夫人有十三封书到寒庄；前边十二封书，都是令堂写来的，小弟有薄具甘旨，回书安慰令堂。只今一个月之内，第十三封书，却不是令堂写来的，乃是尊正也能书。书中言令堂有恙，不能执笔修书。小弟如今欲兄速速回去，与令堂相见，全人间母子之情。"叔宝闻言，五内皆裂，泪如雨下道："单二哥，若是这等，小弟时刻难容；只是幽州来马被我骑坏了，程途遥远，心急马行迟，怎么了得？"雄信道："自兄幽州去后，潞州府将兄的黄骠马，发出官卖。小弟即将银三十两，纳在库中，买回养在寒舍。我但是想兄，就到槽头去看马，睹物思人。昨日到槽头，那良马知道故主回来，喊嘶踢跳，有人言之状。今日恰好足下到此。"叫手下将秦爷的黄骠马牵出来。

叔宝拜谢雄信，就将府里领出来的鞍辔，原是雄信按这个马的身躯做下的，擦抹干净，鞴将起来，把那重行李捎上，不复入席吃酒，辞别三友，骑马出庄。衣不解带，纵辔加鞭，如逐电追风，十分迅捷。

及第思乡马，张帆下水船。
旋里不落地，弩箭乍离弦。

那马四蹄跑发。耳内只闻风吼。逢州过县，一夜天明，走一千三百里路。日当中午，已到齐州地面。叔宝在外首尾三年还可，只到本地，看见城墙，恨不能肋生两翅，飞到堂前，反焦躁起来。将入街道，翻然下马，牵着步行。把缠鬃大帽，往下按一按，但有朋友人家门首，遮着自己的面貌，低头急走。

转进城来，绕着城脚下，到自己住宅后门。可怜当家人三年出外，门垣颓败。叔宝一手牵马，一手敲门。他娘子张氏，在里面问道："呀，我儿夫几年在外，是什么人击我家后门？"叔宝听得妻子说这几句，早已泪落心酸，出声急问道："娘子，我母亲病好了么？我回来了！"娘子听见丈夫回来，便接应道："还不得好。"急急开门，叔宝牵进马来。娘子关门，叔宝拴马。娘子是妇道家，见丈夫回来，这等打扮，不知做了多大的官来了，心中又悲又喜。叔宝与娘子见礼，张氏道："奶奶吃了药，方才得睡。虚弱得紧，你缓着些进去。"

叔宝蹑足潜踪，进老母卧房来，只见有两个丫头，三年内都已长大。叔宝伏在床边，见老母面向里床，鼻息中止有一线游气，摸摸膀臂身躯，像枯柴一般。叔宝自知手重，只得住手，摸椅子在床边上叩首，低低道："母亲醒醒罢！"那老母游魂复返，身体沉重，翻不过身来；朝里床还如梦中，叫媳妇。媳妇站在床前道："媳妇在此。"秦母道："我那儿，你的丈夫想已不在人世了。我才瞑目，略睡一睡，只听得他床面前，絮絮叨叨的叫我，想已是为泉下之人，千里还魂来家见母了。"媳妇便道："婆婆，那不孝顺的儿子回来了，跪在这里。"叔宝叩首道："太平郎回来了。"秦母原有病，因想儿子，想得这般模样。听见儿子回来，病就去了一半。平常起来解溲，媳妇同两个丫头搀半日还搀不起来。今听见儿子回来，就爬起了坐在床上，忙扯住叔宝手。老人家哭不出眼泪来，张着口只是喊，将秦琼膀臂上下乱捏。秦琼就叩拜老母。老母吩咐："你不要拜我，拜你的媳妇。你三载在外，若不是媳妇孩儿能尽孝道，我死也久矣，也不得与你相会了。"叔宝遵母命，转身拜张氏。张氏跪倒道："侍姑乃妇道之当然，何劳丈夫拜谢？"夫妻对拜四拜，起来坐于老母卧榻之前。

秦母便问在外的事。秦琼将潞州颠沛，远戍遇姑始末，一一说与母亲。老母道："你姑爷做甚官？你姑母可曾生子？可好么？"叔宝道："姑爷现为幽州大行台；姑母已生表弟罗成，今年已十三矣。"秦母道："且喜你姑母已有后了。"遂挣起穿衣，命丫头取水净手，叫媳妇拈香，要望西北下拜，谢潞州单员外，救吾儿活命之恩。儿子媳妇一齐搀住道："病体怎生劳动得？"老母道："今日得母子团圆、夫妻完聚，皆此人大恩，怎不容我拜谢？"叔宝道："待孩儿媳妇代拜了，母亲改日身子强健，再拜不迟。"秦母只得住了。

次日有诸友拜访，叔宝接待叙话。就收拾那罗公的荐书，自己开过脚色手本，戎服打扮，往来总管帅府投书。这来总管是江都人氏，原是世荫，因平陈有功，封黄县公，开府仪同三司、山东大行台，兼齐州总管。是日正放炮开门，升账坐下。叔宝遂投文入进帅府。来公看了罗公荐书,又看了秦琼的手本,叫秦琼上来。叔宝答应:“有。”这一声答应,似牙缝里迸出春雷,舌尖上跳起霹雳。来公抬头一看:秦琼跪在月台上,身高八尺,两根金装锏悬于腕下,身材凛凛,相貌堂堂,一双眼光射寒星,两道眉黑如刷漆,是一个好汉子。来公甚喜,叫:“秦琼,你在罗爷标下,是个列名旗牌;我衙门中官将,却是论功行赏,法不可私亲。权补你做个实受的旗牌,日后有功,再行升赏。”秦琼叩首道:“蒙老爷收录于账下,感知遇大恩不浅。”来公吩咐中军,给付秦琼本衙门旗牌官的服色,点鼓闭门。

叔宝回家,取礼物馈送中军,遍拜同僚。叔宝管二十五名军汉,都来叩见。叔宝却是有作用的人,将幽州带回来的千金囊橐,改换门闾。在行台府中,做了旗牌三个月。是日隆冬天气,叔宝在帅府,伺候本官堂事已完。来公叫秦琼不要出去,去到后堂伺候。秦琼随至后堂跪下。来公道:“你在我标下,为官三月,并不曾重用。来年正月十五,长安越公杨爷,六旬寿诞。我已差官往江南,织造一品服色,昨日方回。欲差官赍礼前去,天下荒乱,盗贼生发,恐中途疏虞。你却有兼人之勇,可当此任么?”叔宝叩首道:“老爷养军千日,用在一时,既蒙老爷差遣,秦琼不敢辞劳。”来爷吩咐家将,开宅门传礼出来。卷箱封锁,另取两个大红皮包。座上有发单,开卷箱照单检点,付秦琼入包。计开:

圈金一品服五色什套、玲珑白玉带一围、光白玉带一围、明珠八颗、玉玩十件、马蹄金一千两、寿图一轴、寿表一道。

话说那越公杨素的寿诞,外京藩镇官将就谦卑,不过官衔礼单,怎么用个寿表?他也不是上位文皇帝之弟,乃突厥可汗一种,在隋有战功,赐御姓为杨。他出为大将,曾平江南,入为丞相,官居仆射,宠冠百僚,权倾中外。文帝与他言听计从。因他废了太子,囚了蜀王,在朝文武,在外藩镇,半出他门。以此天下官员,以王侯尊之,差官赍礼,俱用寿表。

来公赏秦琼马牌令箭,并安家盘费银两,传令中军官:营中发马三匹,两匹背马引马,一匹差官坐马。因叔宝虎躯大,折一匹草料银两,又选二名健步背包。叔宝命健步背包,归家烧脚步纸起身,进内拜辞老母。老夫人见秦琼行色匆匆,跪于膝下,就眼中落下泪来道:“我儿,我残年暮景,喜的是相逢,怕的是离别。在外三年,归家不久,目下又要远行,莫似当年使老身倚门而望。”秦琼道:“儿今非昔比。奉本官马牌,驰驿往还,来年正月十五,赍过寿礼,只在二月初旬,准拜膝下。”吩咐张氏晨昏定省。张氏道:“不必吩咐。”叔宝令健步背包,上了黄骠马长行。

离了山东,过河南,进潼关渭南三县,到华州华阴县少华山地方,远望一山,势甚险恶,吩咐两名健步:“缓行,待我自己当先。”那二人道:“秦爷正欲赶路,怎么传叫缓将下来?”叔宝道:“你二人不知,此间山势险恶,恐有歹人潜藏,待我自己当先。”二人见说,就不敢往先,让叔宝领紫丝缰纵黄骠马。三个人腾马相挺,趱出谷口。

只见前面簇拥着一俦英俊,貌若灵官,横刀跃马,拦住去路,叫:“留下买路钱来!”

这个就见得秦叔宝勇者不惧，见了许多喽罗，付之一笑道："离乡三步远，别是一家风。在山东河南，绿林响马闻我姓名，皆抱头鼠窜。今日进了关中地方，盗贼反来问我讨买路钱？我如今不要通名道姓，恐吓走了这个强人。"叔宝把双锏纵马，照此人顶梁门打将下来。此人举金背刀招架，双锏打在刀背上，火星乱爆，放开坐下马，杀个一团。刀来锏架，锏去刀迎，约斗有三十余合，不分胜败。原来山中还有两个豪杰。倒有一个与叔宝通家，就是王伯当，因别了李玄邃，打此山经过，也因遇了寨主，战他不过，知是豪杰，留他入寨。那拦住叔宝讨常例的，叫做齐国远，上边陪王伯当饮酒的，叫做李如珪。

饮酒之间，喽罗传报上聚礼厅来："二位爷，齐爷巡山，遇公门官将，讨常例，不料那人不服，就杀将起来，三四十回合，不分胜败。小的们旁观，见齐爷刀法散乱，敌不过此人，请二位爷早早策应。"这班英雄义气相尚的，闻齐国远不能取胜他人，忙叫手下看马，取了器械，下山关来，遥见平地人赌斗。伯当在马上看那下面交战的，好像秦叔宝模样，相厚的朋友，恐怕损伤，半山中高叫道："齐国远，不要动手了！"此山路高，下来还有十余里，怎么叫得应？况空谷传声，山鸣水应。此时齐国远正斗，也不知叫谁，也不知谁叫，见尘头起处，二骑马簌的一响，已到平地。伯当道："果然是叔宝兄！"二人都丢兵器，解鞍下马，上前陪罪。伯当要邀归山寨，叔宝此时恐惊坏了两名背包健步，忙叫近前道："你们不要着忙，不是外人，乃相知朋友，相聚在此。"两个健步方才放心。

李如珪吩咐手下，抬秦爷行李上山。众豪杰各上马，邀叔宝同上少华山。入关到厅叙礼，伯当即引手陪罪，摆酒与叔宝接风洗尘。叔宝与伯当叙阔别寒温，叔宝将皂角林伤人问罪，远戍幽州，遇亲提拔帅府至回乡，承罗公荐在来公标下为旗牌官，细细备说。"今奉本官差遣，赍送礼物，赶来年正月十五长安杨越公府中拜寿。适才齐兄见教，得会诸兄，实三生之幸。"因问李玄邃踪迹。伯当道："他因杨越公公子相招而去，想也在长安。"叔宝又问道："伯当，你缘何在此？"伯当道："小弟因此山经过，蒙齐、李二弟相留。已修书雄信，要去过节盘桓。今日遇见兄长进长安公干，却就鼓起小弟这个兴来，不往单二哥处去了，陪兄长安赍贺，就去看灯，兼访玄邃。"叔宝是个多情的人，道："兄长有此高兴，同行极妙。"

齐国远、李如珪开言道："王兄同行，小弟愿随鞭镫。"叔宝却不敢遽然招架，心中暗想："王伯当偶在绿林中走动，却是个斯文人，进长安没有渗漏处。这齐国远、李如珪，却是两个卤莽灭裂之人；若同他到长安，定要惹出一场不轨的事来，定然波及于我。"却又不好当面说他两个去不得，只得用粉饰之语，对齐、李二人道："二位贤弟不要去。王兄他是不爱功名富贵的人，弃了前程，浪游湖海。我看此山关隘，城垣房屋殿宇，规矩森雄，仓廪富足，又兼二兄本领高强，人丁壮健。隋朝将乱之秋，举少华之众，则隋家疆土可分；事即不果，退居此山，足以养老。若与我同进长安看灯，不过是儿戏的小事。京行要一个月方回，众人散去，二位回来，将何为根本？那时却归怨于秦琼。"齐国远以叔宝为诚实之意，却也迟疑。李如珪却大笑道："秦兄小觑我与兄弟。难道我们自幼习武艺时节，就要落草为寇？也只为粗鄙，不能习文，只得习武。近因奸臣当道，我们没奈何，同这班人啸聚此山，待时而动。兄倒说我二人，在此打家劫舍，养成野性，进长安恐怕不遵兄长约束，若出祸来，贻害仁兄。不领我们去是正理，若说恐小弟们无所归着,只是小觑我二人了,是要把绿林做终身了。”把个叔宝说个透心凉,只得改口道:“二位贤弟,若是这等多心,大家同去便罢了。”齐国远道:“同去再也无疑。”吩咐喽罗收拾战马,选了二十名壮健喽罗,背负包裹行李,带盘费银两。吩咐山上其余喽罗,不许擅自下山。秦叔宝也去扎缚那两个健步,不可泄漏,大家有祸。

三更时候,四友六骑马,手下众人,离了少华山,取路奔陕西。约离长安有六十里之地,是日夕阳时候,王伯当与李如珪连辔而行,远望一座旧寺鼎新,殿脊上现出一座流金宝瓶,被夕阳照射。伯当在马上道:“李贤弟,可见得世事,忽成忽败:当年我进长安时候,这座寺已颓败了,却又是什么人发心,修得这种齐整?”如珪道:“我们如今且在山门下,只当歇歇脚步,进去瞻仰瞻仰,便晓得是何人修建。”

叔宝自下少华山,不敢离齐、李二人左右。官道行商,过客最多,恐二人放枝响箭,吓下人的行李来,贻祸不小。筹算这两个人到长安,只暂住两三日便好;若住得日子多了,少不得有一桩大祸。今日才十二月十五日,到正月十五,还有一个足月,倒不如在前边修的这个寺里,问长老借僧房权住。过了残年,灯节前进城,三五日,好拘管他。又不好上前明言,把马一夹,对齐、李二人道:“二位贤弟,今年长安城下处却贵哩!”齐国远笑道:“秦兄也不像个大丈夫,下处贵多用几两银子罢了,也拿在口里说?”叔宝道:“贤弟有所不知,长安歇家房屋,都是有数的。每年房价,行商过客,如旧停歇。今年却多了我们这辈朋友。我一人带两名健步,会见列位,就是二三十人。难道就是我秦琼有朋友,这些差来贺寿的官,那一个没个朋友?高兴到长安看灯,人多屋少,挤塞一块,受许多拘束,却不是有银子没处用?”他两个却是养成的野性,怕的是拘束,回道:“秦兄,若是这等,怎样的便好?”叔宝道:“我的意思,要在前边修的寺里借僧房权住。你看这荒郊野外,走马射箭,舞剑抡枪,无束无拘,多少快活。住过残年,到来春灯节前,我便进城送礼,列位却好看灯。”

王伯当也会意,也便极力撺掇。说话之间,已到山门首下马。命手下看了行囊马匹,四人整衣进了山寺二门,过韦驮殿,走甬道上大雄宝殿。那甬道也好远,这望上去,四角还不曾修得。佛殿的屋脊便画了,檐前还未收拾。月台下搭了高架,匠人收拾檐口。架木外设一张公座,张的黄罗伞。伞下公座上坐一紫衣少年,旁站五六人,各青衣大帽垂手侍立,甚有规矩。月台下竖两面虎头硬牌,用朱笔标点,还有刑具排列。这官儿不知是何人,叔宝众人不知进去不进去,且听下回分解。

第十六回　报德祠酬恩塑像　西明巷易服从夫

诗曰：

侠士不矜功，仁人岂昧德。置璧感负羁，范金酬少伯。恩深自合肝胆镂，肯同世俗心悠悠。君不见报德祠宇揭天起，报德酬恩类如此。

信陵君魏无忌，因妹夫平原君为秦国所围，亏如姬窃了兵符与信陵君，率兵十万，大破秦将蒙骜，救全赵国。他门客有人对信陵君道："德有可忘者，有不可忘者：人有德于我，是不可忘；我有德于人，这不可不忘。"总之，施恩的断不可望报，受恩的断不可忘人。

话说王伯当乃弃隋的名公，眼空四海，他那里看得上那黄伞下的紫衣少年？齐国远、李如珪，青天白日，放火杀人，那里怕那个打黄伞的尊官？秦叔宝却委身公门，知高识下，赶在甬道中间，将三友拦住道："贤弟们不要上去，那黄伞底下，坐的少年人，就是修寺的施主。"伯当道："施主罢了，怎么就不走？"叔宝道："不是这等说，是个现任的官员。"李如珪道："兄怎么知道？"叔宝道："用这两面虎头硬牌，想是现任官员。今我兄弟四人走上去，与他见礼好，还是不见礼好？"伯当道："兄讲得有理。"

四人齐走小甬道，至大雄宝殿，见许多的匠作，在那里做工。叔宝叫了一声。众人近前道："老爷们有什么话吩咐？"叔宝道："借问一声，这寺院是何人修建得这等齐整？"匠人道："是并州太原府唐国公李老爷修盖的。"叔宝道："他留守太原，怎么又到此间来干此功德？"匠人道："因仁寿元年八月十五日，李老爷奉圣恩钦赐回乡，晚间寺内权住，窦夫人分娩了第二位世子。李爷怕秽污了清净地土，发心布施，重新修建。那殿上坐着打黄伞的，就是他的郡马，姓柴名绍，字嗣昌。"叔宝心中就知是那日在临潼山，助他那一阵，晚间到此来了。

弟兄四人，进东角门就是方丈。见东边新起一座门楼，悬红牌，书金字，写"报德祠"三字。伯当道："我们看报什么德的？"四人齐进，见三间殿宇，居中一座神龛，高有丈余。里边塑了一尊神道，却是立身，戴一顶荷叶檐粉青色的范阳毡笠，着皂布海衫，盖上黄罩甲，熟皮鞓带，挂牙牌解刀，穿黄麂皮的战靴。向前竖一面红牌，楷书六个大金字："恩公琼五生位。"旁边又是几个小字儿："信官李渊沐手奉祀。"原来当年叔宝在临潼山，打败假强盗时，李公问叔宝姓名。叔宝不敢通名，放马奔潼关道上。李公不舍，追赶十余里路，叔宝只得通名秦琼。李公见叔宝摇手，听了名，转不曾听姓，误书在此。叔宝暗暗点头："那一年我在潞州怎么颠沛在那样田地，原来是李老爷折得我这样嘴脸。我是个布衣，怎么当得勋卫塑像，焚香作念。"暗自感叹咨嗟。

那三个人都看那像儿，齐国远连那六个金字都认不得，问："伯当兄，这可是韦驮天尊么?”伯当笑道:“适才二山门里面朱红龛内,捧降魔杵,那便是韦驮。这个生位,其人还在,唐公曾受这人恩惠,故此建这个报德祠。”众人听见伯当说个“在”字,都惊诧起来,看看这个像,又瞧瞧叔宝的脸。那个神龛左右塑着四个人,左首二人,带一匹黄骠马。右首二人,捧两根金装锏。伯当近叔宝附耳低言:“往年兄长出外远行,就是这等打扮?”叔宝暗暗摇手,叫:“贤弟低声说,这就是我了。”伯当道:“怎么是兄?”叔宝道:“那仁寿元年,潞州相遇贤弟时,我与樊建威长安挂号出来,正是八月十五。唐公回乡,到临潼山,被盗围杀,樊建威撺掇我向前助唐公一阵,打退强贼。那时我放马就走,唐公追赶来问我姓名,我没奈何,只得通名秦琼,摇手叫他不要赶,不知他怎么仓猝时错记琼五,这话一些说不得。”伯当笑道:“只因他认你做琼将军,所以折得将军在潞州这样穷了。”两边说笑,不期那柴嗣昌坐在月台下,望见四人雄赳赳的进去,不知甚么人,吩咐家将,暗暗打听。家将们就随在后边,看他举动。

叔宝们在祠堂内说话时,外面早有人听见,上月台来报郡马爷:“那四位老爷里面,有太老爷的恩人在内。”柴嗣昌听了,整衣下月台进报德祠,着地打一躬道:“那位是妻父活命的恩公?”四人答礼,伯当指着叔宝道:“此兄就是李老大人临潼山相会的故人,姓秦名琼,李大人当年仓猝错记琼五。郡马如不信,双锏马匹现在在山门外面。”嗣昌道:“四位杰士,料不相欺,请到方丈。”命手下铺拜毡,顶礼相拜,各问姓名。齐国远、李如珪,都通了实在的姓名。郡马叫人山门外牵马,搬行李到僧房中打叠。就吩咐摆酒,接风洗尘。那夜就修书差人往太原,通报唐公。将他兄弟四人,挽留寺内,饮酒作乐。

倏忽数日,又是新年,接连灯节相近。叔宝与伯当商议道:“来日向晚,就是正月十四,进长安还要收拾表章礼物,十五日绝早进礼。”伯当道:“也只是明日早行就罢了。”叔宝早晨吩咐健步,收拾鞍马进城。柴嗣昌晓得他有公务,不好阻挠;只是太原的回书不到,心内踌躇,暗想:“叔宝进长安,赍过了寿礼,径自回去了,决不肯重到寺中来。倘岳父有回书来请,此人去了,我前书岂不谬报?今我陪他进长安去看看灯,也就完了他的公事,邀回寺来,好候我的岳父的回书。”嗣昌对叔宝道:“小生也要回长安看灯,陪恩公一行何如?”叔宝因搭班有些不妥当,也要借他势头进长安去,连声道好。嗣昌便吩咐手下收拾鞍马,着众将督工修寺。命随身二人,带了包匣,多带些银钱,陪同秦爷进京送礼。

饭后起身,共是五俦英俊、七骑马、两名背包健步,从者二十二人,离永福寺进长安。叔宝等从到寺至今,才过半月,路上景色,又已一变:

> 柳含金粟拂征鞍,草吐青芽媚远滩。
> 春气着山萌秀色,和风沾水弄微澜。

虽是六十里路,起身迟了些,到长安时,日已沉西。叔宝留心不进城中安下处,恐出入不便。离明德门还有八里路远,见一大姓人家,房屋高大,挂一个招牌,写“陶家店”。叔宝就道:“人多日晚,怕城中热闹,寻不出大店来,且在此歇下罢。”催趱行囊马匹进店，各人下马，到主人大厅上来，上边挂许多不曾点的珠灯。主人见众豪杰行李铺陈仆从，知是有势力的人，即忙笑脸殷勤道："列位老爷，不嫌菲肴薄酒，今晚就在小店，看了几盏粗灯，权为接风洗尘之意。到明日城中方才灯市整齐，进去畅观，岂不是好？"叔宝是个有意思的人，心中是有个主意：今日才十四，恐怕朋友们进城没事干，街坊顽耍，惹出事来，况他公干还未完，正好趁主人酒席，挽留诸友。到五更天，赍过了寿礼，却得这个闲身子，陪他们看灯。叔宝见说，便道："既承贤主人盛情，我们总允就是了。"于是众友开怀痛饮，三更时尽欢而散，各归房安歇。

叔宝却不睡，立身庭前。主人督率手下收拾家伙，见叔宝立在面前，问："公贵衙门？"叔宝道："山东行台来爷标下，奉官赍寿礼与杨爷上大寿，正有一事奉求。"店主道："甚么见教？"叔宝道："长安经行几遍，街道衙门日间好认。如今我不等天明，要到明德门去。宝店可有识路的尊使，借一位去引路？"主人指着收家伙一人道："这个老仆，名叫陶容，不要说路径，连礼貌称呼，都是知道的。陶容过来！这位山东秦爷，要进明德门，往越府拜寿去，你可引路。"陶容道："秦爷若带得人少，老汉还有个兄弟陶化，一发跟秦爷拿拿礼物。"叔宝道："这个管家，果然来得。"回房中叫健步取两串皮钱，赏了陶容、陶化，就打开皮包，照单顺号，分做四个毡包，两名健步，与陶容弟兄两个拿着，跟随在后。叔宝乘众友昏睡中，不与说知，竟出陶家，进明德门去了，不题。

却说越公乃朝廷元辅，文帝隆宠已极。当陈亡之时，将陈宫妃妾女官百员赐与越公为晚年娱景。越公虽是爵尊望重的大臣，也是一个奸雄汉子。一日因西堂丹桂齐开，治酒请幕僚宴饮，众人无不谀辞迎合，独李玄邃道："明公齿爵俱尊，名震天下，所欠者惟老君丹一耳。"越公会意，即知玄邃道他后庭幸宠，恐不能长久的意思，即便道："老夫老君丹也不用，自有法以处之。"到明日越公出来，坐在内院，将内外锦屏大开，即叫人传旨与众姬妾道："老爷念你们在此供奉日久，辛勤已著，恐怕误了你们青春。今老爷在后院中，着你们众姬妾出去。如众女子中，有愿去择配者立左，不愿去者立右。"众女子见说，如开笼放鸟，群然蜂拥将出来，见越公端坐在后院。

越公道："我刚才叫人传谕你们，多知道了么？如今各出已见站定，我自有处。"众女子虽在府中受用，每想单夫独妻，怎的快乐。准百女子，倒有大半跪在左边。越公蹩转头来，只见还有两个美人：一个捧剑的乐昌公主，陈主之妹；一个是执拂美人，是姓张名出尘，颜色过人，聪颖出众，是个义侠的奇女子。越公向他两个说道："你二人亦该下来，或左或右，亦该有处。"二人见说，走下来跪在面前。那个捧剑的涕泣不言，只有那执拂的独开言道："老爷隆恩旷典，着众婢子出来择配，以了终身，也是千古奇逢，难得的快事。但婢子在府，耳目口鼻，皆是豪华受用，怎肯出去，与瓮牖绳枢之子，举案终身？古人云：'受恩深处便为家。'况婢子不但无家，视天下并无人。"越公见说，点头称善。又问捧剑的："你何故只顾悲泣？"乐昌公主便将昔曾配徐德言破镜分离之事，一一陈说。后得徐德言为门下幕宾，夫妻再合是后话。当时越公见说，也不嗟叹，便叫二美人起来站后，随吩咐总管领官，开了内宅门。那些站左的女子四五十人，俱令出外归家，自择夫婿。凡有衣饰私蓄，悉听取去。于是众女子各各感恩叩首，泣谢而出。越公见那些粉黛娇娥，拥挤出门，反觉心中爽快。自此将乐昌公主与执拂张氏，另眼眷宠为女官，领左右两班金钗。

光阴荏苒。那年上元十五，又值越公寿诞，天下文武大小官员，无不赍礼上表，到府称贺。其时李靖恰在长安，闻知越公寿诞，即具揭上谒，欲献奇策。未及到府，门吏把揭拿去。时越公尚未开门，只得走进侧室班房里伺候。那些差官将吏，俱亦在内忙乱。西边坐着一个虎背熊腰、仪表不凡的大汉。李靖定睛一看，便举手道："兄是那里人氏？"那大汉亦起身举手道："弟是山东人。"李靖道："兄尊姓大名？"那人道："弟姓秦名琼。"李靖道："原来是历城叔宝兄。"叔宝道："敢问兄长上姓何名？"李靖道："弟即是三原李靖。"叔宝道："就是药师兄，久仰。"两人重新叙礼，握手就坐，各问来因。叔宝问李靖所寓，靖答道："寓在府前西明巷，第三家。"

两人正在叙话得浓，忽听得府内奏乐开门，有一官吏进来喊道："那个是三原李老爷，有旨请进去相见。"李靖对叔宝道："弟此刻要进府去相见，不及奉陪。但弟有一要紧话，欲与兄说。兄若不弃，千万到弟寓所细谈片晌。"叔宝唯唯。李靖即同那官儿进府。越公本是尊荣得紧，文武官僚尚不轻见，缘何独见李靖？因李靖之父李受，生时与越公同仕于隋，靖乃通家子侄，久闻李靖之才名，故此愿见。

其时那官儿引了李靖，不由仪门而走，乃从右手甬道中进去，到西厅院子内报名。李靖往上一望，见越公据胡床，戴七宝如意冠，披暗龙银裘褐，执如意，床后立着翡翠珠冠袍带女冠十二员，以下群妾甚众，列为锦屏。李靖昂然向前揖道："天下方乱，英雄竞起。公为帝室重臣，当以收罗豪杰为心，不宜踞见宾客。"越公敛容起谢，与靖寒温叙语，随问随答，娓娓无穷。越公大悦，欲留为记室，因是初会，未便即言。时有执拂美人，数目李靖。靖是个天挺英雄，怎比纨袴之子，见妇人注目偷视，就认做有顾盼小生之意，便想去调戏他？时已将午，李靖只得拜辞而出。越公曰通家子侄，即命执拂张美人送靖。张美人临轩对吏道："主公问去的李生行第几，寓何处？可即他往否？"吏往外问明，进来回复，张美人归内。

如今且慢题李靖回寓。再说秦叔宝押着礼物，进越公府中来。原来天下藩镇官将，差遣赍礼官吏，俱各派在各幕僚处收礼物。那些收礼的官，有许多难为人处：凡赍礼官员，除表章外，各具花名手本，将彼处土产礼物相送。稍不如意，这些收礼官苛刻起来，受许多的波累。那山东一路礼物，却派在李玄邃记室厅交收。是时秦琼到来，玄邃看见，慌忙降级迎接，喜出意外。叔宝呈上表章礼仪，玄邃一览，叫人尽收。私礼尽璧，遂留叔宝到后轩取酒款待，细谈别后踪迹。叔宝把遇见王伯当同来的事，说了一遍，"但恐兄长事冗，不能出去一会。"并说："遇见李靖，姿貌不凡，丰神卓荦。适才府门外倾慕，如同夙契。小弟出去，就要到他寓所一叙。回书回批，乞兄作速打发。"玄邃见说，命青衣斟酒，自己却在案旁挥写回书回批，顷刻而就，付与叔宝。分手时，玄邃嘱托致意伯当，不得一面为恨。

叔宝别了玄邃，竟到西明巷来。李靖接见，喜道："兄真信人也！"坐定便问："兄年齿多少？"叔宝道："二十有四。"又问道："兄入长安时，可有同伴否？"叔宝隐却下处四个朋友，便说："奉本官差遣赍礼，止有健步两名，并无他人。兄长为何问及？"李靖道："小弟身虽湖海飘蓬，凡诸子百家，九流异术，无不留心探讨。最喜的却是风鉴。兄今年正值印堂管事，眼下有些黑气侵入，怕有惊恐之灾，不敢不言。然他日必为国家股肱，每事还当仔细。小弟前日夜观乾象，正月十五三更时候，彗星过度，民间主有刀兵火盗之灾。兄长倘同朋友到京，切不可贪耍观灯游玩。既批回已有，不如速返山东为妙。”一番言语，说得叔宝毛骨悚然，念着齐国远在下处，恐怕惹出事来，慌忙谢别了李靖，要紧回下处。

今再说张美人，得了官吏回复明白，进内自思道：“我张出尘在府中，阅人多矣，未有如此子之少年英俊者，真人杰也。他日功名，断不在越公之下。刚才听他言语，已知他未有家室。想我在此奉侍，终非了局；若舍此人，而欲留心再访，天下更无其人。若此人不是我张出尘为配，恐彼终身亦难定偶。趁此今夜，非我该班，又兼府中演戏开宴之时，我私自到他寓所一会，岂不是好？”主意已定，把室中箱笼封锁，开一细账。又写一个禀帖，押在案上。又恐街上巡兵拦阻，转到内院去，把兵符窃了。改装做后堂官儿，提着一个灯笼，便大模大样，走出府门。未有里许，见三四个巡兵问道：“爷是往那里去的？”张氏道：“我是越府太老爷有紧要公干，差往兵马司去的。你们问我则甚？”那巡兵道：“小的问一声儿何碍？”说罢，大家鸣锣击梆的去了。不移时，已到府前西明巷口。张美人数着第三家，见有个大门楼，即便叩门。主人家出来看了，问：“是会那个爷的？”张氏道：“三原李爷，可是寓在此？”主人道：“进门东首那间房里。”张氏见说，忙走进来。

其时李靖夜膳过后，坐在房中，灯下看那龙母所赠之书。只听见敲门，忙开门出来一看：

> 乌纱帽，翠眉束鬓光含貌。光含貌，紫袍软带，新装偏巧。　　粉痕隐映樱桃小，兵符手握殷勤道。殷勤道，疑城难破，令人思杳。

张美人走进，将兵符供在桌上，便与李靖叙礼坐定。李靖问道：“足下何处来的，到此何干？”张氏道：“小弟是越府中的内官姓张，奉敝主之命差来。”李靖道：“有甚见教？”张氏道：“适间敝主传弟进去，当面嘱吩许多话，如今且慢说。先生是识见高广、颖悟非常的人，试猜一猜。若是猜得着，乃见先生是奇男子，真豪杰。”李靖见说：“这又奇了，怎么要弟猜起来？”低头一想便道：“弟日间到府拜公之时，承他屈尊优待，殷勤款洽，莫非要弟为其入幕之宾否？”张氏道：“敝府虽簿书繁冗，然幕僚共有一二十人，皆是多材多艺之士，身任其责。不要说敝主不敢有屈高才，设有此意，先生断不肯在杨府作幕，请再猜之。”李靖道：“这个不是，莫非越公要弟往他处作一说客，为国家未雨绸缪之意？”

张氏道：“非也，实对先生说罢了。越公因有一继女，才貌双绝，年纪及笄，越公爱之，不啻己出。今见先生是个英奇卓荦，思天下佳婿，未有如先生者，故传旨与弟，欲弟与先生为氤氲使耳。”李靖见说道：“这那里说起！弟一身四海为家，迹同萍梗；况所志未遂，何暇议及室家之事？虽承越公高谊，然门楣不敌，尊卑有亵，此事断乎不可。烦兄为我婉言辞之。”张氏道：“先生何其迂也！敝主乃皇家重臣，一言之间，能使人荣辱。倘若先生赘入豪门,将来富贵未可量,何乃守经而遽绝之?先生还宜三思。”李靖道:“富贵人所自有,姻缘亦断非逆旅论及,容以异日。如再相逼,弟即此刻起身,浪游齐楚间矣!”张氏正容道:“先生不要把这事看轻了;倘弟归府,将尊意述之,设敝主一时震怒,先生虽有双翅,亦不能飞出长安,那时就有性命之忧了。”李靖变了颜色,立起身来道:“你这官儿,好不恼人!我李靖岂是怕人的?随你声高势重,我视之如同傀儡。此事头可断,决不敢从。”

两人正在房里乱嚷,只听见间壁寓的一人,推门进来,是武卫打扮,问道:“那位是药师兄?”李靖此时气得呆了,随口应道:“小弟便是。”张氏注目,把那人一看,忙举手道:“尊兄上姓?”那人道:“我姓张。”张氏道:“妾亦……”说了两个字,缩住了,忙改口道:“这小弟亦姓张,如若不弃,愿为昆仲。”那人见说,复仔细一认,哈哈大笑道:“你与我结弟兄甚妙。”那时李靖方问道:“张兄尊字?”那人道:“我字仲坚。”李靖上前执手道:“莫非虬髯公么?”那人道:“然也。我刚才下寓在间壁,听见你们谈论,知是药师兄,故此走来。前言我已听得;但此位贤弟,并不是为兄执柯者。细详张贤弟的心事,莫若弟爽利,待弟说了出来,到与二位执柯何如?”张氏道:“我的行藏,既是张兄识破,我可不便隐瞒了。”走去把房门闩上,即把乌纱除下,卸去官装,便道:“妾乃越府中女子。因见李爷眉宇不凡,愿托终身,不以自荐为愧,故而乘夜来奔。”仲坚见说大笑称快。李靖道:“莫非就是日间执拂的美人么?既贤卿有此美意,何不早早明言,免我许多回肠?”张氏道:“郎君法眼不精。若我张兄,早已认出,不烦贱妾饶舌了。”仲坚笑道:“你夫妇原非等闲之人,快快拜谢了天地,待我去取现成酒肴来,权当花烛,畅饮了三杯,何如?”两人见说,欣然对天拜谢了。

张氏复把官裳穿好,戴上乌纱。李靖道:“贤卿为何还要这等装束?”张氏道:“刚才进店来,是差官打扮;今见我是个妇人,反有许多不妥了。”李靖忖道:“好一个精细女子!”仲坚叫手下,移了酒肴进来。大家举杯畅谈。酒过三杯,张氏问仲坚道:“大哥几时起身?”仲坚道:“心事已完,明日就走。”张氏见说,立起身来道:“李郎陪我张哥畅饮,我到一个所在去,如飞的就来。”李靖道:“这又奇了,还要到那里去?”张氏道:“郎君不必猜疑,少刻便知分晓。”说完点灯竟出房门。李靖见此光景,老大狐疑。仲坚道:“此女子行止非常,亦人中龙虎,少顷必来。”两人又说了些心事。只听得门外马嘶声响,张氏早已走到面前。仲坚道:“贤妹又往何处去了来?”张氏道:“妾逢李郎,终身有托,原非贪男女之欢。今夜趁此兵符在手,刚才到中军厅里去,讨了三匹好马。我们吃完了酒,大家收拾上马出门。料有兵符在此,城门上亦不敢拦阻,即借此脚力,以游太原,岂非两便?”两人见说,称奇赞叹。吃完了酒,即便收拾行装,谢别主人,三人上马,扬长的去了。

越公到明日,因不见张美人进内来伺候,即差人查看。来回复道:“房门封锁,人影俱无。”越公猛省道:“我失检点,此女必归李靖矣!”叫人开了房门,室中衣饰细软,纤毫不动,开载明白,同一禀帖留于案上,取来呈上。上写道:

越国府红拂侍儿张出尘,叩首上禀:妾以蒲柳贱质,得傍华桐,虽不及金屋阿娇，亦可作玉盘小秀。有何不满，遽起离心？妾缘幼受许君之术，暂施慧眼，聊识英雄，所谓弱草附兰、嫩萝依竹而已，敢为张耳之妻、庸奴其夫哉！临去朗然，不学儿女淫奔之态。谨禀。

越公看罢，心中了然；又晓得李靖也是个英雄，戒谕下人不许声扬，把这事儿丢开不题。但未知后事如何，且听下回分解。

第十七回　齐国远漫兴立球场　柴郡马挟伴游灯市

诗曰：

玉宇晚苍茫，河星耿异铓。
中天悬玉镜，大地满金光。
人影蹁鸾鹤，箫声咽凤凰。
百年能底事，作戏且逢场。

常言道：顽耍无益。我想：人在少小时，顽耍尽得些趣，却不知是趣。一到大来，或是求名，或是觅利，将一个身子，弄得忙忙碌碌，那里去偷得一时一刻的闲？直到功名成遂，那时须鬓皤然，要顽耍却没了兴致。还有那不得成遂一命先亡的，这便干干的忙了一生。善于逢场作戏，也是一句至语。但要识得个悲欢，相为倚伏，不得流而忘返。

却说秦叔宝见了李靖，忙赶回下处。这班朋友用过了酒饭，只等叔宝回来，才算还了店账。见叔宝来了，众人齐声道："兄长怎么不带我们进城去？"叔宝道："五鼓进城，干什么事？如今正好进城耍子。"王伯当问起李玄邃，叔宝道："所赍礼物，恰好拨在玄邃记室厅收。但彼事冗，不及细谈，闻知兄长在此，托弟多多致意。"因对众人道："我们如今收拾进城去罢。"

于是众豪杰多上马，共七骑马，三十多人，别了陶翁，离了店门。伯当在马上，回头笑将起来道："秦大哥，丑都是我们这些朋友装尽了。"叔宝道："怎么？"伯当指众人道："我们七个，骑在七匹马上，背后二十余人，背负包裹，如今进城，只得穿城走过去，行长路的到北方转来。人就说了，这些人路也认不得，错了路回来了。如今我们进城，却要在街道市井热闹去处，酒肆茶坊，取乐顽耍，带这些人，可像个模样？"叔宝此时又想："李药师的言语，不可全信，也不可不信。如今进城，倘有些不美的事务，跨上马就走了。若依伯当，他只要步行顽耍，恐有不便，怎处？"伯当与叔宝，只管争这骑马不骑马的话，李如珪道："二兄不要相争，莫若依我小弟。马只骑到城门口就罢了，这许多手下人，带他进城，管甚么事？就城门外边，寻个小下处，把这些行李，都安顿在店。马卸了鞍鞒，牵在城河饮水，众人轮流吃饭。柴郡马两员家将甚有规矩，叫他带了毡包拜匣，并金银钱钞，跟进城去，以供杖头之用。其外面手下，到黄昏时候，将马紧辔整鞍，等候我们出城。"众朋友齐道："说得有理。"

说话之间，已到城门口。叔宝吩咐两名健步："我比众老爷不同，有公务在身。把回书与回批，可用毡袋随身带了，这都是性命相关的事。黄昏时候，我的马却要多加一条肚带，小心牢记。"叔宝同诸友，各带随身暗器，领两员家将进城。

那六街三市勋卫宰臣，黎民百姓，奉天子之命，与民同乐。家家结彩，户户铺毡，收拾灯棚。这班豪杰，都看到司马门来，却是宇文述的衙门，那扎彩匠扎缚灯楼。他却是个兵部尚书府，照墙后有个射圃，天下武职官的升袭比试弓马的去处，又叫做小教场。怎么有许多人喝彩？乃是圆情的抛声。谁人敢在兵部射圃圆情？就是宇文述的公子宇文惠及。宇文述有四子：长曰化及，官拜治书侍御史；次曰士及，尚晋阳公主，官拜驸马都尉；三曰智及，将作少监；惠及是他最小儿子，倚着门荫，少不得做了官。目不识丁，胸无点墨，穿了绫锦，吃了珍馐，随从的无非是一干游食游手、谗谄面谀的光棍，帮闲他使酒渔色顽耍游荡。这圆情一节，不曾踢得一两脚，就赞他在行，他也自说在行，是以行天下圆情的把持，打听得长安赏灯，都赶到长安来，在宇文公子门下。公子把父亲的射圃讨了，改做个球场。正月初一，踢到这灯节下来，把月台上用五彩装花缎匹，搭起漫天账来，遮了日色，正面结五彩球门，书“官球台”三字。公子上坐，左右坐二个美人，是长安城平康巷聘来的。因圆情无出其右，绰号金凤舞、彩霞飞。月台东西两旁，扎两座小牌楼。天下的这些圆情把持，两个一伙，吊顶行头，辅行头，雁翅排于左右，不下二百多人。射圃上有一二十处抛场，有一处两根单柱，颗扎起一座小牌楼来。牌楼上扎个圈儿，有斗来大，号为彩门。江湖上的豪杰朋友，不拘锁腰、单枪、对拐、肩妆、杂踢，踢过彩门，公子月台上就送彩缎一匹、银花一对、银牌一面。凭那人有多少谢意，都是这两个圆情的得了。也有踢过彩门，赢了彩门银花去的；也有踢不过，贻笑于人的。正是：

材在骨中踢不去，俏从胎里带将来。

却说叔宝同众友，捱挤到这个热闹的所在，又想起李药师的话来，对伯当道：“凡事不要与人争竞，以忍耐为先。必要忍到不能忍处，才为好汉。”王伯当与柴嗣昌，听了叔宝言语，一个个收敛形迹。只是齐国远、李如珪两个粗人，旧态复萌，以膂力方刚，把些人都挨倒，挤将进去，看圆情顽要。李如珪出自富家，还晓得圆情。这齐国远自幼落草，惟风高放火，月黑杀人，他那里晓得什么圆情顽要的事？看着人圆情，大睁着两眼，连行头也不认得，对李如珪附耳道：“李贤弟，圆骨碌的东西，叫做什么？”如珪笑戏答道：“叫做皮包铅，按八卦之数，灌六十四斤冷铅造就。”国远道：“三个人的力也大着呢，把脚略抬一抬，就踢那么样高。踢过圈儿，就赢一匹缎彩、一对银花，我可踢得动么？”

这些话不过二人附耳低言，却被那圆情的听得，捧行头下来道：“那位爷请行头？”李如珪拍齐国远肩背道：“这位爷要逢场作戏。”圆情近前道：“请老爷过论，小弟丢头，伙家张泛伏侍你老人家。”齐国远着了忙，暗想：“我只是尽力踢就罢了。”那个丢头的伙家，弄他技艺粗巧，使个悬腿的勾子，拿个燕衔珠出海，送与子弟臁心里来。齐国远见球来，眼花撩乱，又恐怕踢不动，用尽平生气力，赶上前一脚，兀的响一声，把那球踢在青天云里，被风吹不见了。那圆情的见行头不见了，只得上前来，喜孜孜满面春风，道：“我两小人又不曾有甚么得罪处，老爷怎么取笑，把小人的本钱都费了？”齐国远已自没趣,要动手撒野。李如珪见事不谐,只得来解围道:“他们这些六艺中朋友,也不知有多少见过。刚才来圆情,你也该问一声:‘老爷高姓贵处那里?荣任何所?’今日在京都相会,他日相逢,就是故人了。怪你两个没有情理,故把你行头踢掉了。我这里赏你罢。”就在袖里取出五两银子,赏了圆情的,拉着国远道:“和你吃酒去罢。”分开众人,齐往外去,见秦叔宝兄弟三人,从外进来,领两员家将,好好央人开路,人再不肯让路。只见纷纷的人都跌倒了,原来是齐国远、李如珪,挤将出来。

叔宝看见道:“二位贤弟那里去?还同我们进去耍子。”却又一同裹将进来。这四个人却都是会踢球的。叔宝虽是一身武艺,圆情是最有觔节的。王伯当却是弃隋的名公,博艺皆精,只是让柴郡马青年飘逸,推他上来。柴绍道:“小弟不敢。还是诸兄内那一位上去,小弟过论。”叔宝道:“圆情虽会,未免有粗鄙之态。此间乃十目所视的去处,郡马斯文,全无渗漏。”

柴嗣昌少年乐于顽要,接口道:“小弟放肆,容日陪罪罢。”那该伏侍的两个圆情捧行头上来:“那位相公,请行头。”郡马道:“二位把持,公子旁边两个美女,可会圆情?”圆情的道:“是公子平康巷聘来的,惯会圆情,绰号金凤舞、彩霞飞。”郡马道:“我欲相攀,不知可否?”圆情的道:“只是要相公破格的搭合。”郡马道:“我也不惜缠头之赠,烦二位爷通禀一声,尽今朝一日之欢,我也重重的挂落。”圆情的道:“原来是个中的相公。”上月台来禀少爷:“江湖上有一位豪杰的相公,要请二位美人见行头。”公子却也只是要顽要,吩咐两个美人好好下去,后边随着四个丫环,捧两轴五彩行头,下月台来与柴郡马相见施礼。各依方位站下,却起那五彩行头。公子也离了座位,立到牌楼下来观论。那座下各处抛场子弟,把持行头,尽来看美人圆情。柴郡马却拿出平生博艺的手段,用肩装杂踢,从彩门里就如穿梭一般,踢将过去。月台上家将,把彩缎银花抛将下来。跟随二人,往毡包里,只管收起。齐国远喜得手舞足蹈:“郡马不要住脚,踢到晚才好!”那两个美人卖弄精神:

> 这个飘扬翠袖,那个摇拽湘裙。飘扬翠袖,轻笼玉手纤纤;摇拽湘裙,半露金莲窄窄。这个丢头过论有高低,那个张泛送来真又稳。踢个明珠上佛头,实踢埋尖拐;接来倒膝弄轻佻,错认多摇摆。踢到眉心处,千人齐喝采。汗流粉面湿罗衫,兴尽情疏方叫海。

后人有诗赞道:

> 美女当场簇绣团,仙风吹下两婵娟。
> 汗流粉面花含露,尘染蛾眉柳带烟。
> 翠袖低垂笼玉笋,湘裙斜曳露金莲。
> 几回踢罢娇无力,云鬓蓬松宝髻偏。

此时踢罢行头,叔宝取白银二十两、彩缎四匹,搭合两位圆情的美女;金扇二柄,白银五两，谢两个监论圆情的朋友。此时公子也待打发圆情的美女，各归院落，自家要往街市闲游了。

叔宝一班，别了公子，出打球场，上了蓝桥，只见街坊上灯烛辉煌。正是：

四围玛瑙城，五色琉璃洞。千寻云母塔，万座水晶宫。珠缨密密，锦绣重重。影晃得乾坤动，光摇得世界红。半空中火树花开，平地上金莲瓣涌。活泼泼神鳌出海，舞飘飘彩凤腾空。更兼天时地利相扶从。笑翻娇艳，走困儿童。彩楼中，词括尽万古风流；画桥边，谜打破千人懵懂。碧天外，灯照彻四海玲珑。花容女容，灯光月色，争明莹。车马迎，笙歌送，端的彻夜连宵兴不穷。管什么漏尽铜壶，太平年岁，元宵佳节，乐与民同。

叔宝吩咐找熟路看灯，就到司马门前来，看灯棚多齐备了。那个灯楼不过一时光景，也只是芦棚席殿搭在霄汉之间，下边却有彩缎装成那些富贵，居中挂这一盏麒麟灯。麒麟灯上，挂着四个金字扁，写着"万兽齐朝"。牌楼上一对灯联，左首一句："周祚呈祥，贤圣降凡邦有道；右首一句：隋朝献瑞，仁君治世寿无疆。麒麟灯下，有各样兽灯围绕：

獬豸灯，张牙舞爪。狮子灯，睁眼团毛。白泽灯，光辉灿烂。青熊灯，形相蹊跷。猛虎灯，虚张声势。锦豹灯，活像咆哮。老鼠灯，偷瓜抱蔓。山猴灯，上树摘桃。骆驼灯，不堪载辇。白象灯，俨似随朝。麋鹿灯，衔花朵朵。狡兔灯，带草飘飘。走马灯，跃力驰骋。斗羊灯，随势低高。

各色兽灯，无不备具，不能尽数。有两个古人，骑两盏兽灯：左首是梓潼帝君骑白骡灯，下临凡世；右首是玉清老子跨青牛灯，西出阳关。有诗四句：

兽灯无数彩光摇，整整齐齐下复高。
麒麟乃是毛虫长，故引千群猛兽朝。

众人看了麒麟灯，过兵部衙门，跟了叔宝，奔杨越公府中而来。这些宰臣勋卫在于门首，搭起个过街灯楼。那百姓人家，也搭个小灯棚儿。设天子牌位，点烛焚香，如同白昼。不移时已到越公门首。那灯楼挂的是一碗凤凰灯，上面牌匾四个金字：天朝仪凤。牌楼上一对金字联：

凤翅展南山天下咸欣兆瑞
龙髭扬北海人间尽得沾恩

凤凰灯下，有各色鸟灯悬挂：

仙鹤灯，身栖松柏。锦鸡灯，毛映云霞。黄鹂灯，欲鸣翠柳。孔雀灯，回看丹花。野鸭灯，口衔荇藻。宾鸿灯，足带芦葭。鹌鸽灯，似来桑柘。鸂鶒灯，隐卧汀沙。鹭鸶灯，窥鱼有势。鹞鹰灯，扑兔堪夸。鹦鹉灯，骂杀俗鸟。喜鹊灯，占尽鸣鸦。鹈鹕灯，缠绵倩主。鸳鸯灯，欢喜冤家。

各色鸟灯，无不俱备，也不能尽数。左右有两个古人，乘两碗鸟灯。因越公寿诞，左手是西池王母，乘青鸾瑶池赴宴；右手是南极寿星，跨白鹤海屋添筹。有诗四句：

鸟灯千万集鳌山，生动浑如试羽还。
因有羽王高伫立，纷纷群鸟尽随班。

众朋友看了越公杨府门首凤凰灯，已是初鼓了，却奔东长安门来。那齐国远自幼落草，不曾到得帝都。今日又是个上元佳节，灯明月灿，锣鼓喧天；他也没有一句好话对朋友讲，扭捏这个粗笨身子，在人丛中捱来挤去，欢喜得紧，只是头摇眼转，乱叫乱跳，按捺他不住。

叔宝道："我们进长安门，穿皇城，看看内里灯去。"到五凤楼前，人烟挤塞的紧。那五凤楼前，却设一座御灯楼。有两个大太监，都坐在银花交椅上，左手是司礼监裴寂，右手是内检点宗庆，带五百净军，都穿着团花锦袄，每人执齐眉红棍，把守着御灯楼。这座灯楼却不是纸绢颜料扎缚的，都是海外异香，宫中宝玩，砌就这一座灯楼，却又叫做御灯楼。上面悬一面牌匾，径寸宝珠，穿就四个字道"光照天下"。玉嵌金镶的一对联句道：

三千世界笙歌里，十二都城锦绣中。

御灯景致，大是不同。王伯当、柴嗣昌、齐国远、李如珪一班人看了御灯楼，东奔西走，时聚时散，或在茶坊，或在酒肆，或在戏馆，那里思量回寓？叔宝屡次催他们出城，只是不听。未知后事如何，且听下文分解。

第十八回　王婉儿观灯起衅　宇文子贪色亡身

诗曰：

自是英雄胆智奇，捐躯何必为自知？
秦庭欲碎荆卿首，韩市曾横聂政尸。
气断香魂寒粉骨，剑飞霜雪绝妖魑。
为君扫尽不平事，肯学长安轻薄儿？

夫天下尽多无益之事，尽多不平之事。无益之事不过是游玩戏耍，不平之事，一时奋怒，拔刀相向。要晓得不平之气，常从无益里边寻出来。世人看了，眼珠中火生，听了心胸中怒发。这不平之气，个个有的。若没个济弱锄强的手段，也只干着恼一番。若逞着一勇到底，制服他不来，反惹出祸患，也不是英雄知彼知己的伎俩。果是英雄，凭着自己本领，怕甚王孙公子，又怕甚后拥前遮？小试着百万军中，取上将头的光景，怕不似斩狐击兔，除却一时大憝，却也是作淫恶的无不报之理。所谓：

祸淫原是天心，惟向英雄假手。

且说那些长安的妇人，生在富贵之家，衣丰食足，外面景致，也不大动他心里。偏是小户人家，巴巴急急，过了一年，又喜遇着个闲月，见外边满街灯火，连陌笙歌。时人有诗，以道灯月交辉之盛：

月正圆时灯正新，满城灯月白如银。
团团月下灯千盏，灼灼灯中月一轮。
月下看灯灯富贵，灯前赏月月精神。
今宵月色灯光内，尽是观灯玩月人。

其时若老若少，若男若女，往来游玩；凭你极老诚、极贞节的妇女，不由心神荡漾，一双脚头，只管要妆扮的出来。走桥步月，张家妹子搭了李店姨婆，赵氏亲娘约了钱铺妈妈，嘻嘻哈哈，按捺不住，做出许多风流波俏。惹得长安城中王孙公子、游侠少年，丢眉做眼，轻嘴薄舌的，都在灯市里穿来插去，寻香哄气，追踪觅影，调情绰趣，何尝真心看灯？

因这走桥步月，惹出一段事来。有一个孀居的王老妪，领了一个十八岁老大的女儿，小名婉儿，一时高兴也出去看起灯来。你道那王老娘的女儿，生得如何？

腰似三春杨柳,脸如二月桃花。冰肌玉骨占精华,况在灯前月下?

母女二人,留着小厮看了家,走出大街看灯。走出大门,便有一班游荡子弟,跟随在后,挨上闪下,瞧着婉儿。一到大街,蜂攒蚁拥,身不由己。不但婉儿惊慌,连老娘也着忙得没法。

正在那里懊悔出来看这灯,不料宇文公子的门下游棍,在外寻绰,飞去报知公子。公子闻了美女在前,急忙追上。见了婉儿容貌,魂消魄散。见止有老妇同走,越道可欺,便去挨肩擦背,调戏他。婉儿吓得只是不做声,走避无路。那王老妪不认得宇文公子,看到不堪处,只得发起话来。宇文惠及趁此势头,便假发起怒来道:"老妇人这等无礼,敢挺撞我,锁他回去!"说得一声,众家人齐声答应,轰的一阵,把母女掳到府门。老妪与婉儿吓得冷汗淋身,叫喊不出,就似云雾里推去的,雷电里提去的一般,都麻木了。就是街市上,也有旁观的,那个不晓得宇文公子,敢来拦挡劝解?

到得府门,王老妪是用他不着的,将来羁住门房里。止将婉儿撮过几座厅堂,到书房中方才住脚。宇文惠及早已来到,家人都退出房外,只剩几个丫环。宇文惠及免不得近前亲热一番。那婉儿却没好气头,便向脸上撞来,手便向面上打来。延推了一会,恼了公子性儿,叫丫环打了一顿,锁禁房内。见外边有人进来密报道:"那老妇人在府门外要死要活,怎生发付他去?"公子道:"不信有这样撒泼的,待我自家出去。"公子走出府门,问老妪何故的这般撒泼。老妪见公子出来,更添叫喊,捶胸跌足,呼天拍地,要讨女儿。公子道:"你的女儿,我已用了,你好好及早回去吧,不消在此候打。"老妪道:"不要说打,就杀我也说不得,决要还我女儿。我老身孀居,便生这个女儿。已许人家,尚未出嫁,母女相依,性命攸关。若不放还,今夜就死在这里。"公子说:"若是这等说起来,我这门首死不得许多哩。"叫手下撵他出去。众家人推的推,扯的扯,打的打,把王老妪直打出了巷口栅栏门,再不放进去了。宇文公子此时意兴未阑,又带了一二百狠汉,街上闲撞。时已二鼓。也是宇文公子淫恶贯盈,合当打死,又出来寻事。大凡一饮一啄,莫非前定,况生死大数,也逃不得天意。正是:

祸福本无门,惟人乃自召。
塞翁曾有言,彼苍焉可料?

却说叔宝一班豪杰,遍处顽耍,见百官下马牌旁,有几百人围绕喧嚷。众豪杰分开众人观看,却是个老妇人,白发蓬松,匍匐在地,放声大哭。伯当问旁边的人:"这个老妇人,为何在街坊上哭?"看的人答道:"列位,你不要管他这件事。这老妇人不知世务,一个女儿,受了人的聘礼,还不曾出嫁,带了街上看灯,却撞见宇文公子抢了去。"叔宝道:"是那个宇文公子?"那人道:"就是兵部尚书宇文述老爷的公子。"叔宝道:"可就是射圃圆情的?"众人答道:"就是他。"这个时候,叔宝把李药师之言,丢在爪哇国里去了。这些都是专抱不平的人,听见说话,一个个都恶气填胸,双眸爆火,叫那老妇人:"你姓什么?"老妪道:"老身姓王,住在宇文公子府后。"齐国远道:"你且回去。那个宇文公子在射圃踢毬；我们赢他彩缎银花有数十余匹在此，寻着公子，赎你女儿来还你。”老妪叩首四拜，哭回家去。

叔宝问两边的人：“那公子抢他的女儿，果有此事么？”众人道：“不是今日才抢，十二日就抢起。长安的世俗，元宵赏灯，百姓人家的妇女，都出来走桥踏月，院中看灯，公子拣好的就抢回家去。有乖巧会奉承的，次日或叫父母丈夫进府去，赏些银钱就罢了。有那不会说话的，冲撞了公子，打死了丢在夹墙里，没人敢与他索命。十三、十四两日，又抢了几个，今晚轮着这个老妇人的女儿。”始初时，叔宝还有输彩缎银花赎还他的意思，到后听见这些话，都动了打的念头，逢人就问宇文公子。众人道：“列位是外京衣冠，与此不同。倘遇公子，言语对答不来，公子性气不好，恐怕伤了列位。”叔宝道：“不知他怎样一个行头？问了，我们好回避。”众人道：“宇文公子么，他有一所私院的房屋，畜养许多亡命之徒，都是不怕冷热的人。这样时候，都脱得赤条条的。每人掌一条齐眉短棍，有一二百个在前边开路，后边是会武艺的家将，真枪真刀，摆着社火。公子骑马，马前青衣大帽，摆着五六对，都执着纱灯提炉，面前摆队。长安城里，这些勋卫府中的家将，扮的什么社火，遇见公子，当街舞来，舞得好像射圃圆情的赏花红；若舞得不好的，一顿棍打散了。”叔宝道：“多谢列位了。”在那西长安门外御道上，寻宇文公子。

三更时候，月明如昼。正在找寻间，见宇文公子到了。果然短棍有几百条，如狼牙相似。公子穿了艳服，坐在马上，后边簇拥家丁。自古道：不是冤家不对头。众人躲在街旁，正要寻他的事，刚才到他面前，就站住了，对公子报道：“夏国公窦爷府中家将，有社火来参。”公子问：“什么故事？”答道：“是虎牢关三战吕布。”舞罢，公子道好，众人讨赏。公子才打发这伙人去，叔宝衣服都抓扎停当了，高叫道：“还有社火哩！”五个豪杰，隔人头窜将进来，道：“我们是五马破曹。”公子识货，暗疑这班人却不是跳鬼身法。秦叔宝是两根金装锏，王伯当是两口宝剑，柴嗣昌是一口宝剑，齐国远是两柄金锤，李如珪是一条平磨竹节钢鞭。那鞭锏相撞，叮当哔喇之声，如火星爆烈，只管舞。街道虽是宽阔，众豪杰却展不开。手执兵器又沉重，舞到人面上，寒气逼人，两边人家门口，都站不住了，挤到两头去。

齐国远心中暗想道：“此时打死他不难，难是看的人阻住去路，不得脱身。除非这灯棚上放起火来，这百姓们要救火，就不得拦我弟兄。”便往屋上一撺。公子只道有这么一个家数，五个人正舞，一个要从上边舞将下来，却不知道他放火。秦叔宝见灯棚上火起，料止不得这件事了，用身法纵一个虎跳，跳于马前，举锏照公子头上就打。那公子坐在马上，仰着身躯，是不防备的；况且叔宝六十四斤重金装锏，打在头上，连马都打矬了，撞将下来。手下众将看道：“不好了，打死了公子了！”各举枪刀棒棍，向叔宝打来。叔宝轮金装锏，招架众人。齐国远从灯棚上跳将下来，轮动金锤。这些豪杰，一个个：

> 心头火起，口角雷鸣。猛兽身躯，直冲横撞。打得前奔后涌，杀得东倒西歪。风流才子堕冠簪，蓬头乱撺，美貌佳人裙罗袜，跣足忙奔。尸骸堆积平街，血水遍流满地。正是威势踏翻白玉殿，喊声震动紫金城。

这些豪杰，在人丛中打开一条血路，向大街奔明德门而来。

已是三更以后。城门外却有二十二人，黄昏时候吃过晚饭，上过马料，鞴了鞍辔，带在那宽阔街道口，等候主人。他们也分做两班，着一半人看了马匹，一半人进城门口街道上，看一回灯，换这看马的进去。到三更时候，换了几次，复进城看灯。只见黎民百姓，蓬头跣足，露体赤身，满面汗流，身带重伤，口中叫喊快走。那看灯几个喽罗，听这个话，慌慌忙忙的，奔出城来道："列位，想是我们老爷，在城里惹出祸来，打死什么宇文公子。你们着几个看马，着几个有膂力的，同我去把城门拦住，不要叫守门官把门关了；若放他关了，我们主人，就不得出城了。"众人道："说得有理。"十数个大汉，到城门口，几个故意要进城，几个故意要出城，互相扯扭，就打将起来，把这看门的军人，都推倒了鬼混。此时巡街的金吾将军与京兆府尹，听得打死了宇文公子，怕走了人，飞马传令来关门。如何关得住？众豪杰恰好打到城门口，见城门不闭，都有生路了，便招出门夺门。喽罗灯月下见了主人，也一哄而出。见路旁自己的马，飞身骑上，顿开缰辔：

触碎青丝网，走了锦鳞蛟。
冲破漫天套，高飞玉爪雕。

七骑马，带了一干人，齐奔潼关道。至永福寺前，柴郡马要留叔宝在寺，候唐公回书。叔宝道："恐有人物色不便。"还嘱咐寺中，把报德祠速速毁了，那两根泥锏不要露在人眼中。举手作别，马走如飞。

将近少华山，叔宝在马上对伯当道："来年九月二十三日，是家母的整寿六十，贤弟可来光顾光顾？"伯当与李如珪、齐国远道："小弟辈自然都来。"叔宝也不肯进那山，两下分手，自回齐州不题。

却说城门口留门去，才得关门，正所谓贼去关门。那街坊就是尸山血海一般，黎民百姓的房屋，烧毁不知其数。此时宇文述府中，因天子赐灯，却就有赐的御宴。大堂开宴，凤烛高烧，阶下奏乐，一门权贵，享天子洪恩。饮酒之间，府门外如潮水一般，涓涓不断，许多人拥将进来，口称祸事。宇文述着忙，离宴下滴水檐来，摇着手叫众人不要乱叫。有几个本府家将来禀道："小爷在西长安门外看灯，遇响马舞社火为由，伤了小爷性命。"宇文述最溺爱此子，闻知死于非命，五内皆裂，道："吾儿与响马何仇，被他打死？"这些家将，不敢言纵公子为恶。众家将俱用谎言遮盖道："小爷因酒后与王氏女子作戏顽耍，他那老妇哭诉于响马。响马就行凶，把小爷伤了性命。"宇文述问："那老妇与女子何在？"答道："老妇不知去向，女子现在府中。"宇文述大怒道："快拿这个贱人，与我拖出仪门，一顿乱棒打死了罢！"又命家将各人带刀斧，查看那妇人家，还有几口家属，尽行杀戮。将住居房屋，尽行拆毁，放火焚烧。众人得令，便把此女拖将出来打死了，丢在夹墙里去；老妇家口，都已杀尽。正是：

说甚倾城丽色，却是亡家祸胎。

那宇文述犹恨恨不已，叫本府善丹青的来，问在市上拒敌的家将，把打死公子的强人面貌衣装，一一报来，要画图形，差人捱拿。众人先报道："这人有一丈身躯，二十多年纪，青素衣服，舞双锏。"一说说到双锏，旁边便惹动了一人，是宇文述的家丁，东宫护卫头目，忙跪下道："老爷，若说这人使双锏的，这人好查了。小的当日仁寿元年，奉爷将令，在楂树岗打那李爷时，撞着这人来，当时也吃了他亏，不曾害得李爷。"宇文述道："这等，是李渊知我当日要害他，故着此人来报仇了。"此时宇文述的三子俱在面前。化及忙道："这不消讲，明日只题本问李渊讨命。"智及也骂李渊，要报杀弟之仇。只有宇文士及，他平昔知些理，道："这也不然。天下人面庞相似的多，会舞锏的也多。若使李渊要报怨，岂在今日？且强人不曾拿着，也没证据，便是楂树岗见来，可对人讲得的么？也只从容察访罢！"宇文述听了，也便执不定是唐公家丁。到了次日，也只说得是不知姓名人，将他儿子打死，烧毁民房，杀伤人口，速行缉捕。不知事体如何，且听下回分解。

第十九回　恣蒸淫赐盒结同心　逞弑逆扶王升御座

诗曰：

荣华富贵马头尘，怪是痴儿苦认真。
情染红颜忘却父，心膻黄屋不知亲。
仙都梦逐湘云冷，仁寿冤成鬼火燐。
一十三年瞬息事，顿教遗笑历千春。

世间最坏事，是酒色财气四种。酒，人笑是酒徒；财，人道是贪夫；只有色与气，人道是风流节侠，不知个中都有祸机。就如叔宝一时之愤，难道不说是英雄义气？若想到打死得一个宇文惠及，却害了婉儿一家；更使杀不出都城，不又害了己身，设使身死异乡，妻母何所依托？这气争的甚么？至于女色，一时兴起，不顾名分，中间惹出祸来，难免得一时丧身失位，弄到骑虎之势，把悖逆之事都做了遗臭千年，也终不免国破身亡之祸，也只是一着之错。

且不说叔宝今归家之事。再说太子杨广，他既谋了哥哥杨勇东宫之位，又逼去了一个李渊，还怕得一个母亲独孤娘娘。不料册立东宫之后，皇后随即崩了，把平日妆饰的那一段不好奢侈、不近女色的光景，都按捺不住。况且隋文帝，也亏得独孤皇后身死，没人拘束，宠幸了宣华陈夫人、容华蔡夫人，把朝政渐渐丢与太子，所以越得像意了。到仁寿四年，文帝已在六旬之外了，禁不得这两把斧头，虽然快乐，毕竟损耗精神；勉强支撑，终是将晓的月光，半晞的露水，那禁得十分熬炼？四月间已成病了。因令杨素营建仁寿宫，却不在长安大内。在仁寿宫养病，到七月病势渐重。尚书左仆射杨素，他是勋臣；礼部尚书柳述，他是驸马；还有黄门侍郎元岩，是近臣。三个入宿阁中。太子广，宿于大宝寝宫中，常入宫门候安。

一日清晨入宫，恰好宣华夫人在那里调药与文帝吃。太子看见宣华，慌忙下拜。夫人回避不及，只得答拜。拜罢，夫人依旧将药调了，拿到龙床边，奉与文帝不题。却说太子当初要谋东宫，求宣华在文帝面前帮衬，曾送他金珠宝贝。宣华虽曾收受，但两边从未曾见面。到这时同在宫中侍疾，便也不相避忌。又陈夫人举止风流，态度娴雅，正是：

肌如玉琢还输腻，色似花妖更让妍。
语处莺声娇欲滴，行来弱柳影蹁跹。

况他是金枝玉叶，锦绣丛中生长，说不尽他的风致。太子见了，早已魂消魄散，如何禁得住一腔欲火？立在旁边，不转珠的偷眼细看。但在父皇之前，终不敢放肆。

不期一日又问疾入宫，远远望见一丽人，独自缓步雍容而来，不带一个宫女。太子举头一看，却是陈夫人。他是要更衣出宫，故此不带一人。太子喜得心花大开，暗想道："机会在此矣！"当时吩咐从人："且莫随来！"自己尾后，随入更衣处。那陈夫人看见太子来，吃了一惊，道："太子至此何为？"太子笑道："也来随便。"陈夫人觉太子轻薄，转身待走，太子一把扯住道："夫人，我终日在御榻前与夫人相对，虽是神情飞越，却似隔着万水千山。今幸得便，望夫人赐我片刻之间，慰我平生之愿。"夫人道："太子，我已托体圣上，名分攸关，岂可如此？"太子道："夫人如何这般认真？人生行乐耳，有甚么名分不名分。此时真一刻千金之会也。"夫人道："这断不可。"极力推拒，太子如何肯放，笑道："大凡识时务者，呼为俊杰。夫人不见父皇的光景么？如何尚自执迷？恐今日不肯做人情，到明日便做人情时，却迟了。"口里说着，眼睛里看着，脸儿笑着，将身子只管挨将上来。夫人体弱力微，太子是男人力大，正在不可解脱之时，只听得宫中一片传呼道："圣上宣陈夫人！"此时太子知道留他不住，只得放手道："不敢相强，且待后期。"夫人喜得脱身，早已衣衫皆皱，神色惊惶。太子只得出宫去了。

陈夫人稍俟喘息宁定，入宫，知是文帝朦胧睡醒，从他索药饵，不敢迟延，只得忙忙走进宫来。不期头上一股金钗，被帘钩抓下，刚落在一个金盆上，哨的一声响，将文帝惊醒。开眼看时，只见夫人立在御榻前，有慌张的模样。文帝问道："你为何这等惊慌？"夫人着了忙，一时答应不出，只得低了头去拾金钗。文帝又问道："朕问你，为何不答应？"夫人没奈何，只得乱应道："没，没有惊慌。"文帝见夫人光景奇怪，仔细一看，只见夫人满脸上的红晕，尚自未消，鼻中有嘘嘘喘息，又且鬓松发乱，大有可疑，便惊问："你为何这般光景？"夫人道："我没，没有什么光景。"文帝道："我看你举止异常，必有隐昧之事；若不直言，当赐尔死。"夫人见文帝大怒，只得跪下说道："太子无礼。"文帝听了这句，不觉怒气填胸，把手在御榻上敲了两下，道："畜生何足付大事？独孤误我！独孤误我！快宣柳述与元岩到宫来。"

太子也怕这事有些决撒，也自在宫门首窃听。听得叫宣柳述、元岩，不宣杨素，知道光景不妥，急奔来寻张衡、宇文述一干，计议这一件事。一班从龙之臣，都聚在一处。见太子来得慌忙，众臣问起缘故，宇文述道："这好事也只在早晚间了，只这事甚急。只是柳述这厮，他倚着尚了兰陵公主，他是一个重臣，与臣等不相下，断不肯为太子周旋，如何是好？"张衡道："如今只有一条急计，不是太子，就是圣上。"

正说时，只见杨素慌张走来道："殿下不知怎忤了圣上？如今圣上叫柳、元两臣进宫，叫作速撰敕，召前日废的太子；只待敕完，用宝赍往长安。他若来时，我们都是仇家，如何是好？"太子道："张庶子已定了一计。"张衡便向杨素耳边说了几句。杨素道："也不得不如此了。这就是张庶子去做，只怕柳述、元岩去取了废太子来，又是一番事。这就烦宇文先生，太子这边就假一道旨意，说他二人乘上弥留，不能将顺，妄思拥戴。将他下了大理寺狱，再传旨说宿卫兵士勤劳，暂时放散。就着郭衍带领东宫兵士，把守各处宫门，不许外边人出入，也不许宫中人出入，泄漏宫省事务。还再得一个人往长安，害却旧太子，绝了人望。"想一想："有了，我兄弟杨约，他自伊州来此，便差他干了这一功。”张衡又道：“我是个书生，恐不能了事，还是杨仆射老手坚膊。”太子道：“张庶子不必推辞，有福同享。我还着几个有胆力内侍，随你去。”杨素以太子在太宝殿，宇文述就带下几个旗校，赶到路上，去把柳尚书、元侍郎两人绑缚，赴大理寺去了，回来复命。郭衍已将卫士处处更换，都是东宫旗校，分头把守。

此时文帝半睡不睡的，问：“柳述曾写完诏了么？”陈夫人道：“还未见进呈。”文帝道：“诏完即便用宝，着柳述马上飞递去。”还是气愤愤不息的。只见外边报太子差庶子张衡侍疾，也不候旨，带了二十余内监，闯入宫来，吩咐入直的内侍道：“东宫爷有旨道：你们连日伏侍辛苦，着我带这些内监，更替你等，连榻前这些宫女。皇爷前自有带来内侍供应，你等也暂去休息，要用来宣你。”苦是这些穿宫宫妾，因在宫中承应日久，也巴不得偷闲，听得一声吩咐，一哄的出去。只有陈夫人、蔡夫人两个，紧紧站在榻前。张衡走到榻前，见文帝昏昏沉沉的，他头也不叩一个，也没一些好气的，对着两个夫人道：“二位夫人，暂且回避儿。”陈夫人道：“怕圣上不时宣唤。”张衡道：“有我在此，夫人且请少退一步，让皇上静养。”这两位夫人眼泪流离，没些主张，只得暂且离宫，向阁子里坐地。宫中人俱是带来内侍看守定了，不放人来宫。两个夫人放心不下，只得差宫娥在门外打听。

没有一个时辰，那张衡洋洋的走将出来，道：“这干呆妮子，皇上已自宾天了。适才还是这等围绕着，不报太子知道。”又吩咐各阁子内嫔妃，不得哭泣。待启过太子，举哀发丧。这些宫主嫔妃，都猜疑。惟有陈夫人他心中鹘突的道：“这分明是太子怕圣上害他，所以先下手为强。但这衅由我起，他忍于害父，难道不忍于害我？与其遭他毒手，倒不如先寻一个自尽。圣上为我亡，我为圣上死，却也该应。”只是决断不下。

轻盈不让赵飞燕，侠烈还输虞美人。

这壁厢太子与杨素，是热锅上蚂蚁，盼不到一个消息。却说张衡忙忙的走来道：“恭喜大事了毕，只是太子的心上人，恐怕也要从亡。”太子见说，一时变喜为愁，忙将前日与杨素预定下的帖子来递与杨素，道：“这些事一发仆射与庶子替我料理罢，我自有事去了。”杨素见说，忙传令旨。令那伊州刺史杨约，长安公干完，不必至大寿宫复旨，竟署京兆尹，弹压京畿。梁公萧矩，乃萧妃之弟，着他提督京师十门。郭衍署左领卫大将军，管领京营人马。宇文述升左领卫大将军，管领行宫宿卫，及护从车驾人马。驸马宇文士及，管辖京都宫省各门。将作左郎宇文恺，管理梓宫一行等事。大府少卿何稠，管理山陵，黄门侍郎裴矩、内侍郎虞世基，管典丧礼。张衡充礼部尚书，管即位仪注。

不说这厢众人忙做一团，只说太子见张衡说了，着了急，忙叫左右取出一个黄金小盒，悄悄拿了一件物事，放在里面，外面用纸条紧紧封了。又于合口处，将御笔就署一个花押，即差一个内侍，赐与陈夫人，叫他亲手自开。内侍领旨，忙到后宫来。

却说夫人自被张衡逼还后宫，随即驾崩，心下十分忧疑，哭泣得寝食俱废。只见一个内侍，双手捧了一个金盒子，走进宫来，对夫人说道：“新皇爷钦赐娘娘一物，藏于盒内。叫奴婢拿来，请娘娘开取。”随将金盒放在桌上。夫人见了，心下有几分疑惧，不敢开封,因问内侍道:“内中莫非鸩毒?”内侍答道:“此乃皇爷亲手自封,奴婢如何得知?娘娘开看,便知端的。”夫人见内侍推说不知,一发认真是毒药;忽一阵心酸,扑簌簌泪如泉涌,因放声大哭道:“妾自国亡被掳,已拚老死掖庭。得蒙先帝宠幸,道是今生之福。谁知红颜命薄,转是一场大祸;倒不如沦落长门,还得保全性命。”一头说,一头哭,又说道:“妾蒙先帝厚恩,今日便从死地下,亦所甘心。早上之事,我但回避,并不曾伤触于他,奈何就突然赐死?”道罢又哭。众宫人都认做毒药,也一齐哭将起来。

内侍见大家哭做一团,恐怕做出事来,忙催促道:“娘娘哭也无益,请开了盒,奴婢好去复旨。”夫人被催不过,只得恨一声道:“何期今日死于非命!”遂拭泪将黄封扯去,把金盒盖轻轻揭开。仔细一看,那里是毒药,却是几个五彩制成同心结子。众宫人看见,一齐欢笑起来,说:“娘娘万千之喜,得免死矣。”夫人见非鸩毒,心下安然;又见是同心结子,知太子不能忘情,转又怏怏不乐。也不来取结子,也不谢恩,竟回转身,坐于床上,沉吟不语。内侍催逼道:“皇爷等久,奴婢要去回旨,娘娘快谢恩收了。”夫人只是低头不做一声。众宫人劝道:“娘娘差了,早间因一时任性,抵触皇爷,致生惶惑。今日皇爷一些不恼,转赐娘娘同心结子,已是百分侥倖,为何还做这般模样?那时惹得皇爷动起怒来,娘娘只怕又要像方才哭了。何不快快谢恩?”左右催促得夫人无奈何,只得叹一口气道:“中冓之羞,我知难免。”强起身来把同心结子取出,放在桌上,对着金盒儿拜了几拜,依旧到床上去坐了。内侍见取了结子,便捧着空盒儿去回旨,不题。

陈夫人虽受了结子,心中只是闷闷不乐,坐了一回,便倒身在床上去睡。众宫人不好只管劝他,又恐怕太子驾临,大家悄悄的在宫中收拾。金鼎内烧了些龙涎鹊脑,宝阁中张起那翠幙珠帘。不多时日色西沉,碧天上早涌出一轮明月。只见太子私自带几个宫人,提着一对素纱灯笼,悄悄的来会夫人。宫人看见太子驾到,慌忙跑到床边,报与夫人。夫人因心中懊恼,不觉昏昏睡去;忽被众宫人唤醒,说道:“驾到了,快去迎接。”夫人朦朦胧胧,尚不肯就走,早被几个宫人扶的扶,拽的拽,将他挽出宫来迎驾。才走到阶下,太子早已立在殿上。夫人望见,心中又羞又恼,然到了这个地位,怎敢抗拒,俯伏在地,低低呼了一声:“万岁!”太子慌忙搀了起来。是夜太子就在夫人阁中歇宿。

七月丁未,文皇晏驾,至甲寅诸事已定。次日杨素辅佐太子衰绖,在梓宫前举哀发丧。群臣诸衰绖,各依班次入临。然后太子吉服,拜告天地祖宗,换冕服即位。群臣都也换了朝服入贺。只是太子将升陛座时,也不知是喜极,也不知是慌极,还不知有愧于心,有所不安,走到座前,不觉精神惶悚了,手足慌忙。那御座又甚高,才跨上只脚,要上去,不期被阶下仪卫静鞭三响,心虚之际,着了一惊,把捉不定,那只脚早塌了下来,几乎跌倒。众宫人连忙上前搀住,就要趁势儿扶他上去。也是天地有灵,鬼神共愤,太子脚才上去,不知不觉,忽然又塌将下来。杨素在殿前,看见光景不雅,只得自走上去。他虽然老迈,终是武将出身,有些力量,分开左右,只一只手,便轻轻的把太子掖上御座;即走下殿来,率领百官,山呼朝拜。正是:

莫言人事宜奸诡,毕竟天心厌不仁。
总有十年天子分,也应三被鬼神嗔。

隋主在龙座上坐了半晌,神情方才稍定。又见百官朝贺,知无异说,更觉心安。便传旨,一面差官往各王府州镇告哀,又一面差官赍即位诏。诏告中外:以明年为大业元年,荣升从龙各官,在朝文武,各进爵级。犒赏各边镇军士,优礼天下,高年赐与粟帛。其余杨素、宇文述、张衡等升赏,俱不必言。又追封废太子勇为房陵王,掩饰自己害他之迹。此时行宫有杨素等一干夹辅,长安有杨约一干镇压,喜得没有一毫变故。但是人生大伦,莫重君父与兄弟。弑父杀兄,窃这大位,根本都已失了,总使早朝晏罢,勤政恤民,也只个枝叶。若又不免荒淫无道,如何免得天怒人怨,破国亡家?却又不知新主嗣位,做出何等样事来,且听下回分解。

第二十回　皇后假宫娥贪欢博宠　权臣说鬼话阴报身亡

诗曰：

香径蘼芜满，苏台鹿麋游。清歌妙舞木兰舟，寂寞有寒流。
红粉今何在？朱颜不可留。空存明月照芳洲，聚散水中鸥。

调寄《巫山一段云》

电光石火，人世颇短，而最是朱颜绿发更短。人生七十中间，颜红鬓绿，能得几时？就是齐东昏侯的步步金莲，陈后主的后庭玉树，也只些时。与那权奸声势，气满贯盈，随你赫赫英雄，一朝命尽，顷刻间竟为乌有，岂不与红粉朱颜，如同一辙？

却说炀帝自登宝位，退朝之后，即往宣华宫，恣意交欢，任情取乐，足足半月有余。当初萧后在东宫，原朝夕不离，极相恩爱；今立皇后，并不一幸。萧后初起疑他新丧在身，别宫独处。后来打听，他夜夜在宣华宫里淫荡，不觉大怒道："才做皇帝，便如此淫乱，将来作何底止？"这日恰适炀帝退朝进宫，萧后便扯住嚷道："好个皇帝，才做得几日，便背弃正妻，奸淫父妃。若再做几年，天下妇人，都被你狂淫尽了！"炀帝道："偶然适兴，御妻何须动怒？"萧后道："偶然不偶然，我也不管你，只趁早将他罚入冷宫，不容见面，妾就罢了。若还恋恋不舍，妾传一道懿旨，将这丑形，晓与百官，叫你做人不成。"炀帝着忙道："御妻这般性急，容朕慢慢区处。"萧后道："有甚区处？或舍他不得，妾便叫宫人去凌辱他一场，看他羞也不羞。"炀帝原畏萧后，今见他说话动气，心下愈加着忙，只得起身说道："御妻少说，待朕去与他说明，叫他寻个自便，朕就回宫，与御妻陪罪。"萧后道："讲不讲也由陛下，来不来也由陛下，妾自有处。"

其时这些言语，早有宫人报知宣华夫人。夫人听知，不胜悲泣。忽见宫奴报道驾到，宣华只得含着泪，低头迎接。炀帝走近身前来一看宣华夫人，但见他杏脸低垂，泪痕犹湿，说道："刚才朕与皇后争吵，想夫人预知。但朕自有主意。设言皇后有甚意思，朕断不忍为。"宣华道："妾葑菲陋质，昔待罪于先君，今又玷污龙体，自知死有余辜。今求陛下依皇后懿旨，将妾罚入冷宫，白首长门，方为万全。"炀帝叹息道："情之所钟，生死不易。朕与夫人，虽欢娱未久，恩情如同海深。即使朕与夫人为庶人夫妇，亦所甘心，安忍轻抛割爱？难道夫人心肠倒硬，反忍把朕抛弃？"宣华捧住了炀帝，悲泣道："妾非心硬，若只管贪恋，不但坏了陛下声名，抑思先帝尉迟之女，恐蹈前辙。倘明日皇后一怒，妾死无地矣。陛下何不为妾早计，欲贻后悔耶？"说到这个地位，炀帝怅叹道："听夫人之言，似恨我之情太薄，而谅我之情太深也。"便吩咐一个掌朝太临，把外边仙都宫院打扫洁净，迁宣华夫人出去，各项支用，俱着司监照旧支给。二人正在绸缪之际，一旦分离，讲了又讲，说了又说，炀帝十分不忍放手。还是宣华再三苦辞，炀帝方才许行，出宫而去。正是：

死别已吞声，生离常恻恻。
最苦妇人身，事人以颜色。

炀帝自宣华去后，终日如醉如痴，长吁短叹，眠里梦里，茶里饭里，都是宣华。萧后见炀帝情牵意缠，料道禁他不得，便对炀帝道："妾因要笃夫妇之情，劝陛下遣去宣华。不意陛下如此眷恋，倒把妾认做妒妇，渐渐参商，是妾求亲而反疏也。莫若传旨，将宣华仍诏进宫，朝夕以慰圣怀，妾亦得以分陛下之欢颜，岂不两便？"炀帝笑道："若果如此，御妻贤德高千古矣；但恐是戏言耳。"萧后道："妾安敢戏陛下？"炀帝大喜，那里还等得几时，随差一个中官，飞马去诏宣华。

却说宣华自从出宫，也无心望幸，镇日不描不画，到也清闲自在。这日忽见中官奉旨来宣，他就对中官说道："妾既蒙圣恩放出，如落花流水，安有复入之理？你可为我辞谢皇爷。"中官奏道："皇爷在宫，立召娘娘，时刻也等候不得，奴婢焉敢空手回旨？"宣华想一想道："我自有处。"取鸾笺一副，题一词于上，叠成方胜，付于中官道："为我持此致谢皇爷。"中官不敢再强，只得拿了回奏炀帝；炀帝忙拆开一看，却是一首《长相思》。词道：

红已稀，绿已稀，多谢春风着地吹，残花难上枝。　　得宠疑，失宠疑，想象为欢能几时，怕添新别离。

炀帝看了笑道："他恐怕朕又弃他，今既与皇后讲明，安忍再离。"随取纸笔，也依来韵和词一首：

雨不稀，露不稀，愿化春风日夕吹，种成千岁枝。　　恩何疑，爱何疑，一日为欢十二时，谁能生死离？

炀帝写完，也叠成一个方胜，仍叫中官再去。宣华见了这词，见炀帝情意谆谆，不便再辞，只得重施朱粉，再画蛾眉，驾了七香车儿，竟入朝来。炀帝见了，喜得骨爽神苏，随同宣华，到中宫来见萧后，萧后见了，心下虽然不乐，因晓得炀帝的性儿，只得勉强做好人，欢天喜地，叫排宴贺喜。正是：

合殿春风丽色新，深宫淑景艳芳辰。
萧郎陌路还相遇，刘阮天台再得亲。

自此炀帝与宣华，朝欢暮乐，比前更觉亲热。未及半年，何知圆月不常，名花易谢，红颜命薄，一病而殂。炀帝哭了几场，命有司厚礼安葬。终日痴痴迷迷，愁眉泪眼。萧后道："死者不可复生，悲伤何益？何不在后宫更选佳者，聊慰圣怀，免得这般惨凄？"炀帝道："宫中这些残香剩粉，如何可选？"萧后道："当时宣华也是后宫选出，那里定得，只当借此消遣。"炀帝依了萧后，真个传一道旨，着各宫院大小嫔妃彩女，俱赴正宫听选。那些宫娥，一个个巧挽乌云，奇分绿鬓，到正宫来。炀帝与萧后同到殿上，叫这些女子近前，一边饮酒，一边选择。真个是观于海者难为水，虽是花成队，柳作行，选来选去，竟无出色的奇姿。炀帝烦躁起来，道："选杀了总是这般模样，怎能如宣华这般天姿国色？"遂传旨免选。众宫人闻旨一哄而散。

萧后道："陛下请耐烦，宽饮几杯，待妾自往各宫去搜求，包陛下寻一个出色的女子来。"炀帝道："现今选不出，何苦费御妻神思？"萧后道："不是这等说。自来有志绝色女子，必然价高自重，甘愿老守长门，断不肯轻易随行逐队赴选。如今待妾去细细搜求，决无遗漏。如搜不出，陛下罚妾三巨觥如何？"说了忙起身上了宝车，出宫去了。炀帝搂着一个内监，浅斟细酌。

原来萧后那里是去各宫探访女子，一径驾到长乐宫来，把宫袍卸下，重施朱粉，再点樱桃，把发鬓扯拥向前，改作苏妆。头上插着龙凤钗，三颗明珠，滴垂挂面，换一套艳丽的宫娥衣服。打扮停当，先差一个内传，走去报知。此时炀帝已饮得半酣，尚不见萧后到来，正要差人去请，只见一个内侍，进来禀道："娘娘选中一位女子，着奴婢先送进宫御见。娘娘又到别宫去了。"炀帝笑道："御妻为我，可为不惮烦矣。"那时萧后改妆，驾到宫门，就停车细步，装着娴娜娉婷，走进丹墀，离殿上前有一箭之地。炀帝举目往下一看，果然有人拥一位女子，态度幽娴，轻尘夺目，一步步缓缓的走进殿来，俯伏在地。炀帝不胜狂喜道："果然后宫还有这样女子，快叫平身。"连说了三次，那女尚俯伏不起。炀帝此时觉淫心荡漾，竟不顾体统，走下御座，御手相搀。那女子方搀起来，垂头而立。炀帝仔细一认，不觉哈哈大笑道："原来是御妻，可谓慧心巧思矣！我说道那有遗才沦落！"炀帝携了萧后的手，同至御座来道："这三巨觥，御妻不能免矣！"萧后道："妾往后宫搜求，不意竟无有中式者；因思前言已出，恐陛下见罪，暂假丑形，以宽圣怀，以博一笑耳。这三巨觥，还求陛下赦免。"炀帝道："这使不得，朕不罚御妻，罚新选的美人耳！"萧后道："若认真是个美人，恐陛下又舍不得罚他了。"一头说，一头接杯在手道："妾想宫中虽无，天下尽有。陛下既为天下之主，何不差人各处去选，怕没有比宣华强十倍的，何苦这般烦恼？"炀帝道："御妻之言虽善，只恐廷臣有许多议论谏阻。"萧后道："廷臣敢言直谏者少，所虑者惟老儿杨素耳。趁此盆兰盛开，明日陛下何不诏他入苑，宴赏春兰，把几句言语挑动他，看他意思行止，就可定了。"炀帝道："御妻之言甚善。"商议已定，过了一宵。次日炀帝驾临于御苑，只见这些盆中蕙兰，长短不齐，尽皆开放。正是：

无数幽香闻满户，几株垂柳照清池。

炀帝忙差两个内侍，去宣杨素入苑。

却说杨素自拥立了炀帝，赫赫有功，朝政兵权，皆在其手。这日正与这些歌儿舞女快活，听得有旨宣诏，即乘凉轿，竟入御苑中来。到太液池边，炀帝看见，自然迎下殿来，规矩是叫免朝，即便赐坐。杨素也不谦让，竟只是一拜就坐。炀帝道："久不面卿，顿生鄙吝。今见幽兰大放盆中，新柳绿妍池上，香风袭人，游鱼可数，故诏卿来同观而钓焉。"杨素道："臣闻从禽则荒，从兽则亡。昔鲁隐公观鱼于棠，春秋讥之；舜歌南风之诗，万世颂德。陛下新登大位，年力富强，愿以虞舜为法，不当效鲁隐公之尤。"炀帝道："朕闻蟠溪叟，一钓而兴周公八百之基；贤卿之功，何异于此？"杨素大喜道："陛下既以此比臣，臣敢不以此报陛下。"君臣相顾大悦。炀帝即令近侍，将坐席移到池边看鱼。大家投纶于清流之中，随波痕往来而钓。

炀帝道："朕与贤卿同钓，先得者为胜，迟得者罚一巨觥何如？"杨素道："圣谕最妙。"不多时，炀帝将手往上一提，早钓一个三寸长的小金鱼。炀帝大喜，对杨素道："朕钓得一尾了，贤卿可记一觥。"杨素因投纶在水，恐惊了鱼，竟不答应；但把头点了两点，及扯起看时，却是一空钩，将钩儿依旧投下水去。不多时，炀帝又钓起小小一尾，便说道："朕已钓二尾，贤卿可记二觥。"杨素往上一扯，却又是一个空；众宫人看了，不觉掩口而笑。杨素看见，面上微有怒色，便说道："燕雀安知鸿鹄之志。待老臣试展钓鳌之手，钓一个金色鲤鱼，为陛下称万年之觞何如？"炀帝见杨素说此大话，全无君臣之礼，心中不悦，把竿儿放下，只推净手，起身竟进后宫，满脸怒气。

萧后接住问道："阶下与杨素钓鱼，为何怒忿还宫？"炀帝道："叵耐这老贼，骄傲无礼，在朕面前，十分放肆。朕欲叫几个宫人杀了他，方泄我胸中之恨。"萧后忙阻道："这个使不得。杨素乃先朝老臣，且有功于陛下；今日宣他赐宴，无故杀了，他官必然不服；况他又是个猛将，几个宫人，如何禁得他过？一时弄破了圈儿，他兵权在手，猖獗起来，社稷不可知矣。陛下就要除他，也须缓缓而图，今日如何使得？"炀帝见说，便道："御妻之言甚是。"更了衣服，依旧到太液池来了。

杨素坐在垂柳之下，风神俊秀，相貌魁梧，几缕如银白须，趁着微风，两边飘起，恍然有帝王气象。炀帝看了，心下甚怀妒忌，强为笑问道："贤卿这一会，钓得几个？"杨素道："化龙之鱼，能有几个？"说未了，将手一扯，刚刚的钓起一尾金色鲤鱼，长有一尺三寸。杨素把竿儿丢下，笑道："有志者事竟成，陛下以老臣为何如？"炀帝亦笑道："有臣如此，朕复何忧？"随命看宴。

君臣上席，只见一个内相走来奏道："朝门外有个洛水渔人，获一尾金鳞赭尾大鲤鱼，有些异相，不敢私卖，愿献万岁。"炀帝叫取进来。不多时两三个太监，将大盆盛了，抬到面前。炀帝与杨素仔细一看，只见那鱼有五尺长短，鳞甲上金色照耀，与日争光。炀帝看了大喜，就要放入池中。杨素道："此鱼大有神气，恐非池中之物，莫若杀之，可免异日风雷之患。"炀帝笑道："若果是成龙之物，虽欲杀之，不可得也。"因问左右道："此鱼曾有名否？"左右道："没有。"炀帝遂叫取朱笔在鲤鱼额上头，写"解生"二字以为记号，放入池中，厚赏渔人。左右斟上酒来，次第而饮。众宫人歌一回，舞一回，又清奏一回细乐。炀帝正要开谈，挑动杨素，却又见左右将钓起的三尾鱼，切成细脍，做了鲜汤，捧了上来。炀帝看见，就叫近侍，满斟一巨觥，送与杨素道："适才钓鱼有约，朕幸先得，贤卿当满饮此觥，庶不负嘉鱼之美。"杨素接酒饮干，也叫近臣斟了一觥，送与炀帝说道："老臣得鱼虽迟，却是一尾金色鲤鱼，陛下也该进一觥，赏臣之功。"炀帝吃干了，又说道："朕钓得是二尾，贤卿还该补一杯。"就叫左右斟了上来。

此时杨素酒已有七八分了，就说道："陛下虽是二尾，未若臣一尾之大。陛下若以多寡赐老臣，臣即以大小敬陛下。臣不敢奉旨。"左右送酒到杨素面前，杨素把手一推，左右不曾防备，把一个金杯泼翻桌上，溅了杨素一件暗蟒袍上，满身是酒，便勃然大怒："这些蠢才，如此无状，怎敢在天子面前，戏侮大臣！要朝廷的法度何用？"高声叫道："扯下去打！"炀帝见宫人泼了酒，正要发作，今见杨素这般光景，不好拦阻，反默默不语。众宫人见炀帝不语，只得将那泼酒的宫人，扯下去打了二十。杨素才转身对炀帝说道："这些宦官宫妾，最是可恶；古来帝王稍加姑息，便每每被他们坏事。今日不是老臣粗鲁，惩治他们一番，后日方小心谨慎，才不敢放肆。"炀帝此时忍了一肚子气，那选女佚乐之事，也不便去挑动他，假做笑容道："贤卿为朕既外治天下，又内清宫禁，真可为功臣矣，再饮一杯酬劳。"杨素又吃了几杯，已是十分大醉，方才起身谢宴。炀帝叫两个太监，将他扶掖而出。

走下殿将出苑门，忽然一阵阴风，扑面刮来，吹的毛骨耸然。抬头只见宣华夫人，走近前来，对着杨素喊道："杨仆射，当初晋王谋夺东宫之时，有你没有我，有我总有你。"杨素此时竟忘了宣华是死过的，便道："这已往之事，夫人今日何必再提？"宣华道："如今皇爷差我来，要与你证明这一案。"杨素道："刚才我在里头赐宴，并不提起。"说犹未了，只见文帝头带龙冠，身穿衮服，手内执金钺斧，坐在逍遥车上，拦住骂道："你弑君老贼，还要强口！"把金钺斧照头砍来。杨素躲避不及，一交跌倒在地，口鼻中鲜血迸流。近侍看见，忙报与炀帝。炀帝大喜，即命卫士扶出杨素；扶得到家，稍稍醒来，对其子玄感道："吾儿，谋位之事发矣，可急备后事。"未到夜半，即便呜乎哀哉尚飨。正是：

天道有循环，奸雄鲜终始。
他既跋扈生，难免无常死。

炀帝闻杨素已死，大喜道："老贼已死，朕无所畏矣！"随宣许庭辅等十个停当太监，吩咐道："你十人可分往天下，要精选美女，不论地方，只要选十五以至二十真有艳色者。选了便陆续送入京来备用。选得着有赏，选不着有罚，不许怠玩生事。"许庭辅等领了旨意出来，就于京城内选起，大张皇榜。捉媒供报，京城内闹得沸翻。

一夕，炀帝又与萧后商议，道："朕想古来帝王俱有离宫别馆，以为行乐之地。朕今当此富强，若不及时行乐，徒使江山笑人。朕想洛阳乃天下之中，何不改为东京，造一所显仁宫以朝四方，逍遥游乐？"随宣两个佞臣：宇文恺、封德彝，当面要他二人董理其事。宇文恺奏道："古昔帝王，皆有明堂，以朝诸侯；况舜有二室，文王有灵台灵沼，皆功丰烈盛，欲显仁德于天下。今陛下造显仁宫，欲显圣化，与舜文同轨，诚古今盛事，臣等敢不效力？"封德彝又奏道："天子造殿，不广大不足以壮观，不富丽不足以树德；必须南临皂涧，北跨洛滨，选天下之良材异石，与各种嘉花瑞草、珍禽奇兽，充实其中，方可为天下万国之瞻仰。”炀帝大喜道：“二卿竭力用心，朕自有重酬。”遂传旨敕宇文恺、封德彝，荣造显仁宫于洛阳。凡大江以南，五岭以北，各样材料，俱听凭选用，不得违误。其匠作工费，除江都东都，现在兴役地方外，着每省府、每州县出银三千两，催征起解，赴洛阳协济。二人领旨出去，即便起程往洛，分头做事。真个弄得四方骚动，万姓遭殃。未知后来如何，且听下回分解。

第二十一回　借酒肆初结金兰　通姓名自显豪杰

诗曰：

荷锄老翁泣如雨，惆怅年来事场圃。
县官租赋苦日增，增者不除蠲复取。
羡余火耗媚令长，加派飞洒朘闾里。
典衣何惜妇无裈，啼饥宁复顾儿孙。
三征早已空悬磬，鞭笞更嗟无完臀。
沟渠展转泪不干，迁徙尤思行路难。
阿谁为把穷民绘，试起当年人主观。

小民食王之土，秋粮夏税，理之当然，亦不为苦。所苦无艺之征，因事加派。譬如一府，加派三千两助工，照正额所增有限，因那班贪官污吏，乘机射利，便要加出头等火耗，连起解路费，上纳铺垫，都要出在小民。所以小民弄得贫者愈贫，富者消乏，以致四方嗟怨，各起盗心。当时隋主为要起这件大工，附近大州，先已差官解银，赴洛阳协济，山东齐州与青州，亦各措置，协济银三千两，行将起解，因此上闹动了一位好汉。

兖州东阿县武南庄一个豪杰，姓尤名通，字俊达，在绿林中行走多年。其家大富，山东六府皆称他做尤员外。原来北边响马，又有本钱的强盗，必定大户方做得。此人闻得青州有三千银子上京，兖州乃必由之地，意欲探取，但想："打劫客商，不过一起十多个人，就有几个了得的，也不怕他。这是官钱粮，毕竟差官兵护送，所过州县，拨兵防护，打劫甚难，况又是邻州的钱粮，怕擒拿得紧，不如放下这肚肠罢。"但说起人的利心，极是可笑，尤员外明知利害，毕竟贪心重了，放不下这三千两银子，想家中几个庄客，都没甚膂力，要寻个好手。与庄客商议："我这武南庄左近，可有埋名的好汉？想寻一人，取此无碍之物，也是一桩大生意。"庄客答道："我们街前巷后，虽有几个拨手拨脚的，说不上好汉。离此五六里，有一人姓程，名咬金，字知节，原在斑鸠店住的，今移在此。当初曾贩卖私盐，拒了官兵，问边充军，遇赦还家。若得此人做事，便容易了。"尤员外道："我向闻其名，你们可认得他么？"庄客道："小的们也只耳闻，不曾识面。"尤员外牢记在心。

不道事有凑巧，一日尤员外偶过郊外，天气作冷，西风刮地，树叶纷飞。尤员外动了吃酒的兴，下马走进酒家，厅上坐下，才吃了一杯茶，只见一个长大汉子，走入店来。那汉子怎生状貌，恁般打扮？但见他：

双眉剔竖，两目晶莹。疙瘩脸横生怪肉，邋遢嘴露出獠牙。腮边鬈结淡红须,耳后蓬松长短发。粗豪气质,浑如生铁团成;狡悍身材,却似顽铜铸就。真个一条刚直汉,须知不是等闲人。

这汉子衣衫褴褛,脚步仓皇,肩上驮几个柴扒儿,放了柴扒坐下,便讨热酒来吃,好像与店家熟识的一般。尤员外定睛观看,见他举止古怪,因悄声问店小二道:“这人姓甚名谁?你可认得他么?”小二道:“这人常来吃酒的,他生在斑鸠店,小名程一郎,不知他的名字。”尤员外听得斑鸠店,又是姓程,就想到程咬金身上,起身近前拱手道:“请问老兄上姓?”咬金道:“在下姓程。”尤员外道:“高居何处?”咬金道:“住在斑鸠店。”尤员外道:“斑鸠店有一位程知节兄,莫非就是盛族么?”咬金笑道:“那里什么盛族!家母便生得区区一人,不知有族里也没有族里,只小子叫做程咬金,表字知节,又叫做程一郎。员外问咱怎么?”尤员外听说是程咬金,好像拾了活宝的一般,问道:“为何有这些柴扒?果是卖的么?”咬金道:“也差不多。小子家中止有老母,全靠编些竹箕、做两个柴扒养他。今日驮出来,没有人买,风又大得紧,在此吃杯热酒,也待要回去了。请问员外上姓大号?为何问及小子?”尤通道:“久慕大名,有事相烦,且是一桩大生意。只是店里不好说话,屈到寒家去,才好细细商量。”咬金道:“今日遇了知己,但凭吩咐,敢不追随!只是酒在口边,且吃了几碗,到宅上再吃何如?”尤通道:“这却甚妙!”就拉他同坐。一个富翁与一个穷汉对坐,店主人看了掩口而笑。他两人吃了几大碗,尤通算了账出店,咬金道:“这几把柴扒儿作了前日欠你的酒钱罢!”拱手出店。

尤通先时骑的马,着人打回,与咬金同行。到了家里,促膝而坐,说连年水旱,家道消乏,要出门营运,路上难走,要求老兄同行,赚来东西平分。咬金道:“你要我做伙计么?”尤通道:“这却说差了,小弟久仰义勇,无由一见,今日订交,须要结为兄弟,永远相交,再无疑贰。”咬金道:“小弟粗笨,怎好结拜?”尤通道:“小弟夙愿,不必推辞。”二人叙了年纪,尤通长咬金五岁,就拜为兄,咬金为弟,拈香八拜,誓同生死,患难扶持。正是:

结交未可分贫富,定谊须堪托死生。

咬金道:“出路固好,只是我母亲在家,无人看管,如何是好?”尤通道:“既为兄弟,令堂是小弟的伯母,自当接过寒家供养,就是今夜接得过来才妙。”咬金道:“小弟卖了柴扒,有几个钱,粜几颗米儿回去,才好见他。今日柴扒又不曾卖得,天色已晚,猝然要他到宅上来,他也未必肯信。”尤通道:“说得有理。这却不难,今夜先取一锭银子,去与令堂为搬移之费。他见了自然欢喜,自然肯来了。”咬金道:“这倒使得,快些拿来!”尤通袖中出银一锭,递与咬金。咬金接来,就入袖中,略不道谢。尤员外一面吩咐摆饭,咬金心中欢喜,放开酒量,杯杯满,盏盏干,不知是家酿香醪,十分酒力,只见甜津津好上口,迭连倒了几十碗急酒,渐渐的醉来了;劝他再请一杯,倒吃下三四碗。尤员外怕他吃得太醉了,倒嘱咐咬金快去迎请令堂过来,明日好日,便要出门做生理。咬金只得起身,虽是醉中,一心牵系着这一锭银子,把破衣裳的袖儿,很命捏紧,打躬唱喏,作别出门;不想袖口虽是捏紧,那袖底却是破的,举手一拱,那锭银子早在胁肋边溜将下来,滚在地上,正在尤家大门口。那些庄客看见,拾将起来,向尤通道:“员外适才送他的银子,倒脱落在这里,可要赶上去送还他?”尤通道:“我送银子与他,正在此懊悔。”庄客道:“既要送他,如何又懊悔起来?”尤通道:“这人是个没阘茸的,拿了回去,倘然母子商量起来不肯来了,也没法处置他;如今落掉了这锭银子,少不得放我不下,今晚母子必定同来。”

却说咬金一路捏了袖口,走到家中,见了母亲,一味欢喜。母亲饿得半死,见他吃得脸红,不觉怒从心上起,嗔骂道:“你这畜生,在外边吃得这般醉了,竟不管我在家中无柴无米,饿得半僵,还要呆着脸笑些什么!我且问你,今日柴扒已卖完,卖的钱却怎么用了?”咬金笑道:“我的令堂,不须着恼,有大生意到了,还问起柴扒做甚!”母亲道:“你是醉了的人,都是酒在那里说话,我那里信你。”咬金道:“母亲若不肯信,待我袖里取出银子来你看。”母亲道:“银子在那里?”咬金摸袖,不见了银子,又摸那一只袖,跌脚叹道:“一锭银子掉在那里去了?”母亲道:“我说是醉话,那里有什么银子!”咬金睁眼道:“母亲若不信孩儿,孩儿就抹杀在母亲面前。孩儿凭着大醉,决不敢欺诳母亲,孩儿今日驮着柴扒,街坊村落,周回走转,没有人买,在酒店上吃酒。不想遇着个财主,武南庄的尤员外,一见如故,拉孩儿回去。孩儿就把几把柴扒,算清酒钱,跟到他家,他与孩儿结拜弟兄,要同孩儿出去做些生理。孩儿道母亲在家,无人奉养。他说连夜接了过来,先送一锭银子,为搬移之费。孩儿心中欢喜,多吃了几杯,又恐怕遗失了,一路里把衣袖捏紧。不想这作怪的东西,倒在袖桩边钻了出去。你若不信,如今就驮你到他家去,便知孩儿说话不虚了。”母亲道:“既如此,我如今就同你去,家中左右没有家伙,锁了门就去罢。我肚里饿得紧,却怎么处?”咬金道:“你熬到他家,只怕吃不尽,消化不及,要囫囵撒出来哩!”说罢,将门锁上,驮了母亲,黑暗里直到武南庄尤家门首,酒都弄醒了。咬金放下母亲,忙去叩门。管门的早就受员外吩咐,料他必来,一闻咬金叩门,随即开了,进去报与员外得知。

尤通尚未睡,也待咬金到来,听得到了,喜不可言,接进母子,在中堂坐了。尤通便进言道:“忝先人遗下些薄产,连年因水涝旱荒,家私日废,今欲往江南贩卖罗缎,因各处盗贼生发,恐不好走。闻得令郎大哥,是个豪杰,要屈他做同行伙计,得利均分,以供老母甘旨。”程母出自大家,晓事解理,笑道:“员外差矣。员外是富翁,小儿是粗鄙手艺之人,员外为商,或者途中没人伏侍,要小儿做个后生,月支多少钱钞,做老身养老之用,还像个说话。小儿有何德能,敢与员外结拜兄弟?况且分文本钱也没有,怎么讲个伙计二字,名分也不好相称。”员外道:“尤通久慕令郎大哥高义,情愿如此。”吩咐铺毡,匹立仆六,一顿拜过了。程母头晕眼花,也拜了四拜。尤通道:“小侄与令郎出门之后,恐老伯母家中不便,故此接到寒家居住,倘有不周,百凡体谅。”程母道:“小儿得附员外,老身感激不尽。但恐小儿性格粗躁,员外只要另眼看顾他,宽恕他,小儿敢不知恩报恩!”尤员外请程母到里面,用饭去了,自己与咬金重新吃酒。

吃到酒兴刚来,尤通却把皇银的事,来挑动咬金:“贤弟可知新君即位以来的事?”咬金此时深感天子,应道:“兄长,好皇帝!小弟在外边,思想老母昼夜熬煎,若不是新君即位,焉能遇赦还乡,母子重会?”尤员外道:“新君大兴工役,每州县都要出银三千两,协济大工,实是不堪。”咬金道:“做他的百姓,自然要纳粮当差;做他的官,自然要与他催征起解,不要管闲事。”尤员外道:“这也罢了,只是我这山东青州,也遵天子旨意,要三千两协济。那青州府太守,借名洒派,当分外之差,杖死无辜百姓,敛取民膏,贪酷太甚,只把三千两银子起解。他的银子上京,我这兖州乃必由之地,我今欲仗贤弟大力,取他这三千两银子,作本为商,贤弟可有什么高见?”

这个程咬金,曾卖私盐,与为盗也不远,见尤员外如此相待他,心中又要驰骋,笑道:“哥哥,只怕他银子不从此路来。若打这条路经过,不劳兄长费心,只消小弟一马当先,这项银子就滚进来了。”员外道:“贤弟却会什么兵器?”咬金道:“小弟会用斧,却也没有传授,但闲中无事,将劈柴的板斧,装了长柄,自家舞得,到也即溜了。”俊达道:“我倒有一柄斧,重六十斤,贤弟可用得?”咬金应道:“五六十斤,也不为重。”尤员外回后院去,取出那柄斧来,却是浑铁打成的,两边铸就八卦,名为八卦宣化斧。量咬金身躯,取一副青铜盔甲,绿罗袍,槽头有一骑青骔的劣马。尤俊达自己有一副披挂,铁幞头,乌油甲,黑樱枪,皂罗袍,乌骓马。这些东西,也搬将出来,到饮酒处,与咬金一同披挂停当,命手下掌灯火出庄,打稻场上去。用篾篁点火高照,势如白昼,二人马上比势。几个回合,手下众人齐声喝彩。这个尤家庄上人家,都靠着尤员外吃饭,所以明火持枪,不避嫌疑。斗罢下马,收拾回庄寝宿。

次日着人青州打探皇银什么人押解,几时起身,那一日到长叶林地方。数日之间,探听人回来报:“十月望后起身,二十四日可到长叶林地方。有一员解官、一员防送武官、二十名长箭手护送。”二十三夜间,尤员外先取好酒,把咬金吃个半酣,带从人,五鼓时候到长叶林,撺掇咬金道:“贤弟,我与你终身受用,在此一举。”咬金点头,提斧上马,出长叶林官道,带住马,横斧于鞍,如猛虎盘跨于当道。

先有打前站官卢方,乃青州折冲校尉,当先开路,也防小人不测之事,先到长叶林。咬金一马冲将下来,高叫:“留下买路钱!”那个卢方,却也是弓马娴熟的将官,举枪招架骂道:“响马,你只好在深山僻处剪径,只图衣食,这是三京六府解京的钱粮,须要回避。你这贼人这等大胆!”咬金道:“天下客商,老爷分毫不取,闻得青州有三千两银子,特来做这件生意。”卢方道:“咄!响马无知,什么生意!”纵马挺枪,分心就挑。咬金手中斧,火速忙迎。两马相撞,斧枪并举。斗上数十回合,后面尘头起处,押银官银扛已到。咬金见后面人来,恐又增帮手,纵马摇斧砍来。卢方架不住,砍于马下。二十名长箭手赶到,见卢方落马,各举标枪叫道:“前站卢爷被响马伤了!”咬金乘势砍倒三四个部下。众人都丢枪弃棒,过涧而去,把银子弃在长叶林中。解官户曹参军薛亮,收回马奔旧路逃走。咬金不舍,纵马赶去。手下主客报知员外:“程老爷得胜了,皇银都丢在长叶林下。”尤员外领手下上官道,将鞘箍劈开,把皇银都搬回武南庄去,杀猪羊还愿摆酒,等咬金贺喜。

咬金此时追解官薛亮十数里之远,还赶着他,这个主意不为赶尽杀绝。他不晓得银子弃在长叶林中,只道马上带回去了,故要追赶这解官。薛亮回头,见赶得近了,老大着忙,叫道:“响马,我与你无怨无仇,你剪径不过要银子,如今银子已都撇在长叶林,却又来追我怎的!”咬金听说银子在长叶林,就不追赶,拨回马,走得缓了。薛亮见咬金不赶，又骂两声："响马，银子便剪去，好好看守。我回去了禀了刺史，差人来缉拿你，却不要走。"触起咬金怒来，叫道："你且不要走，我不杀你，我不是无名的好汉，通一个名与你去，我叫做程咬金，平生再不欺人。我一个相厚朋友，叫尤俊达。是我二人取了这三千两银子，你去罢。"咬金通了两个的名，方才收马回来，到庄还远，马上懊悔："适才也不该通名，尤员外晓得要埋怨我，倒隐了这句话罢。"不一时到庄下马，欢喜饮酒不题。正是：

喜入酒肠宽似海，闷堆眉角重如山。

且说那解银官薛亮，赶到州中，正直刺史斛斯平坐堂，连忙跪下道："差委督解银两，前赴洛阳；二十四日行至齐州长叶林地方，闪出贼首数十人，劫去银两，砍杀将官卢方，长箭手四名。小官抵死相持，留得性命，特来禀上大人，乞移文齐州，着他缉捕这干贼人，与这三千银两。"斛刺史听了，大怒道："岂有响马敢劫钱粮！你不小心，失去银两，我只解你钦差洛阳总理宇文老爷跟前，凭他着你赔，着齐州赔。"叫声拿下，薛亮惊得魂不附体，忙叫道："老爷在上，这贼人还可缉捕。他拦截时，自称甚么靖山大王陈达、牛金，只要坐名在齐州，访拿他便了。"斛刺史叫书吏做一角文书，申总理东都营造宇文恺道："已经措银三千两起解，行至齐州长叶林，因该州不行防送，致遭响马劫去，乞着该州缉捕赔偿。"一面移文齐州，要他跟缉陈达、牛金并银两。薛亮羁候俟东都回文区处。

过了数日，宇文恺回道："大工紧急，一月之内如拿不着，该州先行措银赔偿。二月之内，贼未获，刺史停俸，巡捕员役重处，薛亮革职为民，卢方优恤。"这番青州斛刺史卸了担子，却把来推在齐州刘刺史身上。这刘刺史便急躁起来，道："三千两银子，非同小可，如何赔得起？我今把捕盗狠比，他比不过，定得缉出这干大伙积盗。"就坐堂，便叫原领批广捕捕盗都头樊虎、副都头唐万仞道："这干响马既有名字，可以搜查，怎么数月并无消息？这明系你等与他瓜分这项钱粮，不为我缉捕。"樊虎道："老爷，从来再无强盗大胆，敢通姓名的，明是故说诡名，将人炫惑。所以小的遍处捕缉，并无踪迹。"刘知府道："纵有诡名，岂有劫去三千银子，已经数月，并没个影响；这不是怠玩，不肯用心？"就把樊虎、唐万仞打了十五板，限三日一比，以后一概三十板。

日子易过，明日又该比较了，都在樊虎家中，烧齐心纸，吃协力酒，计较个主意，明日进府比较，好回话转限。樊虎私对唐万仞道："贤弟，我们枉受官刑，我想起来，当初秦大哥，在本州捕盗多年，方情远达，就不认得陈达，也或认得牛金；今在来总管标下为官，怎能够我们本官讨得他来，我们也就造化，自然有些影响了。"这樊虎二人与叔宝都是通家厚友，还是这等从长私议，那五十个士兵，都是小人儿，听得这句话，都乱嚷起来道："这样好话，瞒着我们讲！明日进州禀太爷，说原有捕盗秦琼，在本州捕盗多年，深知贼人巢穴，暗受响马常例，如今谋干在来老爷标下为旗牌官，遮掩身体，求老爷作主，讨得秦琼来，就有陈达、牛金了。"樊虎道："列位不要在家里乱嚷，进衙门禀官就是。"各散去讫。

明早众人进府,樊虎拿批上月台来转限,众人都跪在丹墀下面。刘刺史问樊虎道:“这响马会有踪迹么?”樊虎道:“老爷,踪迹全无。”刺史叫用刑的拿去打。用刑的将要来扯,樊虎道:“小的还有一事,禀上老爷。”刺史道:“有什么事?”樊虎道:“本州府有个秦琼,原是本衙门捕盗,如今现在总管来节度老爷标下为官。他捕盗多年,还知些踪影。望老爷到来爷府中,将秦琼讨回,那陈达、牛金,定有下落。”刺史还不曾答应允与不允,那五十多人上月台乱叫:“老爷作主,讨回秦琼。这秦琼受响马常例,买闲在节度来府中为官。老爷若不作主,讨回秦琼,到此捕盗,老爷就打死小的们,也无济于事。”刘刺史见众人异口一词,只得笔头转限免比,出府伺候。不说众人躲过一限。

却说秦叔宝自长安回家,常想起当日虽然是个义举,几乎弄出事来,甚觉猛浪之至,自此在家,只是收敛。这日正在府中立班,外面报本州刘刺史相见。来总管命请进。两下相见了,叙了几句寒温。刘刺史便开言:“上年因东都起建宫殿,山东各州都有协济银两,不料青州三千两钱粮,行至本州长叶林被劫,那强盗还自通名,叫甚陈达、牛金。青州申文东都,那督理的宇文司空,移文将下官停俸,着令一月内赔偿前银,并要这干强贼,如迟还要加罪。已曾差人缉拿,并无消息。据众捕禀称,原有都头秦琼,今在贵府做旗牌,他极会捕贼,意欲暂从老大人处,借去捉拿此贼。”来总管把秦琼一看,对刘刺史道:“那长大的便是秦琼,虽有才干,下官要不时差遣,怎又好兼州中事的?”秦叔宝也就跪下道:“旗牌在府原要伺候老爷不时差委,捕盗原有樊虎一干,怎教旗牌代他?”来总管道:“正是。还着该州捕盗跟缉才是。”

刘刺史见秦琼推诿,总管不从,心中不快道:“下官也只要拿得贼人,免于赔偿,岂苦苦要这秦琼?但各捕人禀称,秦琼原是捕盗,平日惯受响马常例,谋充在老大人军前为官,还要到上司及东都告状。下官以为不若等他协同捕盗。若侥幸拿着,也是一功;若或推辞,怕这干人在行台及东都告下状来,那时秦琼推也推不得了。”来总管听说,便道:“我却有处。秦琼过来,据刘刺史说,你受响马常例,难道果有此事?这也不过激励你成功。就是捕盗,也是国家的正事,不要在此推调。你就跟那刘刺史出去罢。”叔宝见本官不做主,就没把臂了,只得改口道:“老爷吩咐,刘爷要旗牌去,怎敢不去?只是旗牌力量与樊虎一干差不多,怕了不了事,反代他们受祸。”来总管道:“他这一干捕盗要你,毕竟知你本事了得。你且去,我这厢有事,还要来取你。”

秦琼只得随了刘刺史出来。唐万仞、连明都在府外接住道:“秦大哥,没奈何缠到你身上来。兄的义气深重,决不肯亲自去拿,露个风声,在小弟耳内,我们舍死忘生的去,也说不得了。”叔宝道:“贤弟,我果然不知甚么陈达、牛金。”叔宝换了平常的衣服,进府公堂跪下。刘刺史以好言宽慰道:“秦琼,你比不得别的捕盗人员,你却是个有前程的人,素常也能事。就是今日我讨你下来,也出于无奈。你若果然拿了这两个通名的贼寇,我这个衙门中信赏钱外,别有许多看顾处。就是你那本官来爷自然嘉奖。这个批上,我即用你的名字了。”叔宝同众友出府烧纸,齐心捕缉,此事踪迹全无。三日进府,看来总管衙门分上,也不好就打。第二第三限,秦琼也受无妄之灾了。毕竟不知何如,且听下回分解。

第二十二回　驰令箭雄信传名　屈官刑叔宝受责

诗曰：

四海知交金石坚，何堪问别已经年。
相携一笑浑无语，却忆曾从梦里圆。

人生只有朋友，没有君臣父子的尊严。有兄弟的友爱，更有妻子前亦说不得的，偏是朋友可以相商。故朋友最是难忘，最能起人记念。况在豪杰见豪杰，意气相投，彼此没有初相见的嫌疑，也没贫富贵贱的色相。若是知心义盟好友，偶然别去，真是一日三秋，常要寻着个机会相聚。

时值三秋，九月天气，单雄信在家中督促庄客家僮经理秋收之事。正坐在厅上，只见门上人报王、李二位爷到。单雄信听了，欢然迎出门来，邀他二人下马进内，就拉在书房中，列下些现成酒肴，叙向来间阔。雄信道："前岁底接兄华翰，正扫门下榻，怎直至今日方来？"伯当道："前时自与兄相别，李玄邃因杨越公府上相招，自入长安。后弟又自他处迁延，要去长安会李兄时，路经少华山，为齐国远所留，住彼日久，书达仁兄，到宝庄来过节盘桓。不期发书之后，就遇见齐州秦大哥。"雄信惊呼："他在舍下回去，今闻得在总管标下为官，怎么在关中又与兄相会？"伯当道："叔宝因本官差遣赍礼，到京中杨越公拜寿，就鼓起长安看灯的兴来，失信于仁兄。将到长安六十里远永福寺内，遇见太原唐公的令婿柴嗣昌。叔宝当初在楂树岗，曾救他令岳一场大难，故此起个祠堂报德，叫做报德祠。叔宝因看祠言及，就被嗣昌晓得了，留住在彼处。过了残年，正月十四日进京，十五日就惹出泼天祸来，打死了宇文公子。"雄信吐舌惊张道："吓杀我！我传闻有六个人在长安大乱，着忙得紧，不知何人。后来打听的实，说是太原李渊的家将，我到放心了。却是你们做的这一件事！"李玄邃道："这节事也太猛浪。若不是唐公脚力大，宇文述拿不着实迹，几乎把一桩大祸葬在我族兄身上。"单雄信道："这等叔宝已久在家中了。"伯当道："当夜他即散去。"雄信道："我几番要往山东去看他，没有个机会。今日闻贤弟之言，却又引起我往山东的兴头来。"伯当道："小弟们一则因别久来看兄，二则要邀兄往山东去。"雄信道："有什么事来？"伯当道："今年九月二十三日，是叔宝令堂老夫人整寿六旬。叔宝是个孝子，京师大闹之后，分手匆匆，马上嘱咐：'家母整寿，九月二十三日，兄如不弃，光降寒门。'故此我到长安寻了李兄，又偶然长安会了柴嗣昌，他在京中为岳翁构干甚事。谈起拜寿，他就欣然说岳翁有银数千两，要赠叔宝，他要回家取了送去。故我先与玄邃兄来，拉你同往。"正是：

纵联胶漆似陈雷，骨肉情浓又不回。

嵩祝好伸犹子意，北堂齐进万年杯。

雄信道："此事最好，只是一件：我的朋友多，知事的说，伯当邀雄信往齐州，与叔宝母亲拜寿。不知事的道，雄信为人待朋友自有厚薄，往山东与秦母拜寿，只邀了王伯当去，不携带我一走。却不怪到我身上来！"李玄邃道："小弟有个愚见，使兄一举两得。"雄信道："请教。"李玄邃道："兄何不把相知的朋友，邀几个同往：一者替叔宝增辉，二者见兄不偏朋友。叔宝还在不足的时候，多带些礼物去，也表得我们相知的意思。"雄信道："好。却只是一件：都是潞州朋友，如今传帖邀他去，恐路有远近不同，在家与不在家，路途往返，误了寿期，反为不美。我也有个道理，二位且自饮酒。"

雄信回内书房，取了二十两碎银，包做两包，拿两枝自己的令箭。雄信却又不是武弁官员，怎么用得令箭？这令箭原是做就的竹筹，有雄信字号花押，取信于江湖豪杰。朋友观了此筹，如君命召，不俟驾而行。把这两枝令箭，安在银包两处，用盘儿盛着，叫小童捧至席前，当王、李二友发付，叫两个走差的手下来。门下有许多去得的人，一齐应道："小的们都在。"雄信指定两个人道："你两个上来，听我吩咐。着你两个槽头认缰口，备两匹马，一个人拿十两银子，为路费草料之资，领一枝令箭分头走。一个从河北良乡涿州郡顺义村幽州，但是相知的，就把令箭与他瞧，九月十五日二贤庄会齐，算就七八个日子，到齐州赶九月二十三日，与秦太太拜寿。九月十五到不得二贤庄，就赶出山东，直至兖州武南庄尤老爷庄上为止。这东路的老爷，却不要枉道，又请进潞州，收拾寿礼，在官路会齐，同进齐州拜寿。"二人答应，分头去了。正是：

羽檄飞如雨，良朋聚若云。

王伯当、李玄邃在单员外庄上饮酒盘桓。十四日，北路的朋友就到了三位，良乡涿州顺义村幽州，是张公谨、史大奈、白显道。明日就要起身。雄信又叫手下拿两封柬帖，对伯当道："童佩之、金国俊，昔年与叔宝也曾有一拜，不要偏了二人，拿帖请他山东走走。"童佩之、金国俊，相邀济南府，与叔宝母亲拜寿，却问来人，又知外日北路朋友皆到，随即收拾礼物，备马出城，到二贤庄会诸友，叙情饮酒。次日绝早起身，宾主八人，部下从者不止十余人，行囊礼物，随身兵器，用小车子车着，也有个打前路的骑马在前途，先寻下处，过汝南奔山东一路而来。

九月间，金风送爽，树叶飘黄，众豪杰拍鞍驰骤。正走之间，只见尘头乱起，打前站的发马来报："众老爷，到山东界内，前有绿林老爷拦住，一位少年在前厮杀，不好前去。"这个手下人为何称呼绿林中叫老爷？要晓得这八个人里面，倒有好几个曾在绿林中吃茶饭的，因此碍口，只得叫老爷。雄信以为得意，马上笑道："不知是那个兄弟，看了我的令箭，在中途伺候，随便觅些盘费了。着那个前去看看？"童佩之、金国俊二人只道是自己豪杰，不知绿林利害，便对雄信道："小弟二人愿往。"纵马前去。

雄信在鞍鞒上对伯当点头道："这两个兄弟，虽是通家，不曾见他武艺，才闻绿林二字，他就奋勇当先。"伯当摇头："单二哥，此二友去得不好。"雄信道："为何？"伯当道：

“他二人在潞州当差，没有什么方情，闻绿林二字，他就有个薰莸不相容的意思。他没有方情，就不认得那拦路的人，拦路的却也不认得他。言语不妥，就厮杀起来。这童、金二友，倘有差池，兄却是拿帖邀他往山东来的，同行无疏伴，兄却推不得干系。他两个本领若好，拦路的朋友有失，却是奉兄令箭等候的，伤了江湖人信义。”雄信道：“贤弟说得有理，你就该去看看。”伯当道：“小弟却不敢辞劳。”取银矛纵马前来，见尘头起处，果然金、童败将下来，却是柴嗣昌与王伯当相期来贺叔宝。他带得行李沉重，衣装炫耀，撞了尤俊达、程咬金触他的眼，拦路要截他的。这柴嗣昌也有些本领，只是战他两个不下，恰好金、童两人赶来，便拔刀相助。不知这程咬金逞着膂力，那里怕你？留着尤俊达与柴嗣昌恋战，他自赶来，没上没下一顿斧，砍得金、童两个飞走。他直追下来，好似：

得霜鹰眼疾，觅窟兔奔忙。

金、童两个见王伯当道：“好一个狠响马！”伯当笑一笑，让过二人，接住后边，马上举枪，高叫：“朋友慢来，我和你都是道中。”咬金不通方语，举斧照伯当顶梁门就砍，道：“我又不是吃素的，怎么道中？”伯当暗笑：“好个粗人，我和你都是绿林中朋友。”咬金道：“就是七林中，也要留下买路钱来。”斧照伯当上三路，如瓢泼盆倾，疾风暴雨，砍剁下来。伯当手中的枪不回他手，只是钩撩磕拨，搪塞斜避，等他膂力尽了，斧法散乱，将左手枪杆一松，右手一串，就似银龙出海，玉蟒伸腰，奔咬金面门锁喉，刺将上来。伯当留情，刚到他喉下，枪就收回，不然挑落下马。咬金用斧来勾他的枪，勾便勾开了，连人带马都闪动招架不住，拍马落荒。伯当随后追赶，问其来历。咬金叫：“尤员外救我！”这时尤俊达又为柴嗣昌战住，不得脱身。到是伯当见了道：“柴郡马，尤员外，你两人不要战，都是一家人，往齐州去的。”

此时三人俱下马来相见。程咬金气喘吁吁的，兜着马在那厢看。尤俊达也叫来相见。尤俊达对伯当道：“曾见单二哥否？”伯当望后边指道：“兀那来的不是雄信！”因金、童两个去道响马甚是了得，故此单雄信一行忙来策应。一到，彼此相叙。正是：

莫言萍梗随漂泊，喜见因风有聚时。

伯当对雄信道：“这便是柴郡马。”都序齿揖了。单雄信道：“还有适才金国俊道的有膂力的朋友呢？”尤俊达道：“是敝友程知节。”大家也都大笑，见了礼。尤俊达要留众人回庄歇马。雄信道：“今日是九月二十一日，若到宝庄，恐误寿期。拜寿之后，尊府多住几日。贤弟的礼物可曾带来？”俊达道：“不过是折干的意思。”共十一友同进济南。

离齐州有四十里地，已夕阳时候，到了义桑村，有三四百户人家。这个市镇，因遍地多种桑麻，且是官地，任凭民间采取，故叫做义桑村，春末夏初蚕忙时，也还热闹。九月间秋深天气，人家都关门闭户，只有一家大姓，起盖一带好楼，迎接往来客商。手下人都往义桑村投店。众豪杰至店门下马，店主着伙家搬行李进书房，马牵槽头上料，众豪杰邀上草楼饮酒。

忽然官路上三骑马赶路而来。这三骑却是何人？乃幽州罗公差官，为雄信令箭，知会张公谨、史大奈、尉迟兄弟闻知。史大奈还是新旗牌，没有职任，打发他先行。尉迟兄弟打手本，进帅府知会公子罗成。公子与母亲讲，老夫人却也记得九月二十三日，是嫂嫂的整寿，商议差官送礼。尉迟托公子撺掇谋差山东，假公济私，就与秦母拜寿。这来的就是尉迟南、尉迟北，却还带一名背包袱的马夫，共是三骑马。恰好那日也到义桑村。主人柜里招呼二位老爷道："齐州还有四十里路，途中没有宿头，在小店安歇了罢。"尉迟吩咐，叫手下把包接过，尉迟兄弟下马进店，主人出柜相迎道："二位先前有几位老爷，一行楼上饮酒多时，言语想是醉了。二位老爷却是贵客，上楼恐有不便。楼下有一张干净的座头，就自在用晚饭罢。"尉迟南道："这主人着实知事，那酒后的人，我们不好和他相处，就在楼下罢。"主人吩咐摆上酒饭，兄弟二人自用。

且说楼上的那十一个豪杰，饮酒作乐。酒方半酣，独程咬金先醉。他好酒，遇了酒直等醉才住，拿这一杯酒在手中，又想那心上这些穷事："在关外多年，何等苦恼。回家不久，遇尤员外相邀长叶林，做了这桩生意，今日结交天下豪杰，我也快活。"这些话在腹内踌躇，他胸里有这个念头，口里就叫将出来。吃干了这钟酒，把酒钟往桌上狠狠的一放，就像自己呼干的，叫一声："我快活！"手放杯落，杯如粉碎，还不打紧，脚下一蹬，把楼板蹬折了一块。

量为欢中阔，言因醉后多。

山东地方人家起盖的草楼，楼板却都是杨柳木锯的薄板，上又有节头，怎么当得他那一脚？蹬折楼板，掉下灰尘，把尉迟兄弟酒席，都打坏了。尉迟南还尊重，袖拂灰尘道："这个朋友，怎么这样村的！"尉迟北却是少年英雄，那里容得，仰面望楼上就骂："上面是什么畜生，吃草料罢了，把蹄子怎么乱捣！"咬金是容不得人的，听见这人骂，坐近楼梯，将身一跃，就跳将下来，径奔尉迟北。尉迟北抓住程咬金。两个豪杰膂力无穷，罗缎衣服，都扯得粉碎，乒乓劈拍，拳头乱打。还亏那草楼像生根柱棵，不然一霎儿就揌倒了。尉迟南不好动手帮兄弟，自展他的官腔，叫酒保："这个地方是什么衙门管的？"觉道他就是个官了。雄信楼上闻言，也就动起气来，道："列位，下边这个朋友，出言也自满。野店荒村，酒后斗殴相争，以强为胜，问什么衙门该管？管得着那一个？都下去打。"那问甚什么衙门该管地方的，却是幽州土音，上面张公谨，却是幽州朋友。公谨道："兄且息怒，像是敝乡里的声音。"雄信道："贤弟快下去看。"

公谨下楼梯，还有几步，就看见尉迟南，转身上来对雄信道："却是尉迟昆玉。"雄信大喜，叫速速下去。尉迟南看见公谨同一班豪杰下来，料是雄信朋友，喝退尉迟北。尤俊达也喝回程咬金。咬金、尉迟更换衣服，都来相见，彼此陪礼。主人叫酒保拿斧头上楼，把蹬坏的一块板，都敲打停当，又排一桌齐整酒上去。单雄信一干共十三筹好汉，掌灯饮酒。这一番酒兴，都有些闹阑了。各人好恶不同，爱饮的，楼上灯下，残肴剩酒行令猜拳；受不得劳碌的，叫手下打了铺盖，客房中好去睡了；又有几个高兴的，出了酒店，夜深月色微明，携手在桑林里面，叙相逢间阔之情。楼上吃酒的张公谨、白显道、史大奈，原是酒友，因大奈打雷台，在幽州做官，间别久了，要吃酒叙话。那童佩之、金国俊，日间被程咬金杀败了一阵，骨软筋酥；柴嗣昌也是骄贵惯了的人，先去睡了。单雄信、尤员外、王伯当、李玄邃、尉迟南这五个人，在桑林中说话良久，也都先后睡了。

到五鼓起身进齐州。这义桑村离州四十里路，五鼓起身，行二十里路天明，到城中还有二十里路，就有许多人迎接住了。不是叔宝有人来迎，却是齐州城开牙行经纪人家接客的后生。各行人家口内招呼，有粜籴米粮，贩卖罗缎，西马北布，木植等行，乱扯行李。雄信在马上吩咐众人："不要乱扯，我们自有旧主人家，西门外鞭杖行贾家店，是我们旧主。"原来贾润甫开鞭杖行，雄信西路有马，往山东来卖，都在贾家下，如今都也有两个后生在内，说起就认得是单员外："呀，是单爷，小的就是贾家店来的了。"雄信道："着一个引行李缓走，着一个通报你主人。"

却说贾润甫原也是秦叔宝好友，侵晨起来，书房里收拾礼物，开礼单行款，明日与秦母拜寿。后生走将进来道："启老爷，潞州单爷，同一二十位老爷，都到了。"贾润甫笑道："单二哥同众朋友，今日赶到此间，也为明日拜寿来的，少不得我做主人。把这礼物且收过去，不得自家拜寿了，毕竟要随班行礼。"吩咐厨下庖人，客人众了，先摆十来桌下马饭，用家中便菜；叫管事的人城中去买时新果品，精致肴馔，正席的酒，也是十桌摆。手下人虽多，多把些酒与他们吃。叫班吹鼓手来，壮观壮观。自己换了衣服，出门降阶迎接。

雄信诸友，将入街头，都下马步行，车辆马匹俱随后。贾润甫在大街迎住。雄信让众友先行，进了三重门里，却是大厅。手下搬车辆行囊，进客房；马摘鞍辔，都槽头上料。若是第二个人家，人便容得，容不得这些大马。这马都有千里龙驹，缰口大，同不得槽。有一匹马，就要一间马房。亏他是个鞭杖行人家，容得这些马匹。众人大厅铺拜毡，故旧叙礼对拜；不曾相会的，引手通名，各致殷勤。坐下点茶，摆下马饭。雄信却等不得，叫道："贾润甫，可好今日就将叔宝请到贵府来，先相会一会？不然明日倘然就去，使主人措办不及我们的酒食。"贾润甫想道："今日却是个双日，叔宝为响马的事，府中该比较。他是个多情的人，闻雄信到此，把公事误了，少不得来相会。我不知道他有这件事，请他也罢了；我知道他有这件事，又去请他，教他事出两难。"人又多不便说话，只得含糊答应道："我就叫人去请。"又向众人道："单二哥一到舍下，就叫小弟差人去请秦大哥，只怕就来了。"贾润甫为何说此一句？恐怕众朋友吃过饭，到街坊顽耍，晓得里面有两个不尴尬的人，故说秦大哥就来，使众人安心等候，摆酒吃就罢了。正是：

筵开玳瑁留知己，酒泛葡萄醉故人。

不说贾润甫盛设留宾。却说叔宝自当日被这干公人，攀了下来。樊建威也只说他有本领，会得捉贼，可以了得这件公事，也无意害他。不知叔宝若说马上一枪一刀的本领，果然没有敌手，若论缉听的事，也只平常。况且没天理的人，还去拿两个踪迹可疑的人。夹打他遮盖两卯，他又不肯干这样事，甘着与众人同比。就是樊建威心上，也甚过不去，要出脱他，那刘刺史也不肯放，除是代他赔这宗赃银，或者他心里欢喜，把这宗事懈了去。这干人也拿不出三千两银子，只得随卯去比较，捱板儿罢了。这番末限，叔宝同五十三人进府。刘知府着恼，升堂也迟，巳牌时候才开门。秦琼带一干人进府，到仪门，禁子扛两捆竹片进去，仪门关了，问秦琼响马可有踪迹，答应没有踪迹。刘刺史便红涨了脸道："岂有几个月中，捱不出两个响马的道理！分明你这干与他瓜分了，把这身子在这里捱，害我老爷，在这里措置赔他。"不由分说，拔签就打，五十四家亲戚朋友邻舍，都到府前来看，大门里外，都塞满了。他这比较，却不是打一个就放一个出来，他直等打完了，动笔转限，一齐发出五十四人，每人三十板。直到日已沉西，才打得完，一声开门出来，外边亲友，哭哭啼啼的迎接。那里面搀的扶的，驮的背的，都出来了。出了大门，各人相邀，也有往店中去的，也有归家饮酒暖痛的。只有叔宝他比别人不同，经得打，浑身是虬筋板肋，把腿伸一伸，竹片震裂，行刑的虎口皆裂。叔宝不肯难为这些人，倒把气平将下来，让他打。皮便破了，不能动他的筋骨。出了府来，自己收拾杖疮。正是：

一部鼓吹喧白昼，几人冤恨泣黄昏。

要知后事如何，且听下回分解。

第二十三回　酒筵供盗状生死无辞
灯前焚捕批古今罕见

诗曰：

勇士不乞怜，侠士不乘危。
相逢重义气，生死等一麾。
虞卿弃相印，患难相追随。
肯作轻薄儿，翻覆须臾时。

豪杰之士，一死鸿毛，自作自受，岂肯害人？这也是他江湖伎俩。但在我手中，不能为他出九死于一生，以他的死，为我的功，这又是侠夫不为的事。

却说叔宝出府门，收拾杖疮，只见个老者，叫："秦旗牌！"叔宝抬头："呀，张社长！"社长道："秦旗牌受此无妄之灾，小儿在府前新开酒肆，老夫人替旗牌暖一壶解闷。"这是叔宝平昔施恩于人，故老者如此殷勤。叔宝道："长者赐，少者不敢辞。"将叔宝邀进店来，竟往后走，却不是卖酒与人吃的去处，内室书房。家下取了小菜，外面拿肴馔，暖一壶酒来，斟了一杯酒与叔宝。叔宝接酒，眼中落泪。张社长将好言劝慰："秦旗牌不要悲伤，拿住响马，自有升赏之日；若是饮食伤感，易成疾病。"叔宝道："太公，秦琼顽劣，也不为本官比较打这几板，疼痛难禁，眼中落泪。"社长道："为甚么？"叔宝道："昔年公干河东，有个好友单雄信赠金数百两回乡，教我不要在公门当差，求荣不在朱门下。此言常记在心，只为功名心急，思量在来总管门下，一刀一枪，博个一官半职。不料被州官请将下来，今日却将父母遗体，遭官刑戮辱，羞见故人，是以眼中落泪。"

清泪落淫淫，含悲气不禁。
无端遭戮辱，俯首愧知心。

却不知雄信不远千里而来，已到齐州，来与他母亲拜寿，止有一程之隔。叔宝与社长正饮酒叙话之间，酒店外面喧将进来，问张公："酒店里秦爷可在里面？"酒保认得樊老爷，应道："秦爷在里面。"引将进来，却是樊虎。张社长接住道："请坐。"叔宝道："贤弟来得好。张社长高情，你也饮一杯。"樊虎道："秦大哥，不是饮酒的事。"叔宝道："有什么紧要的说话？"樊虎与叔宝附耳低言："小弟方才西门朋友邀去吃酒，人都讲翻了，贾润甫家中到了十五骑大马，都是异言异服，有面生可疑之人，怕有陈达、牛金在内。"叔宝闻言大喜道："社长也不瞒你，樊建威在西门来，贾柳店中到些异样的人，怕有劫夺皇杠的二寇在内。我却不敢进酒了。"张社长道："老夫这酒是无益之酒，不过是与足下解闷。既有佳音,二位速去,擒了二寇,老夫当来贺喜。”

叔宝与建威辞了张社长,离了店门,往西门来。那西门人都挤满了,吊桥上瓮城内,都是那街坊上没事的闲汉,也搭着些衙门中当差的,却不是捕盗行头的人;见贾润甫家中到些异样人,都是猜疑。有认得秦琼与樊虎的说:“列位,有这两个人来,只怕其中真有缘故了。”却与叔宝举手道:“秦旗牌,贾家那话儿,倘有什么风声,传个号头出来,我们领壮丁百姓,帮助秦旗牌下手。”叔宝举手答言:“多谢列位,看衙门面上,不要散了,帮助帮助。”下吊桥到贾润甫门首,都关了门面,吊闼板都放将下来,招牌都收进去。

叔宝用手一推,门还不曾拴,回头对樊虎道:“樊建威,我两个不要一齐进去。”樊虎道:“怎么说?”叔宝道:“一齐进去,就撞住了,没有救手。我们虽说当不过日逐比并,未必就死;他这班人,却是亡命之徒。常言道,双拳不敌四手。你在外面,我先进去。倘有风声,我口里打一个哨子,你就招呼吊桥和城门口那些人,拦住两头街道,把巷口栅栏栅住,帮扶我两个动手。”樊虎道:“小弟晓得。”叔宝捱二门三门进来。三门里面,却是一座大天井,那天井里的人,又挤满了。却是什么人?众朋友吃下马饭已久,安席饮酒,又有鼓手吹打,近筵前都是跟随众豪杰的手下,下面都是两边住的邻居的小人,看见这班齐整人,安席饮酒,就挤了许多。

此时叔宝怕冒冒失失的进去,惊走了席上的响马,又且贾润甫是认得的,怕先被他见了,就不好做事;只得矮着身体,混在人丛中,向上窥探。都是一干熊腰虎体的好汉,高巾盛眼之人;止得一两个人,是小帽儿。待要看他面庞,安酒时,都向着上作揖打躬,又有一干从人围绕,急切看不出辨他是何等人。要听他那方言语时,鼓手又吹得响,听不见。直至点上了灯,影影里望将去,一个立出在众人前些的,好似单雄信。叔宝想一想:“此人好似单雄信。他若来访我,一定先到我家,怎在此间?”正踌躇要看个的实,却好席已安完,鼓手扎住吹打。主人叫:“单员外请坐罢。”雄信道:“僭越诸公。”巧又是王伯当向外与人说话,又为叔宝见了。叔宝心中说道:“不消说起,是伯当约他来与我母亲拜寿了,早是不被他看见。”转身往外就走。

走到门外,樊虎已自把许多人都叫在门口,迎着叔宝问道:“秦大哥,怎么样了?”叔宝把樊虎一啐:“你人也认不得,只管轻事重报!却是潞州单二哥。你前日在他庄上相会,送你潞州盘费的。你刚才到府前,还是对我讲;若是那些小人知道,来这门首吵吵闹闹,却怎么了?”樊虎道:“小弟不曾相见,不知是单二哥。听人言语,故此来请。这等,回去罢。”人挤得多了,樊虎就走开了。叔宝却恐里面朋友晓得没趣,分散外边这些人道:“列位都散了罢,没相干,不是歹人。潞州有名的单员外,同些相知的朋友,到这厢来,明日与家母做生日的。”人多得紧,一起问了,又是一起来问。

却说雄信坐于首席。他却领了几个不尴尬的朋友在内,未免留心,叫:“贾润甫,适才安席的时候,许多人在阶下,我看见一个大汉,躲躲藏藏,在那些人背后,看了我们一回,往外便走,这边人也纷纷的随他出去了。你去看看是什么人?”贾润甫因雄信之言,急出门观看;只见还有在那厢间问的,拦住叔宝不得走,已被润甫见了,忙道:“秦大哥,单二哥为令堂称寿,不远千里而来,一到舍下就叫小弟来请兄。小弟知兄今日府中有公干,不敢来混乱。怎么来了,反要缩将转去?单二哥看见了,怎好回去?”叔宝却不好讲樊建威那些话,将机就计,说:“贤弟你晓得,我今日进府比较,偶然听得雄信到此,惟恐不的,亲自来看看,果然是他。我穿比较的衣服在此,不好相见。当年在潞州少饭钱卖马,今日在家中又是这等样一个形状,羞见故人。回家去换了衣服,就来见他。”贾润甫道:“路途又远,家去更衣不便。小弟适才成衣店内做的两件新衣,明日到贵府与令堂拜寿壮观的,贱躯与贵躯差不多长。”叫手下打后门去,把方才取回的两件新衣服,拿来与秦老爷穿,那些众人都散了。

叔宝换了衣服,同贾润甫笑将进来。贾润甫补前头的诳话,叫道:“单二哥,小弟着人把秦大哥请来了。”都欢呼下去,铺拜毡。叔宝先拜谢昔年周全性命之恩。伯当、嗣昌这一班故友,都是对拜八拜。不曾相会的,因亲而及亲,道达名字,都拜过了。贾润甫举盅箸,定叔宝的坐席。义桑村是十三个人来,连贾润甫宾主十五个,倒摆下八桌酒。两人一席,雄信独坐首席。主人的意思取便:“秦大哥就与单员外同坐了罢。”叔宝道:“君子爱人以德,不可徇情废礼。单二哥敝地来,贾兄忝有一拜,小弟今日也叨为半主,只好僭主人一坐;诸兄内让一位,上去与单二哥同席为是。”雄信道:“叔宝,我们适才定席时,相宜者同坐,若叙上一位,席席都要举动。莫若权从主人之情,倒与小弟同坐,就叙叙间阔之情。”叔宝却只管推辞,又恐负雄信叙旧之意;公然坐下,有许多远路贵客在内;却也有一段才思,叫贾润甫命手下人:“把单二哥的尊席前这些高照果顶,连桌围都掇去了。我们相厚朋友,不以虚礼为尚,拿一张杌坐儿,放在单二哥的席前,我与单二哥对坐,好叙说话。”众朋友道好,坐下。灯烛辉煌,群雄相坐,烈烈轰轰,飞酒往来,传递不绝。有一首减字唐诗道:

美酒郁金香,盛来琥珀光。
主人能醉客,何处是他乡?

先是贾润甫拿着大银杯,每席都去敬上两杯。次后秦叔宝道:“承诸兄远来,为着小弟,今日未及奉款,且借花献佛,也敬一杯。”席席去敬。都是旧相与,都有说有道的。到了左手第三席,是尤俊达、程咬金。他两个都没有文,况夹在这干人内。王伯当、柴嗣昌、李玄邃都温雅,有大家举止;单雄信、尉迟兄弟、张公谨、白显道、史大奈,虽粗却有豪气;童佩之、金国俊公门中人,也会修饰。独有程咬金一片粗鲁,故相待甚是薄薄的。

不知程咬金自信是个旧交,尤俊达初时也听程咬金说道是旧交,见叔宝相待冷淡,吃了几杯酒,有了些酒意了,就说起程咬金来道:“贤弟,你一向是老成人,不意你会说诳。”咬金道:“小弟再不会说谎。”尤员外道:“前日单二哥,拿令箭知会与秦老伯母上寿,我说:‘贤弟你不去罢。”你勉强说:‘秦大哥与我髫年有一拜,童稚之交。’若是与你有一拜,他就晓得你会饮了,初见时恰似不相认一般。如今来敬酒,并不见叙一句寒温,不多劝你一杯酒,是甚缘故?”咬金急得暴躁道:“兄不信,等我叫他就是。”尤俊达道:“你叫。”咬金厉声高叫:“太平郎,你今日怎么就倨傲到这等田地!”就是春雷一般，满座皆惊。连叔宝也不知是那一个叫，慌得站起身来："那位仁兄错爱秦琼，叫我乳名？"王伯当这一班好耍的朋友鼓掌大笑道："秦大哥的乳名原来叫做太平郎，我们都知道了。"贾润甫替程咬金分剖道："就是尤员外的厚友，程知节兄，呼大哥乳名。"叔宝惊讶其声，走到咬金膝前，扯住衣服，定睛一看，问道："贤弟，尊府住于何所？"咬金落下泪来，出席跪倒，自说乳名："小弟就是斑鸠店的程一郎。"叔宝也跪下道："原来是一郎贤弟。"

垂髫叹分袂，一别不知春。
莫怪不相识，及此皆成人。

当初叔宝、咬金相与，是朝夕顽耍弟兄，怎再认不出？只因当日咬金面貌，还不曾这般丑陋，后因遇异人服了些丹药，长得这等青面獠牙、红发黄须。二人重拜。叔宝道："垂髫相与，时常怀念。就是家母常常思念令堂，别久不知安否？何如今日相逢，都这等峥嵘了。"坐间朋友，一个个都点头嗟叹。叔宝起来，命手下将单员外席前坐杌，移在咬金席旁，叙垂髫之交，更胜似雄信邂逅相逢。

却只是叔宝有些坐得不安，才与雄信对坐时，隔着酒席，端端正正，接杯举盏，坐得舒畅。如今尤员外正席，左首下首一席，是咬金坐了，叔宝却坐在桌子横头。坐得不安也罢了，咬金却又是个粗人，斟杯酒在面前，叔宝饮得迟些，咬金动手一挟一扯的。叔宝又因比较，打破了皮，也有些疼痛，眉头略皱了一皱。咬金心中就不欢喜起来，对叔宝道："兄还与单二哥吃酒去罢！"叔宝道："贤弟为何？"咬金道："兄不比当年，如今眼界宽了，有些嫌贫爱富了。似才与单二哥饮酒，何等欢畅，与小弟吃两杯酒，就攒眉皱脸起来。"叔宝却不好说腿疼，答道："贤弟不要多心，我不是这等轻薄人的。"贾润甫又替叔宝分辨道："知节兄不要错怪了秦大哥。秦兄的贵体，却有些不方便。"咬金是个粗人，也不解不方便之言，就罢了。

雄信却与叔宝相厚，席上问贾润甫："叔宝兄身上有什么不方便处？"贾润甫道："一言难尽。"雄信道："都是相厚朋友，有甚说不得的话？"贾润甫叫手下问道："站着些人，都是什么人？"手下回复道："都是跟随众爷的管家。"贾润甫又向自己手下人说："你们好没分晓，在家不会迎宾客，出外方知少主人。这些众管家在此，你们怎不支值茶饭？"又向管家道："列位不要在此站列，请外边小房中用晚饭，舍下却自有人服事。"贾润甫将众人都送出三门，自己把门都挂了，方才入席。

众朋友见贾润甫这样个行藏动静，都有个猜疑之意，不知何故。雄信待贾润甫入席，才问道："贤弟，叔宝不方便为何？请教罢！"贾润甫道："异见异闻之事。新君即位，起造东都宫殿，山东各州，俱要协济银三千两。青州着解官解三千两银子上京，到长叶林地方，被两个没天理的朋友，取了这银子，又杀了官。杀官劫财的事，还是平常，却又临阵通名，报两个名，叫做甚么陈达、牛金。系是齐州地方，青州申文东都，行文齐州，州官赔补，并要缉获这两个贼人。秦大哥在来总管府中，明晃晃金带前程，好不兴头。为这件事，扳扯将来，如今着落在他身上，要捕此二人。先前比较，看衙门分上，还不打，如今连秦大哥都打坏了。这九月二十四日，就限满了。刘刺史声口，要在他们十余人身上，赔这项银子，不然要解到东都宇文司空处去还。不知怎么了！”坐间朋友，一个个吐舌惊张。

事不关心，关心者乱。尤俊达在桌子下面，捏咬金的腿，知会此事。咬金却就叫将起来道：“尤大哥，你不要捏我，就捏我也少不得要说出来。”尤员外吓了一身冷汗，动也不敢动。叔宝问道：“贤弟说什么？”咬金斟一大杯酒，道：“叔宝兄，请这一杯酒。明日与令堂拜寿之后，就有陈达、牛金与兄长请功受赏。”叔宝大喜，将大杯酒一吸而干，道：“贤弟，此二人在何方？”咬金道：“当初那解官错记了名姓，就是程咬金、尤俊达，是我与尤大哥干的事。”众人听见此言，连叔宝的脸都黄了，离坐而立。

贾润甫将左右小门都关了，众友都围住了叔宝三人的桌子。雄信开言：“叔宝兄，此事怎么了得？”叔宝道：“兄长不必着惊，没有此事。程知节与我自幼之交，他浑名叫做程抡挣。才听见贾润甫说，我有这些心事，他说这句呆话，开我怀抱，好陪诸兄饮酒。流言止于智者，诸兄都是高人，怎么以戏言当真？”程咬金急得暴躁起来，一声如雷道：“秦大哥，你小觑我！这是什么事，好说戏话？若说谎就是畜生了！”一边口里嚷，一边用手在腰囊里摸出十两一锭银来，放在桌上，指着道：“这就是兖州官银，小弟带来做寿礼的；齐州却有样银。”叔宝见是真事，把那锭银子转拿来纳在自己衣袖里。许多豪杰，个个如痴，并无一言。

惟雄信却还有些担当，道：“叔宝兄，这件事在兄与尤员外、程知节三位身上，都还好处，独叫我单雄信两下做人难。”叔宝开口道：“怎么在兄身上转不便？”雄信道：“当年寒舍，曾与仁兄有一拜之交，誓同生死患难，真莫逆之交。如今求足下不要难为他二人，兄毕竟也就依了。只是把兄解到京，却有些差池，到为那一拜，断送了兄的性命。如今要把尤俊达与程咬金交付与兄受赏，却又是我前日邀到齐州来，与令堂拜寿的。害他性命，于心何安？却不是两下做人难？”叔宝道：“但凭兄长吩咐。”雄信低头思想了一会说：“我如今在难处之时，只是告半日宽限罢。”叔宝道：“怎么半日宽限？”雄信道：“我们只当今日不知此事，众朋友不要有辜来意。明日还到尊府，与令堂拜寿，携来的薄礼献上。酒是不敢领了，这等个怀抱，还吃甚酒？告辞各散。兄只说打听，知道是他二人，领官兵团住武南庄。他两个人，也不是呆汉子，决不肯束身受缚，或者出来也敌斗一会，那个胜负的事，我们也管不得了。这也是出于无奈，在叔宝兄可允么？”

且袖渔人手，由他鹬蚌争。

叔宝道：“兄长，你知自己是豪杰，却藐视天下再无人物。”雄信道：“兄是怪我的言语了。”叔宝道：“小弟怎么敢怪兄？昔年在潞州颠沛险难，感兄活命之恩，图报无能，不要说尤俊达、程咬金是兄请往齐州来，替我家母做生日。就是他弟兄两个，自己来的，咬金又与我髫年之交，适才闻了此事，就慷慨说将出来，小弟却没有拿他二人之理。如今口说，诸兄心不自安，却有个不语的中人，取出来与列位看一看，方才放心。”雄信道：“请教。”叔宝在招文袋内，取出应捕批来，与雄信。雄信与众目同看，上面止有陈达、牛金两个名字,并无他人。咬金道:“刚刚是我两人,一些也不差。拜寿之后,同兄见刺史便了。”雄信把捕批交与叔宝。叔宝接来豁的一声,双手扯得粉碎。其时李玄邃与柴嗣昌两个来夺时,早就在灯上烧了。

自从烛焰烧批后,慷慨声名天下闻。

毕竟不知如何,且听下回分解。

第二十四回　豪杰庆千秋冰霜寿母　罡星祝一夕虎豹佳儿

诗曰：

君不见段卿倒用司农章，焚词田叔援梁王。丈夫作事胆如斗，肯因利害生忧惶？生轻谊始重，身殒名更香。莫令左儒笑我交谊薄，贪功卖友如豺狼。

智士多谋，勇士能断，天下事若经智人肠肚，毕竟也思量得周到。只是一瞻前顾后，审利图害，事如何做得成？惟是侠烈汉子，一时激发，便不顾后来如何结局，却也惊得一时人动。当时秦叔宝只为朋友分上，也不想到烧了批，如何回覆刘刺史？这些人见他一时慷慨，大半拜伏在地。叔宝也拜伏在地。只为：

世尽浮云态，君子济难心。
谊坚金石脆，情与海同深。

这时候止有个李玄邃，袖手攒眉，似有所思。柴嗣昌靠着椅儿，像个闲想。程咬金直立着不拜，道："秦大哥，不是这等讲。自古道，自行作事自身当。这事是我做的，怎么累你？只是前日获不着我两个，尚且累你；如今失了批回，如何回话？这官儿怕不说你抗违党盗，这事怎了？况且我无妻子，止得一个老母。也亏做了这事，尤员外尽心供奉饱衣暖食，你却何辜？倘有一些长短，丢下老母娇妻，谁人看管？如今我有一个计策，尤员外，你只要尽心供奉我老母，我出脱了你，我一身承认了就是。杀官时原只有我，没有你追赶解官；通名时也只有我，没有你，这可与解官面质得的。只我明日拜寿之后，自行出首就是。秦大哥失了批回，也不究了。若是烧了批回，放我二人，我们岂不感秦大哥恩德？却不是了局，枉自害了秦大哥。"

众人先时也都快活，听到烧了批回，也不结局，枉累了秦叔宝这一片话，人都目睁口呆。只有李玄邃道："这事我在烧批时便想来。先时只恐秦大哥要救自己，急不肯放程知节，及见他肯放他两人时，我心中说，叔宝若解东都宇文恺处，我自去央人说情，可以保全不妨。不料烧了批。如今我为秦大哥想，来总管原在我先父账下，我曾与他相厚；况叔宝亦曾与他效劳，我自往见来总管，要他说一个事故，取了叔宝去，这事便解了。"伯当道："也是一策。"程咬金道："是便是，若来总管取得他去，便不发他下来了。况且不得我两个，不得这赃，州官要赔。这些官不楂银子家去罢了，肯拿出来赔？这是断断不放的。只是我出首便了。"叔宝道："且慢，我自明日央一个大分上说：屡比不获，情愿赔赃，事也松得。"正是：

十万通神，有钱使鬼。
说甚铁面，也便唯唯。

却说柴嗣昌拍着手道："这却二兄无忧，柴嗣昌一身任了罢！"众人跟前，怎柴嗣昌敢说这大话？却为刘刺史是他父亲知贡举时取的门生，柴嗣昌是通家兄弟，原是要来拜谢。叔宝打他抽丰做路费，撞在这事里，他也待做个白分上。总是刘刺史要赔赃，却不道有带来唐公酬谢叔宝银三千两，叔宝料不遽收，就将来赔了，岂不两尽？故此说这话。道："实不瞒诸兄说，刘刺史是我先父门生，我去解这危罢！"程咬金道："就是通家弟兄，送了百十两银子便罢，如何肯听了自赔三千两皇银？"尤俊达道："只要柴大哥说得不难为叔宝，银子我自措来。"柴嗣昌道："这银子也在我身上，不须兄措得。众位且静坐饮酒，不可露了风声。为他人知觉，反费手脚。"正是：

神谋奇六出，指顾解重围。
好泛尊前醉，从教月影微。

单雄信道："既是李大哥、柴大哥都肯认这节事，拜寿之后，两路并行，救他两人之急罢了。"众人仍又欢欢喜喜的，入席饮酒，分外欢畅，说了几许时话，吃了几多时酒。

不觉将五鼓，叔宝先告辞回家。进城到自家门口，只见门还不闭，老母倚门而立，媳妇站在旁边。叔宝惊讶道："母亲这早晚还立在门口何干？"老母把衣袖一洒，洋洋的径回里面坐下，眼中落泪。叔宝慌忙跪倒。老母道："你这个冤家，在何处饮酒，这早晚方回，全不知儿行千里母担忧。虽不曾远出，你却有事在身上。昨日府中比较，我看见被打的人，街坊上纷纷的走过去，我心中何等苦楚？你却把我老母付于度外。"叔宝道："孩儿怎敢忘母亲养育之恩，只是有一桩不得已事。"老母道："什么不得已事？"叔宝道："就是昔年潞州破格救孩儿性命的单员外，同许多朋友，赶到齐州来，今日天明与母亲拜寿。"老母道："既然如此，你且起来叫媳妇，现在远路尊客到家中，茶果小菜，不比寻常，都要安排精洁些。"

叔宝把做旗牌官管下共二十五名士兵，都唤到家中使用，同批捕盗的二友，请来代劳。樊建威是个粗人，着他收入盘盒礼物，打发行的脚钱。唐万仞写的字好，发领谢帖子，就开礼单记账。连巨真礼貌周旋，登堂拜寿的朋友，都是他迎接相陪。有走马到任的酒面，叔宝内外照管。却不止于西门外这班朋友，山东六府，远近都有人来，只这本地来总管标下，中军官差人送礼，同袍旗牌听用等官，俱登堂拜寿。齐州除正堂以下佐贰衙的官员，并历城县，都要叔宝担捕盗的担子。二十四日顶限，解赴东都，只得奉承。也有差人送礼的，有登堂拜寿的。还有绿林中一班人，感叔宝周旋，不敢登堂拜寿，月初时黑夜入城，用折干礼物，单书姓名，隔墙投入。叔宝受有千金。如今见府县官员来拜寿，着人出外城去，知会雄信等，缓着些进来，恐咬金说话，露出些风声来，多有不便。

众人下处吃过了饭，到巳时以后，方才进城。十七位正客，手下倒有二十多人，礼物抬了一条街道。将近叔宝门首，叔宝与建威等，重换衣服，降阶迎接。众人相见了，先将礼物抬将进去。此时门上结彩,堂内铺毡,天井里用布幔遮了日色,月台上摆十张桌子,尺头盘盒,俱安于桌上;果盘等件,就月台地下摆了;羊酒与鹅酒,俱放在丹墀下面。众人各捧礼单,立于滴水檐前,请老母拜寿。看堂上开寿域规模,屏门上面悬一面牌匾,写四个大字:“节寿双荣”。庭柱上一对联句,称老夫人操守:“历尽冰霜方见节,乐随松柏共齐年。”居中古铜鼎内焚好香,左右两张香儿,宝鼎焚香。左首供一轴工绘南极寿星图,右首供一幅细绣西池王母。檐前结五彩球门,两厢房鼓手奏乐。

叔宝到屏门边,请老母堂前与诸兄相见。老母出来,虽是六旬,儿子却在得意之秋。老母黄发童颜,穿一身道扮的素服,拿一串龙颔头的念珠,后边跟两个丫环。秦母近堂前,举手道:“老身且不敢为礼。”先净手拈香,拜了天地,拜罢转在主人的席边,方才开言道:“老身与小儿有何德能,感诸公远降,蓬荜生辉。诸位大人风霜远路,就此站拜了。”雄信领班登堂,众口同声道:“晚生辈不远千里而来,无以为敬,惟有一拜。”推金山,倒玉柱,一群虎豹,罗拜于阶下。老母也跪下。那樊虎、唐万仞、连巨真,却不随班下拜,扯住了秦母两边衣袖,不容他还拜。叔宝却跪在母亲旁边,代老母还礼。雄信道:“恐烦伯母,我等连叩八拜罢。”老母还礼起来称谢。众人却将各处礼单,递与叔宝,献于老母亲看,安在居中桌上。老夫人道:“诸位厚仪,却则反有不恭之罪。”吩咐秦琼都收了各家的寿轴,从屏门两边,鹅毛扇挂将起来,惟工致者揭面。

雄信又上前道:“老伯母在上,适才物鲜,不足与伯母为寿,还备得有寿酒在此,每人各敬三杯,以介眉寿。”叔宝道:“单二哥,就是樊建威三位兄弟,还不赠赐家母的酒。家母年高,不要说大杯,就是小杯,也领不得许多。兄长吩咐,总领三杯便了。”李玄邃道:“依单员外每人三杯太多,依叔宝总领三杯太少。我学生有个愚见:众朋友若是一个个来的,就该每人奉三杯了;若是一家来的,总只该奉三杯;我们也不是一家,也不是一个,各有一张礼单在此,照礼单奉酒,有一张礼单,奉三杯酒。”叔宝看礼单甚多:“这等容小弟代饮。”伯当道:“这个使得,母子同寿千秋。”先是雄信的,这个单上的人多,八个人:单通、王勇、李密、童环、金甲、张公谨、史大奈、白显道,他这八人,九月十五二贤庄起身,礼单礼物,都是雄信办停当来的。老母见客众,却领两杯,叔宝代饮一杯。第二是柴绍,独一个礼单,老母也领了两杯,叔宝代饮一杯。次后尉迟南、尉迟北,却又重新讲起:“小弟二人,虽是一张礼单,却要奉六杯寿酒。”叔宝道:“单二哥许多朋友,遵李兄之言,只赐三杯,贤昆玉却怎么又要破格?”尉迟兄弟道:“小弟也说出理来。适才乱收礼物进去,却有我本官罗公书礼在内。愚兄弟奉差遣,假公而济私来的,不要辱主人之命。先替我罗老爷奉过三杯,然后才尽我弟兄二人来意。”众人都道好,老夫人听得说是姑夫差官,勉强饮两杯,叔宝代饮四杯。

却轮到尤俊达、程咬金。叔宝道:“这位就是斑鸠店住的程一郎。”秦母失惊道:“这就是程一郎?怎面庞一些不像了?记得乱离时,与令堂相依,两边通家,往还数年,后来令堂要往东阿以后,音信隔绝,不料今日相逢,令堂可好么?”咬金道:“托庇粗安,令知节致意老伯母。”秦母又欢喜,吃了两杯,叔宝又代饮一杯。雄信又叫住了:“还留主人陪我们盘桓,你本地方朋友,总只奉三杯罢。”还有张礼单,贾润甫城中的三友:樊虎、连明、唐万仞,共奉三杯。

寿酒已毕，老夫人称谢，吩咐叔宝："诸公远来光顾，须得通宵快饮。"老夫人进去，叔宝将二门都关了，各按次序而坐。都是贾柳家中叙过的，今日只多城里三人，又是那叔宝通家兄弟，都做主人。奏乐进酒，因酒无令不行，将雄信贺寿的词，做一酒令，每人执一大杯，饮一杯酒，念寿词一遍；一字差讹，则敬一杯。先是雄信首唱其词曰：

秋光将老，霜月何清。皎态傲寒惟香草，花周虽暮景，和气如春晓，恍疑似西池阿母来蓬岛。　　杯浮玉女浆，盘列安期枣，绮筵上，风光好。昂昂丈夫子，四海英名早，捧霞觞，愿期颐，长共花前笑。

众豪杰歌寿词，饮寿酒。词原是单雄信家中李玄邃做来的，他两个不消讲记得。王伯当与张公谨，都曾见来，这两人文武全才，略略省记，也都不差。到柴嗣昌不惟记得，抑且歌韵悠扬合调。贾润甫素通文墨，也还歌得。苦了是白显道、史大奈、尉迟南、尉迟北、尤俊达、金国俊、童佩之、樊建威一干等了。程咬金道："这明是作耍我了，我也不认得，念不来，吃几钟酒罢。"众人一齐笑了一番，开怀畅饮。

却说外厢这些手下仆从士兵，亦安排了几桌酒饭，陪着他们吃。忽听得外面叩门声甚急，一个士兵忙取火，开门出来一看，却是一个长大的道人，肩上背着一口宝剑。士兵道："你来做什么？"道人道："我来化斋。"士兵道："斋是日里边化的，这是什么时候了，却来鬼混！"道人道："别人化斋是日里，我偏要在夜里化。"士兵道："里边有事，谁耐烦和你缠，请你出去罢！"把手向道人一推，只见士兵反自仰面一交，翻天的跌向照壁上去。这一响惊动了厢房这些士兵，与那手下仆从齐出来。这干人都是会动手动脚的，见跌倒了那个士兵，大家上前要打这道人。只见道人把手一格，一二十人纷纷的上堆，也是倒在尘埃。一个士兵忙进堂中，向席上去报知。叔宝见说便道："你们好不晓事。他要化斋，或荤或素，斋他一饱便了，值甚事大惊小怪？"樊建威道："秦大哥你自陪客，待弟出去看来。"

樊建威走到门首，只见那道人虎躯雄壮，一部髯须，知非常人，忙举手一恭道："老师还是实要化斋，还是别有话说？"道人道："我那里要化什么斋？我是要会叔宝兄一面，与他说句话儿就去的。"樊建威道："既如此，老师少待，我去请他出来。"樊建威进来说了，叔宝方要出去，只见道人已到面前，叫道："那位是叔宝兄？"此时众豪杰看见，也都出位走下来。叔宝应道："小弟就是。"忙向道人作了揖。道人又问："那一位是二贤庄单雄信兄？"雄信道："小弟便是单通。"也与道人揖过。王伯当道："老师，我们人众，大家团揖了坐罢！"叔宝便问老师上姓。道人道："小弟姓徐，贱字洪客。"叔宝见说大喜道："原来是徐洪客兄，何缘有辱降临？"单雄信道："魏玄成时常道及老师，许多奇谋异术，文武才能，日夕企慕得紧。今幸一见，足慰平生。"

叔宝就要安席敬酒，徐洪客道："坐且少停，弟此来为庆老伯母大寿，此时不敢又动烦出阁。弟在山中，带得仙液香醪在此，烦兄送进去敬上老伯母，小弟在外遥拜便了。"便叫取一个空壶来，手下人忙把来放在桌上。徐洪客向袖中取出一个三四寸长的葫芦来，对天默念了几句，又将一指在葫芦外划了几划，揭起壶盖倾下，一时异香满室，烟浮篆结,热腾腾竟是一满壶香醪。徐洪客把一指在葫芦口边一击,即便住了,执壶在手道:“本欲就送进去,奈弟与叔宝兄乍会,恐有猜疑,待弟先自饮一杯。”就斟上一杯,自饮干了。又斟一杯,送与叔宝道:“兄亦先奉一杯,然后好烦兄送进去与老伯母增寿。”叔宝道:“承赐仙醪,家母尚未奉过,弟安敢先尝?”只见程咬金抢出来喊道:“待弟与秦大哥饮罢!”便举杯向口只一合饮干,觉得香流满颊,精回肺腑,便道:“可要再代一杯?”徐洪客道:“这未必了。且拿进去,奉过了老伯母,剩下的取来敬诸兄。”叔宝捧了壶,进里边去了。洪客向内拜了四拜起来。正是:

眉寿添筹献,香醪异味新。

不一时叔宝出来,对洪客拜道:“老母叫弟致谢徐兄天浆。家母已饮受三杯,余下的叫秦琼分惠与诸兄长。”樊建威把徐洪客向内拜祝,说与叔宝知道。叔宝连忙又拜下去。洪客扯住,又在袖内取出一个葫芦来,向口内吹一口气,把壶瓶倾满,大家你一杯,我一盏,恰好轮到了叔宝主人家一杯,壶中方竭。众人吃了,个个赞美称奇。叔宝就定徐洪客在单雄信肩下坐了,众豪杰亦各就位。

叔宝对徐洪客道:“前岁小弟公干长安,遇李药师,尝道吾兄大名。”雄信问道:“洪客兄,你几时不会魏玄成了?”洪客道:“弟于前月望间,道过华山西岳庙,蒙玄成兄留弟住了一宵,说叔宝兄前年在潞州东岳庙染疴,亏兄接秦兄到贵府调理好了,彼此相聚,约有半载。秦兄后边误遭人命,配入幽州,如今四五载,音信杳然,心甚挂念。玄成兄因庙中不能脱身,托弟附一札,到尊府相访,欲同往来祝寿。尊价云爷已同诸位爷往山东拜秦太太寿去了,故此弟连夜赶来,庆祝伯母荣寿。”说罢,就在袖中取出魏玄成的两札来。雄信拆开看了,不过说前日在潞时,承兄护法光耀山门的意思。那叔宝一札,前边聊叙阔踪,中间道不及亲身奉祝之意,后边说来友徐洪客非等闲之人,嘱叔宝以法眼物色之;另具寿词一幅,颂祝冈陵。叔宝看完,纳入袖中道:“小弟当年在庙中抱病,亏他的药石调理。及弟在幽州,回到潞州,刚欲图报,玄成兄又到华山去了。许多隆情厚谊,尚未少酬,至今犹自歉然。”

李玄邃道:“徐兄几时到这里的?”徐洪客道:“小弟下午方赶进城,寓在颜家店内。原拟明晨来拜秦伯母寿,因见巽方上今晚气色不佳,防有小灾,一路看觑,恰在这个里中,故此只得暮夜来奉陪诸兄。”众人见说,齐声问道:“什么灾星?”洪客答道:“诸兄少刻便知。”众豪杰见徐洪容丰神潇洒,举动非常,都与谈论,劝他的酒。正在觥筹交错之时,只见徐洪客停着酒杯在案,把左眼往外一瞬,说道:“不好,灾星来了!”忙跳起身来,执着一杯酒,向月台站定,拔出背上宝剑,口中念念有词,喝声道:“疾!”把酒向空中一洒进来。一霎时,狂风骤起,黑雾迷失,堂中灯烛,光摇影乱。众人正在惊疑,只听得外边喧嚷,进来报道说:“不好了,左首邻家漏了火了!”叔宝与众人见说,忙要起身往外着人去救火,洪客止住道:“诸兄不要动,外边大雨了。”话未说完,只听得庭中倾盆大雨,倒将下来,足有一个时辰,却云收雨息。手下人进来说道:“恰好逢着一场大雨,把火都救灭了,不然必致延烧的了不得。”于是众豪杰愈钦服徐洪客。

其时正交五鼓,众人便起身谢别。洪客对叔宝道:“小弟明早不及登堂了。”叔宝道:“吾兄远临,诸兄又在此,再屈盘桓几日。”洪客道:“小弟因魏玄成常说,太原有天子气,故与刘文静兄相订,急欲到彼一晤,故此就要动身。”叔宝道:“既如此,弟亦欲修一札,去候文静兄,并欲作札致谢玄成,明早遣人送到尊寓。”洪客应允,众位齐声谢别出门。正是:

胜席本无常,盛筵难再得。

第二十五回　李玄邃关节全知己　柴嗣昌请托浼赃官

诗曰：

天福英豪，早托与匡扶奇业。肯困他七尺雄躯，一腔义烈？事值颠危浑不惧，遇当生死心何慑。堪羡处，说甚胆如瓢，身似叶。

羞弹他无鱼铗，喜击他中流楫。每济困解纷，步凌荆聂。囊底青蚨尘土散，教胸中豪气烟云接。岂耽耽贪着千古名，一时侠。

调寄《满江红》

尝看天下忠臣义士身上，每每到摆脱不来处，所与他一条出路，绝处逢生。忠臣义士，虽不思量，靠着天图个侥幸成功，也可知天心福善，君子落得为君子。叔宝一时意气，那里图有李玄邃、柴嗣昌两个为他周旋？不期天早周旋，埋伏这两路救应。

当日饮够了半夜，单雄信一干回到贾润甫家歇宿；徐洪客到颜家店里，候叔宝的回札。樊建威等三人，各自回家。雄信睡到天明，忙去催李、柴两个行事，两人分投而往。李玄邃去见来总管，明说为拜秦叔宝母亲寿诞而来，今叔宝因捕盗，遭州中荼毒，要兄托甚名色，取了他来，以免此害。来总管道："此人了得，我也有心看他；但只是说两个毛贼，他去擒拿也不难，不料遭州中责比。只是目下要取他来，无个名色取来，留在账下，州中还要来争。"想了一想道："有了。前日麻总管移文来道，督催河工将士，物故数多，要我这边发五百人抵补。我如今竟将他充做将领，给文与他前去。这是紧急公务，他如何留得住？他再来留，我自有话说。当先原只说他受贿，不肯捕贼，如今将他责比，只是捕不来，可知不是纵贼了。他州中自有捕人，怎挟私害我将官？我这边点下军士，叫他整束行装，只待文出就行便了。"留玄邃吃饭。玄邃再三不肯道："兄只周旋得秦旗牌，小弟感惠多了。"要留他在衙中盘桓几日，玄邃道："恐刘刺史申文到宇文恺处害秦琼，要在彼处为他周全，以此不便久留。"来总管只得佥了一张批，自到贾润甫家答拜，送与李玄邃，赠他下程折席盘费银数百两。叔宝这番呵：

汤网开三面，冥鸿不可求。
弋人何所慕，目断碧云头。

这厢柴嗣昌去见刘刺史。刺史因是座主之子，就留茶留饭。倒是刘刺史先说起自己在齐州一廉如水，只吃得一口水。起解银两，并不曾要他加耗，词讼多是赶散，并不罚赎。不料被响马劫去邻州协济银三千两，反要我州里赔。别无设处，连日追比捕人，并无消息，好生烦恼。柴嗣昌就趁势说去道："正是捕人中有个秦琼，前奉差来长安，曾与八拜为交。昨来拜他母亲寿，闻他以此无辜受累，特来为他求一方便。”刘刺史道：“仁兄不知。这秦琼他专一接受响马常例，养盗分赃，故此得夤充旗牌，交结远方。众捕盗攻他，小弟又访得确实，故此责令他追捕。纵是追不着贼，他也赔得起赃。若依仁兄宽了他，贼毕竟拿不着，这项三千银子，必定小弟要赔了。明日小弟正待做文书，解他到东都总理宇文司空处去，今日兄吩咐小弟，止可宽他几限，使他得盗得赃罢了。”嗣昌道：“我想东都只要银子去，人不解去，具文去也罢。”刘刺史道：“正是这银子难得。小弟是赔不起，就要在本州属县搜括，凡可搜括得的，都是县官肉己钱，那个肯拿出来？故此不得不比这干捕人。”

柴嗣昌看这刘刺史的意思，是要叔宝众人身上出这项银子的了，因笑一笑道：“这等不若待众捕人赔偿之一半，注销了此事罢。”刘刺史道：“这如何注销得？即少一两，还是一宗未完，关着我考成的。”柴嗣昌道：“这等，待各捕盗赔了，完了这考成罢。”刘刺史道：“论这干人，多赔也不难，且惯得贼人常例，就赔也应该。只是这干人，都是东都讨解的，莫说解去是十死一生，只盘费也要若干。如今兄出题，自要他赔赃，外再送兄五百两，这个作小弟薄敬，小弟明日就不比较，听他纳银了。小弟还给一个执照与他，拿着贼时，一一追来给还。”柴嗣昌又含笑起身道：“只恐这些穷人，还不能全赔。”刘刺史道：“这皇银断不可少。只要秦琼出一张认状，分派到众人身上，小弟自会追足。就是仁兄的谢礼，切不可听他诉说穷苦，便短少了。”柴嗣昌道：“只要赔得赃完，小弟的心领了罢。”起身告别，刘刺史直送出府门。正是：

只要自己医疮，那管他们剜肉。

柴嗣昌回到贾家时，李玄邃已得了来总管送来批文，只待柴嗣昌来，问府中消息，同去见叔宝。两边相见，玄邃便把批与柴嗣昌看，说：“正待同你见叔宝，叫他打叠起身。”柴嗣昌看了，叹一口气道：“如今人薄武官，还是武官爽快。这些文官臭吝，体面虽好，却也刁钻，把一个免解，就做了一件大分上。大意要这干捕盗身上赔赃，说给与执照，待拿着贼时追给。”单雄信道：“这小子也是果子话。但是这干捕盗，除了叔宝，樊建威、唐万仞、连巨真三个，想还家道稍可，其余这干穿在身上，吃在肚中，那一个拿得出银子的？”伯当道：“这个须我们为他设处。”程咬金道：“这不须讲得。原是我们拿去，还是我们补还。尤员外，快回家去，把原银倾过，用费些可补上，拿了来救秦大哥。”尤俊达也应声要去。柴嗣昌道：“这是小弟说过，都在我身上。”张公谨道：“岂有独累兄一人之理？”柴嗣昌道：“不然，这也是秦大哥的银子。”伯当道：“秦大哥几时有银子在你处？”柴嗣昌道：“就是秦叔宝先时在楂树岗救了岳父，小弟在报德祠相会时，曾有书达知岳父，及至岳父有书差人送些银子来时，叔宝已回。逡巡至今，小弟方带得来，正拟拜寿后送去。还恐他是好汉子，为人不求报的，不肯收这银子，不若将来完了此事。”白显道与贾润甫道：“此事最妙。”童环、金甲道：“可见前日程兄有眼力，拦住厮杀，终久替他了事。”程咬金笑道：“正是太便宜了我两个。”这是：

张公吃酒李公醉，楚国亡猿林木灾。

正谈时，听得外边喝道："是刘刺史来拜了。"众人都回避，独嗣昌相见，送了三两折程，三两折席。吃茶时，刘刺史道："所事我已着人放风去，先完了仁兄谢仪，然后小弟才立限收他银子，免他解给照与他。这分上若不是兄，断断不听。这五十余人解向东京，都是一个死，莫想得回来。"柴嗣昌道："小弟领仁兄情便了。"刘刺史道："兄不是这样说，务要他足数，不然是小弟谎兄了。且敝地寒苦，若舍了这桩分上，再没大分上，兄不可放松。"说罢，作别上轿去了。

仕途要术莫如悭，谁向知交赠一环。
交际总交穷百姓，带他膏血过关山。

众人听了这番说话，道："方才刘刺史教你不要放松是甚事？"柴嗣昌笑道："他是叫我索他们谢礼五百两。这不要睬他，只说我已得便完了。"李玄邃道："这等你折了五百两了。"

柴嗣昌叫家人带了银子，同单雄信、李玄邃、王伯当四人，竟到秦叔宝家中。樊建威因刘刺史差个心腹吏放风与他，要他们赔赃，且要出五百两银子，送柴嗣昌，极少也要三百两，慌做一团，赶来与叔宝计议。却值柴嗣昌四人到来，与樊建威见了礼，又与秦叔宝交相谢了。李玄邃却递出一张批文来，却是：

钦差齐州总管府来为公务事，仰本职督领本州骑兵五百名，并花名文册，前至钦差河道大总管麻处告投，不许迟延生事。所至津关，不得阻挡，须至批者。

大业六年九月二十三日行限日
投右仰领军校尉秦琼准此

李玄邃道："来总管一面整点人马，大约三日内，要兄启行了。"叔宝看了也不介意，只有樊建威失惊道："恭喜仁兄，奉差即要荣行，脱离这苦门了，只是我们怎赔得这三千两银子，还要出五百两分上钱送柴兄？"单雄信道："樊建威也知道了？"樊建威道："小弟衙门中多有相知，柴兄讲时，就有人出来通信了。后边刘爷，又差个吏来明说，甚是心焦，故此特来与叔宝兄计议。"王伯当道："建威莫慌，柴大哥不惟不要你们分上钱，这三千两银子，还是他出。"樊建威道："果有此事？"秦叔宝道："有此事，没有此理。我也不要柴兄出，也不要樊建威众人出，尽着家当赔官罢，不敷我还有处借。"柴嗣昌道："这宗银子，原也是足下的。"柴嗣昌便取出唐公书，从人将两个挂箱，一个拜匣，一个皮箱，拿将过来。柴嗣昌道："这是岳父手札，送到小弟处，兄已回久。后来小弟值事，要面送，不曾来得，蹉跎至今。"叔宝启书，却是一个"侍生李渊顿首拜"名帖，又是一个副启，上写道：

关中之役，五内铭德，每恨图报无由。接小婿书，不胜欣快。谨具白金三千两，为将军寿。萍水有期，还当面谢。

叔宝看了作色道："柴仁兄，这令岳小视我了，丈夫作事求报的么？"柴嗣昌陪着笑道："秦兄固不望报，我岳父又可作昧德的么？既来之，则安之。"单雄信道："叔宝兄，这原不是你要他的。路上难行，也没个柴兄复带去的理。如今将来完此事，却又保全这五十余家身家，你并不得分毫，受而不受。你不要固执。"樊建威道："叔宝兄，放了现钟去买铜，这便是我们五十三家的性命在上边了。柴兄慨然，你也慨然。"叔宝犹在迟疑，单雄信道："建威，叔宝他奉官差，就要起身，这银子你却收去完官。"王伯当道："分上钱，我这边柴大哥也出虚领了；只是我们这居间加一，管家这加一，不可少的。"众人一齐笑起来。叔宝道："只是我心中不安。"自起身进里边，又拿出三百两银子，来对樊建威道："我想刘刺史毕竟还要什么兑头火耗，并甚么路费贴垫你，一发拿这三百两银子去凑，不要累众人捕批，我也不去销了。"正是：

千金等一毛，高谊照千古。

樊建威道："我一人也拿不去，你且收着，待我叫了唐万仞众人来，也见你一团豪气。"叔宝收了，就留他数人在家中吃酒。

正吃时，只见尤俊达与程咬金来辞。先时程咬金在路邀截柴嗣昌与杀败金、童两个，后来虽系俱是相与，心中也有些不安。到认了杀官劫掠时，明明供出个响马来了。咬金也便过了，尤俊达甚觉乏趣，勉强捱到拜寿，就要起身。程咬金道："毕竟看得叔宝下落方去，不然岂有独累他之理？"及至柴、李两人回复，知道叔宝可保无事。尤俊达又恐前日晚间言语之际，走漏风息，被人缉捕，故此要先回；贾润甫亦要脱干系，懈懈相留，故此两人特来拜谢告别。叔宝又留了，同坐作饯。

樊建威在坐，两边都不提起。叔宝道："本意还要留二兄盘桓数日，只为我后日就要起身，故不敢相留。"临行时，里面去取出些礼来，却是秦母送与程母的。吃到大醉，尤俊达、程咬金同单雄信等回店。到五更时，尤俊达与程咬金先起身去。

满地霜华映月明，喔咿远近遍鸡声。
困鳞脱网游偏疾，病鸟惊弦身更轻。

次日早，秦叔宝知刘刺史处只要赔赃，料不要他，他就挺身去谢来总管辞他。来总管道："我当日一时不能执持，令你受了许多凌辱。如今你且去，罗老将军、李玄邃分上，回时我还着实看你。你也是不久人下的人。"叔宝叩辞了出来，复大设宴，请北来朋友，也是贾润甫、樊建威、唐万仞、连巨真陪。这三人感谢柴嗣昌不尽。不知若不为秦叔宝，柴嗣昌如何肯出这部酣力？叔宝又浼李玄邃作三封书：一封托柴嗣昌回唐公；一封付尉迟南，答罗行台，有礼与他姑娘姑夫；又有书与罗家表弟。一班意气朋友这一日传杯弄盏，话旧谈心，更比平时畅快。

杯移飞落月，酒溢泛初霞。

谈剧不知夜，深林噪晓鸦。

吃到天明，还没有散。外边人马喧阗，是这五百人来参谒。叔宝换了戎服在厅上，吩咐止叫队什长进见。恰是十个队长五十个什长，斑斑斓斓的摆了一天井，都叩了头。叔宝道："来爷吩咐，只在明日起行。你们已领行粮，可作速准备行李，明日巳时在西门伺候。"众人应了一声散去。单雄信对叔宝道："前日说的求荣不在朱门下，若如此也不妨。"叔宝道："遇了李、柴二仁兄，可谓因祸得福。"李玄邃道："大丈夫事业正不可量。"众人都到寓所取礼来贺。叔宝也都送有赆礼，彼此俱不肯收。伯当道："叔宝连日忙，我们不要在此鬼混，也等他去收拾收拾行李，也与老嫂讲两句话儿。明日叔宝兄出西门，打从我寓所过，明日在彼相送罢。"众人一笑而散。

果然叔宝在家收拾了行李，措置了些家事，叫樊建威众人取了赔赃的这项银子去。到不得明日巳时，队什长都全装贯带来迎，请他起身。叔宝烧了一陌纸，拜别了母妻，却是缠鬃大帽，红刺绣通袖金闹装带，骑上黄骠马。这五十人列着队伍，出西门来，与那青衣小帽在州中比较时，大似不同了。

萧萧班马鸣，宝剑倚天横。
丈夫誓许国，胜作一书生。

出得西门，到吊桥边，两下都是从行军士排围。那市尽头有座迎恩寺，叔宝下了马，进到寺里。恐有不到的，取花名册一一点了。又捐己资：队长每人三钱，什长二钱，散兵一钱；犒赏也费五六十两银子。内中选二十名精壮的做家丁，随身跟用，另有赏。事完，先是他同袍旗牌都来饯送，递了三杯酒作别了。次后是单雄信一干，也递了三杯酒。叔宝道："承诸公远来，该候诸公启行才去为是；只奈因玄邃兄提掇得这一差事，期限迫近，不能担延。"又对柴嗣昌道："柴大哥，刘刺史处再周旋，莫因弟去还赔累，樊建威兄弟。"柴嗣昌道："小弟还要为他取执照，不必兄长费心。"对着尉迟兄弟说："家姑丈外烦为致意，公事所羁，不得躬谢。"对伯当及众人道："难得众兄弟聚在一处，正好盘桓，不料又有此别。"对贾润甫、樊建威道："家中老母，凡百周旋。"与众人作别上了马，三个大铳起行。

相逢一笑间，不料还成别。
回首盼枫林，尽洒离人血。

去后，柴嗣昌在齐州结了赔赃的局，一齐起身。贾润甫处都有厚赠。柴嗣昌自往汾阳。尉迟兄弟、史大奈他三个却是官身，不敢十分担搁，与张公谨、白显道也只得同走幽州去了。止剩李玄邃、王伯当、单雄信、金国俊、童佩之五位豪杰在路。未知后事如何，且听下回分解。

第二十六回　窦小姐易服走他乡　许太监空身入虎穴

诗曰：

泪湿郊原芳草路，唱到阳关愁聚。撒手平分取，一鞭骄马疏林觑。
雷填风飒堪惊异，倏忽荆榛满地。今夜山凹里，梦魂安得空回去。
调寄《惜分飞》

人生天地间，有盛必有衰，有聚必有散。处承平之世，人人思安享守业，共乐升平。若处昏淫之世，凡有一材一艺之士，个个思量寻一番事业，讨一番烦恼；或聚在一处，或散于四方，谁肯株守林泉，老死牖下？

再说金国俊、童佩之，恐怕衙门有事，亦先告别，赶回潞州去了。单雄信、王伯当、李玄邃，他三人是无拘无束，心上没有甚要紧，逢山玩山，逢水玩水，一路游览。不觉多时，出了临淄界口。李玄邃道："单二哥，我们今番会过，不知何日重聚？本该送兄回府，恐家间有事，只得要在此分路了。"王伯当道："弟亦离家日久，良晤非遥，大约来岁，少不得还要来候兄。"单雄信依依不舍，便道："二兄如不肯到我小庄去，也不是这个别法，且到前面去寻一个所在，我们痛饮一回，然后分手。"伯当、玄邃道："说得有理。"大家放辔前行。雄信把手指道："前面乃是鲍山，乃管鲍分金之地。弟与二兄情虽不足，义尚有余，当于此地快饮三杯何如？"伯当、玄邃应声道："好。"举头一望，只见：

山原高耸，气接层楼。绿树森森，隐隐时闻虎啸；青杨袅袅，飞飞目送莺啼。真个是为卫水兮禽翔，鲸鲵踊兮夹毂。

这鲍山脚下，止不过三四十人家，中间一个酒肆，斜挑着酒帘在外。三人下了牲口，到了店门首，见有三四个牲口，先在草棚下上料。店主人忙出来接进草堂，拂面洗尘。雄信对主人问道："门外牲口，客人又下在何处？"店主把手指道："就在左首一间洁净房里饮酒。"雄信正要去看时，只见侧门里早有一人探出头来。伯当瞥眼一认，笑道："原来是李贤弟在此。"李如珪看见，忙叫道："众兄弟出来，伯当兄在此。"齐国远忙走出来，大家叙礼过。伯当道："为何你们二位在此？"李如珪道："这话且慢讲。里边还有一位好朋友在内，待我请他出来见了才说。"便向门内叫道："窦大哥出来，潞州单二哥在此。"只见气昂昂走出伟然一丈夫来。李如珪道："这是贝州窦建德兄。"单雄信道："前岁刘黑闼兄，承他到山庄来，道及窦兄尚义雄豪，久切瞻仰，今日一见，实慰平生。"雄信忙叫人铺毡，六人重新彼此交拜。

伯当对如珪、国远道："你二位在少华山快活，为何到此？"李如珪道："弟与兄别后，即往清河访一敝友，不想被一个卢明月来占据，齐兄又抵敌他不过，只得弃了，迁到桃花山来。遣孩子们到清河报知，直至前日，弟方得还山。齐兄弟打听得单二哥传令，邀请众朋友到山东，与秦伯母上寿。窦大哥久慕叔宝与三兄义气，恰值在山说起，他趁便要往齐郡，访伊亲左孝友，兼识荆诸兄一面，故此同来。不知三兄是拜过了寿回来，还是至今日方去？"李玄邃道："叔宝兄已不在家，奉差公出矣。"齐国远道："他又往那里去了？"单雄信道："这话甚长。"见堂中已摆上酒席。"我们且吃几杯酒，然后说与三兄知道。"

大家入席，饮过三杯。如珪又问："秦大哥有何公干出外？"王伯当停杯，把豪杰备礼，同进山东；至贾润甫店，请叔宝出城相会；席间程咬金认盗，秦叔宝烧捕批。齐国远听见，喜得手舞足蹈，拍案狂叫爽快。李如珪道："叔宝与咬金，真天下一对快人，真大豪杰。四海朋友，不与此二人结纳者，非丈夫也。后来便怎么样？"王伯当又将李玄邃去见来总管，移文唤取；柴嗣昌去求刘刺史，许多撇揹征赃，幸得唐公处三千金，移赠叔宝，方得完局起身。说完，只见窦建德击案叹恨道："国家这些赃狗，少不得一个个在我们弟兄手里杀尽！"李如珪道："又触动了窦大哥的心事来了。"李玄邃道："窦兄有何心事，亦求试说一番。"

窦建德道："小弟附居贝州，薄有家业。因遭两先人弃世，弟性粗豪，不务生产，仅存二三千金，聊为糊口。去岁拙荆亡过，秋杪往河间探亲，不意朝廷差官点选绣女，州中市宦村民，俱挨图开报，分上中下三等。小女线娘，年方十三，色艺双绝，好读韬略，闺中时舞一剑，竟若游龙。弟止生此女，如同掌珠。晓得小女尚未有人家，竟把他报在一等里边。小女晓得，即便变产，将一二百金，托人挽回，希图豁免。可奈州官与阉狗坚执不允。小女闻知，尽将家产货卖，招集亡命，竟要与州吏差官对垒起来，幸亏家中寡嫂与舍侄立止。弟亦闻信赶回，费了千金有余，方才允免。恐后捕及，只得将小女与寡嫂离州，暂时寄居介休张善士舍亲处。因道遇齐、李二兄，彼此聚义同行。"单雄信道："叔宝今已不在家，今三兄去也无人接待，莫若到小庄去畅饮几天，暂放襟怀何如？"又向伯当、玄邃道："本欲要放二兄回去，今恰遇三兄，二兄只算奉陪三兄，再盘桓几日。"伯当与玄邃不好再辞，只得应允。齐国远便道："大家同去有些兴。我们正要认一认尊府，日后好常来相聚。"李如珪道："既如此，快取饭来用了，好赶路造府。"众豪杰用完了饭，单雄信叫人到柜会账，连齐国远三兄先吃的酒钱，一并算还了。

众人出了店门，跨上牲口，加鞭赶路。行不多几里，只见道旁石上，有个老者，曲肱睡在那里，被囊撇在身旁。窦建德看见，好像老仆窦成模样，跳下牲口，仔细一看，正是窦成，心中吃了一惊，忙叫道："窦成，你为何在此？"那老者把眼一擦，认得是家主，便道："谢天地遇着了家主。大爷出门之后，就有贝州人传说，州里因选不出个出色女子，官吏重新又要来搜求，见我们躲避，便叫人四下查访。姑娘见消息不好，故着老奴连夜起身，来赶大爷回去。"其时五人俱下牲口，站在道旁。

窦建德执着单雄信的手道："承兄错爱，不弃愚劣，本当陪诸兄造府一拜，奈弟一时方寸已乱，急欲回去，看觑小女下落，再来登堂奉候。"李玄邃道："刚得识荆，又要云别,一时山灵,为了黯然。”单雄信道:“这是吾兄正事,弟亦不敢强留。但弟有一句话:隋朝虽是天子荒淫,佞臣残刻,然四方勤王之师尚众,还该忍一时之忿,避其乱政为是。倘介休不能安顿,不妨携令爱到敝庄与小女同居,万无他虑,就是兄要他往,亦差免内顾。”齐国远道:“单二哥那里不要说几个赃狗,就是隋朝皇帝亲自到门,单二哥也未必就肯与他。”王伯当道:“窦大哥,单兄之言,肺腑之论,兄作速回到介休去罢。”雄信又向伯当、玄邃道:“四海兄弟,忝在一拜,便成骨肉。弟欲烦二兄枉道,同窦兄介休去。二兄才干敏捷,不比弟粗鲁,看彼事体若何,我们兄弟方才放心。”便对自己手下人道:“你剩下的盘费,取一封来。”手下人忙在腰间取出奉上。雄信接在手里,内中拣一个能干的伴当与他道:“这五十两银子,你拿去盘缠。三位爷到介休去,另寻个下处,不可寓在窦大爷寓所。打听小姐的事体无恙,或别有变动,火速回来报我。”家人应诺。窦建德对雄信、国远、如珪谢别,同伯当、玄邃上马去了。正是:

异姓情何切,阋墙实可羞。
只因敦义气,不与世蜉蝣。

雄信见三人去了,对国远、如珪道:“你们二位兄弟,没甚要紧,到我家去走走。”李如珪道:“我们丢这些孩子在山上,心也放不下,不若大家散了再会罢。”雄信见说,也便别过,兜转马进潞州去了。

齐国远在马上对李如珪道:“刚才我们同窦大哥到来,不想单二哥倒叫他两个伴去,难道我两个毕竟是个粗人,再做不来事业?”李如珪道:“我也在这里想:我们两个或者粗中生出细来,亦未可知。我与你作速赶回到山寨里去看一看,也往介休去打听窦大哥令爱消息。或者他们三人做不来,我们两个倒做得来,后日单二哥晓得了,也见得齐国远、李如珪不单是杀人放火,原来有用的。”二人在路上商议停当,连夜奔回山寨,料理了,跟了两三个小喽罗,抄近路赶到介休来。

原来窦小姐见事势不妥,窦成起身两日后,自己即便改装了男子,同婶娘兄弟,潜出介休,恰好路上撞见了父亲。建德喜极。伯当、玄邃即撺掇窦建德,送往二贤庄去了。

再说李如珪同齐国远,赶到介休,在城外寻了个僻静下处,安顿了行李。次日进城中访察,并不见伯当、玄邃二人,亦不晓得那张善士住在何处。东穿西撞,但闻街谈巷语,东一堆西一簇,说某家送了几千两,某家送了几百两;可惜河西夏家独养女儿,把家私费完了,止凑得五百金,那差官到不肯免,竟点了入册。听来听去,总是点绣女的话头。

二人走了几条街巷,不耐烦了,转入一个小肆中饮酒。只见两个老人家,亦进店来坐下,敲着桌子要酒,口里说道:“这个瘟世界,那里说起,弄出这条旨意来!扰得大家小户,哭哭啼啼,日夜不宁。”那一个道:“册籍如今已定了,可惜我们的甥女不能挽回。但恨这个贪赃阉狗,又没有妻儿妇女,要这许多银子何用?”李如珪道:“请问你老人家,如今天使驻扎在何处?”一老人答道:“刚才在县里起身,往永宁州去了。”李如珪见说，低头想了一想，把手向齐国远捏上一把，即便起身，还了酒钱，出门赶到城外下处，叫手下捎了行李，即欲登程。齐国远道："窦兄尚未有下落，为何这等要紧起身？"李如珪道："窦兄又没处找寻，今有一桩大生意，我同你去做。"便向齐国远耳边说道："须如此如此而行，岂不是桩好买卖？你如今带了孩子们走西山小路，穿过宁乡县，到石楼地方，有一处地名清虚阁，他们必至那里歇马。你须恁般恁般停当，不得有误。我今星飞到寨，选几个能干了得的人，兼取了要紧的物件来，穿到石楼，在清虚阁十里内，会你行事。"说完大家上马，到前面分路去了。正是：

虽非诸葛良谋，亦算隆中巧策。

却说钦差正使许庭辅在介休起身，先差兵士打马前牌到永宁州去，自己乘了暖轿，十来个扈从，又是十来名防送官兵，一路里慢慢的行来。在路住了两日。那日午牌时候，离永宁尚有五十余里远，清虚阁尚有三四里，只见：

狂风骤起，怪雾迷天。山摇岳动，倏忽虎啸龙吟；树乱砂飞，顷刻猿惊兔走。霎时尽唱行路难，一任石尤师伯舞。

一行人在路上，遇着这疾风暴雨，个个淋得遍身透湿。望着了清虚阁，巴不能进内避过。原来那清虚阁，共有两三进，里边是三间小阁，外边是三间敞轩，一个老僧住在后边看守。一行人进内安放了。天使在阁上坐了，众人把衣服卸下来，取些柴火，在地煨烘。

只见门外四五个车辆，载着许多熟猪、肥羊、鸡、鹅、火烧、馍馍等类，一二十盘；另有十六样一个盘盒，是天使用的；四五坛老酒，摆列在地。一个官儿，手里拿着揭帖，进来说道："永宁州驿丞，差送下马饭来，迎接天使大老爷。"众人见说，忙引他到阁上去相见。那官儿跪下去道："小官永宁州驿丞贾文参见天使大老爷。"把禀揭礼单送上去。看了，说声"起来"，便问："这里到州，还有多少路？"驿丞答道："尚有四五十里。州里太爷，恐怕大老爷鞍马劳顿，故此先着小官来伺候。"众人把食盒放在桌上，抬近身来，安上杯箸。天使吩咐手下："把下边这些食物，你们同兵卫一齐吃了罢！"众人见说，即便下阁去了。尚有两个近身小内监，站在后边。那驿丞道："二位爷也下阁去用些酒饭，这里小官在此伺候。"两个见说，也就到下边去了。

吃不多时，只见走上一个大汉，捧上一壶热酒，丢了一个眼色去了。那驿丞忙把大杯斟满，跪下去道："外边风色甚紧，求大老爷开怀，用一大杯。"那天使道："你这官儿甚好！咱到后日回去，替部里说了，升你一个州官。"那驿丞打一个半跪道："多谢大老爷天恩。"正说时，只见天使饮干了酒，一交跌倒在地。原来那驿丞就是李如珪假装的。齐国远管待手下人，见他们吃了些时，就将蒙汗药倾在酒里，一个个劝上一杯，尽皆跌倒。李如珪叫众喽罗，把天使抬下来，与那两个小内监多背剪了，把天使缚在轿中，将小内监扶上马，把这些东西，尽皆弃了，跨上牲口，连夜赶上山来。

当时许庭辅在轿中,一觉直睡到更余时候,方才醒来,见两手背剪住了,身子捆缚在轿中,活动不得,着了急,口中乱喊乱叫:“是什么意思,把咱这般搬弄?”那山凹里随你喊破了喉,谁来睬你,只得由他抬到山下。其时东方发白。有人抛起轿帘,扶了许庭辅出来,往外一观,只见那两个亲随太监,也绑缚了站在面前。大家见了,面面相觑,不敢则声。只听得三个大炮,面前三四十个强盗,簇拥着许庭辅与两个小太监,进了山寨。上边刀枪密密,杀气腾腾,三间草堂,居中两把虎皮交椅,李如珪换了包巾扎袖,身穿红锦战袍坐在上面。许庭辅偷眼一认,却就是昨日的驿丞,吓得魂飞魄散,只得跪将下去。

李如珪在上面说道:“你这阉狗,朝廷差你钦点绣女,虽是君王的旨意,也该体恤民情,为甚要诈人家银子几千几百,弄得远近大小门户,人离财散?”许庭辅道:“大王,咱那里要百姓的?这是府县吏胥借题婪贿,咱何尝受他毫厘?”李如珪喝道:“放屁!我一路打听得实,还要强口!孩子们,拿这阉狗下去砍了罢!留着这两个小没鸡巴的我们受用。”许庭辅听见,垂泪哀求。

只见外边报道:“二大王回来了。”原来齐国远劫了天使来,恐怕护兵醒来劫夺,领着喽罗,半路埋伏了多时,然后还山。见他三人跪在阶前,便道:“李大哥,为什么这般弄松?倘日后朝廷招安,我们还要仰仗他哩!”李如珪笑道:“昨日在清虚阁,我也曾跟他,敬他的酒。如今戏要他一番,只算扯直。”两个忙下来,替他去了绑缚绳索,搀入草堂叙礼,口称“有罪冒犯”,就吩咐孩子们:“快摆酒席,与公公压惊。”众喽罗搬出肴馔,安放停当。三人入席坐定,酒过三杯,许庭辅道:“二位好汉,不知有何见教,拿咱到山来?”李如珪道:“公公在上,我们兄弟两个,踞住此山有年,打家劫舍,附近州县,俱已骚扰遍了。目下因各处我辈甚多,客商竟无往来,山中粮草不敷,意欲向公公处暂挪万金,稍充粮饷,望公公幸勿推诿。”许庭辅道:“咱奉差出都,不比客商带了金银出门。就是所过州县官,送些体面贽礼,也是有限,那有准千准百存下,取来可以孝敬你们?”齐国远见说,把双睛弹出说道:“公公,我实对你说,你若好好拿一万银子来,我们便佛眼相看,放你回去;如若再说半个没有,你这颗头颅,不要想留在项上!”说罢,腰间拔出明晃晃的宝刀,放在桌上。李如珪道:“公公,不要这等吓呆了。你到外边去,与两个尊价私议一议。”

许庭辅起身,同两个小太监到月台上。一个是满眼流泪,一句话也说不出。那个大些的说道:“如今哭也无益,强盗只要银子,老公公肯拿些与他,三人就太平无事回去了;稍不遂意,不要说头颅,连这几根骨头也无人来收拾。这些人杀人不眨眼的,那希罕我们三个?”许庭辅听了这番说话,又见两人这般光景,便道:“既如此说,我去求他,放你到州里去报知,看这班官吏如何商议。如他拿不出这许多,只得将我寄在各府各县库上的银子取来罢。”说了要打发一个起身。李如珪叫喽罗拿酒饭,与那个大些的内监吃饱了,又取出一锭银子来赏了他,对他说道:“你叫什么?”那内监道:“小的叫周全。”李如珪道:“好,这一锭银子,赏你做盘费的。限你五日内,拿银子来赎你家主人。若五日内不见来,这里主仆两个,休想得活了。”叫手下把他在清虚阁骑来的马,原骑了去;着两个喽罗,送他下山。许庭辅与那小内监锁在一间阱房内,好酒好肉管待他。

说那内监周全，骑着马跑到清虚阁边，只见阁门封锁，并无一人，只得问到州里。那州官因报知强盗劫了天使，着了忙，如飞到清虚阁看验了，把老和尚与地方及护送兵卫，带进州里，忙申文到汾州府里去。府官着了急，连夜就赶到州中。此时各官正在那里勘问地方与老和尚，只见内监周全回来，众官儿都起身来盘问他。内监周全把桃花山强盗如何长短，一一告诉。众官儿听见，个个如同泥塑。且把和尚地方保出在外，大家从长商议。有的说道："这事必须申文上台，动疏会兵征剿。"有的说道："强盗只要银子。"又有一个说道："倘然送了五百又要一千，送了一千，又要二千，这宗银子出在那一项？莫若再宽缓几日，看见我们不拿银子去，要他这两个人何用，自然放下山来。"那汾州府官道："不是这等讲，这几个钦差内官，多是朝廷的宠臣，倘然在我们地方上有些差失，不但革职问罪，连身家性命，亦不能保，岂止降级罚俸？莫若且在库中暂挪一二千金送去，赎了天使回来，弥缝这节事再处。"大家在库中撮出二千金，叫人扛了，同周全到山。那齐国远、李如珪只是不肯。许庭辅只得吩咐自己又凑出三千金，再四哀求，方才放下山来。自此许庭辅所过州县，愈加装模做样，要人家银子，千方百计，点选了许多绣女，然后起身。可见世上有义气的强盗，原少不得。正是：

只道地中多猛虎，谁知此地出贪狼。

第二十七回　穷土木炀帝逞豪华　思净身王义得佳偶

词曰：

日食三餐，夜眠七尺，所求此外无他。问君何事，苦苦竞繁华？试想江南富贵，临春与绮交加。到头来，身为亡虏，妻妾委泥沙。　何似唐虞际，茅茨不剪，饮水衣麻。享芳名万载，其乐无涯。叹息世人不悟，只知认白骨为家。闹烘烘争强道胜，谁识眼前花。

调寄《满庭芳》

天下物力有限，人心无穷。论起人君，富有四海，便有兴作，亦何损于民？不知那一件不是民财买办？那一件不是民力转输？且中间虚冒侵克，那一节不在小民身上？为君的在深宫中，不晓得今日兴宫，明日造殿，今日构阁，明日营楼，有宫殿楼阁，便有宫殿上的装饰，宫殿前的点缀，宫殿中的陈设，岂止一土木了事？毕竟到骚扰天下而后止。

如今再说炀帝荒淫之念，日觉愈炽，初命侍卫许庭辅等十人，点选绣女；又命宇文恺营显仁宫于洛阳；又令麻叔谋、令狐达开通各处河道；又要幸洛阳，又思游江都。弄得这些百姓东奔西驰。不是驱使建造，定是力役河工，各色采办。各官府州县邑，如同鼎沸。莫说大家作事尚且不难，何况朝廷？不过多费几百万银子，苦了海内百姓的气力。

不多几时，东京的地方广阔，不但一座显仁宫先已告竣，那虞世基还要凑朝廷的意思，飞章上报说："显仁宫虽已告成，恐一宫不足以广圣驭游幸，臣又在营西择丰厚之地，筑一苑囿，方足以备宸游。"炀帝览奏大喜，敕虞世基道："卿奏深得朕心。着任意揆度建造，不得苟简，以辜朕意。"

于是南半边开了五个湖，每湖方圆十里，四围尽种奇花异草。湖旁筑几条长堤，堤上百步一亭，五十步一榭。两边尽栽桃花，夹岸柳叶分行。造些龙船凤舸，在内荡漾中流。北边掘一个北海，周围四十里，筑渠与五湖相通。海中造起三座山：一座蓬莱，一座方丈，一座瀛洲，像海上三神山一般。山上楼台殿阁，四围掩映。山顶高出百丈，可以回眺西京，又可远望江南湖海。交界中间却造正殿，海北一带，委委曲曲，凿一道长渠，引接外边为活水，潆洄婉转，曲通于海。傍渠胜处，便造一院，一带相沿十六院，以便停流美人在内供奉。苑墙上都以琉璃作瓦，紫脂泥壁。三山都用长峰怪石，叠得嶙嶙峋峋；台榭尽是奇材异料，金装银裹，浑如锦绣裁成，珠玑造就。其中桃成蹊，李列径，梅花环屋，芙蓉绕堤，仙鹤成行，锦鸡作对，金猿共啸，青鹿交游，就像天地间开辟生成的一般。又不知坑害多少性命，又耗费了多少钱粮，方得完成。虞世基即便上表，请炀帝亲临观看。

炀帝见表来请，以观落成，满心欢喜。即便择日，同萧后带领众宫妃妾，发车驾竟望东京而来。不一日，先到了显仁宫。早有宇文恺、封德彝二人接住，朝见过，遂引了炀帝御驾，从正宫门首，一层层看将进来。但见：

飞栋冲霄，连楹接汉。画梁直拂星辰，阁道横穿日月。琼门玉户，恍然阆苑仙家；金殿瑶阶，俨似九天帝阙。帘栊回合，锁万里之祥云；香气氤氲，结一天之瑞霭。真个是影鹅池上好风流，鸡鹊楼中多富贵。

炀帝看见楼台华丽，殿阁峥嵘，四方朝贡，亦足以临之，不胜大悦，便道："二卿之功大矣！"即命取金帛表里厚赐二人，就留二人在后院饮酒。正是：

莫言天道善人亲，骄主从来宠佞臣。
不是夸强兴土木，何缘南幸不回轮。

炀帝在显仁宫游玩了数日，又厌烦了，驾了飞辇同萧后与众嫔妃到西苑中来。少不得那宇文恺、封德彝二佞臣，亦便伴驾。到得苑中，只见：

五湖荡漾，北海波摇。三神山佳气葱郁，十六院风光淡爽。真个是九洲仙岛，极乐琼宫。

后人有诗，单道这五湖之妙云：

五湖湖水碧浮烟，不是花园便柳牵。
常恐君王过湖去，玉箫金管满龙船。

又有诗道这北海之妙云：

北海涵虚混太空，挑波逐浪遍鱼龙。
三山日暮祥云合，疑是仙人咫尺逢。

又有诗道这三山之妙云：

三山万叠海中浮，云雾纵横十二楼。
莫讶福来人世里，若无仙骨亦难游。

又有诗道这长渠之妙云：

逶迤碧水达长渠，院院临渠花压居。
不是宫人争斗丽，要留天子夜回车。

又有诗道这楼台亭榭之妙云：

十步楼台五步亭，柳遮花映锦围屏。
传宣夜半烧银烛，远近高低灿若星。

炀帝一一看遍，满心欢喜道："此苑造得大称朕心，卿功不小。"虞世基奏道："此乃陛下福德所致，天地鬼神效灵，小臣何功之有？"炀帝又道："五湖十六院，可曾有名？"虞世基道："微臣焉敢自专，伏乞陛下圣裁。"炀帝遂命驾到各处细看了，方才一一定名。

东湖，因四围种的都是碧柳，又见两山的翠微与波光相映，遂名为翠光湖。南湖，因有高楼夹岸，倒射日光入湖，遂名为迎阳湖。西湖，因有芙蓉临水，黄菊满山，又有白鹭青鸥，时时往来，遂名为金光湖。北湖，因有许多白石若怪兽，高高下下，横在水中，微风一动，清沁人心，遂名为洁水湖。中湖，因四围宽阔，月光照入，宛若水天相接，遂名为广明湖。

第一院，因南轩高敞，时时有薰风流入，遂名为景明院。第二院，因有朱栏屈曲，回压绡窗，朝日上时，百花妩媚，遂名为迎晖院。第三院，因有碧梧数株，流阴满地，金风初度，叶叶有声，遂名为秋声院。第四院，因将西京的杨梅移入，开花若朝霞，遂名为晨光院。第五院，因酸枣县进玉李一株，开花纯白，丽胜彩霞，遂名为明霞院。第六院，因有长松数株，团团如盖，罩定满院，遂名为翠华院。第七院，因隔水造起一片石壁，壁上苔痕，纵横如天成的一幅画图，遂名为文安院。第八院，因桃杏列为锦屏，花茵铺为绣褥，流水鸣琴，新莺奏管，遂名为积珍院。第九院，因长渠中碎石砌底，簇起许多细细波纹，日光映照，射入帘栊，连枕上都有五色之痕，遂名为影纹院。第十院，因四围疏竹环绕，中间突出一座丹阁，就像凤鸣一般，遂名为仪凤院。第十一院，因左边是山，右边是水，取乐山乐水之意，遂名为仁智院。第十二院，因乱石叠断出路，惟小舟缘渠方能入去，中间桃花流水，别是一天，遂名为清修院。第十三院，因种了许多祇树，尽似黄金布地，就像寺院一般，遂名为宝林院。第十四院，因有桃蹊桂阁，春可以纳和风，夏可以玩明月，遂名为和明院。第十五院，因繁花细柳，凝阴如绮，遂名为绮阴院。第十六院，因有梅花绕屋，楼台向暖，凭栏赏雪，了不知寒，遂名为降阳院。长渠一道，逶迤如龙，楼台亭榭，鳞甲相似，遂名为龙鳞渠。

炀帝都一一定了名字，因带的宫娥嫔妃甚少，未即派定居住，专望许庭辅等十人选绣女来，然后拨派掌管院事。

却说许庭辅因受了桃花山齐国远、李如珪的一番劫去，诈了五千金，自此愈加贪贿。凡选中女子，有金珠礼物馈送他，就开报在上等册籍里边；金银少些的，就放在中等册籍里边；又如没有甚么东西见惠，纵是国色，也就入在三等册籍里头去了。其时会同了九人，选了千余绣女。晓得朝廷在东京西苑，人家取齐了，进西苑中来见驾缴旨，将三本册籍呈上。炀帝看了册籍，共有千余名，对许庭辅道："先将上等中等的选进苑来。其三等的，且放在后宫里充用。"许庭辅十人即领旨出去，逐名点进苑来。炀帝仔细一看，见个个都是欺桃赛杏的容颜，笑燕羞莺的模样，喜意满足。即同萧后，尖上还尖，美中求美，选了十六个，形容窈窕，体态幽闲，有端庄气度的，封为四品夫人。就命分管西苑十六院事，各人赐一方小小玉印，上镌着院名，以便启笺表奏上用。又选三百二十名，风流潇洒，柳娇花媚的，充作美人。每院分二十名，叫他学习吹弹歌舞，以备侍宴。其余或十名，或二十名，或是龙舟，或是凤舞，或是楼台，或是亭榭，连带来后宫的宫女，都一一分拨了。又封太监马守忠为西苑令，叫他专管出入启闭。不一时，将一个西苑，填塞得锦绣成行，绮罗成队。那十六院的夫人，既分了宫院，一个个都思要君王宠幸，在院中只铺设起琴棋书画，打点下凤管鸾笙，恐怕炀帝不时游幸。这一院烧龙涎，那一院就爇凤脑；前一院唱吴歌，后一院就翻楚舞；东一院作金肴玉脍，西一院就酿仙液琼浆，百样安排。止博得炀帝临幸时一刻欢喜，再一次便就厌了，又要去翻新立异。正是：

宫中行乐万千般，止博君王一刻欢。
终日用心裙带下，江山却是别人看。

说这些外国各岛，因闻知新天子欢喜声色货利，边远地方，无不来进贡奇珍异玩，名马美姬，尽将来进献。一日炀帝设朝，有南楚道州地方进一矮民，叫做王义，生得眉浓目秀，身材短小，行动举止，皆可人意，又口巧心灵，善于应对。炀帝看了，问道："你既非绝色佳人，又不是无价异宝，有何好处，敢来进贡？"王义对道："陛下德高尧舜，道过禹汤，南楚远民，仰沐圣人恭俭之化，不敢以倾国之美人，不祥之异宝，蛊惑君心，故遣侏儒小臣，备役驱使。臣敢不尽一腔忠义？望圣恩收录。"炀帝笑道："我这里无数文官武将，那一个不是忠臣义士，何独在你一人？"王义道："忠义乃国家之宝，人君每患不足，安有厌其多而弃之者？况犬马恋主之诚，君子所取，臣虽远方废民，实风化所关，陛下宁忍弃之乎？"炀帝听了大喜，遂重赏进贡来人，便将王义留在左右充用。自此以后，炀帝凡事设朝，或各处游赏，俱带王义伺候。王义每事小心谨慎，说话做事，俱能体恤人心。炀帝便十分爱他，后渐用熟了，时刻要他在面前，只是不能入宫。

一日，炀帝设朝无事，正要退入后宫，回头忽见王义面多愁惨之色。炀帝问道："王义，你为何这般光景？"王义慌忙答道："臣蒙陛下厚恩，使臣日近天颜，真不世之遭逢。但恨深宫咫尺，不能出入随侍，少效犬马之劳，故心常怏怏，今日觉忧形于色，望陛下宽恩。"炀帝道："朕亦时刻少你不得，但恨你非宫中之物，奈何？"说罢玉辇早已入宫而去。

王义此时在宫门首，又不忍回来，又不敢进去，痴痴立在那里呆想。忽背后一人，轻轻的在他肩上一拍，说道："王先儿，思想些什么？"王义回头看时，却是守显仁宫太监张成，即忙答道："张公公，失瞻。"张成问道："万岁爷待你好，只是这般加厚，还有什么不称意，在此默想？”王义与张成交厚，便说道：“实不相瞒，我王义因蒙皇恩，十分宠爱，情顾朝夕随驾，希图报效。但恨皇宫隔越，不得遂心，故此常怀怏怏，不期今日被老公公看破。”张成笑了一笑，戏耍他道：“王先儿，你要入宫这何难，轻轻的将下边那道儿割去，有甚么进宫不得？”那王义沉吟道：“吾闻净身乃幼童之事，如今恐怕做不得了。”张成道：“做倒做得，只怕你忍痛不起。”王义道：“若做得来，便忍痛何妨？”张成道：“你当真要做，我自有妙药相送。”王义道：“男子汉说话，岂有虚谬！”

二人说笑了一回，便携手走出宫来，竟到张成家中坐下。张成置酒款待。酒过三杯，王义再三求药。张成道：“如今药有，还须从长计较。莫要一时高兴，后来娶不得老婆，生不得令郎，却来埋怨学生。”王义正色道：“人生天地间，既遭逢知遇之君，死亦不惜，怎敢复以妻子为念？”张成遂到里边，去拿出一把吹毛可断的刀，并两包药来，放在桌上，用手指定，说道：“这一包黄色的是麻药，将酒调来吃了，便不知痛。这一包五色的，是止血收口的灵药，都是珍珠琥珀各样奇珍在内，搽上便能结盖。这把刀便是动手之物。三物相送，吾兄回去，还须斟酌而行。”王义道：“既蒙指教，便劳下手如何？”张成道：“这个恐怕使不得。”王义道：“不必推辞，断无遗累。”张成见王义真心要净，只得又拿些酒出来，畅饮一番，王义吃得半酣。正是：

休谈遗体不当残，贪却君王眷宠固。

说当时炀帝退入后宫，萧后接住，接宴取乐，叫新选剩下的宫女，轮班进酒。将有数巡，炀帝见一宫女，颜色虽是平常，行动倒也庄重。炀帝问他何处人氏。那女子忙跪下去，回答几句，一字也省他不出，惹得众美人忍不住的好笑。炀帝叫他起来，想道：“王义性极乖巧，四方乡语，他多会讲。”萧后道：“何不宣他进来？与他讲一讲，倒也有趣。”炀帝便差两个小内监，去宣王义进宫。

那两个小内监奉旨忙出宫来，正要问到王义家去，有一太监说道：“王义在张成家里去了。”两个小内监，就寻到张成家。门上忙欲去通报，他们是无家眷的，又是内监，便没有什么忌避，两个直撞进里边来，推门进去，只见王义直挺挺的，睡在一张榻上，露出了下体，张成正在那里把药擦在阳物的根上，将要动手。张成看见了两个，即便缩住。王义也忙起身，系裤结带。那两个小内监，见他两个这般举动，又见桌上刀子药包，大家笑个不止道：“你们在这里做什么事？”张成见他两个是炀帝的近身太监，不便隐瞒，只得将王义要净身的缘故，一一说了。两个小内监道：“幸是我们寻到这里。若再迟些，王先儿那物，早已割去了。万岁爷在后宫，特旨叫我二人来宣你，作速行罢。”此时王义已有八九分酒，见炀帝宣他，忙向张成讨些水来，洗去了药，如飞同两个内监到后宫来。

炀帝见王义满脸微醺，垂头跪下，便道：“你在那里吃酒来？”王义平昔口舌利便，此时竟弄得一句话也对答不来，两个内监又微微冷笑。炀帝见光景异常，便问两个内监道：“你两个刚才在何处宣王义到来？”小内监道：“在守宫监张成家里。”炀帝道：“吃酒不消说了，还有甚勾当？”小内监把张成的说话，与桌上的刀药，一一奏闻。炀帝听了，把龙眉微蹙道："王义，你起来，朕对你说。凡净身之人，都是命犯孤鸾，伤克刑害，不是有妨父母兄弟，定是刑克妻孥，算来与其为僧为道，不若净了身，后来或有光耀受用的日子。就是父母肯割舍了，我们那些老内监，还要替他推八字算划度，然后好下手；况是孩童之事。你年二十有余，岂可妄自造作？倘有未妥，岂不枉害了性命？"王义道："臣蒙陛下隆恩，天高地厚，即使粉身碎骨，亦所不惜；倘有差误，愿甘任受。"炀帝道："你的忠心义胆，朕已深知。但你只思尽忠，却忘报本。父母生你下来，虽是蛮夸，也望你宜室宜家，生枝繁衍，岂可把他的遗体，轻弃毁伤？为朕一人，使你父母幽魂不安窀穸，这断不许。如若不依，朕谕你不但不见为忠，而反为逆矣！"王义见说，止不住流泪，叩首谢恩。

炀帝道："刚才有前日新选进来的一个宫女，言语不明，要你去盘问他，看是何处人。"说罢，便唤那宫人当面，王义与他一问一答，竟如鹦鹉画眉，在柳阴中弄舌啼唤，婉转好听。喜得萧后与众美人笑个不止。王义盘问了一回，转身对炀帝奏道："那女子是徽州歙县人，姓姜，祖父世家，他小名叫做亭亭，年方一十八岁。为因父母俱亡，其兄奸顽，贪了财帛，要将他许配钱牛。恰蒙万岁点选绣女，亭亭自诣州，愿甘入选，备充宫役。"炀帝听了，说道："据这般说起来，也是个有志女子，所以举止行动，原自不凡。朕今将此女赐你为妻，成一对贤明夫妇，何如？"王义见说，忙跪下去道："臣蒙陛下知遇之恩，正欲捐躯报效，何暇念及室家？况此女已备选入宫，臣亦不便领出。"炀帝道："朕意已决，不必推辞。"王义晓得炀帝的心性，不敢再辞，只得同亭亭叩首谢恩。萧后道："王义，你领他去，教了他吴话，不可仍说鸟音。倘宫中有事，以便宣他进来顾问。"炀帝又赐了些金帛，萧后亦赐了他些珍珠。王义领了亭亭，出宫到家，成其夫妇。王义深感炀帝厚恩，与亭亭朝夕焚香遥拜，夫妇恩爱异常。正是：

本欲净身报主，谁知宜室宜家。
倘然一时残损，几成梦里空花。

第二十八回　众娇娃剪彩为花　侯妃子题诗自缢

词曰：

上林一夜花如织，万卉争芳染彩色。造化岂天工，繁华喜不穷。
红颜空自惜，雨露恩无及。何处哭香魂？伤心哭帏灵。

调寄《菩萨蛮》

世间男子才情敏捷，颖悟天成，不知妇人女子，心灵性巧，比男子更胜十倍者甚多。男子或诗或文，或艺或术，有所传授，原来有本。惟有女子的智慧，可以平空造作，巧夺天工。

再说王义得赐宫女姜亭亭，成了夫妇之后，深感炀帝隆恩，每日随朝伺候，愈加小心谨慎。姜氏亭亭亦时刻在念，无由可报。一日，王义朝罢归家，对妻子姜氏道："今早有一人，姓何名稠，自制得一驾御女车来献，做得巧妙非常。"姜氏道："何为御女车？"王义道："那车儿中间宽阔，床账枕衾一一皆备，四围却用鲛绡细细织成帏幔，外面窥里面却一毫不见，里面十分透亮，外边的山水皆看得明白。又将许多金铃玉片，散挂在帏幔中间，车行时摇动的铿铿锵锵，就如奏细乐一般。在车中百般笑语，外边总听不见。一路上要幸宫女，俱可恣心而为，故叫做御女车。"姜氏道："这不过仿旧时逍遥车式，点缀得好，乃刀锯之功，何足为奇？妾感皇恩厚深，时刻在念，意欲制一件东西去进献。作料虽已构求，但还未备，故此尚未动手。"王义道："要用何物制造？"姜氏道："要活人头上的青丝细发。如今我头上及使女们的已选下些在那里了，但还少些。"王义道："我头上的可用得么？"姜氏道："你是丈夫家，未便取下来。"王义笑道："前日下边的东西，尚要割下来，何况头发？"就把帽儿除下道："望贤妻任意剪将下来。若还少，待我去购来制成了献上。"姜氏见说，便把丈夫的头发梳通了，拣长黑的，剔下许多，慢慢的做起。正是：

闺中施妙手，苑内见灵心。

其时仲冬时候，芳菲已尽，树木凋零。一日，炀帝同萧后众夫人，在苑中饮宴。炀帝道："四时光景，惟春景最佳，万卉争妍，百花尽放，红的使人可爱，绿的使人可怜。至夏天青莲满池，香风袭人。秋天一轮明月，斜挂梧桐，还有丹桂芬芳，香浮杯棬，许多佳景。惟此冬时寂寂寞寞，毫无意趣，只好时刻在枕衾中过日，出户便觉少兴。"萧后道："妾闻僧家有禅床，可容数人；陛下何不叫人也做一张。用长枕大被，贮众美于其中，饮食燕乐，岂不适意。"秋声院薛夫人道："有了这样大床大被，须得绣一顶大账子。"炀帝笑道："你们设想虽好，总不如春和景明，柳舒花放，亭台宫院，无一处不使人发兴，无一刻觉得寂寞。"清修院秦夫人道："陛下要不寂寞，有何难哉！妾等今夜虔祷天宫，管取明朝百花齐放。"炀帝只当做戏话，也就耍他道："这等说，今宵我也不便与你们骚扰了。"说笑了一回，吃了一两个时辰的酒，便与萧后并辇回宫。

到了次日早膳时，果然十六院夫人来请。炀帝心上有几分懒去。萧后再三劝驾，炀帝同萧后勉强而行。才进苑门，早望见千红万紫，桃杏争妍，就簇簇如锦绣一般。炀帝与萧后吃了一惊道："这样天气，为何一夜果然开得这般齐整？大是奇怪。"说未了，只见十六位夫人，带了许多美人宫女，一齐笙箫歌舞的来迎銮，到了面前便问道："苑中花柳，天宫开得如何？"炀帝又惊又喜道："众妃子有何妙术，使群芳一夜齐开？"众夫人都笑道："有何妙术，不过大家费了一夜工夫。"炀帝道："怎么费一夜工夫？"众夫人道："陛下不必细问，但请摘一两枝来看便知详细。"炀帝真个走到一株垂丝海棠边，攀枝细看，原来不是生成的，都是五色彩缎，细细剪成，拴在枝上的。炀帝大喜道："是谁有此奇想，制得这样红娇绿嫩，宛然如生？虽是人巧，实夺天工矣！"众夫人道："此乃秦夫人主意，令妾等与众宫人连夜制成，以供御览。"炀帝目视秦夫人说道："昨日朕以妃子为戏言，不期果有如此手段。"遂同萧后慢慢的游赏起来。

只见绿一团，红一簇，也不分春夏秋冬，万卉千花，尽皆铺缀，比那天生的更觉鲜妍百倍。怎见得？正是：

只道天工有四时，谁知人力挽回之。
红绡生长根枝速，金剪栽培雨露私。
万卉齐开梅不早，千花共放菊非迟。
夭桃岂得春风绽，嫩李何须细雨滋。
芍药非无经雪态，牡丹亦有傲霜姿。
三春桂子飘丹院，十月荷花满绿池。
杜宇今年红簇蕊，荼蘼终岁锦堆枝。
不教露下芙蓉落，一任风前杨柳吹。
兰叶不风飘翠带，海棠无雨湿胭脂。
开时不许东皇管，落处何妨蜂蝶知。
照面最宜临月姊，拂枝从不怕风姨。
四时不谢神仙妙，八节长春阆苑奇。
莫道乾坤持造化，帝王富贵亦如斯。

炀帝一一看了，真个喜动龙颜，因说道："蓬莱阆苑，不过如此！众妃子灵心巧手，直夺造化，真一大快事也！"遂命内监将内帑金帛珠玉玩好等物，尽行取来，分赏各院。众夫人一齐谢恩。

炀帝爱之不已，又同萧后登楼，眺望了半晌，方才下来饮酒。须臾觥筹交错，丝竹齐鸣，众夫人递相献酬。炀帝忽然笑说道："秦妃子既能标新取异，剪彩为花，与湖山增胜，众美人还只管歌这些旧曲，甚不相宜。是谁唱一个新词，朕即满饮三巨觥。”说犹未了，只见一个美人，穿一件紫绡衣，束一条碧丝鸾带，袅袅婷婷，出来奏道：“贱妾不才，愿腼颜博万岁一笑。”众人看时，却是仁智院的美人，小名叫做雅娘，炀帝道：“最妙，最妙！”雅娘走近筵前，轻敲檀板，慢启朱唇，就如新莺初啭，唱一首《如梦令》词道：

莫道繁华如梦，一夜剪刀声种。晓起锦堆枝，笑杀春风无用。非颂非颂，真是蓬莱仙洞。

炀帝听了，大喜道：“唱得妙，不可不饮。”当真的连饮了三觞，萧后与众夫人陪饮了一杯。

酒才完，只见又有一个美人，浅淡梳妆，娇羞体态，出来奏道：“贱妾不才，亦有小词奉献。”炀帝举目看时，却是迎晖院的朱贵儿。炀帝笑道：“是贵儿，一定更有妙曲。”贵儿不慌不忙，慢慢的移商拨羽，也唱一只《如梦令》词儿道：

帝女天孙游戏，细把锦云裁碎。一夜巧铺春，群向枝头点缀。奇瑞奇瑞，写出皇家富贵。

贵儿歌罢，炀帝鼓掌称赞道：“好一个‘写出皇家富贵’！不独音如贯珠，描写情景，亦自有韵。”又满饮了三杯，不觉笑声哑哑，陶然欲醉。

只见守苑太监马守忠进来跪奏道：“王义在苑外，说造成一物来献上万岁爷。”炀帝见说王义，便喜道：“宣他进来。”不多时，只见马守忠领王义到阶前跪下，手里捧着一物，奏道：“臣妻姜亭亭，感万岁洪恩，自织成一账，叫臣来贡上。”炀帝叫宫人取上来看，却是一个锦包，解开来，中间一物其黑如漆，其软如绵，捏在手中，不满一握。炀帝觉道奇怪，问道：“王义，这是什么东西？”王义道：“臣妻亭亭，日夕念陛下深恩，无由可报，将自己头上的青丝细发，拣色黑而长者，以神胶续之，织为罗縠，累月而成。裁为帏幔，内可以视外，外不可视内；冬天则暖，夏天则凉；舒之则广，卷之可纳于枕中。”炀帝称奇，忙叫宫人撑开。萧后与众夫人齐起身来看，只见烟气轻生，香云满室，广阔可施一间大屋。萧后对炀帝道：“不意此女能穷虑尽思到此，陛下不可不赏赉以酬其功。”炀帝见说，叫宫人将广绫二端、霞帔一幅，赐与王义道：“汝妻能穷尽心思，制成此账，朕聊以此二物酬之。”王义接了，谢恩而出。

炀帝对萧后道：“前日御妻说僧家禅床，可容数人，今此账岂止数人而已哉！”便吩咐宫人：“将前日外国进来的合欢床，在显仁宫侧首明间里头，今快移到这里放下，把几十床锦褥铺上，将这顶青丝账挂起来。”吩咐已毕，宫人多手忙脚乱，不一时铺设齐整。炀帝对萧后与众夫人道：“秦妃子之心灵，姜亭亭之手巧，一日而逢双绝，岂不大快人意！如今我们再畅饮一番，今宵御妻率领众妃子，就宿此账内草榻合欢床上，做一个合欢胜会如何？”萧后笑道：“他们多住在此，妾却不能，就要回宫了。”炀帝笑道：“御妻要去，须饮三杯。”萧后真个吃了三大杯，起身去了。炀帝就拉众夫人同寝合欢床上。

正是：

恰似桃源家不远，几时巫峡梦方还。

如今再说后宫有一个侯妃子，生得天姿国色，百媚千娇，果然是沉鱼落雁，闭月羞花，又且赋性聪慧，能诗善赋。自选入宫来，恃着有才有色，又值炀帝好色怜才，以为阿娇金屋，飞燕昭阳，可计日而待。谁知才不敌命，色不逢时，进宫数年，从未见君王一面，终日只是焚香独坐。黄昏长夜，捱了多少苦雨凄风；春昼秋宵，受了多少魂惊目断。便是铁石人，也打熬不过，日间犹可强度，到了灯昏梦醒的时候，真个一泪千行。起初犹爱惜容颜，强忍去调脂抹粉，以望一时遇合。怎禁得日月如流，日复一日，只管虚度过去，不觉暗暗的香消玉减。虽有几个同行姊妹，常来劝慰，怎奈愁人说与愁人，未免转添一番凄惨。

一日，闻得炀帝又差许庭辅到后宫拣选宫女。有个宫人劝侯夫人拿几件珠玉送他，叫他奏知万岁。侯夫人道："妾闻汉室昭君，宁甘点痣，不肯以千金去买嘱画师，虽一时被遣，远嫁单于，后来琵琶青冢，倒落个芳名不朽，谁不怜他惜他？毕竟不失为千古美人。妾纵然不及昭君，若要去贿赂小人以宠幸，其实羞为。自恨生来命薄，纵使见君，也是枉然。倒不如猛拚一死，做个千载伤心之鬼，也强似捱这宫中寂寞！"后又闻得许庭辅选了百余名，送进西苑，侯夫人遂大哭一场说道："妾此生终不得见君矣！若要君王一顾，或者倒在死后。"说罢又哭，这日连茶饭也不吃，竟走到镜台前，装束得齐齐整整，将自制的几幅乌丝笺，把平日寄兴感怀诗句，写在上面，又将一个锦囊来盛了，系在左臂上。其余诗稿，尽投火中烧毁了。又孤孤零零的四下里走了一回，又呜呜咽咽的倚着栏杆，哭了半晌。到晚来静悄悄掩上房门，捱到二更之后，熬不过伤心痛楚，遂将一幅白绫，悬梁自缢而死。正是：

香魂已断愁何在，玉貌全消怨尚深。

几个宫人听见声息不好，慌忙进来解救时，早已香消玉碎，呜呼逝矣。大家哭了一回，捱到次早，不敢隐瞒，只得来报与萧后。

却说萧后在西苑青丝账里，睡到酒醒，炀帝毕竟放他不过，缠了一回。到五更时候，炀帝酣睡，悄悄上辇，先自回宫。梳洗已过，吩咐宫人整备筵宴伺候，要答众夫人之席。忽见侯夫人的宫人来报知死信。萧后随差宫人去看。宫人在侯夫人左臂上检得一锦囊，送与萧后。萧后打开看时，却是几首诗，遂照旧放在囊中，叫宫人送与炀帝。

这时炀帝已起身，坐在侧首，看众夫人晓妆，因与宝林院沙夫人谈论古今的得失。炀帝道："殷纣王只宠得一个妲己，周幽王只宠得一个褒姒，就把天下坏了。朕今日佳丽盈前，而四海安如泰山，此何故也？"沙夫人道："妲己、褒姒安能坏殷、周天下？自是纣、幽二王，贪恋妲己、褒姒的颜色，不顾天下，天下遂由此渐渐破坏。今陛下南巡北狩，何等留心治国，天下岂不安宁！至于万机之暇，宫中自乐，妃妾虽多，愈见《关雎》

雅化。”炀帝笑道：“纣、幽二王，虽无君德，然待妲己、褒姒二人之恩，亦厚极矣！”沙夫人道：“溺之一人，谓之私爱；普同雨露，然后叫做公恩。此纣、幽所以败坏，而陛下所以安享也。”炀帝大喜道：“妃子之论，深得朕心。朕虽有两京十六院无数奇姿异色，朕都一样加厚，并未曾冷落一人，使他不得其所，故朕到处欢然，盖有恩而无怨也。”

炀帝与沙夫人正谈论得畅快，忽见萧后差宫人送锦囊来，报知侯夫人之事。炀帝只道寻常妃妾，死了个没甚要紧，还笑笑的打开锦囊来。见几幅绝精的乌丝笺，齐齐整整的写着诗词，字体端楷，笔锋清劲，心下已有几分恻然动念。其时众夫人，各各梳妆已完，换了霓裳，多到炀帝面前来看。炀帝先展开第一幅，却是《看梅》二首。其一：

砌雪无消日，卷帘时自颦。
庭梅对我有怜处，先露枝头一点春。

其二：

香消寒艳好，谁识是天真。
玉梅谢后阳和至，散与群芳自在春。

炀帝看了大惊道：“宫中如何还有这般美才妇人？”忙展第二幅来看，却是《妆成》一首、《自感》三首。《妆成》云：

妆成多自惜，梦好却成悲。
不及杨花意，春来到处飞。

《自感》云：

庭绝玉辇迹，芳草渐成窠。
隐隐闻箫鼓，君恩何处多！

其二云：

欲泣不成泪，悲来翻强歌。
庭花方烂漫，无计奈春何。

其三云：

春阴正无际，独步意如何。
不及闲花草，翻成雨露多。

展第三幅，却是《自伤》一首云：

初入承明殿，深深报未央。
长门七八载，无复见君王。
春寒入骨软，独坐愁空房。
飒履步庭下，幽怀空感伤。
平日所爱惜，自待却非常。
色美反成弃，命薄何可量？
君恩实疏远，妾意徒徬徨。
家岂无骨肉，偏亲老北堂。
此方无羽翼，何计出高墙？
性命诚所重，弃割良可伤。
悬帛朱梁上，肝肠如沸汤。
引颈又自惜，有若丝牵肠。
毅然就死地，从此归冥乡。

炀帝不曾读完，就泫然泪下说道："是朕之过也！朕何等爱才，不料宫帏中到失了一个才女，真可痛惜。"再拭泪，展第四幅，却是《遗意》一首云：

秘洞扃仙卉，雕窗锁玉人。
毛君真可戮，不及写昭君。

炀帝看了，勃然大怒道："原来这厮误事！"沙夫人问："是谁？"炀帝道："朕前日叫许庭辅到后宫去采选，如何不选他？其中一定有弊。这诗明明是怨许庭辅不肯选他，故含愤而死。"便要叫人拿许庭辅。降阳院贾夫人劝道："许庭辅只知看容貌，那里识得他的才华？侯夫人才华美矣，不知容貌如何？陛下何不差人去看，若颜色平常，罪还可赦；若才貌俱佳，再拿未迟。"炀帝道："若不是个绝色佳人，那有这般锦心绣口？既是妃子们如此说，待朕亲自去看。"遂别了众夫人，乘辇还宫。萧后接住，便同到后宫来看。只看侯夫人还是个二十来岁的女子，虽然死了，却装束得齐整，颜色如生，腮红颊白，就如一朵含露的桃花。炀帝看了，也不怕触污了身体，走近前将手抚着他尸肉之上，放声痛哭道："朕这般爱才好色，宫帏中却失了妃子。妃子这般有才有色，咫尺间却不能遇朕。非朕负妃子，是妃子生来的命薄；非妃子不遇朕，是朕生来的缘悭。妃子九原之下，慎勿怨朕。"说罢又哭，哭了又说，絮絮叨叨，就像孔夫子哭麒麟的一般，倒十分凄切。正是：

圣人悲道，常人哭色。
同一伤心，天渊之隔。

萧后劝道:“人琴已亡,悲之何益?愿陛下保重。”炀帝遂传旨,拿许庭辅下狱,细细审问定罪。一面叫人备衣衾棺椁,厚葬侯夫人。又叫宫人寻遗下的诗稿。宫人回奏道:“侯夫人吟咏极多,临死这一日,哭了一场,尽行烧毁了。”炀帝痛惜不已,又将锦囊内诗笺,放在案上,看了一遍,说一遍可惜,读了一遍,道一遍可怜,十分珍重,随付众夫人翻入乐谱。

众夫人打听得炀帝厚治侯夫人葬礼,也都备了祭仪,到后宫来吊唁。炀帝自制祭文一篇去祭他,中间几联云:

长门五载,冷月寒烟。妃不遇朕,谁将妃怜?妃不遇朕,晨夜孤眠。朕不遇妃,遗恨九原。朕伤死后,妃若生前。

许多酸语哀词,不及备载。炀帝做完了祭文,自家朗诵一遍,连萧后也不觉堕下泪来,说道:“陛下何多情若此?”炀帝道:“非朕多情,情到伤心,自不能已。”惹得众夫人也都出声下泪。炀帝赐侯夫人御祭一坛,将祭文烧在灵前,卜地厚葬。又敕郡县官厚恤他父母。这许庭辅被刑官拷问,熬炼不过,只得将索骗金钱的真情,一一招出。刑官具本奏闻,炀帝大怒,要发出东市腰斩,亏众夫人再三苦劝,批旨赐许庭辅狱中自尽。正是:

只倚权贪利,谁知财作灾。
虽然争早晚,一样到泉台。

第二十九回　**隋炀帝两院观花　众夫人同舟游海**

词曰：

伤心未已，欢情犹继。天公早显些微异，秾桃艳李斗当时，一杯浇释胸中忌。　　北海层峦，五湖新柳。天涯遥望真无际，梦回一枕黑甜余，碧栏又听轻轻语。

调寄《踏莎行》

人于声色货利上，能有几个打得穿识得透的？况贵为天子，富有四海，凭他穷奢极欲，逞志荒淫，那个敢来拦阻他？任你天心显示，草木预兆，也只做不见不闻，毕竟要弄到败坏决裂而后止。

却说炀帝虽将许庭辅赐死，只是思念侯夫人。众夫人百般劝慰，炀帝终是难忘。萧后道："死者不可复生，思之何益？如宣华死后，复得列位夫人，今后宫或者更有美色，亦未可知。"炀帝道："御妻之言有理。"遂传旨各宫：不论才人、美人、嫔妃、彩女，或有色有才，能歌善舞，稍有一技可见者，许报名到显仁宫自献。

此旨一出，不一日就有能诗善画，吹弹歌舞、投壶蹴踘的，都纷纷来献技。炀帝大喜，即刻排宴显仁宫大殿上，召萧后与十六院夫人同来，面试众人。这日炀帝与萧后坐在上面，众夫人列坐两旁，一霎时做诗的，描画的，吹的吹，唱的唱，弄得笔墨纵横，珠玑错落，宫商迭奏，鸾凤齐鸣。炀帝看见一个个技艺超群，容貌出众，满心欢喜道："这番遴选，应无遗珠；但伤侯夫人才色不能再得耳！"随各赐酒三杯，录了名字，或封美人，或赐才人，共百余名，都一一派入西苑。

各苑分派将完，尚有一个美人，也不作诗，又不写字，不歌不舞，立在半边。炀帝将他仔细一看，只见那女子：

貌风流而品异，神清俊而骨奇。
不屑人间脂粉，翩翩别有丰姿。

炀帝忙问道："你叫甚名字？别人献诗献画，争娇竞宠，你却为何不言不语，立在半边？"那美人不慌不忙，走近前来答道："妾姓袁，江西贵溪人，小字叫做紫烟。自入宫来，从未一睹天颜。今蒙采选，故敢冒死上请。"炀帝道："你既来见朕，定有一技之长，何不当筵献上？"紫烟道："妾虽有微能，却非艳舞娇歌，可以娱人耳目。"炀帝道："既非歌舞，又是何能？"袁紫烟道："妾自幼好览玄象，故一切女工尽皆弃去。今别无他长，只能观星望气，识五行之消息，察国家之运数。"炀帝大惊道："此圣人之学也，你一个朱颜女子,如何得能参透?”袁紫烟道:“妾为儿时,曾遇一老尼,说妾生得眼有奇光,可以观天,遂教妾璇玑玉衡五纬七政之学。又诫妾道:熟习此,后日当为王者师。妾因朝夕仰窥,故得略知一二。”炀帝道:“朕自幼无书不读,只恨天文一书,不曾穷究。那些台官,往往渎奏灾祥祸福,朕也不甚理他。今日你既能识,朕即于宫中起一高台,就封你为贵人,兼女司天监,专管内司天台事。朕亦得时时仰观天象,岂不快哉!”袁紫烟慌忙谢恩,炀帝即赐他列坐在众夫人下首。萧后贺道:“今日之选,不独得了许多佳丽,又得袁贵人善观玄象,协助化理,皆陛下洪福所致也。”

炀帝大喜,与众人饮到月上时,等不及造观天台,就拉着袁紫烟到月台上来,叫宫人把台桌数张,搭起一座高台。炀帝携着袁紫烟,同上台去观象。两人并立。紫烟先指示了三垣,又遍分二十八宿。炀帝道:“何谓三垣?”紫烟道:“三垣者,紫微、太微、天市也。紫微垣乃天子所都之宫也;太微垣乃天子出政令朝诸侯之所也;天市垣乃天子主权衡聚积之都市也。星明气明,则国家享和平之福;彗孛干犯,则社稷有变乱之忧。”炀帝又问道:“二十八宿环绕中天,分管天下地方,何以知其休咎?”紫烟道:“如五星干犯何宿,则知何地方有灾,或是兵丧,或是水旱,俱以青黄赤黑白五色辨之。”炀帝又问道:“帝星安在?”紫烟用手向北指道:“那紫微垣者,一连五星,前一星主月,太子之象;第二星主日,有赤色独大者,即帝星也。”炀帝看了道:“为何帝星这般摇动?”紫烟道:“帝星摇动无常,主天子好游。”炀帝笑道:“朕好游乐,其事甚小,何如上天星文,便也垂象?”紫烟道:“天子者,天下之主,一举一动,皆上应天象。故古之圣帝明王,常懔懔不敢自肆者,畏天命也。”炀帝又细细看了半晌,问道:“紫微垣中,为何这等晦昧不明?”紫烟道:“妾不敢言。”炀帝道:“上天既已垂象,妃子不言,是欺朕也;况兴亡自有定数,妃子明言何害?”紫烟道:“紫微晦昧,但恐国祚不永。”炀帝沉吟良久道:“此事尚可挽回否?”紫烟道:“紫微虽然晦昧,幸明堂尚亮,泰阶犹一;况至诚可以格天,陛下若修德以禳之,何患天心不回?”炀帝道:“既可挽回,则不足深虑矣。”

二人将要下台,忽见西北上一道赤气,如龙纹一般冲将起来。紫烟猛然看见,着了一惊,忙说道:“此天子气也!何以至此?”炀帝忙回头看时,果然见赤光缕缕,团成五彩,照映半天,有十分奇怪,不觉也惊讶起来,因问道:“何以知为天子气?”紫烟道:“五彩成文,状如龙凤,如何不是?气起之处,其下定有异人。”炀帝道:“此气当应在何处?”紫烟手指着道:“此乃参井之分,恐只在太原一带地方。”炀帝道:“太原去西京不远,朕明日即差人去细细缉访,倘有异人,拿来杀了,便可除灭此患。”紫烟道:“此乃天意,恐非人力能除。惟愿陛下慎修明德,或者其祸自消。昔老尼曾授妾偈言三句道:‘虎头牛尾,刀兵乱起,谁为君王,木之子。’若以木子二字详解,木在‘子’上,乃是‘李’字;然天意微渺,实难以私心揣度。”炀帝道:“天意既定,忧之无益。这等良夜,且与妃子及时行乐。”遂起身同下台来,与萧后众夫人又吃了一回酒,萧后与众夫人各自散归,炀帝就在显仁宫,同袁紫烟宿了。

次日炀帝方起来梳洗,忽见明霞院杨夫人差内监来奏道:“昔日酸枣县进贡的玉李树,一向不甚开花,昨夜忽然花开无数,清阴素影,掩映有数里之遥,满院皆香,大是祥瑞,伏望万岁爷亲临赏玩。”炀帝因袁紫烟说木子是“李”字,今见报玉李茂盛,心下先有几分不快，沉吟了一回，方问道："这玉李久不开花，为何忽然大开？必定有些奇异。"太监奏道："果是有些奇异，昨夜满院中人，俱听得树下有几千神人说道：木子当盛，吾等皆宜扶助。奴婢等都不肯信。不料清晨看时，开得花叶交加，十分繁衍。此皆万岁爷洪福齐天，故有此等奇瑞。"炀帝闻言，愈加疑虑。

正踌蹰间，忽又见一个太监来奏道："奴婢乃晨光院周夫人遣来。院中旧日西京移来的杨梅树，昨夜忽花开满树，十分烂熳，特请万岁爷亲临赏玩。"炀帝见说杨梅盛开，合着了自家的姓氏，方才转过脸来欢喜道："杨梅却也盛开，妙哉妙哉！"因问太监："为何一夜就开得这般茂盛？"太监奏道："昨夜花下，忽闻有许多神人说道：此花气运发泄已极，可一发开完。今早看时，无一处不开得烂熳。"炀帝道："杨梅这般茂盛，比明霞院的玉李如何？"太监道："奴婢不曾看见玉李花。"

袁紫烟在旁说道："二花一时齐发，系国家祥瑞，陛下何不去观？"炀帝见说，便道："我与妃子同去看来。"遂上了金辇，袁紫烟随驾。到西苑，早有杨夫人、周夫人接住。炀帝问道："杨梅乃西京移来，原是宿根老本，固该十分开放。这玉李乃外县所献，不过是浮蔓之质，如何也忽然开放？"二夫人道："圣目亲看便知。"须臾，驾到了明霞院，杨夫人便要邀炀帝进看玉李。炀帝不肯下辇，道："先去看了杨梅，再来看他。"杨夫人不敢勉强，只得让辇过去，自家转随到晨光院来。炀帝进院，竟到杨梅树下来看，只见花枝簇簇，开得浑如锦绣一般，十分欢喜道："果然开得茂盛，国家祥瑞，不卜可知。"须臾，各院夫人闻知二院花开，也都来看，皆极口称赞。炀帝大喜，便要排宴赏花。众夫人不知炀帝的意思，齐说道："闻得玉李开得更盛，陛下何不一往观之？"炀帝道："料没有杨梅这般繁盛。"众夫人道："盛与不盛，大家去看看何妨？"炀帝被众夫人催逼不过，只得同到明霞院来。

方进得院来，早闻得秾秾郁郁的异香扑鼻，及走至后院窗前一看，只见奇花满树，异蕊盛枝，就如琼瑶造就，珠玉装成，清阴素影，掩映的满院祥光万道，瑞霭千层，真个有鬼神赞助之功，与杨梅大不相同。有《踏莎行》词一首为证：

> 白云横铺，碧云乱落。明珠仙露浮花萼，浑如一夜气呵成，果然不假春雕琢。　天地栽培，鬼神寄托。东皇何敢相拘缚。风来香气欲成龙，凡花谁敢争强弱。

炀帝看见玉李精光璀璨，也不像一枝树木，就似什么宝贝放光一般，吓得目瞪口呆，半晌开口不得。众夫人不知就里，只管称扬赞叹。众内侍宫人，也不识窍，这一个道大奇，那一个道茂盛，都乱纷纷称赞不绝。炀帝不觉忿然大声说道："这样一枝小树，忽然开花如此，定是花妖作祟，留之必然为祸。"叫左右快用刀斧连根砍去。众夫人听了，都大惊道："开花茂盛，乃国家祯祥，为何转说是妖？望陛下三思。"炀帝道："众妃子那里晓得，只是砍去为妙。"众夫人苦劝，炀帝那里肯听。惟袁紫烟心中明白，对炀帝说道："此花虽是茂盛，然太发泄尽了，恐不长久。今陛下莫若以酒酬之，则此花不为妖，而反为瑞矣。"

众太监正在那里延挨,不忍动手,忽报娘娘驾到。原来萧后闻得二院开花茂盛,故来赏玩。到了院中,众夫人齐出来迎接,就说道:“这样好花,万岁转说他是妖,倒要伐去,望娘娘劝解。”萧后见过了炀帝,仔细将玉李一看,果然是雪堆玉砌,十分茂盛,心下也沉吟了一会,因问炀帝道:“陛下为何要伐此树?”炀帝道:“御妻明白人,何必细问?”萧后道:“此天意也,非妖也,伐之何益?陛下若威福不替,则此皆木德来助之象也。”炀帝道:“御妻所见极是,且同你去看杨梅。”遂不伐树,便起身依旧同到晨光院来。

萧后看那杨梅,虽然繁郁,怎敌得玉李?然萧后终是个乖人,晓得炀帝的意思,勉强说道:“杨梅香清色美,得天地之正气;玉李不过是鲜媚之姿。以妾看来,二花还是杨梅为上。”炀帝方笑道:“终是御妻有眼力。”随命取酒来赏。须臾酒至,大家就在花下团坐而饮。饮到半晌,真个是观于海者难为水,不但众人心中,都有一点不足之意,就是炀帝自家,看了一会,也觉道没甚趣味,忽然走起身来道:“这样春光明媚,大地皆是文章,何苦守着一株花树吃酒。”萧后道:“陛下之论有理,莫若移席到五湖中去。”炀帝道:“索性过北海一游,好豁豁胸襟眼界。”众夫人听了,忙叫近侍将酒席移入龙舟。

安排停当,炀帝与萧后众夫人们,一齐同上龙舟,望北海中来。只见风和景明,水天一色,比湖中更觉不同。有诗为证:

御苑东风丽,吹春满碧流。
红移花覆岸,绿压柳垂舟。
树影依山殿,莺声渡水流。
今朝天气好,宜向五湖游。

炀帝与萧后众夫人,在龙舟中,把帘幕卷起,细细的赏玩那些山水之妙。早游过了北海,到了三神山脚下,一齐登岸。正待上山,忽听波心里一声响亮,只见海中一尾大鱼,扬鳍鼓鬣,翻波触浪游戏,逼近岸边,游来游去。见了炀帝,就如认得的一般。炀帝定睛细看,却是一个一丈四五尺的一尾大鲤鱼,浑身锦鳞金甲,照耀在日光之下,就如万点金星。鱼额上隐隐有一个像是朱砂写的“角”字,偏在半边。炀帝看了,忽然想起,说道:“原来就是此鱼。”萧后忙问道:“此是何鱼?”炀帝道:“御妻记不得了?朕昔日曾与杨素在太液池钓鱼,有个洛水渔人,持一尾金色鲤鱼来献。朕见有些奇相,曾将朱笔题‘解生’二字在鱼额上,放入池中。后来虞世基凿海,要引入活水,遂与池相通。不知几时游到海中,养得这般大了,如今‘生’字被水浸去,止有‘解’字半边一个“角”字在上,岂不是他?”萧后道:“鲤有角,非凡物也!”袁紫烟道:“趁此未成龙时,陛下当早除之,以免后日风雷之患。”炀帝道:“妃子之言甚是。”叫近侍快取弓箭。

近侍忙将金镶羽箭奉上。炀帝接在手,展起袍袖,引箭当弦,觑定了那鱼肚腹之上,飕的放一箭去。忽然水面上,卷起一阵风来,刮得海中波浪滔天,像有几百万鱼龙跳跃的模样,浪头的水,直喷上岸来,连炀帝与萧后众夫人衣裳尽皆打湿,吓得众人个个魂飞魄散。萧后同众夫人慌忙退避。炀帝也吃了一惊,立脚不定;只见袁紫烟反趋到炀帝面前来说道："陛下站定，等妾来。"炀帝慌了，正要扯他，那袁紫烟忙在袖中，取出一物，如算丸的木蛋一般，左手挽住一条五彩锦索，右手把那丸儿掷下水去。将近鱼身，那鲤鱼一见，扑转鳌头，悠然入海去了。

袁紫烟收起一二十丈锦索，执着那件宝贝。此时炀帝喘息已定，向紫烟取那件东西来看，原来是圆滴溜溜的一个五色光生丸儿。炀帝道："此是何物，能使怪鱼退避？"袁紫烟道："此亦妾幼时老尼所赠。说是太液混天球，是当年老君炼就，能辟诸邪，可驱水中怪异，叫妾常佩在身，以防不测。"正说时，只见萧后同众夫人走到面前。炀帝吃了这惊，亦无兴上山游览，大家上龙舟，进北海摇回。

方登南岸，只见中门使段达俯伏在地，手捧着几道表章，奏道："边防有紧急文书，臣不敢耽阻，谨进上御览定夺。"炀帝笑道："当今四海承平，万方朝贡，有什么紧急事情，这等大惊小怪？"遂叫取上来看。左右忙将第一道献上。炀帝展开看时，上写着：为边报事，弘化郡至关右一带地方，连年荒旱，盗贼蜂起，郡县不能禁治，伏乞早发良将，剿捕安集等情。炀帝道："这都是郡县官员，假捏虚情，后日平复了冒功请赏。"萧后道："此等之事，虽不可全信，亦不可不信，陛下只遣一员能将去剿捕便了。"炀帝又取第二道表文来看，却是：吏兵二部为推补事，关右一十三郡盗贼生发，郡县告请良将。臣等会推卫尉少卿李渊才略兼备，御众宽简得中，可补弘化郡留守，题兵剿捕盗贼等情，伏乞圣旨定夺。炀帝看了，就批旨道："李渊既有才略，即着补弘化郡留守，总管关右十三郡兵马，剿除盗贼，安集生民，俟有功只行升赏，该部知道。"帝批完，即发与段达。段达因边防紧急事务，不敢耽搁，随即传与吏兵二部去了。炀帝猛想起李渊，当年伐陈时，他立意杀了张丽华，况又姓李，恐怕应了天文谶语，如何反假他兵权？心下只管沉吟，欲要追回成命，又见疏已发出，待要改发一人，一时没有个良将。

也是天意有定。炀帝正踌躇间，段达忽又献上一道表来。炀帝展开看时，却是长安令献美人的奏疏。炀帝见了，心下大喜，把李渊的事都丢开了，因问段达道："既是献美人，美人今在何处？"段达奏道："美人现在苑外，未奉圣旨，不敢擅入。"炀帝即传旨宣来。不多时，将美人宣到，那美人见了炀帝与萧后，慌忙轻折纤腰，低垂素脸，俯伏在地。炀帝将那美人仔细一看，真个生得娇怯怯一团俊俏，软温温无限丰姿。有诗为证：

浣雪蒸霞骨欲仙，况当十五正芳年。
画眉腮上娇新月，掠发风前斗晚烟。
桃露不堪争半笑，梨云何敢压双肩。
更余一种憨憨态，消尽人魂实可怜。

炀帝见那女子十分娇倩，满心欢喜，用手扶他起来问道："你今年十几岁，叫甚名字？"那美人答道："妾姓袁，小字宝儿，年一十五岁。妾家中父母，闻万岁选御车女，故将贱妾献上，望圣恩收录。"炀帝笑道："放心放心，决不退回。"遂同萧后带了宝儿，竟到十六院来。众夫人见炀帝新收宝儿，忙治酒来贺。又吃了半夜，单送萧后回宫。炀帝就是翠华院中，与宝儿宿了。次日起来，就赐他为美人。自此以后，行住坐卧，皆带在身旁，十分宠幸。宝儿却无一点恃宠之意，终日只是憨憨的耍笑，也不骄人，也不作态。炀帝更加宠爱，各院夫人也都欢喜他温柔软款，教他歌舞吹唱。他福至心灵，一学便会。

一日，炀帝在院中午睡未起，袁宝儿私自走出院来，寻着朱贵儿、韩俊娥、杳娘、妥娘众美人耍子。杳娘道："这样春天，百花开放，我们去斗草如何？"妥娘道："斗草，左右是这些花，大家都有的，不好耍子，到不如去打秋千，还有些笑声。"韩俊娥道："不好不好，秋千怕人，我不去。"朱贵儿道："打秋千既不好，大家不如同到赤栏桥上去钓鱼罢。"袁宝儿道："去不得，倘或万岁睡醒，寻我们时，那里晓得？莫若还到后院去演歌舞耍子，还不误了正事。"大家都道："说得是。"一齐转到后院西轩中来。众美人把四围帘牖俱开，将珠帘把金钩挂起，柳丝袅袅，看檐前楹外群芳相映。正是：

帘卷斜阳归燕语，池生芳草乱蛙鸣。

第三十回　赌新歌宝儿博宠　观图画萧后思游

词曰：

午梦初回闲信步，转过雕栏，又听新声度。蜂飞蝶舞风回住，莺啼一唤情难去。　　醉向花阴日未暮，漫把珠帘，钩起游丝絮。画上天涯萦意绪，今日没个安排处。

调寄《蝶恋花》

凡人的心性，总是静则思动，动则思静，怎能个像修真炼性的，日坐蒲团？至若妇人念头，尤难收束，处贫处富，日夕好动荡者俱多，肯恬静的甚少，其中但看他所志趋向耳。

再说朱贵儿、韩俊娥、杳娘、妥娘，袁宝儿一班美人，齐转到院后西轩中坐下，一递一个把那些新学的词曲，共演唱了片时。朱贵儿忽然说道："这些曲子，只管唱，没有甚么趣味。如今春光明媚，你看轩前的杨柳青青，好不可爱。我们各人，何不自出心思，即景题情，唱一双杨柳词儿耍子？"杳娘道："既如此，便不要白唱，唱得好的，送他明珠一颗；唱不来的，罚他一席酒，请众人何如？"四人都道："使得，使得。"妥娘道："还该那个唱起？"朱贵儿道："这个不拘，有卷先递。"说未了，韩俊娥便轻敲檀板，细啭莺喉，唱道：

杨柳青青青可怜，一丝一丝拖寒烟。
何须桃李描春色，画出东风二月天。

韩俊娥唱罢，众人都称赞道："韩家姐姐，唱得这样精妙，真个是阳春白雪，叫我们如何开口？"韩俊娥道："姐姐们不要笑我，少不得要罚一席相请。"还未说完，只见妥娘也启朱唇，翻贝齿，娇嫡嫡的唱道：

杨柳青青青欲迷，几枝长锁几枝低。
不知萦织春多少，惹得宫莺不住啼。

妥娘唱毕，大家又称赞了一会，朱贵儿方才轻吞慢吐，嘹嘹呖呖，唱将起来道：

杨柳青青几万枝，枝枝都解寄相思。
宫中那有相思寄，闲挂春风暗皱眉。

贵儿唱完，大家说道："还是贵姐姐唱得有些风韵。"贵儿笑道："勉强塞责，有甚么风韵。"因将手指着杳娘、宝儿说道："你们且听他两个小姐姐唱来，方见趣味。"杳娘微笑了一笑，轻轻的调了香喉，如箫如管的唱道：

杨柳青青不绾春，春柔好似小腰身。
漫言宫里无愁恨，想到春风愁杀人。

杳娘唱罢，大家称赞道："风流蕴藉，又有感慨，其实要让此曲。"杳娘道："不要羞人，且听袁姐姐的佳音。"宝儿道："我是新学的，如何唱得？"四人道："大家都胡乱唱了，偏你能歌善唱的，到要谦逊？"宝儿真个是会家不忙，手执红牙，慢慢的把声容镇定，方才吐遏云之调，发绕梁之音，婉婉的唱道：

杨柳青青压禁门，翻风挂月欲销魂。
莫夸自己春情态，半是皇家雨露恩。

宝儿唱完，大家俱各称赞。朱贵儿说道："若论歌喉婉转，音律不差，字眼端正，大家也差不多儿；若论词意之妙，却是袁宝儿的不忘君恩，大有深情，我们皆不及也。大家都该取明珠相送。"宝儿笑道："众姐姐休得取笑，免得罚就够了，还敢要甚么明珠？羞死，羞死。"杳娘道："果然是袁姐姐唱得词情俱妙，我们大家该罚。"

众美人正争嚷间，只见炀帝从屏风背后，转将出来，笑说道："你们好大胆，怎么瞒了朕，在这里赌歌？"众美人看见了炀帝，都笑将起来说道："妾等在此赌歌，胡诌的歌儿耍子，不期被万岁听见。"炀帝道："朕已听了多时矣！"原来炀帝一觉睡醒，不见了宝儿，忙问左右，对道："在后院轩子里，与众美人演唱去了。"炀帝遂悄悄走来。将到轩前，听见众美人，说也有，笑也有，恐打断了他们兴头，遂不进轩，到转过轩后，躲在屏风里面，张他们耍子，故这些歌儿，俱一一听得明白。当下说道："你们不要争论，快来听朕替你们评定。"众美人真个都走到面前。

炀帝看着朱贵儿、韩俊娥、妥娘、杳娘说道："你们四个，词意风流，歌声清亮，也都是等闲难得。"又将手指着袁宝儿道："你这个小妮子，学得几时唱，就晓得遣词立意；又念皇家雨露之恩，真个聪明敏慧，可喜可爱。"宝儿也不答应，只是憨憨的嘻笑。炀帝又道："你们到耍得有趣，都该重赏。"遂叫左右，取吴绫蜀锦，每人两端，宝儿加赏明珠两颗，说道："你既念皇家的雨露，雨露不得不偏厚于你。"宝儿只与众人一齐谢恩，说："万岁评论极公。"

炀帝大喜，正欲吩咐看宴来，忽闻隔墙隐隐有许多笑声，将近轩来。左右报道："众夫人来了。"炀帝见说，笑对众美人道："你们把朕藏着，待他们来，只说朕不在这里。"韩俊娥道："叫妾等藏万岁到那里去？"朱贵儿道："左首短屏后，可以藏得。"炀帝道："下身露出不好。"杳娘道："假山后芭蕉阴里倒好。"炀帝道："倘或一阵风来，吹倒了叶儿，就看见了，也不好。"袁宝儿笑道："有便有一个所在，只怕万岁不好意思。"炀帝笑道："小油嘴，快说来，不要耽搁了工夫。"宝儿把手指着右首壁上一口壁橱道："这内中甚是广阔，上边又有雕花，可以看外，又不闷人，不要说万岁一个，再有一个陪驾，亦可容得。"炀帝见说，点头笑道："妙，你们快开了，待朕躲进去。"众人忙把橱门展开，炀帝轻身一跃，闪进里头去了。众美人仍然关好，把屈戍扣上。

不一时，七八位夫人携着手笑进轩来。只见众美人都站在那里，四围一看，并不见炀帝。明霞院杨夫人道："万岁不在这里。"清修院秦夫人问众美人道："万岁那里去了？"众美人说道："不晓得。"晨光院周夫人道："宝辇尚停在院外，宫人们都说在西轩里，难道万岁有隐身法的，就不见了？"景明院梁夫人笑对袁宝儿道："别的说不晓得也就罢了，你是时刻要侍奉的，岂不知万岁在何处？若藏在那里，快些说出来，不然我们大家要动手了。"宝儿憨憨的答道："我一个娃娃家，怎便可以藏得万岁？"迎晖院罗夫人笑道："好一个娃娃家！只怕来年这时候，要做娘了。"众夫人都笑起来。秋声院薛夫人道："不是这等讲，我有个法在此。他们是不肯说的了，我们莫若将宝儿这妮子劫了去。万岁是时刻少他不得，他不见了，他自然要寻到我们院里来的，何须此时性急？"众夫人都道："有理，有理。"正要大家动手，翠华院花夫人只见壁橱里边一影，便道："万岁在这里，我寻着了。"忙把壁橱屈戍除去，正要开门，听见里边格吱吱笑声，跳出一个炀帝来，拍手大笑道："好呀，众妃子要劫朕可人去，是何道理？"文安院狄夫人笑道："幸亏薛夫人的妙策，激动天颜，方才泄漏；不然只道这里头是凤池，那晓得倒是个龙窟。"众夫人与众美人都大笑起来。

炀帝对众夫人问道："你们这一伙，为甚么游到这里来？"秦夫人道："妾等俱有耳报法，晓得陛下在这里评品歌词，妾等亦赶来随喜随喜。"薛夫人问道："他们歌的是新词是旧曲？"炀帝便把五个美人的杨柳词，逐个述与众夫人听。周夫人道："他们到颇得有些意思，我们亦该寻个题目来做做，消遣韶华，强如去抹牌下棋，猜谜行令。"炀帝笑道："题目不拘，就众妃子各人写怀赋志，何必别去搜求。"秋夫人道："题目虽好，只是如今现在只有妾等八人，万岁何不连他们一发去宣了来，以见十六院多有吟咏，方成个诗文会集，大家有兴。"炀帝道："妃子之论甚佳。"叫左右近侍们："快些去宣那八院夫人来。"宫人领旨，如飞的分头去了。正是：

横陈锦障栏杆内，尽吸江云翰墨中。

不一时，只见众夫人多打扮得鲜妍妩媚，袅袅婷婷，齐走进轩来，见过了炀帝，又见了八位夫人。炀帝一看，只有六人，少了两位：仪凤院李夫人、宝林院沙夫人，便问道："为何庆儿不来？"绮阴院夏夫人笑道："李夫人么，是陛下不到他院里去临幸，害了相思病来不得。"炀帝笑道："别样病，朕不会医，惟相思病，朕手到病除。"又问道："沙妃子为何也不来？"降阳院贾夫人道："他说身子有些诧异，看动弹得也就来。"又道："陛下宣妾等来，有何圣谕？"秦夫人道："陛下因众美人赌唱新词，也要命题，叫妾等或诗或词，大家做一首题目，各人或写景或感怀，随意可做。"积珍院樊夫人对炀帝道："他们吟风弄月惯的，妾却笔砚荒疏，恐做出来反污龙目。"炀帝道："这也不过适一时之兴，胡诌几句消遣，妃子何须过逊？”影纹院谢夫人道：“若要考文，必须定个优劣赏罚。”仁智院姜夫人道：“主司自然是陛下了，但妾赏则不敢望，罚则当如何？”花夫人道：“赏则各输明珠一颗，以赠元魁，罚则送主司到他院里去，针灸他一夜，再考。”秦夫人道：“这等说，人人去做歪诗，再无好吟咏了。”和明院姜夫人道：“不是这等讲，若是做得丑的，要罚他备酒一席，以作竟日欢；若是做得奇思幻想，清新中式的，大家送主司到他院里去，欢娱一夜。”周夫人笑道：“照依你说，我是再不沾雨露的了。”

炀帝听见众夫人议论，大笑不止，便道：“众妃子不必争论，好歹做了，朕自有公评。”于是众夫人笑将下来，向炀帝告坐了，便四散去，各占了坐位。桌上预先设下砚一方，笔一枝，一幅花笺。大家静悄悄凝坐构思。炀帝坐在中间，四围观看：也有手托着香腮；也有颦蹙了画眉；也有看着地弄裙带的；也有执着笔仰天想的；有几个倚遍栏杆；有几个缓步花阴；有的咬着指爪，微微吟咏；有的抱着护膝，唧唧呆思。炀帝看了这些佳人的态度，不觉心荡神怡，忍不住立起身来，好像元宵走马灯，团团的在中间转，往东边去磨一磨墨，往西边来镇一镇笺；那边去倚着桌，觑一觑花容；这边来靠着椅，衬一衬香肩。转到庭中，又舍不得这里几个出神摹拟；走进轩里，又要看外边这几个心情。引得一个风流天子，如同戏台上的傀儡，提进提出。

正得意之时，只见一个内监进来奏道：“娘娘见木兰庭上，百花盛开，遣臣请万岁御驾赏玩。”炀帝见说便道：“木兰庭上，也有景致，自从有了西苑，许久不曾去游，只是此刻众夫人在这里题诗看花，明日罢。”内监道：“娘娘已先进木兰庭去了，专候万岁驾临。”狄夫人起身，对炀帝说道：“妾等做诗，原没甚要紧，陛下还是进宫去的是，不要因了妾们拂了娘娘的兴。”炀帝沉吟了一回，说道：“既如此，妃子们同去走走何如？”罗夫人道：“使不得，娘娘又没有懿旨唤妾们，妾等成队的进宫去，不惟不能凑其欢，反取其厌了。”炀帝点头道：“也说得是，待朕去看光景好，再差人来宣你们未迟。如今大家且在这里构思完题。”说了起身，众夫人送出轩来，炀帝便止住道：“众妃子各自去干正事，不要乱了文思。”众夫人应命进轩。

炀帝见众美人都在轩外，说道：“你们总是闲着，随朕去游赏片时。”宝儿等五人，欢喜不胜，随炀帝上了玉辇，转过西轩，又行过了明霞、晨光二院，将到翠华院玉山嘴口，只见一辆小车儿，迎将上来。炀帝仔细一看，却是仪凤院李夫人。李夫人望见了炀帝的玉辇，忙下车来，俯伏辇前。炀帝把手扶他起来道：“好呀，你躲到这时候方来？夏妃子说你害了相思病，朕正要来替你诊治。”李夫人笑道：“陛下那有闲工夫来，妾偶尔伤春贪睡来迟，望陛下恕罪，不知宣妾等在何处供奉？”炀帝便把美人赌歌，众妃子也想吟诗，朕叫他们各自写怀在西轩中题咏，如今因木兰庭上花开，皇后来请，不得不去走遭，说了一遍。李夫人道：“既是陛下要进宫去了，妾又到西轩去有甚兴致，不如仍回院去，做了诗呈上御览便了。”炀帝道：“妃子既是体中欠安，诗词今日不做，后日亦可补得，没甚要紧，到不如同朕进宫去看一看花，夜间朕就到你院中歇了，朕还有话对你说。”李夫人不敢推辞。炀帝拉李夫人同坐了玉辇，亲亲切切，又说了许多体己话。

不一时已到宫中，萧后接住。李夫人见过了萧后。萧后对炀帝道：“妾见木兰庭上，万花齐放，故差奴婢们迎请陛下一赏。”又对李夫人道：“前日承夫人差宫人来候问，又承见惠花钏，穿扎得甚巧，两日正在这里想念，今日同来，正惬我心。”李夫人道：“微物孝顺娘娘，何足记怀。”炀帝道：“朕久不到木兰庭，正要一游，不想御妻亦有同心。”三人一头说，一头走，须臾之间，早到木兰庭上。炀帝四围一看，只见千花万卉，簇簇俱开。真个是：

皇家富贵如天地，禁内繁华胜万方。

炀帝与萧后众人，四下里游赏了一会，方到庭上来饮酒。萧后问道：“陛下在苑中作何赏玩，却被妾邀来？”炀帝道：“朕偶然睡起，见朱贵儿等躲在院后轩子里，赌唱歌儿耍子，被朕窃听了半日，倒唱得有些趣味。”萧后道：“怎样有趣？”炀帝遂把众美人如何唱、如何赌与自家如何评定，细细述了。萧后看众美人说道：“你们既有这等好歌儿，何不再唱一遍，与我听听？万岁评定的，公也不公？”炀帝道：“有理有理，也不要你们白唱，唱一支，朕与娘娘饮一杯酒，李妃子也陪饮一杯。”众美人不敢推辞，只得将杨柳词，一个个重行唱了一遍。萧后俱称赞不已。

末后轮到袁宝儿唱时，炀帝正要卖弄他皇家雨露之恩，留心侧耳而听，不想他更逞聪明，却不袭旧词，又信着口儿唱道：

杨柳青青娇欲花，画眉终是小宫娃。
九重上有春如海，敢把天公雨露夸。

炀帝听了，又惊又喜道：“你看这小妮子，专会作怪。他因御妻在此，便唱‘九重上有春如海，敢把天公雨露夸’。这明是以宫娃自谦，见他不敢专宠之意。”萧后大喜道：“他年纪虽小，到有些才情分量。”因叫他到面前，亲自把一杯酒，赐与他吃，说道：“你小小年纪，到知高识低，晓得事务，先念皇恩，又不敢夸张，真可谓淑女矣！”将自己的一副金钏，取下来赏他。宝儿谢恩，接了也不做声，只是憨憨的嘻笑。

萧后对炀帝道：“刚才奴婢们说陛下在西轩，与众夫人赋诗，怎么列位不见，陛下独同李夫人来？”炀帝指着众美人道：“因他们赌唱新词，众妃子偶然撞来，晓得了，也要朕出个题目，消遣消遣。李妃子是没有来，直到御妻请朕回宫，在玉山嘴口，遇见朕，因拉他来看花助兴。”萧后道：“李夫人来，更觉花神增色；只是打断了陛下考文的兴趣，奈何？”大家说说笑笑。

炀帝不觉微有醉意，遂起身到各处闲耍。偶走上殿来，但只见中间挂着一幅大画，画上都是泥金青绿的山水人物，也有楼台寺院，也有村落人家。炀帝见了，便立住细看，并不转移。萧后见炀帝注看多时，恐劳神思，便叫宝儿去请来饮酒。宝儿去请，炀帝也不答应，只是注目看画。萧后又叫宝儿拿一钟新煎的龙团细茶，送与那炀帝，炀帝只是看画，也不吃茶。

萧后见炀帝看得有些古怪，忙起身同李夫人走到面前，徐徐问道：“这是那个名人的妙笔？陛下为何这等爱他，凝眸不舍？”炀帝道：“这画乃是一幅广陵图，朕见此图，忽想起广陵风景,故有些恋恋不舍。”萧后道:“此图与广陵不知可有几分相似?”炀帝道:“论广陵山明水秀,柳媚花娇,这图如何描写得出?若只论殿宫寺宇,一指顾间,历历如在目前。”萧后将手指着问道:“此一条是什么河道,有这些舳舻舟楫在内?”炀帝见萧后问他详细,遂走近一步,将左手伏在萧后肩上,把右手指着图画,细细说道:“这不是河道,乃是扬子江。此水自西蜀山峡中流出,奔腾万余里,直到海中,由此遂分南北,古今所谓天堑者,以此江得名也。”李夫人道:“沿江这一带,都是甚么山?”炀帝道:“这正面一带,是甘泉山;左边的是浮山,昔大禹治水,曾经此山,至今山上还有个大禹庙;右边这一座,叫做大铜山,汉时吴王濞在此处铸钱,故此得名;背后一带小山,叫做横山,梁昭明太子在此处读书;四面散出的,乃是瓜步山、罗浮山、摩诃山、狼山、孤山,俱是广陵的门户。”

李夫人悄悄的叫贵儿点两杯浓酽酽的茶来。李夫人送一杯与萧后吃了;又取了一杯茶,轻轻的凑在炀帝面去。炀帝把手来接了。萧后放了杯,又问道:“中间这座城池却是何处?”炀帝吃完了茶,答道:“这叫做芜城,又叫做古邗沟城,乃是列国时吴王夫差的旧都。旁边这一条水,也是吴王凿的,护此城池。此城据于广陵之中,又得这些山川相为护卫。朕向来曾镇扬州,意欲另建一都,以便收揽江都秀气。”李夫人道:“这小小一城,如何容得天子建都?”炀帝笑道:“妃子在画上看了觉小,若到那里尽宽大,可以任情受用。”又以手指着西北一隅地方说道:“只此一处,有二百余里,与西苑大小争差不多。朕若建都此处,可造十六宫院,与西苑一般。”又四下里乱指道:“此处可以筑台,此处可以起楼,此处可以造桥,此处可以凿池。”这炀帝说到了兴豪之际,得意之时,不觉得手舞足蹈,欣然畅快起来。

萧后见了笑道:“陛下既说得如此有兴,何不差人快做起来,挈带贱妾并众夫人与美人同去一游?”炀帝道:“朕实有此心,只恨这是一条旱路,虽有离宫别馆,晚间住扎,日间那些车尘马足的劳攘,甚是闷人。再带了许多妃妾们,七起八落,如何能够快活?”李夫人道:“何不寻条水路,多造龙舟,妾等皆可安然而往?”炀帝笑道:“若有水路,也不等今日。”萧后道:“难道就没有一条河路?方才那条扬子江,恐怕有路。”炀帝道:“太远,太远,通不得。”萧后道:“陛下不要这般执定,明日宣群臣商议,或者别有水路。亦未可知。且去饮酒,莫要只管愁烦。”

炀帝见说,携了萧后的手,三人依旧到庭上来饮酒。大家你一杯,我一盏,饮至掌灯时,李夫人起身,向炀帝与萧后要告辞归院。炀帝不开口,只顾看那萧后。萧后便知炀帝的意思,况又李夫人性格温柔,时亦到宫来候问,故此萧后待他更觉亲热,便一把扯住道:“夫人不比别个,就住在我宫中一宵,亦何妨碍?况且陛下又在这里,决不使你寂寞。”炀帝笑道:“御妻你不晓得,他刚对朕说道这两日身上有些欠安,朕勉强拉他来看花助兴。”萧后见说,笑道:“身子不好,这不打紧,住在这里,少刻我叫陛下送一帖黄昏散来,保你来朝原神胜旧。”引得李夫人掩着口儿,只是笑,见萧后意思殷勤,只得仍旧坐下,又吃了更余酒,然后与炀帝、萧后同在宫中歇了。

烛开并蒂摇金屋,带结同心绾玉钩。

次日，炀帝设朝，聚集大臣会议，要开一条河道，直通广陵，以便巡幸。众臣奏道："旱路却有，并不闻有河道可以相通。"炀帝再三要众臣筹策一条河路来，各官俱面面相觑，无言可答。大家捱了一会，只得奏道："臣等愚昧，一时不能通变，伏望陛下宽限，容臣等退出，会同该部与各地方官，细细查勘回旨。"炀帝依奏，即传旨退朝，起身退入后宫。正是：

欲上还寻欲，荒中更觅荒。
江山磐石固，到此也应亡。

第三十一回　薛冶儿舞剑分欢　众夫人题诗邀宠

词曰：

莺声未老燕初归，正好传杯。鱼肠试舞逞雄奇，争羡蛾眉。
锦笺觅句漫留题，且共追陪。浅斟细酌乐深闺，情尽和谐。

调寄《玉树后庭花》

自来诗词，虽是写怀寄兴，然其中原有起承转合，故人不得草草涂鸦。但今作者，止取体艳句娇，标新立异而已，原没甚骨力规则。独诧天公使有才之女，生在一时，令荒淫之主，志乱心迷，每事令人欲罢不能。

再说炀帝与众臣议论，要开通广陵河道。退朝回宫，萧后接住问道："陛下与众臣商议的水道何如？"炀帝道："群臣商酌了半日，再寻不出一条路来。今领旨去查，多分也不能有。"萧后道："众臣既去细查，定还有别路，且待他们来回旨再处。陛下不要思量未来，倒误了眼前。"炀帝问道："为何不见李妃子？"萧后道："他因念着诗题，恐怕各院到他那里去寻他，晓得了在这里，不好意思。等不及陛下还宫，忙回院去了。"炀帝见说，便道："正是，为甚么众妃子不把诗来进呈？朕与御妻到院中去问他们。"萧后道："这也使得。前日绮阴院差人来，说院中花柳十分可人，请妾去赏玩，因两日不得闲，故没有去。今日天气甚好，陛下何不同到那里去一乐？"炀帝笑道："御妻倒会排遣。"萧后道："妾妇人家，只好是这样排遣，比不得陛下东寻西趁，要十分快乐。"炀帝道："御妻恁说，朕就不去，在这里与御妻促膝谈心何如？"萧后微哂道："妾是戏言，陛下怎么认起真来？难道宵来刚沐恩波，今晚又思多露，奢望若此？"一头说，一头挽着炀帝的手，走出宫来，随着内相去唤袁宝儿等，到绮阴院伺候。

萧后与炀帝上了宝辇，竟到绮阴院。夏夫人接住。炀帝就问夏夫人道："昨日众妃子吟的诗词，为甚么不送来朕览？"夏夫人见过了萧后，对炀帝道："诗是没有做，见陛下回宫去了，妾等亦遂散归。"炀帝笑道："你们好大胆，难道见朕回宫，众妃子就不奉旨了？"夏夫人笑道："诗多是做的，交在清修院秦夫人处，他一齐送呈御览。"又转对萧后道："前日妾望娘娘玉趾降临，为何直至今日？"萧后道："承夫人见邀，满拟即来游玩，不知为甚缘故，春未去而病先来，觉得身子甚懒，因陛下有兴，故此同来。"炀帝与萧后大家说说笑笑，各处游赏；只见鸟啼花落，日淡风和，春夏之交，光景清幽可爱。正是：

领略花蹊看不尽，平分风月意何如。

炀帝赏玩了多时，心下畅快，因对萧后道："早是御妻邀来游玩，不然将这样好风光，都错过了。"夏夫人忙排上宴来。炀帝饮了数杯，忽问道："袁宝儿众人如何不来？"众内相听了，慌忙去叫，却都不在院中。各处去寻，寻了半晌，一个个忙忙乱乱的，走将进来。炀帝见他们举止失常，便问道："你这干小妮子，躲在何处，这时候才来，又这般模样？"众美人料隐瞒不住，只得齐跪下道："妾等在仁智院山上，看舞剑耍子，不知万岁与娘娘驾到，有失随侍，罪该万死。"炀帝道："是谁舞剑？"宝儿道："是薛冶儿。"炀帝道："薛冶儿从不曾说他会舞剑，敢是你们说谎？"萧后道："谎不谎，有何难见，只叫冶儿来，便知端的。"炀帝点头，放了众美人起来，随叫内相去唤冶儿。

不多时，冶儿唤到，怎生打扮？但见：

穿一件淡红衫子，似薄薄明霞剪就；系一条缟素裙儿，如盈盈秋水裁成。青云交绾头上髻，松盘百缕；碧月充作耳边珰，斜挂一双。宝钏低觯彩鸾飞，绣带轻飘金凤舞。梨花高削两肩，杨柳横拖双黛。毫无尘俗，恍疑天上掌书仙；别有风情，自是人间豪侠女。

炀帝见了薛冶儿，便说道："你这小妮子，既晓得舞剑，如何不舞与朕看，却在背后卖弄？"冶儿答道："舞剑原非韵事，被众美人逼勒不过，偶然耍子，有何妙处，敢在万岁与娘娘面前献丑？"炀帝笑道："美人舞剑，乃是美观，如何反说不韵？赐他一杯酒，舞一回与朕看。"冶儿不敢推辞，饮了酒，取了两口宝剑，走到阶下，也不揽衣，也不挽袖，便轻轻的舞将起来。初时一来一往，还袅袅婷婷，就如蜻蜓点水，燕子穿花，逞弄那些美人的姿态；后渐渐舞得紧了，便看不见来踪去迹。两口宝剑，寒森森的就像两条白龙，在上下盘旋；再舞到妙处时，剑也看不见，人也看不见，只见冷气飕飕，寒光闪闪，一团白雪，在阶前乱滚。

炀帝与萧后看了，喜得眉欢眼笑，拍手称好。冶儿舞了半晌，忽然就地一滚，直滚到东南角上。炀帝疑惑，在席上直站起来看。只听得翻天的一声响，碗大的一株枣树，砍将下来，惊得内监与众美人都避进院。冶儿将身一闪，徐徐收住宝剑。恍如雪堆销尽，现出一个美人来的模样，轻轻的走到檐前，将双剑放下，气也不喘，面也不红，发丝一根也不散乱，阶前并无半点尘埃飞起。望他走来，仍旧衣裳楚楚，笑容可掬。炀帝不觉拍桌叹赏道："奇哉冶儿！直令人爱死！"就叫冶儿近身，用手在他身上一摸，却又香温玉软，柔媚可怜，就像连剑也拿不动的。心下十分欢爱，因对萧后道："冶儿美人姿容，英雄伎俩，非有仙骨，不能到此。若非今日，朕又几乎错过。"萧后道："如今也未迟，真个我见犹怜。"炀帝见说，就大笑起来。正是：

能臻化境真难测，伎到精时妙入神。
试看玉人浑脱舞，梨花满院不扬尘。

炀帝归到席上，萧后道："今日之乐，比往日更觉快畅，皆夏夫人之惠也。"夏夫人道："妾有何功？幸赖冶儿舞剑，庶不寂寞耳。陛下与娘娘该进一巨觞，冶儿亦当以酒酬之。"炀帝笑道："难道主人到不饮？"夏夫人答道："妾自然奉陪。"正要斟酒，只见宫娥进来报道："众位夫人进院来了。"夏夫人见说，忙起身出去接了进来。十六院夫人一位也不少，上前见过了炀帝与萧后。夏夫人与众位夫人叙过了礼，叫左右重整杯盘，入席坐定。炀帝笑道："你们这时候才来见朕，不怕主司责罚么？先罚三杯一个，然后把诗来呈。"谢夫人道："主司今日却轮不到陛下了，还该让娘娘；陛下只好做个副主考。"炀帝道："这是甚么缘故？"狄夫人道："吾辈女门生，自然该娘娘收入宫墙，陛下理宜回避，始免嫌疑。"萧后道："《易经》、《葩经》，各服一经，还是陛下善于作养人材。"炀帝亦笑道："御妻久著《关雎》雅化，深得《诗经》之旨。"萧后笑道："不比陛下一味《春秋》。"引得众夫人、美人都大笑起来。

秦夫人在宫奴手里取诗稿一本呈上。炀帝揭开第一页来看，见上写"仁智院臣妾姜桂恭呈御览"，下边一个小小方印"月仙氏"。炀帝看了，笑对姜夫人道："论来还该序齿诠次。你的年纪最小，为甚把你列为首唱？"姜夫人答道："昨日因杨夫人、周夫人说，先完的先录，不必拘泥。妾是腹中空虚，无可思索，故此僭越。比不得众夫人们，肚子里有物，要细细推敲揣摩。"话未说完，秦夫人对着姜夫人道："我们被你说也罢了，怎么独嘲笑起沙夫人来？"姜夫人道："妾何尝嘲笑沙夫人？"秦夫人道："你说肚子里有物，不是打趣他么？"姜夫人道："妾实不知，望沙夫人恕罪。"萧后听说，忙问道："依众夫人说来，可是沙夫人恭喜了，这也是九庙之灵、陛下之福。"炀帝口也不开，觑着沙夫人注目的看。只见沙夫人桃花脸上两朵红云，登时现将出来，垂头无言。炀帝看见光景，有些厮像，问下首梁夫人道："妃子是诚实人，实对朕说，沙妃子的喜，是真是耍？"梁夫人在桌底下伸出三个指来，低低的答道："三个月了。"炀帝见说，大喜道："妙极，妙极！快取热酒来，待朕饮三大杯，御妻也饮三杯。"杨夫人道："此皆娘娘德化所致，使妾等普沾恩泽也，三杯岂足以报娘娘万一？陛下何功，却要吃起三大觞来？"炀帝笑道："虽然朕没有大功，亦曾少效微劳。"惹得众人都大笑起来。炀帝把手乱指道："你们众妃子，一概都吃三杯。"又笑对沙夫人道："妃子只饮一杯罢。"贾夫人道："一回儿就是陛下徇私了。刚才说妾们一概吃三杯，为何沙夫人反只要吃一杯？"江夫人道："少刻，诗词若是陛下看得不公，还要求娘娘磨勘。"

炀帝一头笑饮，看姜夫人的诗，却是一首绝句：

> 六宫清昼斗云鬟，谁把君王肯放闲？
> 舞罢霓裳歌一阕，不知天上与人间。

炀帝看罢笑道："姜妃子从不曾见他吟咏，亏他倒扯得来，竟不出丑。"又看下去，上写"影纹院臣妾谢初萼"，下边图印"天然氏"，也是绝句一首：

> 晚妆零落一枝花，又听銮舆出翠华。
> 忙里新翻清夜曲，背人听拨紫琵琶。

炀帝对谢夫人道："别人诗中的兴比，不过是借题寓意，你却是典实。那一夜朕在清修院歇，隔垣听得谢妃子的琵琶，真个弹得如怨如慕，如泣如诉，令人听之忘寐。今此诗竟如写自己的画图。"萧后道："有此妙技，少刻定要请教。"炀帝又看下去，见上写"翠华院臣妾花舒霞"，图印上"字伴鸿"，是一首词。炀帝遂朗吟云：

> 桐窗扶醉梦和谐，恼乱心怀，没甚心怀。拉来花下赌金钗，懒坐瑶阶，又上瑶阶。　　银河对面似天涯，不是云霾，即是风霾，鹊桥有处已安排，道是君乖，还是奴乖。
>
> 调寄《一剪梅》

炀帝念完，萧后问道："这是谁的？倒做得有趣。"炀帝道："是花妃子的。"萧后笑道："只怕今夜花夫人乖不去了。"炀帝道："词句鲜妍妩媚，深得丽人情致。"花夫人道："胡诌塞责，有甚情致？蒙陛下过誉。"樊夫人道："花夫人过谦，陛下可要罚他一杯？"

炀帝点点头儿，又看下去，写着"和明院臣妾江涛"，印章是"惊波氏"，却是绝句二首：

> 梦断扬州三月春，五桥东畔草如茵。
> 君王若问侬家里，记得琼花是比邻。

其二：

> 晓妆螺黛费安排，惊听鹦哥报午牌。
> 约略君王今夜事，悄挨花底下弓鞋。

炀帝念完，说道："二诗做得情真妍丽，但觉乡思之念切耳。"萧后叫宫人取大杯："奉陛下三巨觞。"炀帝道："御妻为甚要罚起朕来？"萧后道："陛下论诗不明，故此要罚。"炀帝道："御妻说有何不明？"萧后道："妾说来，陛下自然心服。你们众夫人都来看。"众夫人见说，齐到萧后身边来。萧后指着江夫人的诗说道："这两首诗，是兴比之体。前一首，是江夫人借家乡之意，切念君心，其实非念家乡，隐念君心也。第二首，文义是总归题旨，明写重念君心，非念家乡也，为何反说思乡之念太切，岂不是论诗不明？"炀帝哈哈大笑道："朕岂不知？因御妻与众妃子多在这里，难道独赞江妃子的诗意念朕，众妃子独不念朕耶！看诗者，只好以意逆志耳！"周夫人道："亏得娘娘明敏，道破了作者诗意，像妾们只好被陛下掩饰过了。"炀帝道："朕将一杯转奉与御妻，以见磨勘的切当；再一杯寄与周妃子，以酬其帮衬，朕自吃一杯。"周夫人笑道："总是多嘴的不好，难道江夫人倒不要吃？"萧后道："陛下这三杯，是要奉的，妾们大家再陪一杯，乃是至公。"于是各人斟酒而饮。

炀帝吃了酒，看后边去，见上写着"文安院臣妾狄玄蕊"，印章"字亭珍"，是一首词，调寄《巫山一段云》：

时雨山堂润，卿云水殿幽。花花草草过春秋，何处是瀛洲。
翠袖承恩遍，朱弦度曲稠。御香深惹薄言愁，天子趁风流。

炀帝念完，赞道："好，哀而不伤，乐而不淫，得吟词正体。"萧后笑道："此首别人做不出，更妙在结题。陛下又该饮一大杯。"炀帝道："该吃，快快斟来。"又看到下边去，上写着"秋声院臣妾薛印花谨呈御览"，图印是"小字南哥"，是七言绝句一首：

午凉庭院倚微醒，弄水池头学采苹。
荷惯恩私疏礼节，梦中犹自唤卿卿。

炀帝念完道："妙！文如其人，情致宛然。"萧后笑道："再加几个卿字，陛下还要妙哩！"罗夫人亦笑道："这几声唤，薛夫人难道不下来递陛下一杯酒？"薛夫人见说，含着娇羞，认真要起身来。炀帝见了，忙止住道："你自坐着，不要睬他。"又看了下去，上写道"积珍院臣妾樊娟"，印章是"素云氏"，也是绝句一首：

梦里诗吟雨露恩，那须司马赋长门。
温泉浴罢君王唤，遮莫残妆枕簟痕。

炀帝念完，说道："情深而意淡，深得佳人韵致。"又看下去，上写道"降阳院臣妾贾素贞谨呈御览"，下边图章"字林云"，是绝句两首：

玉质光含不染缣，清香别是异芬芳。
曾经醉入潇湘梦，起倚雕栏弄素裙。

其二：

相思未解翰何提，一自承恩情也迷。
记得当年幽梦里，赐环惊起望虹霓。

炀帝念完，微笑赞道："不事脂粉，天然妍媚，所谓粗服乱头俱好。"只见众夫人格吱吱笑起来。炀帝问道："众妃子为甚好笑？"姜夫人道："妾们笑昨日。"说了就止住口道："妾不说了，刚才无心搪突了沙夫人，如今何苦又多嘴？"炀帝道："你不说，罚三巨觥。"花夫人道："他吃不得，待妾代说了罢。昨日贾夫人做诗，一回儿起了稿，自己看了摇摇头，团做纸圆儿吃了。如此三四句，吃了三四个纸圆。后见陛下进宫去了，要请周夫人与杨夫人代笔。他两个不肯，贾夫人气起来道：'求人不如求自己，陛下晓得我是初学，好歹放几个屁在上，量陛下不把奴打到赘字号里去。'今见陛下赞他的诗，故此妾们好笑。"薛夫人笑道："亏那几个纸圆儿，方放出好屁来。"炀帝见贾夫人有些愠意，罚了姜夫人、花夫人、薛夫人一杯酒。

又展一首来看，"绮阴院臣妾夏绿瑶谨呈御览"，印章是"琼琼氏"，乃是一首词儿：

春满西湖好，月满前山小。匝地笙歌，接天灯火。君王归了，问酒政何如？不过是催花斗草。　　辜负黄昏早，懒把眉儿扫。心字香烧，谁敢望鸾颠凤倒。尧舜心肠，时怜却汉官人老。

炀帝念完，赞道："色韵性度，跃跃如纸上出。"萧后笑道："不但做得有情有致，且为陛下今宵下一速帖。"夏夫人道："蒙娘娘降临，已出万幸，焉敢更有他望？"炀帝又看下去，写着"迎晖院臣妾罗小玉谨呈御览"，印章上是"佩声氏"，是绝句两首：

亭西小院灿名花，岂比寻常富贵家。
染尽上林好风景，瑶琴一曲胜琵琶。

其二：

别样新妆懒画容，玉山颓处两三峰。
漫言姚魏堪为侣，还让宫花报九重。

萧后见炀帝念完，因说道："二诗才情分量，兼得之矣，陛下以为是否？"炀帝道："御妻评拟不差。"又看下去，上写道："清修院臣妾秦美"，印章是"丽娥氏"，绝句一首：

宫禁春深雨露饶，万堆红紫绿千条。
不知花叶谁裁裹，始信东风胜剪刀。

炀帝点点头儿，又看下去，见上写"明霞院臣妾杨毓"，印章上是"翩翩氏"。也是绝句一首：

娇痴何分沐恩光，占尽春风别有香。
自是妾身无状甚，错疑花木恼君王。

炀帝微笑一笑，又看下去，上写着"晨光院臣妾周含香"，印章"字幼兰"，是小词一首，调寄《如梦令》：

昨夜东风吹透，一树杨梅开骤，香露浥金樽，满祝千秋万寿。非谬非谬，共醉太平时候。

炀帝念完,点几点头儿,又看下去,上写着“景明院臣妾梁玉谨呈御览”,图记上是“莹娘氏”,是绝句一首:

腰肢怯怯怕追欢,镜里幽情只自看。
莫说宫闱多媚态,轻罗小袖醉阑干。

炀帝微笑一笑。萧后问道:“为甚这几首,陛下只点头微笑?”炀帝道:“御妻,你不知六宫中,如杨翩翩、周幼兰、秦丽娥、梁莹娘、沙雪娥是宫中的诗伯,今竟如臣下应制,并不见出色文字,合着旧曲一句,把往事今朝重提起。”引得众夫人没得说,都笑起来。萧后道:“只要是诗就罢了,陛下不必苛求。”炀帝又看下去,是“宝林院臣妾沙映”,印章是“雪娥氏”。乃五言律诗一首:

披发入深宫,承恩战栗中。
笑歌花潋滟,醉舞月朦胧。
共颂螽斯羽,相忘日在东。
千秋长侍从,草木恋春风。

炀帝看完赞道:“正说难道没有一首出色的,原来在这里。”萧后见说,重新又念了一遍,赞道:“果然好,端庄纯静,居然大家。”炀帝又看下去,上写道“仪凤院臣妾李小鬟”,印章上字是“庆儿”,乃绝句一首:

君王明圣比唐尧,脱珥无烦自早朝。
闲论关睢多雅化,落红飞上赭黄袍。

炀帝看完,笑对李夫人道:“到也亏你。”萧后故意问李夫人道:“想是昨夜做的?”李夫人道:“昨夜题目也不晓得,今早秦夫人来,一回儿逼勒着乱道几句,殊失陛下命题之意。”炀帝道:“若说闺阁中,要如众妃子的,急切间亦不易得;如沙妃子的律诗,颇称佳咏,即如词臣,亦不过如此。诗已看完,我们痛饮一番罢!”萧后叫众夫人奏起乐来。一霎时吹的吹,唱的唱,觥筹交错,各各尽欢。

萧后对夏夫人道:“承主人之兴,酒已过量,要回宫去了。”又对沙夫人道:“夫人玉体,亦不该久坐,还宜先回院去。”沙夫人见说,亦即起身。炀帝欲同萧后回宫,萧后忙止住了,对炀帝道:“若论别宵,任凭陛下心中去受用;今夜是妾作主,陛下理该进宝林院安寝,更遣薛冶儿陪驾,一正一副,谅不寂寞。不知众夫人以为是否?”沙夫人道:“承蒙娘娘厚爱,贱妾断不敢独沾恩宠。”众夫人齐声道:“娘娘吩咐,使妾等诚服,沙夫人亦不必推辞。”萧后道:“可与不可,固在陛下;让与不让,全在众夫人。”炀帝笑执着一大杯酒，扯住萧后道："御妻且饮一上马杯。"萧后笑道："妾实吃不得了，陛下也要少饮，留些正经。"说完遂登辇回宫。众夫人也就送炀帝到宝林院，又命薛冶儿，随了沙夫人进去，各自散归院内。正是：

无数名花新点色，一枝独占上林春。

第三十二回　狄去邪入深穴　皇甫君击大鼠

词曰：

人世堪怜，被鬼神播弄，倒倒颠颠。才教名引去，复以利驱旋。船带缍，马加鞭，谁能得自然？细看来朝尘土，日日风烟。　饶他狡猾雄奸，向火坑深处，抵死胡缠。杀身求富贵，服毒望神仙。枯骨朽，血痕鲜，方知是罪愆。能几人超然物外，独步机先？

调寄《意难忘》

自古道：人逢利处难逃，心到贪时最硬。不要说市井中卖菜佣、守财虏，见了银钱，欢喜爱惜；即如和尚、道士的设心，手里拨素珠，口里诵黄庭，外足恭而内多欲，单只要想人家的财物。至若士子，尤其奸险，凭你窗下读书明理，一入仕途，初叨简命之荣，便想地方上的树皮都要剥回家去，管甚么民脂民膏，竟忘了礼义廉耻，直至身将就木，还遗命叫儿子薄殡殓，勿治丧，勿礼忏，宁可准千准万，丢下与儿孙日后浪费，妻妾贴赠他人。所以使天怒人怨，以至阴阳果报，历历不爽，还要看了他人，忘了自己。除非是刀上颈鬼来拿，始放下这一块贪心。安能如大英雄，看得富贵功名犹如敝屣。

再说炀帝，那夜在宝林院与沙夫人、薛冶儿两个欢娱了一夜，明日起身，因夜来萧后凑趣得体，梳洗过，即便上辇回宫。刚到宫门首，只见群臣都在那里候驾。炀帝坐了便殿，就问道："卿等会议广陵河道，未知可曾商量出来？"宇文述奏道："臣等与工部河道众人细查，并无一路可通。今有谏议大夫萧怀静说有一条河路可以通得，故臣等同在此面圣。"原来萧怀静，乃萧后之弟，系国舅，现任上大夫之职。炀帝听了，喜问萧怀静道："卿有何路，可以直通广陵？"怀静答道："此去大梁西北，有一条旧河路，秦时大将王离，曾于此处掘引孟津之水，直灌大梁。今岁久堙塞不通。若能广集民夫，从大梁起首，由河阴、陈留、雍丘、宁陵、睢阳等处，一路重新开浚，引孟津之水，东接淮河，不过一千里路，便可直到广陵。臣又听得耿纯臣奏，睢阳有天子气，见今开河，必要从睢阳境中穿过，天子之气，必然挖断。此河一成，既不险远，又可除后患。臣鄙见若此。不知圣意以为何如？"

炀帝听毕大喜，道："好议论，非卿才智识见，不能思想及此。"遂传旨，以征北大总管麻叔谋为开河都护。又对众臣道："路途纡远，工程浩繁，须再得一人协理方妙。"时宇文述因疑李渊杀其子惠及，欲解其兵权，寻他空隙，遂乘机奏道："太原留守李渊，颇有才干，陛下可着他协理，庶几工程容易告竣。"炀帝见说，即以太原留守李渊为开河副使。从大梁起工，由睢阳一带，直掘到淮河，速调天下人夫自十五以上，五十以下，皆要赴工，如有隐匿者，诛三族。圣旨一下，谁敢进谏，该衙门随即移文催麻叔谋、李渊上任。

原来麻叔谋为人性最残忍，又贪婪好利，一闻升开河都护，满心欢喜，即便赴任。其时柴绍夫妇在鄠县，晓得了旨意，知这差是宇文述的奸计，故将岳父调离太原，寻事要害他。李氏对丈夫道："这差不惟有祸，还惹民怨。"慌忙一面差人去报与父亲，叫他托病；一面叫丈夫多带些金珠，进东京打关节，另换一人，庶几无患。柴绍到东京，买托了一个梁公萧炬，是萧后的嫡弟；一个千牛宇文晶，是隋主弄臣，日夕出入宫禁，做了内应外合；外边又在护卫处打了关节。张衡前有谣言害唐公，不过是为太子，原不曾与唐公有仇；况是小人，见了银子，也就罢了。唐公病本一到，改差左屯卫将军令狐达，着唐公仍养病太原。这两员官领了敕，定限要十五丈深，四十步阔。河南淮北，共起丁夫三百六十万。每五家出老幼或妇女一名，管炊爨馈送，又是七十二万。又调河南、山东、淮北骁骑五万，督催工程。那里管农忙之际，任你山根石脚，都要凿开，坟墓、民居尽皆发掘。那些丁夫，受苦万千。

其时一队人夫开到一处，忽见下面隐隐露出一条屋脊，众夫随着屋脊，慢慢的挖将下去，却是一所堂屋，有三五间大小，四围白石砌成，有两石门，关得甚紧，不能开展。众夫只道其中有金银宝物，遂一齐将锹锄铲锸，望着石门捣掘，谁想那门就像生铁铸的，百般敲打，莫想动得分毫。忙了半日，众夫恐怕弄出事来，只得报知队长。队长禀知麻叔谋，麻叔谋同令狐达来看，众夫都道："掘撞凿打，总是无用。"令狐达道："这座坟墓，不是古帝王的陵寝，定是仙家的圹穴，岂是用椎凿可以开得？必须具礼焚香，宣皇上的旨意拜求，或有可开之理。"麻叔谋没法，只得叫左右排下香案，同令狐达穿了公服，宣读旨意。

拜祝祷告未完，只见香案前，忽然卷起一阵冷风来，一声响亮，两扇石门，轻轻的闪开。麻叔谋等众人走进去，见里面几百盏漆灯，点得雪亮，如同白昼，中间放着一个石匣，有四五尺长，上面都是凿的细细花纹。麻叔谋见了，心下有些惧怯，不敢轻易开看。又转着后一层，却是一个小小圆洞，洞中壁直的停着一个石棺材。麻叔谋同令狐达又礼拜了，叫人揭开盖儿细看，只见里面仰卧一人，容貌犹红白，颜色如未死的一般，浑身肌肉肥胖如玉；一顶黑发，从头上脸上腹上，盖将下来，直至脚下，从身后转绕上去，生到脊背中间方住；手上的指爪，都有尺余长短。麻叔谋看了，料是得道仙人骨相，不敢轻易毁动，仍叫左右将材盖上。把前边石匣开看，匣中并无别物，只有三尺来长一块石板，上写着许多蝌蚪篆文。这些人俱不能辨认。亏得山中一个修真炼性、百来多岁的老人，抄译出来。其文曰：

> 我是大金仙，死来一千年。数满一千年，背下有流泉。得逢麻叔谋，葬我在高原。发长至泥丸，更候一千年，方登兜率天。

麻叔谋见连他姓名都先写在上面，惊讶不已，方信仙家妙用，自有神机。与令狐达商议：检块丰隆高厚的地方，加礼迁葬。即今大佛寺是其遗迹。

后又掘至陈留地方。众夫正在开掘，忽见乌云陡暗，猛风骤雨，冰雹如阵一般打来，打得那些丁夫跌跌倒倒，往后退避。麻叔谋不信，自来踏看，亦被风雨冰雹打得个不亦乐乎。唤地方耆老细询，说有汉代张良，为此地土神，十分灵显。麻叔谋见说，知张良显应，要护守疆界，只得申表具奏朝廷。炀帝即命翰林院，做了一道祝文，用了国宝，差太常卿牛弘赍白璧一双，到陈留致祭，始得开通。丁夫开过陈留，正是：

莫道幽明隔，神灵自有威。

这些丁夫督趱了几日，开到雍丘地方一带大林之中，有一所坟墓，墓上有一座祠堂，正碍着开河的道路。队长前来报禀，麻叔谋亲自来看，只见周围护卫，觉有几分灵气，叫左右唤乡民来问。乡民答道："此乃上古高人的圹穴，不知其姓氏，相传叫做隐士墓。"麻叔谋见说是隐士墓，就不放在心上，遂叫丁夫掘开。众夫疾忙动手，拆祠的拆祠，掘墓的掘墓，谁知底下有两三层石板，凿到第三层，忽然一声响亮，就如山崩地裂之状，连人连石板都坠下去，忙忙救得起来，伤的伤，死的死，不知损坏了多少丁夫。麻叔谋吃了一惊，忙着的遣人役下去探看多时，说有二三丈深，底下又有一穴，荧荧煌煌，一派灯火，里边照得雪亮，隐隐约约，有钟鼓之声，望去就像枯海一般，其深无底。众人不敢下去，只得系将上来。令狐达沉思良久道："须得此人下去，方可知其详细。"麻叔谋忙问："是谁？"令狐达道："此人平素专好剑术，常自比荆轲、聂政，为人有胆气智勇；姓狄名去邪，现任武平郎将；如今现在后营管督粮米。若差此人，他定然去得。"麻叔谋听了，随叫左右去请。

此时去邪正在后营点查粮米，见麻叔谋来请，只得换了公服，进营参见。麻叔谋看见狄去邪，身长八尺，腰大十围，双眸灼灼生光，满脸堂堂吐气，是一个好男子，忙出位来说道："请将军来，别无他事。因前有隐士墓，挖出一个大穴，穴中灯火荧煌，不知是何奇异。闻将军胆勇兼全，敢烦入穴中一探，便是开河第一功。"狄去邪道："既蒙二位老大人差遣，敢不效力，但不知穴在何处？"麻叔谋同令狐达，引狄去邪到穴边来看，狄去邪看了一回说道："既要下去，便斯文不得。"遂去了公服，换上一件紧身细甲，腰间悬了一口宝剑，叫人取几十丈长索，索上拴了许多大铃，坐在一个大竹篮内，系将下去。

狄去邪起初在上面看时，见底下辉煌照耀，及到下面，却又黑暗。存息了一会，睁眼看时，觉微微有些亮影。走出篮来，趁着亮影，摸将去，不上十数步，渐觉比前更是明亮。再行四五十步，忽然通到一处，猛抬头看时，依旧有天有日，别是一个世界。狄去邪看了这段光景，不觉恍然感叹道："人只知在世上争名夺利，苦恋定了阎浮尘土，谁知这深穴中，又有一重天地，真是天外有天，神仙妙用无穷。"心中早把功名之念看淡了几分，又信着步往前走去。转过了一带石壁，忽见一座洞府，四围白石砌成，中间一座门楼，门外列着两个石狮子，就像人间王侯的第宅。狄去邪不管好歹，竟走进门去，东西一看，并不见有人在内，只见向南一屋石门，紧紧关着。忽听得东边一间石房里得得有声。狄去邪忙走近前，从窗眼里一张，见里边四角上，多是石柱，石柱上有铁索一条，系着一个怪兽。那怪兽把蹄儿突了几突，故外面听见。那兽生得尖头贼眼，脚短体肥，仿佛有一个牛大，也不是虎、又不是豹。狄去邪看了半晌，再认不出，猛然想了一想，又定睛一看,原来是一个大老鼠。狄去邪着惊道:“老鼠有这般大,还不知猫有怎样大?”

正呆看时,忽见正南两扇正门开放,走出一个童子来,生得:

哲哲清眉秀目,纤纤齿白唇红。双丫髻,煞有仙风;黄布衫,颇多道气。若非野鹤为胎,定是白云作骨。

那童子看见了,便问道:“将军莫非狄去邪乎?”狄去邪大惊道:“正是,仙童何以得知?”童子道:“皇甫君待将军久矣,可快快进去。”狄去邪见有些奇异,只得随着童子进门来;见殿宇峥嵘,厅堂宏敞,不是等闲气象。

将到殿前,见殿上坐着一位贵人,身穿龙蟠绛服,头戴八宝云冠,垂缨佩玉,俨然是个王者,左右列着许多官吏,阶下侍卫森严。狄去邪到了殿庭,只得望上礼拜,听得那位贵人开口问道:“狄去邪,你来了么?”狄去邪答道:“狄去邪奉当今圣旨开河,蒙都护麻叔谋差委探穴,不想误入仙府,实为有罪。”那贵人便道:“你道当今炀帝尊荣么?你且站在一边,我叫你看一物事来。”就对旁边一个凶恶的武卫道:“快去牵那阿摩过来。”那武卫见说,慌忙手执巨棍,大步往外边去了。不多时听得铁链声响,那个武卫将一条长链牵着一兽前来。狄去邪仔细一看,却就是外边石柱上的大鼠。那武卫牵到庭中,把一手带住,那鼠蹲踞于月台上,扬须啮爪,状如得意。那贵人在上怒目而视,把寸木在桌上一击道:“你这畜生,吾令你暂脱皮毛,为国之主,苍生何罪,遭你荼毒;骸骨何辜,遭你发掘;荒淫肆虐,一至于此!我今把你击死,以泄人鬼之愤。”喝武士照头重重的打他。那武卫卷袖擦衣,举起大棍,望鼠头上打一下。那鼠疼痛难禁,咆哮大叫,浑似雷鸣。

武士方要举棍再打,忽半空中降下一个童子,手捧着一道天符,忙止住武士:“不要动手。”对皇甫君说道:“上帝有命。”皇甫君慌忙下殿来,俯伏在地。童子遂转到殿上,宣读天符道:“阿摩国运数本一纪,尚未该绝。再候五年,可将练巾系颈赐死,以偿荒淫之罪。今且免其箠楚之苦。”童子读罢,腾空而去。皇甫君复上殿说道:“饶了这个畜生。若不是上帝好生,活活的将你打杀。今还有五年受享,你若不知改悔,终难免项上之苦。”说罢叫武士牵去锁了。武士领旨牵去。皇甫君叫狄去邪问道:“你看得明白么?”狄去邪道:“去邪乃尘凡下吏,仙机安能测透?”皇甫君道:“你但记了,后日自然应验。此乃九华堂上,你非有仙缘,也不能到此。”狄去邪忙跪下叩恳道:“去邪奉差,误入仙府,今进退茫茫,伏乞神明指示。”皇甫君道:“你前程有在,但须澄心猛省,不可自甘堕落。麻叔谋小人得志横行,罪在不赦,你与我对他说:感他伐我台城,无以为谢,明年当以二金刀相赠。”说罢,遂吩咐一个绿衣吏道:“你可引他出去。”狄去邪在威严之下,不敢细问,拜谢而出。

绿衣吏引着狄去邪,不往旧路,转过几株大树,走不上一二百步,绿衣吏用手指道:“前边林子里,就是大路。”急回头问时,绿衣吏早已不见,再转身看时,连那座洞府,都不知那里去了。狄去邪骇然道:“神仙之妙,原来如此。”只得一步步奔过林子来,转过了一个山岗,照着大路,又走了一二里田地,忽见几株乔木,环绕成村,忙奔入村来问路。见一家篱门半开，遂走进去，轻轻的咳嗽几声，早惊动了一双小花犬儿，向着去邪乱叫。里面走出一个老者来，狄去邪忙施礼道："下官迷失道路，敢求老翁指教。"那老者答礼道："将军为何徒步至此？"狄去邪不敢隐瞒，遂将入穴遇皇甫君，及棍打大鼠事情，述了一遍。老者听了笑道："原来当今炀帝，是老鼠变的，大奇大奇，怪道这般荒淫无度。"狄去邪就问："此间是何地方？到雍丘还有多远？"老者道："此乃嵩阳少室山中，向大路往东去，只二里便是宁陵县。不消又往雍丘去，想麻叔谋早晚就到了。将军若不弃嫌，野人粗治一餐，慢去未迟。"遂邀狄去邪走入草堂。

老者吩咐一个老苍头收拾便饭出来，因对狄去邪道："据将军所见，看将起来，当今炀帝料亦不永。就是麻叔谋，只怕其祸亦不甚远。我看将军容貌气度非常，何苦随波逐流，与这班虐民的权奸为伍？"狄去邪逊谢道："承老翁指教。某非不知开河乃虐民之事，只恨官卑职小，不敢不奉令而行。"老者微笑道："做官便要奉令而行，不做官他须令将军不得。"狄去邪道："老翁金玉之言，某虽不材，当奉为耆龟。"须臾老苍头排上饭来，狄去邪饱餐了一顿，起身谢别而去。老翁直送到大路上，因说道："转过前边那个山嘴，便望得见县中了。"狄去邪称谢拱手而别。走得十数步，回头看时，已不见老者，那里有甚么人家，两边都是长松怪石。去邪看见又吃了一惊，心上恍惚，忙赶到县中，见了城市人民，方才如梦初醒。入城在公馆中等候。

麻叔谋只道狄去邪寻不出穴口，已死在穴中，催促丁夫开成河道。已经七八日，望宁陵县界口来。狄去邪就去见麻叔谋，将穴中所见所闻之事，细述了一遍。麻叔谋那里肯信，只道狄去邪有甚剑术，隐遁了这几日，造此虚诞之言，来恐唬他，反被麻叔谋抢白了一场。狄去邪只得退回后营，自家思想道："我本以忠言相告，他却以戏言见侮。我是个顶天立地的汉子，何苦与豺狼同干害民之事？国家气数有限，我何必在奸佞丛中，恋此鸡肋？到不如托了狂疾，隐于山中，到觉得逍遥自在。"算计已定，遂递了两张病呈。麻叔谋厌他说谎，遂将呈子批准，另委官吏管督粮米。

狄去邪见准了呈子，遂收拾行李，带了两个仆从，竟回家乡而去。行到路上，因想皇甫君呼大鼠为阿摩，心中委决不下道："岂有中国天子，却是老鼠之理？若果有此事，前日大棍打时，也该有些头疼脑热。鬼神之事虽不可不信，也不可全信，何不便道往东京探访一个消息，便知端的。"遂悄悄来京体访。正是：

欲识仙机虚与实，慢辞劳苦涉风尘。

第三十三回　睢阳界触忌被斥　齐州城卜居迎养

诗曰：

区区名利岂关情，出处须当致治平。
剑冷冰霜诛佞幸，词铿金石计苍生。
绳愆不觉威难犯，解组须知官足轻。
可笑运途多抵牾，丈夫应作铁铮铮。

做官的不论些小前程，若是有志向的，就可做出事业来。到处留恩，随处为国，怕甚强梁，怕甚权势，一拳一脚，一言一语，都是作福，到其间一身一官，都不在心上。人都笑是戆夫拙宦，不知正是豪杰作事本色。

秦叔宝离却齐州，差人打听开河都护麻叔谋，他已过宁陵，将及睢阳地方了。吩咐速向睢阳投批。行了数日，只见道儿上一个人，将巾皂袍，似一个武官打扮，带住马，让叔宝兵过。叔宝看来，有些面善，想起是旧时同窗狄去邪。叔宝着人请来相见。两人见了，去邪问叔宝去向。叔宝道："奉差督河工。"叔宝也问去邪踪迹。去邪道："小弟也充开河都护下指挥官。"因把雍丘开河时，入石穴中，见皇甫君打大鼠，吩咐许多说话，及后在嵩阳少室山中，老人待饭，许多奇异，细细道与秦叔宝听。叔宝道："如今兄又欲何往？"去邪道："弟已看破世情，托病辞官，回去寻一个所在隐遁。不料兄也奉差委到他跟前。那麻叔谋处心贪婪，甚难服事，兄可留心。"两人相别去了。

叔宝也是个正直不信鬼神的人，听了也做一场谎话不信。却是未到得睢阳两三个日头，或是大小村坊，或是远远茅房草舍，常有哭声。叔宝道："想是这厢近河道，人都被拿去做工，荒功废业，家里一定弄得少衣缺食，这等苦恼。"及至细听他哭声，又都是哭儿哭女的，便想道："定是天行疹子，小儿们死得多，所以哭泣。"只是那哭声中，却又咒诅着人道："贼王八，怎把咱家好端端儿子偷了去。"也又有的道："我的儿，不知你怎生被贼人抓了去，被贼人怎生摆布了。"也千儿万儿的哭，也千贼万贼的骂。叔宝听了道："怪事，这却也不是死了儿子的哭了。"思忖了一回："或者时年荒歉，有拐骗孩子的，却也不能这等多，一定有甚原由。"

野哭村村急，悲声处处闻。
哀蛩相间处，行客泪纷纷。

来到一个牛家集上，军士也有先行的，也有落后的。叔宝自与这二十个家丁在集上打中火，一时小米饭还不曾炊熟。叔宝心上有这事不明白，故意走出店面来瞧看。

只见离着五七家门面,有两三个少年立住在那厢说话,一个老者拄着拐杖,侧耳听着。叔宝便捱将近去。一个道:“便是前日张家这娃子,抓了去。”一个道:“昨日王嫂子家孩子,也被偷了去。他老子拨去开河,家来怎了?”一个道:“稀罕他家的娃子哩!赵家夫妻单生这个儿,却是生金子一般,昨夜也失了。”那老者点头叹息道:“好狠贼子,这村坊上也丢了二三十个小孩子了。”叔宝就向那老人问道:“老丈,敢问这村坊,被往来督工军士拐骗了几个小儿去了么?”老者道:“拐骗去的,倒也还得个命,却拿去便杀了!却也不关军士事,自有这一干贼!”叔宝道:“便是这两年,年成也好,这地方吃人?”那老者道:“客官有所不知。只为开河,这总管好吃的是小儿,将来杀害,加上五味,烂蒸了吃。所以有这干贼把人家小儿偷去,蒸熟献他,便赏得几两银子。贼人也不止一个,被盗的也不止我一村。”正是:

总因财利膻人意,变得贪心尽虎狼。

叔宝道:“怎一个做官的,做这样事,怕也不真么?”老者道:“谁谎你来,怕不一路来听得哭声?如今弄得各村人,梦也做不得一个安稳的。有儿女人家,要不时照管,不敢放出在道儿上行走。夜间或是停着灯火看守,还有做着木栏柜子,将来关锁在内。客官不信,来瞧一瞧。”领到一处小人家里来,果是一个木柜,上边是人铺陈睡觉防守的。叔宝道:“怎不设计拿他?”老者道:“客官,只有千日做贼,那有千日防贼。”叔宝点头称是。自回店中吃饭,就吩咐众家丁道:“今日身子不快,便在此地歇了,明日趱行罢!”先在客房中打开铺陈,酣睡一觉,想要捉这一干贼人,为地方除害。捱到晚,吃了晚饭。

村集没有更鼓,淡月微明,约莫更尽,叔宝悄悄走出店门一看,街上并无人影。走到市东头观望,没个形影。转来时,忽听得一家子怪叫起来,却是夫妻两个,梦里不见了儿子,梦中发喊,倒把儿子惊得怪哭,知道不曾着手,彼此啐了一番,自安息了。

叔宝又蹴过西来,远远望着,似有两个人影,望集上来。叔宝忙向店中闪入。门扇缝中张去,停一会,果是两个人过来。叔宝待他过去,仍旧出来,远远似两点蝇子一般,飞在这厢伏一伏,又向那厢听一听。良久,把一家子茹秸梗门扇掇开,一个进去了,一会子外边这人先跑,刚到叔宝跟前,叔宝喝一声:“那里走!”照脊梁一拳,打个不防备,跌了一个倒栽葱,把一个小孩子,也丢在路边啼哭。叔宝也不顾他,竟赶到那失盗人家来时,这贼也出门了,因听见叔宝这一喝,正在那厢观望。不料叔宝又赶到,待要走时,早已被叔宝一脚飞起,一个狗吃屎,跌倒在门边。里边男女听得门外响时,床上已没了儿女,哭的叫的,披衣起来。叔宝已把这人挟了,拿到自己客店前来;先打倒这人,正在地下挣坐起来。不料店中家丁,因听喝声,知是叔宝声音,也赶出来,看见这人,一把抓住,故此也不得走。

此时地下的小儿啼哭,失盗的男女叫喊,集中也在睡梦中惊起几个人来。那寻得儿子的人罢了,倒是这干旁观的人,将这两个乱打。叔宝道:“列位不要动手,拿绳子来拴了,只要拷问他:从前盗去男女在那厢?还有许多党羽?他是那一方人氏?甚名字？赶捕可绝民患，乱打死了，却谁承当？”随唤家丁，将绳来捆了，审他口词。一个是张要子，一个陶京儿，都是宁陵县上马村人。还有一个贼首，叫陶柳儿，盗去孩子，委是杀来蒸熟，献与麻都护受用。叔宝审了口词。天色将明，各村人听得拿了偷小儿的，都来看。男人却被叔宝喝住，只有这些被害女人，挝的咬的，拿柴打的，决拦不住。叔宝此时放又放不得，着地方送官，又怕私自打死，连累叔宝。因此叔宝想一想，道："列位，麻都护是员大臣，决不作此歹事。他如今将到睢阳，不若我将这二人，送与麻爷。他指官杀人，麻爷断断不留他性命。若果然有此事，他见外面扰攘，心下不安，不敢做了。"众人道："将军讲得有理，只不要路上卖放了，又来我们集上做贼。"叔宝道："我若放他，我不拿他了。"昨日老者见了道："就是昨日这位客官，替集上除了一害，要掠些盘费相谢。"叔宝不肯，自押了这两个贼人，急急赶上大队士卒。

赶到睢阳时，麻叔谋与令狐达才到，在行台坐下，要相视河道开凿。叔宝点齐了人夫，进见投批。麻叔谋见了叔宝一表人材，长躯伟貌，好生欢喜，就着他充壕塞副使，监督睢阳开河事务。叔宝谢了，想一想，道："狄去邪曾说此人贪婪，难于服事，只一见，便与我职事，也像个认得人的；只是拿着两个贼人禀知他，恐他见怪，不禀放了他去，又恐仍旧为害。也罢，宁可招他一人怪，不可使这干小儿含冤。"却又上前去跪下道："齐州领兵校尉，有事禀上老爷。"麻叔谋不知禀甚事，却也和着颜色，只见叔宝禀道："卑职奉差在牛家集经过，有两个贼人，指称老爷取用小儿，公行偷盗，一个叫张要子，一个叫陶京儿，被卑职擒拿，解在外面，候爷发落。"麻叔谋听了，不觉怫然道："是那个拿的？"叔宝道："是卑职。"叔谋道："窃盗乃地方捕官事，与我衙门何干？你又过往领兵官，不该管这等的事。"令狐达道："若是指官坏事，也应究问一究问。"叔谋道："只我们开河事理管不来，管这小事则甚？"令狐达道："既拿来，也发有司一问。"麻叔谋道："发有司与他诈了钱放，不如我这里放。"吩咐不必解进，竟释放去。把叔宝一团高兴，丢在水窖里去了。正是：

开柙逃狰兽，张罗枉用心。

外面跟随叔宝的家丁，说拿了两个贼人，毕竟有得奖赏，不期竟自放了，都为叔宝不快，不知叔宝却又惹了叔谋之忌。

叔谋原先奉旨，只为耿纯臣奏睢阳有王气，故此欲乘治河开凿他。不意到得睢阳，把一座宋司马华元墓掘开去了。将次近城，城中大户央求督理河工壕塞使陈伯恭，叫他去探叔谋口气，回护城池。不期叔谋大怒，几乎要将伯恭斩首，决意定了河道穿城直过。这番满城百姓慌张，要顾城外的坟墓，城里的屋舍。内有一百八十家大户，共凑黄金三千两，要买求叔谋，没个门路。却值陶京儿得释放后，在外边调喉道："我是老爷最亲信的人，这没生官儿，却来拿我。你看官肯难为我么？连他这蚂蚁前程，少不得断送在我们手里。"众人听他说得大来头，是麻总管亲信，就有几个暗暗与他讲，要说这回护城池一节。陶京儿道："我还有一个弟兄更亲近，我指引你去见他。"却与他做线，引见麻爷最得意管家黄金窟。众人许谢他两个白金一千两。黄金窟满口应承道："都拿来，明日就有晓报。”众人果然将这金银,都交与黄金窟。

黄金窟晓得主人极是见钱欢喜的,便乘他日间在房中打睡时,悄悄将一个恭献黄米三千石的手本,并金子都摆在桌上,一片辉煌,待他醒时问及进言。站在侧边时许久,正是申时相近,只见叔谋从床中跳起来道:“你这厮这等欺心,怎落我金子,又推我一跌!”把眼连擦几擦,见了桌上金子,大笑道:“我说宋襄公断不谎我,断落不去的。”黄金窟看了,笑道:“老爷,是那个宋襄公送爷金子?”叔谋道:“是一个穿绛色衣带进贤冠的。他求我护城,我不肯。又央出一个暴眼大肚皮胡子,戴进贤冠穿紫的,叫做甚大司马华元来说。这厮又使势,要把我捆缚,溶铜汁灌我口内,惊我。我必不肯。他两个只得应承,送我黄金三千,要我方便。我正不见金子,怕人克落,与守门的相争,被他推了一跌,不期金子已摆在此了,待我点一点,不要被他短少。”黄金窟又笑道:“爷想做梦了。这金子是睢阳百姓央我送来与爷求方便的,有甚宋襄公?”叔谋道:“岂有此理,明明我与宋襄公、华司马说话,怎是梦?”黄金窟道:“爷再想一想,还是爷去见宋襄公,宋襄公来见爷?如今人在那里?相见在那里?”叔谋又想一想道:“莫不是梦,明明听得说上帝赐金三千两,取之民间,这金子岂不是我的?”黄金窟道:“说取之民间,这宗金子,原该爷受的。但实是百姓要保全城中庐舍送来,爷不可说这梦话。”叔谋笑道:“我只要有金子,上帝也得,民间也得,就依他保全城郭便了。”把手本收了,吩咐明日出堂,即便改定道路。

次日升堂叫壕塞使。此时陈伯恭正在督工,只有叔宝在彼伺候,过来参谒。叔谋道:“河道掘离城尚有多远?”叔宝道:“尚有十里之遥。县官现在出牌,着令城中百姓搬移,拆毁房屋兴工。”叔谋道:“我想前日陈伯恭说回护城池,大是有理。这等坚固城池,繁盛烟火,怎忍将他拆去?又使百姓这等迁移?不若就在城外取道,莫惊动城池罢,就差你去相视。”秦叔宝道:“前日爷台已画定图式,吩咐说奉旨要开凿此城,泄去王气,恐难改移。”叔谋道:“你这迂人,奉旨开凿王气,只要在此一方,何必城中?凡事择便而行,说甚画定图式?快去相视回我。”叔宝领了这差,是个好差,经过乡村人户,或是要免掘他坟墓田园,或是要求保全他房产的,都十两五两,二十三十,央人来说。叔宝一概不受,止酌定一个更改的河道,回复叔谋。

恰是这日副总管令狐达,闻知要改河道,来见叔谋,彼此议论争执不合。只见叔宝跪下禀道:“卑职蒙差相视河道,若由城外取道纡回,较城中差二十余里。”叔谋正没发恼处,道:“我但差你视城外河道,你管甚差二十里三十里?”叔宝道:“路远,所用人工要多,钱粮要增,限期要宽,卑职也要禀明。”叔谋越发恼道:“人工不用你家人工,钱粮不用你家钱粮,你多大官,在此胡讲!”这话分明是侵令狐达。令狐达道:“民间利病,许诸人直言无隐,大小是朝廷的官,管得朝廷的事,也都该从长酌议;况此城开掘,奉有圣旨的。”叔谋道:“寅兄只说圣旨,这回护城池,宋襄公奉有天旨。前日梦中,我为执法,几乎被华司马铜汁灌杀,那时叫不得你两个应。”令狐达大笑道:“那里来这等鬼话。”叔谋又向叔宝道:“是你这样一个朝廷官,也要来管朝廷事,你得了城外百姓的银子,故此来胡讲,我只不用你,看你还管得么!”令狐达争不过叔谋,愤愤不平,只得自回衙宇,写本题奏去了。

叔宝出得门来，叔谋里面已挂出一面白牌道：城壕塞副使秦琼，生事扰民，阻挠公务，着革职回籍。秦叔宝看了，道："狄去邪原道这人难服事，果然。"即便收拾行李还家，却不知这正是天救全叔宝处。莫说当日工程严急，人半死亡；后来隋主南幸，因河道有浅处，做造一丈二尺铁脚木鹅，试水深浅，共有一百二十余处。查将浅处，两岸丁夫，督催官骑，尽埋地下，道叫他生作开河夫，死为扒沙鬼。麻叔谋以致问罪腰斩。这时若是叔宝督工，料也难免。正是：

得马何足喜？失马何必忧？
老天爱英雄，颠倒有奇谋。

叔宝因遭麻叔谋罢斥，正收拾起身，只见令狐达差人来要他麾下效用。秦叔宝笑道："我此行不过是李玄邃为我谋避祸而来。这监督河工，料也做不出事业来。况且那些无赖的，在这工上，希图放卖些役夫，克扣些工食。或是狠打狠骂，逼索些常例，到后来随班叙功，得些赏赐，我志不在此，在此何为！"便向差官道："卑职家有八旬老母，奈奉官差，不得已而来。今幸放回，归心如箭，不得服事令狐爷了。"打发了差官，又想："来总管平日待我甚好，且在李玄邃罗老将军分上，不曾看我，我回日另要看取。若回他麾下，也毕竟还用我。但我高高兴兴出来，今又转去，这叫做'此去好凭三寸舌，再来不值半文钱'了。看如今工役不休，巡游不息，百姓怨愤，不出十年，天下定然大乱，这时怕不是我辈出来扫除平定？功名爵禄，只争迟早，何必着急？况家有老母，正宜菽水承欢，何苦恋这微名，亏了子职？"又想："若到城中，来总管必要取用我，即刘刺史这等歪缠也有之，不若还在山林寄迹。"

因此就于齐州城外村落去处，觅一所房屋：

前带寒流后倚林，桑榆冉冉绿成阴。
半篱翠色编朝槿，一榻声音噪暮禽。
窗外烟光连戏彩，树头风韵杂鸣琴。
婆娑未灭英雄气，题笔闲成梁父吟。

草草三间茅屋，里边有几间内房，堂侧深竹里有几间书房，周围短墙，植以桑榆疏篱，篱外是数十亩麦田枣地。叔宝自入城中，见了母亲，说起与世不合、不欲求名之意。秦母因见他为求名，常是出差，这等奔走，也就决意叫他安居。叔宝就将城中宅子赠与樊建威，酬他看顾家下之意。自与母亲妻子，移到村居。樊建威与贾润甫还劝他再进总管府，叔宝微笑道："光景也只如此，倒是偷得一两刻闲是好处。"后来来总管知得，仍来叫他复役。叔宝只推母老，自己有病，不肯着役。来总管也不苦苦强他。凡一应朋友来的也不拒，只为亲老，自己不敢出外交游。每日寻山问水，种竹浇花，酒送黄昏，棋消白昼，一切英豪壮气尽皆收敛。就是樊建威、贾润甫，都道："可惜这个英雄！只为连遭折挫，就便意气消磨，放情山水。"不知道他已看得破，识得定，晓得日后少他不得，不肯把这英风锐气，轻易用去，故尔如此。正是：

日落淮城把钓竿，晚风习习葛衣单。
丈夫未展丝纶手，一任旁人带笑看。

第三十四回　洒桃花流水寻欢　割玉腕真心报宠

词曰：

芳菲尽已，簌簌香何细。桃片片，随萍起，光摇碧水，远梦绕长堤。牵情难摆，荡舟瞥见心堪醉。　　魑魅何足异，魂魄凭谁寄。香如篆，烛成泪，河长夜静，星斗光衣袂。惊看处，清凉一帖痊人意。

调寄《千秋岁》

自昔浊乱之世，谓之天醉。天不自醉，人自醉之，则天亦难自醒矣；况许多金枷套颈，玉索缠身，眼前无数快乐风光，谁肯清心寡欲，看破尘迷？

且说炀帝见这些美人，个个鲜妍娇媚，淫荡之心，愈觉有兴。不论黄昏白昼，就像狂蜂浪蝶，日在花丛中游戏。众美人亦因炀帝留心裙带，便个个求新立异蛊惑他，博片刻之欢。

一日，炀帝在清修院，与秦夫人微微的吃了几杯酒，因天气炎热，携着手走出院来，沿着那条长渠看流水耍子。原来这清修院四围都是乱石，垒断出路，惟容小舟，委委曲曲，摇得入去。里面许多桃树，仿佛是武陵桃源的光景。二人正赏玩这些幽致，忽见细渠中飘出几片桃花瓣来。炀帝指着说道："有趣，有趣。"见几片流出院去，上边又有一阵浮来，许多胡麻饭夹杂在中间。秦夫人看了骇道："是那个做的？"炀帝笑道："就是妃子妙制，再有何人？"秦夫人道："妾实不知。"忙叫宫人将竹竿去捞起来看，却不是剪彩做的，瓣瓣都是真桃花，还微有香气。炀帝方才吃惊道："这又作怪了。"秦夫人道："莫非这条渠与那仙源相接？"炀帝道："这渠是朕新挖，与西京太液池水接，那里甚么仙源？"秦夫人道："既如此说，如今这时候，怎得有桃花流出？"二人你看我看，没理会处。秦夫人道："妾与陛下撑一只小舟，沿渠找寻上去，自然有个源头。"炀帝道："妃子说得有理。"遂同上了一只小龙船，叫宫人撑了篙，穿花拂柳，沿着那条渠儿，弯弯曲曲，寻将进去。只见水面上或一朵，或两瓣，断断续续，皆有桃花。过了一条小石桥，转过几株大柳树，远望见一个女子，穿一领紫绢衫儿，蹲踞水边。连忙撑近看时，却是妥娘，在那里洒桃花入水。正是：

娇羞十五小宫娃，慧性灵心实可夸。
欲向天台赚刘阮，沿渠细细散桃花。

炀帝看见，大笑道："我道是那个，原来又是你这小妮子在此弄巧！"妥娘笑吟吟的说道："若不是这几片桃花，万岁此时不知在那里受用去了，肯撑这小船儿来寻妾？"炀帝笑道："偏你这小妮子，晓得这般顽要，还不快上船来！"妥娘下了船，秦夫人问道："别的都罢了，这桃花你从何处得来？"妥娘笑道："还是三月间，树上采的，妾将蜡盒儿盛了要子，不意留到如今，犹是鲜的。"炀帝道："留花还是偶然，你这等小小年纪，又不读书识字，如何晓得桃源故事，又将胡麻饭夹在中间？"妥娘带笑说道："妾女子，书虽不能多读，《桃源记》也曾看来。"秦夫人对炀帝道："妾观《汉书》、《晋书》，丕猷谟烈，事多可采；至若秦史纪事，惟以奸诈而霸天下，毫无足取，即如桃源一事，其说亦甚幻。"炀帝笑道："是何言与？朕览《始皇本纪》，见他巡行天下，封禅泰山，赫然震压一时。不要说别事，即如一道长城，至今七八百年，外寇不能长驱而入，皆此城保障之功也。"秦夫人道："秦至今七八百年，长城恐都坏了，若不修补，难免后日之患。"炀帝道："这个自然。况当朕之世，不为修葺，更有谁人肯兴此工？只在早晚，要差人干这节事了。秦史上还有始皇起建阿房宫一段，好看得紧，也算一代雄豪之主。此书在景明院殿中，我们撑到景明院去取来看。"

不一时，撑过了龙鳞渠，向南就是景明院。炀帝与秦夫人、妥娘齐上岸来，见景明院门首，有宝辇停在外。原来萧后因天气炎热，晓得景明院大殿窗牖宏敞，遂拉袁紫烟到此纳凉，正与院主梁夫人在殿上下棋。炀帝忙止住宫人，不许进去通报，同秦夫人悄悄走来，听见帘内棋子敲响。要进殿庭，袁贵人在帘内瞥眼看见，忙说道："娘娘，陛下来了。"萧后见说，忙起身同梁夫人、袁紫烟出来迎接。炀帝笑道："御妻为何不与朕说声，私自到此？"萧后笑道："陛下不见妾的招纸么？"秦夫人忙问道："娘娘，什么叫做招纸？"萧后道："妾因宵来不见陛下进宫，就写一张招纸，差宫奴各宫院找寻。"炀帝笑道："御妻且说招纸上怎么样写法？"萧后道："招纸上么，写道：妾自不小心，失去风流天子一个，身边并无别物。倘有收留者，赏银五百，报信者谢银五十。"炀帝听了大笑道："难道朕一千也不值，止值得五百两？"引得众夫人都大笑起来。

炀帝坐在上面，看着棋枰说道："你们可赌什么？"梁夫人道："赌是赌一件东西，停回与陛下说。"炀帝又道："白的要输了呢！御妻快在东角上，点了他那一只的眼；若是弄得他死，还可以扯直。"萧后笑道："点眼是陛下的长技，只怕陛下就用气力，也未必弄得他死。"

大家正在那里说说笑笑，忽听得笛声隐隐而起。袁紫烟道："笛声从何处来？"炀帝正要侧耳而听，忽一阵荷风，从帘外吹来，吹得满殿皆香。萧后道："香又从何处来？"炀帝忙叫卷起帘子，同萧后走出殿外。只见二三十只小船，满载荷花，许多美人坐在中间，齐唱彩莲歌；雅娘、贵儿各吹凤笛酬和。众人飞也似往北海中摇来。炀帝一望，乃是十六院美人宫女，见日斜风起，故一齐回棹。因大笑道："这些宫女们，倒会要子。"萧后道："皆赖陛下教养之功。"炀帝又笑道："还亏御妻不妒之力。"笑说未了，那些船早望见炀帝在景明院，便不收入渠中，都一齐争先赶快，乱纷纷的望殿边摇来。摇到面前看时，大家的红罗绿绮，都被水溅湿了。炀帝与萧后鼓掌大笑了一回。梁夫人已吩咐摆宴在殿，请炀帝与萧后进内，上坐了。秦夫人、梁夫人与袁贵人打横。炀帝叫这些美人都上殿来，把十来条龙草细席铺地，安放上矮桌果盒，叫众美人席地而坐，每人先赏酒三杯，然后传花击鼓，纵横畅饮。炀帝见殿中薰风拂拂，全无半点暑气，又见萧后与众夫人、美人，各各娇艳，打趣说笑，不觉吃的烂醉，遂起身携着萧后，到碧纱橱中去睡。众人也起身出殿，四散消遣。

萧后睡了一回，见炀帝沉沉的睡去，便轻轻的抽身起来，与秦夫人、梁夫人、袁紫烟抹牌耍子。不上一个时辰，忽听得炀帝在碧纱橱内，山摇地震的吆喝起来。萧后与众夫人大惊，忙走近前，看见炀帝睡在床上，昏迷不醒，紧紧儿将两手抱住头，口中不住的喊道："打杀我也！打杀我也！"萧后着了忙，急传懿旨，宣太医巢元方火速到西院来。诊了脉，用了一剂安神止痛汤，萧后亲自煎好，轻轻的灌与炀帝服下，未能苏醒。各院夫人晓得了，如飞的又到景明院来看问。大家守在床前，一昼夜，还自昏迷不醒。

时朱贵儿见这光景，饮食也不吃，坐在厢房里，只顾悲泣。韩俊娥对贵儿说道："酸孩子，万岁爷的病体，料想你替不得的，为什么这般光景？"朱贵儿拭了泪，说："你们众姊妹，都在这里，静听我说：大凡人做了个女身，已是不幸的了；而又弃父母，抛亲戚，点入宫来，只道红颜薄命，如同腐草，即填沟壑。谁想遇着这个仁德之君，使我们时傍天颜，朝夕宴乐。莫谓我等真有无双国色，逞着容貌，该如此宠眷，设或遇着强暴之主，不是轻贱凌辱，即是冷宫守死，晓得什么怜香惜玉？怎能如当今万岁情深，个个体贴得心安意乐。所以侯夫人恨薄命而自缢身亡，王义念洪恩而思捐下体，这都是万岁感人人心处。不想于今遇着这个病症，看来十分沉重，设有不讳，我辈作何结局？不为悍卒妻，定作骄兵妇。"如何如何，说到伤心处，众美人亦各呜呜的涕泣起来。

袁宝儿道："我想世间为人子者，尽有父母有难，愿以身代。我们天伦之情虽绝，而君父之恩难忘。何不今夜大家祷告神灵，情愿减奴辈阳寿十年，烧一炷心香，或者感动天心，转凶为吉，使万岁即时苏醒，调理痊愈，也不枉万岁平昔间把我们爱惜。"众美人听见宝儿说了，便齐声赞道："袁家妹子，说得有理。"齐到后庭中，摆设香案。

朱贵儿心中想道："我们虽是虔诚叩祷，怎能够就感格得天心显应？我想为子女者，往往有割股求亲，反享年有永。我今此身已属朝廷，即杀身亦所不惜，何况体上一块肉？"遂打算停当，袖了一把佩刀，走到庭中来。那时韩俊娥、杳娘、朱贵儿、妥娘、雅娘、袁宝儿等，齐齐当天跪下，各人先告了年庚日时，后告愿减众人阳寿，保求君王病体安宁。祷毕，大家起来，正欲收拾香案，只见朱贵儿双眸带泪，把衣袖卷起，露出一双雪白的玉腕，右手持刀，咬着臂上一块肉，狠的一刀割将下来，鲜血淋漓，放在一只银碗内。众人多吃了一惊。雅娘忙在炉中，撮些香灰掩上，用绢扎好。正是：

须眉男子无为，柔脆佳人偏异。
今朝割股酬恩，他年殉身香史。

贵儿将割下来的那块肉，悄悄藏着，转到殿上来。恰好萧后要煎第二剂药，贵儿去承任了，私把肉和药，细细的煎好，拿进去。萧后与炀帝吃了，不上一个时辰，便徐徐的醒将转来，看见萧后与众夫人美人，多在床前，因说道："朕好苦也，几乎与御妻等不得相见。"萧后问道："陛下好好饮酒而睡，为何忽然疼痛起来？"炀帝道："朕因酒醉，昏昏睡去。梦见一个武士，生得相貌凶恶，手执大棍，蓦地里将朕照脑门打一下，打得朕昏晕几死，至今头脑之中，如劈破的一般，痛不可忍。”萧后与众夫人，各各安慰了一番。早惊动了文武百官，一个个都到西苑来问安，知是梦中被打伤脑，今已平愈，遂各散去。

时狄去邪已到东京，闻知炀帝头脑害病，心中凛然，方信鬼神之事，毫厘不爽，遂把世情看破，往终南山访道去了。正是：

鬼神指点原精妙，名利俱为罪孽缘。

且说虞世基因两月前，炀帝见苑中御道窄隘，敕他更为修治。虞世基领了旨意，不上一月，不但御道铺平广阔，又增造了一座驻跸亭，一座迎仙桥；銮仪卫又簇新收拾了一副卤簿仪仗，专候炀帝病体勿药，装点游幸。时炀帝病好数日，已在宫中与萧后宴乐。见说御道改阔，仪仗齐整，便坐大殿，受百官朝贺，遂诏各官，俱于西苑赐宴。炀帝上了七宝香辇，一队队排开，这些簇新的仪仗，众公卿骑马簇拥而行，真是花迎剑佩，柳拂旌旗。不一时到了西苑，炀帝便传旨将御宴摆在船上。炀帝坐了龙舟，百官乘了凤舸，先游北海，后游五湖，君臣尽情赏玩。

炀帝吃到兴豪之际，叫文臣赋诗，以记一时之盛。时翰林院大学士虞世基，司隶大夫薛道衡，光禄大夫牛弘，各有短章献上。炀帝览了众臣的诗，大喜，各赐酒三杯，自饮一巨觞道：“卿等俱有佳作，朕岂可无诗？”遂御制《望江南》八阕，单咏湖上八景：

湖上月，偏照列仙家。水浸寒光铺枕簟，浪摇晴影走金蛇。偏称泛灵槎。光景好，轻彩望中斜。清露冷侵银兔影，西风吹落桂枝花。开宴思无涯。

湖上柳，烟里不胜催。宿雾洗开明媚眼，东风摇弄好腰肢。烟雨更相宜。环曲岸，阴覆画桥低。线拂行人春晚后，絮飞晴雪暖风时。幽意更依依。

湖上雪，风急堕还多。轻片有时敲竹户，素华无韵入澄波。望外玉相磨。湖水远，天地色相和。仰视莫思梁苑赋，朝来且听玉人歌。不醉拟如何？

湖上草，碧翠浪通津。修带不为歌舞缓，浓铺堪作醉人裀。无意衬香衾。晴霁后，颜色一般新。游子不归生满地，佳人远意寄青春。留咏卒难伸。

湖上花，天水浸灵芽。浅蕊水边匀玉粉，浓葩天外剪明霞。只在列仙家。开烂漫，插鬓苦相遮。水殿春寒幽冷艳，玉窗晴照暖添华。清赏思何赊。

湖上女，精选正轻盈。犹恨乍离金殿侣，相将尽是采莲人。清唱谩频频。轩内好，嬉戏下龙津。玉管朱弦闻昼夜，踏青斗草事青春。玉辇从群真。

湖上酒，终日助清欢。檀板轻声银甲缓，醅浮香米玉蛆寒。醉眼暗相看。春殿晚，仙艳奉杯盘。湖上风光真可爱，醉乡天地就中宽。帝王正清安。

湖上水，流绕禁园中。斜日缓摇清翠动，落花香暖众纹红。蘋末起清风。闲纵目，鱼跃小莲东。泛泛轻摇兰棹稳，沉沉寒影上仙宫。远意更重重。

炀帝赋完，群臣赞诵，各各献觞称贺。炀帝与众臣又痛饮了一番，遂命罢宴转船。众臣谢了宴，俱穿花拂柳而去。

炀帝上了銮舆回宫,萧后接住问道:“今日陛下赐宴群臣。为乐何如?”炀帝道:“今日饮酒甚畅。”就将群臣献诗,并自己做词八首,一一说了。萧后道:“目今秋月正明,正是赏心乐事之时。然在舟中与湖光争色,不若寻芳径与花柳争妍。”炀帝道:“如今御道比前改得广阔,又增了驻跸亭、迎仙桥。过桥去就是旧日的畅情轩,收拾得更觉有趣。”萧后道:“即如此说,妾明日必要奉陪陛下,去遍游一番的了。”炀帝道:“御妻要游,不可草率。明日趁此月白风清,须作一清夜游,方得畅快。”萧后道:“既然夜游,宫中妃妾,皆未到西苑,带他们去看看也好。”炀帝道:“这个使得。明日叫御林军多拨些马匹,与他们骑着奏乐,朕与御妻一路看月而去。”萧后大喜道:“如此最妙。”炀帝道:“马上奏乐虽好,但须得几章新诗,谱入笙箫,方不负此良夜。”萧后道:“陛下天才潇洒,何不御制一章,待妾教他们连夜打出,以见一时之胜。”炀帝道:“御妻之言有理,待朕制诗。”遂一边饮酒,一边挥毫,早已制成《清夜游曲》一章:

洛阳城里清秋矣,见碧云散尽,凉天如水。须臾山川生色,河汉无声。千树里,一轮金镜飞起,照琼楼玉宇,银殿瑶台,清虚澄澈真无比。

良夜情不已。数千乘万骑,纵游西苑。天街御道平如砥,马上乐竹媚丝姣,舆中宴金甘玉旨。试凭三吊五,能几人不亏圣德,穷华靡。须记取隋家潇洒王妃,风流天子。

炀帝作完,递与萧后看。萧后读了一遍,大喜道:“陛下宸思清俊,御翰淋漓,古来帝王真不能及也。”随叫宫中善唱的,连夜习熟,明夜要游西苑。炀帝又叫近侍誊一纸传与迎晖院朱贵儿,叫他教各院美人唱熟,明夜马上来迎,总在畅情轩取齐。吩咐毕,方与萧后安寝。正是:

昏主惟图乐,妖妻只想游。
江山将尽矣,新曲几时休。

第三十五回　乐永夕大士奇观　清夜游昭君泪塞

词曰：

挖心呕血，打叠就一人欢悦。悄心思，忙中撮弄奇峰突出。塞外黄花音缥缈，落珈杨柳容装绝。更风高，试骥放长林，咸国色。

月如练，天如碧。心同醉，欢同席。看红裙锦队，遍山蚁列，香车宝辇阶填绕，绿云素影尊前立。趁今宵马上誓心盟，姮娥泣。

调寄《满江红》

天地间的乐事，无穷无尽；妇人家的心事，愈巧愈奇，任你铁铮铮的好汉，也要弄得精枯骨化；何况荒淫之主，怎肯收韁？

再说炀帝与萧后在宫中，安寝了一宵，直到午牌时候方才起身。便传旨叫御林军备马千匹，一半宫门伺候，一半西苑伺候；又敕光禄寺，凡苑内、庭中、轩中、山间殿上，俱要预备供应，以便众宫人随地饱餐畅游。不多时，金乌西坠，早现出一轮明月。炀帝与萧后用了夜宴，大家换了清靓龙衣，携手走出宫来。看见月华如练，银河淡荡，二人满心欢喜，上了一乘并坐玩月的香舆，上面是两个座儿，四围帘幕高高卷起，舆上两旁，可容美人数个，送进饮食。随命众宫女上马，分作两行，一半在前，一半在后，慢慢的奏乐而行。这夜月色分外皎洁，照的御道如同白昼。众宫人都浓妆艳服，骑在马上，一簇绮罗，千行丝竹，从大内直排至西苑。但见：

妖娆几队宫中出，萧管千行马上迎。
圣主清宵何处去？为看秋月到西城。

炀帝在舆上看见这等繁华，十分快畅，对萧后说道："闻昔时周穆王乘八骏马，西至瑶池，王母留宴，一时女乐之胜，千古传为美谈。以朕看来，亦不过如此光景。"萧后道："瑶池阆苑，皆属玄虚；今夕之游，乃是真瑶池耳。"炀帝笑道："若今日是瑶池，朕为穆天子，御妻便是西王母了。"萧后亦笑道："妾若是西王母，陛下又要思念董双成与许飞琼矣。"二人相视大笑。

不多时，车驾已进了西苑，有一院即有夫人领着笙歌来接，近一院又有夫人领着鼓乐来迎。前前后后，遍地歌声，往往来来，尽皆女队。一霎时行过了驻跸亭、迎仙桥，就是畅情轩。那轩四面八角，造得宽大宏敞，台基尽是白石砌成，可容千人止足。轩内结彩张灯，如同一架烟火。炀帝到此，便叫停驾片时。众宫人抬御辇上了台基，向南停住。众夫人下马，上前相见。

炀帝举目一看，只有十四院夫人，却不见了翠华院花伴鸿、绮阴院夏琼琼，便问清修院秦夫人道："为何花妃子与夏妃子不见？"秦夫人道："他两个就来。"炀帝正欲再问，听见一派细乐，隐隐将近。众宫人指着桥上说道："好看，好看。"炀帝遂同萧后下辇来，站在月台上望，见有十来对五色长幡，幡上尽是一对小小红灯，在马上高高擎起。过后又七八人，云冠羽衣，如陈妙常打扮，各执凤笙龙笛，象管玉板，云锣小鼓，细细的奏《清夜游》一章。随后一个，捧着云柄香炉，一个执着静中引磬。忽见桥上，推起一座山来，却用青白细绢玲珑扎成，无树无花，空岩峭壁里边立着一尊玉面观音，头上乌云高耸，居中一股銮凤金钗，明珠挂额，胸前两股青丝分开。身上穿一件大红遍地棉袄，外边罩着光绫纯素披风。一手执着净瓶，一手拈着杨枝，赤着一双大白足而立。旁边站着一个合掌的红孩儿，头上双尖丫髻，露出一双玉腕，带着八宝金镶镯，身上穿一件白绫花绣比甲，胸前锦包裹肚，下身大红裤于，腿上赤金扁镯，也赤着双足，笑嘻嘻的，仰首鞠躬，看着观音而立。面前一张小桌，桌上两竿画烛。中间一座宝鼎，香烟缭绕，气冲九霄。七八个宫人抬着走。

炀帝将双手搭伏在萧后肩上，正看得忙乱时，忽见一骑，彩云也似飞将过来，放着娇声，向头导喊道："万岁娘娘在上，你们往轩后，转入台基上去。"吩咐毕，即便下马，上来相见。萧后道："原来是花夫人。"花夫人对炀帝道："陛下与娘娘，且进轩中，好等他们来朝参。"众人把御辇停过一边，炀帝一手挽着萧后，问花夫人道："装观音与红孩儿的，是那一院的宫人，有这等美貌，装得这样妙？"萧后道："那个装观音的，有些厮像朱贵儿；那个装红孩儿的，好是袁宝儿。"炀帝笑道："御妻那里说起，贵儿与宝儿，多是一对窄窄的金莲，如今是两双大白足。"花夫人笑道："妾听见前日陛下赞赏大白足的宫人，故选这一对来孝顺陛下。"

正说时，见这些装扮的都下马，上台基来叩首。落后那尊观音与红孩儿，也上前合掌俯伏。炀帝搀起，仔细一认，果是朱贵儿与袁宝儿，大笑道："御妻眼力不差，正是他们两个。但是这双足，怎样弄大的？"贵儿跷起一足来，炀帝扯来细看，却用白绫做成，十个脚指，月下看去，如同天生就的。炀帝笑道："真匪夷所思。"萧后平昔最喜宝儿，见他装了红孩儿，便扯他近身，抚摩他雪白双臂，冻得冰冷，便说道："苑中风露利害，你们快去换装了罢。"炀帝亦对朱贵儿道："你也身上单薄。"便伸手向他衣袖里来。那晓得贵儿臂上刀痕，尚未痊愈，见炀帝手进袖中，忙把身子一闪。炀帝早摸着玉腕上，用纸包裹，便问贵儿道："臂上为什么？"贵儿一眼看着萧后，笑而不言。炀帝是乖人，见这光景，便缩手不去再问。

又听见左右报道："又有好看的来了。"炀帝忙同萧后出轩，望见桥上，有儿对小旗标枪，在前引着。马上十来个盘头蛮妇，都是短衣窄袖，也有弹筝的，也有抱月琴的。那个花腔小鼓，卖弄风骚；这个轻敲象板，声清韵叶。后边就是两对盘头女子，四面琵琶，在马上随弹随唱，拥着一个昭君，头上锦尾双竖，金丝扎额，貂套环围，身上穿着一件五彩舞衣，手中也抱着一面琵琶。正看时，只见夏夫人上来相见，炀帝问夏夫人道："那个装昭君的可是薛冶儿？"夏夫人答道："正是。"随把手指着四个弹琵琶的道："那个是韩俊娥，那个是杳娘，那个是妥娘，那个是雅娘。陛下还是叫他们上台来唱曲，还是先叫他们下面跑马?”炀帝笑道:“他们只好是这等平稳的走,那里晓得跑甚么马?”梁夫人道:“这几个多是薛冶儿的徒弟,闲着在苑中牵着御厩中的马,时常试演。”樊夫人道:“第二个就要算袁宝儿跑得好。”

此时宝儿、贵儿,多改了宫妆,站在旁边。萧后笑对宝儿道:“既是你会跑,何不也下去试一试?”炀帝拍手道:“妙极,妙极!朕前日差裴矩与西域胡人,换得一匹名马,神骏异常,正好他骑,不知可曾牵来。”左右禀道:“已备在这里伺候。”炀帝道:“好,快快牵来。”左右忙把一匹乌骓马,带到面前。宝儿憨憨的笑道:“贱妾若跑得不好,陛下与娘娘、夫人不要见笑。”遂把凤头弓鞋紧兜了一兜,腰间又添束上一条鸾带,走到马前,将一双白雪般的纤手,扶住金鞍,右手绾着丝鞭,也不踹镫,轻轻把身往上一耸,不知不觉,早骑在马上。炀帝看了喜道:“这个上马势,就好极了。”夏夫人下去传谕他们,先跑了马,然后上台来唱曲。炀帝叫手下将龙凤交椅移来与萧后沿边坐下,众夫人亦坐列两旁。

袁宝儿骑着马,如飞跑去,接着众人辄转身扬鞭领头,带着马上奏乐的一班宫女,穿林绕树,盘旋漫游。炀帝听了,便道:“这又奇了,他们唱的,不是朕的《清夜游》词,是什么曲,这般好听?”沙夫人道:“这是夏夫人要他们装昭君出塞,连夜自制了《塞外曲》,教熟了他们,故此好听。”炀帝也没工夫回答,伸出两指,只顾向空中乱圈。正说时,只见一二十骑宫女,不分队伍,如烟云四起,红的青的,白的黄的,乱纷纷的,一阵滚将过去,直到西南角上,一个大宽转的所在,将昭君裹在中间,把乐器付与宫娥执了,逐对对跑将过来,尽往东北角上收住,虽不甚好,也没有个出丑。众人跑完,止剩得装昭君的与袁宝儿两骑在西边。先是宝儿将身斜着半边,也不绾丝韁,两只手向高高的调弄那根丝鞭,左顾右盼,百般样弄俏,跑将过来。

正看时,只见那个装昭君的,如掣电一般飞来。炀帝与萧后众夫人都站起来看,并分不出是人是马,但见上边一片彩云,下边一团白雪,飞滚将来,将宝儿的坐骑后身加上一鞭,带跑至东边去了。又一回,袁宝儿领了数骑,慢腾腾的去到西边去,东边上还有一半骑女,与昭君摆着。只听得一声锣响,两头出马,如紫燕穿花,东西飞去。

过了三四对,又该是袁宝儿与薛冶儿出马了。他两个听见了锣声,大家只把一只金莲,踹在镫上,一足悬虚,将半身靠近马,一手扳住雕鞍,一手扬鞭,两头跑将拢来。刚到中间,他两个把身子一耸。炀帝只道那个跌了下来,谁知他两个交相换马的,跑回去了。喜得个炀帝,把身子前仰后合,鼓掌大笑道:“真正奇观。”萧后与众夫人宫人,没一个不出声称赞。只见薛冶儿等下了马,领着队,走上台基来。炀帝与萧后也起身。秦夫人对炀帝说道:“停回他们唱起《塞外曲》来,只怕陛下还要神飞心醉。”炀帝正欲开口,只见薛冶儿领着一班,上前来要叩见。炀帝一头摇手,忙扯薛冶儿近身,见他打扮的俨然是个绝妙的昭君,便把一双御手扶住冶儿的身子,低低叫道:“好好冶儿,朕那里晓得你有这样绝技在身;若不是娘娘来游,就一千年也不晓得。”便在内相手里,取自己一柄浑金宫扇,扇上一个玉兔扇坠,赐与冶儿。冶儿谢恩收了,萧后道:“怎不见袁宝儿?”杨夫人指道:“在娘娘身后躲着。”萧后调转身来,笑问道:“你学了几时,就这样跑得纯熟得紧?也该赏劳些才是。”炀帝听见,笑说道:“不是朕有厚薄,叫朕把什么赐你？也罢，待朕与娘娘借一件来。”萧后见说，忙向头上拔下一只龙头金簪来，递与炀帝，炀帝即赐与宝儿。宝儿偏不向炀帝谢恩，反调转身来要对萧后谢恩，萧后一把拖住。炀帝带笑骂道：“你看这贼妮子，好不弄乖。”

薛冶儿与众夫人正要取琵琶来唱曲，炀帝道：“这且慢，叫内相取妆花绒锦毯，铺在轩内，用绣墩矮桌，席地设宴。”左右领旨，进轩去安排停当，出来请圣驾上宴。炀帝与萧后正南一席，用两个锦墩，并肩坐了。东西两旁，一边四席，俱用绣墩，是十六院夫人与袁贵人坐下。炀帝又叫内相，居中摆二席，赐装昭君的，对着上面，众美人团团盘膝而坐。炀帝道：“今夜比往日顽得有兴有趣，御妻与众妃子，不可不开怀畅饮。”又对众美人道：“你们也要饮几杯，然后歌唱，愈觉韵致。”说说笑笑，吃了一回。薛冶儿等各抱琵琶，打点伺候。炀帝道：“朕制的《清夜游》词，刚才各院来迎，已听过几遍了，你们只唱夏妃子的《塞外曲》罢。”夏夫人道：“岂有此理？自然该先歌陛下的天章。”炀帝道：“朕的且慢。”于是众美人各把声音镇定，方才吐遏云之调，发绕梁之音。先是装昭君的，弹着琵琶，歌一句，然后下手四面琵琶和一句。第一只牌名是《粉蝶儿》，唱道：

百拜君王。俺这里百拜君王，谢伊家把人肮脏。没些儿保国开疆，却教奴小裙钗，宫闱女，向老单于调簧。万种愁肠，教人万种愁肠，却付与琵琶马上。

第二只牌名是《泣颜回》：

回首望爷娘，抵多少陟屺登冈。珠藏闺阁，几曾经途路风霜。是当初妄想，把缇萦不合门楣望，热腾腾坐昭阳，美满儿国丈风光。

众美人唱得悠悠扬扬，高高低低，薛冶儿还要做出这些凄楚不堪的声韵态度来，叶入琵琶调中，唱一句，和一句，弹得人声寂寂，宿鸟啾啾。喜得炀帝没什么赞叹，总只叫快活，把兕觥只顾笑饮。萧后对夏夫人道：“曲中借父母奢望这种念头，说到自己身上，亏夫人慧心巧思，叙入得妙。如今第三只叫什么牌名？”夏夫人道：“是《石榴花》。”听唱道：

却教我长门寂寞妒鸳鸯，怎怜我眠花梦月守空房。漫说是皇家雨露，翻做个万里投荒。笑堂堂汉天子是什么纲常，便做妙计周郎，也算不得玉关将帅功劳账。这劳劳攘攘，马蹄儿北向颠狂。怎似冷落长扬，听胡笳一声声交河上，不白入靴尖，踹破泪千行。

第四只牌名是《黄龙滚》：

愁一回塞上贤王，肯惜伶仃模样。思那日朝中君相，惨撇下别时惆怅，闪得人白草黄花路正长。他那里摆云阵，迓红妆，闹喳喳尘迷眼底，闷恹恹愁添眉上。

此时炀帝听得意乱心迷，不知不觉。侧耳细听，正在那似睡非睡、似醒非醒的光景，瞥见萧后与众夫人大家都在那里拭泪咨嗟。炀帝低低说道："你们为什么个个弄出眼泪来？如今听曲，尚且如此，倘设身处地奈何？"萧后道："陛下前日为死了一个侯妃子，把一个廷臣问罪赐死，不要说是国色娇娃，就是平常宫人，也不轻易割舍他去与别人受用。"炀帝摇着手道："噤声，且听他唱。"牌名是《小桃红》：

到家乡只梦中，见君王只梦中，明日里捱到穹庐。料道今生怎得归往，情黯黯拨乱宫商。情黯黯拨乱宫商，姻缘谁信这三生账？但愿和亲，保太平永享。

尾声：羞杀汉庭君和相，枉把妻孥抱衾账。怎比得大皇隋，威名万载扬？

一回儿，五面琵琶，弹得滚圆的，如风吹檐马，沙击辰钟，叮当乱响，煞时收住。炀帝坐起身来，对夏夫人道："妙极妙极，一篇文字，直到结尾，揭出章旨，愈见妃子聪敏有才。"夏夫人道："此乃俚鄙村歌，怎当陛下过誉。"萧后道："曲中描写，是游、夏不能赞一辞的了。更亏这几个习学的，一夜里就弄得这样出神入化，使人听之，愈见陛下情深，陛下不可不奖劳之。"炀帝道："这个自然都在朕心窝里。"袁宝儿斜着眼，对炀帝笑道："陛下在心窝里那搭儿？"炀帝带笑骂道："贼肉不要慌，停回摆布你。"众夫人齐笑，起身把扮演的服饰卸下，改了宫妆，仍旧坐下，接过细乐来，要奏《清夜游》词。炀帝忙摇手道："古人云：观止矣，虽有他乐，朕不敢请矣。你们取大杯来，畅饮几杯。"萧后道："月已西坠，我们也好行动行动，回宫去了。"炀帝吩咐内相："再排宴在万花楼，众宫人不论马上步行，尽要各执红灯一盏，分为两队：一队随娘娘于山前行，一队随朕由山后行，都转到万花楼赴宴，然后回宫。"吩咐毕，不上一个时辰，只见外边万盏红灯，如星移斗转，乱落阶前，火树银花，光分璀璨。

炀帝与萧后出轩来，二人各上了一个玉辇，众夫人与贵人美人亦各徐徐上马。约行了里许，萧后在辇中转身一望，只见众夫人与众美人，都在眼前。萧后忙叫停住了辇，对众美人道："众夫人随着我走也罢了，你们还该傍着万岁的御辇而行，为何都拥着我来？万岁见你们一个不去随侍，不说你们的差，反道是我的缘故了。快去赶上，不要惹他性气起来。"众夫人齐声道："娘娘说的是。"众美人犹尚延捱，当不起萧后再四催促，众美人只得兜转马头，来赶炀帝。

时炀帝众内相拥着由山后而行，见夫人美人，俱随着萧后去了。他是极肯在妇人面上细心体贴的，见他们不来，晓得恐怕萧后见怪，不得已随去，就要合在一块的，便不放在心上。只是坐在辇上，有些不耐烦，便下辇换着马，绕山径而走。只见山腰里，一骑红灯，冲将过来。炀帝看时，见是妥娘。妥娘忙要下马，炀帝就止住了执手问道：

“你这小油嘴，在那里做贼？”妥娘答道：“贼是没处做，妾因风露寒冷，身上单薄，不比别个有人见怜，故此回院，加上些衣服赶来。”炀帝带笑骂道：“怪油嘴，朕那处不疼热你们，却这等说。”妥娘笑答道：“妾因刚才宝儿说陛下抚摩贵儿身上，百般怜惜，故此妾取笑陛下，幸勿见罪。不知娘娘与众夫人，如今往何处去了？”炀帝道：“你不要管，同我走就是，朕还有话要问你。”于是两骑马并辔而行。炀帝道：“朕问你，贵儿臂上为甚扎缚着？”妥娘答道：“他的腕上，为着陛下，难道陛下还不晓得，反要问起妾来？”炀帝见说，吃了一惊问道：“朕那里晓得？为着朕甚来？”妥娘道：“妾不说，陛下自去问贵儿便知。”炀帝道：“你若不快快说出，朕就恼你。”妥娘没奈何，只得将炀帝头疼染疴，贵儿着急悲哀，妾等众人对天祷告，贵儿割下一块肉来，私下在药中煎好，与陛下服愈。

话未说完，听见后边七八骑，执着灯儿赶来。炀帝撇转头一看，却是韩俊娥一班美人，便道：“你们为甚么又赶来？”薛冶儿笑道：“娘娘恐怕陛下冷静，故此赶妾等来护驾。”朱贵儿气喘吁吁的道：“我说陛下必往山后小路而行，不打大路上去的。这些蛮婆，偏不肯依，叫人跑却许多枉路。”袁宝儿在马上笑道：“那个胖丫头，被我捉弄死了。”炀帝道：“既如此，你们往头里走。”一头吩咐，一手搭着贵儿的马道：“你跑不动，且缓一回，同我走。”众美人见说，把贵儿撇下，纵马向前去了。

炀帝见众美人离了一箭之地，便把坐骑收紧贵儿身旁，低低的说道：“你快坐在朕马上来，朕有话要对你说。”贵儿把身子离鞍一侧，炀帝双手提他，一把提过马上，好好坐下；贵儿就把丝韁丢与宫人接了。炀帝急急的向着贵儿说道：“朕那里晓得你这样真心爱主；若不是刚才妥娘告诉，几乎负了你一片深心。”说了，便百般的叹息，只少落出泪来。贵儿道：“妾蒙陛下隆恩，虽捐躯亦所不惜；何况些微之处。但可笑妥妹，妾恁般吩咐他，他偏不依，毕竟来告诉陛下得知。今愿陛下守口如瓶，不可提起。万一泄漏风声，娘娘与夫人们只道妾等巧作，以博圣恩眷宠。”炀帝道：“宫中妇女，准千准万，朕看起来，止不过一时助兴，怎能个有似你这样真心爱主？我如今要升你上去，又恐众人生妒，你反不安。朕身边偶带珮玉，是上世所传，价值千金，朕今赐你藏好。”腰间取下来，付与贵儿收了，又说道：“倘朕殡天之后，你青春尚艾，朕留遗旨，着你出宫去觅一良人，以完终身。”贵儿见说，忙在袖中取出玉来道：“陛下恁说，妾不敢当，请收了宝物。”炀帝道：“为何？”贵儿道：“臣闻臣忠不二君，女烈不二夫，妾虽卑贱，颇明大义。不要说陛下春秋正富，假使百年后，设逢大故，妾若再欲偷生于世，苟延朝夕者，永堕轮回，再不得人身。”说了止不住汪汪流泪。

炀帝见他说得激烈，也就落下几点泪来道：“美人，你既如此忠贞明义，朕愿与你结一来生夫妇。”就指天设誓道：“大隋天子杨广与美人贵儿朱氏，情深契爱，星月为证，誓愿来生结为夫妇，以了情缘。如若背盟，甘不为人，沉埋泉壤。”朱贵儿见炀帝立誓，慌忙跳下马来俯伏在地，听见誓完，对天告道：“皇天在上，朱贵儿来生若不与大隋天子同荐衾枕，誓愿甘守幽魂，不睹天日。”

炀帝又欲将手扶他上马，只见薛冶儿慌忙的跑马来报道：“娘娘已进宫去了，众夫人都在景明院门首候驾。”炀帝道：“娘娘为甚缘故，就回宫去？”薛冶儿道：“陛下到彼便知。”不多时,已到景明院。众夫人道:“陛下为什么耽搁了这一回?刚才妾等与娘娘先到,同上万花楼候驾来上宴,不想一阵鬼风,吹破窗牖,震动灯烛尽灭,又不见陛下来,心上有些害怕,故此就回宫去了,叫妾们在此守候。”炀帝见说,以为奇异,心上虽欲到迎晖院去与朱贵儿安寝,因这番言语,恐怕萧后着恼,只得回辇进宫。众夫人各自归院。未知后事如何,且听下回分解。

第三十六回　观文殿虞世南草诏　爱莲亭袁宝儿轻生

词曰：

余兴未阑情未倦，朝来闻说关心。万千乐事论纵横，欲夸己才富，落笔竟难成。　　堪羡词臣文藻盛，佳人注目留吟。无端池畔去捐生，相看心欲碎，贴肉唤卿卿。

调寄《临江仙》

炀帝好大喜功，每事自恃有才，及至征蛮草诏，便觉江郎才掩。宝儿素性憨痴，至闻刺心一语，便觉伤情欲死。可见才情伪真，断难假借。

却说炀帝与萧后清夜畅游，历代帝王从未有如此快活。比及回宫，更筹已交五鼓，遂与萧后安寝，直到日中方起，尚嫌余兴未尽。又思昨夜同朱贵儿在马上许多盟言心语，不特光景清幽，抑且两情可爱，只恨平昔没有加厚待他，宵来又撇了他进宫，才觉心殊怏怏，因想："今日皇后，谅不到苑，正好出宫去到迎晖院，独与贵儿亲热一番。"心中打点停当，只见一个内监走来奏道："宝林院沙夫人，因夜间在马上驰骤太过了，回院去一阵肚疼，即便坠下一胎，是个男形，不能保育。今夫人身子虚弱，神气昏迷，故使奴婢来奏知。"炀帝听见跌脚道："可惜可惜，昨夜原不该要他来游的，这是朕失检点了。"忙差内相："快去宣太医巢元方，到宝林院去看治沙夫人。"又对宝林院宫人道："你回院去对夫人说：朕就来看他。"萧后闻知，不胜叹嗟，叫宫人去候问。

炀帝进了早膳，出宫上辇，正要到宝林去，只见中书侍郎裴矩捧着各国朝贡表章奏道："北则突厥，西则高昌各国，南则溪山酋长，俱来朝观。独有高丽王元恃强不至。"炀帝大怒道："高丽虽僻在海隅，乃箕子所封之国，自汉晋以来，臣伏中国，皆为郡县，今乃不臣如此！"裴矩又奏道："高丽所恃，有二十四道，阻着三条大水，是辽水、鸭绿江、浿水。如欲征剿，须得水陆并进方可。目今沿海一带城垣，闻得倾圮，未能修葺。陆路犹可，登莱至平壤一路，俱是海道，须用舟楫水军，若非智勇兼全之人，难克此任。"炀帝想了一想，便敕旨着宇文述督造战船器械，为征高丽总帅。山东行台总管来护儿为征高丽副使。其余所用将佐，悉听宇文述、来护儿随处调遣，该地方官不得阻挠。奏凯之日，各行升赏。

炀帝因裴矩说起沿海一带，随想起要修葺长城一事，恐与廷臣商议，有人谏阻，趁便也写着敕一道：命宇文弼为修城都护，又敕宇文恺为修城副使。西边从榆林起，东边直到紫河方止，但有颓败倾圮，都要重新修筑补葺。吩咐毕，裴矩传旨出去，炀帝便上辇进西苑去。

未及里许，只见守苑太监马守忠走来奏道："都护麻叔谋在院外要见驾。"是时麻叔谋河道已通,单骑到东京来复旨。炀帝见说,随进便殿坐下,叫马守忠引他进来。麻叔谋同丞相宇文达、翰林学士虞世基进来。麻叔谋朝驾毕,因奏道:“广陵河道,臣已开通,未知陛下几时巡幸?”炀帝问用多少人工,几许深浅,麻叔谋细细奏陈。炀帝大喜,赏赉甚厚,留他在都,陪驾巡幸广陵。宇文达道:“河道已通,陛下巡游,须得几百号龙舟,方才体式;若是这些民船差船,怎好乘坐?”炀帝道:“便是。”宇文达道:“黄门侍郎王弘大有才干,陛下敕他趱造,必能仰体圣意。”炀帝大喜,遂写敕旨,命王弘就江淮地方,要他制造头号龙船十只,二号龙船五百只,杂船数千只,限四个月造完缴旨。

虞世基道:“陛下既造龙舟,自然造得如殿庭一般,难道也叫这些鸠形鹄面,撑篙摇橹?”炀帝道:“这个自然是这班水手。”虞世基道:“以臣愚见,莫若将蜀锦制就锦帆,再将五色彩绒打成锦缆,系在殿柱之上;有风扯起锦帆东下,无风叫人夫牵挽而去,就像殿之有脚,那怕不行?”宇文达道:“锦缆虽好,但恐人夫牵挽,不甚美观。陛下何不差人往吴越地方,选取十五六岁的女子,扮做宫妆模样,无风叫他牵缆而行,有风叫他持楫绕船而坐,陛下凭栏观望,方有兴趣。”炀帝听了大喜,即差几个得力太监高昌等,往吴越地方,选十五六岁的女子一千名,为殿脚女。

虞世基奏道:“陛下征辽之旨已出,今河道已成,龙舟将备,莫若以征辽为名,以幸广陵为实,也不消征兵,也不必征饷,只消发一道征辽诏书,播告四边,彼辽小国,自然望风臣服,落得陛下坐在广陵受用,岂非一举两得之事?”炀帝大喜道:“卿言甚是有理,依卿所奏而行。”众臣退出。

炀帝因说得高兴,竟忘了宝林院去。只见朱贵儿、袁宝儿两个走来,炀帝问道:“你们从何处来?”袁宝儿道:“妾等在宝林院看沙夫人来。”炀帝道:“正是,沙妃子身子怎样光景?”朱贵儿道:“身子太医说不妨,只可惜一位太子不能养育。”炀帝对贵儿道:“你先去代朕说声,此刻朕要草诏,不得闲,稍停朕必来看他。说了你就来。”贵儿领旨去了。

炀帝同袁宝儿转到观文殿上来,意思要自制一篇诏书,夸耀臣下。谁想说时容易,作时却难。炀帝拿起笔来,左思右想,再写不下去,思想了一回,刚写得两三行,拿起看时,却也平常,不见有新奇警句,心下十分焦躁。遂把笔放下,立起身来,四下里团团走着思想。袁宝儿看了,微微笑道:“陛下又不是词臣,又不是史官,何苦如此费心?”炀帝道:“非朕要自家草诏,奈这些翰林官员,没个真才实学的能当此任。”袁宝儿道:“翰林院平昔自然有应制篇章,著述文集,上呈御览。陛下在内检一个博学宏才的,召他进来,面试一篇,不好再作区处,何必有费圣心。”炀帝想了一想道:“有了。”袁宝儿问道:“是谁?”炀帝道:“就是翰林学士虞世基的兄弟,叫作虞世南,现作秘书郎之职。此人大有才学,只因他为人不肯随和,故此数年来,并不曾升迁美任。今日这道诏书,须叫他来面试,必有可观。”随叫了黄门去宣虞世南,立等观文殿见驾。

不多时,黄门已将虞世南宣至。朝贺毕,炀帝道:“近日辽东高丽,恃远不朝,朕今亲往征讨,先要草一道诏书,播告四方。恐翰林院草来不称朕意,思卿才学兼优,必有妙论,故召卿来,为朕草一诏。”虞世南道:“微臣菲才,止可写风云月露,何堪宣至尊德意?”炀帝道:“不必过谦。”遂叫黄门,另将一个案儿抬到左侧首帘栊前放下,上面铺设了纸墨笔砚。又赐一锦墩,与世南坐了。

世南谢过恩,展开御纸,也不思索,题笔便写,就如龙蛇一般,在纸上风行云动,毫不停辍。那消半个时辰,早已草成,献将上来。炀帝展开一看,只见上写着:

> 大隋皇帝,为辽东高丽不臣,将往征之,先诏告四方,使知天朝恩威并著之化。诏曰:朕闻宇宙无两天地,古今惟一君臣。华夷虽限,而来王之化不分内外;风气虽殊,而朝宗之归自同遐迩。顺则绥之以德,先施雨露之恩;逆则讨之以威,聊代风雷之用。万方纳贡,尧舜取之鸣熙;一人横行,武王用以为耻。是以高宗有鬼方之克,不惮三年;黄帝有涿鹿之征,何辞百战。薄伐猃狁,周元老之肤功;高勒燕然,汉嫖姚之大捷。从古圣帝明王,未有不并包夷狄,而共一胞与者也;况辽东高丽,匹在甸服之内,安可任其不庭,以伤王者之量,随其梗化,有损中国之威哉!故今爰整干戈,正天朝之名分;大彰杀伐,警小丑之跳梁。以虎贲之众,而下临蚁穴,不异摧枯拉朽;以弹丸之地,而上抗天威,何难空幕犁庭。早知机而革面投诚,犹不失有苗之格;倘恃顽而负固不服,终难逃楼兰之诛。同一斯民,容谁在覆载之外;莫非赤子,岂不置怀保之中。六师动地,断不如王用三驱;五色亲裁,聊以当好生一面。款塞及时,一身可赎;天兵到日,百口何辞。慎用早思,毋贻后悔。故诏。大业八年九月二十日敕。

炀帝看了一遍,满心欢喜,笑说道:"笔不停辍,文不加点,卿真奇才也!古人云:文章华国。今日这一道诏书,真足华国矣!此去平定辽东,卿之功非小。就烦卿一写。"遂叫近侍将一道黄麻诏纸,铺在案上。虞世南不敢抗旨,随题笔起来,端端楷楷而写。

炀帝因诏书作得畅意,甚爱其才,要称赞他几句,又因他低头写诏,不好说话。此时袁宝儿侍立在旁,遂侧转头来,要对宝儿说话,瞥见宝儿一双眼珠也不转,痴痴的看着虞世南写字。炀帝看见,遂不做声,任他去看。原来袁宝儿见炀帝自做诏书,费许多吟哦搜索,并不能成;虞世南这一挥便就,心下因想道:"无才的便那般吃力,有才的便如此敏捷。"又见世南生得清清楚楚,弱不胜衣,故憨憨的只管贪看。看了一会,忽回转头来,见炀帝清清的看着自己。若是宝儿心下有私,未免要惊慌,或是面红,或是踽蹐;因他出于无心,故声色不动,看看炀帝,也只是憨憨的嬉笑。炀帝知他素常是这憨态,却不甚猜疑。

不多时,虞世南写完了诏书呈上来。炀帝见他写得端庄有体,十分欢喜,随叫左右赐酒三杯,以为润笔。虞世南再拜而饮。炀帝说道:"文章一出才人之口,便觉隽永可爱;但不知所指事实,亦可信否?"虞世南道:"庄子的寓言,《离骚》的托讽,固是词人幻化之笔,君子感慨之谈,或未可尽信。若是见于经传,事虽奇怪,恐亦不妄。"炀帝道:"朕观《赵飞燕传》,称他能舞于掌上,轻盈蹁跹,风欲吹去,常疑是词人粉饰之句。世上妇人,那有这般柔软?今观宝儿的憨态,方信古人模写,仿佛不虚。"虞世南道:"袁美人有何憨态?"炀帝道:"袁宝儿素多憨态,且不必论;只今见卿挥毫潇洒,便在朕前注目视卿,半晌不移,大有怜才之意,非憨态而何?卿才人勿辜其意,可题诗一首嘲之,使他憨度与飞燕轻盈并传。”虞世南闻旨,也不推辞,也不思索,走近案前,飞笔题诗四句献上。炀帝看时,见上写道:

学画鸦黄半未成,垂肩軃袖太憨生。
缘憨却得君王宠,常把花枝傍辇行。

炀帝看了大喜,因对宝儿说道:“得此佳句,不负你注目一段憨态矣!”又叫赐酒三杯。虞世南饮了,便谢恩辞出。炀帝道:“劳卿染翰,另当升赏。”世南谢恩辞出不题,正是:

空掷金词何所用,漫筹征伐枉夸能。

炀帝见虞世南已出,遂将诏书付与内相,传谕兵部,叫他播告四方,声言御驾亲征。内相领旨去了。炀帝又把世南做宝儿的这首绝句,对宝儿说道:“他竟一会儿就做出来,又敏捷,又有意思。”袁宝儿笑道:“诗中之义,妾总不解,但看他字法,甚觉韵致秀媚。”炀帝带笑的悄悄说道:“朕明日将你赐与他为一小星何如?”袁宝儿见说,登时花容惨淡,默然无语。炀帝尚要取笑他,只听得蔷薇架外,扑簌簌的小遗声响。炀帝便撇了宝儿,轻轻起身,走出来看了片时,转来不见袁宝儿。正要去寻,只听得西边爱莲亭上,有人喊道:“是那个跳下池里去?”原来袁宝儿自恨刚才无心看了虞世南草诏,不想炀帝认为有意,要把他来赠与世南,不认炀帝作耍,他反认天子无戏言,故此自恨。悄悄走出,竟要投水而死,以明心迹。

当时炀帝走到西首爱莲亭池边,只见一个内相,在池内抱一个宫娥起来。炀帝一看,见是宝儿,吃了一惊,见他容颜变色,双眸紧闭,满身泥水淋漓。炀帝走入亭子里去,坐在一张榻上,忙叫内相抱他近身,便问内相道:“刚才他可是往池内净手,还是洗什么东西失足跌下去的?”内监道:“刚才奴婢偶然走来,只见袁美人满眼垂泪,望池内将身一耸,跳下去的。”炀帝笑道:“你这妮子痴了,这是为甚缘故?”自己忙与太监替宝儿脱下外边衣服,那晓得里边衫裤俱湿,忙叫内相,快去取他的衣服来。炀帝见内相去了,说道:“朕刚才偶然取笑,为何你当起真来?朕那一刻是少得你的?”宝儿见说,从又呜呜咽咽的哭起来。

只见韩俊娥与朱贵儿两个,手里拿着衣服,笑嘻嘻走进来。韩俊娥问道:“陛下,为什么宝儿要做浣纱女,抱石投江起来?”炀帝便把虞世南草诏一段,与戏言要赠他的话,述了一遍。朱贵儿点点头儿道:“妇人家有些烈性也是的。”两个替宝儿穿换衣裳。朱贵儿见炀帝的里衫,多沾污了几点泥汁在上,忙要去取衣服来更换。炀帝止住了道:“朕当常服此,以显美人贞烈。”韩俊娥笑说道:“陛下不晓得妾养这个女儿,惯会作娇,从小儿不敢触犯他,恐他气塞了,撒不出鸟来。”袁宝儿见说,把炀帝手中扇子,向韩俊娥肩上打一下道:“蛮妖精,我是你射出来的?”韩俊娥笑道:“你看这小妖怪,因陛下疼热他,他就忤逆起娘来了。”笑得个炀帝了不得,便道:“不要闲说了,你们同朕到宝林院去来。”

不多时，炀帝进了宝林院，直至榻前，对沙夫人问道：“妃子，你身子怎样？曾服过药否？”沙夫人道：“妾宵来好端端的去游玩，不想弄出这节事来，几乎不能与陛下相见。”炀帝道：“妃子自己觉身子持重，昨夜就该乘一个香车宝辇，便不至如此。此皆朕之过，失于检点，调度你们。”沙夫人含泪答道：“这是妾福浅命薄，不能保养潜龙。是妾之罪，与陛下何与？”一头说，不觉泪洒沾衾。炀帝道：“妃子不必忧烦。秦王杨浩，皇后钟爱；赵王杨杲，今年七岁，乃吕妃所生，其母已亡。朕将杨杲嗣你名下，则此子无母而有母，妃子无子而有子矣，未知妃子心下何如？”朱贵儿在旁说道：“赵王器宇不凡，若得如此，是陛下无限深恩，沙夫人有何不美？妾等亦有仰赖矣。”沙夫人要起身谢恩，炀帝慌忙止住。袁宝儿道：“夫人玉体欠安，妾等代为叩谢圣恩。”于是众美人齐跪下去，炀帝亦忙拉了他们起来，便道：“待朕择期以定，妃子作速调理好了身子，同朕去游广陵。”

正说时，只见一个内相，双手捧着一个宝瓶，传禀进来道：“王义修合万寿延年膏子，到苑来贡上万岁爷。”炀帝听见喜道：“朕正有话要吩咐他，着他进苑来。”一头说，一头走到殿上来，只见王义走到阶前跪下。炀帝问道：“你合的是甚么妙药？”王义道：“微臣春间往南海进香，路遇一道人，说山中觅得一种鹿衔灵草，和百花捣汁熬成膏子，服之可以固精养血延年。故特修治贡上，聊表微臣一点孝心。”炀帝道：“这也难为你。朕不日要游广陵，卿须要打点同去，着卿管辖头号龙舟，谅无错误。”王义道：“此游不但微臣有心要随陛下，即臣妻亦遣来随侍娘娘。”炀帝喜道：“舟中不比宫中，若得卿夫妇二人相随，愈见爱主之心。还有一事：昨宵朕与娘娘众夫人作清夜游，不意宝林院沙夫人，因劳动了胎气，今早即便堕下一个男胎。妃子心中着实悲伤，朕又怜赵王失母，今嗣与沙妃子为子，聊慰其情，卿以为何如？”王义道：“沙夫人闻得做人宽厚，本性端庄，赵王嗣之，甚为合宜，足见陛下隆恩高厚。”炀帝道：“此系朕之爱子。既卿如此说，内则有妃子与众美人为之抚护，外则烦贤卿为之傅保。卿为朕去镌玉符一方，上镌：赵王杨杲，赐与沙映妃子为嗣。镌好卿可悄悄送进来。”王义道：“臣晓得。”炀帝对袁宝儿道：“可将山茧两匹，赐与王义。”宝儿取将出来，王义收了，谢恩出苑不题，正是：

因情托儿女，爱色恋闺房。
不知人世变，犹自语煌煌。

第三十七回　孙安祖走说窦建德　徐懋功初交秦叔宝

词曰：

人主荒淫成性，苍天巧弄盈危。群英一点雄心逞，戈满起尘埃。
攘攘不分身梦，营营好乱情怀。相看意气如兰蕙，聚散总安排。

调寄《乌夜啼》

天下最荼毒百姓的，是土木之工、兵革之事。剥了他的财，却又疲他的力，以至骨肉异乡，孤人之儿，寡人之妇，说来伤心，闻之酸鼻。

却说炀帝，因沙夫人堕了胎，故将爱子赵王与他为嗣，命王义镌玉印赐他；又着朱贵儿，迁在宝林院去一同抚养赵王，自以为磐石之固。岂知天下盗贼蜂起，卒至国破家亡。

且说宇文弼、宇文恺得了旨意，遂行文天下，起人夫，吊钱粮，不管民疲力敝，只一味严刑重法的催督。弄得这些百姓，不但穷的驱逼为盗，就是有身家的，被这些贪官污吏，不是借题逼诈，定是赋税重征，也觉身家难保，要想寻一个避秦的桃源，却又无地可觅。其时翟让聚义瓦岗，朱灿在城父，高开道据北平，魏刁儿在燕，王须拔在上谷，李子通在东海，薛举在陇西，梁师都在朔方，刘武周在汾阳，李轨据河西，左孝友在齐郡，卢明月在涿郡，郝孝德在平原，徐元朗在鲁郡，杜伏威在章丘，萧铣据江陵。这干也有原系隋朝官员，也有百姓卒伍，各人啸聚一方劫掠。还有许多山林好汉，退隐贤豪，在那里看守天时，尚未出头。

再说窦建德，携女儿到单员外庄上安顿了，打账也要往各处走走。常言道：惺惺惜惺惺。话不投机的，相聚一刻也难过；若遇知己，就叙几年也不觉长远。雄信交结甚广，时常有人来招引他。因打听得秦叔宝，避居山野，在家养母。雄信深为赞叹，因此也不肯轻身出头，甘守家园，日与建德谈心讲武。

光阴荏苒，建德在二贤庄倏忽二载有余。一日，雄信有事往东庄去了。建德无聊，走出门外闲玩，只见场上柳阴之下，坐着五六个做工的农夫，在那里吃饭。对面一条湾溪，溪上一条小小的板桥，桥南就是一个大草棚。建德慢慢的踱过桥来，站在棚下，看牛过水；但见一派清流随轮带起，泉声鸟和，即景幽然，此时身心，几忘名利。正闲玩之间，远远望见一个长大汉子，草帽短衣，肩上背了行囊，袒胸露臂，慢慢的走来。场上有只猎犬，认是歹人，咆哮的迎将上去。那大汉见这犬势来得凶猛，把身子一侧，接过犬的后腿，丢入溪中去了。做工的看见，一个个跳起来喊道："那里来的野鸟，把人家的犬丢在河里？"那汉道："你不眼瞎，该放犬出来咬人的！"那做工的大怒，忙走近前，一巴掌打去。那汉眼快，接过来一折，那做工的扑地一交，爬不起来。惹得四五个做工的齐起身来动手，被那汉打得一个落花流水。

建德站在对河看，晓得雄信庄上的人，俱是动得手的，不去喝住他。已后见那汉打得利害，忙走过桥来喝道："你是那里来的，敢走到这里来撒野？"那汉把建德仔细一认，说道："原来窦大哥，果然在这里！"扑地拜将下去。建德道："我只道是谁，原来是孙兄弟，为甚到此？"那汉道："小弟要会兄得紧，晓得兄携了令爱迁往汾州，弟前日特到介休各处寻访，竟无踪迹。幸喜途中遇着一位齐朋友，说兄在二贤庄单员外处，叫弟到此寻问，便知下落。故弟特特来访，不想恰好遇着。"原来这人姓孙名安祖，与窦建德同乡。当年安祖因盗民家之羊，为县令捕获笞辱，安祖持刀刺杀县令，人莫敢当其锋，号为摸羊公，遂藏匿在窦建德家一年有余。恰值朝廷钦点绣女，建德为了女儿，与他分散，直至如今。时建德便对安祖道："这里就是二贤庄。"把手指道："那来的便是单二员外了。"

雄信骑着高头骏马，跟着四五个伴当回来，见建德在门外，忙跳下马来，问道："此位何人？"建德答道："这是同乡敝友孙安祖。"雄信见说，便与建德邀入草堂。安祖对雄信纳头拜下去道："孙安祖粗野亡命之徒，久慕员外大名，如雷贯耳，今日一见，实慰平生。"雄信道："承兄光顾，足见盛情。"雄信便吩咐手下摆饭。建德问安祖道："刚才老弟说有一位齐朋友，晓得我在这里，是那个齐朋友？"安祖道："弟去岁在河南，偶于肆中饮酒，遇见一个姓齐的，号叫国远，做人也豪爽有趣。说起江湖上这些英雄，他极称单员外疏财仗义，故此晓得，弟方始寻来。"雄信道："齐国远如今在何处着脚？"安祖道："他如今往秦中去寻什么李玄邃。说起来，他相知甚多，想必也要做些事业起来。"雄信叹道："今世路如此，这几个朋友，料不能忍耐，都想出头了。"

须臾酒席停当，三人入席坐定。建德道："老弟两年在何处浪游？近日外边如何光景？"安祖道："兄住在这里，不知其细；外边不成个世界了。弟与兄别后，自燕至楚，自楚至齐，四方百姓，被朝廷弄得妻不见夫，父不见子，人离财散，怨恨入骨，巴不能够为盗，苟延性命。自今各处都有人占据，也有散而复聚的，也有聚而复散的，总是见利忘义酒色之徒。若得似二位兄长这样智勇兼全的出来，倡义领众，四方之人，自然闻风响应。"建德见说，把眼只顾着单雄信，总不则声。雄信道："宇宙甚广，豪杰尽多，我们两个算得什么？但天生此七尺之躯，自然要轰轰烈烈，做他一场，成与不成命也，所争者，乃各人出处迟速之间。"孙安祖道："若二位兄长皆救民于水火，出去谋为一番，弟现有千余人，屯扎在高鸡泊，专望驾临动手。"建德道："准千人亦有限。只是做得来便好，尚然弄得王不成王，寇不成寇，反不如不出去的高了。"雄信道："好山好水，原非你我意中结局，事之成败，难以逆料，窦兄如欲行动，趁弟在家，未曾出门。"

正说时，只见一个家人传送朝报进来。雄信接来看了，拍案道："真个昏君，这时候还要差官修葺万里长城，又要出师去征高丽，岂不是劳民动众，自取灭亡？就是来总管能干，大厦将倾，岂一木所能支哉！前日徐懋功来，我烦他捎书与秦大哥；今若来总管出征，怎肯放得他过？恐叔宝亦难乐守林泉了。"安祖道："古人说得好，虽有智慧，不如乘势。今若不趁早出去，收拾人心，倘各投行伍散去，就费力了。"建德道："非是小弟深谋远虑，一则承单二哥高情厚爱，不忍轻抛此地；二则小女在单二哥处打扰，颇有内顾萦心。”雄信道：“窦大哥，你这话说差了。大凡父子兄弟，为了名利，免不得分离几时，何况朋友的聚散？至于令爱，与小女甚是相得，如同胞姊妹一般；况兄之女，即如弟之女也。兄可放心前去，倘出去成得个局面，来接取令爱未迟；若弟有甚变动，自然送令爱归还兄处，方始放心。”建德见说，不觉洒泪道：“若然，我父与女真生死而骨肉者也。”主意已定，遂去收拾行装，与女儿叮咛了几句，同安祖痛饮了一夜。到了明日，雄信取出两封盘缠：一封五十两，送与建德；一封二十两，赠与安祖。各自收了，谢别出门。正是：

丈夫肝胆悬如日，邂逅相逢自相悉。
笑是当年轻薄徒，白首交情不堪结。

如今再说秦叔宝，自遭麻叔谋罢斥回来，迁居齐州城外，终日栽花种竹，落得清闲。倏忽年余。一日，在篱门外大榆树下，闲看野景；只见一个少年，生得容貌魁伟，意气轩昂，牵着一匹马，戴着一顶遮阳笠，向叔宝问道：“此处有座秦家庄么？”叔宝道：“兄长何人？因何事要到秦家庄去？”这少年道：“在下是为潞州单二哥捎书与齐州叔宝的。因在城外搜寻，都道移居在此，故来此处相访。”叔宝道：“兄若访秦叔宝，只小弟便是。”叫家僮牵了马，同到庄里。这少年去了遮阳笠，整顿衣衫。叔宝也进里边，着了道袍，出来相见。少年送上书，叔宝接来拆览，乃是单雄信因久不与叔宝一面，晓得他睢阳斥职回来，故此作书问候。后说此人姓徐名世绩，字懋功，是离狐人氏，近与雄信为八拜之交，因他到淮上访亲，托他寄此书。叔宝看了书道：“兄既是单二哥的契交，就与小弟一体的了。”吩咐摆香烛，两人也拜了，结为兄弟，誓同生死。留在庄上，置酒款待。豪杰遇豪杰，自然话得投机，顷刻间肝胆相向。叔宝心中甚喜，重新翻席，在一个小轩里头去，临流细酌，笑谈时务。

话到酒酣，叔宝私虑徐懋功少年，交游不多，识见不广，因问道：“懋功兄，你自单雄信二哥外，也曾更见甚豪杰来？”懋功道：“小弟年纪虽小，但旷观事势，熟察人情。主上摧刃父兄，大纲不正，即使修德行仁，还是个逆取顺守。如今好大喜功，既建东京宫阙，又开河道，土木之工，自长安直至余杭，那一处不骚扰遍了。只看这些穷民，数千百里来做工，动经年月，回去故园已荒，就要耕种，资费已竭，那得不聚集山谷，化为盗贼？况主上荒淫日甚，今日自东京幸江都，明日自江都幸东京，还要修筑长城，巡行河北，车驾不停，转输供应，天下何堪？那干奸臣，还要朝夕哄弄，每事逢君之恶，不出四五年，天下定然大乱。故此小弟也有意结纳英豪，寻访真主。只是目中所见，如单二哥、王伯当，都是将帅之才；若说运筹帏幄，决胜千里，恐还未能。其余不少井底之蛙，未免不识真主，妄思割据，虽然乘乱，也能有为，首领还愁不保。但恨真主目中还未见闻。”

叔宝道：“兄曾见李玄邃么？”懋功道：“也见来。他门第既高，识器亦伟，又能礼贤下士，自是当今豪杰。总依小弟识见起来，草创之君，不难虚心下贤，要明于用贤；不贵自己有谋，贵于用人之谋。今玄邃自己有才，还恐他自矜其才；好贤下士，还恐他误任不贤。若说真主,虑其未称。兄有所见么?”叔宝道:“如兄所云,将帅之才,弟所友东阿程知节,勇敢劲敌之人。又见三原李药师,药师曾云:王气在太原,还当在太原图之。若我与兄何如?”懋功笑道:“亦一时之杰,但战胜攻取,我不如兄;决机虑变,兄不如我。然俱堪为兴朝佐命,永保功名,大要在择真主而归之,无为祸首可也。”

叔宝道:“天下人才甚多,据兄所见,止于此乎?懋功道:“天下人才固多,你我耳目有限,再当求之耳。若说将帅之才,就兄附近孩稚之中,却有一人,兄曾识之否?”叔宝道:“这到不识。”又答道:“小弟来访兄时,在前村经过,见两牛相斗,横截道中。小弟勒马道旁待他,却见一个小厮,年纪不过十余岁,追上前来道:‘畜生莫斗,家去罢。’这牛两角相触,不肯休息,他大喝一声 道:‘开!’一手揿住二只牛角,两下的为他分开尺余之地。将及半个时辰,这牛不能相斗,各自退去。这小厮跳上牛背,吹着横笛便走。小弟正要问他姓名,后有一个小厮道:‘罗家哥哥,怎把我家牛角揿坏了?’小弟以此知他姓罗,在此处放牧,居止料应不远。他有这样膂力,若有人题携他,教他习学武艺,怕不似孟贲一流?兄可去物色他则个。”

何地无奇才,苦是不相识。
赳赳称干城,却从兔罝得。

两人意气相合,抵掌而谈者三日。懋功因决意要到瓦岗,看翟让动静,叔宝只得厚赠资斧,写书回复了单雄信。另写一札,托雄信寄与魏玄成。杯酒话别,两个相期,不拘何人,择有真主,彼此相荐,共立功名。叔宝执手依依,相送一程而别,独自回来。

行不多路,只听得林子里发一声喊,跑出一队小厮来,也有十七八岁的,也有十五六岁的,也有十二三岁的,约有三四十个。后面又赶出一个小厮,年纪只有十余岁,下身穿一条破布裤,赤着上身,捏着两个拳头,圆睁一双怪眼,来打这干小厮。这干小厮见他来,一齐把石块打去,可是奇怪,只见他浑身虬筋挺露,石块打着,都倒激了转来。叔宝暗暗点头道:“这便是徐懋功所说的了。”

两边正赶打时,一个小厮被赶得慌,一交绊倒在叔宝面前。叔宝轻轻扶起道:“小哥,这是谁家小厮,这等样张致?”这小厮哭着道:“这是张太公家看牛的。他每日来看牛,定要妆甚官儿,要咱们去跟他,他自去草上睡觉。又要咱们替他放牛。若不依他,就要打;去跟他,不当他的意儿,又要打。咱们打又打他不过,又不下气伏事他,故此纠下许多大小牧童,与他打。却也是平日打怕了,便是大他六七岁,也近不得他,像他这等奢遮罢了。”叔宝想:“懋功说是罗家。这又是张家小厮,便不是,也不是个庸人了。”挪步上前,把这小厮手来拉住道:“小哥且莫发恼。”这小厮睁着眼道:“干你鸟事来!你是那家老子哥子,想要来替咱厮打么?”叔宝道:“不是与你厮打,要与你讲句话儿。”小厮道:“要讲话,待咱打了这干小黄黄儿来。”待洒手去,却又洒不脱。

正扯拽时,只见众小儿拍手道:“来了,来了。”却走出一个老子来,向前把这小厮总角揪住。叔宝看时,是前村张社长,口里喃喃的骂道:“叫你看牛,不看牛只与人厮打,好端端坐在家里,又惹这干小厮到家中乱嚷。你打死了人,叫我怎生支解?”叔宝劝道："太公息怒，这是令孙么？"太公道："咱家有这孙子来？是我一个老邻舍罗大德，他死了妻子，剩下这小厮，自己又被佥去开河，央及我管顾他，在咱家吃这碗饭，就与咱家看牛。不料他老子死在河上，却留这劣种害人。"叔宝道："这等不妨。太公将来把与小子，他少宅上雇工钱，小子一一代还。"太公道："他也不少咱工钱。秦大哥，你要领，任凭领去，只是讲过，惹出事来，不要干连着我。"叔宝道："这断不干连太公，但不知小哥心下可肯？"那小厮向着太公道："咱老子原把我交与你老人家的，怎又叫咱随着别人来？"太公发恼道："咱招不得你，咱没这大肚子袋气。"一径的去了。

叔宝道："小哥莫要不快。我叫秦叔宝，家中别无兄弟，止有老母妻房，意欲与你八拜为交，结做异姓兄弟，你便同我家去罢。"这小子方才喜欢道："你就是秦叔宝哥哥么？我叫罗士信，我平日也闻得村中有人说哥哥弃官来的，说你有偌大气力，使得条好枪，又使得好锏。哥可怜见兄弟父母双亡，只身独自看顾，指引我小兄弟，莫说做兄弟，随便使令教诲，咱也甘心。"便向地下拜倒来。叔宝一把扶住道："莫拜莫拜，且到家中，先见了我母亲，然后我与你拜。"果然士信随了叔宝回家。叔宝先对母亲说了，又叫张氏寻了一件短褂子，与他穿了，与秦母相见。罗士信见了道："我少时没了母亲，见这姥姥，真与我母亲一般。"插烛也似拜了八拜，开口也叫母亲。次后与叔宝拜了四拜，一个叫哥哥，一个叫兄弟。末后拜了张氏，称嫂嫂；张氏也待如亲叔一般。

大凡人之精神血气，没有用处，便好的是生事打闹发泄；他有了用处，他心志都用在这里，这些强硬之气都消了。人不遇制服得的人，他便要狂逞；一撞着作家，竟如铁遇了炉，猢狲遇了花子，自然服他，凭他使唤。所以一个顽劣的罗士信，却变做了一个循规蹈矩的人。叔宝教他枪法，日夕指点，学得精熟。

一日叔宝与士信正在场上比试武艺，见一个旗牌官，骑在马上，那马跑得浑身汗下，来问道："这里可是秦家庄么？"叔宝道："兄长问他怎么？"那旗牌道："要访秦叔宝的。"叔宝道："在下就是。"叫士信带马系了，请到草堂。旗牌见礼过，便道："奉海道大元帅来爷将令，赍有札符，请将军为前部先锋。"叔宝也不看，也不接，道："卑末因老母年高多病，故隐居不仕，日事耕种，筋力懈弛，如何当得此任？"旗牌道："先生不必推辞。这职衔好些人谋不来的，不要说立功封妻荫子，只到任散一散行粮路费，便是一个小富贵。先生不要辜负了来元帅美情、下官来意。"叔宝道："实是母亲身病。"管待了旗牌便饭，又送了他二十两银子，自己写个手本，托旗牌善言方便。旗牌见他坚执，只得相辞上马而去。

原来来总管奉了敕旨，因想："登莱至平壤，海道兼陆地，击贼拒敌，须得一个武勇绝伦的人。秦琼有万夫不当之勇，用他为前部，万无一失。"故差官来要请他。不意旗牌回复："秦琼因老母患病，不能赴任，有禀帖呈上。"来总管接来看了道："他总是为着母老，不肯就职。然自古求忠臣必于孝子之门，他不负亲，又岂肯负主？况且麾下急切没有一个似他的。"心中想一想道："我有个道理。"发一个帖儿，对旗牌道："我还差你到齐州张郡丞处投下，促追他上路罢。"这旗牌只得策马，又向齐州来，先到郡丞衙。

这郡丞姓张名须陀，是一个义胆忠肝、文武全备、又且爱民礼下的一个豪杰。当时郡丞看了帖儿，又问了旗牌来意。久知秦叔宝是个好男子，今见他不肯苟且功名，侥幸一官半职，这人不惟有才，还自立品，我须自去走遭。便叫备马，一径来到庄前。从人通报，郡丞走进草堂。叔宝因是本郡郡丞，不好见得，只推不在。张郡丞叫请老夫人相见。秦母只得出来，以通家礼见了坐下。张郡丞开言道："令郎原是将家之子，英雄了得。今国家有事，正宜建功立业，怎推托不往？"秦母道："孩儿只因老身景入桑榆，他又身多疾病，故此不能从征。"张郡丞笑道："夫人年虽高大，精神颇旺，不必恋恋。若说疾病，大丈夫死当马革裹尸，怎宛转床席，在儿女子手中？且夫人独不能为王陵母乎？夫人吩咐，令郎万无不从。明日下官再来劝驾。"说罢起身去了。

秦母对叔宝说："难为张大人意思，汝只得去走遭。只愿天佑，早得成功，依然享夫妻母子之乐。"叔宝还有踌躇之意，罗士信道："高丽之事，以哥哥才力，马到成功；若家中门户，嫂嫂自善主持。只虑盗贼生发。士信本意随哥哥前去，协力平辽，今不若留我在家，总有毛贼，料不敢来侵犯。"三人计议已定，次早叔宝又恐张郡丞到庄，不好意思，自己入城，换了公服，进城相见。张郡丞大喜，叫旗牌送上札符，与叔宝收了。张郡丞又取出两封礼来：一封是叔宝赆仪，一封是送秦老夫人菽水之资。叔宝不敢拂他的意，收了。叔宝谢别。张郡丞又执手叮咛道："以兄之才，此去必然成功。但高丽兵诡而多诈，必分兵据守，沿海兵备，定然单弱。兄为前驱，可释辽水、鸭绿江勿攻。惟有僳水，去平壤最近，乃高丽国都，可乘其不备，纵兵直捣。高丽若思内顾，首尾交击，弹丸之国，便可下了。"叔宝道："妙论自当书绅。"就辞了出门。到家料理了一番，便束装同旗牌起行。罗士信送至一二里，大家叮咛珍重而别。

叔宝、旗牌日夕趱行，已至登州，进营参谒了来总管。来总管大喜，即拨水兵二万，青雀、黄龙船各一百号，俟左武卫将军周法尚，打听隋主出都，这边就发兵了。正是：

旗翻幔海威先壮，帆指平壤气已吞。

第三十八回　杨义臣出师破贼　王伯当施计全交

词曰：

世事浮沤，叹痴儿扰攘，偏地戈矛。豺虎何足怪，龙蛇亦易收。猛雨过，淡云流，相看怎到头？细思量此身如寄，总属蜉蝣。　问君胶漆何投？问天涯海角，南北营求。岂是名为累，反与命添仇。眉间事，酒中休，相逢羡所谋。只恐怕猿声鹤唳，又惹新愁。

调寄《意难忘》

人处太平之世，不要说有家业的，甘守田园；即如英豪，不遇亡命技穷，亦只好付之浩叹而已。设或一遇乱离，个个意中要想做一个汉高，人有智能的，竟认做孔明。岂知自信不真，以致身首异处，落得惹后人笑骂，故所以识时务者呼为俊杰。然能参透此四字者，能有几人？

不说秦叔宝在登州训练水军，打听炀帝出都，即便进兵进剿。却说炀帝在宫中，一日与萧后欢宴。炀帝道："王弘的龙舟想要造完了，工部的锦帆彩缆俱已备完；但不知高昌的殿脚女，可能即日选到？"萧后道："殿脚女其名虽美，妾想女子柔媚者多。这样殿宇般一只大船，百十个娇嫩女子，如何牵得他动？除非再添些内相相帮，才不费力。"炀帝道："用女子牵缆，原要美观；若添入内相，便不韵矣。"萧后道："此舟若止女子，断难移动。"炀帝道："如此为之奈何？"萧后停杯注想了一回，便道："古人以羊驾车，亦取美观；莫若再选一千嫩羊，每缆也是十只，就像驾车的一般，与美人相间而行，岂不美哉！"炀帝大喜道："御妻深得朕心。"便差内相传谕有司，要选好毛片的嫩羊一千只，以备牵缆。内相领旨去了。

炀帝与萧后众夫人，要点选去游江都的嫔妃宫女。只见中门使段达传进奏章来。炀帝展开，细细翻阅，原来就是孙安祖与窦建德据住了高鸡泊举义，起手统兵杀了涿郡通守郭绚，勾连了河曲聚众张金称、清河剧盗高士达，三处相为缓急，劫掠近县，官兵莫敢挫其锋，因此有司飞章告急，请兵征剿。炀帝看了大怒道："小丑如此跳梁！须用一员大将，尽行剿灭，方得地方宁静。"一时间再想不出个人来。时贵人袁紫烟在旁说道："有个太仆杨义臣，闻他是文武全才，如今镇守何处？"炀帝见说惊讶道："妃子那里晓得他文武全才？"袁紫烟道："他是妾之母舅。妾虽不曾识面，因幼时妾父存日，时常称道其能，故此晓得。"炀帝道："原来杨义臣是你母舅。今日若不是妃子言及，几忘却了此人。他如今致仕在家，实是有才干的。"说罢，便敕太仆杨义臣为行军都总管；周宇、侯乔二人为先锋，调遣精兵十万，征讨河北一路盗贼。将旨意差内相传出，付与吏兵二部，移文去了。炀帝对袁紫烟道："义臣昔属君臣，今为国戚，谅不负朕。奏凯旋日，宣

入宫来,与妃子一见何如?”袁紫烟谢恩不题。正是:

天数将终隋室,昏王强去安排。
现有邪佞在侧,良臣焉用安危。

话说杨义臣得了敕旨,便聚将校,择吉行师。兵行数日,直抵济渠口。晓得四十里外就是张金称在此聚众劫掠,忙扎住了营寨。因尚未识贼人出入路径,戒军不可妄动,差细作探其虚实,欲以奇计擒之。

却说张金称打听杨义臣兵至,遂自引兵直至义臣营垒搦战。见义臣固守不出,求战不能,终日使手下人百般秽骂。如此月余,只道义臣是怯战之人,无谋之辈。何知杨义臣伺其懈弛,密唤周宇、侯乔二将引精锐马骑二千,乘夜自馆陶渡过河去埋伏;待金称人马离营,将与我军相接,放起号炮,一齐夹攻。义臣亲自披挂,引兵搦战。金称看见官军行伍不整,阵法无序,引贼直冲出来,两军相接,未及数合,东西伏兵齐起,把贼兵当中截断,前后夹攻,贼众大败。金称单马逃奔清河界口,正遇清河郡丞杨善,领兵捕贼,正在汾口地方,擒金称杀之,令人将首级送至义臣营中。金称手下残兵星夜投奔窦建德去了。义臣将贼营内金银财物马匹,尽赏士卒所获子女,俱各放回。移兵直抵平原,进攻高鸡泊,剿杀余党。

时高鸡泊乃窦建德、孙安祖附高士达居于彼处。早有细作报言:“杨义臣破张金称,乘胜引兵前来。今官兵已到巫仓下寨,离此只隔二十里之地。”建德闻之大惊,对孙安祖、高士达道:“吾未入高鸡泊之时,已知杨义臣是文武全才,用兵如神,但未与之相拒。今日果然杀败张金称,移得胜之兵,来征伐我等,锐气正炽,难与为敌。士达兄可暂引兵入据险阻,以避其锋,使他坐守岁月,粮储不给,然后分兵击之,义臣可擒矣。”士达不听建德之言,自恃无敌,留疲弱三千,与建德守营,自同孙安祖乘夜领兵一万,去劫义臣营寨。不期义臣预知贼意,调将四下埋伏。

高士达三更时分,提兵直冲义臣老营。见一空寨,知是中计,正欲退时,只听得号炮四下齐起,正遇着义臣首将邓有见,当喉一箭,士达跌下马来,被邓有见枭了首级,剿杀余兵。安祖见士达已亡,忙兜转马头奔回。建德同来救敌,无奈隋兵势大,将士十丧八九。建德与安祖止剩二百余骑。因见饶阳无备,遂直抵城下,未及三日而攻克之;所降士卒,又有二千余人。据守其城,商议进兵,以敌义臣。建德对安祖道:“目下隋兵势大,又兼义臣足智多谋,一时难与为敌,此城只宜保守。”安祖道:“杨义臣不退,吾辈总属困逼,奈何?”建德道:“我有一计:须得一人,多带金珠,速往京中,贿嘱权奸,要他调去义臣。隋将除了义臣,其他复何惧哉!”安祖道:“恁般说,弟速去走遭。倘一时间不能调去,奈何?”建德道:“非也。主上信任奸邪,未有佞臣在内而忠臣能立功于外者。”于是建德收拾了许多金珠宝玩,付与安祖。安祖叫一个劲卒,负了包裹,与建德别了,连夜起身,晓行夜宿。

一日走到梁郡白酒村地方,日已西斜,恐怕前途没有宿店,见有一个安客商寓,两人遂走进门。主人家忙趋出来接住,问道:“爷们是两位,还有别伴?”安祖道:“只我们两人。”店主人道：“里边是有一个大间，空在那里，恐有四五位来，又要腾挪。西首有一间，甚是洁净，先有一位爷下在那里。三位尽可容得，待我引爷们去看来。”说了，遂引孙安祖走到西边，推开门走进去。只见一个大汉，鼻息如雷，横挺在床上。店主人道：“爷们不过权寓一宵，这里可使得么？”安祖道：“也罢。”店主人出去，搬了行李。

安祖细看床上睡的人，身长膀阔，腰大十围，眉目清秀，虬发长髯。安祖揣度道：“这朋友亦非等闲之人，待他醒来问他。”店主人已将行李搬到。安祖也要少睡，忙叫小卒打开铺设，出去拿了茶来。只见床上那汉，听得有人说话，擦一擦眼，跳将起来，把孙安祖上下仔细一认，举手问道：“兄长尊姓？”安祖答道：“贱姓祖，号安生。请问吾兄上姓？”那汉道：“弟姓王，字伯当。”安祖听说大喜道：“原来就是济阳王伯当兄。”纳头拜将下去，伯当慌忙答礼，起来问道：“兄那里晓得小弟贱名？”安祖笑道：“弟非祖安生，实孙安祖也。因前年在二贤庄，听见单员外道及兄长大名，故此晓得。”王伯当道：“单二哥处，兄有何事去见他？如今可在家里么？”安祖道：“因寻访窦建德兄。”伯当道：“弟闻得窦兄在高鸡泊起义，声势甚大。兄为何不去追随，却到此地？”安祖又把杨义臣提兵杀了张金称、高士达，乘胜来逼建德，建德据守饶阳，要弟到京作事一段，述了一遍，问道：“不知兄有何事，只身到此？”伯当见问，长叹一声，正欲开言，只见安祖的伴当进来，便缩住了口。安祖道：“这是小弟的心腹小校，吾兄不必避忌。”因对小校道：“你外边叫他们取些酒菜来。”一回儿承值的取进酒菜，摆放停当，出去了。

两人坐定，安祖又问。伯当道：“弟有一结义兄弟，亦单二哥的契友，姓李名密，字玄邃，犯了一桩大事，故悄地到此。”安祖道：“弟前日途中遇见齐国远，说要去寻他图些事业。如今怎么样？为了甚事？”伯当道：“不要说起。弟因有事往楚，与他分手。不意李兄被杨玄感迎入关中，与他举义。弟知玄感是井底之蛙、无用之徒，不去投他。谁知不出弟所料，事败无成，玄感已为隋将史万岁斩首。弟在瓦岗与翟让处聚义，打听玄邃兄潜行入关，又被游骑所获，护送帝所。弟想解去必由此地经过，故弟在这里等他。谅在今晚，必然到此歇脚。”安祖道：“这个何难？莫若弟与兄迎上去，只消兄长说有李兄在内，弟略略动手，结果了众人，走他娘便了。”伯当道：“此去京都要道，倘然弄得决裂，反为不美，只可智取，不可力图。只须如此如此而行，方为万全。”

正说时，听得外面人声嘈杂。伯当同安祖拽上房门，走出来看，只见六七个解差，同着一个解官，押着四个囚徒，都是长枷锁链，在店门首柜前坐下。伯当定睛一看，见李玄邃亦在其内；余外的，认得一个是韦福嗣，一个是杨积善，一个是邴元真。并不做声，把眼色一丢，走了进去。李玄邃四人看见了王伯当，心中喜道：“好了，他们在此，我正好算计脱身了。但不知他同那个在这里？”

正在肚里踌躇，只见王伯当手里捧着几卷绸匹，放在柜上说道：“主人家，在下因缺了盘费，带得好潞绸十卷在此，情愿照本钱卖与你，省得放在行李里头，又沉重，又占地方。”店主人站起身答道：“爷，小店那讨得出银子来？不要说爷要照本钱卖与咱，就是爷们住在小店几天，准折与咱们，咱们也用不着这宗宝货。”伯当把一卷折开来，摊在柜上说道：“你看，不是什么假古的货儿哄你们，这都是拣选来的，照地头二两五钱好银子一卷。若是银子好，每卷止算还脚解税银一二钱，也罢了。”那一个解官与几个解差也走近柜前，拿起绸来看了，说："真个好绸子，又紧密，又厚重，带到下边去，怕不是四两一卷，可惜没有闲钱来买。"

大家在那里唧唧哝哝的谈论，只见李玄邃亦捱到柜边来看。伯当睁着怪眼，喝道："死囚，你也来瞧什么？量你也拿不出银子，所以犯了罪名。"孙安祖在旁笑道："兄长不要小觑他，或者他们到有银子要买，亦未可知。"李玄邃道："客人，你的宝货，量也有限。你若还有，再取出来，咱们尽数买你的。不买你的，不为汉子！"王伯当对孙安祖道："二哥，还有五卷在里头，你去与我取出来。"李玄邃走下来，叫过一个老猾狱卒张龙道："张兄，你这潞绸可要买么？我有十两银子，送与你去买几卷，也承你路上看管一番。"张龙道："这个不消，你不如买几卷送与惠爷，我才好受你的。"李密道："我的死期，一日近一日，留这钱财在身何用？不如买他的绸子来，将一半与五十两银子送你惠爷。你们众位，每人一卷；银子五两，送与你们。到京死后，将我们的尸骸埋一埋。你去与我们说一声，若是使得，我另外再酬你十两银子。"张龙见说，忙去与众人说知。

这个惠解官，又是个钱钻杀，一说就肯。张龙回复了李玄邃。李玄邃便向韦福嗣、杨积善身边取出一百两银子，付与张龙道："你去与我称开，好分送众人。"又在自己身边取出五十两一封，走向柜边，在柜上放下，向主人家道："烦你做个调停，用钱照例奉送。"店主人道："这个当得。"走向前说道："一共十五卷，该银三十七两五钱，上等称头，尽是瓜绞，一厘不少。"付与王伯当收了，余下的银，还了李玄邃。李玄邃将潞绸打开，花样一般无二，与张龙分送众人，各人致谢。玄邃又在银包内，取出一两多些一块银子，对主人家说："些些酒资，酬劳之意。"伯当笑道："我竟忘了，留七两三分算，也该称出一两多些来酬谢主人。"一头说，一头称出一两一钱银子，奉与店主人。店主人道："岂有此理。费了小子什么气力，好受二位的惠来？"三人你推我却。

孙安祖说道："小弟有一个道理在此：我们大哥，这一两一钱银子，是本该出的。这位兄的那块银子，他既取了出来，怎好又收进去？待弟也出几钱，凑成三金，烦主人家弄几碗菜，买坛酒来，只算主人家替咱们接风，又算一宗小交易的合事酒，畅饮三杯，岂不两美？"这几个解差齐声的赞道："这位爷主张的不差，我们也该贴出些来买酒才好。"八个解差与孙安祖又凑出两块。安祖把来上戥一称，共三两七钱有余，对主人家道："请收去，这是要劳重的了。"主人家笑道："这个小子理会得。先请各位爷到里边去用了便饭，待小子好好的整治起菜来。"孙安祖道："菜不必拘，酒是要上好的；况是人多，要多买些。"店主人道："这个自然。"大家各归房里去了。

霎时间已是黄昏时候，店家将酒席整治完备，将一席送与惠解官，叫张龙致意，不好与公差囚徒同席之意。那惠解官原是个随波逐流的人，又得了许多银子礼物，便对张龙道："既承他们美意，我怎好又独自受用这一席酒？既然在此荒村野店，那个晓得？同在一搭儿吃了罢，也便大家好照管。"张龙道："说起来，他四个原系宦家公子，如今偶然孩子气，犯了罪名，只要惠爷道是使得，我们就叫他们进来。"惠解官道："总是这一回儿的工夫，就都叫到这里用了罢。"于是众人将四五桌酒席都摆在玄邃下的那间大客房里，连主人家，共十七八人。大家入席坐定，大杯小盏，你奉我劝，开怀畅饮。店小二流水烫上酒来。孙安祖对店小二道："你们辛苦了，自去睡罢，有我们小厮在这里。”店主人大家吃了一回,先进去睡了。岂知惠解官又是个酒客,说得投机,与他们呼么喝六的,又闹了一回。

孙安祖见众人的酒,已有七八分了,约略有二更时分,王伯当道:“酒不热,好闷人。”孙安祖道:“待我自去,看我们小厮在那里做甚?”忙走出去,一回捧着一壶烫的热酒,笑将进来道:“店小二与我家小厮,多先吃醉了,一铺儿的躺着,亏得我自去暖这壶热酒在此。”王伯当取来,先斟满一大杯,送与惠解官,又斟下七八大杯,对着解差道:“你们各位,请用过了,然后轮下来我们吃。”众解差道:“承列位盛情,实吃不下了。”孙安祖道:“这一杯是必要奉的。余下的总是我们吃罢。”张龙拿起杯来,一饮而尽,众公差只得取起来吃了。顷刻间,一个解官,八个解差,齐倒在尘埃。孙安祖笑道:“是便是,只恐怕他们药力浅,容易醒觉。”忙在行李中,取出蜡烛一支点上。王伯当将四人的枷锁扭断了,李玄邃忙向解官报箱内,寻出公文来,向灯火上烧了。原来的十五卷潞绸并银子,取了出来,付与王伯当收入包裹,小校背上行李,共七个人,悄悄开了店门走出;只见满天星斗,略有微光,大家一路叙谈,忙忙的趱行。

走到五更时分,离店已有五七十里,孙安祖对王伯当道:“小弟在此地要与兄们分手,不及送李兄等至瓦岗矣。”玄邃等对安祖道:“小弟谬承兄见爱,得脱此难,且到前途去痛饮三杯再处。”王伯当道:“不是这话。孙兄还有窦大哥的公干在身,不要耽搁他。”孙安祖道:“小弟还有句要紧话,替兄们说:你们或作三路走,或作两路行;若是成群的逃窜,再走一二里,便要被人看破拿去了。只此就分手罢。”李玄邃道:“既是这节,烦兄致意建德:弟此去,若瓦岗可以存身,还要到饶阳来相叙;若见单二哥,亦与弟致声。”说罢,众人东西分路,止剩王伯当、李玄邃、邴元真、韦福嗣、杨积善,又行了几里,已至三叉路口。王伯当道:“不是这等说,在陷阱里头,死活只好挤在一堆;今已出笼,正好各自分飞逃命。趁此三叉路口,各请随便。弟只好与玄邃同行。”韦福嗣与杨积善是相好的,便道:“既如此,我们拣这小路,捱上去罢。”邴元真道:“我是也不依大路走,也不拣小路行,自有个走法,请兄们自去。”于是杨、韦二人走了小路去,王、李二人走了大路。

未及里许,王伯当只听得背后一人赶来,向李玄邃肩上一拍说道:“你们也不等我一等,竟自去了。”王伯当道:“兄说有自己的走法,为何又赶来?”邴元真道:“兄难道是呆子?我刚才哄他两个,那有出了伤门,再走死路的理?”玄邃道:“为何?”邴元真道:“众公差醒来,自然要经由当地方兵将,协力擒拿,必然小路来的人多,大路来的人少。如今我们三人放着胆走,量有百十个兵校赶来,也不放在我们三个眼里。只是没有短路的,借他三四件兵器来应急,怎好?”王伯当道:“往前走一步好一步了。”于是李玄邃扮了全真,邴元真改了客商,王伯当做伴当,往前进发。正是:

未知肝胆问谁是,令人却忆平原君。

第三十九回　**陈隋两主说幽情　张尹二妃重贬谪**

诗曰：

王师靖虏氛，横海出将军。
赤帜连初日，黄麾映晚云。
鼓鼙雷怒起，舟楫浪惊分。
指顾平玄菟，阴山好勒铭。

大凡皇帝家的事，甚是繁冗，这一支笔，一时如何写得尽？宇宙间的事，日出还生，顷刻间如何说得完？即使看者一双眼睛，那里领略得来？要作者如理乱丝一般，逐段逐段，细细剔出，方知事之后先，使看者亦有步骤，不至停想回顾之苦。

再说孙安祖别了李玄邃、王伯当，赶到京中，寻相识的打通了关节，将金珠宝玩献与段达、虞世基一班佞臣，在下处守候消息。正是钱神有灵，不多几日，就有旨意下来道："杨义臣出师已久，未有捷音，按兵不动，意欲何为？姑念老臣，原官休致。先锋周宇暂为署摄，另调将员，剿灭余寇。"孙安祖打听的实，星夜出京，赶回饶阳，报知建德。

时杨义臣定计，正图破城剿灭窦建德，见有旨意下来，对左右叹道："隋室合休，吾未知死于何人之手！"即将所有金银犒赏三军，涕泣起行，退居濮州雷夏泽中，变姓埋名，农樵为乐。窦建德知义臣已去，复领兵到平原，招集溃卒，得数千人。自此隋之郡县，尽皆归附，兵至一万有余，势益张大，力图进取。差心腹将员，写书到潞州二贤庄去接女儿，并请单雄信同事不题。正是：

莫教骨肉成吴越，犹念天涯好弟兄。

话分两头。再说炀帝在宫中点选带去游幸广陵的宫人。大凡女子，可以充选入宫者，决没有个无盐嫫母，最下是中人之姿。若中人之姿，到了宫中，妆点粉饰起来，也会低颦，也会巧笑，便增了二三分颜色。所以炀帝在宫点了七八日，点了这个，又舍不得那个，这边去了，娇语欢呼；这边不去，或宫或院，隐隐悲泣。炀帝平昔间在妇人面上做工夫的，这些女子，越要妆这些娇痴起来，要使之闻之之意。弄得炀帝设主意，烦躁起来，反叫萧后与众夫人去点选，自己拉了朱贵儿、袁宝儿，跟了三四个小太监，驾了一只龙舟，摇过北海，去到三神山上去看落照。

忽天气晦昧，将日色收了。炀帝便懒得上山，就在傍海观澜亭中坐了一会，便觉恍惚间，见海中有一只小舟，冲波逐浪，望山脚下摇来。炀帝正疑那院夫人来接，心中甚喜，及至拢岸，却又不是。见走上一个内相来，报说道："陈后主要求见万岁。"原来炀帝与陈后主，初年甚相契厚。忽闻后主要见，忙叫请来。

不多时，只见后主从船中走将起来，到了亭中，见炀帝要行君臣之礼。炀帝忙以手搀住道："朕与卿故交，何须行此大礼？"后主依命，一拜而坐。后主道："忆昔年少时，与陛下同队戏游，亲爱甚于同气，别来许久，不知陛下还相忆否？"炀帝道："垂髫之交，情同骨肉，昔日之事，时时在念，安有不记之理？"后主道："陛下既然记得，但今日贵为天子，富有四海，比往日大不相同，真令人欣羡。"炀帝笑道："富贵乃偶然之物，卿偶然失之，朕偶然得之，何足介意。"因问道："临春、结绮、望仙三阁，近来风月何如？"后主道："风月依然如旧，只是当时那些锦锈池台，已化作白杨青草矣！"

炀帝又问道："闻卿曾为张丽华造一桂宫，在光昭殿后，开一圆门，就如月光一般。四边皆以水晶为障，后庭却设素粉的罘罳，庭中空空洞洞，不设一物，惟种一株大桂树，树下放一个捣药的玉杵臼，臼旁养一个白色兔儿。叫丽华身披素裳，梳凌云髻，足穿玉华飞头履，在中间往来，如同月宫嫦娥，此事果有之么？"后主道："实是如此。"炀帝道："若然，亦觉太侈。"后主道："起造宫馆，古昔圣王皆有一所，月宫能费几何？臣不幸亡国，便以为侈。今不必远引古人为证，就如陛下文皇帝临国时，何等节俭，也曾为蔡容华夫人造潇湘绿绮窗，四边都以黄金打成芙蓉花，妆饰在上；又以琉璃网户，将文杏为梁，雕刻飞禽走兽，动辄价值千金，此陛下所目睹，独非侈乎？幸天下太平，传位陛下，后日史官，但知称为节俭，安肯思量及此？"炀帝笑道："卿可谓善解嘲矣！若如此说，则先帝下江南时，卿一定尚有遗恨。"后主道："亡国实不敢恨；只想在桃叶山前，将乘战舰北渡，那时张丽华方在临春阁上，试东郭㕙的紫毫笔，写小砑红笺，要做答江令的璧月诗句，尚未及完，忽见韩擒虎拥兵直入。此时匆匆逼迫，致使丽华诗句未终，未免微有不快耳。"炀帝道："如今丽华安在？"后主道："现在舟中。"炀帝道："何不请来一见？"

后主叫内相往船上去请，只见船中有十来个女子，拿着乐器，捧着酒肴，齐上岸来，看见炀帝，齐齐拜伏在地。炀帝忙叫起来，仔细一看，只见内中一个女子，生得玉肩双亸，雪貌孤凝，韵度十分俊俏。炀帝目不转睛，看了半晌。后主笑道："比我家姑娘宣华夫人容貌如何？"炀帝道："正如邢之与尹，差堪伯仲。"后主道："陛下再三注盼，想是不识此人，此即张丽华也。"炀帝笑道："原来就是张贵妃，真个名不虚传。昔闻贵妃之名，今睹贵妃之面，又与故人相聚，恨无酒肴，与二卿为欢。"后主道："臣随行到备得一尊，但恐亵渎天子，不敢上献。"炀帝道："朕与故交，一时助兴，何必拘礼？"后主随叫丽华送上酒菜。

炀帝一连饮了三四杯，对后主说道："朕闻一曲《后庭花》，擅天下古今之妙，今日幸得相逢，何不为朕一奏？"丽华辞谢道："妾自抛掷岁月，人间歌舞，不复记忆久矣；况近自井中出来，腰肢酸楚，那里有往常姿态，安敢在天子面前狂歌乱唱？"炀帝道："贵妃花嫣柳媚，就如不歌不舞，已自脉脉消魂，歌舞时光景，大可想见，何必过谦？"后主道："既是圣意殷殷，卿可勉强歌舞一曲。"丽华无可奈何，只得叫侍儿将锦裀铺下，齐奏起乐来。他走到上面，按着乐声的节奏，巧翻彩绸，娇折纤腰，轻轻如蝴蝶穿花，款款如蜻蜓点水；起初犹乍翱乍翔，不徐不疾，后来乐声促奏，他便盘旋不已，一霎时红遮绿掩，就如一片彩云在满空中乱滚。须臾舞罢乐停，他却高吭新音唱起来：

丽宇芳林对高阁，新装艳质本倾城。
映户凝娇乍不进，出帷含态笑相迎。
妖姬脸似花含露，玉树流光照后庭。

丽华歌舞罢，喜得个炀帝魂魄俱消，称赞不已。随命斟酒二杯，一杯送后主，一杯送丽华。后主接杯在手，忽泫然泣下道："臣为此曲，不知费多少心力，曾受用得几日，遂声沉调歇。今日复闻歌此，令人不胜亡国之感。"炀帝道："卿国虽亡了，这一曲《玉树后庭花》，却是千秋常在的，何必悲伤？卿酷好翰墨，别来定有新咏，可诵一二，与朕赏鉴。"后主道："臣近来情景不畅，无兴作诗；只有《寄侍儿碧玉》与《小窗》诗二首，聊以塞责，望陛下勿哂。"因诵《小窗》诗云：

午睡醒来晓，无人梦自惊。
夕阳如有意，偏傍小窗明。

《寄侍儿碧玉》诗云：

离别肠应断，相思骨合销。
愁魂若飞散，凭仗一相招。

炀帝听罢，再三称赏。后主道："亡国唾余，怎如陛下雄材掞藻，高拔一时？"丽华道："妾闻陛下天翰淋漓，今幸得垂盼，愿求一章，以为终身之荣。"炀帝笑道："朕从来不能作诗，有负贵妃之请，奈何？"丽华道："陛下醉接《望江南》词，御制《清夜游》曲，俱顷刻而成，何言不能？还是笑妾丑陋，不足以当珠玉，故以不能推托？"炀帝道："贵妃何罪朕之过也！朕当勉强应酬。"丽华命侍儿将文房四宝放下，炀帝拂笺，信笔题诗一首云：

见面无多事，闻名尔许时。
坐来生百媚，实个好相知。

炀帝写完，送与丽华。丽华接在手中，看了一遍，见诗意来得冷落，微有讥讽之意，不觉两脸俱红赤起来，半晌不做一声。

后主见丽华含嗔带愧，心下也有几分不快，便问炀帝道："此人颜色，不知比陛下萧后，还是谁人美丽？"炀帝道："贵妃比萧后鲜妍，萧后比贵妃窈窕，就如春兰与秋菊一般，各自有一时之秀，如何比得？"后主道："既是一时之秀，陛下的诗句，何轻薄丽华之甚？"炀帝微微笑道："朕天子之诗，不过适一时之兴而已，有甚么轻薄不轻薄？"后主大怒道："我亦曾为天子，不似你妄自尊大！"炀帝大怒道："你亡国之人，焉敢如此无礼！"后主亦怒道："你的壮气，能有几时，敢欺我是亡国之君？只怕你亡国时，结局还有许多不如我处。"炀帝大怒道："朕巍巍天子，有甚不如你处？"遂自走起身来要拿后主。后主道："你敢拿谁？"只见丽华将后主扯下走道："且去且去，后一二年，吴公台下，少不得还要与他相见。"二人竟往海边而走。炀帝大踏步赶来；只见好端端一个丽华，弄得满身泥浆水，照炀帝脸上拂将过来。

炀帝吃了一惊，就像做梦才醒的一般，因想起他二人死之已久，吓了一身冷汗。开眼只见贵儿、宝儿两个美人，把衣袖遮着炀帝的背心裹住在那里，忙问二美人道："你们曾看见什么？"二美人道："没有见甚来，但见陛下如睡去的一般，梦中呓语，龙体时动时静。"炀帝道："快下船去罢！"众人多下了龙舟，炀帝才把适间所见所闻细述了一遍。贵儿、宝儿大为惊异。炀帝反觉心中忧疑起来，忙叫内相撑回。

忽听见琴声悠扬，随风入耳。炀帝正在猜疑，一回儿将到绮阴院，望见秦夫人、沙夫人、赵王杲与袁贵人、薛冶儿一班都在那里，看夏夫人抚琴。炀帝忙上岸来说道："你们偏好背朕快活，接也不来接一接！"众夫人道："妾等各处寻觅不见，那晓得陛下跨海而游。"炀帝道："夏妃子今日为何抚起琴来？"夏夫人道："妾蒙陛下派居于此，四五年矣！其间好鸟醍醐，奇松拂影，怪石为嵯屹，微雨时添花泪，屋梁落月，台榭留吟，与陛下不知消受了多少赏心乐事；今一旦舍此而去，山灵能不为之黯然？故妾借此瑶琴，以酬离别之意，使山川勿笑妾之情薄也。"炀帝听说，喟然长叹道："此地朕原不忍遽离，因皇后动兴去游江都，只道事再做不成的，谁知今日竟成其愿。这也是天数也，人何与焉？"

正说时，只见高昌等七八个心腹内相走来，跪下奏道："殿脚女一千，奴婢等往江南地方，各处搜求，今已选足。"炀帝大喜道："如今在那里？"内相道："王弘已分派头号龙舟里头驻扎，以便演习。未知万岁爷何日起驾？"炀帝思量："我征辽虽是借题，游幸为实，然天子亲征，比众不同，当分为二十四军。"心上踌躇了一回，走进便殿，写敕一道：用右翊卫大将军于仲文、左诩卫大将军辛世雄、左骁卫大将军荆元恒、右骁卫大将军薛世雄、右屯卫大将军麦铁杖、左屯卫大将军陈䟆、左御威将军张谨、右御威将军赵孝才、左武卫将军周法尚、右武卫将军崔弘升、右御卫虎贲郎将卫文升、左御卫虎贲郎将屈突通等，共为二十四总管军；命刘士龙为宣谕使，协同总督陆路大元帅宇文述、水军统领元帅来护儿，为王前驱，同会平壤。写完付与内相，传与各衙门知道。吩咐择吉，天子临郊祭告天地庙祖，犒赏军士，统领羽林军一万，分道向辽水进发。

将军来护儿知圣驾已将出都，着令秦叔宝等进征。秦叔宝领了来总管旨意，久已招集熟知水道的做了向导，又记张须陀所嘱之言，先差心腹将校，抄过了鸭绿江埋伏，在平壤伺候大军齐到，然后扫其巢穴，内外夹攻。正是：

机谋奇扼吭，小丑欲惊心。

却说炀帝打发巡幸的许多旨意，便进宫中，问萧后道："从游宫女选完了么？"萧后笑道："陛下偏把这样缩脚疑难题目，叫妾去做，妾如何做得来？况他们也不好说我该去，你不该去；也不说他愿去，我不愿去。好像吃过齐心酒的，见陛下起身出宫去了，三四百名却齐齐跪倒阶前奏道：'守西苑的花晨月夕，领略了多少风光；在昭阳的承恩竞宠，受用了多少繁华。妾等西京随到东京，两番迁播，虽蚌珠燕石，不敢仰冀恩波，目为遗簪堕珥；然海外风光，江都佳境，难道也教耳消目受不起？万岁爷是弃置妾等的了，难道娘娘也侍奉不来？'说了，大家如丧考妣的一般哭将起来。叫妾怎样选法？"炀帝笑道："这班贱婢，也会这般装腔做势。"萧后道："有个缘故，因张、尹两妃在内撺掇，说：'我两个是年纪大了，颜色衰了。你们都是鲜花一般，日子正长哩！还不趁这风流天子，大家舍命扒上去？'因此众宫人做出这般行径。"炀帝听了，点点头儿。随叫一个内相传旨，着兵部火速唤头号差船四十只，立刻上用。内相领旨出去了。

看官听说，原来张妃子，名艳雪；尹妃子，名琴瑟，两个多是文帝时与宣华同辈的人，年纪与宣华相仿，而颜色次之。此时正当三九之期，炀帝因钟情与宣华，便不放二妃在心上。况因宣华死后，接踵就是杨素撞倒金阶，口里说出许多冤仇，文帝阴灵白日显现，故此炀帝也觉寒心，不敢复蹈前辙。长安又混带到这里，许庭辅两番点选，张、尹二妃因自恃文帝幸过，那里肯送东西与他？遂致抑郁长门，到也心情如同死灰。

萧后是最小气，爱人奉承的，因见张、尹二妃平日不肯下气趋承，故此捏造这几句；止不过要拔去萝卜也觉地皮宽的意思，岂知炀帝竟认了真。

到了次日，这些选不去的，正要打账看炀帝出宫上辇，便好大家来攀辕傍辇的哀恳；只见十来个内相走到张、尹二妃宫中来，说："万岁爷有旨：余下宫奴四百余名，敕张、尹二妃子弹压下舟，毋得违误。"张、尹二妃听了，以为奇怪，道："我两个又不曾去求朝廷，又不曾去浼求皇后，这个冷锅里头，洵出豆来，是那里说起？"众宫人欢欢喜喜，收拾了细软，载上了数十车，齐出宫门。在路上行了一日，黄昏时候落了船。

到明日，张、尹二夫人心中疑惑，便问内相道："万岁爷们的船在那里？"内相道："在前面。"张夫人道："闻得朝廷新造几百号龙舟，如今我们坐的却是民间差船，并不是龙舟，其间毕竟有弊。你们诓我们到那里去，快快说来！"众内相料难瞒隐，只得齐跪下去道："二位夫人，不必动怒。这是万岁爷的旨意，叫奴婢送二位夫人与众宫女到晋阳宫去；如不信，现在手敕在这里。"内相取出来，张、尹二妃接来读道：张、尹二妃，系先朝宠幸过，不便在此供奉，着伊带领余下宫奴四百余名，先归太原晋阳宫中，着守宫副监裴寂照册点入，看守毋误。

众宫女听见旨意，不是江都去，反要到西京，都大哭起来：也有要投河的，也有要自尽的。独张夫人哈哈大笑道："我看你们这班痴妮子，总到江都，又没有父母亲戚在那里，止不过游玩而已，你们就去，也赶不上他们的宠眷。我尚如此，你们何不安命？到是太原去自由自在，不少吃不少着，好不快活，省得在那里看他们得意。"众宫人见说，自此也觉放怀，一路上说说笑笑，一月之间，早到了晋阳宫。众内相把二夫人与众宫女，付与副宫监裴寂交割明白，众内相仍往江都复旨。未知后事如何，且听下回分解。

第四十回　汴堤上绿柳御题赐姓　龙舟内绛仙艳色沾恩

词曰：

雨殢云尤，香温玉软，只道魂消已久。冤情孽债，谁知未了，又向无中生有。撺情掇趣，不是花，定然是酒。美语甜言笑口，偏有许多引诱。　　锦缆才牵纤手，早种成两堤杨柳。问谁能到此，唯唯否否？正好快心荡意，不想道干戈掣人肘。急急忙忙，怎生消受？

调寄《天香引》

人主要征伐，便说征伐；要巡幸，便说巡幸。何必掩耳盗铃？要成君之过，不至深刻而不止。殊不知增了一言，便费了多少钱粮？弄死了多少性命？昏主佞臣，全不在意，真可浩叹。

再说炀帝离了东京，竟往汴渠而来，不落行宫，御驾竟发上船，自同萧后坐了十只头号龙舟上。十六院夫人与婕妤贵人美人，分派在五百只二号龙舟内。杂船数千只，拨一分装载内相，一分装载杂役，拨一分供应饮食。又拨一只三号船，与王义夫妇，着他在龙舟左右，不时巡视。文武百官，带领着兵马，都在两岸立营驻扎，非有诏旨，不得轻易上船。自家的十只大龙舟，用彩索接连起来，居于正中。五百只二号龙舟，分一半在前，分一半在后，簇拥而进。每船俱插绣旗一面，编成字号。众夫人美人俱照着字号居住，以便不时宣召。各杂船也插黄旗一面，又照龙舟上字号，分一个小号，细细派开供用，不许参前落后。大船上一声鼓响，众船俱要鱼贯而进；一声锣鸣，各船就要泊住，就如军法一般，十分严肃。又设十名郎将，为护缆使，叫他周围岸上巡视。这一行有数千只龙舟，几十万人役，把一条淮河，填塞满了；然天子的号令一出，俱整整肃肃，无一人敢喧哗错乱。真个是：

至尊号令等风雷，万只龙舟一字开。
莫道有才能治国，须知亡国亦由才。

炀帝在龙舟中，只见高昌引着一千殿脚女前来朝见。炀帝看见众女子，吴妆越束，一个个风流窈窕，十分可爱，满心欢喜，问道："他们曾分派定么？"高昌跪奏道："王弘分派定了，只是不曾经万岁爷选过。"炀帝道："不消选了，就等明日牵缆时，朕凭栏观看罢。"众殿脚女领旨，各各散回本舟。这日天色傍晚，开不得船，就在船舱中排起宴来。先召群臣饮了一回，群臣散去；又同萧后众夫人，吃到半夜方睡。

次日起来，传旨击鼓开船，恰恰这一日，风气全无，挂不得锦帆，只得将彩缆拴起。

先把一千头肥羊每船分派一百只，驱在前边；随叫众殿脚女，一齐上岸去牵挽。众殿脚女都是演习就的，打扮得娇娇媚媚，上了岸，各照派定前后次第而立。船头上一声画鼓轻敲，众女子一齐着力，那羊也带着缆而跑。那十只大龙舟，早被一百条彩缆悠悠漾漾的扯将前去。炀帝与萧后在船楼中细细观看。只见两岸上锦牵绣挽，玉曳珠摇，百样风流，千般袅娜，真个从古已来未有这般富丽。但见：

> 蛾眉作队，一千条锦缆牵娇；粉黛分行，五百双纤腰挽媚。香风蹴地，两岸边兰麝氤氲；彩袖翻空，一路上绮罗荡漾。沙分岸转，齐轻轻斜侧金莲；水涌舟回，尽款款低横玉腕。袅袅婷婷，风里行来花有足；遮遮掩掩，月中过去水无痕。羞杀凌波仙子，笑他奔月姮娥。分明无数洛川神，仿佛许多湘汉女。似怕春光将去，故教彩线长牵；如愁淑女难求，聊把赤绳偷系。正是珠围翠绕春无限，更把风流一串穿。

炀帝同萧后倚着栏杆赏玩，欢喜无限。正在细看之时，只见众殿脚女走不上半里远近，粉脸上都微微透出汗来，早有几分喘息不定之意。你道为何？原来此时乃三月下旬，天气骤热，起初的日色又在东边，正照着当头；这些殿脚女不过都是十六七岁的娇柔女子，如何承当得起？故行不多路便喘将起来。

炀帝看了，心下暗想道："这些女子，原是要他粉饰美观；若是这等流出汗来，喘嘘嘘的行走，便没一些趣味。"慌忙传旨，叫鸣金住船。左右领旨，忙走到船头上去鸣锣，两岸上众殿脚女，便齐齐的将锦缆挽住不行；又鸣一声，众女子都将锦缆一转一转的绕了回来；又一声金响，众女子都收了锦缆，一齐走上船来。萧后见了，便问道："才走得几步路，陛下为何便止住了？"炀帝道："御妻岂不看见这些殿脚女，才走不上半里，便气喘起来。再走一会，一个个流出汗来，成甚么光景？想是天气炎热，日色映照之故耳。故联叫他暂住，必须商量一个妙法，免了这段光景方好。"萧后笑道："陛下原来爱惜他们，恐怕晒坏了。妾倒有个法儿，不知可中圣意？"炀帝道："御妻有何妙计？"萧后道："这些殿脚女，两只手要牵缆绳，遮不得扇子，又打不得伞，怎生免得日晒？依妾愚见，到不如在龙舟上过了夏天，等待秋凉再行，便晒他们不坏了。"炀帝笑道："御妻休要取笑。朕不是爱惜他们，只是这段光景，实不雅观。"萧后笑道："妾也不是取笑陛下，只是没法荫蔽他们。"

炀帝想了半晌，真个没有计策，命宣群臣来商议。不多时群臣宣至，炀帝对他们说了殿脚女日晒汗流之故，要他们想个妙计出来。众臣想了一会，都不能应。独有翰林学士虞世基奏道："此事不难，只消将这两堤尽种了垂柳，绿阴交映，便郁郁葱葱，不忧日色。且不独殿脚女可以遮蔽，柳根四下长开，这新筑的河堤，盘结起来，又可免崩坍之患；且摘下叶来，又可饱饲群羊。"炀帝听了大喜，道："此计甚妙！只是河长堤远，怎种得这许多？"虞世基道："若分地方叫郡县栽种，便你推我捱，耽延时日。陛下只消传一道旨意，不论官民人等，有能种柳一枝者，赏绢一匹。这些穷百姓，好利而忘劳，自然连夜种起来，臣料五六日间，便能成功。"炀帝欢喜道："卿真有用之才。"遂传旨，着兵工二部，火速写告示晓谕乡村百姓：有种柳树一棵者，赏绢一匹。又叫众太监督同户部，装载无数的绢匹银两，沿堤照树给散。

真个钱财有通神役鬼之功。只因这一匹绢赏的重了，那些百姓，便不顾性命，大大小小连夜都赶来种树，往往来来，络绎不绝。近处没有了柳树，三五十里远的，都挖将来种。小的种完了，连一人抱不来的大柳树，都连根带土扛将来种。

炀帝在船楼上，望见种柳树的百姓蜂拥而来，心下十分畅快，因对群臣说道："昔周文王有德于民，民为他起造台池，如子事父一般，千古以为美谈。你看今日这些百姓，个个争先，赶快来种柳树，何异昔时光景。朕也亲种一株，以见君臣同乐的盛事。"遂领群臣走上岸来。众百姓望见，都跪下磕头。炀帝传旨，叫众百姓起来道："劳你们百姓种树，朕心甚是过意不去。待朕亲栽一棵，以见恤民之意。"遂走到柳树边，选了一棵，亲自用手去移。手还不曾到树上，早有许多内相移将过来，挖了一个坑儿，栽将下去。炀帝只将手在上边摸了几摸，就当他种了。群臣与百姓看见，齐呼万岁。炀帝种过，几个大臣免不得依次各种一棵。众臣种完，众百姓齐声喊叫起来，又不像歌，又不像唱，随口儿喊出几句谣言来道：

> 栽柳树，大家来，又好遮阴，又好当柴。天子自栽，这官儿也要栽，然后百姓当该！

炀帝听了，满心欢喜。又取了许多金钱，赏赐百姓，然后上船。

众百姓得了厚利，一发无远无近，都来种树。那消两三日工夫，这一千里堤路，早已青枝绿叶，种的像柳巷一般，清荫覆地，碧影参天，风过袅袅生凉，月上离离泻影。炀帝与萧后凭栏而看，因想道："垂柳之妙，一至于此，竟是一条漫天青幔。"萧后道："青幔那有这般风流潇洒。"炀帝道："朕要封他一个官职，却又与众宫女杂行攀挽在一处，殊属不雅。朕今赐他国姓，姓了杨罢。"萧后笑道："陛下赏草木之功，亦自有体。"炀帝随取纸笔，御书"杨柳"两个大字，红缎一端，叫左右挂在树上，以为旌奖。随命摆宴，击鼓开船。船头上一声鼓响，殿脚女依旧手持锦缆，走上岸去牵缆。亏了这两堤杨柳，碧影沉沉，一毫日色也透不下，惟有清风扑面吹来，甚是凉爽可人。这些殿脚女，自觉快畅，不大费力，便一个个逞娇斗艳，嬉笑而行。炀帝看见众殿脚女走得舒舒徐徐，毫无矜持愁苦之态，心下十分欢喜，便召十六院夫人与众美人，都来饮酒赏玩。

炀帝吃到半酣之际，不觉欲心荡漾，遂带了袁宝儿到各龙舟上绕着雕栏曲槛，将那些殿脚女，细细的观看。只见众女子绛绡彩袖，翩翩跹跹。从绿柳丛中行过，一个个觉得风流可爱。忽看到第三只龙舟，见一个女子，生得十分俊俏，腰肢柔媚，体态风流，雪肤月貌，纯漆点瞳。炀帝看了大惊道："这女子娇柔秀丽，西子王嫱之美，如何杂在此间？古人云：秀色可餐。今此女岂不堪下酒耶！"袁宝儿道："这女子果然与众不同，万岁赏鉴不差。"

萧后因良久不见炀帝，便叫朱贵儿、薛冶儿来请去吃酒。炀帝那里肯来，只是目不转睛的贪看。朱贵儿请炀帝不动，遂报与萧后得知。萧后笑道："皇帝不知又着了那个的魔了。”遂同众夫人一齐到第三只龙舟上去看，见那女子果然娇美。萧后说道：“怪不得陛下这等注目，此女其实美丽。”炀帝笑道：“朕几曾有错看的？”萧后道：“陛下且不要忙，远望虽然有态，不知近面何如。何不宣他上船来看？”炀帝随叫内相去宣，顷刻宣到面前。炀帝起初远望，不过见他风流袅娜的态度，及走到面前，画了一双长黛，就如新月一般，更觉明眸皓齿，黑白分明，一种芳香，直从骨髓中透出。炀帝看见，喜出望外，对萧后说道：“不意今日又得这一个美人！”萧后笑道：“陛下该享风流之福，故天生佳丽，以供赏玩。”

炀帝问那女子道：“你是何处人？叫甚名字？”那女子羞涩涩的答道：“贱妾乃吴郡人，姓吴，小字绛仙。”炀帝又问道：“今年十几岁了？”绛仙答道：“十七岁了。”炀帝道：“正在妙龄。”又笑道：“曾嫁丈夫么？”绛仙听了，不觉害羞，连忙把头低了下去。萧后笑道：“不要害羞，只怕今夜就要嫁丈夫了。”炀帝笑道：“御妻倒像个媒人。”萧后道：“陛下难道不像个新郎？”梁夫人道：“妾们少不得有会亲酒吃了。”众夫人说笑了一会。天色已晚，传旨泊船。一声金响，锦缆齐收，众殿脚女都走上船来。

须臾之间，摆上夜宴。炀帝与萧后坐在上面，十六院夫人与众贵人列坐在两旁。朱贵儿携着赵王，时刻不离沙夫人左右。众美人齐齐侍立，歌的歌，舞的舞，大家欢饮。炀帝一头吃酒，心上只系着吴绛仙，拿着酒杯儿只管沉吟。萧后见这光景，早已猜透几分，因说道：“陛下不必沉吟。新人比不得旧人，吴绛仙才入宫来，何不叫他坐在陛下旁边，吃一个合卺卮儿？”炀帝被萧后一句道破他的心事，不觉的哈哈大笑起来。萧后随叫绛仙斟了一杯酒，送与炀帝。炀帝接了酒，就将他一只尖松松的手儿拿住了，说道：“娘娘赐你坐在旁边，好么？”绛仙道：“妾贱人，得侍左右，已为万幸，焉敢坐？”炀帝喜道：“你倒知礼。坐便不坐，难道酒也吃不得一杯儿？”遂叫左右，斟酒一杯，赐与绛仙。绛仙不敢推辞，只得吃了。众夫人见炀帝有些狂荡，便都凑趣起来，你奉一杯，我献一盏，不多时，炀帝早已醺然，立起身来；便令宫人扶住绛仙，一同竟往后宫去了。

萧后勉强同众夫人吃酒，袁紫烟只推腹痛，先自回船。虽说舟中造得如宫如殿，只是地方有限，怎比得陆地上宫中府中，重门复壁，随你嬉笑玩耍，没人听见。炀帝同绛仙归往后宫，就有好事风生的，随后悄悄跟来窃听，忍不住格吱吱笑将出来。薛冶儿道：“做人再不要做女人，不知要受多少波查。”萧后道：“做男子反不如做女人。女人没甚关系，处常守经，遇变从权，任他桑田沧海，我只是随风转船，落得快活。”李夫人道：“娘娘也说得是。”秦夫人只顾看沙夫人，沙夫人又只顾看狄夫人、夏夫人。默然半晌，萧后随即起身。众夫人送至龙舟寝宫，各自归舟。沙夫人对秦、夏、狄三位夫人道：“我们去看袁贵人，为什么肚疼起来？”

众夫人刚走到紫烟舟中，只听得半空中一声响，真个山摇岳动，夫人们一堆儿跌倒，几百号船只，震动得窗开樯侧。炀帝忙叫内相传旨：着王义同众公卿查视，是何地方，有何灾异，据实奏闻。王义得旨，同众臣四方查勘去了。四位夫人俱立起身来，宁神定息了片时，问宫奴道：“袁夫人寝未？”宫奴说道：“袁夫人在观星台上。”原来袁紫烟那只龙舟，却造一座观星台。四位夫人刚要上台去，见袁紫烟、朱贵儿携着赵王，后边随着王义的妻子姜亭亭，走下船舱来。沙夫人对赵王道：“我正记挂着你，却躲在这里。”姜亭亭见过了沙、秦、夏、狄四位夫人。姜亭亭原是宫女出身，四位夫人也便叫他坐了。

夏夫人对袁贵人道：“你刚才说是腹痛，为何反在台上？”袁紫烟笑道：“我非高阳酒徒，又非诙谐曼倩，主人既归寝宫，我辈自当告退，挤在一块，意欲何为？况我昨夜见坎上台垣中气色不佳，不想就应在此刻，恐紫微垂象，亦不远矣，奈何奈何？”沙夫人对姜亭亭道：“我们住在宫中，不知外边如何光景？”姜亭亭道：“外边光景，只瞒得万岁爷一人。四方之事，据愚夫妇所见所闻，真可长叹息，真可大痛哭。”秦夫人吃惊道：“何至若此？”姜亭亭道：“朝廷连年造作巡幸，弄得百姓家破人亡。近又遭各处盗贼，侵欺劫掠，将来竟要弄得贼多而民少。”袁紫烟道：“前日陛下差杨义臣去剿灭河北一路，未知怎样光景？”姜亭亭道：“杨老将军此差极好的了，亏他灭了张金称。正要去收窦建德，不想又有人忌他的功，说他兵权太重，把他休致，又改调别人去了。”狄夫人道：“自来乐极生悲，安有不散的筵席？但不知将来我们这几根骸骨，填在何处沟壑里呢？”朱贵儿道：“死生荣辱，天心早已安排，何必此时预作楚囚相对？”说了一会，众夫人各散归舟。不题。

却说炀帝自得了吴绛仙丽人，欢娱了七八日。这日行到睢阳地方，因见河道淤浅，又见睢阳城没有挖断，以泄龙脉，根究起来，连令狐达都宣来御驾面讯。令狐达把麻叔谋食小孩子的骨殖，通同陶柳儿炙诈地方银子，并自己连上三疏，都被中门使段达受了麻叔谋的千金贿赂，扼定不肯进呈。炀帝听了，十分大怒，随差刘岑搜视麻叔谋的行李有何赃物。刘岑去不多时，将麻叔谋囊中的金银宝物，尽行陈列御前。只见三千两金子，还未曾动。太常卿牛弘赍去祭献留侯的白璧，也在里面；又检出一个历朝受命的玉玺来。炀帝看了，大惊道：“此玺乃朕传国之宝，前日忽然不见。朕在宫中寻觅遍了，并无踪迹，谁知此贼叫陶柳儿盗在这里。宫闱深密，有如此手段，危哉险哉！”随传旨：命内使李百药，带领一千军校，飞马到宁陵县上马村围了，拿住陶柳儿全家。陶柳儿全不知消息，被众军校围住了村口宅门，合族大小，共计八十七口，都被拿住，还有许多党羽张耍子等都被捉来。命众大臣严行勘究确实，回奏炀帝。炀帝传旨：陶柳儿全家齐赴市曹斩首。麻叔谋项上一刀，腰下一刀，斩为三段，却应验了二金刀之说。段达受贿欺君，本当斩首，姑念前有功劳，免死，降官为洛阳监门令。正是：

一报到头还一报，始知天网不曾疏。

第四十一回　李玄邃穷途定偶　秦叔宝脱陷荣归

词曰：

人世飘蓬形影，一霎赤绳相订。堪笑结冤仇，到处藏机设阱。思省思省，莫把雄心狂逞。

调寄《如梦令》

自来朋友的遇合，与妻孥之匹配，总是前世的孽缘注定。岂以贫贱起见，亦不以存亡易心，这方才是真朋友，真骨肉。然其中冤家路窄，敌国仇雠，胸中机械，刀下捐生，都是天公早已安排，迟一日不可，早一日不能，恰好巧合一时，方成话柄。

如今再说王伯当、李玄邃、邴元真三人，别了孙安祖，日夕趱行，离瓦岗尚有二百余里。那日，众人起得早，走得又饥又渴，只见山坳里有一座人家，门前茂林修竹，侧首水亭斜插，临流映照，光景清幽。王伯当道："前途去客店尚远，我们何不就在这里弄些东西吃了，再走未迟？"众人道："这个使得。"

李玄邃正要进门去问，见一个十七八岁的女子，手里提着一篮桑叶，身上穿一件楚楚的蓝布青衫，腰间束着一条倩倩的素绸裙子，一方皂绢，兜着头儿，见了人，也不惊慌，也不踞蹴，真个胡然而天，胡然而地。怎见得？有《谒金门》词一首为证：

真无价，不倩烟描月画。白白青青娇欲化，燕妒莺儿怕。　　不独欺班羞谢，别有文情蕴藉。霎时相遇惊人诧，说甚雄心罢？

那女子一步步移着三寸金莲，走将进去。玄邃看见惊讶道："奇哉！此非苎萝山下，何以有此丽人耶？"王伯当道："天下佳人尽有，非吾辈此时所宜。"

正说时，只见里面走出一个老者来，见三人拱立门首，便举手问道："诸公何来？"王伯当道："我等因贪走路，未用朝食，不料至此腹中饥馁，意欲暂借尊府，聊治一餐，自当奉酬。"老者道："既如此，请到里边去。"众人走到草堂中来，重新叙礼过。老者道："野人粗粝之食，不足以待尊客，如何？"说了，老者进去，取了一壶茶、几个茶瓯，拉众人去到水亭坐下。李玄邃道："老翁上姓？有几位令郎？"老者答道："老汉姓王，向居长安，因时事颠倒，故迁至此地太平庄来，四五年矣。只有两个小儿，一个小女。"邴元真道："令郎作何生理？如今可在家么？"老者道："不要说起。昏主又要开河，又要修城；两个儿子多逼去做工了，两三年没有回来，不知死活存亡。"老者一头说，一头落下几点泪来。

众人正叹时，见对岸一条大汉走来。老者看见，遥对他道："好了，你回来了么？"

众人道："是令郎么？"老者道："不是，是舍侄。"只见那汉转进水亭上来，见了老者，纳头便拜。那汉身长九尺，朱发红须，面如活獬，虎体狼腰，威风凛凛。王伯当仔细一认，便道："原来是大哥。"那汉见了，喜道："原来是长兄到此。"玄邃忙问："是何相识？"伯当道："他叫做王当仁，昔年弟在江湖上做些买卖，就认为同宗，深相契合。不意阔别数年，至今日方会。"王当仁问起二人姓名，伯当一一指示。王当仁见说大喜，忙对李玄邃拜将下去道："小弟久慕公子大名，无由一见。今日至此，岂非天意乎？"玄邃答礼道："小弟余生之人，何劳吾兄注念。"老者叫王当仁同进去了一回，托出一大盘肴馔，老者捧着一壶酒说道："荒村野径，无物敬奉列位英雄，奈何？"众人道："打搅不当。"

大家坐定了，王伯当道："大哥，你一向作何生业？在何处浪游？"王当仁道："小弟此身，犹如萍梗，走遍天涯，竟找不出一个可以托得肝胆的。"李玄邃道："兄在那几处游过？"王当仁道："近则张金称、高士达，远则孙宜雅、卢明月，俱有城壕占据，总未逢大敌，苟延残喘。不知兄等从何处来，今欲何处去？"王伯当将李玄邃等犯罪起解，店中设计脱陷，一一说了。王当仁道："怪道五六日前，有人说道：梁郡白酒村陈家店里，被蒙汗药药倒了七八个解差，逃走了四个重犯；如今连店主人都不见了。地方申报官司，正在那里行文缉捕，原来就是兄等。今将从何处去？"王伯当又把翟让在瓦岗聚议，要迎请玄邃兄去同事。王当仁道："若公子肯聚众举事，弟虽无能，亦愿追随骥尾。"

老者举杯道："诸贤豪请奉一杯酒，老汉有一句话要奉告。"众人道："愿闻。"老者道："老汉有一小女，名唤雪儿，年已十七，尚未字人。自幼不喜女工，性耽翰墨，兼且敏惠异常，颇晓音律。意欲奉与公子，权为箕帚，未知公子可容纳否？"李玄邃道："蒙老伯错爱；但李密身如飘蓬，四海为家，何暇计及家室？"老汉道："不是这等说。自来英雄豪杰，没有个无家室的。昔晋文与狄女有十年之约，与齐女有五年之离，后都欢合，遂成佳话。小女原不肯轻易适人的，因刚才采桑回来，瞥见诸公，进内盛称穿绿的一位仪表不凡。老汉知他属意，故此相告。"众人见说，始知就是刚才所见女子。大家说道："既承老翁美意，李兄不必推却。"王当仁道："只须公子留一信物为定，不拘几时来取舍妹去便了。"李玄邃不得已，只得解绦上一双玉环来，奉与老者。老者收了进去，将雪儿头上一只小金钗，赠与玄邃收了，又道："小女终身，总属公子，老汉不敢更为叮咛。今晚且住在这里一宵，明日早行何如？"众人撇不过他叔侄两人之情，只得住了一宵。来朝五更时分，就起身告别。老者同当仁送了二三里路。当仁对李玄邃道："小弟本要追随同去，怎奈二弟尚未回家。候有一个回来，弟即星夜至瓦岗相聚。"大家洒泪分别。正是：

> 丈夫不得志，漂泊似雪泥。

如今且慢说李玄邃投奔瓦岗翟让处聚义。再说秦叔宝做了来总管的先锋，用计智取了傑水，暗渡辽河，兵入平壤，杀他大将一员乙支文礼。来总管具表奏闻，专候大兵前来夹攻平壤，踏平高丽国。炀帝得奏大喜，赐敕褒谕，进来护儿爵国公，秦琼鹰扬。即将敕催总帅宇文述、于仲文，火速进兵鸭绿江，会同来护儿合力进征。

却说高丽国谋臣乙支文德，打听宇文述、于仲文是个好利之徒，馈送胡珠、人参、名马、貂皮礼物两副，诡计请降。宇文述信以为真，准其投降，许彼国王面缚舆榇，籍一国地图，投献军前。谁知乙支文德诓出营来，设计在中途扎住营，使他水陆两军不能相顾。宇文述见乙支文德去了，方省悟其诈降。忙同两个儿子宇文化及、智及，领兵一支作先锋，前去追赶乙支文德。被乙支文德诈败，诱入白石山，四面伏兵齐起，将宇文化及兄弟，裹在中间截杀。正在酣斗之时，只听得一阵鼓响，林子内卷出一面红旗，大书“秦”字。为首一将，素袍银铠，使两条锏，杀入高丽兵阵中，东冲西突。高丽兵纷纷向山谷中飞窜。乙支文德忙舍宇文化及，来战叔宝。文德战乏之人，如何敌得住叔宝？只得去下金盔，杂在小军中逃命。

叔宝得了金盔并许多首级，在来总管军前报捷。宇文化及也在那边称赞：“好一员将官，亏了他解我之围。”只见一员家将道：“小爷，这正是咱家仇人哩！”化及失惊道：“怎是我家仇人？”家将道：“向年灯下打死公子的就是他。”智及道：“哦，正是打扮虽不同，容貌与前日画下一般，器械又是，这不消说了。”两人回营，见了宇文述，说起此事。宇文述道：“他如今在来总管名下，怎生害他？”智及道：“孩儿有一计。明日父亲可发银百两，差官前去犒赏这厮部下，这厮必来谒谢。他前日阵上挑得乙支文德的金盔，父亲只说他素与夷通，得盔放贼，将他立时斩首。比及来护儿知时，他与父亲一殿之臣，何苦为已死之人争执？”宇文述点头道：“这也有理。”次日果然差下一个旗牌，赍银百两，前到叔宝营中，奖他协战有功。叔宝有花红银八两，其余将此百两充牛酒之费，令其自行买办。叔宝即时将银两分散，宴劳差官。他心里明白与宇文述有隙，却欺他未必得知，况且没个赏而不谢的理。到次日，着朱猛守寨，自与赵武、陈奇两个把总，竟至宇文营中叩谢。此时，隋兵都在白石山下结营，计议攻打平壤。

叔宝因宇文述差人犒赏，故先到宇文述营中。营门口报进，只见一个旗牌，飞跑出来道：“元帅军令，秦先锋不必戎服冠带相见。”这是宇文述怕他戎装相见，挂甲带剑，近他不得，故此传令。叔宝终是直汉，只道是优礼待他，便去披挂，改作冠带进见，走入账前。上边坐着宇文述，侧边站着他两个儿子，下边站着许多将官，都是盔甲。叔宝与赵武等近前，行一个参礼，呈上手本。宇文述动也不动，道：“闻得一个会使双锏的是秦琼么？”叔宝答应一声是，只听得宇文述道：“与我拿下！”说得一声，账后抢出一干绑缚手，将叔宝鹰拿雁抓的捆下。叔宝虽勇，寡不敌众，总是力大，众人捆缚不住。被他满地滚去，绳索挣断了数次。口口声声道：“我有何罪？”赵、陈两把总便跪上去道：“元帅在上，秦先锋屡建奇功，来爷倚重的人，不知有甚得罪在元帅台下，望乞宽恕。”宇文述道：“他久屯夷地，与夷交通。前日得乙支文德金盔，放他逃走，罪在不赦。”赵武道：“临阵夺下，现送来爷处报功。若以疑似害一虎将，恐失军心。且凡事求爷看来爷面上。”宇文智及道：“不干你事，饶你死罪，去罢。叉出账下！”将校将两个把总一齐推出营来。那赵武急欲回营，带些精勇，来法场抢杀，对陈奇道：“你且在此看一下落，我去就来。”跨上马如飞的去了。

这里面秦叔宝大声叫屈道：“无故杀害忠良，成何国法？”滚来滚去，约有两个时辰，拿他不住，恼得宇文智及道：“乱刀砍了这厮罢！”宇文述道：“这须要明正典刑，抬出去砍罢。"叫军政司写了犯由牌，道："通夷纵贼，违误军机，斩犯一名秦琼。"要扛他出营。那里扛得动？俄延了大半个日子。

宇文化及见营中都是自家的将校，又见秦叔宝不肯伏罪，便道："秦琼，你是一个汉子，你记得仁寿四年灯夜事么？今日遇我父子，料难得活了。"秦叔宝听了此言，便跳起来道："罢罢，原来为此。我当日为民除害，你今日为子报仇，我便还你这颗头罢！只可惜亲恩未报，高丽未平。去去，随你砍去。"遂挺身大踏步，走出营来。

不料赵武飞马要去营中调兵，恐缓不及事，行不上二三里，恰好一彪军，乃是来、周二总管来会宇文、于、卫各大将。赵武听是来总管军，他打着马赶进中军，见了来总管，滚鞍下马道："秦先锋被宇文述骗去，要行杀害，求老爷速往解救。"来总管听了道："这是为甚缘故？你快先走引路，我来了。"赵武跨上马先行，来总管拨马后赶，部下将士，一窝蜂都随着赶来。巧巧迎着叔宝，大踏步出来，陈奇跟着。赵武慌忙大叫道："不要走，来爷来了！"说声未绝，来总管马到。来总管变了脸道："什么缘故，要害我将官？"叫手下："快与我放了。"此时赵武与陈奇有了来总管作主，忙与叔宝解去绑缚。宇文述部下见来总管发怒，亦不敢阻挡，便是叔宝起初要慷慨杀身，如今也不肯把与人杀了。来总管呼赵武，撤随行精勇三百，先送秦琼回营，自己竟摆执事，直进宇文述军中，与他讲理。于仲文与众将闻知来总管来，都过营相会。周总管也到，一齐相见。

宇文述知道秦琼已被来总管放去，只得先开口遮饰道："老夫一路来，闻说本兵前部顿兵平壤，私与夷人交易，老夫还不敢信。前日小儿追乙支文德，将次就擒，又是贵先锋得他金盔一顶放去。老夫想：目今大军前来，营垒未定，倘或他通高丽兵来劫寨，为祸不小，所以只得设计，除此肘腋之患。只是军事贵密，不曾达得来老将军。"来总管笑道："宇文大人，你说秦琼按兵不动，他曾破高丽数阵；说他交通夷人，有甚形迹？若说买放，先有鸭绿江买放他回的。就是金盔，他现在报功，并不曾私取。大凡做官的，一身精力，能有几何，须寻得几个贤才，一同出力；若是今日要杀秦琼，怕不叫做妒嫉贤能？你我各管一军，如若你要杀我将官，怕不叫做侵官妄杀？"宇文述不好说出本心话来，只得默默无言。于仲文众人劝道："宇文大人因一念过疑，却又不曾请教得来大人，还喜得不曾伤害。如今正要同心破贼，不可伤了和气。"周总管也来相劝，便置酒解和。来总管撇不过众人情面，勉饮几杯，即与周总管归营。叔宝出营迎接，拜谢来总管与周总管。来总管又恐宇文述借题来害秦琼，将武茂功代秦琼作先锋，调秦琼海口屯扎。

宇文述、于仲文因粮饷不继，准受了乙支文德诈降书，也不通知来总管，竟自撤兵，退军萨水。反被高丽各城镇出兵邀截追杀，战死了右屯卫大将军麦铁杖、王仁恭，薛世雄部下只留得一半，独卫文升部下军马，不损一人，其余各军，十不存一。众军逃到辽东。隋主闻知大怒，厚恤麦铁杖等，杀监军刘士龙，囚于仲文，宇文述等尽皆削职，卫文升独加升赏。这时宇文述自己也没工夫，那里还有心来害秦琼？直到后日，宇文化及在江都弑隋主时，把来总管全家杀害，也还为争秦琼的缘故。

隋国陆兵既退，来总管也下令把后军改作前军，周总管居先，来总管居中，秦叔宝居后，扬旗擂鼓，放炮开船。高丽曾经叔宝杀败两次，不敢来追，这枝军马竟安然无事。到了登州，叔宝便向来总管辞任。来总管道："先锋曾有傑水大功，已经奏闻，署职郎将。如今回军考选,还要首荐,先锋不可遽去。”叔宝道:“小将原为养亲,无意功名,因元帅隆礼,故来报效,原不图爵赏;若元帅题挈越深,恐越增宇文述之忌。况闻山东一带盗贼横行,思家念切,望元帅天恩,放秦琼回去。”来总管难拂他的意思,径署他充齐州折冲都尉,一来使他荣归,二来使他得照管乡里。命军中取银八十两,折花红羊酒,又私赠银二百两,彩缎八表里。各将官都有赆送饯行,叔宝一一谢别。正是:

去时儿女悲,归来笳鼓竞。

叔宝星夜回家,参见了母亲。妻子张氏携了儿子怀玉出来拜见了。罗士信也来接见。叔宝诉说高丽立功,后边宇文述父子相害,来总管解救,今承来总管牒署鹰扬府,在齐郡做官了。一家听说,欢喜不胜。次日入城,拜谢了张郡丞。叔宝不在家时,常承张郡丞来馈送问候他母亲。张郡丞又因叔宝归来,可以同心杀贼,扫清齐鲁,知己重聚,大家欣幸。

叔宝择日到了鹰扬府任,将母妻搬入衙中。张郡丞又知罗士信英勇,牒充校尉,朝夕操练士卒。自此三人协力,还有都头唐万仞、樊建威二人帮助,杀了长白山贼王薄。平原贼郝孝德、孙宜雅、裴长才,虽乌合之众,亦连兵二十余万,亏他们数个英雄并力剿除。后有涿郡卢明月,统贼一二万,亦被叔宝、须陀、士信,设计杀败遁去。自此山东、河北、淮西贼寇,谈及秦叔宝、张须陀,也都胆落了。捷音累奏,隋主擢张郡丞为齐郡通守、山东河北十二道黜陟捕讨大使;秦叔宝升右卫将军,协管齐郡鹰扬府事;罗士信折冲郎将,都管讨捕盗贼之事。可谓:

临敌万人废,四海尽名扬。

话分两头。如今再说李玄邃、王伯当、邴元真三人,自从分别了王当仁叔侄两个,在路上对王伯当道:“伯当兄,翟让处兵马虽众,只是冲锋破敌之人尚少。弟想秦大哥与单二哥那两个是你我的异姓骨肉,同甘生死的,如今我们去聚义,岂可不与他相闻,请他来入伙之理?”王伯当道:“叔宝兄领兵在外,惟雄信兄尚在家中。只是他怎肯抛弃田园,前来入伙?”李玄邃道:“弟至此地,相识的多,料无人物色的了。不妨兄与元真兄先到瓦岗,弟转往雄信处走遭,全凭弟三寸之舌,用一席话,务要说他来同事,方见平昔间交情。”王伯当道:“既如此说,弟与兄十日为期,如十日后不见兄来,弟竟至潞州单二哥处来寻兄。路上须要小心,不可托赖,再有疏虞了。”李玄邃道:“不劳兄长叮咛,弟自晓得。”说了仍改作全真打扮,分路去了。

王伯当与邴元真,又走了两三日,已到了瓦岗。恰值翟让出兵去了,止留徐懋功、李如珪在寨,接见了王伯当,又与邴元真叙礼过,便问道:“李玄邃可来么?”王伯当将白酒村陈家店里,设计药倒了解差差官,四人脱祸,韦福嗣、杨积善分路他往;如今玄邃兄必要去说单二哥入伙,又转入潞州去了。徐懋功听见拍案道:“不好了!玄邃兄又要着人手了!”王伯当吃惊问道:“这是什么缘故?”徐懋功道:“单二哥处,前日吾差人送秦叔宝回书去,翟大哥修书,请他来瓦岗聚义。不想他要紧送窦建德的女儿往饶阳去,修书来回复,面对我差人说:‘饶阳转来,必到瓦岗来会。’如今已不在家了。今玄邃独自一个,踽踽凉凉,怎能个保得无虞?”正说时,只见齐国远押着粮草回来,大家相见过。徐懋功道:“今日且歇息一宵,明日五鼓,烦伯当兄同李如珪、齐国远两位,选四五个骁勇小校,扮做客商,藏了器械,速往潞州二贤庄去走遭。如寻着玄邃无事罢了,若有兜搭,只得弄他一场,我再统领人马接应就是。”要知后事如何,且听下回分解。

第四十二回　贪赏银詹气先丧命　施绝计单雄信无家

诗曰：

白狼千里插旌旗，疲敝中原似远夷。
苦役无民耕草野，乘虚有盗起潢池。
凭山猛类向隅虎，啸泽凶同当路蛇。
勒石燕山竟何日，总教百姓困流离。

人的事体，颠颠倒倒，离离合合，总难逆料。然惟平素在情义两字上，信得真，用得力，随处皆可感化人，任你泼天大事，皆直任不辞做去。

如今再说李玄邃与王伯当、邴元真别了，又行了三四日，已进潞州界，离二贤庄尚有三四十里。那日正走之间，只见一人武卫打扮，忙忙的对面走来。那人把李玄邃定睛一看，便道："李爷，你那里去？"李玄邃吃了一惊，却是杨玄感账下效用都尉，姓詹，名气先。玄邃不好推做不认得，只得答道："在这里寻一个朋友。"詹气先道："事体恭喜了？"李玄邃道："幸亏李总师审豁，得免其祸。未知兄在此何干？"詹气先道："弟亦偶然在这里访一亲戚。"定要拉住酒店中吃三杯，玄邃固辞，大家举手分路。

原来那詹气先当玄感战败时，已归顺了，就往潞州府里去钻谋了一个捕快都头。其时见李玄邃去了，心里想道："这贼当初在杨玄感幕中，何等大模大样，如今也有这一日！可恨见了我一家人，尚自说鬼话。我刚才要骗他到酒店中去拿他，他却乖巧不肯去。我今悄地叫人跟他上去，看他下落，便去报知司里，叫众人来拿住了他去送官，也算我进身的头功，又得了赏钱。这宗买卖，不要让与别人做了去。"打算停当，在路忙叫一个熟识的，远远的跟着李玄邃走。

李玄邃见了詹气先，虽支吾去，心上终有些惶惑，速赶进庄。此时天已昏黑，只见庄门已闭，静悄悄无人。玄邃叩下两三声，听见里面人声，点灯开门出来。玄邃是时常住在雄信家中，人多熟识的。那人开门见了，便道："原来是李爷，请进去。"那人忙把庄门闭了，引玄邃直到堂下。玄邃问道："员外在内，烦你与我说声。"那人道："员外不在家，往饶阳去了，待我请总管出来。"说了便走进去。

话说单雄信家有个总管，也姓单名全，年纪有四十多岁，是个赤心有胆智的人。自幼在雄信父亲身边，雄信待他如同弟兄一般，家中大小之事，都是他料理。当时一个童子，点上一枝灯烛，照单全出来，放在桌上，换了方才的灯去。单全见了李玄邃，说道："闻得李爷在杨家起义，事败无成，各处画影图形，高张黄榜，在那里缉捕你；不知李爷怎样独自一个得到这里？"玄邃便将前后事情，略述了一遍，又问道："你家员外到饶阳做什么？"单全道："员外为窦建德使人来接他女儿，当初原许自送去的，故此同窦小姐起身,往饶阳去了。”玄邃道:“不知他几时回来?”单全道:“员外到了饶阳,还要到瓦岗翟大爷那里去。翟家前日修书来邀请员外,员外许他送窦小姐到了饶阳,就到瓦岗去相会。”玄邃道:“翟家与你员外是旧交,是新相知?”单全道:“翟大爷几次为了事体,多亏我们员外周全,也是拜过香头的好弟兄。”玄邃道:“原来如此,我正要来同你员外到瓦岗聚义,只恨来迟。”单全道:“李爷进潞州来,可曾撞见相识的人么?”玄邃道:“一路并无熟人遇着,只有日间遇见当时同在杨玄感时都尉詹气先,他因杨玄感战败时归正了。不知他在这里做什么,刚才遇见,甚是多情。”单全听见,便把双眉一蹙,道:“既如此说,李爷且请到后边书房里去,再作商议。”

二人携了灯,弯弯曲曲引到后书房。雄信在家时,是十分相知好朋友,方引到此安歇。玄邃走到里边,见两个伴当,托着两盘酒菜夜膳进来,摆放桌上。单全道:“李爷,且请慢慢用起酒来,我还要有话商量。”说了,就对掇饭酒的伴当说:“你一个到后边太太处,讨后庄门上的钥匙,点灯出去,夹道里这几个做工的庄户,都唤进来,我有话吩咐他。”一头说,一径走进去了。玄邃若在别人家,心里便要慌张疑惑;如今雄信便不在家,晓得这个总管是个有担当的,如同自己家里,肚里也饥了,放下心肠,饱餐了夜饭。正要起身来,只见单全进来说道:“员外不在家,有慢李爷,卧具铺设在里房。只是还有句话:李爷刚才说遇见那姓詹的,若是个好人,谢天地太平无事了;倘然是个歹人,毕竟今夜不能安眠,还有些兜搭。”

李玄邃尚未回答,只见门上人进来报道:“总管,外边有人叫门。”单全忙出去,走上烟楼一望,见一二十人,内中两个骑在马上,一个是巡检司,那一个不认得。忙下来叫人开了庄门,让一行人捱挤进了。单全带了一二十个壮丁出去。巡检司是认得单全的,问道:“员外可在家么?”单全道:“家主已往西乡收夏税去了。不知司爷有何事,暮夜光降敝庄?”巡检把手指道:“那位都头詹大爷,说有一个钦犯李密,避到你们庄上来。此系朝廷要紧人犯,故此协同我们来拿他。掌家,你们是知事的,在与不在,不妨实说出来。”单全道:“这那里说起?俺家主从不曾认得什么李密。况家主又出门四五日了,我们下人是守法度的,焉肯容留面生之人,贻祸家主?”詹气先说道:“李密日间进潞州时,我已撞见,令这个王朋友尾后,直到这里,看见叩门进来的,那里遮隐得过!”单全见说,登时把双睛突出,说道:“你那话只好白说。你日间在路上撞见之时,就该拿住他去送官请赏,为何放走了他?若说眼见李密进庄叩门,又该喊破地方协同拿住,方为着实;如今人影俱无,却要图赖人家。须知我家主也是个好男子,不怕人诬陷的!”詹气先再要分辩,只见院子里站着一二十个身长膀阔的大汉,个个怒目而视。

巡检司听了单全这般说话,晓得单雄信不是好惹的;况且平日节间,曾有人情礼物馈送,何苦做这冤家,便改口道:“我们亦不过为地方干系,来问个明白。若是没有,反惊动了。”说了即便起身。单全道:“司爷说那里话!家主回来,少不得还要来候谢。”送出庄门,众人上马去了。单全叫看门人关好庄门。李玄邃因放心不下,走出来伏在间壁窃听,见众人去了,放心走出来,见了单全,谢道:“总管,亏你硬挣,我脱了此祸;若是别人,早已费手了。”单全道:“虽是几句话回了去,恐怕他们还要来。”

正说时,听见外边又在那里叩门。李密忙躲过。单全走出在门内细听,嘈嘈说响,好似济阳王伯当的声口。单全大着胆，在门内问道："半夜三更，谁人在此敲门？"王伯当在外接应答道："我是王伯当，管家快开门。"单全听见，如飞开了；只见王伯当、李如珪、齐国远三个，跟着五六个伴当，都是客商打扮，走进门来。单全问道："三位爷为何这时候到来？"王伯当道："你家员外，晓得不在家的了，只问李玄邃可曾来？"单全道："李爷在这里，请众位爷到里边去。"携灯引到后书房来。玄邃见了，惊问道："三兄为何黉夜到此？"王伯当将别了到瓦岗去见懋功，就问起兄，说到单员外去了，懋功预先晓得单二哥出外，恐兄有失，故叫我们三人，连夜赶来。玄邃也就将路上遇见詹气先，刚才领了巡检到来查看，说了一遍。齐国远听见喊道："入娘贼，铁包了头颅，敢到这里来拿人！"

正说时，单全引着伴当，捧了许多食物并酒，安放停当，便请四人入席，又对跟来的五六人说道："你们众兄弟，在外厢去用酒饭。"叫人引着出去了。单全道："四位爷在上，不是我们怕事，刚才那个姓詹的，满脸杀气，尚不肯干休；倘然再来，我们作何计较？"王伯当道："此时谅有三四鼓了，我们坐一回儿，守到天明，无人再来缠扰，就同李爷起身，往瓦岗去；如若再有人来，看他人多人少，对付他就是。"单全道："说得是。"王伯当众人也叫单总管打横儿坐着用酒饭。一霎时不觉金鸡报晓，李如珪道："此时没有人来觉察，料无事了，不如快用了饭，起身去罢。"众人吃完了饭，打账起身上路。管门的惊慌走进来报道："门外马嘶声响，像又有兵马进庄来了，众位爷快出去看看。"单全见说，忙同了王伯当上了烟楼，窗眼里细看，见三四十马兵，四五十步兵，一队队摆进庄来。

原来詹气先因巡检用了情，心中懊恼，忙去叫开了城门，报知潞州漆知府，即仰二尹协拿。那二尹姓庞名好善，绰号叫做庞三夹，凡有人犯在他手里，不论是非，总是三夹棍。因他是个三甲进士出身，故叫做庞三夹，极是个好利之徒。听见堂上委他捉拿叛逆钦犯，如飞连夜点兵出城，赶到庄来。

时王伯当二人下楼，多到内厅。李玄邃对单全道："掌家，你庄上壮丁有多少？"单全道："动得手的，只好二十多人。"李玄邃道："如珪兄与国远兄领着壮丁，出后门去，看他们下了马，听见里面喊乱，去劫了他们的马匹。"又对单全道："掌家，我晓得你家西甬道，有靛池四五间，你快去上边覆上薄板，暗藏机械，候他们进来，引他到那里去，送他们在里头。"单全见说，如飞去安排停当。李玄邃同王伯当装束了这些刀枪棍棒，雄信家多是有的，单全开出门来，任凭各人自取。李玄邃道："如今是了，只少的有胆智的去开大门诱他进来。"单全道："这是我去。"

单全身上扎缚停当，外边罩着一件青衣，大踏步出来，把门开了，先是许多步兵，拥挤进来，中间一个官儿，到了外厅，把个椅儿向南座下，便对手下道："带他家人上来！"步兵忙把单全扯来跪下。那官儿道："你家为什么窝藏叛犯李密在家，快快拿出来！"单全道："人是有个人，昨夜来投宿。不知是李密不是李密，现锁在西首耳房内。但是他了得，小的一人弄他不动，须得老爷台下兵卫，去捆缚他出来，才不走失。"那官儿又道："你家主呢，快唤出来！"单全道："家主在内，尚未起身。"那官儿又向步兵说："你们着几个同他进去，锁了犯人出来，并唤他家主来见我。"

这些兵快，听见官府叫他进去拿人，巴不能够，个个磨拳擦掌，一窝蜂二三十人，随着单全走进西首门内，穿过甬道里一带，进去却是地板。众人挤到中间，听见前面单全道："列位走紧一步，这里是了。"那前边走的说道："阿呀，不好了！为何地板活动起来？"话未说完，一声响亮，连人连板，撞下靛坑里去。跟在后边的正要缩脚，也是一声响，二三十个步兵，都入靛池里去了。厅上那官儿与众马兵，正在那里东张西望，听得豁喇一声，两扇库门大开，拥出十五六个大汉，长枪大斧，乱杀出来。那官儿到乖，没命的先往外跑了。四五十个兵快忙拔刀来对杀，当不起王伯当枪搠倒了两三个。官儿见势头凶勇，齐退出门外去，欲上了马放箭。何知马已没有，只见天神一般几个大汉，轮着板斧，领了十余人，乱砍进来。官兵前后受敌，料杀他们不过，只得齐齐丢下兵器，束手就缚。李玄邃道："与他们不相干，众弟兄饶他们性命去罢。那官儿与那詹贼怎么不见？"庄上一个壮丁指道："刚才被这个爷把板斧砍了。"原来齐国远同李如珪，领众人伏在后门外竹林内，只见詹气先骑着马，领兵来把守后门。一个壮丁指道："这个贼子，就是首人；方才同巡检司来过一次了。"齐国远听见，按捺不住，忙奔出林来一喝。那詹气先一吓，便滚下马来，被齐国远一斧，断送了性命。

李玄邃恐怕还有人在庄外躲匿，同众人出来检点，只见一个戴纱帽红袍的人，倒在沟里。单全指道："这就是二尹庞三夹了。"齐国远一把提将起来，笑说道："你可是庞三夹？如今咱老子替你改个口号，叫做庞一刀罢！"提起斧来，一斧砍为两段。单全叫壮丁把那二三十匹马赶入棚里去，将这杀死的尸首，多扛在田边大坑里，掩些浮土在上。李玄邃叫手下人把那活的兵丁，一个个粽子盘捆起来，多推入甬道内靛坑里去。把地板盖好，放些石皮在上，一会儿收拾完了，把大门仍旧关上。众人多到堂中来，李密对单全道："掌家，不合我来会你员外，弄出这节事来。如今你们不便在这里存身了，总是员外要到瓦岗去的，何不对太太说知，作速收拾了细软，同我们到瓦岗去，暂避几时，打听事体如何再来定夺。翟大爷寨多有家眷在内，谅不寂寞。掌家，未知你主意如何？"单全此时也没奈何，只得进去商议了一番。

单雄信有个寡嫂，就是单道的妻子，守在身边。雄信妻子崔氏，与女儿爱莲，至亲三口，连家人媳妇，共有二十余个，都上了车儿，装载停当。单全叫壮丁把自己厩中剩下的七八匹好马与夺下官兵的二三十匹马，喂饱了草料。叫那二十余个走过道儿的壮丁，随身带了兵器。李玄邃吩咐单全与李如珪，押着七八个车辆做了后队；自己与王伯当、齐国远与同来小校做了前队，把门户一重重反撞死了。大家跨马起程，往瓦岗进发。正所谓：

明知不是伴，事急且相随。

却说单雄信送窦建德的女儿线娘到了饶阳，建德感激不胜。时建德已得了七八处郡县，兵马已有十余万，竟得民心，规模大振，抵死要留雄信在彼同事。雄信因翟让是旧交好友，写书来请，二则瓦岗多是心腹兄弟，三则瓦岗与潞州甚近，家中可以照管，主意已定，住了两日，只推家中有事，忙辞建德起身。建德再三款留，见他执意要行，将二三千金，赠与雄信。雄信谢别了建德，同了四五个伴当起行，离了饶阳，竟往瓦岗来。行了数日，时四方多盗，民困差役。村落里家家户户，泥涂封锁，连歇家饭店，急切间寻不出。

这日，雄信一行人行了六七十里路，看看红日西沉，天色苍黄欲暝。雄信在马上对伴当说道："早些寻一个所在来安歇才好。"一个伴当叫小二，年纪有十七八岁，把手指道："前面黑丛丛的，想是人家，待我去看来。"小二飞跑进庄去看，只有一家人家，一带长堤杨柳，两三进瓦房，后边一个大竹园，侧首一个小亭，双门紧闭。小二把门敲了两三声，里面开门出来，却是一个婆婆老妈妈，把小二仔细一认，说道："你是金小二，闻得你在潞州单员外家好得紧，为甚到此？"小二见说，定睛一看，叫道："原来是外婆。我跟随员外到这里，天已夜了，恐前面没有宿店，故问到此要借宿一宵，不想遇见了外婆。"正说时，一行人已到门首。雄信下了马，向石磴上坐着。

老婆子进去不多时，只见走出一个长大汉子，见雄信身躯伟岸，天神般一个好汉，不胜惊诧，忙举手问道："潞州有个单二员外，就是府上么？"雄信答道："岂敢，在下就是。"那汉揖进草堂，叙礼坐定，说道："久仰员外大名，今日才得识荆，未知有何事到敝地？"雄信道："小弟因访一个朋友，恐前途乏店，故此惊动府上，意欲借宿一宵，未知可否？"那汉道："这个何妨？只是茅庐草舍，不是员外下榻之处。"雄信道："说那里话来，请问吾兄尊姓大名？"那汉道："不才姓王，名当仁。"雄信道："我们有个敝友，叫王伯当，兄却叫王当仁，表字却像昆仲一般。"王当仁道："就是济阳王伯当么？这是我的族兄，前日曾到这里来会过。"雄信道："原来伯当是令兄，来会还是独自一个，还是同几位来的？"王当仁道："他同一位李玄邃，又有一位姓邴的。"雄信听说喜道："玄邃兄想是脱了祸了，可晓得他们如今到那里去了？"王当仁道："都到瓦岗去会翟子谦。"雄信道："我正要到瓦岗去会他们。"王当仁见说，大喜道："员外要到瓦岗，极好的了，正有一事相商，待弟去请家伯出来。"

进去了不多时，只见一个老者拿着茶出来，与雄信揖过。请雄信坐下，献上一杯茶，便将前日王伯当、李玄邃到我家里，住了一宵，两下里定了姻缘，说了一遍。雄信道："玄邃兄在外浪游多年，不意今日与老翁定谐秦晋，得遂室家之愿。"老者见说，忽然长叹道："小女得配李公子，荣辱完了他终身了。不想亳州朱粲在这里经过，小女偶然在门外打扫，被他看见，放下金珠礼物，死命要娶他去做压寨夫人，约在月初转来娶去。如今老夫要差侄子去报知李公子，往返要七八日；欲全家避到瓦岗去寻访李公子，又恐路上有些差误，正是事出两难。"雄信道："老亲翁家共有几口？"老者道："两个小儿，前年都被官府拿去开河，至今一个不见回来。拙荆早亡，只有这个小女与刚才这个侄子，还有两个炊爨的老妈，只不过四五人。"雄信道："既如此，老翁进去，吩咐令爱，叫他收拾了衣饰，明日就起身。我送你一家子到瓦岗去与李兄相会，何如？"老者见说，快活无限，便道："既承员外高情厚意，待老汉去叫小女出来拜见。"

那王当仁同金小二掇出酒肴来，正要上席，老者领着一个垂髫女子，出来对雄信说道："这就是小女，过来拜见了员外。"雄信举目一看，那女子真个秀眉月面，虽是村庄常服，也觉娇艳惊人，见他拜将下去，也只得朝上回礼。当仁与老者搀住，让他拜了四拜,进去了。老者叫侄子陪了雄信饮酒,自己出去支持酒饭,管待下人。过了一宵,起来收拾了细软,停当了车儿牲口。明日五鼓起身,老者将一辆牛车,装载了女儿婆子三口,驾上一头水牛背了,自己坐了一个小车儿,叫人推了。王当仁只喜步行。单雄信叫伴当把门户泥涂了,见王当仁步行,也不好上马。王当仁道:“员外不必拘泥,小弟这双贱足,赛过脚力。”两个推让了一回,雄信然后跨上牲口起行。

在路上行了三四日,已到瓦岗地面。雄信吩咐两个伴当:“先往头里去打听打听,翟爷与李玄邃、王伯当在那一个营里。我们慢慢的走动,等你们来回复。”不多时,只见两个伴当奔来回复道:“众位爷都在大营里,说了员外来,都上马来接了。”话未说完,远远望见翟让、李密、徐懋功,王伯当、邴元真、齐国远,李如珪等七八个好汉,骑马前来。雄信收住马,向后王当仁道:“兄把车辆往后退一步,待弟进营见过说明了,然后叫人来接你们,才是正礼。”王当仁点头称是。

雄信把马头一耸,与众人会着了。大家带转马头,一径进大营,来到了聚义堂中,各各叙礼过,翟让道:“前日就望二哥到来,为何直至今日?”雄信答道:“建德兄抵死不肯放,在那里逗留了几天,勉强说谎脱身。路上又因玄邃兄尊嫂要带来,又耽搁了一日,故此来迟。”李玄邃见说,大骇道:“小弟何曾有什么家眷,烦兄带来?”雄信道:“难道小弟诓兄?现今令岳与今舅王当仁,停车在后,候兄去接。”玄邃道:“这又奇了,这是弟前日偶然定下的,兄何由得知带来?”雄信把在他家借宿,被巨盗朱粲撇下礼物要来夺取一段,说了一遍。王伯当笑道:“也罢了,单二哥替李大哥带了新嫂来,幸喜李大哥也替单二哥接取尊眷在这里,岂不是扯直?”雄信见说,吃了一惊道:“为什么贱内得到这里?”王伯当道:“尊嫂与令爱现在后寨,请自问便知始末。”王伯当令单雄信进去了。李玄邃如飞的去打发肩舆马匹,去迎接王当仁一家四五口,到寨相会。翟让吩咐手下,宰杀猪羊,一来与李玄邃完婚,二来替单员外接风。正是:

人逢喜事情偏爽,笑对知心乐更多。

第四十三回　连巨真设计赚贾柳　张须陀具疏救秦琼

词曰：

国步悲艰阻，仗英雄将天补。热心欲腐，双鬓霜生。征衫血汗，引类呼群，犹恐厦倾孤柱。　　奸雄盈路，向暗里将人妒。直教张禄投秦，更使伍胥去楚。支国何人，宫殿离离禾黍！

调寄《品令》

世人冤仇，惟器量大的君子、襟怀好的豪杰，随你不解之仇，说得明白，片言之间，即可冰释；至若仕途小人，就是千方百解，终有隐恨，除非大块金银，绝色进献，心或释然。所以宇文述不怪自己儿子淫恶，反把一个秦叔宝切骨成仇。

如今再说单雄信，进后寨去与寡嫂妻子女儿相见了，崔氏把前事说了一遍。雄信见家眷停放得安稳，也就罢了，走出来对玄邃道："李大哥，你这个绝户计，虽施得好，只使单通无家可归了。"徐懋功道："单二哥说那里话来？为天下者不顾家。前日吾兄还算得小家，将来要成大家了，说什么无家？"其时堂中酒席摆成完备，翟让举杯，要定单雄信首席。单雄信道："翟大哥，这就不是了。今日弟到这里，成了一家，尊卑次序，就要坐定，以后不费词说。难道单雄信是个村牛，不晓得礼文的？"翟让道："二哥说甚话来？今日承二哥不弃，来与众弟兄聚义，草堂接风，自然该兄首席，第二位就该玄邃了。"李玄邃见说大笑道："这话又来得奇了，为甚么缘故？"翟让道："众兄听说，今日趁此良辰，与李兄完百年姻眷，又算是喜筵，难道坐不得第二位？"齐国远喊道："翟大哥说得是，今日一来替李大哥完姻，二来替单二哥暖房，这两位再没推敲的了。"徐懋功道："不是这等说，今夜既替李兄完婚，自然该请他令岳王老伯坐首席，这才是正理。"翟让见说，便道："还是徐兄有见识。弟真是粗人，有失检点了。"叫手下快到后寨去请刚才到的王老爹王大爷出来。

不一时，王老翁与王当仁出来，翟让举杯定了他首席，老翁再三推让不过，只得坐了。第二位就要定王当仁。王伯当道："这也使不得。老伯在上，当仁不好并坐。况当仁也要住在这里聚义的了，岂可僭越诸兄。"徐懋功道："待小弟说出一片理来，听凭众兄们依不依。"众人齐声道："懋功兄处分，无有不是，快些说来。"懋功道："方才伯当兄说，当仁令弟不该僭也是。如今我弟兄聚成一块，欲举大义，要想做一番事业，说甚谁宾谁主？须先要叙定了尊卑次序，以便日后号令施行，便可遵奉。岂可与泛常酒席，胡乱坐了？"众人见说，齐声道："说得是。"徐懋功道："据小弟愚见，第二位该是翟大哥。为什么呢？他是寨主，我们弟兄，多承他见招来的，难道不遵奉他的节制？第二位是不必说了。第三位要玄邃兄坐了。"李玄邃道："单二哥在这里，弟断无僭他的理。"徐懋功道:“翟兄为正,兄为副,这是一定不易的,有甚话讲?第四位是单二哥了。”雄信道:“弟有一句话,待弟说来。别人不晓得徐兄的才学,小弟叨在至契,是晓得的。将来翟、李二兄举事,明以内全赖吾兄运筹帷幄,随机应变,事之谋画,惟兄是赖;若要弟僭兄,弟即告退,天涯海角,何处不寻个家业?”王伯当道:“懋功兄,单二哥是个爽直人,既如此说,兄不必过谦,要依单二哥的了。”徐懋功没奈何,只得坐了第四位。第五位是单雄信。第六位是王伯当。第七位是邴元真。第八位是李如珪。第九位是齐国远。第十位是王当仁。除王老翁共九筹豪杰,坐定了,大吹大擂,欢呼畅饮。

雄信问懋功道:“寨中现今兵马共有多少?粮草可敷?”懋功答道:“兵马只好七八千,不愁他少,将来破一处,自有一处兵马来归附,粮草随地可取。只是弟兄们尚少,未免破一所郡县,就要一个人据守;到一处官兵,就要着几个出去拒敌。如今只好十来个人,那里弄得来?所以前日弟叫连巨真到兖州府武南店去请尤、程两弟兄,想即日也要到来。”原来连明,也犯了私盐的事体,惧法逃到翟让处入伙。

正说时,只见小校进来报道:“连爷到了。”翟让道:“快请进来。”连明进来,与众人叙礼过,就在王当仁肩下坐定。徐懋功问道:“巨真兄,尤、程两弟肯来么?”连明道:“弟到武南庄,先去拜望尤员外。岂知尤员外重门封锁,人影也没有一个。讯问地邻,方知他因长叶林事,走漏了消息,地方官要吓诈他五千两银子,他蓦地里连家眷都迁入东阿县去了。弟如飞到东阿县去,访问程知节,始知程知节同尤员外,在豆子坑里七里岗上扎寨。弟又到彼,两人相见,留入寨中。弟将翟大哥的书送与他们看了。程知节问道:‘单员外可来聚义?’弟说翟兄曾写书着人去请单员外,因他要送窦建德的女儿往饶阳去了,回时准到瓦岗来相会。尤员外道:‘此言恐未真,窦建德那里正少朋友帮助,肯放单员外到瓦岗来?’程知节又问我秦叔宝兄可曾去请他,弟说单员外到了,自然也要去请他。尤员外又道:‘叔宝兄与张通守正在那里与隋家干功,怎肯进寨来做强盗?’程知节道:‘既是单二哥、秦大哥都不在那里,我们去做什么?’因此尤员外就写了回书,我便作速赶回。”连明取出书来递与徐懋功。懋功看了道:“不来罢了,再作计较。”

连明道:“他们两个虽不来,弟在路上到打听得一桩事体在这里,报与诸兄知道。”众人道:“什么事体?”连明道:“弟前日回来,到黄花村饭店里住宿,只见一个差官跟了两个伴当,先下在店里。一个伴当,听他声口像我们同乡,因此与他扳话起来,问他往何处公干。他说东京下来,要往济阳去提人的。弟就留心,夜间买壶酒与他两个鬼混,那两个酒后实说道:‘杨案里边,有四个逃走的叛犯,一个姓李,一个姓邴,一个姓韦,一个姓杨。那个姓李姓邴的,不知去向;那个姓韦姓杨的,前日被人缉获着了,刑官究询,招称有个王伯当,住在济阳王家集,是他用计在白酒村陈家店里,药倒解差差官,方得脱逃。因此差我们主人下来,到济阳王家集去,着地方官拿这个叛党。故此小弟连夜赶来。”

徐懋功对王伯当道:“王大哥,你的宝眷,可在家么?”王伯当道:“弟前日出门时,贱眷在内弟裴叔方处,如今不知可曾回家。弟今夜起身,到家去走遭。”徐懋功道:“不必兄去。”又对连明道:“连兄,你为弟兄面上,辞不得劳苦。待伯当兄修家书一封,再得单二哥修书一封，同王当仁、齐国远二人，扮作卖杂货的，往齐州西门外鞭杖行贾润甫处投下，叫他随机应变，照管王兄家眷上山。若兄说得他可以入伙，更妙，这人也是少不得的。翟大哥、单二哥与邴元真兄，领三千人马，到潞州去，向潞州府借粮，并打听二贤庄单二哥房屋，可曾贻害地方？弟与伯当兄、如珪兄，随后领兵接应。”李玄邃道："小弟呢？”懋功笑道："吾兄虽非吕奉先好色之徒，然今夜才合卺，只好代翟大哥看守寨中，自后便要动烦了。”众人打点停当，过了一宵。连明与王当仁、齐国远，五更起身。他们的路径熟，不由大道，惯走捷径，不多几时，已到西门外。

原来贾润甫因世情慌乱，也不开张行业了。连巨真叩门进去，润甫出来见了，忙叫手下接了行李进去，引三人到堂中叙礼过。连巨真在身边取出单雄信书来，与贾润甫看了。润甫又引到一间密室里去，坐定，取茶来吃了，润甫问连巨真道："兄是认得济阳王家集路径的？”连巨真道："路径虽是走过，只是从没有到伯当家里去，虽有家信，难免疑惑；必得兄去，方才停妥。未知差官可曾到来，倘然消息紧速，如何做事？”贾润甫道："这不打紧。若走大路，准要三日；若走碟子岗，穿出斜梅岭望小河洲去，只消一天，就到王家集了。”一边说，一边摆上酒肴来。

润甫问寨中有那几位兄弟，有多少人马，三人备细说明。连巨真问道："贾兄如今不开行业了，也清闲自在；但恐消磨了丈夫气概。”润甫叹道："说甚清闲自在，终日看枯山，守白浪，这些人每日张着口，那里讨出来吃？前日秦大哥写书来，要我去帮他立功，图一个出身。弟想四方共有二三十处起义，那里剿灭得尽？就是立得功来，主上昏暗，臣下权奸，将私蔽公，未必就能荣到他身上；只看杨老将军，便是后人的榜样了。”连巨真道："正是这话。”王当仁道："兄何不到我那里去？将来翟大哥、李大哥做起事来，自然与众不同。”润甫道："翟大哥不知道做人如何？玄邃兄人望声名，海内素著；况他才识过人，又肯礼贤下士，将来事业，岂与群丑同观？弟再看几时，少不得要来会诸兄，相叙一番。”连巨真问道："明日甚时候起身往王家集去？”润甫道："五更就走。”即便收拾杯盘，大家就寝。

润甫五鼓起身，与连巨真、王当仁、齐国远用了早饭，即便上路，往济阳进发。赶了三日，傍晚到了王家集。原来王家集也是小小一个市镇，共有二三十人家。时贾润甫同众人进去，恰好王伯当的舅子裴叔方在他家里。那裴叔方是个光棍汉，平昔也是使枪弄棒不习善的。连巨真取出王伯当的家报来，付与裴叔方，拿到里边去与他阿姊看了。幸喜王伯当家中，没甚老小，止有王伯当妻子一人，手下伴当夫妇二口。裴叔方也要送阿姊去，忙去停当众人酒饭，叫阿姊收拾了包裹，雇了一辆车儿与两个女人坐了，悄悄把门封锁上路。贾润甫对连巨真道："小弟不及奉送，兄等路上小心。”众人向西，贾润甫往东回去了。

连巨真走不上数步，对王当仁道："我忘了一件东西。你们先走，我去就来。”说罢如飞向东去了，众人正在那里疑惑，只见连巨真笑嘻嘻的赶来。齐国远道："你忘了什么东西？”连巨真笑道："我没有忘什么，我回到他门首，如此如此而行，你道好么？”王当仁道："好便好，只是得个人去打听他有事没事，也好接应。”连巨真道："不妨，前面去就有个所在，安顿了王家嫂子，我们再去打听。”一头计较，一头往前趱行。正是：

莫嗟踪迹有差池，萍梗须谋至会合。

却说宇文述，为了失机，削去官职；忙浼何稠造了一座如意车，又装一架乌铜屏，三十六扇，献与炀帝。炀帝正造完迷楼月观，恰称其意，准复原官。韦福嗣与杨积善落在宇文述手里，严刑酷炙，招称了济阳王伯当，住王家集；便差官赍文书到齐郡张通守处来提人。

是日张通守正在堂理事，只见门役禀说："有东都机密公文，差官来投递。"话未说完，差官先上堂来。张通守与他相见了，递上公文。张通守拆开看了，差官道："此系台省机密，求老爷作速拘提。"张通守道："我晓得。"随问衙役道："这里到王家集有多少路？"衙役答道："有二百余里。"张通守吩咐部下，点兵三百，备四五日粮，即时起行。

原来张通守署与秦叔宝鹰扬府相去不远，时叔宝正与罗士信闲话，听见东京差官下来，要到王家集去提人，心中老大吃惊，因想道："王伯当住在王家集，莫非他白酒村的事发觉了？"正在那里揣摩，听得外边传梆响，报说门外有个故人连某要见老爷。叔宝如飞出来，见是连明，叙礼过，邀他到内衙书室中来，问道："兄一向在那里？事还没有赦，为甚到此？"连明悄悄说："弟偶在瓦岗翟让寨中，奉单二哥将令，修书叫贾润甫，请他到王家集接取王伯当家眷上山去了。如今差官去提人犯，人影俱无，恐有人泄漏。通守回来，必然波及润甫，故弟走来报知。兄可看众弟兄旧日交情，作速差人报与润甫知道，叫他火速逃走。言尽于此，别有要事，要到潞州去了。"叔宝问寨中那几位兄弟，连巨真一一说知，说完立起身来，拱手而别。叔宝款留不住，送了出门，进来忙与罗士信说知就里，叫罗士信悄悄骑马出城，报与贾润甫知道。罗士信忙备了马骑上，一辔头赶到城外。

原来罗士信虽认得鞭杖行的贾家住处，却不曾与贾润甫识面。当时到了他门首下马，推门进去，贾润甫接见了罗士信，吃了一惊。士信忙问道："兄可是贾润甫？"润甫应道："在下正是。"贾润甫却认得罗士信，便道："罗兄下顾，何事见教？"罗士信把他扯在一边去，附耳说道："兄把叛党王伯当的家眷藏匿了，如今官府回来，就要来拿你。兄可快些走罢！"说了转身上马，如飞的去了。贾润甫把门关好了，想道："那夜王家集起身，人鬼不知的，是谁走漏了风声？刚才罗捕尉自己来报，必是秦大哥叫他来的，想是真的了。此时不走，更待何时？罢罢，这样世界，总要上这道路的，不如早早去罢。"忙对妻子说了，收拾了细软，叫手下人两个做土工的，把槽头四五个牲口喂饱了牵出来，男女带上眼纱，加鞭望瓦岗进发。

一行人将出齐州界口，到瓦岗去有两条路，一条大道，一条小道。润甫心上打算道："打大路去，恐怕官兵来追，小路又怕山贼。"正在那里踌躇，只见树底下石上，睡着两个大汉，忽然跳将起来，大声喊道："好了，来了！"贾润甫在牲口上听见，老大一吓，定睛一看，却是齐国远。那一个不认得。润甫便道："你们众人来了，把我却弄在圈里。"又问齐国远道："此位是何人？"齐国远道："王当仁兄，在山寨里过活，却好似在这里开这个鬼行。"王当仁道："不要闲说了，王家嫂子尚歇在前头店里，快些赶去，打伙一搭儿走。"原来前头店里，差一个头目，叫赵大鹏，在那里开一酒肆，作往来耳目，以便劫掠。贾润甫听见大喜，催促一行人，随着王当仁，赶到赵大鹏店中与王伯当家眷会着，齐望瓦岗去了。正所谓：

世乱人无主，关山客思悲。

再说张通守带了官兵同差官到王家集去，捉拿王伯当家眷。走了三日到了，拘地方来问。只见大门封锁，忙叫衙役扭断了屈戌，推门进看，室中止存家伙什物，人影俱无。查问四邻，俱说五日前去的。张通守发一张封皮，叫衙役把门钉封了，将地方四邻带回衙门，用刑究询。四邻中一个姓赵的禀说："那夜小的要开门出去解手，听见门外一人叫道：'贾润甫，你请回罢，我们去了。'他们妻子是时常出入惯的，那里晓得他是犯事走了。"张通守问衙役，可晓得贾润甫住在那里。有的推不知道。一个衙役禀道："西门外有一个开鞭杖行的，叫做贾润甫，未知是他不是他？"那姓赵的说："正是他，那夜叫他回西门去罢！"张通守忙要起身，同官兵去拿，只见日巡夜不收进来报道："刘武周带领宋金刚并喽罗数千，过博望入平原县了，乞老爷快发兵，前去会剿。"张通守见说，叫衙役："快去请秦爷来。"

不一时，秦叔宝来到，张通守把差官赍来部文与叔宝看了，又把地邻口供与叔宝看，便道："我因贼报急迫，欲点兵进剿，烦都尉出城去拿这贾润甫来，带到军前讯问，便知王家家属下落。"秦叔宝心下转道："贾润甫是我报信叫他走的，倘然走了还好；若在家中，如何摆布？"便对张通守道："贼人入境，待卑职去剿他；这是逆党大事，还是大人亲去方妥。"张通守道："不必推辞，去了就是。"叔宝没奈何，只得骑着马，跟了几个家丁，同差官出城，假意喊地方领到贾家。见门户锁着，叫人打进去，室中并无一人。讯问邻里，说道："门是前日锁的，不知人是几时去的？"差官禀道："贾润甫既是挈家逃遁，必是王家党羽，想去未必遽远，求秦爷作速去追拿。"叔宝道："叫我那里去追？我要赶上张老爷剿贼去。"说了上马前去。差官没法，只得同到张通守军前，讨了回文，回东京投下文书。

宇文述见回文内，有地邻招称贾润甫一段，差官又禀，曾差都尉秦琼严拿未获，便兜起宇文述心上事来，便对儿子化及道："秦琼那厮，我当日不曾害得他，反受来护儿一番奚落。不期他在山东为官。我如今提个本，将他陷入杨家逆党，竟说逃犯韦福嗣招称，秦琼向与李密、王伯当往来做事，今营任山东都尉，图谋不轨。一面具本，一边移公文一角，差官前去，倘在军前，就叫张须陀拿下，将他解京，也可报得前仇了。"宇文化及道："父亲此计虽妙，但张须陀勇而有谋，这厮又凶勇异常，倘一时拿他不到，毕竟结连群盗，或自谋反，为祸不小。莫若连他家属，着齐郡拿解来京。那厮见有他妻子作当，料不敢猖獗。此计更为万全。"宇文述道："吾儿所见极高。"商议停当，宇文述随上一本，将秦叔宝陷入李密一党。这本没个不准的，他就差下两员官，一员到张通守军前，一员向齐州郡丞投文，守提犯人，不得违误。时罗士信在齐郡防贼，张须陀与秦叔宝在平原拒贼。无奈贼多而兵少，散而复振，振而复散，那边退了，这边又来，怎杀得尽？还亏他三人抵敌得住。

一日，张须陀在平原，正要请叔宝商议招集流民守御良策，忽然见一个差官，到张须陀军中，称有兵部机密文书投递。张须陀拆来看了，仍置封袋中，放在案桌上。差官道："宇文爷吩咐，要老爷即刻施行，恐有走脱。"张须陀道："知道了，明日领回文。"须陀回到账中，灯下草成一书稿，替秦琼辨明，并非李密一党，不可谬听奸顽，陷害忠良云云，叫一个谨慎书吏录了，又写一道回兵部回文。

次日正待发放差官，恰值叔宝抚安民庶已毕，来议旋师。差官闻得叔宝到营，只道张须陀骗他来拿解，随即进营，见须陀与叔宝和颜悦色，谈笑商量。叔宝将待起身，差官怕他走了，忙过去禀说："兵部差官领回文。"须陀对差官道："你这样性急！"叫书吏把回文与他。差官见只与回文，只得又道："差官奉文提解人犯，还求老爷将犯人交割，添人协解。"须陀道："这事情我已备在回文中，你只拿去便了。"差官道："宇文爷临行吩咐，没有人犯，你不要回来。今人犯现在，求老爷发遣，小官好回复。"张须陀道："你这差官好多事！这事我已一面回文，一面具本辨明，去罢！"这差官甚有胆力，又道："老爷在上，这事关系叛逆，已经具请提解，非同小可。若犯人不去，不惟小官干系庇护奸党，在老爷亦有不便。"叔宝不知来由，见差官苦恳，到为他方便道："大人，是甚逆犯，若是真实，便与解去。"须陀笑道："莫理他！"这官便急了，嚷道："奉旨拿逆犯秦琼，怎么反与他同坐，将我赶出？钦提犯人，这等违抗！"秦叔宝听见"逆犯秦琼"四字，便起身离坐，向须陀道："大人，秦琼不知有何悖逆，得罪朝廷，奉旨提解；若果有旨，秦琼就去，岂可贻累大人！"

须陀初意只自暗中挽回，不与叔宝知道，到此不得不说道："昨日兵部有文书行来，道有杨玄感一党，逃犯韦福嗣招称，都尉与王伯当家眷窝藏李密，行文提解。我想都尉五年血战，今在山东，日夕与下官相聚，何曾与玄感往来？平白地枉害忠良。故此下官已具一个辩本，与彼公文回部。这厮倚恃官差，敢如此放泼。"叔宝道："真假有辨，还是将秦琼解京，自行展辨。当日止因拿李密不着，就将这题目陷害秦琼；若秦琼不去，这题目就到大人了。"叫从人取衣帽来，换去冠带赴京。须陀道："都尉不必如此！如今山东、河北全靠你我两人；若无你，我也不能独定。且丈夫不死则已，死也须为国事，烈烈轰轰，名垂青史。怎拘小节，任狱吏屠毒，快谗人之口？"叫书吏取那本来与叔宝看了，当面固封，叫一个听差旗牌即刻设香案，拜了本，给了旗牌路费，又取了十两银，赏了差官。差官见违拗不过，只得回京。叔宝向前称谢。须陀道："都尉不必谢，今日原只为国家地方之计，不为都尉，无心市恩。但是我两人要并力同心，尽除群盗，抚安百姓，为国家出力便了。"自此叔宝感激须陀，一意要建些功业，一来报国家，二来报知己；却不知家中早又做出事来。正是：

总是奸雄心计毒，故教忠义作强梁。

第四十四回　宁夫人路途脱陷　罗士信黑夜报仇

诗曰：

万古知心只老天，英雄堪叹亦堪怜。
如公少缓须臾死，此虏安能八十年。
漠漠凝尘空偃月，堂堂遗像在凌烟。
早知埋骨西湖路，悔不鸱夷理钓船。

这诗是元时叶靖逸所作，说宋岳忠武王他的一片精忠，为丞相秦桧忌疾，虽有韩世忠、何铸、赵士褒一干人救他，救不得，卒至身死，以至金人猖獗，无人可制，徒为后人怜惜。若是当日有怜才大臣，曲加保护，留得岳少保，金人可平。故此国家要将相调和，不要妒忌，使他得戮力王事。不然逼迫之极，这人不惟不肯为国家定乱，还要生乱。

如今再说张须陀，擢升本郡通守；齐州郡丞，选了一个山西平阳县，姓周名至，前来到任。一日周郡丞坐堂，有兵部差官投下文书，是拘提秦叔宝家眷的。周郡丞便差了几个差役，佥下一张牌去拘提。差役直至鹰扬府中，先见罗士信，呈上纸牌。士信道："我哥哥苦争力战，才得一个些小前程，怎说他是个逆党？这样可恶，还不走！"差人道："是老爷吩咐，小人怎敢违抗？就是本主周爷，也不敢造次，实在兵部部文，又是宇文爷题过本，奉旨拘拿的。老爷还要三思。"士信睁着眼道："叫你去就是了，再讲激了老爷性，一人三十大板。"公人见他发怒，只得走了，回复周郡丞。

郡丞没法，忙叫打轿，往见罗士信。士信出来作了揖。郡丞晓得士信少年粗鲁，只得先赔上许多不是，道："适才造次得罪。秦都尉虽分文武，也是同官，怎敢不徇一毫体面？奈是部文，奉了圣旨，把一个逆党为名，题目极大，便是差官守催，小弟便担当不住，想这事也是庇护不来的，特来请教。"士信道："下官与秦都尉是异姓兄弟。他临行把母妻托与我，我岂有令他出来受人凌辱之理？这也要大人方便。"周郡丞道："小弟岂有不方便之理？但部文难回。"士信道："事无大小，只要大人有担当。就要去，也要关会我那秦都尉，没有个不拿本人先拿家属之理。"周郡丞道："小弟到来，也只为同官面情；莫若重贿差官，安顿了他，先回一角文书去，道秦琼母亲妻子，俱已到官，因抱重病，未便起行，待稍痊可，即同差官押解赴京。这等缓住了，然后一同去京中打关节，可以两全无害。"罗士信是个少年极谙事的，道："我兄弟从来不要人的钱，那得有钱与人？凭着我在，要他妻子出官，断不能够。"郡丞见说不入，只得回衙。

当不过差官日夕催逼，郡丞没奈何，与众书吏计议。内中有个老猾书吏道："奉旨拿人，是断难回复的。如今罗士信部下，又有兵马，用强去夺他，也拿不得，除非先算计了罗士信，何愁秦琼家属拿不来？况且罗士信与秦琼同居，自说异姓兄弟，也是他家属，一发解了他去，永无后患。”郡丞道：“他猛如虎豹，怎拿得住？路上恐有疏虞，怎么处？”老猾书吏道：“老爷又多虑了。只要拿罗士信并他妻母，当堂起解，交与差官；路上纵有所失，是差官与别地方干系了。”郡丞点头道：“只是如何拿他？”那书吏向郡丞耳边，说了几句。郡丞大喜，就差那书吏去请罗士信，只说要商量一角回文。罗士信道：“我不管，你家老爷自去回。”那书吏道：“自然周爷出名去回，但周爷道不知此去回得住，回不得住，得罗爷经一经眼，也知周爷不是为人谋而不忠。”罗士信道：“你这个书吏到会讲话，你姓什么？”那书吏道：“书办姓计名成，就住在老爷衙后院子弄里。”

罗士信信认为实，便跨上马到来。周郡丞欣然接见道：“同僚情分，没的不为调停的理。只怕事大难回，所以踌躇延捱。如今拚着一官，为二位豪杰，事宽即圆，支得他去，再可商量。”士信道：“全仗大人主张。”计书吏拿过回文来看，说是秦琼母妻患病，现今羁候，俟痊起解因由。罗士信道：“我是卤夫，不懂移文事体，只要回得倒便是。”周郡丞故意指说：“内中有两字不妥。”叫书吏别写用印。耽延半日，日已过午，叫请差官，与了回文。周郡丞又与他银子十两，说是罗爷送的，差官领了。周郡丞就留罗士信午饭，士信再三推辞。周郡丞道：“罗将军笑我穷官，留不得一饭么？”延至后堂，摆两桌饭，宾主坐了，开怀畅饮。罗士信也吃了几杯，坐不到半个时辰，觉得天旋地转，头晕眼花，伏倒几上。周郡丞已埋伏隶卒，将罗士信捆了，出堂来对他手下道：“罗士信与秦琼通同叛逆，奉旨拿解，众人不得抗违。”手下听得，都走散了。士信已拿，府中无主，秦母姑媳，孙子秦怀玉，没人拦阻，俱被拿来，上了镣肘，给与车儿。罗士信也用镣肘，却用陷车，将换过回文，付与差官收了；又差官兵四十名防送，当晚赶出城外宿了。

五更上路，罗士信渐渐苏醒，听得耳边妇人哭泣，自己又展动不得，开眼一看，身在陷车之中。叔宝姑媳并怀玉俱镣肘，在小车上啼哭。士信见了，怒从心起：“只为我少算，中了贼计，以致他姑媳儿子受苦。”意要挣挫，被他药酒醉坏，身子还不能动弹，只得权忍耐了。将次辰牌，觉得精神渐已复旧，他吼上一声，两肩一挣，将陷车盖顶将起来；两手一迸，手桎已断；脚一蹬，铁镣已落；踢碎车栏，拿两根车柱来打差官。这些防送差官，久知他凶勇，谁人敢来阻挡？一哄的走了。士信打开秦母姑媳、怀玉镣肘，无奈车夫已走，只得自推车子，想道：“身边并没一个帮手，倘这厮起兵来追，如何是好？”一头推，一头想，正没计较。

只见前面林子里，跳出十个来大汉来。急得士信丢了车儿，拔起路旁一株枣树，将要打去，又见两个为首的，内中一个说道：“罗将军不要动手，我是贾润甫。”罗士信是到他家去见过一次，定睛一看，是贾润甫，便问道：“你把家眷放在那里去了？那有闲工夫来看我？”润甫道：“贱眷同王家嫂子，都安顿在瓦岗山寨里了。李玄邃兄晓得此事，必然波及叔宝，故此叫我两人星夜下山，到郡打听。岂知不出所料，晓得拿了秦夫人，必然打这里经过，因此同这单主管带领孩子们，扮作强人等在此劫夺，不意被你先已挣脱此祸。”士信道：“虽然挣脱囚车，打散官兵，我正愁单身，又要顾恋车子，又恐后兵追来，两难照顾。今幸遇两位，不怕他了。”单主管道：“我们有马匹，有兵器，他追来也不惧他！”贾润甫道：“不妨，往前去数十里，就是豆子坑，那里就有朋友接应了。”

话未说完，只见郡丞与差官带了六七百兵赶来。单主管对贾润甫道：“你同秦太太、秦夫人、大相公往头里走，我同罗将军就上去，杀这些赃官。”把一匹好马，与罗士信骑了。士信手中挺着枪，站在一个山嘴上，大声喝道：“我弟兄有何亏负朝廷，却必竟要设计来解我们上去！我今把你这些贪赃昧良的真强盗，尽情除尽，若留了一个回去，不要算罗某是个汉子。”说了，两骑马直冲下来。这些官兵，见罗士信一个尚当不起，又见旁边又有个长大汉子，似黑煞一般，那个敢来与他对垒，便带转马头，逃回去了。单全看了，哈哈大笑道：“可怜，这也叫官兵！”士信到要追上去，单全止住了，策马转身。

却说贾润甫带了几个喽罗，保护秦夫人，忙要赶到瓦岗去，只见三岔路口冲出一队人来，一个为头的大喝道：“孩子们，一个个都与我抓了来。”贾润甫眼快，认得是程知节，故意道：“咄，剪径贼，你认得我秦叔宝么？”知节笑道：“好蛮子，假冒咱哥名字，来吓我哩！”轮斧直赶过来。贾润甫道：“程咬金，这是秦老夫人，叔宝哥哥的家眷行李，你要打劫他的么？”

说话时，秦母已到。罗士信与单主管听得手下人说前面有贼，正赶来厮杀，知节已到秦母跟前，与众相见，向秦母问起缘由，润甫一一说知。知节道：“伯母且到小侄寨中，与家母一叙。小侄不似前日贫穷，尽供奉得伯母起；任你官兵，也不敢来抓寻。”因此众人都跟程知节来到寨中，与尤员外拜见了。秦母与张氏，罗士信、秦怀玉与众也叙过了礼。程知节请伯母到后寨去，与家母相见。

秦母对罗士信道：“我们在这里了，不知你哥哥在军前，可知我们消息，作何状貌，叫人放心不下。”说了泪下。程知节喊道：“伯母放心，待小侄今夜统领几百个孩子们，去劫了大哥到寨，完了一桩事了，怕什么军前军后。”贾润甫道：“秦大哥与张通守，管领六七千兵马在那里。你若去胡做，不惟无益，反累秦大哥的事败。”罗士信道：“还是我去走遭。”贾润甫道：“也不妥。”单全道：“待我去如何？”贾润甫道：“你去果好，只是秦大爷不认得你，不相信。”单全道：“说那里话？当年秦大爷患恙，在我家庄上，住了年余，怎说不认得？”程知节问道：“这是谁？”润甫道：“这是单二哥家有才干的主管，今随单二哥住在山寨里。闻说倒是个忠义的汉子。”程知节道：“好，是一个单员外家的主管！”秦母道：“既是这位主管，肯到军前去递信与吾儿，极好的了。待我去写几个字，并取些盘川来，烦你速去走遭。”程知节忙止住道：“好叫人笑死！伯母在这里，是小侄的事了，为何要伯母破起钞来？”叫小喽罗取出一大锭银子，对单全道：“十两银子，你将就拿去盘费了罢。”单全道：“盘川我身边尽有，不烦太太与程爷费心。太太写了信，我就此起身了。”秦母写了一封书与单全收了，即进后寨去与程母相见。

且不说单全到军前去报信。却说罗士信与程知节、贾润甫、秦怀玉吃了更余接风酒，归房安寝，心中想道：“我士信从不曾受人磨灭的，那里说起被这个赃狗与那个书办奴才设计捆缚我在囚车内，这一夜半日，又累我哥哥的老母弱媳出乖露丑。常言道：恨小非君子，无毒不丈夫。我罗士信若不杀两个狗男女，何以立于天地间？”怨恨了一回。将五更时，忙爬起来，扮作打差模样，装束好了，去厩中相了一匹好马，骑到寨门。守寨门的小喽罗问道：“爷往那里去？”士信道：“你寨主叫我去公干走遭。”说了，加鞭赶了百十余里，已至齐州城外，拣一个小饭店下了，就饱餐一顿，对主人家道：“你把我牲口喂饱好了，我进城去下一角文书。倘然来不及，我就住在城内朋友家了。”店小二应道："爷自请便，牲口我们自会看管。"

士信走进城去，天色已黑了，到了土地庙里坐一回。捱到定更时分，悄悄走到鹰扬府署后门来，只见两条官封横在上面。士信看了，愈加怒气满胸。刚进街口，见一人手里拿着瓦酒瓶走出来。士信迎着问道："借问一声，那个计书办家住在何处？"那人答道："着底头门首有井，这一家便是。"士信走到他们首，望内不见人声，只得把指头弹上两弹。里头问道："是谁？"士信道："我是来会计相公话的。"里头答道："不在家，刚走出门，要到庙里去会同廊沈相公的话去了。"

士信见说，撤转身来，又到土地庙前来，只见一人侧着头，自言自语的走。士信定睛一看，见是计书办，忙站定了脚，在庙门内打着江西乡谈，叫："计相公，这里来！"那计书办在黑暗中里一看，只道就是那兵部里差官，便道："可是熊大爷？"士信道："正是。"计书办忙向前走来，士信一把提进庙内。计书办仔细一看，见是罗士信，魂都吓散，满身战栗，蹲将下来。士信把一足踹住他胸膛，拔出明晃晃的刀来。计书办哀求道："不干小人之事，饶我狗命罢！"士信道："贼奴噤声！你快快实说，你家这个狗官，可在衙内？"计书办道："刚才审完了事，退堂进去了。"士信恐怕兜搭了工夫，忙把刀向他颈下一撩，一颗头颅，滚在尘埃。士信剥他身上衣服，把头包在里头，放在神柜下。

晓得庙间壁就是府署，将身一耸，跨在墙上，恰好有一棵柳树靠近，将手搭住，把身子挂将下去，原来就是前日周郡丞留饭醉倒所在。摸将进去，见内门已闭，喜得照壁后有梯一张，取来靠在墙上，轻轻扑入庭中。周郡丞因地方扰乱，没有带家眷来，止带得两三个家僮，都在厨房里。士信向窗棂里一张，只见周郡丞点上画烛一枝，桌上排列着许多成锭银子，在那里归并了，把笔来封记，好送回家去。士信把两扇窗棂忽地一开，周郡丞只道有贼，把全身护在桌上，遮着银子，正要喊出有贼；士信手中执着利刃，把他一把头发，提将起来道："赃狗，你认得我么？"此时，周郡丞吓得一句话也说不出，只顾跪在地上磕头。士信举刀一下割下头来，向床上取一条被来包好了，拴在腰间。把桌上银子尽取来，塞在胸前。见有笔砚在案，取来写于板壁上道：

前宵陷身，今夜杀人。冤仇相报，方快我心。

写完掷笔，依旧越墙而出。到土地庙神柜下，取了计书办的首级，一并包好，出庙门赶到城门口。

此时将交五更，城门未开，转走上城，向女墙边跳下来，一径到店门首，拣个幽僻所在，藏过了两个人头，却来敲门。店小二开门出来说道："爷来得好早，难道城门开了？"士信道："我们要去投递紧急公文的，怕他们不开！牲口可曾与我喂好？"小二道："爷吩咐，喂得饱饱的。"士信身边取出四五钱一块银子来，对小二道："赏了你，快把牲口牵出来。"小二把马牵出，士信跨上雕鞍，慢慢走了几步，听见小二关门进去了，跨下马，转去取了人头包，转来上了。

一辔头，赶了四五十里，肚中也饥了；只见一个村落里，有个老儿在门口卖热火酒熟鸡子。士信跳下了马来，叫老儿斟一杯来。士信问道："你这一村，为何这等荒凉？"

老儿道："民困力役，田园荒芜，那得不穷苦荒凉？"士信想："我身边有这些银子，是赃狗诈害百姓的，都是民脂民膏。他指望拿回家去与妻孥受用，岂知被我拿来。我要他做什么，带到山寨里去？"因问道："你们这一村有多少人家？"老儿道："不多，止有十来家。男子汉都去做工了，丢下妻儿老小，好难存活。"士信道："老人家，你去都唤他们来，我罗老爷给赏他些盘川。"

老儿见说，忙去唤这些妇女来，可怜个个衣不蔽体，饿得鸠形鹄面。士信道："你们共有几家？"老儿道："共是十一家。"士信把怀中的银子取出来，约莫轻重，做了十一堆，尽是雪花纹银，对众妇女道："你们各家，取一堆去，将就度日，等男子回来。"这些妇女老儿，欣喜不胜，尽趴在地上一拜谢了，然后上前收领银子。老儿道："本欲治一饭，款待老爷，少见众人之情；只是各家颗粒没有，止有些馍馍鸡子，不嫌亵渎，待老汉取出来，请老爷用些了去。"士信见说便道："这个使得。"老儿如飞去掇了一碗鸡子、一碗馍馍出来。不一时，十一家都是馍馍、鸡子、蒜泥、火酒，摆了十来碗，你一杯，我一盏相劝。士信觉得心中爽快，饱餐一顿，把手一拱，跨上马如飞的去了。

却说程知节那日早起，见罗士信去了，忙去报知秦老夫人，只道他不肯在山寨里住，私自去了。惟秦夫人信得他真，说："士信是个忠直的汉子，再不肯背弃了我们去的。"时士信在马上，又跑了许多路，往后一看，却不见了两颗首级。原来两颗头颅，系在鞍鞒上，因跑得急了，松了结儿，撩将下来。士信见没有两颗首级，带转马来，慢慢的寻看。寻了里许，只见山坳里闪出一队人马来，头里载着十来车粮草，四五十匹骑骏马，两三个头目，个个包巾扎袖，长刀阔斧的大汉子。士信晓得是一起强人，只得将马带在一边。那边马上几个人，只顾把罗士信上下细看。罗士信睁着眼，也看他们。末后一个头目，把罗士信仔细一认，即收住马问道："你是什么人？"罗士信大着胆，亦问道："你是什么人来问我？"那人笑道："你好像齐州秦大哥家罗士信。"士信道："我便是罗士信。"那人忙下马，上前说道："我是连明。"士信道："你可就是到我府中来，要叫我哥哥报知贾润甫，使他逃走的？"连明道："然也。"士信见说，方下马来，与他见礼。

原来这一起，是徐懋功叫他们往潞州府里去借粮转来的。时众豪杰都下马来，与罗士信叙礼。连明道："贾润甫家眷，弟已接入瓦岗寨中，但不知秦大哥处事体如何？"士信把秦老夫人被逮始末，粗粗述了一遍。单雄信道："既是秦伯母在程家兄弟处，我等该去问安走遭。"邴元真道："既是在这里，少不得相见有期；如今我们路上又要照管粮草，孩子们又多，不如请罗大哥到瓦岗去与徐、李二兄商议解救秦兄，方为万全。但不知罗兄又欲往何处去？"罗士信道："弟回豆子坑去，因马上失了一件东西。"单雄信问："是何物？"士信道："是两颗首级。"翟让道："何人的？"罗士信就把黑夜寻仇，杀死两人，至后将银赏赐荒村百姓，又述了一遍。翟让大叫道："吾兄真快人，务必要请到敝寨叙义的了。"士信道："本该同诸兄长到尊寨一拜，弟恐秦伯母不见了小弟，放心不下；宁可小弟到程哥山寨里去回复了伯母，那时再来相会未迟。"单雄信道："既如此说，兄见伯母时，代弟禀声，说单通到瓦岗去料理了，就到程兄弟寨中来问候。"罗士信应道："是，晓得。"拱一拱手，大家上马，分路去了。

且不说罗士信回豆子坑，再说翟让众人往瓦岗进发，行未里许，只听得前面小喽罗报道:“草路上有一包里,内有首级两颗,未知可是罗爷遗下的?”单雄信道:“取来看。”小喽罗取到面前,只见血淋淋两个人头。翟让道:“差人送还他才是。”单雄信道:“这个不必。那两个人,也是为了我们兄弟的事,只道奉公守法,何知财命两尽?若再把他首级践踏,于心太觉残忍。孩子们,取盛豆料的木桶,把两个首级,放在里头,挖一大坑埋下,掩上泥土。”然后策马回寨去了。正是:

处心各有见,残忍总非宜。

第四十五回　平原县秦叔宝逃生　大海寺唐万仞徇义

词曰：

颠危每见天心巧，一朝事露纷纭。此生安肯负知心，奸雄施计毒，泪洒落青萍。　　寨内群英欢聚盛，孤忠空抱坚贞。渔阳一战气难伸，存亡多浩叹，恩怨别人情。

调寄《临江仙》

从一而终，有死无二，这是忠臣节概、英雄意气。只为有了妒贤嫉能，徇私忘国的人，只要快自己的心，便不顾国家的事，直弄到范睢逃秦，伐魏报仇；子胥奔吴，覆楚雪怨。论他当日立心，岂要如此？无奈逼得他到无容身之地，也只得做出算计来了。

如今再说单全，奉了秦老夫人的书信，离了豆子坑山寨，连夜兼程赶到军前。那日秦叔宝正在营中，念须陀活命之恩，如何可以报效，只见门役报道："家中差人要见。"叔宝只道母亲身子有甚不好，心中老大吃惊，便道："引他进来。"不一时外边走进一个人来，叔宝仔细一看，却是单雄信家的主管单全，心中疑想道："是必单二哥差他来问候我。"便假意说道："好，你来了么；我正在这里想。随我到里边。"叔宝领单全到书房中来。单全忙要行礼下去，叔宝一把拖住道："你不比别人，我见你如见你家员外一般。"叫手下取个椅儿到下面来，叫他坐。单全道："到是立谈几句，就要去的。"叔宝道："可是员外有书来候我？"单全道："不是。"叔宝见他这个光景，有些不安，便对左右道："你们快些去收拾饭出来。"

单全见众人去了，在胸前油纸内，取出秦母书信，递上叔宝。叔宝见封函上"母字付与琼儿手拆"，双眉已锁，及开看时，不觉呆了半晌。单全道："太夫人因想室中眷属且被擒拿，秦爷毕竟不免，不意秦爷到已保全。但今目下齐郡是必申文上去，说罗士信途中脱陷，打退官兵，把家眷已投李密、王伯当，则逆党事情，越觉真了，便是张通守，百口也难为秦爷分辩。"

叔宝听了，正在忧烦之时，只见有人进来禀道："家中走差的吕明在外。"叔宝道："快着他进来。"不一时吕明进来，见了叔宝，跪在地下，只是哭泣。叔宝道："我晓得了，你起来慢慢说与我听。"吕明站起来说道："始初周郡丞，如何要把老爷家属起解，罗爷如何不肯。后来周郡丞如何设计，捉了罗爷，黄昏时如何来拿取家属。那夜小的就要来报知老爷，因城上各门，俱不容放出，着官兵送出差官与罗爷老太太夫人并小爷。直至明午后，忽防送官兵差官转来，说罗爷跳出囚车，把石块打死了七八个官兵，逃命转来，城门上盘诘紧急。不意明日夜间，周郡丞被人杀死在衙门，一个书办又杀死在土地庙里，城门上反得宽纵，因此小的方得来见老爷。只怕今晚必有申文来报与张老爷。”叔宝道：“这叫我怎处？我本待留此身报国，以报知己，不料变出事来。但我此心，惟天可表。”单全道：“爷说甚此心可表？爷若既有仇家在朝，便一百个张通守，也替爷解不开。况又黑夜杀官杀吏，焉知非罗爷所为的？倘再迟延，事有着实，连张通守也要出脱自己。爷这性命料不能保了，说甚感恩知己？趁事尚未发觉，莫若悄地把爷管的一军与山寨合了，凭着爷一身武艺，又有众位相扶，大则成王，小则成霸，不可徒衔小恩，坐待杀戮。”叔宝听了，叹口气道：“我不幸当事之变，举家背叛，怎又将他一支军马，也去作贼？我只写一封书，辞了张通守，今夜与你悄悄逃去，且图个母子团圆罢。”一边留单全饮酒，自己就在一边写书与张通守。书上写着道：

恩主张大人麾下：琼承恩台青眼有年，脱琼于死，方祈裹革以报私恩。缘少年任侠，杀豪恶于长安，遂与宇文述成仇，屡屡修怨。近复将琼扭入逆党，荷恩主力为昭雪。苦仇复将琼家属行提，锑肘在道，是知仇处心积虑，不杀琼而不止者也。义弟罗士信不甘，奋身夺去，窜于草野，事虽与琼无涉，而益重琼罪矣！权奸在朝，知必不免，而老母流离，益复关心。谨作徐庶之归曹，但仰负深恩，不胜惭愧，倘萍水有期，誓当刎颈断头，以酬大德。不得已之衷，谅应鉴察。末将秦琼叩首。

叔宝写完了书，封好，上写着“张老爷台启”，压在案上；将身边所积俸银犒赏，俱装入被囊，带了双锏，与单全、连明并亲随伴当四五人，骑上马，走出营来，对守营门的说道：“张爷有文书，令我缉探贼情，两日便回，军中小心看管，不可乱动。”打着马去了。正是：

一身幸得逃罗网，片念犹然逐白云。

却说翟让、单雄信一行人马，到了瓦岗山寨，见了李玄邃、徐懋功，雄信将秦母被逮，罗士信凶勇脱陷，遇见尤、程，邀入豆子坑山寨里去了。李玄邃道：“这等说起来，秦大哥早晚必来入伙的了。只是秦母在程兄弟处，该差人去接上山来，好等他母子相会。”徐懋功道：“这个且慢，就是差人去接，尤、程断不肯放，且待叔宝来时，再作区处。前日有人来说，荥阳梁郡近来商旅极多，今寨中人目已众，粮草须要积聚，谁可到彼劫掠一番，必有大获。”翟让道：“小弟去得么？”懋功道：“兄若要去，须要玄邃兄与当仁、伯当三人，先领二千人马起行，后边就是翟大哥，与邴元真、李如珪三位，也带二千人马，随后接应，方为万全。”又对雄信道：“留兄在寨，尚有事商量。”因此两支人马，陆续起身去了。

徐懋功正要差细作打听叔宝消息，只见单全回来说：“秦大哥写书辞了张通守，已经离任，进豆子坑去见秦太太了。”雄信道：“何不请他到了这里，然后同去？”懋功道：“他见母之心，比见友之心更切，安有先到这里之理？单二哥，如今要兄同贾润甫往豆子坑走遭。”又附雄信耳边，说了几句。雄信点头会意，道：“若如此说，弟此刻就同贾润甫从小路上去,或者就在路上先遇着了,岂不为妙?”懋功称善。

再说秦叔宝与单全分了路,与连明等三四人,恐走大路遇着相识的,倒打从小路儿。走过了张家铺,转出独树岗,忽听背后有人喊道:“前面去的可是秦叔宝兄?”叔宝带住马,往后一看,恰是贾润甫与单雄信,带领二三十个喽罗,赶将上来。叔宝忙下马,雄信与润甫亦下了马。雄信执着叔宝手道:“兄替隋家立得好功!”叔宝道:“不要说起,到程兄弟寨中去细细的告诉,只是兄今欲何往?”雄信道:“今不往何处去。单全回来说了,小弟特地走来候兄。”大家又上了马。只见斜次里一骑马飞跑过来,望见叔宝,便道:“好了,哥哥来了!”叔宝见是罗士信,忙问道:“兄弟,母亲身子如何?”士信道:“伯母身子,幸赖平安;只是心上记着了哥哥,日逐叫兄弟在路上探听两三次。今喜来了,弟先进寨去报知,哥哥同诸兄就来。”说了,飞马进寨报知。

秦母见说儿子到寨来了,巴不能够早见一刻,携了孙儿怀玉与媳妇张氏,同走出来。程知节的母亲也陪秦老夫人走到正谊堂中。张氏见堂中有客,即便缩身进去。时尤俊达同程知节迎进叔宝、雄信,在堂上叙礼过。叔宝见母亲走出来,忙上前要拜下去,瞥见程母在堂,先向程母拜将下去。程母忙近身,一把拖住叔宝道:“太平哥好呀,幸喜你早来了一天;若再迟一两日,又要累你做娘的忧坏了身子哩!”秦母见儿子拜在膝前,眼中落下几点泪来,对叔宝说道:“你起来罢。那边站的,可是单二员外?”叔宝应道:“正是。”

雄信与润甫见叔宝站了起来,两人忙去,先拜见了秦母,后又拜见了程母。秦老夫人叫怀玉过来,拜了单伯伯,问道:“令爱想必也长成了。”雄信道:“小女爱莲,长令孙一岁,年纪虽小,颇有些见识。”秦母道:“自然是个闺秀。”程母笑对秦母道:“日月是易过的。当初太平哥与我家咬金,也是这模样儿的大起来,如今你家孙儿,又是这样大了。”程知节喊道:“母亲,如今秦大哥做了官了,还只顾叫他乳名。”程母笑道:“通家子侄,那怕他做了皇帝,老身只是这般称呼。”众人都大笑起来。秦老夫人对叔宝道:“你进去见见你媳妇了出来,大家同到后寨去。”与张氏说了几句话出来,只见堂中酒席安排停当。

尤员外请众人坐定,举杯饮酒。尤员外问征辽一段,叔宝细细述了一遍,众人多各赞叹。叔宝问尤俊达道:“兄在武南庄,好不快活,为甚迁到这里来?”程知节道:“也是为长叶岭事发,尤大哥迁到此地,不然他怎肯到这里,与弟辈做这宗买卖?”尤俊达道:“不是这等说。单二哥也是好端端住在二贤庄,今闻得为了李玄邃兄,也迁入瓦岗寨中去了,总是我们众弟兄该在山寨中寻事业。”贾润甫道:“这样世界,岂论什么山寨里、庙廊中,只要戮力同心,自然有些意思。只是如今众弟兄,还该在一处。”程知节道:“如今我们有了秦大哥,再屈单二哥,也迁到我这里来,多是心腹弟兄,热烘烘的做起来,难道输了瓦岗?翟大哥做得皇帝,难道秦大哥、单二哥做不得皇帝?”坐中见说,都大笑起来。众人欢呼畅饮,直吃到月转花梢。

到了次日起来,大家坐在堂中闲谈,只见喽罗进来报道:“瓦岗差人来,要见单大王的。”雄信忙叫手下引他进来。不一时,一个喽罗进来说道:“徐大王有密报一封,差小的送来与单大王。”单雄信接来拆开一看,只见上面写道:“昨细作探得东都有旨,命河南讨捕大使裴仁基领兵二万，协同山东讨捕大使张须陀，会剿李密、王伯当叛犯党羽，并究窝藏秦琼、密拿杀官杀吏重犯，严缉家眷巢穴。将来彼此两家，俱有兵马来临，兄速归寨，商议大敌；尤程两兄处，亦当预计。叔宝兄渴欲一见，不及另札，如得偕来更妙，专候专候。”雄信把字朗念了一遍，众皆大惊。程知节道：“愁他则甚！等他们来时，爽利混杀他娘一阵。”秦叔宝道：“知节兄，你不要小觑了事体。那须陀勇而有谋，裴仁基又是一员宿将，况又兼两万官兵，排山倒海的下来。如今这里山寨，连罗士信兄弟，止不过四人，单二哥与润甫兄家眷，都在瓦岗，自然要回寨去照顾的了。这几个人，作何布置？”尤俊达道：“前日翟大哥原有书来，召我们去，因秦、单二兄未来，故此我们不肯。今单二哥家眷已在瓦岗，秦大哥与太夫人又在这里，何不两处并为一处，随你大小缓急，多有商量了。”叔宝道：“好便好，但未知瓦岗房屋，可有得余？”雄信道：“弟一到山寨，就叫他们在寨后盖起四五十间房子，山前增了水城烟楼，仓库墙垣重新修理齐整，不要说三家家眷，就再住几房，也安放得下。”程知节道：“既如此说，要去我们收拾就去。”雄信对贾润甫道：“兄可先回寨去，通知懋功兄弟，同三兄家眷到寨便了。”润甫见说，随即起身。尤俊达与程知节、秦叔宝，带了家眷，收拾了细软金帛粮草，率领了部下约有二千余人，大队并入瓦岗寨中去。正是：

猛虎添双翼，蛟龙又得云。

再说翟让、李密二支人马，杀兵劫商，占城据地，在河南地方势甚猖獗。时张须陀尚在平原，因二三日不见秦叔宝来，只道他身子有恙，着樊建威到他营中来看他。守营兵回道：“秦爷两日前，张老爷差他去缉探盗情未回。”樊建威忙去通报了张通守。张通守道：“我几时差他？这又奇了！”正说时，齐州申文已到，拆开一看，须陀老大吃惊，忙骑着马，同唐万仞、樊虎到叔宝营中。直至中军账，只见案上有书一封。张通守拆开细看，大惊道：“原来他与宇文述结仇，遭他陷害不过，竟自去了。可惜这人有勇有谋，是我帮手，如今他去了，如何是好？”回到营中，一面委官到齐州安谕。

忽隋主有旨，调他做了荥阳通守，要他扫清翟让，只得带了樊虎、唐万仞并部下人马，到荥阳上任。樊、唐二人虽是公门出身，本领怎及得叔宝？因他两个也是有义气的汉子，所以与叔宝相知。张须陀做郡丞时，就识拔他屡次建功，这番没了叔宝，就做了心腹，思量要扫清翟让。何知翟让骁勇过人，竟抢过了李密一军，带领了千余人马，打破了金隄关，直抵荥阳劫掠。时翟让正在城外各门分头杀掳，不防张通守与樊、唐二人，各领精兵五百，开门一齐杀出。翟让虽勇，当不起须陀一条神枪，神出鬼没。邴元真、李如珪，早先败退。翟让被樊虎、唐万仞二路夹攻，只得放马逃遁，被张须陀赶杀了十余里，亏得李密、王伯当大队兵马到来，须陀方收兵回去。

到了次日，李密定计：将人马四面埋伏，着翟让去引诱。张须陀兵马至大海寺旁，忽听林子里喊声四起，李密、王伯当、王当仁冲将出来，后有翟让、邴元真、李如珪将须陀兵马，裹住中间。樊虎见部下人马渐渐稀少，须陀身先士卒，身上早中几枪，征衫血染，犹奋力望李密冲来。樊虎、唐万仞与李密当年在秦叔宝家中，虽曾识面，到这性命相关之处,也顾不得了,帮着须陀一齐杀出重围,万仞却又不见了。张须陀道:"待我还去救他出来。"樊虎与张须陀杀入,唐万仞已被贼兵截住,着了几枪,渐渐支架不住。张须陀见了,慌忙直冲进去,枪挑了几人落地,杀出重围,樊虎却又不见了。张须陀吩咐部下:"且护送唐爷回城,我再寻樊爷回来,不然断不独归。"时须陀身子已狼狈,但他爱惜人的意气重,不顾自己,复入重围。岂知樊虎已因坐马前失跌下来,被人马踹死,那里寻得出?李密先时也见樊、唐二人在须陀身边,有个投鼠忌器之意,故不传令放箭。今见须陀一人,便四下里箭如飞蝗。须陀虽有盔甲,如何遮蔽得来,可怜一个忠贞勇敢为国为民的张通守,却死在战场之中!正是:

　　渭水星沉影,云台事已空。

翟让、李密射死了张须陀,大获全胜。时内黄、韦城、雍丘都有兵来归附。

李密差人去到瓦岗报捷。众豪杰闻报,都抚掌称庆。独叔宝闻张须陀战死,禁不住潸然泪下,想道:"他待我有恩有礼,原指望我与他同患难,共休戚。密疏为我辨白,何等恩谊!不料生出变故,我便弃他逃生,令他为人所害。想他沙场暴露,尸骨不知在于何处?"便起身对雄信道:"单二哥,弟自到此处,并不曾见翟大哥,恐无此理。弟今特往荥阳,与他一面,就会王、李二兄,未知可否?"懋功道:"要去,我们打伙儿同去。如今郡县都来归附,他那里这几个人,也料理不来,须得我们去方妥。这里寨栅牢固,只消一二个兄弟看守便够了。尤俊达原是富户快活人,留他与连巨真守寨,照管家属。单全升他做了总领,管辖山上喽罗,日夜巡视栅栏,日用置卖,俱是他调度。"吩咐停当,大家辞了母妻。徐懋功、齐国远、程知节、贾润甫做了前队,单雄信、秦叔宝、罗士信做了后队,俱轻弓短箭,带领人马,离了瓦岗。

将到郑州地方,只见哨马报翟大王兵到。原来翟让同李密攻下汜水、中牟各县,得了无限子女玉帛,要回瓦岗快活,故与李密分兵先回。两军相见,翟让久闻秦叔宝大名,极加优待。单雄信问起,知翟让有归意,便道:"翟大哥,我们若只思量作贼,终身得此金帛子女,守定瓦岗罢了;若要图王定霸,还须合着玄邃,占据州县才是。"翟让见说,也还未听。只见哨马报说:"李爷收了韩城各处地方,得了许多仓库。李爷闻得众位大王下山来,叫小的禀上单大王,说有一位秦爷,如在路,乞单大王速邀至军前一会。"雄信道:"晓得了。"因此翟让心痒,仍旧回兵去与李密相合。

路经荥阳,秦叔宝先差连明打听张须陀尸首,部下感他恩德,已草草棺殓,并樊虎尸棺,都停在大海寺内。叔宝对单雄信道:"烦兄致意翟大哥,请诸兄先行,弟还要在此逗留几天。"雄信会意,说了,众人都已先行。独雄信同着叔宝与罗士信,到了次日,叫手下备了猪羊祭仪,同众人到大海寺中来。只见廊下停着两口棺木,中间供着一个纸牌位,上写"隋故荥阳通守张公之位",侧首上写"隋死节偏将齐郡樊虎之柩"。秦叔宝与罗士信见了,不胜伤感,连雄信亦觉惨然。

三人正在嗟叹之时,忽见外边许多白袍白帽,约有四五十人拥将进来。罗士信看见,不知什么歹人,忙拔刀在手喝道:"你们为何率众在此?"众兵卫道:"小的们感故主的恩情,在这里守灵,守过了百日方敢散去。今日晓得秦爷来祭奠,故来参见。”叔宝叫他们起来住着,想道:“兵卒小人,尚且如此,我独何人,反敢背义!”忙叫左右把身上袍盖,尽换了孝服。时祭仪已摆列停当,叔宝同士信痛哭祭奠。众兵士俱趴在地上大恸,声闻于外。单雄信亦备分子吊拜。

正在忙乱之时,只见外边走进一人,头裹麻巾,身穿孝服,腰下悬一口宝剑,满眼垂泪,跟着两三个伴当,望着灵帏前走来。那些带孝的兵卫,站在旁边,说道:“唐爷来了!”叔宝仔细一认,见是唐万仞,把手向他一举道:“唐兄来得正好。”岂知唐万仞只做不见,也不听得,昂然走到灵前大恸,敲着灵桌哭道:“公生前正直,死自神明。我唐万仞本系一个小人,承公拔识于行伍之中,置之宾僚之上,数年已来,分燠嘘寒,解衣推食。公之恩可谓厚矣至矣。虽公之爱重者尚有人,而我二人之鉴拔者则惟公。蒙公能安我于生地,而自死于阵前,我亦安敢昧心,而偷生于公死后!”叔宝站在一旁,听他一头说,一头哭,说到后边,句句讥讽到他身上来,此身如负芒刺,又不好上前来劝他。连雄信手下兵卒,无不掩泪偷泣。

雄信看见叔宝颜色惨淡,便要去劝住唐万仞。只见万仞把桌一击道:“主公,你神而有灵,我前日不能阵前同死,今日来相从地下!”说罢,只见佩刀一亮,响落在地,全身往后便倒。众兵卫望见,如飞上前来救,一腔热血,喷满在地。叔宝见了,忙捧着尸首大声叫道:“万仞兄,你真个死了,你真个相从恩公于地下了,我秦琼亦与你一答儿去罢!”忙在地上拾起剑来要刎,背后罗士信一把抱住喊道:“哥哥,你忘了母亲了?”夺剑付与手下取去。叔宝犹自哽咽哭泣,吩咐手下快备棺木殡殓,就停在张通守右边。然后收拾祭仪,给与张通守兵卫领去,与雄信、士信一齐回营。正是:

芦中不图报,漂母岂虚名?

第四十六回　杀翟让李密负友　乱宫妃唐公起兵

词曰：

荣华自是贪夫饵，得失暗相酬。恋恋蝇头，营营蜗角，何事能休？
机缘相左，谈笑剑戟，樽俎戈矛。功名安在？一堆白骨，三尺荒丘。

调寄《青衫湿》

天地间两截人的甚多：处穷困落寞之时，共谈心行事，觉厚宽有情，春风四海。至富贵权衡之际，其立心做事，与前相违，时时要防人算计他，刻刻恐自己跌下来。这个毛病，十人九犯。总因天赋之性，见识学问，只得到这个地位。

再说秦叔宝在大海寺，将张须陀并唐、樊二人重新殡殓，择地安葬，做几日道场。然后，同单雄信、罗士信起行，赶到康城，与李密、王伯当众人相会了，叙旧庆新，好不快活。秦叔宝劝李密用轻骑袭取东都，以为根本，然后徐定四方。翟让遂依计，令头目裴叔方带领数个伶俐人役，前往打探山林险阻，关梁兵马。不意被人觉察，拿住三个，知是翟让奸细，解留守宇文都府中勘问，将来斩首，止逃得裴叔方两三个回来。一番缉探，倒作了东都添兵预备防守。还亏李密听了秦叔宝，同程知节、罗士信，轻兵掩袭，悄悄过了阳城，偷过了方山，直取仓城。翟让、李密陆续都到。一个洛口仓，不烦弓矢，已为翟让所据。李密开仓赈济，四方百姓都来归附。隋朝士大夫不得意者，朝散大夫时德睿、宿城令祖君彦亦来相从。时东都早已探知，越王侗传令旨，差虎贲郎将刘仁恭、光禄少卿房崱，募兵二万五千，差人知会河南讨捕大使裴仁基，前后夹攻，会师仓城。不意李密又早料定，拨精兵五支，把隋兵杀得大败，刘仁恭、房崱仅逃得性命。裴仁基闻得东都兵败，顿兵不进。李密声名，自此益振。

翟让的军师贾雄，见李密爱人下士，差实与他相结。翟让欲自立为王，雄卜数哄他说不吉，该辅李密，说道："他是蒲山公，将军姓翟；翟为泽，蒲得泽而生，数该如此。"又民间谣言道："桃李子，皇后绕扬州，宛转花园里。勿浪语，谁道许。"桃李子，是说的逃走李氏之子，皇后二句，说隋主在扬州宛转不回；莫浪语，谁道许，是个"密"字。因此翟让与众计议，推尊李密为魏公，设坛即位，称永平元年，大赦；行文称元帅府，拜翟让上柱国司徒东郡公，徐世勣左翊卫大将军，单雄信右翊卫大将军，秦叔宝左武侯大将军，王伯当右武侯大将军，程知节后卫将军，罗士信骠骑将军，齐国远、李如珪、王当仁俱虎贲郎将，房彦藻元帅府左长史，邴元真右长史，贾润甫左司马，连巨真右司马。时隋官归附者，巩县柴孝和监察御史。

裴仁基虽守在河南，与监察御史萧怀静不睦。怀静每寻衅要劾诈他，甚是不堪。贾润甫与仁基旧交，悄地到他营中，说他同儿子裴行俨，杀了萧怀静，带领全军，随贾润甫来降魏公。魏公极其优礼,封仁基上柱国河东公,行俨上柱国绛郡公。

李密领众军取了回洛仓,东都文书向江都告急。隋王差江都通守王世充,领江淮劲卒,向东都来击。李密遣将抵住。秦叔宝去攻武阳。武阳郡丞姓元,名宝藏,闻得叔宝兵至,忙召记室魏征计议,就是华山道士魏玄成。他见天下已乱,正英雄得志之时,所以仍就还俗,在宝藏幕下。宝藏道:“李密兵锋正锐,秦琼英勇素著,本郡精兵又赴东都救援,何以抵敌?”魏征道:“李密兵锋,秦琼英勇,诚如尊教。若以武阳相抗,似以抔土塞河。明公还须善计,以全一城民士。”宝藏道:“有何善计!只有归附,以全一城。足下可速具降笺,赴军前一行。”叔宝兵到,得与魏玄成相见,故人相遇,分外欣喜,笑对玄成道:“弟当日已料先生断不以黄冠终,果然!”因问武阳消息。魏征道:“郡丞元宝藏,度德顺天,愿全城归附,不烦故人兵刃。”叔宝道:“这是先生赞襄之力,可赴魏公麾下,进此降笺。”留饮账中叙阔。叔宝又做一个禀启,说魏征有王佐之才,堪居帷幄,要魏公重用。因此魏公得琼荐启,遂留征做元帅府文学参军记室,元宝藏为魏州总管。

今说翟让,本是一个一勇之夫,无甚谋略。初时在群盗中,自道是英雄;及见李密足智多谋,战胜攻取,也就觉得不及。又听了贾雄、李子英一干人,竟让李密独尊,自己甘心居下。后来看人趋承,看他威权,却有不甘之意。还有个兄翟弘,拜上柱国荥阳公,更是一个粗人,他道:“是我家权柄,缘何轻与了人,反在他喉下取气?”又有一班幕下,见李密这干僚属兴头,自己处了冷局,也不免怏怏,生出事来。所以古人云:物必先腐也,而后虫生之。时若有人在内调停,也可无事;争奈单雄信虽是两边好的,却是一条直汉;王伯当、秦叔宝、程知节,只与李密交厚;徐世勣是有经纬的,怕在里头调停惹祸。

一日,翟让把个新归附李密的鄢陵刺史崔世枢,要他的钱,将来囚了。李密来取不放。元帅府记室刑义期,叫他来下棋,到迟,杖了八十。房彦藻破汝南回,翟让问他要金宝,道:“你怎只与魏公,不与我?魏公是我立的,后边事未可知。”因此房彦藻、刑义期,同司马郑颋,劝李密剪除翟让。李密道:“想我当初,实亏他脱免大祸,是我功臣。今遽然图害,人不知他暴戾,反道我背义嫉贤,人不平我,这断然不可。”忽又想:“翟让是个汉子,但恐久后被他手下人扛帮坏了,也是肘腋之患。”郑颋道:“毒蛇螫手,壮士解腕,英雄作事,不顾小名小义。今贪能容之虚名,受诛夷之实祸,还恐噬脐无及。”房彦藻道:“翟司徒迟疑不决,明公得有今日;明公亦如此迟疑,必为所先。明公大意,以为他粗人,不善谋人。不知粗人胆大手狠,作事最毒。”李密道:“诸君这等善为我谋,须出万全。”

次日,李密置酒,请翟让并翟宏、翟侯、裴仁基、郝孝德同宴。李密咐咐将士,须都出营外伺候,只留几个在此服役。众人都退,只剩房彦藻、郑颋数人。陈设酒席,翟让司马府王儒信与左右还在,房彦藻向前禀道:“天寒,司徒扈从,请与犒赏。”李密道:“可倍与酒食。”左右还未敢去,翟让道:“元帅既有犒赏,你等可去关领。”众人叩谢而出,只有李密麾下壮士蔡建德,带刀站立。闲话之时,李密道:“近来得几张好弓,可以百发百中。”叫取来送与列位看。先送与翟让,道是八石弓。翟让道:“只有六石,我试一开。”离坐,扯一个满月,弓才满,早被蔡建德拔出刀,照脑后劈倒在地,吼声如牛,可怜百战英雄,顷刻命消三尺!

时单雄信、徐懋功、齐国远、李如珪、邴元真五人,在贾司马署中赴宴会。正在衔杯谈笑之时,只见小校进来报道:"司徒翟爷,被元帅砍了。"雄信见说,吃了一惊,一只杯子落在地上,道:"这是什么缘故! 就是他性子暴戾,也该宽恕他。想当初同在瓦岗起义之时,岂知有今日?"邴元真道:"自古说两雄不并栖,此事我久已料其必有。"徐懋功道:"目前举事之人,那个认自己是雌的? 只可惜……"李如珪道:"可惜那个?"懋功道:"不可惜翟兄,只可惜李大哥。"贾润甫点头会意。

正在议论之时,见手下进来说:"外边有一故人,说是要会李爷的。"李如珪走出去,携着一个人的手来,说道:"单二哥,又是一个不认得的在这里。"雄信起身一认,原来是杜如晦,大家通名叙礼过了。杜如晦对徐懋功道:"久仰徐兄大才,无由识荆,今日一见,足慰平生。"徐懋功道:"弟前往寨中晤刘文静兄,盛称吾兄文章经济,才识敏达,世所罕有。今日到此,弟当退避三舍矣!"雄信道:"克明兄,还是涿州张公谨处会着,直至如今,不得相晤,使弟辈时常想念。今日甚风吹得到此?"杜如晦道:"弟偶然在此经过,要会叔宝兄;不想他领兵黎阳去了。因打听如珪兄在这里,故此来望望。那晓得单二哥与诸位贤豪,多在这里,所以魏公不多几时,干出这般大事业来,将来麟阁功勋,都被诸兄占尽了。"单雄信喟然长叹道:"人事否泰,反复无常,说甚麟阁功勋? 闻兄出仕隋家,为温城尉,为何事被黜?"如晦道:"四方扰攘之秋,恋此升斗之俸,被奸吏作马牛,岂成大器之人?"大家又说了些闲话,辞别起身。

李如珪拉杜如晦、齐国远到自寓,设酒肴细酌。杜如晦道:"弟刚才在帅府门首经过,见人多声杂,不知有何事?"齐国远口直说道:"没什么大事,不过帅府杀了一个人。"杜如晦道:"杀了甚人?"李如珪只得将李密与翟让不睦,以至今日杀害。"当初在瓦岗时,李玄邃、单二哥、弟与齐兄,都是翟大哥请来,弄成一块。今天听见他这个结局,众人心里多有些不自在。"杜如晦道:"怪道适才雄信颜色惨淡,见弟觉得冷落,弟道他做了官了,以此改常,不意有些事在心;若然玄邃作事,今与昔异,太觉忍心。诸兄可云尚未得所,犹在几上之肉。"齐国远道:"我们两个兄弟,又没有家眷牵带,光着两个身子,有好的所在,走他娘,管他们什么鸟账!"杜如晦道:"有便有个所在,但恐二兄不肯去。"二人齐问:"是何所在?"杜如晦道:"弟今春在晋阳刘文静署中,会见柴嗣昌,与弟相亲密,说起叔宝与二兄,当年在长安看灯,豪爽英雄,甚是奖赏。晓得二兄啸聚山林,托弟来密访。即日他令岳唐公欲举大事,要借重诸兄,不意叔宝正替玄邃干功。二兄倘此地不适意,可同弟去见柴兄;倘得事成,亦当共与富贵。况他舅子李世民,宽仁大度,礼贤下士,兄等是旧交,自当另眼相待。"齐国远道:"我是不去的,在别人项下取气,不如在山寨里做强盗快活。"

正说,蓦地里一人闯进来,把杜如晦当胸扭住,说道:"好呀,你要替别人家做事,在这里来打合人去,扯你到帅府里去出首!"杜如晦吓得颜色顿异。齐国远见是郝孝德,便道:"不好了,大家厮并了罢!"忙要拔刀相向。郝孝德放了手,哈哈大笑道:"不要二兄着急! 刚才所言,弟尽听知。弟心亦与二兄相同,若能挈带,生死不忘。弟前日听见魏玄成说,途遇徐洪客兄,说真主已在太原。玄邃成得甚事? 如今这样举动,翟兄尚如此,我辈真如敝屣矣!”李如珪道:“郝兄议论爽快。但我们怎样个去法?”郝孝德道:“这个不难。刚才哨马来报,说王世充领兵到洛北,魏公明日必要发兵,到那时二兄不要管他成败,领了一支兵,竟投鄠县去,那个来追你?”李如珪道:“妙。”

郝孝德问杜如晦道:“兄此去将欲何往?”如晦道:“此刻归寓,明日一早动身,即往晋阳去矣!”孝德又问道:“尊寓下何处?”如晦道:“南门外徐涵晖家。”孝德拱一拱手竟自去了。杜如晦见孝德辞去,心中狐疑,与齐、李二人叮咛了几句,也便辞别出门。比及如晦到寓时,郝孝德随了两个伴当,早先到了徐家店里了。杜如晦见郝孝德鞍马行囊齐备,不胜怪异道:“兄何欲去之速?”郝孝德道:“魏公性多疑猜,迟则有变。弟知帅府有旨,明日五鼓齐将,就要发兵了,此刻往头里走去为妥。”大家在店用了夜膳,收拾上路,往晋阳进发。

行了几日,来到朔州舞阳村地方,一个大村落里。时值仲冬,雪花飘飘,见树影里一个酒帘挑出。郝孝德道:“克明兄,我们这里吃三杯酒再走如何?”杜如晦道:“使得。”到了店门首,两人下马进店坐定。店家捧上酒肴。吃了些面饼和火酒,耳边只听得叮叮当当,敲棰声响。

两人把牲口在那里上料,转过湾头,只见大树下一个大铁作坊,三四个人都在那里热烘烘打铁。树底下一张桌子,摆着一盘牛肉,一盘炙鹅,一盘馍馍。面南板凳上,坐着一大汉,身长九尺,膀阔二停,满部胡须,面如铁色,目若朗星,威风凛凛,气宇昂昂。左右坐着两个人,一人执着壶,一人捧着碗,满满的斟上,奉与大汉。那大汉也不推辞,大咀大嚼,旁若无人。一连吃了十来碗酒,忽掀髯大笑道:“人家借债,向富户挪移,你二兄反要穷人索取;人家借债,是债主写文券约,你二兄反要放主书帖契,岂不是怪事?”右手那人说道:“又不要兄一厘银子,只求一个帖子,便救了我的性命了。”如飞又斟上酒来。那大汉道:“既如此说,快取纸笔来,待我写了再吃酒,省得吃醉了酒,写得不好。”二人见说,忙向胸前取出一幅红笺来,一人进屋里取笔砚,放在桌上。右手那人,便磕下头去。那大汉道:“莫拜莫拜,待我写就是。”拿起笔来,便道:“叫我怎样写,快念出来!”那两个道:“只写上尉迟恭支取库银五百两正,大业十二年十一月二日票给。”大汉题起笔来,如命直书完了,把笔掷桌上,又哈哈大笑,拿起酒来,一饮而尽,也不谢声,竟踱进对门作坊里去了。又去收拾了杯盘,满面欣喜,向东而行。

杜如晦趋近前,举手问道:“二兄长,方才那个大汉,是何等样人,二兄这般敬他?”一个答道:“他姓尉迟名恭,字敬德,马邑人氏。他有二三千斤膂力,能使一根浑铁单鞭。也曾读过诗书,为了考试不第,见四方扰攘,不肯轻身出仕。他祖上原是个铁作坊,因闲住在家,开这作坊过活。”杜如晦道:“刚才二兄求他帖儿,做什么?”二人道:“这个话长,不便告诉,请别了。”杜如晦见这一条好汉,尚无人用他,要想住在这个村里,盘桓几日,结识他荐于唐公。无奈郝孝德催促上路,又见伴当牵着牲口来寻,只得上马,心中有一个尉迟恭罢了。正是:

但识英雄面,相看念不忘。

如今却说唐公李渊，自从触忤隋主，亏得那女婿柴绍，不惜珍珠宝玩，结交了隋主一班佞臣，营求到太原来；只求免祸，那有心图天下。他有四个儿子：长的叫做建成，是个寻常公子，鲜衣骏马，耽酒渔色；三子玄霸，早卒；四子元吉，极是机谋狡猾，却也不似霸王之才；只有次于世民，是在永福寺生下的。年四岁时，有书生见而异之曰："龙凤之姿，天日之表，年至弱冠，必能济世安民。"言毕而去。唐公惧其语泄，使人欲追杀之，而不知其所往，因以为神，采其语，名曰世民。自小聪明天纵，识量异人。将门之子，兵书武艺，自是常事；更喜的是书史，好的是结交。公子家不难挥金如土，他只是将来结客，轻财好士之名，远近共闻。最相与的一个是武功人氏，姓刘名文静，现为晋阳令。此人饱有智谋，才兼文武。又有池阳刘弘基，妻族长孙顺德，都是武勇绝伦，不似如今纨袴之子，见天下荒荒，是真主之资，私自以汉高自命。会李密反，刘文静因坐李密姻属，系太原狱。世民私入狱中视之。文静喜，以言挑之道："今天下大乱，非汤武高光之才，不能定也。"世民道："安知其无人，但不识人耳。我来看汝者，非比儿女子之情，以念道相革，欲与君计议大事耳。"文静道："今隋主巡幸江淮，兵填河洛，李密围逼东都，盗贼蜉结，大连州县，小阻山泽，殆以万数。当此之际，有真主驱而用之，投机构会，振臂一呼，四海不难定矣。今太原百姓皆避盗入于城内，文静为令数年，熟识豪杰之士，一旦收集，可得数十万人；加以尊公所掌之兵，复加数万，一令之下，谁不愿从？以此乘虚入关，号令天下，及过半载，帝业成矣！"世民笑道："君言正合我意。"乃阴部署客宾，训练士卒，伺便即举。

过月余，文静得脱于狱。世民将发，恐父不从，与文静计议。文静道："尊公素与晋阳宫监裴寂相厚，无言不从。激其行事，非此人不可。"世民想此事不好出口央他，晓得裴寂好吃酒赌钱，便从这家打人，与他相好。即出钱数万，嘱龙山令高斌廉与寂博，佯输不胜。后寂知是世民来意，大喜，与世民亦亲密。世民遂以情告之。寂慨然许诺道："事尽在我。"旦夕思想，忽得一计，径入晋阳宫来。

正值张、尹二妃在庆云亭前赏玩腊梅，见裴寂至，问道："汝自何来？"裴寂道："臣来亦欲折花以乐耳。"张夫人笑道："花乃夫人所戴，于汝何事？"裴寂道："夫人以为男子不得戴乎？爱欲之心，人皆有之；但花虽好，止可闲玩，以供粉饰，医不得人的寂寞，御不得人的患难。"尹夫人笑道："汝且说医得寂寞，御得患难的是何事？"裴寂道："隋室荒乱，主上巡幸江都，乐而忘返，代主幼小，国中无主，四方群雄竞起，称孤道寡者甚多。近报马邑校尉刘武周据汾阳宫，称为可汗，甚是利害。汾阳与太原不远，倘兵至此，谁能御之？臣虽为副守，智微力弱，难保全躯，汝等何以得安？"二妃惊道："似此奈何？果如所言，吾姊妹休矣！"裴寂又道："今臣有一计，与夫人商议，不惟可以保全，并送一套富贵。"尹夫人道："富贵安敢指望，只求免祸足矣！"裴寂道："留守李渊，人马数万。其子世民，英雄无敌，结纳四方豪杰，要举大事，恐渊不从，未敢轻动；我料天下不日定归此人。汝二人永处离宫，终宵寂寞已有年矣，何不乘此机会，侍事于渊，可以转祸为福，非嫔即后，富贵无比，岂不为美？"张夫人道："向见唐公，久怀此志，只是姊妹不好与汝启口。但恐唐公秉忠见拒，事泄无成，奈何？"裴寂道："只患二夫人心不坚耳，坚则何愁不成哉！"二夫人见说，一时笑逐颜开道："若得事成，君之深恩，吾姊妹终身不忘。但不知计将安在？”裴寂向二夫人附耳道：“只须如此而行，何患不从？”二夫人点头唯唯。

次日，裴寂设席晋阳宫，差人来请唐公，少刻即至。二人相见，入席坐定。裴寂并不提起世民之事，只顾劝酒。唐公大醉。裴寂道：“闷酒难饮，有二美人，欲叫来侑明公一觞可乎？”唐公笑道：“知己相对，正少此耳，有何不可？”裴寂叫左右去唤。不多时，只听得环珮叮of当，香风馥郁，走出两个美人来，生得十分佳丽。唐公定睛一看，果然正是：

花嫣柳媚玉生春，何处深宫忽艳妆。
自是尘埃识天子，故人云雨恼襄王。

二美人到了筵前，随向唐公参见了。唐公慌忙还礼。裴寂就叫取两个座儿，坐在唐公左右。唐公酒后糊涂，竟不问来历，见二美人色艳，便放量快饮。二美人曲意奉承，裴寂再三酬劝，唐公不觉大醉。裴寂离席潜出，唐公又饮了数杯，立脚不定，二美人扶掖去睡，醉眼模糊，那辨得甚么宫中府中。正是：

花能索笑酒能亲，更有蛾眉解误人。
莫笑隋家浪天子，乘时豪杰亦迷津。

唐公一觉醒来，忽想起昨夜之事，心下惊疑；又见卧在龙床之上，黄袍盖体，惊问道：“汝二人是谁？”二美人笑道：“大人休慌！妾二人非他，乃宫人张妃、尹妃。”唐公大惊道：“宫闱贵人，焉可同枕席？”忙要披衣起来，当下二美人道：“圣驾南幸不回，群雄并起，裴公属意大人，故令妾等私侍，以为异日之计。”唐公叹恨道：“裴玄真误我！”起身出来，走到殿前。裴寂迎将进来，说道，“深宫无人，何必起得这等早？”唐公道：“虽则无人，心实惊悸不安。”裴寂道：“英雄为天下，那里顾得许多小节。”叫左右取水梳洗。唐公梳洗已毕，裴公又看上酒来。

饮过数杯，裴寂因说道：“今隋主无道，百姓穷困，豪杰并起，晋阳城外，皆为战场。明公手握重权，令郎阴蓄士马，何不举义兵，伐夏救民，建万世不朽之业？”唐公大惊道：“公何出此言，欲以灭族之祸加我耳？李渊素受国恩，断不变志。”裴寂道：“当今上有严刑，下有盗贼，明公若守小节，危亡有日矣。不若顺民心，兴义兵，犹可转祸为福。此天授公时，幸勿失也。”唐公道：“公慎勿再言，恐有泄漏，取罪非轻。”寂笑道：“昨日以宫人私侍明公者，惟恐明公不从，故与令郎斟酌，为此急计耳；若事发当并诛也。”唐公道：“我儿必不为此，公何陷人于不义？”话犹未了，只见旁边闪出一人，头带束发金冠，身穿团花绣袄，说道：“裴公之言，深识时务，大人宜从之。”唐公听得此言，见是世民，轻口惹事，只得佯怒道：“拿你免祸！”世民毫无惧色道：“要拿送我，死不敢辞，父亲罪必难免；若不举义，何以动为？”唐公叹道：“破家亡躯由汝，化家为国亦由汝。”

唐公悄地差人到河东去，唤建成、元吉到太原团聚，正好放心做事。只说废昏立明，尊立镇守长安代王侑为天子，是为恭帝，禅位于唐公。于是李渊称皇帝，即位于太原，国号唐，建元武德，立建成为太子，封世民为秦王，元吉齐王。命秦王兴师讨贼，自己拥兵入关。正是：

水映朱旗赤，戈摇雪浪明。
长虹接空起，天际落神兵。

第四十七回　看琼花乐尽隋终　殉死节香销烈见

词曰：

兴衰如丸转，光阴速，好景不终留。记北狩英雄，南巡富贵，牙樯锦缆，到处遨游。忽转眼斜阳鸦噪晚，野岸柳啼秋。暗想当年，追思往事，一场好梦，半是扬州。可怜能几日？花与酒，酿成千古闲愁。谩道半生消受，骨脆魂柔。奈欢娱万种，易穷易尽，愁来一日，无了无休。说向君如不信，试看练缠头！

调寄《风流子》

祸福盛衰，相为倚伏。最可笑把祖宗栉风沐雨得的江山，只博得自己些时朝欢暮舞的欢娱、琼室瑶基的赏玩。到底甘尽苦来，一身不保，落得贻笑千秋。

如今且将唐公李渊起兵之事，搁过一边。再说炀帝在江都芜城中，又造起一所宫院，更觉富丽，增了一座月观迷楼九曲池，又造一条大石桥。炀帝逐日在迷楼月观之内，不是车中，定即屏中，任意淫荡。譬如一株大树，随你枝叶扶疏，根深蒂固，若经了众人剥削，斧斤砍伐，便容易衰落。何况人的精力，能有几何，怎当得这起妖妖娆娆宫人美人，时刻狂淫？炀帝到此时候，也觉精疲神倦。

一日睡初起，正在纱窗下看月宾、绛仙扑蝴蝶耍子，忽见一个内相来报："蕃厘观琼花盛开，请万岁玩赏。"炀帝大喜，随即传旨，排宴在蕃厘观，宜萧后与十六院夫人去赏琼花。不多时，萧后与十六院夫人俱宣到，袁紫烟在宝林院养病不赴。炀帝道："琼花乃是江都一种异卉，天下再无第二本，朕从来不曾看见。今日闻说盛开，特召御妻与众妃同去一赏，怎不见沙妃子来？"朱贵儿道："妾今日出院时，沙夫人说赵王伤了些风，想是这个缘故不来。"清修院秦夫人点点头儿。炀帝道："伤风小恙，琼花是不易看见的，何不来走走？"朱贵儿道："万岁不晓得，若赵王身子稍有不安，沙夫人即吃紧的，相伴着他不敢行动。"炀帝喜道："此儿得沙妃爱护，方不负朕所托。"遂命起驾。自同萧后上了玉辇，十五院夫人及众美人，都是香车，一齐到蕃厘观。

进得殿来，只见大殿上供着三清圣像。殿宇虽然宏大，却东颓西坏，圣像也都毁败。萧后终是妇人家，看见圣像，便要下拜。炀帝忙止住道："朕与你乃堂堂帝后，如何去拜木偶？"萧后道："神威赫赫有灵，人皆赖其庇佑，陛下不可不敬。"炀帝问左右："琼花在于何处？"左右道："在后边台上。"原来这株琼花，乃一仙人道号蕃厘，因谈仙家花木之美，世人不信，他取白玉一块，种在地下，须臾之间，长起一树，开花与琼瑶相似，又因种玉而成，故取名叫做琼花。后因仙人去了，乡里为奇，造这所蕃厘观，以纪其事。近来此花有一丈多高，花如白雪，蕊瓣团团，就如仙花相似，香气芬芳，异常馥郁，与凡花俗卉，大不相同，故擅了江都一个大名。

时炀帝与萧后才转过后殿，早望见高台上琼堆玉砌，一片洁白，异香阵阵，扑面飘来。炀帝大喜道："果然名不虚传，今日见所未见矣！"正要到花下去细玩，岂知事有不测，才到台边，忽然花丛中卷起一阵香风，甚是狂骤。宫人太监见大风起，忙用掌扇御盖，团团将炀帝与萧后围在中间，直等风过，方才展开。炀帝抬头看花，只见花飞蕊落，雪白的堆了一地，枝上要寻一瓣一片却也没有。炀帝与萧后见了，惊得痴呆半晌，大怒道："朕也未曾看个明白，就落得这般模样，殊可痛恨！"回头见锦篷内赏花筵宴，安排得齐齐整整，两边簇拥着笙箫歌舞，甚是兴头；无奈琼花落得干干净净，十分扫兴。

炀帝看了这般光景，不胜恼恨道："那里是风吹落，都是妖花作祟，不容朕见；不尽根砍去，何以泄胸中之恨？"随传旨叫左右砍去。众夫人劝道："琼花天下只有一根，留待来年开花再赏；若砍去便绝了此种。"炀帝怒道："朕巍巍天子，既看不得，却留与谁看？今且如此，安望来年？便绝了此种，也无甚事。"连声叫砍。太监谁敢违拗，就将仪仗内金瓜钺斧，一齐砍伐。登时将天上少、世间稀的琼花，连根带枝都砍得干净。炀帝也无兴饮酒，遂同萧后上辇，与众妃子回到苑中去了。

炀帝对萧后道："朕与御妻们下龙舟游九曲河，何如？"萧后道："天气晴朗，湖光山色，必有可观。"炀帝吩咐左右，摆宴在龙舟，去游九曲。于是一行扈从，都迎进苑中。炀帝与萧后众夫人等齐下龙舟，一头饮酒，一头游览，东撑西荡，游了半日，无甚兴趣。炀帝叫停舟起岸，大家上辇，慢慢的游到大石桥来。

时值四月初旬，早已一弯新月斜挂柳梢，几队浓荫平铺照水。炀帝与萧后的辇到了桥上，那桥又高又宽，都是白石砌成，光洁如洗，两岸大树覆盖，桥下五色金鱼，往来游泳。炀帝因琼花落尽，受了大半日烦闷，今看这段光景，竟如吃了一帖清凉散，心中觉得爽快，便叫停辇下来，取两个锦墩，同萧后坐定。叫左右将锦褥铺满，众夫人坐定，摆宴在桥上。炀帝靠着石栏杆，与众夫人说笑饮酒。

秦夫人道："此地甚佳，不减画上平桥景致。"萧后问："此桥何名？"炀帝道："没有名字。"夏夫人道："陛下何不就今日光景，题他一个名字，留为后日佳话。"炀帝道："说得有理。"低头一想，又周围数了一遍，说道："景物因人而胜，古人有七贤乡、五老堂，皆是以人数著名。朕同御妻与十五位妃子，连朱贵儿、袁宝儿、吴绛仙、薛冶儿、杳娘、妥娘、月宾七个，共是二十四人在此，竟叫他做二十四桥，岂不妙哉！"大家都欢喜道："好个二十四桥，足见陛下无偏无党之意。"遂奉上酒来。

炀帝十分畅快，连饮数杯，便道："朕前在影纹院，闻得花妃子的笛声嘹亮，令人襟怀疏爽，何不吹一曲与朕听？"梁夫人道："笛声必要远听，更觉悠扬宛转。"狄夫人道："宵来在夏夫人院里望蝶楼上，听得李夫人与花夫人两个，一个吹一个唱，始初尚觉笛是笛，歌是歌，听到后边，一回儿像尽是歌声，一回儿像尽是笛声，真听得神怡心醉。"萧后道："这等好胜会，你们再不来挈我。"炀帝问道："他歌的是新词，是旧曲？"夏夫人道："是沙夫人近日做的一只《北骂玉郎带》上小楼，却也亏他做得甚好。"炀帝喜道："妃子记得么？"试念与朕听，看通与不通。"夏夫人念道：

> 小院笙歌春昼闲，恰是无人处整翠鬟。楼头吹彻玉笙寒，注沉檀。低低语影在秋千，柳丝长易攀，柳丝长易攀，玉钩手卷珠帘，又东风乍还，又东风乍还。闲思想，朱颜凋换。幸不至，泪珠无限。知犹在，玉砌雕阑，知犹在，玉砌雕阑。正月明回首，春事阑珊。一重山，两重山，想夏景依然，没乱煞，许多愁，向春江怎挽？”

炀帝听了喟然道：“沙妃子竟是个女学士，做得这样情文兼至。左右快送两杯酒，与李夫人、花夫人饮了，到桥东得月亭中，听他妙音。”花、李二夫人见圣意如此，料推却不得，只得吃干了酒，立起来。李夫人把狄夫人瞅着一眼说道：“都是你这个掐断人肠子的多嘴不好。”便同花夫人下桥转到得月亭中坐了。那亭又高又敞，在苑中。两人执象板，吹玉笛，发绕梁之声，调律吕之和，真个吹得云敛晴空，唱得风回珮转。炀帝听了，不住口赞叹。

时初七八里，月光有限。炀帝道：“树影浓暗，我们何不移席到亭子上去？”遂起身同萧后众夫人慢慢听曲而行，刚到亭前，曲已奏终。二夫人看见，忙出亭来。炀帝对花、李二夫人道：“音出佳人口，听之令人魂消，二卿之技可谓双绝矣！”宫人们忙排上宴来。炀帝叫左右快斟上酒来与二位夫人，又对萧后道：“今日虽被花妖败兴，然此际之赏心乐事，比往日更觉顽得有趣。”萧后道：“赖众夫人助兴得妙。”

炀帝道：“月已沉没，灯又厌上，如何是好？”李夫人微笑道：“此时各带一枝狄夫人做的萤凤灯，可以不举火而有余光。”萧后忙问道：“萤凤灯是什么做的？”狄夫人道：“这是顽意儿，什么好东西！听这个嚼咀的，在陛下、娘娘面前乱语，六月债还得快。”炀帝笑道：“好不好，快取来赏鉴赏鉴。”狄夫人见说，只得对自己宫奴说道：“你到院中去，把减妆内做完的萤凤灯儿尽数取来。”又叫众宫监把萤虫尽数扑来收在盒内。不一时，宫奴捧了一个金丝盒儿呈与狄夫人。狄夫人把一支取起，将凤舌挑开，捉一二十个萤虫放入，献上萧后。萧后与炀帝仔细一看，却是蝉壳做的翅翼，与凤体相连，顶上五彩绣绒毛羽，凤冠以珊瑚扎就，口里衔着一颗明珠，竟似一盏小灯，光映于外，带在头上，两翅不动自摇。炀帝与萧后看了一会，说道：“妃子慧心巧思，可谓出神入化矣！”萧后道：“果然做得巧妙。”递与宫人，插在顶上。尚有七八朵，狄夫人放入萤虫，分送与众夫人；夫人中先送过的，也叫人取来戴了，竟如十六盏明灯，光照一席。

炀帝拍手大笑道：“奇哉！萤虫之光今宵大是有功，何不叫人多取些流萤，放入苑中，虽不能如月之明，亦可光分四野。”萧后道：“这也是奇观。”炀帝便传旨：凡有营人内监，收得一囊萤火者，赏绢一匹。不一时那宫人内监以及百姓人等，收了六七十囊萤。炀帝叫人赏了他们绢匹，就叫他们亭前亭后，山间林间，放将起来。一霎时望去；恍如万点明星，灿然碧落，光照四围。炀帝与众夫人看了，各各鼓掌称快，传杯弄盏，直饮到四鼓回宫。

如今慢题炀帝在宫苑日夜荒淫。却说宇文化及是宇文述之子，官拜右屯卫将军，也是个庸流；兄弟智及，是个凶狡之徒。当炀帝无道时，也只随波逐浪，混账过日子。故此东巡西狩，直至远征高丽，东营西建，丹阳起建宫殿，也不谏一句。临了到盗贼四起，要征伐征调，却做不来；要巡幸供馈，看看不给。君臣都坐在江都，任他今日失一县，明日失一城，今日失一仓，明日失一廪，君也不知，臣也不说，只图挨一日是一日。及至有报来说李渊反了，要起兵杀入关中。那时随驾这些臣子，都是没主意了。先是郎将窦贤，领本部逃回关中。隋主闻知，差兵追斩。这一杀到不好了，在江都要饿死，回关中要杀死，要在死中求生，须要寻出个计策来。

时虎贲郎将司马德戡、元礼直阁裴虔通、内史舍人元敏、虎牙郎将赵行枢、鹰扬郎将孟秉、勋侍杨士览共同商议道："我们一齐都去，自然没兵来追我们，就追我们，也不怕了。"这几个人，还不过计议逃走，内中宇文智及晓得此谋，便道："主上无道，威令尚行，逃去还恐不免。我看天丧隋家，英雄并起，如今已有万人，不若共行大事。这是帝王之业，大家可以共享富贵。"众人齐声道："好。"议定以化及为主，司马德戡先召骁勇首领，说这举动之意，众皆允从了。先盗了御厩中的马，打点器械。化及又去结连了司空魏氏。这事渐渐喧传，宫中苑中都有人知道。

时杳娘侍宴，奏闻炀帝。炀帝令拆"隋"字，以卜趋避。杳娘道："隋乃国号，有耳半掩，中音工字，王不成王，又无之字，定难走脱。"又命拆"朕"字。杳娘道："移左手发笔一竖于右，似渊字。目今李渊起兵，当有称朕之虞，若直说陛下，此月中亦只八天耳。"炀帝怒道："你命当尽在何日？"命拆"杳"字，杳娘道："命尽在今日。"炀帝道："何以见之？"杳娘道："杳字十八日，更无余地，今适当其期耳。"炀帝大怒，命武士杀之，自此再无人敢说。尝照镜道："好头颈，谁当砍之？"又仰观天象，对萧后道："外边大有人图侬，然侬不失长城公，汝不失为沈后耳。"

如今且说王义，久已晓得时势将败，只恨自己是外国之人，无力解救；只得先将家财散去，结识了守苑太监郑理与各门宿卫，并宇文手下将士，分外亲密；打听他们准在甚时候必要动手，忙叫妻子姜亭亭跟一个小年纪的丫环，上了小空车，望苑里来。那姜亭亭时常到苑的，无人敢阻拦。他便下车与丫头竟到宝林院中；只见清修院秦、文安院狄、绮阴院夏、仪凤院李四位夫人，与袁宝儿、沙夫人、赵王共六七个，在那里围着抹牌。沙夫人看见了姜亭亭进来，忙问道："你坐了，外边消息怎样个光景？"姜亭亭道："众夫人不见礼了。外边事体只在旦夕，亏众夫人还在这里闲坐！王义叫我进来，问沙夫人是何主意？"众夫人听见，俱掩面啼哭，惟沙夫人与袁宝儿不哭。沙夫人道："哭是无益的，你们众姊妹，作何行止？"秦夫人道："眼前这几个，都是心腹相照的，听凭姊妹指挥。他们几个前夜说的：'一年里头，圣上进院有限，有甚恩情？东天也是佛，西天也是佛，凭他怎样来罢了。'这句话就知他们的主意了，管他则甚！"沙夫人道："我没有什么指挥。我若没有赵王，生有生法，死有死法。如今圣上既以赵王托我，我只得把大事——"指着姜亭亭道："靠在他贤夫妇身上。你们若是主意定了，请各归院去，快快收拾了来。"众夫人见说，如飞各归院去了。惟袁紫烟熟识天文，晓得隋数已尽，久已假托养病，其细软早已收拾在宝林院了。

三人正在那里算计出路，只见薛冶儿直抢进院来，见姜亭亭，说道："好了，你也在这里。刚才朱贵儿姐叫我拜上沙夫人，外边信息紧急，今生料不能相见矣。赵王是圣上所托，万勿有负。我想我亦受万岁深恩，本欲与彼相死，今因朱贵姐再三叮咛，只得偷生前来保驾。”沙夫人道：“我正与姜妹打算，七八个人怎样去法？”薛冶儿道：“这个不妨。贵妃与我安排停当。”袖中取出一道旨意，“乃是前日要差人往福建采办建兰的旨意，虽写，因万岁连日病酒，故未发出。贵姐因要保全赵王，悄悄窃来，付与冶儿与夫人，商酌行动。”沙夫人垂泪道：“贵姐可谓忠贞两尽矣！”

正说时，只见四位夫人，多是随身衣服到来。沙夫人将冶儿取来的旨意与他们看了，秦夫人道：“有了这道符敕，何愁出去不得？”袁紫烟道：“依我的愚见，还该分两起走的才是。”姜亭亭道：“有计在此，快把赵王改了女妆，将跟来的丫头衣服与赵王换了。把丫环改做小宫监，我与赵王先出去，丫头领众夫人都改了妆出去，慢慢离院到我家来，岂非是鬼神不知的么？”夏夫人道：“只是急切间，那里去取七八副宫监衣帽？”沙夫人道：“不劳你们费心，我久已预备在此。”开了箱笼，搬出十来套新旧内监衣服靴帽。众夫人大喜，如飞穿戴起来。沙夫人正要在那里替赵王改妆，看了四位夫人，说道：“惭愧，你们脸上这些残脂剩粉犹在，怎好胡乱行动？”众夫人反都笑起来。亭亭见赵王改妆已完，日色已暮，沙夫人取个金盒儿，放上许多花朵在内，与赵王捧了。姜亭亭对丫头道：“停回你同众夫人到家便了。”说了，同赵王慢步离院，将到苑门口，上了车儿。

原来王义见妻子进院去了，如飞来寻郑理，到家去灌了他八九分酒。放他回来时，郑理带醉的站在苑门首，看小太监翻筋斗；见姜亭亭的车儿，便道：“王奶奶回府去了？刚才咱在你府上大扰。”姜亭亭道：“好说，有慢。”郑理笑道：“这小姑娘又取了我们苑中的花去了。”姜亭亭道：“是夫人见惠的。”说了，放心前行，不过里许，已到家中。王义看见赵王，叫妻子不要改赵王的妆束，藏在密室，自己如飞出门，到苑门打听。只见七八个内监，大模大样，丫头也在内。大家会意，领到家中，忙收拾上路。各城门上，都是他钱财结识的相知，谁来阻挡他？比及掌灯时候，宇文化及领兵动手，到掖延时，王义领赵王、众夫人已出禁城矣。

再说炀帝平日间怕人说乱，说乱的就要被杀，谁料今日至此地位，原觉情景凄惨，同萧后躲在西阁中，相对浩叹。一夜中，只听得外边喊声振天，内监连连报道：“杀到内殿来了！”屯卫将军独孤盛杀了，千牛独孤开远也战死了。一班贼臣捉住一个宫娥，吓问他隋主所在。宫娥说在西阁中。裴虔通与元礼径到西阁中来，听得上面有人声，知是炀帝。马文举就拔刀先登，众人相继而上。只见炀帝与萧后并坐而泣，看见众人，便道：“汝等皆朕之臣，终年厚禄重爵，给养汝等，有何亏负，为此篡逆？”裴虔通道：“陛下只图自乐，并不体恤臣下，故有今日之变。”

只见背后转出来朱贵儿来，用手指定众人说道：“圣恩浩荡，安得昧心？不必论终年厚禄，只前日虑汝等侍卫多系东都人，久客思家，人情无偶，难以久处，传旨将江都境内寡妇处子，搜到宫下，听汝等自行匹配。圣恩如此，尚谓不体恤，妄思篡逆耶！”炀帝接说道：“朕不负汝等，何汝等负朕？”司马德戡道：“臣等实负陛下！但今天下已叛，两京贼据，陛下归已无门，臣等生亦无路。今日臣节已亏，实难解悔。惟愿得陛下之首，以谢天下。”朱贵儿听了大骂道：“逆贼焉敢口出狂言！万岁虽然不德，乃天子至尊，一朝君父，冠履之名分凛凛。汝等不过侍卫小臣，何敢逼胁乘舆，妄图富贵，以受万世乱臣贼子之骂名！”裴虔通见说，大怒道：“汝掖廷贱婢，何敢巧言相毁？”朱贵儿大骂道：“背君逆贼，汝恃兵权在手耶！隋家恩泽在天下，天下岂无一二忠臣义士，为君父报仇？勤王之师一集，那时汝等碎死万段，悔之晚矣！”马文举大怒道：“淫乱贱婢，平日以狐媚蛊惑君心，以致天下败亡，不杀汝何以谢天下！”即便举刀，向贵儿脸上砍去。贵儿骂不绝口，跌到在地。可怜贵儿玉骨香魂，都化作一腔热血。

马文举既杀了朱贵儿，一手执剑，一手竟来要扶炀帝下阁。只见封德彝走上阁来，对司马德戡道：“许公有令，如此昏君，不必扶来见我。可急急下手。”萧后听见，着实哀告众人道：“众位将军，主上实是不德，可看旧日爵禄面上，叫他让位与众位将军，赐将军阖门铁券，将他降为三公，以毕余生，未知众位将军以为可否？”只见袁宝儿憨憨的走来，听见萧后千将军万将军在那里哭叫，笑向萧后道：“娘娘何苦如此，料想这些贼臣，没有忠君爱主的人在里头，肯容万岁安然让位，同娘娘及时行乐了。”又对炀帝道：“陛下常以英雄自许，至此何堪恋恋此躯，求这班贼臣？人谁无死，妾今日之死于万岁面前，可谓死得其所矣。妾先去了，万岁快来！”马文举忙把手去扯他，宝儿瞪了双眼，大声喝道：“贼臣休得近我！”一头说，一头把佩刀向项上一刎，把身子往上一耸，直顶到梁上，窜下来，项内鲜血如红雨的望人喷来。一个姣怯身躯，直矗矗的靠在窗棂。萧后看见，吓得如飞奔下阁去了。炀帝见了，心胆俱碎。

裴虔通等便提刀向前，要行弑逆。炀帝大叫道：“休得动手！天子死自有死法，快取鸩酒来！”裴虔通道：“鸩酒不如锋刃之速，何可得也？”炀帝垂泪道：“朕为天子一场，乞全尸而死。”马文举取白绢一匹进上。炀帝大哭道：“昔凤仪院李庆儿梦朕白龙绕项，今其验矣！”贼臣等遂叫武士一齐动手，将炀帝拥了进去，用白绢缢死，时年二十九岁。后人有诗吊云：

隋家天子系情偏，只愿风流不愿仙。
遗臭谩留千万世，繁花拈尽十三年。
耽花嗜酒心头病，殢粉沾香骨里缘。
却恨乱臣贪富贵，宫廷血溅实堪怜。

第四十八回　**遗巧计一良友归唐　破花容四夫人守志**

词曰：

好还每见天公巧，知心自有知心报。看鹤禁沉冤，天涯路杳，离恨知多少。
黎阳鼙鼓连天噪，孤忠奇策存隋庙。一线虽延，名花破损，佛面重光好。
调寄《雨中花》

自古知音必有知音相遇，知心必有知心相与，钟情必有钟情相报。炀帝一生，每事在妇人身上用情，行动在妇人身上留意，把一个锦绣江山，轻轻弃掷；不想突出感恩知己报国亡身的几个妇人来，殉难捐躯，毁容守节，以报钟情，香名留史。

再说司马德戡缢死了炀帝，随来报知宇文化及。化及令裴虔通等勒兵杀戮宗室，蜀王秀、齐王暕、燕王倓及各亲王，无少长皆被诛戮；惟秦王浩，素与智及往来甚密，故智及一力救免，方得保全。萧后在宫，将宫中漆床板为棺木，把朱贵儿、袁宝儿同殡于西院流珠堂。正是：

珠襦玉匣今何在？马鬣难存三尺封。

宇文化及既杀了各王，随自带甲兵入宫来，要诛灭后妃，以绝其根。不期刚走到正宫，只见一妇人同了许多宫女在那里啼哭。宇文化及喝道："汝是何人，在此哭泣？"那妇人慌忙跪倒，说道："妾乃帝后萧氏，望将军饶命。"宇文化及见萧后花容，大有姿色，心下十分眷爱，便不忍下手，因说道："主上无道，虐害百姓，有功不赏，众故杀之，与汝无干，毋得惊怖。我虽擅兵，亦不过除残救民，实无异心；倘不见嫌，愿共保富贵。"随以手挽萧后起来。萧后见宇文化及声口留情，便娇声涕泣道："主上无道，理宜受戮。妾之生死，全赖将军。"宇文化及道："汝放心，此事有我为之，料不失富贵也。"萧后道："将军既然如此，何不立其后以彰大义？"宇文化及道："臣亦欲如此。"遂传令，奉皇后懿旨，立秦王浩为帝，自立为大丞相，总摄百僚，封其弟宇文智及为左仆射，封异母弟宇文士及为右仆射，长子丞基、次子丞址，俱令执掌兵权，其余心腹之人，俱重重封赏。有宇文化及平昔仇忌之臣，如内史侍郎虞世基、御史大夫裴蕴、密书监袁克、左翊卫大将军来护儿、右翊卫将军宇文协、千牛宇文皛、梁公萧钜，连各家子侄，俱骈斩之。

更有给事郎许善心，不到朝堂朝贺，化及遣人就家擒至朝堂，既而释之；善心不舞蹈而出，化及怒而杀之。其母范氏，年九十二，临丧不哭，人问其故。范氏说道："彼能死国难，我有子矣，复何哭为？"因卧不食而卒。

宇文化及因将士要西归，便奉皇后新皇还长安，并带剩下贪生图乐的那些夫人美人，一路搜括船只，取彭城水路西上。行至显福宫，逆党司马德戡与赵行枢，恶宇文化及秽乱宫闱，不恤将士，要将后军袭杀化及，不期事机不密，反为化及所杀。行到滑台，将皇后新皇，留付王轨看守，自己直走黎阳，攻打仓城，按下不题。

再说王义夫人，领了赵王与众夫人等，离了芜城二三十里，借一民户人家歇了，只听见城中炮声响个不绝，往来之人信息传来，都说城内大变。王义叫赵王仍旧女妆，叫妻子姜亭亭与袁紫烟、薛冶儿，俱改了男妆，沙、秦、狄、夏、李五位夫人与使女小环，仍旧女妆。袁紫烟道："我夜观乾象，主上已被难，我们虽脱离樊笼，不知投往何处去才好？"王义道："别处都走不得，只有一个所在。"众人忙问："是何处？"王义道："太仆杨义臣，当年主上听信谗言，把他收了兵权，退归乡里。他知隋数将终，变姓埋名，隐于濮州雷夏泽中。此人是个智勇兼全忠君爱主的人，我们到他乡里去，他见了幼主，自然有方略出来。"袁紫烟喜道："他是我的母舅，我时常对沙夫人说的，必投此处方妥，不意你们同心。"因此一行人，泛舟竟往濮州进发。

却说杨义臣自大业七年被谗纳还印绶，犹恐祸临及己，遂变姓名，隐于濮州雷夏泽中，日与渔樵往来。其日惊传宇文化及在江都弑帝乱宫，不胜愤恨道："化及庸暗匹夫，乃敢猖獗如此！可惜其弟士及向与我交甚厚，将来天下合兵共讨，吾安忍见其罹此灭族之祸？速使一计，叫他全身避害。"即遣家人杨芳，赍一瓦罐，亲笔封记，径投黎阳来，送与士及。

士及接见杨芳，大喜道："我正朝夕在这里想，太仆公今在何处？不意汝忽到来。"随引进书斋，退去左右，问道："太仆公现居何处？近来作何事业？"杨芳答道："敝主自从被谗放斥，变改姓名，在濮州雷夏泽中，渔樵为乐。"士及道："可有书否？"杨芳道："书启敝主实未有付，止有亲笔封记一物为信。"士及忙开视之，见其中止有两枣并一糖龟。士及看了，不解其意，便吩咐手下引杨芳到外厢去用饭，自己反复推详。

忽画屏后转出一个美人来，乃是士及亲妹，名曰淑姬，年方一十七岁，尚未适人，不特姿容绝世，更兼颖悟过人；见士及沉吟不语，便问士及道："请问哥哥，这是何人所送，如此踌躇？"士及道："此我旧友隋太仆杨义臣所送。他深通兵法，善晓天文，因削去兵权，弃官归隐。今日令人送来一罐，封记甚密，内中止有此二物，这个哑迷，实难解详。"淑姬看一回，便道："有何难解？不过劝兄早早归唐，庶脱弑逆之祸。"士及大喜道："我妹真聪明善慧！但我亦不便写书，也得几件物事答他，使他晓得我的主意才好。"淑姬道："但不知哥哥主意可定，若主意定了，有何难回？"士及道："化及所为如此，我立见其败；若不早计，噬脐无及。"淑姬道："既是哥哥主意定了，愚妹到里边去取几件东西出来，付来人带去便了。"淑姬进去了一回，只见他手里捧着一个漆盒子出来。士及揭开一看，却是一只小儿顽的纸鹅儿，颈上系着一个小小鱼罾，上边竖着一个算命先生的招牌，扎得端端正正，放在里头。士及看了奇怪道："这是什么缘故？"淑姬附士及耳上，说了几句。士及道妙，将漆盒封固，即付与杨芳收回去了。

次日，士及进见化及，说："秦王世民领兵会合征伐，臣意欲带领一二家僮，假妆避兵，前去探听虚实，数日便还。"化及应允。士及便叫妻孥与淑姬扮作男妆，收拾细软，出离了黎阳，直奔长安。时恭帝已禅位于唐，唐帝即位，改元武德。士及将妹进与唐帝为昭仪，唐帝封士及为上仪同管三司军事。

却说杨义臣家人赍了士及的漆盒儿，回到濮州家中，见了家主，奉上盒儿。义臣去封，揭开一看，喜道："我友得其所矣！"杨芳问道："老爷，这是他什么意思？"义臣道："他没有什么意思，他说吾谨遵命矣！"因问道："彼在黎阳，作何举动？先帝枝叶，可有一二个得免其祸？在朝诸臣，可有几个尽节的？"杨芳道："萧后已经失节。夫人嫔妃，逃走了好些；只有朱贵儿、袁宝儿骂贼而死；翠华院花夫人、影纹院谢夫人、仁智院姜夫人，俱自缢而死。化及见景明院梁夫人姿容艳冶，意欲留幸，夫人大声骂詈，化及犹以好言相慰，夫人骂不绝口，遂被杀死。袁家小姐不知去向，访问不出。帝室宗支，戮灭殆尽。只有秦王浩与智及亲密，勉强尊他为帝，不意前日又被化及鸩酒药死。说还有个幼子赵王杲逃出，使人四下里缉访。"

杨义臣听见，拍案垂泪道："狂贼乃敢惨毒如此！在廷诸臣或者多贪位怕死的，在外藩镇大臣难道没个忠臣义士，讨此逆贼的？"痛哭了一场。是夜，心上忧闷，点上一枝画烛，在书房里一头看书，一头浩叹。至二更时分，觉得神思困倦；上床去却又睡不着，但见庭中月光如昼，恍惚中不觉此身已出户外。足未站定，只见一人纱帽红袍，仓皇而来。杨义臣把他仔细一看，乃是给事郎许善心。义臣忙问道："许公何来？"那人道："将军恰好在外，速上前来接驾。"此时杨义臣只道炀帝未死，忙趋上前去。只见炀帝软翅幅巾，身上穿一件暗龙衮袍，项上一块白绢裹住；两个宫人面上许多血痕，扶着炀帝。义臣慌忙俯伏下拜。只见炀帝把双手掩在脸上，听见一个宫人口里说道："老将军，陛下嘱咐你，小主母子到来，烦将军善为保护。只此一言，将军平身。"杨义臣正要问小主在于何处，抬起头来，寂无所见。一觉醒来，但见月色西沉，鸡声报晓，时东方将已发白。杨义臣心上以为奇事，起身下床，携着拄杖，叫小童开了大门出来，在场上东张西望，毫无影响。

只听见水中咿哑之声，一船摇进港来。义臣同小童躲在树底下，见来船到了门首，舟子将船系住，船里钻出一人，跳上岸来站定，四下里探望。此时天色尚早，人家尚未起身，杨义臣忍不住上前问道："朋友，你是那里来的？寻那一家？"那人忙上前举手道："在下是江都被难来的。"一头说，只顾将义臣上下相认。杨义臣亦把那人定睛一看，便道："足下莫非姓王？"那人把双眼重新一擦，执着杨义臣的手，低低说道："老先生可是杨？"杨义臣见说，忙执了那人的手，到门首去问道："足下可是巡河王大夫？"那人道："卑末就是远臣王义。"杨义臣听见，忙要邀进堂中去。王义附杨义臣的耳说道："且慢，有小主并夫人在舟中。"杨义臣听见，忙说道："天将曙矣，快请小主上岸来。"杨义臣叫小童开了正门，自己进去穿了巾服出来，站在门首一边，看一行人走来。王义在旁指示说道，那个是某人，那个是某人。

正说时，只见袁紫烟男人打扮，跨进门来，见了杨义臣，忙叫道："母舅，外甥女来了！"说了，双眼垂泪，要拜将下去。杨义臣把双手扶住一认，说道："原来是袁家甥女，我前日叫人来访问，打听不出，如今也来了。好，且慢行礼，同到里头去，替赵王并夫人们换了妆出来。"原来杨义臣原配罗夫人，亡过已久，只有一个如夫人王氏，生一子年才五岁,名唤馨儿。时王氏出来接了进去。杨义臣与王义站在草堂中,王义将出苑入城,备细说明。伺候赵王出来。赵王年虽九岁,识解过人。沙夫人携着他的手,众夫人随在后边,走将出来。

杨义臣见赵王换了男妆,看他方面大耳,眉目秀爽,俨然是个金枝玉叶的太子,不胜起敬。叫童子铺下毡条,将一椅放在上边,要行君臣之礼。赵王扯着沙夫人的手说道:“母亲,这是什么时候,老先生欲行此礼?若以此礼相待,殊失我母子来意。”立定了不肯上去。袁贵人说:“母舅,赵王年幼,不须如此,请母舅常礼见了罢。”杨义臣道:“既如此说,不敢相强。请归毡了,老臣好行礼。”赵王道:“还须见过母亲,然后是我。”沙夫人道:“若论体统,自然先该是你。”赵王道:“母亲,此际在草莽中,论甚体统?况孤若非先帝托嗣母亲,赖母亲护持,不然亦与蜀王秀、齐王暕等共作泉下幽魂矣!”杨义臣见小主议论凿凿,深悉大义,不胜骇异。

袁紫烟与薛冶儿忙扯沙夫人上前,将赵王即立在沙夫人肩下,杨义臣拜将下去。沙夫人垂泪答拜道:“隋氏一线,惟望老先生保全,使在天之灵,亦知所感。”杨义臣答道:“老臣敢不竭忠。”拜了四拜起来,即向四位夫人与薛冶儿见了。姜亭亭不敢僭,袁紫烟再三推让。杨义臣向王义道:“袁贵人是舍甥女,在这里岂有僭尊夫人之理?小主若无大夫与尊阃,焉能使我们君臣会合;况将来还有许多事,要大夫竭忠尽力的去做,老夫专诚有一拜。”袁紫烟如飞扯姜亭亭到王义肩下去,一同拜了,然后袁紫烟走到下首,去拜了杨义臣四拜。杨义臣叫手下摆四席酒。杨义臣道:“本该请众夫人进内款待,然山野荒僻,疏食村醪,殊不成体;况有片言相告,只算草庐中胡乱坐坐,好大家商酌。”

于是沙夫人与赵王一席,秦、狄、夏、李四位夫人,薛冶儿、姜亭亭、袁紫烟坐了两席,王义与杨义臣一席。酒过三巡,王义对杨义臣道:“老将军这样高年,喜起身得早,即便撞见,免使我们向人访问。”杨义臣答道:“这不是老夫要起早,因先帝自来报信,故此茫茫的走出门来物色。”赵王道:“先皇如何报信?”杨义臣将夜来梦境,备细说将出来,众夫人等俱掩面涕泣。

杨义臣对赵王说道:“老臣自被斥退,山野村夫,不敢与户外一事;不意先帝冥冥中,犹以殿下见托。承殿下与夫人等赐顾草庐,信臣付托,不使臣负先帝与殿下也。但此地草舍茅庐,墙卑室浅,甚非潜龙之地,一有疏虞,将何解救?此地只好逗留三四日,多则恐有变矣!”沙夫人便道:“只是如今投到何处去好?”杨义臣道:“所在尽有。李密与他父亲也是隋臣,今拥兵二三十万,屯扎金墉城;东都越王侗令左仆射王世充,将兵数万,拒守洛仓;西京李渊,已立皇孙代王侑为帝,大兴征伐;这多不过是假借其名一时,成则去名而自立,败则同为灭亡,总难始终。老臣再四踌躇,只有两个所在可以去得:一个幽州总管,是姓罗名艺,年纪虽有,老诚练达,忠勇素著。先帝托他坐镇幽州,手下强兵勇将甚多,四方盗贼不敢小觑近他。若殿下与夫人们去,是必款待,或可自成一家。无奈窦建德这贼子,势甚猖獗,梗住去路,然虽去亦属吉凶相半。若要安稳立身,惟义臣公主之处。他虽是远方异国,那启民可汗,还算诚朴忠厚,比不得我中国之人,心地奸险。况臣又晓得他宗室衰微,惟彼一支强霸无嗣,前日曾同公主朝觐远来，先帝曾与亲厚一番；况王大夫又与他邻邦，到彼调护，殿下若肯去，公主必然优礼相待，永安无虞。只此一方，可以保全，余则老臣所不敢与闻矣。”赵王与众夫人点头称善。

沙夫人道：“老将军金石之论，足见忠贞；但水远山遥，不知怎样个去法？”杨义臣道：“若殿下主意定了，臣觑便自有计较；但只好殿下与沙夫人并王大夫与尊阃，闻得薛贵嫔弓马熟娴，亦可去得；至四位夫人及舍甥女，恐有未便。”四位夫人听见，俱泪下道：“妾等姊妹五人，誓愿同生同死，还求老将军大力周全。”杨义臣道：“不妨。请问四位夫人，果然肯念先帝之恩，甘心守节，还是待时审势，以毕余生？”秦夫人道：“老将军说甚话来？莫认我姊妹四人是个庸愚妇人，试问老将军肯屈身从贼否？若老将军吝计不容，滔滔巨浪，妾等姊妹当问诸水滨，而投三闾大夫矣，有何难处？”杨义臣道：“不是老臣吝计，此刻何难一诺；但恐日远月长，难过日子。”狄夫人道：“老将军莫谓忠臣义士，尽属男子，认定巾帼中多是随波逐浪之人。不必远求，即今闻朱贵儿、袁宝儿与梁夫人等明义骂贼，相继尽难，隋廷君臣良足称羞；况我们繁华好景，蒙先帝深恩，已曾尝过。老将军还虑我们有他念，若不明心迹，何以见志？”忙向裙带上取出佩刀来，向花容上左右乱划，秦、李、夏三位夫人见狄夫人如此，亦各在腰间取出佩刀来动手。慌得沙夫人、姜亭亭、薛冶儿、袁紫烟，忙上前一个个拿住时，花容上早已两道刀痕，血流满脸。杨义臣忙出位向上拜下去道：“这是老臣失言失敬，不枉先帝钟情一世矣。请四位夫人还宜自爱。”赵王亦如飞出位，扯了杨义臣起来坐了。

杨义臣向四位夫人说道：“此间去一二里，有个断崖村，村上不过数十家，尽皆朴实小民。有个女贞庵，一个老尼，即高开道之母，是沧州人，少年时夫亡守节。那老尼见识不凡，慧眼知人，晓得其子作贼，必败无成，故迁到南来，觅此庵以终余年，是个车马罕见、人迹不到之处。若四位夫人在内焚修，可保半生安享。至于日用盘费，老臣在一日，周全一日，无烦四位夫人费心。”四位夫人齐声道：“有此善地，苟延残喘足矣！但不知何日可去？”王义道：“须拣一个吉日。差人先去通知了，然后好动身。”夏夫人道：“人事如此，拣甚吉日？求老将军作速去通知为妙。”

杨义臣叫童子取历日过来看，恰好明日就是好日。大众用完了饭，众夫人与赵王进内去了。叫家童取出两匹骡儿来，吩咐家中，把门关好，唤小童跟着，自同王义骑上骡儿，至断崖村女贞庵，与老尼说知了来意。老尼素知杨义臣是忠臣义士，又是庵中斋主，满口应承，即同回来。王义对妻子说了庵中房屋洁净，景致清幽，四位夫人亦各欢喜。袁紫烟对杨义臣说道：“母舅，甥女亦与他们出了家罢，住在此无益于世。”义臣道：“你且住着，我尚有商量。”紫烟默然而退。

过了一宵，明日五鼓，杨义臣请秦、狄、夏、李四位夫人下船，沙夫人与赵王、薛冶儿、姜亭亭说道：“这一分散，而不知何日再会。或者天可怜见，还到中原来。后日好认得所在，便于寻访，必要送去。”杨义臣见说到情理上，不好坚阻，只得让他们送去，自己与袁紫烟、王义夫妇，亦各下船，送到庵中，老尼接了进去。他手下还有两个徒弟，一个叫贞定，一个叫贞静，年俱十四五之间。老尼向众夫人等叙礼过，各各问了姓氏，叫小尼陪到各处礼佛随喜。杨义臣将银二十两，送与老尼。老尼对杨义臣道：“令甥女非是静修之时，后边还有奇逢。”杨义臣道：“正是，我也不叫他住在此，今日奉陪夫人们来走走。”老尼留众人用了素斋。到晚，沙夫人、薛冶儿、姜亭亭与四位夫人痛哭而别，赵王与沙夫人等归到杨义臣家中。义臣差杨芳打听，有登莱海船到来，即送赵王与沙夫人、薛冶儿、王义夫妇上船，到义成公主那边去了。正是：

人世遭逢多苦事，不过生离死别时。

第四十九回　舟中歌词句敌国暂许君臣　马上缔姻缘吴越反成秦晋

词曰：

何自苦奔求，曲尽忠谋？一轮明月泛扁舟，报道知心相遇好，约法难留。马上起戈矛，两意情酬，冤家路窄变成愁。记取山盟与海誓，心上眉头。

调寄《浪淘沙》

凡人的遇合，自有定数，往往仇雠后成知己爱敬，齐桓公之于管仲是也；亦有敌国反成姻戚，晋文公之于秦穆公是也。总是天生一种非常之人，必有一时意外会合，使人不可以成败盛衰，逆料得出；况乎赤绳相系，月下老定不虚牵，即使几千万里，亦必圆融撮合。

如今且不说王义领着赵王，到义成公主那边去。且说窦建德在河北始称长乐王，因差祭酒凌敬，说河间郡丞王琮举城来降，建德封琮为河间郡刺史。河北郡县闻知，咸来归附。是年冬，有一大鸟止于乐寿，数万小禽随之，经日方去，时人以为凤来祥瑞。又有宗城人张亨采樵得一玄圭，潜入乐寿，献于建德。因此建德即位于乐寿，改元为五凤元年，国号大夏，立曹氏为皇后。先是窦建德发妻秦氏，止生一女，即是线娘。秦氏亡过已久。起兵时曹旦领众来归，建德知其有女，年过标梅，尚未适人，娶为继室。建德见曹氏端庄沉静，言笑不苟，犹相敬爱，军旅之事，无不与之谋画，可称闺中良佐。又封其女线娘为勇安公主，他惯使一口方天戟，神出鬼没，又练就一手金丸弹，百发百中。时年已十九，长得苗条一个身材，姿容秀美，胆略过人。建德常欲与他择婿，他自然必要如自己之材貌武艺者，方许允从。建德每出师，叫他领一军为后队，又训练女兵三百余名，环侍左右。他比父亲更加纪律精明，号令严肃，又能抚恤士卒，所以将士尽敬服他。建德随封杨政道为勋国公，齐善行为仆射，宋正木为纳言，凌敬为祭酒，刘黑闼、高雅贤为总管，孙安祖为领军将军，曹旦为护军将军；其余各加官爵。

时建德统兵万余，方攻李密，闻知宇文化及弑主称尊，僭号为帝，愤怒欲讨之。祭酒凌敬道："叛臣化及，罪果当讨；但他拥兵几十万，恐难轻觑，须得一员足智多谋的大将方可克敌，臣荐一人以辅主公。"建德问："是谁？凌敬道："那人胸藏韬略，腹隐机谋，在隋为太仆，后被佞臣谮黜，退隐田野，实有将相之才；乃淮东人，姓杨名义臣。"建德听说大喜道："汝若不言，几乎忘了此人。孤昔与之相持数阵，已知其为栋梁。看他用兵，天下少有及者。汝速与孤以礼聘之。"凌敬欣然领命，辞别建德而去。

不一日到了濮州，先投客店安歇，向邻近访问义臣。士人答道："此去离城数里，雷夏泽中，有一老翁，自言姓张，人只呼为张公，今在泽畔钓鱼为乐。有人说他本来姓杨。”凌敬即烦土人，呼舟引路，来到雷夏泽中。果然山不在高而秀，水不在深而清，松柏交翠，猿鹤相随。岸上有数椽瓦屋，树影垂阴，堤畔一大船舫，碧流映带。那土人站起来指道：“前面瓦房，就是张公住的。船舫边小船上坐的老儿，想就是他。”凌敬也站起身来遥望，见一人苍头鹤发，器宇轩昂，倚着船舷，衔杯自饮，船头上坐着三四个村童，在那里齐唱村歌。凌敬叫舟子远远的系了船儿，自己上了岸来，隐在树丛中。只听见那几个村童唱完了，便道：“张太公，你昨日独自个唱的曲儿，甚好听，今日何不也唱一只消遣消遣？”那老者闭着醉眼道：“你们要听我的歌，须不要则声，坐着听我唱来。”却是一只《醉三醒》的曲儿，唱道：

> 叹釜底鱼龙真混，笑圈中豕鹿空奔。区区泛月烟波趁，谩持竿，下钓纶。试问溪风山雨何时定，只落得醉读《离骚》吊楚魂。

凌敬听了叹道：“此真慨世隐者之歌，义臣无疑矣！”忙下船，叫舟子摇近来，吓得那三四个村童，跑上岸去了。

凌敬跨上船来，举手向杨义臣道：“故人别来无恙？”义臣举眼，见一布袍葛巾的儒者来前，问道：“汝是何人？”凌敬道：“凌敬自别太仆许久，不想太仆须鬓已苍，忆昔相从，多蒙教诲，至今感德。此刻相逢，何异拨云睹日。”义臣见说，便道：“原来是子肃兄，许久不见，今日缘何得暇一会，快请到舍下去。”遂携凌敬的手登岸，叫小童撑船到船舫里去，自同凌敬到草堂中来，叙礼坐定。杨义臣问道：“不知吾兄今归何处？”凌敬道：“自别之后，身无所托，因见窦建德有容人之量，以此归附于夏，官封祭酒之职。因想兄台，故来相访。”义臣便设席相待。

酒过数巡，凌敬叫从人取金帛，列于义臣面前。义臣惊道：“此物何来？”凌敬道：“此是夏主久慕公才，特令敬将此礼物献公。”义臣道：“窦建德曾与我为仇雠，今彼以货取我，必有缘故。”凌敬道：“目今主上被弑，群英并起，各杀郡守以应诸侯，欲为百姓除害，以安天下。凡怀一才一艺者，尚欲效力，太仆抱经济之略，负孙吴之才，乃栖身蓬蒿，空老林泉，与草木为休戚，诚为可惜。今夏主仗义行仁，改称帝号，四方响应，久知太仆具栋梁之材，特来迎聘，救民于水火之中，致君于尧舜之盛，万勿见却，有虚夏主悬望。”义臣道：“忠臣不事二君，烈女不更二夫。我为隋臣，不能匡救君恶，致被逆贼所弑；不能报仇，而事别主，何面目立于世乎？”凌敬道：“太仆之言谬矣！今天下英雄，各自立国，隋之国祚已灭绝矣，何不熟思之？若欲报二帝之仇，不若归附夏主，借其兵势，往诛叛逆，岂不称太仆之心，完太仆之愿乎？”杨义臣被凌敬几句话打动了心事，便道：“细思兄言，似亦有理。闻得建德能屈节下士，又无篡逆之名；但要允吾三事，即往从之，不然决不敢领命。”凌敬问：“何三事？”义臣道：“一不称臣于夏；二不愿显我姓；三则擒获化及、报了二帝之仇，即当放我归还田里。”凌敬道：“只这三事，夏主有何不从。”义臣见说，即叫人收了礼物，凌敬即便告别。

义臣嘱道：“此去曹濮山，有强寇范愿，极其骁勇，领盗数千，远靠泰山，以为巢穴，逢州抢夺客货。现今山寨绝粮，四下剽掠。兄若收得范愿，回国助振军旅，足能灭许。”

杨义臣向凌敬附耳数语。凌敬点首，辞别下船。

时窦建德朝夕训练军马，欲征讨化及。忽报唐秦王差纳言刘文静，赍书约会兵征讨化及。建德看罢书，书中止不过约兵同至黎阳，合剿化及，便对文静道："此贼吾已有心讨之久矣，正欲动兵。烦纳言回报秦王，不必远劳龙体，只消遣一副将，领兵前来，与孤同诛逆贼，以谢天下。"文静道："臣奉使时，秦王兵已离长安矣。"文静辞归。

建德进宫，勇安公主问道："唐使来何事？"建德道："秦王有书约来，同会兵征剿化及。吾与众臣计议，约他即日起兵。"勇安公主道："依女儿的愚见，父皇未可即行。今北方总管罗艺，新附于唐，截我后路；魏刁儿又拥兵数万，据守深泽县中，自称魏帝，劫掠冀定等处；数年来与他相待虽好，尚难靠托，莫若乘其不备，袭而击之，除却后患。候凌敬回来，然后举事，此为万全之策。"曹后亦深赞线娘之言为是。建德道："吾自有计较，你们不必多言。"

即日建德调精兵十余万，刘黑闼为征南大将军，高雅贤为先锋，曹旦与建德为中军，勇安公主为合后，孙安祖等与曹后留守乐寿。又选歌舞女乐十二人，差人送献魏刁儿，令其北拒罗艺，东防夷狄；许他诛灭化及后，将隋宫嫔妃宝物相饷。刁儿大喜，受之，信建德有寄托之心，昼夜溺于酒色，坦然无疑。何知建德统领精兵，掩旗息鼓，夜行昼伏，直奔深泽，把兵围守城池。刁儿尚在醉梦中，被河间使王琮旧部将关寿，怪刁儿傲慢无礼，不肯重用，便杀刁儿，献城投降。建德以为居其土而献其地，是不义之人，意欲斩寿；王琮再三谏止，使关寿仍旧居王琮部下。刁儿将士各授官职，所掳子女，悉令放还，金帛尽赐将士。远近闻知夏主有不杀之心，人民悦服，易定等州，尽来归附。建德兼并三军，声势大振，遂杀向冀州而来。冀州刺史麹稜，果敢有志，始亦百计设法防守，后因力竭城破而降夏，建德封稜为内史，移兵进攻罗艺。

却说罗艺，原是一员宿将，年过花甲，精神倍加，与老夫人秦氏齐眉共手。他手下有精兵一二万，被隋主旨意下来，东调西拨，提散了万余，只存六七千人马。亏得其子罗成，年少英雄，有万夫不当之勇，其父授的一条罗家枪，使得出神入化。父母要替他定姻，罗成以为终身大事，虽系父母主之，还须我自拣择，因此蹉跎下来。时罗成听见哨马来报，建德统大兵到来，便对父亲道："窦建德不知利害，统重兵来侵我境。儿意欲乘其未立营寨时，待儿领二千人马迎上去，先杀他一阵，挫了他些锐气，或者知我们利害，退军回去，也未可知。"罗老将军道："汝年少恃着血气之勇，要想轻举妄动，甚非他日为将之道。我自有计退他。"齐集众将，差标下左营总帅张公谨，领精兵一千，埋伏城外高山之左，听城中子母炮起杀出，敌住建德前军；差右营总帅史大奈，领精兵一千，埋伏城外高山之右，听城中子母炮起杀出，敌住建德中军；差儿子罗成，叫他领精兵一千，离城三十里，独龙岗下埋伏，看建德败下去，冲杀其后队，截其辎重；自己同薛万彻、薛万均二将，在城中守护。二将同罗成各自受计，领兵出城去了。

却说窦建德统大兵，直抵州城。先锋刘黑闼安了营寨，见城中坚闭城门，不肯出战，只得在城外辱骂。后建德大兵继至。求战不得，便设云梯，上城攻打。不期城上火炮火箭齐发，云梯被烧，只得退下。建德又安排数百辆冲车，鼓噪而进，城内令铁锁铁锤，贯串绕城飞打，冲车皆折。百般计较，城不能破。相持了数日，士卒懈惰。

一夜三更时分，罗艺密传将令，吩咐薛万彻、薛万均兄弟二人，传令三军，饱食战饭毕，人各衔枚，杀出城，来到夏寨。夏兵正在熟睡时，只听得一声炮响，金鼓大振，如山崩海沸一般。此时窦建德在睡梦中惊觉，忙披甲上马。亲随邓文信慌忙随后，逢薛万彻杀入中军，把文信一刀斩于门旗下。窦建德如飞敌住薛万彻，高雅贤敌住薛万均，刘黑闼敌住罗艺。六人正在酣战之时，只听见子母炮三声，山左山右，伏兵齐起。建德知是中计，如飞弃营，退回二三十里。

众军士喘息未定，忽听得山岗下一声锣响，一员少年勇将冲将出来。先锋高雅贤欺他年少，把大刀直砍进去，被罗成把枪一逼，早在高雅贤左腿上中了一枪。高雅贤负痛，几乎跌下马来，亏得刘黑闼接住，战了十来合，当不起罗成这条枪如游龙取水，直搠进来。建德看见，恐防有失，前来助战。罗成愈觉精神倍加，向刘黑闼脸上虚照一枪，大喝一声，斜刺里把枪忙点到窦建德当胸来。建德一惊，即便败将下去。

直杀到天明，只见末后一队女兵，排住阵脚，中间一员女将，头上盘龙裹额，顶上翠凤衔珠，身穿锦绣白绫战袍，手持方天画戟，坐下青骢马。罗成看见，忙收住枪问道："你是何人？"线娘道："你是何人，敢来问我？"罗成道："你不见我旗上边的字么？"线娘望去，只见宝纛上，中间绣着一个大"罗"字，旁边绣着两行小字："世代名家将，神枪天下闻。"线娘道："莫非罗总管之子么？"罗成看他绣旗上，中间绣着一个"夏"字，旁边两行小字："结阵兰闺停绣，催妆莲账谈兵。"罗成心下转道："我闻得窦建德之女，甚是勇猛了得，莫非是他？可惜一个不事脂粉的好女子，不舍得去杀他。待我羞辱他两句，使他退去也罢了。"因对线娘道："我想你的父亲，也是一个草泽英雄，难道手下再无敢死之将，却叫女儿出来献丑？"线娘便道："我也在这里想，你家父亲也是一员宿将，难道城中再无敢死之士，却赶小犬出来咬人？"惹得众女兵狂笑起来。

罗成大怒，一条枪直杀上前。线娘手中方天戟招架相还，两个对上二十合，不分胜负。罗成见线娘这枝方天戟使得神山鬼没、点水不漏，心中想道："可惜好个有本领的女子，落在草莽中。我且卖个破绽，射他一箭，吓他一吓，看他如何抵对。"罗成把枪虚幌一幌，败将下去，线娘如飞赶来，只听得弓弦一响，线娘眼快，忙将左手一举，一箭早绰在手里，却是一枝没镞箭，羽旁有"小将罗成"四字。线娘把箭放在箭壶里，蹙着眉头叹道："罗郎，你好用心也！"亦把方天戟搁住鞍鞒，在锦囊内取出一丸金弹来，见罗成笑嘻嘻兜转马头跑来，线娘扯满了弹弓。罗成只道是回射一箭，不提防一弹飞去，早着在擎枪的右手上，几乎一枝枪落在地上。罗成叫手下拾起来一看，却是一个眼大的金丸，上面凿成"线娘"两字。罗成道："这冤家竟有些本领，我若得他同为夫妇，一生之愿足矣！"喜孜孜的，在马上相着线娘，越看越觉可爱。线娘亦在马上，看罗成人材出众，风流旖旎，心上亦欣喜道："惭愧，今日逢着此儿，我窦线娘若嫁得这样一个郎君，亦不虚此生矣！"两下里四只眼睛，在马上不言不语，你看我，我看你，足有一两个时辰。

夏军中那些女兵，觉道两个出神的光景，不好意思，笑道："这位小将军，岂不作怪，战又不战，退又不退，为甚么把我们黄花公主端详细认，想是看真切了，回去要画一个图样儿供养着么？"罗成笑道："我看你家公主的芳年，可是十九岁了？"线娘低着头儿不答。一个快嘴的女兵答道:“一屁就弹着。”引得线娘也笑将起来,低低的问道:“郎君青春几何?”罗成答道:“叨长二春。”线娘又问道:“椿萱并茂否?”罗成答道:“家慈五十九,家严六十一。请问公主良缘何氏,曾于归否?”线娘羞涩涩的,低着头下去不开口。又是那个女兵说道:“我家公主,实未有人家,有愿在先。”正要说出来,线娘把双眉一竖,那女兵就不敢开口。

罗家小卒道:“既是你家公主,与我家小将一般未有定婚,何不说来,合成一家,省得大家准日厮杀?”罗成把马纵前几步道:“公主若不弃嫌,当倩冰人向尊处聘求,何如?”线娘道:“婚姻大事,非儿女军旅之间,可以妄谈。郎君若肯俯从,妾当守身以待,但恐郎君此心不坚耳!”罗成道:“皇天在上,若我罗成不与窦氏——”忙问:“请问公主尊字?”线娘道:“金丸上你没有见么?”罗成又重新说道:“我罗成此生不与窦氏线娘为夫妇者,死无葬身之地。”誓毕,线娘见罗成说誓真切,不觉泫然泪下道:“郎君既以真心向妾,妾亦生死以真心候君。但若尊翁处倩人来求婚,父皇断断不从。”罗成道:“若如此,我向何处求人来说?”线娘想一想道:“郎君认得隋太仆杨义臣乎?”罗成道:“杨太仆是吾父之好友。”线娘道:“此人是父皇所敬畏者。待我们去灭许后归来,郎君去求他执柯,断无不妥。”

正说完,只见后面尘扬沙起。女兵说道:“我家有人来了。”线娘拭泪道:“言尽于此,郎君请转罢。”大家兜转马头,未远一箭之地,线娘又撇转头来一望,只见罗成又纵马前来。线娘只得又兜转马头问道:“郎君既去,为何又来?”罗成道:“虽承公主真心见许,还须付我一件信物,以便日后相逢记验。”线娘道:“不必他求,君家一矢,妾当谨藏;妾之金丸,君当藏好,便可验矣。”罗成只顾把马近前,犹依依不舍。线娘道:“罗郎你去罢,妾不能顾你了。”以手掩面,别转马头而去,随戒女兵,不许漏泄风声。行不多几步,原来窦建德因线娘不回,放心不下,又差曹旦领兵来接应,大家合兵一处回去了。罗成也望见前面有兵马到来,只得长叹一声,奔回冀州。正是:

相思相见知何日,此时此际难为情。

第五十回　借寇兵义臣灭叛臣　设宫宴曹后辱萧后

词曰：

时危豺虎势纵横，福兮祸所因。惟有功成志遂，甘心退守渔纶。
前宵欢爱，今日魂飞，泪滴金樽。堪叹煮豆燃萁，同侪嘲笑伤心。

调寄《朝中措》

祸福盛衰，如同一梦。往往有人梦平常落寞之境，还认得自己本来面目是在梦中；及梦到得意荣显之境，不但本来面目尽忘，连自己的性灵智巧，多换做贪残狠毒的心肠。直到蹇驴一鸣，荒鸡三号，方才知觉。多少英雄好汉，无有不坐此病。

如今再说夏主窦建德，见线娘回来，只道他杀败了罗成，心中甚喜。检点兵马，不觉伤了大半，只得暂回乐寿，整顿兵甲，再议征伐。曹后接见了夏主与线娘，问起行兵之事，勇安公主备细述了一遍。建德道："胜败何足定论；然前日之败，原因孤欺敌之故，以致丧师。但可惜邓文信忠义之臣，死于非命，若早依了曹旦、文信之言，决无此失。"曹后问道："他两人怎样说法？"线娘答道："前日兵围罗艺州城之时，母舅密告父皇道：'大军久驻城下，恐敌军窥见我军懒怠，黑夜开城劫寨，一时无备，定遭毒手，宜多防之。'邓文信也谏道：'战胜而将骄卒惰者必败。今士卒久已懈惰，况兼罗艺善能用兵，虽被我们围困在城，城中将士，皆精锐劲敌，勿以旦言为非。'父皇总谏不听。"曹后道："陛下尝能以弱制强，稍得一胜，便起骄矜之意，以致三军损折，不以为戒，妾等无所托矣！"夏主道："御妻之言甚善，今后孤当谨之。"曹后道："据妾之见，陛下当下诏罪己，去尊号，减御膳，素袍白马，与死者发丧，周给其家属，赏功罚罪，以安众心，蓄养锐气，再进兵伐许。如此激励将士，无不胜矣。"夏主从之。次日赏功罚罪，殁于王事者设肴亲祭，死者家属赏赐存问。远近闻之，无不叹服。

忽报凌敬还朝，夏主喜道："子肃回来，吾事济矣。"遂御殿召敬入问之："卿远路风尘，不知招贤之事如何？"凌敬道："臣奉主公严命，访见杨义臣，述主公之意。他始则再三拒却不从，被臣说先帝惨弑，将军宜志在报仇，他即慨然应允；但要主公从他三事。"夏主问："何三事？"凌敬一一说出。夏主道："若从孤征伐，即孤之臣也，果能尽心助孤讨贼，何所不容？"凌敬道："臣别义臣时，更有密嘱，叫主公去赚此人相助，不愁化及不灭。"向建德耳上低言数语。夏主叹道："虽战国孙、吴，亦不过此。"

次日早朝，群臣拜舞已毕，夏主唤刘黑闼道："昨日唐国秦王书来，借粮二千石，供给军储，伐许之后，加利清偿。孤今与唐合兵讨贼，乃兄弟之国，不可不借。汝同凌敬整点大车二百辆，装贮粮米，率领士卒，护送前去，中途交纳，勿使有失。"二人领命起行。凌敬吩咐军士："路上盗贼生发，汝等俱扮作民夫，务须遮护粮草，军装器械随身，小心谨密，违者治罪。”一行人趱护粮车起行，不数日已至曹濮州地界。

且说太行山有贼首范愿，自号飞虎大王，手下有三千喽罗，皆勇敢之夫，在曹濮界上，依山为寨，劫掠客商。两日正虑粮草不敷，忽见喽罗报说，北路上有夏王装载二百辆粮车，助唐军饷，无人护送，取之甚易。范愿以手加额道：“来得却好，我正乏粮。”忙领二千贼众一齐下山，抢劫粮车。

时黄昏在侧，前哨来报道：“粮车插成营垒，民夫尽皆衣服毡衫，并不打更唱号，安眠稳睡。”范愿听说大喜，直奔车营，只见四下寂静，并无一人言语。一声炮响，众车夫扒起，都吓散了。众贼揭去盖车芦席，却是空车，并无粒米在内。范愿知是中计，拨马就走，只听四下里炮声振天，夏兵四五千密层层齐裹围来，把范愿人马困在核心。倏忽间明灯火把，照耀如同白昼，夏阵里闪出一将，明盔亮甲，手持巨斧，喊声如雷，叫道：“范愿草贼，快快下马投降！”范愿道：“你是何人？”刘黑闼道：“吾乃夏国大将刘黑闼便是。”范愿道：“我只道是谁，原来是你。吾想你当初也曾在绿林中做过这个道路儿的，如今何苦替夏家出这样寡力？料想盗寇的，没有倒帖出买路钱来的理。还不快快放我们出去！倘然你日后被人杀败了，仍归旧业，也好见面酬情。”刘黑闼听了大怒道：“强贼敢来触污我！”举起巨斧直砍进来，范愿接住，战了三十余合，不分胜负。

忽见夏阵中一骑飞来，口中喊道：“二位将军，且请住马，吾与汝二人讲和何如？”范愿道：“你又是何人？”凌敬道：“吾乃夏国祭酒凌敬便是。”范愿道：“祭酒如何讲和？”凌敬道：“足下今日如虎陷阱，虽有双翅，亦难飞去，何不弃邪归正，从降夏主，同讨化及，与炀帝报仇，官封极品，受享爵禄，岂不强如在这里为寇？”范愿道：“祭酒之言虽是，但恐夏主未肯相容。”凌敬道：“夏主招贤纳士，忘怨封仇，有何不容？”范愿听了大喜，即弃戈下马投降。贼众二千，亦皆解甲罗拜。范愿欲请二人到山寨里去叙礼，然后领众起行。凌敬道：“刘将军与足下且在寨中歇马，我去雷夏泽中邀请杨太仆来，一同起行。”说了，即别二人，带领从者去了。

却说杨义臣自别凌敬之后，每夜仰观天象，忽见西北上太乙缠于陬宿之间，其星晦暗欲灭，心中大喜，对杨芳道：“化及死期至矣！汝速收拾军器，候凌大夫到来，即去杀贼，与主报仇。”杨芳应诺。次早，忽报凌敬到，义臣接入。凌敬道：“奉夏主之命，特来邀请。太仆所言三事，俱已应允，范愿亦已遵计收降，在山寨奉候。”义臣大喜，即设酒款待，吩咐家人勤事农桑，我去一月之间便回。随同凌敬起身，离了雷夏，到了太行山，早见刘黑闼同范愿一支人马，接入寨中。范愿已知杨义臣用计取他，忙下拜道：“愿本鲁夫，蒙老将军提挈，敢不执鞭，以效犬马之力，同老将军征讨！”义臣道：“足下肯改邪归正，不失老夫企慕之心。但寨中所掳子女，宜赠其路费，释放回家，将来建功立业，何愁不有？”范愿允从。随将女子放回，烧了山寨。同杨义臣等共有六七千人马，离曹州径投乐寿。凌敬安顿杨义臣于驿中，随同刘黑闼、范愿拜见夏主。范愿将宝物献上，以为进见之礼。夏主道：“卿肯来附孤，尽力王事，便是国家之宝了，孤安用此无益之宝？卿还收去，后日颁赐将士。”范愿深敬夏主之贤。

夏主问凌敬道：“义臣曾邀来否？”凌敬道：“现在城外驿中。臣意此人昔年曾与陛下对敌，多不相让，今日若不圣驾出迎，加以隆礼，恐彼犹不自安，焉得尽其才能？”夏主道:“卿所见甚明。”遂备车驾,率领百官出城迎接。到了驿中,义臣下拜。夏主见义臣浓眉白发,鹤氅星冠,是扶宇宙的班头、安邦国的领袖,忙答以半礼。义臣道:“亡国之臣,深感大王来召,安敢受答拜之礼?”夏主道:“孤敬太仆乃忠义之士,故特屈来,共讨弑君之贼。”义臣道:“贼臣化及,臣恨不能立刻诛之,以谢天下。然祭酒代奏之事,事毕之后,望大王仁慈,放臣归隐田里。”夏主道:“孤出语欲取信于天下,安忍食言也?”随同进城,送义臣至公馆,设宴以宾礼待之。君臣议论,直饮至日已沉西,方才回朝进宫。

择吉出师,命刘黑闼为大将军,挂元帅印,范愿为先锋,高雅贤为前军,孙安祖、齐善行为后军,曹旦为参军纳言,裴矩、宋正本为运粮纳言,勇安公主为监军正使;凌敬同孔德绍留守乐寿,与曹后监国;杨义臣从夏主帷幄,画策定计。大兵十万,浩浩荡荡,向魏县杀来。

时秦王世民与淮安王神通,先引兵到魏县。刘文静赍书各国回来,说:“魏公李密领兵来会。王世充无心北伐。夏主建德拜复大王,不必远劳龙体,只消遣一二副将,领兵来同诛逆贼足矣。”秦王道:“正合吾意。昨日父皇有旨意来,说定阳可汗刘武周引兵攻并州,洛阳王世充侵犯伊州,梁萧铣剽掠峡州,三路锋势甚锐,要吾去征讨。卿与淮安王、李靖,齐心并力,同诛化及。”秦王就将兵印交与神通,自己径回长安。

原来李靖当年携张出尘游至太原,访着了张仲坚、徐洪客,投见刘文静。时秦王正开招贤馆,文静引他三人来见秦王。秦王见三人气宇,知非常人,便优礼结纳。洪客见秦王龙颜凤姿,知是当今真主;又见秦王与仲坚手局,仲坚第二局将败,急收拾东南一角,秦王犹欲点睛攻击。仲坚道:“君何并吞若此弹丸一角,犹不让我稍竟其局?”秦王微哂住手。因此洪客对仲坚道:“天下大事已定,兄何必强求?”仲坚等别了秦王,遂把家资赠与出尘一妹,自同洪客飘然往海外扶余国去,别做一番事业了。李靖在秦王幕中,情投意合,故令助夏伐许。把军机大事,托付他与淮安王同事。

却说宇文化及知三路兵来,锋锐难敌,便将府库珍宝金珠缎帛,招募海贼,以拒诸侯之兵。徐懋功探知化及募兵,密使心腹将王簿带领三千人马,暗藏毒药三百余斤,授以密计,假名殷大用,投入化及城中。化及大喜,封为前殿都虞候。淮安王李神通得了秦王兵符将印,进兵攻讨化及,离城四十里下寨。化及探知秦王已去救西北之兵,欺神通等无谋,忙统众出城迎敌。岂知李靖足智多谋,暗出奇兵,伺化及方立寨观阵,令刘宏基斜刺里飞骑来取化及。化及手下大将杜荣、马华两枝画戟,如飞招架隔住,被刘宏基一口刀,左右一并,两戟齐断。杜荣、马华只得将戟杆向宏基马头上乱打,化及疾忙逃回,宏基亦拨马回阵。杜荣掣军士手中枪赶来,李靖搭上箭,望杜荣心窝便射,应弦落马,许兵大败。幸亏长子丞基接应救回。因此化及弃却魏县,连夜同萧后逃奔聊城。

唐兵探知,李靖道:“贼兵虽败走聊城,声势尚大,一时难灭,吾欲观其动静,探其虚实,用奇计然后进兵。”李神通道:“正合吾意。”带领数骑,离营二十里外,放马于高阜之处,遥望气色。李靖道:“化及逆贼,败在旦夕矣。”诸将道:“贼势正炽,何能便败?”李靖道:“聊城上气色已绝,安得不死;但观唐魏二营,亦非得胜之兆,不知此贼死于何人之手?”言未绝,只见正北上一阵杀气横冲斗牛之间,直与天连,风送南来,犹如烟火之状,李靖欣然道:“原来擒获此贼,乃属正北之兵。”时已抵暮,鸦鹊归噪,成群进城投巢。李靖道:“吾得计矣!”遂带马回营,淮安王问李靖:“所得何计?”李靖向神通附耳数句。神通点头称善,密差一将屈突通,带领能捕猎者五百人,各带兵器罗网之属,游行郊外,看聊城内飞出禽鸟,随往捕之,活者照数给赏。屈突通领命而去。

却说夏主请义臣商议破城之策。义臣道:“初临敌境,未知虚实,且命范愿领三千人马,前往挑战,探贼动静,然后定计,可保万全。”夏主从之。义臣即唤范愿领兵迎敌:“但令汝败,不令汝胜。”范愿领命,统兵聊城。化及差长子宇文丞基出战,两人斗了五十余合,范愿诈败,退去二十余里,丞基亦不来追,各自鸣金收军。义臣吩咐黑闼全军,亦退下二十里。惟李靖知杨义臣用诱敌之计,便将屈突通所捕猎的乌鸦、燕雀、鹞鸽等鸟,不计其数,将胡桃李杏之核,打开去仁,俱装艾火于内,用线拴系飞禽之尾,叫军士齐放入聊城。

当日宇文丞基败了范愿,领兵回城,面奏化及,以为夏兵不足忧,儿明日领精兵五万,再与决战,务使北擒建德,西破唐兵。宇文智及道:“三路之兵甚锐,岂可只以一面拒之?”莫若遣诸将分头埋伏,四路接应截杀,可保无虞。”化及称善,便遣大将杨士览、郑善果、司马雄、宁虎受计,埋伏四方。太子丞基为前军,御弟智及为中军,化及自己为后军。分拨已定,俱于聊城六十里外扎营,以号炮为信出兵,留殷大用与丞址守城保驾。各将领计出城,只有化及尚未动身。

是夜正与萧后酣寝宫中,忽报满城发火,化及忙出宫巡视,只见烟冲霄汉,烈焰通天,瞬息之间,被李靖用暗火烧得城内一派通红,仓库粮储,城楼殿宇,惟留赤地。殷大用又假救火为名,叫军士汲存三日之水,命将毒药分投满城井内。化及见军士焦头烂额者,后忽然又上吐下泻,一齐病倒,便放声大哭,以为天谴灾殃,来夺朕命。昼夜惊惶。

夏兵细作报知夏主,义臣知是魏国徐懋功与唐李靖用计,速召范愿领步兵一万,扮作许兵,各存记号,乘夜偷过智及大营二十里外埋伏。又命刘黑闼、曹旦、王琮引兵五万,与智及对敌。又拨精兵二万,义臣亲自劫夺智及营垒。高雅贤、孙安祖、宋正本领兵四万,埋伏中道,以截丞基救应。留兵二万,与裴矩留守大营,勇安公主护驾。分派已定,军士饱食战饭。三声大炮,夏主统兵直逼聊城。唐魏二营探知夏主攻城,也放炮助威,四门攻打。化及催督将士同殷大用出城迎敌。夏主认得化及,更不打话,忙将偃月刀直砍进来。化及挺枪来战。战了二十余合,指望殷大有来接战,岂知大用反退进城,将城门大开。化及因有智及途中伏军,且战且走。只见杨义臣劫了智及大营,纵马前来,向夏主道:“主公,快进城去抚安百姓,收拾国宝国籍,待老臣来斩此贼。”夏主兜转马头,领兵进城去了。

杨义臣挺枪来刺化及,两个战了三四合。勇安公主恐怕义臣有失,忙向锦囊内取出弹丸来,拽满弓看准弹去,正中化及面门。三四个蛮婆手持团牌砍刀,直滚到马前,把化及的马足乱砍。杨义臣加上一枪,化及直撞下马来。义臣叫手下捆了,上了囚车。只见曹旦已斩了杨士览;刘黑闼与诸将,尚与智及三四将一堆儿恋战。杨义臣分开众兵,将化及囚车推出军前,向许兵大声说道:“汝等俱是隋国军民,为逆贼所逼。汝之家属,尽在关中。今逆贼已擒,汝等若欲西归关中,愿归夏者,录官升赏,如若不降,吾尽坑之。”许兵闻言,皆去兵器甲胄而降。智及见兄囚在陷车,心胆已碎,又见众军倒戈弃甲而去,忙欲领数骑,逃入丞基营中,不意孙安祖一骑飞来,一枪正中腰间,直跌下马来。义臣忙喝众军士,将智及钉上枷杻,囚于陷车。麾兵去合剿丞基。

却说夏主统兵来到聊城,见城门大开,一将手提一颗首级,向夏主马前禀道:“臣乃魏公部下,左翊卫大将军徐世勣首将王簿,奉主将之令,改名殷大用,领兵三千,诈为海贼,投入化及城中,化及拜为都虞候之职。前日毒药投井,病倒军士,今日开门迎大王之师。此是化及次子丞址首级,臣谨献上。请大王入内,臣于此辞别矣。”夏主道:“卿有破城之功,且款留数日,待孤犒赏军士,回去未迟。”王簿道:“徐将军号令严肃,不敢贪功邀赏,有误军期。”说了,辞别下去。夏主叹道:“王簿真大丈夫也!只此便知徐世勣之为主帅严明矣!”夏主拥兵入城,到宫中请萧后御正殿,建德行臣礼朝见,立炀帝少主神位,率百官具素服发哀。时勇安公主带领诸将陆续进宫,将化及、智及推到面前。曹旦提了杨士览首级,范愿提了宇文丞基首级,刘黑闼、孙安祖等押绑擒获许将报功。夏主吩咐武士,将化及、智及绑于柱上,以刀剐之,献祭炀帝。又将许将跪对神座,愿降者赦之,不服者杀之。一面收拾国宝图籍,叫手下排宴在龙飞殿庆赏功臣。

时唐魏两家已拔寨起身去了,忙命孙安祖请杨义臣。只见留守大营裴矩差一将来禀:“杨老将军有一禀帖,差官来奉上王爷。”夏主拆开一看,书上说贼臣化及已擒,臣志已完,惟望大王所允前言,仁慈放归田里。后有绝句一首:

挂冠玄武早归休,志乐林泉莫幸求。
独泛扁舟无限景,波涛西接洞庭秋。

夏主看罢道:“义臣去了,孤失股肱矣!”刘黑闼、曹旦欲领兵追赶,夏主道:“孤曾许之,今若去追,是背约也,孤当成其名可耳!”

于是将隋宫珍宝悉分赐功臣将士军卒,将国宝图籍付与勇安公主收藏。因问萧后:“今欲何归?”萧后道:“妾身国破家亡,今日生死荣辱,悉听大王之命。”夏主笑而不言。勇安公主在旁,恐父亦蹈化及之辙,忙接口道:“既如此,何不待孩儿先同娘娘到乐寿,一则可慰母亲悬念,二则大军慢慢里可以起行。”夏主见说喜道:“公主所言,甚是有理。明日先点二万人马同你母舅先回乐寿去便了。”那夜萧后就留公主在寝宫歇了。次日清早,曹旦已点兵伺候。萧后带了韩俊娥、雅娘、罗罗、小喜儿四个得意的宫人,上了宝辇。勇安公主又在宫中选了二三十名精壮的宫人,五六个俊俏的美女,然后起行。正是:

士马峥嵘尘蔽日,军士齐唱凯歌回。

不一日到了乐寿,哨马报知公主回朝。曹后差凌敬出城迎接,凌敬请萧后暂停驿馆。勇安公主同曹旦进城,朝见曹后。公主将隋氏国宝图籍奇珍呈上,又叫带来宫奴美女来叩见。曹后大喜。公主又说："萧后现停驿馆中，请母亲懿旨定夺。"曹后道："此老狐把一个隋家天下断送了。亡国的人，要他来做什么？"凌敬道："主公断不作化及之事。既到这里，娘娘还当以礼待之。主公回来，臣自有所在送他去。"曹旦道："凌大夫说得是。"曹后道："既如此，摆宴宫中，只说我有足疾未愈，不便迎迓，待他进宫来便了。"凌敬见说，便到驿中禀萧后道："国母本当出来迎接娘娘，因足疾未痊，着臣致意，乞鸾舆进城，入宫相会。"

萧后上了鸾辇，念当初炀帝时，许多扈从百官随驾，何等风光？今日人情冷淡，殊觉伤心惨目。不一时已到宫门，勇安公主代曹后出来迎接进宫。只见曹后凤冠龙髻，鹤佩衮裳，相貌堂堂，端庄凝重，毫无一些窈窕轻盈之态，四个宫奴扶着下阶，来接萧后进殿。曹后要请萧后上坐拜见。萧后那里肯，推让再三，只得以宾主之礼拜见了。礼毕，左右就请上席。萧后、曹后、勇安公主齐进龙安宫来，只见丰盛华筵，摆设停当。曹后即举杯对萧后说道："草创茅茨，殊非鸾辇驻跸之地，暂尔屈驾，实为亵尊。"萧后答道："流离琐尾之人，蒙上国提携，已属万幸；又蒙盛款，实为赧颜。"大家坐定。

酒过三巡，曹后问萧后道："东京与西京，那一处好？"萧后答道："西京不过规模宏敞，无甚幽致；东京不但创造得宫室富丽，兼之西苑湖海山林，十六院幽房曲室，四时有无限佳景。"曹后道："闻得赌歌题句，剪彩成花，想娘娘必多佳咏。"萧后道："这是十六院夫人做来呈览，妾与先皇，不过评阅而已。"曹后道："又闻清夜游，马上奏章；演杂剧，月阶试骑，真千古帝王未有如此畅快极乐。"韩俊娥在后代答道："这夜因娘娘有兴，故皇爷选许多御马进苑，以作清夜游，通宵胜会。"曹后问萧后道："他居何职？"萧后指道："他叫韩俊娥，那个叫做雅娘。这两个原是承幸美人，那个叫罗罗，那个叫小喜儿，是从幼在我身边的。"曹后对韩俊娥问道："你们当初共有几个美人？"韩俊娥答道："朱贵儿、袁宝儿、薛冶儿、杳娘、妥娘、贱妾与雅娘，后又增吴绛仙、月宾。"曹后道："杳娘是为拆字死的，朱、袁是骂贼殉难的了，那妥娘呢？"雅娘答道："是宇文智及要逼他，他跳入池中而死。"曹后笑道："那人与朱、袁与妥娘好不痴么！人生一世，草生一秋，何不也像你们两个，随着娘娘，落得快活，何苦枉自轻生？"萧后只道曹后也与己同调的，尚不介意。

勇安公主问道："还有个会舞剑的美人在那里？"韩俊娥答道："就是薛冶儿，他同五位夫人与赵王，先一日逃遁，不知去向。"曹后点头道："这五六个女子，拥戴了一个小主儿，毕竟是个有见识的。"又问萧后道："当初先帝在苑中，闻得虽与十六院夫人绸缪，毕竟夜夜要回宫的，这也可算夫妇之情甚笃。"萧后道："一月之内，原有四五夜住在苑中。"曹后又问："娘娘为了绫锦与皇爷惹气，逼先皇将吴绛仙贬入月观，袁宝儿贬入迷楼，此事可真么？"萧后肚里想道："此是当年宫闱之事，如何得知这般详细？不如且说个谎。"便道："妾御下甚宽，那有此事？"曹后笑道："现有对证的在此，待妾唤他出来，便难讳言了。"吩咐宫奴，唤青琴出来。不一时，一个十五六岁宫女，叩见萧后，跪在台前。萧后仔细一看，是袁紫烟的宫女青琴，忙叫他起来问道："我道你随袁夫人去了，怎么到在这里？"青琴垂泪不言。勇安公主答道："他原是南方人，为我游骑所获，知是隋宫人，做人伶俐，到也可取。"曹后又笑指罗罗道："得他是极守娘娘法度的，皇帝要幸他，他再三推却，赠以佳句，娘娘可还记得么？”萧后道：“妾还记得。”因朗诵云：

个人无赖是横波，黛染隆颅簇小娥。
今日留侬伴成梦，不留侬住意如何？

曹后听了叹道：“词意甚佳，先皇原算是个情种。”

勇安公主道：“到底那个吴绛仙，如今在那里？”韩俊娥答道：“他闻皇爷被难，就同月宾缢死月观之中。”勇安公主又问：“十六院夫人，去了五位，那几位还在么？”雅娘答道：“花夫人、谢夫人、姜夫人是缢死的了。梁夫人与薛夫人，不愿从化及，被害的了。和明院江、迎晖院罗，降阳院贾，乱后也不知去向。如今止剩积珍院樊、明霞院杨、晨光院周这三位夫人、还在聊城宫中。”曹后喟然长叹道：“锦绣江山为几个妮子弄坏了。幸喜死节的殉难的，各各捐生，以报知己，稍可慰先灵于泉壤。”又问萧后道：“这三位夫人，既在聊城，何不陪娘娘也来巡幸巡幸？”韩俊娥答道：“不知他们为什么不肯来。”勇安公主笑道：“既抱琵琶，何妨一弹三唱？”

此时萧后被他母子两个，冷一句，热一句，讥诮得难当，只得老着脸，强辩几句道：“娘娘公主有所不知。妾亦非贪生怕死，因那夜诸逆入宫，变起仓卒，尸首血污遍地，先帝尸横床褥，朱、袁尸倚雕楹，若非妾主持，将沉香雕床，改为棺椁，先殓了先帝，后逐个棺殓，妥放停当，不然这些尸首，必至腐烂，不知作何结局哩！”曹后道：“这也是一朝国母的干系。妾晓得娘娘的主意，不肯学那匹夫匹妇所为，沟渎自经，还冀望存隋祖祀，立后以安先灵，不致殄灭。”萧后见说，便道：“娘娘此言，实获我心。”曹后道：“前此之心是矣；但不知后来贼臣，既立秦王浩为帝，为何不久又鸩弑之？这时娘娘正与贼臣情浓意密，竟不发一言解救，是何缘故？”萧后道：“这时未亡人一命悬于贼手，虽言亦何济于事？”曹后笑道：“未亡人三字，可以免言！为隋氏未亡人乎，为许氏未亡人乎？”说到此地，萧后只有掩面涕泣，连韩俊娥、雅娘也跌脚悲恸。

正在无可如何之际，只见宫人报道：“主公已到，请娘娘接驾。”曹后对萧后道：“本该留娘娘再宽坐谈心，奈主公已到，只得屈娘娘暂在凌大夫宅中安置，明日再着人来奉请。”即叫送萧后上辇，到凌敬宅中去了。未知后事如何，且听下回分解。

第五十一回　真命主南牢身陷　奇女子巧计龙飞

词曰：

何事雄心自逞，无端羑里羁囚。君臣瞥见泪交流，甚日放眉头。
幸遇佳人梦，感群英尽吐良谋。玉鞭骄马赠长游，三叠唱离愁。

调寄《锦堂春》

哲人虽有前知之术，能趋吉避凶，究竟莫逃乎数。当初，郭璞与卜珝皆精通易理。一日，郭璞见珝叹道："吾弗如也，但汝终不免兵厄！"卜珝道："吾年四十一，为卿相，当受祸耳；但子亦未见能令终。"郭璞道："吾祸在江南，素营之，未见免兆。"卜珝道："子勿为公吏可免。"郭璞道："吾不能免公吏，犹子不能免卿相也。"后卜珝为刘聪军将，败死晋阳；而郭璞亦以公吏，为三郭所杀。故知数之既定，不但古帝王不能免，即精于《易》者，亦难免耳。

如今再说夏王窦建德，来到乐寿。曹后接入宫中，拜见了，便道："陛下军旅劳神，喜逆臣已诛，名分已正，从此声名高于唐、魏多矣。但隋皇泰主，尚在东都，未知陛下可曾遣臣奉表去奏闻否？"夏王道："孤已差杨世雄赍表去了。宫中彩币绫锦，宫娥彩女，均作四分，以二分赐与功臣将士，以二分酬唐、魏两家同谋灭贼之功。孤但存其国宝珍器图籍而已。"曹后道："陛下处分甚当。还有一个活宝在此，未知陛下贮之何地？"夏王道："御妻勿认孤为化及之流。孤自起兵以来，东征西讨，宇宙至广，未有一隅可为止足之地，何暇计及欢乐之事？孤所以带萧后来者，恐留在中原，又为他人所辱，故与女儿同来，自有所在安放他去。"曹后道："妾非妒妇，止不过为国家计耳。若如此，则是宗庙之福也。"

过了一宵，夏王即差凌敬送萧后等到突厥义成公主国中去。萧后原是好动不好静的人，宵来受了曹后许多讥辱，已知他不能容物，今听见要送到义成公主那边去，心中甚喜，想道："倒是外国去混他几年好，强如在这里受别人的气。"催促凌敬起身，下了海船，一帆风直到突厥国中。凌敬遣人赍书币去报知义成公主。启民可汗因往贺高昌王麹伯雅寿，不在国中。义成公主即命王义发驼马去接萧后，又差文臣去请凌敬，到驿馆中款待。

萧后在舟中，见王义下船来叩见，正是他乡遇故知，不觉满眼流泪，问道："王义，你为何在此？"王义道："臣是外国人，受先帝深恩，何忍再事新主？故护持赵王同沙夫人在此。先帝不听臣谏，把一座江山轻轻的弄掷。今娘娘到这里来，原是至亲骨肉，尽可安身过日。公主差臣来接娘娘，快到宫中去相见。"萧后起岸，上了一匹绝好的逍遥骏马，来到宫中。义成公主同沙夫人出来，接了进去。行过礼，大家抱头大哭。萧后对沙夫人道："你们却一窝儿的到了这里，止丢了我受尽苦恼！"沙夫人道："妾等又闻娘娘仍旧正位昭阳，还指望计除逆贼，异日来宣召我们，复归故地；不想又有变中之变。"

正议时，只见薛冶儿与姜亭亭出来朝见。萧后问沙夫人道："还有几位夫人，想多在这里？"薛冶儿答道："那同出来的狄、秦、李、夏四位夫人，已削发空门，作比丘尼矣！"萧后见说，长叹了一声，又对沙夫人道："夫人既在这里，赵王怎么不见？"沙夫人道："他刚才同孩子们打围去了。"萧后道："我倒时常想念他。"沙夫人道："少刻回来，见了母后，是必分外欢喜。"一回儿摆上宴来，止不过山禽野兽，鹿脯驼珍。其时王义已为彼国侍郎，姜亭亭已封夫人，薛冶儿做了赵王保母。大家坐定，各诉衷肠。

日色已暮，只见小内侍进来报道："小王爷回来了。"萧后两年不见赵王，今见长得一表人材，身躯高伟，打了许多野兽，喊进来道："母亲，孩儿回来了。"望见里边摆了酒席，忙要退出去。沙夫人道："你大母后在这里，快过来拜见。"赵王站定了脚，薛冶儿与姜亭亭忙下来对赵王说道："此是你父皇的正宫萧娘娘，他是你的大母，自然该去拜见。"赵王见说，只得走上去，朝上两揖。萧后正开言说道："儿两年不见，不觉这等长成了。"只见赵王两揖后，如飞往外就走。沙夫人道："这该行大礼才是，怎么就走了去？"薛冶儿重新要去搀他转来，赵王道："保母，你不知。当年在隋宫中，他是我的嫡母，自然该行大礼；今闻他又归许氏，母出与庙绝，母子的恩情已断；况他又是失节之妇，连这两揖，在沙氏母亲面上，不好违逆，算来已过分了。"说完，洒脱了薛保母的手，往外就走。萧后听见，不觉良心发现，放声大恸，回思炀帝旧时，何等恩情？后逢宇文化及，何等疼热？今日弄得东飘西荡，子不认母，节不成节，乐不成乐，自贻伊戚如此。越想越哭，越哭越想，好像华周杞梁之妻，要哭倒长城的一般。幸得义成公主与沙夫人等，百般劝慰。自此，萧后倒息心住在义成公主处，按下不题。

再说秦王回到长安，朝见唐主。唐主说三处兵锋利害。秦王道："利害何足为惧？但刘武周与萧铣居于西北，王世充居于中央。臣竟欲差人致书，先结好世充，使不致瞻前顾后，然后进兵专攻刘、萧二处，无有不克之理。未知父皇以为是否？"唐主称善。即修书一封，着杨通、张千，到洛阳王世充处。二人领命即行。岂知王世充看了来书大怒，扯碎了书，将杨通斩于阶下，将张千割去两耳放回。张千抱头鼠窜，逃回长安，哭诉唐主。唐主大怒，自欲提兵去剿世充。秦王道："不必父皇动怒，臣儿自有调度在此：差李靖为行军大元帅，领兵十万去扼住刘武周；臣儿领一旅之师，誓必扫灭世充，回来见驾。"唐主大喜，即命秦王领兵十万，前往洛阳进发。

时秦王每一出师，西府宾僚如杜如晦、袁天罡、李淳风、侯君集、姚思廉、皇甫无逸等，秦王平昔以师礼事之，故凡出兵，无不从侍帷幄，筹谟谋画。秦王命殷开山为先锋，史岳、王常为左右护卫，刘弘基为中军正使，段志玄、白显道为左右护卫。自领一军居后。长孙无忌、马三保等保卫船骑。水陆并进，来到洛阳。王世充探知，亦领军于雎水，列阵相迎。秦王屯兵于雎水之北。两军相接，当不起唐家兵精将勇，杀得世充大败进城，坚闭不出。

次日唐营排宴，犒赏三军已毕。秦王乘着酒兴，问土人："此地何处好景，可以游玩？"土人答道："城北十里外，有一北邙山，周围百里，古帝王之陵，忠臣烈士之墓，如星罗棋布；其中珍禽怪兽，苍松古柏，无限佳景。”秦王见说，喜道：“吾正欲到彼处射猎。”李淳风道：“臣晨起演先天一数，殿下该有百日之灾，不可开弓走马玩景；况面带青色，还是不走的是。”秦王道：“吾日夕驰骋于弓马之间，觉得气爽神怡，有何利害？”即同马三保软甲轻衣，雕弓利箭，十余骑径往北邙山来。

到了山内，秦王四顾了一回，喟然长叹道：“吾想前代之君，坐镇中华，拥百万之师，有多少英雄豪气！今止得几个石人石马相随，况荆棘丛生，狐兔为侣，宁不可叹！日后唐家天子，亦如此而已。”正嗟叹间，忽见西北上，赶出一只白鹿，冲面而来。秦王扣满弓，一箭射去，正中鹿背。那鹿带箭望西而走，秦王纵马追之；紧赶数里，转过山坡，其鹿杳然不见。秦王四下追寻，不觉骤至一处，坦然平川旷野，但见旌旗耀日，戈戟森罗，一座新城门，匾上“金墉城”三字，日光曜目。秦王道：“此非李密所居之城乎？”马三保道：“正是，殿下可急回，若彼知之，便难脱身。”不提防守城军卒看见，忙去报知魏主。李密道：“此必是李世民诱敌之计，不可追之。”程知节踊跃向前道：“主公此时不擒，更待何时？”说了，手题大斧，跨青鬃马，如飞出城。秦叔宝恐知节有失，随即赶来。

时秦王正欲回骑，只见一人飞马来追，大叫道：“李世民休走！”秦王横枪立马问道：“你是何人？”知节道：“我便是程咬金，特来捉你。”秦王笑道：“谅你这贼夫，何足为惧？”知节举起双斧，直取秦王。秦王挺枪来迎。斗了三十余合，因马三保被秦叔宝接住，秦王只得败走。三保也抵敌不住，亦自逃去。知节追赶秦王，看看较近；秦王搭上箭，拽满弓，飕的一声，正射中知节盔缨。秦王见射不中，心中甚慌，纵马加鞭复走。恰值面前一座古庙，牌书“老君堂”三字。秦王心下想道：“既有此庙，何不进去躲过片时？”忙进庙门，把门关了，取一条大石条来顶撞了，把马拴在庙廊下；向着老君神像，也不及细祷，作一揖道：“神圣在上，若能救吾李世民脱得此难，当重修庙宇，再塑金身。”祝告了，即往神座内躲避。那老君原是灵感的，故受一方香火；今见一个真命之主，紫微有难，岂不显圣？便刮起一阵旋风，把秦王行来的马蹄踪迹，都灭没了，又把蜘蛛絮尘网定庙门。

程知节追赶秦王，到三岔路口，倏忽不见，四下一望，只见前面一个大树深林，丛丛茂密，便纵马加鞭，赶进林中。上了山岗，见山背后一座古庙。知节慌忙来至庙前，把门乱推，却推不开，蜘蛛网面，四下里尘灰飞絮，像久无人进来的。只得兜转马头，复上山岗。向庙中细看，吃了一惊；只见屋脊中间，一条大黄蟒蛇，盘踞其上。知节看了想道：“吾闻得人说，汉刘邦斩了芒砀山的大蟒蛇，后来做了皇帝。我也是一个汉子，难道除不得此孽畜！”忙下岗，到庙前下了坐骑，将一块大石，撞开了庙门，往屋脊上看，却又不见，想道：“孽畜必游进殿内去了。”走到殿前，只见一马系在柱上。知节道：“原来李世民躲在这里！”又看梁柱上的蟒蛇，踪迹全无，瞥见神柜上帘幕摇动，恍如蛇尾现出在外。原来秦王见有人进殿细看，如飞在柜里轻轻拔出剑来。

时叔宝亦追赶进殿，见知节把神幕揭起，喝道：“贼子，却躲在这里！”举起巨斧，照着秦王头上砍来。秦叔宝忽见五爪金龙现出来，抓住巨斧。叔宝知是真命之主，如飞抢上前，把双锏架住巨斧道：“兄弟，你好莽撞，岂不知唐与魏原是同姓，曾有书礼往来？今若是一死的见驾，是无功而反有罪矣！”知节道：“大哥，你不知，吾刚才见他是一条黄蟒蛇精，今不杀他，他会遁去。”秦叔宝微笑了一笑，轻轻扶秦王出了神柜，叫手下宽松剪了，扶出庙门。从人牵了秦王的马，程知节、秦叔宝各上了马押后，一行人带进金墉城来。那些市井小民，不知好歹，口中啧啧赞道：“好一个汉子，生得秀眼浓眉，方面大耳。不知犯着何事，被两位将军解进城来。”有几个跟进城的百姓，便道：“你们不要小觑他，这是一位唐家的太子，因偶然在这里过，被我两位将军获住。”众百姓道：“怪道相貌迥出寻常，原来是金枝玉叶，可惜，可惜！”秦叔宝在马上听得，却要放脱他，因众耳众目，又不便行，只得解至府门。

魏公令群刀手拿秦王至阶前，责之道：“你这个猾贼，却自来送死。汝父镇守长安，坐承大统。吾居墉城，管理万民。前已明取河南，今又想暗袭金墉，是何道理？”秦王道：“叔父暂息虎威，侄有言禀上。因洛阳王世充杀我使臣，故侄领兵征讨，败其三军。世充坚闭不出，是以退兵千秋岭下。偶因承醉捕猎，来金墉探望叔父，不意叔父反致见疑。”魏公怒道：“你这个猾贼！吾与汝何亲，假称吾叔父？汝本恃勇轻敌而来，探吾虚实，于中取事，却以甜言哄我。”喝令武士推出斩之。魏征道：“主公若斩世民，非安社稷之计，金墉速于受祸矣。”密问：“何故？”魏征道：“此人东征西荡，争入长安，与其父坐承大统，兵精粮足，手下猛将如云，谋臣如雨。彼若知我主杀其爱子，必起倾国之兵，前来复仇，忿死相拼，有何了日？”李密道：“如此说，难道竟放了他去？”魏征道：“莫若将他监禁在此，使李渊知之。若有降书朝贡之物，放他回还；如若不从，使其子执质在此，终身不敢来侵犯，岂不是好？”魏公道：“此论甚通。”即令狱卒带入南牢。

时唐主在长安，因马三保来报知此信，自要亲提人马来讨李密，以救秦王；因刘文静与李密有郎舅之亲，劝唐主修书具礼，来见李密。不意李密绝不认亲，反要把刘文静斩首，幸亏徐世勣劝免，也送入南牢去了。可怜：

青龙白虎同囚室，难免英雄相对泣。

时魏公发放已完，忽见流星马报到，奏说：“开州凯公校尉，杀了刺史傅钞，夺其印绶，会合参军徐云，结连宁陵刺史顾守雍造反，大起人马，犯我境界，说诱洪州刺史何定献了城池。二郡人马与凯公攻打偃师、孟津地方，诸郡百姓无守，甚是紧急。”魏公闻报大惊道：“偃师乃吾咽喉之地，屯粮之所；倘有亡失，魏之大患。孤当自率大军讨之。”即命程知节为先锋，单雄信、王伯当为左右护卫，罗士信、王当仁趱运粮草，留徐世勣、魏征、秦琼，总护国事。亲自领兵，往开州进发。

却说秦王与刘文静监锁南牢，虽亏秦叔宝时常馈送，不致受苦。更喜那狱官姓徐名立本，字义扶，妻亡，止携一女，名唤惠嫔，年已二九，尚未适人。那个徐义扶，虽是小官，却是见识高广，眼力颇精。他道刑名过犯，冤抑者多，所以不嫌前程渺小，志愿力行善事，利物济人。秦王初发监禁之日，那夜女儿惠嫔梦见一条黄龙，盘踞囚室之内。惠嫔惊骇，走去偷觑，只见那龙飞来，缠绕其身，遂尔惊醒，述与义扶知道。义扶晓得秦王是个真命之主，遂要放他两人还乡，急切间未得其便。惟每日三餐，请秦王与文静到里边精室中去款待。两人甚感他恩德。

一日，秦叔宝与魏玄成在徐懋功府中小饮，说起秦王之事。叔宝大笑起来。徐、魏两人问道："秦兄有何好笑？"叔宝道："吾想我们程兄弟，真是个蠢才。"懋功道："那见他蠢处？"叔宝道："当日在老君堂，要举斧杀死秦王之时，忽现出五爪金龙向斧抓住，因此弟见了，忙把双锏架住，不好私放他，只得解将进京。程兄弟竟认秦王是黄蟒蛇精，必要除他，岂不是可笑？"玄成道："吾见秦王，龙姿凤眼，真命世之主。前日主公要杀他，所以力劝监禁南牢。将来数尽归唐，必至玉石俱焚，如何是好？"懋功道："吾们这几个心腹兄弟，如今趁他被难之时，先结识他，日后相逢，也好做一番事业。"叔宝不好说昔日有恩于唐主，今又救了秦王之命，只得点头道："徐大哥说得是。"玄成道："据我之见，还该趁主公未归，大家携一尊到那里去，与秦王、文静叙一叙，他见我们这几个不是盲目之人。未知二兄以为何如？"叔宝应声道："魏兄说得极是，弟正有此心。明日二兄早来同去。"

过了一宵，秦叔宝家中整治二席酒，悄悄叫人抬进南牢。比及玄成、懋功来时，日已晌午了。三人俱换了便服，大家跟了一个小厮，各坐小轿，来到南牢门首。先是小厮去报知，狱官徐立本如飞开门，接了进去。魏玄成三人叫小厮打发轿人回去。义扶引到囚室，与秦王、文静相见了。秦王、文静各各拜谢深恩。懋功道："非弟辈俱属蒙瞽，不识殿下英明，有屈囹圄，这也是殿下与刘兄数该有这几日灾厄。今因主公提师讨凯公去了，因此我们进来一候，冀聆教益。"魏玄成道："只是此地怎好坐？"秦叔宝道："酒席已摆设在里边。"刘文静对徐懋功道："狱官徐立本，虽官卑职小，却非寻常之人。承他朝暮殷勤奉侍，实出意外；况他才智识见，另有一种与人不同处。"一头说，众人已到里边，却是三间精室，满壁图书，尽是格言善行。

三人请秦王上坐，刘文静次之，玄成、叔宝、懋功各各坐了。秦王道："承三位先生盛意，世民有何德能，敢劳如此青盼？那狱官徐义扶，虽居击柝之职，定不久于人下者。承他日夕周旋，愚意欲借花献佛，邀来一坐，未知三位先生肯屑与他同坐否？"徐世勣道："他原是隋朝科甲出身，当日主公原教他为司马，不知甚意，自愿居刑曹监守。"魏征道："吾也闻他是个乐善好道有意思的人，这样世界的官儿论甚大小，快请出来。"小厮请了徐立本出来，谦让了一回，只得于末席坐下。

酒过三巡，只见徐家一小僮进来，向家主禀道："有懿旨在外。"徐立本如飞起身出去。玄成等众人尽加惊异，俱在那里揣度。只见徐立本走来坐定，魏玄成忙问道："宫中怎有甚懿旨到这里来？"徐义扶笑道："不敢隐瞒，正宫王娘娘实与小女有缘，晓得小女颇识几字，素知音律，幸得禁林清赏，故此常差内侍接进宫去陪侍。前因分娩太子，进去问候，是今日弥月，叫他进去，不知还有甚事。"徐懋功道："令媛想是有才貌的了，今年多少贵庚？"徐义扶道："小女名唤惠嫔，年一十九岁了。"徐懋功见秦叔宝、魏玄成与秦王说起袭取河南一段，也就住口，不与义扶讲。大家诉说战阵功业之事。

正说得热闹，只见一个小厮向魏玄成禀道："走役来报王爷差人赍赦诏快到了。"玄成向叔宝、懋功道："二兄陪殿下宽饮一杯，弟去了就来。"说了起身而去。文静与懋功是旧交，秦王与叔宝彼此有恩心交，四人更说得投机。忽小厮报道："魏老爷来了。"大家起身。懋功道："想必主公威降了凯公，复平土地，故有赦诏，为何吾兄反有忧色？"

玄成就在袖中取出诏书来道："请二兄看便知。"前面不过凯公肉袒投降，后又喜生太子，故降赦文，除人命强盗重情外，不赦南牢李世民、刘文静二人，其余咸赦除之。懋功与叔宝读了一遍，双眉频蹙，默然不语。

只听见外边人声嘈杂。魏玄成问道："为何喧闹？"徐义扶道："想必宫侍送小女回来。"又见那小厮出来，请义扶进去。徐懋功道："前日秦大哥要打账在赦内邀恩，吾度量必不能够，为什么呢？昔日魏公待人还有情义，近日所为，一味矜骄，恃才自用。目下赦内若肯赦二公，则前日先认了亲，不至如此相待。"叔宝道："除此之外，却怎么商量？"秦王听见他们计议，不好意思，只得说道："承三位先生高谊，或者吾两人灾星未退，且耐心再住在此几时，亦无不可；只是有费三位先生照拂周旋。"魏玄成道："吾有个道理在此。"正要说时，只见徐义扶走将出来，便缩住了口。刘文静对众人道："义扶兄已属心交，众兄有话不妨直说。"魏玄成对刘文静道："刘兄来看赦书上，那一条不赦南牢的'不'字，只消添上一竖一画，改为'本'字，主公归来，料必无疑。就有他事，这血海干系，总是我三人担待了。"秦叔宝喜道："这却甚妙！须要就烦魏兄大笔，方写得像他亲笔一般。"时众人站在一堆儿，也有说妙的，也有不开口的。

徐义扶道："卑职倒有一计在此，不知三位大人可容卑职略参末议否？"徐懋功道："兄有良策，快些说出来。"义扶道："以'不'改'本'，恐文义念去，有些勉强；况主公非昏暗庸愚眊眼糊涂之主。看他另写一行，下笔之时，何等慎重？今若改了'本'字，主公回家，必然看出，有许多不妙。莫若竟让卑职，把秦殿下与刘大夫放去。主公回来，三位大人尽推在卑职身上，虽尚可饰辞，犹难免守国防范之愆，然不至有大害了。若明改赦诏，不几视朝廷之敕书如同儿戏乎？"众人都道："此论不差。"魏玄成道："义扶持论甚畅，但不知怎样个放法？"徐义扶道："方才王娘娘宣小女进去，因太子弥月，欲草疏到主公处，奈因身子尚惮劳顿，故叫小女代为草就，要差人到孟津去。小女有心乘机奏过王娘娘，即讨此差与卑职，明日四鼓就要起身，岂不好是改敕的机会？现有懿旨，叫卑职到徐大人处拨差官兵守护狱囚的，内票在此，表章是用黄绢封固的，小女藏在里边。"袖中取内票出来。徐懋功取来一看，只见上写道："仰兵部掌印大堂徐，速拨吏卒二十名，去守南牢监禁。待狱官徐立本公干归，即使交卸，勿得有误，施行。"玄成、叔宝大喜道："这是唐主之福，该使殿下还朝，父子重逢，君臣会合。"徐义扶道："只是要五匹有鞍辔的好马，方才济事。"魏玄成道："连兄只须三骑，多此二骑何用？"徐义扶道："小女与一个小价，亦少不得。"徐懋功道："既如此，也该请令嫒出来见了殿下，好少刻同行。"

徐义扶忙进去，同女儿惠媖出来。众人见时，乃是一个才要改妆不脂不粉的美秀女子。徐义扶道："匆忙之际，总朝上三叩首就是。"众人皆要还礼，义扶再三不容，只得答以三揖。惠媖如飞进去了。徐懋功道："我前者会征化及，得二匹骏马，驯良之至，一匹赠与殿下，一匹赠与令嫒惠媖。"秦叔宝道："殿下的追风马，我养好在厩下，并挑选二匹送来。后会有期，我们该大家别过罢！"徐懋功道："诸公该作速收拾，同我发兵卫下来，就到我署中来是了。"魏、徐、秦又叮咛了一番。义扶送了三人出门，如飞进去，收拾了细软，把两套青衣小帽与秦王、文静换了。义扶又添些果菜，叫小厮扛了一坛酒,放在客座里。秦王问义扶道:“添酒增肴,是何缘故?”刘文静道:“我晓得这是义扶的作用,少刻便见。”

正说间,听得叩门声响。义扶如飞叫小厮去开门看来,却是一个老队长同十来个小兵,到义扶面前叩见了。义扶对众人道:“里边禁门,刚才徐大老爷差人到来巡察,已封好在那里了。恰好我们两个舅子,要同到孟津单将军处公干,故有现成酒肴在此。天气寒冷,酒在坛里,你们吃了罢,只要收拾好了家伙。”说完了,徐惠嫔提了灯笼,秦王与文静负了奏章与报箱,小厮青奴挑了行李,叫一个士兵出来,关好了门进去了。

徐义扶等五人,忙忙走的不多几步,只见秦叔宝家小厮迎上前来,说道:“家老爷坐在堂中,候徐爷去会。”义扶等走进叔宝署中,只见院子里系着五匹马。秦叔宝忙出来接见了,对秦王道:“我晓得殿下归心甚急,此刻也不敢尽情了。”将手指着院子里的马道:“这两匹马,是才间徐大哥叫人牵来的;这匹金串银镶的,赠与殿下;那匹绣串雕鞍的,赠与惠嫔小姐。殿下的马,文静兄坐去。那二匹是我赠与义扶及管家的,多是驯良善走的脚力。”又在袖中取出书札来,对文静道:“此三件烦兄带去,一道表章是叩谢唐王的。两封书启,候李药师与柴嗣昌两兄的,代弟一一致意。”文静如飞打开包裹藏好。叔宝叫小厮快牵自己的坐骑来,要送秦王出城。秦王止住道:“承将军等许多情义,我李世民镂之心版,再不敢劳尊驾送出城,恐惹嫌疑。”叔宝洒泪道:“士为知己死。大丈夫若虑嫌疑,何事可为?”即便先上了马,众人也只得上了马,急赶出城,又叮咛了一番,然后举手相别。这叫做:

惺惺自古惜惺惺,说与庸愚总不解。

第五十二回　李世民感恩劫友母　宁夫人惑计走他乡

词曰：

深锁幽窗，遍青山，愁肠满目。甚来由，风风雨雨，乱人心曲。说到情中心无主，行看江上春生谷。正空梁断影泛牙樯，成何局？　画虎处，人觳觫。笑鹰扬，螳臂促。怎与人无竞，高飞黄鹄。眼底羊肠逢九坂，天边鳄浪愁千斛。甚张罗？叫得子规来，人生足。

调寄《满江红》

流光易过，天地间的事业，那有做得完的日子？游子有方，父母爱子之心，总有思不了的念头。功名到易处之地，正是富贵逼人来，取之如拾芥；若是到难处之地，事齐事楚，流离颠沛，急切间总难收煞。

却说秦王与刘文静、徐义扶、女儿惠媖，四五骑马，离脱了金墉城，与秦叔宝别了，连夜趱行。秦王在路上念叔宝的为人，因对刘文静道："叔宝恩情备至，何等周匝！所云'桃花潭水深千尺，不及汪伦送我情'，此之谓也。怎得他早归于我，以慰衷怀？"刘文静道："叔宝也巴不能要归唐，无奈魏势方炽；二则几个弟兄，多是从瓦岗寨起手，干这番事业；三则单雄信是义盟之首，誓同生死，安忍轻抛。如今彼三人，皆有他意者，因前日翟让一诛，故众人咸起离心耳，散则犹未也。"秦王见说，不胜浩叹道："若然，则叔宝终不能为我用矣！"

徐义扶道："殿下不必挂念，臣有一计，可使叔宝弃魏归唐。"秦王忙问道："足下有何良策？"徐义扶道："叔宝虽是个武弁，然天性至孝。其母太夫人年逼桑榆，与媳张氏，俱安顿瓦岗。"秦王道："魏家将帅俱集金墉，难道各将家眷尚在山寨里？"徐义扶道："金墉止有魏公家眷，余皆在寨中。一个叫尤俊达，一个叫连巨真，二将管摄在那里。莫若将秦母先赚来归唐，好好供奉着，叔宝一知信息，必为徐庶之奔曹矣。"秦王道："好便好，作何计赚来？"徐义扶道："臣当年曾仕幽州，知总管罗艺与秦叔宝中表之亲，极相亲爱。今年恰值秦母七十寿诞，莫若假设是罗夫人，因往泰安州进香，路经此地，接秦母到舟中去相会，一叙阔踪。秦母见说，定必欣然就道；若离了山寨，何愁他不到长安？"刘文静道："要做，事不宜迟，回去就行。"

三人正说得入港，赶到了千秋岭来。只见后面小厮青奴，在马上喊道："姑娘的靴子掉去了一只了！"秦王听见，如飞兜转马头，只见徐惠媖一只窄窄金莲早已露出。徐惠媖虽是个倜傥女子，此时不觉面红耳赤。徐义扶道："既掉了一只，何不连那只也除了去？"只见秦王把马加鞭耸上一辔头，向旧路寻去。未及片时，秦王提着一只靴子，向徐惠媖笑道："这不是卿的靴子？"徐惠媖如飞下马来，向秦王接了，穿扎停当，然后上马。自此一路上，秦王与惠嫔虽不能雨觅云踪，然侍奉宵征，早已两情缱绻，魂消默会矣。

一行人晓行夜宿，不觉早到了霸陵川。秦王对刘文静道："孤偶然出猎闲游，不意遭此大难。若非惠嫔、义扶与秦、魏、徐三位同心救援，几乎老死囹圄。"刘文静道："这也是殿下与臣数该有这百日之灾，幸遇义扶，朝夕周全。令嫒弃恩施计，殿下不特得一明哲之士，兼得一闺中良佐，岂非祸兮福所倚乎？"

正说时，只见尘头起处，望见一队人马前来，乃是大唐旗号。秦王道："难道父皇就知孤归国，预差人来迎接？"话未说完，只见袁天罡、李淳风、李靖三骑马早已飞到面前，口称："殿下，臣等齐来接驾。"秦王道："孤当初不听先生们之谏，致有此难。将来后车之戒，孤当谨之。"好时西府宾僚陆续来到，大家拥入潼关。秦王对徐义扶道："贤卿与令嫒，乞暂停驿馆，待孤见过父皇，然后备车驾来接令嫒，方成体统。"义扶点首，忙进驿馆中安歇。秦王同众公卿进朝，见了唐帝，到宫中拜见了窦太后，骨肉相叙，如同再生，不觉涕泗横流。秦王细把被难前情，一一奏明。唐帝道："秦叔宝、徐懋功、魏玄成这三位恩人，目下虽不能归唐，朕当镂之心版，儿亦当佩带书绅。至于义士徐立本与其女惠嫔，该速给二品冠带，并其小女凤冠霞帔，速宣来见朕。"秦王吩咐左右，在西府内点宫女四名，整顿香车，迎请徐惠嫔与其父义扶进朝。唐帝见了，甚加优礼，用义扶为上大夫之职；其女徐惠嫔，赐名徐惠妃，加一品夫人，与秦王为妃，参赞西府军机事务。

秦王又将叔宝寄来的谢表呈上。唐帝看了说道："叔宝先年与朕陌路相逢，全家亏他救护；今吾儿又赖他保全性命，父子受恩，未知何日得他来，少报万一？"秦王道："不必父皇留念，儿自有良策，使他即日归唐。"说了，大家谢恩出朝。未及数日，秦王即差李靖、徐义扶带领雄兵二千并宫娥数名，拥护徐惠妃夫人前往瓦岗，计赚秦母出寨。今且按下慢题。

再说魏公李密，在偃师收降了凯公，大获全胜，颁赦军民。正该班师回来，复不自谅，徇行河北郡，被夏王窦建德首将王综拒战于甘泉山下。被王综以流矢射中李密左臂，大败丧气。又接徐世勣日报，说狱官徐立本私放秦王、刘文静归国，自谋宫中差使，不知去向。魏公看报大怒，连夜赶回金墉。魏征、徐世勣、秦琼接见。魏公将三人大肆唾骂，道他们不行觉察，通同徇私，受贿卖放，藐视纪纲，将三人即欲斩首。亏得祖君彦、贾润甫等再三告免，权禁南牢，将来以功赎之。

再说秦母与媳张氏孙怀玉，住在瓦岗，虽叔宝时常差人来询候，然秦母年将七十，反比不得在齐州城外，为子者朝夕定省，依依膝下，寻欢快活。奈儿子功名事大，只好付之浩叹而已。一日，只见一个小厮，进来报道："幽州罗老将军，差人到寨，专候秦夫人起居，要面见的。"秦母见说，对媳张氏道："罗姑爷处，还是我六十岁时差人来拜寿，后数年以来，音信悬隔，今什么又差人来？莫非又念及我七十岁的生辰么？"张氏夫人道："是与不是，还该出去见他，就知分晓。"秦母只得同着怀玉到堂中来见。两个差官，齐跪下去说道："差官尉迟南、尉迟北，叩见太夫人。先有家太太私礼一副；奉上的寿仪，俟太夫人到舟中去，家太太面致。"秦母连忙叫怀玉，搀了两个差官起来，随后又是四个女使，齐整打扮，上前叩头。那差官说道："这是罗太太差来，迎请太夫人的。"秦母道："小儿秦琼，在金墉干功。不在寨中，怎好有劳台从枉顾？请尊官外厢坐。怀玉，你去烦连伯伯来奉陪。"怀玉应声去了。

秦母同四位女使，到里边来，见了张氏夫人，叫手下把罗夫人私礼抬了进来，多是奇珍异玩，足值二三千金。寨中这些兵卒，多是强盗出身，何曾看见如此礼物？见了个个目呆口哑；连尤俊达与连巨真，亦啧啧称羡道："不是罗家帅府里，也办不出这副礼来。私礼如此，不知寿仪还怎样个盛哩？"那四个女使，见过了张氏夫人的礼，又致意道："家太太多拜上，因进香经过，要请太太夫人与少爷，同到舟中去一会，方见故旧不遗，叫妾们多多致意。"张氏夫人忙叫手下安排酒筵，款待来使。婆媳两个，私相计议。秦母道："若说推却儿子不在，礼多不收，也不去会罗姑太太，这门亲就要断了；若说去，琼儿又在金墉，急切间不能去报知。"

其时恰好程知节的母亲，也在房中，插口道："这样好亲戚，我们巴不能扳图一个来往，他们却几千里路备着厚礼来相认，却有许多疑虑？"张氏夫人道："当年怀玉父亲犯事到幽州，亏得在姑爷手下认亲，解救回来。那十年前婆婆正六十寿诞，我记得姑太太曾差两员银带前程的官儿，前来上寿。如此亲谊，可谓不薄矣。今若遽尔回他，只道是我们薄情，不知大体的了。"秦母道："便是事出两难。"程母道："据我见识，既是老亲，你们婆媳两个，还该同了孙儿去会一会。人生在世，千里相逢，原不是容易得的事，难道你还有七十岁活么？你们若不放胆，我只算你的老伴，去奉陪走走何如？"秦母见他们议论，已有五六分肯去相会的意思了；及见连巨真进来说道："那两个姓尉迟的差官，多是十年前在历城县来拜过寿的，说起来我还有些认得，怎么伯母就不认得了？"秦母道："当时堂中挤着许多人，我那里就认得清？既是恁说，今日天色已晚，留他们在寨中歇了，明早一同起身去就是，少不得连伯伯也要烦你护送去的。"连巨真道："这个自然。"

过了一宿，明早大家用过了朝餐，秦母、程母、张氏夫人，多是凤冠补服；跟了五六个丫鬟媳妇，连他们四个女使，共是十二三肩山轿。秦怀玉金冠扎额，红锦绣袍，腰悬宝剑，骑了一匹银鬃马。连巨真也换了大服，跨上马，带领了三四十个兵卒，护送下山。一行人走了十来里，头里先有人去报知。只听得三声大炮，金鼓齐鸣，远望河下，泊着坐船两只，小船不计其数。秦母众人到了船旁，只见舱内四五个宫奴，拥出一个少年宫妆的美妇人出来。你道是谁？就是徐惠媖假装的。秦母与众人停住了轿，便道："这不是罗老太太，又是谁？"那差来的女使答道："这是家老爷的二夫人。"秦母见说，也不便再问。大家逊进官舱。舱口一将白显道，抢将出来观看，被秦怀玉双眉戟竖，牙眦迸裂，大喝一声。白显道一惊，自进舱里去了。李靖在船楼上望见，骇问来人道："此非叔宝之儿乎？"来人道："正是。"李靖道："年纪不大，英气足以惊人，真虎子也！"快叫人请过船来。

秦母等进舱，一个女使对着禀明道："这个是秦太太，那个是程太太，这是秦夫人张氏。"徐惠妃一一拜见过，便向秦母道："家老太太尚在前船，嘱妾先以小舟奉迎。承太太夫人们不弃降临，足见亲谊。"吩咐打发了轿马兵卒回去，后日来接。秦母道："琼儿公干金墉，多蒙太太颁赐厚仪，致承尊从枉顾，实为惶恐。”舟中酒席已摆设停当，即便敬酒安席。李靖请过秦怀玉来，与徐义扶相见了。李靖与秦怀玉说起他父亲前日寄书札来，取出来与怀玉看了。怀玉方知他是李药师，父执相逢，不胜起敬。忽听见又是三声大炮，点鼓开船。秦母在那边舟中，不见了怀玉，放心不下，忙叫人请了过来，坐在身旁。

船头上鼓乐齐鸣，一帆风挂起，齐齐整队而行。连巨真见这许多光景，也觉心上疑惑，亏得夜间宿在徐义扶舟中，义扶向他备细说明，连巨真心中虽放宽了些，但嫌身心两地，只好付之无可如何。徐惠妃那夜见秦夫人们，多是端庄朴实的人，已在舟中，料难插翅飞去，只得将直情备细说与张氏夫人知道。张氏夫人忙去述与婆婆得知。秦母止晓得先前楂树岗秦琼救了李渊之事，后边南牢设计放走李世民一段，全然不知，亏得徐惠妃将前事一一提明：“因秦殿下念念不忘令郎将军之德，故此叫妾与父亲陛见后即定计来请太夫人。”此时秦母与张氏夫人晓得相对说话的，不是罗二夫人，乃是秦王一位妃子，重新又见起礼来。幸喜程母因多用了几杯酒，瞌睡在桌上。秦母道：“小儿愚劣，有辱殿下垂青；但是那里知我家与罗总管是中表之亲？”徐惠妃道：“家父先朝曾任幽州别驾数年，罗帅府衙门中事并走差之人，无不熟识。”秦母道：“怪道尉迟南兄弟，扮得这般厮像。只是如今魏邦事势未衰，吾家儿子急切间怎能个就得归唐？夫人先须差人送一个信去方好。”徐惠妃道：“这个自然。但程太太跟前，万万不可说明。”

秦母众人在舟中住了两天。那日早起，只听得前哨报道：“头里有贼船三四十只，相近前来。”秦怀玉正睡在那边船楼上，听见，如飞披衣起来窥探。只见李靖在舱中，唤一将进来，那将是前日扮尉迟北的。李靖在案上取一面令旗，付与中军官，递将下来。那将跪下接着，李靖坐在上面吩咐道：“前哨报有贼船相近，你领兵去看来，不可杀害，好歹捆来见我。”那将应声去了。不一时，只闻得大炮震天，呐喊之声不绝。小船上兵卒，个个弓上弦刀出鞘，把甲胄收束停当。未及两个时辰，鸣金三响，早见那员武将跪下道：“禀元帅爷缴令，贼船已获，头目现捆绑在船，专候元帅爷的旨定夺。”李靖收了令箭，便问道：“贼船是何旗号？”那将答道：“打着是魏家旗号。”李靖双眉一蹙道：“既是魏家的人，解进来。”那将应声而去。

其时大小船俱停住不行；船头上众将，排列刀斧手、捆绑手，明晃晃执着站立，好不威武。只见战船里拖出一个长大汉子来。连巨真在后边船上望见，吃了一惊道：“这是我家贾润甫，为什么撞在这里，却被他们拿住？”忙要去报知秦怀玉，无奈船挤人多，急切间难到那边船上去。徐义扶又不见了，只得趴在船舷上，听他们发落。

只听见李靖问道：“你是那一处人，叫甚名字？”贾润甫答道：“我是魏邦人，叫做贾和。”李靖道：“既是魏邦人，岂不见我大唐旗号出师在此，擅敢闯入队来！我且问你：你奉李密使令，差往那里去，今从何处来？”贾润甫道：“实因王世充去秋曾向我处借粮二万斛，不意我处今秋歉收，魏公着我去索取。”李靖道：“王世充残忍褊隘之人，刻刻在那里觊觎非望，以收渔人之利；你家李密，却去济应他的粮草，何异虞之假道于晋，因以自敝乎？可知李密真一庸碌之夫矣！”贾润甫道：“天下扰攘，未知鹿死谁手，明公何出此言？”李靖拍案喝道：“李密手下多是一班愚庸之夫，所以前日秦王被囚于南牢，文静困辱于殿陛，我正要来问罪，你却撞来乱我军律。左右的，与我拿去，斩讫报来！”众军校吆喝一声，把贾润甫拥绑出来。连巨真唬得魂飞魄散，如飞要去寻秦怀玉。何知秦怀玉被徐义扶说明，反不着忙。

只见中军官又叫刽子手推贾润甫转来。李靖起身亲解其缚，喝左右取冠带过来，替贾爷穿好上前相见。贾润甫拜谢道："不才偶犯元帅虎威，重蒙格外宽宥，是见海涵。"李靖道："适才不过试君之器量耳！弟辈仰体秦王求贤之心，何敢妄戮一人？且叫足下相会几个朋友。"话未说完，只见徐义扶、连巨真、秦怀玉，多走到面前。贾润甫大骇，对徐义扶道："你是放走了秦王与刘文静，该在这里的了。"对连巨真、秦怀玉道："你们是住在瓦岗，为何却在此处？"徐义扶把始末备细说了一遍。贾润甫对徐义扶道："你却同了秦王高飞远举来了，累及徐军师、秦大哥、魏记室，坐禁南牢。"秦怀玉听见说他父亲囚禁南牢，放声大哭，忙问李靖说道："乞老伯借二千兵与小侄，待小侄打进金墉，救取父亲。"秦母在此船，闻知这个消息，亦差人来盘问。贾润甫道："既是秦伯母在此，何不请过船来相见，听我说完，省得停回重新再说。"李靖便向怀玉道："正是，贤侄去请令祖母过来，听贾兄说完。"不一时秦母走过船来，众人一一拜见了。

秦母向贾润甫道："小儿为何事逮罪南牢？"贾润甫道："魏公降服凯公回来，闻报徐兄放去了秦王、刘文静，又迁怒于秦大哥、魏玄成、徐懋功，将他三人监禁南牢。我与罗士信再三苦谏不从，即差我往王世充处讨粮。因去秋王世充差官来要借粮四万斛，彼时我听见，如飞向魏公力止，极言不可借；世充乏食，天绝之也，何反与之？况我家虽有预备，积储几仓，亦当未雨绸缪，要防自己饥馑。况军因粮足，今若借与彼，是藉寇兵以资盗粮也，智者恐不为此。无如魏公总不肯听，竟许其请，开仓付二万斛。那开仓之日，适值甲申日，有犯甲不开仓之禁忌。嗣后巩洛各仓，仓官呈报：鼠虫作耗，背生两翼，遍体鱼鳞，缘壁飞走，蜂拥而出，仓中之粟，十食八九。魏公拜程知节为征猫都尉，下令国中每一户纳猫一只，赴仓交纳，无猫罚米十石。究竟鼠多于猫，未能扑灭，猫与鼠不过同眠逐队而已。鼠患终不能息。魏公正在悔恨，近又萧铣缺饷，亦统兵来要借粮五万斛，如若不允，便要尽力厮拼。因此魏公着了急，将他三人在南牢赦出，即差了秦大哥与罗士信，领兵去征萧铣；徐懋功差往黎阳；魏玄成看守洛仓。目下又值禾稼湮没，秋收绝望，因此差我向王世充处取偿前日之粟。如今伯母既是秦王命李元帅屈驾长安，定必胜似瓦岗，待我报与秦大哥晓得了，他毕竟也就来归唐。"又对连巨真道："巨真兄，你还该回瓦岗去。众弟兄家眷尚多在寨，独剩一个尤员外在那里，倘有疏虞，是谁之咎？我因公干急迫，伯母请便。"即向众人告辞。

李靖见贾润甫人才议论，大是可人，托徐义扶说他归唐。贾润甫道："弟因愚劣，不能择主于始；今虽时势可知，还当善事于终。若以盛衰为去留，恐非吾辈所宜，后会有期。"即便别去。李靖深加叹服。连巨真因与秦叔宝义气深重，只得同到长安，看了下落，再回瓦岗。正是：

满地霜华连白草，不易离人义气深。

第五十三回　梦周公王世充绝魏　弃徐勣李玄邃归唐

诗曰：

成败虽由天，良亦本人事。
宣尼惊暴虎，所戒在骄恣。
夫何器小夫，乘高肆其志。
一旦众情移，福兮祸所伺。
蛟螭失所居，遂为蝼蚁制。
噬脐徒空悲，贻笑满青史。

事到骑虎之势，家国所关，非真拨乱之才、一代伟人、总难立脚；何况庸碌之夫，小有才名，妄思非分，直到事败无成，才知噬脐无及。

今且不说秦母归唐。再说贾润甫别了李靖等来到洛阳，打探王世充大行操练兵马，润甫要进中军去见他。世充早知来意，偏不令润甫相见，也不发回书，叫人传话道：“这里自己正在缺饷，那得讨米来清偿你家？直等我们到淮上去收了稻子，就便来当面与魏公交割。”贾润甫见他这样光景，明知他背德不肯清偿，也不等他回札，竟自回金墉来，回复魏公道：“世充举动，不但昧心背德，且贼志反有来攻伐之意，明公不可不预防之。”李密怒道：“此贼吾亦不等其来，当自去问其罪矣。”择日兴师，点程知节、樊文超为前队，单雄信、王当仁为第二队，自与王伯当、裴仁基为后队，望东都进发。

那边王世充早有哨马报知，心上要与李密厮拼，只虑他人马众多，急切间不能取胜，闷坐军中。忽一小卒说道：“前年借粮军士回来，说李密仓粟却被鼠耗食尽，升贾润甫补征猫都尉，宫中又有许多灾异，金墉百姓多说是僭了周公的庙基，绝了他的香火，故此周公作祟。”郑主道：“只怕此言不真。”小卒道：“来人尽说有此怪异，为甚说谎？”郑主笑道：“若然，则吾计得矣；但必要一个伶俐的人，会得吾的意思，方为奇妙。”说了，呆看着那小卒，小卒低着头微笑不言。

到了明日，擂鼓聚将，大宴群臣，计议御敌之策。郑主问道：“李密金墉之地，还是隋朝故宫，还是他自己创造的？”张永通答道：“魏主宫室，原是周公神祠。李密谓周公庙宇当创建于鲁，此地非彼所宜，便撤去庙貌，改为宫阙。周公累次托梦于臣，臣未敢渎奏。”郑主拍案道：“怪道孤昨夜三更时分，梦见一尊冠冕神人，说：‘吾乃周文王之子姬公旦便是。蒙上界赐我为神，庙宇在金墉城内，被李密拆毁了，把基址改为宫殿，木料造了洛口仓，使我虎贲卫从，漂泊无依。今李密气数将尽，运败时衰，东郑王，你替我报仇做主。’”众臣道：“神人来助，足见明公威德所致，此番魏邦土地，必归于明公矣。”郑主道：“富贵当与卿等共之，谅孤非敢独享也。”

正说时，只见三四个小卒走上前来报道："中军右哨旗丁陈龙，忽然披发跣足，若狂若痴，口中大叫道：'我要见东郑王。'"郑主见说，笑逐颜开，对众臣道："此卒素称诚朴，何忽有此举动？孤与卿等同去看他。"说了，齐上马，来到教场中。军师桓法嗣纵马先到演武场，只见陈龙闭着双眼，挺挺的睡在桌上，高声朗句的在那里诵《大雅》文王之诗曰："文王在上，于昭于天。周虽旧邦，其命维新。"见郑主来，忽跳起身，站在桌上，朝着外边道："东郑王请了，吾周公旦附体在此。前宵所嘱之言，何不举行？勿谓梦寐，或致遗忘。若汝等君臣同心协力，吾还要助汝阴兵三千，去败魏师，幸毋观望，火速进兵为上。吾去也！"说了，跳将下来，满厅舞蹈扬尘。此时王世充与众臣，早已齐齐跪拜道："谨遵大王之命，我等敢不齐心讨贼，以复故宫，重修殿宇峥嵘？"大家忙起身，看那个陈龙，面色如灰，手足冰冷，直僵僵横在草地上。郑主叫人负了他回去。

自此郑家兵将，个个胸中有个周公旦了。从来行兵诡道，王世充原是个奸狡多谋之人；兼那军师桓法嗣，又是个旁门邪术之徒，恰好在乱离中，逞志求荣，希图宝位，便有许多因邪入邪之事来凑他。郑王回朝，即便传旨军师桓法嗣，明日下演武场，点选彪形大汉三千，个个身长八尺，脚踩木橇一丈二尺，面上俱带鬼脸，身穿五色画就衣服。数日之内，演习停当。桓法嗣说："此计只宜速行，攻其无备。"郑主准奏。这不过是要收拾完一个李密，成全一个应世之主。若车密是个明哲之士，见国中屡现灾异，便要安守金墉，悔改前愆，优恤臣下，犹可以为善国。无奈李密自恃才略高强，却忘了昔日死里逃生之苦，刻刻要想似汉高提着三尺剑，无敌于天下。先把一个足智多谋的军师徐世勣调去黎阳；萧铣乃癣疥之疾，又把忠勇全备的秦叔宝、罗士信差他去拒守；贾润甫屡进奇谋不听，而置之洛口；邴元真贪利忘义小人，反置之左右；只剩单雄信、程知节等一班恃勇好斗之人，自统大兵前来。未及两日，何知王世充也拥着大队人马，在路上遇哨马报知，大家离着三四十里安营驻扎。李密安营于翠屏川东山。王世充结寨于翠屏川西山，军师桓法嗣带领细作，随身兵马二三百，悄到镇东山顶，瞭望魏营，部伍整齐，如星辰累落，看去杀气冲天，果是人惊鬼哭。

桓法嗣心中暗想："吾虽练彪形高橇神兵，怎能够胜他人强马壮？"蹙着双眉，四下闲看，忽见东北方山角下，七八个大汉在那里采樵。桓法嗣看他们运斧弄斤，丁丁伐木，不觉怡然而笑道："吾更有计矣！"悄悄唤一家将近前来，附耳几句，自己即便上马归营。到了明日，进大营对郑主道："臣昨夜也梦见周公对臣说道：'桓法嗣听我吩咐：明日我暗引一人来助你们擒贼，你快去催主人作速进征，以决胜负。'"又附郑主耳上说了几句。郑主大喜。桓法嗣又将木排，多用红绿颜色，画成兽形，列为主城，将兵马尽藏其中。郑主坐中军大寨，看军师桓法嗣调度。

只见账下军士道："拿着了李密。"及至解进来时，见绑着的却是一群打柴的人，为首又是李密。郑主问道："是那里拿来的？"军士答道："小人们奉令巡逻，到山坳斜径，遇着这干人，内中却有李密，小人们奋勇拿来请功。"郑主怒问，那为首喊叫冤枉道："小人是国子监助教陆德明的家人，城中乏柴，着小人来樵采，说甚李密，现有同伴可证。"巡逻的道："明是李密，假做采樵，窥探军情。"郑主又向众樵夫细问，果然是乡宦家人，差出来打柴的，郑主叫左右去了那干人的绑缚，对他们说道："我晓得你们尽是平民,我如今正要用着你们。且问你众人里边,可有熟识北邙山幽僻路径的?”一个樵夫指道:“那个叫做满山飞金勇,那个叫做穿山甲庞元,他两个惯走山径,晓得路途。”郑主道:“妙!”先叫那像李密的前来,赏他一个中军把总;那两个金勇、庞元,赏他做了左右队长,多给衣帽战袍。又叫中军附耳,吩咐了领去。众樵夫大喜,叫谢出营,编入队伍。看两边是:

纷纷战血烟云洒,胜败存亡未可知。

再说李密前队程知节,指望遇着了对头,爽利大杀一场;不意王世充的兵马,反将横木为城,寂然不动,便督军马冲到城边,却又看见了木城上红绿兽形,即便调转马头,逃回转来。那单雄信领着第二队,亦凑着了,叫前队架起云梯炮石,向内攻打,竟不能破。魏主在后队结寨,时将举火,传令黑夜须防贼人行劫,各营务要小心,静听更筹。到了三更时分,魏营兵将耳边,只闻得四下里炮声隐隐不绝,心中惶惑。忽有巡逻夜不收,到前营来报道:“王世充木城已开,只是内中灯火俱无,人影不见,敢报老爷知道。”程知节因日间攻打了半天,正在那里心中烦躁,忽闻此报,安能忍耐!自己当先,领军马直到郑营。远远望去,只见木城大开,灯火齐举,照耀如同白日,并不见一兵在外。恼得程知节性起,把双斧高举,口中喊道:“有胆气的随我来!”只见郑营寨中一声炮响,闪出一将,杀了十来合,败将下去。程知节趁势追赶,约十来里,又听得郑营中一个轰天大炮,四下里即便接炮连声。忽起一阵怪风,刮地里迎面吹来。

其时金鸡已报,天色已明。程知节正催促兵马杀将下去,只见斜刺里赶出七八队,都是面蓝发赤,巨口狼牙,五色长袍,高踩橇脚,硝黄火药烘满半天,都执着砍刀,从第二队后边杀来,个个喊道:“天兵到了,你们要命的快须投降!”单雄信兵士见了,尽皆惊惶,要兜转马头,杀奔回去;因那些战马,见了这班鬼脸长人,咆哮乱跳,反向前尽力嘶跳。单雄信只得大着胆,随着前队,往前杀去。两队人马接着王世充许多将士,绞作一团的乱杀。程知节正在酣战之时,听得喊道:“捣寨的兵,拿了李密来了!”只见一簇兵马拥着李密,锦袍金甲,背剪在马上,喊叫不明道:“快来救我,快来救我!”已被这干人拥进阵里去。程知节看见,吃了一惊,对裨将樊文超道:“如今主公已没了,战也没用,散罢!”樊文超道:“东天也是佛,西天也是佛,散也没处去,倒是投降。”便传主将已没,情愿投降。部下听得,一齐抛戈弃甲跪倒。程知节忆着老母,却在乱军中卸去盔甲,寂然逃走。

单雄信与王当仁在第二队,见前边一齐跪倒,不知为甚缘由,却飞报的来说:“魏公已被拿去,前军已尽投降。”单雄信也是个猛夫,再不忖量李密怎样就可以拿得,心下反着了忙,对王当仁道:“魏公既被他们拿去了,我们在此,杀也无益,不如我和你冲出去罢!”王当仁便道:“说得有理。”喊一声,领麾下努力,杀了一里多路。无奈四围郑兵,越杀越多。单雄信回转头来一看,王当仁已不见了。单雄信正要转身去寻,不提防郑将张永通飞马到面前。雄信忙举架相迎,岂知郑营中几十把钩镰枪齐举,把单雄信坐马掀翻。雄信无奈,亦只得领众投降。

独有魏主还领着精锐心腹之士督战，见前队散乱，忙着裴仁基前来救应，亦被郑阵中镰钩套索捉去。魏主正在惊疑之际，只见后面山上连声发喊，二队短刃步兵赶下山来，已在阵后乱砍。回望寨中，烟焰冲天，守寨军士四散逃走，投崖坠石。原来王世充着樵夫引导，黑夜领这支兵，各带硝磺引火之物，乘他兵尽出战，焚他大寨。魏主平日却因自恃势盛，只道无人敢来窥伺，到处不立木栅，止设营房，所以这几百人如入无人之境，烧了他寨，又杀将转来。此时李密要敌后军，前面王世充人马已到；要敌前军，后边步兵杀来，真是前后夹攻，腹背受敌。无可奈何，只得易服同众逃到洛口仓。

贾润甫闻知，远来接见，把善言相慰道："汉高屡败，终得天下；项羽虽胜，卒遭夷灭。明公安心以图后举。"在洛口仓安歇了一夜。次日正欲与众将计议，只见程知节同了十来个小卒逃来。魏主怒道："我正要问你那前面是怎么样光景，以至于此？"程知节道："头里我们被他杀退了下去，已有六七里，何知起一阵怪风，冲出无数阴兵；这还大家尽力混杀，不意他们阵里拥过一个锦袍金甲，与明公面貌无异，背剪在马上。我们军士，只认真是主帅被擒，军士都无心恋战。郑营中四下军马，如山倒海翻，裹将拢来，裨将樊文超即便领众投降。我不得已卸甲逃走到仓城。岂知邴元真已将全城归降王世充，我故又赶到这里，幸喜明公无恙，多是贼人使的诡计。"

话未说完，只见魏征一骑来到。魏公大骇，忙问道："为什么你亦离了金墉，莫非亦有甚事么？"魏征道："昨夜五更时分，有一起人马，叫喊开城。郑司马上城看时，只见灯火之下，果然是明公坐在马上。郑司马忙开城门，出来迎接，只见喝道：'诸将不行救应！'就叫手下捆缚。裴仁俨亦被擒下。我着了急，知中贼人之计，如飞着宫侍报知王娘娘同世子逃出了南门，恰好在路上遇着了王当仁，交付与他送上瓦岗去了。故此我特地寻来，恰好多在这里。刚才我在路上，听见逃回兵卒说：'王世充大队人马，又追将下来。'"正说时，只见贾润甫手下巡逻走卒来报道："虎牢关也失了。郑家大兵只离我们洛口三十里地，我们快走罢！"此时连魏征也没了主意。李密见王世充势大，量此洛口一隅，怎能支撑？只得同众进守河阳。

河阳乃祖君彦所守地方，未及两日，巡卒又报偃师、洛口俱失。李密叹道："谁料贼子弄这些诡计，失去这许多地方，又战失了好几员名将！这都是孤自己大意，以至于此。如今方寸已乱，教孤如何是好？"王伯当道："为今之计，只有南阻河，北守太行，东连黎阳。徐世勣为人忠义，不以成败利钝易心，且足智多谋，堪当一面，着他同守黎阳，移兵食以资河北，虽与世充相近，末将不才，愿为死守。明公身居太行，呼吸两地，身既在此，当时部曲必然来归，力薄则拒险而守，力足则相机而战，方是妙计。"李密道："此计甚善。"问众将，多默默不答。李密又问，众将只得说道："前日北邙一战，人心皆惊，雄信投降，仁基、智略就缚，以致河阳疾破，仓城即降，偃师、洛口、虎牢地方，接踵而失。将无固守之志，兵无敢死之心，人情趋利，比比皆然。今明公麾下，尚有二万，恐再俄延，怕从人日散，公欲拒守，谁人相助？"

李密听了，不觉两行泪落道："孤仗诸君戮力同心，首取洛口，又据黎阳，北抗世充，南破化及，不意今日一战，至于众叛亲离，欲守无人，欲归无地。要此七尺何为？"言罢，拔剑便欲自刎。伯当一把抱定，两泪交流道："明公，你备经困苦，方能得成大业；今虽失利，安知不能复兴？何作此短见？”两人号哭连声，众将也齐泪下。李密哽咽了半日，才出得一声道：“罢，罢，我壮志不甘居人之下，今天丧我，无计可施，黎阳我断不去。诸君若不弃，同到关中归于唐主，诸君谅亦不失富贵。”众将齐声道：“愿随明公同归唐主。”李密对王伯当道：“将军家室，多在瓦岗，今日入关，家室日远，恐必挂念；不若将军且回。”伯当道：“昔与明公共誓生死同随，安肯今日相弃？便分身原野，亦所甘心；何况家室哉！”这几句连同行的人都感动，没一个肯离散。

独有程知节跳起身来说道：“不是兄弟无情，你们却去得，我却不敢追随。”众人道：“这是为什么？”李密道：“我晓得了，尊堂尚在瓦岗，不去也罢了。”程知节道：“不是这话。老娘在瓦岗，尤大哥与我不比别的弟兄，时刻肯照顾我母亲，我可以放心无忧。当年李世民，监禁在南牢百日，多是我程咬金陷他。”众人道：“这是公事，岂独罪你一人？”程知节道：“当日世民窥探金墉城，众臣只道他诡计，无人敢去拿他，独有我老程，不怕死赶出城外。追至老君堂，见他躲在神柜里。我认他是个蟒蛇精，一斧几乎把他砍死。幸亏秦大哥止住了，说道：‘留活的拿去见魏公。’所以他君臣两个困陷这几时。如今的人，恩则便忘，怨则分明。我今去正中唐家的意，把咬金一刀两段，叫我老娘谁来照看？不去，不去！”说罢，竟一恭而去了。众人道：“此时各从其志，他不去，我们是随明公去便了。”

李密恐怕耽延有变，也不待秦叔宝回来，亦不去知会徐世勣，只带部下兵有二万人西行。先差元帅府掾柳燮，赍表奏知唐帝。唐帝久知李密才略可用，况他河南、山东，旧时部曲甚多；若收得他，即可以招来为我用，所以不胜大喜。先差将军段志玄来慰劳他，又差司法许敬宗来迎。只是李密想起当日希图作盟主，就是唐帝何等推尊，谁知一旦失利，却俯首为他臣子，心中无限不平，无限悒快，今事到其间，不得不为人下了。率领王伯当一干人进长安，朝见唐帝。诸将拜舞毕，宣李密上殿。唐帝赐坐道：“贤弟，战争劳苦，当俟吾儿世民豳州回来，与贤弟共平东都，以雪弟仇。”就传旨授李密光禄卿上柱国，赐邢国公；王伯当左武卫将军；贾润甫右武卫将军；魏征为西府记室参军。其余将士，各各赐爵。李密等谢恩而出。唐帝又念他无家，将表妹独孤氏与他为妻。官职虽不大，恩礼可谓隆矣。正是：

忆昔为龙螭，今乃作地鼠。
屈身伍绛灌，哽咽不得语。

第五十四回　释前仇程咬金见母受恩 践死誓王伯当为友捐躯

词曰：

忆昔声名如哄，收拾群英相共。一旦失筹谋，泪洒青山可痛。如梦，如梦，赖有心交断送。

调寄《如梦令》

古人云：知足不辱，苟不知足，辱亦随之。况又有个才字横于胸中，即使真正钟鸣漏尽，遇着老和尚当头棒喝，他亦不肯心死；何况尚在壮年，事在得为之际。

却说魏王李密进长安时，还想当初曾附东都，皇泰主遥授我太尉，都督内外诸军事；如今归唐，唐主毕竟不薄待我，若以我为弟，想李神通、李道玄都得封王，或者还与我一个王位，也未可知。不意爵仅光禄卿，心中甚是不平。殊不知这正是唐主爱惜他，保全他处。恐遽赐大官，在朝臣子要忌他。又因河南、山东未平，那两处部曲要他招来，如今官爵太盛了，后来无以加他，故暂使居其位，以笼络他，折磨他锐气。李密总不想自己无容人之量，当年秦王到金墉时，何等看待；如今自己归唐，唐主何等情分。还认自己是一个顶天立地的好男子，满怀多少不甘。

居未月余，秦王在陇西征平了薛举之子薛仁杲，拔寨奏凯还朝。早有小校飞驰报捷长安。唐主宣李密入朝面谕道："卿自来此，与世民未曾觌面。朕恐世民怀念往事，不利于卿。卿可远接，以尽人臣之礼。"李密领诺。其时魏征染病西府。李密同王伯当等二十余人，离了长安，望北而行。直至豳州，哨马报说秦王人马已近。李密问祖君彦道："秦王有问，教我如何对答？"君彦道："不问则已，若问时，只说圣上教臣远接，即不敢加害于明公矣。"二人正商议间，只见金鼓喧阗，炮声震地，锦衣队队，花帽鲜明，左右总管十人，剑戟排拥，戈矛耀日，前面数声喝道，一派乐官，埙篪迭奏而来。李密只道来的就是世民，忙与众官分班立候。只见马上一将，大声呼道："吾非秦王，乃长孙无忌与刘弘基也。殿下尚在后面，汝是何人，可立待之！"是时李密心中懊恨，明知秦王故意命诸将装作王子来羞辱他。如今若待不接，恐唐王见怪；若再去接，又觉羞辱难堪。

正在悔恨之时，又见一队人马排列而来。前面一队回避金牌，高高擎起；中间旗分五色，剑戟森严；后面吆喝之声渐逼，望见舆从耀目，凤起蛟腾。李密暗想："是必秦王也。"忙与众将俯躬向地打躬下去。只见马上二人笑道："吾乃马三保、白显道也。前年我们到金墉来望你，今你亦到吾长安来。若要接殿下，后面保驾帷幔里高坐的便是，可小心向前迎接。"李密听见，满面羞惭，捶胸跌脚，仰天叹道："大丈夫不能自立，屈于人下，耻辱至此，何面目再立于天地之间？”即欲拔剑自刎。王伯当急向前夺住道：“明公何如此短见，文王囚于羑里，勾践辱于会稽，后来俱成大业。还当忍气耐性，徐图后事。”

正说时，忽有人报道：“前面风卷出一面黄旗，绣着‘秦王’二字在上，今次来的必是秦王无疑。”李密无奈，只得侧立路旁。骤见一队人马到来，前导五色绣旗。甲士银鬃对对，彤弓壶矢，彩耀生光。宝驾雕鞍，辉煌眩目，力士前引，仪从后随。唐将史岳、陶武钦，依队前进；王常、邱士尹，按辔徐行。原来四将认得是李密，各各在马上举手道：“魏王休怪，俺们失礼了。”李密诸将默然无语，不觉两泪交流。王伯当再三劝慰。

又见殷开山、洛阳史，排列左右护卫，犹如天王之状。秦王冠带蟒服，高拱端坐幔中。李密看得真切，如飞向前俯伏道：“老拙有失远迎，望殿下恕责。”秦王见了李密，不觉怒发冲冠，手持雕弓，搭上一箭，兜满弓弦。唬得魏将王伯当、贾润甫、祖君彦、柳周臣诸将，俯伏在地，面如土色。李密把两手捧住其脸，战栗不已。秦王见众人在地下打作一团儿，犹如宿犬之状，到底是人君度量，即收了箭，以弓梢指定李密道：“匹夫也有今日！本待射你一箭，以报缧绁之仇，恐连累了众人，只道我不能容物，暂饶你性命！”大喝一声而过。这都是秦王晓得李密来接，故意装这十将来羞他。

其时秦王进朝拜见了唐帝。唐帝道：“皇儿征伐费心，鞍马劳苦。”秦王道：“托赖父王洪福，诸将用命，得以凯还，擒得薛仁杲、罗宗睺等囚在槛车，专候父皇发落。”唐帝大喜，即命武士斩于市曹，悬首示众。因问秦王：“曾见李密否？”秦王答道：“臣儿曾见来。”唐帝道：“当时朕欲拒其降，因刘文静进言道：‘郑与魏境接壤，二邦犹如唇齿。’今王世充灭了李密，未有虢亡而虞独存者，我处若不受其降，密必计穷，据兵而复投他国，又增一敌。劳吾心矣，乌乎可！”秦王道：“为什么有恩于臣儿的这几个人反不见？”唐帝道：“魏征已在这里，朕知其有可用之才，将他拨在你西府办事；如今闻说他有病，故此想未有来接你。”说完，帝同秦王进宫去朝见了母后，谢恩出朝。

他原是个拨乱之主，求贤若渴；况当年有恩于彼，怎不关心？一进西府，即问魏征下榻之处。魏征原没有病，因李密要他同去接秦王，料必不妥，故此诈称有疾。今闻秦王来问他，如飞赶出来，拜伏在地道：“臣偶抱微疴，不可远接，乞殿下恕臣之罪。”秦王一把拖住道：“先生与孤，不比他人，何须行此礼？”忙扯来坐定。魏征道：“魏公失势来投，望殿下海涵，勿念前愆。”秦王道：“孤承先生们厚爱，日夜佩德于心，今幸不弃，足慰生平。李密匹夫，孤顷见俯伏在地，几欲手刃之，因见众臣在内而止。然孤总不杀他，少不得有人杀他的日子。”因问：“叔宝、懋功二兄为何不来？”魏征道：“徐懋功尚守黎阳，他是个足智多谋之士。魏公自恃才高，与他言行不合，所以他甘守其地，亦无异志。秦叔宝往征萧铣未回。魏公此来，亦未去知会他。”秦王道：“他的令堂、乃郎，孤多膳养在此。”魏征道：“他于今想必也晓得了。但是这人天性至孝，友谊亦要克全其义。单雄信已降王世充，恐还有些逗留。”秦王又问道：“那个粗莽贼子程知节，为什么不见？”魏征道：“他因昔日开罪于殿下，故不敢来，到瓦岗拜母去了，人虽粗鲁，事母甚孝，倒是个忠直之士。昨晤徐义扶，方知程母也在此。他还不晓得，若到瓦岗，知其母消息，是必奋不顾身，入长安矣。倘来时，望殿下忘其射钩之仇而包容之。”于是秦王与魏征朝夕谈论,甚相亲爱。

如今且说程知节到了瓦岗,却不见了母亲,忙问尤俊达。尤俊达道:“尊堂陪秦伯母婆媳两个去会亲戚,不想被秦王设计赚入长安去了。”程知节见说,笑道:“尤大哥,你又来耍我。”尤俊达道:“程老弟,我几曾说谎来?”便把当时赚去行径一一说出,又道:“当时这班人,原只要迎请秦伯母去,谁知令堂生生的要奉陪他走走。弟再三阻挡,他必不肯依,因此弟只得叫连巨真兄送去。前日连巨真在长安回来,说尊堂与秦伯母在秦王那里,甚是平安。兄如不信,到黎阳去问连巨真,便知详细了。”程知节此时觉得神气沮丧,呆了半晌,喊道:“罢了,天杀的入娘贼,下这样绝户计!咱把这条性命丢与他罢!”过了一宿,也不辞别尤俊达,跟了两个伴当,竟进长安。可怜:

只念娘亲不惜躯,愿将遗体报亲恩。

程知节恐怕大路上有人认得,却走小路。晓行夜宿,未及一月,不觉早到长安。进了府城,就在西府左首借了下处。先叫手下人把一揭投进去,只等帅府开门。秦王知程知节到来,传令将士装束威武,排列森严,粗细鼓乐,迭奏三通。秦王升殿,诸将参见过,挨班站立。只听得头门上守门官报道:“魏犯程知节进。”里边武卫接应一声,如春雷一般。秦王坐在上面,见一个赤条条的长大汉子,背剪着,气昂昂走将进来。到了丹墀,直挺挺的立定。秦王仔细一看,认得是程知节,不觉怒气填胸,须眉直竖,击桌喝道:“你这贼子,今日也自来送死了!可记得当年孤逃在老君堂,几乎被你一斧砍死!孤今把你锅烹刀磔,方消此恨。”程知节哈哈大笑道:“咱当时但知有魏,不知有唐。大丈夫恩不忘报,怨必求明。咱若怕死,也不进长安来,要砍就砍,何须动气!快快叫咱老娘来见一面,咱就把这颗头颅,结识与你罢。”秦王道:“你这贼,到这地位,还要口硬,且缓你须臾之死。军士们领他去见了他母亲,然后来受刑!”众军士不由分说,把知节拥出府门。

原来秦老夫人的下处,就在西府东首一所绝大的房子里头,与程母同居。秦母一到长安,秦王即拨一二十名妇女,进来伺候,又拨排军二十名,看守门户。不但供应日逐送进,每月还有许多币帛馈赐。秦母与程母,礼必两副。所以这两个老人家,起居安稳,甚感秦王之恩。当时众军士将程知节拥进秦母寓所,早有人进去报知。秦母与程母如飞走出堂来。程母见儿子这般行径,即上前抱头大哭,口里咿哩呜罗,不知哭许多什么,惹得众武士反笑起来。程知节焦躁道:“娘,你不要哭,儿子问你,你住在这里,身子可安稳么?可有人伺候么?”程母只是哭,那里对答的出一句,反是秦母替他说道:“一到长安,秦王如何差人来伺候,每日如何供应,月月如何馈送,还要时常差妇女出来候安。我与汝母亲,蒙他恩典,相待一体,总无厚薄。”程知节问母亲道:“娘,可是这样的?”程母含着眼泪,点点头儿道:“是这样的。”又将手指身旁两个使女说道:“这两个就是秦殿下赐来服侍我的。”知节见说,便道:“娘,儿子差了,那晓得秦王这样一个好人!儿今去死在他台下,也是甘心的。娘,你不要念我了,你去伴秦伯母终了天年罢!”竟要撒开身子走出来。程母那里肯放?秦母对知节道:“你们不要忙乱,听我说:

当时秦王因要我的琼儿归唐,故假作罗家来赚我,不意你母亲一团美意,陪我出寨,竟入长安。如今魏公亦已降唐,吾家琼儿谅必早晚亦至。你家母亲岂可因我出门,反作无子之母?”便对伺候的说道:“取我的大衣服出来,待老身自进西府,去见秦王,求他宽宥。”

正说时,只见一个差官,跟着三四个校尉,手里托着冠带袍服,口中喝道:“殿下有旨,恕程知节无罪,着即冠带来相见。”说完,校尉如飞将程知节绑缚去了,要替他冠带。程母见说,如飞跪在地上,对天叩首道:“愿殿下太平一统,万寿无疆。”引得众人又笑起来。程知节着了衣服,穿好了袍带,便要拜母亲与秦伯母。程母止住道:“儿且不必拜我,快进西府去叩谢秦王。这样宽恩大度的明主,你须要尽忠去报他,老身就死也瞑目的了。”知节见说,不敢违命,如飞的跟了差官,来进西府。

时秦王在集贤堂,与众谋士谈兵议论;只见校卫来复命说道,秦叔宝母就要见殿下来,程知节母如何叩首谢祝。秦王笑向魏征与刘文静道:“幸是孤先差人去赦他,若秦母到来,就不见情了。”话未说完,那差官进来禀程知节在帅府门首候旨。秦王道:“叫他到西堂来。”西堂原是西府会宾之所。差官早引程知节站在阶前伺候。只见秦王踱将出来,程知节如飞跪向前,垂泪说道:“臣有眼无瞳,以致当年不识英雄之主,获罪难逃。今虽蒙恩赦,反觉生惭。”秦王自下阶来搀他起来道:“刚才试君之意耳。孤久知卿乃忠直之士,愿卿将来事唐如事魏足矣。”知节道:“臣蒙殿下豢母隆恩,敢不捐躯以报!”秦王问起知节与王世充当日征战之事,知节备细述了一遍。秦王又问:“可曾见叔宝、懋功?”知节道:“臣自战败之后,见魏公降唐,臣即往瓦岗。一闻母信,星夜至此,实未曾会着秦、徐二友。臣感殿下鸿恩,无由以报。臣有心腹部曲一二千,尚在北邙、偃师,待臣去招来,并偕秦、徐诸弟兄来归唐,未知殿下可容臣去否?”秦王见说,大喜道:“孤有何不容?如此足见卿之忠贞。但须朝见过了圣上,卿须奏明,看圣上旨意如何。”知节领诺。秦王即命差官,引他进朝面圣。

知节即便辞了秦王,出来朝见唐帝。唐帝见他相貌魁梧,言语爽直,即赐他为虎翼大将军,兼西府行军总管,所奏事宜,悉听秦王主裁。知节谢恩出朝,重新又到西府来,谢过了恩,忙到寓所拜见老母,并秦伯母暨张氏夫人。秦怀玉也出来拜见了。一家欢聚。过了一宿,明早知节便辞别了秦王,束装起行。前日进长安时,九死一生;如今出长安,轻裘肥马,仆从随行,比前大不相同,一径往东都进发。这是:

因感新知己,来寻旧侣盟。

如今再说李密,自从被秦王羞辱之后,每日退归邢府,坐卧不安,忧形于色。左右报程知节到来,李密心上指望他来探望,访问一访问东都消息。岂料知节竟不来见。未及三四日,报说唐帝封他爵虎翼将军,又差出长安去了。李密心中气闷,忙对王伯当与同来将士道:“程知节是孤旧臣,他到了两三日,竟不来看孤一面。人情之薄,一至于此!今唐主赐了他官爵,又出长安去了,想必他此去收拾旧时兵卒,以来助唐。我们在此闷坐守死,有何出头日子?”李密诸将士,当时攻城掠地,倚着金帛来得易,也用得易,自入关来,也都资用不足,各不相安。今见李密有去志,大家计议道:“徐世勣现在黎阳,张善相在伊州;叔宝、士信,想已平定萧铣,必归瓦岗;雄信诸人在洛。明公还可有为,何苦在此别人眼下讨气?”王伯当也道:“正当如此。”李密道:“还是奏知唐主,只说要往山东收故时部曲?还是各人私走到关外取齐?”贾润甫道:“此事不妥。主上待明公甚厚。况国家姓名著在图谶,天下终当一统。明公既已委质,复生异图,盛彦师、史万宝等雄守关外,此事朝发,彼必夕至。虽或出关,兵岂暇集?一称叛逆,谁复能容?为明公计,不若安守,徐思其便,可以万全。”密怒道:“卿乃吾心腹,何言如是!不同心者,当斩而后行。”润甫泣道:“自翟司徒被戮之后,人皆为明公弃恩忘本,上下离心。今纵奔亡,谁肯复以所有之兵,拱手委公乎?贾系荷恩殊厚,故敢深言不讳,愿明公熟思之。若明公有所措身,贾柳亦何辞就戮。”密大怒,拔剑欲击之。王伯当等力劝乃止。祖君彦道:“依臣想来,不若通知了公主,潜出长安;秦王即知,差人来阻,公主在那里,谅难加害。此汉刘先主赚吴夫人归汉之计,未知明公以为何如?”

大家计议未定,李密含怒进内。独孤公主道:“大丈夫当襟怀磊落,妾见君家何多不豫之色?”李密道:“我有一言,欲与汝商酌,未知可否?”独孤公主道:“夫妇之间,有何避忌?”李密道:“吾欲背唐而行,只虑汝牵心,不忍相弃,意欲与汝同行,未知可否?”独孤公主道:“是何言欤?吾兄受汝之降,爵君上公,又念君无家,赐妾为婚,宠眷之恩,可谓富贵极矣。今席尚未暖,不思报德,反有异志,苟有人心,必不至此。”李密道:“主上恩宠虽厚,汝侄辱我太甚。今势不两立,且往山东,收拾士卒,再图后举。况妇人之身,从夫为荣。汝心不允,莫非亦有异志么?”公主见说,即唾其面道:“吾以汝为好人,尽心报国,不意如此不忠不义,此生有何倚赖?”李密见说,登时杀气满面。幸喜旁边有个宫奴,善伺人意,忙上前解说道:“驸马息怒,此亦吾家公主年轻,不知大义。古人说得好:夫唱妇随,无违夫子,以顺为正,妾妇之道也。驸马既有此言,还当熟商,徐徐而行,岂可因一言之间,有伤伉俪之情?”

李密见这宫奴说了这几句,把气消了一半,走出外来。祖君彦问道:“明公刚才进去,可曾与公主商酌?”李密恨道:“适间我略谈几句,不贤之妇反责我不忠背德,我几欲手刃之,故走出来。”王伯当道:“风声已漏,不好了,祸将至矣!”李密道:“计将安出?”祖君彦道:“要去大家即便起身,如再迟延,即难离长安矣!”李密见说,忙将内门封锁,叫王伯当唤齐同来诸将,收拾行装器械,共有六十余人,不等天明,竟出北门而去。门军忙来报知秦王。秦王大怒,如飞自到邢府中来看,只见内门重重封锁,忙叫人开了,见了独孤公主。公主将夜来之言,述了一遍。秦王听见,咬牙切齿,如飞奏如唐帝。唐帝亦怒,即欲遣将追擒。刘文静道:“何必动兵?只消发虎牌传谕各地方总管,若李密领众过关,必须生擒解来正法,看他逃到那里去?”唐帝称善,即发出虎牌来,星夜知会各关。

且说李密与王伯当众人,带星而往,马不停蹄。不多几日,出了潼关,过了蓝田。李密对众人道:“吾们若要到伊州张善相处,须走小路便捷;若要往黎阳徐世勣处,须走大路。”贾润甫道:“前途愈加难行,据吾见识,吾们该匀两队走,一队走黎阳,一队走伊州。”李密道:“这也说得是。你与祖君彦走大路,往黎阳;吾与伯当走小路,往伊州。

到了,大家差人知会便是。”因此贾润甫同祖君彦一二十人,走大路去了。

李密同王伯当三十余人,又走了几日,到了桃林县地方。桃林县县官方正治,是个贤能之士,见这些人乘夜要穿城过,心中疑惑,叫军士着实盘驳,必要检看行囊。李密手下偏将与众兵卒,原是强盗出身,野性不改,见这小小一县这般严缉,大家不甘,登时性起,拔出刀来砍杀门军,一拥进城。王伯当忙要止住,那里禁止得住?吓得县官方正治逃入熊州去了。魏家兵将进了城,见无人阻拦,囊资久虚,爽利把仓库劫掠一空;住了一宵,然后起身。方正治一到熊州,把前事述与镇守将军史万宝知道。万宝惊惶无计,总管熊彦师道:“不难,我自有策;只须数十人马,自能取他首级。”史万宝再三问时,盛彦师不肯说破。

时李密以为官兵必截洛州,山路无人阻挡,骑着马领这干人缓行。恰到熊耳山南山下,一条路左旁高山,下临深溪。李密与王伯当策马先走,不顾左右。只听得一声炮响,山上树丛里箭如飞蝗,时退不能;况身上又无甲胄,山谷里溪中又有伏兵杀出截住前后,可怜伯当急不能敌,拼命抱住李密之身,百般遮护。二人竟死于乱箭之下。被伏兵枭了首级,收了尸骸,奏捷唐帝。唐帝大喜,命将两颗首级,悬于竿首,市曹示众,携窃者夷三族。正是:

有人不善用,乃为才所使。
不及程与秦,芳名垂青史。

第五十五回　徐世勣一恸成丧礼　唐秦王亲唁服军心

词曰：

淅淅凄风问沙场，何使人英雄气夺？幸遇着知心将帅，忠肝义魄。危涧层峦真骇目，穿骨利镞犹存血。喜片言，换得天心回，毋庸戚。

鸟啾啾，山寂寂。心耿耿，情脉脉。看王章炫熠，泉台生色。一杯浇破幽魂享，三军泪尽欢声出。忙收拾，荷恩游帝里，存亡结。

调寄《满江红》

人到世乱，忠贞都丧，廉耻不明，今日臣此，明日就彼；人如旅客，处处可投；身如妓女，人人可事，虽属可羞，亦所不恤。只因世乱，盗贼横行，山林畎亩，都不是安身之处。有本领的，只得出来从军作将，却不能就遇着真主；或遭威劫势逼，也便改心易向。皆因当日从这人，也只草草相依，就为他死也不见得忠贞，徒与草木同腐，不若留身有为。这也不是为臣正局，只是在英雄不可不委曲以谅其心。

如今再说唐帝，将李密与王伯当首级，悬竿号令。魏征一见，悲恸不安，垂泪对秦王道："为臣当忠，交友当义，未有能忠于君，而友非以义也。王伯当始与魏公为刎颈之交，继成君臣之分。不意魏公自矜己能，不从人谏，一败失势，归唐负德，死于刀锋之下。同事者一二十人，惟伯当乃能全忠尽义。臣思昔日魏公亦曾推心置腹于臣，相依三载，岂有生不能事其终，死又不能全其义乎？目今尸骸暴露荒山，魂魄凭依异地，迎风叫月，对雨悲花。臣思至此，实为寒心。臣意欲求殿下宽假一月，到熊州熊耳山去，寻取伯当与李密尸骸，以安泉壤，庶几生安死慰，皆殿下之鸿慈也！"秦王道："孤正欲与先生朝夕谈论，岂可为此匹夫，以离左右？"魏征道："非此之论也。臣将来报殿下之日长，报魏之事止此而已。昔汉高与项羽鏖战数年，项羽一朝乌江自刎，汉高犹以王礼葬之。当时诸侯咸服其德。望殿下勿袭亡秦之法，而以尧舜为心，况今王法已彰，魏之将士正在徘徊观望之际，未有所属；殿下宜奏请朝廷，赦其眷属，恤其余孽。如此不特魏之将帅，倾心来归，即郑夏之士，亦望风来归矣。臣此行非独完魏之事，实助唐之计也。愿殿下察之。"秦王道："容孤思之。"次日，秦王即将魏征之言，奏知唐帝。唐帝称善。即发赦敕一道："凡系李密、王伯当妻孥，以及魏之逃亡将士，赦其无罪，悉从其志，地方官毋得查缉。"因此魏征得了唐帝赦敕，即便辞了秦王，望熊州进发。

今且说徐世勣在黎阳闻知魏公兵败，带领将士投唐，逆料魏公事唐，决不能终，必至败坏。我且死守其地，待秦叔宝回来再作区处。不多几月，叔宝与罗士信杀退了萧铣，奏凯回来。道经黎阳，懋功早差人来接。叔宝同士信进城去相见了懋功，把魏公败北归唐一段，说了一遍。叔宝听了，跌足叹恨道："魏公气满志昏，难道从亡诸臣，皆不知利钝，而不进言，同去投唐？”懋功道：“魏公自恃才高，臣下或言之总不肯听，将来必有事变。今兄将安归？”叔宝道：“家母处两三月没有信到，今急切要到瓦岗去。”懋功道：“弟正忘了，兄还不知么？尊堂尊嫂令郎俱被秦王赚入长安去矣。”叔宝见说，神色顿变道：“这是什么话来？”懋公道：“连巨真亲送了去回来的，兄去问他，便知明白。”叔宝便对士信道：“兄弟，你把兵马且驻扎在此，我到瓦岗去走遭来。”遂跟了三四个小校，来到瓦岗寨中。

尤俊达、连巨真相见了，叔宝就问：“秦王怎么样赚去老母？”连巨真道：“秦大哥，你且不要问我，且把弟带来的令堂手札，与兄看了，然后叙话。”连巨真进内去了。尤俊达便把秦王命徐惠妃假作罗家夫人来赚伯母一段，说了一遍。只见连巨真取出两封书来，一封是秦母的，一封是刘文静的，多递与叔宝。叔宝接在手，先将老母的信札来看，封面上写“琼儿开拆”。叔宝见了母亲的手迹，不觉两泪交流，从头至尾，看了一遍，方才收了泪；又看了刘文静的书，问连巨真道：“兄住长安几日？”巨真道：“咱在长安住了四五日。秦王隔了一日，即差人到尊府寓中来问候，徐惠妃父女亦常差宫奴出来送东西。弟临行时，令堂老伯母再三嘱弟，说兄一回金墉，即便收拾归唐，这还是魏公未去之日。今魏公已为唐臣，兄可作速前去。”尤俊达忙将徐惠妃前日送来的礼物，交还叔宝。叔宝又问道：“程知节往何处去了？”巨真道：“他始初不肯随魏公归唐，一到瓦岗闻了母信，他就拚命连夜到长安去了。”

叔宝心中自思道：“若魏公不与诸臣投唐，我为母而去到无他说；如今魏公又在彼，我去，唐主还是独加恩于我好，还是不加恩于我好？若将我如魏臣一般看待，秦王心上又觉不安；若以我为上卿，魏公心上只道我有心归唐，故使秦王先赚母入长安。如今事出两难。且到黎阳去与懋功商量，看他如何主张。”忙别了尤俊达与连巨真，如飞又赶到黎阳，见了徐懋功与罗士信，把如何长短说了一番。懋功道：“若论伯母在彼，吾兄该急速而行；若论事势，则又不然。魏公投唐，决不能久，诸臣在彼，谅不相安。况秦王已归，即在早晚必有变故。俟他定局之后，兄去方为万全。”叔宝见说，深以为是，忙写一封家报与母亲，又写一封回启送刘文静，叫罗士信只带二三家童，悄悄先进长安去安慰母亲。到了次日，士信收拾行装，扮了走差的行径，别了懋功，跨上雕鞍；叔宝也骑了马，细细把话又叮咛了一番，送了二三里，然后带转马头回来。

到署中，对徐懋功道：“懋功兄，单二哥在王世充处，决定不妥，如何是好？弟与他曾誓生死，今各投一主而事，岂不背了前盟？”懋功道：“弟与他同一体也，岂不念及？但是单二哥为人，虽四海多情，但不识时务，执而无文，直而易欺，全不肯经权用事。他以唐公杀兄之仇，日夜在心，总有苏张之舌，难挽其志。如今我们投奔，就如妇人再醮一般，一误岂堪再误？若更失计，噬脐无及矣！”叔宝点头称善，虽常要想自己私奔去看雄信，又恐反被雄信留住了，脱不得身，倒做了身心两地。因此耐心只得住在黎阳。

恰好贾润甫到来，秦、徐二人见了，惊问道：“魏公归唐何如？”润甫道：“不要说起。”把唐主赐爵赠婚一段，细细说了一遍。“至后背了公主逃走，因关津严察，魏公叫祖君彦同我走黎阳，他们走伊州。君彦遇见柳周臣，转抄出小路打听去了。刚才弟在路上，遇着单二哥家单全，他说他主人要我去一会，万不可迟。我如今且去走遭，若说得他重聚在一处，岂不是好？魏公遣人来知会，乞说知此意。”徐、秦二人道：“我们也在这里念他，兄去一会，大家放心。”过了一宵，贾润甫起身去了。

秦叔宝因心上烦闷，拉徐懋功往郊外打猎。只见一队素车白马的人前来，叔宝定睛一看，见是魏玄成，便对懋功道：“徐大哥，玄成兄来了！”大家下马，就在草地上拜见了。叔宝握手忙问道：“兄为何如此装束？”玄成道：“兄等还不知魏公与伯当兄，俱作故人矣！”叔宝见说，呼天大恸，徐懋功也泪如泉涌。叔宝因问玄成：“魏公与伯当在何处身故的？”玄成蹙着双眉道：“一言难尽。”懋功道：“旷野间岂是久谈之所，快到署中去说。”于是各各上马进城。到署中，恰好王簿等三四将来问探消息。懋功引秦、魏众人，到了书室中去坐定。玄成把魏公投唐始末，直至逃到熊州，死于万箭之下，细细述了一遍。叔宝大声浩叹道：“不出懋功兄所料，如今兄为何又来？”玄成道：“弟在秦王西府，一闻魏公之变，寸心如割，因求秦王告假月余，去寻魏、王二公尸骸。秦王准假，亦要弟来敦请二兄。便奏知唐帝，蒙唐帝隆恩，恐途中有阻，赐弟赦敕一道：凡在魏诸臣，谕弟请同归唐，即便擢用。”说了，玄成在报箱中忙取出赦文一道来。徐懋功与秦叔宝看了一遍。

懋功道：“众人肯去不肯去，这且慢讲；只问兄可曾到熊州去寻取李、王二人骸骨？”玄成道：“弟前日到熊州熊耳山，那山高数丈，峭壁层峦，左旁茂林，右临深涧，中有一路，止容二马。弟到此一望，了无踪迹。只得又往上边去探取。幸有一所小庵，庵内住一老僧，弟叩问之，却有一个道人认得小弟，乃是魏公亲随内丁，年纪五十有余，他当时同遇其难，天幸不死，在庵出家。晓得二公尸首所埋之处，引弟认之，却是一个小土堆，即命土人掘开。可怜二尸拌和泥中，身无寸甲，箭痕满体，一身袍服尽为血裹。英雄至此，令人酸鼻。弟速买二棺，草草入殓，权厝庵中，待会过诸兄，然后好去成礼葬埋；但是两颗首级，尚悬在长安竿首，禁人不许窃携。弟前日即欲请埋，因唐帝盛怒之下，恐反有阻寻觅尸体之举，故此止请收尸，首级还要设计求之。”懋功道：“这个在弟身上。但是如今众弟兄如不想再做一番事业，大家去藁葬了魏公，散伙，各从其志了；若有志气，还要建功立业，除秦王外无人。只是要去得好，不要如穷鸟投林，摇尾乞怜，使唐之君臣看魏之臣子，俱是庸庸碌碌之辈，如草芥一般。”叔宝诸人齐声道：“军师说得是。”

懋功道：“我即今夜治装，明早就起身往长安去。瓦岗山寨弟兄，且莫去通知他。为什么呢？一则我们此去，不知是祸是福，留此一席，以为小小退步；二则单二哥家眷尚在寨中，单兄之意，决不肯归唐。如今众人还是带入长安去好？还是独剩他家眷在寨中好？且待我们定归后，再遣人送到王世充那里去，犹未为晚。”叔宝道：“此地作何去留？”懋功道：“此地前有世充，后有建德，魏公已亡，谅此弹丸之地，亦难死守。今烦副将军王簿，待我们起身之后，即将仓库散之小民，库饷给与军士，一应衣甲旗号，都用素缟，限在数日内，率领三千人马，星飞赶到熊州来送葬魏公，也见臣下忠义之心。”众人又齐声道：“军师处分得极是。”懋功吩咐停当。过了一宵，明早起身，又对叔宝、玄成道：“二兄作速打点，换了衣甲旗号，如飞到熊耳山来，弟先去了。”便随了三四个家童，望长安进发。叔宝连夜叫军士，尽将衣甲旗号换了素缟，不多几日，料理停当。叔宝又吩咐王簿，将大队人马，作速前来，自与玄成亦望熊州进发。正是：

生前念知已，死后尽臣忠。

却说徐懋功离了黎阳，宵行夕赶，来到长安。进城下了寓所。装了书生模样，叫家童跟了，走到十字街来，见双竿竖起，悬挂匣中两颗头颅。徐懋功见了，心如刀割，望上拜了四拜，将手捧住双竿，放声大哭。惊动众军校，上前来拿住，拥至朝门。其时因定阳刘武周僭称皇帝，差大将宋金刚发二万人马，差先锋虎将尉迟敬德，杀奔并州而来。并州太原是齐王元吉留守，被敬德打翻了元吉手下猛将一二十员，星夜差人到长安来请救兵。唐帝差裴寂领兵一万，往太原去救援。是日，秦王正在教场中操练人马。

唐帝见黄门官奏说有人抱竿而哭，天威大怒，叫绑进朝来。军校即便拥至驾前俯伏。唐帝问道："你是李密手下什么人？这般大胆，不遵号令，抱竿而哭？如不直言，斩讫报来。"徐世勣高声朗奏道："昔先王掩骼埋胔，仁流枯骨。东晋时王经之死，向雄哭于东市，后雄又收葬钟会之尸，文帝未有加罪。董卓既诛，蔡邕伏尸而哭，魏祖信谗加刑，卒至享国不永。此数人者，当时岂先卜其功罪，而后哭葬哉！今李密、王伯当，王诛既加，于法已备。臣感君臣之义，向竿吊哭，谅尧舜之主，亦所当容。若陛下仇枯骨而罪臣哭，将来贤者岂肯来归乎？"唐帝见说，龙颜顿转，便道："你姓甚名谁？"徐世勣道："臣姓徐名世勣。"唐帝笑道："原来是世民之恩人，你何不早说？朕日夜在这里念你们。卿请起来，衣冠朝见。"即敕旨叫军卫，把李、王二首级放下来。

世勣仍旧书生打扮，俯伏丹墀。唐帝即欲以冠带爵加世勣。世勣又奏道："君思畎亩之臣，臣亦思事贤圣之君。未有事魏不忠，而事唐乃能尽节者也。今魏公尸首两地，臣见之实为痛心。既蒙皇恩浩荡，求陛下以二首级赐臣，臣将去以礼葬之。如此，不特臣徐世勣一人感戴陛下，即魏之诸将士，无不共乐尧天，来事陛下矣。"唐帝大悦，即命中书写敕旨一道，李密仍以原官品级，以礼葬之。又对徐世勣道："世民儿望卿日久，卿速去速来。"徐世勣便谢恩出朝，将二公首级用两口小棺木盛了，载上车儿，连夜离长安，望熊州进发。

未及两三日，魏征亦来复命，说："黎阳三千人马，副将王簿已经统领到熊州熊耳山驻扎，秦琼臣已偕来，今在熊耳山营葬。臣今复命，尚起身去同他们料理完局，然后来事陛下。"秦王应允。时罗士信到长安，见过了秦母，知叔宝已在熊州，也出长安去了。

再说程知节那日辞了秦王起身，行了几日，不意途中冒了风寒，大病起来，半月后方能行动，先差两个心腹小校，前去知会了屯扎的人马。将到瓦岗，遇见了贾润甫车儿，载了家眷，跟了几个伴当前来。知节只说魏公尚在长安，今接家小去同住，彼此忙下马来相见了。贾润甫就叫车儿住了，忙问知节："这一路来可曾听见魏公消息么？"知节道："一路来没有什么消息。"润甫道："闻得魏公与伯当在熊耳山遇难。军士说秦、徐二兄与诸将，都到熊耳去殡葬魏公了。"知节听说，不觉泪洒征衣道："魏公迩来志气昏愦，自取灭亡；但是兄辈临事还该切谏他，或不至死。"润甫道："说甚话来！那夜在邢府束装之时，弟以为此行必不妥，再三劝止。魏公以弟不与同心，登时变脸，反要加害于弟，幸亏伯当兄一力劝阻。”知节道：“兄来曾会见懋功、叔宝么？”润甫道：“弟曾到黎阳会见。因单二哥要会弟，弟即到东都会了单二哥。我劝他归唐，他必不肯，嘱弟将他家眷，同主管单全，送到王世充军前去，会见雄信兄，交割明白，方才放心转来。”知节问道：“兄今投何处去？”润甫道：“弟事魏无成，安望再投何处？求一山水之间，毕此余生，看兄辈奋翼鹏程耳。幸为弟致谢心交，毋以弟为念。”举手一拱，竟上马去了。

知节亦跨上马，心中想道：“大丈夫生此七尺之躯，非忠即孝，须做一个奇男子。吾一生感恩知己，诸弟兄中独尤员外最深，若无此人，吾老程还在斑鸠店卖柴扒。他今滞迹瓦岗山寨，未有显荣。吾如今趁这样好皇帝，弄他去做几年官，也算报他一场。”打算定当，忙赶到寨中与尤俊达、连巨真、王当仁说知魏公、伯当身故，王娘娘与王夫人闻知，放声大哭。知节叫他们把仓库粮饷收拾了，各家家眷都撺掇了上路，连部下兵卒，共有千余人，齐齐起行。

行了四五日，将到独杨岭，只见一起人马冲将出来。连巨真大惊，连忙叫人到后边去报知知节。知节一骑马如飞赶来，望见旗号，知是自己屯扎在那里的二千人马。原来知节生成爽直，素得军心，当初与王世充战败逃走之时，他即收拾这干人马，屯扎在此。他要看魏公投唐安稳，自己打账寻个所在，仍复旧业。今身心事唐了，便把这干人马带去，因向众军吩咐：“你们打头站进熊州，到熊耳山下驻扎。”对连巨真道：“这是我的人马，不必惊疑，快趱上前去。”

未及半月，已到熊州，祖君彦、柳周臣亦至，同到熊耳山下，早有许多白衣白甲的军马在此。徐懋功与秦叔宝接见了，徐懋功对尤俊达、连巨真道：“非是我们不来通知你寨中弟兄，撇了来此，因不知事体是祸是福，故此不来知会。”程知节道：“连弟这些事故，那里晓得？幸亏在路遇着贾润甫兄，送了单二哥家眷去了回来。”秦叔宝道：“单二哥家眷，润甫兄送去完聚了？妙极、妙极！他如今怎么不见？”知节道：“他不肯再事他人，载了自己家小，寻山水之乐去矣。只是如今魏公家眷与伯当兄家眷，弟都带来，未知军师作何计较？”徐懋功喜道：“魏、王二公在天有灵，恰好家眷到来，尚未入土，此皆程兄之功也。叔宝兄，墓旁那三间卷棚，甚是宽敞，兄去指引他家眷安顿在内。”

尤俊达与程知节站定，将四围观看，乃是山下一块平阳旷地，后边挑起一个高高土山，山后白烁烁的石砌一条带围，围前搭起绝大五间革轩。轩中用石板凿深，参差二穴。穴上停着二棺，其中拜台甬道飨堂，俱是簇新构成；石人石马，排列如生。古柏苍松，葱葱并茂，外边华表冲天，石碑巍立，四围芦席轩亭，扎成不计其数。尤俊达看了赞叹道：“秦、徐二兄，来得这几时，亏他们筑成这所坟墓，不愧魏公半世交结英雄。”忙同连巨真到后队来，与雪儿王娘娘母子，并伯当家眷说知，叫他们俱换了孝服。魏玄成、徐懋功、秦叔宝率领了众将，前来接入墓中。王娘娘与伯当夫人，抚棺大恸；墓外边又是王当仁双手摇着灵座哀号。诸将见此遗雏呱呱而泣，亦俱下泪。

正在伤感之际，只见王娘娘走出墓外来，朝着徐懋功、秦叔宝、魏玄成等，拜将下去。秦、魏、徐三位忙亦跪下去说道：“娘娘有话请说，不必如此。”王娘娘道：“妾今日此来，如在梦中。逢此意外之变，犹幸魏公尚未入土，得以一见，了结三生。既蒙皇恩浩荡，谅此遗孤，罪不重科，望三位将军，俯念夙昔交情，六尺之孤全赖始终护持。妾从此同归泉壤，虽死犹生。”说罢，竟将身边佩刀，向项下一刎。王当仁在旁，如飞拉住，众将上前劝慰。正在忙乱之际，墓内王伯当夫人，也向那石上触去；幸亏尤夫人与连夫人扶定，得以幸免。

程知节见内外忙乱定了，向秦叔宝道：“秦大哥，弟进长安去复命，两公家眷仗你好生照管。”魏玄成对程知节道：“兄去复命，弟有一札与徐义扶，兄可带去；如有人来吊祭，兄可作速先来报知。”知节应诺，如飞赶进长安城，见了母亲与秦伯母，即到西府去见秦王。

其时秦王因刘武周差宋金刚、尉迟敬德，杀败唐将，围了并州，齐王元吉慌了，画了尉迟敬德图像，带了妻孥，偷出北门，逃回长安。秦王正与唐帝同众大臣在太和殿看齐王带来敬德的画像。知节进朝去见了唐帝、秦王，唐帝问道：“卿前去带了多少部曲来归唐？”知节道：“臣自己名下，只有二千步兵。瓦岗山寨有二臣，一名尤俊达，一名连明，说有二三千甲士。徐世勣、秦琼与众将，在黎阳带来马步兵将，有四五千，共有一万多人马，今俱屯扎在熊州熊耳山，伺魏公入土后，诸将即便统众来归陛下。”唐帝大喜，问程知节道：“卿还去否？”知节道：“臣还要去送葬呢！然后即举部曲来归长安。”说了，即便辞朝出来，忙去会着了徐义扶，把魏玄成手札与他看了。书上止不过说李、王家眷如何贞烈，三军如何伤感，叫他令爱惠妃夫人，念昔日王娘娘旧谊，撺掇秦王，在朝廷面前讨一坛御祭下来，以安众心。义扶会意，即便进西府去与惠妃夫人说知。夫人常念王娘娘之情，遂与秦王说了，将魏征与父亲的书与秦王看了。秦王便向朝廷讨下御祭，要在礼部堂中，差一员官去。

秦王对众谋士道：“魏家兵卒，共有准万，今齐赴熊州。那些将士，孤晓得尽是能征惯战，若非孤自去慰吊，焉能使众军士心悦诚服？”众谋士诚恐亵尊，皆说未可。秦王道：“昔三国时，刘备与孙权共争天下，鏖战数番。孔明用计气死周瑜，孔明亲往吴郡，慰吊周郎，吴家兵将为之感泣。今李密系隋之大臣后裔，门第既高，谋略又劲，非草泽英雄类比。只因他好为自用，不肯用人，以致一败，失志来归。今他已死，雠仇已解，孤欲去吊者，为国家计也，岂真吊李密哉！诸君何不识权变而昧于大义耶！”众谋士齐声道：“此皆殿下宽仁大度，虑出万全。”于是秦王定了旨意，带了西府许多谋臣武士，先命徐义扶赍御祭旨意前行。惠妃夫人亦有私吊礼仪候问王娘娘，托父亲馈送。

徐义扶同程知节连夜兼程，先往熊州来报知。魏之将士，见说唐主赐了御祭，秦王又自来吊，各各欢忻。徐懋功把执事派定，魏征、秦琼管待西府谋臣，程知节、王当仁管待西府将士；尤俊达、连明管收来吊礼义；王簿、柳周臣犒赏唐家兵卒。徐世勣又谕各将士，务须盔甲鲜明，旗号整齐，五里一营，十里一亭。一应各项，吩咐停当，点骑兵二十名，昼夜打探。

不多几日，秦王到了熊州，听见三声炮响，早有四五百白衣甲将士来接，手中拿了一揭，跪在地上禀道：“左哨千总苗梁，迎接千岁而过。”又行了四五里，又是许多白甲兵将，放炮递揭跪接，如此过了七八处。秦王坐在宝辇中，见那些兵马，一个个盔甲鲜明，旗带整齐，心中转道：“魏之将帅经营，可称知礼知义矣！李密无成，真为可惜！”一路缓行。离熊耳山尚有数里，忽听得轰天三声大炮，鼓角齐鸣。徐世勣、魏征、秦琼率领许多将士，齐齐鞠躬站定，将到辇旁，尽皆俯伏。秦王早已看见，忙在辇中站起身来，大声说道："众位先生请起。"魏之将帅让辇过了，齐上马随着。一路里鼓乐引导，行伍簇拥，将到墓门，又是大炮三声。秦王停辇，众官揖进三间挂彩大卷棚内，坐定。秦王问徐义扶道："朝廷御祭过了未曾？"徐义扶道："已过了。"秦王即起身更衣，换了暗龙纯素绫袍，腰间束了蓝田碧玉带。徐世勣等忙到轩前，向秦王拜辞。秦王不允，必要进去一祭。众宾僚陪着拥进墓门，魏家兵将又齐齐跪下，迎进墓去。

到了拜亭，秦王站定，举眼一看，见墓外供着一个金字牌位，上写"唐故光禄卿上柱国驸马邢国公李讳密之位"；侧首一个牌位上写"唐故右卫大将军王讳勇之位"。左首徐世勣、魏征、秦琼、程知节四五个将帅，俱着了麻衣衰绖还礼；右首王当仁扶着三四岁的世子启运，亦是麻衣衰绖，俯伏在地，墓内哭声震天。阴阳赞礼，秦王一头祭，一头哭，道他当初在金墉时，何等气概，何等威风，多少非望，只此结局！只见邈邈遗雏，未满三尺，墓内哭声，哀号凄惨。秦王虽是英雄，睹此情景，禁不住潸然泪下。众官看见秦王如此，亦各哀号伏泣，惹得一军皆哭。

秦王祭毕上辇，回至宾馆棚内更衣。徐世勣拥了世子启运，同众将上前叩谢。秦王扶起懋功等道："众先生料理完了，作速进长安，以慰朝廷悬悬之望。"徐世勣道："臣等不敢迟延，即在数日内，带领诸将前来面帝。"说了如飞归墓。前西府文武宾僚，无不备纸行吊。秦王起驾，魏将仍送至十里外转来。秦王祭礼外，又发犒赏军银五千两。众军士无不踊跃欢喜。徐懋功忙叫书记写成两道谢表，命柳周臣赍表随秦王先入长安，即择日将二柩下土安葬完了，料理起身。王娘娘与王伯当夫人，愿甘守墓，不肯随行。懋功等无奈，只得拨了三四十名军校，守在墓前，再作区处。大家统领管辖兵卒，陆续起行。

到了长安，先进西府，谒了秦王。秦王率领魏家大小臣子，朝见唐帝。徐世勣把军士花名册籍呈上，唐帝看了大喜，即授徐世绩为左武卫大将军、秦琼为右武卫大将军、罗士信为马军总管、尤俊达左三统军、连明右四统军、王簿马步总管。王簿奏道："臣不敢受职。"唐帝道："为何？"王簿道："臣此来一觐天颜，识尧舜之君：一叩谢皇恩隆故主之礼。臣冒死尚有一言，上渎天听。"唐主道："朕不罪汝，快奏来。"王簿道："臣闻先王之政，敬老慈幼，罪人不孥，鳏寡孤独，时时矜恤。今故主怀德来归，蒙圣恩格外施仁，赦其过而隆其礼，以官爵之，以婚赐之，宠眷已极。不意故主李密一朝失志，自戕其命，众臣皆沐恩泽，独使孱弱之妻，几欲捐生；怀抱之孤，如同朝露。此果死者不足矜，而生者实可恤。若论子民，今则为唐家之子民也；若论伦理，岂非唐家之姻戚耶！今独孤公主尚居邢府，虽或伉俪未深，一经醮庙，即名之夫妇，岂不念彼之子，即伊之子，忍使置之露宿野处之间。使圣神文武之君，致后世作史者，摇唇鼓舌，何以令四方仰德耶！此臣所以愿为遗民，而不愿为廷臣也。"唐帝听了，大喜道："卿乃武臣，何能辨析大义若此？魏之将帅，何多能也！"即命礼部差官迎接王氏，并伊子启运，更名启心，及王勇之妻，到邢府与独孤公主赡养守孤，加赐王簿虎翼大将军；其余祖君彦、柳周臣等，各各赐爵。王簿同众人谢恩归班。

正在封赏之时，只见有晋阳浍州文书飞马来报，说刘武周围城紧迫，危在旦夕，伏乞陛下火速拨兵救援。唐帝道："晋阳乃中原咽喉之所，岂可有失？但急切间，少一个能将耳。"徐世勣奏道："臣等愿竭犬马，扫除武周，以报万一。"唐帝道："朕久知卿足智多谋，有将帅之才；但恨宋金刚部下有一员将，名尉迟恭，骁勇绝伦，难以克敌。"因指壁间图像道："此即尉迟羯奴之像也，卿等不妨观之。"秦王引徐世勣等一班众臣，齐到图像边来细看，果是身长九尺，铁脸圆睛，横唇阔口，满嘴虾须，双鼻高耸，头戴铁幞头，身穿红勒甲，手持一根竹节钢鞭，竟如黑煞天神之状。徐世勣道："此不过一勇之丑奴，何足怪异？"秦琼对秦王道："小卒丑奴，何堪图像，以亵大唐殿廷？乞陛下假笔与臣以涂抹之。"秦王即命左右取笔与叔宝，叔宝执笔在手，咬牙怒目，把像从上至下，尽加涂坏，俯伏奏道："臣愿领兵三千，赶到晋阳，去灭此贼，如若不胜，愿甘法律。"唐帝大喜道："恩卿肯去，必能奏功，朕何忧焉！"即敕徐世勣为讨虏大元帅、秦琼为讨虏大将军、王簿为正先锋、罗士信为副先锋、程知节为催粮总管，命秦王为监军大使灭虏都招讨，领唐将押后。各各辞帝，连夜领兵起行，望并州而去。正是：

若要攀龙树勋绩，还须血战上沙场。

第五十六回　**啖活人朱粲兽心　代从军木兰孝父**

词曰：

枉自问天心，少女离魂。沙场有路叩迷津，只念劬劳恩切切，岂惜伶仃？
旗鼓两相侵，拚死轻生。人人有志立功勋，莫笑英雄曾下泪，且看前程。
调寄《浪淘沙》

兵法云：兵骄必败。盖骄则恃己轻人，骄则逞己失众，失众无以御人，那得不败。隋亡时，据地称王者共有二三十处，总皆草泽奸雄，如齐人乞食墦间，花子唱莲花落，止博片时饱腹，暂时变换行头，原不想做什么事业。怎如李密才干，结识得几十个豪杰，死后犹替他好好收拾。

如今再说徐懋功同秦王统领许多人马，出了长安。行了几日，来到汴州。懋功对秦王道："臣等帅师去伐刘武周，只虑王世充在后，倘有举动，急切间难以救援。臣思朱粲近为淮南杨士林所逼，穷困来归，圣上封为楚王，屯驻菊潭。殿下该差人赍书去慰劳他，兼说王世充弑隋皇泰主，擅自夺位，乞足下统一旅之师，为唐讨弑君之贼，雪天下之愤；所得郑地，唐楚共之。朱粲系贪鄙之夫，见此书必然欣允。"秦王道："此贼性好吃人，尝与隋著作佐郎陆从典、通事舍人颜愍楚为宾客，阖家俱为所啖，凶恶异常。孤久欲击灭之；虽来归附，岂可与他和好？"懋功道："非此之论。若朱粲肯去，殿下可分二三千人马，遥为伐郑助他，待郑楚自相践踏起来，我这里好收渔人之利；如若不肯，我发兵去剿朱粲，牵动世充之势。世充知有南患，恐首尾不能相顾，必不敢动兵西向，此假虞灭虢之计，殿下以为何如？"学士段悫道："臣与朱粲有一面之交，待臣持书去陈说利害，叫他起兵，事必谐妥矣。"秦王道："闻卿贪饮，恐误军机。"段悫道："军情大事，岂同儿戏？臣去即当戒酒。"秦王道："如此孤才放心。"段悫即赍了秦王书礼，来到菊潭。

原来朱粲在隋朝曾为亳州县吏，时与段悫为至交酒友，今闻段悫到此，如飞出来相见，分宾主坐定。朱粲道："阔别数年有余，再不能相见，未知吾兄目下现归何处？"段悫道："弟仕唐朝，滥叨学士之职。"朱粲道："闻得李密被王世充杀败，带了许多将士，前去投唐，未知确否？"段悫道："怎么不确？如今兵马将士，又增了几十万，真正国富兵强。秦王闻知王世充弑隋皇泰主自立，气愤不平，欲与大王永为结好，发兵共讨弑君之贼。如得世充宝玉财物，让君独取，土地人民与君共之。"朱粲道："秦王既有如此美意，又承故友见谕，弟敢不如命？明日即发兵去伐郑，你们只消添助一二千人马就够了。"吩咐手下摆酒，便问道："兄近来的酒量，必定一发大了？"段悫道："弟今已戒酒，有虚胜意。"朱粲道："昔日与君连宵畅饮，今日知己相逢，岂有不饮之理。若说公事，弟已如命；若论交情，也该开怀相叙。"即便举杯坐定，美满香醪，斟在面前。

大凡贪饮的人，如好色的一般，随你嫫母无盐，见了就有些动念。今段悫见此杯中之物，便觉流涎，举起酒卮一饮而尽。两人谈笑颇浓，兕觥交错，段悫忘其所戒，吃一个不肯歇手。要知朱粲当初在隋时，因炀帝开浚千里汴河，连遇饥荒之岁，日以人为食，如逢畅饮，即便两目通红。此时俱各沉酣，段悫笑对朱粲道："大王，你当时喜欢吃人肉，今权重位尊，还常吃么？"朱粲见说，登时怒形于色，心中转道："这狗才，我如今前非俱改，却在众人面前，揭我短处！"便道："我如今只喜吃读书人，读书人的皮肉细腻，其味不同；况啖醉人，如吃糟猪肉。"段悫怒道："这就放屁了！你只好吃几个小卒，读书人那得与你吃！"朱粲道："你道我放屁，我就吃你何妨？"段悫道："你敢吃我，你这颗头颅，不要想在项上。"朱粲大怒，唤刀斧手快把段悫学士杀了，蒸来与孤下酒。

可怜词翰名流客，如同鸡犬釜中亡。

唬得跟段悫的军士，连夜逃回唐营，奏知秦王。

秦王大怒，正要起兵到菊潭来灭朱粲，以报段悫之仇，恰好李靖去征林士弘，路经伊州，趁便说张善相带领二三千人马来归唐，晓得秦王统兵到此，忙同张善相进大营来相见。秦王大喜，即便将朱粲醉烹段学士之事，述了一遍。李靖道："殿下如今作何计较？"秦王道："如此逆贼，孤欲自去讨之，以雪段悫泉下之忿。"李靖道："此禽兽之徒，何劳王驾亲征？臣闻并州已失数县，浍州危在旦夕，殿下宜速法救援。菊潭朱粲，臣同张善相领兵去走遭，必擒此贼，来见殿下。"秦王道："若足下前去，孤何忧焉。"即拨唐将四五员，领精兵一万，加李靖征楚大将军，张善相为马步总管，白显道为先锋。秦王道："卿此去必得凯旋，当移兵于河南鸿沟界口。候孤伐了武周，即便来会，合兵去剿世充。"李靖应诺，随同张善相辞别秦王，拔寨起行。

却说刘武周结连了突厥曷娑那可汗，乃始毕可汗之弟，袭其兄位，而为西突厥，居于北地；见武周有礼来讲好，约他去侵犯中国，曷娑那可汗即便招兵聚众。其时却弄出一个奇女子来，那女子姓花，其父名弧，字乘之，拓拔魏河北人，为千夫长；续娶一妻袁氏，中原人。因外夷移一种木兰树，培养数年，不肯开花，因其女分娩时，此树忽然开花茂盛，故其父母即名其女曰木兰。后又生一女，名又兰。一男名天郎，尚在襁褓。又兰小木兰四岁，姿色都与那木兰无异。木兰生来眉清目秀，声音洪亮，迥与孩提觉异。花乘之尚未有儿时，将他竟如儿子一般，教他开弓射箭。到了十来岁，不肯去拈针弄线，偏喜识几个字儿，讲究兵法。其时突厥募召兵丁，木兰年已十七岁，长成竟像一个汉子。北方人家，女工有限，弓马是家家备的。木兰时常骑着马，到旷野处去顽耍。父母见他长成，要替他配一个对头，木兰只是不允。

一日听见其父回来，对着妻孥说道："目下曷娑那可汗召募军丁。我系军籍，为千夫长，恐怕免不得要去走遭。"妻子袁氏说道："你今年纪已老，怎好去当这个门户？"花乘之道："我又没有大些的儿子可以顶补，怎样可以免得？"袁氏道："拚用几两银子，或可以求免。"花乘之道："多是这样用了银子告退了，军丁从何处来？何况银子无处设法。"袁氏道："不要说你年老难去冲锋破敌，就是家中这一窝儿老小，抛下怎么样过活？”花乘之道：“且到其间再处。”

过了几日，军牌雪片般下来，催促花弧去点卯。乘之无奈，只得随众去答应。那晓得军情促迫，即发了行粮，限三日间即要起身，惹得一家万千忧闷。木兰心中想道：“当初战国时，吴与越交战，孙武子操练女兵，若然，兵原可以女为之。吾观史书上边，有绣旗女将，隋初有锦伞夫人，皆称其杀敌捍患，血战成功。难道这些女子，俱是没有父母的，当时时势，也是逼于王事，勉强从征，反得名标青史。今我木兰之父如此高年，上无哥哥，下有弟妹，今若出门，倚靠何人？倘然战死沙场，骸骨何能载归乡里？莫若我改作男装，替他顶补前去，只要自己乘巧，定不败露，或者一二年之间，还有回乡之日，少报生身父母之恩，岂不是好。但不知我改了男人装束，可有些厮像。”忙在房中，把父亲的盔甲行头，穿扮起来。幸喜金莲不甚窄窄、靴子里裹了些脚带，行走毫无袅娜之态。便走到水缸边来，对着影儿只一照，叹道：“惭愧，照样看起来，不要说是千夫长，就是做将军也做得过。”

正在那里对着影儿募拟，不提防其母走来，看见唬了一跳，说道：“这丫头好不作怪，为甚装这个形像？”花乘之听见，亦走进来看了笑道：“这是什么缘故？”木兰道：“爹爹，木兰今日这般打扮，可充得去么？”其父道：“这个模样，怎去不得？昨日点名时，军丁共有三千几百，那里有这般相貌身躯；但可惜你……”说了半句，止不住落下几点泪来。木兰看见，亦下泪问道：“爹爹可惜什么？”花乘之道：“可惜你是个女子。若是个孩儿，做爹妈的何愁？还要想你出去干功立业、光宗耀祖哩！”木兰道：“爹妈不要愁烦。儿立主意，明日就代父亲去顶补。”父母道：“你是个女儿家，说痴呆的话。”木兰道：“闻得人说，乱离之世，多少夫人公主，改妆逃避，无人识破；儿只要自己小心谨慎，包管无人看出破绽。”袁氏抚着木兰连声说道：“使不得，那有未出闺门的黄花女儿，到千军万马里头去觅活？”木兰道：“爹妈不要固执，拚我一身，方可保全弟妹；拚我一身，可使爹妈身安；难道忠臣孝子，偏是带头巾的做得来？有志者事竟成。儿此去管教胜过那些脓包男子，只要爹妈放胆，休要啼哭，让孩儿悄然出门，不要使行伍中晓得我是个女子，料不出丑，回来惹人家笑话。”父母见他执意要去，到弄得一家中哭哭啼啼，没有个主意。

过了一宵，到东方发白，忽听见外边叩门声急，在外喊道：“老花大，我们打伙儿去罢。”花乘之开门出来，却是三四个同队的兵，正要开口，只见女儿木兰，改了男装，扎扮停当，抢出来说道：“我父亲年老，我顶替他去。”那些人看见笑道：“花老大，我们不晓得你有这般大儿子，好一个汉子！”花乘之见了这般光景，不好说得别话，只得含着泪道：“正是。”这些人道：“有那样好儿子，正该替你老人家当差，让他去一刀一枪，博得个官儿回来，你一家子就荣耀了。”木兰扯父进去，拜别了父母，只说得一声：“爹妈保重，好生照管弟妹，我去了。”背了包裹，拾了长枪，把手一摇，长扬的出门。花乘之只得忍着泪跟了，要送木兰到营中去；反是木兰严词厉色，催逼转来。那些邻里晓得了，多走来埋怨他父母道：“你这两个老人家，好没来由！把这个大女儿干这个道路，倘有些山高水低，如何是好？”还有那没志气的妇人私议道：“这大一个女儿，不思量去替他寻一个对头完娶，教他自往千万人队里，去拣可意的人儿快活，岂不是差的！”花乘之无奈,只做不听见,心上日夜忧煎。木兰出门之后,不上一年,乘之染成一病,竟呜呼哀哉了。其妻袁氏,拖着幼儿幼女,不能过活,只得改嫁同里一个姓魏的,这是后话。

今且说秦王同徐懋功,统兵与刘武周交战,已恢复了五六处郡县。正在柏壁关,秦叔宝与尉迟恭对垒,战了四五阵,不分胜负。宋金刚因尉迟恭胜不得秦叔宝,疑有私心,着人督战。尉迟恭懊恨,只得又下关来与叔宝战了百余合,杀个平手。秦王在阵前观看,甚爱惜叔宝,又舍不得尉迟。日色已暮,恐怕有失,秦王便叫鸣金,二将各归本寨。

秦叔宝杀得性起,那里肯休?便叫军士去点火把,前去夜战。秦王止之,叔宝那里肯听。只听得刘阵里一声炮响,点得火把如同白昼。敬德在阵前大叫道:“快快出来厮杀!”叔宝听见笑道:“这羯奴倒有同心。”快换了马匹,出阵前对敬德说道:“我今夜若杀你不得,誓不回营。”敬德道:“我今夜若不砍你的头颅,亦不还寨。”大家放出精神,各逞武艺,又战了百余合,那个肯输。敬德笑道:“惭愧,你我的手段已见,何足为意;你敢与我斗并力法么?”叔宝道:“何为并力法?”敬德道:“昔时孟贲、夏育,能生拔牛角;伍子胥能举巨鼎;项羽力可拔山。我如今与你两个,明人不做暗事,使乖不足为奇,你先受我几鞭,我亦与你打几锏,以定强弱,此为并力法。”叔宝道:“你老大的人,说孩子家的耍话。牛是畜生,鼎是铁器,山是土堆,都是死的;人的皮肉,是父母的遗体,不要说死,就是不死,岂可毁伤?宁可一刀一枪,倘有不测,也可扬名于后世。这样作耍的事,我不依你。”

敬德见说,想道:“这话也说得是。不要说这一鞭两锏打得死,就是打不死,也要做了一个残疾的人。”瞥眼见侧边两块大蛮石在傍,约有一二千斤重,因对叔宝道:“两块石头,可是一样的;我与你赌:大家用兵器打,如多打一下碎的,就算他输。”叔宝道:“你的兵器多少重?”敬德道:“我的鞭一百二十余斤。”叔宝道:“我的锏一根有六十四斤,两条算来,却也重不多几斤。”敬德道:“我把你的双锏打,你把我的单鞭打,大家交换用力。若是你打输了,你归降我定阳;我若打输了,降顺你唐朝。只打三下,看谁强谁弱。”叔宝道:“就是这般。”两人齐下马来。敬德先把战袍拽起,把鞭递与叔宝。叔宝也把双锏与他。敬德怒目狰狞,用力打去,石上并无孔隙,又尽力一下,石上只陷得二三余寸深。敬德心上有些慌了,第三下用尽平生之力,打将去,只见扑通一声,此石裂开,化为两半。敬德笑道:“何如?今该你打。”叔宝也把袍袖扎起,看着蛮石对天默祷道:“苍天在上,我秦琼与胡奴在此比试,全仗唐天子洪福。秦王得以一统天下,我秦琼该在此建功,不消三下,此石即为会开。”把双手举鞭,尽力打去,石已露痕,又用力一下,石已透底分开。叔宝笑道:“何如?石尚如此,若是人,此刻已为肉泥矣!你三下,我只两鞭,还算你输。”敬德道:“我的兵器狠,你的锏轻。”

两人正在那里争论,只见四五个小卒捧着一坛酒、一盘牛肉,跪在面前说道:“殿下恐二位将军用力太过,献此一樽聊接神力。”敬德见了,说道:“谁要吃你家的东西,要厮杀再杀罢了!”两人换转兵器,再上马时,只听见唐阵里金声一响,叔宝只得拨转马头回寨去了。敬德亦自归营。此是秦叔宝与尉迟恭三锏换两鞭之事,实效三国时刘先主与吴大帝试剑砍石之法,何后世作者欲骇人耳目,言叔宝受三鞭,敬德挨两锏,不亦谬乎!

今且不说叔宝归寨，再说敬德回营，有几个小卒高兴，把阵前赌赛之事，说与宋金刚得知。金刚怒道："斗战危事，岂可阵前赌胜饮酒，如此戏耍？明系私通怠玩，漏泄军情。"即便奏知刘武周。武周大怒，忙叫左右："与我把尉迟恭斩讫报来！"众将再三求免。武周便差寻相去守关，贬敬德到介休去看守粮草。徐懋功打听得知，心中甚喜。忽见沿路细作来报："曷娑那可汗起兵来助刘武周。"徐懋功即向秦王附耳说了几句。秦王便差总管刘世让，赍金珠前往曷娑那可汗营中去，用计止之。徐懋功便点起众将，分头打柏壁关。寻相久已有心归唐，今见唐家兵多将勇，料此关不能守住，只得献关降唐。这些李密手下将士，个个要想干功，直杀得宋金刚的人马，十停去了八停，止剩二三千人败将下去。刘武周慌了，也只得移兵转北。徐懋功知尉迟敬德差往介休去护持粮草，便差罗士信与王簿，用计先往介休；自与秦王大队人马，慢慢的来追赶。

却说尉迟敬德侥幸不杀，满面羞惭，带领一队人马离了柏壁关，遥向介休进发。行至安封地方，只见一起人夫押着粮草前来。敬德向前查点，粮计三千石，草有一万余束，车上各插小黄旗为号。时已日暮，即令守车军士将粮草团聚中间，众兵结成野营在外扎住。敬德不解衣甲，坐在营中，忽闻前途吵闹，军人报说："有贼来劫营了！"敬德遂提鞭跨马，行不止二三里，忽然闻一声炮响，喊杀连天。敬德举头仰视，是夜月色微明，见一起人马，为首一将，杀奔前来。敬德问道："你是何处来的？"那将道："我乃大唐徐元帅手下大将王簿，奉元帅将令，特来取你家的粮草应用。"敬德道："泼贼，你认得我么？"王簿笑道："我老爷怎不认得你这个杀不死的贼！"敬德大怒，忙举手中鞭，劈面砍来；王簿举枪来迎住。两个一来一往，战了五六十合，王簿只顾败将下去。敬德紧赶不放，耳边忽闻得喊声震天，往后一看，只见一派火光，上下通红。敬德撇了王簿，勒回马来一望，惟闻霹雳之声，霎时间大车小车，大束小束，三千粮米、准万稻草，被唐兵烧毁无存。原来烧粮草车的是罗士信，王簿赚了敬德去，他来放火烧毁。敬德见粮草烧尽，心中愈加烦闷，又恐王簿夺了介休城去。如飞连夜赶到介休，正遇见王簿与罗士信，又杀了一阵。他两个那里杀得过敬德，只得让他进介休城去，等待秦王与徐懋功大兵到来，把城池四面用兵围绕。

秦王使寻相进城去说敬德。敬德道："如要我降唐，且看刘武周下落。如若死了，我方再事他人；今若来逼，惟有死战而已！"寻相无奈，只得出城，以敬德之言回复秦王。秦王听了，心中烦闷。忽报总管刘世让回来，秦王大喜，相见了，世让把刘武周与宋金刚的首级献上。秦王又惊又喜道："此物何处得来？"世让道："臣奉命而行，穿过并州，中途遇见曷娑那可汗领兵屯在万峰山下。臣打听得实，即往彼营中相见，把礼物表章献上，说：'唐王要去伐郑国，讨弑隋皇泰主之罪，乞借大国之兵，同往征之。'曷娑那可汗大喜道：'我正在这里恼恨刘武周。他要求我们来杀你家唐朝，不想他自先行，所破郡县，子女玉帛，尽被他取去，使我们殿后以为救援。如今既是你家唐主将礼物来和好，我就起兵来会，先去问了刘武周之罪，然后与你们去伐王世充便了。'事恰凑巧，臣住在他营中，未及两日，只听得说刘武周与宋金刚被我这里人马杀败，势穷力尽，来投曷娑那可汗。曷娑那可汗大怒，用计杀了他二人，叫臣赍首级来，献与朝廷。"秦王见说，以手加额道："此天赐我成功也！"即厚赏了刘世让。随差寻相，将刘武周、宋金刚二颗首级，再进介休城，与敬德看了，好说他来归唐。

寻相奉命进城，敬德看见了两个首级，认得是真的，号天大恸，备礼祭献，随将首级用棺盛殓，安葬好了，遂开城降唐。秦王一见，爱敬如宾，即飞驰奏章，以报捷音。唐帝大喜，即赐尉迟恭为左府统将军，升刘世让为并州太守；其余将佐各有升赏。正是：

水穷山未尽，石剖玉方新。

第五十七回　改书柬窦公主辞姻　割袍襟单雄信断义

诗曰：

伊洛汤汤绕帝城，隋家从此废经营。
斧斤未辍干戈起，丹漆方涂篡逆生。
南面井蛙称郑主，西来屯蚁聚唐兵。
兴衰瞬息如云幻，唯有邙山伴月明。

人的功业是天公注定的，再勉强不得。若说做皇帝，真是穷人思食熊掌，俗子想得西施，总不自猜，随你使尽奸谋，用尽诡计，止博得一场热闹，片刻欢娱。直到钟鸣梦醒，霎时间不但瓦解冰消，抑且身首异处，徒使孽鬼啼号，怨家唾骂。

如今再说曷娑那可汗杀了刘武周、宋金刚，把两颗首级与刘世让赍了来见，秦王许他助唐伐郑，拔寨要往河南进发。因见花木兰相貌魁伟，做人伶俐，就升他做了后队马军头领。几千人马到盐刚地方，缥缈山前，冲出一队军马来。曷娑那可汗看见，差人去问："你是那里来的人马？"那将答道："吾乃夏王窦建德手下大将范愿便是。"原来窦建德因勇安公主线娘要到华州西岳进香，差范愿领兵护驾同行；此时香已进过，转来恰逢这枝人马。当时范愿一问，知是曷娑那可汗，便道："你们是西突厥，到我中国来做什么？"曷娑那可汗道："大唐请我们来助他伐郑。"范愿听见大怒道："唐与郑俱是隋朝臣子，你们这些杀不尽的贼，守着北边的疆界罢了，为甚帮别人侵犯起来？"曷娑那可汗闻知怒道："你家窦建德是卖私盐的贼子，窝着你们这班真强盗，成得什么大事，还要饶舌！"范愿与手下这干将兵，真个是做过强盗的，被曷娑那可汗道着了旧病，个个怒目狰狞，将曷娑那可汗的人马，一味乱砍，杀得这些蛮兵尽思夺路逃走。

曷娑那可汗正在危急之际，幸亏花木兰后队赶来。木兰看见在那里厮杀，身先士卒冲入阵中，救出曷娑那可汗，败回本阵。木兰叫本队军兵，把从人背上的穿云炮，齐齐放起。范愿见那炮打人利害，亦即退去。木兰犹自领兵追赶，不提防斜刺里无数女兵，都是一手执着团牌，一手执着砍刀，见了马兵，尽皆就地一滚，如落叶翻风，花阶蝶舞。木兰忙要叫众兵退后，那些女兵早滚到马前。木兰的坐骑，被一兵砍倒，木兰颠翻下来，夏兵挠钩套索拖去。又一个长大将官见了，如飞挺枪来救，只听得弓弦一响，一个金丸把护心镜打得粉碎，忙侧身下去拾起那金丸时，亦被夏兵所获。北兵是拖翻了两个去，大家掉转马头逃去了。

窦线娘带了木兰与那个将官，赶上范愿时，已日色西沉，前队已扎住行营。窦线娘亦便歇马，大家举火张灯。窦线娘心中想道："刚才拿住这两个羯奴，留在营中不妥。"叫手下带过来。女兵听见，将木兰与那长大丑汉都拥到面前。那些女兵见木兰好一条汉子，倒替他可怜，便对花木兰道："我家公主爷军法最严，你须小心答应。"木兰只做不听见，走进账房，只见公主坐在上面。众女兵喝道："二囚跪下！"那丑汉睁着一双怪眼，怒目而视。线娘先把木兰一看，问道："你那个白脸汉子！姓甚名谁？看你一貌堂堂，必非小卒终其身的。你若肯降顺我朝，我提拔你做一个将官。"花木兰道："降便降你，只是我父母都在北方，要放我回去安顿了父母，再来替你家出力。"线娘怒道："放屁！你肯降则降，不肯降就砍了，何必饶舌！"木兰道："我就降你，你是个女主，也不足为辱；你就砍我，我也是个女子，亦不足为荣。"线娘道："难道你不是个男儿，倒是个女子？"木兰道："也差不多。"公主对着手下女兵道："你们两个押他到后账房去一验来回报。"两个女兵扯着木兰往后去了。

线娘道："你这个丑汉有何话说？"那汉道："公主在上，我却不是女子，实是个男子，你们容我不得的。若是公主肯放了我去，或者后日见时，相报厚情。"公主听了大怒道："这羯奴一派胡言，与我拿去砍了罢！"五六个女兵，如飞拥他转身。那汉口中喊道："我老齐杀是不怕的，只可惜负了罗小将军之托，不曾见得孙安祖一面。"线娘听见，忙叫转来问道："你那汉刚才讲什么？"那汉答道："我没有讲什么。"线娘道："我明明听见，你口中说什么罗小将军与孙安祖二人；问你那个孙安祖？"那汉道："孙安祖只有一个，就在你家做官，那里还寻得出第二个来。"线娘便叫去了绑，赐他坐下，又问道："足下姓甚名谁？与我家孙司马是什么相知？"那汉道："我姓齐，号国远，是山西人。与你家主上也是相知，孙司马是好朋友。前年承他有书寄来，叫我们弟兄两个去做官，我因有事没有来会他。"

原来齐国远与李如珪两个，当时因李密杀了翟让，遂去投奔柴嗣昌。正值唐公起义之时，柴郡主就留两个人为护军校卫团练使，嗣昌又带他两个出去，帮唐家夺了几处郡县。嗣昌奏知唐帝，唐帝赐他两个为护军校尉，就在鄠县驻扎。为因幽州刺史张公谨五十寿诞，与柴嗣昌昔年曾为八拜之交，故特烦国远去走遭。恰好遇见幽州总管罗公之子罗成，常到公谨署中来饮酒，遂成相知。晓得他与秦叔宝、单雄信契厚，故此写书，附与国远，烦他寄与叔宝。

其时线娘见说，便道："足下既是我家孙司马的好友，又与父皇相聚过的，我这里正缺人才，待我回去奏过父皇，就在我家做官罢了。但是你刚才说什么罗小将军是那里人？"国远道："就是幽州总管罗艺之子。他与山东秦叔宝是中表之亲，他有什么姻事，要秦叔宝转求单雄信在内玉成，故此叫我去会他。不意撞着曷娑那可汗，被他拉来，装了马兵，与你们厮杀。"线娘听了，顿了一顿道："没有这事。岂有人的婚姻大事，托朋友千里奔求的？"齐国远道："我老齐一生不会说谎，现有罗小将军书札在此。"站起身来，解开战袍，胸前贴肉挂着一个招文袋，内许多油纸裹着，取出一封书递上。线娘叫左右接来一看，却用大红纸包好，上面写着两行大字：幽州帅府罗烦寄至山东齐州秦将军字叔宝开拆。线娘看罢，忙把书向自己靴子内塞了进去，对左右说道："外巡着几个进来。"左右到账房外去，唤四个男兵进来。线娘吩咐道："你们点灯，送这位齐爷到前寨范帅爷那里去，说我旨意，叫他好好看待安顿了，不可怠慢。"又对齐国远道："罗小将军的书暂留在此，候足下到我国会过了孙司马，然后缴还何如？"齐国远此时也没奈何，只得随了巡兵到范愿营中去了。

线娘见齐国远已去，站起身来，只见一个女兵打跪禀道："那白脸的人，检验的真是女子，并非虚诳。"线娘道："带进后账房来。"坐下，问道："你既是个女人，姓甚何名，如何从军起来？实对我说。"木兰涕泣道："妾姓花，名木兰，因父母年高，又无兄长，膝前止有孱弱弟妹，父亲出门，无人倚赖。妾深愧男子中难得有忠臣孝子，故妾不惜此躯，改装以应王命，虽军人莫知，而自顾实所耻也，望公主原情宥之。"说罢，禁不住泪如泉涌。线娘见这般情景，心下恻然道："若如此说，是个孝女了。不意北方强悍之地，反生此大孝之女，能干这样事，妾当拜下风矣！"请过来宾礼相见。木兰逊谢道："公主乃金枝玉叶，妾乃裙布愚顽，既蒙宽宥，已出望外，岂敢与公主分庭抗礼？"线娘叹道："名爵人所易得，纯孝女所难能。我自恨是个女子，不能与日月增光，不意汝具此心胸。我如今正少个闺中良友，竟与你结为姊妹，荣辱共之何如？"木兰道："这一发不敢当。"线娘道："我意已定，汝不必过谦，未知尊庚多少？"木兰道："痴长十七。"线娘道："妾叨长三年，只得占先了。"大家对天拜了四拜，两人转身，又对拜了四拜。

军旅之中，没有甚大筵席，止不过用些夜膳，线娘就留木兰在自己账房中同寝。线娘问木兰道："贤妹曾许配良人否？"木兰摇首答道："僻处荒隅，实难其人。妾虽承贤姐姐错爱，但恐归府时，驸马在那里，将妾置于何所？"线娘见说，双眉顿蹙，默然不语。木兰道："姐姐标梅已过，难道尚无吉士，失过好逑？"线娘道："后母虽贤，主持国政；父王东征西讨，料理军旅，何暇计及此事。"木兰道："正是人世上可为之事甚多，何必屑屑拘于枕席之间。"又说了些闲话，昏昏的和衣睡去。

线娘悄悄起身，在靴子里取出罗小将军的书来，心中想道："刚才齐国远说罗郎为什么姻事，要去央烦秦叔宝，不知他属意何人。我且挑开来，看他写什么言语在上。"把小刀子轻轻的弄去封签，将书展开放在桌上，细细的玩读。前边不过通候的套语，念到后边，止不住双泪交流道："哦，原来杨义臣死了。我说道罗郎怎不去求他，到央烦秦叔宝来。"从头至尾看完了，不胜浩叹道："嗳，罗郎，罗郎，你却有心注意于我，不求佳偶，可知我这里事出万难？如杨老将军不死，或者父皇还肯听他说话，今杨义臣已亡，就是单二员外有书来，我父皇如何肯允？我若亲生母亲尚在，还好对他说；如今曹氏晚母虽是贤明，我做女孩儿的怎好启齿？"想到这个地位，免不得呜呜咽咽哭了一场，叹道："罢了，这段姻缘只好结在来生了，何苦为了我误男子汉的青春？我有个主意在此：当初我住在二贤庄，蒙单家爱莲小姐许多情义，我与他亦曾结为姊妹。今罗郎既要去求叔宝，莫若将他书中改了几句，竟叫叔宝去求单小姐的姻，单员外是必应允，一则报了单小姐昔日之情，二则完我之愿，岂不两全其美。"打算停当，忙叫起一个女书记来，将原书改了，誊写一个副启上，照旧封好，仍塞在靴子里头。

不觉晨鸡报晓，木兰醒来，起身梳洗；线娘将他也像自己装束。众军士都用了早膳，正要拔寨起行，只见四五匹报马飞跑到账前来，对着公主禀道："千岁爷有令，差小将来请公主作速回国，因王世充被唐兵杀败，差人到我家来求救。千岁即欲自去救援，因此差小将前来。"线娘道："我晓得了，你们去罢！"便叫手下，唤昨夜送齐爷去的外巡进来。不一时，外巡唤到，线娘在靴内取出书来，又是二十两一封程仪，对外巡道："这书与银子你赍到前寨去,送与昨夜那位齐爷,说我因国中有事,不及再晤。”外巡接书与银子,收好去了。线娘把手下女兵,调作前队,范愿做了后队,急急赶回。齐国远晓得夏国也要出兵,亦不去见孙安祖,竟投秦叔宝去了。正是:

将军休下马,各自赶前程。

今再说秦王同徐懋功灭了刘武周,降了尉迟敬德,军威甚胜。懋功对秦王道:“王世充自灭了魏公之后,得了许多地方,增了许多人马,声势非比昔日;今殿下若不除之,日后更难收拾。当先差诸将,四路先去其爪牙,收其土地,绝其粮饷,然后四方攒逼拢来,使他外无救援,内难守御,方可渐次擒灭。譬如人取巨螯,先断其八足,虽双钳利害,何以横行哉!”秦王称善,把兵符册籍悉付懋功。懋功便差总管史万宝自宜阳县进兵,取龙门一带地方;将军刘德威自太行山取河内地方;上谷公王君廓自洛口绝王世充粮道;总管黄君汉自河阴攻取洛城;大将屈突通、窦轨驻扎中路埋伏,接应各处缓急。王簿同程知节、尤俊达、连巨真等,往黎阳收复故魏土地;罗士信与寻相去取千金堡并虎牢地方;臣同殿下,与叔宝、敬德进河南,向鸿沟界口与李靖会合。诸将奉了元帅将令,分头领兵去了。秦王统领一班将士进河南。其时李靖已杀败了朱粲。朱势孤力尽,竟把菊潭屠了,拣肥的吃了几日,数骑逃入河南投王世充去了。李靖将兵马屯住在鸿沟界口,专望秦王来进兵。

未及月余,秦王已至,彼此相见了。秦王对李靖道:“朱粲狂奴,赖卿之力,得以去除逃遁。未知世充处声势如何?”李靖道:“臣已差人细细打听,他们已晓得我大唐统兵来征伐,各处分外严备,尽遣弟兄子侄把守;魏王王弘烈守襄阳,荆王王行本守虎牢,宋王王泰守陈州,齐王王世恽守南城,楚王王世伟守宝城,越王王君度守东城,汉王王玄恕守含嘉城,鲁王王道御守曜仪城,弄得水泄不通,日夜巡警。”秦王笑道:“愚哉世充也!安有国家功业,止使一门占尽?其子弟岂尽皆贤智哉?吾立见其败矣!”遂督将士,直趋洛阳。

王世充晓得了,便点二万人马,自方诸门出兵,逼着谷水扎住,与唐兵对阵。唐将营垒未立,怕他来攻击,各自惊惶。秦王平日惯以寡破众,以奇取胜,全不介意道:“贼临水结阵,是怕我兵冲突,其志已馁。”即命叔宝、敬德,冲入世充前阵,自己带领程知节、罗士信、邱行恭、段志玄,抄到世充阵背后去,数十精骑,奋力砍杀。郑将见秦王兵少,把马兵围裹拢来。史岳、王常等虽杀了几百兵卒,毕竟难出重围。正酣战时,秦王的坐骑,一个前失,把秦王掀将下来。郑阵中二将,亡命挺枪刺将进来。史岳看见,大喝一声,把一将砍倒,夺马来与秦王骑时,那一将又被王常一箭射中咽喉,颠下马来。前边敬德、叔宝合着,又混杀了三四个时辰,王世充支撑不住才退,被唐将直追到城下,斩了郑将七千多首级回兵。

次日,秦王同懋功在寨外闲玩,只见二三十百姓,多是张弓执矢,抬着网罗机械而走。秦王看见,叫手下唤这些人过来问道:“你们是往何处去的?作何勾当?”那些百姓跪下禀道:“有人传说,魏宣武陵上昨日有只凤鸟飞来,站在陵树,故此我们众猎户去拿他。”秦王道：“魏宣武陵有多少路？”猎户道：“只好一二十里地。”秦王道：“你们引我去看，若是真的，我有重赏。”徐懋功道：“不可。魏宣武陵逼近王世充后寨，倘有伏兵奈何？”秦王道：“世充两战大败，心胆俱丧，安敢出来挑战？”遂全身贯甲，引五百铁骑出寨。

行至榆窠，到一个平坦战地，周围广阔，山林远照，左有飞来峰，右有瀑涧泉，幽禽怪兽，充牣其中；昔黄帝遗下石室，魏宣武营造皇陵，真是胜地。秦王左顾右盼，称羡不已。正看时，听得众猎户喊道：“那飞来的不是凤鸟么？”秦王定睛一看，只见一只大鸟，后边随着七八十小禽，多站在一颗大树上。那鸟是长颈花冠，五色彩羽，日中耀目，愈觉奇异。秦王道：“这是海外的野鸾，错认他是灵凤。”众猎户正要张那网罗起来，只见内中一人，把手指道：“那边又有兵马来，不好了！”大众一哄而散。懋功如飞催促秦王转身。秦王忙取一枝箭，拽满弓，向那野鸾射去，正中其翅，带箭飞出谷口去了。

秦王纵马亦出谷口，见外边尽是郑国旗号，一将飞马前来，口中喊道：“李世民，我郑国大将燕伊来拿你了！”秦王一见，忙跑进涧去，便带住马，一箭正中燕伊咽喉，应弦而倒。秦王看那野鸾时，还在对涧树上整理羽毛。秦王见前面是断涧，后边是郑国兵马，徐懋功又落在后边，野鸾却在对岸鸣啼，如呼朋引类，只得加鞭纵马跳去，一个三四丈阔的深涧，被他跳过去了。野鸾见秦王来，又飞数十步，占在高枝上。秦王听见对岸金鼓之声鼎沸，心下着忙，对着野鸾说道：“灵鸟，灵鸟，你若是救得我难，你须向我啼叫三声。”那鸟便向秦王连叫三声。秦王看涧旁山路崎岖，便离鞍下马，把马系在树上，随鸟进山，攀藤附葛而行。到了顶上，远望对岸一将，凶煞神一般，快马跑来。秦王认得是单雄信。后边又有一将，亦纵马赶来，乃是徐懋功。

秦王正呆看时，只听得灵鸟又叫上一声，秦王忙转身想道：“灵鸟不去犹鸣，此山毕竟还有出路。”就随着那飞鸟走去，只见一个石室，外边立着一僧，光彩满目，相貌端严，把只手向灵鸟一招，那鸟即飞入老僧掌中，老僧便进石室去了。秦王以为奇异，忙走进石室，只见那僧盘膝而坐。秦王问道：“和尚，你刚才取的那灵鸟，拿来把了我。”那僧道：“灵鸟知是君王此刻有难，从大士前飞来，你看他么？”在袖中取出来，箭犹在羽尾上，仔细一认，却变成一只白鹦鹉。那僧忙在尾上取下箭，递与秦王道：“箭归还君王。”鸟向空中一掷，飞去了。秦王把箭收入壶内，知是圣僧，忙问道：“孤今此难得脱去否？”那僧道：“难星只在此刻，君王快躲在贫僧背后稳睡，贫僧自有法退之。”秦王依他藏好，那僧捏成印诀，口里念了几句咒语，只见他顶上放出一毫白光，就把洞门封住。

郑国单雄信熟识此地，晓得此谷为五虎谷，前涧名曰断魂涧，无有出路。单雄信见燕伊飞赶进去，恐他夺了头功，也赶进谷来，只见一匹空马，飞跑出来，燕伊早已射死在地。雄信看了大怒道：“不杀此贼，以报燕伊，不为好汉！”因策马绕谷寻来。忽闻后边一骑马飞奔前来，高声叫道：“单二哥勿伤吾主，徐懋功在此。”忙赶向前，扯住雄信衣襟道：“单二哥别来无恙，前在魏公处，朝夕相依，多蒙教诲，深感厚谊。今日一见，弟正有要言欲商，幸勿窘迫吾主。”雄信道：“昔日与君相聚一处，即为兄弟；如今已各事其主，即为仇敌。誓必诛灭世民，以报先兄之灵，以尽臣子之道。”懋功道：“兄不记昔日焚香设誓乎？我主即你主也，兄何不情之甚？”雄信道：“此乃国家之事，非雄信所敢私。此刻弟不忍加刃于兄者，尽弟一点有契之情耳；兄何必再为饶舌？”随拔佩刀割断衣襟，加鞭复去找寻。懋功见事势危急，如飞勒马奔回，大叫诸将，主公有难。

时尉迟敬德正在洛水湾中洗马，忽见东北角上一骑马飞奔前来。敬德定睛一看，见是懋功，听他口中喊道：“主公被郑将单雄信追逼至五虎谷口，快快去救！”敬德听说，不及披挂，忙在水中，赤身露体，跨上秃马，执鞭飞赶前去。

时雄信四下一望，并无踪迹，看见涧中泥水浮沉，浊泉泛溢，又听得那玉鬃马咆哮乱嘶。只得把坐骑一提，跳过涧来各处寻觅，又无影响，止见树下玉鬃马嘶鸣。雄信也就下马，走上山顶，往石洞边看去，却是一个斑斓猛虎，蹲踞在内，见雄信来，长啸一声，涧谷为之震动。雄信吃了一惊，自思道：“这孩子想必被虎吃了，不知还是投在涧内死了；再到下面去看。”跨上自己的马，把秦王的马一手挽着。将到涧边，忽见山坡那边一员大将，面如浑铁，声若巨雷，大叫：“勿伤吾主，尉迟敬德在此！”也跳过涧来。雄信忙放了秦王的马，举槊来刺，被敬德把身一侧，一鞭打去，正中雄信手腕；敬德将鞭搁在鞍鞒，随趁势夺雄信手中槊。雄信虽勇，当不起敬德神力，四五扯，一条槊被敬德夺去，雄信只得退逃，仍过涧去了。

再说秦王横睡在石洞内和尚背后，看那和尚在座前弄神通。又见单雄信到洞门首，探望了三四回，不知为甚，再不敢进洞来，耳边只听得一片杀声。和尚合掌念声：“阿弥陀佛，灾星已过，救兵已来，君王好出洞去了。”秦王起身谢道：“蒙圣僧法力救孤，孤回太原，当差官来敦请去供养；但不知圣僧是何法号？”和尚道：“贫僧叫做唐三藏；若说供养，自有山灵主之；但愿致治太平，做一个好皇帝足矣！贫僧有偈言四句，须为牢记。”乃曰：

> 建业唯存德，治世宜全孝。
> 两好更难能，本源当推保。

说完，那和尚瞑目入定去了。

秦王然后捱下山来，转过溪坡，寻着了坐骑，跨上雕鞍。只见敬德飞马前来，见了秦王，说道：“好了，殿下没有受惊么？”秦王道：“没有，雄信这强徒呢？”敬德道：“被臣夺了他的槊，逃出谷外去了。此地不是久站之所，快同臣出谷去罢。”两骑马纵过了涧溪，直至五虎谷口，遇郑将樊佑、陈智略，敬德更不打话，一鞭一个，二将多打伤下去。敬德杀开一条血路，奔出重围。只见秦叔宝、徐懋功领着诸将，正与王世充后队交战。敬德对李靖道：“你保殿下回寨，我再去杀贼来。”忙又赶到郑阵中去奋勇大战。郑家兵将虽多，怎当得起叔宝、敬德两个，一条鞭，两根锏，杀了郑国许多兵将。敬德在忙中，猛抬头见一人，冲天翅、蟒袍玉带的，骑在马上，在高阜处观战，便撇下众将，提鞭直奔前来，吓得王世充如飞勒马退逃。敬德同众军直追到新城，方才转来。徐懋功叫鸣金收回人马，到秦王寨中来拜贺。秦王笑道：“若无敬德奋力向前，几为此贼所困。”遂以金银一箧赐敬德。自是秦王倍加信爱，敬德宠遇日隆。王世充见唐将利害，亦不敢出来对垒。

相持了数日。那日秦王正与众将商议破敌之策，见各处塘报雪片般飞递下来。懋功与秦王翻阅，知是荥州、汴州、沮州、华州，多来归附；又有显州总管杨庆，他率领辖下二十五州县来投降。又有尉州刺史时德睿，亦率领辖下杞、夏、随、陈、许、颍、魏七州来降；王簿与程知节亦有文书来说伊州、黎阳、仓城，多已降唐。只有千金堡与虎牢，闻得罗士信与寻相急切难下；又有中路大将屈突通，在途巡缉，获着郑国细作两个，招称郑国差将，潜往乐寿，向窦建德处请兵去了。徐懋功道："郑国土地，赖天子洪福，三分已收其二；只是虎牢与千金堡系各州县咽喉之所，若二地不收，则所得亦难据守，须得臣自去走遭。"便辞了秦王，连夜带领自己精兵一千，望虎牢进发。正是：

待把干戈展经纬，只看谈笑弄兵锋。

第五十八回　窦建德谷口被擒　徐懋功草庐订约

词曰：

磨牙两虎斗方酣，怒目炯眈眈。一朝国破委层岚，千秋贻笑谈。
邂逅佳人心欲醉，随唱百年欢。王章有约话便便，将军阃内专。

调寄《阮郎归》

春秋时，卞庄子刺两虎，他何曾刺得两个？当两虎相斗时，小死大伤，那死的何消刺？只刺得一个伤的；这伤的又何须多大气力对付？这真是一举两得。

王世充拾亡魏之余，推心置腹，以待群雄，藉其土地以强根本。秦王声势虽大，急切间亦难了事。不意世充反将要害之地，尽托膏粱之弟，弄得东破西失；自己坐在洛阳，无可奈何，只得赍了金珠，着长孙安世去求夏王窦建德，落得秦王以逸待劳，反客作主。

今说徐懋功恐王簿两个不能建功，自己带领一枝人马，赶到千金堡来。岂知罗士信已用计破了，城内军民不分老弱，把他杀个一空，懋功深为叹息。王簿亦已到得虎牢，将精兵一千，改扮了郑国旗号，夜间赚开城门，把一个王行本在睡梦中捆缚去了，早已占据了城。虎牢、洛阳险要二处，俱为唐家占住。懋功不胜之喜，对王簿道："此地虽定，但王世充差代王琬、长孙安世去求窦建德，未知建德可允发多少兵来助他。我且将二兄之功，报知秦王，看他作何计较。"

今说长孙安世，奉了世充之命，赍了许多金帛，来到乐寿，先将宝物馈遗诸将。诸将俱已领惠，唯祭酒凌敬不肯收，大将曹旦亦差人把礼物璧还。次日，长孙安世清早来见夏王，呈上文书金帛。夏王道："邻邦救援，本当应命。但我与唐久已修好，何又起兵端？况孤新破孟海公，凯旋未久，岂可又劳师动众？"长孙安世道："郑与夏实唇齿之邦，唇亡而齿寒，理之必然。今夏不救郑，郑必灭亡，郑亡恐夏亦随之。"夏王道："足下且退，容孤与诸臣熟商。"长孙安世暂且辞出。

夏王与众公卿计议。夏将俱得了世充金帛，便撺掇道："亡隋失国，天下分崩，关中归唐，河南归郑，河北归夏，共成鼎足。今唐伐郑，郑地被唐占去十之二三；倘郑力不足，必为唐破；郑破必与夏为敌，敌则恐夏亦难独支。不如今发兵救郑，内外夹攻，可以取胜。倘能胜唐，威名在我，乘机图事，郑可取则取之；合两地之兵，以乘唐兵之疲老，关中可取，天下可平。"这几句话，说得建德鼓掌称快道："诸卿议论甚妙，但恐孤力不及耳！"凌敬道："主公之言，恐有未妥。目今唐家以重兵围困东都，大将据住虎牢，发多少兵去对付他好？莫若我今先发大兵济河，取怀州河阳，以重兵守之；然后鸣鼓建旗，逾太行入上党，传檄郡县，进于壶口，以惊骇薄津，收取河东之地，易如拾芥，此乃上策。且有三利：唐兵俱在洛阳，国内空虚，而入师有万全；一也。拓土而得众，不费大力；二也。秦王知吾兵入境，必引兵还救，郑解围，三也。失此机会，滞疑不决，谚云：天与不取，反受其咎。愿主公详察。”诸将道：“自来救兵如救火，若照依这样说，迂其途以取之，旷日持久，郑国急切间，何由得解？万一被唐兵破了，拿了王世充去，真个弄得唇亡齿寒，只道主公失信于天下。”建德亦不答，走进宫去。

只见屏后曹后接住说道：“刚才朝中所议何事？”建德将前事述了一遍，曹后道：“众臣议论皆非，独凌祭酒之计甚善，陛下当听之。”建德道：“此迂阔之论。”曹后道：“夫自洛口道乘虚连营渐进，以取山北，因招突厥西袭关中，唐必还师，郑国不救而自解，有甚迂阔？”建德道：“孤自主裁，毋劳国后费心。”

次日早朝，长孙安世又来哀求。夏王便差曹旦为先锋、刘黑闼为行军总管，自同孙安祖为后队。公主线娘因是那夜见了罗成的书，伤感成疾，便与凌敬、曹后等守国。起十五万人马，望虎牢进发。

早有细作报知秦王。诸将恐腹背受敌，深以为忧，独秦王大喜。李靖笑道：“不意殿下此番出师，一箭竟射双雕。”记室郭孝恪道：“洛阳破亡，只在目下；建德不量，远来相救。这是天意要殿下灭此两国，机会在此，不可轻失。”薛牧道：“世充剧贼，部下又是江淮敢战之士，止因缺了粮饷，所以固守孤城，坐以待毙；若放窦建德来与之相合，建德以粮济助世充，则贼势愈强，不可为矣！”李靖道：“如今只宜分兵困住洛阳，殿下自领精锐，速据成皋，养成蓄锐，以逸待劳，出奇计，一鼓而即可破建德。建德既破，先声夺人，世充闻之，当不战而自缚麾下矣！”秦王听了大喜道：“卿所言实获我心。但此地重任，须仗将军谋画统辖。”李靖道：“不须殿下费心，大约建德完局，这里赖主公之力，世充自然可擒。”秦王道妙。止带叔宝与尉迟敬德二将，其余将士，多叫屯住洛阳，统领自己玄甲兵五千，直赶到虎牢，与懋功诸将相会了。

懋功道：“臣知殿下必来，更同得二位将军到此，破贼在旦夕矣。”秦王道：“闻得夏兵共有十万前来，未知真假？”懋功道：“不要去问他多少兵，臣今夜只消三千人，吓他一个个心胆俱碎。”便向秦王耳边，说了几句。秦王鼓掌道：“妙！”懋功取令箭一枝，对罗士信道：“将军同副将高甑生，领一千人马，即刻起身，潜往南方鹊山埋伏。柬帖一个，付你持去预备，如法奏功。”又取令箭一枝，柬帖一个，对秦叔宝、副将梁建方道：“烦二位将军领一千兵，到汜水东北上一个土山埋伏，速去预备，如法奏功。”叔宝、建方领计去了。懋功又取令箭一枝，柬帖一个，对敬德与副将白士让道：“二位将军就在虎牢西角上，照依柬帖中行事；如杀到鹊山，遇着了士信，不论胜败，即便杀将转来。”敬德、士让领计去了。

罗士信同高甑生归寨，把柬帖拆开一看，却是每一兵士，要备小红灯一盏，马上须用铜铁响铃，听中军轰天第二炮杀出，合着火枪归阵。秦叔宝与梁建方回寨，也把柬帖拆开，只见上写道：“每兵要带火球一个，小锣一面，听三个轰天大炮，即便杀出，合着火枪红灯，即便杀转。”懋功叫军士，正南山竖起了一个高竿，叫宇文士及合二千玄甲兵守护着。

再说夏国先锋曹旦，到了虎牢，结营一二十里，每日到唐寨边来挑战，无人应敌。

只道唐家晓得他们统大兵来，不敢出头；夜间虽防来劫寨，到底兵士心上觉得懈弛。那夜方解甲安睡，只听得一声大炮，喊叫震天。曹旦忙跨马赶出寨来，见无数火枪，掩着一个黑脸大汉杀来。曹旦如飞举枪来刺，那将一鞭，早打近胸膛。曹旦忙把身子一侧，火枪早着脸上，把胡子尽行烧去，败入阵中。敬德领这一千兵，东冲西突，并无人来拦阻，直杀到将近鹊山。

忽闻第二个大炮，只见罗士信马上尽是红灯响铃，好像有几千人马杀来。那夏阵第二队高雅贤，如飞领兵马来接应，当不起罗士信这条枪如蛟龙出洞，逢着的便伤，在夏阵中各处冲杀。那高雅贤对刘黑闼道："兄看那南山上红灯，必是唐家暗号，我与你射了他，那些兵马，自然散乱了。"说罢，即便纵马前来。那刘黑闼扯满弓，射一箭去，正中红灯，落将下来，复又一灯扯上。高雅贤正要射时，只见一声大炮，无数火球，半天里飞将下来，冲出一员大将，口喊道："秦叔宝在此，叛贼看锏！"高雅贤如飞接住，被叔宝拨开枪，一锏打下马来。梁建方正欲去刺他，幸亏刘黑闼救了，退将下去。叔宝与敬德、士信会合了三千兵，竟似几万人马，东冲西砍，杀得一个落花流水。正在高兴时，唐阵上闻已鸣金，只得勒马回营。

秦王同徐懋功在寨中排了庆贺筵席，敬德与叔宝诸将归寨，检点三千人马，不曾伤失一个。秦王将羊酒银牌，分赏了将士。徐懋功道："今宵此举，不过送个信与他们，要夏兵晓得我唐朝将士的利害。只是明日这一阵，诸君各要努力干功，成败只在此举。"秦王心挂洛阳，也要决一战以见雌雄。

却说建德因前阵军马，夜来被唐兵搅扰了半夜，四鼓时候，就即传令催兵马造饭，将刘黑闼改为前队，曹旦改为中营，自板渚地方，来到牛口谷，分遣将士。北首到河，南首到鹊山，排了二十多里。建德见唐兵不动，先遣男卒三百，渡了汜水。唐将士见夏兵威盛，也有些胆怯。

秦王只不动心，同徐懋功上了一个高丘，立马遥望。懋功道："这贼自山东起兵来，不过攻些小小贼寇，未逢大敌；今虽结成大阵，部伍不整，纪律不严，总属易破。"望见郑国代王琬，也自带了亲随兵马，立在阵后监战；只见代王戴了束发金冠，锦袍金甲，骑了隋炀帝向来坐骑大宛国进贡的青鬃马，在旗门后影来影去。秦王道："这小将骑的好一匹良马！"尉迟敬德在侧说道："殿下说此马好，待小将取来。"秦王道："不可，不可！"敬德道："不妨。"两只腿把马一夹，直奔进夏阵中去。旁边两个将官高甑生、梁建方，怕敬德有失，也拍马随来。代王琬按着缰，在那里看战，只听得耳朵里喝一声："那里走！"似提小鸡一般，被敬德提过马去。这马正要走，被敬德靴尖钩住缰绳，高甑生已到，带了马一齐归阵。

夏阵中见唐将在阵背后，拿了代王琬去，吃了一惊，无心恋战，慌忙退回。徐懋功大声说道："此时不趁势杀贼，便待何时！"自把军鼓大擂，唐将白士让、杨武威、王簿、陶武钦许多精兵，一拥而进。秦王带领轻骑，同敬德、叔宝、士信过汜水，打从夏阵背后，直杀进去。扯起大唐旗号，前后夹攻。建德将士见了大惊，夏军只得且战且退。唐兵追赶了三十余里，斩了首级万余。

建德急退，忙脱去朝衣朝冠，改装与将士一般打扮，好来决战；却遇着柴绍夫妻，领了一队娘子军，勇不可当。建德当先来战，早中了一枪，忙寻护驾将士，乱乱的多已逃散，要迎杀前去，又恐独力难支；倘再中一枪，可不了却性命？忽见牛口渚中，芦柴茂密，可以潜身，便提马往里一钻。那娘子军也不在意，反杀向前边去了。

不提防建德身上这副金甲晃亮，动了人眼。唐军望见，知是一员将官逃在芦中，两个车骑将军白士让、杨武威纵马赶来，举浑铁槊往芦林中乱搠。窦建德在芦林中，要杀出来，身负重伤，恐厮杀不过；若在里边，又恐搠着，只得大叫道："我便是夏王，将军若能相救，平分河北，富贵共享。"杨武威道："只要出来，我等救你。"建德提马跳将出来，被他们一把抢来绑缚，把脚拴在马上，恰好几个从兵已至，一齐簇拥回到大寨。只见敬德提了刘黑闼的首级，王簿提了范愿的首级，罗士信活捉了郑国使臣长孙安世，都在那里献功。可怜夏国十几万雄兵，杀伤死亡，一朝散尽。止逃得一个孙安祖，带了随行二三十个小卒，奔回乐寿。

时秦王已在大寨，小校报说，拿得夏王窦建德来。众将不信，秦王亦不以为然。只见杨武威与白士让押了建德，直至中军。众人看见，果是夏王建德。他也不跪，秦王见了笑道："我自征讨王世充，与汝何干，却越境而来，犯我兵锋？"建德也没得说，说几句诨话道："今不自来，恐烦远取。"秦王又笑了一笑，问杨、白二将："如何便拿住了他？"白士让道："到是柴郡马统率娘子军赶杀他来到牛口谷，柴郡马杀了前去，他就潜躲在芦苇中，被我们看见拿住，应了民间'豆入牛口，势不能久'之谣。"秦王笑了一笑，叫监在后寨。

垂衣河北尽悠游，何事横戈浪结仇？
愎谏逞强谁与救，可怜束手作俘囚。

此时建德手下被拿的，有五万余人。秦王道："杀之可惜，不如放了，任他们回转乡里。"众将恐放还又与我为敌。徐懋功道："窦建德也是草泽英雄，有众二十万，败亡至此，那一个还敢收合来与我们战？放去正使他传殿下恩威，山东河北可不战而自下了。"诸将皆心服其言。秦王心下转道："柴绍夫妇既统兵到此，为甚不来相会，莫非被建德余党赚去？"忙差人问前队将士，有的说已往洛阳去了。秦王便不再问，因对懋功说道："我在这里整顿军马；卿同诸将先往洛阳，烦到乐寿，收拾了夏国图籍，安抚了郡县，火速到洛阳来会合。"懋功领命。到次日，即便带领自己人马起身。不一日到了乐寿。懋功即传令箭一支与王簿，叫他晓谕军士：不许妄戮一人，不许搅扰百姓，违者立斩示众。乐寿城中百姓，一闻夏王的凶信，只道唐兵来，不知怎样扰害地方。岂知徐军师约法严明，抚慰黎庶，井井有条。因此市廛老幼，各各欢喜，迎于道路。懋功进城来，将府库打开，查点明白。又将仓廒尽开，召几个耆老，叫他们报名给领官粮，赈济穷黎。那五六个耆老，伏地而泣道："夏国治国，节用爱人，保护赤子，时沐恩泽。今彼一旦失国，我侪小民，如丧考妣，又安忍分散其储蓄？今蒙将军到郡安抚黎民，秋毫无犯，实出望外；愿留此积蓄，以充军饷，则乐寿虽不沾其惠，亦感将军之德矣。"懋功点头称善，便将仓库照旧封好。

来到建德宫中，只见朝堂一个纱帽红袍的官儿，面色如生，向西缢死在梁上，粉墙上有绝句一首道：

几年肝胆奉辛勤，一着全输事业倾。
早向泉台报知己，青山何处吊孤魂。

夏祭酒凌敬题

懋功读罢壁间之诗，不胜浩叹，忙叫军士，去备棺木殡殓。又走到内宫来，只见宫中窗牖尽开，铺设宛然，面南一个凤冠龙帔的妇人，高高的悬梁缢在那里。两旁四个宫奴，姿色平常，亦缢死在侧。懋功知是曹后，忙叫人放下，亦备棺木好好盛殓。搜索宫中，止不过十来个老宫奴。懋功想道："闻得窦建德，有个女儿，勇敢了得，为何不见？"询问宫奴。宫奴答道："前日孙安祖回来，报知父皇被擒，那夜公主同了花木兰，就不知去向了。"徐懋功对王簿道："窦建德外有良臣，内有贤助，齐家治国，颇称善全。无奈天命攸归，一朝擒灭，命也数也，人何尤焉！"当初隋炀帝传国玉玺并奇珍异宝，窦建德破了宇文化及，都往归夏国；懋功一一收拾，并图书册籍，装载停当。

晓得有个左仆射齐善行，名望素著，养老致仕在家，请他出来，要他治守乐寿。齐善行辞道："善行年迈病躯，与世久违，愿将军另选贤豪，放某乐睹升平。"懋功道："眼前苦无其人，公何必苦辞？"齐善行道："仆有一人，荐于麾下，必能胜其任。"懋功道："请问何人？"善行道："此人姓名不知，人只叫他是西贝生。闻他昔年曾在魏公麾下，为参谋之职，今隐居拳石村，卖卜为活。此人大有才干，屈其佐治，必得民心。"懋功道："今屈尊驾暂为权摄，待我访西贝生来，兄即解任何如？"齐善行不得已，只得收了印信，权为料理。

懋功整顿军马起行，因问土人："拳石村在何处？"土人道："过雷夏去三四里，就是拳石村。"懋功命前队王簿速速趱行。不多几日，前队报说，已到拳石村了。懋功把兵马寻一个大寺院歇下，自己易服，扮作书生，跟了两个童子，进拳石村来。原来那村有二三百人家，是一个大市镇。到了市中，只见路上一面冲天的大招牌，上写道是："西贝生术动王侯，卜惊神鬼。贫者来占，分文不取。"懋功问村人道："这西贝生寓在那里？"村人把手望西一指道："往西去第三家便是。"懋功见说，忙进弄内，寻着第三家，只见门上有副对联，上写道：深惭诸葛三分业，且诵文王八卦辞。懋功知是这家，便推门进去，只见一个童子，出来说道："贵人请坐，家师就出来。"

懋功坐了片时，见一个方巾阔服的人，掀帘走将出来。懋功定睛一看，不觉拍手笑道："我说是谁，原来贾兄在此！"贾润甫笑道："弟今早课中，已知军师必到此地，故谢绝了占卦的，在此相候。"大家叙礼过，润甫携着懋功的手，到里边去，在读易轩中坐定。润甫道："恭喜军师，功成名立，将来唐家佐命功勋，第一个就要算军师了。"懋功道："吾兄是旧交知己，说甚佐命功勋，不过完一生之志而已。"说了茶罢，只见里边捧出酒肴来，懋功欣然不辞，即便把盏。润甫道："军师军旅未闲，何暇到此荒村？"懋功将擒窦建德战阵之事，并齐善行荐了他去治理乐寿的话，说了一遍。润甫微笑了一笑道：

“弟自魏公变故，此心如同槁木死灰，久绝名利，满拟觅一山水之间，渔樵过活。不意逢一奇人，授以先天数学，奇验惊人。弟思此事，原可济人利物，何妨借此以毕余生，不意又被兄访着。”懋功道：“正是兄的才识经济，弟素所佩服；但星数之学，未知何人传授，乞道其详。”润甫道：“兄请饮三大觥，待弟说来，兄也要羡慕。”懋功举杯，一连饮了三觥。

润甫道：“当初有个隋朝老将杨义臣，他是个胸藏韬略，学究天人的一员宿将。因隋主昏乱，不肯出仕，隐居雷夏泽中。”懋功道：“这杨义臣，弟先年也曾会过，曾蒙他教益，可是他传的么？”润甫道：“非也。他有个外甥女，姓袁名紫烟，隋时曾点入宫。那女子不事针黹，从幼好观天象，一应天文经纬度数，无不明晓，因此隋主将他拜为贵人。后因化及弑逆，他便用计，潜逃到母舅家。本要落发为尼，因杨义臣算他尚有贵人作匹配，享禄终身。前年弟偶卜居雷泽，与杨公比邻，朝夕周旋，贱内又与袁贵人亲爱莫逆，故此传其学术。”懋功道：“如今杨公在否？”润甫道：“杨公已于去岁仙游矣！袁贵人同杨公乃郎，并如夫人，俱在这里守墓。”懋功道：“墓在那里？”润甫推窗向西指道：“这茂林中，乃杨公窀穸之所。他家眷也住在里边。”懋功道：“杨公虽死，弟与他生前亦有一面，今去墓前一吊，并求贵人一见，未识可否？”润甫道：“使得。”懋功就叫手下备楮仪一副，同贾润甫步行过去。

只见几亩荒丘，一抔浅土，虽然树木荫翳，难免狐兔杂沓。懋功叹道：“英雄结局，不过如此！”润甫忙过去通知了袁贵人。袁贵人就叫馨儿换了衰经，到墓前还礼拜谢了，揖进飨堂中。懋功必要求见袁贵人。袁紫烟也是不怕人的，就是这样素妆淡服，出来拜见。懋功注目详视，见袁贵人端庄沉静，秀色可餐，毫无一点轻佻冶艳之态，不胜起敬道：“下官奉王命来乐寿清理夏王宫室，昨见一个宫奴，名唤青琴，是隋帝旧宫人，云是夫人侍儿，甚称夫人才学阃范，在男子多所未见。下官意欲遣青琴仍归夫人左右，但未识可否？”袁紫烟道：“妾只道此奴落于悍卒之手，不意反在王宫；但妾亲从凋亡，茕茕一身，自顾难全，奚暇与从者谋食，有虚盛意。”说完，辞别进去。

懋功此时觉得心醉神飞，只得别了出来，对润甫道：“弟向来浪走江湖，因所志未遂，尚未谋及家室；今见此女，实称心合意，欲求兄为之执柯，未知可肯为弟玉成否？”润甫道：“此系美事，弟何敢辞劳，管教成就。先到舍下去坐了，弟去即来复命。”懋功慢慢的跟到润甫家中去。坐了片时，只见润甫笑嘻嘻的走来说道：“袁贵人始初必欲守志终天，被弟再四解喻，方得允从。但是要依他三件事，谅兄亦易处的。”懋功道：“那三件事？”润甫道：“第一，要守满杨公之制，方许事兄。第二，要收领杨公之子馨儿母子两口，去抚养他上达成人。第三，有个女贞庵，系隋炀帝的四院夫人，在内焚修，与袁贵人是异姓姊妹。当年杨公送四位夫人到彼出家，原许他们每年供膳，俱是杨公送去。今若连合朱陈，必须继杨公之志，以全贵人昔日结拜之情。只此三事，倘肯俯从，即是兄的人了。”懋功大喜道：“不要说此三件，就再有几件，弟亦乐从。”就叫身边童子，到前寨王将军处，取银二百两，彩缎十表里，身上解佩玉一块，递与润甫道：“军中匆匆，不及备仪，聊以二物银两，权为定偶。”润甫忙叫手下并童子携去，送与袁紫烟，说明依了三章之约。袁紫烟然后收了，将太乙混天球一个，在头上拔下连理金簪一枝，回答了润甫；同童子从人回来，付与懋功收讫。

懋功道："承兄成全弟家室，弟明日当有些微薄敬，并管辖乐寿文书，一同送来，大家共佐明君，岂不为美？"润甫道："闲话且莫讲，请问军师，王世充破在旦夕，单二哥如何收煞？"懋功皱眉叹道："若题起单二哥，恐有些费手。"懋功又把前雄信追赶秦王一段，说了一遍。润甫跌足道："若如此说，单二哥有些不妥。兄与秦大哥，俱系昔年生死之交，还当竭力挽回方妙。"懋功道："这个自然。"

正说时，天色已暮，只见许多车仗来接，懋功只得与润甫分手。明早做下署乐寿印信文书，并书帕银二百两，差官送与贾润甫；又命亲随小校两个，将小礼百金，与宫奴青琴，送归袁紫烟。二人去了回来说道："宫奴礼金，夫人处俱已收讫。"差官又禀："贾爷处文书礼仪，门户钳封，人影俱无，只得持回。"懋功大惊道："难道我昨日是见鬼？"忙骑了马，自己到拳石村来看，果然铁将军把门，问其邻里，说是昨夜五更起身，一家都往天台去进香了。懋功叹道："贾兄何不情至此？"心上疑惑，忙又到杨公墓所来，袁紫烟叫馨儿换了服色，出来拜送。懋功执手叮咛了几句，然后上马登程，往洛阳进发。正是：

陌路顿成骨肉，临行无限深情。

第五十九回　狠英雄犴牢聚首　奇女子凤阁沾恩

词曰：

昔日龙潭凤窟，而今孽镜轮回。几年事业总成灰，洛水滔滔无碍。
说甚唇亡齿寒，堪嗟绿尽荒苔。霎时撇下热尘埃，只看月明常在。

调寄《西江月》

天下事只靠得自己，如何靠得人？靠人不知他做得来做不来，有力量无力量；靠自己唯认定忠孝节义四字做去，随你凶神恶煞，铁石刚肠，也要感动起来。

如今不说徐懋功往洛阳进发。且说王世充困守洛阳孤城，被李靖将兵马围得水泄不通。在城将士日夜巡视，个个弄得神倦力疲，兼之粮草久缺，大半要思献城投降，只有一个单雄信梗住不肯，坚守南门。

一日黄昏时候，只见金鼓喧阗，有队兵马来到城边，高声喊道："快快开城，我们是夏王差来的勇安公主在此。"城上兵士，忙报知雄信。雄信到城隅上往外望，见无数女兵，尽打着夏国旗号，中间拥着金装玉堆的一位公主，手持方天画戟，坐在马上。雄信道是窦建德的女儿，一面差人去报知王世充，随领着防守的禁兵来开城迎接。岂知是柴绍夫妻，统了娘子军来到洛阳关，会了李靖，假装勇安公主，赚开城门。那些女兵，个个团牌砍刀，刚进城来，早把四五个门军砍翻。郑兵喊道："不好了，贼进来了！"雄信如飞挺槊来战，逢着屈突通、殷开山、寻相一干大将，团团把雄信围住。雄信犹力敌诸将，当不起团牌女兵，忘命的滚到马前，砍翻了坐骑，可怜天挺英雄，只得束手就缚。好笑那吃人的朱粲，被李靖杀败，逃到王世充处，以为长城之靠，不意城破，亦被擒拿。柴绍夫妻忙要进宫会杀王世充，只见王世充捧了舆图国玺，背剪着步出宫来。李靖吩咐诸将，将王世充家小宗族，尽行搜缚出来，上了囚车，一面晓谕安民。

正在忙乱之时，小校前来报道："秦王已到了。"李靖同诸将并许多百姓，扶老携幼，接入城去，竟到郑王殿中。李靖同诸将上前参谒。秦王对李靖道："孤前往虎牢时，卿许灭夏之后，郑亦随亡，不意果然。"李靖道："王世充这贼，奸诡百出，防守甚严，幸亏柴郡主来哄开城门，世充方自绑来投献。"秦王笑对世充道："你当初以童子待我，随你奸计多谋，怎出得我几个名将的牢笼。"王世充在囚车内答道："罪臣久思臣服归唐，因诸将犹豫未决，又知殿下不在寨中，故此直至今日来投献，只求圣恩免死。"秦王笑了一笑，即命诸将去检点仓库，开放狱囚，自往后宫，与柴绍夫妻相见，收拾珍玩。

时窦建德与代王琬、长孙安世三个囚车，与王世充、朱粲的几个囚车，尚隔一箭之地。众军校见秦王与诸将散去，便将囚车骨碌碌的推来，聚在一处。王世充见了，扑簌簌落下泪来，叫道："夏王，夏王，是寡人误了你了！"窦建德闭着双眼，只是不开口。旁边代王琬又叫道:“叔父,可怜怎生救我便好?”王世充看见,一发泪如泉涌道:“我若救得你,我先自救了。”指着身旁车内太子玄应道:“你不见兄弟也囚在此?我与你尚在一搭儿,不知宫中婶娘与诸姊妹,更作何状貌哩!”说了不禁大哭不止。窦建德看见这般光景,不觉厌憎起来,大声叹道:“咳,我那里晓得你们这一班脓包坯子;若早得知,我也不来救援了。大丈夫生于天地间,不能流芳百世,即当遗臭万年,何苦学那些妇人女子之行径,毫无丈夫气概!”对旁边的小校道:“你把我的车儿扯到那边去些,省得你们饶舌,有污我耳。”

那些众百姓,站在两旁看见,有的指道:“那个夏王,闻他在乐寿,极爱惜百姓,为人清正,比我们的郑王好十万倍。那皇后更加贤明,勤劳治国。今不意为了郑王,把一个江山弄失了,岂不可惜!”众百姓多在那里指手画脚的议论不题。

且说秦叔宝随秦王回来,在第二队,见洛阳城已破,心上因记挂着单雄信,如飞抢进城来。正见王世充弟男子侄,多在囚车中,郑国廷臣累累锁在那里,未有发放,独不见雄信;查问军士,说是见过了秦王,程爷拉他往东去了。叔宝忙又寻到东街来,遇着了程知节手下一个小卒,叔宝叫住来问道:“你们老爷呢?”那小卒低低说:“同单二爷在土地庙里。”叔宝叫他领到庙中,只见程知节同单雄信相对,坐在一间屋里,项上带着锁链。叔宝见了,上前相抱而哭。雄信说道:“秦大哥何必悲伤!弟前日闻秦王来讨郑时,弟已把死生置之度外,今为亡国俘虏,安望瓦全?但不知夏王何故败绩如此之速?”叔宝道:“单二哥怎说这话?我们一干兄弟,原拟患难相从,死生相共;不意魏公、伯当先亡,其余散在四方,止我数人。昔为二国,今作一家,岂有不相顾之理!况且以兄之才力,若肯为唐建功,即是佐命之人。”叔宝又把窦建德如何战败、如何被擒说了一遍。

只见外边一人推门进来,雄信定睛一看,却是单全,便说道:“你不在家中照顾,到此何干?莫非家中亦有人下来么?”单全道:“今早五更时分,润甫贾爷到来,说是老爷的主意,将夫人小姐,立逼着起身,说要送往秦太太处去。因此小的来问老爷,晓得秦爷已到,再问个确信。”雄信对秦、程二人道:“润甫兄弟,我久已不曾相会,这话从何说起?”程知节道:“贾润甫兄是个有心人。他既说要送到秦伯母处,谅无疏虞。”叔宝亦道:“贾兄是个义气的人,尊嫂与令爱,必替兄安顿妥当,且莫愁烦。”雄信对单全道:“你还该赶上去,照管家眷。我这里有两个小校在此。”叔宝亦道:“主管,省得你老爷牵挂,你去寻着贾爷,看个下落,这里我自然着人伺候。”说了,单全拭泪而去。

早有四五个军士捱进门来,却是秦叔宝的亲随内丁。叔宝问道:“寓所寻下了么?”内丁道:“就在北街沿河一个叛臣张金童家,程老爷的行李,也发在一处。今保和殿上,已在那里摆宴,只恐王爷就有旨来,传二位老爷去上席。”程知节道:“我们一搭儿寓,绝妙的了!”叔宝对雄信道:“此地住不得,屈二哥到我那里去。”雄信道:“弟今是犯人,理合在此,兄们请便。”程知节直喊起来道:“什么贵人犯人!单二哥你是个豪杰,为甚把我两个当做外人看承!”忙把雄信项上链子除下来,付与小校拿着,叔宝双手挽着雄信,出了庙门,回到下处,吩咐内丁,好好伺候。

知节与叔宝到保和殿来,只见李靖在那处分拨将士,把守城门,分管街市,大悬榜文,禁止军士掳掠,违者立斩。秦王着记室房玄龄,进中书门下省,收拾图籍制诰;萧瑀、窦轨封仓库；所有金帛，嘱柴嗣昌、宇文士及，验数颁赐有功及从征将士。李靖见叔宝、知节，便道："秦王有旨，烦二位将军，明早运回洛仓余米，轸恤城中百姓。"叔宝道："洛仓粮米，只消出一晓谕，着耆老率领穷黎，到洛赈济，何必又要运回？"便吩咐书办出去写示。

只见屈突通奔进来，向叔宝说道："秦将军，单雄信在何处？秦王有旨，点诸犯入狱，发兵看守，独不见了雄信。"叔宝问："旨在何处？"屈突通在袖中取出来。叔宝接过来看，上写道："段达隋国大臣，助王世充篡位弑君；朱粲残杀不辜，杀唐使命；单雄信、杨公卿、郭士衡、张金童、郭善才一干，暂将锁絷下狱，点兵看守，俟带回长安，候旨定夺。"叔宝蹙着眉头，尚未回答，程知节道："屈将军，单雄信是我们两个的好弟兄，在我们下处，不必叫他入狱中去，候到长安，交还你一个单雄信就是了。"时齐国远、李如珪、尤俊达多在那里看慰雄信。李如珪看这光景，不胜忿怒道："我们众兄弟，在这里血战成功，难道一个人也担当不起？"屈突通道："我也是奉王命来查，既是众位将军担当，我何妨用情。"说完去了。

不提那夜宴享功臣之事。到了次日，秦王先打发柴郡主统领娘子军起身，齐国远、李如珪只得匆匆别了叔宝、知节，亦归鄠县去了。其时恰好徐懋功从乐寿回来，见了秦王。秦王问乐寿如何料理，懋功说："臣到乐寿时，祭酒凌敬已缢死朝堂，曹后同宫女四人，缢死宫中，其余嫔妃，不过粗蠢妇女，一二十而已。但不见了他的女儿。那老幼黎民，闻了建德被擒，无不嗟叹，臣开仓赈恤，俱不忍来领。顷见臣禁约军士，秋毫无犯，尽愿存积，以充军饷；因此远近仕官，无不参谒臣服。臣就其中择一老成持重的齐善行权为管摄，未知可合殿下之意否？"秦王点头称善，命淮阳王道玄同宇文士及、大将屈突通，权且镇守洛阳。谕将士收拾班师。

徐懋功听见单雄信在叔宝下处，忙来相会，对雄信："弟昨日自乐寿回来，途遇一友。说见贾润甫兄，护送二哥的宝眷在那里，想必他知秦王之命，这一干人犯，总要到长安候旨发落，润甫先将兄家眷，送到秦伯母处，亦为妥当。弟恐路上阻碍，忙拨一差官并军校二十名，发行粮三百两，叫他们赶上，盘缠众人到都，兄可放心无忧。"雄信道："弟闻鸟之将死，其鸣也哀；人之将死，其言也善。弟今日处此地位，亦无言可善，亦难鸣可哀。承诸兄庇覆雄信家室，弟虽死犹生也。"叔宝叫人去雇一乘驴轿，安放单雄信坐了，自同秦王收拾起身。正是：

横戈顿令烽烟熄，金镫频敲唱凯回。

不一日到了长安，报马早已报知唐帝。唐帝命大臣并西府未随征的宾僚，出郭迎接。只见一队队鼓吹旗枪，前面几对宣令官、旗牌官，押着王世充、窦建德、朱粲并擒来的将相大臣、宗姓子侄，暨隋家乘舆法物，都列在前面。秦王锦袍金甲，骑着敬德夺的那匹骏马。后边许多将士，全装贯甲，簇拥着进城，先到太庙里献了俘，然后入朝。唐帝御门，秦王与各将士，以次朝见。秦王即进宫去见母后。唐帝出旨：天色已晚，各将士鞍马劳顿，着光禄寺在太和殿赐宴奖赉，夏、郑、朱等囚俘俱着大理寺收狱，候旨定夺。时单雄信也不得不随行向狱中去。

刑部里发了一张单儿，差十来个校尉，押着众囚犯，来到狱门首，大声喝道："禁子们，走几个出来，照单儿点了进去。此系两国叛犯，须用心看守着。"众禁子道："晓得。"一个个点将进去，领到一个矮门里，却是三间不大明亮的污秽密室。雄信此时，觉得有些烦闷起来。建德看那两旁，先有一二十个披枷带锁的囚徒，也有坐的，也有卧的，多是鸠形鹄面，似人似鬼的在那里。建德此时雄心，早已消磨了一半，幸亏还遇着个单雄信，是旧知己，聚在一处，诉别离情。

忽见一个彪形大汉，在门首望着里边说道："那个是夏王，那个是单将军？"建德尚未开口，雄信此时一肚子焦躁，没好气，只道是就要叫他出去完局，便走近前来道："我就是单雄信，待怎么样？"原来那个是禁子头儿，便道："请二位爷出来。"建德同雄信只得走出来。那汉引到左首一间洁房里，里边床账台椅，摆设停当。那汉道："方才小的在大堂上打听，见发下票子，如飞要回来照管，因徐老爷与秦老爷，传去吩咐，故此归迟。众弟兄们不知头脑，都一窝儿送到后边去。"随指着一张有铺陈的床儿说道："这是王爷的。"指着那一张没铺陈的床儿说道："这是单爷的。那铺陈秦老爷即刻差人送进来。"窦建德道："单爷是众位老爷吩咐，我却从未有好处到你，为甚承你这般照顾？"那禁子道："王爷说那里话来？三日前就有一位孙老爷来，再三叮嘱小的，蒙他赐小的东西，说如王爷发下来，他也要进来看王爷，所以预先打扫这间屋儿，在这里伺候。"建德想道："难道孙安祖逃了回去，又来不成？"忽听外边嘈嘈杂杂，六七个小校，扛进行李与一坛酒，食盒中放着肴馔，对众禁子道："这是单老爷的铺陈，并现成酒肴。众位老爷说有公干在身，不能够进来看单爷。禁子们，叫你们好生伺候着。"说完出去了。众禁子手忙脚乱，铺设安排停当。窦、单二人原是豪杰胸襟，且把大事丢开，相对谈心细酌。

且说窦后见秦王回来，心中甚喜，夜宴过已有二更时分，不觉睡去，梦一尊金身的罗汉，对窦后稽首说道："汝儿已归，我有个徒弟，承他带来，快叫他披剃了，交还与我。"说完不见了。窦后醒来，把梦中之事，述与唐帝听。唐帝道："昨晚世民回来，未曾问他详细，且等明日进朝，问他便了。"窦后辗转不寐，听更筹已交五鼓，忍耐不住，便叫内监传懿旨，宣秦王进宫。时秦王在西府梳洗过，将要进朝，见有内侍来宣，忙同进宫，朝见过了。窦后道："你把出都收两国之事，细细述与做娘的知道。"秦王就把差段悫去和朱粲，被朱粲醉烹了段悫，直至宣武陵射中野鸾，几被单雄信擒获，幸遇石室中圣僧唐三藏，施显神通，隐庇赠偈，得尉迟恭赶到救出。窦后听了，点头道："儿，怪道夜来圣僧托梦，原来有这段缘故。"秦王道："母后梦境如可？"窦后就把梦中之事，述了一遍，又道："据为母的猜详起来，囚俘里面，毕竟有个好人在内。"对秦王道："刚才儿说那唐三藏赠的偈，录出来待我详察一详察。"秦王写了出来。

大家正在那里揣摹，只见宇文昭仪走到面前。诸妃中唯此女，窦后极欢喜他，见了便对昭仪说道："正好，你是极敏慧的，必定揣摹得出。"窦后述了自己梦中之言，并秦王录出遇见圣僧赠偈四句，与昭仪看。昭仪道："第一句是明白的，隐着夏主的名字在内；第二句想必此人也是个孝子；只有第三句，解说不出；那第四句，显而易见，没甚难解。”窦后道：“为何显而易见？”昭仪道：“娘娘姓窦，今建德也姓窦，水源木本，概而推之，如同一体，是要赦窦建德之罪也。”窦后点头称是。秦王道：“窦建德是个了得的汉子，譬如猛虎，纵之是易，缚之甚难。今邀九庙之灵，一朝为我擒获，倘若赦之，又为我患奈何？”唐帝道：“如今且不必拘泥。朱粲残虐不仁，理宜斩首。提出王世充来，待朕审问他的臣下，或者有个孝子在内，也未可知的。”秦王就差校尉到狱中去，提斩犯一名朱粲立决，又提斩犯一名王世充面圣。

时建德与雄信，都睡在床上，听更筹已尽，在那里闲话。忽听见甬道内，有许多人脚步走动，到后边去敲门；一回儿又听得那屋里头的枷锁铁链，一齐震动起来。原来后牢房里的众囚徒，听见此时下来提犯，不知是那一案，那一个，俱担着干系，所以唬得个个战栗起来，把枷锁弄得叮叮挡挡，好似许多上阵兵马甲胄穿响。建德如飞起身，往门缝里一张，只见七八个红衣雉尾的刽子手，先赤绑着一人前来，仔细一看，却是朱粲；随后又绑着一人来，乃是王世充。建德对雄信道：“单二哥，我们也要来了，起身了罢！”雄信道：“由他。”

正说时，只听得有人来叩门叫道：“单爷，家中有人在这里。”雄信见说，如飞爬起身来开门，却是单全。单全见了家主，捧住了，跪在膝前大哭。雄信也忍不住落下泪来，便道：“你不须啼哭，起来问你：奶奶小姐在何处？”单全站起来，附雄信耳上说了几句。雄信点点头儿，道：“我的事早已料定，你只照管奶奶与小姐，就是爱主的忠心了。我这里有各位老爷吩咐，你不须牵挂；你若在此，反乱我的心曲。”单全犹自依依不舍，只见禁子头儿推门进来，对着窦建德说道：“夏王爷，孙爷来了。”建德尚未开口，孙安祖已走到面前，大家见了。此时三个人，抱持了大哭。建德问道：“卿已回乐寿，为何又来？”安祖向建德耳边，唧唧哝哝的说了许多话，却又快活起来。建德便蹙着双眉道：“人活百年，总是要死，何苦费许多周折。卿还该同公主回去，安葬了曹后娘娘并殉难的诸柩。”安祖却不肯。

如今且不说孙安祖要守定窦建德，再说朱粲绑缚了出来，已去市曹斩首。王世充亦绑着进朝面圣。唐帝责他篡位弑君一段。世充奸猾异常，反将事体多推在臣子身上。唐帝又责负固抗拒，城破才降。世充叩头道：“臣固当诛，但秦殿下已许臣不死，还望天恩保全首领。”唐帝因秦王之意，将他贬为庶人，兄弟子侄，都安置朔方，世充谢恩出朝。

唐帝又差人去拿建德见驾，只见黄门官前来奏道：“有两个女子，绑缚衔刀，跪于朝门外，要进朝见陛下。”唐帝见说，以为奇怪，忙叫押进来。不一时，只见两个女子，裂帛缠胸，青衣露体，两腕如玉雪白的，赤绑着，口中多衔着明晃晃的利刀一把，跪在丹墀里头。唐帝望去，虽非绝色，觉得皆有一种英秀之气，光彩撩人。唐帝便有几分矜怜之意，就叫近侍：“去了那两女子口中的刀，扶他上殿来见朕。”内侍忙下去摘掉了刀，簇拥着上来，却又是两对窄窄金莲，挺挺的走上殿来跪下。唐帝便问道：“你两个女子，是何处人氏？为何事这个样子来见朕？”窦线娘道：“臣妾窦氏，系叛臣窦建德之女。因妾父建德，犯罪天条，似难宽宥，妾愿以身代受典刑，故敢冒死上渎天威。”唐帝道：“窦建德岂无臣子子侄，要你这个琐琐裙衩来替他？”线娘道：“忠臣良将，俱已尽节捐躯。

若说子侄，宗支衰落。妾父止生妾一人，罔极深恩，在所必报。况王世充篡位弑君，尚邀恩赦。臣妾父虽据国自守，然当年曾讨宇文化及，首为炀帝发丧；前在黎阳军旅之间，又曾以陛下御弟神通并同安公主送还，较之世充，不亦远乎？倘皇恩浩荡，准臣妾所请，赦父之罪，加之妾身，是亦国法之不弛，而隆恩之普照，则妾虽死而犹生矣！”唐帝道：“你刚才说窦建德止生得你，那一个又是你何人？”线娘未及回答，木兰便道：“臣妾姓花，名木兰，系河北花弧之女。”便将刘武周出兵代父从军，直至与窦线娘结义一段，说将出来。唐帝见他两个言词朗朗，不胜赞叹道：“奇哉两孝女！圣僧所谓两好最难能也。”正说时，只见两个内监走来，跪下奏道：“娘娘有旨，宣殿下进宫。”秦王只得起身进宫去了。

时窦建德久已拿进朝，跪在丹墀下，听那两个女子对答。唐帝叫上来说道：“你助党为虐，本该斩首。今因你女儿甘以身代，朕体上天好生之德，何忍加诛？连你之罪，法外宥汝。”就叫侍卫去了建德的锁链绑缚，又对他说道：“朕赦便赦了你，只是你也是一个豪杰，若是朕赐你之爵，你曾南面称孤道寡，岂肯屈居人下？朕若废你为庶民，你怎肯忘却锦绣江山，免不得又希图妄想。”建德叩首道：“臣蒙陛下法外施仁，贷臣不死，已出望外，安敢又生他念？臣自被逮之后，名利之念，雪化冰消。臣今万幸再生，情愿披剃入山，焚修来世，报答皇图，不敢再入尘网矣！”唐帝见说，大喜道：“你肯做和尚，妙极！朕到替你觅一个法师在那里，叫你去做他的徒弟；但恐你此心不真耳！”窦建德叹道：“臣闻屠刀一掷，六根即净，观眼前孽镜，总是雨后空花，有甚不真？”唐帝道：“你此心既坚，替你改名巨德，着礼部结赐度牒，工部颁发衣帽，即于殿前替你剃度。”

秦王自宫中出来，奏道：“母后知建德肯回心向道，欢喜不胜，要两孝女进宫去一见，父皇以为可否？”唐帝就叫内侍领两个女子进宫朝见。窦后见了，欢喜得紧，就叫宫奴把两副衣服，赐线娘与木兰穿好，又赐锦墩，叫他们坐下，问他们年龄，二人回答明白。窦后又问：“线娘，曾适人否？”线娘羞涩涩未及回答，木兰代奏道：“已许配幽州总管罗艺之子罗成。”窦后道：“罗艺归唐，屡建奇功，圣上已封他为燕郡王，赐国姓，镇守幽州；闻他一个儿子英雄了得，你若嫁他，终身有托了。你既明孝义，我也姓窦，你也姓窦，我就把你算做侄女儿，愈觉有光。”窦线娘也不敢推却，只得下去谢恩。窦后又问木兰履历，木兰一一陈奏。窦后亦深加奖叹，便吩咐内侍，取内库银二千两，彩缎百端，赠线娘为奁资；又取银一千两，彩缎四十端，赠赐木兰，为父母养老送终之费，差内监送归乡里。二女便谢恩出宫。

时窦建德刚落了发，改了僧装，身披锦绣袈裟，头戴毗卢僧帽，正要望帝拜辞。唐帝对建德说道：“你如今放心了。”只见二女易服出来，后边许多内侍，扛了彩缎库银，来到殿廷。内监放下礼物，将宫中懿旨，一一奏闻。二女又向唐帝谢恩。唐帝又对建德道：“不意卿女许配罗艺之子，又为娘娘侄女，孝女得此快婿，卿可免内顾矣。”建德并未知此事，只道窦后懿旨赐婚赐物，谢恩出朝。唐帝又差官一员，赏银二千两，布帛一笥，送至榆窠断魂洞内隐灵岩中圣僧唐三藏处。

建德出了朝门，只见早有一僧，挑着行李，在那里伺候。建德定睛一看，却是孙安祖。建德大骇道:“我是恐天子注意,削发避入空门,你为何也做此行径?”孙安祖道:“主公,当初好好住在二贤庄,是我孙安祖劝主公出来起义。今事不成,自然也要在一处焚修。若说盛衰易志,非世之好男子也。”建德又对线娘道:“你既以身许事罗郎,又沐娘娘隆宠,嗣为侄女,终身有赖了。自今以后,你是干你的事,我是干我的事,不必留恋着我了。”线娘必要送父到山中去,那内监道:“咱们是奉娘娘懿旨,送公主到乐寿去,和尚自有官儿们奉陪,不消公主费心。”线娘没奈何,只得同出长安,大哭一场,分路而行。要知后事如何,且听下回分解。

第六十回　出囹圄英雄惨戮　走天涯淑女传书

词曰：

生离死别，甚来由，这般收煞。难忍处，热油灌顶，阴风夺魄。天涯芳草尽成愁，关山明月徒存泣。叹金兰割股啖知心，情方毕。

秦与晋，堪为匹。郑与楚，曾为敌。看他假假真真，寻寻觅觅。玉案琼珠已在手，香飘丹桂犹含色。漫驱驰，寻访着郊原朝金阙。

调寄《满江红》

天地间是真似假，是假似真。往往有同胞兄弟，或因财帛上起见，或听妻妾挑唆，随你绝好兄弟，弄得情离心远。到是那班有义气的朋友，虽然是姓名不同，家乡各别，却到可以托妻寄子，在情谊上赛过骨肉。所以当初管鲍分金，桃园结义，千古传为美谈。

如今却说唐帝发放了窦建德，随将王世充一干臣下段达、单雄信、杨公卿、郭士衡、张金童、郭善才，着刑部派官押赴市曹斩决。时徐懋功、秦叔宝、程知节三人晓得了旨意，知秦王已出朝堂，如飞多赶到西府来，要见秦王。秦王出来，大家参拜过了，叔宝道："末将等启上殿下：郑将单雄信，武艺出秦琼之上，尽堪驱使。前日不度天命，在宣武陵有犯大驾，今被擒拿，末将等俱与他有生死之交，立誓患难相救。今恳求殿下，开一生路，使他与末将一齐报效。"秦王道："前日宣武陵之事，臣各为主，我也不责备他。但此人心怀反复，轻于去就，今虽投服，后必叛乱，不得不除。"程知节道："殿下若疑他后有异心，小将等情愿将三家家口保他；他如谋逆，一起连坐。"秦王道："军令已出，不可有违。"徐懋功道："殿下招降纳叛，如小将辈俱自异国得侍左右，今日杀雄信，谁复有来降者？且春生秋杀，俱是殿下，可杀则杀，可生则生，何必拘执？"秦王道："雄信必不为我用，断不可留，譬如猛虎在押，不为驱除，待其咆哮，悔亦何及？"三将叩头哀求，愿纳还三人官诰，以赎其死。叔宝涕泣如雨，愿以身代死。秦王心中不说出，终久为宣武陵之事，不快在心，道："诸将军所请，终是私情，我这个国法，在所不废。既是恁说，传旨段达等都赴市曹斩首号令，其单雄信尸首，听其收葬，家属免行流徙，余俱流岭外。"三人只得谢恩出府。徐懋功道："叔宝兄，单二哥家眷是在尊府，兄作速回家，吩咐家里人，不可走漏消息。烦老伯母与尊嫂窝伴着他，省得他晓得了，寻死觅活。弟再去寻徐义扶，求他令爱惠妃，或者有回天之力，也未可知。知节兄，你去备一桌菜，一坛酒，到狱中去，先与雄信盘桓起来，我与叔宝，就到狱中来了。"

却说单雄信在狱中，见拿了王世充等去，雄信已知自己犯了死着，只放下愁烦，由他怎样摆布。只见知节叫人扛了酒肴进来，心中早料着三四分了。知节让雄信坐了，便道："昨晚弟同秦大哥，就要来看二哥，因不得闲，故没有来。"雄信道："弟夜来倒亏窦建德在此叙谈。”知节叹道：“弟思想起来，反不如在山东时与众兄弟时常相聚，欢呼畅饮，此身倒可由得自主。如今弄得几个弟兄，七零八落，动不动朝廷的法度，好和歹皇家的律令，岂不闷人！”说了看着雄信，蓦地里落下泪来。此时雄信早已料着五六分了，总不开口，只顾吃酒。忽见秦叔宝亦走进来说道：“程兄弟，我叫你先进来劝单二哥一杯酒，为甚反默坐在此？”雄信道：“二兄俱有公务在身，何苦又进来看弟？”叔宝道：“二哥说甚话来？人生在于世，相逢一刻，也是难的。兄的事只恨弟辈难以身代，苟可替得，何惜此生。”说了，满满的斟上一大杯酒奉与雄信。叔宝眼眶里要落下泪来，雄信早已料着七八分了。又见徐懋功喘吁吁的走进来坐下。知节对懋功道：“如何？”懋功摇摇首，忙起身敬二大杯酒与雄信。听得外边许多淅淅索索的人走出去，意中早已料着十分，便掀髯大笑道：“既承三位兄长的美情，取大碗来，待弟吃三大碗，兄们也饮三大杯。今日与兄们吃酒，明日要寻玄邃、伯当兄吃酒了！”叔宝道：“二哥说甚话来？”雄信道：“三兄不必瞒我。小弟的事，早料定犯了死着。三兄看弟，岂是个怕死的！自那日出二贤庄，首领已不望生全的了。”叔宝三人，一杯酒犹硬咽咽不下去，雄信已吃了四五碗了。

此时众禁子多捱进门来，站在面前，门首又有几个红头包巾的人，在那里探望。雄信对两傍禁子道：“你们多是要伺候我的？”众禁子齐跪下去道：“是。”雄信便道：“三兄去干你的事，我自干我的罢！”叔宝与懋功、知节，俱皆大恸起来。雄信止住道：“大丈夫视死如归，三兄不必作此儿女之态，贻笑于人。”叔宝叫那刽子手进来，吩咐道：“单爷不比别个，你们好好服事他。”众刽子齐声应道：“晓得。”懋功道：“叔宝兄，我们先到那里，叫他们铺设停当。”叔宝道：“有理。”知节道：“你二兄先去，弟同二哥来。”懋功与叔宝洒泪先出了狱门，上马来到法场；只见那段达等一干人犯，早已斩首，尸骸横地。两个卷棚，一个结彩的，一个却是不结彩的。那结彩的里边，钻出个监刑官儿来相见了。懋功叫手下，拣一个洁净的所在。叔宝叫从人去取当时叔宝在潞州雄信赠他那副铺陈，铺设在地。

时秦太夫人与媳张氏夫人，因单全走了消息，爱莲小姐在家寻死觅活，要见父亲一面。太夫人放心不下，只得同张夫人陪着雄信家眷前来。叔宝就安顿他们在卷棚内。只见雄信也不绑缚，携着程知节的手，大踏步前走。一边在棚内放声大哭，徐懋功捧住在法场上大哭。秦太夫人叫人去请叔宝、知节过来，说道：“单员外这一个有恩有义的，不意今日到这个地位。老身意欲到他跟前去拜一拜，也见我们虽是女流，不是忘恩负义的人。”叔宝道：“母亲年高的人，到来一送，已见情了；岂可到他跟前，见此光景？”秦母道：“你当初在潞州时，一场大病，又遭官事；若无单员外周旋，怎有今日？”知节道：“叔宝兄，既是伯母要如此，各人自尽其心。”如飞与雄信说了。

秦太夫人与张氏夫人、雄信家眷，一总出来。叔宝扶了母亲，来到雄信跟前，垂泪说道：“单员外，你是个有恩有义的人，惟望你早早升天。”说了，即同张氏夫人，跪将下去。雄信也忙跪下，爱莲女儿旁边还礼。拜完了，爱莲与母亲走上前，捧住了父亲，哭得一个天昏地惨。此时不要说秦、程、徐三人大恸，连那看的百姓军校，无不坠泪。雄信道：“秦大哥，烦你去请伯母与尊嫂，同贱荆小女回寓罢，省得在此乱我的方寸。”太夫人听见，忙叫四五个跟随妇女，簇拥着单夫人与爱莲小姐，生巴巴将他拉上车儿回去了。

叔宝叫从人抬过火盆来，各人身边取出佩刀，轮流把自己股上肉割下来，在火上炙熟了，递与雄信吃，道："弟兄们誓同生死，今日不能相从；倘异日食言，不能照顾兄的家属，当如此肉，为人炮炙屠割。"雄信不辞，多接来吃了。秦叔宝垂泪叫道："二哥，省得你放心不下。"叫怀玉儿子过来道："你拜了岳父。"怀玉谨遵父命，恭恭敬敬朝着单雄信拜了四拜。雄信把眼睁了几睁，哈哈大笑道："快哉，真吾婿也！吾去了，你们快动手。"便引颈受刑。众人又大哭起来。

只见人丛里，钻出一人，蓬头垢面，捧着尸首，大哭大喊道："老爷慢去，我单全来送老爷了！"便向腰间取出一把刀，向项下自刎；幸亏程知节看见，如飞上前夺住，不曾伤损。徐懋功道："你这个主管，何苦如此？还有许多殡葬大事，要你去做的，何必行此短见？"叔宝叫军校窝伴着他。雄信首级，秦王已许不行号令，用线缝在颈上，抬棺木来，用冠带殡葬。正着人抬至城外，寺中停泊，只见魏玄成、尤俊达、连巨真、罗士信同李玄邃的儿子启心，都来送殡；王伯当的妻子也差人来送纸。大家却又是一番伤感，然后簇拥丧车，齐到城外寺中安顿好了，徐懋功发军校二十名看守，大家回寓。可怜正是：

秦王虽说得中原，曾不推恩救命根。
四海英雄谁作主？十行血泪泣孤魂

今说窦线娘哭别了父亲，同花木兰归到乐寿。署印刺史齐善行闻报，已知建德赦罪为僧，公主又蒙皇后认为侄女，差内监送来，倒是热热闹闹，免不得出郭迎接。幸喜徐懋功单收拾了夏国图籍国宝，寝宫中叫那一二十个老宫奴封锁看守，尚未有动。窦线娘到了宫中，见了曹后的灵柩，并四个宫奴的棺木，又是一番大恸。

齐善行进朝参见了，把徐懋功要他权管乐寿之事，他又荐魏公旧臣贾润甫有才，"不意懋功去访，润甫又避去，因此不得已，臣权为管摄这几时。今正好公主到来，另择良臣，实授其任，臣便告退。"窦线娘道："徐军师是见识高广的，毕竟知卿之贤，故尔付托，况此地久已归唐，黜陟我安得而主之？卿做去便了，不必推辞。但皇后灵柩停在宫中，不是了局，卿可为我觅一善地，安葬了便好。"齐善行道："乐寿地方，土卑地湿。闻得杨公义臣，葬于雷夏，那边高山峻岭，泥土丰厚，相去甚近，两三日可到，未知公主意下如何？"窦线娘道："杨义臣生时，父皇实为契爱；若得彼地营葬甚妙。卿可为我访之，我这里厚价买他的便了。"线娘手下那些训练的女兵，原是个个有对头的，当其失国之时，但四散逃去，今闻公主回来，又都来归附。线娘择其老成持重的收之，余尽遣去。不多几日，齐善行差人到雷夏泽中，觅了一块善地。窦线娘到那里去起造一所大坟茔来，旁边又造了几带房屋，自己披麻执杖，葬了曹后，一家多迁到墓旁住了。即便做一道谢表，打发内监复旨。

花木兰亦因出外日久，牵挂父母，要辞线娘回去。线娘不肯放他，因他是个孝女，不好勉强，只得差两名寡妇女兵，一个是金氏名铃，一个是吴氏名良，赠了他些盘费，叫木兰连父母，都迁到雷夏泽中来同居。临行时，线娘又将书一封，付与木兰道："河北与幽州地方相近，此书烦贤妹寄与燕郡王之子罗郎。贤妹要他自出来，觌面见了，然后将书付他；倘若门上拒阻，有他当年赠我的没镞箭在此，带去叫他门上传进，罗郎自然出来见妹。"说罢，止不住数行珠泪。木兰道："姊姊吩咐，妾岂敢有负尊命？是必取一个好音来回复。"即便收拾好书信，并那枝箭，连两个女兵都改了男装起行。窦线娘直送到二三里外，又叮咛了一番，洒泪分手。

木兰等晓行夜宿，不觉已到河北地方，细认门阑，已非昔时光景。有几个老邻走来，一看是花木兰，前日改装代父从军的，便道："花姑娘，出去了这好几时，今日才回来。"扯到家里，木兰细问老邻，方知父亲已死，母亲已改嫁姓魏的人，住在前村，务农为活。木兰听了心伤，不觉泪如雨下，谢了邻里，如飞赶到前村。恰好其母袁氏，在井边汲水，木兰仔细一看，认得是自己母亲，忙叫道："娘，我木兰回来了。"其母把眼一擦，见果是自己女儿，忙执手拖到家里去。母女姊妹拜见了，哭作一团。其时又兰年已十八，长成得好一个女子。其母将他父亲染病身死，以及改嫁一段，诉说了一遍。继父同天郎回来相见了，姊妹三个各诉衷肠，哭了一夜。次日木兰到父亲坟上去哭奠了。

过了几日，正要收拾往幽州去，不意曷娑那可汗闻知，感木兰前日解围之功，又爱木兰的姿色，差人要选入宫中去。木兰闻之，惊惶无主，夜间对又兰道："我的衷肠事，细细已与你说明。入宫之事，未知可能解脱；倘必不能，窦公主之托，我此生决不肯负。须烦贤妹像我一般，改装了往幽州走遭，停当了窦公主的姻缘，我死亦瞑目。"又兰道："我从没有出门，恐怕去不得。"木兰道："我看你这个光景，尽可去得，断不负我所托。"随把线娘的书与箭并盘缠银五十两，交付明白。原来又兰到识得几个字，忙替他收藏好了。木兰又叫两个女兵，吩咐金铃，随又兰到幽州去。到了明日，只见许多车骑仪从到门，其母因木兰归来不多几日，哭哭啼啼，不舍他入宫去。那木兰毫无惧色，梳妆已毕，走出来对那些来人说道："狼主之命，我们民户人家，不敢有违？但要载我到父亲坟上去拜别了，然后随你入宫。"那些仪从应允，木兰上了车子，叫吴良跟了父母，俱送至坟头。木兰对了荒冢拜了四拜，大哭一场，便自刎而死。差人慌忙回去复旨，曷娑那可汗闻知，深为叹息。吴良也先回去，见窦公主不题。木兰父母把他殡殓了，就葬于父旁。

又兰见阿姐回来，指望姊妹同住，做一番事业，不想狼主要娶他去，逼他这个结局。"倘或曷娑那可汗晓得他尚有妹子，也要娶起我来，难道我也学他轻生？倒不如往幽州去，替窦公主干下这段姻事，或者我有出头的好日子得来，亦未可知。"主意已定，悄悄的对金铃说明，收拾了包裹，不通父母得知，两个妇女竟似走差打扮，又兰写几个字，放在房中。四更时出门上路，天明落了客店，雇了牲口，一直到了幽州。又兰进城，寻了下处，问了店主人家燕郡王的衙门。又兰改了书生打扮，便同了金铃到王府门首来访问。

那燕郡王做官清正，纪律严明，府门首整饬肃清，并不喧杂，凡投递文书柬帖的官吏，无不细细盘驳。金铃到底是随公主走过道路的，便与又兰商议道："俺家公主这封书，不比寻常书札，不知里边写些什么在上。倘若混账投下，那些官吏不知头脑，总递进去，燕郡王拆开一看，喜怒不测起来，如何是好？当初大姑娘在我那里起身时，公主原叫他把书觌面付与罗小将军，如今到此岂可胡乱投递。"又兰道："据你说起来，怎能个见小将军之面？"金铃道："不难，二姑娘你坐在对面茶坊里，俺在这里守一个知事的人出来托他，事方万全。”

又兰到对门茶肆中坐了半晌，只见金铃进来说道：“二爷，方爷来了。”又兰看那人，好似旗牌模样，忙起身来相见了坐定。又兰便问道：“亲翁上姓大名？”那人道：“学生姓方，字杏园，请问足下有何事见教？”又兰道：“话便有一句，请兄坐了。看酒来！”走堂的见说，如飞摆上酒肴。方杏园道：“亲翁有甚事，须见教明白，方好领情。”又兰一面斟酒，随即说道：“弟向年在河北，与王府小将军，曾有一面；因有一件要紧物件，寄在敝友处，今此友托弟来送还小将军，未知小将军可能一见否？”方杏园道：“小将军除非是出猎打围赴宴，王爷方放出府，不然怎能个出来相见？或者有甚书札，待弟持去，付与小将军的亲随管家，传进里边，自然旨意出来。”又兰道：“书是必要觌面送的，除非是取那信物，烦见传递了进去，小将军便知分晓。”方杏园道：“既如此，快取出来。弟还有勾当，恐怕里面传唤。”又兰忙向金铃身边，取出那枝没镞箭，递与方杏园。方杏园接来一看，却是一个绣囊，放着枝箭在内，取出一看，见有小将军的名字在上，不敢怠慢，忙出了店门，进府去。走不多几步路，遇着公子身边一个得意的内丁叫做潘美，向他说了来因。潘美道：“你住着，候我回音。”把锦囊藏在衣襟里，到书房中。

罗公子自写书付与齐国远去寄与叔宝后，杳无音耗，心中时刻挂念，见潘美持箭进来，说了缘故，不胜骇异，便问：“如今来人在何处？”潘美道：“方旗牌说，在府前对门茶坊里，还有书要面递与公子的。”罗公子低头想了一想，便向潘美耳边说了几句。潘美出来，对方旗牌道：“公子说，叫你引那来人在东门外伺候着，公子就出来打围了。”方旗牌如飞赶到茶坊里来，与又兰说了。又兰便向柜上算还了账，三人大家站在府门首看，只见一队人马，拥出府门。公子珠冠扎额，金带紫袍，骑着高头骏马，又兰心中想道：“这一个美貌英雄，怎不教窦公主想他？”也就在道旁雇了脚力，尾在后边。

罗公子原不要打围，因要见寄书人，故出城来，只在近处拣个山头占了，吩咐手下各自去纵鹰放犬，叫潘美请那一寄书人过来。公子见是一个美貌书生，忙下坐来相见，分宾主坐定。花又兰在靴子里取出书来，送与罗公子。公子接来一看，见红签上一行字道：“此信烦寄至燕郡王府中，罗小将军亲手开拆。”公子见眼前内丁甚多，不好意思，忙把书付与潘美收藏，便问：“吾兄尊姓？”又兰道：“小弟姓花，字又兰。”公子又道：“兄因甚与公主相知？”又兰答道：“与公主相知者非弟，乃先姊也。”就把曷娑那可汗起兵一段，直至与公主结义，细述出来。只见家将们多到，花又兰便缩住了口。

公子问道：“尊寓今在何处？”金铃在后答道：“就在宪辕东首直街上张老二家。”公子道：“今日屈兄暂进敝府中去叙谈一宵，明早送兄归寓。”又兰再四推辞。公子道：“弟尚有许多衷曲问兄，兄不必固辞。”对潘美道：“吩咐方旗牌，叫他到花爷寓所去，说花爷已留进府中，一应行李，着店家好生看守，毋得有误。”说了，携了又兰的手起身，叫家将取一匹马与又兰骑了，潘美却同金铃骑了一匹马，大家一共进城。到了王府中，公子叫潘美领又兰、金铃两个，到内书房去安顿好了。那内书房一共是三间，左边一间是公子的卧室；右边一间设过客的卧具在内。

公子向内宫来，罗太夫人对公子说道：“孩儿，你前日说那窦建德的女儿，到是有胆有智的。刚才你父亲说京报上，窦建德本该斩首，因其女线娘不避斧钺，愿以身代父行刑，故此朝廷将建德赦了，建德自愿削发为僧。其女线娘，太后娘娘认为侄女，又赐了许多金帛，差内监两名送还乡里，如此说起来，竟是个大孝之女。昔为敌国，今作一家。你父亲说，趁今要差官去进贺表，便道即娶他来，与你成婚，也完了我两个老夫妇身上的事。”公子道：“刚才孩儿出城打猎，正遇一个乐寿来的人，孩儿细问他，方知是窦公主烦他来要下书与我的。”罗太夫人问道：“如今人在何处？”公子说：“人便孩儿留他在外书房，书付与潘美收着。”罗太夫人随叫左右，向潘美取书进来。母子二人当时拆开一看，却是一幅鸾笺，上写道：

> 阵间话别，言犹在耳；马上订盟，君岂忘心？虽寒暑屡易，盛衰转丸，而泪沾襟袖，至今如昔，始终如一也。但恨国破家亡，氤氲使已作故人；妾茕茕一身，宛如萍梗。谅郎君青年伟器，镇国令嗣，断不愿以齐大非耦，而以邹楚为匹也。云泥之别，莫问旧题，原赠附璧，非妾食言，亦盖镜之缘悭耳。衷肠托义妹备陈，临楮无任依依。
>
> 亡国难女窦氏线娘泣具

罗公子只道书中要他去成就姻眷，岂知倒是绝婚的一幅书，不觉大恸起来，做出小孩子家身分，倒在罗老夫人怀里，哭个不止。老夫人只生此子，把他爱过珍宝，见此光景，忙抱住了叫道：“孩儿你莫哭，那做媒的是何人？”公子带泪答道：“就是父亲的好友，义臣杨老将军，建德平昔最重他的人品，他叫孩儿去求他。几年来因四方多事，孩儿不曾去求他，那杨公又音信杳然，故此把这书来回绝孩儿，这是孩儿负他，非他负孩儿也。”说罢又哭起来。

只见罗公进来问道：“为什么缘故？”老夫人把公子始初与窦线娘定婚，并今央人寄书来，细细说了一遍，就取案上的来书与罗公看了。罗公笑道：“痴儿，此事何难？目下正要差人去进朝廷的贺表。待你为父的将你定婚始末，再附一道表章，皇后既认为侄女，决不肯令其许配庸人；天子见此表章必然欢喜，赐你为婚，那怕此女不肯？何必预为愁泣？但不知书中所云义妹备陈，为何如今来的反是一个男子？”公子见父母如此说，心上即便喜欢，忙答道：“这个孩儿还没有问他细情。”

那夜公子治酒在花厅上，又兰把线娘之事重新说起。说到窦公主如何要代父受刑，公子便惨然泪下；说到太后收进宫去，认为侄女，却又喜欢起来；说到迁居守墓，却又悲伤；直至阿姊回来，曷娑耶可汗要选他入宫，自刎于墓前，公子不觉击案叹道：“奇哉，贤姊木兰也！我恨不能见其生前一面耳！”直说到更余，方大家安寝。次日，又兰等公子出来，便道：“公主回书，还是付与小弟持去，还是公子差人到乐寿去回复？弟今别了，好在寓中候旨。”公子道：“兄说那里话，公主的来书，家严昨已看过，即日就要差官进表到都，许弟同往。兄住在此，同到乐寿，烦兄作一冰人，成其美事，有何不可？”又兰道：“小弟行李都在店中。”公子执着又兰的手道：“行李我已着人叫店家收好。”断不肯放。谁知金铃到看中意了潘美，正在力壮勇猛之时，又兰亦见公子翩翩年少，毫无赳赳之气,心中倒舍割不下。金铃便道:“二爷,既是大爷恁说,我去取了行李来何如?”公子道:“你这管家倒知事。”叫左右随了金铃去。公子与又兰时刻相对,竟话得投机。大凡大家举动,尚不能个便捷,何况王家侯府,却又要作表章,撰疏稿,委官贴差,倏忽四五日。

一夜,罗公子因起身得早,恐怕惊动了又兰,轻轻开门出去,只听得潘美和金铃在厢房内唧唧哝哝,似有欢笑之声。公子惊疑,便站定了脚,侧耳而听。听得潘美口中说道:“你这样有趣,待我对大爷说明,替你家二爷讨来,做个长久夫妻。”金铃道:“扯谈,我是公主差我送他阿姊到家来的,又不是他家的人。你要我跟随了你,总由我主。”潘美道:“倘然我们大爷晓得你二爷是个女子,只怕亦未必肯放过。”金铃道:“晓得了,止不过也像我与你两个这等快活罢了。”

正是隔墙须有耳,窗外岂无人?公子听得仔细,即心中转道:“奇怪,难道他主仆多是女人?”忙到内宫去问了安,出来恰好撞见潘美。公子叫他到僻静所在,穷究起来,方知都是女子。公子大喜,夜间陪饮,说说笑笑,比前夜更觉有兴。指望灌醉了又兰,验其是非。当不起又兰立定主意不饮。公子自己开怀畅饮了几杯,大家起身,着从人收拾了杯盘,假装醉态,把手搭在又兰肩上道:“花兄,小弟今夜醉了,要与兄同榻,弟还有心话要请教。”又兰道:“有话请兄明日赐教,弟生平不喜与人同榻。”公子笑道:“难道日后与尊嫂也要推却?”又兰亦笑道:“兄若是个女子,弟就不辞了。”公子又笑道:“若兄果是个男子,弟亦不想同榻了。”又兰听了这句话,心上吃了一惊,一回儿脸上桃花瓣瓣红映出来。公子看了,愈觉可爱,见伺候的多不在眼前,把门忙闭上,走近前捧住又兰道:“我罗成几世上修,今日得逢贤妹。”又兰双手推住了道:“兄何狂醉若此!请尊重些。”公子道:“尊使与小童都递了口供认状,卿还要赖到那里去?”又兰正色道:“君请坐了,待我说来;若说得不是,凭君所欲。”公子只得放手,两个并肩坐下。

又兰道:“妾虽茅茨下贱,僻处荒隅,然愚姊妹颇明礼义,深慕志行。今日不顾羞耻,跋涉关山而来者,一来要完先姊的遗言,二来要成全窦公主与君家百年姻眷,非自图欢乐也。今见郎君年少英雄,才兼文武,妾实敬爱。但男女之欲,还须以礼以正,方使神人共钦;若勒逼着一时苟合,与强梁何异?”公子听了大笑道:“卿何处学这些迂腐之谈?从古以来,月下佳期,桑间偶合,人人以为美谈。请问卿为男子,当此佳丽在前能忍之乎?”又兰道:“大丈夫能忍人所不能忍,方为豪杰。君但知濮上桑间,此辈贪淫之徒,独不记柳下惠之坐怀,秦君昭之同宿,始终不乱,乃称厚德。妾承君不弃,援手促膝者四五日矣,妾终身断不敢更事他人。求郎君放妾到乐寿,见了窦公主一面,明白了先姊与妾身的心迹,使日后同事君家,亦有光彩。今且权忍几时,候与君同上长安,那时凭君去取何如?若今如此,决难从命。”公子见他言词侃侃,料难成事,便道:“既是贤妹如此说,小生亦不敢相犯矣。”

过了几日,罗公将表章奏疏弥封停当,便委刺史张公谨,托他照管公子,又差游击守备二人,尉迟南、尉迟北,陪伴公子上路。公子拜别了父母,即同又兰等一路带领人马,出离了幽州,往长安进发。未知后事如何,且再听下回分解。

第六十一回　花又兰忍爱守身　窦线娘飞章弄美

词曰：

晓风残月，为他人驱驰南北，忍着清贞空隈贴。情言心语，两两低低说。

沉醉海棠方见切，惊看彼此真难得。封章直上九重阙，甘心退逊，香透梅花峡。

调寄《一斛珠》

世间尽有做不来的事体，独情深义至之人，不论男女，偏做得来；人到极难容忍的地位，惟情深义至之人，不论男女，偏能谨守。为什么缘故？情深好义者，明心见性，至公无私，所以守经从权，事事合宜，不似庸愚，只顾眼前，不思日后。

今说罗成同花又兰、张公谨、尉迟南、尉迟北一行人，出了幽州地方。花又兰在路与罗公子私议道："郎君还是先到雷夏窦后墓所，还是竟到长安？"罗公子道："我意竟到长安上疏后，待旨意下来，然后到雷夏去，岂不是好？"又兰道："不是这等说。窦公主是个有心人，当初与君马上定姻之时，原非易许。迨后四方多事，君无暇去寻媒践盟，彼亦未必怪君情薄。不意国破家亡，上无父母之命，下无媒妁之言，还是叫他俯就君家好，还是叫他无媒苟合好？是以写札，托先姊面达，以探君家之意，返箭以窥君家之志。以情揆之，是郎君之薄情，非公主之负心也。今漫然以御旨邀婚，是非使彼感君之恩，益增彼之怒，挟势掠情之举，不要说公主所不愿，即贱妾草茅亦所不甘也。郎君乃钟情之人，何虑不及此？"说到这个地位，罗公子止不住落下泪来，双手执住又兰的手道："然则贤卿何以教我？"又兰道："依妾愚见，今该先以吊丧为名，一以看彼之举动，一以探彼之志行。畴昔知己，几年阔别，尚思渴欲一见，何况郎君之意中人乎？倘彼言词推托，力不可回，然后以纶音加之，使彼知郎君之不得已，感君之心，是必强而后可。"公子听了说道："贤卿之心，可谓曲尽人情矣！"即吩咐张公谨等竟向乐寿进发，不题。

再说窦线娘，自从闻花木兰刎死之后，鸿稀雁绝，灯前月下，虽自偷泣，亦只付之无可如何。幸有邻居袁紫烟与杨小夫人母子时常闲话，连女贞庵中狄、秦、夏、李四位夫人，闻线娘是个大孝女子，亦因紫烟心交，也常过来叙谈，稍解岑寂。线娘又把窦太后赠的奁资，营葬费了些，剩下的多托贾润甫就在附近买了几亩祭田，叫旧时军卒耕种。家政肃清，阍人三尺之童，不敢放入。

一日与袁紫烟在室中闲话，只见一个军丁打扮，掀幕进来。袁紫烟吃了一惊，公主定睛一看，见是金铃，便道："好呀，你回来了，为甚么花姑娘这样变故？你同何人到来？"金铃跪下去叩了一叩，起来说道："前日吴良起身回来之时，奴妇已同花二姑娘一般改装了。到幽州罗小将军处，见了书札信物，悲痛不胜，就款留二姑娘进府，住在书房室中半月。幸喜罗郡王晓得公子与公主联姻，趁着差官赍表进京，便打发公子一同来。经过乐寿，刺史齐善行晓得了，接入城去，明日必到墓所来吊唁娘娘，并求完姻的意思。今花二姑娘现在门首，他是个有才干的女子，公主还该优礼待他，去迎他进来，便知详细。”公主听了，三四个宫女跟了出来。

金铃如飞到门首，引花又兰到草堂中。公主举眼望去，面貌装束，竟像当年罗成在马上的光景，心中老大狐疑；及至走近身前，见其眉儿曲曲，眼儿鲜鲜，方知非是，乃一个俊俏佳人。又兰见了公主，便要行礼。公主笑道：“既承贤姐姐不弃光降，请到室中换了妆，然后好相见。”就同进里边来，叫宫奴簇拥又兰到偏室中去，将一套新鲜色衣与他换了出来。公主看时，却比其姊更觉秀美，便指着袁紫烟对花又兰道：“此是隋朝袁夫人，与妾结义过的。当年木兰令姊到来，妾曾与他结为异姓姊妹。二姐姐如不弃，续令先姊之盟，闺中知己，常相聚首，未识二姐姐以为可否？”花又兰道：“公主所论，实切愿怀；但恐蒲柳之质，难与国嫔雁行。”公主道：“说甚话来！”便叫左右铺毡，袁夫人年纪居长，公主次之，又兰第三，大家拜了四拜，自后俱姊妹称呼。宫奴就请入席饮酒，线娘便道：“前日吴良回来报说令姊惨变，使妾心胆俱裂。可惜好个孝义之女，捐躯成志，真古今罕有。但贤妹素昧平生，何敢又劳枉驾，去见罗郎？”又兰道：“愚姊妹虽属女流，颇重然诺。先姊领姐姐之托，变出意外，妹亦遵先姊之命，安敢惮劳，有负姐姐之意！幸喜罗公子天性钟情，一见姐姐信物手书，涕泗捧读，不忍释手，花前月下，刻不忘情；所以燕郡王知他之意，趁差官赍表朝贺，并遣公子前来求亲。”线娘总是默默不语。袁紫烟道：“这段姻缘，真是女中丈夫，恰配着人中龙虎。况罗郎来俯就，窦妹该速允从。”线娘笑道：“且待送姐姐出阁后，愚妹自有定局。”紫烟道：“是何言欤？妾若非太仆遗言，孤嫠失恃，不遇徐郎再四强求，妾亦甘心守志，安敢复有他望？”线娘道：“若说守志二字，实惬素怀。妹从其权，妾守其经，事无不可。”又微哂道：“但可惜花二妹一片热肠，驰驱南北，付之东流而已。”

又兰听说，心中想道：“看看说到我身上来了，殊不知我与罗郎，虽同床共寝两月，而此身从未沾染，此心可对天日。”便道：“窦姐姐所云守志固妙，惟在难守之中，而坚守之方可云志。”又兰原是好量，因向来与罗公子共处，恐酒后被他点污，假说天性不饮。今到此地，尽是女流，竟安心乐意，便开怀畅饮，不觉酩酊，伏在案上。紫烟即便告别归家。线娘竟叫侍女扶又兰到自己床上睡；线娘随叫那金铃过来盘问，金铃道：“小将军起初不知，后来风声有些走露，就有捉弄花姑娘的意思。听见着实哀求，花姑娘指天发誓，立志不从，听见他说，‘待奴见过窦公主之后，明了心迹，公主成了花烛，然后从君之愿。’”线娘不胜浩叹道：“奇哉，罗郎真君子也！又兰真义女也！我窦氏设身处地，恐未能如此。彼既以守身让我，我当以罗郎报之，全其双美。趁罗郎本章未到，先将衷曲奏明皇后，皇后是必鉴我之心矣！”忙起身在灯下草就奏章，叫女书记写好封固，又写一札送与宇文昭仪，收拾一副大礼，进呈皇后；一副小礼，送与昭仪。当初孙安祖与线娘要救建德时，曾将金珠结交于宇文昭仪，今亦烦他转达皇后，料他必能善全。明日绝早，即将盘缠付与吴良、金铃，资本与礼物，往京进发。那金铃因放潘美不下，晓得公子要到贾润甫处，便跑过去细细与贾润甫说明就里，并上本与皇后的话，叫润甫作速报知公子，归来即收拾与吴良上路去了。

今说罗公子到了乐寿，齐善行迎进城，接风饮酒。张公谨问齐善行窦公主消息，齐善行道："窦公主不特才能孝行，兼之治家严肃，深有曹后之风范，今迁居雷夏墓所。平日最服的一个邻居隐士贾润甫，外庭之事，惟润甫之言是听。"张公谨见说大喜道："润甫住在何处？"齐善行道："就住在雷夏泽中拳石村。秦王屡次要他去做官，他不乐于仕宦，隐居于彼。"尉迟南道："我们还是当年拜秦母的寿，寓在他家数日，极是有才情的朋友；海内英豪，多愿与他结纳。公子趁便该去拜访他。"罗公子吩咐手下，备一副吊仪，去吊杨太仆；又备一副猪羊祭礼，去祭曹皇后；随即起身，齐善行陪了，出了乐寿，往贾润甫家来。

时贾润甫因金铃来说了备细，又因窦公主央他，叫人墓前搭起两个卷棚，张幕设位，安排停当。只见一行车马来到门首，润甫接入草庐中，行礼坐定，各人叙了寒温，罗公子就把来求窦公主完姻一事说了。贾润甫道："别的女子，可以捉摸得着，惟窦公主心灵智巧，最难测度。只据他晓得公子来求婚，连夜写成奏章，今早五更时，已打发人往长安先去上闻皇后。这种才智，岂寻常女子所能及？"罗公子见说，吃了一惊。张公谨道："我们的本未上，他到先去了，我们该作速赶过他头里去才好。"贾润甫道："前后总是一般。公子且去吊唁过，火速进呈未迟。"贾润甫同齐善行陪了罗公子与众人，先到杨公坟上来。杨馨儿早已站在墓旁还礼。

众人吊唁后，馨儿向众人各各叩谢了，即同到曹后墓前来。见两个卷棚内，早有许多白衣从者，伺候在那里。一个老军丁跪下禀道："家公主叫小的禀上罗爷说，皇爷在山中，无人还礼，公子远来，已见盛情，不必到墓行礼了。"罗公子道："烦你去多多致意公主，说我连年因军事匆忙，不及来候问，今日到此，岂有不拜之礼？况自家骨肉，何必答礼？"老军丁去说了。只见冢旁小小一门，四五个宫女，扶着窦公主出来，衰绖孝服，比当年在马上时，更觉娇艳惊人，扶入幕中去了。罗公子更了衣服，到灵前拜奠了。窦公主即走出幕外一步，铺毡叩谢，泪如泉涌，罗公子亦忍不住落下泪来。拜完了，正打账上前要说几句正经话，窦公主却掩面大恸，即转到墓边，扶入小门里去了。罗公子只得出来，卸下素服。张公谨与尉迟南、尉迟北，也要到灵前一拜，贾润甫道："夏王又不在此，公子吊奠，公主还礼，礼之所宜；若兄等进吊，无人答礼，反觉不安。"

正说时，一个家丁走近向来禀道："请各位爷到草堂中去用饭。"贾润甫拉众人步进草堂中来，见摆下四席酒，第一席是罗公子；第二席是张公谨、齐善行；尉迟南、尉迟北告过罗公子，坐了第三席；贾润甫与杨馨儿坐了末席。酒过三巡，有几个军丁，抬了两口鲜猪，两口肥羊，四坛老酒，赏钱三十千，跪下禀道："公主说村酒羔羊，聊以犒从者，望公子勿以为鄙亵，给赐劳之。"罗公子笑道："总是自己军卒，何必又费公主的心。"随吩咐手下军卒，到内庭去谢赏。许多从者忙要到里边来，只见一个女兵走出来说道："公主说不消了，免了罢！"罗家一个军卒笑指道："这位大姐姐，好像前日在阵前的快嘴女兵，你可认得我么？"那女兵见说，也笑道："老娘却不认得你这个柳树精。"大家笑了，出来领赏去分。罗公子又吩咐手下，将银五十两赏窦家人；窦公主亦叫家人出来叩谢了。

罗公子即起身向窦家人说道："管家，烦你进去上复公主，说我此来一为吊唁太后，二为公主的姻事，即在早晚送礼仪过来，望公主万分珍重，毋自悲伤。"家人进去了一回，出来说道："公主说有慢各位老爷。至于婚姻大事，自有当今皇后与家皇爷主张，公主难以应命。"罗公子还要说些话出来，张公谨道："既是彼此俱有下情上闻，此时不必提起。"贾润甫道："佳期未远，谅亦只在月中。"罗公子心中焦躁，道："公主之意，我已晓得，此时料难相强；但是那同来的花二爷，前日原许陪伴我到长安去的，今若公主肯许相容，乞请出来，同我上路。"家人又进去对公主说。线娘向又兰道："花妹，罗郎情极了，说妹许他同往长安，今逼勒着要贤妹去，你主意如何？"又兰道："前言戏之耳。从权之事，侥幸只好一次，焉可尝试？"线娘道："如今怎样回他，愚姊只好自谋，难为君计。"又兰道："不难。"便向妆台上写下十六字，摺成方胜，付家人道："你与我出去，悄悄将字送与罗公子，说我多多致意公子，二姑娘是不出来的了。后会有期，望公子善自保重。"窦家人出来，如命将字付与罗公子说了，公子取开一看，上写道：

来可同来，去难同去。花香有期，慢留车骑。

罗公子看了微笑道："既如此，我少不得再来。管家，烦你替我对公主说：'花二姑娘是放他回去不得的，公主也须自保重。'"即同众人出门。因日子局促，不到润甫家中去叙话，便上马赶路。窦家人忙去回复了公主，公主亦笑而不言。

恰好女贞庵秦、狄、夏、李四位夫人到来，公主忙同紫烟、又兰出来接了进去，叙了姊妹之礼。坐定，线娘道："四位贤姐姐，今日甚风吹得到此？"秦夫人道："春色满林，香闻数里，岂有不来道窦妹之喜？兼来拜见花家姐姐，并欲识荆新郎一面。"线娘道："此言说着花二妹，妾恐未必然。如不信，现有不语先生为证。"就拿前日的疏稿出来与四位夫人看。狄夫人道："若如此说，花家姊姊先替窦妹为之先容矣。"线娘道："连城之璧，至今浑然，莫要诬他。"紫烟道："若非窦妹详述，我也不信，花妹志向真个难得。"四位夫人便扯紫烟到侧边去细问。紫烟把花又兰一路行踪，并那夜线娘探验，一一说了。李夫人道："照依这样说，花家姐姐真守志之忍心人，窦家妹妹真闺阁中之有心人，罗家公子真种情之中厚德长者。三人举动，使人可羡而敬。"四位夫人重新与又兰结为姊妹，欢聚一宵。明日起身，对窦公主说道："我们去了，改日再来。"秦夫人执着花又兰的手道："花妹得暇，千万同袁家妹妹到小庵随喜随喜。"又兰道："是必准来奉候。"四位夫人即出门登车而去。

却说罗公子同张公谨的一行人，恐怕窦公主的本章先到了，连夜兼程进发，不上二十日，已赶到长安。罗公子叫家人先进城去，报知秦爷。秦叔宝听说罗公子与张公谨到来，忙吩咐家中整治酒席，自同儿子怀玉骑马来接。未及里许，恰好罗公子等到来，遂同至家中。铺毡叙礼毕，罗公子要进去拜见秦母太夫人，叔宝便陪到房中。公子见了舅姑，拜了四拜。秦母见了甥儿，欢喜不胜，便问："姑娘与姑夫身子康健么？"又对罗公子说道："甥儿，你前日托齐国远寄书来，因你表兄军旅倥偬，尚未曾来回复你。"

叔宝道："正是前日表弟尊札，托我去求单小姐之姻。奈弟是时正与王世充对垒，世充大败投降，单二哥亦被擒获，朝廷不肯赦单兄之罪，弟念昔年与他有生死之盟，就将怀玉儿子许他为婿，与彼爱莲小姐为配，单二哥方才放心受戮。弟想姑夫声势赫赫，表弟青年娇娇，怕没有公侯大族坦腹东床，两日正欲写书奉复，幸喜老弟到来，可以面陈心迹，恕弟之罪。"罗公子见说，便道："弟何尝烦表兄去求单家小姐？"就把当年与窦公主马上定姻一段说了，又道："弟知建德昔年曾住在二贤庄年余，毕竟与单员外相好，又知单员外与表兄是心交，故托表兄鼎言，转致单员外要他玉成姻事；若说单家小姐，真风马牛不相及。"叔宝道："尊札上是要我去求单小姐的，难道我说谎？"便起身去取出罗公子的原书来，公子接来一看道："这又奇了，并非小弟笔迹。弟当时写了，当面交与齐国远的，难道他捉弄我不成？"叔宝道："不难，我去请齐国远来便知就里。"忙叫人去请齐国远、李如珪、程知节、连巨真来相会。罗公子道："齐国远在鄠县柴嗣昌那里，如何在此？"叔宝道："齐李二兄，因柴嗣昌之力，国远已升大理寺评事，如珪升做銮仪卫冠军使。"罗公子道："闻得表兄有位义弟罗士信，年少英雄，为何不见？"叔宝道："圣上差往定州去了。"

正说时，家人进来报道："四位爷多请到了。"叔宝同罗公子出来相见过坐定。罗公子说起寄书一事，齐国远对罗公子道："弟与兄别后，在路恰值刘武周作乱，被他劫去冲锋，遇着窦建德的女儿。好个狠丫头！被他杀败了许多蛮兵，把我虏去。其时还有个姓花的后生，那建德的女儿问了他几句，看见他貌好，要留他做将军，他说是个女子，竟牵他到寨后去了。及叫弟上去，我只道亦有些好处，不想把弟竟要短起一截来。幸喜弟有急智，只得喊出吾兄大名，并他家有个司马孙安祖来。窦家女儿听见，忙喝手下放了绑，叫我坐了。他竟像与兄认得的光景，便问兄近日行止，并身体可好。又盘问我字寄到那里去。弟平生不肯道谎，只得实实与他说。那窦公主讨兄的书出来接去一看，那丫头想是个不识字的，仔细看了一回，呆了半晌，就塞在靴子里去了。对弟说道：'此书暂留在此，伺起身时缴还。'恰好明日，其父有信来催他起身，差人送二十两程仪并原书还弟，也还算有情的。"

罗公子忙叫家人在枕箱内，取出窦公主与花又兰寄来的原书，对验笔迹无二，方知此书是窦公主所改的。叔宝道："这样看起来，此女子多智多能，正好与表弟为配。"张公谨道："不特此也。"就将前日罗公子吊唁如何款待，公主又连行修本去上皇后，金铃如何报信，各各称羡。李如珪大笑道："若如此说，窦公主是罗兄的尊阃了，刚才齐兄口里夹七夹八的乱言，岂不是唐突罗兄？"国远见说，忙上前陪礼说："小弟实不知其中委曲，只算弟乱道，望兄勿罪。"众人鼓掌大笑。长班进来禀说："昨日皇爷身子有些不快，不曾坐朝。"叔宝向罗公子道："既如此，把姑夫的贺表奏章，并你们职名封付通政史，先传进去何如？"罗公子道："悉听表兄主裁。"说罢，即入席饮酒。

今说吴良、金铃奉了窦公主之命，赍本赶到京中，忙到宇文士及家来，把礼札传进，说了来意。士及因窦线娘是皇后认过侄女，不敢怠慢，忙出来看见金铃、吴良，问明了始末根由，自己写书一封，叫家人去请一个得当的内监出来，把送皇后的大礼本章与送他妹子昭仪的小礼，一一交付明白，叫他传进宫去，送与昭仪。昭仪收了自己小礼，即袖了本章，叫宫奴捧了礼物，即到正宫来。正值唐帝龙体欠安，不曾视朝，与窦后在寝宫弈棋。昭仪上前朝见过，就把线娘启禀呈上。窦后看了仪单上皆是珍珠玩好之物，便道："他一个单身只女，何苦又费他的心来孝顺我？"唐帝在旁说道："他有什么本章？"宫奴忙呈在龙案之上，展开来看，只见上写道：

题为直陈愚衷，以隆盛治事。窃惟道成男女，愿有室家；礼重婚烟，必从父母。若使睽情吴楚，赤绳来月下之缘；而抱恨潘杨，皇骏少结褵之好。浪传石上之盟，不畏桑中之约。蓬门弱质，犹畏多言；亡国孱躯，敢辱先志？臣妾窦氏，酷罹悯凶，幸沐圣恩，得延喘息。繁华梦断，谁吟麦黍之歌；怙恃情深，独饮蓼莪之泣。臣妾初心，本欲保全亲命，何意同宽斧钺，更蒙附籍天潢，此亦人生之至幸矣。但臣父奉旨弃俗，白云长往，红树凄凉，国破人离，形只影单。臣妾与罗成初为敌国，视若同仇，假令觌面怜才，尚难允从谐好；若不闻择配，骤许朱陈，情以义伸，未见其可。况臣妾初许原令求媒，蹉跎至今，伊谁之咎。曩日俨然家国，罗成尚未诚求，岂今蒲柳风霜，堪为侯门箕帚。自今以往，臣妾当束发裹足，阅历天涯，求亲将息，同修净土。臣妾幸而生，必欲与父相见；不幸而死，亦乐与母相依。时异事殊，我心匪石，不可转也。臣妾更有请者，前陛见时，义妹花木兰同蒙慈宥，木兰本代父从军，守身全孝，随臣妾归恩，即欲旋访故园。臣妾令军婢追随，嘱以空函还成旧贽，乃曷娑那可汗稔知才貌，妄拟占巢，木兰义不受辱，自刎全身。孝纯义至，可为世风。尤足异者，木兰未亡之先，恐臣妾羽化，托妹又兰如己改妆赴燕取答；而又兰一承姊命，勉与臣妾婢相依，羞颜驰往。返命之日，臣妾访军婢，知又兰曾为罗成所识，义不苟合，桃笙同处，荳蔻仍含。臣始奇而未然，继乃信而争羡，不意天壤之间，有此联璧。伏维兴朝首重人伦，此等裙钗，堪为世表。在臣妾则志不可夺，在又兰则情有可矜；况又兰与罗成连床共语，不无瓜李之嫌；援手执经，堪被桃夭之化。万祈国母慈恩，转达圣聪，旌木兰之孝义，奖又兰之芳洁，宽臣妾之罪，鉴臣妾之言。腐草之年，长与山鹿野麋，同衔雨露于不朽矣！臣妾无任瞻天仰圣，惶悚待命之至。

窦后道："窦女前日陛见时，原议许配罗成，为甚至今不娶他去？"唐帝道："想是罗艺嫌他是亡国之女，别定良缘，亦未可知。"宇文昭仪道"婚姻大事，一言为定，岂可以盛衰易心，难道叫此女终身不字？况娘娘已经认为侄女，也不玷辱了他。"窦后道："陛下该赐婚，方使此女有光。"唐帝道："窦女纯孝忠勇，朕甚嘉之；但可惜那花木兰代父从军的一个孝女，守节自刎，真堪旌表；至其妹花又兰，代姊全信，与罗成同床不乱，更为难得。"宇文昭仪道："妾闻徐世勣所定隋朝贵人袁紫烟，与窦线娘住在一处，此本做得风华得体，或出其手，亦未可知。"

只见有一个掌灯的太监，手捧着许多奏章呈上，唐帝从头揭看，是罗艺的贺表，便道："刚才说罗艺要赖婚，如今已有本进呈。"忙展开来一看，只见上面写道：

题为直陈愚悃，请旨矜全事。窃惟王政以仁治为本，人道以家室为先，从古圣明治世，未有不恤四民，而使之茕独无依者也。臣艺本一介武夫，荷蒙圣眷，不鄙愚忠，授以重镇，敢不竭力抚绥。是虽诸丑跳梁，幸赖天威灭尽。但前叛臣窦建德，因欲侵掠西陲，统兵犯境；臣因边寇出师，臣男成即提兵，与窦建德截杀；夏国将帅，俱已败北，独建德之女名线娘者，素称骁勇，不意一见臣男，即不以干戈相向，反愿系足赤绳，马上一言，百年已定。此果儿女私情，本不敢秽渎天听，今臣儿已二十四矣，向因四方多事，无暇议及室家；建德已臣服归唐，超然世外，闻此女曾愿身代父刑，志行可嘉，又蒙天后宠眷特隆，而茕茕少女，待字闺中；臣男冠缨已久，而赳赳武夫，孑身阃外。臣思夫妇为伦礼所关，男女以信义为重，恐舍此女，臣男难其妇；若非臣男，此女亦不得其偶。臣系藩镇重臣，倘行止乖违，自取罪戾，姑敢冒昧上闻，伏望圣心裁定，永合良缘。臣不胜惶悚之至。

唐帝看完笑道："恰好幽州府丞张公谨与罗成到来，明日待朕亲自问他，便知备细。"

只见秦王进宫来问安，唐帝将二本与秦王看了。秦王道："建德之女，有文武之才，已是奇了；更奇在花家二女，一以全忠孝，一以全信义。木兰之守节自刎，或者是真；又兰之同床不乱，似难遽信。"唐帝道："刚才宇文妃子说，窦女本章，疑是徐世勣之妻袁紫烟所作，未知确否？徐既聘袁，为何尚未成婚？"秦王道："世勣因紫烟是隋朝宫人，不便私纳，尚要题请，然后去娶。"唐帝道："隋时十六院女子，尽是名姬，不知何故，一个也不见。"秦王道："窦建德讨灭宇文化及，萧后多带了回去，众妃想必在彼居多。今趁罗成配合，莫若连徐世勣妻袁紫烟亦召入宫庭赐婚，就可问诸妃消息。"唐帝称然，就差宇文士及并两个老太监，奉旨召窦线娘、花又兰、袁紫烟三女到京面圣。未知后事如何，且看下回分解。

话说中华五千年

隋唐五代史演义（下）

(清) 褚人获 许慕羲 著

中国文史出版社

第六十二回　众娇娃全名全美　各公卿宜室宜家

词曰：

亭亭正妙年，惯跃青骢马。只为种情人，诉说灯前话。　春色九重来，香遍梅花榭。共沐唱随恩，对对看惊姹。

调寄《生查子》

天地间好名尚义之事，惟在女子的柔肠认得真，看得切；更在海内英豪不惜己做得出，不是这班假道学伪君子矫情强为，被人容易窥其底里。

今说罗公子、张公谨等住在秦叔宝家，清早起身，晓得朝廷不视大朝，收拾了礼仪，打账用了早膳，同叔宝进西府去谒见秦王。只见潘美走到跟前，对罗公子说道："朝廷昨晚传旨，差鸿胪寺正卿宇文士及并两名内监，到雷夏去特召窦公主、花二姑娘进京面圣。"罗公子道："此信恐未必确。"潘美道："刚才窦公主家金铃问到门上来，寻着小的，报知他今已起身回去通报了。"叔宝道："既如此，我们便道先到徐懋功兄处，探探消息，何如？"张公谨道："弟正欲去拜他。"一行人来到懋功门首。阍人说道："已进西府去了。"众人忙到西府来，向门官报了名，把礼物传了进去。尉迟南、尉迟北他两个官卑职小，只投下一个禀揭，回寓去了。见堂候官走出来说道："王爷在崇政堂，众官员请进去相见。"叔宝即领张公谨、罗公子进崇政堂来。叔宝先上台阶，只见秦王坐在胡床上，西宾府僚一二十人列坐两旁，独不见徐懋功。秦王见了叔宝，忙站起来说道："不必行礼，坐了。"叔宝道："幽州府丞张公谨，并燕郡王罗艺之子罗成，在下面要参谒殿下。"秦王便吩咐着他进来，左右出来把手一招，张公谨同罗成忙走上台阶，手执揭帖跪下，官儿忙在两人手里取去呈上看了。

秦王见张公谨仪表不凡，罗公子人材出众，甚加优礼，即便赐坐。张公谨同罗公子与众僚叙礼坐定，秦王对公谨道："久闻张卿才能，恨未一见，今日到此，可慰夙怀。"张公谨道："臣承燕郡王谬荐之力、殿下提拔之恩，臣有何能，敢蒙殿下盼赏！"秦王又对罗公子道："汝父功业伟然，不意卿又生得这般英奇卓荦，今更配这文武全才之女，将来事业正未可量。"罗公子道："臣本一介武夫，得荷天子与殿下宠眷，臣愚父子日夕竭忠，难报万一。"秦王道："孤昨夜在宫中览窦女奏章，做得婉转入情，但未知其详，卿为孤细细述来。"罗公子便将始末直陈了一回，秦王叹道："闺中贤女见了知己，犹彼此怜惜推让，何况豪杰英雄，一朝相遇，能不爱敬？"

正说时，只见徐懋功走进来，参见了秦王，各各叙礼坐定。秦王笑对懋功道："佳期在限，卿好打账做新郎了。"懋功道："昨承宇文兄差长班来叫臣去面会，方知此旨，真皇恩浩荡，因罗兄佳偶亦及臣耳！"秦王道："孤昨日在宫，父皇说，窦女奏章，疑出自尊阃之手,因问孤为何卿尚未成婚。孤奏说卿恐先朝宫人,不便私纳,尚要题请,故父皇趁便代卿召来完娶。”懋功离坐如飞谢道:“皆赖殿下包容。”秦王就留张公谨、罗公子、懋功、叔宝到后苑,赐以便宴,按下不题。

再说花又兰住在窦线娘家,时值春和景明,柳舒花放,袁紫烟叫青琴跟了,与花又兰同军到女贞庵来。贞定报知,四位夫人出来接了进去,促膝谈心。秦夫人道:“我们这几个姊妹,时常聚在一块,只恐将来聚少离多,叫我们如何消遣?”袁紫烟道:“花窦二妹纶音一下,势必就要起身,我却在此。”狄夫人笑道:“袁妹说甚话来?徐郎见在京师,见罗郎上表求婚,徐郎非负心人,自然见猎心喜,亦必就来娶你。”花又兰道:“窦家姐姐量无推敲,我却无人管束,当伴四位贤姊姊焚香灌花,消磨岁月。”夏夫人道:“前日疏上,已见窦妹深心退让之意,我猜度窦妹还有推托,你却先是在正案上了。”花又兰道:“为何?”夏夫人道:“窦妹天性至孝,他父亲在山东时,常差人送衣服东西去问候,怎肯轻易抛撇了,随罗郎到幽州去?设有圣旨下来,他若无严父之命,必不肯苟从,还要变出许多话来。”袁紫烟道:“这话也猜度得是的。”花又兰问道:“这隐灵山从这里去,有多少路?”李夫人道:“我庵中香工张老儿是那里出身,停回妹去问他,便知端的。”

过了一宵,众夫人多起身,独不见了花又兰。原来又兰听见众人说,窦线娘必要父命,方肯允从。他便把几钱银子赏与香工,自己打扮走差的模样,五更起身,同香工往隐灵山去了。众夫人四下找寻,人影俱无,忙寻香工,也不见了。袁紫烟道:“是了,同你的香工到山中去见窦建德了。”李夫人道:“他这般装束,如何去得?”紫烟道:“你们不晓得他,他常对我说,我这副行头,行动带在身边的,焉知他昨日没有带来?”众人忙到内房查看,只见衣包内一副女衣并花朵云鬟,多收拾在内,众人见了,各各称奇道:“不意他小小年纪,这般胆智,敢作敢为。”袁紫烟心下着了急,忙回去报知窦线娘。

再说花又兰同香工张老儿走了几日,来到隐灵山,见一个长大和尚,在那里锄地。张老儿便问道:“师父,可晓得巨德和尚可在洞中么?”那和尚放下锄头,抬头一看,便问道:“你是那里来的?”那老儿答道:“是雷夏来的。”那和尚道:“想是我家公主差来的么?”花又兰忙答道:“我们是贾润甫爷差来的,有话要见王爷。”那和尚应道:“既如此,你们随我来。”原来那僧就是孙安祖,法号巨能,随他到石室中来,见后面三间大殿,两旁六七间草庐。孙安祖先进去说了。

窦建德出来,俨然是一个善知识的模样。花又兰见了,忙要打一半跪下去,建德如飞上前搀住,道:“不必行此礼,贾爷近况好么?烦你来有何话说?”又兰道:“家爷托赖,今因幽州燕郡王之子到雷夏来,一为吊唁曹娘娘,二为公主姻事,要来行礼娶去。公主因未曾禀明王爷,立志不肯允从,自便草疏上达当今国母去了。家爷恐公主是个孝女,倘或圣旨下来,一时不肯从权;故家爷不及写书,只叫小的持公主的本稿来呈与王爷看,求王爷的法驾,速归墓庐,吩咐一句,方得事妥。”建德接疏稿去看了一遍道:“我已出家弃俗,家中之事,公主自为主之,我何苦又去管他?”花又兰道:“公主能于九重前,犯颜进谏,归来营葬守庐,茕茕一女,可谓明于孝义矣。今婚姻大事,还须王爷主之；王爷一日不归，则公主终身一日不完。况如此孝义之女，忍使终老空闺，令彼叹红颜薄命乎？此愚贱之不可解者也！”建德见说，双眉顿蹙，便道：“既如此说，也罢，足下在这里用了素斋，先去回复贾爷，我同小徒下山来便了。”花又兰想道：“和尚庵中，可是女子过得夜的？”便道：“饭是我们在山下店中用过，不敢有费香积。如今我们先去了，王爷作速来罢，万万不可迟误。”建德道：“当初我尚不肯轻诺，何况今日焚修戒行，怎肯打一诳语？明日就下山便了。”又兰见说，即辞别下山，赶到店中，雇了脚力，晓行夜宿，不觉又是三四日。

那日在路天色傍晚，只见濛濛细雨飘将下来，又兰道：“天雨了，我们赶不及客店安歇，就在这里借一个人家歇了罢。”张香工把手指道：“前面那烟起处，就是人家，我们赶上一步就是。”两人赶到村中，这村虽是荒凉，却有二三十家人户，耳边闻得小学生子读书之声。二人下了牲口，系好了，香工便推进那门里去，只见七八个蒙童，居中有一个三十左右的俊俏妇人，面南而坐，在那里教书。那妇人看见，站身来说道：“老人家进我门来，有何话说？”香工道：“我们是探亲回去的，因天雨，欲借尊府权宿一宵。”那妇人道：“我们一家多是寡居，不便留客，请往别家去罢。”又兰在门外听见，心中甚喜，忙推进门来说道：“奶奶不必见拒，妾亦是女流。”那妇人见是一个标致后生，便变脸发话道：“你这个人钻进来，说甚混话？快些出去便休，不然，我叫地方来把你送到官府那边去，叫你不好意思。”

正说时，只见又走出两个娉娉的妇人来。花又兰见了，忙将靴子脱下，露出一对金莲，众妇人方信是真，便请到里面去叙礼坐定，彼此说明来历。原来这三个妇人，就是隋宫降阳院贾、迎晖院罗、和明院江三位夫人。当隋亡之时，他们三个合伴逃走出来，恰好这里遇着贾夫人的寡嫂殷氏，因此江、罗二夫人，亦附居于此。可怜当时受用繁华，今日忍着凄凉景况，江、罗以针指度日，贾夫人深通翰墨，训几个蒙童，倒也无甚烦恼。今日恰逢花又兰说来，亦是同调中人。自古说惺惺惜惺惺，一朝遇合，遂成知己。过了一宵，明早花又兰要辞别起行，三位夫人那里肯放？贾夫人笑道：“佳期未促，何欲去之速？再求屈住一两天，我们送你到女贞庵去，会一会四位夫人，亦见当年姊妹相叙之情。”又兰没奈何，只得先打发香工回庵去。

却说窦线娘因袁紫烟归来，说花又兰到隐灵山去了，心中想道：“花妹为我驰驱道路，真情实义，可谓深矣尽矣！但不知我父亲主意如何，莫要连他走往别处去了，把这担子让我一个人挑。”心中甚是狐疑。

忽一日，只见吴良、金铃回来，报说：“疏礼已托鸿胪正卿宇文爷，转送昭仪，呈上窦娘娘收讫。恰好罗公子随后到来，虽尚未面圣，本章已上。朝廷即差宇文爷同两个内监来召公主与花姑娘进京见驾赐婚。故此我们先赶回来，差官只怕明后日要到了，公主也须打点打点。”窦线娘道：“前日花姑娘到庵里去拜望四位夫人，不知为甚反同香工到山中王爷那里去了？”吴良道：“倘然明日天使到来，要两位出去接旨，花姑娘不回，怎样回答他们？”又见门上进来禀道：“贾爷刚才来说，天使明后日必到雷夏，叫公主作速收拾行装，省得临期忙迫。”线娘道：“若无父命，即对天廷，亦有推敲。”

正说时，又见一个女兵忙跪进来报说道：“王爷回来了。”公主见说，喜出望外，忙出去接了进来，直至内房。公主跪倒膝前，放声大哭。建德亦觉伤心泪下，便双手捧住道："吾儿起来，亏你孝义多谋，使汝父得以放心在山焚修。今日若不为你终身大事，焉肯再入城市？你起来坐了，我还有话问你。"线娘拭了泪坐下，建德道："前日圣上倒晓得你许配罗郎，使我一时难于措词，不知此姻从何而起？"线娘将马上定姻前后情由，直陈了一遍。建德道："这也罢了。罗艺原是先朝大将，其子罗成，年少英豪，将来袭父之职，你是一品夫人，亦不辱没你；但可惜花木兰好一个女子，前日亏他同你到京面圣，不意尽节而亡。但其妹又兰，为什么也肯替你奔驰，不知怎样个女子？"线娘道："他已到山中来了，难道父亲没有见他？"建德道："何尝有什么女子来？只有贾润甫差来的一个伶俐小后生，并一个老头儿，也没有书札，只有你的上闻疏稿把与我看了，我方信是真的。"线娘道："怪道儿的疏稿，放在拣装内不见了，原来是他有心取去，改装了来见父亲。"建德道："我说役使之人，那能有这样言词温雅，情意恳切？"线娘道："如今他想是同父亲来了，怎么不见？"建德道："他到山中见了我一面，就回来的，怎说不见？"线娘道："想必他又到庵中去了。"叫金铃："你到庵中去，快些接了花姑娘回来。"建德恐怖孙安祖在外面去了，忙走出来。线娘又叫人去请了贾润甫来，陪父亲与孙安祖闲谈。到了黄昏时候，只见金铃回来说道："花姑娘与香工总没有归庵。"线娘见说，甚是愁烦。

到了明日晚间，村中人喧传朝廷差官下来，要召公主去，想必明日就有官儿到村中来了。果然后日午牌时候，齐善行陪了宇文士及与两个太监，皆穿了吉服，吆吆喝喝，来到墓所。建德与孙安祖不好出去相见，躲在一室。线娘忙请贾润甫接进中堂。齐善行吩咐役从快排香案，一个老太监对着齐善行道："齐先儿，诏书上有三位夫人，还是总住在这里一块儿，还是另居？"贾润甫问道："不知是那三位？"那中年的太监答道："第一名是当今娘娘认为侄女的公主窦线娘；第二名是花又兰；第三名是徐元帅的夫人袁紫烟。"贾润甫见说，心中转道："懋功兄也是朝廷赐他完婚了。"便答道："袁紫烟就住在间壁，不妨请过来一同开读便了。"即叫金铃去请袁夫人到来。紫烟晓得，忙打扮停当，从墓旁小门里进去。青琴替线娘除去素衣，换装好了，妇女们拥着出来。他两个住过宫中的，那些体统仪制，多是晓得的。宇文士及请圣旨出来开读了，紫烟与线娘起来，谢了官儿们。

那老太监把袁紫烟仔细一看，笑道："咱说那里有这样同名同姓的，原来就是袁贵人夫人。"袁紫烟也把两个内监一认，却是当年承奉显仁宫的老太监姓张，那一个是承值花萼楼的小太监姓李。袁紫烟道："二位公公一向纳福，如今新皇帝是必宠眷。"张太监答道："托赖粗安。夫人是晓得咱们两个是老实人，不会鬼混，故此新皇爷亦甚青目。今袁夫人归了徐老先，正好通家往来。"齐善行道："老公公，那徐老先也是个四海多情的呢！"张太监笑道："齐先儿，你不晓得咱们内官儿，到人家去，好像出家的和尚道士，承这些太太们总不避忌。"李太监道："圣旨上面有三位夫人，刚才先进去的想是娘娘认为侄女的窦公主了，怎么花夫人不见？"宇文士及道："正是，在这里也该出来同接旨意才是。"袁紫烟只得答道："花夫人是去望一亲戚，想必也就回来。"说完走了进去。

从人摆下酒席，众官儿坐了，吃了一回酒，将要撤席。只听得外面窦家的人说道："好了，香工回来了，花姑娘呢？"张香工道："他还有一两日回来，我来复声公主。"众家人道："你这老人家好不晓事，众官府坐在这里，立等他接旨，你却说这样自在话儿。"贾润甫听见，对家人说道："可是张香工回来了？你去叫他进来，待我问他。"从人忙去扯那香工进来。贾润甫道："你同花姑娘出门，为何独自回来？"香工道："前日下山转来，那日傍晚，忽遇天雨难行，借一个殷寡妇家歇宿。他家有三个女人，叫什么夫人的，死命留住。叫我先回，过两三日，他们送花姑娘归庵。"

张太监见说便道："就是这个老头子同花夫人出门的么？"众人答道："正是。"张太监道："你这老头子好不晓事，这是朝廷的一位钦召夫人，你却是骗他到那里去了，还在这里说这样没要紧的话。孩子们，与我好生带着，待咱们同他去缉访，如找不着，那老儿就是该死。"三四个小太监，把张香工一条链子扣了出去。那老儿吓得鼻涕眼泪的哭起来。线娘见得了，便叫吴良将五钱银子，赏与香工，又将一两银子，付他做盘缠，叫吴良同张香工吃了饭，作速起身，去接取花姑娘回来。张太监道："宇文老先，你同齐先儿到县里寓中去，咱同那老儿去寻花夫人。"宇文士及道："花夫人自然这里去接回，何劳大驾同往？"那老太监向宇文士及耳上说了几句，士及点点头儿，即同善行先别起身。张、李二太监同香工出门，线娘又把十两银子付与吴良一路盘费，各各上马而行。

且说花又兰，在殷寡妇家住了两三日，恐怕朝廷有旨意下来，心中甚是牵挂，要辞别起身，无奈三位夫人留住不放。那日正要辞了上路，只听得外面马嘶声响，乱打进来，把几个书童多已散了。贾夫人忙出来问道："你们是些什么人，这般放肆？"那香工忙走进来道："夫人，花姑娘住在这里几日，累我受了多少气，快请出来去罢！"贾夫人道："花姑娘在这里，你们好好的接他回去便了，为甚这般罗唣起来？"那二太监早已看见便道："又是个认得的，原来众夫人多在这里，妙极，妙极！"贾夫人认得是张、李二太监，一时躲避不及，只得上前相见，大家诉说衷肠，贾夫人不觉垂泪悲泣。张太监道："如今几位夫人在此？"贾夫人道："单是罗夫人、江夫人连我，共姊妹三人，在此过活。"张太监道："极好的了。当今万岁爷有密旨，着咱们寻访十六院夫人。今日三位夫人造化，恰好遇着，快快收拾，同咱们进京去罢。那二位夫人也请出来相见。"吴良在旁说道："花姑娘亦烦夫人说声，出来一同见了两位公公。"不一时，江、罗二夫人同花又兰出来见了，大家叙了寒温，随即进房私议道："我们住在这里，总不了局，不如趁这颜色未衰，再去混他几年，何苦在这里，受这些凄风苦雨。"主意已定，即收拾了细软，雇了两个车儿，三位夫人并花又兰，大家别了殷寡妇，同二太监登程。

行了三四日，将近雷夏，两太监带着江、罗、贾三夫人到齐善行署中去了。吴良与香工另觅车儿，跟花又兰到窦公主家收拾停当。袁紫烟安慰好了杨小夫人与馨儿，亦到公主家来。齐善行又差人来催促了起程。线娘嘱父亲与孙安祖料理家事，回山中去，叫吴良、金铃跟了，哭别出门。女贞庵四位夫人，闻知内监有江、罗、贾三夫人之事，不敢来送别，只差香工来致意。那边宇文士及与两内监并江、罗、贾三夫人，亦起身在路取齐。齐善行预备下五六乘骡轿，跟随的多是牲口。不上一月，将近长安。

张公谨同罗公子、尉迟南兄弟，住在秦叔宝家，打听窦公主们到来，正要差人去接，只见徐懋功进来说道："叔宝兄，罗兄宝眷与贱眷快到了。还是弄一个公馆让他们住，还是各人竟接入自己家里？"叔宝道："窦公主当年住在单二哥家里，与儿媳爱莲小姐曾结为姊妹，今亲母单二嫂又在弟家，他们数年阔别，巴不能够相叙片时，何不同尊阃一齐接来？不过一两天，就要面圣完婚，何必又去寻什么公馆？"懋功见说，忙别了到家，即差几十名家将，一乘大轿，妇女数人，叫他们上去伺候。罗公子亦同张公谨、尉迟南、尉迟北、秦怀玉许多从人，一路去迎接。

说宇文士及同二太监载了许多妇女，到了十里长亭。只见许多轿马来迎，便叫前后车辆停住。罗公子与张公谨等上前来慰劳了一番。张公谨说："城外难停车骑，两家家眷暂借秦叔宝兄华居，权宿一宵，明日面圣后，两家各自迎娶。"宇文士及点头唯唯。时金铃、潘美站在一处，说了许多话，金铃就请公主与又兰在骡轿里出来。线娘见罗公子远远在马上站着，好一个人品，心中转道："惭愧我窦线娘，得配此子，也算不辱没的了。"比前推让之心，便觉相反。上了一乘大轿，花又兰也坐了一乘官轿，许多人跟随如飞的去了。徐家家将也接着了袁夫人，三四个妇女如飞上前扶出来，坐了官轿，簇拥着去了。两太监道："那三位夫人，暂停在驿馆中，待咱们进宫复命了，然后来请你们去。"说了，即同宇文士及入城。

途遇秦王，秦王问了些说话。因王世充徙蜀，刚至定州复叛，正要面圣，便同三人进朝。晓得唐帝同窦娘娘、张尹二妃、宇文昭仪，在御苑中玩花，齐到苑中，四人上前朝见了。张太监将窦线娘、袁紫烟行藏，直找寻至花又兰，却遇着隋朝的江、罗、贾三位夫人，一一奏闻。唐帝见说，喜动天颜，便问道："那三个宫妃，年纪多少？"窦后道："此皆亡隋之物，陛下叫他们弄来，欲何所之？"张太监见窦后话头不好，便随口答道："当年许庭辅选他们进宫，都只十六七岁，如今算上，正三旬左右，但是这三个比那几院颜色，略觉次之。"张妃笑道："今陛下召他们来，也须造起一座西苑来，安放在里边，才得畅意。"唐帝见他们词色上面有些醋意，便改口道："你们不消费心。朕此举非为自己，有个主意在此。"因问秦王："在廷诸臣，那几个没有妻室的？"秦王答道："臣儿但知魏征、罗士信、尉迟恭、程知节，皆未曾娶过妻室的。"窦后问二太监道："窦家女儿与花又兰、袁紫烟今在那里？"张太监道："这三个俱在秦琼家，那三个是在驿中。"宇文昭仪道："窦线娘既为娘娘侄女，何不先召他们三个进苑来见？"唐帝就命李太监，立召窦、花、袁三女见驾，那李太监承办去了。

秦王将王世充在定州复叛奏闻。唐帝道："逆贼负恩若此，即着彼处总管征剿。"不一时，只见李太监领着三个女子进来，俯伏阶下，朝见了唐帝，叫他们平身。线娘又走近窦后身边，要拜将下去，窦后叫宫奴搀了起来道："刚才朝见过了，何必又要多礼？"唐帝看那三个女子，俱是端庄沉静，仪度安闲，便道："你们三个，一是孝女，一是义女，一是才女，比众不同。"叫宫人取三个锦墩来，赐他们坐了。窦后对线娘道："前日又承你送礼物来，我正要寻些东西来赐你，因万岁就有旨召你们到京，故此未曾。"线娘道："鄙亵之物，何足当圣母挂齿？"窦后道："你的孝勇，久已著名，不意奏章又如此才华。"唐帝笑道："但是你疏上边，逊让他人，能无矫情乎？"线娘跪下奏道："臣妾实出本怀,安敢矫情?当年罗成初次写书与秦琼,央单雄信与臣父求亲,被臣妾窥见,即将原书改荐单雄信女爱莲与罗成,不意单女已许配秦琼之子怀玉,故使罗成复寻旧盟。”唐帝道:“这也罢了,只是你说花又兰与罗成联床共席,身未沾染,恐难尽信。”线娘道:“此是何等事,敢在至尊前乱道?惟望万岁娘娘命宫人验之,便明二人心迹矣。”窦后道:“这也不难。”就对宫奴说道:“取我的辨玉珠来。”不一时宫奴取到,窦后叫花又兰近身,将圆溜溜光灿灿的一件东西,向又兰眉间熨了三四熨;又兰眉毛紧结,无一毫散乱。窦后叹道:“真闺女也!”唐帝对花又兰叹道:“你这妮子,倒是个忍心人!幸亏罗成是君子,若他人恐难瓦全。今以两佳人归之,亦不枉矣。”又兰见说,如飞走下来谢恩,惹得窦后、秦王与众宫人多笑起来。唐帝又对袁紫烟道:“袁妃子擅天人之学,今归徐卿,阃内阃外,皆可为国家之一助。”因差张太监速到驿中,宣隋宫三妃子;又差内监速召魏征、徐世勣、尉迟恭、程知节进苑;又差李内监去宣罗成、秦琼,并伊子怀玉媳单爱莲见驾;又吩咐礼部官,速备花红十三副,鼓乐六班。吩咐毕,唐帝即同秦王到偏殿坐下。

只见魏征、徐世勣、尉迟恭、程知节四臣先进殿来朝见了,唐帝道:“徐卿室人已召来了。朕思文王之政,内无怨女,外无旷夫,予独何人,而使有功大臣,尚中馈久虚耶!故差内监觅隋宫三位丽人,趁今日良辰,三人各人拈阄,天缘自定。”魏征、尉迟恭、程知节齐跪下去道:“臣等一身努力,难报皇恩万一。况四海未靖,何敢念及室家?”唐帝道:“圣经云:家齐而后国治,国治而后天下平。”秦王道:“这是父王教化无私,与众偕乐之意,诸卿无得固辞。”唐帝叫宫人取一个宝瓶,将江、罗、贾三位名字写在纸上,团成圆儿,放在瓶内,叫魏、程、尉迟三臣,对天祷祝,将银箸揭起,恰好魏征拈了贾夫人,尉迟恭拈着了罗夫人,程知节拈着了江夫人。三臣各谢恩。只见张太监领了三位夫人进来朝见,唐帝问道:“那个是贾素贞?那个是罗小玉?那个是江涛?”三夫人各上前应了,唐帝对三臣道:“这三个佳人,虽非国色,而体态幽妍,三卿勿遽忽之。三妃且进内见了娘娘出来,同谐花烛。”宫人领三位夫人进去了。

又见秦琼领了儿子怀玉、媳妇爱莲,上前来朝见。时唐帝见了秦琼,分外优礼,便道:“爱卿父子平身。”因指爱莲道:“就是你媳妇单氏,可曾结褵否?”叔宝应道:“尚未。”唐帝见此女梨花白面,杨柳纤腰,香尘稳重,居然大家,便赞道:“好个女子!”即叫近侍亦引去见窦后,又对叔宝道:“刚才窦线娘说,曾与汝媳结为姊妹,先有书荐此女与罗成,此言有之乎?”叔宝答道:“当初窦女改了罗成的书附来,臣儿已许婚单氏,因臣与单雄信有生死之交,不敢背盟,故以子许之。”唐帝道:“卿于得配此女,可称佳儿佳妇矣,为何尚未成婚?”叔宝答道:“因儿媳单爱莲,立意要归家营葬父亲,然后完婚。”唐帝道:“这也难得。朕今做主,趁众缘齐偶,赐汝子完婚,满月后赐归殡葬其父。”对近侍道:“窦线娘给二品冠带,诸女俱给四品冠带。快去宣他们出来,莫负良辰,好去共谐花烛。”近侍进去领了七个女子出来。

唐帝先叫魏征、徐世勣、尉迟恭、程知节同袁、贾、江、罗四夫人成对站定,踢了花红。四对夫妇谢了恩,就有鼓乐迎出苑去。第二起就是秦怀玉与单爱莲,谢恩,迎送出去。第三起却是罗成,两旁站着窦线娘、花又兰,谢恩下去。唐帝笑道:“罗成,大便宜了你！也亏你当时老成，今宵却有联璧相亲。”罗成同二佳人跪下，说道：“圣恩浩荡无涯，使小臣亦沐洪庥。但臣妻线娘，既为圣母国戚，臣礼合同去谢恩，陛下可容臣叩谢否？”唐帝道：“这个使得。”遂起身退朝，同罗成夫妻三人，到后苑拜见窦后。窦后深喜罗成年少知礼，赐宫奴二名，内监二名，并许多金珠衣饰，又将温车一乘，赐与二女坐了，命撤御前金莲烛并鼓乐送出苑来。惹得满京城军民人等，拥挤观看，无不欣羡。未知后事如何，且听下回分解。

第六十三回　王世充忘恩复叛　秦怀玉剪寇建功

词曰：

骄马玉鞭驰骤，同调坚贞永昼。提携一处可相留，莫把眉儿皱。
如雪刚肠希觏，一击疾诛双丑。矢心誓日生死安，若辈真奇友。

调寄《误佳期》

古人云：唯妇人之言不可听。《书》亦戒曰：唯妇言勿听。似乎妇人再开口不得的。殊不知妇人中智慧见识，尽有胜过男子。如明朝宸濠谋逆，其妃娄氏泣谏，濠不从，卒至擒灭，喟然而叹曰："昔纣听妇人之言失天下，朕不听妇人之言亡国。"故知妇人之言，足听不足听，惟在男子看其志向以从违耳。

当时唐帝叫宫监弄这几个隋宫妃子来，原打账要自己受用，只因窦后一言，便成就了几对夫妇，省了多少精神；若是萧后，就要逢迎上意，成君之过。唐帝乱点鸳鸯的，把几个女子赐与众臣配偶，不但男女称意，感戴皇恩，即唐帝亦觉处分得畅快，进宫来述与诸妃听。说到单女亦欲葬父完婚，窦后叹道："不意孝义之女，多出在草莽。"只见宇文昭仪堕下泪来，唐帝骇问道："妃子何故悲伤？"昭仪答道："妾母灵柩尚在洛阳，妾兄士及未曾将他入土。"唐帝道："明日汝兄进朝，待朕问他。"

且说张公谨在秦叔宝家，因罗公子新婚，不好催促，又因诸王妃与公侯诸大夫，皆因窦后认为侄女，又慕窦、花二位夫人孝义，争相结纳，日夕称贺。因此张公谨恐本地方有事，只得先上朝辞圣。秦王因爱公谨之才，不肯放他去，奏过唐帝，即将张公谨留授司马兼督捕司之职，幽州郡守改着罗成权署。旨意一下，张公谨留任长安，只得写禀启，差人去回复燕郡王，并接家眷到京。罗公子亦因圣旨，擢他代张公谨之职，又牵挂父母，等不及满月，便去辞了唐帝、窦后，至西府拜辞秦王，与众官僚话别了。因线娘嘱说，又到宇文士及家去谢别，见士及家车骑列庭，正在那里束装。罗公子进去相见了，便问道："尊驾有何荣行，在此束装？"士及道："弟因先母之柩未葬，告假两月，将往洛阳整理坟茔，此刻就要起身，恐不及送兄台荣归了。"罗公子道："弟亦在明后日就要动身。"说了出门。

罗公子归来，连夜收拾，与窦公主、花又兰拜别了秦母、叔宝与张氏夫人，怀玉夫妻亦出来拜别，护送出门。尉迟南、尉迟北并太后赐的两名太监，及随来潘美等，做了前队；罗公子与窦公主、花夫人并宫人妇女，及金铃、吴良等做了后队。徐惠妃差西府内监，袁紫烟亦差青琴；江、罗、贾三夫人，俱差人来送别。时冠盖饯别，塞满道路，送一二十里，各自归家。

罗公子急忙要赶到雷夏墓所，迎请窦建德到幽州去，吩咐日夕赶行。不多几日，已出潼关，将至陕州界口，一个大村镇上。那日起身得早，尚未朝餐，前队尉迟南兄弟，正要寻一个大宽展的饭店，急切间再寻不出。又去了里许，只见一个酒帘挑出街心，上写一联道：暂停车马客，权歇利名公。尉迟南众人看见了，就下马，把马系好进店去，看房屋宽大，更喜来得早，无人歇下。尉迟南忙吩咐主人，打扫洁净，整治酒肴，又出店来盼望后队。

只见街坊上来来往往，许多人挤在间壁一个庵院门首。尉迟南问土人为着何事，答道："不晓得，你们自进庵里去看便知。"尉迟兄弟忙挤进庵来，只见门前一间供伽蓝的，进去三间佛堂，门户窗棂，台桌器皿，多打得齑粉，三四个老尼坐在一块儿涕泣。尉迟南问着老尼，老尼也只顾下泪未答。只闻得耳边嘈嘈杂杂的，地方上人议论道："那个公主，也是个金枝玉叶，不意国亡家破，被那官儿欺负。"尉迟兄弟未及细问，恐怕罗公子后队到了，即便抽身出来，恰好罗公子与众人骡马一哄而至，这旁窦公主与花夫人便下了骡轿，进店去了。

罗公子下马，见街坊上热闹，叫尉迟兄弟进去，问地方上为着何事。尉迟南把土人的言语，与庵中的光景说了。窦公主见说，心中想道："莫非隋魏后人，流落在这里？"便叫左右去唤那个老尼来。那吴良、金铃出外，到底是军人打扮，他两个是好事生风的，忙出店走进庵来，对老尼说道："我家公主与小王爷，唤你师父快去。"那老尼见说，忙站起来问道："是那个王爷，又是什么公主？"金铃道："你过去便知明白。"老尼没奈何，只得一头走，一头向众人问明来历。来到店中，见了公主、公子，打了几个稽首。

窦公主问道："你庵中被何人罗唣？有那朝公主在里边？"老尼答道："当初隋朝有个南阳公主，少寡守节，有一子名曰禅师，因夏王讨宇文化及时，夏将于士澄见公主美貌欲娶，公主不从，士澄诬禅师与化及同党，竟坐杀之。公主向夏王哀请为尼，暂寓洛阳；因山寇窃发，回长安访亲，中途又被贼劫，故此投到小庵来住。昨晚有一官府宇文士及，在此下店，不知被那个多嘴的说了，那宇文官府走过庵来，必要请见南阳公主。公主再三不肯相见，那宇文官府立于户外说道：'公主寡居，下官丧偶，中馈尚虚，公主若肯俯从，下官当以金屋贮之。'论来这样青年，大官府随了他去，也完了终身。不想南阳公主听说，不但不肯从他，反大怒起来，在内发话道：'我与汝本系仇家，今所以不忍加刃于汝首，因谋逆之日，察汝不预知耳；今若相逼，有死而已。'宇文官府知不可屈，即便去了。他手下道我窝顿了亡隋眷属，逼勒着要诈我们银子，没有，故此打得这般模样。"窦公主道："宇文士及当初杨太仆知他有品行的，故此遗计教他投唐，以妹子进献，方得宠眷；不意他渔色改行，以至于此。可见这班咬文嚼字之人，盖棺后方可定论。"遂叫左右三四个妇女，即同老尼进庵去，请南阳公主到来一见。

众妇女去不多时，拥着南阳公主到店来；但见一个云裳羽衣，未满三旬的佳人。窦公主同花夫人忙出来接见了，逊礼坐定。窦公主道："刚才老尼说，姐姐要往长安探亲，未知何人？"南阳公主道："唐光禄大夫刘文静系妾亡夫至亲，今为唐家开国元勋，意欲往长安依附他，以毕余生。不想闻得刘公与裴监不睦，诬以他事，竟遭惨戮，国家殄灭，亲戚凋亡，故使狂夫得以侵辱。"说罢，泪下数行。窦公主见了这般光景，不胜怜恤道：

"既是姐姐欲皈依三宝,此地非止足之所,愚妹倒有个所在,未知尊意可否?"南阳公主道:"敢求公主指引。"窦公主道:"雷夏有个女贞庵,现有炀帝十六院中秦、狄、夏、李四位夫人,在内守志焚修。若姐姐肯去,谅必志同道合。"南阳公主道:"若得公主提携,妾当朝夕顶礼慈悲,以祝公主景福。"窦公主道:"我们也要到雷夏。若尊意已允,快去收拾,便同起身。"南阳公主大喜,即起身去草草收拾停当,谢了众尼,又到店中。窦公主把十两银子赏了老尼,又叫手下雇了一乘骡轿与南阳公主坐了,一同起行。

潘美与金铃往柜上去会钞,只见柜内站着一个方面大耳一部虬髯的人笑道:"钞且慢会,敢问方才上车的,可就是夏王窦建德之女么?"潘美答道:"正是。"又问道:"那个小王爷又是谁?"金铃道:"就是幽州罗燕郡王之子讳成,如今皇爷赐婚与他的。"那汉又问道:"当初夏王的臣子孙安祖,未知如今可在否?"金铃答道:"现从我们王爷,在山中修行。"那汉点头说道:"可惜单员外的家眷,如今不知怎样着落?"潘美道:"单将军的女儿,前日皇爷已与我家窦公主同日赐婚,配与秦叔宝之子小将军。皇爷赐他扶柩殡葬父亲,即日要回潞州去了。"那汉见说,拍手大笑道:"快活!快活,这才是个明主。"潘美忙要称还饭钱,催他算账,那汉道:"夏王与孙安祖,俱系我们昔年好友,今足下们偶然赐顾一饭,何足介意。"潘美取银子称与他,那汉坚执不肯收,推住道:"不要小气,请收了。但不知足下说的那单员外的灵柩,即日要回潞州,此言可真否?"金铃道:"怎么不真,早晚也要动身了。"那汉道:"好,请便罢!"潘美问他姓名,那汉不肯说,拱拱手反踱进去了。潘、金二人,只得收了银子,跨上马望前赶去。

看官们,你道那店中的大汉是谁?也是江湖上一个有名的好汉,姓关名大刀,辽东人,昔年曾贩私盐、做强盗,无所不为的。他天性鄙薄仕宦,不肯依傍人寻讨出身。近见李密、单雄信等俱遭惨戮,他便收心,在这里开一个大饭店,遇着了贪官污吏,他便不肯放过,必要罄囊倒橐,方才住手。好处不肯杀人,不肯做官。他道:"我祖上关公,是个正直天神,我岂可妄杀人?"又道:"关公当日不肯降曹,我今亦不去投唐。"因此四方的豪杰人多敬服他。正是:

海内英雄不易识,肺肠自与庸愚别。
可笑之乎者也人,虚邀声气张其说。

今说窦公主要他父亲一同到幽州来,先打发又兰同众官人到雷夏,自与罗公子到隐灵山要接父亲起身。无奈窦建德与三藏和尚讲论,看破尘世,再不肯下山。公主只得哭别了,仍旧到雷夏来。贾润甫与齐善行俱来接见。女贞庵四位夫人,是时又兰早已接到家中,各各相见。杨义臣如夫人与馨儿,徐懋功先已差人接去了。公主祭奠了曹后,墓上田产交托两个老家人看管。收拾行装,差人送南阳公主与四位夫人,到女贞庵去,便同罗公子、花又兰往北进发。贾润甫送公子起身之后,晓得单雄信家眷扶柩回潞州,因想:"雄信当初许多情谊,多少人受了他的厚惠;我曾与他为生死之交。雄信临刑时,秦、徐诸人割股定姻,报他的恩德;我贾润甫也是个有心肠的,尚未酬其万一。今日闻得他女儿女婿,扶柩归葬,焉有不迎上去,至灵前一拜之理?"便收拾行囊,拉了附近受过单雄信恩惠的豪杰,竟奔长安不题。

且说秦怀玉与爱莲小姐满月后,辞了祖母父母起身。叔宝差四名家将,点四五十营兵护送。怀玉因他父亲的功勋,唐帝已擢为殿前护卫右千牛之职,时众官辈亦来送行。怀玉各各辞别,拥着一车起身。

行了几日,已出长安,天将傍晚,众家将加鞭去寻宿店。只见七八个大汉子,俱是白布短衣,罗帕缠头,向前问道:“马上大哥,借问一声,那二贤庄单员外的丧车,可到这里来么?”家将停着马答道:“就在后面来了。”那几个大汉听见,如飞去了。家将见那几个大汉已去,心上疑惑起来,恐是歹人,忙兜转马头,追赶那几个大汉。赶了里许,只见尘烟起处,一队车马头导,两面奉旨赐葬金字牌,中间一副大红金字铭旌,上写:“故将军雄信单公之柩”,冲天的招摇而来。众好汉看见,齐拍手道:“好了,来了!”齐到柩前趴在地下,拍地呼天的大哭起来。家将见了,知不是歹人。秦怀玉忙跳下马还礼。单夫人听见,推开轿门,细认七八个人中,只有一个姓赵,绰号叫做莽男儿,当初杀了人,亏雄信藏他在家,费了银子解救。其余多不认得,想必多是受过恩的。单夫人不觉伤感大哭起来。众好汉也哭了一回,磕了几个响头,站起来问道:“那一个是单员外的姑爷秦小将军?”秦怀玉答道:“在下就是。”一个大汉走上前来,执着秦怀玉的手,看了说道:“好个单二哥的女婿!”那一个又道:“秦大哥好个儿子!”赞了几声,又问道:“令岳母与尊夫人可曾同来?”怀玉指道:“就在后车。”那汉便道:“众兄弟,我们去见了单二嫂。”众人齐到车前。单夫人尚未下车,众好汉七上八落的在下叩头,单夫人如飞下车还礼。众人起来说道:“二嫂,我们闻得二哥被戮,众兄弟时常挂念,只是不好来问候;如今你老人家好了,招了这个好女婿,终身有靠了。”单夫人道:“先夫不幸,有累公等费心。”莽男儿道:“天色晚了,把车推到店中去罢,贾兄们在那里候久了!”怀玉道:“那个贾兄?”众人道:“就是开鞭杖行头贾润甫。他晓得令岳的丧车回来,便拉了十来个兄弟们在那里等候。”说了,便赶开护兵,七八个好汉用力拥着丧车,风雷闪电的去了。原来贾润甫拉齐众好汉,恰好也投在关大刀店中。当时见丧军将近,便同众人迎到柩前,又是一番哭拜。单夫人同秦怀玉各各叩谢了。关大刀同众人把丧车推在一间空屋里去。

贾润甫领秦怀玉与单夫人、爱莲小姐,到后边三四间屋里去,说道:“这几间,他们说还是前日窦公主到他店里来歇宿,打扫洁净在此,二嫂姑娘们正好安寝,尊从就在外边两旁住了罢。”单夫人问贾润甫道:“贾叔叔,那班豪杰那里晓得我们来,却聚在此?”贾润甫道:“头里那一起,是关兄弟先打听着实,知会了聚在此的;后边这一路,是我一路迎来说起欣然同来的。这班人都是先年受过单兄恩惠的,所以如此。”说了即同怀玉出来。只见堂中正南一席,上边供着一个纸牌,写道:“义友雄信单公之位”。关大刀把盏,领众好友朝上叩首下去,秦怀玉如飞还礼。关大刀把杯箸放在雄信纸位面前,然后起来说道:“贾大哥,第二位就该秦姑爷了。”贾润甫道:“这使不得。他令岳在上,也不好对坐;二来他令尊也曾与众兄弟相与,怎好僭坐?不如弟与秦姑爷坐在单二哥两旁,众兄弟入席,挨次而坐,乃见我们只以义气为重,不以名爵为尊,才是江湖上的坐法。”众人齐声道:“说得是。”

大家入席坐定，关大刀举杯大声说道："单二哥，今夜各路众兄弟，屈你家令坦，在小店奉陪，二哥须要开怀畅饮一杯。"一堂的人，大杯巨觥，交错鲸吞，都诉说当年与雄信相交的旧话，也有说到得意之处，狂歌起舞；也有说到伤心之处，出位向灵前捶胸跌足哭起来。只听见莽男儿叫道："秦姑爷，我记得那年九月间，你令祖母六十华诞，令岳差人传绿林号箭到我们地方来，我们那时不比于今本分，正在外横行的日子，不便陪众登堂。"把手指道："只得同那三个弟兄，凑成五六百金，来到齐州，日里又不敢造宅，直守至二更时分，寻着了尊府后门跳进来，把银子放在蒲包内，丢在兄家内房院子里头。这事想必令尊也曾与兄说过。"秦怀玉道："家母曾道来。"

正说得高兴，只听得外面叩门声急。关大刀如飞赶出来，开门一看，便道："原来是单主管，来得正好，你们主儿的丧车，与太太姑爷姑娘多在里面。"原来，单全当时随雄信在京，见家主惨变后，即便辞了单夫人要回乡里。秦叔宝、徐懋功，知他是个义仆，要抬举他，弄一个小前程与他做。他必不从，径归二贤庄。喜的单雄信平昔做人好，没有一个不苦惜他，所以这些房屋田产，尽有人照管在那里，见的单全一到，多交付与他。单全毫无私心，田产利息，悉登册籍。今闻夫人们扶柩回乡，连夜兼程赶来，在路上打听，晓得投在关家店里，故此赶来。

当时关大刀闭上门，领单全到堂中来，贾润甫见了喜道："单主管，你也来了。"单全见上边供着主人牌位，先上去叩了四叩，又要向众人行礼下去。众好汉大家推住道："闻得你也是有义气的男子，岂可如此！"单全只得止向秦怀玉叩首，怀玉连忙扶起。众人道："主管快来坐了，我们好吃酒了。"单全道："各位爷请便，我家太太不知下在那一房，我去见了来。"说时早有妇女领了进去，不移时出来坐了。贾润甫道："单主管，我们众兄弟，念你主人生前之德，齐来扶他灵柩还乡，到那里还要盘桓几日，但不知你庄上如何光景？"单全道："庄上我已一色停当，但未择地耳。只是如今王世充在定州，纠合了邴元真复叛，罗士信被他用计杀害，占了三四个城池。前日闻他已到潞安，如今将到平阳来，只恐路上难行，奈何？"贾润甫道："当初我家魏公与伯当兄，好好住在金墉，被他用计送死，单二哥又被他累及身亡，几个好弟兄，皆因他弄得七零八落。今士信兄弟又被他杀害。我若遇着他，必手刃之，方快我心。"

秦怀玉见说士信被杀，便垂泪道："士信叔叔与父亲结为兄弟，小侄与他相聚数年，今一旦惨亡，家父闻知，是必请兵剿灭此贼，以报罗叔叔之仇。"单全道："我昨夜在七星岗过夜，三更时分，梦见我家先老爷，叫了我姓名说道：'我回去了，可恨王世充，杀我好友义弟，又是我同起手的心交。我知此贼命数已绝，你去叫姑爷灭了他，干了这场功。'"关大刀道："我们众兄弟同去除了这贼，替罗家兄弟报了仇，何如？"贾润甫道："若诸兄肯齐心，管叫此贼必灭。"众人道："计将安出？"贾润甫道："计策自有，必须临时着便，今且慢说；但必要关兄去方好，只是没人替他开店。"关大刀道："店中生意，就歇两日何妨？但要留单主管在此。"单全道："我是要随太太回去的。"贾润甫道："太太姑娘，权屈在店中住几日，仗单二哥之灵，我们去干了这场功，回店扶柩去未迟。"众好汉踊跃应道："好。"

单夫人在内听见，忙叫人请贾润甫进去说道："小婿年幼，恐怕未逢大敌，还是打听他过了再走罢。”贾润甫道：“二嫂但放心，干事皆是众兄弟去，我与令坦只不过在途中接应，总在我身上无妨。”说了出来，对众人说道：“既是明早大家要去干正经，我们早些安寝罢！”过了一宵，五更时分，关大刀向贾润甫耳上说了几句，又叮嘱了单全一番，先与众好汉悄然出门而去。贾润甫同秦怀玉率领了家将，亦离店去了。

却说关大刀同莽男儿一班，走了两三日，将到解州地方，恰遇着了王世充的前站，见了一二十个穿白衣服的人来，问道：“你们是那里来的百姓？”众人道：“我们是迎单将军的柩回去的。”马上将官问：“那个单将军？”众好汉答道：“就是单雄信。”那将官道：“单雄信是我家的勇将，被唐朝杀的。你们都是他什么人，去扶他灵柩？”众好汉道：“我们俱是他当年管辖的兵卒，感他的恩德，故此不惮路途而来。爷们可是守这里地方的？”那将官道：“不是，郑王爷就在后面来了。你们站一回儿，便知分晓。”

正说时，只见后面尘头起处，一簇人马行近前来。众好汉看了，拍手喜道：“正是我家的旧王爷。”那将官带了一干好汉，到王世充面前说了。王世充问道：“单将军的灵柩，你们扶他到那里？”众人道：“到二贤庄。”邴元真在旁边马上说道：“只怕是奸细。”叫人各人身上收检，众人神色不变，便不疑惑。王世充道：“你们都是行伍出身，何不去投唐图个出身？”众人道：“唐家既不肯赦我们的恩主，我们安肯背义从唐？”王世充道：“你们既是我家旧兵卒，我这里正少人，何不就住在我账下效用？当初你们是步兵还是马兵？”众好汉道：“当时是马兵。”王世充问了各人姓名，叫书记上了册籍，给付马匹衣甲器械，派入第二队。

今说贾润甫同秦怀玉与两个家将一行人等，慢慢的已行了三日。将近解州，贾润甫叫秦怀玉差一个伶俐小卒，假装了乞丐，前去打听，自己守在一个关王庙里。隔了两日，只见差去的小卒归来报道：“小的初去打听我们这几位爷，被王世充信任收用，已派入第二队。昨夜他们已破平阳，今要进解州。一路百姓多逃避一空，只剩房屋。他们下寨在猫儿村，不知为甚，四更时分，只听见军中喧喊，哗道有贼，故此小的忙来报知。”贾润甫见说，忙起一课，大喜道：“众兄弟成功了，快备马我们迎上去。”秦怀玉即便领二家将，跨马前行。

未及一二里，早望见一二十个白衣的人，头里那人却是莽男儿，提着两个首级，飞奔前来，叫道：“贾大哥，王世充、邴元真二人首级在此，后面追兵来了，快去帮他们厮杀。”贾润甫叫人把首级挑在枪杆上，同莽男儿飞赶去，只见众好汉在一个山前，与王家兵马正在那里厮杀。莽男儿跑向前大声喊道：“我家大唐兵马来了！”秦怀玉扯满弓，一连射死了两三个。贾润甫叫道：“王世充、邴元真两个逆贼，首级已枭在此，你们何苦自来送死！”王家兵将见了，即便败将下去。秦怀玉与众人，直追至猫儿村。贼兵只得弃了辎重，各自逃生。贾润甫将贼兵掳掠遗弃之物，装载了几车，尚恐怕余贼未散，又追赶三四十里，然后转来。

早有人来报道：“单二爷丧车，已被二贤庄许多庄户，赶到关家店里，载进潞州去了。”众好汉此时不是步行了，俱骑了马，连日夜兼程，赶上丧车，护进二贤庄。地方官员晓得秦叔宝名位俱尊，其子怀玉现任千牛之职，目下又建奇功，多要想来吊候。贾润甫在庄前择一块丰厚之地，定了主穴。关大刀对贾润甫道：“贾大哥，我们这场功皆仗单二哥的阴灵,得以万全,为什么呢?弟前夜与赵兄弟两个,乘王世充、邴元真酒醉熟睡时,潜踪入幕,盗了两人的首级。众兄弟齐上马出来,惊动了账房内,只道是劫营的,齐起身来追赶。时天尚昏黑,众弟兄因记不出路径,只见黑暗中隐隐一人骑着马领路。众弟兄认是我,又不好高声相问,只得随着他走了三四里。天将发白,那前头骑马的倏然不见了。岂不是单二哥阴灵护佑我们?如今把这些衣饰银钱,分做两堆,一堆赠与姑爷为殡葬之资;一堆散与二贤庄左右邻居小民,念他们往日看守房屋,今又远来迎柩营葬,少酬其劳。"贾润甫与众好汉齐声道:"关大哥说得是。"秦怀玉道:"岂有此理!这些东西,诸君取之,自该诸君剖之。我则不敢当,何况敝邻。"

正在推让时,只见潞州官府抬了猪羊到灵前来吊唁。秦怀玉同贾润甫出来接住,引到灵前去拜过,见院中罗列着两堆银钱衣饰,问是何故。贾润甫答道:"有几个商贾朋友,是昔年曾与单公知交,今来迎丧,恰逢王世充逆贼临阵,众友推爱,齐上前用力剿灭,贼掳之物,遗弃而去。这些东西,理合众友收领,不意众友仗义不从,反欲赐惠小民。"那个郡守笑道:"这也算一班义士了!但是小民无功,岂可收领逆赃?既云好义,何不寄之官库,题请了,替单公建祠立碑,以为世守,亦是美事。"那衙官见说,心中想道:"我们做了一个官儿,要百姓们一两五钱的书帕,尚费许多唇舌,今这主大财,那班人反不肯收,不知是何肺肠?"官儿们挨了一回,见秦怀玉不言语,只得别过去了。众好汉便招地方上这些看的穷人,近前来说道:"这一堆东西,是秦姑爷赐你们的,以当酬劳之意。你们领去从公分惠,不许因此些微之物,争竞起来,到官府责罚。自今以后,你们待秦姑爷如待单员外一般便了。"众邻里齐跪下去,欢呼拜谢,领了出去。

关大刀对贾润甫说道:"贾大哥,我们的事已毕,去罢!"又对秦怀玉道:"众弟兄不及拜别令岳母了!"大家拱拱手欲别,秦怀玉道:"这货利不好,有污诸公志行,请各乘骑而去何如?"众好汉道:"我们如此而来,自当如此而去。"尽皆岸然不顾而行。看的人无不啧啧称羡。

秦怀玉督手下造完了坟墓,择了吉日,安葬好了丈人;又见主管单全,忠心爱主,就劝单夫人把他作为养子,以继单氏的宗祧,将二贤庄田产尽付单全收管,以供春秋祭扫;自同单夫人与爱莲小姐束装起身。家将们带领了王世充、邴元真二人首级,忙进了长安不题。要知后事如何,且听下回分解。

第六十四回　小秦王宫门挂带　宇文妃龙案解诗

词曰：

寂寂江天锦绣明，凌波空步绕花阴。一枝蓦地间相近，惹得狂蜂空丧身。
逞乐意，对芳樽，腰围玉带暗藏针。片词题破惊疑事，喋血他年逼禁门。
调寄《鹧鸪天》

天地间，填不满处不足的，惟妇人之心；非妇人之心，真有不足之地，止因其所好，不得不然，估借此以消遣耳。

今且慢说秦怀玉剿灭了王世充、邴元真回来，将二人首级献功，唐帝赏劳。再说武德七年间，四方诸丑，亏了世民击灭将完，时唐皇晚年，总多内宠，生儿者二十余人，无子者不计其数，靡不思迭寻宠爱，各献奇功；然其间好事生风敢作敢为的，无如张、尹二妃。他本是隋文帝宠用过的，忽然间唐帝又把他两个弄起手来，今幸一统天下，虽不能做正位中宫，却也言听计从，无欲不遂；更值窦皇后福禄不均，先已驾崩，因此两人的心肠更大了些。但唐帝因宫中年少佳丽甚多，便在他两个身上，也就平淡；何如妇人家这节事，如竹帘破败，能有几个自悔检束的，但看时势之逆与顺耳。

时值唐帝身子不爽，在丹霄宫中静养，相戒诸嫔妃，非宣召不得进来，因此那些环珮袅娜之人，皆在宫中静守。惟有那张、尹二夫人，年纪却在三旬之外，谑浪意味，愈老愈佳。平昔虽与建成、元吉，眉来眼去，情意往来，恨无处可以相承款曲。

那日，恰好尹夫人差侍儿小莺，去请杨美人蹴球耍子，只见建成、元吉两个，小宫监跟了走来。小莺见了，笑逐颜开问道："二位王爷在何处来？"建成、元吉认得小莺是尹夫人的丫鬟，便道："我两个特来寻你们二位夫人说句话儿，你到何处去？"小莺笑着摇头道："不是二位王爷是丹霄宫中出来，如今回去快活，为什么寻我们夫人起来？若是有正经要会，何不在前日昨日，今却说这样话来骗我？"建成听见，欢喜不胜道："为什么该在前日昨日来？"小莺笑道："罢了，有人来撞见，又要搭出是非来。请各便罢，我要去干正经了。"就要走动。当不起建成是个酒色之徒，见那小鬟说话伶俐，一把扯到侧首一个花槛内，叫小监门首站着，执着小莺双手道："小妮子，你从实说与我们听了，我把东西来送你。"小莺笑道："东西我不敢领，既承二位王爷下问，待我对你说了罢。前日初十，是张夫人诞日；昨日十三，是我家尹夫人诞日。这两天被众夫人闹得好厌，今日甚是清闲，张夫人又道无聊，约了我家夫人，叫我去请杨夫人来蹴球耍子，故此我说二位王爷，既有话要会二位夫人，何不也在前两日来，大家相聚，岂不是一场胜会？"元吉道："众夫人拜寿，我们怎好来亲热孝顺？今日无事，正好来补贺，岂不是两便？"建成道："说得有理，我们弟兄两个，回去准备了礼物就来，你与我们说声。"小莺道："二位王爷认真要来，我也不去请杨夫人了，在宫专候驾临；但恐不准，叫我那里当得起？"建成、元吉道："岂有此理！你道我虚言么，我们先将一物与你取去，送二夫人收了何如？"小莺道："若得如此，方好相候。"二位王爷各在身上解下一条八宝十锦合欢丝鸾带，付与小莺收了，又道："我们现今不能用情赠你，少顷到宫来，断不虚你的盛情。"小莺道："恁说快去了来，竟到后宰门走进，更觉近些。"三人别去。正是：

慢夸富贵三春景，且放梅梢玩月明。

不说小莺去通知张、尹二夫人。且说建成、元吉听见小莺之言，欢喜不胜，疾忙赶到府中，收拾了珍珠美玉，把两个金龙盒子盛了，叫宫监捧着，一同忙到后宰门来。门官见是二位殿下，忙把门开了。二王跨下马，叫人牵了在外面伺候，小宫监捧着礼物。二王走到分宫楼，只见小莺咬着指头，站在门首悬望，见了二王，喜道："王爷们来了。"建成道："小莺，你可曾与二夫人说知？"小莺点点头儿，引二王进去，到中堂坐下，叫两三个宫奴，把礼物收了进去。一盏茶时，只见张、尹二位夫人跟着三四个宫娥，轻移莲步，走将出来。二王如飞叫人把毯子铺下，要行大礼。二位夫人那里肯受，自己忙走近身来搀住。张夫人道："二王怎么要行起这个礼来，岂不要折杀我们？"元吉道："二位夫人，如同母子，焉有圣寿不行恭拜之礼？"尹夫人道："求二位以常礼相见，我们两个心上方安。"二王没奈何，只得顺从了。张夫人道："屈二王到楼上去坐坐，省得这里不便。"尹夫人道："姐姐主张不差。"

大家同到楼上来。二王看那三间楼的景致，宛如曲江开宴赏，玉峡映繁华。二王坐定，用点心茶膳，彼此细陈款曲。张夫人道："向蒙二王时常照拂，使我二姊妹梦寐不能去怀，不意复承厚贶，叫我两个何以克当？"元吉笑道："张夫人说甚话来，骨肉之间，不能时刻来孝顺，这就是我们的罪了，怎说那个话来？"建成道："我们心里，时常要来奉候，一来恐怕父皇撞见，不好意思。二来又恐夫人见罪，不当稳便。故此今日慢慢的走来，恰好遇着小莺，叫他先来通知了，方才放心。"尹夫人道："我家张姐姐，常常对我说，三位殿下，都是万岁所生，不知为甚秦王见了我们，一揖之外，毫无一些好处。他倚着父皇宠爱，骄矜强悍，意气难堪。故此前日皇上，要他迁居洛阳，幸得二位王爷叫人来说了，被我姊妹两个，在万岁爷面前再四说了，方才中止。"张夫人道："总是有我四人一块儿做事，不怕秦王飞上天去。"元吉道："若得二位如此留心，真是我们的母后了。"两夫人多笑起来。时绮席珍馐，雕盘异果，无所不有；四人猜拳行令，说说笑笑。

英、齐二王都是酒色中人，起初还循些礼貌，到后来各人有了些酒，谑浪欢呼，无所不至。古人云：酒是色之媒。二王酒量原是好的，只因他们醉翁之意俱不在酒，便假装醉态。元吉道："我们酒是有了，求二位夫人稍停一会儿，再饮何如？"正是：

万恶果然淫是首，从教手足自相残。

少停，建成笑对元吉说道："清风玉磬，音响余筝，正如巫山云梦，难以言传。"元吉也笑道："风牌月阵，莺转猿吟，总是我粗浅之人也学不出。"自此英、齐二王满心畅快，打发宫监与外面伺候的回去了，便同二妃欢呼弹唱不题。

再说秦王因唐帝在丹霄宫养病，他就不回西府，晨昏定省，每日调奉汤药，整顿了六七日，时日色已暝，月上花枝，唐帝身子略已痊可，便对秦王道："吾病今日身体稍觉安稳，你依朕回府去看看。"秦王不敢推却，只得领了父皇旨意，辞驾出宫。行至分宫楼，忽听见弹筝歌唱，轻一声高一声，韵致悠扬。秦王站了一回，见是张、尹二妃寝宫，便道："他晓父皇有病，正该忧闷沉思，为甚歌唱起来？"就要行动，忽听见里面喊道："这一大杯，该是大哥饮的，我却先干了！"秦王道："他们弟兄两个，平昔有人在我跟前说许多话，我尚猜疑；不意如今这时候，还在这里吹弹歌唱，不特不念父皇之疾，反来淫乱宫闱，理实难容。我若敲门进去，对他训论一番，也是正理。倘然父皇晓得，又增起病来，反为不美。"停足想了一回道："也罢，暂将我的腰间玉带，解下来挂在他宫门上，待他们出来见了，好叫他痛改前非。"打算停当，即将腰间玉带解来，挂在蟠龙彩凤之门，自即挪步而出。

却说英、齐二王，五更时候忙起身来，收拾完备了；夭夭、小莺，各送上汤点。建成对二妃道："我二人承你二位如此恩情，时刻不能去怀。倘秦王这事稍可下手，我们外边必传进来，替你二夫人说。如里边有什么机会，也须差人报与我们得知。"张、尹二妃道："秦王这事，总是你我四人身上之事，不必叮咛。但是离多会少，叫我二人如何排遣？"建成犹执着二妃之手，哽咽难言。元吉道："你们不必愁烦，我与大兄倘一得便，即趋来奉陪。"张、尹二妃拭泪，直送至玉宫门首，开门出来，猛见守门宫监，将玉带呈上去："是昨夜不知何人挂在宫门上的。"建成忙取来一认，却是秦王身上的。二王吓得神色俱变，便道："这是秦王之物，毕竟昨夜他回去，在此经过，晓得我们在内顽耍，故留此以为记念。如今怎样好？"张艳雪说道："不必慌张。秦王既有如此贼智，拚我一口硬咬着他，这罪名看他逃到那里去？"便向建成耳上说了几句。建成欢喜放心，即与元吉勉强散别归府。

张、尹二妃忙进宫去打扮停当，将秦王玉带边镶，四围割断了几处，跟了夭夭、小莺齐上玉辇，同到丹霄宫来朝见唐帝。唐帝吃了一惊，便问道："朕没有来宣你们，何故特然而来？"二妃道："一来妾等挂念龙体，可能万安；二来有不得已事，要来见驾。"唐帝道："有何事必要来见朕？"张、尹二妃不觉流泪道："妾等昨夜更深，忽然秦王大醉，闯进妾宫中来，许多甜言媚语，强要淫污。妾等不从，要扯他来见陛下，奈力不能支，被他走脱，只把他一条玉带扯落在此，请陛下详看，以定其罪。"唐帝道："世民这几日时刻在此侍奉。昨因朕病体小愈，故黄昏时候，叫他回府将息，何曾用过酒来，说甚大醉？"将玉带细玩，又是秦王之物，便道："玉带虽是他的，其中必有缘故，或者是他走急了，撩在何处，你们宫奴拾了便将来诬陷他，这是使不得的呢！"尹瑟瑟道："妾等几年侍奉陛下，何曾诬陷他人，说这样话来？"两个装出许多妖态，满面流泪，挨近身旁，哀哭不止。唐帝不得已，只得说道："既如此，二妃且回，待朕着人去问他。"即写几字着内监传旨，命御史李纲去会问秦王闯宫情由，明白奏闻。因此张、尹二妃只得谢恩回宫。

却说秦王夜间挂带之后，忙归府中，心中着恼，那里睡得着。绝早起身，把家政料理了一番，便要进宫去问候。只见左右报道："御史李纲在外，要见王爷。"秦王只道是要问父皇病体，便出来相见，参谒后坐定。李纲道："圣上龙体如何？"秦王道："孤昨夜回来，身子已觉好些，不知今日如何，正要定省。"李纲道："今早有个内臣传出旨意，发到臣处，要臣来请问殿下，故臣不得不自来冒渎。"秦王忙叫左右，摆着香案来开读了。此时秦王颜色惨淡，便想道："昨夜我一时听见，故借此以警他们，却反来诬陷我！"即对李纲道："孤昨夜在父皇宫中回来，楼前偶有所闻，故将玉带系挂于宫门，使彼以警将来。况此系孤等家事，亦难明白诉卿。只问先生，孤何如人也，而欲以涅作淄乎？"李纲道："殿下功高望重，岂臣下所敢措辞；今只具一情节来，封付臣去回复圣旨，便可豁然矣！"秦王道："说得有理。"便写了几句，封好付与李纲袖了，便辞出府去，回复了圣旨。

时唐帝忙叫内臣扶出，便殿坐下。李纲朝拜已毕，叩问了圣体，然后将秦王所封之书呈上。唐帝展开来一看，只见上写道：

家鸡野鸟各离巢，丑态何须次第敲。
难说当时情与景，言明恐惹圣心焦。

唐帝看了一遍道："这是一首绝句，叫朕那里晓得？"李纲道："秦王秉性忠正严烈，陛下素知，此词必不敢轻写。闻玉带挂于宫门，谅必有故。陛下龙体初安，且放在那里，慢慢详察，自然明白。"唐帝道："既如此，卿且去，待朕思之。"李纲不敢复奏，辞帝而出。当初汉萧何治律云：捉奸捉双，捉贼捉赃，这样事体，必要亲身看见，无所推敲，方可定案；若听别人刁唆，总难拟断；且大人家，一日尚有许多事体纠缠，何况朝廷。

当时唐帝见李纲出宫去了，正要将此字揣摩，只见宇文昭仪同刘婕妤出来朝见。唐帝道："奇怪，你们二妃子为甚也出来，莫非亦有什么事体？"二妃笑道："刚才晓得张、尹二夫人出来奉候，故此妾等亦走来安省。今日龙体想已万全，还该寻些什么乐事，排遣排遣才是。"唐帝见说，微叹不言。宇文昭仪瞥见了那张字纸在龙案上，便道："此诗乃郑卫之音，陛下书此何用？"唐帝道："妃子何以知其是郑卫？"宇文昭仪道："陛下岂不看他四句字头上，列着'家丑难言'四字，明白书陈，为甚不是？"唐帝到底是老实好人，便将张、尹二妃出来告诉，以至叫李纲去问秦王，故此秦王写这几个字来回复，说了一遍。宇文昭仪道："这样事体，岂可乱谈？必须亲自撞见，方可定案。张、尹二夫人在隋，如此胡乱朝政，他亦能甘忍？这几年，秦王四海纵横，岂无一女胜于此者，何今日突然驾言污及？况前月陛下差秦王平定洛阳，又差妾等阅选隋宫美人，收府库珍奇，娇艳数千，秦王从不一顾。至于资财，或者有之。陛下可记得：当时妾与张、尹二夫人等，曾请各给田数十顷，与妾父母为业，已蒙陛下手敕赐与，秦王竟与淮安王神通，封还诏敕，不肯给田。以此看来，贤王等皆是惜财轻色之人，安能如陛下钟情娇怯者也。张、尹二夫人，或者犹以此记怀，未能释然耶！"刘婕妤道："三十六宫，四十八院，粉黛数千，娇娥盈列，并无三尺之童在内，何苦以此吹毛求疵，能不免动太穆皇后泉下之悲乎？"这句话打动了唐帝的隐情，便道："我也未必就去推问，二妃且莫论他。"

正说时,有个内监进来报道:“平阳公主薨。”唐帝叹道:“公主当初亲执金鼓,兴义兵以辅成大业,至有今日;不意反不克享,先我而亡。”说了不觉泪下。宇文、刘二夫人道:“陛下切念公主,尤宜善视三王;况龙体初安,诸事总系大数,陛下还宜调护。”唐帝点头。二妃正要扶唐帝到丹霄宫去,忽兵部传本进来,说夷寇吐谷浑结连突厥可汗,直犯岷州,请师救援。唐帝想了想,援笔批道:“着驸马兵部总管柴绍,火速料理丧事后,率领精兵一万前往岷州,会同燕郡刺史罗成,征剿二逆,毋得迟误。”即叫内监传旨出去,回到丹霄宫,颐养起居,龙体平复。

一日,在苑囿闲玩,英、齐二王在那里驰马试剑,秦王亦率领西府诸臣见驾。言论间,英、齐二王与秦王,各说武艺超群。唐帝对尉迟敬德道:“本领高低各人练习,若说膂力刚强,单鞭划马,人所难能,不意敬德独擅,真古今罕有。”齐王挺身说道:“敬德所言,恐皆虚诳,他道满朝将士,尽是木偶,故此夸口,已知我众不能使槊,今儿与他较一胜负何如?”唐帝道:“儿与敬德比试,何所取意?”敬德道:“臣自幼学习十八般枪马之法,并无虚发。但以理论之,殿下是君主,恭乃臣下,岂可比试使槊?”元吉道:“不妨,此刻不论品秩贵贱,只较槊法,暂试何害?”原来元吉亦喜马上使槊,一闻敬德夸口,必要与他较一胜负,便请二哥全装贯甲,一如榆巢败走之状,自假单雄信飞马来追,“看你单鞭划马,能夺我槊否?”敬德道:“愿赦臣死罪,恭贱手颇重,恐有伤损,只以木槊去其锋刃,虚意相拒,独让殿下加刃来迎,臣自有避刃之法。”

元吉大怒,私与部下一将黄太岁说了几句,便上马持大杆铁槊大呼道:“敢与我较槊么?”秦王听见,便挺枪勒马而走;元吉持槊追赶,将有里许,举槊要刺秦王。敬德乘马赶上,喊道:“敬德在此,勿伤吾主!”元吉遂弃了秦王,挺槊来战敬德。被敬德拦住,夺过槊来,元吉坠马而走。只见黄太岁直赶过了元吉,挺槊来刺秦王,秦王奋不顾身而斗。将要败时,敬德飞马赶来,黄太岁忙把槊来刺敬德,敬德把身一侧,忙举手中鞭打去,恰好那条槊又到面前,敬德夺过槊来一刺,可怜那黄太岁坠马而死。

敬德忙去回奏唐帝道:“黄太岁欲害秦王,故臣杀之。”元吉向前奏道:“秦王故令敬德杀我爱将,有违圣旨,乞斩敬德,以偿太岁之命。”秦王道:“眼见你使太岁来害我,如此饰词抵罪。敬德不杀太岁,吾命亦丧于太岁之手矣!”唐帝道:“黄太岁朕未尝使之,何得尚擅自提槊追逐秦王?敬德有救主之功,朕甚惜之;况且你要他比槊,宜赦其罪,以旌忠义之心。汝弟兄当自相亲爱,患难相扶,庶不失友于之意,使吾父寸心窃喜,胜于汝等定省多矣。”说了,即便散朝不提。欲知后事如何,且听下回分解。

第六十五回　赵王雄踞龙虎关　周喜霸占鸳鸯镇

词曰：

世事不可极，极则天忌之。试看花开烂熳，便是送春时。况复巫山顶上，岂堪携云握雨，逞力更驱驰。莫倚月如镜，须防风折枝。

百恩爱，千缱绻，万相思。急弦易断，谁能系此长命丝。触我一腔幽恨，打破五更热梦，此际冷飕飕。天意常如此，人情更可知。

调寄《水调歌头》

谚云：一失足成千古恨，再回头是百年身。不要说男子处逆境，有怨天尤人，即使妇人亦多嗟叹，一日之间，就有无穷怨尤，总是难与人说的。

这回且不说唐宫秦王兄弟夺槊之事。再说隋宫萧后，与沙夫人、薛冶儿、韩俊娥、雅娘住在突厥处。突厥死后，韩俊娥、雅娘住了年余，水土不服，先已病亡。义成公主见丈夫死了，抑郁抱疴，年余亦死。王义的妻子姜亭亭，又因产身亡。沙夫人把薛冶儿赠与王义为继室。罗罗虽然大了赵王五六年，却也端庄沉静，又且知书识礼，沙夫人竟将罗罗配与赵王。那突厥死后无嗣，赵王便袭了可汗之位，号为正统，踞守龙虎关，智勇兼备，政令肃清，退朝闲暇时，奉沙夫人等后苑游玩，曲尽孝道。

一日交秋时候，萧后独自闲行，伫立回廊绿杨底下，见苑外马厩中，有个后生马夫，在那里割草上料，闲观那马吃草。萧后看他相貌，好像中国人，因唤近前来，问："你姓甚名谁，是何处人？"马夫道："小的扬州人，姓尤名永。"萧后道："我说像中国人。你有妻小么？为何来到此处？"马夫道："小的向随王世充出征，因流落聊城，与一个相知周逢春同住，不期遇着宇文化及宫中三个女人，说是隋朝晨光院周夫人、积珍院樊夫人、明霞院杨夫人。那周夫人说起来，原来就是周逢春的族妹，因此逢春便叫周夫人嫁了小的，那樊夫人与杨夫人都嫁了周逢春。"萧后惊讶道："有这等事！如今三位夫人呢？"马夫道："周氏随了小的年余，因难产死了，那樊夫人也害弱症死了；只有杨夫人还随着周逢春在临清鸳鸯镇上，开招商客店。"萧后道："你既与周逢春同住，为何又独自来到这里？"马夫道："小的因周氏已死，孤身漂泊，同伍中拉来这里投军，因羁留在此。"萧后又问："你今年几岁了？"马夫道："小的三十岁。"萧后想了一想说道："我就是隋朝萧后，我怜你也是中国人，故看周夫人面上，要照顾你，且还有话要细问；只是日间在此不便说得，待夜间我着人来唤你。"马夫叩头应诺而去。是夜萧后正欲唤那尤永进去，不想被人知觉，传与赵王知道。赵王疑有私情勾当，勃然大怒，立将尤永处死，正言规谏了萧后一番，严谕宫奴，伺察其出入。萧后十分的惭闷。正是：

只因数句闲言语，致令人亡己受惭。

今说柴绍领了圣旨，随即发文书，着令部下游击李如珪，提兵一千，知会罗成，叫他先领兵去到岷州，抵住吐谷浑，我却提师来翦灭二寇。不一日，李如珪到了幽州，见了罗成。罗成拆开文书看了，即奏知郡王罗艺道："岷州远，突厥可汗那里去近；况突厥可汗已死，今嗣子正统可汗系隋朝沙夫人之子赵王，闻得萧后也在那里，王义又在那里做了大臣，俱是我们先朝的旧人。你今只消领了一枝兵去，与他讲明了，吐谷浑不见正统可汗助兵来，也就罢了。"罗成道："父王之言甚善。"便归到署中，与窦线娘说了。线娘道："萧后当初曾到我家，见他好一个人材，闻沙夫人是一个有志女子。我要见他，同你去走遭。"罗成道："若得夫人同去，尤为威武。"花又兰道："妾也同二儿去，上上父母的坟。"原来窦线娘已养了一个儿子，叫阿大；花又兰亦养一个儿子，叫阿二，差得半月，各有八岁了。随叫金铃、吴良大家收拾，辞别了燕郡王起身。行不多时，已到岛口。

正统可汗得了信息，忙与沙夫人商议道："吐谷浑约我国助兵，同到中原去骚扰，两日正在这里选将。不想唐朝到差燕郡王之子罗成来问罪，如今怎么样好？"沙夫人道："罗艺原是我先帝的重臣，其子罗成，因他勇敢，就做了唐家的大臣，况还有个窦建德的女儿线娘，赐与他为妻。他夫妻二人，原是能征惯战之将，不可小觑了他。"萧后道："不是这句话，若是他人夺了我们天下去，不要说他来征伐，就不来也要合伙儿去征剿一番。如今这李渊，你们不知，他与我家有中表之亲，他家太穆窦皇后与我家先太后，是同胞姊妹，岂不是亲戚？况窦线娘我也认得，是一个袅娜之人，只是嘴头子利害些，不见他什么本事，他若来此，我也要去会他。"

正统可汗听了，忙出去与王义商议，使他先领一支兵出去，自己慢慢的摆第二队出城。李如珪要抢头功，做了先锋，被王义用计杀输了，败将下去。窦线娘第二队已冲上来，见前面尘头起处，好像败下来的光景；线娘挺着方天画戟，且赶向前，见战将那条枪离李如珪后心不远，着了忙，便拔壶中箭，拽满弓射去，正中战将枪头上。那将着了一惊，只见王义妻子薛冶儿，舞着双刀，迎将上来。线娘把方天戟招架，两人斗上一二十合，薛冶儿气力不加，便纵马跳出圈子外来，问道："你可是勇安公主么？"窦线娘道："你既知我名，何苦来寻死？"薛冶儿道："你可认得萧娘娘么？"线娘道："那个萧娘娘？薛冶儿道："既如此，我也不来杀你，我家可汗来了！"窦线娘笑道："我也不来擒你，我家做官的来了。"各自归阵。

不说薛冶儿归寨与赵王说知。窦线娘兜转马头，行不多几步，只见罗成飞马而来，线娘把杀阵与他说了。罗成道："既是赵王领兵出来，我自去对付他。"忙到阵前，叫小卒去报知阵中，快请正统可汗出来，俺家主帅有话问他。小卒进去说了，赵王忙叫兵卒摆队伍出来。正是：

冲天软翅映龙袍，扎紫貂珰影自招。
玉带腰围紧绣甲，金枪手腕动明标。
白面光涵凝北极，乌睛遥曳定蛮蛟。

何似玉龙修未稳，一方权掌扬人曹。

罗成见了举手道："尊驾可就是先帝幼子赵王么？"赵王道："然也，你可是燕郡王之子罗成？"罗成道："正是。昔为君臣，今为秦楚，奈为上命所逼，不得不来一问，不知何故要助吐谷浑来侵唐？"赵王道："这句话系是吐谷浑借来长威，实在我没有发兵；况唐之得天下，得之宇文化及之手，并未得罪于父皇，气数使然，我亦不恨他。今母后萧娘娘尚在此，汝令正窦公主，想必也在这里，烦尊夫人进宫一会，便知端的。"罗成道："还有一位义士王义，可在这里？"赵王指着后面一个金盔的战将说道："这个就是。"王义在马上鞠躬道："小将军请了。"罗成道："请殿下先回，臣愚夫妇同王兄进城来便了。"赵王见说，便率兵先自回宫。罗成使李如珪督理军马在城外，王义使夫人薛冶儿来迎接窦线娘，自同罗成摆队进城。罗成夫妇一进城来，见人居稠密，市镇辐辏。那些民家，多是张灯挂绣，蜀彩叮啮，把那驼狮象齿，叫不出的奇珍古玩，摆列门庭。罗成夫妇在马上看了，称羡不已。

且说赵王进宫，见了萧后与沙夫人，即将王义如何与他对寨厮杀，他们败了下去；薛冶儿与窦线娘又如何较量，冶儿乖巧，他要输了，幸我出去得快，罗成也到，大家说了一番，罗成肯同线娘进宫来见萧母后。萧后道："他们既要入宫，你快吩咐御膳所，好好备宴，每事齐整些。"赵王道："这个晓得。"出去叫文武宾僚，点二千兵把守各处，直到宫门内，明枪亮刀，摆设齐整；又叫城中百姓，张灯结彩，迎天使；又叫两个小蛮吩咐道："你两个快快到城外去对王爷说，如窦公主进宫，命薛夫人送至宫中。"

小蛮去了不多几时，只见四个内监进来报道："天使到了。"赵王因罗成是个天使差官，只得到二门上接了进去，罗国后也跟二宫奴接了窦线娘，薛冶儿随了进去。萧后、沙夫人与窦线娘见过了礼。罗成到了龙升殿，见有香案在内，就把赤符诰命，供在上面，赵王朝拜了。罗成道："殿下请进问声萧娘娘，可要出来接旨？"赵王如飞进去，与萧后说知。萧后想了一想，叹口气道："嗳，当初人拜我，如今我拜人。天下原不是他夺的，况又是亲戚，做了一统之主，如今俨然朝命纶音，便去参谒也罢，只是没有朝服在此，奈何？"赵王道："当初公主的法服，尚在箧中，何不取来穿上，岂不是好的？"赵王叫宫奴取出，替萧后穿好，与寻常绚彩迥别，出来拜了圣旨。罗成要请萧后上坐朝拜，萧后垂泪道："国灭家亡，今非昔比，何云讲礼，请小将军不必。"赵王、王义皆劝常礼，罗成见说，只得常礼相见了。

萧后进去，也请线娘上坐内席。萧后对线娘道："我当初乱亡之日，曾到过上宫，那时公主年方二九，于今有三旬内外了，不知有几位令郎？"线娘道："妾痴长三十一岁了，两个小犬俱是八岁，一个是妾所生，一个是花二娘所生。"沙夫人道："正是还有个花木兰的妹子又兰，闻得也是个有义气的女子，想是伴着两个小相公，住在家里么？"窦线娘道："那两儿顽劣，见我出来，他怎肯住在家？如今随着二娘，也在寨中。"萧后道："既如此，何不请到宫中一会？"沙、罗二夫人忙叫人进来，差他拿两个宝辇，到罗老爷大寨里去请花夫人同二位小相公进来。小蛮领命而去。窦线娘亦叫金铃出去对罗成说知，叫他着人回寨保送进来。

萧后道："普天混乱之时，不意你们这些若男若女，自立经济，各得其所；但不知女贞庵内四位夫人可安否？"窦线娘道："娘娘不知，他四位夫人，起初只有杨、徐、秦三家供膳，如今因江惊波赐与程知节，贾林云赐与魏征，罗佩声赐与尉迟敬德，这三家都是徐、秦通家好弟兄，各出己财，替他置买田地，供养他安逸得紧。"沙夫人道："三位夫人在何处，得以朝廷宠赐？"线娘就把又兰到女贞庵回来遇雨，住在殷寡妇家，遇了三位夫人，钦差太监知是江、罗、贾三位，同至京中，细细述了一遍。沙夫人道："江、罗、贾三位夫人，该享厚福。若是当初同我们走出，如今也在一处，因他命中该招贵夫，故此不幸中得了宠幸。"罗国母道："如今这四位钦赐夫人可好么？"线娘道："想比当时更觉得意些。袁紫烟生了一子，闻要聘贾林云的女儿；江惊波生了一女，闻许配罗佩声的儿子，都是相爱相敬的。"萧后道："我也常在此想念，巴不能中国有人来，同我回家去，看看先帝的坟墓。如今好了，我同你们回去，死也死在中国。"

正说时，只见一个小蛮进来报道："花二夫人到了！"沙夫人同罗国母迎了上去，窦线娘见了说道："小大，小二，快同做娘的来拜见了萧娘娘三位。"花又兰忙请萧后上去坐了见礼，萧后不肯道："快请常礼见了，我们讲话。"花又兰道："草茅贱质，有辱娘娘赐召。"萧后道："说那里话来，璠玙共载，何妨倚壁侵光？"又兰与沙夫人、罗国母及薛冶儿见了礼，萧后见两个孩子恭恭敬敬，也在那里作揖，忙叫抱来，双手搿了两个，坐在膝上道："何物双珠，生此宁馨联璧？"线娘道："娘娘可放那两个小犬，到殿上去见了殿下。"罗国母道："妾同二位相公去看如何见礼。"萧后说："我们大家去走走。"

到了外面，正在那里坐席，赵王看见了，甚是欢喜，就叫把椅儿来坐了。众夫人亦进来饮酒。萧后看线娘面貌，不要说人材端正，兼之倜傥风流，更自可人；看又兰体段，与线娘差不多，那肌肤的白法，真似柔荑瓠犀，但觉楚腰宽褪了些。萧后叫宫奴取历日来看了一看说道："后日是出行日期，老身便同公主夫人，回中原去走遭。"线娘笑道："娘娘若到了中原去，恐怕中原人不肯放娘娘转来，奈何？"萧后道："除非是我先帝九泉回阳，或者可以做得些主。"停回，跑完了酒，赵王领了罗家两个孩子进来。萧后对赵王说了，要回南去看先帝的坟墓，沙夫人再三不肯。赵王等萧后陪了线娘去说话，便对沙夫人道："母后好不凑趣，这里有母后足矣，他在这里也无干，既要回去，由他回去。"说了出来，如飞与王义说知。王义道："娘娘要去看先帝坟墓，极是有志的事，臣亦要同去哭拜先帝。"

赵王进来，恰好窦线娘等要辞别起行，赵王道："家母后总是后日要回南去，公主请住在这里一两天，同行如何？"萧后、沙夫人亦再三挽留。线娘住在萧后宫中，萧后对线娘道："当初我见公主外边军律严精，闺中行动规矩，凛然不可犯；为甚如今这般温柔和软，使人可爱可敬？"线娘道："当初妾随母后的时节，母后治家严肃，言笑不苟；不知为甚跟了罗郎之后，被他提醒了几句，便觉温和敬爱，时刻为主，喜笑怒骂别有文章。"萧后道："如此说，你们燕婉之情想笃的了。"因不觉堕下泪来道："先皇帝当年与我亦是如此。他撇我在此，弄得如槁木死灰，老景难堪。"线娘道："我闻得当今唐天子，一统山河，也喜快活的了，不多几时，选了几个美人进去。"萧后点点头儿，吩咐宫奴打叠行装。

倏忽过了两日，罗成已先差潘美写文书，关会柴绍了。自同线娘等做了前队，李如珪与王义夫妇做了后队，指拨停当，便谢别起行。萧后与沙夫人、罗国母亦各大哭一场上辇。罗成在路上，换了赵王的旗号，如接应吐谷浑的光景。不题。

再说柴绍得了旨意，忙完了丧葬，即点兵起程。到了岷州，将地图摆列着，看了一遍，叫土人询问一番，毫无虚谬，即便进征。那吐谷浑晓得了，也便择一个高山，名曰五姑山，那山有许多的好处。但见：

层峦掩映，青松郁郁。连锦叠石潆回，翠柏森森乱舞。云间风寂，喧天雷鼓居中；日脚霞封，震地鸣锣成吼。说甚盔缨五色，一派长戈利刃，犹如踏碎雷车；不过驼马八方，许多杀气寒烟，宛似掣开闪雷。正是交兵不暇挥长剑，难退英雄几万师。

柴郡马与此山止远一二箭地，扎住营寨；又暗调许多将士，将一个胡床坐了，呆看那山峰高叠翠，果然好景。那吐谷浑蛮兵，见他这般举动，恐怕柴绍是个劲敌，倏忽间要冲上山来，便飞箭如雨，攒将下来。柴郡马将士毫无惊惶之意，按阵站定，箭至面前，一步不移，口衔手掉，各各擒拿，绝无一个损伤。柴绍叫两个女子，年方十七八，娇姿妙态，手拨琵琶，长短轻喉，相对歌舞。吐谷浑见了大骇，各停戈细看。那一对翻江倒海，蝶乱花飞，歌舞好一回，又一对上场，愈出愈奇的装演撮弄，赛过弋阳女子、走索佳人。将有了两三个时辰，只听得五姑山后一声炮响，忽然四下呐喊。柴郡马知罗成率领人马已到，忙帅精骑杀上山来，前后夹攻，虏众大溃退去。柴、罗二军追至三四十里，方才凯捷班师。

王义见了柴绍，说是送萧后回南。柴绍亦见了萧后，一队儿同行，柴绍恐怕朝廷疑忌，即于奏捷疏中，说起萧后要回南省墓，预差李如珪速行上闻，自因要去会齐国远在山东做官，故与罗成同走；窦线娘要到雷夏拜墓，一同起行。

一日行至临清，天色傍晚，萧后问王义道："可到鸳鸯镇过么？"左右回道："这是必由之路。"萧后道："闻得鸳鸯镇有个周家饭店，我们在那里去歇罢。"众人应声。赶到前面，见一个招牌，写道："周逢春招商客店，"众人歇了。柴绍、罗成恐怕一个店里住不下，各寻一店歇了。萧后坐在轿中，看见店外站着一个大汉，约有三旬之外，柜内坐着一个好妇人，仔细一看，正是明霞院杨翩翩，见他对着那大汉说道："当家的，你去问他是谁家宝眷，接了进来。"那时薛冶儿先下马来，把杨夫人定眼一看，便失声道："这是杨夫人，为什么在此？"杨夫人见说，忙走出一看，见是薛夫人，忙各相见道："一向在那里？今同那个来？前面是谁？"薛冶儿道："就是萧后娘娘。"时杨翩翩对外面喊道："走堂的，把萧娘娘行李，接到关的那一间屋里去！"萧后下轿来。

杨翩翩接了萧后、薛冶儿进去，到堂屋内，要叩见萧后。萧后不要，常礼见了，执着那杨翩翩手道："我只道梦里与你相会，不意这里遇着。"大家慰问一番，萧后道："我进门来，见那柜外站的，可是你丈夫么？"翩翩道："正是，他原是一个武弁出身，妾随他有六七年了。"萧后假意问道："你独自一个出来的，还有别个？"翩翩道："还有周夫人、樊夫人。”萧后道：“他两个如今在那里？”翩翩道：“樊夫人与我同住，染病而亡；周夫人嫁了尤永，一二年就死了。”萧后道：“你房做在那里？”翩翩把手向前指道：“就是这一间里。”听见外面丈夫叫，就走了出去。萧后追思往昔，不胜伤感，落下泪来，再睡不着，不想明日火炭般发起热来。女眷们拥着问候，柴、罗忙叫人请医生看治。住了两日，萧后胸中塞紧，尚行动不得。柴绍阅得递报，说宫中许多不睦，随与罗成话别，先起身复旨去了。未知后事如何，且听下回分解。

第六十六回　丹霄宫嫔妃交谮　玄武门兄弟相残

词曰：

喜杀佳期，欢爱里，情深意热。幸青春未老、鸳鸯蝴蝶，百和香匀连理枝，三星气暖同心结。问苍天，何事慢追求？肝肠咽。

眉间恨，峰重叠。心下事，星明灭。看抹绿残红，江山改色。却望一朝龙虎会，岂知长乐雨云歇？叹今宵此恨最难明，凭谁说？

调寄《满江红》

人生最难是以家为国，父子群雄振起一时，使谋定计，张兵挺刃，传呼斩斫，不知费了多少谋画，担了无数惊惶，命中该是他任受，随你四方振动，诸丑跳梁，不久终归殄灭。至于内廷诸事，谅无他变，断不去运筹处置，可知这节事，总是命缘天巧，气数使然。不要说建成、元吉，疾世民功高望重，与张、尹二妃共为奸谋，就再有几个有才干的，亦难曲挽天心。

今慢说萧后在周喜店中害病，且说秦王当时以玉带挂于张、尹二妃宫门，原是要他们知警改过，各各正道为人。不意唐帝误信谗言，反差李纲去问他；若说父子不过是情理，若说朝廷却有律法，那时怎个剖分？亏得李纲教秦王书一词以复奏，幸亏唐帝宽宏大度，一则是有功嫔妃，一则是嫡亲瓜葛，又亏宇文、刘二妃，平昔受过英、齐二王的东西，便轻轻淡淡，把这件事说得冰冷。唐帝把此事也就抹杀。秦王见父皇不来究问，也便不提。建成、元吉竟结纳了嫔妃，以通消息。张、尹二妃晓得平阳公主会葬，宗戚大臣尽要去护送，便透消息出来，叫英、齐二王行事。那建成、元吉，是个丧心病狂之人，得此机会，送了公主之葬，便在途中普救禅院相候着了，假意殷勤，团聚在一处，急忙摆下筵席。秦王是个豁达之主，只道他们警醒，毫不介意。被英、齐二王以鸩酒相劝。刚饮半杯，只见梁间乳燕呢喃，飞鸣而过，遗秽杯中，沾污秦王袍服。秦王起身更衣，便觉心疼腹痛，急忙回府，终宵泄泻，呕血数升，几乎不免。西府群臣闻知，都来问安，力劝早除二王。

其时上宫中，秦王亦有心腹，唆与唐帝晓得了，吃了一惊，念江山人物，都是他的功劳，如飞驾幸西宫问疾。唐帝执手问道："儿自有生以来，从无此疾，何今忽发，莫非此中有故么？"秦王眼中垂泪，就把昨日送葬，中途遇着英、齐二王，同至寺中饮酒，细细述了一遍，不觉喟然长叹道："六宫喧笑，三井传呼，日丽风和，花香酒热，彼此夺枣争梨，岂非友于欢爱，奚羡汉家长枕，姜氏大被？岂意变起仓卒，心碎血奔！儿数该如此，则天乎已酷，人也奚辜；但恐其中未必然耳。今幸赖父皇高厚之福，圣母在天之灵，得以无恙，庶可仰慰皇恩矣。"说了，洒下泪来。唐帝见了这般光景，心中亦觉不安，因对秦王道："朕昔年首建大谋，削平海内，皆汝之功。当时原欲立汝为嗣，汝又固辞。今建成年已及长，为嗣日久，朕不忍夺之。观汝兄弟似不相容，如若同处京邑，必有争竞。当遣汝建行台，居洛阳，自陕以东，皆汝主之，仍命汝建天子旌旗，如汉梁孝王故事可也。"秦王垂泪辞道："父子相依，人伦佳况，岂可远离膝下，有违定省？"唐帝道："天下一家，东西两都，道路甚迩。朕若思汝，即往汝处一见，又何悲哀？"说罢，便上辇回宫。

秦王眷属宾僚，听见此言，以为脱离火坑，无不踊跃欢喜。建成晓得了，只道去此荆棘，可以无忧，忙去报与元吉知道。元吉听了跌脚道："罢了，此旨若下，我辈俱不得生矣！"建成大骇道："何故？"元吉道："秦王功大谋勇，府中文武备足，一有举动，四方响应。如今在此，家庭相聚，彼虽多谋，只好痴守，英雄无用武之地。若使居洛阳，建天子旗号，妄自尊大起来，土地已广，粮饷又足，凡彼提拔荐引将士，大半陕东之人，倘若谋为不轨，不要说大哥践位，即父皇治事，亦当拱手让之。那时你我俱为几上之肉，尚敢与之挫抑乎？"建成道："弟论甚当，今作何计以止之？"元吉道："如今大哥作速密令数人上封事，言秦王左右，闻往洛阳，无不喜悦，观其志趣，恐不复来。更遣近幸之臣，以利害说上。我与大哥如飞到内宫去，叫他们日夜谮诉世民于上，则上意自然中止。仍旧将他留于长安，如同一匹夫何异？然后定计罪他，岂不容易？"建成听说笑道："吾弟之言，妙极，妙极。"于是两个人，便去差人做事不题。正是：

采薪已断峰前路，栖亩空怀郭外林。

世间随你英雄好汉，都知妇人之言不可听，不知席上枕边，偏是妇人之言人耳，说来婉婉曲曲，觉得有着落又疼热，任你力能举鼎，才可冠军，到此不知不觉，做了肉消骨化，只得默默忍受；倘若更改，偏生许多烦恼，弄得耳根不静。唐帝此时，因年纪高大，亦喜安居尊重，凭受他们许多莺言燕语；更兼太子齐王，买通嘱他们刁唆谋画，把一个绝好旨意，竟成冰消瓦解，还要虚诬驾陷，要唐帝杀害秦王。幸得唐帝仁慈，便不提起。那些秦王僚属，无不专候明旨。

时天气炎热，秦王绝早在院子里赏兰，只见杜如晦、长孙无忌排闼而入。秦王惊问道："二卿有何事，触热而至？"如晦尚未开口，无忌皱着双眉说道："殿下可知东宫图谋，势不容缓，恐臣等不能终事殿下，奈何？"秦王道："何所见而云然？"如晦道："前东宫差内史到楚中，招引了二三十个亡命之徒，早养入府中去了。又有河州刺史卢士良，送东宫长大汉子二十余人，这是月初的事，我在驿前目见的。昨夜黄昏时候，又有三四十人，说是关外人，要投东宫去的。殿下试思，他又不掌禁兵，又不习武征辽，又不募勇敌国，巍巍掖廷，要此等人何用？"

秦王正要答话，又见徐义扶同程知节、尉迟敬德进来。见礼过了，知节把扇于摇着身体，说道："天气炎热，人情急迫，阋墙之衅，延及柴门，殿下何尚安然而不为备耶！"秦王道："刚才如晦也在这里对吾议论。但是骨肉相残，古今大恶，吾诚知祸在旦夕，意欲俟其先发，然后以义讨之，庶罪不在我。"敬德道："殿下之言，恐未尽善。人情谁不爱其死，今众人以死供奉殿下，乃天授也。祸机垂发，而殿下犹若罔闻。殿下纵自轻，如宗庙社稷何？殿下不用臣之言，臣将窜身草泽，不能留居大王左右，束手受戮也。”无忌道：“殿下不从敬德之言，事大败矣。倘敬德等不能仰体于殿下，即无忌亦相随而去，不能服待殿下矣！”秦王道：“吾所言亦未可全弃，容更图之。”

知节道：“今早臣家小奴程元，在熟面铺里，看见公座边七八个人，在那里吃面，都是长大强汉。程元挤在一个厢房里边，听他内中有个人说：大王爷怎么样待我们好。那几个道大王爷如何怎样厚典。又有个人道就是二王爷，也甚慷慨多恩。正说得高兴，只见二人走进来说道：‘叫咱各处找寻，你们却在这里用面饭。王爷起身了，快些去罢。’众人留他吃面，那人面也不要吃，大家一哄出门。小厮认得那人，是世子府中买办的王克杀，归家与臣说知。臣看此行径，火延旦夕，岂容稍缓？”徐义扶道：“二王平昔寻故贻害殿下，已非一次。只看他将金银一车，赠与护军尉迟，尉迟幸赖不从；又以金帛赐段志元，志元却之；又谮总管程知节出为康州刺史，幸知节抵死不去。这几个人都是殿下股肱翼羽，至死不易，倘有不测，其何以堪？”说了，禁不住涕泗交流。秦王道：“既知此说，你同知节火速到徐世勣处，长孙无忌与杜如晦到李靖那里去，把那些话，备细述与他们听，看他两个的议论何如。”众人听了，即便起身。

且不说徐义扶同程知节到徐懋功处。且说长孙无忌与杜如晦，都是书生打扮，跟了两个能干家人，星夜来到安州大都督李药师处。药师见了，一则以喜，一则以惧，喜的是知己相聚，惧的是二公易服而至。忙留他们到书房中去，杯酒促膝谈心，杜如晦忙把朝里头的事体，细细述与药师听了。药师道：“军国重务，我们外廷之臣，尚好少参末议；况有明主在上，臣等亦不敢措词。至于家庭之事，秦王功盖天下，勋满山河，将来富贵，正未可量。今值阋墙小衅，自能权衡从事，何必要问外臣？烦二兄为弟婉言复之。”无忌、如晦再三恳求，李但微笑谢罪而已。如晦没奈何，只得住了一宵，将近五更，恐怕朝中有变，写一字留于案上，同无忌悄悄出门。

走了四五十里，绝好一个天气，只见山脚底下推起一阵乌云上山，一霎时四面狂风骤起。无忌道：“天光变了，我们寻一个人家去歇息一回方好。”如晦的家人杜增说道：“二位老爷紧赶一步，不上二三里转进去，就是徐老爷的住居了。”如晦道：“正是，我们快赶快一步。”无忌问：“那个徐老爷？”如晦道：“就是徐德言，他的妻子就是我家表姊乐昌公主。”无忌道：“哦，原来就是破镜重圆的。这人为什么不做官，住在这里？”如晦道：“他不乐于仕宦，愿甘林泉自隐。”无忌道：“这夫妇两个，是有意思的人，我们正好去拜望他。”大家加鞭纵马，赶到村前，只见一湾绿水浔浔，声拂清流；几带垂杨袅袅，风回桥畔。远望去，好一座大庄房，共有四五百人家，在田畴间耕耘不止。一行人过桥来，到了门首，便下了牲口。

门上人就出来问道：“爷们是那里？”杜如晦道：“你同我家人进去禀知公主，说我杜如晦在此，公主自然明白。”就对杜增道：“你进去看见公主，说我要进来拜见。”门上人应声，同杜增进去了一回。只见开了一二重门出来，请如晦、无忌到中堂坐下。少顷，见两个垂髫女子，请如晦进内室中去，只见公主：

雅耽铅椠，酷嗜缥缃。妆成下蔡，纱偏泥泥似阳和；人如初日，容映纷纷似流影。好个天装艳色，皱成双阙之红，岫抹云蓝，滴作万家之翠。真是画眉楼畔即是书林，傅粉房中便为家塾。

如晦见了，要拜将下去。乐昌公主曰："天气炎热，表弟请常礼罢。"如晦揖毕，坐了问道："姊姊，姊夫往那里去了？"公主道："这里村巷，每三七之期，有许多躬耕子弟，邀请当家的去讲学，申明孝悌忠信之义，因此同我宁儿前去。我已差人去请了，想必也就回来。"

两个又问了些家事，公主便道："闻得表弟在秦王府中做官，为何事出来奔走，莫非朝中又有什么缘故么？"如晦道："姊姊真神仙中人也。"遂将秦王与建成、元吉之事，细细述了一遍。公主道："这事我已略知一二。今表弟又欲何往？"如晦皱眉道："秦王叫我二臣，往安州都督李药师处，问他以决行止，不意他却一言不发；你道可恨否？"公主道："依愚姊看来，此是药师深得大臣之体，何恨之有？况药师的张夫人，前日曾差人来问候，因说药师惟以国事为忧，亦言早晚朝中必有举动。"如晦道："姊姊识见高敏，何如药师深得大臣之体？为甚先已略知一二？"公主道："当初我在杨府中，张、尹二夫人曾慕我之名，与我礼尚往来，今稍希疏。其嫔妃中尚有昔年与我结为姊妹，一个是徐王元礼之母郭婕妤；一个是道王元霸之母刘婕妤，他两个与我甚是情密。刘夫人前日差人来送东西与我，我曾问他朝政，他说张、尹二夫人与英、齐二王，如何要害秦王，把金银买嘱了有儿子的夫人，在朝廷面前撺唆。我家郭、刘二妹还好些，那张、尹与这班都紧趁着帮衬他，晓得秦府智略之士，心腹可惮者，如李靖、徐世勣之俦，皆置之外地；房玄龄与弟、长孙无忌等，今皆日夕谮之于上而思逐之。倘一朝尽去，独剩一秦王在彼，如摧枯拉朽，诚何所用？况吾弟朝夕居其第，食其禄，不思尽忠，代为筹画，以尽臣职，反东奔西走，难道徐、李真有田光之智么？"

如晦尚要分辩，只见家人报道："老爷回来了。"徐德言忙进来见了礼，便问道："老舅久违了，外面何人？"如晦道："是长孙无忌。"徐德言道："他从没有到我这里，岂可让他独坐在外？弟同老舅到厅上去。"便对公主道："快收拾便饭来。"大家到厅上来，徐德言与无忌相见了，真是英雄欢聚，非比泛常。一霎儿摆出酒饭来，大家入席。无忌将二王之事，述与徐德言听。德言道："这是家事，不比国政。常人尚有经纬从权处之，何况天挺雄豪，又有许多名贤辅佐，何患不能成事？不知令姊如何教兄？"如晦将公主之言，述了一遍。德言道："此言不差，但我前日看见报上说，突厥郁射设将数万骑屯河北，此事只怕早晚就要出兵，更变你们了。"无忌听了，心上觉得要紧，忙吃完了饭，见雨阵已过，如飞催促如晦起身。德言道："本该留二公在此宽待几天，只是此时非闲聚之日。二兄返长安，每事还当着紧，迟则有变矣！"如晦进房去谢了公主，即同无忌等出门，跨马而行。

不到一日，来到长安，进见秦王。无忌将李靖之言说了，又说起遇见了如晦姊丈徐德言。秦王道："乐昌公主与徐德言，也是个不凡的人，他夫妇怎么说？"如晦遂将公主之言，及德言之话说了。秦王道："正是，燕王罗艺因突厥郁射凶勇，在此请兵，英、齐二王特将我西府士臣要荐一半去。前日义扶与知节回来，述徐世勣之言，亦与李靖无二；

但甚称张公谨龟卜如神。孤叫敬德去召他,想此刻就来。”

正说时,只见张公谨到来,见了秦王,便问道:“殿下召臣何事?”秦王即将建成、元吉淫乱宫中之言,说了一遍,又将众臣欲靖宫秽之愆也说完了,便指着香案上道:“灵龟在此,望卿一卜以决之。”张公谨大笑,以龟投地道:“卜以决疑,今事在不疑,尚何卜乎?倘卜而不吉,庸得已乎?况此事外臣已知,如转静养宫秽,成何体统!”李淳风等亦极言相劝。秦王道:“既如此,孤意已决,明日朝参时,即当帅兵去问二人之罪矣!”时张公谨已为都捕,守玄武门,对秦王道:“殿下,臣等虽系腹心,每事须当谨密。明日早朝时,臣自有方略应候。”说了便出府而去。

却说李如珪奉了柴绍的将令,行了月余,已到长安。将柴郡马本章传进唐帝看了,即宣如珪进去,朝拜了。唐帝问了些战阵军旅并萧后回南之事,如珪一一对答了,唐帝道:“你助战有功,就在此补一缺罢!”如珪谢恩出朝。

时当己未,太白复又经天。傅奕密奏,太白见秦分,秦王当有天下。唐帝以其状密授秦王。秦王便奏建成、元吉淫乱宫闱,且言臣于兄弟,无丝毫有负,今欲杀臣,以为李密、世充报仇,臣今枉死,永违君亲,魂归地下,实耻见诸贼,亦密奏上。唐帝览之愕然,批道:“明当鞫问,汝宜早参。”秦王便将柬帖几封,叫人驰付西府僚属,打点明早行事。

张、尹二夫人窃知秦王表章之意,忙遣人与建成、元吉说知。建成速召元吉计议。元吉以为宜勒宫府精兵,托疾不朝,以观动静。建成道:“我们兵备已严,怕他什么?明早当与弟入朝面质。”

时已庚申,将到四更时候,秦王内甲外袍,同尉迟敬德、长孙无忌、房玄龄、杜如晦内皆裹甲,带了兵器,将要出门。秦王道:“且慢,有个信符在此,叫家将快些放起三个炮来。”那个花炮,是征外国带来的,大有五六寸,响彻云泥,一连放了三个信炮。只听见四下里,就有三四个照应放起来。走过了两三条街,远远望见一队人马将近,杜如晦叫把号炮放起一个来,那边也放一个来接应,原来是程知节、尤俊达、连巨真等几个。斜刺里又有一队人马,放一个炮出来,却是于志宁、白显道、史大奈、陆德明一行人。只听见又有一个信炮放将起来,竟不见有人,未知何故。众人都静悄悄集在天策门楼停住。

只见西府两个小卒来报,东府也有四五百人来了。秦王急把袍服卸下,单穿锦甲,执剑先向前迎。敬德纵马说道:“不须主公动手。”便带十来骑杀向前去,与这班敢死之士,大斗起来。那些死士怎斗得这些虎将过?被敬德先捌翻了三四个,就都败将下去。刚到临湖殿,秦王一骑马赶上建成。建成连发三矢,射秦王不中;秦王亦发一矢,却中建成后心,翻身落将下来。长孙无忌如飞抢上前来,一刀斩讫。元吉着了忙,骑着马往后乱跑,秦王紧赶。只听见一声信炮,趱出一个小将军,喝道:“逆贼到那里去?”一枪刺着,元吉把马一侧,掀将下来。秦王如飞赶上斩了。秦王看那小将,却是秦怀玉,把元吉的头与怀玉拿了,便道:“刚才听见信炮之声,隐隐相近,又不见来汇齐,我正不解。只是你家父亲又不在家,你那里晓得我行事,在这里相候?”秦怀玉道:“这是昨夜程知节老伯来与小臣说的。”秦王听了,带转马头,对敬德、知节说道:“二贼已诛,诸公无妄杀戮。”因此众人让东府兵刃退了下去。

时翊卫军骑将军冯翊、冯立闻建成死信，叹曰："岂有生受其恩，而死逃其难乎？"乃与副护军薛万彻、屈咥，直府左车骑万年、谢方叔帅东宫齐府精兵一千，驰骤玄武门，正值张公谨与云麾将军敬君弘、中郎将吕世衡，相持厮杀。张公谨把吕世衡搠死，又值冯立军来时，公谨又把冯立射亡，独闭关拒绝，彼军虽众则不得入。

时唐帝方泛舟海地，闻宫外人乱，正召裴寂、萧瑀议事，恰好秦王使尉迟敬德人宿卫侍，持矛擐甲，直至天子面前。唐帝大惊问道："今日乱者是谁，卿来此何为？"敬德道："秦王以太子与齐王作乱，举兵诛之，恐惊动陛下，遣臣宿卫。"唐帝道："英、齐二子安在？"敬德道："俱被秦王殄灭矣！"唐帝拍案大哭，对裴寂等道："不图今日乃见此事！"裴寂、萧瑀道："英、齐二王本不豫义谋，又无功于天下，疾秦王功高望重，共为奸谋，今秦王已讨而诛之，陛下不必伤悲。秦王功盖宇宙，率士归心，若处以元良，委之国事，无复虑矣。"唐帝道："这原是朕的夙心。"敬德请降手敕，合诸军并受秦王处分。唐帝即使裴寂同敬德出去晓谕诸将。时秦兵尚与东府乱杀，裴寂、敬德竟到玄武门来晓谕了，薛万彻等即解兵逃遁。秦府诸将欲尽诛余党，敬德固争道："罪在二凶，既伏其辜，可以休矣。若滥及羽党，非所以求安也。"乃止。唐帝下诏，赦天下凶逆之罪，止于建成、元吉，其余党众，一无所问；立秦王为皇太子，诏以军国庶事，无论事之大小，悉委太子处分，然后奏闻。要知后事如何，且听下回分解。

第六十七回　女贞庵妃主焚修　雷塘墓夫妇殉节

词曰：

忏悔尘缘思寸补，禅灯雪月交辉处，举目寥寥空万古。鞭心语，迥然明镜横天宇。　　蝶梦南华方栩栩，相逢契阔欣同侣，今宵细把中怀吐。江山阻，天涯又送飞鸿去。

调寄《渔家傲》

天下事自有定数，一饮一酌，莫非前定；何况王朝储贰，万国君王，岂是勉强可以侥幸得的？又且王者不死，如汉高祖鸿门之宴，荥阳之围，命在顷刻，而牢安然逸出；楚霸王何等雄横，竟至乌江自刎。使建成、元吉安于义命，退就藩封，何至身首异处？

今说秦王杀了建成、元吉，张、尹二妃初只道两个风流少年，可以永保欢娱；又道掇转头来，原可改弦易辙。岂知这节事不破则已，破则必则败；一回儿宫中行住坐卧，都是谈他们的短处。唐帝晓得原有些自差，只得将张、尹二妃退入长乐宫，连这老皇帝也没得相见了，只与夭夭、小莺等，抹牌鞠球，消遣闷怀而已。

时秦王立为太子，将文武宾僚，个个升陟得宜；就是建成、元吉的旧臣，亦各复其职位。惟魏征当年在李密时，就有恩于秦王，因归唐之后，唐帝见建成学问平常，叫魏征为太子师傅，今必要驾驭一番，即召魏征。征至，秦王道："汝在东府时，为何离间我兄弟，使我几为所图？"魏征举止自乐，毫不惊异，答道："先太子早从征言，安有今日之祸？"秦王大怒道："魏征到此，尚不自屈，还要这般光景，拿出斩了！"左右正要动手，程知节等跪下讨饶。秦王道："吾岂不知其才？但恐以先太子之故，未必肯为我用耳！"遂改容礼之，拜为詹事主簿；王珪、韦挺亦召为谏议大夫。

唐帝见秦王每事仁政，举措合宜，众臣亦各抒忠事之，因即让位太子。武德九年八月，秦王即位于东宫显德殿，尊高祖为太上皇，诏以明年为贞观元年；立妃长孙氏为皇后；追封故太子建成为息隐王，齐王元吉为海陵刺王；立子承乾为皇太子：政令一新。

且说萧后在周喜店中，冒了风寒，只道就好，无奈胸膈蔽塞，遍体疼热，不能动身，月余方痊。将十两银子，谢了杨翩翩，同王义、罗成等起程。路上听见人说道："朝中弟兄不睦，杀了许多人。"萧后因问王义："宫中那个弟兄不睦？"王义道："罗将军说建成、元吉与秦王不和，已被秦王杀死，唐帝禅位于秦王了。"自此晓行夜宿，早到潞州。王义问萧后道："娘娘既要到女贞庵，此去到断崖村，不多几步。臣与罗将军兵马停宿在外，只同女眷登舟而去甚便。"萧后道："女贞庵是要去的，只捡近的路走罢了。"王义道："既如此，娘娘差人去问窦公主一声，可要同行么？"萧后便差小喜同宫奴到窦公主寓中问了，来回覆道："窦公主与花二娘多要去的。"

正说时,许多本地方官府,来拜望罗成。罗成就着县官,快叫一只大船,选了十个女兵,跟了窦公主、花二娘、两位小相公。线娘差金铃来接了萧后。薛冶儿过船去,小喜儿宫奴跟随,真是一泓清水,荡桨轻摇,过了几个湾,转到断崖村,先叫一个舟子上去报知。

且说女贞庵中,高开道的母亲已圆寂三年了,今是秦夫人为主,见说,吃了一惊问道:“萧后怎样来的? 同何人在这里?”舟子道:“船是在本地方叫的,一个姓罗,一个姓王的二位老爷,别的都不晓得。”秦、狄、夏、李四位夫人听了,大家换了衣裳,同出来迎接。刚到山门,只见袅袅婷婷,一行妇女,在巷道中走将进来。到了山门,秦夫人见正是萧后、窦公主,眼眶里止不住要落下泪来。大家接到客堂上,萧后亦垂泪说道:“欲海迷踪,今日始游仙窟。”秦夫人道:“借航寄迹,转眼即是空花。请娘娘上坐拜见。”萧后道:“妾与夫人辈,俱在邯郸梦中,驹将鸣矣,何须讲礼?”秦夫人辈俱以常礼各相见了。萧后把手指道:“这是罗小将军、窦夫人的令郎,这位是花夫人的令郎。”又指薛冶儿道:“你们还认得么?”狄夫人道:“那位却像薛冶儿的光景。”夏夫人道:“怎么身子肥胖长大了些?”萧后道:“夫人们不知那姜亭亭已故世,沙夫人就把他配了王义。王义已做了彼国大臣,他也是一位夫人了。”四位夫人重要推他在上首去,薛冶儿道:“冶儿就是这样拜了。”四位夫人忙回拜后,各各抱住痛哭。

桌上早已摆列茶点,大家坐了。窦线娘道:“怎不见南阳公主?”李夫人道:“在内面楞严坛主忏,少刻就来。”萧后道:“他在这里好么?”秦夫人道:“公主苦志焚修,身心康泰。”狄夫人道:“娘娘,为什么沙夫人与赵王不来?”萧后把突厥夫妻死了无后,立赵王为国王,罗罗为国母一段说了。狄夫人道:“自古说:有志者事竟成。沙夫人有志气,守着赵王,今独霸一方,也算守出的了。”秦夫人道:“梦回知已散,人静妙香闻,到盖棺时方可论定。”夏夫人道:“娘娘的圣寿增了,颜色却与两个小相公一般。”萧后道:“说甚话来? 我前日在鸳鸯镇周家店里害病,几乎死在那里,有什么快活。”李夫人笑道:“娘娘心上无事,善于排遣。”薛冶儿道:“夏夫人、李夫人的容颜依旧,怎么秦夫人、狄夫人的脸容这等清黄?”小喜儿在背后笑道:“到是杨夫人的庞儿,一些也不改。”李夫人道:“那里见杨翩翩?”萧后把杨、樊二夫人随了周喜,周夫人随了尤永,周、樊二夫人都已死了,那杨夫人与那周喜开着饭店在鸳鸯镇那里,说了一遍。李夫人道:“杨翩翩与周喜可好?”萧后道:“如胶投漆。”夏夫人叹道:“周、樊二夫人也死了!”窦线娘道:“四位夫人,有多少徒弟?”秦夫人道:“我与狄夫人共有三个,夏夫人、李夫人俱未曾有。”花又兰道:“如今的忏事,是何家作福?”秦夫人道:“今年是秦叔宝的母亲八十寿诞。我庵是他家护法,出资置产供养,故在庵中遥祝千秋。”窦线娘道:“可晓得单家妹子夫妻好么?”李夫人道:“后生夫妻有甚不好。”狄夫人道:“单夫人已添了两个令郎在那里。”萧后起身道:“我们同到坛中,去看看法事。”

大家握手,正要进去,只听见钟鼓声停,冉冉一个女尼出来。线娘道:“公主来了。”萧后见也是妙常打扮,但觉脸色深黄,近身前却正是他,不觉大恸起来。南阳公主跪在膝前,呜呜咽咽,哭个不止。萧后双手挽他起来说道:“儿不要哭,见了旧相知。”南阳公主拜见窦线娘道:“伶仃弱质,得蒙鼎力提携,今日一见,如同梦寐。”线娘拜答道："滚热虬生，重睹仙姿，不觉尘嚣顿释。"又与花又兰、薛冶儿相见了。萧后执着南阳公主的手道："儿，你当初是架上芙蓉，为甚今日如同篱间草菊？"南阳公主道："母后，修身只要心安，何须皮活？"秦夫人引着走到坛中来，灯烛辉煌，幢幡灿烂，好一个齐整道场，众人瞻礼了大士。萧后对五个尼姑，各各见礼过。窦线娘道："这三位小年纪的，想是二位夫人的高徒了。"秦夫人道："正是，这两位真定、真静师太，还是高老师太披剃的。高老师太的龛塔，就在后边，停回用了斋去随喜随喜。"众人道："我们去看了来。"

秦夫人引着，过了两三带屋，只见一块空地上，背后墙高插天，高耸一个石台，以白石砌成龛子在内，雕牌石柱，树木荫翳；中间飨堂拜堂，甚是齐整。线娘道："这是四位夫人经营的，还是他的遗资？"秦夫人道："不要说我们没有，就是师太也没有所遗，多亏着叔宝秦爷替他布置。"萧后道："这为什么？"秦夫人把秦琼昔年在潞州落难时，遇着了高开道母亲赠了他一饭，故此感激护法报恩。众人啧啧称羡。

线娘道："秦夫人，领我们到各位房里去认认。"萧后忙转身，一队而行，先到了秦夫人的卧室，却是小小三间，庭中开着深浅几朵黄花。那狄夫人与南阳公主同房，就在秦夫人后面，虽然两间，到也宽敞。狄夫人道："我们这里，真是茅舍荒庐，夏、李二夫人那里，独有片云埋玉。"萧后道："在那里？"狄夫人道："就在右首。"花夫人道："快去看了，下船去罢！"秦夫人道："且用了斋，住在这里一天，明早起身。若今晚就回去，你罗老爷道是我们出了家薄情了。"一头说时，走到一个门首，秦夫人道："这是李夫人的房。"萧后走进去，只见微日挂窗，花光映榻，一个大月洞，跨进去却有一株梧桐，罩着半窗，窗边坐一个小尼，在那里写字。萧后问是谁人。李夫人道："这是舍妹，快来见礼。"那小尼向各人拜见了。里面却是一间地板房，铺着一对金漆床儿被褥，衣饰尽皆绚彩。萧后出来，向写字的桌边坐下，把疏笺一看，赞道："文理又好，书法更精，几岁了，法号叫什么？"小尼低着头答道："小字怀清，今年十七岁了。"萧后道："几时会见令姊，在这里出家几年了？"李夫人道："妹子是在乡间出家的，记挂我，来这里走走。"薛冶儿道："娘娘，到夏夫人房中去。"萧后道："二师父同去走走。"遂挽着怀清的手，一齐走到夏夫人房里，也是两间，却收拾得曲折雅致，其铺陈排设，与李夫人房中相似。夏夫人问起萧后在赵王处的事体，李夫人亦问花又兰别后事情。

只见两个小尼进来，请众人出去用斋。萧后即同窦线娘等，到山堂上来坐定。众妇人多是风云会合过的，不是那庸俗女子，单说家事粗谈，他们抚今思昔，比方喻物，说说笑笑，真是不同。萧后道："秦夫人的海量，当初怎样有兴，今日这般消索，岂不令人懊悔！"秦夫人道："只求娘娘与公主夫人多用几杯，就是我们的福了。"狄夫人道："我们这几个不用，李夫人与夏夫人，怎不劝娘娘与众夫人多用一杯儿？"原来秦、狄、南阳公主都不吃酒。李、夏夫人见说，便斟与萧后公主夫人，猜拳行令，吃了一回，大家多已半酣。萧后道："酒求免罢，回船不及，要去睡了。"秦夫人道："不知娘娘要睡在那里？"萧后道："到在李夫人那里歇一宵罢。"秦夫人道："我晓得了，娘娘与薛夫人住在李夫人房里，窦公主与花夫人榻在夏夫人屋里罢。"狄夫人道："大家再用一大杯。"各各满斟，萧后吃了一杯，余下的劝与怀清吃了起身。夏夫人领了线娘、又兰与两个小相公去。

萧后、薛冶儿同李夫人进房，见薛夫人的铺陈，已摊在外间，丫鬟铺打在横头。小喜问萧后道："娘娘睡在那一张床上？"萧后一头解衣，一头说道："我今夜陪二师父睡罢。"怀清不答，只弄衣带儿。李夫人道："娘娘，不要他孩子家睡得顽，还说梦话，恐怕误触了娘娘。"萧后道："既如此说，你把被窝铺在李夫人床上罢，大家好叙旧情。"小喜把自己铺盖，摊在怀清床边。萧后洗过了脸，要睡尚早，见案上有牙牌，把来一揹，便对李夫人道："我只晓得揹牌，不晓得打牌，你可教我一教。"二人坐定，打起牌来；你有天天九，我有地地八；此有人七七，彼有和五五。两个一头打牌，一头说话，坐了二更天气，上床睡了。

到了五更，金鸡三唱，李夫人便披衣起身。点上灯火，穿好衣裳，走到怀清床边叫道："妹妹，我去做功课，你再睡一回，娘娘醒来，好生陪伴着。"怀清应了，又睡一忽，却好萧后醒来叫道："小喜，李夫人呢？"小喜道："佛殿上做功课去了。"萧后道："二师父呢？"怀清道："在这里起身了。"慌忙到萧后床前，掀开账幔道："啊呀，娘娘起身了，昨夜可睡得安稳？"萧后道："我昨夜被你们弄了几杯酒，又与李妹子说了一会儿的话，一觉直睡到这时候了。"正说着，只听见小喜道："秦夫人来了，起得好早。"秦夫人在外房对薛夫人道："你们做官的，在外边要见你呢。"萧后道："我家谁人在那里？"秦夫人道："就是王老爷，他跟了四五个人，绝早来要会薛夫人，如今坐在东斋堂里。"说罢出房去了。夏、狄、李三夫人亦进来强留。薛冶儿出去，会了王义，亦来催促。萧后道："这是我的正事，就要起身，待我祭扫与陛见过，再来未迟。"众夫人替萧后收拾穿戴了。窦公主、花夫人亦进来说道："娘娘，我们谢了秦夫人等去罢。"萧后把六两银子封好，窦公主亦以十两一封，俱赠与秦夫人常住收用，薛冶儿也是四两一封。秦夫人俱不敢领。萧后又以二两一封赠李夫人，李夫人推之再三，方才收了。萧后又与南阳公主些土仪物事，叮咛了几句，大哭一场，齐到客堂里来。秦夫人请萧后同众夫人用了素餐。萧后把礼仪推与秦夫人收了，忙与公主几位谢别出门。南阳公主与四位夫人亦各洒泪，看他们下了船，然后进去。却好小喜直奔出来，狄夫人道："你为何还在这里？"小喜道："娘娘一个小妆盒忘在李夫人房中，我取了来。夫人们，多谢。"说了，赶下船中，一帆风直到濮州。驴轿乘马，罗成都已停当，差五十名军丁，护送娘娘到雷塘墓所去，约在清江浦会齐进京，大家分路。正是：

江河犹喜逢知己，情客空怀吊故坟。

不说罗成同窦线娘、花又兰，领着两个孩儿，到雷夏墓中去祭奠岳母。单说萧后与王义夫妻一行人，走了几日，到了扬州，就有本地方官府来接。萧后对王义道："此是何时，要官府迎接，快些回他不必劳顿。"那些人晓得了，也就回去。独有一人神清貌古，三绺髯须，方巾大服，家人持帖而来，拜王义。王义看了帖子骇道："贾润甫我当初随御到扬州，曾经会他一面，后为魏司马之职，声名大著，如今不屑仕唐，也算有志气的人，去见见何妨。"忙跳下马来迎住。大家寒温叙过礼，贾润甫道："小弟前年从雷夏迁来，住在这里，与隋陵未有二里之遥，何不将娘娘车辇，暂时停止舍下，待他们收拾停当，然后去未迟。”

王义正要吩咐，只见两个老公公，走到面前大叫道：“王先儿，你来了么？娘娘在何处？”王义把手指道：“后面大车轮里，就是娘娘在内。”二太监紧走一步，跪在车旁叫道：“娘娘，奴婢们在此叩首。”萧后掀开帘来，看了问道：“你是我们上宫老奴李云、毛德，为什么在此？”二监道：“今天子着我们两个，守隋先炀帝的陵。”萧后道：“想当初他两个在宫中何等威势，如今却流在这里，看守孤坟。”二监道：“旗账鼓乐，礼牲祭礼，都摆列停当，只候娘娘来祭奠。”萧后道：“旗鼓礼牲，我都用不着，这是那里来的？”太监道：“这是三日前，有罗将军的宪牌下来伺候的。”萧后就对自己内丁道：“你去对王老爷说，先帝陵前，只用三牲酒醴楮锭，余皆赏他一个封儿，叫他们回去，我就来祭奠了。”内丁如飞去与王义说知。王义忙同贾润甫走到贾家，封好了赏包儿，便到陵前，把这些人都打发回去，自己悄悄叩了四个头，与贾润甫各处安排停当。

萧后当初正位中宫时，有事出宫，就有銮舆扈从，宝盖旌旗，这些人来供奉。今日二太监没奈何，只在贾润甫处，借了二乘肩舆，在那里伺候。萧后易了素服羽衣，上了轿子，心中无限凄惨，满眼流泪。到了墓门，萧后就叫住了下来，小喜等扶着，同薛冶儿一头哭，一头走。只见碑亭坊表，冲出云霄，树影披横，平空散乱。见主穴下边，尚有数穴，中间玉柱高出，左首一石碑，是“烈妇朱贵儿美人灵位”，右首是“烈妇袁宝儿美人灵位”。两旁数穴，俱有石碑，是谢夫人、梁夫人、姜夫人、花夫人、薛夫人及吴绛仙、杳娘、妥娘、月宾等。这是广陵太守陈棱搜取各人棺木来埋葬的。王义领娘娘逐个宣读看过。萧后见了巍然青冢，忙扑倒地上去，大哭一场，低低叫道：“我那先帝呀，你死了尚有许多人扈从，叫妾一人怎样过？”凄凄楚楚，又哭起来。独有薛冶儿捧着朱贵儿石阑，把当初分别的话，一一诉将出来：我如何要随驾，你如何吩咐我许多话，必要我跟沙夫人，再三以赵王托我，今赵王已为正统可汗，不负你所托了。横身放倒，咬住牙关，好像要哭死的一般。

王义见妻子哭得悲伤，萧后甚觉哭得平常，料想没有他事做出来，对小喜并宫奴说道：“你们快扶娘娘起来。”众妇女齐上前，挽了萧后起身，化了纸，奠了酒，先行上轿。王义走到陵前，高声叫道：“先帝在上，臣矮民王义，今日又在此了。臣当时即要来殉国从陛下九泉，因陛下有赵王之托，故此偷生这几年。今赵王已作一方之主，立为正统可汗，先帝可放心，臣依旧来服侍陛下。”说完站起来，望碑上奋力一扑，自后跌倒。众人喊道：“王老爷，怎么了？”薛冶儿听见了，转身来，飞赶上前，对众人道：“你们闪开。”冶儿看时，只见王义天亭华盖，分为两半，血流满地，只见那双眼睛，瞪开不闭。薛冶儿道：“丈夫也算是隋家臣子，你快去伺候先帝，我去回复贵姐的话儿了来。”薛冶儿见王义登时双目闭了，即向朱贵儿碑上，尽力一撞，一回儿香消玉碎，血染墓草，已作泉下幽魂矣。

贾润甫同众人忙去报知萧后。萧后坐在小轿上，吃了一惊，想道：“好两个痴妮子，他们死了，叫我同何人到清江浦去？”贾润甫道：“不知娘娘果要去检视？”萧后想道：“去看他，还是同他们死好，还是撇了他们去好？”把五十两银子，急付于贾润甫，道：

"烦大夫买两口棺木,葬了二人。但是我如今要到清江浦同罗老爷进京,如何是好?"贾润甫道:"娘娘不要愁烦,臣到家去一次就来,送娘娘去便了。"萧后道:"如此说,有劳大夫。"润甫到家,把银子付与儿子,叫他买棺木殡殓,自即骑了牲口,同萧后起行。未知此去如何,且听下回分解。

第六十八回　**成后志怨女出宫　证前盟阴司定案**

词曰：

九十春光如闪电，触目垂慈，便觉阳和转。幽恨绵绵方适愿，普天同庆恩波遍。　　生死一朝风景变，漫道黄泉，也自通情面。满地荆榛绕指揃，惊回恶梦堪欣羡。

调寄《蝶恋花》

凡人好行善事，而人不之知，则为阴德；或一时一念之感发，或真心诚意之流行，无待勉强，不事矫饰，盖有不期然而然者，语云：有阴德者，必有阳报。昔长兴顾氏宦成无子，娶姬妾十余人。一日与内君酌，诸姬皆侍，叹曰："我平生事皆阴德，何以绝我嗣乎？"一姬曰："阴德不在远。"某悟曰："我今行阴德，当嫁汝辈。"姬曰："我岂自言，理固如是，我死从夫子耳！"某尽嫁十余人，已而生三子，母即言死从者。何况朝廷举动，有关宗庙社稷，其获报又何可量哉！

话说罗成将到长安，叫潘美率督兵丁，护着家眷慢行，自己先入京会见秦叔宝。闻知柴绍已于去年夏间复命，随同叔宝进去，拜见秦老夫人，先把寿仪补送。叔宝道："表弟远隔几千里，家母寿期至今不忘。"罗成便把征北一段，至同萧后回南，贱内到女贞庵会见秦、狄、夏、李四位夫人，知是舅母八十整寿，在那里遥祝千秋，及萧后到扬州祭奠，撞死了王义夫妻的话来说完。秦老夫人道："罗家甥儿，既是你二位娘子并令郎多在这里，快叫人把轿马去接了进来。"叔宝道："母亲，萧后尚在旅中，待他陛见了安顿过，好接两位表嫂来。"秦老夫人道："既如此，且叫怀玉到城外去接萧娘娘、二位夫人到承福寺中，暂住一二日。"怀玉如飞带了家丁出城，去安顿萧后及罗成家眷。

罗成朝见过太宗，犒劳再三，赐宴旌功。早有旨意出来，差四个内监，宣萧后进宫。窦、花二夫人到叔宝家，又献上寿仪，拜过老夫人的寿，与张夫人交拜。单小姐亦拜见，命二子出来，与罗家二子拜见了，互相问候。袁紫烟及江、罗、贾三位夫人闻知，亦时差人馈送礼物。住了月余，罗成辞朝回去，便道到花弧墓上祭扫不题。

却说太宗自登极以后，四方平定，礼乐迭兴。魏征、房玄龄辈，知无不言，言无不尽，君臣相得。一日奉太上皇，置酒未央宫。时当秋暑，那日恰逢天气清朗，金紫辉映。上皇命颉利可汗起舞，冯智戴咏诗，既而笑道："胡越一家，古未有也！"太宗捧觞上寿，说道："此皆陛下教化，非臣智力所及。昔汉高祖亦从太上皇宴此宫，妄自矜大，臣不取也。"上皇大悦，问秦叔宝："你母亲好么？今多少年纪了？"叔宝跪答道："臣母今年八十有三，托赖上皇陛下洪福，得以粗安。"随命众臣自皇族以下，各依品级而坐，无得喧哗失礼。众臣皆循序列班坐定，命黄门行酒，琴瑟齐鸣，歌声盈耳。

君臣正在欢饮，不意尉迟敬德坐在任城王下首，忽大怒起来，便道："汝有何功，却坐在我上！"任城王却不理他，他便伸出一只大拳头打来，正中道宗左目。众人起身劝时，道宗目睛反转，青肿几眇，便逃席而出。上皇问什么缘故，众臣以直奏上。上皇心上不悦道："任城王道宗，是朕宗支，不要说有功无功，就是他僭越了，今日是个良会，也该忍耐，为甚就动起手来！"太宗率众臣谢罪，便命罢宴，奉上皇还宫。

到了次日，太宗视朝，对众臣道："昨日朕同上皇君臣相乐，一时良会，敬德有失人臣之礼，朕甚不乐；况任城王实朕之亲族，彼便如是行凶，况其他乎！朕之此言，甚非有私道宗也。"言未毕，左右奏敬德自缚请罪。众臣怀惧，皆为跪请道："敬德武臣，本不习儒雅，今无礼有忤圣旨，乞陛下念其汗马之劳，而生全之。"太宗召敬德入，命左右去其缚，对敬德道："朕欲与卿等共保富贵，然卿居官数犯法，朕不以过而掩卿之功，乃知汉室韩彭一旦菹醢，非高德之过也。"敬德叩头谢罪。太宗道："国家纪纲，惟赏与罚，非分之恩，不可数得，勉自修饰，无致后悔。"敬德再拜而出，由是强暴顿敛。

贞观九年五月，上皇有疾，崩于太安宫；颁诏天下，谥曰神尧。一日，太宗闲暇，与长孙皇后众嫔妃游览至一宫，即有许多宫女承应，看去虽多齐整，然老弱不一。太宗见了，觉有些厌憎。有几个奉茶上来，皇后问道："你们这些宫奴，都是几时进宫的？"众宫人答道："也有近时进宫的，隋时进宫的居多。"皇后道："隋时进宫有二十余年了。"众宫奴道："十二三岁进宫，今已三十五六岁了。"皇后道："当初隋炀帝嫔妃虽广，为甚要这许多人伺候？"宫人道："当初炀帝有夫人、美人、昭仪、充华、婕妤、才人等名，安顿各宫；安得如万岁与娘娘仁慈俭素，合宫无不共沐天恩。"太宗道："朕想天子一人，就是嫔御，像朕不过三四人足矣，精力有限，何苦用着这许多人伺候，使这班青春女子，终身禁锢宫中？"徐惠妃道："看他们情景，原觉可悯。"太宗对皇后道："御妻，朕欲将此辈放些出去，让他们归宗择配，完他下半世受用。"皇后笑道："恩威悉听上裁，妾何敢仰参；不要说真个放他们出去，就是这点念头，亦是一种大阴德。"太宗笑道："朕岂戏言耶！"只见众宫娥俱跪下谢恩，娘娘与嫔妃等都大笑起来。

太宗对内侍说道："你去对掌宫的内监说，把这些宫女，都造册籍进呈来。"内侍对掌宫监臣魏荆玉说了。那一夜，各宫中宫娥彩女，如同鼎沸。天明造完，交与魏荆玉。荆玉伺天子视朝毕，将册籍呈上。太宗看了一回，道："你去叫他们多到翠华殿来。"那魏监领旨去了。太宗回宫指着册籍，对皇后道："那些宫女，不知糜费了民间多少血泪，多少钱粮，今却蔽塞在此，也得数日工夫去查点他。"皇后道："不难，陛下点一半，妾同徐夫人点一半，顷刻就可完了。"

太宗便同皇后登了宝辇，徐惠妃坐了平舆，到翠华殿来。见这班宫娥，拥挤在院子里。太宗与皇后，各自一案坐了，徐惠妃坐在皇后旁边。宫女均为两处点名，点了一行，又是一行，都是搽脂抹粉，妍媸参半。太宗拣年纪二十内者，暂置各宫使唤，其年纪大者，尽行放出，约有三千余人。叫魏监快写告示，晓谕民间，叫他父母领去择配，如亲戚远的，你自拣对头，与他配合。三千宫娥，欢天喜地，叩谢了恩，携了细软出宫。魏监将一所旧庭院，安放这些宫女，即出榜晓谕。一月之间，那些百姓晓得了，近的领了去，远的魏监私下受了些财礼嫁去，倒也热闹。不上两月，将及嫁完，只剩夭夭、小莺两个，他是关外人，亲戚父母都不见来；又因夭夭出宫时，害起病来，小莺伏侍他，住在魏太监寓中三四个月，依旧养得身子肥壮。

偶然一日，魏太监有个好友，锦衣卫挥使姓韦名元贞来拜，年纪将近四旬，妻子竟不生嗣，着实要替他娶妾，他竟不肯。那日魏监留在书房中小饮，说起放宫女事。魏太监道："韦老先，你尚无子，闻得你嫂子又贤惠，前日何不来娶一个好些的，生个种儿出来，也是韦门之幸。"元贞摇手道："妻子生得出也好，生不出也就罢了。"魏太监道："如今剩得两个，就像一父母所生，生得甚好，待我叫他出来，你赏鉴一赏鉴。"就对小太监说了。不一时，那两个走将出来，朝着韦官儿行礼下去。元贞如飞站起来回礼，见他两个身材袅娜，肌肤嫩白，忙说道："请进。"魏监道："韦老先如何？"元贞道："使不得，这是上用过的，我们做官儿的娶去为妾，就是失体统了。"魏太监笑道："真是老婆子的话儿！前日那李官儿，也娶了蔡修容，张官儿也讨了赵玉娇去，偏你娶不得！"便也不题。吃完了酒，韦元贞别去了。

过了一日，魏太监打听韦挥使不在家中，便唤一个车儿，叫小莺、夭夭坐了，对一个小太监说道："你到韦家进去，看见他夫人，说我晓得韦老爷无子，故此公公特送这两个美人来。"小莺、夭夭到了韦家，见了韦夫人。韦夫人欢喜不胜，等元贞进门时，将他两个藏在书房碧纱窗里。元贞看见了，知是夫人美意，就在书房内睡了一回，忙同进去谢了夫人。自是妻妾相得，后来各生下子女。小莺生一女，为中宗皇后，封元贞为上洛王，这是后话休题。

时房玄龄因谏诤之事，见上颇疏，便告老回去。贞观十年六月间，长孙皇后疾病起来，渐觉沉重，遂嘱太宗道："妾疾甚危，料不能起。陛下宜保圣躬，以安天下。房玄龄事陛下久，小心谨密，且无大故，不可弃之。妾之家族，因缘以致禄位，既非德举，易致颠危，愿陛下保全之，慎勿与之权要。妾生无益于人，若死后勿高丘垅，劳费天下，因山为坟，器用瓦木可也。更愿陛下亲君子，远小人，纳忠谏，屏谗佞，省作役，止游畋，妾虽死亦无恨。"又对太子道："尔宜竭尽心力，以报陛下付托之重。"太子拜道："敢不遵母后之命。"后嘱咐罢，是夜崩于仁静宫。

次日，宫司将皇后采择自古得失之事，为《女则》三十卷进呈。太宗览之悲恸，以示近臣道："皇后此书，足以垂范百世。朕非不知天命，而为无益之悲；但入宫不闻规谏之言，失一良佐，故不能忘怀耳。"乃遣黄门召房玄龄复其位。冬十一月，葬文德皇后于昭陵，近窦太后献陵里许。上念后不已，乃于苑中作层楼观，以望昭陵。尝与魏征同登，使征视之。征熟视良久道："臣昏眊不能见。"上指视之，魏征道："臣以为陛下望献陵，若昭陵，则臣固见之矣！"上泣，为之毁观，然心中终觉悲伤。

一日，太宗忽然病起来，众臣日夕问候，太医勤勤看视。过四五日不能痊可，恍惚似有魔祟。惟秦琼、尉迟恭来问安时，颇觉神清气爽，因命图二人之像于宫门以镇之。及病势沉重，乃召魏征、李勣等入宫受顾命，李勣道："陛下春秋正富，岂可出此不吉之言。"魏征道："陛下勿忧，臣能保龙体转危为安。"太宗道："吾病已笃，卿如何保得？"说罢转面向壁，微微的睡去了。魏征不敢惊动，与李勣等退至宫门前。李勣问道："公有何术，可保圣躬转危为安？"魏征道："如今地府，掌生死文簿的判官，乃先帝驾下旧臣,姓崔名珏,他生前与我有交,今梦寐中时常相叙。我若以一书致之,托他周旋,必能起死回生。”李勣闻言,口虽唯唯,心却未信。少顷,宫人传报皇爷气息渐微,危在顷刻矣。魏征即于宫门厢阁中,写下一封书,亲持至太宗榻前焚化了,吩咐宫人道:“圣体尚温,切勿移动,静候至明日此时,定有好意。”遂与众官住宫门前伺候。

且说太宗睡到日暮时,觉渺渺茫茫,一灵儿竟出五凤楼前;只见一只大鹞飞来,口中衔着一件东西。太宗平昔深喜佳鹞,见了欢喜,定睛一看,心上转惊道:“奇怪!此鹞乃是魏征奏事时,我匿死怀中之物,为甚又活起来?”忙去捉他,那鹞儿忽然不见,口中所衔之物,坠于地上。太宗拾起看时,却是一封书柬,封面上写着:“人曹官魏征,书奉判兄崔公。”下注云:“崔珏系先朝旧臣,伏乞陛下面致此书,以祈回生。”太宗看了欢喜,把书袖了,向前行去。好一个大宽转的所在,又无山水,又无树木。正在惊惶,见有一个人走将来,高声叫道:“大唐皇帝往这里来。”太宗闻言,抬头一看,那人纱帽蓝袍,手执象笏,脚穿一双粉底皂靴,走近太宗身边,跪拜路旁,口称:“陛下,赦臣失误远迎之罪。”太宗问道:“卿是何人?是何官职?”那人道:“微臣是崔珏,存日曾在先皇驾前为礼部侍郎;今在阴司为丰都判官。”太宗大喜,忙将御手挽起来道:“先生远劳。朕驾前魏征有书一封,欲寄先生,却好相遇。”崔判官问:“书在何处?”太宗在袖中取出,递与崔珏。崔珏接来,拆开看了,说道:“陛下放心,魏人曹书中,不过要臣放陛下回阳之意。且待少顷见了十王,臣送陛下还阳,重登玉阙便了。”太宗称谢。又见那边走两个软翅的小官儿来,说道:“阎王有旨,请陛下暂在客馆中宽坐一回,候勘定了隋炀帝一案,然后来会。”太宗道:“隋炀帝还没有结卷么?”二吏道:“正是。”太宗对崔珏道:“朕正要看隋炀帝这些人,烦崔先生引去一观。”崔珏道:“这使得。”

大家举步前行,忽见一座大城,城门上边写着“幽明地府鬼门关”七个大字。崔珏道:“微臣在前引着,陛下去恐有污秽相触。”领太宗入城,顺街而行,看那些人蓬头跣足,好似乞丐一般。走了里许,只见道旁边走出先帝李渊,后边随着故弟元霸。太宗见了,正要上前叩拜父皇,转眼就不见了。又走了几步,忽见建成引着元吉、黄太岁而来,大声喝道:“世民来了,快还我们命来!”崔判官忙把象笏擎起说道:“这是十殿阎君请来的,不得无礼!”三人听了,倏然不见。太宗问道:“翟让、李密、王伯当、单雄信、罗士信想还在此?”崔珏道:“他们早已托生太原荆州数年矣!”还要问太穆皇后、文德皇后在何处。只见一座碧瓦楼台,甚是壮丽。外面望去,见里面环珮叮III当,仙香奇异。正在凝眸之际,见三个长大汉子,后面有七八个青面獠牙鬼使押着。崔珏道:“陛下可认得那三个么?”太宗道:“有些面善,只是叫他不出。”崔珏道:“那第一个披猪皮的是宇文化及。第二个穿牛皮的是宇文智及;第三个穿狗皮的是王世充。他们俱定了案,万劫为猪牛狗,受后来的千刀万剐,以偿生前弑逆之罪。”正是:

善恶到头终有报,只争来早与来迟。

太宗正在那里观看,听见两边人说道:“又是那一案人出来了?”崔珏看是何人,见一对青衣童子执着幢幡宝盖,笑嘻嘻的引着一个后生皇帝,后面随着十余个纱帽红袍的，两个官吏随着。崔珏叫道："张寅翁，这一宗是什么人？"那官吏说道："是隋炀帝的宫女朱贵儿。他生前忠烈，骂贼而死，曾与杨广马上定盟，愿生生世世为夫妇。后面这些是从亡的袁宝儿、花伴鸿、谢天然、姜月仙、梁莹娘、薛南哥、吴绛仙、妥娘、杳娘、月宾等。朱贵儿做了皇帝，那些人就是他的臣子；如今送到玉霄宫去修真一纪，然后降生王家。"太宗听了笑道："朕闻朱贵儿等尽难之时，表表精灵，至今述之，犹为爽快；但生为天子，不知是在那个手里？"又见两个鬼卒，引着一个垂头丧气的炀帝出来，后面跟着三四个黑脸凶神。崔珏又问跟出来的鬼吏押他到那里去。那鬼吏答道："带他到转轮殿去，有弑父弑兄一案未结，要在畜生道中受报。待四十年中，洗心改过，然后降生阳世，改形不改姓，仍到杨家为女，与朱贵儿完马上之盟。"崔珏问道："为何项上白绫还未除去？"鬼吏道："他日后托生帝后，受用二十余年，仍要如此结局。"崔珏点头。太宗道："炀帝一生残虐害民，淫乱宫闱，今反得为帝后，难道淫乱残忍，倒是该的？"崔珏道："残忍，民之劫数；至若奸烝，此地自然降罚。今为妃后，不过完贵儿盟言。"

太宗正要细问，见一吏走来对太宗道："十王爷有请。"太宗忙走上前，早有两对提灯，照着十位阎王降阶而至，控背躬身迎接；太宗谦让，不敢前行。十王道："陛下是阳间人王，我等是阴间鬼王，分所当然，何须过让？"太宗道："朕得罪麾下，岂敢论阴阳人鬼之道。"逊之不已。

太宗前行，竟入森罗殿上，与十王礼毕坐定。秦广王拱手说道："先年有个泾河老龙，告殿下许救而终杀之，何也？"太宗道："朕当时曾梦老龙求救，实是允他生全。不期他犯罪当刑，该人曹官魏征处斩。朕宣魏征在殿下棋，岂知魏征倚案一梦而斩。这是龙王罪犯当死，又是人曹官出没神机，岂是朕之过咎？"十王闻言伏礼道："自那老龙未生之前，南斗生死簿上已注定，该杀于魏人曹之手，我等皆知；但是他折辩定要陛下来此，三曹对质，我等将他送入轮藏转生去了。但令兄建成、令弟元吉，旦夕在这里哭诉陛下害他性命，要求质对，请问陛下这有何说？"太宗道："这是他弟兄合谋，要害朕躬，假言夺槊，使黄太岁来刺朕；若非尉迟敬德相救，则朕一命休矣。又使张、尹二妃设计挑唆父皇；若非父皇仁慈，则朕一命又休矣。置鸩酒于普救禅院，满斟欢饮；若非飞燕遗秽相救，则朕一命又休矣。屡次害朕不死，那时又欲提兵杀朕，朕不得已而救死，势不两立，彼自阵亡，于朕何与？昔项羽置太公于俎上以示汉高，汉高曰：'愿分吾一杯羹。'为天下者不顾家，父且不顾，何有于兄弟？愿王察之。"十王道："吾亦对令兄令弟反复晓谕，无奈他执诉愈坚，吾暂将他安置闲散，俟他时定夺。今劳陛下降临，望乞恕我等催促之罪。"言毕，命掌生死簿判官："快取簿来，看唐王阳寿天禄该有多少。"

崔判官急转司房，将天下万国之王天禄总簿一看，只见南赡部洲大唐太宗皇帝注定贞观一十三年。崔判官看了，吃了一惊，急取笔蘸墨，将"一"字上添上两画，忙出来将文簿呈上。十王从头一看，见太宗名下注定三十三年。十王又问："陛下登基多少年了？"太宗道："朕即位已经一十三年。"十王道："陛下还有二十年阳寿。此一来已是对案明白，请还阳世。"太宗听见，恭身称谢。十王差崔判官、朱太尉送太宗还魂。

太宗谢别出殿。朱太尉执着一枝引魂幡在前引路，只见一座阴山，觉得凶恶异常。太宗道："这是何处？"崔判官道："这是枉死城，前日那六十四处烟尘草寇，众好汉头目,枉死的鬼魂,都在里头,无收无管,又无钱钞用度,不得超生。陛下该赏他些盘缠,才好过去。”太宗道:“朕空身在此,哪里有钱钞?”崔判官道:“陛下的朝臣尉迟恭有制钱三库,寄存在阴司,陛下若肯出名立一契,小判作保,借他一库,给散与这些饿鬼,到阳间还他。那些冤鬼,便得超生,陛下可安然竟过。”太宗大喜,情愿出名借用。崔判官呈上纸笔,太宗遂立了文书,崔判官袖着。

将到山边,听得神嚎鬼哭,乱哄哄拥出许多鬼来,尽是拖腰折臂,也有无头的,也有无脚的,都喊道:“李世民来了,还我命来!”太宗吓得胆战心惊,拖住崔判官。崔判官道:“你们不得无礼,我替大唐皇爷借一库银子的票儿在此,你们去叫那魔头来领票去支付分给便了。唐皇爷阳寿未终,到阳间去还要做水陆道场,超度你们哩!”众鬼听了,如飞去叫那魔头来,崔判官吩咐了,把票儿付与魔头,众鬼欢喜而去。三人又走了里许,见一条青石大桥,滑润无比,太宗向桥上走去,刚要下桥,听得天庭一个霹雳,吃了一惊,跌将下来,忙叫道:“跌死我也!跌死我也!”开眼看时,见太子嫔妃,都在旁伺候。

太子忙传魏征等,魏征走近御床,牵衣说道:“好了,陛下回阳了。”太宗醒了片时,太医进定心汤吃了,站起身来。魏征问道:“陛下到阴司可曾会见崔珏?”太宗点头道:“亏他护持。”便将幽梦所见,细细述与众人听了;众人拜贺而出。太宗即传旨,宣隐灵山法师唐三藏、窦巨德至京。天使到时,窦巨德已圆寂四五天了。使者随唐三藏到京,建水陆道场,超度幽魂。又命以金银一库还尉迟恭,恭辞不受,太宗再三勉谕,敬德拜受而出。库吏将银盘交敬德,照册缺了五百贯。库吏惊惶,只见梁上堕下一帖,取视之,乃大业十二年,敬德打铁时,支付书生票也,闻者奇异。太宗在宫中,调养了三四天,御体比前愈觉强健。

不期被火焚了大盈库,魏征道:“天灾流行,皆由宫中阴气抑郁所致,乞将先帝所御老嫔妃尽行放出。”太宗见说,深以为是,即将老宫女尽数放出。复有三千余人,连张、尹二妃,亦出宫归家,宫禁为之一空。遂差唐俭往民间点选良家女子,年十四五岁者,止许百名,预使太常少卿祖孝孙教习音乐。将近四五月,唐俭选秀女回来,太宗散给后宫,只选武媚娘为才人,安顿福绥宫,宠幸无比。要知后事如何,且听下回分解。

第六十九回　马宾王香醪濯足　隋萧后夜宴观灯

诗曰：

春到王家亦太秾，锦香绣月万千重。
笑他金谷能多大，羞杀巫山只几峰。
屏鉴照来真富贵，羊车引去实从容。
只愁云雨终难久，若个佳人留得侬。

宋时维扬秦君昭，妙年游京师，有一好友姓邓，载酒祖饯；畀一殊色小鬟，至前令拜，邓指之道："某郡主事某所买妾也，幸君便航附达。"秦弗诺，邓恳之再三，勉从之。舟至临清，天渐热，夜多蚊，秦纳之账中同寐，直抵都下。主事知之取去，三日方谒谢道："足下长者也，弟昨已作简，附谢邓公矣！"此真不近女色之奇男子。还有商时九侯，有女色美而庄重，献于纣，奈此女不好淫，触纣怒，杀女而醢九侯；鄂侯谏，并烹之，此真不喜近男子之美妇人。是知男女好恶，原有解说不出的。

太宗是个天挺豪杰，并不留情于色欲，不想长孙皇后仙逝，又选了武氏进宫，色宠倾城，欢爱无比。却说那武氏，他父亲名士擭，字行之，住居荆州；高祖时，曾任都督之职，因天性恬淡，为宦途所鄙，遂弃官回来。妻子杨氏，甚是贤能，年过四十无子，杨氏替他娶一邻家之女张氏为妾。月余之后，张氏睡着了，觉得身上甚重，拿手一推，却把自己推醒，自此成了娠孕。过了十月，时将分娩，行之梦见李密，特来拜访云："欲借住十余年，幸好生抚视，后当相报。"醒来却是一梦。张氏遂尔脱身，行之意是一儿，及看时却是女儿。张氏因产中犯了怯症，随即身亡。武行之夫妇，把这女儿万分爱护。到了七岁，就请先生教他读书。先生见他面貌端丽，叫做媚娘。及至十二三岁，越觉妖艳异常，便与同学读书的相通，茶余饭罢，行步不离。又过年余，是他运到，唐俭点选进宫，敕赐才人，性格聪敏，凡诸音乐，一习便能，敢作敢为，并不知宫中忌惮。太宗行幸之时，好像与家中知己一般，才动手就叫他、搂他、亲他，媚他，太宗从没有经过这般光景，愈久愈觉魂消，因此时刻也少他不得。

如今且说太子承乾，是长孙皇后所生，少有躄疾，喜声色畋猎驰骋，有妨农事。魏王名泰，太子之弟，乃韦妃所生，多才能，有宠于帝；见皇后已崩，潜有夺位之意。折节下士，以求声誉，密结朋党为腹心。太子知觉，阴遣刺客纥干承基，谋杀魏王，正值吏部尚书侯君集，怨望朝廷，见太子暗劣，欲乘衅图之，因劝太子谋反，太子欣然从之，遂将金宝厚赂中郎将季安俨等，使为内应。不意太宗闻知，便把太子承乾废为庶人，侯君集等典刑。

时魏王泰日入侍奉，太宗面许立为太子。褚遂良、长孙无忌固请立晋王治。太宗谓侍臣道："昨青雀投我怀云：臣今日始得为陛下子，臣有一子，臣死之日，当为陛下杀之，传于晋王。朕甚怜之。"褚遂良道："陛下失言。此国家大事，存亡所系，愿熟思之；且陛下万岁后，魏王据天下之重，肯杀其爱子，以授晋王哉！今必立魏王，愿先措置晋王，始得安全耳。"太宗流涕，因起入宫，想起太子二王，不觉懊恨填胸，击床大叹。

徐惠妃、武才人问道："陛下有何闷事，发此长叹？"太宗把太子与魏王、晋王之事说了，又道："朕临敌万阵，屡犯颠危，未尝稍挂胸臆，不意家室之间，反多狂悖，何以生为？"徐惠妃道："陛下平定四海，征伐一统，得有今日，何苦以家政细务，常生忧戚？"太宗道："妃子岂不知向日建成、元吉，淫乱于前，二王欲步武于后，所为如此，我心诚无聊赖。"因自投于床，拔佩刀欲自刺。武氏忙上前夺住道："陛下何轻易如此，不肖者已废之，图谋者亦未妥，何不收此鹬蚌，尽付渔人之利。晋王亦皇后所生，立之未为不可。"徐惠妃道："晋王仁孝，立之为嗣，可保无虞。"太宗闻言甚悦，即御太极殿，召群臣说道："承乾悖逆，泰亦凶险，诸子谁可立者？"众皆叹呼道："晋王仁孝，当为嗣。"太宗遂立晋王治为皇太子，时年十六。太宗谓侍臣道："我若立泰，则是太子之位，可经营而得。自今太子失道，藩王窥伺者，皆两弃之，传诸子孙永为世法。"晋王既立，极尽孝敬，上下相安。

时维九月，正值秦叔宝母亲九十寿诞，太宗亲自临幸，见琼宅无堂，命辍小殿之材以构之，五日而成，手书"仁寿堂"以赐之，又赐锦屏褥几杖等；徐惠妃赏赉亦甚厚。琼上表申谢，太宗手诏道："卿处至此，盖为太上皇报德，何事过谢？"

话分两头。却说有清河茌平人，姓马名周，号宾王，少孤贫好学，精于诗赋，落拓不为州里所敬。曾补傅州助教，日饮醇醪，不以讲授为务，刺史屡加咎责。周乃拂衣，游于长安，宿新丰市中。主人惟供诸商贩，有失款待。宾王自己无聊，把青田石制汉将李陵一牌，战国时孙膑一牌，供在桌上，沽酒饮醉了，便击桌大哭道："李陵呵，汝有何负，而使汝辱及妻孥；汉王何心，而使汝终于沙漠！"哭了一番，吃一回酒，又向孙膑的牌位哭道："孙膑呵，汝何修未得，以致结怨于好友；汝何罪见招，以致颠踬于终身！"哭了又吃酒。总是处逆境之人，若狂若痴，好像掷下了东西，坐卧不安的光景，其激烈处，恨不化为博浪椎，为秦庭筑，为田将军泪；感愤处，恨不化为斩马剑，为散盗车，为荆轲匕首。因是不与世俗伍。

一日遇见中郎将常何，虽是武官无学，颇有知人之职，知马宾王必成大器，延至家中，待为上宾，一应翰墨之事，尽出其手。是时星变异常，下诏文武官，极言得失。常何遂烦马周，代陈便宜二十余事进上。

马周旅邸无聊，袖了些杖头，散步出门。那日恰是三月三日上巳佳节，倾城士女，皆至曲江祓禊，杂剧吹弹，旗亭都张灯结彩。马周也到那里去闲玩。上了店中，踞了一个桌儿，在那里独酌畅饮。那些公侯驸马，帝子王孙，都易服而来嬉耍。只见一个宦者，跟了几个相知，许多仆从，也在座头吃酒。见马周饮得爽快，便对马周道："你这个狂生，独酌村醪，这般有兴；我有一瓶葡萄御酒在此，赠与你吃了罢。"家人们把一瓶酒，送与马周。马周把酒，揭开一看，却有七八斤，香喷无比，把口对了瓶，饮了一回；饮下的，瞥见桌边有一拌面的瓦盆儿在，便把酒倾在里头，口中说道："高阳知己，不意今日见之。”一头说，一头将双袜脱下，把两足在盆内洗濯。众人都惊喊道：“这是贵重之物，岂可如此轻亵？”马周道：“我何敢轻亵？岂不闻身体发肤，受之父母，不敢毁伤。曾子云：启予足手，我何敢媚于上而忽于下？”洗了，抹干了足，把盆拿起来，吃个罄尽。

刚饮完时，只见七八个人，抢进店来，说道：“好了，马相公在此了！”马周道：“有何事来寻我？”常何家里二人说道：“圣上宣相公进朝。”原来太宗在宫，翻阅臣僚本章，见常何所上二十条，申说详明，有关政治；因思常何是个武臣，那有些学问？就出宫来召问常何。常何只得奏云：“是臣客马周所代作。”太宗大喜，即着内监出来宣召。当时马周见说，忙到常何寓中，换了衣衫靴帽，来到文华殿。太宗把二十条事，细细详问，马周抗词质辩，一一剖悉，真个是学富五车，才高八斗。太宗大喜，即拜他为刺史之职，赐常何彩绢二十四出朝。

太宗即散朝进宫，行至凤辉宫前，只见那里笑声不绝，便跟了两个宫奴，转将进去，见垂柳拖丝，拂境清幽；姹紫嫣红，迎风弄鸟，别有一种赏心之境。听见笑声将近，却是一队宫女奔出来，有的说打得好，竟像一只紫燕斜飞；有的说这般年纪，一些也不吃力，还似个孤鹤朝天，盘旋来往。太宗叫住一个宫奴问道：“你们那里来？为什么笑声不绝？”那宫奴奏道：“在倚春轩院子里，看萧娘娘打秋千耍子。”太宗道：“如今还在那里打么，可打得好？”宫奴道：“打得甚好，如今还在那里玩。”太宗见说，即便行到凤辉宫来下辇偷觑，见院子里站着许多妇女，在那里望着大笑。看见秋千架上，站着一个女人，浅色小龙团袄，一条松色长裙扣了两边，中间扎着大红缎裤，翻天的飞打下来，做一个蝴蝶穿花；又打起来，做一个丹凤朝阳；改了个饥鹰掠食势，扑将下来；真个风流袅娜，体态轻狂。

太宗正侧着身子，掩在石屏间细看。只见一个宫奴瞥眼看见，忙说道：“万岁爷来了！”那些宫奴一哄而散。太宗此时，不好退出，只得走将进去。萧后如飞下了架板，小喜忙把萧后头上一幅尘帕，取了下来，又除下裙扣。萧后直到太宗膝前，跪下说道：“臣妾不知圣驾降临，有失迎接，罪该万死。”太宗把手扶起道：“萧娘娘有兴，寻此半仙之乐。”萧后道：“偶尔排遣，稍解岑寂，有污龙目，实在惶悚。”太宗携着萧后进宫，觉得异香馥郁，因坐下。萧后泣对太宗道：“妾以衰朽之姿，得蒙恩宠，实出意处；但生前常望眷顾，死后得葬于吴公台下，妾愿毕矣。”太宗许诺，因说：“今日清明佳节，宫中张灯设宴，娘娘可同玩赏。”萧后道：“今日清明，民间都打扫坟墓，妾先帝墓，无人祭扫，言之痛心。”太宗道：“朕当为置守冢三百户，并拨田五顷，以供春秋祭祀。”后随谢恩。太宗道：“少顷朕来宣你。”又道：“为何适闻香气，今却寂然？”萧后笑而不言。原来此香，乃外国制的结愿香，在突厥可汗那里带来的。

当下太宗回宫传旨，宣萧娘娘看灯。萧后即唤小喜跟随，来到太宗宫中，朝见毕，与徐惠妃、武才人等相见了。太宗坐首席，请萧后坐左边第一席。武才人因说道：“娘娘何不就与陛下同席？”萧后道：“妾蒲柳衰质，强陪至尊，甚非所宜，就是这席还不该坐。”太宗笑道：“总是一家，不必推逊。”于是坐定，行酒奏乐。至晚，合宫都张起花灯，光彩夺目。萧后道：“清明不过小节，怎么宫掖间这般盛设名灯？”太宗道：“朕自四方平定之后，凡遇令节与除夜上元，一样摆设庆赏。”萧后道：“金翠光明，燃同白昼，佳丽得紧。只是把那些灯焰之气，消去了更妙。”

太宗问萧后道：“朕之施设，与隋主何如？”萧后笑而不答。太宗固问，萧后道：“彼乃亡国之君，陛下乃开基之主，奢俭固自不同。”太宗道：“奢俭到底，各具其一。”萧后道：“隋主享国十余年，妾常侍从，每逢除夜，殿前与诸院，设火山数十座。每山焚沉香数车，火光若暗，则以甲煎沃之，焰起数丈，其香远闻数十里。一夜之中，则用沉香二百余车，甲煎二百余石。殿内宫中，不燃膏火，悬大珠一百二十颗以照之，光比白日。又有外国岁献明月宝夜光珠，大者六七寸，小者犹径三寸，一珠之价，值数十万金。今陛下所设，无此珠宝，殿中灯烛，皆是膏油，但觉烟气熏人，实未见其清雅。然亡国之事，亦愿陛下远之。”太宗口虽不言，遥思良久，心服隋主之华丽，道：“夜光珠明月宝，改日当为娘娘致之。”于是觥筹交错，传杯弄盏，足有两更天气。武才人看那萧后无限抑扬婉转丰韵关情处，竟不似五十多岁的光景，暗想：“他那种事儿，不知还有许多勾引人的伎俩。”萧后亦只把武夫人细看，越看越觉艳丽，但无一种窈窕幽闲之意。徐惠妃与众妃，见他三人顽成一块，俱推更衣，各悄悄的散去。萧后亦要辞出，太宗挽着萧、武二人说道：“且到寝室之中，再看一回灯去。”未知后事如何，且听下回分解。

第七十回　隋萧后遗榇归坟　武媚娘披缁入寺

诗曰：

治世须凭礼法场，声名一裂便乖张。
已拚流毒天潢内，岂惜邀欢帝子旁？
国是可胜三叹息，人言不恤更筹量。
千秋莫道无金鉴，野史稗官话正长。

人之遇合分离，自有定数，随你极是智巧，揣摩世事，臆测屡中的，却度量不出。

萧后在隋亡之时，只道随波逐浪，可以快活几时，何知许多狼狈？今年将老矣，转至唐帝宫中，虽然原以礼貌相待，却是身不由己。今日太宗突然临幸，在妇女家最难得之喜。他则不然，曾经沧海难为水，除却巫山岂是云。晓得太宗宠一个如花似玉的武媚娘，自知又不能减了一二十年年纪，返老还童起来，与他争上去，故此太宗虽然一幸，觉得付之平淡。不想被太宗看灯接去，通宵达旦。媚娘见他风流可爱，便生起妒忌心来，却极力的撺掇太宗冷淡了。他又把两个蠢宫奴，换了小喜，去与太宗幸了。因此萧后日常饮恨，眉头不展，凭你佳肴美味，拿到面前，亦不喜吃；即使清歌妙舞，却也懒观，时常差宫奴去请小喜到来，指望说说隐情。那武才人却又奸滑，叫两个心腹跟了，他衷肠难吐，彼此慰闷了一番，即便别去。萧后只得自嗟自叹，拥衾而泣，染成怯症，不多几时，卒于唐宫。太宗闻知，深为惋惜，厚加殡殓。诏复其位号，谥曰"愍"，使行人司以皇后卤簿，扶柩到吴公台下，与隋炀帝合葬。小喜要送至墓所，武才人不许，只得回宫。

武才人因萧后已死，欢喜不胜，弄得太宗神魂飞荡，常饵金石。会高士廉卒，太宗将往哭之，长孙无忌、褚遂良谏道："陛下饵金石，于方不得临丧，奈何不为宗庙社稷自重？"太宗不听。无忌中道伏卧，流涕固谏，太宗乃还，入东苑南望而哭，涕下如雨。遂命图画功臣二十四人于凌烟阁，列其姓名爵里，已故者书谥。适徐世勣得一疾，太医说惟须灰可疗。太宗亲自剪须，为之和药，世勣顿首泣谢。太宗又因世勣妻袁紫烟新逝，姬妾甚少，恐他无人侍奉，意欲选一二宫奴，赐他作伴。世勣再三辞谢，太宗道："朕为社稷，非为卿也，何须逊谢？"即日着内监，选两个有年纪的宫奴，赐与徐世勣不题。

时太白屡昼见，太史令占道女主昌，民间又传秘记云："唐三世之后，女主武王代有天下。"太宗闻言，深恶之。一日，会诸武臣宴于宫中，行酒令使言小名。左武卫将军李君羡，自言小名五娘，其官称封邑皆有武字，出为华州刺史。御史复奏，君羡谋不轨，遂坐诛。因密问太史令李淳风："秘记所云，信有之乎？"淳风对道："臣仰稽天象，俯察历数，其人已在陛下宫中，自今不过三十年，当有天下，杀唐子孙殆尽，其兆既成。"太宗道："疑似者尽杀之，何如？"淳风对道："天之所命，人不能违，王者不死，徒多杀无辜；

况自今以往三十年，其人已老，或者颇有慈心，为祸或浅。今若得而杀之，天或更生壮者，肆其怨毒，恐陛下子孙无遗类矣！”太宗听言乃止，心中虽晓得才人姓武有碍，但见媚娘性格柔顺，随你胸中不耐烦，见了他就回嗔作喜，顷刻不忍分手，因此虽放在心上，亦且再处。武才人也晓得大臣的议论，谅天子意思，必不加刑，但欲逊避，恨无其策。

日复一日，太宗因色欲太深，害起病来。那太子晋王朝夕入侍，瞥见武才人颜色，不胜骇异道：“怪不得我父皇生这场病，原来有这个尤物在身边，夜间怎能个安静。”意欲私之，未得其便，彼此以目送情而已。一日晋王在宫中，武才人取金盆盛水，捧进晋王盥手。晋王看他脸儿妖艳，便将水洒其面，戏吟道：

乍忆巫山梦里魂，阳台路隔恨无门。

武才人亦即接口吟道：

未曾锦账风云会，先沐金盆雨露恩。

晋王听了大喜，便携了武才人的手，同往宫后小轩僻处。武才人道：“陛下闻知，取罪不小。”晋王笑道：“我今与你也是天缘，何人得知。”武才人扯住晋王御衣泣道：“妾虽微贱，久侍至尊，今日欲全殿下之情，遂犯私通之律；倘异日嗣登九五，置妾于何地？”晋王见说，便矢誓道：“倘宫车异日晏驾，册汝为后，有违誓言，天厌绝之。”武才人叩谢道：“虽如此说，只是廷臣物议不好。倘皇爷要加罪于妾身，何计可施？”晋王想了一想道：“有了，倘父皇着紧问你，你须如此如此说，自可免祸，又可静以待我了。”武才人点首。晋王乃解九龙羊脂玉钩赠武才人，才人收了，随即别出。

时京中开试，发榜未定日期。太宗病间，召李淳风问道：“今岁开科取士，不知状元系何地何人，料卿必知。”淳风道：“臣昨夜梦入天廷，见天榜已放，臣看完，只见迎榜首出来，他彩旗上面有诗一首。”太宗道：“诗句怎么样说？”淳风道：“臣犹记得。”遂朗吟：

美色人间至乐春，我淫人妇妇淫人。
色心若起思亡妇，遍体蛆钻灭色心。

太宗听了说道：“诗后二句，甚不解其意，不知何处人，什么姓名？”淳风道：“圣天子洪福不浅，今科三鼎甲，乃是忠直之士，大有裨于社稷；姓名虽知，不便说出，恐泄漏于臣，上帝震怒不浅。乞陛下赐臣于密室，写其姓名籍贯，封固盒中，俟揭榜后开看便知。”太宗叫太监取一个小盒，淳风写了封在盒内，太宗又加上一封，藏于柜中。淳风辞了出来。

不一日开榜时，太宗取柜中李淳风写的一对，却是：状元狄仁杰，山西太原人；榜眼骆宾王，浙江义乌人；探花李日知，京兆万年人。不胜骇异，始信淳风所言非诳，谶数之言必准。因思:“今已如此大病,何苦留此余孽,为祸后人?”便对才人武氏说道:“外廷物议,道你姓应图谶,你将何以自处?”武才人跪下泣奏道:“妾事皇上有年,未尝敢有违误。今皇上无故,一旦置妾于死,使妾含恨九泉,何以瞑目?况妾当时同百人选进宫,蒙皇上以众人为宫娥,妾独赐为才人,受恩无比。今日若赐妾死,反为他人笑话。望陛下以好生为心,使妾披剃入空门,长斋拜佛,以祝圣躬,以修来世,垂恩不朽。”说罢大恸。太宗心上原不要杀他,今见他肯削发为尼,不胜大喜道:“你心肯为尼,亦是万幸的事。宫中所有,快即收拾回家,见父母一面,随即来京,赐于感业寺削发为尼。”武才人同小喜谢恩,收拾出宫。正是:

玉龙且脱金钩网,试把相思付与谁?

时武士彟闻知媚娘要出宫为尼,忙差人去接到家中相聚。家人领命,不多几日,接到家中。杨氏母亲,见媚娘当年怎么样进宫,今日这般样出来,不觉大哭一场。小喜亦思量起父母死了,如今要见他,怎能够了,亦哭了一场。大家拜见过,武媚娘道:“闻得父亲过继个三思侄儿,怎么不见?”杨氏道:“他怎比当初?近来准日有许多朋友,不是会文,定是讲学,日日在外面,吃得大醉回来。”媚娘道:“我忘记今年几岁了?”杨氏道:“当年你父亲过继他来时,已是三岁,如今已一十五岁了,看去像个人,不知他胸中如何?”

正说时,只见武三思半醉的进来。杨氏道:“三思,你家姑娘回来了,快来拜见。”媚娘与小喜忙起身,与三思见了礼。三思道:“姑娘在宫中受用得紧,为什么朝廷听信那廷臣之议,把姑娘退出宫来,却要去削发为尼?这皇帝也算无情了,亏他舍得放你出来。”媚娘止不住落下泪来。三思道:“姑娘你不要愁烦,我看那些尼姑到快活,并无忧愁。”媚娘心上初出宫的时节,到觉难过,今见了三思相貌娇好,也就罢了。吃了夜饭,三思见父母与小喜走开,即走近媚娘身边,带醉的说道:“姑娘,我看你好股青丝细发的,日后怎舍得剃将下来?”媚娘因是自家骨肉,又见他年纪幼小,搂在怀里。三思道:“姑娘睡在那里?”媚娘道:“就在母亲房内。”三思道:“我有许多话要问姑娘,今夜我陪姑娘睡了罢。”媚娘道:“有话待我母亲睡着了,你可以进房来说。”三思道:“如此却切记,不要闩了门。”媚娘点点头儿。那夜,武三思候父母睡着,悄悄挨进媚娘房中,成了鹑鹊之乱。

过了几日,武士彟恐怕弄出事来,只得打发媚娘、小喜出门。武三思送了一二里,媚娘悄对他说道:“侄儿,你若忆念我,到了考试之期,竟到感业寺中来会我。”三思唯唯,洒泪而别。在路上行了几日,到了感业寺中。那庵主法号长明,出来接了武媚娘与小喜进去,见媚娘千娇百媚,花枝般一个佳人,又见小喜年纪,二十四五,丰神绰约,也不是安静主顾,想道:“如此风流样子,怎出得家?”领到佛堂中,四五个徒弟在那里动响器,长明老尼叫武媚娘参拜了佛,便与他祝了发。小喜也改了打扮。佛前忏悔过,停了音乐,各人下来见礼。小喜看到第四个,宛如女贞庵里二师父,心里是这般想,因初相见,不好说破,大家定睛看了一回。长明道:“这四个俱是小徒。”指着怀清道:“这位是去岁冬底来的。”就领武夫人进去说道：“这两间是夫人喜姐住的房，间壁就是这位四师父的卧室。”媚娘听了，暂时收拾，安心住着。

到了黄昏时候，只见小喜笑嘻嘻的走进来。媚娘道：“你这个女儿，倒像贯做尼姑的，到这个地位，还有什么好笑？”小喜道：“夫人不知，那位四师父，就是女贞庵李夫人的妹子怀清，是我认得的。刚才不好叫出来，如今在他房里，问了别后的事情，故此好笑。”媚娘道：“什么女贞庵李夫人？”小喜把当初隋萧后回南上坟，到女贞庵与隋南阳公主、秦、狄、夏、李四位夫人相会，说了一遍。媚娘道：“如此说他好了，为什么又到这里来？”小喜道：“濮州连岁饥荒，又染了疫症，秦、夏、李三位夫人，相继病亡。他被一个士子挈了要同到京，不想中途士子被盗杀了，他却跳在水中，被商船上救了，带至京都，送在此地暂寓。”媚娘道：“他们果有人来往么？”小喜道：“他说有个姓冯的表弟，住在蓝桥开张药铺，常来走走。”媚娘点点头儿。

一日，媚娘正在佛堂内看怀清写对，听得外面叩门。恰好长明老尼不在庵中，领众徒到人家念经去了。怀清出来，问道：“是谁？”那人道：“阿妹，是我。”怀清知是冯小宝，欢喜不胜，忙开了进来。怀清道：“为什么多时不来？”冯小宝道：“闻得你们庵中，有甚么朝廷送的武夫人，在此出家，故此我不敢来。今见寺门闭着，想是徒弟不在家，我悄悄来会你一会。”怀清道：“那武夫人在堂中，你要去见见么？”那冯小宝随了怀清进来，见武夫人倚在桌上看怀清写的榜对。怀清道：“五师父，我们的兄弟在这里看我，见个礼儿。”媚娘掉转身来一看，只见：

身躯寡弱，态度幽娴。鼻倚琼瑶，眸含秋水。眉不描而自绿，唇不抹而凝朱。生成秀发，尽堪盘云髻一窝；天与娇姿，最可爱桃花两颊。慢道落水中宵梦，欲卜巫山一段云。

媚娘忙答一礼道：“这个就是令弟么？”恰好小喜寻媚娘进去，小宝见了，也与他揖过。小喜问道：“此位尊姓？”怀清道：“就是前日说的冯家表弟。”小喜道：“原来就是令弟，失敬了。”说罢，怀清同着小宝，走到自己的房中。只见小宝走到桌边，取一幅花笺，写一绝道：

天赋痴情岂偶然，相遇已自各相怜。
笑予好似花间蝶，才被红迷紫又牵。

怀清笑道：“妾亦有一绝赠君。”提起笔来，写在后面道：

一睹芳容即耿然，风流雅度信翩翩。
想君命犯桃花煞，不独郎怜妾亦怜。

写完，怀清出房，到厨下去收拾酒菜，同小宝在房中吃酒玩耍。媚娘在房，细想了一回，随同小喜走到怀清房门首，悄悄立着。只听得外面敲门声响，晓得老师父领众回来。媚娘便走进房，小喜出去开门，那怀清亦出来。只见长明领了四个徒弟，婆子背着经忏，怀清与那几个说些闲话，小喜恐怕媚娘冷淡，即便归房去，只见媚娘展开了鸾笺，上写道：

花花蝶蝶与朝朝，花既多情蝶更妖。
窃得玉房无限趣，笑他何福可能销。
从来乐事恨难长，倏尔依回恣采香。
讨尽花神许多债，慢留几点未亲尝。

两人正在那里看诗，见怀清进来说道："武上师，你同六师父到我房里去谈谈。"媚娘道："你有令弟在那里，我怎好来？"怀清道："自古说：四海之内皆兄弟，何况你我？"媚娘道："既如此说，何不同到我房里来坐坐，我泡好茶相候。"怀清道："我同六师父去挽他来。"携了小喜出房，不一时先把酒肴送到，小喜也先进来。媚娘道："你可曾拿我的诗么？"小喜道："诗在案上，没有人动，我刚才在他房里，见桌上一幅字，也是什么诗儿，被我袖在这里，与夫人看。"放了东西，在袖子里取出来，媚娘接来细看，乃是怀清与小宝唱和的两首绝句。忽见怀清与小宝走进来，媚娘悄悄将诗藏过，便道："四师父，我在这里没有破钞，怎好相扰？"怀清道："几个小菜，叫人笑死。"便将烛放在中间，叫小宝朝南坐了，自向媚娘对席，叫小喜也坐在横头，大家满斟细酌，狎邪嘲笑，饮酒欢乐，不提。

贞观二十三年五月，太宗疾甚，召长孙无忌、褚遂良、徐世勣辈，至榻前说道："朕与卿等，扫除群丑，费了无数经营，始得归于一统。今四方宁靖，正欲与卿等共享太平，不意二竖忽侵。魏征、房玄龄先我而去，近又丧我李靖、马周，朕今将分手，别无他嘱。太子躬行仁俭，言动礼仪，可谓佳儿佳妇，卿等共辅佐之。"说了大恸，无忌等拜谢道："陛下春秋正富，正好励精图治，今龙体偶不豫，何出此不祥之语？"太宗道："朕已预知，故为叮咛耳。"诸臣辞了出宫。是夜上崩，太子即位，是为高宗，颁白诏于天下，诏以明年为永徽元年。

时武氏在感业寺，闻之亦为之恸泣。后因太宗忌日，高宗诣感业寺行香，恰值冯小宝在庵，回避不及；长明无奈，只得把小宝落了发。高宗问及，说是侄儿，在土地堂里出家，才来看我。高宗道："白马寺中，田地甚多，僧众甚少，朕给度牒一纸与他，限他明日即往白马寺住札。"武氏见了高宗大恸，高宗亦为之泣下，悄悄吩咐长明，叫武氏束发，朕即差人来取，嘱咐了即起行。未知后事如何，且听下回分解。

第七十一回　武才人蓄发还宫　秦郡君建坊邀宠

词曰：

景物因人成胜概，满目更无尘可碍。等闲蓦地喜相逢，愁方解，心先快，明月清风如有待。　　谁信门前鸾辂隘，别是人间花世界。座中无物不清凉，情也在，恩也在，流水白云真一派。

调寄《天仙子》

情痴婪欲，对景改形，原是极易为的事。若论储君，毕竟非礼勿视，非礼勿听，非礼勿言，非礼勿动，从幼师傅涵养起来，自然悉遵法则。不意邪痴之念一举，那点奸淫，如醉如痴，专在五伦中丧心病狂做将出来，反与民间愚鲁，火树银台，桑间濮上，尤为更甚。

今不说高宗到感业寺中行香回宫。再说武夫人到了房中，怀清说道："夫人好了，皇爷驾临，特嘱夫人蓄发，便要取你回宫。将来执掌昭阳，可指日而待，为何夫人双眉反蹙起来？"媚娘道："宫中宠幸，久已预料必来，可自为主。只是如今一个冯郎，反被我三人弄得他削发为僧，叫我与你作何计筹之？"怀清道："我们且不要愁他，看他进来怎么样说。"

只见冯小宝进房来问道："你们为什么闷闷的坐在此？"小喜道："武夫人与四师父，在这里愁你。"小宝道："你们好不痴呀！夫人是不晓得，我姐姐久已闻知，我小宝上无父母，下无兄弟妻室，又不想上进，只想在温柔乡里过活；今日逢着夫人，难得怀清姐姐分爱，得沾玉体，又兼喜姑娘帮衬；这种恩情，不要说为你三人剃了头发，就死亦不足惜。"怀清道："只是出了家，难得妇人睡在身边，生男育女。"小宝道："姐姐，你不知那些妇人，巴不得有个和尚，整日夜搂住不放出来。"武夫人道："若如此说，你将来有了好处，不想我们的了。"小宝道："是何言欤！若要如夫人这般倾城姿色，世所罕有；即如二位之尚义情痴，亦所难得；但只求夫人进宫时，撺掇朝廷，赏我一个白马寺主，我就得扬眉了。料想和尚没有什么官儿在里头，可以做得。"怀清道："你这话就差了，难道皇帝只是男子做得，或者武夫人掌了昭阳，也做起来，亦未可知。"武夫人笑道："这且慢与他争论，只要你心中有我们就够了。"小宝跪下罚誓道："苍天在上，若是我冯怀义，日后忘了武夫人与怀清师父、小喜姑娘的恩情，天诛地灭。"武夫人脱下一件汗衫，怀清解下玉如意，小喜也脱一件粗衣，三件东西，赠与冯小宝。

正在叮咛之际，只见长明执着一壶酒，老婆子捧了夜膳，摆在桌子上。长明道："冯师父，我斟一壶酒与你送行，你不可忘了我。论起刚才在天子面前，我认了你是个侄儿，你今夜该睡在我房里才是。但是我老人家年纪有了，不敢奉陪，只要你到白马寺中去，收几个好徒弟来下顾就是。快些吃杯酒儿睡了，明日好到寺里去。”说了，出房去了。小宝与媚娘等三人到五更时，听见钟声响动，只得起身收拾，大家下泪送别怀义出庵不题。

再说高宗过了几日，即差官选纳武才人与小喜进宫，拜才人为昭仪。高宗欢喜不胜。亦是武昭仪时来运至，恰好来年就生一子，年余又生一女，高宗宠幸益甚。王皇后、萧淑妃，恩眷已衰，会昭仪生女，后怜而弄之。后出，昭仪潜扼杀之。上至昭仪宫，昭仪阳为欢笑，发被观之，女已死矣，惊啼问左右，皆言皇后适来此。高宗大怒道：“后杀吾女！”昭仪也泣数其罪。后无以自明，由是有废立之意。

高宗一日退朝，召长孙无忌、李勣、褚遂良、于志宁于殿内。遂良道：“今日之事，多为宫中。既受顾托，不以死争之，何以下见先帝？”勣称疾不入。无忌等至内殿，高宗道：“皇后无子，武昭仪有子，今欲立昭仪为后何如？”遂良道：“先帝临崩，执陛下手，谓臣道：‘朕佳儿佳妇，今以付卿。’此陛下所闻，言犹在耳。皇后未闻有过，岂可轻废？”上不悦而罢。明日又言之，遂良道：“陛下必欲易皇后，伏请妙择天下令族，何必武氏？况武氏经事先帝，众所共知，万代之后，谓陛下为何如？”因置笏于殿阶，免冠叩头流血。高宗大怒，命宫人引出。昭仪在帘中大言曰：“何不扑杀此獠？”无忌道：“遂良受先帝顾命，有罪不敢加刑。”韩瑗因间奏事，泣涕极谏，高宗皆不纳。

隔了几日，中书舍人李义府叩阁，表请立武昭仪；适李勣入朝，高宗道：“朕欲立武昭仪为后，前问遂良，以为不可，子当何如？”李勣道：“此陛下家事，何必更问外人？”许敬宗从旁赞道：“田舍翁多收十斛麦，尚欲易妇，况天子乎？”帝意遂决，废皇后、萧淑妃为庶人，命李勣赍玺绶，册武氏为皇后。贬褚遂良为潭州都督，又贬爱州刺史，寻卒。自后僭乱朝政，出入无忌，每与高宗同御殿阁听政，中外谓之二圣。高宗被色昏迷，心反畏惧武后，即差人封怀义为白马寺主。又令行人司，迎请母亲来京，赠父武士彟司徒，赐爵周国公，封母杨氏为荣国太夫人，武三思等俱令面君，亲赐官爵，置居京师。因恨王皇后、萧淑妃，令人断其手足，投于酒瓮中道：“二贱奴，在昔骂我至辱，今待他骨醉数日，我方气休。”因此日夜荒淫。

武后怀着那点初心，要高宗早过，便百般献媚。弄得高宗双目枯眩，不能票本。百官奏章，即令武后裁决。武后曾经涉猎文史，弄些聪明见识，凡事皆称圣意，因遂加徽号曰天后。一日，高宗因目疾枯塞，心下烦闷，因对天后道：“朕与你终日住在宫中，目疾怎能得愈？闻得嵩山甚是华丽，朕与你同去一游，开爽眼界何如？”天后亦因在宫中，时见王、萧为祟，巴不能个出去游幸，便道：“这个甚好。”高宗令宫监出来说了，不一时銮仪卫摆列了旗账队伍，跟了许多宫女。高宗同天后上了一个双凤銮舆坐下，天后道：“文臣自有公务，要他们跟来做甚，只带御林军四五百就够了。”高宗遂传旨大小文臣，不必随御，一应文臣便自回衙门办事。銮仪卫把那些旗账，齐齐整整摆将出来，甚是严肃。在路晓行夜宿，逢州过县，自有官员迎接供奉。

不日已到嵩山，但见奇峰叠出，高耸层云，野鸟飞鸣，齐歌上下；寺门前一条石桥，沸滚的长川冲将下来；奈是秋杪的时候，只有红叶似花，飘零石砌。又见那寺里日宫月殿，金碧辉煌；只可恨那寺后一两进小殿，被了火灾，还没有收拾。因天已底暮，在寺门前看那红日落照，游了一回，便转身上辇。天后呆坐了仔细凝思。高宗道："御妻想什么？"天后道："聊有所思耳！"因取鸾笺一幅，上写道：

陪銮游禁苑，侍赏出兰闱。
云掩攒峰盖，霞低捶浪旗。
日宫疏涧户，月殿启岩扉。
金轮转金地，香阁曳香衣。
铎吟轻吹发，幡摇薄露稀。
昔遇焚芝火，山红迎野飞。
花台无半影，莲塔有金辉。
实赖能仁力，攸资善世威。
慈缘兴福绪，于此欲皈依。
风枝不可静，泣血竟何为？

高宗看天后写完，拿起来念了一遍，赞道："如此词眼新艳，用意古雅，道是翰苑大臣应制之作，岂属佳人游戏之笔？妙极，妙极。"

行了数日，已到宫门首，几个大臣来接驾奏道："李勣抱病半月，昨夜三更时已逝矣！"高宗见说，为之感伤，赐谥贞武；其孙敬业，袭爵英公。

高宗因天后断事平允，愈加欢喜。天后览臣工奏章，见内有薛仁贵讨突厥余党，三箭定了天山，因叹道："几万雄师，不如仁贵之三箭耳！"遂问高宗道："此人有多少年纪？"高宗道："只好三十以内之人。"天后道："待他朝见时，妾当觑他。"高宗临朝，薛仁贵进朝复旨，天后在帘内私窥，见其相貌雄伟，心中甚喜，撺掇高宗以小喜赠之。

时天后设宴于华林园，宴其母荣国夫人并三思。高宗饮了一回，有事与大臣会议去了。杨氏换了衣服，同天后、三思，各处细玩园中景致，但见：

楼阁层出，树影离奇。纵横怪石，嵌以精庐。环池以憩，万片游鱼。绀村镂楹，视花光为疏密；长枨复道，依草态以萦回。既燠房之奥窔，亦凉室之虚无。乃登峭阁，眺层丘，条八窗之竞开，洗万壑之争流。能不结遥情之亹亹，真堪增逸兴之悠悠。

游玩一遍，荣国夫人辞别天后升舆回第。三思俟杨氏去后，换了衣服，也来殿上游玩一遍，各自散归。武后回宫不题。

且说沛王名贤，周王名显，因宫中无事，各出资财，相与斗鸡为乐，以表输赢。时王勃为博士，年少多才，二王喜与之谈笑。每至斗鸡时，王勃亦为之欢饮，因作斗鸡檄文云：

盖闻昴日，著名于列宿，允为阳德之所钟。登天垂象于中孚，实惟翰音之是取。历晦明而喔喔，大能醒我梦魂；遇风雨而胶胶，最足增人情思。处宗窗下，乐兴纵谈；祖逖床前，时为起舞。肖其形以为帻，王朝有报晓之人；节其状以作冠，圣门称好勇之士。秦关早唱，庆公子之安全；齐境长鸣，知群黎之生聚。决疑则荐诸卜，颁赦则设于竿。附刘安之宅以上升，遂成仙种；从宋卿之窠而下视，常伴小儿。惟尔德禽，固非凡鸟。文顶武足，五德见推于田饶；杂霸雄王，二宝呈祥于嬴氏。迈种首云祝祝，化身更号朱朱。苍蝇恶得混其声，蟋蟀安能窃其号。即连飞之有势，何断尾之足虞？体介距金，邀荣已极；翼舒爪奋，赴斗奚辞？虽季郈犹吾大夫，而埘桀隐若敌国。两雄不堪并立，一喙何敢自安？养威于栖息之时，发愤在呼号之际。望之若木，时亦趾举而志扬；应之如神，不觉尻高而首下。于村于店，见异己者即攻；为鹳为鹅，与同类者争胜。爰资枭勇，率遏鸱张。纵众寡各分，誓无毛之不拔；即强弱互异，信有喙之独长。昂首而来，绝胜鹤立；鼓翅以往，亦类鹏搏。搏击所施，可即用充公膳；翦降略尽，宁犹容彼盗啼。岂必命付庖厨，不啻魂飞汤火。羽书捷至，惊闻鹅鸭之声；血战功成，快睹鹰鹯之逐。于焉锡之鸡幛，甘为其口而不羞；行且树乃鸡碑，将味其肋而无弃。倘违鸡塞之令，立正鸡坊之刑。牝晨而索家者有诛，不复同于彘畜；雌伏而败类者必杀，定当割以牛刀。此檄。

高宗见了檄文，便道："二王斗鸡，王勃不行谏诤，反作檄文，此乃交构之际。"遂斥王勃出沛府。

王勃闻命，便呼舟省父于洪都。舟次马当山下，阻风涛不得进。那夜秋杪时候，一天星斗，满地霜华。王勃登岸纵观，忽见一叟坐石矶上，须眉皓白，顾盼异常，遥谓王勃道："少年子何来？明日重九，滕王阁有高会。若往会之，作为文词，足垂不朽，胜于斗鸡檄多矣！"勃笑道："此距洪都，为程六七百里，岂一夕所能至？"叟道："兹乃中元，水府是吾所司。子欲决行，吾当助汝清风一帆。"勃方拱谢，忽失叟所在。勃回船，即促舟子发舟，清风送帆，倏抵南昌。舟人叫道："好呀，谢天地，真个一帆风已到洪州了！"王勃听见，欢喜不胜。

时宇文钧新除江州牧，因知都督阎伯屿，有爱婿吴子章，年少俊才，宿构序文，欲以夸客，故此开宴宾僚。王勃与宇文钧，亦有世谊，遂更衣入谒，因邀请赴宴。勃不敢辞，与那群英见礼过，即上席。因他年方十四，坐之末席。笙歌迭奏，雅乐齐鸣。酒过几巡，宇文钧说道："忆昔滕王元婴，东征西讨，做下多少功业，后来为此地刺史，牧民下士，极尽抚绥。黎庶不忘其德，故建此阁，以为千秋仪表。但可惜如此名胜，并无一个贤人做一篇序文，镌于碑石，以为壮观。今幸诸贤汇集，乞尽其才，以纪其事何如？"遂叫左右取文房四宝，送将下去。

诸贤晓得吴子章的意思，各各逊让，次第至勃面前。勃欲显己才，受命不辞。阎公心中转道："可笑此生年少不达，看他做什么出来！"遂起更衣，命吏候于勃旁。"看他做一句报一句，我自有处。"王勃据了一张书案，提起笔来，写着："南昌故郡，洪都新府。”书吏认真写一句报一句,阎公笑道:“老生常谈耳。”次云:“星分翼轸,地接衡庐。”阎公道:“此故事也。”又报至:“襟三江而带五湖,控蛮荆而引瓯越。”阎公即不语。俄而数吏沓报至,阎公即颔颐而已,至“落霞与孤鹜齐飞,秋水共长天一色”,不觉矍然道:“奇哉此子,真天才也!快把大杯去助兴。”顷而文成,左右报完,忽见其婿吴子章道:“此文非出自王兄之大才,乃赝笔也。如不信,婿能诵之,包你一字不错。”众人大惊。只见吴子章从“南昌故郡”背起,直至“是所望于群公”,众人深以为怪。王勃说道:“吴兄记诵之功,不减陆绩诸人矣。但不知此文之后,小弟还有小诗一首,吴兄可诵得出么?”子章无言可答,抱惭而退。只见王勃又写上“一言均赋,四韵俱成”:

滕王高阁临江渚,佩玉鸣鸾罢歌舞。
画栋朝飞南浦云,朱帘暮卷西山雨。
闲云潭影日悠悠,物换星移几度秋。
阁中帝子今何在?槛外长江空自流。

阎公与宇文钧见之,无不赞美其才,赠以五百缣,才名自此益显。

却说高宗荒淫过度,双目眩眊。天后要他早早归天,时刻伴着他玩耍。朝中事务,俱是天后垂帘听政。一日看本章内,礼部有题请建坊旌表贞烈一疏。天后不觉击案的叹道:“奇哉!可见此等妇人之沽名钓誉,而礼官之循声附会也。天下之大,四海之内,能真正贞烈者,代有几人?设或有之,定是蠢然一物,不通无窍之人;不是为势所逼,即为义所束,闺阁之中,事变百出,掩耳盗铃,谁人守着。可笑这些男子,总是以讹传讹,把些银钱,换一个牌坊,假装自己的体面,与母何益?我如今请贞烈建坊的一概不准,却出一诏,凡妇人年八十以上者,皆版授郡君赐宴于朝堂,难道此旨不好似前朝?”遂写一道旨意,于礼部颁谕天下。时这些公侯驸马以及乡绅妇女,闻了此旨,各自高兴,写了履历年庚,递进宫中。天后看了一遍,足有数百。天后拣那在京的年高者,点了三四十名。定于十六日到朝堂中赴宴。至日,席设于宝华殿,连自己母亲荣国夫人亦预宴。时各勋戚大臣的家眷,都打扮整齐而来。

独有秦叔宝的母亲宁氏,年已一百有五,与那张柬之的母亲滕氏,年登九十有余,皆穿了旧朝服,来到殿中。各各朝见过,赐坐饮酒。天后道:“四方平静,各家官儿,俱在家静养,想精神愈觉健旺。”秦太夫人答道:“臣妾闻事君能致其身,臣子遭逢明圣之主,知遇之荣,不要说六尺之躯,朝廷豢养,即彼之寸心,亦不敢忘宠眷。”天后道:“令郎令孙,都是事君尽礼,岂不是太夫人训诲之力?”张柬之的母亲道:“秦太夫人寿容,竟如五六十岁的模样,百岁坊是必娘娘敕建的了。”荣国夫人道:“但不知秦太夫人正诞在于何日,妾等好来举觞。”秦母道:“这个不敢,贱诞是九月二十三日;况已过了。”酒过三巡,张母与秦母等,各起身叩谢天后。明日,秦叔宝父子暨张柬之辈,俱进朝面谢。天后又赐秦母建坊于里第,匾曰:“福寿双高”。此一时绝胜。后事如何,且听下回分解。

第七十二回　张昌宗行傩幸太后　冯怀义建节抚硕贞

诗曰：

春风着处惹相思，总在多情寄绿枝。
莫怪啼莺窥绣幕，岂怜佳树绕游丝。
盈盈碧玉含娇目，袅袅文姬下嫁时。
博得回眸舒一笑，凭他见惯也魂痴。

谚云“饱暖思淫欲”，是说寻常妇人；若是帝后，为天下母仪，自然端庄沉静，无有邪淫的。乃古今来，却有几个？秦庄襄后晚年淫心愈炽，时召吕不韦入甘泉宫；不韦又觅嫪毐，用计诈为阉割，使嫪毐如宦者状，后爱之；后被杀；不韦亦车裂。汉吕后亦召审食其入宫，与之私通。晋夏侯氏，至与小吏牛金通，而生元帝，流秽宫内，遗讥史策。可惜月下老布置姻缘，何不就拣这几个配偶，使他心满意足，难道他还有什么痴想？

如今再说天后在宫中淫乱，见高宗病入膏肓，欢喜不胜。一日高宗苦头重，不堪举动，召太医秦鸣鹤诊之。鸣鹤请刺头出血可愈。天后不欲高宗疾愈，怒道：“此可斩也，乃欲于天子头刺血！”高宗道：“但刺之，未必不佳。”乃刺二穴出少血。高宗道：“吾目似明矣！”天后举手加额道：“天赐也。”自负彩百匹，以赐鸣鹤。鸣鹤叩头辞出，戒帝静养。天后好像极爱惜他，时伴着依依不舍，岂知高宗病到这个时，还不肯依着太医去调理，还要与天后亲热，火升起来，旋即驾崩。在位三十四年。天后忙召大臣裴炎等于朝堂，册立太子英王显为皇帝，更名哲，号曰中宗；立妃韦氏为皇后；诏以明年为嗣圣元年，尊天后为皇太后，擢后父韦元贞为豫州刺史，政事咸取决于太后。

一日，韦后无事，在宫中理琴，只见太后一个近侍宫人，名唤上官婉儿，年纪只有十二三岁，相貌娇艳，性格和顺；生时母梦人畀大秤而生，道使此女称量天下，后遂颇通文墨，有记诵之功。偶来宫中闲耍，韦后见了便问道：“太后在何处，你却走到这里来？”婉儿道：“在宫中细酌。我不能进去，故步至此。”韦后道：“岂非冯、武二人耶！”婉儿点头不语。韦后道：“你这点小年纪，就进去何妨？”婉儿道：“太后说我这双眼睛最毒，再不要我看的。”韦后道：“三思犹可，那秃驴何所取焉！”

正说时，只见中宗气忿忿的走进宫来，婉儿即便出去。韦后道：“朝廷有何事，致使陛下不悦？”中宗道：“刚才御殿，见有一侍中缺出，朕欲以与汝父。裴炎固争，以为不可。朕气起来对他们说，我欲以天下与韦元贞，何不可，而惜侍中耶！众臣俱为默然。”韦后道：“这事也没要紧，不与他做也罢了。只是太后如此淫乱奈何？听见冯、武又在宫中吃酒玩耍。”中宗道：“《诗》上边说‘有子七兮，莫慰母心’；母要如此，叫我也没奈何。”韦后道：“你到有这等度量！只是事父母几谏，宁可悄悄的谏他一番。”中宗道：

“不难，我明日进宫去与他说。”

到了明日，中宗朝罢，先有宫监将中宗要与韦元贞为侍中并欲与天下，与太后说了。太后道：“这般可恶。”不期中宗走进宫来，令诸侍婢退后，悄悄奏道：“母后恣情，不过一时之乐，恐万代后青史中不能为母后隐耳，望母后早察。”太后正在含怒之际，见他说出这几句话来，又恼又惭，便道：“你自干你的事罢了，怎么毁谤起母来？怪不得你要将天下送与国丈，此子何足与事！”遂召裴炎，废中宗为庐陵王，迁于房州；封豫王旦为帝，号曰睿宗，居于别宫。所有宫内大小政事，咸决于太后，睿宗不得与闻。太后又迁中宗于均州，益无忌惮，心甚宽畅。又知宗室大臣怨望，心中不服，欲尽杀之。盛开告密之门，有告密称旨者，不次除官。用索元礼、周兴、来俊臣共撰《罗织经》一卷，教其徒网罗无辜。

中宗在均州闻之，心中惴惴不安，仰天而祝，因抛一石子于空中道：“我若无意外之虞，得复帝位，此石不落。”其石遂为树枝勾挂。中宗大喜，韦后亦委曲护持之。中宗道：“他日若复帝位，任汝所欲，不汝制也。”这是后事不题。

且说洛阳有张易之、张昌宗兄弟二人，他父亲原是书礼之家，一日因科举到京应试，寓在武三思左近。恰好三思与怀义不睦，要夺他宠爱，遂荐昌宗兄弟于太后，不题。

却说怀清见怀义到白马寺里去，料想他不能个就来，适有一睦州客人陈仙客，相貌魁伟，更兼性好邪术，怀清竟蓄了发，跟他到睦州；那寺侧毛皮匠，也跟去做了老家人。恰值那年睦州亢旱，地里忽裂出一个池来。中间露出一条石桥，桥上刻着“怀仙”两字，人到池边照影，一生好歹，都照出来。因此怀清夫妻也去照照，那知池中现出竟如天子皇后的打扮，并肩而立。怀清深以为怪，对仙客道：“桥上‘怀仙’二字，合着你我之名，又照见如此模样。武媚娘可以做得皇帝，难道我们偏做不得？”遂与仙客开起一个崇义堂来，只忌牛犬，又不吃斋，所以人都来皈依信服。男人怀清收为徒，女人仙客收为徒，不上一两年，竟有数千余人。怀清自立一号曰硕贞，拣那些精壮俊俏后生，多教了他法术，皆能呼风唤雨。不期被县尹晓得了，要差兵来捕他，那此徒弟们慌了，报知陈仙客、硕贞。硕贞见说，选了三四百徒弟，拥进县门，把县尹杀了；据了城池，竖起黄旗，自称文佳皇帝。仙客称崇义王，远近州县，望风纳款。扬州刺史阴润，只得申文报知朝廷。

是日太后闲着无事，恰值差人去请怀义在宫中二雅轩宴饮。见了奏章，太后微笑道：“天下只道惟我在女子中有志敢为，可谓出类拔萃者矣；不意此女亦欲振起巾帼之意，擅自称帝。”怀义道：“莫非就是睦州文佳皇帝陈硕贞么？前日有两个女尼，对臣说那陈硕贞凶勇无比，说起来就是感业寺里怀清，未知确否？”正说时，只见象州刺史薛仁贵申文，请发兵讨陈硕贞，附有夫人小喜一副私礼，禀启中备说陈硕贞就是怀清，在睦州起义，曾遇异人，得了天书篆符，凶锋难犯，或抚或剿，恩威悉听上裁。太后笑道：“我说那里有这样斗气的女子。原来果是令姊。”怀义亦笑道：“罢了，男人无用的了！怎么一个柔弱女子，便做得这个田地？”太后笑道：“这样话只算是放屁。舜何人也，予何人也，有为者亦若是。难道女子只该与男子践如敝屣的？我前日的意思，建宫分职，原要都用女子，男人只充使令。举朝皆妇人，安在不成师济之盛？我今烦你去招安他，难道他不肯来？”怀义道：“臣无官职，怎能个去招他？”太后道：“我封你一个大将军之职，你去何如？”即传诣封怀义为右卫大将军之职，星夜往睦州，招抚陈硕贞。咨文发下，怀义便辞朝，太后又叮咛了许多话，差御林军三千助之。又移咨象州刺史薛仁贵，会兵接应。仁贵得了旨意，亦发兵进剿。

原来陈硕贞夫妻两个近日不睦，仙客嫌妻拥着精壮徒弟，不与他管；硕贞亦嫌其抢掳娇娃，带了随处宣淫。你道我兵强，我道己兵强，因此大家分路，各自建功。仁贵将到淮上，早有细作来报道：“崇义王陈仙客，带了一二千人马，离此地只有三十余里，要到徐州借粮，伏乞老爷主裁。”薛仁贵即便驻扎，点三百精兵，扮作逃难百姓，星夜赶去伏着；又发一百精兵，扮做贩酒煮的客人；又发二百精兵，扮作香客，看前头下得手处埋伏。吩咐完了，各自起行。仁贵自己统领大军，连夜追赶，离贼只有二三里，便停住。候至半夜，只听得一声号炮，仁贵如飞赶上前去，只见后边火星迸起，炮声不绝。仁贵持枪，直杀到寨门，可怜那些贼兵，从未逢这样精锐，各自卸了甲胄走了。陈仙客尚在炕上安寝，睡梦中听得杀喊，正要想逃走，那晓得仁贵一条枪直刺进来，被后边四五个精兵杀进，逃走不及，被仁贵一枪刺死在地，枭了首级。还有七八百人，见主帅被诛，只得弃戈投降。

却说怀义同了三千御林军起行，预先差四五个徒弟，扮做游方僧人，去打听可是怀清还俗的。众徒弟领命去了，自己却慢慢而行。过了几日，只见那四五个徒弟同了一个老人家转来，怀义问道：“所事可有着实么？”徒弟道：“文佳皇帝一个亲随家人，被我们哄到这里，师爷去问他便知。”怀义出来问道：“你是那里人？姓什么？”那老者道：“难道老爷不认得小的了？小的姓毛，名二，长安人，当年住在感业寺侧首，做皮匠为活。小的单身，时常家怀清师父热汤茶饭，总承我的。不想被那睦州陈仙客王爷，到寺中拐了六师父，竟往睦州蓄了发，做了夫妻，小的也只得随他去了。”怀义问道：“他们有什么本事，哄骗得这些人动？”毛二道：“那陈仙客，喜的是咒诅邪术。不想遇着六师父更聪明，把这些书符秘诀，练习精熟，着实效验。故此远近男女知道，都来降服皈依。”怀义道：“你知陈仙客勇力如何？”毛二垂泪道：“老爷，我们的主儿已死，还要问他什么勇力？”怀义听见喜道：“几时死的？”毛二道：“前日被薛仁贵来剿他，不意路上撞见，黑夜里杀进寨来。我那主人正在睡梦中，不及穿甲，被他杀了。”怀义道：“你这话不要调谎。”毛二道：“小的若是调谎，听凭老爷处死。”怀义道：“你如今要往那里去？”毛二道：“小的要去报知王爷的死信。”怀义道：“你不晓得，你文佳皇帝与我是亲戚。”毛二道：“小的怎么不晓得？”怀义道：“朝廷晓得他造反，故此差我来招安。你今要去报知他崇义王死信，可同我的人去，他便明白了。”说罢，怀义就写了一封书，一件东西，付与四个徒弟，又叮咛了一番。徒弟同毛二起身去了。

行不多几日，到了沛县。只见他们摆着许多营盘，在城外把守。守营军卒看见了问道：“毛老伯，你为何回来了？你们那里何如？”毛二摇手道：“少顷便知，皇爷在何处？”小卒道：“在中军。”毛二如飞走到中军报知，叫毛二进去。毛二跪在地上，只是哭泣。陈硕贞心焦道：“你这老儿好不晓事，好歹说出来罢了，为什么只管啼哭？”毛二将崇义王如何行兵，薛仁贵如何举动，不想王爷正在宴乐之时，杀进来死了。陈硕贞不觉大恸。

正哭时,毛二又说道:"皇爷且莫哭,有一件事在此,悉凭皇爷主裁。"取出那怀义的一封书来。陈硕贞接了书,看见封面上写着:白马寺主家报。便问:"你如何遇见了怀义?"毛二将骗去一段说了。陈硕贞将怀义的书拆开,只见上写道:

忆昔情浓宴乐,日夕佳期。不意翠华临幸,忽焉分手。此际之肠断魂消,几不知有今日也。自贤姊乔迁,细访至今,始知比丘改作花王,雨师堪为敌国。虽杨枝之水,一滴千条,反不如芸香片席,共沐莲床也。良晤在即,先此走候。统惟慈照不宣。怀清贤姊妆次,辱爱弟冯怀义顿首拜。

毛二道:"他那里差四个童子在外。"硕贞便叫唤他进寨来。毛二出去不多时,领着四个徒弟,走进寨门。两边刀枪密密,剑戟重重。上边一个柔弱女子,相貌端肃,珠冠宝顶,着一件暗龙绒色战袍,大红花边镶袖口。四个徒弟,见了这般光景,只得跪下叩头道:"家爷启问娘娘好么?"陈硕贞道:"你家老爷,朝廷待得好么?"徒弟答道:"好。家爷有一件东西在此,奉与娘娘,须屏退众人。"陈硕贞道:"多是我的心腹。"那徒弟就在袖中取将出来。硕贞接在手中一看,却是前日临别时赠与怀义的白玉如意,见了双泪交流,便道:"我只道我弟永不得见面的了,谁知今日遭逢。"便对四个徒弟道:"这里总是一家,你们住在此,待你老爷来罢。"四人只得住下。

过了一宵,五更时分,听得三个轰天大炮,早有飞马来报道:"敌兵来了!"陈硕贞道:"这是我家师爷,说甚敌兵!"各寨穿了甲胄,如飞摆齐队伍,也放三声大炮,放开寨门。硕贞差人去问:"是何处人?"怀义的兵道:"我们是白马寺主右卫大将军冯爷,你们来的是何人?"军卒答道:"是文佳皇帝在此。"说了,就转身去报与陈硕贞。硕贞选了三四十人跟了,跨上马,来接圣旨。怀义叫三千御林军驻扎站立,自同三四十个徒弟,背了玉旨,昂然而来。到硕贞寨中,香案摆列。硕贞接拜了圣旨,两个相见过,拥抱大哭,到后寨中去各诉衷情。正欲摆酒上席,城内各官俱来参谒。怀义差人辞谢了,对硕贞道:"贤姊既已受安,部下兵马如何处置?"硕贞道:"我既归降,自当同你到京面圣,兵马且屯扎睦州再处。"怀义道:"如此绝妙。"硕贞传众军头目说了,军马只得暂在睦州驻扎候旨。只带三四十亲随,同怀义亲切的慢慢而行。

行不及两三日,遇见了薛仁贵兵马。怀义把招安事体,对他说了。仁贵道:"既是事体已妥,师爷同令姊面圣,学生具疏上闻,去守地方了。"大家相别,仁贵自回象州去了。怀义同硕贞一路而行。到了京中,报知太后。太后晓得陈硕贞到了,怀义先进宫去说明,差个官儿去接,即召陈硕贞进宫。太后一见,悲喜交集,大家把别后事情说了,留在宫中,住了两三日,赠了金银缎匹,买一所民房居住。敕赐硕贞为归义王,与太后为宾客。怀义赐封鄂国公。后事如何,下回分解。

第七十三回　安金藏剖腹鸣冤　骆宾王草檄讨罪

词曰：

兔走乌飞，一霎时，翻腾满目。兴告讦，网罗欲尽，律严刑酷。眼底赤心肝一片，天边鳄泪愁千斛。吐尽怀，草檄整天廷，仇方复。

斟绿酒，浓情续。烧银烛，新妆簇。向风亭月榭，细谈衷曲。此夜绸缪恩未竟，来朝离别情何促？倩东风，博得上林归，双心足。

调寄《满江红》

从古好名之士，为义而死；好色之人，为情而亡。然死于情者比比，死于义者百无一二。独有春秋时卫大夫宏演，纳懿公之肝于腹中；战国时齐臣王蠋，闻闵王死，悬躯树枝，自奋绝脰而亡。立心既异，亦觉耳目一新，在宇宙中虽不能多，亦不可少。

今说太后在宫追欢取乐，倏忽间又是秋末冬初。太平公主，乃太后之爱女，貌美而艳，丰姿绰约，素性轻佻，惯恃母势胡作敢为。先适薛绍，不上两三年即死。归到宫中，又思东寻西趁，不耐安静。太后恐怕拉了他心上人去，将他改适大夫武攸暨，不在话下。

是日恰值太后同武三思在御园游玩，太后道："两日天气甚是晴和。"三思道："天气虽好，只是草木黄落，觉有一种凋零景象，终不如春日载阳，名花繁盛之为浓艳耳！"太后道："这又何难！前日上林苑丞，奏梨花盛开，梨花可以开得，难道他花独不可开？况今又是小春时候，明日武攸暨必来谢亲，赐宴苑中，当使万花齐放，以彰瑞庆。"三思道："人心如此，天意恐未必可。"太后笑道："明日花若开了，罚你三大玉杯酒。"三思亦笑道："白玉杯中酒，陛下时常赐臣饮的，只是如今秋末冬初的天气，那得百花齐放来？"太后怒目而视，别了三思回宫。便传旨宣归义王陈硕贞入朝，将前事与他说了。叫他用些法术，把苑中树木尽开顷刻之花，以显瑞兆。硕贞道："若是明日筵宴，陛下要一二种花，臣或可向花神借用。若要万花齐发，这是关系天公主持，须得陛下诏旨一道，待臣移檄花神，转奏天廷，自然应命。"太后展开黄纸，写一诏道：

明朝游上苑，火速报春知。
花须连夜发，莫待晓风吹。

太后写完，将诏付陈硕贞。硕贞又写了一道檄文，别了太后。竟到苑中，施符作法，焚与花神不题。太后又传旨着光禄寺正卿苏良嗣，进苑整治筵席。

再说武三思回家，途遇了怀义。怀义问道："上卿何不宿于宫，而跋涉道途耶？"三思道："可笑太后要向花神借春，使明早万花齐放。我想人便生死由你，这发蕊放花系上帝律令，岂花神可以借得？我与你到明日看苑中之花，便知天意。"两人大笑而别。到了明日，天气愈觉融和，怀义放心不下，忙进苑来。只见万卉敷荣，群枝吐艳。一转转到畅华堂来，一个官儿在那里主持。原来苏良嗣为因旨意，叫他检点筵席，故早到此。怀义被他看见，便道："何物秃驴辄敢至此！"怀义见他说这两句话，道他眼睛有些近视，只得忍着气对苏良嗣道："苏老先，彼此朝廷正卿，难道学生来不得的？"苏良嗣道："今日是武驸马谢亲，是一席喜筵，朝廷差我在此料理。你是何科目出身，居为正卿，妄自尊大？你若不走，我就把朝笏来批你的颊，看你把我如何？"怀义睁着眼睛，要发出话来，不意苏良嗣向着怀义把牙笏照脸批来，打了几下。

怀义着了忙，只得逃进太后宫中，双膝跪下。太后道："你为何这般光景？"怀义道："苏良嗣无礼，见了臣僧，便批臣的颊。"太后道："他在何处打你？"怀义道："在苑中畅华堂。"太后即挽他起来道："是朕叫他在那里主持酒席的，你为什么到那里闲走起来？南衙宰相往来，今后阿师当从北门出入。"便叫内侍吩咐司北宰门的官儿："今后上师进来，不可禁止。"又对怀义道："你今日住在此，待他们酒席散了，朕与你去游赏如何？"

且说苏良嗣在畅华堂检点，屏开孔雀，座映芙蓉，满山百花开放，照耀的好不热闹。只见御史狄仁杰领着各官进来，见了这些花朵，不胜浩叹道："奇哉，天心如此，人意何为？"内史安全藏道："不知万卉中可有不开的？"众臣各处闲看，惟有槿树，杳无萌芽，仍旧凋零，不觉赞叹道："妙哉槿树，真可谓持正不阿者矣！"正说时，只见驸马武攸暨进宫去朝见了，到畅华堂来领宴。又见许多宫女，拥着太后进来，叫大臣不必朝参，排班坐定。太后道："草木凋零，毫无意兴，故朕昨宵特敕一旨，向花神借春，不意今朝万花齐放，足见我朝太平景象。此刻饮酒，须要尽兴回去，或诗或赋做来。以记盛事。"又吩咐内侍去看万卉中可有违诏不开的，左右道："万花齐放，只有槿树不开。"太后命左右剪除枝干，谪在野间，编篱作障，不许复植苑中。那武三思辈，这些谄佞之徒，无不谀词赞美。独有狄仁杰等俱道："春荣秋落，天道之常。今众花特发，亦陛下威福所致；但冬行春令，还宜修省。"酒过三巡，众臣辞退。太后也因怀义在内，命驾进宫。

武三思看见太后不邀他到宫里去，心中疑惑，走到旁边，穿过了玩月亭，将到翠碧轩转去，只见上官婉儿倚栏呆想。正是：

> 淡白梨花面，轻盈杨柳腰。
> 倚栏惆怅立，妩媚觉魂消。

三思在太后处，时常见他，也彼此留心。今日见他独自在此，好不欢喜，便道："婉姐，你独自在此想着甚来，敢是想我么？"婉儿撇转头来，见是三思，笑道："我是不想你，另有个心上人在那里想着。"三思道："是那个？"婉儿道："我且问你，今日在畅华堂中赴宴，为何闯到这里？"三思道："你莫管我，同你到翠碧轩里去，有话问你。"婉儿道："有话就在此说吧。"三思笑道："我偏要到轩里去说。"婉儿没奈何，只得随了他到轩里来。

三思问道："谁在太后宫中玩耍？"婉儿道："是怀僧。"三思便把婉儿搂住道："亲姐姐，你方才说有人想我，端的是那个？"婉儿就把韦后在宫时，我常在他面前赞你如何风流，如何温存，又说你同太后在宫，如何举动，"他便长叹一声，好似痴呆的模样道：'怪不得太后爱他！'这不是他想你么？可惜如今同圣上移驾房州去了。他若得回来，我引你去，岂不胜过上宫么？"三思道："韦后既有如此美情，我当在太后面前竭力周全，召还庐陵王便了。"说了，分手而别。

时索元礼、周兴、来俊臣辈，同在畅华堂与宴，觉得狄仁杰、安金藏诸正人，意气矜骄，殊不为礼，心中饮恨。怀义又怪苏良嗣批其颊，大肆发怒。适虢州人杨初成，矫制募人迎帝于房州。太后敕旨捕之。怀义买嘱周兴，诬苏良嗣、狄仁杰与安金藏等同谋造反。来俊臣又投一扇子匦上，有《醉花阴》词二首，云是良嗣讥讪母后，同谋不轨。词云：

> 花到春开其常耳，破腊花有几，除却一枝梅，再要花开，只恐无其二。
> 上苑催花丹诏至，不许拘常例。草木亦何知，役使随人，博得天颜喜。
> 违例开花花何意？要把君王媚。昨夜诏花开，今早来看，却果都开矣。
> 槿树一枝偏独异，不肯随凡卉。篱下尽悠然，万紫千红，对此应含愧。

太后见了大怒，然知狄仁杰乃忠直之臣，用笔抹去，余谕索元礼勘问。元礼临审酷烈，不知诬害了多少人，把苏良嗣一夹，要他招认谋反。良嗣喊道："天地九庙之灵在上，如良嗣稍有异心，臣等愿甘灭族。"又把安金藏要夹起来。金藏道："为子当孝，为臣当忠，如君欲臣死，孰敢不死？但欲勘臣去陷君，臣不为也。今既不信金藏之言，请剖心以明良嗣不反。"即引佩刀，自剖其胸，五脏皆出，血涌法堂。杜景俭、李日知他两个尚存平恕，见了，忙叫左右夺住佩刀，奏闻太后。太后即传旨，着俊臣停推，叫太医院看视。

安金藏此事远近传闻。眉州刺史英公徐敬业同弟敬猷，行至扬州，忽闻此报，不胜骇怒道："可惜先帝天挺英雄，数载亲临鏖战，始得太平；至今日被一妇人安然坐享，把他子孙翦灭殆尽。难道此座竟听他归之武氏乎？举朝中公卿，何同木偶也！"敬猷道："吾兄是何言欤？众臣俱在辇毂之下，各保身家，彼虽淫乱，朝廷之纪纲尚在，但可恨这班狐鼠之徒耳。如今日有忠义之士，出而讨之，谁得而禁哉！"

正说时，只见唐之奇、骆宾王进来。原来唐、骆因坐事贬谪，皆会于扬州。二人听见了，便道："好呀，你们将有不轨之志，是何缘故？"敬业道："二兄来得甚妙，有京报在这里，请二兄去看便知。"二人看了一遍，唐之奇只顾叹气。骆宾王对敬业道："这节事，令祖先生若存，或者可以挽回；如今说也徒然。"敬业道："贤兄何必如此说，人患不同心耳。设一举义旗，拥兵而进，孰能御之？"唐之奇道："既如此说，兄何寂然？"骆宾王道："兄若肯正名起义，弟当作一檄以赠。"敬业道："兄若肯扶助，弟即身任其事，即日祭告天地，祀唐祖宗，号令三军，义旗直指耳。且把酒来吃，兄慢慢的想起来。"骆宾王道："这何必想，只要就事论事说去，已书罪无穷矣。"敬猷道："只就断后妃手足，这种利害之心,实男子所无。”一回儿摆上酒来,大家用巨觞饮了数杯,宾王立起身来说道:“待弟写来,与诸兄一看,悉凭主裁。”忙到案边,展开素纸写道:

> 伪周武氏者,人非和顺,地实寒微。昔充太宗下陈,曾以更衣入侍。洎乎晚节,秽乱春宫,潜隐先帝之私,阴图后庭之嬖。入门见妒,蛾眉不肯让人;掩袖工谗,狐媚偏能惑主。践元后于翚翟,陷吾君于聚麀;加以虺蜴为心,豺狼成性,近狎邪僻,残害忠良,杀姊屠兄,弑君鸩母,人神之所共嫉,天地之所不容。犹复包藏祸心,窥窃神器。君之爱子,幽之于别宫;贼之宗盟,委之以重任。呜呼霍子孟之不作,朱虚侯之已亡。燕啄王孙,知汉祚之就尽;龙漦帝后,识夏庭之遽衰。敬业皇唐旧臣,公侯冢子,奉先君之承业,荷朝廷之厚恩。

敬业坐在旁边,看他一头写,一头眼泪落将下来,忍不住移身去看,只见他写到:

> 公等或居汉地,或叶周亲;或膺重寄于话言,或受顾命于王室;言犹在耳,忠岂忘心?一抔之土未干,六尺之孤何托?请看今日之域中,竟是谁家之天下!

敬业看完,不觉杯儿落将下来,双手击案大恸。宾王写完,把笔掷于地上道:“如有看此不动心者,直禽兽也!”众人亦走来念了一遍,无不涕泗交流。岂知一道檄文,如同治安策,可为痛哭者一,可为流涕者二,可为长叹息者六,弄得一堂之上,彼此哀伤。敬猷道:“这节事不是哭得了事的,只要诸公商议做去便了。”大家复坐。敬业道:“明日屈二兄早来,尚有几个好相知,邀他同事。”骆、唐二人,唯唯而别。

时狄仁杰为相,见狱中引虚伏罪者,尚有八百五十余人。仁杰具疏将索元礼等残酷之事,奏闻太后,命严思善按问。思善与周兴方推事对食,谓兴道:“因多不承,当为何法?”兴道:“令囚入瓮,以火炙之,何事不承?”思善乃索大瓮,炽炭如兴法,因起谓兴道:“有内状推公,请公入此瓮。”兴叩头伏罪,流岭南为仇家所杀。索元礼、来俊臣弃市,人争啖其肉,斯须而尽。太后知天下恶之,乃下制数其罪恶,加以赤族之诛。这些残酷之事,一朝除灭殆尽,军民相贺道:“自今眠者背始贴席矣。”

一日,武三思进宫,将徐敬业檄文,并裴炎回敬业书,与太后看。太后看罢,不觉悚然长叹,问:“此檄出自谁手?”三思道:“骆宾王。”太后道:“有才如此,而使之流落不偶,则前此宰相之过也。”三思因问敬业约炎为内应,而炎书只有“青鹅”二字,众所不解。太后道:“此何难解?青者十二月也,鹅者我自与也,言十二月中至京,我自策应也。今裴炎出差在外,且不必追捉,只遣大将李孝逸,征讨敬业便了。但我想庐陵王在房州,他是我嫡子,若有异心,就费手了,要着一个心腹去看他作何光景?只是没有人去得。”三思想起婉儿说韦后慕我之意,便道:“我不是陛下的心腹么,就去走遭。”太后道:“你是去不得的。”三思道:“此行关系国家大事,若他人去,真假难信。”太后唯唯。

只见宫娥报说："师爷进来了！"太后叫婉儿："你且送武爷出去。"婉儿对三思道："我同你到右首转出去罢。"三思道："为什么不往东边走？"婉儿道："西边清净些。"三思会意，勾住他的香肩，取乐一回，又把太后要差人往房州去的事说了，叫他撺掇我去。婉儿道："这在我，我有些礼物，送与韦娘娘，等我修书一封，打动他便了，只是日后不要把我撇在脑后。"三思道："这个自然。"随即分手出宫。到了次日，太后有旨，着武三思速往房州公干。三思得了旨意，进宫辞别太后。太后叮咛数语，婉儿暗将礼物并书递与三思。三思随即起身。不多几日，已到房州，天色已晚，上店歇了，随叫手下假说是文爷在这里买些小货。

三思到了夜间，闲语中问及："庐陵王在这里可好么？"店主人道："王爷甚好，惟与比丘时常往来。这里有感德寺大和尚，号慧范，王爷朔望必到寺中，听他讲经说法；至于百姓，真是秋毫无犯。可惜这个好皇爷，不知为了什么事，他母后不喜欢，赶了出来。"三思心上想道："庐陵如此举动，无异心可知的了。更喜今日是十四，明日是望日，待他出门，我去方妙。"过了一宵，明日捱到日中，跟了三四个小使，肩舆而至。门上人知是武三思，不知为什么事体，忙去报知韦后。韦后叫太监进去问："那武爷是怎样来的？还有何人奉陪？"太监答了。韦后道："既如此，他与我们是至戚，不妨请进宫来相见。"太监出去请进宫来。

三思看见韦后走将出来，但见：

身躯袅娜，体态娉婷。鼻倚琼瑶，眸含秋水。生成秀发，尽堪盘窝龙髻；天与娇姿，谩看舞袖吴宫。

三思连忙拜将下去，韦后也回拜了。坐定，韦后问道："太后好么？"三思笑道："比先略觉宽厚些。"韦后垂泪道："我们皇爷，偶然触了母后一句，不想被逐，如今我夫妇不知何日再得瞻依膝下？"三思道："想皇爷不在宫中么？"韦后道："今早往感德寺，已差人去请了。不知武爷何来？"三思道："因上官婉儿思念娘娘，故赍书到此。"向靴里取出书来送与韦后，左右就把礼物放下。韦后把婉儿的书拆开，看了微笑。

忽见女奴进来报道："王爷回来了。"韦后进去，中宗出来，与三思叙礼坐定。中宗先问了母后的安，又叙了寒暄，彼此把朝政家事说了。中宗道："兄如今何往？寓在何处？"三思道："在府前饭店，暂过一宵，明日即行。"中宗道："岂有此理，兄不以我为弟耶，何欲去之速也！弟还有许多话问兄。"对左右说："武爷行李在寓所，你去吩咐他们取了来。"一回儿请到殿上饮酒。三思把安金藏剖腹屠肠说了，又把目今徐敬业讨檄一段，太后差李孝逸去剿灭，今差我到扬州，命娄师德去合剿，故此枉道来问候。中宗听了大怒道："李勣是太后的功臣，母后何等待他，不想他子孙如此倡乱。若擒住他，碎尸万段，不足以服其辜。"便命整席在后书斋，中宗进内更衣去了。三思见内已摆设茶果，又见刚才随韦后的宫奴，捧上茶杯，近身悄悄对三思道："武爷不要用酒醉了，娘娘还要出来与武爷说话。"正说时，中宗出来入席，大家猜谜行令，倒把中宗灌醉，扶了进去。

三思见里边一间床账，已摆设齐整，两个小厮，住在厢房，三思叫他们先睡了，自己靠在桌上看书。不多时韦后出来,三思忙上前搂住道:“下官何幸,蒙娘娘不弃?”韦后道:“噤声。”把手向头上取那明珠鹤顶与袖中的碧玉连环,放在桌上。韦后道:“你却不要薄情待我。”三思道:“我回去如飞在太后面前,说王爷许多孝敬,包你即日召回。”韦后道:“如此甚好,妾鹤顶一枝,聊以赠君,所言幸勿负我。婉儿我不便写书,替我谢声;碧玉连环一副,乞为致之。”别了三思进去。三思在府中三日,恐住久了,太后疑心,就与中宗话别,上路回京。要知后事,且听下回分解。

第七十四回　改国号女主称尊　闯宾筵小人怀肉

词曰：

武氏居然改号，唐家殆矣堪哀。却缘妖梦费疑猜，留得庐陵还在。
只怪僧尼恋色，怎教臣庶持斋。阿谁怀玉首将求，笑杀小人无赖。

调寄《西江月》

国势到颠危之际，还亏那有手段的出来，支倾振坠，做个中流砥柱；若都像那一班猪狗之徒，未有不把祖宗栉风沐雨之天下，拱手而付之他人。国号则改为周，宗庙则易武氏，视中宗、睿宗如几上之肉。岂知天不厌唐，拨乱反正之玄宗，早已挺生宫掖矣。

今且不说武三思在房州，别了中宗回来。且说有个傅游艺，原系无籍，因其友杜肃与怀义相好，怀义荐二人于太后，遂俱得幸，擢为侍御。游艺耸谀太后，更改国号，又请立武承嗣为太子。太后大喜，遂改唐为周，改元天授，自称圣神皇帝，立武氏七庙。正是：

皇后称皇帝，小君作大君。
绝无仅有事，亘古未曾闻。

武三思回到京中，闻武承嗣欲谋为天子，心怀不平；及入宫复命，突遇上官婉儿，三思问："太后安否？"婉儿道："太后日来偶患目疾，如今叫沈南璆在那里医。王爷处怎么光景？"三思道："王爷日夕奉佛，作事甚好。韦娘娘已谐素愿，他说不及写书，送你碧玉连环一双，叫我多多致谢。"袖中取出连环付与婉儿收了。婉儿道："此时太后闲着，你快去见了。两日武承嗣在此营求为太子，你须小心承奉。"三思依言，随即进宫，朝见太后，称贺毕，把中宗如何思念太后，如何佛前保佑太后，细细说完；见太后默然，半晌不语。

一日太后夜梦不详，召狄仁杰详解。太后道："朕夜来梦见先帝授我鹦鹉一只，双翼披垂，朕抚弄移时，两翼再不能起。"仁杰道："武者陛下国姓，召回佳儿佳妇，则两翼振矣。"太后道："卿言甚是。但武承嗣求为太子，事当如何？"仁杰对道："文皇帝亲冒锋镝，以定天下，传之子孙。先帝以二子托陛下，今乃欲移之他族，无乃非天意乎？且姑侄与母子孰亲？陛下立子，则千秋万岁后，配飨太庙，承继无穷。陛下欲立侄，未闻有侄为天子，而祔姑于庙者也。"后悟，由是召回中宗。母子相见，悲喜交集不题。

一日，太后与三思在窗前细语，恰好昌宗兄弟进来。太后笑道："我正拟九个美人题在此，要众人分做。"昌宗在案上取来一看，却是美人浴、美人睡、美人醉许多好题目。

尚未看完，只见太平公主携着婉儿的手走来。原来昌宗、易之，久与太平公主有染，太后亦微知其事。当日大家上前见了，太平公主道："苑中荷花大放，母后怎不去看，却在此弄这个冷淡生活？"太后笑道："正是同去看来。"随命摆宴在苑中，大家同到苑中来。只见啸鹤堂前，那荷花开得红一片，绿一堆，芳香袭人。太后道："妙呀！两日荷花正在不浓不淡之间。"四围看了一遍，入席饮了一回酒。

太后道："今日之宴，实为赏心，宁可有诗无花？岂可有花无诗？"婉儿道："正是花、酒、诗四美具矣，岂可使他虚负！"太平公主道："花、酒、诗只有三样，为何说四美具？"婉儿道："难道人算不得一美的！"大家笑了一回，易之道："荷花吟咏甚多，何不以人喻之，方不盗袭。"太后道："五郎之言甚善。刚才诗题尚在上宫，快写出来。"昌宗道："在臣袖中。"取来送与太后，太后接了笑道："题目恰好十二个，只要随意描写，不要写出宫闱中身分。可拈阄取题，六人在此，一个做两首。"便命婉儿写了十二个阄子，成团儿放在盒儿里。先是太后拈了两个，其余各各拈齐。太后先向上边桌上，执笔而写；公主与婉儿两个，向旁边东首桌上做；三思与易之、昌宗，向近窗桌上凝思。太后不多时已做完，起身道："聊以涂鸦，殊失命题之意。"众人齐来看，只见上写道《美人醉》：

细酌流霞尽少年，宜都春好自陶然。
玉山荡影无坚壁，银海光摇欲曳天。
黾勉添香还裹足，艰难临镜又凭肩。
听郎啐语和郎笑，丐尔温存一霎眠。

第二题是《美人睡》：

罗家夫妇太轻狂，如许终宵一半忙。
晓起自嫌星眼倦，午余犹觉锦衾凉。
朦胧楚国行云雨，撩乱梁家堕马妆。
耳畔俏呼身乍转，粉腮凝汗枕痕香。

众人正在那里赞美，只见昌宗与婉儿的诗亦完。太后先把昌宗的来看，是《美人坐》：

咄咄屏窗对落晖，飞花故故点春衣。
支颐静听林莺语，抱膝遥看海燕归。
爱把王钗撩鬓发，闲将金尺整腰围。
卖花墙外声声唤，懒得抬身问是非。

再有第二首是《美人忆》：

记得离亭折柳条，风姿何处玉骢骄？
春情得梦虚鸳枕，世态依人几绨袍？
其雨日高谁适沐，曰归河广不容刀。
金钱卜惯难凭准，乱剪灯花带泪抛。

太后赞道："这二首得题之神，清新俊逸，兼而有之。"看婉儿的诗，第一首是《美人浴》：

秋炎扶梦倚阑干，小婢传言待浴兰。
绦脱渐松衫半掩，步摇徐解髻重盘。
春含豆蔻香生暖，雨晕芙蓉腻未干。
怪底小姑垂劣甚，俏拈窗纸背奴看。

第二首是《美人谑》：

盈盈十五惯娇痴，正是偷闲谑浪时。
方胜叠香移月姊，绣裙围树笑风姨。
申严仲子三章法，细数诸姑百两期。
何事俏将巾带裹？教人错认是男儿。

太后看了笑道："我说你是惯家，自与人不同；即使梓行于世，人亦不认是宫闱中做的。"只见三思也写完，呈将上来。太后一看，却是《美人语》：

何人输却口脂香，骂尽东风负海棠。
连袂踏青忆款曲，临池对影自商量。
频嫌东陆行长日，未许西邻听隔墙。
不尽喁喁绣幕外，细教鹦鹉数檀郎。

第二题是《美人病》：

悄裹常州透额罗，画床绮枕皱凌波。
原因忆梦成消瘦，错认伤春受折磨。
剪彩情怀今寂寞，踏青竟况久蹉跎。
儿家夫婿谁知道？减却腰围剩几多？

只见太平公主也呈上来，却是《美人影》：

何事追随不暂离？惯将肥瘦与人知。
日中斜傍花荫出，月下横移草色披。
避雨莫窥眉曲曲，摇风多见袖垂垂。
堪怜临水萍开处，白小吹波乱唼伊。

第二题乃《美人步》：

款蹴香尘冉冉移，畏行多露滑春泥。
花荫点破来无迹，月影冲开去有期。
觅句推敲何觉懒？寻芳摇曳故教迟。
玉奴步步莲花地，应为东风异往时。

太后未及品题，张易之也完了呈上，却是《美人立》：

凝睇中天顾影明，迟回却望最含情。
斜抱琵琶空占影，稳垂环珮不闻声。
闲将衣带和衫整，懒为花枝绕砌行。
露湿弓鞋犹待月，小鬟频唤未将迎。

第二题是《美人歌》：

雍门三日有余声，不为骊驹唱渭城。
子夜言情能婉转，罗敷诉怨最分明。
朱唇乍启千人静，皓齿才分百媚生。
谱尽香山长恨句，听来真与燕莺争。

太后看了笑道："你四人的诗，不但俱得香奁之体，如出一人之手。"正说时，只见宫奴捧着莲花三四枝进来，三思把一枝置于昌宗耳边，戏道："六郎面似莲花。"太后笑说道："还是莲花似六郎耳。"饮酒笑说了一回。

三思、昌宗、易之等散出，太后着内监牛晋卿去召怀义。那晓得怀义自做了鄂国公之后，积蓄多金，倚势骄蹇，私藏着极美的妇人，日夜取乐。这日正吃得大醉，忽见牛晋卿传太后有旨宣召。怀义怒道："这里娇花嫩蕊，尚不暇攀折，况老树枯藤乎？你且回去，我当自来。"晋卿无奈，只得回宫，以怀义之言实告。太后听了，不觉大怒道："秃子恁般无礼！前者火烧天堂，延及明堂，都因此秃；今又如此可恶！"正在大怒之际，恰好太平公主进来，见太后大怒，忙问其故。晋卿将怀义之言说知。公主道："秃奴无礼极矣！母后不须发怒，待儿明日处死他便了。"太后道："须处得泯然无迹。"太平公主领命而出。

明日绝早起身，选了二三十个壮健宫娥去苑中伏着；又叫两个太监，往召怀义，哄他进苑来。那怀义因宵来酒醉失言，懊悔无及，又闻差人来召他，正要粉饰前非，即同二太监从后宰门进宫。太平公主先令宫娥于半路传谕道："太后在苑中等着，可快进去。"怀义并不疑心，忙进苑来，宫娥引到幽僻之处，只见太平公主坐着，将一纸叫他看。怀义拿来一看，却是王求礼请阉怀义疏的。两个内监，即时动手割阉，又加痛打，不消半刻，怀义气绝身亡，将尸首装入蒲包内，送到白马寺中，放火烧了，回奏太后不题。

且说太后因明堂火灾，天堂中所供佛像，都已损坏；又四方水旱频仍，各处奏报灾异，遂下诏着百官修省，禁止民间屠宰，甚至鱼虾之类，亦不许捕捉。这禁屠之令一下，军民士庶，无不凛遵。其时翼国公秦叔宝致仕家居，尚有老母在堂，叔宝极尽孝养。其子秦怀玉，蒙高祖赐婚单雄信之女，生二子，长名秦琮，次名秦璃。璃娶拾遗张德之女，一胎双生二子，叔宝与叔宝之母，俱甚欢喜。到满月时，为汤饼之会，朝中各官，都往称贺。叔宝父子开筵宴客，张德亦在座，傅游艺与杜肃也随众往贺，一同饮宴。只见杯盘罗列，水陆毕具，极其丰腆。张德对着众官道："若论奉诏禁屠，今日本不该有此陈设。只因敝亲翁老年得这曾孙，不胜欣喜，又承诸公枉顾，不敢亵慢，故有此席，违禁之愆，仰祈容庇。"叔宝父子也一齐拱手道："总求诸兄见原。"众官惧唯唯，只有傅游艺、杜肃这两个小人，口虽答应，心里不然；要想去太后面前出首献功。游艺目视杜肃而笑，杜肃会意，乘着众人酌酒酬酢之时，暗将盘中肉馅包子一枚，藏于袖内，至晚散席，各自别去。

次日早朝已罢，百官俱退，游艺、杜肃独留身奏事，随太后至便殿。太后问道："二卿欲奏何事？"杜肃奏道："陛下遇灾修省，禁止屠宰，人皆奉法，不敢有犯。大臣之家，尤宜凛遵诏旨。乃翼国公之子秦怀玉，因次子秦璃生男宴客，臣与傅游艺俱往赴宴，见其珍羞毕备，干犯明禁。臣已窃怀其一物为证。乞陛下治其违旨之罪，庶臣民知畏，诏令必行。"奏罢，将昨日所袖的肉馅包子献上。傅游艺亦奏道："拾遗张德徇庇姻私，嘱托众官使相容隐，殊属不法，亦宜加罪。"太后闻奏，微微而笑，即传旨召秦怀玉、张德。

少顷，二人宣至。太后问秦怀玉道："闻卿次子秦璃之妻张氏，连举二雄；秦家得子，张家得甥，大是喜事。"怀玉与张德，俱顿首称谢。太后道："昨日在家宴客乎？"怀玉奏道："臣父因祖母年高，欲弄孙以娱之，偶召亲故小饮，不识陛下何以闻知？"太后命左右将那肉馅包子与他看，笑道："此非卿家筵上之物耶？张拾遗虽欲为卿隐蔽，其如有怀肉出首之人何？"怀玉与张德俱大惊，叩头道："臣等干犯明禁，罪当万死。"太后道："朕禁止屠宰，为小民无端聚饮，残害物命故耳。至于吉凶庆吊之所需，原不在禁内。卿父为开国功臣，且又年老，况有老母在堂，今喜连得二曾孙，汤饼嘉会，击鲜烹肥，理固宜然，岂朕所禁？但卿自今请客，亦须择人。"因指着傅游艺、杜肃道："如此等辈，不必再请也。"怀玉、张德叩头谢恩而退。傅游艺、杜肃羞惭无地，太后挥之使出。二人出得朝门，众官无不唾骂。正是：

莫道老妖作怪，有时却甚通情。
犯禁不准出首，小人枉作小人。

太后思念昔日功臣，死亡殆尽，又闻程知节亦谢世，凌烟阁上二十四人，惟秦叔宝一人尚在；喜其得了曾孙，特命以彩缎二十端，金钱二贯，赐与新生的二小儿；又赐二名，一名思孝，一名克孝。叔宝父子俱入朝谢恩。不及一月，叔宝之母身故，叔宝因哭母致病，未几亦亡。太后闻讣，为之辍朝三日，赐祭赐谥。正是：

开国元勋都物故，空留画像在凌烟。

第七十五回　释情痴夫妇感恩　仲义讨兄弟被戮

词曰：

有意多缘，岂必尽朱绳牵接。只看那红拂才高，药师情热。司马临邛琴媚也，文君志向何真切。乍相逢，眼底识英雄，堪怡悦。

有一种，天缘结。有一种，萍踪合。叹芳情未断，痴魂未绝。不韦西秦曾斩首，牛金东晋亦诛灭。这其间，史册最分明，何须说？

调寄《满江红》

天下治乱尝相承，久治或可不至于乱，而乱极则必至于复治；虽无间世首出之王者，亦必有拨乱反正之英主，挺生于其间。有英主，即有一二持正不阿之元宰，遇事敢言之侍从，应运而兴，足以挽回天意，维持世道，其关系岂浅鲜哉！

今且不说中宗到京，尚在东宫。太后依旧执掌朝政，年齿虽高，淫心愈炽；又以张昌宗为奉宸令，每内延曲宴，辄引诸武、二张饮博嘲谑；又多选美少年，为奉宸内供奉，品其妍媸，日夜戏弄。魏元忠为相，奏道："臣承乏宰相，使小人在侧，臣之罪也。"元忠秉性忠直，不畏权势，由是诸武、二张深怨。太后亦不悦元忠。昌宗乃谮元忠私议道："太后年老，且淫乱如此；不若挟太子为久长，东宫奋兴，则狎邪小人，皆为避位矣！"太后知之大怒，欲治元忠。昌宗恐怕事不能妥，乃密引凤阁舍人张说，赂以多金，许以美官，使证元忠。张说思量要推不管，他就变起脸来，不好意思；倘若再寻了别个，在元忠宰相身上，有些不妥；我且许之，且到临期再商，只得唯唯而别。

太后明日临朝，诸臣尽退，止留魏元忠与张昌宗廷问。太后道："张昌宗，你几时闻得魏元忠私议的？却与何人说之？"昌宗道："元忠与凤阁舍人张说相好，前言是对张说说的，乞陛下召张说问之，便知臣言不谬。"太后即命内监去召张说。是时大臣尚在朝房探听未归，闻太后来召张说，知为元忠事。说将入，吏部尚书宋璟谓说道："张老先生，名义至重，鬼神难期，不可徇情行止，以求苟免；获罪流窜，其荣多矣。倘事有不测，璟等叩阍力争，与子同生死。努力为之，万代瞻仰，在此一举也！"又有左史刘知几道："张先生无污青史，为子孙累。"张说点头唯唯，遂入内庭。太后问之，张说默然无语。昌宗从旁促使张说言之。张说便道："臣实不闻元忠有是言，但昌宗逼使臣证之耳。"太后怒道："张说反复小人，宜一并治之！"于是退朝。隔了几日，太后叫张说又问，说对如前。太后大怒，元忠贬高要尉，说流岭表。昌宗因张说不肯诬证元忠，挟太后之势，连夜要促他起身。

却说张说有爱妾姓宁，名怀棠，字醒花；生时母梦人授海棠一枝，因而得孕，其诸母戏道："海棠睡未足耶！"其母道："名花宜醒不宜睡。"故号醒花。及归张说，时年十七，姿容艳丽，文才敏捷。张说所有机密事故，俱他掌管。一日有个同年之子，姓贾名全虚，父亲贾恪，官拜礼部尚书。全虚年方弱冠，应试来京，特来拜望张说，因见全虚年少多才，留为书记；凡书札来往，皆彼代笔，住在家中。忽忽过了一夏，秋来风景，甚是可人：残梧落叶，早桂飘香。全虚偶至园中绿玉亭前闲玩，劈面撞见了醒花。全虚色胆如天，竟上前深深作揖道："小生苏州贾全虚，偶尔游行，失于回避，望娘子恕罪。"那醒花也不回言，答了一礼，竟望里边进去了。醒花心上思想起来："吾家老爷，只说贾相公文学富赡、家世贵显，并不题起他丰姿秀雅，性格温和；看他举止安静，决不像个落薄之人。吾今在此，虽然享用，终无出头之日。"到有几分看上他的意思。全虚虽然一见，并不知此是何人，又无从那里访问，胸中时刻想念，只索付之无可如何。

过了一日，正直张说有事，全虚出去打听了回家，独坐书斋。月色如昼，听见窗外有人嗽声。全虚出来一看，见一女郎缓步而至。全虚惊问，女郎答道："吾乃醒娘侍女碧莲。曩日醒娘亭前一见，偶尔垂情，至今不忘。兹因老爷在寓，即日起行，醒娘欲见郎君一面，特命妾先容。"语未完，只见醒花移步而来，满身香气氤氲。全虚迎上一揖道："绿玉亭前，瞥然相遇，度娘子决不是凡人，所以敢于直通款曲。今幸娘子降临，天遣奇缘；若是娘子不弃，便好结下百年姻眷了。"那醒花却也安雅，徐徐的答道："我在府中一二年，所见往来贵人多矣，未有如君者。君若不以妾为残花败絮，请长侍巾栉。承此多故之际，如李卫公之挟张出尘，飘然长往，未识君以为可否？"全虚道："承娘子谬爱，全虚有何不可；只是年伯面上不好意思。"醒花道："你我终身大事，那里顾得，须自为主张。"碧莲携着酒肴，二人对酌。全虚道："卿字醒花，只恐夜深花睡去，奈何？"醒花笑道："共君今夜不须睡，否则恐全虚此一刻千金也。"相与大笑。碧莲道："隔墙有耳，为今之计，三十六着，走为上着。"疾忙收拾，连夜逃遁。正是：

婚姻到底皆前定，但得多情自有缘。

早已有人将此事报知张说。张说差人四下缉获住了，来见张说。张说要把全虚置之死地，全虚厉声道："睹色不能禁，亦人之常情。男子汉死何足惜，只是明公如此名望素著，如此爵禄尊荣，今虽暂谪，不久自当迁擢，安知后日宁无复有意外之虞，缓急欲用人乎？何靳一女子而置大丈夫于死地？窃谓明公不取也。且楚庄王不究绝缨之事，袁盎不追窃姬之书生，杨素亦不穷李靖之去向，后来皆获其报，岂明公因一女子，而欲杀国士乎？"张说奇其语，遂回嗔作喜道："汝言似亦有理。今以醒花赠汝，并命家人厚具奁资赠之。"全虚也不推辞，携之而去。太后闻知，以张说能顺人情，不独不究前事，且命以原官兼为睿宗第三子隆基之傅。这隆基即后来中兴之主玄宗皇帝也；但那时节正未得时，太后亦等闲视之。

其时太后所宠爱的人，自诸武而外，只有太平公主与安乐公主。那安乐公主乃中宗之女，下嫁于太后之侄武崇训。太后从武氏一脉推爱，故亦爱之。他倚了夫家之势，又会谄媚太后，得其欢心，因便骄奢淫佚，与太平公主一样的横行无忌。

一日，两个公主同在宫中闲坐，偶见壁上挂着一轴美人斗百草的画图，且是画得有趣。有《西江月》词道得好：

> 春草春来交茂，春闺春兴方浓。争教小婢向园中，偏觅芳菲种种。
> 各出多般多品，争看谁异谁同。因何一笑展欢容，斗着宜男心动。

太平公主看了画图，对安乐公主说道："美人斗草，春闺韵事；今方二月，百草未备，待春深草茂之时，我和你做个斗草会，大家赌些什么，如何？"安乐公主欣然应诺。到得三月初旬，正欲预遣宫女们去御苑中采觅各种异草，适上官婉儿来闲话，闻知其事，因说道："公主若但使人觅草，只怕你会觅，他也会觅，何能取胜？必须觅得一件他人所必无之物方好。"公主道："你道那一件是他人所无的？"婉儿道："这倒不必拘定是草不是草，只要与草相类的便了。"公主道："你且说何物与草相类？"婉儿道："草为地之毛，人身有五毛，亦如地之有草，五毛之中须为贵。吾闻南海祇洹寺塑的维摩诘之像，其须乃晋朝名公谢灵运面上的，此真世间有一无二的东西，得此一物，定可取胜。"安乐公主闻言大喜。

原来晋时谢灵运，一代名人，官封康乐郡公，生得一部美髯，不但人人欣羡，自己亦甚爱惜。后因犯罪罹刑，临死之时，不忍埋没此须，亲自剪付众人。其时适当南海祇洹寺内装塑维摩诘像，遗命将此须舍为维摩诘法像之须。后世因相传为此寺中一件胜迹。那维摩诘是释迦牟尼佛同时的人，他与文殊菩萨最相善，其往来问答之语，载在内典。今藏经中有维摩诘所说经；此乃西天一个未出家不落发的居士，所以塑其像者，要用须髯。

闲话少说。且说安乐公主听了上官婉儿之言，立即密遣内传林茂飞骑往南海祇洹寺，将维摩诘之须，剪取一半，以备斗草之用。林茂即行之后，公主又想："我若取须之半，倘太平公主知道，也遣人去剪了那一半来，却不大家扯直了；不如一并剪取，一则斗草必胜，二则留此一部全须，以为奇事，却不甚妙？"遂令遣内侍阳春景，星夜前往。比及到半途，已见林茂转来了。阳春景一面自去剪取余须，林茂自将先剪之须，回宫复命。原来太平公主，正约定这一日与安乐公主各出珍奇宝玩，在长春宫内满绿轩中斗草赌胜，请上官婉儿监局。却好正值见林茂到了，料道须已取得，心中欢喜；且不说破，便先将各样异草相比。只见他多的，我也不少；我有的，他也不无，两家赌个持平。安乐公主道："地上的草，不如人身上的草，我有一种草，是古人身上遗留下来的，岂非世上无双之物？"太平公主问是何物。安乐公主道："是晋人谢灵运之须。"太平公主道："吾闻谢灵运死时，已将此须舍与祇洹寺装塑在维摩诘面上了，你何从得之？"安乐公主笑道："灵运能舍，我能取，今已取得在此了。"便叫林茂快把来看。林茂捧过一个锦囊，于中取出须来，放在桌上，果然好须，却像在生人颏下剪下来的，极其光润。

正看间，可煞作怪，忽地轩前起一阵香风，把须儿吹向空中，悠悠扬扬的飘散了。林茂不知高低，赶着风，向空捉搦，指望抢得几茎，却被阶石绊了一跌，把右臂跌坏，卧地不能起。众内侍扶之出宫，太平公主道："佛面上的须，原不该去剪他，今此报应，必是佛心不喜。"上官婉儿闻言，自想："这件事，是我说起的。"心上好生惊骇不安，默然无语。安乐公主还强争道:“且莫闲讲,斗草要算我胜了。”太平公主笑道:“莫说须原当不得草,只今须在那里哩!正好大家不算输赢罢了。”当时嬉笑宴饮而散。安乐公主虽然未赢,却也不输,只可惜须儿被风吹去,不曾留得;还想那一半,即日取到,好留为珍秘。

又过了好几日,阳春景方取得余须回报。原来那阳春景,也于路上跌坏了右臂,故而归迟。公主既得了须,十分欢喜;正拿在手中细看,却又作怪,一霎时香风又起,又把须儿吹入空中去了。香风过后,继以狂风,将庭前树上开的花卉,尽皆吹落,不留一朵,众俱大骇。有词为证:

灵运面,维摩面,何妨佛面如人面。此须借作彼须留,怎因嬉戏轻相剪?
才喜见,吹不见,不许妖淫女子见。谁将金剪向慈容,剪得须时两臂断。

当下安乐公主惊惧之极,合掌向空忏悔。太平公主与上官婉儿闻知,更加骇异。于是三个女子各捐帑千金,给与祇洹寺,增修殿宇,重整金身,不在话下。

且说那时朝中大臣,自狄仁杰死后,只有宋璟极其正直,丰采可畏,太后亦敬礼之,诸武都不敢怠慢他。至于张易之、张昌宗两个,其畏惮宋璟,与向日畏惮狄仁杰一般。当初狄仁杰存日,适海国进贡一裘,名曰集翠裘,乃集翠鸟身上软毛做成的,最轻暖鲜丽,是一件奇珍难得之物。张昌宗见而欲之,恃爱乞恩求赐,太后便把来赐与他。昌宗谢了恩,便就御前穿着起来,太后看了笑道:“你着了此裘,越觉妩媚了。”昌宗欣欣得意。

适狄仁杰入宫奏事,太后既准其所奏之事,意欲引仁杰与昌宗亲昵,因见几案之上,有棋局棋子,遂命二人对坐弈棋。二人领旨,彼此坐定。太后道:“棋高者用白棋,昌宗棋颇高。”仁杰起身奏道:“臣自信是精白一心,涅而不淄之人,弈虽小数,愿从其类,请用白者。”太后道:“任卿取用可也,但你二人,须各赌一物,今所赌何物?”仁杰道:“请即赌昌宗身所穿之裘。”太后道:“卿以何物为对?”仁杰道:“臣亦即以身所穿紫袍为对。”太后笑道:“此集翠裘,价逾千金,卿袍安能与相抵?”仁杰道:“此袍乃大臣朝见奏对之衣;昌宗此裘,乃嬖佞宠幸之服。以袍对裘,臣犹不屑也。”太后闻言,笑而不答。昌宗心赧气沮,遂累局连北。仁杰即对御褫其裘,披于身上,谢恩而出。出至光范门,便脱下来,付家奴服之而归,太后知之,亦置不问。因此群小都畏惮他。在廷正人,如张柬之、桓彦范、敬晖、袁恕己、崔元玮等,又皆仁杰所荐引,与宋璟共矢忠心,誓除逆贼。

一日同中宗南山出猎。张柬之五人随骑而行,到了山中幽僻之处,五人下马奏道:“臣等幽怀向欲面奏,因耳目众多,不敢启齿;今事势已迫,不能再隐。臣思陛下年德皆备,太后惑二张言语,贪位不还。近闻二张宠幸太过,太后欲将宝位让与六郎,万一即真,则置陛下于何地?臣等情急,只得奏闻。陛下筹之。”中宗闻言大惊道:“为今奈何?”柬之道:“直须杀却张武乱臣,方得陛下复位。”中宗道:“太后尚在,怎生杀得?”柬之道:“臣定计已久,无烦圣虑,但恐惊动圣情,故先与闻。”中宗道:“二张可杀;武氏之族，系我中表之亲，望看太后之面留之。”柬之道：“臣兵至宫闱，不遇则已，如或遇着，恐刀剑无情，不能自主。”中宗道：“孤若得位，反周为唐，当封汝等为王。”柬之称谢。遂草草猎毕而回，归至朝门，各各散去。

中宗回至宫中，恰好武三思那日晓得中宗出猎，正与韦后在宫玩要，见左右报说王爷回来，三思惊得身子战栗。韦后道：“不须害怕，我同你在外头书室里去打一盘双陆，他进来看见了，包你不说一声，还要替我们指点。”三思没奈何，只得随韦后出来，坐了对局。中宗走进来，看见笑道：“你两个好自在，在此打双陆。”三思忙下来见了。中宗道：“你们可赌什么？”韦后道：“赌一件玉东西。”中宗坐在旁边道：“待我点筹，看你们谁赢。”下了两局，大家一胜一北，第三盘却是三思输了。中宗道：“什么玉东西，拿出来。”三思道：“粗蠢之物，陛下看不得的，改日还要与娘娘复局。天已昏黑，臣要回去了。”中宗道：“今夜且在此用了夜宴，然后回去何妨？”

三思同中宗到内书房里，只见灯烛辉煌，宴已齐备，二人坐了。三思道：“我们怎么样吃酒？”中宗想道：“我且卜一卦，看外延之事如何？”便道：“掷个状元罢！”三思道：“状元虽好，只是两个人有何意味？”中宗道：“你与我总是亲戚，我请娘娘与上官昭仪出来，四人共掷，岂不有趣？”三思见说，心中大喜，道：“妙。”中宗吩咐左右。只见韦后与上官昭仪俱素净打扮，另有一种袅娜韵致。大家坐了掷起，不多几掷，中宗就是一个幺浑纯，三人鼓掌笑道：“妙呀！状元还是殿下占着。”中宗道：“好便好，只是幺色；若是纯六，再无人夺去。”三思道：“说甚话来，一是数之始，绝妙的了，所谓一元复始，万象更新，快奉一巨觞与殿下。”中宗饮干，三人又掷。上官昭仪掷了四个四，说道：“好了，我是榜眼。”韦后道：“不要管榜眼探花，也该吃一杯；等我掷六个四出来，连殿下都扯下来。”两个在那里掷，中宗心上想：“此时初更时分，怎么还不见动静；若是他们做不来，不如且放三思回家去。我今叫人去打听一回。”就叫婉儿道：“你看他两个再掷，有了探花，我就要考了。我去一回就来。”

三思见中宗去了，把椅子移近了韦后，名虽掷色，免不得捏手捏脚。昭仪知趣，笑道：“娘娘，妾去看看王爷来。”韦后恨不得昭仪起身去了。韦后连侍女们也都遣开，正待与三思做些勾当，只见昭仪嚷将进来道：“娘娘，不好了！”二人听见，忙走开坐了，问道：“有什么不好？”话未说完，只见中宗已在面前叫道：“武大哥，我叫婉儿陪你，暂且后边阁中坐一回儿。”三思道：“此时为甚人声鼎沸？”中宗便把张柬之等五人，要斩绝张、武二氏，我再三劝他，不要加害于你，二张想已诛矣！三思听见，忙双膝跪下道：“万岁爷救臣之命！”只见身上战栗不已。韦后道：“皇爷留你在此，自有主意，何必惊惧？”说时只见许多宫奴，跑进来禀道：“众臣在外，请皇爷出去。”中宗忙叫婉儿，推三思到阁中去了，即便来到外面。

原来张柬之等统兵已到中宫，恰好二张正与武后酣寝，躲避不及，被军士们一刀一个，双双杀了。太后大惊，柬之等请太后即日迁入上阳宫，取了玺绶，来见中宗奏道：“太后已迁，玉玺已在此，众臣都在殿上，请陛下速登宝位。”中宗升殿，柬之等先献上玺绶，又将张昌宗、张易之首级呈验，然后各官朝贺，复国号曰唐，仍立韦后为皇后，封后父元贞为上洛王，母杨氏为荣国夫人；张柬之等五人，俱封为王。柬之道：“武三思一门,必欲如二张之罪诛之。前蒙陛下吩咐,只得姑免。今若仍居王位,臣等实难与为僚。”中宗听了,不得已削三思王位为司空。众人谢恩出朝。洛州长史薛季昶对五王说道:“二凶虽除,产禄犹存,去草不除根,终当复生。”五王道:“大事已定,彼犹几肉耳,何复能为?”季昶叹道:“三思不死,我辈不知死所矣!”中宗改元神龙,尊武后号曰则天大圣皇帝,封弟旦为湘王,大赦天下,万民欢悦。

太后被柬之等迁到上阳宫去,思想前事,如同一梦,时常流泪,患病起来,日加沉重。三思心上不好意思,只得进宫去问候,见太后睡卧,颜色黄瘦,不胜骇叹道:“臣因多故,不便时常进宫,不意圣容消瘦如此。”便把手来着体抚摩。太后对三思道:“我的儿呀,你许久不进来,可知我病已入膏肓,只在旦夕要长别了,不知我宗族可能保全否?”三思道:“不必陛下忧烦,圣上已面许生全武氏,尊体还当着意调摄,自然痊愈。”三思又诉张柬之等凶恶,所以不能时进宫来,说罢大哭。太后叹一声道:“儿呀,近闻得韦后与你私通,甚是欢爱,你去诉与他知,叫他设计,除此五恶,我属可高枕矣。”三思点首,太后道:“你去请皇上来,我有话吩咐他。”三思出去,与中宗说知。中宗忙到上阳宫,太后叮咛了一回。过了两日,太后驾崩,中宗颁诏天下,整治丧礼不题。

且说三思门下,兵部尚书宗楚客、御史中丞周利用、侍御史冉祖雍、太仆李俊、光禄丞宋之逊、监察御史姚绍之,为之耳目,是为五狗;与韦后、婉儿日夜谮柬之等五王不已。三思阴令人疏皇后秽行,榜于天津桥,请加废黜。中宗知之,不胜大怒,命监察御史姚绍之穷究其事。绍之奏言敬晖等五王使人为之,虽曰废后,实谋大逆,请族诛张柬之等,以雪皇后之愤,中宗命法司结其罪案,将柬之等五名流边远各州。三思又遣人矫制于途中杀之。三思方得放心,于是权倾天下,谁不惧着他?中宗也没了主意,每事反去问他,亦听其节制。况韦后一心爱他,常对他说道:“我必欲如你姑娘,自得登临宝位,方遂我心。”未知后事如何,且听下回分解。

第七十六回　结彩楼嫔御评诗　游灯市帝后行乐

词曰：

试诵斯干训女，无非还要无仪。炫才宫女漫评诗，大亵儒林文字。
帝后嫔妃公主，尊严那许轻窥。外臣陪侍已非宜，怎纵作优谑戏？

调寄《西江月》

人亦有言，男子有德便是才，女子无才便是德，盖以男子之有德者，或兼有才，而女子之有才者，未必有德也。虽然如此说，有才女子，岂反不如愚妇人？周之邑姜序于十乱，惟其才也。才何必为女子累，特患恃才妄作，使人叹为有才无德，为可惜耳。夫男子而才胜于德，犹不足称，乃若身为女子，秽德彰闻，虽夙具美才，创为韵事，传作佳话，总无足取。故有才之女，而能不自炫其才，是即德也；然女子之炫才，皆男子纵之之故，纵之使炫才，便如纵之使炫色矣。此在士庶之家且不可；况皇家嫔御，宜何如尊重，岂可轻炫其才，以至亵士林而渎国体乎？无奈唐朝宫禁不严，朝臣俱得见后妃公主，侍宴赋诗，恬不为怪，又何有于嫔御之流？甚或宦官宫妾与俳优侏儒，杂聚谐谑，狂言浪语，不忌至尊，殊堪嗤笑。

如今且不说中宗昏暗，韦后弄权。且说那时朝臣中，有两个有名的才子：一姓宋，名之问，字延清，汾州人氏，官为考功员外郎；一姓沈，名佺期，字云卿，内黄人氏，官为起居郎。若论此二人的文才，正是一个八两，一个半斤。那宋之问，更生得丰雅俊秀，兼之性格风流，于男女之事，亦甚有本领。他在武后时已为官，因见张易之、张昌宗辈，俱以美丈夫为武后所宠幸，富贵无比，遂动了个羡慕之心；又每于御前奏对之时，见武后秋波频转，顾盼着他，似有相爱之意，却只不见召他入内；他心痒难忍，托一个极相契的内监于武后前从容荐引，说他内才外才都妙。武后笑道："朕非不爱其才，但闻其人有口臭，故不便使之入侍耳。"原来宋之问，人虽俊雅，却自小有口臭之疾，曾有人在武后前说及，故武后不欲与之亲近。当时内监将武后所言，述与宋之问听了。之问甚是惭恨，自此日常含鸡舌香于口中，以希进幸。即此一端，可知是个有才无品行的人了。

那沈佺期亦与张易之辈交通，后又在安乐公主门下走动，曾因受赃被劾，长流欢州，夤缘安乐公主，复得召用。安乐公主强夺临川长宁公主旧第，改为新宅，邀中宗御驾游幸，召沈佺期陪往侍宴，因命赋诗，以纪其事，限韵天字。佺期应制，即成一律云：

皇家贵主好神仙，别业初开云汉边。
山出尽如鸣凤岭，池成不让饮龙川。
妆楼翠幌教春住，舞阁金铺借日悬。

敬从乘舆来至此，称觞献寿乐钧天。

中宗与公主见诗，十分赞赏。公主道："卿与宋之问齐名，外人竞称沈宋，今日赋诗，既有沈不可无宋。"遂遣内侍，立宣之问到来，也要他作诗一首；先将佺期所咏，付与他看过。公主道："沈卿已作七言律诗，卿可作五言排律罢。"宋之问道："佺期蒙皇上赐韵，臣今亦乞公主赐一韵。"公主笑道："卿才空一世，便用空字为韵何如？"之问领命，即赋一律云：

英藩筑外馆，爱主出皇宫。
宾至星槎落，仙来月宇空。
玳梁翻贺燕，金埒倚长虹。
箫奏秦台里，书开鲁壁中。
短歌能驻日，艳舞欲娇风。
闻有淹留处，山阿花满丛。

诗成，公主欢赏。中宗看了，亦极称赞，命各赐彩币二端。公主又另有赏赉。二人谢恩而出。那沈佺期心甚怏怏，你道为何？盖因当时沈宋齐名，不相上下，今见公主独称宋之问才空一世，为此心中不服。

至景龙三年，正月晦日，中宗欲游幸昆明池，大宴朝臣。这昆明池，乃是汉武帝所开凿。当初汉武帝好大喜功，欲征伐昆明国，因其国有滇池，方三百里，极为险要。故特凿此昆明池，以习水战。此地阔大宏壮，池中有楼台亭阁，以备登临。

当下中宗欲来游幸宴集，先两日前，传谕朝臣，是日各献即事五言排律一篇，选取其中佳者，为新翻御制曲。于是朝臣都争华竞胜的去做诗了。

韦后对中宗道："外庭诸臣，自负高才，不信我宫中嫔御，有才胜于男子者。依妾愚见，明日将这众臣所作之诗，命上官昭容当殿评阅，使他们知宫庭中有才女子，以后应制作诗，俱不敢不竭尽心思矣。"中宗大喜道："此言正合吾意。"上官婉儿启奏道："臣妾以宫婢而评品朝臣之诗，安得他们心服？"中宗笑道："只要你评品得公道确当，不怕他们不心服。"遂传旨于昆明池畔，另设账殿一座；账殿之间，高结彩楼，听候上官昭容登楼阅诗。

此旨一下，众朝臣纷纷窃议：也有不乐的，以为亵渎朝臣；也有喜欢的，以为风流韵事。到那日，中宗与韦后及太平公主、安乐公主、长宁公主、上官昭容等，俱至昆明池游玩，大排筵宴。诸臣毕集，朝拜毕，赐宴于池畔。帝后与公主辈，就账殿中饮宴。酒行既罢，诸臣各献上诗篇。中宗传谕道："卿等虽俱美才，然所作之诗，岂无高下。朕一时未暇披览，昭容上官氏，才冠后宫，朕思卿等才子之诗，当使才女阅之，可作千秋佳话，卿等勿以为亵也。"诸臣顿首称谢。中宗命诸臣俱于账殿彩楼之前，左边站立，其诗不中选者，逐一立向右边去。

少顷，只见上官婉儿头戴凤冠，身穿绣服，飘轻裙，曳长袖，恍如仙子临凡。先向中宗与韦后谢了恩，内侍宫女们簇拥着上彩楼，临楼槛而坐。楼前挂起一面朱书的大牌来，上写道：

昭容上官氏奉诏评诗，只选其中最佳者一篇，进呈御览；不中选者，即发下楼，付还本官。

槛前供设书案，排列文房四宝。内侍将众官诗篇呈递案上。婉儿举笔评阅。众官都仰望着楼上。须臾之间，只见那些不中选的诗，纷纷的飘下楼来，众人争先抢看，见了自己名字，即便取来袖了，默默无言的立过右边去。只有沈佺期、宋之问二人，凭他落纸如飞，只是立着不动，更不去拾来看。他自信其诗，与众不同，必然中选。不一时，众诗尽皆飘落，果然只有沈宋二人之诗，不见落下。

沈佺期私语宋之问道："奉旨只选一篇，这二诗之中，毕竟还要去其一。我二人向来才名相埒，莫分优劣，只看今日选中那一个的诗，便以此定高下。以后勿得争强。"宋之问点头笑诺。良外，只看又飘飘的落下一纸，众人竞取而观之，却是沈佺期的诗。其诗云：

法驾乘春转，神池像汉回。
双星遗旧石，孤月隐残灰。
战蚁逢时去，恩鱼望幸来。
山花缇绮绕，堤柳账城开。
思逸横汾唱，歌流宴镐杯。
微臣彫朽质，差睹豫章才。

诗后有评语云：

玩沈、宋二诗，工力悉敌。但沈诗落句辞气已竭，宋作犹陡然健举，故去此取彼。

众人方聚观间，婉儿已下楼复命，将宋之问的诗呈上。中宗与韦后及诸公主传观，都称赞好诗，并称赞婉儿之才。中宗即召诸臣至御前，将宋之问的诗，传与观看。其诗云：

春豫灵池会，沧波账殿开。
舟凌石鲸动，槎拂斗牛回。
节晦蓂全落，春迟柳暗催。
象溟看浴景，烧劫辨沉灰。
镐饮周文乐，汾歌汉武才。

不愁明月尽，自有夜珠来。

原来汉武帝当初凿此昆明池之时，池中掘出黑灰数万斛，不知是何灰，乃召东方朔问之。东方朔道："此须待西域梵教中人来问之便晓。"后来西方有人号竺法兰者，入中国，因以此灰示之，问是何灰。竺法兰道："世界终尽，劫火洞烧，此乃劫烧之余灰也。东方朔固已知之矣，何待吾言耶！"又池中有台，名豫章台，台下刻石为鲸鱼，每至雷雨，石鱼鸣吼震动，旁有二石人，传闻是星陨石，因而刻成人像。有此许多奇迹，故二诗中都言及之。

当下众官见了宋之问的诗，无不称羡；沈佺期也自谓不及。中宗并索佺期之诗来看，又看了婉儿的评语，因笑道："昭容之评诗，二卿以为何如？"二人奏言评阅允当。中宗又问："众卿之诗，多被批落了，心服否？"众官俱奏道："果是高才卓识，即沈宋二人，尚且服其公明，何况臣等。"中宗大悦，当日饮宴极欢而罢。自此沈佺期每逊让宋之问一分，不敢复与争名。正是：

漫说诗才推沈宋，还凭女史定高低。

且说中宗为韦后辈所玩弄，心志蛊惑，又有那些俳优之徒、谄佞之臣，趋承陪奉，因此全不留心国政，惟日以嬉游宴乐为事。时光荏苒，不觉腊尽春回，又是景龙四年正月。京师风俗，每逢上元灯夕，灯事极盛，六街三市，花团锦簇，大家小户，都张灯结彩，游人往来如织，金鼓喧阗，笙歌鼎沸，通宵达旦，金吾不禁。曾有《念奴娇》一词为证：

煌煌火树，正金吾弛禁，漏声休促。月照六街人似蚁，多少紫骝雕毂。红袖妖姬，双双来去，娇冶浑如玉。坠钗欲觅，见人羞避银烛。

但见回首低呼，上元佳胜，只有今宵独。一派笙歌何处起？笑语徐归华屋。斗转参横，暗尘随马，醉唱升平曲。归来倦倚，锦衾账里芬馥。

韦后闻知外边灯盛，忽发狂念，与上官婉儿及诸公主，邀请中宗，一同微服出外观灯。中宗笑而从之。于是各换衣妆，打扮做街市男妇模样，又命武三思等一班近臣，也易服相随，打伙儿的遍游街市，与这些看灯的人，挨挨挤挤，略无嫌忌。军民士庶，有乖觉的，都窃议道："这班看灯的男妇，像是大内出来的，不是公主，定是嫔妃；不是王子王孙，定是公侯驸马。可笑我那大唐皇帝，难道宫中没有好灯赏玩，却放他们出来，与百姓们饱看？如此人山人海，男女混杂，贵贱无分，成何体统！"众人便如此议论，中宗与韦后却率领着一班男女，只拣热闹处游玩，全不顾旁人瞩目骇异；又纵放宫女几千人，结队出游，任其所之；及至回宫查点，却不见了好些宫女。因不便追缉，只索付之不究，糊涂过了。正是：

韦后观灯街市行，市人瞩目尽惊心。

任他宫女从人去，赢得君王大度名。

灯事毕后，渐渐春色融和，中宗与后妃公主，俱幸玄武门，观宫女为水戏，赐群臣筵宴，命各呈技艺以为乐。于是或投壶，或弹鸟，或操琴，或击鼓，一时纷纷杂杂，各献所长。独有国子监祭酒祝钦明，自请为八风舞，卷轴趋至阶前，舞将起来：弯腰屈足，舒臂耸肩，摇曳睍目，备诸丑态。中宗与韦后、诸公主见了，俱抚掌大笑；内侍宫女们亦无不掩口。吏部侍郎卢藏用，私向同坐的人说道："祝公身为国子先生，而作此丑态，五经扫地尽矣！"时国子监司业郭山晖在坐，见那做祭酒的如此出丑，不胜惭愤。少顷，中宗问及："郭司业亦有长技，可使朕一以观否？"郭山晖离席顿首答道："臣无他技，请歌诗以侑酒。"中宗道："卿善歌诗乎？所歌何事？"山晖道："臣请为陛下歌《诗经》、《鹿鸣》、《蟋蟀》之篇。"遂肃容抗声而歌。先歌《鹿鸣》之篇云：

呦呦鹿鸣，食野之苹。我有嘉宾，鼓瑟吹笙。吹笙鼓簧，承筐是将。人之好我，示我周行。

呦呦鹿鸣，食野之蒿。我有嘉宾，德音孔昭。视民不恌，君子是则是效。我有旨酒，嘉宾式燕以敖。

呦呦鹿鸣，食野之芩。我有嘉宾，鼓瑟鼓琴。鼓瑟鼓琴，和乐且湛。我有旨酒，以燕乐嘉宾之心。

又歌《蟋蟀》之篇云：

蟋蟀在堂，岁聿其莫。今我不乐，日月其除。无已太康，职思其居。好乐无荒，良士瞿瞿。

蟋蟀在堂，岁聿其逝。今我不乐，日月其迈。无已太康，职思其外。好乐无荒，良士蹶蹶。

蟋蟀在堂，役车其休。今我不乐，日月其滔。无已太康，职思其忧。好乐无荒，良士休休。

郭山晖歌罢，肃然而退。中宗闻歌，回顾韦后道："此郭司业以诗谏也，其意念深矣。"于是不复命他人呈技，即撤宴而罢。正是：

祭酒身为八风舞，堪叹五经扫地尽。
鹿鸣蟋蟀抗声歌，还亏司业能持正。

时安乐公主乘间请昆明池为私沼。中宗曰："先帝未有以与人者。"公主不悦，遂开凿一池，名曰定昆池，其意欲胜过昆明池，故取名定昆，言可与昆明抗衡之也。司农卿赵履温为之缮治，不知他耗费了多少民财，劳动了多少民力，方得凿成这一池。又于池上起建楼台，极其巨丽。中宗闻池已告成，即率后妃及内侍俳优杂技人等，前来游幸。公主张筵设席，款留御驾；从驾诸臣，亦俱赐宴。中宗观览此池，果然宏阔壮观，胜似昆明，心中甚喜，传命诸臣，就筵席上各赋一诗，以夸美之。

诸臣领命，方欲构思，只见黄门侍郎李日知离席而起，直趋御前启奏道："臣奉诏赋诗，未及成篇，先有俚言二句，敢即奏呈。"遂高声朗诵云：

所愿暂思居者逸，勿使时称作者劳。

中宗听了笑道："卿亦效郭山晖以诗谏耶！"因沉吟半晌，命内侍传谕："诸臣不必赋诗了，且只饮酒。"及酒酣，优人共为回波之舞。中宗看了大喜，遂命诸臣，各吟回波辞以侑酒。

那日宋之问因病告假，沈佺期却在赐宴诸臣之列。他原任给事中考功郎，自落职流徙后，虽幸复得召用，却还未有迁耀，今欲乘机借回波自嘲，以感动君心。因遂吟云：

回波尔如佺期，流向岭外生归。
身名幸蒙齿录，袍笏未复牙绯。

中宗听了微微而笑。安乐公主道："沈卿高才，牙笏绯袍，诚不为过。"韦后道："陛下当即有以命之。"中宗道："行将擢为太子詹事。"沈佺期便叩首谢恩。

时有优人臧奉，向中宗、韦后前叩头奏道："臣亦有俚语，但近乎谐谑，有犯至尊；若皇帝皇后赦臣万死，臣敢奏之。"中宗与韦后都道："汝可奏来，赦汝无罪。"臧奉乃作曼声而吟云：

回波尔如栲栳，怕婆却也大好。
外头只有裴谈，内里无过李老。

原来那时有御史大夫裴谈，最奉释教，而其妻极妒悍，裴谈畏之如严君。尝云妻有可畏者三：当其少好之时，视之如生菩萨，安有人不畏生菩萨者；及男女满前之时，视之如九子魔母，安有人不畏九子魔母者；及其年渐老，薄施脂粉，或青或黑，视之如鸠盘茶，安有人不畏鸠盘茶者。此言传在人耳，共为笑谈，因呼之为裴怕婆。时韦后举动，欲步趋武后一般，也会挟制夫君，中宗甚畏之，因此臧奉敢于唱此词，他为韦后张威，不怕中宗见罪。正是：

欺夫婆子怕婆夫，笑骂由人我自吾。
却怪当年李家老，子如其父媳如姑。

当下中宗闻歌大噱，韦后亦欣然含笑，意气自得。座间却恼了一个正直的官员，乃谏议大夫李景伯，他因看不上眼，听不入耳，蹶然而起，进前奏道："臣亦有一词奏上。"道是：

回波尔持酒卮，微臣职在箴规。
侍宴不过三爵，谨哗或恐非仪。

中宗听罢，有不悦之色。同三品萧至忠奏道："此真谏官也，愿陛下思其所言。"于是中宗传命罢宴，起驾回宫。次日朝臣中，也有欲责治优人臧奉者，却闻韦后到先使人赍金帛赏赐臧奉，因叹息而止。

俳优谑浪胆如天，帝不敢嗔后加奖。
纪纲扫地不可问，堪叹阳消阴日长。

未知后事如何，且听下回分解。

第七十七回　鸩昏主竟同儿戏　斩逆后大快人心

词曰：

天子至尊也，因何事却被后妃欺。奈昏聩无能，优柔不断。斜封墨敕，人任为之。故一旦宫庭兴变乱，寝殿起灾危。似锦江山，如花世界，回头一想，都是伤悲。

还思学武后，刑与赏，大权尽我操持。冀立千秋事业，百世根基，再欲更逞荒淫。为欢不足，躬行弑逆，获罪难辞。试看临淄兵起，终就刑诛。

调寄《内家娇》

从来宫闱之乱，多见于春秋时。周襄王娶翟女为后，通于王弟叔带，致生祸患。其他侯国的夫人，如鲁之文姜、卫之南子辈，不可枚举。至于秦汉晋，以及前五代，亦多有之。总是见之当时，则遗羞宫闱；传之后世，则有污史册，然要皆未有如唐朝武韦之甚者也。有了如此一个武后，却又有韦后继之，且加以太平、安乐等诸公主，与上官婉儿等诸宫嫔，却是一班寡廉鲜耻、败检丧伦的女人。好笑唐高宗与中宗，恬然不以为羞辱，不惟不禁之，而反纵之，使酿成篡窃弑逆之事，一则几不保其子孙，一则竟至殒其身，为后人所嗤笑唾骂，叹息痛恨。

如今且说上官婉儿，自彩楼评诗之后，才名大著，中宗愈加宠爱，升他做了婕妤，其穿的服饰与住的宫室，都如妃子一般。他愈恃宠骄恣，又倚着皇后与诸公主都喜欢他，更自横行无忌。中宗又特置修文馆，选择公卿中之善为诗文者，如沈佺期、宋之问、李峤等二十余人，为修文馆学士，时常赐宴于内庭，吟诗作赋，争华竞美，俱命上官婉儿评定其甲乙，传之词林，或播之乐府。由是天下士子，争以文采相尚，一切儒学正人与公谠正言，俱不得上达。正是：

不求方正贤良士，但炫风云月露篇。

上官婉儿又与韦后公主们私议，启奏中宗，听说婉儿自立私第于外，以便诸学士时常得以诗文往还评论。因此那些没品行的官员，多奔走出入其私第，以希援引进用。婉儿因遂勾结其中少年精锐者，潜入宫掖，与韦后公主们交好。于是朝臣中崔湜、宗楚客等，俱先通了婉儿，后即为韦后与公主们的心腹。中宗自观灯市里之后，时或微服出游，或即游幸上官婉儿私第，或与韦后公主们同来游幸。婉儿既自有私第在外，宫女们日夕来往，宫门上出入无节。

物议沸腾，却没人敢明言直谏，只有黄门侍郎宋璟独上一密疏，其略曰：

臣前者闻诸道路，天子与后妃公主，微服夜游市里观灯，士庶瞩目称异。臣初以为必无是事，既而知人言非妄，不胜骇诧。《周礼》云：夫人过市罚一幕，世子过市罚一帟，命夫过市罚一盖，命妇过市罚一帷，国君过市则刑人赦。诚以市里嚣尘，逐利者之所趋，非君子所宜入也！夫国君、世子、命夫、命妇、夫人等一过市中，尚且有罚；况帝后妃主之尊，而可改妆易服，结队夜游，招摇过市乎！至于怨女三千，放之出宫，乃太宗皇帝之美政；陛下既不此之法，而纵宫人数千，任其出游，以致逋逃者，无可追查，成何体统？且宫妃岂容居外第，外臣岂容于与宫妃往还，此皆大亵国体之事，伏乞陛下立改前失，速下禁约，严别内外，稽察宫门出入；更不可白龙鱼服，非时游幸；亦不可无端宴集，使谄媚者流，闲吟浪咏，更唱迭和；尤不可使俳优侏儒，与朝臣混杂于帝后妃主之前，戏谑无忌。轻万乘而渎百僚，致滋物议也。

中宗览疏，也不批发，也不召问，竟置之不理，宋璟也无可如何。韦后等愈无忌惮，太平公主、安乐公主久已奉诏，各自开府第，自置官属。这班无耻幸进之徒，多营谋为公主府中官员。

安乐公主府中，有两个少年的官儿：一个姓马，名秦客；一个姓杨，名均。那马秦客深通医术，杨均却最善于烹调食品。二人都生得美貌，为安乐公主所宠爱，因荐与韦后，又极蒙爱幸。由是马秦客夤缘得升为散骑常侍；杨均亦得升为光禄少卿。那崔湜与宗楚客，既私通上官婉儿，又转求韦后、公主，于中宗面前交口称赞，说此二人可作宰相。中宗遂以宗楚客为中书令，崔湜同平章事。自此小人各援引其党类，滥官日多，朝堂充溢，时人以为三无坐处。谓有三样官，因做的人多，朝堂中坐不下也。你道那三样官？却是宰相、御史、员外郎。这三样官是何等官职，乃至人多而无坐处，则其余众官之滥可知矣！时吏部侍郎郑愔掌选，赃污狼藉，有选人系百钱于靴带上，愔问其故，答曰："当今之选，非钱不行。"愔默不言。中宗又惑于小人之说，谓朝廷当不次用人，遂于吏部铨选之外，另用墨敕除授官职，于是太平公主、安乐公主与长宁公主、上官婉儿俱招权。

时突厥默啜，侵扰边界，屡为朔方总管张仁愿所败。默啜密与宗楚客交通，楚客受其重贿，阻挠边事。监察御史崔琬上疏劾之，当殿朗读弹章。原来唐朝故事，大臣被言官当殿面劾，即俯躬趋出，立于朝堂待罪。是日宗楚客竟不趋出，且忿怒作色，自陈忠鲠，为崔琬所诬。宋璟厉声道："楚客何得强辨，故违朝廷法制！"中宗更弗推问，只命崔琬与宗楚客结为兄弟，以和解之。时人传作笑谈，因呼为和事天子。

时处士韦月将抗疏，直言武三思私通宫掖，必生逆乱。韦后闻知大怒，劝中宗速杀之。宋璟道："彼言中宫私于武三思，陛下不究其所言，而即杀其人，何以服天下？若必欲杀月将，请先杀臣，不然臣终不敢奉诏。"中宗乃命贷其死，长流岭南。自此中宗心里亦颇怀疑，传旨查察宫门出入之人，群小因此亦多不自安。太子重俊，亦有明断，中宗唯唯不决。

次日，魏元忠入内殿奏事，中宗以立太女废太子之说密询之。元忠道："太子初无失德，陛下岂可轻动国本？皇太女之称向未曾有，且公主称太女，驸马作何称号？此断不可。”中宗意悟，将此二事俱置不行。韦后与公主好生不悦。那安乐公主，又急欲韦后专政，使自己得为皇太女，却一时无计可施。

一日，杨均以烹调之事入内供应。韦后因召他至密室中，屏退左右，私相谋议。韦后道：“此老近来多信外臣之言，而有疑惑宫中之意，此不可不虑。”杨均道：“我看娘娘玉貌生光，将来必有喜庆。皇上千秋万岁后，娘娘自然临朝称制了，何必多虑。”韦后惊讶道：“他若心变，我怎等得他千秋万岁后？”杨均沉吟半晌道：“若依娘娘如此说，此事要用着些人谋了。”韦后附耳道：“有甚好药，可以了此事否？”杨均道：“药是问马秦客便有。但此事非同小可，当相机而行，未可造次。”不说二人密谋。且说太子重俊，闻知韦后欲要谋废，他心怀疑惧，又恐为三思、婉儿辈所陷，因欲先发制人，与东宫官属李多祚等，矫诏引御林军杀入武三思私第。恰值武崇训在三思处饮酒，都被拿住。太子仗剑手刃之，更命军士乱剁其尸。合家老幼男女，尽都诛死。又勒兵至宫门欲杀上官婉儿。中宗闻变大惊，急登玄武门楼，宣谕军士。一面令宫闱令杨思勖与李多祚交战。多祚战败兵溃，自刎而死，太子亦死于乱军中。正是：

> 太子拚身诛逆贼，休将成败论英雄。
> 此时若便清宫闱，何待临淄建大功？

武崇训既诛死，中宗命武延秀为安乐公主驸马。延秀即崇训之弟也，以嫂妻叔，伦常扫地矣！自此韦武之权愈重。时有许州参军燕钦融上疏，言韦后淫乱干政，宗楚客等图危社稷。中宗览疏，未及批发，韦后即传旨，将燕钦融扑杀。中宗心下怏怏不悦，未免露之颜色。韦后十分疑忌，密谓杨均道：“此老渐已心变，前所云进药之说，若不急行，祸将不测。”杨均道：“马秦客有一种末药，人服之腹中作痛，口不言，再饮人参汤，即便身死，不露伤迹。”韦后道：“既有此药，可速取来。”杨均笑道：“事成之后，要封我为武安君哩！”韦后道：“不必多言，同享富贵便了。”杨均遂与马秦客密谋取药进宫。

韦后知中宗喜吃三酥饼，即将药放入饼馅里，乘中宗那日在神龙殿闲坐，尚未进膳，便亲将饼儿供上。中宗连吃了几枚，觉得腹胀微微作痛，少顷大痛起来，坐立不宁，倒于榻上乱滚。韦后佯为惊问，中宗说不出话，但以手自指其口。韦后急呼内侍道：“皇爷想欲进汤，可速取人参汤来！”此时人参汤早已备着，韦后接手，急来灌入中宗口中。中宗吃了人参汤，便滚不动了，淹至晚间，呜呼崩逝。正是：

> 昔日点筹烦圣虑，今将一饼报君王。
> 可怜未死慈亲手，却被贤妻把命伤。

韦后既行弑逆，秘不发丧。太平公主闻中宗暴死，明知死得不明白，却又难于发觉，只得且隐忍，急与上官婉儿议草遗诏，意欲扶立相王。韦后与安乐公主都不肯，乃议立温王重茂。遗诏草定，然后召大臣入宫，韦后托言中宗以暴疾崩，称遗诏立温王重茂为太子嗣，即皇帝位。时年方十五，韦后临朝听政，宗楚客劝韦后依武后故事，以韦氏子弟典南北军，深忌相王与太平公主，谋欲去之；又妄引图谶，谓韦氏当革唐命。遂与安乐公主及都知兵马使韦温等密谋为乱，将约期举事。

时相王第三子临淄王隆基，曾为潞州别驾，罢官回京，因见群小披猖，乃阴聚才勇之士，志图匡正。兵部侍郎崔日用，向亦依附韦党，今畏临淄王英明，又忌宗楚客独擅大权，知其有逆谋，恐日后连累着他，遂密遣宝昌寺僧人普润，至临淄王处告变。临淄王大惊，即报与太平公主知道，一面与内苑总监钟绍京、果毅校尉葛福顺、御史刘幽求、李仙凫等，计议乘其未发，先事诛之。众皆奋然，愿以死自效。太平公主亦遣其子薛崇行、崇敏、崇简来相助。葛福顺道："贤王举事，当启知相王殿下。"临淄王道："吾举大事为社稷计，事成则福归父王；如或不成，吾以身殉之，不累及其亲。今若启而听从，则使父王预危事；倘其不从，将败大事，计不如不启为妥。"于是易服，率众潜入内苑。时夜将半，忽见天星落如雨。刘幽求道："天意如此，时不可失。"葛福顺拔剑争先，直入羽林营典军。韦温、韦浚、韦播、高嵩等出其不意，措手不及，俱被福顺所杀。刘幽求大呼道："韦后鸩弑先帝，谋危宗社，今夕当共诛奸逆，立相王以安天下。敢有怀两端助逆党者，罪及三族！"羽林军士稽颡听命，临淄王引众出南苑门，钟绍京率苑中匠丁二百余人，执斧锯以从，诸卫兵俱来接应。

其时中宗的梓宫停于太极殿，韦后亦在殿中。临淄王勒兵至玄武门，斩关而入；那些宿卫梓宫的军士，鼓噪应之。韦后大骇，一时无措，只穿得小衣单衫，奔出殿门，正遇杨均、马秦客，韦后急呼救援。二人左右搀扶，走入飞骑营，指望暂避，却被本营将卒，先把杨均、马秦客斩首，砍其尸为肉泥。韦后哀求饶命，众人都嚷道："弑君淫贼，人人共愤！"一齐举刀乱砍，登时砍死于乱刀之下。

临淄王闻韦后已为众所诛，传令扫清宫掖。武延秀方与云从私宿于玉树轩，被李仙凫搜出，双双斩首。刘幽求将上官婉儿挟至临淄王前，说他曾与太平公主共草遗诏，议立相王，可免其一死。临淄王道："此婢妖淫，渎乱宫闱，不可轻恕。"即命斩讫。随遣刘幽求收安乐公主。时天已晓，安乐公主深居别院，还不知外变。方早起新沐，对镜画眉，刘幽求率众突入，即挥兵从后砍之，头破脑裂而死，并将其家属都诛死。宗楚客逃奔至通化门，被门吏擒献，即时腰斩于市。

内外既定，临淄王乃叩见相王，谢不先禀白之罪。相王道："社稷宗庙不坠于地，皆汝功也。"刘幽求等请相王早正大位。是日早朝，少帝重茂，方将升座，太平公主手扶去之，说道："此位非儿所宜居，当让相王。"于是众臣共奉相王为皇帝，是为睿宗，改号景云元年。重茂仍为温王；进封临淄王为平王；祭故太子重俊；赠恤李多祚、燕钦融等；追复张柬之等五人官爵；追废韦后、安乐公主为庶人，搜捕韦党诸人。惟崔日用以出首叛逆有功，仍旧供职，其余俱治罪。韦后之妹崇国夫人，为秘书监王湣之妻，王湣恐因妻被祸，以鸩酒毒死其妻，自白于官。御史大夫窦从一之妻，乃韦后之乳母，俗呼乳母之夫为阿奢。窦从一每自称皇后阿奢，恬然不以为耻，至此乃自杀其妻以献。正是：

昔依妇势真堪耻，今杀妻身太寡恩。

岂是有心学吴起，阿奢妹丈总休论。

景云元年，议立东宫，睿宗以宋王成器居嫡长，而平王隆基有大功，迟疑不决。宋王涕泣叩首固辞道："从来建储之事，若当国家安则先嫡长，国家危则先有功。今隆基功在社稷，臣死不敢居其上。"刘幽求奏道："平王有大功，宋王有让德，陛下宜报平王之功，以成宋王之让。"睿宗乃降诏，立平王隆基为太子。后人有诗，称赞宋王之贤道：

储位本宜推嫡长，论功辞让最称贤。
建成昔日如知此，同气三人可保全。

未知后事如何，且看下回分解。

第七十八回　**慈上皇难庇恶公主　生张说不及死姚崇**

词曰：

太平封号，公主名称原也妙。不肯安平，天道难容恶贯盈。
嘉宾恶主，漫说开筵遵圣旨。诔死鸿篇，却被亡人算在先。

调寄《减字木兰花》

酒色财气四字，人都离脱不得，而财色二者为尤甚。无论富贵贫贱、聪明愚钝之人，总之好色贪财之念，皆所不免。那贪财的，既爱己之所有，又欲取人之所有，于是被人笼络而不觉。那好色的，不但男好女之色，女亦好男之色；男好女犹可言也，女好男，遂至无耻丧心，灭伦败纪，靡所不为，如武后、韦后、安乐公主、太平公主等是也。

且说太平公主与太子隆基，共诛韦氏，拥立睿宗为帝，甚有功劳。睿宗既重其功，又念他是亲妹，极其怜爱。公主性敏，多权略，凡朝廷之事，睿宗必与他商酌；自宰相以下，进退系其一言。其所引荐之人，骤登清要者甚多，附势谋进者，奔趋其门下如市。薛崇行、崇敏、崇简，皆封为王，田园家宅，偏于畿甸。公主怙宠擅权，骄奢纵欲，私引美貌少年至第，与之淫乱；奸僧慧范，尤所最爱。那班倚势作威的小人，都要生事扰民。亏得朝中有刚正大臣，如姚崇、宋璟辈侃侃谔谔，不畏强御；太子隆基，更严明英察，为群小所畏忌，因此还不敢十分横行。

却说太子原以兵威定乱，故虽当平静之时，不忘武事。一日闲暇，率领内侍及护卫东宫的军士们，往郊外打围射猎。一行人来到旷野之处，排下一个大大的围场。太子传令，众人各放马射箭，发纵鹰犬，闹了多时，猎取得好些飞禽走兽。正驰骋间，只见一只黄獐，远远的在山坡下奔走。太子勒马向前，亲射一箭，却射不着，那獐儿望前乱跑。太子不舍，紧紧追赶，直赶至一个村落，不见了黄獐；但见一个女人，在那里采茶。

太子勒马问道："你可曾见有一只黄獐跑过去么？"那女人并不答应，只顾采茶。此时太子只有两个内侍跟随，那内侍便喝道："兀那妇人好大胆，怎的殿下问你话，竟不回答！"女人不慌不忙，指着茶篮道："我心只在茶，何有于獐也，那知什么殿下？"说罢，便提着篮走进一个柴扉中去了。太子见那女子举止不凡，吩咐内侍，不许罗唣，望那柴扉中也甚有幽致。

正看间，只见一个书生，跨着蹇驴而来。他见太子头戴紫金冠，身披锦袍，知是贵人，忙下驴伏谒。内侍道："此即东宫千岁爷。"书生叩拜道："村僻愚人，不知殿下驾临，失于候迎，乞赐宽宥。"太子道："孤因出猎，偶尔至此。"因指着柴扉内问道："此即卿所居耶？"书生道："臣暂居于此，虽草庐荒陋，倘殿下鞍马劳倦，略一驻足，实为荣幸。"太子闻言，欣然下马，进了柴扉，见花石参差，庭阶幽雅，草堂之上，图书满案，囊琴匣剑，排设楚楚。太子满心欢喜，坐定，便问书生何姓何名。书生答道："臣姓王名琚，原籍河南人。"太子道："观卿器宇轩昂，门庭雅饬，定然佳士。顷见采茶之妇，言笑不苟，想即卿之妻也。"王琚顿首道："村妇无知，失于应对，罪当万死。"太子笑道："卿家既业采茶，必善烹茶，幸假一杯解渴。"王琚领命，忙进去取。

太子偶翻看他案上书籍，见书中夹着一纸，乃姚崇劝他出仕写与他的手札，其略云：

足下奇才异能，愚所稔知，乘时利见，此其会矣；若终为韫匮之藏，自弃其才能于无用，非所望于有志之士也。一言劝驾，庶几幡然。

太子看罢，仍旧把来夹在书中，想道："此人与姚崇相知，为姚崇所识赏，必是个奇人。"少顷王琚捧出茶来献上，太子饮了一杯，赐王琚坐了，问道："士子怀才欲试，正须及时出仕，如何遁迹山野？"王琚道："大凡士人出处，不可苟且，须审时度势，必可以得行其志，方可一出。臣窃闻古人易退难进之节，不敢轻于求仕，非故为高隐以傲世也。"太子点首道："卿真可云有品节之士矣。"正闲话间，那些射猎人马轰然而至，太子便起身出门，王琚拜送于门外。太子上马，珍重而别，不在话下。

且说太平公主，畏忌太子英明，谋欲废之，日夜进谗于睿宗，说太子许多不是处；又妄谓太子私结人心，图为不轨。睿宗心中怀疑，一日坐于便殿，密语侍臣韦安石道："近闻中外多倾心太子，卿宜察之。"韦安石道："陛下安得此亡国之言，此必太平公主之谋也。太子仁明孝友，有功社稷，愿陛下无惑于谗人。"睿宗悚然道："朕知之矣！"自此谗说不得行。太平公主阴谋愈急，使人散布流言，云目下当有兵变。睿宗闻知，谓侍臣道："术者言五日内，必有急兵入宫，卿等可为朕备之。"张说奏道："此必奸人造言，欲离间东宫耳。陛下若使太子监国，则流言自息矣！"姚崇亦奏道："张说所言，真社稷至计，愿陛下从之。"睿宗依奏，即日下诏，命太子监理国事。

太子既受命监国，便遣使臣赍礼，往聘王琚入朝。王琚不敢违命，即同使臣来见。时太子正与姚崇在内殿议事，王琚入至殿庭，故意纡行缓步。使臣摇手止之道："殿下在帝内，不可怠慢。"王琚大声说道："今日何知所谓殿下，只知有太平公主耳！"太子闻其言，即趋出帘外见之。王琚拜罢，太子道："适有卿之故人在此，可与相见。"便引王琚入殿内，指着姚崇道："此非卿之故人耶？"王琚道："姚崇实与臣有交谊，不识陛下何由知之？"太子笑道："前日在卿家，案头见有姚卿手札，故知之耳。其手札中所言，卿今能从之否？"王琚顿首道："臣非不欲仕，特未遇知己耳。今蒙陛下恩遇，敢不致身图报！但臣顷者所言，殿下亦闻之乎？"太子道："闻之。"王琚因奏道："太平公主擅权淫纵，所宠奸僧慧范，恃势横行，道路侧目。公主凶狠无比，朝臣多为之用，将谋不利于殿下，何可不早为之计？"姚崇道："王琚初至，即能进此忠言，此臣所以乐与交也。"太子道："所言良是。但吾父皇止此一妹，若有伤残，恐亏孝道。"王琚道："孝之大者，当以社稷宗庙为事，岂顾小节？"太子点头道："当徐图之。"遂命王琚为东宫侍班，常与计事。

太极元年七月，有彗星出于西方，入太微。太平公主使术士上密启于睿宗道："彗所以除旧布新，且逼近帝座，此星有变，皇太子将作天子，宜预为备。"欲以此激动睿宗，中伤太子。哪知睿宗正因天象示变，心怀恐惧，闻术士所言，反欣然道："天象如此，天意可知，传德弭灾，吾志决矣！"遂降诏传位太子。太平公主大惊，力谏以为不可；太子亦上表力辞。睿宗皆不听，择于八月吉日，命太子即皇帝位，是为玄宗皇帝。尊睿宗为太上皇，立妃王氏为皇后，改太极元年为先天元年，重用姚崇、宋璟辈，以王琚为中书侍郎，黜幽陟明，政事一新，天下欣然望治。

只有太平公主仍恃上皇之势，恣为不法。玄宗稍禁抑之，公主大恨，遂与朝臣萧至忠、岑羲、窦怀贞、崔湜等结为党援，私相谋画，欲矫上皇旨，废帝而别立新君，密召侍御陆象先同谋。象先大骇连声，道："不可不可，此何等事，辄敢妄为耶！"公主道："弃长立幼，已为不顺；况又失德，废之何害？"象先道："既以功立，必以罪废；今上新立，天下向顺，彼无失德，何罪可废？象先不敢与闻。"言罢，拂衣而出。公主与崔湜等计议，恐矫旨废立，众心不服，事有中变，欲暗进毒，以谋弑逆，遂私结宫人元氏，谋于御膳中置毒以进。王琚闻其谋。

开元元年七月朔日，早朝毕，玄宗御便殿，王琚密奏道："太平公主之事迫矣，不可不速发！"玄宗尚在犹豫。时张说方出使东都，适遣人以佩刀来献。长史崔日用奏道："说之献刀，欲陛下行事决断耳！陛下昔在东宫，或难于举动，今大权在握，发令诛逆，有何不顺，而迟疑若是？"玄宗道："诚如卿言，恐惊上皇。"王琚道："设使奸人得志，宗社颠危，上皇安乎？"正议论间，侍郎魏知古直趋殿陛，口称："臣有密启。"玄宗召至案前问之。知古道："臣探知奸人辈，将于此月之四日作乱，宜急行诛讨。"于是玄宗定计，与岐王范、薛王业、兵部尚书郭元振、龙武将军王毛仲、内侍高力士，及王琚、崔日用、魏知古等，勒兵入虔化门，执岑羲、萧至忠于朝堂斩之；窦怀贞自缢；崔湜及宫人元氏俱诛死；太平公主逃入僧寺，追捕出，赐死于家，并诛奸僧慧范。其余逆党死者甚多。上皇闻变惊骇，乘轻车出宫，登承天门楼问故。玄宗急令高力士回奏，言："太平公主结党谋乱，今俱伏诛，事已平定，不必惊疑。"上皇闻奏，叹息还宫。正是：

公主空号太平，作事不肯太平。
直待杀此太平，天下方得太平。

玄宗既诛逆党，闻陆象先独不肯从逆，深嘉其忠，擢为蒲州刺史，面加奖谕道："岁寒然后知松柏也。"象先因奏道："《书》云：'歼厥渠魁，胁从罔治。'今首恶已诛，余党乞从宽典，以安人心。"玄宗依其言，多所赦宥。又以太平公主之子薛崇简常谏其母，屡遭挞辱，特旨免死，赐姓李，官爵如故。其他功臣爵赏有差。自此朝廷无事。

玄宗意欲以姚崇为相，张说忌之，使殿中监姜皎入奏道："陛下欲择河东总管，而难其选，臣今得之矣。"玄宗问为谁，姜皎道："姚崇文武全才，真其选也。"玄宗笑道："此张说之意，汝何得面欺？"姜皎惶恐，叩头服罪。玄宗即日降旨，拜姚崇为中书令。张说大惧，乃私与岐王通款，求其照顾。姚崇闻知，甚为不满。一日入对便殿，行步微蹇。

玄宗问道:“卿有足疾耶?”姚崇因乘间奏言:“臣有腹心之疾,非足疾也。”玄宗道:“何谓腹心之疾?”姚崇道:“岐王乃陛下爱弟,张说身为大臣,而私与往来,恐为所误,是以忧之。”玄宗怒道:“张说意欲何为? 明日当命御史按治其事。”

姚崇回至中书省,并不提起。张说全然不知,安坐私署之中。忽门役传进一帖,乃是贾全虚的名刺,说道有紧急事特来求见。张说骇然道:“他自与宁醒花去后,久无消息,今日突如其来,必有缘故。”便整衣出见。贾全虚谒拜毕,说道:“不肖自蒙明公高厚之恩,遁迹山野。近因贫困无聊,复至京师,移名易姓,庸书于一内臣之家。适间偶与那内臣闲话,谈及明公私与岐王往来,今为姚相所奏,皇上大怒,明日将按治,祸且不测。不肖惊闻此信,特来报知。”张说大骇道:“如此为之奈何?”全虚道:“今为明公计,惟有密恳皇上所爱九公主关说方便,始可免祸。”张说道:“此计极妙! 但急切里无门可入。”全虚道:“不肖已觅一捷径,可通款于九公主,但须得明公所宝之一物为贽耳。”张说大喜,即历举所藏珍玩。全虚道:“都用不着。”张说忽想起:“鸡林郡曾献夜明帘一具,可用否?”全虚道:“请试观之。”张说命左右取出。全虚看了道:“此可矣。事不宜迟,只在今夕。”张说便写一情恳手启,并夜明帘付与全虚。全虚连夜往见九公主,具言来历,献上宝帘并手启。九公主见了帘儿,十分欢喜,即诺其所请。正是:

前日献刀取决断,今日献帘求遮庇。
一是为公矢忠心,一是为私行密计。

明日九公主入宫见驾,玄宗已传旨,着御史中丞同赴中书省究问张说私交亲王之故。九公主奏道:“张说昔为东宫侍臣有维持调护之功,今不宜轻加谴责;且若以疑通岐王之故,使人按问,恐王心不安,大非吾皇上平日友爱之意。”原来玄宗于兄弟之情最笃,尝为长枕大被与诸王同卧,平日在宫中相叙,只行家人礼。薛王患病,玄宗亲为煎药,吹火焚须。左右失惊。玄宗道:“但愿王饮此药而即愈,吾须何足惜。”其友爱如此。当闻九公主之言,恻然动念,即命高力士至中书省,宣谕免究。左迁张说为相州刺史。张说深感贾全虚之德,欲厚酬之;谁知全虚更不复来见,亦无处寻访他,真奇人也。正是:

拯危排难非求报,只为当年赠爱姬。

姚崇数年为相,告老退休,特荐宋璟自代。宋璟在武后时,已正直不阿,及居相位,更丰格端庄,人人敬畏。那时内臣高力士、闲厩使王毛仲,俱以诛乱有功,得幸于上。王毛仲又以牧马蕃庶,加开府仪同三司,荣宠无比,朝臣多有奔趋其门者,宋璟独不以为意。王毛仲有女与朝贵联姻,治装将嫁,玄宗闻之问道:“卿嫁女之事,已齐备否?”王毛仲奏道:“臣诸事都备,但欲延嘉宾,以为光宠,正未易得耳。”玄宗笑道:“他客易得,卿所不能致者一人必宋璟也,朕当为卿致之。”乃诏宰相与诸大臣,明日俱赴王毛仲家宴会。

次日，众官都早到，只宋璟不即至，王毛仲遣人络绎探视。宋璟托言有疾，不能早来，容当徐至，众官只得静坐恭候。直至午后，方才来到，且不与主人及众客讲礼，先命取酒来，执杯在手说道："今日奉诏来此饮酒，当先谢恩。"遂北面拜罢，举杯而饮，饮不尽一杯，忽大呼腹痛，不能就席，向众官一揖，即升车而去。王毛仲十分惭愧，奈他刚正素著，朝廷所礼敬，无可如何，只得敢怒而不敢言，但与众官饮宴，至晚而散。正是：

作主固须择宾，作宾更须择主。
恶宾固不可逢，恶主更难与处。

后王毛仲恃宠而骄，与高力士有隙。其妻新产一子，至三朝，玄宗遣高力士赍珍异赐之，且授新产之儿五品官。毛仲虽然谢恩，心甚怏怏，抱那小儿出来与力士看，说道："此儿岂不堪作三品官耶！"力士默然不答，回宫复命，将此言奏闻，再添上些恶言语。玄宗大怒道："此贼受朕深恩，却敢如此怨望！"遂降旨削其官爵，流窜远州。力士又使人讦告他许多骄横不法之事，奉旨赐死，此是后话。

且说姚崇罢相之后，以梁国公之封爵，退居私第。至开元九年间，享寿已高，偶感风寒，染成一病，延医调治，全然无效；平生不信释道二教，不许家人祈祷。过了几日，病势已重，自知不能复愈，乃呼其子至榻前，口授遗表一道，劝朝廷罢冗员、修制度、戢兵戈、禁异端，官宜久任，法宜从宽，亹亹数百言，皆为治之要道。即誊写奏进。又将家事嘱咐了一番，遗命身故之后，不可依世俗例延请僧道、追修冥福，永著为家法。其子一一受命。

及至临终，又对其子说道："我为相数年，虽无甚功业，然人都称我为救时宰相。所言所行，亦颇多可述。我死之后，这篇墓碑文字，须得大手笔为之，方可传于后世。当今所推文章宗匠，惟张说耳！但他与我不睦，若径往求他文字，他必推托不肯。你可依我计，待我死后，你须把些珍玩之物，陈设于灵座之侧。他闻讣必来吊奠，若见此珍玩，不顾而去，是他记我旧怨，将图报复，甚可忧也；他若逐件把弄，有爱羡之意，你便说是先人所遗之物，尽数送与他，即求他作碑文，他必欣然许允，你便求他速作。待他文字一到，随即勒石，一面便进呈御览方妙。此人性贪多智，而见事稍迟；若不即日镌刻，他必追悔，定欲改作；既经御览，则不可复改；且其文中既多赞语，后虽欲寻瑕摘疵，以图报复，亦不能矣，记之记之！"言罢，瞑目而逝。公子躄踊哀号，随即表奏朝廷，讣告僚属，治理丧具。

大殓既毕，便设幕受吊，在朝各官都来祭奠。张说时为集贤院学士，亦具祭礼来吊。公子遵依遗命，预将许多古玩珍奇之物，排列灵座旁边桌上。张说祭吊毕，公子叩颡拜谢。张说忽见座旁桌上排列许多珍玩，因指问道："设此何意？"公子道："此皆先父平日爱玩者，手泽所存，故陈设于此。"张说道："令先公所爱，必非常物。"遂走近桌上，逐件取来细看，啧啧称赏。公子道："此数物不足供先生清玩，若不嫌鄙，当奉贡案头。"张说欣然道："重承雅意，但岂可夺令先公所好？"公子道："先生为先父挚友，先父今日若在，岂惜贻赠？且先父曾有遗言，欲求先生大笔，为作墓道碑文；倘不吝珠玉，则先父死且不朽，不肖方当衔结图报，区区玩好之微，何足复道！”说罢，哭拜于地。张说扶起道：“拙笔何足为重，即蒙嘱役，敢不揄扬盛美。”公子再拜称谢。张说别去。公子尽撤所陈设之物，遣人送与；又托人婉转求其速作碑文；预使石工磨就石碑一座；只等碑文镌刻。张说既受了姚公子所赠，心中欢喜，遂做了一篇绝好的碑文，文中极赞姚崇人品相业，并叙自己平日爱慕钦服之意。文才脱稿，恰好姚公子遣人来领，因便付于来人。公子得了文字，令石工连夜镌于碑上。正欲进呈御览，适高力士奉旨来取姚崇生时所作文字，公子乘机便将张说这篇碑文，托他转达于上。玄宗看了赞道：“此人非此文不足以表扬之！”正是：

救时宰相不易得，碑文赞美非曲笔。
可惜张公多受贿，难说斯民三代直。

却说张说过了一日，忽想起：“我与姚崇不和，几受大祸；今他身死，我不抱怨够了，如何倒作文赞他？今日既赞了他，后日怎好改口贬他？就是别人贬他，我只得要回护他了，这却不值得。”又想文字付去未久，尚未刻镌，可即索回，另作一篇寓贬于褒之文便了。遂遣使到姚家索取原文，只说还要增改几笔。姚公子面语来使道：“昨承学士见赐鸿篇，一字不容易移，便即勒石。且已上呈御览，不可便改了。铭感之私，尚容叩谢。”使者将此言回复了主人。张说顿足道：“吾知此皆姚相之遗算也，我一个活张说，反被死姚崇算了，可见我之智识不及他矣！”

连声呼中计，退悔已嫌迟。

姚崇死后，朝廷赐谥文献。后张说与宋璟、王琚辈，相继而逝。又有贤相韩休、张九龄二人，俱为天子所敬畏者，亦不上几年告老的告老，身故的身故，朝中正人渐皆凋谢。

玄宗在位日久，怠于政事，当其即位之初，务崇节俭，曾焚珠玉锦绣于殿前，又放出宫女千人；到得后来，却习尚奢侈，女宠日盛。诸嫔妃中，惟武惠妃最亲幸；皇后王氏遭其谗谮，无故被废。又谮太子瑛及鄂王、光王，同日俱赐死，一日杀三子，天下无不惊叹。不想武惠妃亦以产后血崩暴亡，玄宗不胜悲悼。自此后宫无有当意者。高力士劝玄宗广选美人，以备侍御。玄宗遂降旨采选民间有才貌的女子入宫。正是：

靡不有初，鲜克有终。
开元天宝，大不相同。

第七十九回　江采苹恃爱追欢　杨玉环承恩夺宠

词曰：

国色自应供点选，一入深宫，必定多留恋。不是眉尖送花片，也教眼角飞莺燕。　只道始终适所愿，不料红丝，恰又随风转。始知月老亦无凭，端合成全好姻眷。

调寄《蝶恋花》

人生处世，无过情与理而已。忠臣孝子，作事循理，不消说得；而大奸极恶之人，行事背理，亦不消说得。至于情总属一般，孟夫子所云：知好色则慕少艾，有妻子则慕妻子。今古同然，无有绝情者。试看苏子卿穷居海上，啮雪吞毡，死生置于度外，犹不免娶胡妇生子。胡澹庵贬海外十年，比其归，日饮于湘潭胡氏园，喜侍姬黎倩，作诗赠之。乃知情欲移人，贤者不免，而况生居盛世贵为天子乎？

今且不说玄宗遣人点选美女。且说闽中兴化县珍珠村，有一秀才，姓江名仲逊，字抑之，人物轩昂，家私富厚，年过三旬，尚无子嗣。夫人廖氏，单生一女，小名阿珍，九岁能诵《二南》，语父道："吾虽女子，期以此为志。"仲逊奇之，遂名采苹。生得花容月貌，便是月里嫦娥，也让他几分颜色；更兼文才渊博，诸子百家，无不贯串，琴棋书画，各件皆能。他性喜梅花，仲逊遣人于江浙山中，遍觅各种最古梅，植于庭除，额曰梅亭。采苹朝夕观玩，遂自号梅芬。性耽文艺，有萧兰、梨园、梅亭、丛桂、凤笛、玻杯、剪刀、绮窗八赋，为时传诵，名闻籍甚。

高力士自湖广历两粤，各处采选，并无当意者；至兴化，闻采苹名，得之以进。采苹年方二八，美貌无双，玄宗一见，喜动天颜，即令嫔妃随侍入宫。赐江仲逊黄金千两，彩缎百端，回家养老；命高力士陪他赴光禄寺饮宴，仲逊含泪出朝。玄宗入宫，即命左右摆宴，与江妃共饮；饮了一回，遂共宿焉。又早鸡鸣钟动，天光欲曙，玄宗免不得起身出朝听政。

一日回到宫中，见江妃在那里看《梅亭赋》，因知江妃喜梅，遂命宫中各处栽梅，朝夕游玩，赐名梅妃。玄宗道："朕几日为朝政所困，今见梅花盛开，清芬拂面，玉宇生凉，襟期顿觉开爽。嫔色花容，令人顾恋，纵世外佳人，怎如你淡妆飞燕乎？"梅妃道："只恐落梅残月，他时冷落凄其。"玄宗道："朕有此心，花神鉴之。"梅妃道："但愿不负此言，妾虽碎身，不足以报。"玄宗道："妃子高才，前所作八赋，翰林诸臣无不叹赏；卿今可为梅花赋，待朕颁示词臣。"梅妃道："贱妾蓬闺陋质，安敢艺苑鸿才？既辱钧旨，谨当献丑。"言未毕，只见内侍报道："岭南刺史韦应物、苏州刺史刘禹锡，各选奇梅五种，星夜进呈。"玄宗甚喜，吩咐高力士用心看管，以待宴赏，遂同梅妃回宫。

不一日，玄宗宴诸王于梅园，命梨园子弟承应，丝竹迭奏，果然清音缓节。有诗为证：

金屋画堂光闪闪，烹龙炮凤敲檀板。
歌喉宛转绕雕梁，琼浆满泛玻璃盏。

诸王饮至半席间，忽闻宫中笛声嘹亮。诸王问道："笛声清妙，不知何人所吹，似从天上飞来。"玄宗道："是朕江妃所吹。诸兄弟若不弃嫌，宣他一见何如？"诸王道："臣等愿洗耳请教。"命高力士宣梅妃来。不一时梅妃宣到，诸王见礼毕，玄宗道："朕常称妃子乃梅精也，吹白玉笛作惊鸿舞，一座生辉。今宴诸王，梅妃试舞一回。"梅妃领旨，装束齐整，向筵前慢舞。有《西江月》词为证：

紫燕轻盈弱质，海棠标韵娇容。罗衣长袖慢交横，络绎回翔稳重。
纤縠蛾飞可爱，浮腾雀跃仙踪。衫飘绰约动随风，恍似飞龙舞凤。

舞罢，诸王连声赞美。玄宗道："既观妙舞，不可不快饮。今有嘉州进到美酒，名瑞露珍，其味甚佳，当共饮之。"即命内待取酒至，斟于金盏，命梅妃遍酌诸王。

时宁王已醉，见梅妃送酒来，起身接酒，不觉一脚踢着了梅妃绣鞋。梅妃大怒，登时回宫。玄宗道："梅妃为何不辞而去？"左右道："娘娘珠履脱缀，换了就来。"等了一回，又来再宣。梅妃道："一时胸腹作疾，不能起身应召。"玄宗道："既如此罢了。"即令撤席而别。

宁王惊得魂不附体，猛然想起附马杨回，足智多谋，又是圣上宠爱的，密地差人请来商议。不一时杨回到来，礼毕，宁王道："寡人侍宴梅园，只因多吃几杯酒，干了一桩天大不明白的事。"杨回道："不是戏梅妃的事么？"宁王道："你为何知道？"杨回道："若要不知，除非莫为；如今那一个不晓得？只有圣上不知。"宁王道："请你来商议此事，倘若梅妃在圣上面前，说些是非，叫我怎得安稳哩！"杨回想了一想，说道："不妨，我有二计在此，包你无事。"附宁王耳低言道：只须如此如此。宁王大喜，依了他计，相约次日早朝，肉袒膝行，请罪道："蒙皇上赐宴，力不胜酒，失错触了妃履。臣出无心，罪该万死。"玄宗道："此事若计论起来，天下都道我重色，而轻天伦了。你既无心，朕亦付之不较。"宁王叩头谢恩而起。

杨回乃密奏玄宗道："臣见诸宫嫔妃，约有三万余人，又令高力士遍访美人何用？"玄宗道："嫔妃固多，绝色者少，愿得倾国之色，以博一生大乐耳。"杨回道："陛下必欲得倾城美貌，莫如寿王妃子杨玉环，姿容盖世，实是罕有。"玄宗道："与梅妃何如？"杨回道："臣未曾亲见，但闻寿王作词赞他，中一联云：'三寸横波回幔水，一双纤手语香弦。'开元二十一年冬至寿邸时，有人见了赞道："只有天在上，更无山与齐。'陛下莫若召来便见。"玄宗闻之喜甚，即差高力士快去宣杨妃来。

力士领旨，即到寿王宫中，宣召杨妃。杨妃道："圣上宣我何干？"力士道："奴婢不知，娘娘见驾，自有分晓。”杨妃惨然来见寿王道：“妾事殿下，祈订白头，谁知圣上着高力士宣妾入朝；料想此去，必与殿下永诀矣！”寿王执杨妃之手大哭道：“势已如此，料不可违；倘若此去，不中上意，或者相逢有日，百凡珍重。”力士催促不过，杨妃只得拜别寿王，流泪出宫。正是：

宣谕多娇珍重甚，回轩应问镜台无。

高力士领着杨妃来复旨。杨妃含羞忍耻参拜毕，俯伏在地，玄宗赐他平身。此时宫中高烧银烛，阶前月影横空，玄宗就在灯月之下，将杨妃定睛一看。但见：

黛绿双蛾，鸦黄半额。蝶练裙不短不长，凤绡衣宜宽宜窄。腰枝似柳，金步摇曳。戞翠鸣珠，鬓发如云。玉搔头掠青拖碧，乍回雪色，依依不语。春山脉脉，幽妍清倩，依稀似越国西施；婉转轻盈，绝胜那赵家合德。艳冶销魂，容光夺魄。真个是回头一笑百媚生，六宫粉黛无颜色。

玄宗吩咐高力士，令妃自以其意，乞为女道士，赐号太真，住内太真宫。对杨回道：“二卿暂回，明日朕有重赏。”宁王方才放心，与杨回叩谢出朝。

天宝四载，更为寿王娶左卫将军韦昭训女为妃。潜纳太真于宫中，命百官于凤凰园，册太真宫女道士杨氏为贵妃。其父杨元琰，弘农华阴人，徙居蒲州之独头村，开元初为蜀州司户。贵妃生于蜀，早孤，养于叔父河南府士曹元珪家。册妃日，赠元琰兵部尚书；母李氏，凉国夫人；叔元珪，为光禄卿；兄铦，侍御史；从兄钊，拜侍郎。那杨钊原系张昌宗之子，寄养于杨氏者。玄宗以“钊”字有金刀之象，改赐其名为国忠。杨氏权倾天下，贵妃进见之夕，奏《霓裳羽衣曲》，授金钗钿盒。玄宗自执丽水镇库紫磨金琢成步摇，至妆阁亲与插鬓。自宠了贵妃，便疏了梅妃。

梅妃问亲随的宫女嫣红道：“你可晓得皇上两日为何不到我宫中？”嫣红道：“奴婢那里得知？除非叫高力士来，便知分晓。”梅妃道：“你去寻来，待我问他。”嫣红领旨出宫寻问，走到苑中，见力士坐在廊下打瞌睡。嫣红道：“待我耍他一耍。”见一棵千叶桃花，娇红鲜艳，便折下一小枝来，将花插在他头上，取一嫩枝，塞向力士鼻孔中去。力士陡然惊醒，见是嫣红，问道：“嫣红妹子，你来做甚？”嫣红笑道：“我家娘娘特来召你。”力士便同嫣红走到梅妃宫中，叩头见过。

梅妃问力士道：“圣上这几日，为何不进我宫中？”力士道：“阿呀，圣上在南宫中，新纳了寿王的杨妃，宠幸无比，娘娘难道还不知么？”梅妃道：“我那里晓得。且问你，圣上待他意思如何？”力士道：“自从杨妃入宫之后，龙颜大悦，亲赐金钿珠翠，举族加官，宫中号曰娘子，仪体侔于皇后。”梅妃听了这句话，不觉两泪交流道：“我初入宫之时，便疑有此事，不想果然。你且出去，我自有道理。”高力士出宫去了。嫣红将适间苑内所见如何行径，如何快活，说与梅妃知道。梅妃听了，不胜怨恨。嫣红道：“娘娘不要愁烦，依奴婢愚见，娘娘莫若装束了，步到南宫去，看皇爷怎么样说。”梅妃见说，便向妆台前整云鬓。梅妃对了菱花宝镜，叹道："天乎，我江采苹如此才貌，何自憔悴至此，岂不令人肠断！"说了双泪交流，强不出精神来梳妆。嫣红与宫女再三劝慰，替他重施朱粉，再整花钿，打扮得齐齐整整，随了七八个宫奴，向南宫缓步而来。

却见玄宗独立花荫。梅妃上前朝见，玄宗道："今日有甚好风，吹得你来？"梅妃微微的笑道："时布阳和，忽南风甚竞，故循循至此，以解寂寥耳。"玄宗道："名花在侧，正要着人来宣妃子，共成一醉。"梅妃道："闻得陛下纳宠杨妃，贱妾一来贺喜，二来求见新人。"玄宗道："此是朕一时偶惹闲花野草，何足挂齿。"梅妃定要请见。玄宗不得已道："爱卿既不嫌弃，着他来参见你就是；但他来时，卿不可着恼。"梅妃道："妾依尊命，须要他拜见我便了。"玄宗道："这也不难。"即召杨妃出来。杨妃望着梅妃叩头毕，玄宗即命摆宴。

酒过三巡，玄宗道："梅妃有谢女之才，不惜佳句，赞他一首何如？"梅妃道："惟恐不能表扬万一，望乞恕罪。"杨妃道："妾系蒲姿柳质，岂足当娘娘翰墨揄扬？"玄宗道："二妃不必过谦。"叫左右快取一幅锦笺，放在梅妃面前。梅妃只得提起笔来，写上七绝一首：

撇却巫山下楚云，南宫一夜玉楼春。
冰肌月貌谁能似？锦绣江天半为君。

梅妃写完，呈于玄宗。玄宗看了，连声赞美，付与杨妃。杨妃接来看了一遍，心中暗想："此词虽佳，内多讥讽。他说'撇却巫山下楚云'，笑奴从寿邸而来；'锦绣江天半为君'，笑奴肥胖的意思。待我也回他几句，看他怎么说？"便对梅妃道："娘娘美艳之姿，绝世无双，待奴回赞一首何如？"梅妃道："俚词描写万一，若得美人不吝名言，妾所愿也。"杨妃亦取笺写道：

美艳何曾减却春，梅花雪里亦清真。
总教借得春风早，不与凡花斗色新。

玄宗见杨妃写完，赞道："亦来的敏快得情。"拿与梅妃道："妃子你看何如？"梅妃取来一看，暗想道："他说'梅花雪里亦清真'，笑我瘦弱的意思；'不与凡花斗色新'，笑我过时了。"两下颜色有些不和起来。

高力士道："娘娘们诗词唱和，奴婢有几句粗言俗语解分。"玄宗道："你试说来。"高力士道："皇爷今日同二位《玉美人》《步步娇》，走到《高阳台》，二位娘娘《双劝酒》，饮到《月上海棠》。奴婢打一套《三棒鼓》，唱一套《贺新郎》，大家《沉醉东风》。皇爷卸下《皂罗袍》，娘娘解下《红衲袄》，忽闻一阵《锦衣香》，同睡在《销金账》，那时节《花心动》将起来，只要《快活三》，那里管《念奴娇》《惜奴娇》。皇爷慢慢的做个《蝶恋花》、《鱼游春水》，岂不是《万年欢》、《天下乐》？"只见二妃听到他说到"花心动"、"快活三"，不觉的都嘻嘻微笑起来。玄宗道："力士之言有理。朕今日二美既具，正当取乐,休得争论。”遂挽手携着二妃回宫。梅妃性柔缓,后竟为杨妃所谮,迁于上阳东宫。

一日玄宗闲步梅园,忽想起梅妃来,差高力士去探望。力士领旨到上阳宫,只见梅妃正在那里伤感。力士连忙叩头。梅妃道:“高常侍,我自别圣驾已来,久无音问,今日甚事有劳你来?”力士道:“圣上今日偶步梅园,十分思念娘娘,特着奴婢来探望。”梅妃闻言,便欢欢喜喜问力士道:“圣上着你来探望,终非弃我。汝可为我叩谢皇恩,说我无日不望睹天颜,还祈皇恩始终无替。”力士领命,随即回至梅园,将梅妃所言奏上。玄宗闻言,不觉嗟叹道:“我岂遂忘汝耶!高力士,你可选梨园最快戏马,密召梅妃到翠花西阁相叙,不可迟误。”力士应声而去。玄宗连声叫道:“转来,你须悄地里去,不可使杨妃知道。”力士道:“奴婢晓得。”便到梨园选了一匹上等骏马,竟到东楼,见了梅妃。梅妃道:“高常侍,你为何又来?”力士道:“奴婢将娘娘之言,述与皇爷听了,皇爷浩叹道:‘我岂忘汝。’就令奴婢选上等骏马,密召娘娘到翠花西阁叙话。”梅妃道:“既是君王宠召,缘何要暗地里来?”力士道:“只恐杨娘娘得知,不是当耍。”梅妃道:“陛下为何怕着这个肥婢?”力士道:“娘娘快上马,皇爷等久了。”

梅妃便上马而来,到了阁前。玄宗抱下马来,道:“爱卿,我那一日不想你来。”梅妃参拜道:“贱妾负罪,将谓永捐,不料又得复睹天颜。”玄宗就命宫女摆酒,饮至数巡,梅妃斟上一杯,敬与玄宗道:“陛下果终不弃贱妾,幸满饮此杯。”玄宗吃了,也斟一杯回赐。梅妃饮至半醉,玄宗双手捧着他面庞细看道:“妃子花容,略觉消瘦了些。”梅妃道:“如此情怀,怎免消瘦?”玄宗道:“瘦便瘦,却越觉清雅了。”梅妃笑道:“只怕还是肥的好哩!”玄宗也笑道:“各有好处。”又饮了几杯,便同梅妃进房,忽忽一睡,不觉失晓。

杨妃在宫,不见玄宗驾来,问念奴道:“圣上何在?”念奴道:“奴婢闻万岁着高力士,召梅娘娘至翠花西阁。”杨妃听了,忙自步到阁前,惊得那些常侍飞报道:“杨娘娘已到阁前,当如之何?”玄宗披衣,抱梅妃藏夹幕间。杨妃走到里面,见礼毕,问道:“陛下为何起得迟?”玄宗道:“还是妃子来得早。”杨妃道:“贱妾闻梅精在此,特此相望。”玄宗道:“他在东楼。”杨妃道:“今日宣来,同至温泉一乐。”玄宗只是看着左右,也不去回答他。杨妃怒道:“肴核狼籍,御榻下有妇人珠舄,枕边有金钗翠钿,夜来何人侍陛下寝,欢睡至日出,还不视朝,是何体统?陛下可出见群臣,妾在此阁,以俟驾回。”玄宗愧甚,拽衾向屏复睡道:“今日有疾,不能视朝。”杨妃怒甚,将金钗翠钿掷于地,竟归私第。

不想小黄门见杨妃势急,恐生余事,步送梅妃回宫。玄宗见杨妃已去,欲与梅妃再图欣庆,却被黄门送去,大怒,斩之。亲自拾起金钗翠钿珠舄包好,又将夷使所贡珍珠一斛,着永新领去,并赐梅妃。永新领旨,前往东楼。梅妃问道:“圣上着人送我归来,何弃我之深乎?”永新道:“万岁非弃娘娘,恐杨娘娘性恶,所送黄门,已斩讫矣。”梅妃道:“恐怜我又动这肥婢情,岂非弃我也?原物俱已拜领,所赐珍珠不敢受。有诗一首,烦你进到御前道,妾非忤不受珍珠,恐怕杨妃闻知,又累圣上受气耳。”永新领命而去,将珍珠并诗献上。玄宗拆开一看,念道:

柳叶蛾眉久不描，残妆和泪湿红绡。
长门自是无梳洗，何必珍珠慰寂寥？

玄宗览诗，怅然不乐，又喜其诗之妙，令乐府以新声度之，号《一斛珠》。杨妃既怀前恨，又知此事，逐日思量害他。未知后事如何，且听下回分解。

第八十回　安禄山入宫见妃子　高力士沿街觅状元

词曰：

幸得君王带笑看，莫偷安。野心狼子也来看，漫拈酸。
俏眼盈盈恋所爱，尽盘桓。却教说在别家欢，被他瞒。

调寄《太平时》

从来士子的穷通显晦，关乎时命，不可以智力求；即使命里终须通显，若还未遇其时，犹不免横遭屈抑，此乃常理，不足为怪。独可怪那女子的贵贱品格，却不关乎其所处之位。尽有身为下贱的，倒能立志高洁；那位居尊贵的，反做出无耻污辱之事。即如唐朝武后、韦后、太平公主、安乐公主，这一班淫乱的妇女，搅得世界不清，已极可笑、可恨，谁想到玄宗时，却又生出个杨贵妃来。他身受天子宠眷，何等尊荣；况那天子又极风流不俗，何等受用，如何反看上了那塞外蛮奴安禄山，与之私通，浊乱宫闱，以致后来酿祸不小，岂非怪事！

且说那安禄山，乃是营州夷种。本姓康氏，初名阿落山，因其母再适安氏，遂冒姓安，改名禄山，为人奸猾，善揣人意；后因部落破散，逃至幽州，投托节度使张守珪麾下。守珪爱之，以为养子，出入随侍。

一日守珪洗足，禄山侍侧，见守珪左脚底有黑痣五个，因注视而笑。守珪道："我这五黑痣，识者以为贵相，汝何笑也？"禄山道："儿乃贱人，不意两脚底都有黑痣七枚。今见恩相贵人脚下亦有黑痣，故不觉窃笑。"守珪闻言，便令脱足来看，果然两脚底俱有七痣，状如七星，比自己脚上的更黑大，因大奇之；愈加亲爱，屡借军功荐引，直荐他做到平卢讨击使。

时有东夷别部奚契丹，作乱犯边，守珪檄令安禄山督兵征讨。禄山自恃强勇，不依守珪主略，率兵轻进，被奚契丹杀得大败亏输。原来张守珪军令最严明，诸将有违令败绩者，必按军法。禄山既败，便顾不得养子情分，一面上疏奏闻，一面将禄山提至军前正法。禄山临刑，对着张守珪大叫道："大夫欲灭贼，奈何轻杀大将！"守珪壮其言，即命缓刑，将他解送京师，候旨定夺。禄山贿嘱内侍们，于玄宗面前说方便。当时朝臣多言禄山丧师失律，法所当诛，且其貌有反相，不可留为后患。玄宗因先入内侍之言，竟不准朝臣所奏，降旨赦禄山之死，仍赴平卢原任，带罪立功。

禄山本是极乖巧善媚，他向在平卢，凡有玄宗左右偶至平卢者，皆厚赂之。于是玄宗耳中，常常闻得称誉安禄山的言语，遂愈信其贤，屡加升擢，官至营州都督平卢节度使。至天宝二年，召之入朝，留京侍驾。禄山内藏奸狡，外貌假妆愚直。玄宗信为真诚，宠遇日隆，得以非时谒见，宫苑严密之地，出入无禁。

一日，禄山觅得一只最会人言的白鹦鹉，置之金丝笼中，欲献与玄宗。闻驾幸御苑，因便携之苑中来。正遇玄宗同着太子在花丛中散步。禄山望见，将鹦鹉笼儿挂在树枝上，趋步向前朝拜，却故意只拜了玄宗，更不拜太子。玄宗道："卿何不拜太子？"禄山假意奏说："臣愚，不知太子是何等官爵，可使臣等就当至尊面前谒拜？"玄宗笑道："太子乃储君，岂论官爵，朕千秋万岁后，继朕为君者，卿等何得不拜？"禄山道："臣愚，向只知皇上一人，臣等所当尽忠报效；却不知更有太子，当一体敬事。"玄宗回顾太子道："此人朴诚乃尔。"

正说间，那鹦鹉在笼中便叫道："安禄山快拜太子。"禄山方才望着太子下拜，拜毕，即将鹦鹉携至御前。玄宗道："此鸟不但能言，且晓人意，卿从何处得来？"禄山扯个谎道："臣前征奚契丹至北平郡，梦见先朝已故名臣李靖，向臣索食，臣因为不设祭。当祭之时，此鸟忽从空飞至。臣以为祥瑞，取而养之，今已驯熟，方敢上献。"

言未已，那鹦鹉又叫道："且莫多言，贵妃娘娘驾到了。"禄山举眼一望，只见许多宫女簇拥着香车，冉冉再来。到得将近，贵妃下车，宫人拥至玄宗前行礼。太子也行礼罢，各就坐位。禄山待欲退避，玄宗命且住着。禄山便不避，望着贵妃拜了，拱立阶下。玄宗指着鹦鹉对贵妃说道："此鸟最能人言，又知人意。"因看着禄山道："是那安禄山所进，可付宫中养之。"贵妃道："鹦鹉本能言之鸟，而白者不易得，况又能晓人意，真佳禽也。"即命宫女念奴收去养着。因问："此即安禄山耶，现为何官？"玄宗道："此儿本塞外人，极其雄壮。向年归附朝廷，官拜平卢节度。朕受其忠直，留京随侍。"因笑道："他昔曾为张守珪养子，今日侍朕，即如朕之养子耳。"贵妃道："诚如圣谕，此人真所谓可儿矣。"玄宗笑道："妃子以为可儿，便可抚之为儿。"贵妃闻言，熟视禄山，笑而不答。禄山听了此言，即趋至阶前，向着贵妃下拜道："臣儿愿母妃千岁。"玄宗笑说道："禄山，你的礼数差了，欲拜母先须拜父。"禄山叩头奏道："臣本胡人，胡俗先母后父。"玄宗顾视贵妃道："即此可见其朴诚。"说话间，左右排上宴来。太子因有小病初愈，不耐久坐，先辞回东宫去了。玄宗即命禄山侍宴。

禄山于奉觞进酒之时，偷眼看那贵妃的美貌，真个是：

> 施脂太赤，施粉太白。增之太长，减之太短，看来丰厚，却甚轻盈。极是娇憨，自饶温雅。洵矣胡天胡帝，果然倾国倾城。

那安禄山久闻杨妃之美，今忽得睹花容，十分欣喜；况又认为母子，将来正好亲近，因遂怀下个不良的妄念。这贵妃又是个风流水性，他也不必以貌取人，只是爱少年，喜壮士，见禄山身材充实，鼻准丰隆，英锐之气可掬，也就动了个不次用人的邪心。正是：

> 色既不近贵，冶容又诲淫。
> 三郎忒大度，二人已同心。

话分两头。且不说安禄山与杨贵妃相亲近之事。且说其时适当大比之年，礼部奏请开科取士，一面移檄各州郡，招集举子来京应试。当时西属绵州，有个才子，姓李名白，字太白，原系西凉主李暠九世孙。其母梦长庚星入怀而生，因以命名。那人生得天姿敏妙，性格清奇，嗜酒耽诗，轻财狂侠，自号青莲居士。人见其有飘然出世之表，称之为李谪仙。他不求仕进，志欲遨游四方，看尽天下名山大川，尝遍天下美酒。先登峨嵋，继居云梦，后复隐于徂徕山竹溪，与孔巢父、韩准、裴政、张叔明、陶沔，日夕酣饮，号为竹溪六逸。因闻人说湖州乌程酒极佳，遂不远千里而往，畅饮于酒肆之中，且饮且歌，旁若无人。适州司马吴筠经过，闻狂歌之声，遣人询问。太白随口答诗四句道：

青莲居士谪仙人，酒肆逃名三十春。
湖州司马何须问？金粟如来是后身。

吴筠闻诗惊喜道："原来李谪仙在此，闻名久矣，何幸今日得遇。"当下请至衙斋相叙，饮酒赋诗，留连了几时，吴筠再三劝他入京取应。太白以近来科目一途，全无公道，意不欲行。正踌躇间，恰好吴筠升任京职，即日起身赴京，遂拉太白同至京师。

一日，偶于紫极宫闲游，与少监贺知章相遇，彼此通名道姓，互相爱慕。知章即邀太白至酒楼中，解下腰间金鱼，换酒同饮，极欢而罢。到得试期将近，朝廷正点着贺知章知贡举，又特旨命杨国忠、高力士为内外监督官，检点试卷，录送主试官批阅。贺知章暗想道："吾今日奉命知贡举，若李太白来应试，定当首荐；但他是个高傲的人，若与通关节，反要触恼了他，不肯入试。他的诗文千人亦见的，不必通甚关节，自然入彀；只是一应试卷，须由监督官录送，我今只嘱托杨、高二人，要他留心照看便了。"于是一面致意杨国忠、高力士，一面即托吴筠，力劝太白应试。太白被劝不过，只得依言，打点入场。那知杨、高二人，与贺知章原不是一类的人，彼以小人之心，度君子之腹，只道知章受了人的贿赂，有了关节，却来向我讨白人情，遂私相商议，专记着李白名字的试卷，偏不要录送。

到了考试之日，太白随众入场，这几篇试作，那够一挥，第一个交卷的就是他。杨国忠见卷面上有李白姓名，便不管好歹，一笔抹倒道："这等潦草的恶卷，何堪录送？"太白待欲争论，国忠谩骂道："这样举子，只好与我磨墨。"高力士插口道："磨墨也不适用，只好与我脱靴。"喝令左右将太白扶出。正是：

文章无口，争论不得。
堪叹高才，横遭挥斥。

太白出得场来，怨气冲天，吴筠再三劝慰。太白立誓，若他日得志，定教杨国忠磨墨，高力士脱靴，方出胸中恶气。

这边贺知章在闱中阅卷，暗中摸索，中了好些真才，只道李白必在其内，及至榜发，偏是李白不曾中得，心中十分疑讶。直待出闱，方知为杨、高二人所摈，其事反因叮嘱而起。知章懊恨，自不必说。

且说那榜上第一名是秦国桢，其兄秦国模中在第五名。二人乃是秦叔宝的玄孙，少年有才，兄弟同掇巍科，人人称羡。至殿试之日，二人入朝对策，日方午，便交卷出朝。家人们接着，行至集庆坊，只听得锣鼓声喧，原来是走太平会的。一霎时，看的人拥挤将来，把他兄弟二人挤散。及至会儿过了，国桢不见了哥哥，连家人们也都不见，只得独自行走。

正行间，忽有一童子叫声："相公，我家老爷奉请，现在花园中相候。"国桢道："是那个老爷？"童子道："相公到彼便知。"国桢只道是那一个朝贵，或者为科名之事，有甚话说，因不敢推却。童子引他入一小巷，进一小门。行不几步，见一座绝高的粉墙，从墙边侧门而入。只见里面绿树参差，红英绚烂，一条街径，是白石子砌的，前有一池，两岸都种桃花杨柳；池畔彩鸳白鹤，成对儿游戏，池上有一桥，朱栏委曲。走进前去，又进一重门，童子即将门儿锁了。内有一带长廊，庭中修竹千竿，映得廊檐碧翠。转进去是一座亭子，匾额上题着"四虚亭"三字，又写"西州李白题"。亭后又是一带高墙，有两扇石门，紧紧的闭着。童子道："相公且在此略坐，主人就出来也。"说罢，飞跑的去了。

国桢想道："此是谁家，有这般好园亭？"正在迟疑，只见石门忽启，走出两个青衣的侍女，看了国桢一看，笑吟吟的道："主人请相公到内楼相见。"国桢道："你主人是谁，如何却教女使来相邀？"侍女也不答应，只是笑着，把国桢引入石门。早望见画楼高耸，楼前花卉争妍。楼上又走下两个侍女来，把国桢簇拥上楼。只听得楼檐前，笼中鹦鹉叫道："有客来了。"国桢举目看那楼上，排设极其华美，琉璃屏，水晶帘，照耀得满楼光亮。桌上博山炉内，热着龙涎妙香，氤氲扑鼻，却不见主人。

忽闻侍女传呼夫人来，只见左壁厢一簇女侍们拥着一个美人，徐步而出，那美人怎生模样？

眼横秋水，眉扫春山。可怜杨柳腰，柔枝若摆。堪爱桃花面，艳色如酣。宝髻玲珑，恰称绿云高挽，绣裙稳贴，最宜翠带轻垂。果然是金屋娇姿，真足称香闺丽质。

国桢见了，急欲退避，侍女拥住道："夫人正欲相会。"国桢道："小生何人，敢轻与夫人觌面？"那夫人道："郎君果系何等人？乞通姓氏。"国桢心下惊疑，不敢实说，将那秦字桢字拆开，只说道："姓余名贞木，未列郡庠，适因春游，被一童子误引入潭府。望夫人恕罪，速赐遣发。"说罢深深一揖，夫人还礼不迭，一双俏眼儿，把国桢觑看，见他仪容俊雅，礼貌谦恭，十分怜爱。便移步向前，伸出如玉的一只手儿，扯着国桢留坐。国桢逡巡退逊道："小生轻造香阁，蒙夫人不加呵斥，已为万幸，何敢共坐？"夫人道："妾昨夜梦一青鸾，飞集小楼，今日郎君至此，正应其兆。郎君将来定当大贵，何必过谦。"国桢只得坐下。侍女献茶毕，夫人即命看酒。国桢起身告辞。夫人笑道："妾夫远出，此间并无外人，但住不妨；况重门深锁，郎君欲何往乎？"国桢闻言，放心侍定。

少顷，侍女排下酒席，夫人拉国桢同坐共饮，说不尽佳肴美味，侍女轮流把盏。国桢道："不敢动问夫人何氏？尊夫何官？"夫人笑道："郎君有缘至此，但得美人陪伴，自足怡情，何劳多问。”国桢因自己也不曾说真名字，便也不去再问他。两个一递一杯，直饮至日暮，继之以烛。彼此酒已半酣，国桢道：“酒已阑矣，可容小生去否？”夫人笑道：“酒兴虽阑，春兴正浓，何可言去？今日此会，殊非偶然，如此良宵，岂宜虚度。”至次日，夫人不肯就放国桢出来，国桢也恋恋不忍言别，流连了四五日。

那知殿试发榜，秦国桢状元及第，秦国模中二甲第一，金殿传胪，诸进士毕集，单单不见了一个状元，礼部奏请遣官寻觅。玄宗闻知秦国模，即国桢之兄，传旨道：“不可以弟先兄，国桢既不到，可改国模为状元，即日赴琼林宴。”国模启奏道：“臣弟于延试日出朝，至集庆坊，遇社会拥挤，与臣相失，至今不归。臣遣家僮四处寻问，未知踪迹，臣心甚惶惑。今乞吾皇破例垂恩，暂缓琼林赴宴之期，俟臣弟到时补宴，臣不敢冒其科名。”玄宗准奏，姑宽宴期，着高力士督率员役于集庆坊一带地方，挨街挨巷，查访状元秦国桢，限二日内寻来见驾。这件奇事，哄动京城。

早有人传入夫人耳中，夫人也只当做一件新闻，述与秦国桢道：“你可晓得外边不见了新科状元，朝廷差高太监沿路寻访，岂不好笑。”国桢道：“新科状元是谁？”夫人道：“就是会榜第一的秦国桢，本贯齐州，附籍长安，乃秦叔宝的后人。”国桢闻言，又喜又惊，急问道：“如今状元不见，琼林宴怎么了？”夫人道：“闻说朝廷要将那二甲第一秦国模，改为状元。国模推辞，奏乞暂宽宴期，待寻着状元，然后复旨开宴哩！”国桢听罢，忙向夫人跪告道：“好夫人，救我则个！”夫人一把拖起道：“这为怎的？”国桢道：“实不相瞒，前日初相见，不敢便说真名姓，我其实就是秦国桢。”

夫人闻说，呆了半晌，向国桢道：“你如今是殿元公了，朝廷现在追寻得紧，我不便再留你，只得要与你别了，好不苦也。”一头说，一头便掉下泪来。国桢道：“你我如此恩爱，少不得要图后会，不必愁烦；但今圣上差高太监寻我，这事弄大了，倘究问起来，如何是好？”夫人想了一想道：“不妨，我有计在此。”便叫侍女取出一轴画图，展开与国桢看，只见上面五色灿然，画着许多楼台亭阁，又画一美人，凭栏看花。夫人指着画图道：“你到御前，只说遇一老媪云：奉仙女之命召你，引至这般一个所在，见这般一个美人，被他款住。所吃的东西，所用的器皿，都是外边绝少的，相留数日，不肯自说姓名，也不问我姓名，今日方才放出行动，都被他以帕蒙首，教人扶掖而行，竟不知他出入往来的门路。你只如此奏闻，包管无事。”国桢道：“此何画图，那画上美人是谁，如何说遇了他，便可无事？”夫人道：“不必多问，你只仔细看了；牢牢记着，但依我言启奏；我再托人贿嘱内侍们，于中周旋便了。本该设席与你送行，但钦限二日寻到，今已是第二日了，不可迟误，只奉三杯罢。”便将金杯斟酒相递，不觉泪珠儿落在杯中，国桢也凄然下泪。两人共饮了这杯酒。

国桢道：“我的夫人，我今已把真名姓告知你了，你的姓氏也须说与我知道，好待我时时念诵。”夫人道：“我夫君亦系朝贵，我不便明言。你若不忘恩爱，且图后会罢。”说到其间，两下好不依依难舍。夫人亲送国桢出门，却不是来时的门径了，别从一曲径，启小门而出。看官，你道那夫人是谁？原来他复姓达奚，小字盈盈，乃朝中一贵官的小夫人。这贵官年老无子，又出差在外，盈盈独居于此，故开这条活路，欲为种子计耳。正是：

欲求世间种，暂款榜头人。

当下国桢出得门来，已是傍晚的时候，踉踉跄跄，走上街坊。只见街坊上人，三三两两，都在那里传说新闻。有的道："怎生一个新科状元，却不见了？寻了两日，还寻不着？"有的道："朝廷如今差高公公于城内外寺观中，及茶坊酒肆妓女人家，各处挨查，好像搜捕强盗一般。"国桢听了，暗自好笑。又走过了一条街，忽见一对红棍，二三十个军牢，拥着一个骑马的太监，急急的行来。国桢心忙，不觉冲了他前导。军牢们呵喝起来，举棍欲打。国桢叫道："呵呀！不要打！"只听得侧首小巷里，也有人叫道："呵呀，不要打！"好似深山空谷中，说话应声响的一般。原来那马上太监，便是奉旨寻状元的高力士，他一面亲身遍访，一面又差人同着秦家的家僮，分头寻觅，此时正从小巷出来。那家僮望见了主人，恰待喊出来，却见军牢们扭住国桢要打，所以忙嚷不要打，恰与国桢的喊声相应。当下家僮喊道："我家状元爷在此了！"众人听说，一齐拥住。力士忙下马相见说道："不知是殿元公，多有触犯，高某那处不寻到，殿元两日却在何处？"国桢道："说也奇怪，不知是遇怪逢神，被他阻滞了这几时，今日才得出来。重烦公公寻觅，深为有罪。今欲入朝见驾，还求公公方便。"力士道："此时圣驾在花萼楼，可即到彼朝参。"于是乘马同行。

来至楼前，力士先启奏了，玄宗即宣国桢上楼朝参毕，问："卿连日在何处？"国桢依着达奚盈盈所言，宛转奏上。玄宗闻奏，微微含笑道："如此说，卿真遇仙矣，不必深究。"看官，你道玄宗为何便不究了？原来当时杨贵妃有姊妹三人，俱有姿色。玄宗于贵妃面上，推恩三姊妹，俱赐封号，呼之为姨：大姨封韩国夫人，三姨封虢国夫人，八姨封秦国夫人。诸姨每因贵妃宣召入宫，即与玄宗谐谑调笑，无所不至。其中惟虢国夫人，更风流倜傥，玄宗常与相狎，凡宫中的服食器用，时蒙赐赉，又另赐第宅一所于集庆坊。这夫人却甚多情，常勾引少年子弟，到宅中取乐。玄宗颇亦闻之，却也不去管他。那达奚盈盈之母曾在虢国府中，做针线养娘，故备知其事。这轴图画，亦是府中之物，其母偶然携来，与女儿观玩的。画上那美人，即虢国夫人的小像。所以国桢照着画图说法，玄宗竟疑是虢国夫人的所为，不便追究，那知却是盈盈的巧计脱卸。正是：

张公吃酒李公醉，郑六生儿盛九当。

当下玄宗传旨，状元秦国桢既到，可即刻赴琼林宴。国桢奏道："昨已蒙皇上改臣兄国模为状元，臣兄推辞不就，今乞圣恩，即赐改定，庶使臣不致以弟先兄。"玄宗道："卿兄弟相让，足征友爱。"遂命兄弟二人，俱赐状元及第，国桢谢恩赴宴。内侍赍着两副官袍，两对金花，至琼林宴上，宣赐秦家昆仲，好不荣耀。时已日暮，宴上四面张灯，诸公方才就席。从来说杏苑看花，今科却是赏灯。且玉殿传金榜，状元忽有两个，真乃奇闻异事。次日，两状元率请亲贵赴阙谢恩，奉旨秦国模、秦国桢俱为翰林承旨；其余诸人照例授职，不在话下。

且说宫中一日赏花开宴，贵妃宣召虢国夫人入宫同宴。明皇见了虢国夫人，想起秦国桢所奏之语，遂乘贵妃起身更衣时，私向夫人笑问道："三姨何得私藏少年在家？"那知虢国夫人近日正勾引一个千牛卫官的儿子，藏在家中。今闻此言，只道玄宗说着这事，乃敛衽低眉，含笑说道："儿女之情，不能自禁，乞天恩免究罢！"玄宗戏把指儿点着道："姑饶这遭。"说罢，相视而笑。正是：

阿姨风骚，姨夫识窍。
大家错误，付之一笑。

第八十一回　纵嬖宠洗儿赐钱　惑君王对使剪发

词曰：

痴儿肥蠢，娘看偏奇俊。何意洗儿蒙赐，更阿父能帮兴。
不堪娇妒性，暂离宫寝。一缕香云轻剪，便重得君王幸。

调寄《霜天晓角》

人生七情六欲，惟有好色之念，最难祛除。艳冶当前而不动心者，其人若非大圣贤、大英雄，定是个愚夫呆汉。所以古人原不禁人好色；但好色之中，亦有礼焉。苟徒逞男女之情欲，不顾名义，渎乱体统，上下宣淫以致丑声传播，如何使得？

且说秦国模、秦国桢兄弟二人，都在翰林供职。这秦国模为人刚正，只看他不肯占其弟之科名，可知是个有品有志之人。他见贵妃擅宠，杨氏势盛，禄山放纵，宫闱不谨，因激起一片嫉邪爱主之心。便同其弟计议，连名上一疏，谓朝廷爵赏太滥，女宠太盛；又道安禄山本一塞外健儿，谬膺节钺，宜令效力边疆，不可纵其出入宫闱，致滋物议。其言甚切直。疏上，玄宗不悦。群小交进谗言，说他语涉讪谤，宜加重谴。有旨着廷臣议处。亏得贺知章与吴筠上疏力救，玄宗乃降旨道："秦国模、秦国桢越职妄言，本当治罪。念系勋臣后裔，新进无知，姑免深究，着即致仕去。今后如再有渎奏者，定行重处。"此旨一下，朝臣侧目。

时奸相李林甫，欲乘机蔽主专权，对众谏官说道："今上圣明，臣子只宜将顺，岂容多言？诸君不见立仗之马乎，日食三品料；若一鸣，便斥去矣。"自此谏官结舌不言。玄宗只道天下承平无事，又尝亲阅库藏，见财货充盈，一发志骄意满，视金帛如粪土，赏赐无限。一切朝政，俱委之李林甫。那李林甫奸狡异常，心虽甚忌杨国忠，外貌却与和好；又畏太子英明，常思与国忠潜谋倾陷。又有揣知安禄山之意，微词冷语，说着他的心事，使之心服惊佩；却又以好言抚慰之，使之欣感不忘。因而朋比为奸，迎合君心，以固其宠。玄宗深居宫中，日事声色，以为天下承平无事。那知道杨贵妃竟与安禄山私通。正是：

大腹肥躯野汉，千娇百媚宫娃。
何由彼此贪恋，前生欢喜冤家。

自此安禄山肆横无忌。

玄宗又命安禄山与杨国忠兄妹结为眷属，时常往来，赏赐极厚，一时之贵盛莫比。又加赐韩国、虢国、秦国三夫人，每月各给钱十万，为脂粉之资。三位夫人之中，虢国夫人尤为妖艳，不施脂粉，自然天生美丽。当时杜工部有首诗云：

虢国夫人承主恩，平明骑马入宫门。
却嫌脂粉污颜色，淡扫蛾眉朝至尊。

一日，值禄山生日，玄宗与杨贵妃俱有赐赍。杨家兄弟姊妹们，各设宴称庆。闹过了两日，禄山入宫谢恩。御驾在宜春院，禄山朝拜毕，便欲叩见母妃杨娘娘。玄宗道："妃子适间在此侍宴，今已回宫，汝可自往见之。"禄山奉命，遂至杨妃宫中。杨妃此时方侍宴而回，正在微酣半醉之间，见禄山来拜谢恩，口中声声自称孩儿。杨贵妃因戏语道："人家养了孩儿，三朝例当洗儿，今日恰是你生日的三朝了，我今日当从洗儿之例。"于是乘着酒兴，叫内监宫女们都来，把禄山脱去衣服，用锦缎浑身包裹，作襁褓的一般，登时结起一彩舆，把禄山坐于舆中，宫人簇拥着绕宫游行。一时宫中多人，喧笑不止。那时玄宗尚在宜春院中闲坐看书，遥闻喧笑之声，即问左右："后宫何故喧笑？"左右回奏道："是贵妃娘娘，为洗儿之戏。"玄宗大笑，便乘小车，来至杨妃宫中观看，共为笑乐，赐杨妃金钱银钱各十千，为洗儿之钱。正是：

樗蒲点筹，洗儿赐钱。
家法相传，启后承前。

话分两头。那杨妃便宠眷日隆，这边梅妃江采苹却独居上阳宫，十分寂寞。一日偶闻有海南驿使到京，因问宫人："可是来进梅花的？"宫人回说，是进荔枝与杨贵妃娘娘的。原来梅妃爱梅，当其得宠之时，四方争进异种梅花；今既失宠，自此无复有进梅者。杨妃是蜀人，爱吃荔枝，海南的荔枝，胜于蜀种，必欲生致之。乃置驿传，不惮数千里之远，飞驰以进。此正杜牧之所云：

一骑红尘妃子笑，无人知是荔枝来。

当下梅妃闻梅花绝献，荔枝远来，不胜伤感，即召高力士来问道："你日日侍奉皇爷，可知道皇爷意中还记得有个江采苹三字么？"力士道："皇爷非不念娘娘，只因碍着贵妃娘娘耳！"梅妃道："我固知肥婢妒我，皇上断不能忘情于我也。我闻汉陈皇后遭贬，以千金赂司马相如作《长门赋》献于武帝，陈皇后遂得复被宠遇。今日岂无才人若司马相如者，为我作赋，以邀上意耶？我亦不惜千金之赠，汝试为我图之。"力士畏杨妃势盛，不敢应承，只推说一时无善作赋者。梅妃嗟叹说道："这是何古今人之不相及也！"力士道："娘娘大才，远胜汉后，何不自作一赋以献上？"梅妃笑而点首。力士辞出。宫人呈上纸墨笔砚，于是梅妃即自作《楼东赋》一篇，其略云：

玉鉴尘生，凤奁香殄，懒蝉鬓之巧梳，闭缕衣之轻练。苦寂寞于蕙宫，但注思乎兰殿；信标梅之尽落，隔长门而不见。况乃花心飏恨，柳眼弄愁。暖风习习，春鸟啾啾。楼上黄昏兮，听凤吹而回首；碧云日暮兮，对素月而凝眸。温泉不到，忆拾翠之旧事；闲庭深闭，嗟青鸟之信修。缅夫太液清波，水光荡浮；笙歌赏宴，陪从宸游。奏舞鸾之妙曲，乘画鹢之仙舟。君情缱绻，深叙绸缪。誓山海而常在，似日月而靡休。何期嫉色庸庸，妒心冲冲，夺我之爱幸，斥我乎幽宫。思旧欢而不得，相梦著乎朦胧。度花朝与月夕，慵独对乎春风。欲相如之奏赋，奈世才之不工。属愁吟之未竟，已响动乎疏钟。空长叹而掩袂，步踌躇乎楼东。

赋成，奏上。玄宗见了，沉吟嗟赏，想起旧情，不觉为之怃然。

杨妃闻之大怒，气忿忿的来奏道："梅精江采苹，庸贱婢子，辄敢宣言怨望，宜即赐死。"玄宗默然不答。杨妃奏之不已，玄宗说道："他无聊作赋，全无悖慢语，何可加诛？为朕的只置之不论罢了。"杨妃道："陛下不忘情于此婢耶？何不再为翠华西阁之会？"玄宗又见提其旧事，又惭又恼，只因宠爱已惯，姑且忍耐着。杨妃见玄宗不肯依他所言，把梅妃处置，心中好生不然，侍奉之间，全没有个好脸色，常使性儿，不言不语。

一日，玄宗宴诸王于内殿，诸王请见妃子。玄宗应允，传命召来，召之至再，方才来到。与诸王相见毕，坐于别席。酒半，宁王吹紫玉笛为念奴和曲，既而宴罢，席散，诸王俱谢恩而退。玄宗暂起更衣，杨妃独坐，见宁王所吹的紫玉笛儿，在御榻之上，便将玉手取来把玩了一番，就按着腔儿吹弄起来。此正是诗人张祐所云：

深宫静院无人见，闲把宁王玉笛吹。

杨妃正吹之间，玄宗适出见之，戏笑道："汝亦自有玉笛，何不把它拿来吹着？此枝紫玉笛儿是宁王的，他才吹过，口泽尚存，汝何得便吹？"杨闻言，全不在意，慢慢的把玉笛儿放下，说道："宁王吹过已久，妾即吹之，谅亦不妨。还有人双足被人勾踹，以致鞋帮脱绽，陛下也置之不问，何独苛责于妾也？"

玄宗因他酷妒于梅妃，又见他连日意态蹇傲，心下着实有些不悦；今日酒后同他戏语，他却略不谢过，反出言不逊，又牵涉着梅妃的旧事，不觉勃然大怒，变色厉声道："阿环何敢如此无礼！"便一面起身入内，一面口自宣旨："着高力士即刻将轻车送他还杨家去，不许入侍！"正是：

妒根于心，骄形于面。
语言触忤，遂致激变。

杨贵妃平日恃宠惯了，不道今日天威忽然震怒；此时待欲面谢哀求，恐盛怒之下，祸有不测；况奉旨不许入侍，无由进见，只得且含泪登车出宫，私托高力士照管宫中所有的物件。当下来至杨国忠家，诉说其故。杨家兄弟姊妹忽闻此信，吃惊不小，相对涕泣，不知所措。安禄山在旁,欲进一言以相救,恐涉嫌疑,不得轻奏,且不敢入宫,也不敢亲自到杨家来面候,只得密密使人探问消息罢了。正是:

一女人忤旨,群小人失势。
祸福本无常,恩宠固难恃。

却说玄宗一时发怒,将杨贵妃逐回,入内便觉得宫闱寂寞,举目无当意之人,欲再召梅妃入侍。不想他因闻杨妃欲谮杀之,心中又恼恨,又感伤,遂染成一病,这几日正卧床上,不能起来。玄宗寂寞不堪,焦躁异常,宫女内监们多遭鞭挞。高力士微窥上意,乃私语杨国忠道:"若欲使妃子复入宫中,须得外臣奏请为妙。"时有法曹官吉温,与殿中侍御史罗希奭,用法深刻,人人畏惮,称为罗钳、吉网。二人都是酷吏,而吉温性更忿忍,最多狡诈。宰相李林甫尤爱之,因此亦为玄宗所亲信。杨国忠乃求他救援,许以重贿。

吉温乃于便殿奏事之暇,从容进言曰:"贵妃杨氏,妇人无识,有忤圣意,但向蒙恩宠;今即使其罪得死,亦只合死于宫中,陛下何惜宫中一席之地,而忍令辱于外乎?"玄宗闻其言,惨然首肯。及退朝回宫,左右进膳,即命内侍霍韬光,撤御前玉食及珍玩诸宝贝奇物,赍至杨家,宣赐妃子。杨贵妃对使谢恩讫,因涕泣说道:"妾罪该当万死!蒙圣上的洪恩,从宽遣放,未即就戮。然妾向荷龙宠,今又忽遭弃置,更何面目偷生人世乎?今当即死,无以谢上,妾一身衣服之外,无非圣恩所赐;惟发肤为父母所生,窃以一茎,聊报我万岁。"遂引刀自剪其发一绺,付霍韬光说道:"为我献上皇爷,妾从此死矣,幸勿复劳圣念。"霍韬光领诺,随即回宫复旨,备述妃子所言,将发儿呈上。玄宗大为惋惜,即命高力士以香车乘夜召杨妃回宫。杨贵妃毁妆入见,拜伏认罪,更无一言,惟有呜咽涕泣。玄宗大不胜情,亲手扶起,立唤侍女,为之梳妆更衣,温言抚慰,命左右排上宴来。杨贵妃把盏跪献,说道:"不意今夕得复睹天颜。"玄宗掖之使坐,是夜同寝,愈加恩爱。至次日,杨国忠兄弟姊妹与安禄山俱入宫来叩贺,太华公主与诸王亦来称庆。玄宗赐宴尽欢。

看官听说,杨贵妃既得罪于被遣,若使玄宗从此割爱了,禁绝不准入幸,则群小潜消,宫闱清净,何致酿祸启乱?无奈心志蛊惑已深,一时摆脱不下,遂使内竖得以窥视其举动,交通外奸,逢迎进说,心中如藕断丝连,遣而复召,终贻后患。此虽是他两个前生的孽缘未尽,然亦国家气数所关。正是:

手剪青丝酬圣德,顿教心志重迷惑。
回头再顾更媚主,从此倾城复倾国。

杨贵妃入宫之后,玄宗宠幸比前更甚十倍,杨氏兄弟姊妹作福作威,亦更甚于前日,自不必说了。未知后事如何,且听下回分解。

第八十二回　李谪仙应诏答番书　高力士进谗议雅调

词曰：

当殿挥毫，番书草就番人吓。脱靴磨墨，宿憾今朝释。
雅调清平，一字千金值。凭屈抑，醉乡酣适，富贵真何必？

调寄《点绛唇》

自古道：凡人不可貌相。况文人才子，更非凡人可比，一发难限量他。当其不得志之时，肉眼不识奇才，尽力把他奚落；谁想他一朝发达，就吐气扬眉了；那奚落他的人，昔日肆口乱道诽谤之言，至今日一一身自为之。可知道有才之人，原奚落他不得的。他命途多舛，遇人不淑，终遭屈抑；然人但能屈其身，不能遏其才华，损其声誉，遇虽蹇而名传不朽，彼奚落屈抑之者，适为天下后世所讥笑耳。

今且不说杨妃复入宫中，玄宗愈加宠爱。且说那时四方州郡节镇官员，闻杨贵妃擅宠，天子好尚奢华，皆迎合上意，贡献不绝于道路。以致殊方异域，亦闻风而靡。多有将灵禽怪兽，异宝奇珍及土产食物，梯山航海而来贡献者。玄宗欢喜，以为遐迩咸宾。

忽一日，有一番国，名曰渤海国，遣使前来，却没甚方物上贡，只有国书一封，欲入朝呈进。沿边官员，先飞章奏闻。不几日间，番使到京，照例安歇于馆驿。玄宗皇帝命少监贺知章为馆伴使，询其来意。那通事番官答道："国王致书之意，使臣不得而知，候中朝天子启书观看，便能知其分晓了。"到得朝期，贺知章引番使入朝面圣，呈上一封国书。阁门舍人传接，递至御前。玄宗皇帝命番使臣且回馆驿，候朕谕旨，一面着该值日宣奏官，将番书拆开宣奏上闻。那日该值宣奏官儿，却是侍郎萧炅。当下萧炅把番书拆看，大大的吃了一惊，原来那番书上写的字，正是：

非草非隶非篆，迹异形奇体变。
便教子云难识，除是苍颉能辨。

萧炅看了数次，一字不识，只得叩头奏说道："番书上字迹，皆如蝌蚪之形。臣本庸愚，不能辨识，伏候圣裁。"玄宗笑道："闻卿尝误读'伏腊'为'伏猎'，为同僚所笑。是汉字且多未识，何况番字乎？可付宰相看来。"于是李林甫、杨国忠二人，一齐上前取看，只落得有目如盲，也一字看不出来，局蹐无地。玄宗再叫专掌翻译外国文字的官来看，又命传示满朝文武官僚，却并无一人能识者。玄宗发怒道："堂堂天朝，济济多官，如何一纸番书，竟无人能识其一字！不知书中是何言语，怎生批答？可不被小邦耻笑耶！限三日内若无回奏，在朝官员，无论大小，一概罢职。"是日朝罢，各官闷闷而散。

贺知章且往馆驿陪侍番使，更不题起番书之事；至晚回家，郁郁不乐。那时李太白正寓居贺家，见贺知章纳闷不乐，当即问其缘故。知章因把上项事情述了一遍，道："如今钦限严迫，急切得很，怎生回奏？若有能识此字者，不问何等人，举荐上去，便可消释上怒。"太白听说此，微微笑道："番字亦何难识？惜我不得为朝臣，躬逢一见此书耳。"知章惊喜说道："太白果能辨识番书，我当即奏上闻。"太白笑而不答。

次日早朝，知章出班启奏说道："臣有一布衣之交，西蜀人士，姓李名白，博学多才，能辨识番书，乞陛下召来，以书示之。"玄宗准奏，遣内侍至贺家，立召李白见驾。李白即对天使拜辞道："臣乃远方贱士，学识浅陋，所以文字且不足以入朝贵之目，何能仰对天子乎？谬蒙宠命，不敢奉诏。"内侍以此言回奏。知章复启奏道："臣知此人文章盖世，学问惊人，诸子百家，无书不览；只因去年入试，被外场官抹落卷子，不与录送，故未得一第，今以布衣入朝，心殊惭愧，所以不即应召故也。乞陛下特恩，赐以冠带，更使一朝臣往宣，乃见圣主求贤下士之至意。"杨国忠与高力士听了，方欲进些谗言阻挠，只见汝阳王琎、左相李适之、京兆尹吴筠、集贤院待制杜甫，一齐同声启奏道："李白奇才，臣等知之稔矣，乞陛下速召勿疑。"

玄宗见众口交荐李白之才，便传旨，赐李白以五品冠带朝见，即着贺知章速往宣来。杨国忠、高力士二人，遂不敢开口。知章奉旨，到家宣谕李白，且备述天子惓惓之意。李白不敢复辞，即穿了御赐的冠带，与知章乘马同入朝中。三呼朝拜毕，玄宗见李白一表人材，器度超俊，满心欢喜，温言抚慰道："卿高才不第，诚为惋惜；然朕自知卿可不至终屈也。今者番国遣使臣上书，其字迹怪异，无人能识者，知卿多闻广见，必能为朕辨之。"便命侍臣将番书付李白观看。

李白接来看了一遍，启奏说道："番字各不相同，此正渤海国之字也；但旧制番书上表，悉遵依中国字体，别以副函，写本国之字，送中书存照。今渤海国不具表文，竟以国书上呈御览，已属非礼之极。况书中之语言悖慢，殊为可笑。"玄宗道："他书中所求何事，所说何言？卿可明白宣奏于朕听。"李白闻命，当时持番书于手中，立在御座之前，将中国唐音，一一译出，即高声朗诵于御座之前。其番书说略曰：

> 渤海大可毒，书达唐朝官家：自你占却高丽，与我国逼近，边兵屡次侵犯疆界，想出自官家之意。俺今不可耐者，差官赍书来说，可将高丽一百七十六城让与我国，我有好物相送：太白山之兔、南海之昆布、栅城之鼓、扶余之鹿、郊颉之豕、率宾之马、沃野之绵、河沱湄之鲫、九都之李、乐游之梨，你家都有分，一年一进贡；若还不肯，俺国即起兵来厮杀，且看谁胜谁败。

众文武官员，见李白看着番书，宣诵如流，无不惊异。

玄宗听了书中之言，龙颜不悦，问众官说道："番邦无道，辄欲争占高丽，财力俱耗，将何以应之？"李林甫奏道："番人虽肆为大言，然度其兵力，岂能抗衡天朝；今宣谕边将，严加防守，倘有侵犯，兴师诛讨可也。"杨国忠说道："高丽辽远，原在幅员之外，与其兵连祸结，争此鞭长不及之地，不如将极边的数城弃置，专力固守内边的地方为便。"

时朔方节度使王忠嗣，适在朝中，闻二人之言，因奏道："昔太宗皇帝三征高丽，财力俱竭。至高宗皇帝时，大将薛仁贵以数十万雄兵，大小数十战，方才奠定。今日岂容轻于议弃？但今日承平日久，人几忘战，倘或复动干戈，亦不可忽视小邦而轻敌也。"诸臣议论不一。玄宗沉吟未决。

李白奏道："此事无烦圣虑，臣料番王慢辞渎奏，不过试探天朝之动静耳！明日可召番使入朝，命臣面草答诏，另以别纸，亦即用彼国之字示之。诏语恩威并著，慑伏其心，务使可毒拱手降顺。"玄宗大悦，因问："可毒是彼国王之名耶？"李白道："渤海国称其王曰可毒，犹之回纥称可汗、吐蕃称赞普、南蛮称诏、诃陵称悉莫威，各从其俗也。"玄宗见他应对不穷，十分欢喜，即擢为翰林学士，赐宴于金华殿中，着教坊乐工侑酒。是夜即命于殿侧寝宿。众官见李白这般隆遇，无不叹羡，只有杨国忠、高力士二人，心下不乐，却也无可奈何。

次早玄宗升殿，百官齐集。贺知章引番使入朝候旨。李白纱帽紫袍，金鱼象笏，雍容立于殿陛，飘飘然有神仙凌云之致；手执一封番书，对番使官说道："小邦上书，词语悖慢，殊为无礼，本当加兵诛讨，今我皇上圣度如天，姑置不较，有诏批答，汝宜静候恭听。"番使战战兢兢，鹄立于凡墀之下。玄宗命设七宝文几于御座之旁，铺下文房四宝，赐李白坐锦绣墩草诏。李白即奏说道："臣所穿的靴子，深恐不净，怕污茵席，乞陛下宽恩，容臣脱靴易履而登。"玄宗便传旨，将御用的吴绫巧样云头朱履，着小内侍与学士穿着。李白叩头说道："臣有一言，乞陛下恕臣狂妄，方敢奏闻圣听。"玄宗准奏道："任卿言之。"李白道："臣前应试，横遭右相杨国忠、太尉高力士斥逐。今见二人列班于陛下之前，臣气不旺。况臣今日奉命草诏，手代天言，宣谕外国，事非他比。伏乞圣旨着杨国忠磨墨，高力士脱靴，以示宠异，庶使远人不敢轻视诏书，自然诚心归附。"玄宗此时正在用人之际，且心中深爱李白之才，即准其所奏。杨、高二人暗想："前日科场中轻薄了他，今日乘此机关便来报复，我们心中甚为恨却。况番书满朝无人可识，皇上全赖他能，不敢违旨。"只得一个与他脱靴，一个与他磨墨，二人侍立相候。

李白见此境况，才欣然就坐，举起兔毫笔一枝，手不停挥，须臾之间，草成诏书一道，另将别纸一幅，写作副封，一并呈于龙案之上。玄宗览毕，大喜说道："诏语堂皇，足夺远人之魄！"及取副封一看，咄咄称奇。原来那字迹与他来书无异，一字不识。传与众官看了，无不骇然。玄宗道："学士可宣示番邦使官听罢，然后用了大宝入函。"遂命高力士仍与李白换了双靴。李白下殿，呼番使听诏，将诏书朗宣一遍。其诏曰：

大唐皇帝诏谕渤海可毒：本朝应命开天，抚有四海，恩威并用，中外悉从。颉利背盟，旋即被缚。是以新罗奏织锦之颂，天竺致能言之鸟，波斯进搏鼠之蛇，沸菻献曳马之狗；白鹦鹉来自诃陵，夜光珠贡于林邑，骨利干有名马之纳，泥婆罗有良鲊之馈，凡诸远人，毕献方物，要皆畏威怀德，买静求安。高丽拒命，天讨再加，传世九百，一朝残灭，岂非逆天衡大之明鉴欤！况尔小国，高丽附庸，比之中朝，不过一郡，士马刍粮，万不及一。若螳臂自雄，鹅痴不逊，天兵一下，玉石俱焚，君如颉利之俘，国为高丽之续。今朕体上天好生之心，恕尔狂悖，急宜悔过，洗涤其心，勤修岁事，毋取羞辱于前，翻悔诛戮于后，为同类者所笑。尔所上书不遵天朝书法，盖因尔邦所居之地，遐荒僻陋，未睹中华文字，故朕兹答尔语言，另赐副封，即用尔国字体，想宜知悉，敬读不怠。

李白宣读诏书，声音洪朗。番国使官俯首跪听，不敢仰视，听毕受诏辞朝。

贺知章送出都门，番使私问道："学士何官，可使右相磨墨，太尉脱靴？"贺知章道："右相大臣、太尉近臣，不过是人间贵官，那个李学士乃上界谪仙，偶来人世，赞助天朝，自当异数相待。"番使咄嗟叹诧而别。回至本国，见了国王，备述前言。那可毒看了诏书及副封字，大惊，与本国在朝诸臣商议："天朝有神仙帮助，如何敌得他过？"遂写了降表，遣使官入朝谢罪，情愿按期朝贡，不敢复萌异志，此是后话。正是：

干戈不动远人服，一纸贤于十万师。

且说玄宗敬爱李白，欲赐以金帛珍玩，又欲重加官职。李白俱辞谢不受，道："臣一生但愿逍遥闲散，供奉左右，如东方朔事汉之故事；且愿日得美酒痛饮足矣！"玄宗乃下诏光实禄寺，日给与上方佳酿；不拘以职业，听其到处游览，饮酒赋诗；又时常召入内庭，赏花赐宴。

是时宫中最重大芍药花，是扬州所贡，即今之牡丹也，有大红、深紫、淡黄、浅红、通白，各色各种，都植于兴庆池东，沉香亭下。时值清和之候，此花盛开，玄宗命内侍设宴于亭中，同杨贵妃赏玩。杨贵妃看了花，说道："此花乃花中之王，正宜为皇帝所赏。"玄宗笑说道："花虽好而不能言，不如妃子之为解语花也。"正说笑间，只见乐工李龟年，引着梨园中一班新选的一十六色子弟，各执乐器，前来承应，叩拜毕，便待皇上同贵妃娘娘饮酒命下，奏乐唱曲。玄宗道："且住，今日对妃子赏名花，岂可复用旧乐耶！"即着李龟年："将朕所乘玉花骢马，速往宣召李白学士前来，作一番新同庆赏。"

龟年奉旨飞走，连忙出宫，牵了玉花骢马，自己也骑了马，又同着几个伙伴，一直走到翰林院衙门里来，宣召李白学士。只见翰林院中人役回说道："李学士已于今日早晨，微服出院，独往长安市上酒肆里吃酒去了。"李龟年于是便叫院中当差人役，立刻拿了李白学士的冠袍玉带象笏，一同寻至市中，四处找寻，许多时候。忽听得前街一座酒楼上，有人高声狂歌道：

三杯通大道，一斗合自然，
但得酒中趣，莫为醒者传。

当时李龟年听了，说道："这个高歌的，不是李学士么？"遂下了马，同众人入酒肆，大踏步走上楼来了。果见李白学士占着一副临街座头，桌上瓶中供着一枝儿绣球花，独自对花而酌，已吃得酩酊大醉，手中尚持杯不放。龟年上前高声说道："奉圣旨立宣李学士至沉香亭见驾。”众酒客方知是李学士，又听说有圣旨，都起身站过一边。李白全然不理，且放下手中杯，向龟年念一句陶渊明的诗来道：“我醉欲眠君且去。”念罢，便瞑然欲睡。龟年此时无可奈何，只得忙叫跟随众人，一齐上前，将李白学士簇拥下楼来，即扶搀上玉花骢马。众人左护右持，龟年策马后随。

到得五凤楼前，有内侍传旨，赐李白学士走马入宫。龟年叫把冠带袍服，就马上替他穿着了，衣襟上的钮儿，也扣不及。一霎时走过了兴庆池，直至沉香亭，才扶下了马，醉极不能朝拜。玄宗命铺紫氍毹毯子于亭畔，且教少卧一刻，亲往看视，解御袍覆其体；见他口流涎沫，亲以衣袖拭之。杨贵妃道：“妾闻冷水沃面，可以解醒。”乃命内侍取兴庆池中之水，使念奴含而噀之，李白方在睡梦中惊醒，略开双目，见是御驾，方挣扎起来，俯伏于地奏道：“臣该万死。”玄宗见他两眼朦胧，尚未苏醒，命左右内侍，扶起李白学士，赐坐亭前；一面叫御厨光禄庖人，将越国所贡鲜鱼鲊，造三分醒酒汤来。须臾，内侍以金碗盛鱼羹汤进上来。玄宗见汤气太热，手把牙筯调之良久，赐李白饮之。

彼时李白吃下，顿觉心神为之清爽，即叩头谢恩说道：“臣过贪杯斝，遂致潦倒不醒，陛下此时不罪臣躬疏狂之态，反加恩眷，臣无任惭感，虽后日肝脑涂地，不足报陛下今日于万一也。”玄宗说道：“今日召卿来此，别无他意。”当即指着亭下说：“都只为这几本芍药花儿盛开，朕同妃子赏玩，不欲复奏旧乐，故伶工停作，待卿来作新词耳。”

李白领命，不假思索，立赋《清平调》一章呈上，道是：

云想衣裳花想容，春风拂槛露华浓。
若非群玉山头见，会向瑶台月下逢。

玄宗看了，龙颜大喜，称美道：“学士真仙才也！”便命李龟年与梨园子弟，立将此词谱出新声，着李谟吹羌笛，花奴击羯鼓，贺怀智击方响，郑观音拨琵琶，张野狐吹觱栗，黄幡绰按拍板，一齐儿和唱起来，果然好听得很。少顷乐阕，玄宗道：“卿的新词甚妙，但正听得好时，却早完了，学士大才，可为我再赋一章。”李白奏道：“臣性爱酒，望陛下以余樽赐饮，好助兴作诗。”玄宗道：“卿醉方醒，如何又要吃酒？倘卿又吃醉了，怎能再作诗呢？”李白道：“臣有诗云：酒渴思吞海，诗狂欲上天。臣妄自称为酒中仙，惟吃酒醉后，诗兴愈高愈豪。”玄宗大笑，遂命内侍将西凉州进贡来的葡萄美酒，赐与学士一金斗。李白叩受，一口气饮毕，即举起兔毫笔再写道：

一枝红艳露凝香，云雨巫山枉断肠。
借问汉宫谁得似？可怜飞燕倚新妆。

玄宗览罢，一发欢喜，赞叹道：“此更清新俊逸，如此佳词雅调，用不着众乐工嘈杂。”乃使念奴啭喉清歌，自吹玉笛以和之，真个悠扬悦耳。曲罢又笑，说与李白道：“朕情兴正浓，可烦学士再赋一章，以尽今日之欢娱。”便命以御用的端溪砚，教杨贵妃亲手捧着，求学士大笔。李白逡巡逊谢，顷刻之间，濡其兔毫笔来，又题了一章献上。其诗云：

名花倾国两相欢，常得君王带笑看。
解释春风无限恨，沉香亭北倚栏杆。

玄宗大喜道："此诗将花面人容，一齐都写尽，更妙不可言！今番歌唱，妃子也须要相和。"乃即命永新、念奴，同声而歌。玄宗自吹玉笛，命杨妃弹琵琶和之。和罢，又命李龟年，将三调再叶丝竹，重歌一转，为妃子侑酒。玄宗仍自弄玉笛以倚曲，每曲遍将换一调，则故迟其声以媚之。曲既终，杨妃再拜称谢，玄宗笑道："莫谢朕，可谢李学士。"杨贵妃乃把玻璃盏，斟酒敬李学士，敛衽谢其诗意。李白转身退避不迭，跪饮酒讫，顿首拜赐。玄宗仍命以玉花骢马，送李白归翰林院。自此李白才名愈著，不特玄宗爱之，杨妃亦甚重之。

那高力士却深恨脱靴之事，想道："我蒙圣眷，甚有威势，皇太子也常呼我为兄；诸王伯侯辈，都呼我为翁，或呼为爷。叵耐李白小小一个学士，却敢记着前言，当殿辱我。如今天子十分敬爱他，连贵妃娘娘也深重其才华，万一此人将来大用，甚不利于吾辈，怎生设个法儿，阻其进用之路才好。"因又想道："我只就他所作的《清平调》儿中，寻他一个破绽，说恼了贵妃娘娘之心。纵使天子要重用他，当不得贵妃娘娘于中间阻挠，不怕他不日远日疏了。"计策已定。

一日入宫，见杨贵妃娘娘独自凭栏看花，口中正微吟着《清平调》，点头得意。高力士四顾无人，乘间奏道："老奴初意娘娘闻李白此词，怨之刻骨，何反拳拳如是？"杨妃惊讶道："有何可怨处？"力士道："他说'可怜飞燕倚新妆'，是把赵飞燕比娘娘。试想那飞燕当日所为何事，却以相比？极其讥刺，娘娘岂不觉乎？"原来玄宗曾阅《赵飞燕外传》，见说他体态轻盈，临风而立，常恐吹去，因对杨妃戏语道："若汝则任其吹多少。"盖嘲其肥也。杨妃颇有肌体，故梅妃诋之为肥婢，杨妃最恨的是说他肥，李白偏以飞燕比之，心中正喜，今却被高力士说坏，暗指赵飞燕私通燕赤凤之事，合着他暗中私通安禄山，以为含刺，其言正中他的隐微，于是遂变为怒容，反恨于心。正是：

小人谗谮，道着心病。
任你聪明，不由不信。

自此杨妃每于玄宗面前，说李白纵酒狂歌，放浪难羁，无人臣礼。玄宗屡次欲升擢其官，都为杨妃所阻。杨国忠亦以磨墨为耻，也常进谗言。玄宗虽极爱李白，却因宫中不喜他，遂不召他内宴，亦不留宿殿中。李白明知为小人中伤，便即上疏乞休。玄宗那里就肯放他回去，温旨慰谕了一番，不允所请。李白自此以后，乃益发狂饮放歌。正所谓：

安得山中千日酒，酩然直到太平时。

未知后事如何，且听下回分解。

第八十三回　施青目学士识英雄　信赤心番人作藩镇

词曰：

英雄遭祸身几殒，幸遇才人，留得奇人，好作他年定乱人。
巧言能动君王听，轻信奸臣，误遣藩臣，眼见将来大不臣。

调寄《采桑子》

古来立鸿功大业、享高爵厚禄的英雄豪杰，往往始困终亨，先危后显，所谓天将降大任，必先拂乱其所为。不但大才常屈于小用，甚至无端罹重祸，险些把性命断送了；那时却绝处逢生，遇着有眼力、有意思的人，出力相救，得以无恙；然后渐渐时来运转，建功立业，加官进爵。天下后世，无不赞他的功高一代，羡他的位极人臣，那知全亏了昔日救他的这位君子，能识人，能爱人才，能为国留得那英雄豪杰，为朝廷扶危定乱。若彼小人，便始而互相依托，后则互相忌嫉；始而养痈畜疽，后则纵虎放鹰，只顾巧言惑主，利己害人，那顾国家后患，真可痛可恨也。

话说李白被高力士进谗，以致杨妃嗔怪，因此玄宗不复召他到内殿供奉。李白见机，即上疏乞休。玄宗原极爱其才，温旨慰留，不准休致。李白乃益自放纵于酒，以避嫌怨。其酒友自贺知章以外，又有汝阳王琎、左相李适之以及崔宗之、苏晋、张旭、焦遂诸人，都好酒豪饮，李白时常同他们往来饮酒。杜工部尝作《饮中八仙歌》云：

知章骑马似乘船，眼光落井水底眠。汝阳三斗始朝天，道逢曲车口流涎，恨不遣封向酒泉。左相日兴费万钱，饮如长鲸吸百川，衔杯乐圣称避贤。宗之潇洒美少年，举觞白眼望青天，皎如玉树临风前。苏晋长斋绣佛前，醉中往往爱逃禅。李白斗酒诗百篇，长安市上酒家眠；天子呼来不上船，自称臣是酒中仙。张旭三杯草圣传，脱帽露顶王公前，挥毫落纸如云烟。焦遂五斗方卓然，高谈雄辩惊四筵。

李白日逐与这几个酒友饮酒吟诗，不觉又在京师混过了几时。一日酒后，偶遇安禄山于朝门外，安禄山欺他是醉人，言语戏谑，未免唐突。李白乘着酒兴，把禄山一场痛骂。禄山十分忿怒，无奈他是天子爱重之人，难以加害，只得含忍。李白自料为女子小人辈所忌，若不早早罢官归去，必有后祸；又见杨国忠、李林甫等，各自结党弄权，蛊惑君心，政事日坏，身非谏官，势不能直言匡救，何取乎备位朝端；因恳恳切切的上了一个辞官乞归之疏。

玄宗知其去志已决，召至御前，面谕道："卿必欲舍朕而去，未便强留，许卿暂回田里；但卿草诏平番，有功与国，岂可空归；然朕知卿高雅，必无所需求，卿所不可一日缺者，惟独酒耳。”遂御笔亲写敕书一道以赐之，其敕略云：

> 敕赐李白为闲散逍遥学士，所到之处，官司支给酒钱，文武官员军民人等毋得怠慢；倘遇有事当上奏者，仍听其具疏奏闻。

李白拜受敕命。玄宗又赐与锦被金带与名马安车。李白谢恩辞朝。他本无家眷在京，只有仆从人等；当下收了行装，别了众僚友，出京而去。在朝各官，俱设宴于长亭饯送。惟杨国忠、高力士、安禄山三人，怀恨不送。贺知章等数人，直送至百里之外，方分袂而别。李白因圣旨许他闲散逍遥，出京之后，不即还乡，且只向幽燕一路，但有名山胜景的所在，任意行游。真个逢州支钞，过县给钱，触景题诗，随地饮酒，好不适意。

一日行至并州界中，该地方官员都来迎候。李白一概辞谢，只借公馆安顿行李，带了几个从人，骑马出郊外，要游览本处山川。正行之间，只见一伙军牢打扮的人，执戈持棍，押着一辆囚车，飞奔前来。见李学士马到，闪过一边让路。李白看那囚车中，囚着一个汉子。那个汉子，怎生模样儿？

> 头如圆斗，鬓发蓬蓬；面似方盆，目光闪闪。身遭束缚，若站起长约丈余；手被拘挛，倘舒开大应尺许。仪容甚伟，未知何故作囷囚。相貌非常，可卜他年为大物。

原来那人姓郭名子仪，华州人氏，骨相魁奇，熟谙韬略，素有建功立业、忠君爱国之志；争奈未遇其时，暂屈在陇西节度使哥舒翰麾下，做个偏将。因奉军令，查视余下的兵粮，却被手下人失火把粮米烧了，罪及其主，法当处斩。时哥舒翰出巡，已在并州地界，因此军政司把他解赴军前正法。

当下李白见他一貌堂堂，便勒住马问是何人，所犯何事何罪，今解往何处。郭子仪在囚车中，诉说原由，其声如洪钟。李白想道：“这个人恁般仪表，定是个英雄豪杰。今天下方将多事，此等品格相貌，正是为朝廷有用之人才，国家之柱石，岂容轻杀。”便吩咐手下众人：“尔等到节度军前且莫解进去，待我亲自见节度，替他说情免死。”众人不敢违命，连声应诺。李白回马，傍着囚车而行。一头走，一头慢慢的试问他些军机武略。子仪应答如流，李白愈加敬爱。

说话之间，已到哥舒翰驻节之所。李白叫从人把个名帖传与门官，说李学士来拜，门官连忙禀报。那哥舒翰也是当时一员名将，平昔也敬慕学士之才名，如雷贯耳。今见他下顾，诚以为荣幸万一，随即将营门大开，延入，宾主叙坐，各道寒暄。献茶毕，李白即自述来意，要求他宽释郭子仪之罪。哥舒翰听罢，沉吟半晌，说道：“学士公见教，本当敬从；但学生平时节制部下军将，赏罚必信。今郭子仪失火烧了兵粮，法所难贷，且事关重大，理合奏闻天子，学生未敢擅专，便自释放，如之奈何？”李白说道：“既如此，学生不敢阻挠军法，只求宽期缓刑，节度公自具疏请旨。学生原奉圣上手敕，听许飞章奏事，今亦具一小折，代奏乞命何如？”哥舒翰欣然允诺道：“若如此，则情法两尽矣！”遂传令将郭子仪收禁，候旨定夺。李白辞谢而出。

于是哥舒翰一面具奏题报。李白亦即缮疏，极言郭子仪雄才伟略，足备干城腹心之选，失火烧粮，乃手下仆夫不谨，实非子仪之罪，乞赐矜全，留为后用。将疏章附驿递，星驰上奏。自己且暂留于并州公馆中候旨，日日闲散逍遥。哥舒翰遂同手下文官武将，连本州地方上的官员，天天遂设宴款待，李学士吟诗饮酒作乐。不则一日，圣旨已下，准学士李白所奏，只将郭子仪手下仆人失慎的，就地正法，赦郭子仪之罪，许其自后立功自效。正是：

若不遇识大学士，险送却落难英雄。
喜今日幸邀宽典，看他年独建奇功。

郭子仪感激李白活命之恩，誓将衔环图报。李白别了郭子仪，并哥舒翰等众官，自往他处行游去了。临行之时，又谆属哥舒翰青目郭子仪。自此子仪得以军功，渐为显官，此是后话。

且说朝中自李白去后，贺知章也告休致去了。左相李适之因与李林甫有隙，罢相而归；林甫又陷他以事，逼之自尽。林甫倚着天子信任，手握重权，安禄山亦甚畏之，杨国忠也心怀嫉忌，然其势不得不互为党援。玄宗往年连杀三子之后，林甫劝立寿王瑁为太子。玄宗从高力士之言，立忠王玙为太子。林甫疑忌，谋倾陷之。时有户曹官杨慎矜依附杨国忠，自认为杨氏同族，又与罗希奭、吉温等，俱为李林甫门下鹰犬。林甫因与计议，教他上密疏，诬告刑部尚书韦坚，与节度使皇甫惟明，同谋废帝，而立太子，引杨国忠为证。原来那韦坚，乃太子妃韦氏之兄，皇甫惟明是边方节度使，偶来京师，曾参谒太子，又曾面奏天子，说宰相弄权。林甫怀恨，因借端诬捏，并以动摇东宫。玄宗览疏大怒，亏得高力士力辨其诬，乃不显言二人之罪，只传旨贬削二人之官。太子闻知，惊惶无措，上表请与韦氏离婚。玄宗亦因高力士劝谏，不允太子所请。李林甫又密奏，乞将此事付杨慎矜与罗希奭、吉温等鞫问，并请着杨国忠监审。玄宗降旨，只将韦坚、皇甫惟明赐死，事情不必深究，于是太子之心始安。

过了几时，适有将军董延光奉诏征伐吐蕃，不能奏功，乃委罪于朔方节度使王忠嗣，说道他阻挠军计。李林甫乘机，使杨国忠诬奏王忠嗣欲拥兵奉太子。玄宗遂召王忠嗣入京，命三司鞫之。太子又惊惶无措，幸王忠嗣系哥舒翰所荐，哥舒翰素有威望，玄宗甚重其人品，却未曾面观其人；今因王忠嗣之事，特召哥舒翰陛见，欲面问此事之虚实。

哥舒翰闻召，当时星夜赴京。其幕僚都劝他多将金帛到京使用，以救王忠嗣。哥舒翰说道：“吾岂惜金帛？但若公道尚存，君主必不致冤死其人；若无公道，金帛虽多，用之何益？”遂轻装往京而来。及至京师面君，玄宗先问了些边务事情，哥舒翰一一奏对，玄宗甚为欢喜。哥舒翰乃力言王忠嗣之负冤，太子之被诬，语甚激切。玄宗感悟，乃云：“卿且退，朕当思之。”次日，即召三司面谕道：“吾儿居深宫之中，安得与外藩交通？此必妄说也，尔其勿复问。但王忠嗣阻挠军计，宜贬官爵以示罚。”遂贬王忠嗣为汉阳太守，将军董延光亦削爵。哥舒翰回镇并州。太子匍匐御前涕泣，叩首谢恩。玄宗好言慰之，自此父子相安。

可恨这李林甫屡起大狱，以杨国忠有掖庭之亲，凡事有微涉东宫者，辄使之劾奏，或援以为证。幸因太子是高力士劝玄宗立的，他常在天子前保护；太子又仁孝谨静，不敢得罪于杨贵妃，以此得无恙。那知道杨家兄弟姊妹，骄奢横肆，日甚一日，总之倚着妃子之势。当时民间有几句谣言道：

生男勿欢喜，生女勿悲酸。
男不封侯女作妃，看女却是门上楣。

杨国忠、杨铦与韩、虢、秦三夫人宅院，都在宜阳里中，甲第之盛，拟于宫中。国忠与这三个夫人，原不是真兄弟妹。三个夫人中，虢国夫人尤为淫荡奢靡，每造一堂一阁，费资巨万；若见他家所造，有更胜于己者，即自拆毁复造。土木之工，无时休息。其所居宅院，与杨国忠宅院相连，往来最近，便当得很，遂与国忠通奸。杨国忠入朝，或有时竟与虢国夫人并舆同行，见者无不窃笑，而二人恬然不以为耻。安禄山亦乘间与虢国夫人往来甚密，夫人私赠以生平所最爱的玉连环一枚。禄山喜极，佩带身旁，不意于宴会之中，更衣时为国忠所见。国忠只因禄山近日待他简傲，心甚不平，今见此玉连环，认得是虢国夫人之物，知他两下有私，遂恨安禄山切骨，时于言语之间，隐然把他暗中私通贵妃之事，为危词以恐吓之。又常密语杨妃，说禄山行动不谨，外议沸然，万一天子知觉了，这是些什么事，为祸非同小可。杨妃闻国忠所言，着实心怀疑惧。正是：

贵妃不自贵，难为贵者讳。
无怪人多言，人言大可畏。

一日，玄宗于昭庆宫闲坐，禄山侍坐于侧旁，见他腹过于膝，因指着戏说道："此儿腹大如抱瓮，不知其中藏的何所有？"禄山拱手对道："此中并无他物，惟有赤心耳！臣愿尽此赤心，以事陛下。"玄宗闻禄山所言，心中甚喜。那知道：

人藏其心，不可测识。
自谓赤心，心黑如墨。

玄宗之待安禄山，真如腹心；安禄山之对玄宗，却纯是贼心、狼心、狗心，乃真是负心、丧心。人方切齿痛心，恨不得即剖其心，食其心，亏他还哄人说是赤心。可笑玄宗还不觉其狼子野心，却要信他是真心，好不痴心。

闲话少说。且说当日玄宗与安禄山闲坐了半晌，回顾左右，问："妃子何在？"此时正当春深时候，天气尚暖，杨妃方在后宫，坐兰汤洗浴。宫人回报玄宗说道："妃子洗浴方完。"玄宗微微笑说道："美人新浴，正如出水芙蓉，令宫人即宣妃子来，不必更梳妆。”少顷，杨妃来到，你道他新浴之后，怎生模样？有一曲《黄莺儿》说得好：

皎皎如玉，光嫩如莹。体愈香，云鬓慵整偏娇样。罗裙厌长，轻衫取凉，临风小立神驰宕。细端详，芙蓉出水，不及美人妆。

当下杨妃懒妆便服，翩翩而至，更觉风艳非常。玄宗看了，满脸堆下笑来。适有外国进贡来的异香花露，即取来赐与杨妃，叫他对镜匀面，自己移坐于镜台旁观之。杨妃匀面毕，将余露染掌扑臂，不觉酥胸略袒，宝袖宽退，微微露出二乳来了。玄宗见了，说道："妙哉！软温好似鸡头肉。"安禄山在旁，不觉失口说道："滑腻还如塞上酥。"他说便说了，自觉唐突，好生局促。杨妃亦骇其失言，只恐玄宗疑怪，捏着一把汗。那些宫女们听了此言，也都愕然变色。玄宗却全不在意，倒喜孜孜的指着禄山说道："堪笑胡儿亦识酥。"说罢哈哈大笑。于是杨贵妃也笑起来了，众宫女们也都含着笑。咦！

若非亲手抚摩过，那识如酥滑腻来？
只道赤心真满腹，付之一笑不疑猜。

安禄山只因平时私与杨妃戏谑惯了，今当玄宗面前，不觉失口戏言，幸得玄宗不疑。但杨妃已先为国忠危言所动，只恐弄出事来，自此日以后，每见安禄山，必切切私嘱，叫他语言慎密，出入小心。禄山亦晓得国忠嗔怪他，恐为他所算。又想国忠还不足惧，那李林甫最能窥察人之隐微，这不是个好惹的，今杨李之交方合，倘二人合算我一人，老大不便，不如讨个外差暂避，且可徐图远大之业。但恐贵妃与虢国夫人不舍他，因此踌躇未决。

那边杨国忠暗想："安禄山将来必与我争权，我必当翦除之；但他方为天子所宠幸，又有贵妃与虢国夫人等助之。急切难以摇动；只不可留他在京，须设个法儿，弄他到边上去了，慢慢的算计他便是。"正在筹量，却好李林甫上奏一疏，请用番人为边镇节度使。原来唐时边镇节度使，都用有才略、有威望的文臣，若有功绩，便可入为宰相。今林甫独自专权，欲绝边臣入相之路，奏称文人为边帅，怯于矢石，无以御侮；不若尽用番人，则勇而习战，可为国家捍卫。玄宗允其所奏，于是边镇节度使，都要改用番人。

国忠乘此机会，要发遣安禄山出去，便上疏说道："河东重地，固须得番人为帅；然亦必以番人之中有才略、有威望者镇之；非安禄山不足以当此重任。"玄宗览疏，深以为然，即召安禄山来面谕说道："汝以满腹赤心事朕，本应留汝在京，为朕侍卫；但河东重镇，非汝不可；今暂遣出为边帅，仍许不时入朝奏对。"遂降旨以安禄山为平卢、范阳、河东三镇节度使，赐爵东平郡王，克期走马赴任。

禄山闻命，倒也合着他的意思，叩头领旨。即日入宫，拜辞杨妃，两下依依不舍。杨妃叫入密室，执手私语道："你今此行，皆因为吾兄相猜忌之故。我和你欢叙多时，一旦远离，好生不忍。但你在京日久，起人嫌疑，出为外镇，未必非福。你放心前去，我自当使心腹人来通信与你，早晚奴在天子面前，留心照顾着你。你只顾自去图功立业，不必疑虑。”安禄山点头应诺。正说间，宫人传报说道：“三位夫人已入宫来了。”杨贵妃接见叙礼毕，安禄山也各各相见。虢国夫人闻知安禄山今将远行，甚为怏怏；奈朝命已下，无可如何。禄山也不敢久留宫中，随即告辞出宫。

到临行之时，玄宗又赐宴于便殿，安禄山谢过了恩，辞朝赴镇。李林甫等设席饯行。饮酒之间，林甫举杯相属道：“安公为节度，出镇大藩，责任非轻，凡所作为，须熟计详审，合情中理。林甫身虽在朝，而各藩镇利弊，日夕经心，声息俱知。今三大镇得安公为节度使，正足为朝廷屏障，唯善图之。”这几句话，明明笼络挟制。禄山平日素畏林甫，今闻此言，惟有唯唯听命，且逡巡逊谢道：“禄山才短气粗，当此大镇，深惧不能胜任，敢不恪遵明训！诸凡不到之处，全赖相公照拂。”说罢作揖，拜辞起行。

前一日，杨国忠曾设宴请禄山饯别，禄山托故不往。这日国忠也假意来相送。禄山怀忿，傲倨不为礼。国忠大怒，自此心中愈加衔怨。

禄山既至任所，查点军马钱粮，训练士卒，屯积粮草，坐镇范阳，兼制平卢、范阳、河东，自永平以西至太原，凡东北一带要害之地，皆其统辖，声势强盛，日益骄恣。后人有诗云：

番人顿使作强藩，只为奸臣进一言。
今日虎狼轻纵逸，会看地覆与天翻。

第八十四回　幻作戏屏上婵娟　小游仙空中音乐

词曰：

宝屏历现娇容，姓名通，绝胜珠围翠绕肉屏风。清云路杳，鹊桥可驾任行空。明日恍然疑想，如在梦魂中。

调寄《相见欢》

自来神怪之事不常有，然亦未尝无，惟正人君子，能见怪不怪，而怪亦遂不复作，此以直心正气胜之也。孔子不语怪，亦并不语神，盖怪固不足语，神亦不必语。人但循正道而行，自然妖孽不能为患，即鬼神亦且听命于我矣；若彼奸邪之辈，其平日所为，都是变常可骇之事，只他便是家国之妖孽了，何怪乎妖孽之忽见？此所谓妖由人兴，孽自己作也。至若身为天子，不务修实德，行实政，而惑于神仙幽怪之说。便有一班方士术者来与之周旋，或高谈长生久视，或多作游戏神通，总无益于身心，而适足为其眩惑，前代如秦皇、汉武，俱可为殷鉴。

且说杨国忠乘机遣发了安禄山出去，少了个争权夺宠之人，眼前止让得李林甫一个人了。这一个人却摇动他不得的，他既生性阴险，天子又十分信他，宠眷隆重。一日降旨，着百官公阅岁贡之物于尚书省，阅毕回奏；玄宗命将本年贡物，以车载往李林甫家中赐之，其宠眷如此。林甫之子李岫，亦官于朝，颇怀盈满之惧。尝从林甫闲步后园，见一役夫倦卧树下，因密告林甫道："大人久专朝政，仇怨满天下；倘一旦祸患忽作，欲似此役夫之高卧，岂可得乎？"林甫默然不答。自此常恐有刺客侠士暗算他，出则步骑百余人，左右翼卫，前驰在数百步外，辟人除道；居则重门复壁，如防大敌，一夕屡徙其卧榻，虽家人莫知其处。那个杨国忠却又不然，他自恃椒房之戚，爵居右相之尊，一味骄奢淫佚，也不怕人嗔恨，也不管人耻笑。

时值上巳之辰，国忠奉旨，与其弟杨铦及诸姨姊妹，齐赴曲江修禊。于是五家各为一队，各着一色衣，姬侍女从不计其数，新妆炫服，相映如百花焕发。乘马驾车，不用伞盖遮蔽，路傍观者如堵。国忠与虢国夫人，并辔扬鞭，以为谐谑。众人直游玩至晚夕，秉烛而归，遗簪坠舄，遍于路衢。杜工部有《丽人行》云：

三月三日天气清，长安水边多丽人。态浓意远淑且真，肌肤细腻骨肉匀。绣罗衣裳照暮春，蹙金孔雀银麒麟。头上何所有？翠微㔩叶垂鬓唇。背后何所见？珠压腰衱稳称身。就中云幕椒房亲，赐名大国韩虢秦。紫驼之峰出翠釜，水晶之盘行素鳞。犀箸厌饫久未下，鸾刀缕切空纷纶。黄门飞鞚不动尘，御厨络绎送八珍。箫鼓哀吟感鬼神，宾从杂沓实要津。后来鞍马何逡巡？当轩下马入锦茵。杨花雪落覆白苹，青鸟飞去衔红巾。炙手可热势绝伦，慎莫近前丞相嗔。

当日一行人游玩过了，次日俱入宫见驾谢恩。玄宗赐宴内殿，国忠奏道："臣等奉旨修禊，非图燕乐，正为圣天子及诸宫眷，迎祥迓福。昨赴曲江，威仪美盛，万里观瞻，众情欣悦，具见太平景象，臣等不胜庆幸。"玄宗大喜道："卿等于游戏之中，不忘君上，忠爱可嘉，当有赏赉。"宴罢，至明日，出内府珍玩，颁赐诸人，赐韩国夫人照夜玑，赐虢国夫人锁子账，赐秦国夫人七叶冠。

当时杨妃奏道："陛下前以宝屏赐妾，屏上雕刻前代美人容貌，以妾对之，自觉形秽，今请陛下转赐妾兄国忠，何如？"玄宗笑道："朕闻国忠婢妾极多，每至冬月，选婢妾之肥硕者，环立于后，谓之肉屏遮风；今以此屏赐之，殊胜他家肉屏风也。"原来这屏名号为虹霓屏，乃隋朝遗物，屏上雕镂前代美人的形像，宛然如生，各长三寸许，水晶为地，其间服玩衣饰之类，都用众宝嵌成，极其精巧，疑为鬼工，非人力所能造作的。后人有词为证：

屏似虹霓变幻，画非笔墨经营。浑将杂宝当丹青，雕刻精工莫并。
试看冶容种种，绝胜妙画真真。若还逐一唤娇名，当使人人低应。

玄宗将此屏赐与国忠，又命内侍传述贵妃奏请之意。国忠谢恩拜受，将屏安放内宅楼上，常与亲友族辈家眷等观玩，无不叹美欣羡；以为希世之珍。

一日，国忠独坐楼上纳凉，看看屏上众美人，暗想道："世间岂真有此等尤物？我若得此一二人，便为乐无穷矣。"正想念间，不觉困倦，因就榻上偃卧。才伏枕，忽见屏上众美人，一个个摇头动目，恍惚间都走下屏来，顿长几尺，宛如生人；直来卧榻前，一一称名号，或云我是裂缯人也，或云我步莲人也，或云我浣纱人也，或云我当垆人也，或云我解珮人也，或云我拾翠人也，或云我是许飞琼，或云我是薛夜来，或云我是桃源仙子，或云我是巫山神女，如此等类，不可枚举。杨国忠虽睁着眼儿历历亲见，却是身体不能动一动，口中不能发一声。诸美女各以椅列坐。少顷，有纤腰倩妆女妓十余人，亦从屏上下来，云是楚章华踏谣娘也，遂连袂而歌，其声极清细。歌罢，诸女皆起，那一个自称巫山神女的，指着国忠说道："你自恃权相，实乃误国鄙夫，何敢亵玩我等？又辄作妄想，殊为可笑可恶！"诸女齐拍手笑说道："阿环无见识，三郎又轻听其言，以致虹霓宝屏，见辱于庸奴。此奴将来受祸不小，吾等何必与他计较，且去且去。"于是一一复回屏上。

国忠方才如梦初醒，吓得冷汗浑身，急奔下楼，叫家下的用人，将此屏掩过，锁闭楼门。自此每当风清月白之夜，即闻楼上有隐隐许多女人，歌唱笑语之声。家内大小上下男女，无一人敢登此楼者。国忠入宫，密将此事与杨贵妃说知，只隐过了被美人责骂之言。杨妃闻此怪异，大为惊诧，即转奏玄宗，欲请旨毁碎此屏。玄宗说道："屏上诸女，既系前代有名的佳人美女，且有仙娥神女列在其内，何可轻毁？吾当问通元先生与叶尊师,便知是何妖祥。"

你道通元先生同叶尊师是谁？原来玄宗最好神仙,自昔高宗尊奉老君为玄元皇帝,至玄宗时又求得李老君的遗像,十分敬礼,命天下都立庙,招住持奉侍。于是方士辈竞进。有人荐方士张果,是当世神仙,用礼召至京师,拜为银青光禄大夫,赐号通元先生。又有人荐方士叶法善,有奇术,善符咒,玄宗亦以礼召来至京师,称为尊师。其他方士虽多,惟此二人为最。

当下玄宗将国忠屏上所言美人出现之说问之。张果道:"妖由人兴,此必杨相看了屏上的娇容,妄生邪念,故妖孽应念而作耳,叶师治之足矣!"叶法善说道:"凡宝物易为精怪,况人心感触,自现灵异。臣当书一符,焚于屏前以镇之。今后观此屏者,勿得玩亵。每逢朔望,用香花供奉,自然无恙。"玄宗便请法善手书正乙灵符一道,遣内侍赍付国忠,且传述二人之言。国忠闻说妖由邪念而生,自己不觉毛骨悚然,随即登楼展屏,将符焚化;焚符之顷,只见满楼电光闪烁。自此以后,楼中安静,绝无声响。至朔望瞻礼时,说也奇异,见屏上众美人愈加光彩夺目,但看去自有一种端庄之度,甚觉比前不同了。正是:

> 正能治邪,邪不胜正。
> 以正治邪,邪亦反正。

玄宗闻知,愈信叶法善之神术。一日私问法善道:"张果先生道德高妙,朕常询其生平,但笑而不答,何也?"法善道:"他的生平,即神仙辈亦莫能推测,但知他在唐尧时,曾官为侍中耳;若其出处履历,惟臣知之,余人不知也。"玄宗欣然道:"尊师请试言之。"叶法善说道:"臣惧祸及,故不敢直言奏听。"玄宗道:"尊师神仙中人,有何祸之可惧?幸勿托词隐秘。"法善沉吟道:"陛下必欲臣直言,臣今言之必立死。陛下幸怜臣,可立召张先生,不惜屈体求之,臣庶可更生矣。"玄宗连声许诺。法善请屏退左右,密奏说道:"他是混沌初分时,白蝙蝠精也。"言未已,忽然口吐鲜血,昏绝于地。玄宗即呼内侍,速传口敕,立召张果入宫见驾。少顷张果携杖而至,玄宗降座迎之,说道:"叶尊师得罪于先生,皆朕之过。朕今代为之请,幸看薄面恕之。"说罢,便欲屈膝下去。张果忙起道:"何敢劳陛下屈尊,但小子不当饶舌耳!"遂以手中杖,连击法善三下道:"可便转来!"只见法善蹶然而醒,即时站起,整衣向玄宗谢恩,随向张果谢罪。张果笑道:"吾杖不易得也。"法善再三称谢。玄宗大喜,各赐之茶果而退。

过了几日,适有使者从海上来,带得一种恶草,其性最毒,海上人传言,虽神仙亦不敢食此草。玄宗以示法善,问识此草否。法善道:"此名乌堇草,最能毒人,使臣食之,亦当小病也。他仙若中其毒,性命不保;惟张果先生,或不畏此耳。"玄宗乃密置此草于酒中,立召张果至内殿赐宴,先饮以美酒。玄宗问:"先生实能饮几何?"张果说道:"臣饮不过数爵,臣寓中有一道童,可饮一斗,多亦不能也。"玄宗道:"可召来否?"张果道:"臣请呼之。"乃向空中叫道:"童子,可速来见驾!"叫声未绝,只见一个童子,从屋头飞下,年可十四五岁,头尖腹大,整衣肃容,拜于御前。玄宗惊异,即命以大斗酌酒赐之。童子谢了恩，接过酒来，一口气吃干。玄宗皇帝见他吃得爽快，命更饮一斗。童子又接来便吃，却吃不上两三口，只见那吃的酒，从头顶上骨都都滚将出来。张果笑道："汝量有限，何得多饮。"遂取桌上桃核一枚掷之，阁阁有声，应手而仆，酒流满地仔细一看，却原来不是童子，是一个盛酒的葫芦，其中仅可容一斗酒。玄宗看了大笑道："先生游戏，神通甚妙，可更进一觞。"乃密令内侍把乌堇酒斟与他吃。张果却不推辞，一饮而尽。少顷，只见张果垂头闭目，就坐席上，昏然睡去。玄宗当时吩咐内侍说："不要惊动他，由他熟睡。"没半个时辰，即欠伸而起笑道："此酒非佳酒也，若他人饮此酒，不复醒矣！"袖中出一小镜子自照，道："恶酒竟坏我齿。"玄宗看时，果见其齿都黑了。张果不慌不忙，双手向两颐一拍，把口中黑齿尽数都吐出来了，登时又重生了一口雪白的好牙齿。玄宗一见，惊喜赞叹道好。正是：

戏将毒草试神仙，只博先生一觉眠。
不坏真身依旧在，齿牙落得换新鲜。

自此玄宗愈信神仙之术。

时至上元之夕，玄宗于内庭高扎彩楼，张灯饮宴，不召外臣陪饮，亦不召嫔妃奉侍，只召张果、叶法善二人。张果偶他往，未即至，法善先来。玄宗赐坐首席，举觞共饮。一时灯月交辉，歌舞间作，十分欢喜。玄宗酒酣，指着灯彩笑道："此间灯事，可谓极盛，他方安能有此耶！"法善举眼，四下一看，用手向西指道："西凉府城中，今夜灯事极胜，不亚于京师。"玄宗道："先生若有所见，朕不得而见也。"法善道："陛下欲见，亦有何难。"玄宗连忙问道："尊师有何法术，可使朕一见胜境乎？"法善道："臣今承陛下御风而往，转回不过片时。"玄宗欣然而起。旁边高力士走过来，俯伏奏道："叶尊师虽有妙法，皇爷岂可以身为试？愿勿轻动。"玄宗道："尊师必不误朕，汝切勿多言，我亦不须汝同行，你只在此候着便了。"高力士不敢再说，唯唯而退。

法善请玄宗暂撤宴更衣；小内侍二人，亦更换衣服，俱出立庭中。都叫紧闭双目，只觉两足腾起，如行霄汉中。俄顷之间，脚已着地，耳边但闻人声喧闹，都是西凉府语音。法善叫请开眼。玄宗开目一看，只见彩灯绵亘数里，观灯之人，往来杂沓；心上又惊又喜，杂于稠人之中，到处游看，私问法善道："尊师得非幻术乎？"法善道："陛下若不信今夜之游，请留征验。"遂问内侍："你等身边带得有何物件？"内侍道："有皇爷常把玩的小玉如意在此。"法善乃与玄宗入一酒肆中，呼酒共饮，须臾饮讫。即以小玉如意，暂抵酒价，请唐皇写了一纸手照，约几日遣人来取赎。出了店门，步至城外，仍教各自闭目，顷刻之间，腾空而回，直到殿前落地。高力士接着，叩头口称万岁，看席上所燃的金莲宝烛，犹未及半也。

玄宗正在惊疑，左右传奏张果先生到，玄宗即时延入。张果道："臣偶出游，未即应召而至，伏乞陛下恕臣之罪。"玄宗道："先生辈闲云野鹤，岂拘世法，有何可罪之有？但未知先生适间何往？"张果道："臣适往广陵访一道友，不意陛下见召，以致来迟。"玄宗道："广陵去此甚远，先生之往来，何其速也！"张果笑道："朝游北海，暮宿苍梧，仙家常事,况如西凉广陵,直跬步间耳。”因问法善道:“西凉灯事若何?”法善道:“与京师略同。”玄宗问道:“先生适从广陵来,广陵亦行灯事否?”张果道:“广陵灯事亦极盛,此时正在热闹之际。”法善道:“臣不敢启请陛下,更以余兴至彼一观,亦颇足以怡悦圣情。”玄宗欣喜道:“如此甚妙。”因问张果道:“先生肯同往么?”张果道:“臣愿随圣驾,此行可不须腾空御风,亦不须游行城市。臣有小术,上可不至天,下可不着地,任凭陛下玩赏。”玄宗道:“此更奇妙,愿即施行神术。”张果道:“请陛下更衣,穿极华美冠裳。”叫高力士亦着华服,又使梨园伶工数人,亦都着锦衣花帽。张果却解下自己腰间丝绦向空一掷,化成一座彩桥,起自殿庭,直接云霄。怎见得这桥的奇异?有《西江月》词一阕为证:

白玉莹莹铺就,朱栏曲曲遮来。凌云驾汉近瑶台,一望霞明云霭。
稳步无须回顾,安行不用疑猜。临高视下叹奇哉,恍若身居天界。

当下张果与法善前导,引玄宗徐步上桥。高力士及伶工等俱从,但戒勿回头反顾,只管向前行去。行不数百步,张果、法善二人早立住了脚,说道:“陛下请止步,已至广陵地。”城中灯火之多,陈设之盛,不减于西凉。那些看灯的士女们,忽观空中有五色彩云,拥着一簇人各样打扮,衣冠华丽,疑是星官仙子出现,都向空中瞻仰叩拜。玄宗及高力士等立于桥上,仰看天汉,月明如昼,低头下视广陵城市灯火,大喜。法善请敕伶工,奏《霓裳羽衣》一曲。奏毕,张果同法善,仍引玄宗与高力士伶工众人等,于桥上步回宫禁。才步下桥,张果老即时把袖一拂,桥忽不见,只见张果手中,原拿着丝带一绦,仍旧把来系于腰间。高力士伶工众人等,皆大惊异。玄宗此时说道:“先生神术通灵,真乃奇妙!”张果回说道:“此是仙家游戏小术,何足多羡。”玄宗再命洗杯赐酒,直至天晓时候,方才罢宴各散。后人有诗叹道:

仙家游戏亦神通,却使君王学御风。
万乘至尊宜自重,怎从术士步空中?

次日,玄宗密遣使者,即将西凉府酒店中主人写的手照,到彼酒店取赎小玉如意。使者行了几日,却果然取赎回来,乃信上元十五夜之游,是真非幻。过了几月,广陵地方官上疏奏称:“本地于正月十五夜二更后,天际中忽现五色祥云万朵,云中仙灵,历历可睹;又闻仙乐嘹亮,迥非人间声调,此诚圣世瑞征,合应奏闻。”玄宗览疏,暗自称奇,即不明言此事,只批个知道了。

原来这《霓裳羽衣曲》,乃是玄宗于开元之时,尝梦游月宫,见有仙女数十,素练宽衣,环珮丁东,歌舞于广寒宫中,声调佳妙,非人世所能有。玄宗因问:“此何曲为名?”众女答道:“名为《霓裳羽衣曲》。”玄宗梦中密记其声调,及醒来一一记得,遂传示乐工,谱成此曲,果然不是人间声调也。

玄宗益信二人为神仙;又闻张果每出,必乘一白驴,其行如飞,及归便把此驴折叠如纸，置于巾箱中；欲乘则以水噀之，依旧成驴。玄宗愈奇其术，思欲与之联为姻眷，要将玉真公主下嫁与他。张果说道："臣有别业在王屋山中，向曾以太平钱三十万聘娶章氏女在彼，今岂容更娶？况臣疏野性成，不慕荣禄，入京已久，念切远山，伏乞天恩放回，实为至幸。"玄宗说道："先生不肯尚主，朕亦不敢相强；却如何便欲舍朕而去耶！先生与叶尊师同在朕左右，二位不可缺一。方思朝夕就教，幸勿遽萌去志。"张果感其诚意，遂与叶法善仍留京邸。

法善昔年尝隐于松阳，与刺史李邕相契。李邕极是多才，既能作文，又善写字，法善曾求他为其祖作碑文一篇。及被召入京时，李邕也升了京官，心中却不喜法善弄术，恐其眩惑君心。法善要把他前日所作碑文，求他一写。李邕再三不肯，说道："吾方悔为公作，岂能更为公写！"法善笑道："公既为吾作，岂能不为吾写。今日且不必相强，容后更图之。"当下含笑而别。

是夜法善乃于密室中，陈设纸墨笔砚，至三更时，仗剑步罡，焚符一道，口中念念有词，把令牌一拍，只见李邕忽从壁间步出。法善更不同他言语，只把剑来指挥，叫他将纸笔墨砚写碑文，一面使道童翦烛磨墨，须臾之间，碑文写完，法善再写一符焚化，口中念动咒语，把剑一指，喝一声，李邕倏然不见。原来因日间求他写文不肯，故于夜间摄他的魂魄来写了。至明日亲往拜谢，以其所书示之，笑说道："此即公昨夜梦中所书也。"李邕看了，吓得目瞪口呆，通身汗下。法善道："既重公之文，不欲屑以他人之笔，故即求公大笔一书；因公未许，故而聊以相戏，多有开罪之处，幸恕不恭。"李邕又惊又恼，未发一言。法善仍具一分厚礼，以为润笔之资，李邕也不肯受。玄宗闻知此事，惊叹说道："神仙固不可与相抗也。"李邕所写此碑，当时就名为《追魂碑》。自此朝廷益信神仙之道，那些方士，亦日益进。

一日，鄂州地方守臣上疏，荐方士罗公远，广极神通，大有奇术，特送来京见驾。正是：

朝里仙人尚未归，远方仙客又来到。
莫道仙人何太多，只因天子有酷好。

未知后事如何，且听下回分解。

第八十五回　罗公远预寄蜀当归　安禄山请用番将士

词曰：

仙客寄书天子，无几字，药名儿最堪思。　汉戍忽更番戍，君王偏不疑。信杀姓安人，好却忘危。

调寄《定西番》

从来为人最忌贪、嗔、痴三字，况为天子者乎。自古圣帝贤王，惟是正己率物，思患防微，励精图治，必不惑于异端幽渺之说；若既身为天子，富贵已极，却又想长生不老之术，因而远求神仙，甚且以万乘之尊严，好学他家的幻术，学之不得，而至于愬怒，妄行杀戮，岂非贪而又嗔？究竟其人若果可杀，即非神仙；若是神仙，杀亦不死。不惟不死而已，他还把日后之事，预先寄个哑谜儿与你。还不省悟，依然从信奸邪，以致变更旧制，贻害于后，毕竟认定恶人为好人，这又是极痴的了。

且说玄宗款留住了张果、叶法善，不放还山。鄂州守臣又荐罗公远，表奏他的术法神通，起送到京师。那罗公远，不知何处人也，亦不知为何代人，其容貌常如十六七岁一个孩子，到处闲游，踪迹无定。

一日游至鄂州，恰值本州官府，因天时亢旱，延请僧道于社稷坛内启建法事，祈求雨泽。祷告的人甚多。人丛中有个穿白的人，在那里闲看。其人身长丈余，顾盼非常，众皆属目。或问其姓名居处，答道："我姓龙，本处人氏。"正说间，罗公远适至，见了那人，怒目咄嗟道："这等亢旱，汝何不去行雨济人，却在此闲行？"那人敛容拱手道："不奉天符，无处取水。"公远道："汝但速行，吾当助汝。"那人连声应道是，疾趋而去。众人惊问："此是何人？"罗公远道："此乃本地水府龙神也，吾敕令速行雨，以救亢旱；奈他未奉上帝之敕令，不敢擅自取水。吾今当以滴水助之，救济此处的禾稻。"一面说，一面举眼四下观看，见那僧道诵经的桌上，有一方大砚，因才写得疏文，砚台池中积有这些墨水。公远上前把口向砚中池里，一口吸起，望空一喷，喝道："速行雨来！"只见霎时间，日掩云腾，大风顿作。公远即对众人说道："雨将至矣！列位避着，不要被雨打湿了衣服。"说犹未了，雨点骤至，顷刻之间，如倾盆倒瓮，落了半晌，约有尺余，方才止息。却也作怪，那雨落地地上，沾在衣上，都是黝黑的一般。原来龙神全凭仗仙力，就这口墨水化作雨泽，以救亢旱，故雨色皆黑。

当下人人嗟异，个个欢喜，问了罗公远的姓名，簇拥去见本州太守，具白其事。太守欲酬以金帛，公远笑而不受。太守说道："天子尊信神仙，君既有如此道术，吾定当荐引至御前，必蒙敬礼。"公远道："吾本不喜遨游帝庭，但闻张、叶二仙在京师，吾正欲一识其面，今乘便往见之，无所不可。"于是太守具疏，遣使伴送。公远来至京中，使者将疏章投进。玄宗览疏，即传旨召见。

那日玄宗坐庆云亭下，看张果与叶法善对弈；内侍引公远入来，将至亭下，玄宗指着张、叶二仙道："此鄂州送来异人罗公远，二位先生试与一谈。"张、叶二人举目一看，遥见公远体弱容嫩，宛如小孩童将要成冠一般的样儿，都笑道："孩提之童，有何知识，亦称异人。"公远不慌不忙，行至亭阶之下。玄宗敕免朝拜，命升阶赐坐，因指张、叶二仙师道："卿识此二人否，此即张果先生、叶法善尊师也。"公远道："闻名未曾谋面，今日幸得相晤。"张果笑道："小辈固当不识我。"叶法善道："安有神仙中人，而不识张果先生者乎？"公远道："世无不知礼让之神仙，况今二师简傲如此，仆之不相识，亦未足为恨也。"张果大笑说道："吾且不与子深谈，人人都称子为异人，想必当有异术。吾今姑以极鄙浅之技相试，倘能中窍，自当刮目相待。"便与法善各取棋子几枚，握于手中间说道："试猜我二人手中棋子各几枚。"公远道："都无一枚。"二人哈哈大笑，即开手来看时，却果一个也不见了。只见罗公远袖中，伸出双手，棋子满把的笑说道："棋子已入吾手中矣；二位老仙翁遇着小辈，直教两手俱空的了。"张、叶二仙师，方大惊异，各起身致敬。正是：

学无前后达为先，莫恃高年欺少年。
混沌初分张果老，还同小辈并称仙。

当下玄宗大喜，即赐宴于庆云亭上，给以冠袍，又赐与邸第，尊称为罗仙师。自此公远常与张、叶二人，谈论仙家宗旨，彼此敬服。过了几日，张果、叶法善具疏，坚请还山，道："罗公远道术殊胜臣辈，留彼在京，足备陛下咨访。臣等出山已久，思归念切，乞赐放还，以遂臣等野性。"玄宗知其归志已决，不便强留，准其暂回家山，有问之处，再候宣召。二人谢恩出京，凡玄宗天子所赐之物，及各官员所赠之珍奇，一无所受，二人遂各飘然而去。正是：

闲云野鹤，海阔天空。
来去自由，不受樊笼。

自此之后，在京方士辈，只有罗公远为玄宗所尊信，时常召见，叩问长生不死之方。公远道："长生无方，只要清心寡欲，便可却病延年。"玄宗勉从其说，或时独处一宫，嫔妃不御，后庭宴会比前也略稀疏了。杨妃意中甚不欢喜。

时值中秋月明之夜，玄宗不召嫔妃宴集，独自与公远对月闲谈，说起去年上元佳节，曾同张、叶二位仙师，腾空远游，甚是奇异，因问："先生亦有此道术否？"公远道："此亦何难之有！陛下昔年曾梦游月宫，却不曾身亲目睹，臣今请陛下亲见月宫之景可乎？"玄宗大喜。公远即起身，向庭前桂树上折取数枝，用彩线相结，置于庭中，吹口气化作一乘彩舆，请玄宗升舆端坐。又将手中所执如意，化作一只大白鹿，驾车而行，往观月殿。时当高力士奉差他往，又有一个得宠的太监，叫做辅璆琳，叩头启奏道："前张、叶二仙师，奉驾行游，曾多带内侍同行，今奴辈愿随驾而往。”罗公远道：“月宫非比他处，汝辈何得往观？只我一人护驾足矣！”说罢，即喝一声道：“起”！只见那白鹿驾着彩舆，腾空而起，直入霄汉。公远步于空中，紧紧相随，教玄宗只把双眼望着月，千万不可回顾，亦不可他视。

转瞬间已近月宫，公远扶住车子，玄宗凝眸一望，只见月中宫殿重重，门户洞开，遥见里面琪花瑶草，映耀夺目，远胜昔日梦中所见。玄宗道：“可入去否？”公远道：“陛下虽贵为天子，却还是凡躯，未容遽入，只可在外面观望。”少顷，只闻得异香氤氲，一派乐声嘹亮。仔细听之，正是《霓裳羽衣曲》。玄宗听罢，低声问道：“世人称美貌女子，必比之月里嫦娥。今嫦娥已在咫尺，可使朕一睹其冶容乎？”公远道：“昔穆天子与王母相会，夙有仙缘故也。陛下非此之比。今得至此，瞻仰宫殿，已是奇福，岂可妄生轻亵之念。”言未已，忽见月中门户尽闭，光彩四散，寒风袭人。公远即唤白鹿来驾彩舆，以羽扇障风而行；少顷，冉冉有声及地。公远道：“陛下几触嫦娥之怒，且喜万安。”玄宗才下车，只见彩舆仍化为桂枝，白鹿亦不见，如意仍在公远手中。玄宗又惊又喜。

当下公远告辞回寓。玄宗还独坐呆想，啧啧叹异。那内监辅璆琳，因怪公远不许他同往，便进言道：“此幻术惑人，何足惊异，愿皇爷切勿轻信。”玄宗道：“就是幻术，亦殊可喜，朕当学其一二，以为娱悦。”辅璆琳便逢迎道：“幻术中惟隐身法可学，皇爷若学得时，便可暗察内外人等机密之事。”玄宗喜道：“汝言甚是。”

次日，即召公远入宫，告以欲学隐身法之意。公远道：“隐身法乃仙家借以避俗情缠扰，或遇意外仓卒相逼之事，聊用此法自全耳。陛下一身天下之主，正须向阳出治，如《易经》云：圣人作而万物睹。如何要学起隐身法来？”玄宗道：“朕学此法，亦藉以防身耳。”公远道：“陛下尊居万乘，时际太平，车驾所至，百灵呵护，有何不乐？何欲以此法防身耶！陛下若学得此法，只于宫中偶一为之，尚且不可。况日后以为常情，定将怀玺入人家，为所不当为，万一更遇术士，能破此法者，那时白龙鱼腹，必为豫且所困矣。”玄宗道：“朕学得此法，不过在宫中聊为偶戏，决不轻试于外。幸即相传，望先生万勿吝教。”公远此时，当不过玄宗再三恳求，只得将符咒秘诀，一一传授，并教以学习之法。

玄宗大喜，便就宫中如法教习。及至习熟试演，始则尚露半身，既而全身俱隐，但终不能泯然无迹，或时露一履，或时露冠髻，或时露衣裾，往往被宫人觉见。玄宗立召公远入宫，要他面作此法来看。公远把手向空书符，口中念念有词，即时不见其形，少顷却见他从殿门外入来。玄宗便也学他书空作符，捻诀念咒，却只是隐了身子，露出衣冠。内侍们都含着笑。玄宗问道：“同此符咒，如何自我做来，独不能尽善？”公远道：“陛下以凡躯而遽学仙法，安能尽善？”玄宗因演隐身法不灵，致被左右窃笑，已是怀惭无地了，见公远对着众人，说他是凡躯，好生不悦道：“便是神仙少不得也是凡躯，如何凡躯便学不得仙法？还是传法者，不肯尽传其诀耳！”说罢拂衣而入，传命公远且退。自此玄宗心中怀怒。

恰值宰相李林甫因夫人患病垂危，闻得公远常以符药救人危疾，因亲自来求他，救治夫人之病。公远说道：“夫人禄命已尽，不可救疗；况夫人幸得善终于相公之前，生荣死哀，其福过相公十倍矣，何必多求。”李林甫怪其言慢，也心中怀怒。是夜，其妻果死。过了一日，秦国夫人忽然患病沉重，杨国忠奉着贵妃之命，来见公远，要求他救治。公远道：“神仙只救得有缘分之人与能修行之人，夫人夙世既无仙缘，今生又无美行，享非分之福，还不自知修省，恶孽且未易忏除，今得命寿终于内寝，较之诸姊妹，已为万幸矣，岂复有方有术可疗？七日之后，名登鬼箓矣！”国忠怒道：“不能相救也罢，何得妄言谤毁？”遂回报杨妃。杨妃大怒，泣奏天子，说道：“罗公远谤毁宫眷，且加咒诅，大不敬上。”李林甫也便乘间奏他妖妄惑众。玄宗已是不悦，况又内外谗言交至，激成十分大怒来了，传旨立即将罗公远斩首西市。公远在寓邸闻命，呵呵大笑，也不肯绑缚，直飞步至西市中伸颈就刑。钢刀落处，并无点血，但见一道青气，从头顶中直出，透上重霄。正是：

如罽宾国王，斩师子和尚。
是亦善知识，以杀为供养。

玄宗一时恨怒，立即命斩罗公远，旋即自思他是个有道术之人，何可轻杀？连忙呼内侍，快传旨停刑，及到时，却已早杀过了。玄宗懊悔不已，命收其尸首，用香木为棺椁成殓。至七日之后，秦国夫人果然病死。玄宗闻讣，不胜嗟悼，赠恤极其丰厚。正是：

三姨如鼎足，秦国命何促？
死或贤于生，寿终还是福。

玄宗因秦国夫人之死，益信公远之言不谬，念念不忘，然已无可如何。因思到张果、叶法善，不知今在何处，遂命辅璆琳往王屋山迎请张果，他若不肯复来，便往访叶法善。二人之中，必得其一。璆琳奉了圣旨，带着仆从车马，出京赶行。忽闻路人传说：“张果先生，已死于扬州地方了。”璆琳正在疑信之际，却接得京报，扬州守臣某人上疏，奏张果于本年某月某日，在琼花观中端坐而逝，袖中有谢恩表文一道，其尸身未及收殓，立时腐败消化。璆琳得了此信，遂不往王屋山去了，只专心访问叶法善居处。

有人说曾在蜀中成都府见过他来，辅璆琳即令仆从人等，望蜀中道上一路而行。既入蜀境，山路崎岖，甚是难走得很。忽见山岭上，一个少年道者迤逦而来，口中高声歌唱道：

山路崎岖那可行，仙人往矣纵难迎。
须知死者何曾死，只愁生者难长生。

那道者一头歌，一头走，渐渐行至马前。辅璆琳仔细一看，大吃一惊。原来不是别人，却是一个罗公远。辅璆琳连忙下马作揖，问：“仙师无恙？”公远笑道：“天子尊礼神仙，却如何把贫道恁般相戏？如今张果先生怕杀，已诈死了。叶尊师也怕杀，远游海外，无处可寻,不如回京去罢!”辅璆琳道:“天子方悔前过,伏祈仙师同往京中见驾,以慰圣心。”公远笑道:“我去何如天子来?你可不必多言。我有一封书并一信物寄上于天子,你可为我致意。”即刻于袖中取出一封书来,内有累然一物,外面重重缄题,付与璆琳收了。璆琳道:“天子正有言语,欲叩问仙师,还求师驾一往。”公远道:“无他言,但能远却宫中女子,更谨防边上女子,自然天下太平。”璆琳私问朝中诸大臣休咎何如。公远道:“李相恶贯满盈,死期近矣,还有身后之祸。杨相尚有几年玩福,其后可想而知也。”璆琳又问自己将来休咎。公远道:“凡人能不贪财,便可无祸患。”说罢,举手作揖而别,腾空直去。璆琳同从人等,无不咄咄称异,想道:“叶法善既难寻访,不如回京复奏候旨罢。”主意已定,遂趱程回京。

直到宫里,见了玄宗,细细备奏过岭遇罗公远之事,把书信呈上。玄宗大为惊诧,拆视其书,却无多语,只有四个大字,下注一行小字。道是:

安莫忘危　　外有一药物,名曰蜀当归,谨附上。

玄宗看了书同药物,沉吟不语。璆琳又密奏公远所云宫中女子、边上女子之说。玄宗想道:“他常劝我清心寡欲,可以延年;今言须要远女子,又言莫忘危,疑即此意;那蜀当归或系延年良药,亦未可知;但公远明明被杀,如何却又在那里?”遂命内侍速启其棺视之,原来棺中一无所有。玄宗嗟叹说道:“神仙之幻化如此,朕徒为人所笑耳!”

看官,你道他所言宫中女子,明明指是杨妃;其所云边上女子,是说安禄山也,以“安”字内有“女”字故耳。“蜀当归”三字,暗藏下哑谜;至言“安莫忘危”,已明说出个“安”字了,玄宗却全不理会。

此时安禄山正兼制范阳、平卢、河东三镇,坐拥重兵,久作大藩;又有宫中线索,势甚骄横。但常自念当时不拜太子,想太子必然见怪。玄宗年纪渐高,恐一旦晏驾,太子即位,决无好处到我。因此心感不安,常怀异想。禄山平日所畏忌的,只有一个李林甫,常呼李林甫为十郎。每遇使者从京师来,必问李十郎有何话说;若闻有称奖他的言语,便大欢喜;若说李丞相寄语安节度,好自检点,即便攒眉嗟叹,坐卧不安。李林甫也时常有书信问候他,书中多能揣知其情,道着他的心事,却又预为布置,安放于此,受其笼络,不敢妄有作为。那知林甫自妻亡之后,自己也患病起来了。适当辅璆琳回京时,林甫已卧床上不能起来,病中忽闻罗公远未死,这个吃惊非同小可,自说道:“我曾劾奏他的,不意他果是一个神仙,杀而不死,今倘来修怨,不比凡人可以防备,却如何解救?”自此日夕惊惶恐惧,病势愈重,不几日间呜呼死了。正是:

天子殿前去奸相,阎王台下到杀囚。

可恨那李林甫自居相位,惟有媚事左右,迎合上意,以固其宠;杜绝言路,掩蔽耳目,以成其奸;妒贤嫉能,排抑胜己,以保其位;屡起大狱,诛逐贤臣,以张其威。自东宫以下，畏之侧目。为相一十九年，养成天下之乱。玄宗到底不知其奸恶，闻其身死，甚为叹悼。太子在东宫，闻林甫已死，叹道："吾今日卧始贴席矣！"

杨国忠本极恨李林甫，只因他甚得君宠，难与争权，积恨已久；今乘其死，复要寻事泄忿，乃劾奏林甫生前多蓄死士于私第，托言出入防卫，其实阴谋不轨；又道他屡次谋陷东宫，动摇国本，其心叵测；又讽朝臣交章追劾他许多罪款。杨妃因怪他挟制安禄山，也于玄宗面前说他多少奸恶之处。玄宗此时，方才省悟，下诏暴其恶逆之状，颁贴天下，追削官爵，剖其棺，籍其家产；其子侍郎李岫，亦即革职，永不复用。果然应了罗公远所言这身后之祸。正是：

生作权奸种祸殃，那知死后受摧戕。
非因为国持公论，各快私心借宪章。

李林甫死后，杨国忠兼左右相，独掌朝权，擅作威福。内外文武各官，莫不震畏，惟有安禄山不肯相下。他只因李林甫狡猾胜于己，故心怀畏忌；那杨国忠是平日所相狎，一向藐视他的，今虽专权用事，禄山全不在意。四处藩镇，都遣人赍礼往贺，独禄山不贺。杨国忠大怒，密奏玄宗道："安禄山本系番人，今雄据三大镇，殊非所宜，当有以防之。"玄宗不以为然。国忠乃厚结陇右节度使哥舒翰，要与他并力排挤安禄山。时陇右富庶甲天下，自安远门西尽唐境，凡一万二千余里，闾阎相望，桑麻遍野。国忠奏言，此皆节度使哥舒翰抚循调度之功，宜加优擢。诏以哥舒翰兼河西节度使，抚制两旗。禄山闻知，明知得是国忠藉为党援，愈如不乐，常于醉后，对人前将国忠谩骂。国忠微闻其语，一发恼恨，又密奏玄宗，说："安禄山向同李林甫狼狈为奸。今林甫死后，罪状昭著，安禄山心不自安，目前必有异谋。陛下若不肯信，诏遣使往召入觐，彼且必不奉诏，便可察其心矣。"

玄宗唯唯而起，退入宫中，沉吟不决。杨妃问："陛下有何事情，萦于心中？"玄宗道："汝兄国忠，屡奏安禄山必反，我未之深信。今劝朕遣使往召入觐，若他不来，其意可知，使当问罪。我意此儿受我厚恩，未必相负于我，故心中筹画未定。"杨妃着惊道："吾兄何遽意禄山必反耶？彼既如此怀疑，陛下当如其所奏，遣一内侍往召安禄山；若禄山肯来，妾兄同陛下便可释疑矣。"玄宗依其言，即作手敕，遣辅璆琳赍赴范阳，召安禄山入朝见驾。

辅璆琳领了敕命，正将起行，杨妃私以金帛赐之，付手书一封。密致安禄山，教他闻召即来，凡事有我在此，从中周旋，包管他有益无损，切勿迟回观望，致启天子之疑。璆琳一一领命，星夜不息，来至范阳；禄山拜迎敕谕。辅璆琳当堂宣读道：

皇帝手敕东平郡王范阳、平卢、河东节度使安禄山；卿昔事朕左右，欢叙如家人，乃者远镇外藩，遂尔睽隔。朕甚念卿，意卿亦必念朕。顾卿即相念，非征召何缘入见？兹于敕到，即可赴阙，暂来即反，无以跋涉为劳，朕亦欲面询边庭事也。见谕速赴来京毋怠。

安禄山接过手敕，设宴款待天使，问道："天子召我何意？"璆琳道："天子不过相念之深耳！"禄山沉吟道："杨相有所言否？"璆琳道："相召是天子意，非宰相意也。"禄山笑道："天子意即宰相意也。"璆琳屏退左右，密致杨妃手书并述其所言。禄山方才欢喜，即日起马星驰到京，入朝面圣。玄宗大喜道："人言汝未必肯来，独朕信汝必至，今果然也。"遂命行家人礼，赐宴于内殿，禄山涕泣道："臣本番人，蒙陛下宠擢至此，粉身莫报。奈为杨国忠所嫉忌，臣死无日矣！"玄宗抚慰说道："有朕在，汝可无虑也。"是夜留宿内庭。

次日，入见杨妃，赐宴宫中，深情畅叙。禄山道："儿非不恋，但势不可久留，明日便须辞行。"杨妃道："吾亦不敢留你，明日辞朝后速走勿迟。"禄山点头会意。次日奏称边政重任，不敢旷职，告辞回镇。玄宗准奏，亲解御衣赐之，禄山涕泣拜受，即日辞朝谢恩。随行之时，走马至杨国忠府第，匆匆一见，即刻飞星出京，昼夜兼行，不日到镇。他恐国忠请奏留之，故此急急回任。自此玄宗愈加亲信，人有首告禄山欲反者，玄宗命将此人缚送范阳，听其究治。由是人无敢言者。

禄山自此益无忌惮，因想："三镇之中，守把各险要处的将士，都是汉人；倘他日若有举动，必不为我所用，不如以番将代之为妙。"遂上疏奏称，边庭险要之处，非武健过人者，不能守御；汉将柔弱，不若番将骁勇，请以番将三十一人，代守边汉将。疏上，同平章事韦见素进言说道："禄山久有异志，今上此疏，反状明矣，其所请必不可许。"玄宗不悦，说道："向者边政俱用文臣，渐至武备废弛；今改用番人为节度，边庭壁垒一新。即此看来，安见番人不可以代汉将？禄山为国家计，欲慎固封守，故有此请，卿等何得动言其反？"遂不听韦见素之言，即就批旨："依卿所请奏，三镇各险要处，都用番将戍守；其旧戍汉将，调内地别用。"自此番人据险，禄山愈得其势，边事不可问矣。正是：

番人使为汉地守，汉地将为番人有。
君王偏独信奸谋，枉却朝臣言苦口。

不知后事如何？且听下文分解。

第八十六回　长生殿半夜私盟　勤政楼通宵欢宴

词曰：

恩深爱深，情真意真。巧乘七夕私盟，有双星证明。　　时平世平，赏心快心。楼存勤政虚名，奈君王倦勤。

调寄《醉太平》

却说佛氏之教，最重誓愿一道。若是那人发一愿，立一誓，冥冥之中，便有神鬼证明，今生来世必要如其所言而后止。说便是这等说，也须看他所立之愿，合理不合理，可从不可从，难道那不合理、不可从的誓愿，也必如其所言不成？大抵人生誓愿，唯于男女之间为最多。然山盟海誓，都因幽期密约而起，其间亦有正有不正，有变有不变。至若身为天子，六宫妃嫔以时进御，堂堂正正，用不着私期密约，又何须海誓山盟？惟有那耽于色、溺于爱的，把三千宠幸萃于一人，于是今生之乐未已，又誓愿结来生之欢。殊不知目前相聚，还是因前生之节义，了宿世之情缘，何得于今生又起妄想？且既心惑于女宠，宜乎惟妇言是用，以奢侈相尚，以风流相赏，置国家安危于不理，天下将纷纷多事，却还只道时平世泰，极图娱乐，亦何异于处堂之燕雀乎？

且说玄宗听信安禄山之言，将三镇险要之处，尽改用番人戍守，韦见素进谏不从。一日，韦见素与杨国忠同在上前，高力士侍立于侧。玄宗道："朕春秋渐高，颇倦于政，今以朝事付之宰相，以边事付之将帅，亦复何忧？"高力士奏道："诚如圣谕，但闻南诏反叛，屡致丧师；又边将拥兵太盛，朝廷必须有以制之，方能无有后患。"玄宗说道："汝且勿言，宰相当自有调度。"

原来那南诏，即今云南地方。南蛮人称其王为诏。本来共有六诏，其中有名蒙舍诏者，地在极南，故曰南诏。五诏俱微弱，南诏独强。其王皮逻阁行贿于边臣，请合南地六诏为一。朝廷许之，赐名归义，封之为云南王。后竟自恃强大，举兵反叛。剑南节度使鲜于仲通率兵与战，被他杀败，士卒死者甚多。杨国忠与鲜于仲通有旧好，掩其败状，仍叙其功。后又命剑南留守李密，引兵七万讨之，复被杀败，全军覆没。国忠又隐其败，转以捷闻。更发大兵前往征讨，前后死者，不计其数，人莫有敢言者。

高力士偶然言及，国忠连忙掩饰道："南蛮背叛，王师征讨，自然平定，无烦圣虑。至若边将拥兵太盛，力士所言是也。即如安禄山坐制三大镇，兵强势横，大有异志，不可不慎防之。"玄宗闻其言，沉吟不语。韦见素奏道："臣有一策，可潜消安禄山之异志。"玄宗问道："是有何策？"韦见素道："今若内擢安禄山为平章事，召之入朝，而别以三大臣分为范阳、平卢、河东三镇，则安禄山之兵权既释，而奸谋自沮矣。"杨国忠道："此策甚善，愿陛下从之。"玄宗口虽应诺，意犹未决。

当日朝退回宫，把这一席话说与杨妃知道。杨妃意中虽极欲禄山入朝，再与相叙，却恐怕到了京师，未免为国忠所谋害，乃密启奏玄宗道："安禄山未有反形，为何外臣都说他要反？他方今掌握重兵在外，无故频频征召，适足启其疑惧。不如先遣一中使往觇之，若果有可疑之处，然后召之，看他如何便了。"玄宗依其言，即遣内侍辅璆琳，赍极美果品数种，往赐安禄山，潜察其举动。

璆琳当奉玄宗之命，直至范阳。禄山早已得了宫中消息，知其来意，遂厚款璆琳。又将金帛宝玩送与璆琳，托他好为周旋。璆琳受了贿赂，一力应承，星夜回来复旨，极言安禄山在边，忠诚为国，并无二心。玄宗听说，信以为然，乃召杨国忠入宫面谕道："国家待安禄山极厚，安禄山亦必能尽忠报国，决不敢于相负。朕可自保其无他，卿等不必多疑。"国忠不敢争论，只得唯唯而退。正是：

奸徒得奥援，贿赂已通神。
莫漫愁边事，君王作保人。

自此玄宗竟以边境无事，安意肆志，且又自计年已渐老，正须及时行乐，遂日夕与嫔妃内侍及梨园子弟们，征歌逐舞，十分快活。杨妃与韩国夫人、虢国夫人辈，愈加骄奢淫佚。华清宫中，更置香汤泉一十六所，俱极精雅，以备嫔妃侍女们不时洗浴。其奉御浴池，俱用文瑶宝石砌成，中有玉莲温泉，以文木雕，刻凫雁鸳鹭等水禽之形，缝以锦绣，浮于泉水之上，以为戏玩。每至天暖之时，酒阑之后，池中温暖，玄宗与杨妃各穿单袷短衣，乘小舟游荡于其中，游至幽隐之处，或正炎热难堪，即令宫人扶杨妃到处就浴。每自宫眷浴罢之后，池中水退出御沟，其中遗珠残珥，流出街渠，路人时有所获，其奢靡如此。

杨妃因身体颇丰，性最怕热，每当夏日，只衣轻绡，使侍儿交扇鼓风，犹挥汗不止。却又奇怪得很，他身上出的汗，比人大不相同，红腻而多香，拭抹于巾帕之上，色如桃花，真正天生尤物，绝不犹人。又因有肺渴之疾，常含一玉鱼儿于口中，取凉津润肺。一日偶患齿痛，玉鱼儿也含不得，于是手托香腮，闷闷的闲坐窗前。玄宗看了，愈见其妩媚，可怜可爱，说道："为朕的恨不能为妃子分痛也！"后人有画杨贵妃齿痛图者，冯海粟题其上云：

华清宫一齿动，马嵬坡一身痛。渔阳鼙鼓动地来，天下痛。

天宝十载之夏，玄宗与杨妃避暑于骊山宫。那宫中有一殿，名曰长生殿，极高爽凉快。其年七月七日夜，乞巧之夕，天气正当炎热，玄宗坐于长生殿中纳凉，杨妃陪着同坐，直至二更以后，方才入寝室中同卧，宫女亦都散去歇息。杨妃苦热，睡不安稳，乃拉着玄宗起来，再同出庭前乘凉，更不呼唤宫娥侍女们伏侍。二人坐到更深，天热未卧，手挥轻扇，仰看星斗。此时万籁无声，夜景清幽，坐了一回，渐觉凉爽。玄宗低声密语道："今夜牛女二星相会，未知其乐何如？"杨妃道："鹊桥渡河之说，未知果有此事否？

若果有之,天上之乐,自然不比人间。”玄宗笑道:“若论他会少离多,倒不如我和你日夕欢聚。”杨妃说道:“人间欢乐,终有散场,怎如天上双星,永久成配。”说罢不觉怆然嗟叹。玄宗感动情怀,说道:“你我恁般恩爱,岂忍相离;今就星光之下,你我二人密相誓愿,心中但愿生生世世,长为夫妇。”杨贵妃听玄宗之说,点头道:“阿环同此誓言,双星为证。”玄宗听了此说,不觉大喜之极。后来白居易《长恨歌》中,曾咏及此事有句云:

七月七日长生殿,夜半无人私语时。
在天愿作比翼鸟,在地愿为连理枝。

后人有诗讥刺玄宗,溺宠偏爱,私心妄想,道是:

皇后无端遭废斥,今生夫妇且乖张。
如何妃子偏承宠,来世还期莫散场。

又有诗讥笑杨贵妃云:

长生私语长成恨,空自盟心牛女前。
若与三郎永配合,禄山密约岂无缘?

且说玄宗自此把杨妃更加恩爱。是年秋九月,蓬莱宫中那柑橘结实。这种柑橘,是开元年间,江陵进贡来的,味极甘美。玄宗命将数枚种于蓬莱宫中,一向只开花不结实,还有时鲜花也不开。那年忽然结实二百余颗,与江南及蜀中进贡者,毫无异味。玄宗欣喜,亲自临视,命摘来颁赐各朝臣。杨国忠率众官上表,俯伏金阶之下称贺,其表略云:

伏以自天所育者,不能改有常之质;旷古所无者,乃可谓非常之祥。橘柚所植,南北异名,惟陛下元风真纪,六合为一家。雨露攸均,混天区而齐被;草木有性,凭地气以潜通。故兹江外之珍果,结成禁中之佳实。绿蒂含霜,芳流绮殿;金衣烂日,色丽彤庭。欣荷宠颁,惭无补报。臣等欣瞻之至,不胜景仰之诚,谨上表以闻。

玄宗览表大悦,温旨批答。那柑橘中,却有一个是合欢的,左右进上。玄宗见了,愈加欢喜,与杨妃互相把玩,玄宗说道:“此果早知人意,我与妃子同心一体,所以结此合欢之实。我二人可共食之,以应其祥。”乃促其坐同剖,交口而食。因命画工写《合欢柑橘图》,传之于后世。杨国忠于此又复献谀词,以为此乃非常之祥瑞,陛下宜颁酺称庆。正是:

屈轶曾生黄帝时，草能指佞最称奇。
唐家柑橘成何用？翻使谀臣进佞词。

玄宗听了杨国忠谀佞之言，遂降旨以宫中有珍果之祥，赐民大酺。于是选择吉日，率嫔妃及诸王辈御勤政楼，大张声乐，陈设百戏，听人纵观，与民同乐。京城内百姓中，士民男女，拥集楼前，好不热闹。教坊女人，有一个王大娘者，其技能为舞竿，将一丈八尺长的一根大竹竿，捧置头顶，竿儿上缀着一座木山，为瀛洲方丈之状，使一小儿手扶绛节，出入其间，口中歌唱。王大娘头顶着竿，旋舞不辍，却正与那小儿的歌声节奏相应。玄宗与嫔妃诸王等看了，俱啧啧称奇。时有神童刘晏，年方九岁，聪颖过人，因朝臣举荐登朝，官为秘书省正字。是日玄宗召于楼中侍宴，命王大娘舞竿，因命刘晏咏王大娘舞竿的诗一首。刘晏应声即吟道：

楼前百戏竞争新，惟有长竿妙入神。
说道绮罗偏有力，犹嫌轻便更着人。

玄宗同嫔御及诸王，见刘晏吟诗敏捷，词中又有隐带谐谑之意，皆欢喜赞叹。杨贵妃抱他坐于膝上，亲为之梳发。梳罢，玄宗招之近前，亲执其手戏问道："汝以童年，官为正字，未知正得几字？"刘晏应口答说道："诸字都正，只有一个朋字未正。"这句话分明说那些一班朝臣，各立朋党，难于救正，恰好合着朋字形体，偏而不正之意。玄宗闻其言，连声称善，顾左右道："此儿非特聪慧，且识力异人，将来居官任事，必有可观者焉！"众人俱称贺朝廷得佳士。玄宗大喜，即命以牙笏锦袍赐之，说道："朕知汝他年必能自立，必不傍人门户也。"后人有诗云：

同道为朋何有党，正因邪正两途分。
漫言朋字终难正，欲正臣时先正君。

是日欢宴至晚夕，楼上挂起花灯，各样名色不同，光彩眩目。玄宗正与众官赏玩间，只听得楼前人声鼎沸，也有嬉笑的，也有争嚷的，也有你呼我应者的，声音极其嘈杂。玄宗问是何故，内侍众人启奏，说楼下百姓争看花灯，拥挤喧哗，呵斥不止，伏候圣裁。玄宗道："可着该管官严饬禁约，再着卫士振威弹压；如再不止，拿几个责治示众便了。"刘晏忙奏道："人聚已众，不可轻责；况陛下与民同乐，许其众看，如何又加责治？以臣愚见，莫如使梨园乐工，当楼奏技，传谕众人静听，无令喧哗，彼百姓喜于闻所未闻，则人声自息矣。"玄宗点头道："此言极善。"遂命内侍先传圣旨，晓谕众人；随后命梨园众子弟，一个个的锦衣花帽，手执乐器，出至楼头，齐齐整整的都站立于花灯之下。众人拥着观望，那欢笑之声虽未即止，然不似从前的喧闹了。

高力士奏道："众乐工之中，惟李谟的羌笛尤为擅名，是乃众人之所最为喜听，宜令楼下众人，清听一曲，以息众喧。"玄宗依其所奏，传命李谟先独自当楼吹笛。李谟领旨，当楼面前向下把手一指，高声说道："我李谟奉圣旨先自吹笛，使与你们众人听听；你们若果知音，须静听者。"说罢，双手按着一枝紫纹云梦竹的笛儿，嘹亮呖呖，吹将起来了。这一笛儿，真吹得响彻云霄，鸾翔鹤舞，楼下万万千千的人，都定睛侧耳，寂然无声。玄宗大喜。正是：

莫道喧哗难禁止，一声可息万千声。

你道李谟的那笛，如何恁般入妙？盖缘玄宗洞晓音律，丝竹管弦，无不各尽其妙。有时自制曲调，随意即成，清浊疾徐，回环转变，自合节奏。于诸乐器中，独不喜琴声，闻人鼓琴，便欲别奏他乐以洗耳，谓之解秽。其所最爱者，羯鼓与笛，以此为八音之领袖，为诸乐之所不可少。每当宫中私宴，梨园奏曲，玄宗或亲自击鼓，或吹玉笛以和之。杨妃亦善吹玉笛。

先是天宝初年，尝于二月初旬，晨起巾栉方毕，时值宿雨初晴，景色明丽，内殿庭中，柳杏将芽。玄宗闲坐四顾，咄嗟而起道："对此景物，岂可不与他判断？"遂命杨妃先吹玉笛一遍，随后亲自临轩，击羯鼓一通，其名曰《春光好》，亦是玄宗自制的雅调。鼓音才歇，回顾庭前柳杏都已叶舒花放，天颜大喜，指向众嫔妃看了笑道："此一事可不唤我作天工耶！"众皆顿首，口称万岁。

又一日，玄宗昼寝于玉清宫中，忽梦有仙女数人，从空而降，容貌俱极美丽，手中各执一乐器，向着玄宗舞吹了一回，声音之绝妙异常，其中笛声，尤为佳妙。仙女道："此乃神仙之乐，名曰《紫云回》。陛下既深通音律，可传受了去。"玄宗醒来，乐音犹然在耳，遂自吹玉笛习之，尽得其节奏。过了两三日，偶乘月明之夜，与高力士改换了衣服，出宫微行游戏，走过了几处街坊，回走至宫墙外一座大桥之上，立着看月。忽闻远远的地方儿有笛声嘹亮，仔细听之，却正是《紫云回》的声调。玄宗惊讶道："此吾梦中所传受，新自谱就的亲翻妙曲，并未曾传授他人，何故外间亦有此调？大为可怪，遂密谕高力士道："明日可与我查访那个吹笛的人，不要惊吓了他，好好引来见我。"

高力士领旨，至次日早晨，带着从人，依昨夜笛声所在，挨户查过。有人说："此间有个姓李的少年，最善吹笛，昨夜吹笛的就是他。"力士着人引至李家，以天子之命，召那少年入宫见驾，玄宗问他："昨夜所吹的笛曲，从何处得来？"那少年奏道："臣姓李名谟，自幼性好吹笛，因精于其技。前两三夜，偶于宫墙外大桥上步月，闻得宫中笛声，细听节奏，极其新异，非复人间所有，因用心暗记，以指爪书谱，回家即依调试吹之，愈知其妙。昨夜便自演习，不料有污圣耳，臣该万死，望陛下恕之。"玄宗喜其聪慧知音，遂命为押班梨园之长，时常得供奉左右。此正《连昌宫词》所云：

李谟压笛傍宫墙，悟得新翻数般曲。

自此李谟更得尽传内府新声，其技愈加精妙。

当夜在勤政楼头奏技，万民乐闻，天子称赏。笛声既毕，众乐齐作，继以清歌妙舞，楼下众人都静观寂听，更无喧闹。玄宗直至欢宴到晓钟初鸣起来，方才罢散。正是：

但向楼头勤取乐，何尝肯把政来勤。

未知后事何如，且听下回分解。

第八十七回　雪衣女诵经得度　赤心儿欺主作威

词曰：

死生有命不相饶，禽鸟也难逃。还仗慈悲佛力，顿教脱去皮毛。
笑他养子飞扬拔扈，恶胜鸱鸮。向道赤心满腹，而今渐觉蹊跷。

调寄《朝中措》

圣人云：死生有命，富贵在天。此不但人之死生有命，即一物之微，其死生亦有命存焉。人当死期将至，往往先有个预兆。以此推之，一切众生，凡有情有识之物，当其将死，亦必先有预兆，人虽不知之，彼必自惊觉，但口不能言耳。大抵死生有定限，凡事既不能与命争，则生寄死归，听其自然，惟须稍种福因，以作后果可也。至于富贵为人所同欲，却又不是人力所可强求。若说大富大贵，固主之在于天，就是一命之荣、一钱之获，亦无非天意主之。天者，理而已矣。可笑那无理之人，作非理之想，为非理之事，以图非理之富贵，却不自思现在所享之富贵，已属非分，如何还要逆天而行，欺君背德，肆志作威，此真获罪于天，后祸不小。

且说玄宗御勤政楼，赐民大酺，通宵宴乐，自以为天下太平，天下休祥无事。杨国忠总理朝政，一味逢君欺君，招权纳贿。这些贪位慕禄趋炎附势之徒，奔走其门如市。只有个陕郡进士张彖，在京候选，见此光景，慨然叹息道："此辈倚杨右相如泰山，以我视之，乃冰山耳。皎日一出，附之者即失所恃矣！吾褰裳避之，犹恐波及其身，何可与同事耶！"遂绝意仕进，即日出京，隐居嵩山去了。

那时有识者都知天下将乱，玄宗却自恃承平，安然无虑，惟日夕在宫中取乐。杨妃亦愈加骄纵，内庭掌管贵妃位下，织锦刺绣，及雕镂器物者数百人，以供其贺生辰庆时节之用。玄宗又常遣中使，往各处采办新奇可喜之物进奉。各处地方官，有以奇巧珍玩衣服等物贡献贵妃者，俱得不次升迁。玄宗游幸各处，多与杨妃同车并辇而行。

杨妃平常不喜坐舆，欲试乘马，因命御马监选择好马，调养得极其纯良，以备妃子坐骑。每当上马时，众宫娥侍女扶策而上，高力士执辔授鞭，内宫女伏侍者数十人，前后拥护。杨妃倩妆紧束，窄袖轻衫，垂鞭缓走，媚态动人。玄宗亦自乘马，或前或后，扬鞭驰骋，以为快乐。杨妃见了笑道："妾舍车从骑，初次学乘，怎及陛下常事游猎，鞍马娴熟，驰逐之际，固当让着先鞭。"玄宗戏道："只看骑马，我胜于你，可知风流阵上，你终须让我一筹。"杨妃也戏说道："此所谓老当益壮。"说罢，二人相顾，皆大笑不止。后人有诗云：

虢国朝天走马来，蛾眉淡扫见骄才。

今看肥婢骄乘马，预兆他年到马嵬。

自此宫中饮宴，即创为风流阵之戏。你道如何作戏？玄宗与杨妃酒酣之后，使杨妃统率宫女百余人，玄宗自己统率小内侍百余人，于掖庭之中排下两个阵势，以绣帏锦被张为旗旛，鸣小锣，击小鼓，两下各持短画竹竿，嬉笑呐喊，互相戏斗。若宫女胜了，罚小内侍各饮酒一大觥，要玄宗先饮；若内侍们胜了，罚宫女们齐声唱歌，要杨妃自弹琵琶和曲。此戏即名之曰风流阵。时人以为宫中之游戏，忽一变为战争之状，乃不祥之兆。有诗云：

宫人学作战场人，阵号风流乐事新。
他日渔阳鼙鼓动，堪嗟嬉戏竟成真。

一日风流阵上，宫女战胜了，杨妃命照例罚内侍们二斗酒，将金斗奉于玄宗先饮。玄宗亦将金杯赐与杨妃说道："妃子也须陪饮一杯。"杨妃道："妾本不该饮，既蒙恩赐，请以此杯与陛下掷骰子赌色；若陛下色胜于妾，妾方可饮。"玄宗笑而许之，高力士便把色盆骰子进上。玄宗与杨妃各掷了两掷，未有胜负，至第三掷，杨妃已占胜色，玄宗将次输了，惟得重四，可以转败为胜。于是再赌赛一掷，一头掷，一头吆喝道："要重四。"只见那骰儿辗转良久，恰好滚成重四双双。玄宗大喜，笑向杨妃道："朕呼卢之技如何？你可该饮酒么？"杨妃举杯说道："陛下洪福齐天，妾虽不胜杯斝，何敢不饮。"玄宗道："朕得色，卿得酒，福与共之。"杨妃拜谢立饮，口称万岁。玄宗回顾高力士说道："此重四殊合人意，可赐以绯。"当时高力士领旨，便将骰子第四色，都用些胭脂点染，如今骰上红四自此始。正是：

骰子亦蒙赐绯，可谓泽及枯骨。
如以赤心相托，君恩至今不没。

当日玄宗因掷骰得胜，心中甚为欣喜，同杨妃连饮了几杯，不觉酣醉，乘着醉兴，再把骰子来掷；收放之间，滚落一个于地。高力士忙跪而拾之。玄宗见高力士爬在地下拾骰子，便戏将骰子盆儿摆在他背上，扯着杨妃席地而坐，就在他背上掷骰。两个一递一掷，你呼六，我喝四，掷个不止。高力士双膝跪地，双手撑地，一动也不敢转动，正正好气力。只听得屋梁上边，咿咿哑哑，说话之声道："皇爷与娘娘只顾要掷四掷六，也让高力士起来直直腰。"谁知他说的，不是"直直腰"，却是说的"掷掷幺"，这"掷掷幺"三字，正隐着说"直直腰"。玄宗与杨妃听了，俱大笑而起，命内侍收过了骰盆，拉了高力士起来。力士叩头而退。玄宗与杨妃亦便同入寝宫去了。

看官，你道那梁间说话的是谁？原来是那能言的白鹦鹉。这鹦鹉还是安禄山初次入宫谒见杨妃之时所献，畜养宫中已久，极其驯良，不加羁绊，听其飞止。他总不离杨妃左右，最能言语，善解人意，聪慧异常。杨妃爱之如宝，呼为雪衣女。一日飞至杨妃妆台前说道："雪衣女昨夜梦兆不祥，梦已身为鸷鸟所逼，恐命数有限，不能常侍娘娘左右了。"说罢惨然不乐。杨妃道："梦兆不能凭信，不必疑虑；你若心怀不安，可将般若心经，时常念诵，自然福至灾消。"鹦鹉道："如此甚妙，愿娘娘指教则个。"杨妃便命女侍炉内添香，亲自捧出平日那手书的心经来，合掌庄诵了两遍。鹦鹉在旁谛听，便都记得明白，琅琅的念将出来，一字不差。杨妃大喜。自此之后，那鹦鹉随处随时念心经，或朗声念诵，或闭目无声默诵，如此两三个月。

一日，玄宗与杨妃游于后苑。玄宗戏将弹弓弹鹊，杨妃闲坐于望远楼上观看，鹦鹉也飞上来，立于楼窗横槛之上。忽有个供奉游猎的内侍，擎着一只青鹞，从楼下走过。那鹞儿瞥见鹦鹉，即腾地飞起，望着楼槛上便扑。鹦鹉大惊叫道："不好了！"急飞入楼中，亏得有一个执拂的宫女，将拂子尽力的拂，恰正拂着了鹞儿的眼，方才回身展翅，飞落楼下。杨妃急看鹦鹉时，已闷绝于地下，半晌方醒转来。杨妃忙抚慰之道："雪衣女，你受惊了。"鹦鹉回说道："恶梦已应，惊得心胆俱碎，谅必不能复生，幸免为他所啖，想是诵经之力不小。"于是紧闭双目，不食不语，只闻喉颡间喃喃呐呐的念诵心经。杨贵妃时时省视。三日之后，鹦鹉忽张目向杨妃娘娘说道："雪衣女全仗诵经之力，幸得脱去皮毛，往生净土矣。娘娘幸自爱。"言讫长鸣数声，耸身向着西方，瞑目戢翼，端立而死。正是：

人物原皆有佛性，人偏昧昧物了了。
鹦鹉能言更能悟，何可人而不如鸟。

鹦鹉既死，杨妃十分嗟悼，命内侍监殓以银器，葬于后苑，名为鹦鹉冢。又亲自持诵心经一百卷，资其冥福。玄宗闻之，亦叹息不已，因命将宫中所蓄的能言鹦鹉，共有几十笼，尽数多取出来问道："你等众鸟，颇自思乡否？吾今日开笼，放你们回去何如？"众鹦鹉齐声都呼"万岁"。玄宗即遣内侍持笼，送至广南山中，一齐放之，不在话下。

且说杨妃思念雪衣女，时时堕泪。他这一副泪容，愈觉嫣然可爱。因此宫中嫔妃侍女辈，俱欲效之，梳妆已毕，轻施素粉于两颊，号为泪妆，以此互相炫美。识者已早知其以为不祥之兆矣。有诗云：

无泪佯为泪两行，总然妩媚亦非祥。
马嵬他日悲凄态，可是描来作泪妆？

杨妃平日爱这雪衣女，虽是那鹦鹉可爱可喜，然亦因是安禄山所献，有爱屋及乌之意。在今日悲念，亦是感物思人。那边安禄山在范阳，也常想着杨妃与虢国夫人辈，奈为杨国忠所忌，难续旧好。他想若非夺国篡位，怎能再与欢聚，因此日夜欲提兵造反，只为玄宗待之甚厚，要俟其晏驾，方才起事。叵耐那杨国忠时时寻事来撩拨他，意欲激他反了，正欲以实已之言。于是安禄山也生了一个事端来，撩拨朝廷，遂上一章疏来，请献马于朝廷。其疏上略云：

臣安禄山承乏边庭，所属地方，多产良马。臣今选得上等骏骑三千余匹愿以贡献朝廷。臣虽不如昔日王毛仲之牧马蕃庶，然以此上充天厩，他年或大驾东封西狩，亦足稍壮万乘观瞻。计每马一匹，用执鞍军二人，臣更遣番将二十四员部送，俟择吉日，即便起行。伏乞敕下经历地方，各该官吏，预备军粮马草供应，庶不致临期缺误，谨先以表奏闻。

安禄山此疏，明明是托言献马，谋动干戈，要乘机侵据地方，且看朝廷如何发付他。

当下玄宗览疏，也沉吟道："禄山欲献马，固是美事；只却如何要这许多军将遣送？"因将此疏付中书省议覆。杨国忠次日入奏道："边臣献马于朝廷，亦是常事。今禄山固意要多遣军将部送三千匹，而执鞭随送者，反有六千人，那二十四员番将，又必各有跟随的番汉军士，共计当有万余人，行动与攻城夺地者何异！其心叵测，不可轻信，当降严旨切责，破其狡谋。"玄宗道："彼以贡献为本，伪托所请，无所问罪；即云部送人多，亦未必便有异志，不可遽加切责，只须谕令减少人役罢了。"国忠道："彼名请贡献，实欲叛逆耳！若非严旨切责，说破他不轨之谋，彼将以为朝廷无人。"玄宗道："事勿急遽，朕当更思之。"国忠怏怏而退。

玄宗正在犹豫时，有河南尹达奚珣，即达奚盈盈的宗族，他因闻邸报，见了安禄山请献马之疏，大为惊异，即飞章密奏说："安禄山表请献马，而欲多遣部送军将，事有可疑，乞以温言谕止之。"玄宗看了达奚珣的密疏，还沉吟未决。

是日燕坐于便殿，高力士侍立于殿陛之下。玄宗呼之近前，对他说道："朕之待安禄山，可谓至厚，彼既受我厚恩，当必不相负。朕意不以为然，前者朕曾遣辅璆琳到彼窥察，回奏说道他是忠诚爱国，并无二心。难道如今便忽然改变了不成？"原来辅璆琳平日恃宠专恣，与高力士不睦，因此高力士便乘间叩头奏说道："人心难测，陛下亦不可过信其无他。以老奴所耳闻，辅璆琳两番奉使差到范阳，多曾私受安禄山贿赂，故此饰词覆旨，其所言未可信也。"玄宗听说惊讶道："有这等事！辅璆琳受贿汝何以知之？"高力士奏道："老奴向已微闻其事，而未敢深信。近因璆琳奉差采办回来，老奴往候之，值其方浴，坐以待其出，因于其书斋案头上，见有安禄山私书一封，书中细询朝中举动与宫中近事；又托他每事须曲为周旋遮饰，又须每事密先报知。那时老奴方窃窥未完，璆琳遽出，连忙取来藏过。据此看来，他内外交结贿赂，故此相通，信有其事矣。老奴正欲密将此事上闻，适蒙上谕，敢此启知。"玄宗大怒道："辅璆琳这个恶奴，我以何等之事相托，乃敢大胆受贿欺主，好生可恨！"遂传旨立唤辅璆琳来面讯；又即着高力士率羽林官校至其第中，搜取私书物件。

不一时，璆琳唤到，其所取的私书与所受的贿赂，都被搜出，上呈御览。原来璆琳与禄山往来的私书甚多。高力士检看其中有关涉杨妃说话的，即行销毁去了，因此宫中私情之事，幸未有败露。当下玄宗怒甚，欲重处辅璆琳立死，高力士密启奏道："皇爷即欲加罪璆琳，就于内庭立时扑杀，须托言他事以惩之。且请陛下万勿发露通私书信之事及受贿之举动，不然恐有激变。"玄宗点头道是，遂命将璆琳正法。只说因采办不奉旨赐死。可笑那辅璆琳因贪贿赂，丧了性命。当初罗公远先师原是曾对他说来道只

莫贪贿,自然免祸,彼自不能悟耳。正是:

不贪乃为宝,有贿必焚身。
忘却仙师语,时时与祸邻。

玄宗平日认定安禄山是个满腹赤心的好人,今见他贿结辅璆琳,刺探朝廷与宫闱之事,方才有些疑心起来。杨妃也不能复为之解,惟有暗地咨嗟叹息罢了。玄宗依着达奚珣所奏,温言谕止禄山献马,遣中使冯神威,赍手诏往谕之。其略云:

览卿表献马于朝廷,具见忠悃,朕甚嘉悦。但马行须冬日为便,今方秋初,正田稻将成,农务未毕之时,且勿行动。俟至冬日,官自给夫部送来京,无烦本军跋涉之劳,特此谕知。

冯神威赍了诏书,星夜来至范阳。

禄山已窥测朝廷之意,且又探知杨国忠有这许多说话,心中十分恼怒;及闻诏到,竟不出迎。冯神威不见安禄山接诏,竟自赍诏到他府第来。禄山乃先于府中大阵兵仗,排列得刀枪密密,剑戟层层,旌旗耀日,鼓角如雷。冯神威见了,心甚惊疑。安禄山踞胡床而坐,见冯神威赍诏而来,也不起身迎接。冯神威开诏宣读毕,禄山满面怒容说道:"传闻贵妃近日于宫中,也学乘马,吾意官家亦必爱马,我这里最有好马,故欲进献几匹。今诏书既如此,我不献亦可。"冯神威见他恁般作威做势,意态骄傲,语言唐突,必不怀好意,遂不敢与他争论,只有唯唯而已。禄山也不设宴款待他,且教他出就馆舍。过了几日,冯神威欲还京复命,入见禄山,问他可有回奏的表文否。禄山道:"诏书云:马行须俟冬日,至十月间我即不献马,亦将亲诣京师,以观朝臣近政,今亦不必用表文,为我口奏可也。"

冯神威不敢多言,逡巡而别;兼程赶行,回京见驾,将他这些无礼之状与无礼之言,一一奏闻皇上。玄宗听了,又惊,又羞,又恼。时杨妃侍坐于侧,玄宗向他怒说道:"我和你待此倭奴不薄,今乃如此无状,其反叛之形情已露,无怪人之多言也。自今人言不可不信!"说罢,抚几叹息;杨妃也低着头,嗟叹不已。正是:

今日方嗟负心汉,从前误认赤心儿。

未知后事如何,且听下回分解。

第八十八回　安禄山范阳造反　封常清东京募兵

词曰：

野心狼子终难养，大负君王，不顾娘行，陟起干戈太逞狂。
权奸还自夸先见，激反强梁，势已披猖，纵募新兵那可当。

调寄《丑奴儿》

自古以来，乱臣贼子，人人得而诛之。所赖为君者能觉察于先，急为翦除，庶不致滋蔓难图；更须朝中大臣，实心为国，烛奸去恶，防奸于未然，弭患于将来，方保无虞。若天子既误认奸恶为忠良，乱贼在肘腋之间而不知，始则养痈，继则纵虎。朝中大臣又徇私背公；其初则朋比作奸，其后复又彼此猜忌；那乱贼尚未至于作乱，却以私怨，先说他必作乱，反弄出许多方法，去激起变端，以实己之言，以快己之意。但能致乱，不能定乱，徒为大言，欺君误国。以致玩敌轻进之人，不审事势，遽议用兵；于是旧兵不足，思得新兵，召募之事，纷纷而起。岂不可叹可恨！

且说玄宗因内监冯神威奏言安禄山不迎接诏书，倨傲无礼，心中甚怒。神威又奏道："据他恁般情状，奴婢那时如入虎口，几几乎不能复见皇爷天颜矣！"说罢呜咽流涕。玄宗愈加恼怒，自此日夕在宫中，说安禄山负恩丧心，恨骂一回，又沉吟凝想一回。杨妃没奈何，只得从容解劝道："安禄山原系番人，不知礼数；又因平日过蒙陛下恩爱宠极，待之如家人父子一般，未免习成骄傲惰慢之故态，不觉一时狂肆，何足恼乱圣怀？他前日表请献马，或者原无反意，现今他有儿子在京师，结婚宗室，他若在外谋为不轨，难道不自顾其子么？"原来禄山的长子名庆宗，次子名庆绪。那庆宗聘玄宗宗室之女荣义郡主为配，因此禄山出镇范阳时，留他在京师就婚；既成婚之后，未到范阳，尚在京师，故杨妃以此为解。当下玄宗听说，沉吟半晌道："前日安庆宗与荣义郡主完婚之时，朕曾传谕礼官，召禄山到京来观礼，他以边务倥偬为辞，竟不曾来；如今可即着安庆宗上书于其父，要他入朝谢罪，看他来与不来，便可知其心矣。"随命高力士谕意于安庆宗，作速写书，遣使送往范阳去；又道朕近于清华宫新置一汤泉，专待禄山来洗浴，彼岂不忆昔年洗儿之事乎？书中可并及此意。庆宗领旨，随写下一书呈上御览，即日遣使赍去，只道禄山自然见书便来。

谁知杨国忠心里，却恐怕禄山看了儿子的书，真个来京时，朝廷必要留他在京。他有宫中线索，将来必然重用，夺宠夺权，与我不便；不如早早激他反了，既可以实我之言，又可永绝了与我争权之人，岂不甚妙。时有禄山的门客李超在京中，国忠诬害他，打通关节，遣人捕送御史台狱，按治处死，使禄山危不能自安。又密奏玄宗说："庆宗虽奉旨写书，一定自另有私书致其父，臣料禄山必不肯来；且不日必有举动。"又一面密差心腹，星夜潜往范阳一路，散布流言，说道："天子以安节度轻亵诏书，侮慢天使，又察出他的交通宫中私事，十分大怒，已将其子安庆宗拘囚在宫，勒令写书，诱他父亲入朝谢罪，便把他们父子来杀了。"

禄山闻此流言，甚是惊怕可惧。不一日，果然庆宗有书信来到，禄山忙拆书观看，其书略云：

前者大人表请献马，天子深嘉忠悃。止因部送人多，恐有骚扰，故谕令暂缓，初无他意。乃诏使回奏，深以大人简忽天言，可为怪。幸天子宽仁，不即督过，大人宜便星驰入朝谢罪，则上下猜疑尽释，谗口无可置喙，身名俱泰，爵位永保，岂不善哉！昨又奉圣谕云：华清宫新设泉汤，专待尔父来就浴，仿佛往时耍戏洗儿之戏，此尤极荷天恩之隆渥也。况男婚事已毕，而定省久虚，渴思仰睹慈颜，少申子妇之诚心。不孝男庆宗，书启到日，即希命驾。

禄山看了书信，询来使道："吾儿无恙否？"使者回说道："奴辈出京时，我家大爷安然无事；但于路途之间，闻说门客李超，犯罪下狱。又闻人传说，近日宫里边，有什么事情发觉了，大爷已被朝廷拘禁在那里，未知此言何来？"禄山道："我这里也是恁般传说，此言必有来由。"因又密问道："你来时，贵妃娘娘可有甚密旨着你传来么？"使者道："奴辈奉了大爷之命，赍着书未停就走，并不闻贵妃娘娘有甚旨意。"安禄山闻言，愈加惊疑。

看官，你道杨妃是有心照顾他安禄山的，时常有私信往来，如何这番却没有？盖因安庆宗遵奉上命，立逼着他写书遣使，杨妃不便夹带私信，心中虽甚欲禄山入京相叙，只恐他身入樊笼，被人暗算；若竟不来，又恐天子发怒，因欲密遣心腹内侍，寄书与禄山，教他且勿亲自来京，只急急上表谢罪便了。书已写就，怎奈杨国忠已先密地移檄范阳一路，关津驿递所在，说边防宜慎，须严察往来行人，稽查奸细。杨妃有密信不敢发，探闻如此，深怕嫌疑，是非之际，倘有泄露，非同小可，因此迟疑，未即遣使。

这边安禄山不见杨贵妃有密信来，只道宫中私事发觉之说是真，想道："若果觉察出来，我的私情之事，却是无可解救处。今日之势，且不得不反了！"遂与部下心腹孔目官太仆丞严庄、掌书记屯田员外郎高尚、右将军阿史那承庆等三人，密谋作乱。

严庄、高尚极力撺掇道："明公拥精兵，据要地，此时不举大事，更待何时？"禄山道："我久有此意，只因圣上待我极厚，俟其晏驾，然后举动耳。"严庄道："天子今已年老，荒于酒色，权奸用事，朝政舛错，民心离散，正好乘此时举事，正可得计。若待其晏驾之后，新君即位，苟能用贤去佞，励精图治，则我不但无衅可乘，且恐有祸患之及。"阿史那承庆道："若说祸患，何待新君？只日下已大可虞。但今不难于举事，而难于成事，须要计出万全，庶几一举而大勋可以集。"高尚道："今国家兵制日坏，武备废弛，诸将帅虽多，然权奸在内，使不得其道，必不乐为之用，徒足以偾事耳！我等只须同心协力，鼓勇而行，自当所向无敌，不日成功，此至万全之策耳！"禄山大喜，反志遂决。

次日，即号召部下大小将士，毕集于府中。禄山戎服带剑，出坐堂上，却先诈为天子敕书一道，出之袖中，传示诸将说道："昨者吾儿安庆宗处有人到来，传奉皇帝密敕，着我安禄山统兵入朝，诛讨奸相杨国忠。公等务当努力同心，助我一臂之力，前去扫清君侧之恶。功成之后，爵赏非轻，各宜努力。"诸将闻言，愕然失色，面面相觑，不敢则声。严庄、高尚、阿史那承庆三人，按剑而起，对着众人厉声说道："天子既有密敕，自应奉敕行事，谁敢不遵！"禄山亦按剑厉声道："有不遵者，即治以军法。"诸将平日素畏禄山凶威，又见严庄等肯出力相助，便都不敢有异言。

禄山即刻遂发所部十五万众兵卒，反自范阳，号称二十万，即日大飨军将，使范阳节度副使贾循守范阳，平卢副使吕知诲守平卢，又令别将高秀岩守大同，其余诸将俱引兵南下，声势浩大，此天宝十四载十一月事也。后人有诗叹云：

番奴反相人曾说，天子偏云是赤心。
漫道猪龙难致雨，也能骤使水淋淋。

原来当初宰相张九龄在朝之时，曾说过安禄山有反相，若不除之，必为后日心腹之患，玄宗不以为然。又尝于勤政楼前，陈设百戏，召禄山观之。玄宗坐在一张大榻上，即命禄山坐于榻旁，一样的朝外坐着，皇太子倒坐在下面。少顷，玄宗起身更衣，太子随至更衣之处，密奏说道："历观古今，从未有君与臣南面并坐而阅戏者。父皇宠待禄山，毋乃太过乎？众人属目之地，恐失观瞻。"玄宗微笑道："传闻禄山，外人都说他有异相，吾故此让之耳！"禄山侍宴尝在于宫中，醉而假寐，宫人们窃而窥之，只见其身变为龙，而其首却似猪，因大奇异，密奏于玄宗知道。玄宗略无疑忌，以为此猪龙耳，非兴云致雨之物，不足惧也，命以金鸡账张之。那知他到今日，却是大为国家祸患。所以后人作诗，言及此事。

且说当日禄山反叛，引兵南下，步骑精锐，烟尘千里。那时海内承平已久，百姓累世不见兵革，猝然闻知范阳兵起，远近惊骇。河北一路都是他的统属之地，所过州县望风瓦解。地方官员，或有开门出迎的，或有弃城逃走的，或有为他擒戮的，无有一处能拒之者。安禄山以太原留守杨光翙依附杨国忠为同族，欲先杀之。乃一面发动人马，一面预遣部将何千年、高邈，引二十余骑，托言献射生手，乘驿至太原。杨光翙此时尚未知安禄山的反信，只道范阳有使臣经过，出城迎之，却被劫掳去了，解送禄山军前杀了。

玄宗初闻人言安禄山已反，还疑是怪他的讹传其事，及闻杨光翙被杀，太原报到，方知安禄山果然反了，大惊大怒。杨妃也惊得目瞪口呆。玄宗于是召集在朝诸臣，共议此事。众论纷纷不一，也有说该剿的，也有说该抚的，惟有杨国忠洋洋得意说道："此奴久萌反志，臣早已窥其肺腑，故屡渎天听，陛下乃今日方知臣言之不谬。"玄宗道："番奴负恩背叛，罪不容诛。今彼恃士卒精锐，冲突而前，当何以御之？"国忠回奏说道："陛下勿忧，今反者只禄山一人而已，其余将士都不欲反，特为安禄山所逼耳！朝廷只须遣一旅之师，声罪致讨，不旬日之间，定为传首京师，何足多虑。"玄宗信其言，遂坦然不以为意。正是：

奸相作恶，乃致外乱。
大言欺君，以寇为玩。

却说安庆宗自发书遣使之后，指望其父入京，相会有日，不想倒就反起来了，一时惊惶无措，只得肉袒面缚，诣阙待罪。玄宗怜他是宗室之婿，意欲赦之。杨国忠奏说道："安禄山久蓄异志，陛下不即诛之，致有今日之叛乱。今庆宗乃叛人之子，法不可贷，岂容复留此逆子以为后患乎？"玄宗意犹未决。国忠又奏说道："安禄山在京城时，蒙圣旨使与臣为亲，平日有恩而无怨，乃无端切齿于臣。杨光翙偶与臣同姓，禄山且还怨及于彼，诱而杀之。庆宗为禄山亲子，陛下今倒赦而不杀，何以服天下人心乎？"玄宗乃准其所奏，传旨将安庆宗处死。国忠又奏请将其妻子荣义郡主亦赐自尽。正是：

未将元恶除，先将逆孽去。
他年弑父人，只须一庆绪。

玄宗既诛安庆宗，即下诏布宣安禄山之罪状，遣将军陈千里，往河东招募民兵，随使团练以拒之。其时适有安西节度使封常清入朝奏事，玄宗问以讨贼方略。那封常清乃是封德彝之后裔，是个志大言大之人，看的事体轻忽，便率意奏道："今因承平已久，世不知兵，武备单弱，所以人多畏贼，望风而靡。然事存顺逆，势有奇变，不必过虑。臣请走马赴东京，开府库，发仓禀，召募骁勇，跳马筑渡河，击此逆贼，计日取其首级，献于阙下。"玄宗大喜，遂命以封常清为范阳平卢节度使，即日驰赴递驿，直赶到东京，募兵讨贼，听其便宜行事。

说话的，自古道："养兵千日，用在一朝。"那兵是平时备着用的，如何到变起仓卒，才去募兵？又如何才有变乱，便要募兵起来？难道安禄山有兵，朝廷上到没有兵么？看官，你有所不知。原来唐初时，府兵之制甚妙，分天下为十道，置军府六百三十四，而关内居其半，俱属诸卫管辖，各有名号，而总名为折冲府。凡府兵多寡，其数分上中下三等：一千二百人为上等；一千人为中等；八百人为下等。民自二十岁从军，至六十岁而免，休息有时，征调有法。折冲府都设立木契铜鱼，上下府照，朝廷若有征发，下敕书契鱼，都督郡府参验皆合，然后发遣。凡行兵则甲胄衣装俱自备，国家无养兵之费，罢兵则归散于野，将帅无握兵之权。其法制最为近古。只因从军之家，不无杂徭之累，后来渐渐贫困，府兵多逃亡。张说在朝时建议，另募精壮为长从宿卫兵，名曰彍骑。于是府兵之制日坏，死亡者有司不复添补，府兵调入宿卫者，本卫官将役使之如奴隶，其守边者，亦多为边将虐使，利其死而竟没其资财，府兵因此尽都逃匿。李林甫当国，奏停折卫府上下鱼书，自是折冲府无兵，空设官吏而已。到天宝年间，并彍骑之制，亦皆废坏，其所召募之兵，俱系市井无赖子弟，不习兵事；且当此时承平已久，议者多谓国中之兵，可销禁约，民间挟持兵器，人家子弟有为武官者，父兄摈弃不齿。猛将精兵，多聚于边塞，而西北尤甚。中国全无武备，所谓一旦有变，无兵可用，其势不得不出于召募。盖祖宗之善制，子孙不能修弊补废，振而起之，轻自更张，以致大坏兵政。乃安禄山所用兵马，本来众盛；又因番人部落突厥阿布司为回纥攻破，安禄山诱降其众，所以他的部下，兵精马壮，天下莫及。

闲话少说，且言封常清奉诏募兵，星夜驰至东京，动支仓库钱粮，出榜召募勇壮。一时应募者如市，旬日之间募到六万余人，然皆市井白徒，并非能战之士。又探听得安禄山的兵马强壮，竟是个劲敌，方自悔前日不该大言于朝。今已身当重任，无可推诿，只得率众断河阳桥，以为守御之备。

玄宗又命卫尉卿张介然为河南节度使，统陈留等十三郡，与封常清互为声援。禄山兵至灵昌，时值天寒。禄山令军士以长绳连束战船并杂草木，横截河流。一夜冰冻坚厚，似浮梁一般，兵马遂乘此渡河，来陷灵昌郡。贼兵步骑纵横，莫知其数，所过残杀。张介然到陈留才数日，安禄山兵众突至，介然连忙督率民兵，登城守御。怎奈人不及战，民心惧怕，天气又极其苦寒，手足僵冷，不能防守。太守郭讷径自率众开城出降，禄山入城，擒获张介然斩于军门之下。

次日，又探马来报说道："天子诏谕天下，说安禄山反叛，罪极大恶，其长子安庆宗，在京已经伏诛。文武官员军民人等，有能斩安禄山之头来献者，封以王爵；罪只及安禄山一人而已，其余附从诸将文武官员兵卒等归顺，俱赦宥一概不问。"安禄山听说其子安庆宗在京被杀，大怒，大哭道："吾有何罪，而今意杀吾子，是所势不两立也！"遂纵大兵大杀降人，以泄胸中之忿。正是：

> 身亲为叛逆，还说吾何罪。
> 迁怒杀无辜，罪更增百倍。

陈留失守，张介然被害之信报到京师，举朝震怒。玄宗临朝，面谕杨国忠与众官道："卿等都说安禄山之造反，不足为虑，易于扑灭；今乃夺地争城，斩将害民，势甚猖獗，此正劲敌，何可轻视？朕今老矣，岂可贻此患于后人？今当使皇太子监国，朕亲自统领六师，躬自带兵将出征，务要灭此忘恩负义之逆贼！"正是：

> 天子欲亲征，太子将监国。
> 奸臣惊破胆，庸臣计无出。

未知后事如何，且听下回分解。

第八十九回　唐明皇梦中见鬼　雷万春都下寻兄

词曰：

人衰鬼弄，魑魅公然来入梦。女貌男形，尔我相看前世身。
难兄难弟，今日行踪彼此异。全节全忠，他日芳名彼此同。

调寄《减字木兰花》

大凡有德之人，无论男女与富贵贫贱，总皆为人所敬服，即鬼神亦无不钦仰，所谓"德重鬼神钦敬"是也。若无德可钦敬，徒恃此势位之尊崇以压制人，当其盛时，乘权握柄，作福作威，穷奢极欲，亦复洋洋志得意满，叱咤风云；及至时运衰微，禄命将终之日，不但众散亲离，人心背叛，即魑魅魍魉也都来了，生妖作怪，播弄着你，所谓"人衰鬼弄人是"也。惟有那忠贞节烈之人，不以盛衰易念，即或混迹于俳优技艺之中，厕身于行伍偏裨之列，而忠肝义胆天性生成，虽未即见之行事，要其志操，已足以塞天地而质诸鬼神。此等人甚不可多得，却又有时钟于一门，会于一家。

如今且说玄宗，因安禄山攻陷陈留郡，张介然遇害报到京师，方知贼势甚猛，未易即能扑灭，召集朝臣共议其事。众论纷纷，并无良策。杨国忠前日故为大言，到那时也俯首无计。玄宗面谕群臣道："朕在位已经五十载，心中久已要退闲去作便事，意欲传位于太子；只因水旱频仍，不欲以余灾遗累后人，故尔迟迟。今不意逆贼横发，朕当亲自统兵征讨之，使太子暂理国事，待寇乱既平，即行内禅，朕将高枕无忧矣！"遂下诏御驾亲征，命太子监国。群臣莫敢进一言。

杨国忠乃大吃了一惊，想道："我向日屡次与李林甫朋谋，陷害东宫，太子心中好不怀恨，只碍着贵妃得宠，右相当朝，他还身处储位，未揽大权，故隐忍不发；今若秉国政，必将报怨。吾杨氏无噍类矣！"当日朝罢，急回私宅，哭向其妻裴氏与韩、虢二夫人道："吾等死期将至矣！"众夫人惊问其故。国忠道："天子欲亲征讨，将使太子监国，行且禅位于太子。奈太子素恶于吾家，今一旦大权在手，我与姊妹都命在旦夕矣，如之奈何？"于是举家惊惶泣涕，都说道："反不如秦国夫人先死之为幸也。"虢国夫人说道："我等徒作楚囚，相对而泣，于事无益；不如同贵妃娘娘密计商议，若能劝止亲征，则监国禅位之说，自不行矣。"国忠说道："此言极为有理。事不宜迟，烦两妹入宫计之。"两夫人即日命驾入宫，托言奉候贵妃娘娘，与贵妃相见，密启其事，告以国忠之言。杨妃大惊道："此非可以从容缓言者！"乃脱去簪珥，口衔黄土，匍匐至御前，叩头哀泣。

玄宗惊讶，亲自扶起问道："妃子何故如此？"杨妃说道："臣妾闻陛下将身亲临战阵，是亵万乘之尊，以当一将之任。虽运筹如神，决胜无疑；然兵凶战危，圣躬亲试凶危之事，六宫嫔御闻之，无不惊骇。况臣妾尤蒙恩宠，岂忍远离左右？自恨身为女子，不能随驾从征，情愿碎首阶前，欲效侯生之报信陵君耳！”说罢又伏地痛哭。玄宗大不胜情，命宫人掖之就坐，执手抚慰说道：“朕之欲亲征讨，原非得已之计，凯旋之日，当亦不远，妃子不须如此悲伤。”杨妃道：“臣妾想来，堂堂天朝，岂无一二良将，为国家殄灭小丑，何劳圣驾亲征？”

正说间，恰好太子具手启，遣内侍来奏辞监国之命，力劝不必亲征，只须遣一大将或亲王督师出剿，自当成功。玄宗看了太子奏启，沉吟半晌道：“朕今竟传位于太子，听凭他亲征不亲征罢，我自与妃子退居别宫，安享余年何如？”杨妃闻言，愈加着惊，忙叩头奏道：“陛下去秋欲行内禅之事，既而中止，谓不忍以灾荒遗累太子也；今日何独忍以寇贼遗累太子乎？陛下临御已久，将帅用命，还宜自揽大权，制胜于庙堂之上，传位之说，待徐议于事平之后，未为晚也。”玄宗闻言点头道：“卿言亦颇是。”遂传旨停罢前诏，特命皇子荣王琬为元帅，右金吾大将军高仙芝副之，统兵出征。又欲与高力士为监军，力士叩头固辞，乃以内监边令诚为监军使。诏旨一下，杨贵妃方才放心，拭泪拜谢。

当时玄宗命宫中宫人为妃子整妆，且令宫中排宴与妃子解闷；韩国、虢国二位夫人也都来见驾，一同赴席饮宴。后人有诗叹云：

> 脱簪永巷称贤后，为欲君王戒色荒。
> 今日阿环苦肉计，毁妆亦是学周姜。

那日筵席之上，玄宗心欲安慰妃子。杨妃姊妹三人，又欲使玄宗天子开怀，真个是愁中取乐，互相劝饮。梨园子弟同宫女们，歌的歌，舞的舞，饮至半酣，兴致勃发。玄宗自击鼓，杨妃弹一回琵琶，吹一回玉笛，直饮至夜深方罢。两夫人辞别出宫。

是夜玄宗与杨妃同寝，毕竟因心中有事，寤寐不安。朦胧之际，忽若已身在华清宫中，坐一榻上，杨妃坐于侧旁椅上，隐几而卧，其所吹玉笛悬挂于壁上。却见一个奇形怪状的魑魅，不知从何而至，一直来到杨妃身畔，就壁上取下那一枝玉笛按上口边，呜呜咽咽的吹将起来。玄宗大怒，待欲叱咤他，无奈喉间一时哽塞，声唤不出。那个鬼竟公然不惧，把笛儿吹罢，对着杨妃嘻笑跳舞。玄宗欲自起来逐之，身子再立不起，回顾左右，又不见一个侍从。看杨妃时，只是伏在桌上，睡着不醒。恍惚间，见那伏在桌上的却不是杨妃，却是一个头戴冲天巾、身穿滚龙袍的人，宛然是个一朝天子模样，但不见他面庞。那鬼尚在跳舞不休，看看跳舞到自己身前，忽然他手执着一圆明镜把玄宗一照。玄宗自己一照，却是个女子，头挽乌云，身披绣袄，十分美丽，心中大惊。正疑骇间，只见空中跳下一个黑大汉来。你道他怎生打扮，怎生面貌？

> 头上元冠翅曲，腰间角带围圆。黑袍短窄皂靴尖，执笏还兼佩剑。眼竖交睁豹目，鬓蓬连接虬髯。专除邪祟治终南，魑魅逢之丧胆。

那黑大汉把这跳舞的鬼只一喝，这鬼登时缩做一团，被这黑大汉一把提在手中，好像做捉鸡的一般。玄宗急问道：“卿是何官？”黑大汉鞠躬应道：“臣乃终南不第进士钟馗是也。生平正直，死而为神，奉上帝命令治终南山，专除鬼祟，凡鬼有作祟人间者，臣皆得啖之。此鬼敢于乘虚惊驾，臣特来为陛下驱除。”言讫，伸着两手，把那个鬼的双眼挖出，纳入口中吃了，倒提着他的两脚，腾空而去。玄宗天子悚然惊醒，却是一场大梦。凝神半晌，方才清楚。

那时杨妃从睡梦中惊悸而寤，口里犹作咿哑之声。玄宗搂着便问道：“阿环为甚不安么？”杨妃定了一回，方才答说道：“我梦中见一鬼魅从宫后而来，对着我跳舞，旁有一美貌女子，摇手止之，鬼只是不理，他却口口声声称我陛下，我不敢应他，他便把一条白带儿扑面的丢来，就兜在我颈项上，因此惊魇。”玄宗听说，便也把自己所梦的述了一遍，杨妃咄咄称怪。玄宗宽解道：“总因连日心绪不佳，所以梦寐不安，不足为异；但我所梦钟馗之神甚奇，不知终南果有其人否？”杨妃道：“楚境虽不足凭，只是如何女变为男，男变为女；又怎生我梦中，也见一女子，也恰梦见那鬼，呼我为陛下，这事可不作怪么？”玄宗戏道：“我和你恩爱异常，愿不分你我，男女易形，亦鸾颠凤倒之意耳！”说罢大家都笑起来。看官，你可知杨贵妃本是隋炀帝的后身，玄宗本是贵儿再世。梦中所见的，乃其本来面目。此亦因时运向衰，鬼来弄人，故有此梦。正是：

时衰气不旺，梦中鬼无状。
帝妃互相形，现出本来相。

次日玄宗临朝，传旨问：“在朝诸臣，可知终南有已故不第进士，姓钟名馗者么？”文班中，只见给事中王维出班奏曰：“臣维向曾侨居终南，因终南有进士钟馗于高祖武德皇帝年间，为应举不第，以头触石而死，故时人怜之，陈请于官，假袍笏以殉葬之；嗣后颇著灵异，至今终南人奉之如神明。”玄宗闻奏，一发惊异，遂宣召那最善图画的吴道子来，当面告以梦中所见钟馗之形像，使画一图，传为真像；特追赐袍笏，兼赐钟馗状元及第；又因杨妃梦鬼从后宫从而来，遂命以钟馗之像，永镇后宰门，如昔年太宗皇帝画尉迟敬德、秦叔宝之像于宫门的故事一样。至今人家后门上，都贴钟馗画像，自此始也。又时人至今呼之为钟状元。正是：

当年秦尉两将军，曾为文皇辟邪秽。
今日还看钟状元，前门后户遥相对。

玄宗因画钟馗之像，想起昔年太宗画秦叔宝、尉迟敬德二人之像，喟然说道：“我梦中的鬼魅，得钟馗治之，那天下的寇贼，未知何人可治？安得再有尉迟敬德、秦叔宝这般人材，与我国家扶危定乱？”因忽然相思着秦叔宝的玄孙秦国模、秦国桢兄弟二人：“当年他兄弟曾上疏谏我，不宜过宠安禄山，极是好话。我那时不惟不听他，反加废斥，由此思之，诚为大错，还该复用他为是。”遂以手敕谕中书省起复原任翰林承旨秦国模、秦国桢仍以原官入朝供职。

却说那秦氏兄弟两个人，自遭废斥，即屏居郊外，杜门不出。间有朋友过访，或杯酒叙情，或吟诗遣兴，绝口不谈及朝政。国桢有时私念起那当初集庆坊所遇的美人，却怕哥哥嗔怪，只是不敢出诸口；也有时到那里经过，密为访问，并无消息。那美人也不知何故，竟不复来寻访。

忽然一日，有一个通家旧朋友款门而来，姓南名霁云，排行第八，魏州人氏，其为人慷慨有志节，精于骑射，勇略过人。他祖上也是个军官出身，与秦叔宝有交，因此他与国模兄弟是通家世交、投契之友。幼年间，也随着祖父来过两次，数年以来踪迹疏阔，那日忽轻装策马而来。秦氏兄弟十分欢喜，接着叙礼罢，各道寒暄。秦国模道："南兄久不相晤，愚兄弟时刻思念，今日甚风吹得到此？"南霁云说道："小弟自祖父背弃，一身沦落不偶，无所依托，行踪靡定。前者弟闻贤昆仲高发，方为雀跃，随又闻得仕途不利，暂时受屈，然直声著闻，天下不胜钦仰。今日小弟偶尔浪游来京，得一快叙，实为欣幸。"秦国模道："以兄之英勇才略，当必有遇合，但斯世直道难容，宜乎所如不偶。今日未审我兄欲何所图？"霁云道："原任高要尉许远，是弟父辈相知，其人深沉有智，节义自矢，他有一契友是南阳人，姓张名巡，博学多才，深通战阵之法，开元中举进士，先为清河县尹，改调真源，许公欲使弟往投之。今闻其朝觐来京，故此特来访他。"秦国桢道："张、许二公，是世间奇男子，愚兄弟亦久闻其名。"秦国模道："吾闻张巡乃文武全才，更有一奇处，人不可及：任你千万人，一经他目，即能认其面貌，记其姓名，终身不忘，真奇士也。那许远乃许敬宗之后人，不意许敬宗却有此贤子孙，此真能盖前人之愆者。"霁云道："弟尚未得见张公，至于许公之才品，弟深知之久矣，真可为国家有用之人，惜尚未见其大用耳！"国模道："兄今因许公而识张公，自然声气相投，定行见用于世，各著功名，可胜欣贺。"国桢道："难得南兄到此，路途辛苦，且在舍下休息几日，然后往见张公未迟。"当下置酒款待，互叙阔情，共谈心事。

正饮酒间，忽闻家人传说，范阳节度使安禄山举兵造反，有飞驿报到京中来了。秦氏兄弟拍案而起说道："吾久知此贼，心怀反叛，况有权奸多方以激之，安得不遽至于此耶！"霁云拍着胸前说道："天下方乱，非我辈燕息之时，我这一腔热血须有处洒了！却明日便当往候张公，与议国家大事，不可迟缓。"当夜无话。

次日早膳饭罢，即写下名帖，怀着许远的书信，骑马入京城，访至张巡寓所问时，原来他已升为雍丘防御使，于数日前出京上任去了。霁云乘兴而来，败兴而返，怏怏的带马出城，想道："我如今便须别了秦氏兄弟，赶到雍丘去，虽承主人情重，未忍即别，然却不可逗留误事。"一头想，一头行，不觉已到秦宅门首。才待下马，只见一个汉子，头戴大帽，身穿短袍，策着马趱行前来。看他雄赳赳甚有气概，霁云只道是个传边报的军官，勒着马等他。行到面前，举手问道："尊官可是传报的军官么？范阳的乱信如何？"那汉见问，也勒住马，把霁云上下一看，见他仪表非俗，遂不敢怠慢，亦拱手答道："在下是从潞州来，要入京访一个人；路途间闻人传说范阳反乱，甚为惊疑。尊官从京中出来，必知确报，正欲动问。"霁云道："在下也是来访友的，昨日才到；初闻乱信，尚未知其详。如今因所访之友不遇，来此别了居停主人，要往雍丘地方走走，不知这一路可好行哩？"那汉道："贵寓在何处？主人是谁？"霁云指道："就是这里秦府。"那汉举目一看，只见门前有钦赐的兄弟状元匾额，便问道："这兄弟状元可是秦叔宝公的后人，因直言谏君罢官闲住的么？”霁云道：“正是。这兄弟两个，一名国模，一名国桢的了。”一面说，一面下马。那汉也连忙下马施礼道：“在下久慕此二公之名，恨无识面，今岂可过门不入？敢烦尊公，引我一见何如？只是造次得狠，不及具柬了。”霁云道：“二公之为人，慷慨好客，尊官便与相见何妨，不须具柬。”

那汉大喜，遂各问了姓名，一同入内，见了秦氏兄弟，叙礼毕，就相邀坐。霁云备述了访张公不遇而返，门首邂逅此兄，说起贤昆仲大名，十分仰敬，特来晋谒。二秦逡巡逊谢，动问尊客姓名居处。那汉道：“在下姓雷名万春，涿州人氏，从小也学读几行书，求名不就，弃文习武；颇不自揣，常思为国家效微力，争奈未遇其时。今因访亲特来到此，幸遇这一位南尊官，得谒贤昆仲两先生，足慰生平仰慕之意。”霁云与二秦，见他言词慷慨，气概豪爽，甚相钦敬，因问：“雷兄来访何人？”万春道：“要访那乐部中雷海清。”霁云听说，怫然不悦道：“那雷海清不过是梨园乐部的班头，俳优之辈，兄何故还来访他，难道兄要屈节贱工耶？以为谋进身之地，似乎不可。”万春笑道：“非敢谋进身之地，因他是在下的胞兄，久不相见，故特来一候耳。”霁云道：“原来如此，在下失言了。”秦国模说道：“令兄我也常见过，看他虽屈身乐部，大有忠君爱主之心，实与侪辈不同，南兄也不可轻量人物。”

万春因问：“南兄，你说访张公不遇，是那个张公？”霁云道：“是新任雍丘防御使张巡是也。”雷万春说道：“此公是当今一奇人，兄与他是旧相知么？”霁云道：“尚未识面，因前高要尉许公名远的荐引来此。”万春道：“许公亦奇人也。兄与此两奇人相周旋，定然也是个奇人。今即欲去雍丘，投张公麾下么？”霁云道：“今禄山反乱，势必猖狂，吾将投张公，共图讨贼之事。”雷万春慨然说道：“尊兄之意，正与鄙意相合，倘蒙不弃，愿随侍同行。”秦国桢说道：“二兄既有同志，便可结盟，拜为异姓兄弟，共图戮力皇家。”南、雷二人大喜，遂大家下了四拜，结为生死之交，誓同报国，患难相扶，各无二心。正是：

为寻同胞兄，得结同心友。
笃友爱兄人，事君心不苟。

当下秦氏兄弟设席相待。万春道：“南兄且暂住此一两日，待小弟入城去见过家兄，随即同行。”霁云道：“方才秦先生说，令兄亦非等闲人，弟正欲与令兄一会。今晚且都住此，明日我同兄入城，拜见令兄一会何如？”雷万春应诺。

至次日早晨，用过点心，二人一齐骑马进城，来到雷海清住宅。下了马，万春先入宅内，拜见了哥哥，随同海清出来迎迓霁云到宅内。叙礼而坐。万春略说了些家事，并述在秦家结交南霁云，要同往雍丘之意。海清欢喜，向霁云拱手道：“秦家两状元是正人君子，尊官和他两个相契，自非凡品。舍弟得与尊官作伴，实为万幸。”霁云逊谢道：“此是令弟谬爱，量小子有何才能。”海清对着万春道：“贤弟，你听我说：我做哥哥的，虽然屈身俳优之列，却多蒙圣上恩宠，只指望天下无事，天子永享太平之福。谁知安禄山这个逆贼，大负圣恩，称兵谋反，闻其势甚猖獗，以诛杨右相为辞。那知这个杨右相，却一味大言欺君，全无定乱安邦之策，将来国家祸患，不知伊于胡底。我既身受君恩，朝夕盘桓，自当拚得捐躯图报。贤弟素有壮志，且自勇略胜人，今又幸得与南官人交契，同往投张公，自可相与有成，实当竭力报国。从今以后，我自守我的分，你自尽你的忠，你自今不必以我为念。”说罢泪下如雨，万春也挥泪不止。霁云在旁，慨然叹息不止。海清着人取出酒肴，满酌三杯，随即起身说道：“我逐日在内庭供奉，无暇久叙，国家多事，正英雄建功立节之时也，不必作儿女留恋之态了。”遂将一包金银，赠为路费，大家各自洒泪而别。霁云嗟叹道：“雷兄，你昆仲二人，真乃难兄难弟。我昨日狂言唐突，正所谓以小人之心度君子之腹矣！”当日二人同回至秦家，兄弟又置酒相待。毕后便束装起行，秦氏兄弟送至十里长亭，又饮酒饯别，各赠赆仪。二人别了主人，自取路径，直往雍丘去了。

且说秦国模、秦国桢二人，自闻安禄山反信，甚为朝廷担忧，两个人日夕私议征讨之策，后又闻官军失利，地方不守，十分忿怒，意欲上疏条陈便宜；又想不在其位，不当多言取咎。正踌躇间，恰奉特旨降下，起复秦氏兄弟二人原官。中书省行下文书来，秦国模、秦国桢兄弟二人拜恩受命，即日入朝，面君谢恩。正是：

只因梦中一进士，顿起林间两状元。

未知后事如何，且听下回分解。

第九十回　矢忠贞颜真卿起义　遭妒忌哥舒翰丧师

词曰：

由来世乱见忠臣，矢志扫妖氛。甚羡一门双义，笑他诸郡无人。
专征大将，待时而动，可建奇勋。只为一封丹诏，顿教丧却三军。

调寄《朝中措》

从来忠臣义士，当太平之时，人都不见得他的忠义。及祸乱即起，平时居位享禄、作威倚势、摇唇鼓舌的这一班人，到那时无不从风而靡；只有一二忠义之士，矢丹心，冒白刃，以身殉之，百折不回。而今而后，上自君王，下至臣庶，都闻其名而敬服之，称叹之不已，以为此真是有忠肝义胆的人，然要之，非忠臣义士之初心也。他的本怀，原只指望君王有道，朝野无虞，明良遇合，身名俱泰，不至有捐躯殉难之事为妙；若必到时穷世乱，使人共见其忠义，又岂国家之幸哉！至国家既不幸祸患，不得已而命将出师，那大将以一身为国家安危所系，自必相度时势，可进则进，不可进则暂止，其举动自合机宜。阃以外，当听将军制之，奈何惑于权贵疑忌之言，遥度悬揣，生逼他出兵进战，以致堕敌人之计中，丧师败绩，害他不得为忠臣义士？真可叹息痛恨，怆天呼地而不已也！

却说玄宗天子复召秦国模、秦国桢仍以原官起用，二人入朝面君。谢恩毕后，玄宗温言抚慰一番，即问二人讨贼之策。兄弟二人以次陈言，大约以用兵宜慎、任将直专为对。正议论间，支部官启奏说："前者睢阳太守员缺，逆贼安禄山乘间伪进其党张通悟为睢阳太守，随被单父尉贾贲率吏民斩之，今宜即选新官前去接任。特推朝臣数员，恭候圣旨选用。"秦国模奏道："睢阳为江淮之保障，今当贼氛扰乱之后，太守一官，非寻常之人所能胜任，宜勿拘资格擢用。以臣所知，前高要尉许远，既有志操，更饶才略，堪充此职，伏乞圣裁。"玄宗听说准奏，即谕吏部以许远为睢阳太守；又问："二卿，亦知今日可称良将者为谁人？"秦国桢奏道："自古云：天下危，注意帅。今陛下所用之将，如封常清、高仙芝之辈，虽亦娴于军旅之事，未必便称良将。昔年翰林学士李白，曾上疏奏待罪边将郭子仪，足备干城之选，腹心之奇，陛下因特原其所犯之罪，许以立功自效。郭子仪屡立战功，主帅哥舒翰表荐，已历官至朔方右厢兵马使九原太守，此真将才也。李白之言不谬。"玄宗点头道是，因又问："哥舒翰将才何如？"秦国模奏道："哥舒翰素有威名，只嫌用法太峻，不恤士卒。朝廷若专任此，听其便宜行事，当亦不负所委托；但近闻其抱病不治事。"玄宗道："彼自能为我力疾办事。"遂降旨即升郭子仪为朔方节度使，又命哥舒翰为兵马副元帅。哥舒翰上奏告病，玄宗不准所告，令将兵十万，防御安禄山。

那时，安禄山既陷灵昌及陈留，声势益张，并攻破荥阳，直逼东京。封常清屯兵武牢以拒之，无奈部下新募的官军，都是市井白徒，不习战阵，见贼兵势猛，先自惶惧。安禄山特以铁骑冲来，官军不能抵当，大败而走。正是：

早知今日取胜难，追悔当初出大言。

当下封常清收合余众，再与厮杀，又复大败。贼兵乘势奋击，遂陷东京。河南尹达奚珣出城投降。独留守李憕、中丞卢奕、采访判官蒋清不肯投降，城破之日，穿朝服坐于堂上。安禄山使人擒至军前，三人同声骂贼，一时三人都被杀。封常清收聚败残兵马，西走陕州。时高仙芝屯兵于陕，封常清往见之，涕泣而言道："在下连日血战，贼锋锐不可当。窃计潼关兵少，倘贼冲突入关，则长安危矣！不如引屯陕之兵，先据潼关以拒贼。"高仙芝从其言，即与封常清引兵退守潼关，修完守备。贼兵果然复至，不得入而退，这也算是二人守御之功了。

谁知那监军宦官边令诚，常有所干求于仙芝，不遂其欲，心中怀恨；又怪封常清时时无所馈献，遂密疏劾奏封常清，以贼摇众，未见先奔；高仙芝轻弃陕地数千里，又私减军粮，以入己囊，大负朝廷委任之意。玄宗听信其言，勃然震怒，即赐令诚密敕，使即军中斩此二人。令诚乃佯托他事，请二人面议；二人既至，未及叙礼，边令诚举手道："有圣旨敕赐二位大夫死。"遂喝左右："代我拿下。"宣敕示之。常清道："败军之将，死罪奚逃；但朝议俱以禄山之众为不难珍戮，非确论也。臣死之后，愿勿轻视此贼，宜专任良将，多练精兵以图之。"仙芝道："吾遇贼而退，罪固当死不辞，谓我私侵军粮，岂不冤哉！"二人就刑之时，部下士卒，皆大呼称冤枉，其声震动天地。后人有诗叹云：

宦者监军军气沮，何当轻杀两将军。
此时偏听犹如此，那得人心肯向君？

二人既死，命哥舒翰统其众，并番将火拔归仁部卒，亦属统辖，号称二十万，镇守潼关。

且说安禄山既陷河南，遣其党段子光赍李憕、卢奕、蒋清之首，传示河北，令速纳款。传至平原郡。平原郡的太守乃临沂人，姓颜名真卿，字清臣，复圣颜子之后裔，是个忠君爱国的人。他于禄山未反之先，预早知其必反。时值久雨之时，借此为由，筑城浚濠，简练丁壮，积贮仓廪，暗作准备。禄山以书生目真卿，不把他放在心中；及到反叛之时，河北郡县俱披靡，只道平原亦必降顺，乃檄令真卿，为本郡兵防守河津。真卿佯受其檄，密遣心腹，怀牒驰赴诸郡，暗约其举兵讨贼，一面召募勇士，得万余人，涕泣谕以大义，众皆感愤，愿效死力。那贼党段子光，冒冒失失的将那三个忠臣的头来传示，被真卿拿住，缚于城上，腰斩示众；取三个头续以蒲身，棺殓葬之，祭哭受吊。于是清池尉贾载、盐山尉穆宁，闻真卿举义，乃共杀伪景城太守刘道元，获其甲仗五十余船并其首级，送至长史李暐处。暐以禄山叛党严庄是景城人，遂收其宗族数十人口，尽行杀戮，将刘道元的首级与甲仗等物，转送平原太守颜真卿处。饶阳太守卢全诚、河间司法李奂、济阳太守李随，都将禄山所署的伪太守长史等官，多皆杀了，各有兵数千，推颜真卿为盟主。真卿即遣本州司法兵马使李平赍表文,并伪檄,从间道直入京师,奏闻玄宗。

初禄山作乱时,河北震恐,无一能与之抗者。玄宗闻之,嗟叹说道:“二十四郡曾无一义士耶!”及李平赍表章至,乃大喜道:“朕不识颜真卿作何状,乃能如此!”遂即降道御旨,诏加颜真卿河北采访使,在任即升,仍领平原等处事务,免其来京陛见。后来宋朝忠臣文天祥,过平原有诗云:

平原太守颜真卿,长安天子不知名。
一朝渔阳动鼙鼓,大河以北无坚城。
君家兄弟奋戈起,二十七郡同连盟。
贼闻失色分军还,不敢长驱入两京。
明皇父子得西狩,由是灵武起义兵。
唐家再造李郭力,逆贼牵制公威灵。
哀哉常山贼钩舌,公归朝廷气不折。
崎岖坎坷不得去,出入四朝老忠节。
当年幸脱安禄山,白首竟陷李希烈。
希烈安能遽杀公,宰相卢杞欺日月。
乱臣贼子归何所?茫茫烟草中原土。
公视于今六百年,白精赫赫雷行天!

那诗中所云“白首竟陷李希烈”,是说颜真卿至德宗时,奸相卢杞忌其忠直,使往宣慰逆贼李希烈,其时竟为其所害,时年已七十有七矣。此是后话。

所云“常山钩舌”之事,乃颜真卿的族兄颜杲卿,其人之忠义,与真卿无异。当禄山叛乱之时,他为常山太守,禄山兵至藁城,常山危急。杲卿自度常山兵力不足,一时难以拒守;乃以长史袁履谦计议,姑先往以迎之,以缓其锋。禄山喜其来迎,赐以紫袍金带,使仍旧守常山。杲卿遂与履谦密谋起义,恰好真卿遣甥卢逖至常山,与杲卿相约,欲连兵断禄山的归路。那时安禄山方僭号称大燕皇帝,改元圣武。杲卿乃假传禄山的恩命,召伪井陉守将李钦凑率众前来,受那登极的犒赏。俟其来至,与之痛饮至醉,缚而斩之,宣谕解散其众。贼将高邈、何千年,适奉禄山之命,往北方征兵,路过常山,亦为杲卿所杀。时部将在禄山手下名张献诚,正统兵围困饶阳。杲卿先声言,朔方节度使郭子仪令兵马使李光弼与武锋使仆固怀恩,统众兵卒出井陉来了。献诚闻之大惧,杲卿乃遣人往说之,使解饶阳之围,献诚遂引兵遁去。杲卿令袁履谦入饶阳,慰劳将士传檄诸郡,于是河北响应。杲卿以李钦凑的首级与高邈、何千年二人,献于京师,使其子颜泉明与内丘丞张通幽,赍表文赴京师奏报。那张通幽即张通悟之弟,他恐因其兄降贼,祸及家门,思为保全之计,知太原尹王承业,与杨国忠有交,欲藉以为援;乃力劝王承业留住颜泉明,改其奏文,攘其功为己功。杲卿起义才数日,贼将史思明引兵突至城下,杲卿使人往太原告急。王承业既攘其功,正利于杲卿之死,拥兵不救。杲卿悉力拒战,粮尽兵疲,城遂陷,为贼所执,解送禄山军前。安禄山大喝一声道:“你何背我而反！”杲卿瞋目大骂，禄山怒甚，令人割其舌，并袁履谦一同遇害。二人至死，骂不绝口。正是：

通幽顾家不顾国，承业冒功更忌功。
坐使忠良被兵刃，空将血泪洒西风。

杲卿尽节而死，却因王承业掩冒其功，张通幽诡诞其事，杨国忠蒙蔽其说，朝廷竟无恤赠之典。直至肃宗乾元年间，颜真卿泣涕诉于肃宗，转达上皇。那时王承业已为别事，被罪而死；张通幽尚在，上皇命杖杀之；追赠杲卿为太子太保，谥曰忠节。其子泉明，为贼所掠，后于贼中逃脱，求得其父尸，并求得袁履谦之尸，一体棺殓以归。凡颜氏族人及其父之旧将吏妻子流落者，都出资赎回五十余家，共三百余口，人皆称其高义。此亦是后话。

且说真卿一日闻杲卿之死，大哭大惊，哭是哭其兄，惊的是常山失守，贼据要冲，深为可虑。忽探马来报，说郭子仪奉诏进取东京，特荐李光弼为河东节度使，分兵万余，从井陉而来，一路进取。颜真卿喜道："如此则常山可复矣！"时清河县吏民，使其邑人李萼至平原，奉粟帛器械，以资军用，且乞借兵以为战守之助。那李萼年方弱冠，器宇轩昂，言词明快。真卿奇其人，以兵五千借之。李萼因进言说道："朝廷已遣兵出崞口，贼据险相拒，官军不得前。公今引兵先击魏郡，公兵开崞口以引出官军，因讨平汲邺以北诸郡县，然后合诸镇兵，南临孟津，据守要害，制其北走之路。但须表奏朝廷，坚壁勿战，不过月余，贼必有内溃相图之事矣！"真卿然其说，命参军李择交等，将兵会清河、博平，兵屯于堂邑。伪魏郡太守袁知泰率众来战，官军奋力击之，贼众溃败，遂拔魏郡。军声大振。北海太守贺兰进明兵来会，屯于平原城之南，真卿待之甚厚，且以堂邑之功让之。进明居之不疑，竟自具表上奏，真卿亦不以为怪。又闻李光弼已恢复常山，郭子仪与李光弼合兵一处。贼将史思明来战，子仪用计，思明露髻跣足，持折枪步行，私自逃去。河北十余郡皆下。又闻雍丘防御使张巡与贼连战，屡败贼众。

正欢喜间，忽闻朝廷上有诏，催促副元帅哥舒翰出战。原来哥舒翰屯军潼关，为长安屏障之计，按兵不动，待时而进。河源军副使王思礼乘间进言曰："今天下以杨国忠召乱，莫不切齿。公当上表，请斩杨国忠之头，以谢天下，则人心皆快，各效死力矣！"哥舒翰摇头不应。王思礼又道："若是上表，未必便如所请，仆愿以三十骑，劫取杨国忠至潼关斩之。"哥舒翰愕然道："若如此，真是哥舒翰反，不是安禄山反了。此言何可出诸君口？"思礼乃不敢复言。那边杨国忠也有人对他说："朝廷重兵，尽在哥舒翰掌握之中；倘假人言为口实，如拔旗西指，为不利于公，将若之何？"国忠听说乃大惧，方寻思无计，忽人报贼将崔乾佑在陕，兵不满四千，羸弱不堪，甚属无备。国忠即奏启玄宗，遣使催哥舒翰进兵恢复陕洛。

哥舒翰飞章奏言道："安禄山习于用兵，岂真无备？今特示其弱者，诱我出兵耳！我兵若轻出敌，正堕他的诡计。且贼远来，利在速战；我兵据险，利于坚守。况贼残虐，失众民心，势已日蹙，将有内变。因而乘之，可不战而自戢。要在成功，何必务速？今诸道征兵，尚多未集，请姑待之。”郭子仪、李光弼亦上言：“请引兵北攻范阳，覆其巢穴，擒贼党之妻孥为质以招之，贼必内溃。潼关大兵，惟宜固守，不可轻出。”颜真卿亦上言：“潼关险要之地，屏障长安，固守为尚。贼羸师以诱我，幸勿为闲言所惑。”奏章纷纷而上。

无奈国忠疑忌特深，只力持进战之说。玄宗信其言，连遣中使，往来不绝的催出战，且降手敕切责云：

> 卿拥重兵，不乘贼无备，急图恢复要地，而欲待贼自溃，按兵不战，坐失事机，卿之心计，朕所未解。倘旷日持久，使无备者转为有备，我军迁延，或无成功之绩，国法具在，朕自不敢徇也。

哥舒翰见圣旨降下，严厉切责，势不能止，抚膺恸哭一回，遂整饬队伍，引兵出关，与崔乾佑之兵遇于灵宝西原。贼兵据险以待，南向阻山，北向阻河，中向隘道，七十余里。王思礼等将兵五万俱前，副将庞忠等引兵十万继进。哥舒翰自引兵三万，登河南高阜，扬旗擂鼓，以助其势。崔乾佑所率不过万人，部伍不整，官军望见，都皆笑之。谁知他已先伏精兵于险要之处，未及交兵，佯为偃旗曳戈，好像要逃遁的一般。官军懈不为备，方观望间，只听连声炮响，一齐伏兵多起。贼众乘高抛下木石，官军被击死者甚多。隘道之中，人马受束，枪杆俱不施用。哥舒翰以毡车数十乘为前驱，欲藉以为冲突。崔乾佑却以草车数十乘，塞于毡车之前，纵炎烧焚。恰值那时东风暴发，火趁风威，风因火势，烟焰沸腾，官军不能开目，妄自相杀，只道贼兵在烟焰中，一齐把箭射将去，及知箭尽，方知无贼。乾佑遣将，率精骑数万，从山南转出官军之后，首尾夹攻，官军骇乱，大败而奔。或弃甲窜匿，而逃入山谷；或抛枪奔走，或误入河中，溺死者不计其数。后军见前军如此败走，亦皆自溃。河北军望见，也都逃奔，一时两岸官军俱空。这一场好厮杀，但见：

> 初焉诱敌，作为散散疏疏；乍尔交锋，故作荒荒缩缩。一霎时后兵拥至，转瞬间伏兵齐起。炮响连天，鼓声动地。相逢狭路，用不着大剑长枪；独占高冈，乱抛下木头石块。风能助火，顿教双目被烟迷；箭未伤人，却笑一时都射尽，眼见全军既覆，足令大将获擒。

官军既败，哥舒翰独与麾下百余骑，自首阳山渡河，向西入关。余众奔至关外，时已昏夜。关前原有三个极阔极深的大坑堑，以防贼人冲突的，那时败兵逃归，争先入关，慌乱里黑暗中，不觉连人带马，多被跌入坑堑内；须臾之间，坑堑填满，后来者践之而过，如履平地。二十万人马出战，败后得归者八千余人。

崔乾佑乘胜攻破潼关。哥舒翰退至关西驿中，揭榜收合败卒，欲图再战。部下番将火拔归仁心欲降贼，及声言贼兵将至，促哥舒翰出驿上马。火拔归仁言道：“主帅以二十万众，一战而尽，有何颜复见天子？况又权相所疑忌，独不见高仙芝、封常清之事乎？即请东行，以图自全之策。”哥舒翰道：“吾身为大将，岂肯降贼！”便欲下马。归仁叱部卒，系哥舒翰两足于马腹，不由分说，加鞭而行。诸将有不从者，都被缠缚。遇贼将田乾真，引兵来接应，遂将哥舒翰等执送禄山军前。禄山本与哥舒翰不睦的，那时却不记旧怨，用言劝他降顺。哥舒翰只得降了。火拔归仁自夸其功，大言于众，以为哥舒翰之降，我之力也。禄山闻之大怒道：“归仁背朝廷，逼主帅，不忠不义！”命即斩其首以示众。当年安禄山奏请用番将守边，后来反叛，多得番将之力。火拔归仁自夸是番将，故敢大言夸功，亦不想竟为禄山所杀。正是：

反贼亦难容反贼，小人枉自为小人。

哥舒翰既降贼，禄山命为司空，逼令作书，招李光弼等来降。光弼等皆复书切责之。禄山知其无效，乃囚之于后院中。后人有诗叹云：

哥舒本名将，丧师非其罪。
权奸能制命，大帅如傀儡。
战所不宜战，我心先自馁。
辱身更辱国，千载有余悔。

这一场丧师，非同小可。此信报到京师，吃惊不小。正是：

将军失利边疆上，天子惊心宫禁中。

未知后事如何，且听下回分解。

第九十一回　**延秋门君臣弃寓　马嵬驿兄妹伏诛**

词曰：

昔日穷奢极丽，今日残山剩水。抛离宫院陟崔嵬，问因谁？
昔日皇恩独眷，今日人心都变。冰山消尽玉环捐，悔从前。

调寄《添字昭君怨》

自古贤君相与贤妃后，无不谨身修德，克俭克勤，上体天心，下合人意，所以能防患于患未作之先，转祸于福将至之日，庶几四方可以无虑，万民因而得所。如其不然，为上者骄奢淫佚，不知敬天劝民；而极恶庸劣之臣，与那怙宠恃势、败检丧节的嫔妃戚婉，擅作威福，只徇一己之私，不顾国家之事，以致天怒人怨，干戈顿起，地方失守，宗社几倾。彼卖国权臣，以及蛊惑君心的女子小人固终不免于诛戮，然万民已受其涂炭，天子且至于蒙尘。到那时，方咨嗟叹悼，追悔前非，则亦何益之有哉！

却说玄宗听信杨国忠之言，催逼哥舒翰出战，遂至全军覆没，主帅遭殃，潼关失陷。于是河东、华阴、冯翊、上洛等处，守将都弃城而走。唐朝制度，各边镇每三十里设立一烟墩，每日黄昏时分，放烟一炬，接递至京，以报平安，谓之平安火。那时平安火三夜不至，玄宗心甚惶惑。忽飞马连报，说哥舒翰丧师失地，贼兵乘胜而进，势不可当。玄宗大惊，立即召集廷臣商议。

杨国忠怕人埋怨他催战之误，倒先大言道："哥舒翰本当早战，以乘贼之无备；只因战之不早，使贼转生狡谋，堕彼之计。"同平章事韦见素道："轻敌而败，悔已无及。为今之计，宜速征诸道兵入援，更命大将督率京中新募丁壮守卫京城。"翰林承旨秦国桢道："还须速敕郭子仪、李光弼等，急移兵以御贼入京之路。"杨国忠却只沉吟不语。玄宗问："宰相之见若何？"国忠奏道："征兵御贼，督兵守城，固皆要著。但潼关既陷，长安危甚，贼势方张，渐逼京师，外兵未能遽集，所谓远水难救近火。以臣愚见，莫如车驾暂幸西蜀，先使圣躬安稳，不为贼氛所侵扰，然后徐待外兵之至，乃为万全之策。"

玄宗闻奏，未及开言，只见翰林承旨秦国桢出班奏道："逆贼犯顺，势虽猖披，然岂能敌天朝兵力？即今郭子仪、李光弼、颜真卿、张巡等，皆屡战屡胜。近又报东平太守吴王祇义师，屡次杀贼甚多。闻安禄山诟骂其党严庄、高尚说：'汝前日劝我反，以为计出万全，今我屡为官军所逼，万全何在？'高、严二贼无言可对。禄山欲杀之，左右劝解而止。是贼气已挫，行当殄灭。今我兵潼关之败，失在违众议而催出战，非尽哥舒翰之罪也。若外兵云集，恢复有期；奈何以一败之故，遽思奔避？大驾一行，京都孰守？独不为宗庙社稷计乎？幸蜀之说，臣愚以为不可。"玄宗传谕，在廷诸臣各抒所见，诸臣都唯唯莫对，但回奏道："容臣等赴中书共议良策复旨。"玄宗闷闷不悦，随罢朝回宫。

看官,你道杨国忠为何忽有幸蜀之说?却原来他向曾为剑南节度使,西川是他的熟径;前日一闻禄山反叛,他即私遣心腹,密营储蓄于蜀中,以备缓急,故今倡议幸蜀,图自便耳。正是:

只因自己营三窟,强欲君王驻六飞。

当下国忠见众论不一,上意未决,想道:"前日天子又欲亲征,又欲禅位,多亏我姊妹们劝止。今日幸蜀之计,也须得他们去撺怂才妙。"遂乘间打从便门来到虢国夫人府中,相与密议其事。那时虢国夫人正从宫中宴会出来,同韩国夫人各归私第;每家一队,队着五色衣,车仗仪从,灯火辉煌,相映如百花之焕发,正在那里下辇,步到厅堂。恰好国忠慌慌张张的来到,口中只连声道:"急走为上!急走为上!"虢国夫人忙问:"有何急事?"国忠道:"潼关失守,贼兵将至,为今之计,莫如劝圣驾速幸蜀中。我们有家业在彼,到那里可不失富贵。争奈众论纷坛,圣意不决,须得你姊妹急入宫去,与贵妃一同劝驾为妙。若更迟延,贼信紧急,人心一变,我辈齑粉矣!"

虢国夫人闻言着了慌,把家中这桩怪事,且丢过一边,急约了韩国夫人,一齐入宫。见了杨妃,密将国忠所言述了一遍。姊妹三个同见玄宗,力劝早早幸蜀。你一句,我一言,继以涕泣,不由玄宗不从,遂密召国忠入宫共议。国忠又极言幸蜀之便,且云:"陛下若明言幸蜀,廷臣必多异议,必至迟延误事。今宜虚下亲征之诏,一面竟起驾西行。"玄宗依言,遂下诏亲征,以京兆尹魏方进为御史大夫兼置顿使,少尹崔光远为西京留守将军,命内官边令诚掌管宫门锁钥,又特命龙武将军陈元礼,整敕护驾军士,给与钱帛,选闲厩马千余匹备用,总不使外人知道。

是日玄宗密移驻北内。至次日黎明,独与杨妃姊妹、皇太子并在宫中的皇子、妃主、皇孙、杨国忠、韦见素、魏方进、陈元礼,及亲近宦官宫人出延秋门而去。临行之时,玄宗欲召梅妃江采苹同行。杨妃止之道:"车驾宜先发,余人不妨另日徐进。"玄宗又欲遍召在京的王孙王妃,随驾同行。杨国忠道:"若如此,则迟延时日,且外人都知其事了。不如大驾先行,徐降密旨,召赴行在可也。"于是玄宗遂行。梅妃与诸王孙妃主之在外者,俱不得从。车驾既行,人犹未知;百官犹入朝,宫门尚闭,犹闻漏声,三卫立仗俨然。及宫门一启,宫人乱出,嫔妃奔窜,喧传圣驾不知何往,中外扰攘。秦国模、秦国桢料玄宗必然幸蜀,飞骑追随;其余官员士庶,四出逃避;小民争入宫禁及官宦之家,盗取财宝,或竟骑驴上殿。公子王孙,有一时无可逃避者,号泣于路旁。后来杜工部曾有《哀王孙》诗云:

长安城头白头乌,夜飞延秋门上呼。
又向人间啄大屋,屋底达官走避胡。
金鞭断折大将死,骨肉不得同驰驱。
腰下宝鱼青珊瑚,可怜王孙泣路隅。
问之不肯道姓名,但道困苦乞为奴。

已经百日窜荆棘，身上无有完肌肤。
高帝子孙尽隆准，龙种自与常人殊。
豺狼在邑龙在野，王孙善保千金躯。
不敢长语临交衢，且为王孙立斯须。
昨夜春风吹血腥，东来橐驼满旧都。
朔方健儿好身手，昔何勇锐今何愚。
窃闻太子已传位，圣德北服南单于。
花门剺面请雪耻，慎勿出口他人狙。
哀哉王孙慎勿疏，五陵佳气无时无。

且说玄宗仓卒西幸，驾过左藏，只见有许多军役，手中各执草把在那里伺候。玄宗停车问其故，杨国忠奏道："左藏积财甚多，一时不能载去，将来恐为贼所得，臣意欲尽焚之，无为贼守。"玄宗愀然道："贼来若无所得，必更苛求百姓，不如留此与之，勿重困吾民。"遂叱退军役，驱车前进，才过了便桥，国忠即使人焚桥，以防追者。玄宗闻之，咄嗟道："百姓各欲避贼求生，奈何绝其生路？"乃敕高力士率军士速往扑灭之。后人谓玄宗于患难奔走之时，有此二美事，所以后来得仍归故乡，终享寿考。正是：

三言星退舍，天意原易回。
仓卒不忘民，庶几国脉培。

玄宗驾至咸阳望贤宫，地方官员俱先逃避，日已晌午，犹未进食。百姓或献粝饭，杂以麦豆。王孙辈争以手掬食之，须臾而尽。玄宗厚酬其值，好言慰劳，百姓多哭失声，玄宗亦挥泪不止。众百姓中有个白发老翁，姓郭名从谨，涕泣进言道："安禄山包藏祸心，已非一日，当时有赴阙若言其反者，陛上辄杀之，使得逞其奸逆，以致乘舆播迁。所以古圣王务延访忠良，以广聪明也。犹记宋璟为相，屡进直言，天下赖以安；然频岁以来，诸臣皆以言为讳，唯阿谀取容，是以阙门之外，陛下俱不得而知。草野之人，早知有今日久矣！但九重严邃，区区之心无路上达，事不至此，何由得睹天颜而诉语乎？"玄宗顿足嗟叹道："此皆朕之不明，悔已无及。"温言谢遣之。从行军士乏食，听其散往各庄村觅食。是夜，宿金城馆驿，甚是不堪。

次日，驾临至马嵬驿，将士饥疲，都怀愤怒。适河源军使王思礼从潼关奔至，玄宗方知哥舒翰被擒，因即以思礼为河西陇右节度使，令即赴镇收集散卒，以候东讨。思礼临行，密语陈元礼道："杨国忠召乱起衅，罪大恶极，人人痛恨。仆曾劝哥舒翰将军上表，请杀之，惜其不从我言。今将军何不扑杀此贼。以快众心？"陈元礼道："吾正有此意。"遂与东宫内侍李辅国商议，正欲密启太子，恰值有吐蕃使者二十余人，因来议和好，随驾而行。这一日遮杨国忠马前，诉以无食。国忠未及回答，陈元礼即大呼："杨国忠交通番使谋反，我等何不杀反贼！"于是众军一齐鼓噪起来。国忠大骇，急策马奔避。众军蜂拥而前，兵刃乱下，登时砍倒，屠割肢体，顷刻而尽，以枪揭其首于驿门外，并杀其子户部侍郎杨暄。正是：

任是冰山高万丈，不难一旦付东流。

国忠才被杀，凑巧韩国夫人乘车而至，众军一齐上前，也将韩国夫人砍死。虢国夫人与其子裴徽并国忠的妻子幼儿，都逃至陈仓，被县令薛景仙率吏民追捕着，也都被诛戮。正是：

昔年淡扫眉，今日血污颈。
可怜天子姨，卒难保首领。
恨不如沐猴，幻化潜踪影。

玄宗当日闻杨国忠为众军所杀，急出至驿门，用好言安慰众军，令各收队。众军只是喧闹扰攘，围住驿门不散。玄宗传问："尔等为何还不散？"众军哗然道："反贼虽杀，贼根犹在，何敢便散？"陈元礼奏道："众人之意，以国忠既诛，贵妃不宜复侍至尊，伏候圣断。"玄宗惊讶失色道："妃子深居宫中，国忠即谋反，与他何干？"高力士奏道："贵妃诚无罪，但众将士已杀国忠，而贵妃犹在帝左右，岂能自安？愿皇爷深思之，将士安则圣躬方万安。"玄宗默然点头，转步回驿，不忍入行宫，只于驿旁小巷中，倚杖垂首而立。

京兆司录韦谔，即韦见素之子，那时正侍立于侧，乃跪奏道："众怒难犯，安危在顷刻间，愿陛下割恩忍忧，以宁国家。"玄宗乃步入行宫，见了贵妃，一字也说不出口，但抚之而哭。门外哗声愈甚，高力士道："事宜速决。"玄宗携着贵妃，出至驿道北墙口，大哭道："妃子，我与你从此永别矣！"杨妃亦涕泣呜咽道："愿陛下保重，妾负罪良多，死无所恨，乞容礼佛而死。"玄宗哭道："愿仗佛力，使妃子善地受生。"回顾高力士："汝可引至佛堂善处之。"说罢，大哭而入。杨妃上佛堂礼佛毕，高力士奉上罗巾，促令自缢于佛堂前一果树下，年三十有八，时天宝十五载六月也。噫，此正白乐天《长恨歌》中所云：

九重城阙烟尘生，千乘万骑西南行。
翠华摇摇行复止，西出都门百余里。
六军不发无奈何，宛转蛾眉马前死。

后人题咏马嵬坡甚多，惟杜真卿一诗极佳。诗云：

杨柳依依水拍堤，春城茅屋燕争飞。
海棠正好东风恶，狼藉残红衬马蹄。

杨妃既死，高力士即出驿门，对众人宣言道："妃子杨氏，已奉圣旨赐死了！"众军还未肯信，高力士奉谕将杨妃之尸，用绣衾覆于榻上，置之驿庭中，敕陈元礼率领众军将入视。元礼揭其半衾抬其首，以示众人，于是众人知其果死，都免甲释胄，顿首呼万岁而出。玄宗命高力士速具棺殓，草草的葬之于西郊之外道北坎下。才葬毕，适南方进荔枝到来。玄宗触物思人，放声大哭，即命以荔枝祭于冢前。张祜有诗云：

旌旗不整奈君何，南去人稀北去多。
尘土已残香粉艳，荔枝犹到马嵬坡。

玄宗回顾谓高力士道："妃子向常有异梦，今日应矣！"力士道："贵妃何梦？老奴未知。"玄宗道："妃子曾说来，梦与朕同游骊山，至兴元驿对食。后院忽火发，仓卒出走，回望驿门中，树木俱为烈焰。俄有二龙至，朕跨白龙，其行甚速；妃子跨黑龙，其行甚迟。左右无人，惟见一蓬头黑面之物，状如鬼魅，自云是此峰之神，承上帝之命，授妃子为益州牧蚕元后。悚然而觉，明日即闻渔阳叛信。如今想起来，与朕游骊山，骊者离也；方食火发，失食之兆；火为兵象，驿木俱焚，驿与易同，加木于旁，杨字也。朕跨白龙，西行之象；妃子跨黑龙，幽阴之象；峰神者，山鬼也，山鬼乃嵬字，益州牧蚕元后，牧蚕所以致丝，益旁加丝，缢字也，正缢死于马嵬之兆。"高力士道："梦兆不祥，诚如圣谕。老奴犹记昔年遇一术士李遐周，彼曾咏一诗云：'燕市人皆去，函关马不归。若逢山下鬼，环上系罗衣。'彼说此诗，所言应在后日。由今思之，燕市一句，指禄山之叛；函关句谓哥舒翰之败。山下鬼乃嵬字，即马嵬驿也。贵妃小字玉环，今日老奴奉以罗巾自缢，所谓环上系罗衣也。定数如此，圣上宜自宽，不必过于伤情。"

正说间，陈元礼入奏，请旨约饬军队起行。玄宗传谕即行。时乐工张野狐在侧，玄宗挥泪向他说道："此去剑门，鸟啼花落，水绿山青，无非助朕悲悼妃子之由也。"正是：

好景不堪愁里看，偶然触目更伤情。

未知后事如何，且听下回分解。

第九十二回　留灵武储君即位　陷长安逆贼肆凶

词曰：

西土忽来大驾，朔方顿耀前星。共言人事随天意，急难岂忘亲？
独恨轻抛骨肉，致教并受邅迍。权奸女宠多贻祸，不止自家门。

调寄《乌夜啼》

国家当太平有道之时，朝廷之上，既能君君臣臣，则宫闱之间，自然父父子子。由是从一本之亲，推而至于九族之众，凡属天潢，无不安享尊荣，共被一人惇叙之德。流及既衰，为君者不能正其身，为臣者专务惑其主，因而内宠太甚，外寇滋生。一旦变起仓卒，遂至流离播迁。犹幸天命未改，人心未去，天子虽不免蒙尘，储君却已得践祚。然而事势已成，仓皇内禅，毕竟授者不能正其终，受者不能正其始；何况势当危迫，匆匆出奔，宗庙社稷，都不复顾，其所顾恋不舍者，惟是一二嬖幸之人，其余骨肉之戚，俱弃之如遗，遂使王孙公子都至飘零，玉叶金枝悉遭贼戕。如唐朝天宝末年之事，真思之痛心、言之发指者也。

且说玄宗驾至马嵬，众将诛杀杨国忠及韩、虢二夫人。玄宗没奈何，只得把杨妃赐死，陈元礼方才约饬众军，请旨启行。众人以杨国忠部下将吏，俱在蜀中，不肯西行；或请往河陇，或请往太原，或请复还京师，众论纷纷不一。玄宗意在入蜀，却又恐拂众人之意，只顾低头沉吟，不即明言所向。韦谔奏道："太原河陇，俱非驻跸之地；若还京师，必须有御贼之备。今士马甚少，未易为计；以臣愚见，不如且至扶风，徐图进止。"玄宗闻言首肯，命以此意传谕众人，众皆从命。即日从马嵬发驾起行。及临行之时，有许多百姓父老，遮道挽留，纷纷扰攘，都道："宫阙是陛下家居，陵寝是陛下坟墓，今日舍此，将欲何往？"玄宗用好言抚慰，一面宣谕，一面前行，百姓却越聚得多了。

玄宗乃命太子于车驾之后，谕止众百姓。于是众百姓拥住太子的马说道："皇爷既不肯留驾，我等愿率子弟，从太子东向去破贼，保守长安。"太子道："至尊冒险而行，我为子者，岂忍一日暂离左右？"众百姓道："若皇太子与至尊都往蜀中去了，中原百姓谁为之主？"太子道："尔等众百姓即欲留我，奈何尚未面辞，亦须还白至尊，更禀进止。"说罢，策马欲行，却被众百姓簇拥住了，不得行动。

那时太子之子广平王俶、建宁王倓，俱乘马随后；此二王都是极有智勇的。当下建宁王见人情如此，乃前执太子之鞍进谏道："逆贼犯阙，四海分崩，不因人情，何以兴复？今殿下若从至尊入蜀，倘贼兵烧绝栈道，则中原土地，拱手授贼；人情既离，岂能复合？他日虽欲复至此，不可得矣！为今之计，不如收集西北守边之兵，召郭子仪、李光弼于河北，与之并力东讨逆贼，克复二京，削平四海，扫除宫禁，以迎至尊，使社稷危而复安，宗庙毁而复存，此岂非孝之大者？何必徒事区区温情定省之文，为儿女子之慕恋乎？”广平王亦从旁赞言道：“人心不可失。倓之言甚善，愿殿下审思之。”东宫侍卫李辅国至皇太子马前，叩首请留，众百姓又喧呼不止。太子乃使广平王俶，驰马往驾前启奏，请旨定夺。

此时玄宗方执辔停车，以待太子，久不见至，正欲使人侦探，恰好广平王来见驾，具述百姓遮留之状。玄宗道：“人心如此，即是天意。朕不使焚绝便桥，朕与百姓同奔，正为人心不可失耳！今人心属太子，是朕之幸也。”遂命将后军二千人，及飞龙厩马匹，分与太子，且传谕将士云：“太子仁孝，可奉宗庙，汝等宜善辅之。”又传语太子道：“西北诸部落，吾抚之素厚，今必得其用。汝勉图之，吾即当传位于汝也。”太子闻诏，西向号泣。广平王即宣谕众百姓道：“太子已奉诏留后抚安尔等。”于是众百姓都呼万岁，欢然而散。

太子既留，莫知所适，李辅国道：“日已晏矣，此地非可久驻，今众意将欲往何处？”众皆莫对。建宁王道：“殿下昔日曾为朔方节度使，彼处将吏，岁时致启，倓略识其姓名。今河陇之众多败降于贼，其父兄子弟，多在贼中，恐生异志。朔方道近，士马全盛，河西行军司马裴冕在彼，此人乃衣冠名族，必无二心，可往就之，徐图大举。贼初入长安，未暇徇地，乘此急行，乃为上策。”众皆以为然，遂向朔方一路而行。至渭水之滨，遇着潼关来的败残人马，误认为贼兵，与之厮杀，死伤甚众。及收聚余卒，欲渡渭水，苦无舟楫，乃择水浅之处，策马涉水而渡。步卒无马者，都涕泣而返。太子至新平，连夜驰三百余里，士卒器械失亡过半，所存军众不过数百而已。正是：

从来太子堪监国，若使行军号抚军。
此日流离国难守，无军可抚愧储君。

话分两头。且说玄宗既留下太子，车驾向西而进，来至岐山，讹传贼兵前锋将至。玄宗催趱众军，星夜驰至扶风郡宿歇。众士卒因连日饥疲，都潜怀去就之志，流言颇兴，语多不逊。陈元礼不能挟制，玄宗甚以为忧。秦国桢奏道：“众心汹汹之际，非可以威驱势迫，当以情意感动之。”玄宗然其说。

适成都守臣贡常例春彩十万余匹至扶风，玄宗命陈列于庭，召众将士入至庭下，亲自临轩宣谕道：“朕年来昏耄，任托失人，以致逆贼作乱，势甚披猖，不得不暂避其锋。卿等仓卒从行，不及别父母妻子，跋涉至此，劳苦已极，此由朕政之不德所致，心甚愧之。今将入蜀，道路阻长，人马疲瘁，远行不易，卿等可各自还家，朕自与子孙及中官内人辈，勉力前往。今日与卿等别，可共分此春彩，以助资粮。归见父母妻子及长安父老，为朕致意，幸好自爱，无烦相念也。”言罢，涕泪沾襟。众人闻言伤感，亦都涕泣，叩头奏道：“臣等死生，愿从陛下，不敢有贰。”玄宗亦挥泪不止，良久起身入内，犹回顾众人道：“去留听卿，不忍相强。”秦国模在后宣言道：“天子仁爱如此，众心岂不知感？”于是众人大哭而出。玄宗命陈元礼，将春彩尽数给赏于军士，流言自此顿息。正是：

三军一时忽欲变,谁说威尊命必贱?
不用势迫与刑驱,仁心入人心可转。

军心既定,玄宗即于次日起驾,望蜀中进发。行至河池地方,蜀郡长史崔圆前来迎驾,且说蜀土丰稔,甲士全备。玄宗欢喜,即令于驾前为引道。即入蜀境,路过一大桥,玄宗问是何桥,崔圆道:"此名万里桥。"玄宗闻言,恍然点首道:"一行僧之言验矣,朕可无忧矣!"你道甚么一行僧之言?原来唐朝有一神僧,法名一行,精通天文历法,曾造浑天仪覆矩图,极为神妙。其数学与袁天罡、李淳风不相上下。玄宗尝幸东都,与他同登天宫寺西楼,徘徊瞻眺,慨然发叹道:"朕抚有此山川,必得长享无虞方好。"因问一行道:"朕得终无祸患否?"一行道:"陛下游行万里,圣寿无疆。"玄宗当时闻此言,只道是祝颂之语,谁知今日远行西川,所过此桥,恰名万里,因想一行之言,至今始验;又想他说圣寿无疆,可知朕躬无恙,所以心中欣喜说道:"朕可无忧矣!"正是:

万里桥名应远游,神僧妙语好推求。
幸然圣寿还无量,珍重前途可免忧。

当下玄宗催趱军士前行,不则一日,来至成都驻跸。其殿宇宫室,与一切供御之物,虽都草创,不甚齐整,却喜山川险峻,城郭完固,贼氛已远,且暂安居。只是眼前少了一个最宠爱的人,想起前日马嵬驿之事,时时悲叹。高力士再三宽解。韦见素、韦谔、秦国模、秦国桢等俱上表,请亟为讨贼之计。玄宗降诏,以皇太子分总节制,然都不即使出镇,特敕永王璘充山南东道岭南黔中江南西道节度都使,以少府西监窦绍为之傅;以长沙太守李岘为副都大使,即日同赴江陵坐镇。又诏以太子充天下兵马大元帅,领朔方、河北、平卢节度都使,收复长安、雒阳。

那知此诏未下之先,太子已正位为天子了。你道如何便正位为天子?原来太子当日渡过渭水,来到彭城,太守李遵出迎,以衣粮奉献;至平凉阅监牧马,得几万匹;又召募得勇士三千余人,军势稍振。时有朔方留后杜鸿渐、六城水陆运使魏少游、节度判官崔漪、度支判官卢简金、监池判官李涵等五人,相与谋议道:"太子今在平凉,然平凉散地,非屯兵之所。灵武地方,兵食完富,若迎请太子至此,北收诸城兵,西发河陇劲骑,南向以定中原,此万世一时也。"谋议即定,李涵上笺于太子,且籍朔方士马甲兵粟帛军需之数以献。杜鸿渐、崔漪亲至平凉,面启太子道:"朔方乃天下劲兵之处,今吐蕃请和,回纥内附,四方郡县俱坚守拒贼,以俟兴复。殿下若治兵于灵武,移檄四方,收揽忠义,按辔长驱,逆贼不足屠也。臣等已使魏少游、卢简金,在彼葺治宫室,整备资粮,端候殿下驾幸。"广平王、建宁王,俱以两人之言为然,于是太子遂率众至灵武驻扎。

过了数日,适河西司马裴冕奉诏入为御史中丞,因至灵武参谒太子,乃与杜鸿渐等定议,上太子笺,请遵大驾发马嵬时欲即传位之命,早正大位,以安人心。太子不许道:"至尊方驰驱途道,我何得擅袭尊位?"裴冕等奏道:"将士皆关中人,岂不日夜思归?

其所以不惮崎岖，远涉沙塞者，亦冀攀龙附凤，以建尺寸之功耳。若殿下守经而不达权，使人心一朝离散，大勋不可复集矣！愿即勉徇众情，为社稷计。”太子犹未许允，笺凡五上，方准所奏。天宝十五载秋七月，太子即位于灵武，是为肃宗皇帝，即改本年为至德元载，遥尊玄宗为上皇天帝。裴冕、杜鸿渐等，俱加官进秩。

正欲表奏玄宗，恰好玄宗命太子为元帅的诏到了。肃宗那时方知玄宗车驾已驻跸蜀中，随即遣使赍表入蜀，将即位之事奏闻。玄宗览表喜道：“吾儿应天顺人，吾更何忧？”遂下诏：“自今章奏，俱改称太上皇。军国重事，先请皇帝旨，仍奏闻朕。俟克复两京之后，朕不预事矣。”又命文部侍郎平章事房琯，与韦见素、秦国模、秦国桢赍玉册玉玺赴灵武传位，且谕诸臣不必复命，即留行在，听新君任用。肃宗涕泣拜领册宝，供奉于别殿，未敢即受。正是：

宝位已先即，宝册然后传。
授受原非误，只差在后先。

后来宋儒多以肃宗未奉父命，遽自称尊，谓是乘危篡位，以子叛父。说便这等说，但危急存亡之时，欲维系人心，不得已而出此；况玄宗屡欲内禅传位之说，已曾宣之于口，今日肃宗灵武即位之事，只说恪遵前命，理犹可恕。篡叛之说，似乎太过。若论他差处，在即位之后，宠嬖张良娣，当军务倥偬之际，与之博戏取乐，此真可笑耳！正是：

若能不以位为乐，便是真心干蛊人。

然虽如此，即位可也，本年便改元，是真无父矣。若使此时邺侯李泌早在左右，必不令其至此。后人有诗叹云：

灵武遽称尊，犹日遭多故。
本岁即改元，此举真大错。
当时定策者，无能正其误。
念彼李邺侯，咄哉来何暮？

闲话少说。且说当日天子西狩，太子北行，那些时为何没有贼兵来追袭？原来安禄山，不意车驾即出，戒约潼关军士勿得轻进。贼将崔乾祐顿兵观望，及车驾已出数日之后，禄山闻报，方遣其部将孙孝哲，督兵入京。贼众既入京城，见左藏充盈，便争取财宝，日夜纵酒为乐；一面遣人往雒阳报捷，专候禄山到来。因此无暇遣兵追袭，所以车驾得安行入蜀，太子往朔方亦无阻虞。此亦天意也。正是：

左藏不焚留饵贼，遂教今日免追兵。

禄山至长安,闻马嵬兵变,杀了杨国忠,又闻杨妃赐死了,韩、虢二夫人被杀,大哭道:“杨国忠是该杀的,却如何又害我阿环姊妹?我此来正欲与他们欢聚,今已绝望,此恨怎消!”又想起其子安庆宗夫妇,被朝廷赐死,一发忿怒;乃命孙孝哲大索在京宗室皇亲,无论皇子皇孙,郡主县主,及驸马郡马等国戚,尽行杀戮。又命将宗室男妇,被杀者悉刳去其心,以祭安庆宗。禄山亲临设祭。那日于崇仁坊高挂锦账,排下安庆宗的灵座。行刑刽子聚集众尸,方待动手刳心,说也奇怪,一霎时天昏地暗,雷电交加,狂风大作,刽子手中的刀,都被狂风刮去城垛儿上插着,霹雳一声,把安庆宗的灵位击得粉碎,锦账尽被雷火焚烧。禄山大惧,向天叩头请罪,于是不敢设祭,命将众尸一一埋葬。正是:

治乱虽由天意,凶残大拂天心。
不意雷霆警戒,这番惨痛难禁。

看官听说,前日玄宗出奔时,原要与众宗室皇亲同行的,因杨国忠谏阻而止。今日众人尽遭屠戮,皆国忠害之也,此贼真死有余辜矣。正是:

一言遗大害,万剐不蔽辜。

当日众尸虽免刳心之惨,然凡禄山平日所怨恶之人,都被杀戮;还道:“李太白当日乘醉骂我,今日若在此,定当杀之!”又凡杨国忠、高力士所亲信的人,也都杀戮。朝官从驾而出者,其家眷在京,亦都被杀。只有秦国模、秦国桢的家眷,俱先期远避,未遭其害。内侍边令诚投降,以六宫锁钥奉献。禄山遣人遍搜各宫,搜到梅妃江采苹的宫畔,获一腐败女人之尸,便错认梅妃已死,更不追求。天幸梅妃不曾被贼人搜去,上皇归后,因得团圆偕老。可笑杨妃于怆惶被难之时,犹怀嫉妒,谏阻天子,不使梅妃同行,那知马嵬变起,自己的性命倒先断送了。后人有诗云:

自家姊妹要同行,天子嫔妃反教弃。
马嵬聚族而歼旃,笑杀当初空妒忌。

禄山下令,凡在京官员,有不即来投顺者,悉皆处死。于是京兆尹崔光远、故相陈希烈,与刑部尚书张均、太常卿张垍等,俱降于贼。那张均、张垍,乃燕国公张说之子也,张垍又尚帝女宁亲公主,身为国戚,世受国恩,名臣后裔,不意败坏家声,一至于此!

父爵燕国公,子事伪燕帝。
辱没燕世家,可称难兄弟。

禄山以陈希烈、张垍为相，仍以崔光远为京兆尹，其余朝士都授以伪官，其势甚炽。然贼将俱粗猛贪暴，全无远略；既克长安，志得意满，纵酒婪财，无复西出之意。禄山亦心恋范阳与东京，不喜居西京，正是：

贪残恋土贼人态，妄窃燕皇圣武名。

未知后事如何，且听下回分解。

第九十三回　凝碧池雷海青殉节　普施寺王摩诘吟诗

词曰：

谈忠说义人都会，临难却通融。梨园子弟，偏能殉节，莫贱伶工。
伶工殉节，孤臣悲感，哭向苍穹。吟诗写恨，一言一泪，直达宸聪。

调寄《青衫湿》

自古忠臣义士，都是天生就这副忠肝义胆，原不论贵贱的。尽有身为尊官，世享厚禄，平日间说到忠义二字，却也侃侃凿凿，及至临大节，当危难，便把这两个字撇过一边了，只要全躯保家，避祸求福，于是甘心从逆，反颜事仇。自己明知今日所为，必致骂名万载，遗臭万年，也顾不得。偏有那位非高品，人非清流，主上平日不过以俳优畜之，即使他当患难之际，贪生怕死，背主降贼，人也只说此辈何知忠义，不足深责；不道他到感恩知报，当伤心惨目之际，独能激起忠肝义胆，不避刀锯斧钺，骂贼而死。遂使当时身被拘囚的孤臣，闻其事而含哀，兴感形之笔墨，咏成诗词，不但为死者传名于后世，且为己身免祸于他年。可见忠义之事，不论贵贱，正唯践者而能尽忠义，愈足以感动人心。

却说安禄山虽然僭号称尊，占夺了许多地方，东西两京都被他窃据，却原只是乱贼行径，并无深谋大略，一心只恋着范阳故土，喜居东京，不乐居西京。既入长安，命搜捕百官宦者宫女等，即以兵卫送赴范阳，其府库中的金银币帛，与宫闱中的珍奇玩好之物，都辇去范阳藏贮。又下令要梨园子弟，与教坊诸乐工，都如向日一般的承应，敢有隐避不出者，即行斩首。其苑厩中所有驯象舞马等物，不许失散，都要照旧整顿，以备玩赏。

看官听说，原来当初天宝年间，上皇注意声色。每有大宴集，先设太常雅乐，有坐部，有立部。那坐部诸乐工，俱于堂上坐而奏技；立部诸乐工，则于堂下立而奏技。雅乐奏罢，继以鼓吹番乐，然后教坊新声与府县散乐杂戏，次第毕呈。或时命宫女各穿新奇丽艳之衣，出至当筵，清歌妙舞。其任载乐器往来者，有山车陆船制度，俱极其工巧。更可异者，每至宴酣之际，命御苑掌象的象奴，引驯象入场，以鼻擎杯，跪于御前上寿，都是平日教习在那里的。又尝教习舞马数十匹，每当奏乐之时，命掌厩的圉人，牵马到庭前。那些马一闻乐声，便都昂首顿足，回翔旋转的舞将起来，却自然合着那乐声的节奏。宋儒徐节孝先生曾有《舞马诗》云：

开元天子太平时，夜舞朝歌意转迷。
绣榻尽容骐骥足，锦衣浑盖渥洼泥。
才敲画鼓预先奋，不假金鞭势自齐。

明日梨园翻旧曲，范阳戈甲满关西。

当年此等宴集，禄山都得陪侍。那时从旁谛观，心怀艳羡，早已萌下不良之念。今日反叛得志，便欲照样取乐。可知那声色犬马、奇技淫物，适足以起大盗觊觎之心。正是：

天子当年志太骄，旁观目眩已播摇。
漫夸百兽能率舞，此日奢华即盗招。

那时禄山所属诸番部落的头目，闻禄山得了西京，都来朝贺。禄山欲以神奇之事，夸哄他们，乃召集众番，赐宴于便殿。对众人宣言道："我今受天命为天子，不但人心归附，就是那无知的物类，莫不感格效顺。即如上林苑中所畜的象，见我饮宴，便来擎杯跪献；那个厩中的马，闻我奏乐，也都欣喜舞蹈，岂非神奇之事！"众番人听说，俱俯伏呼万岁。那禄山便传令，先着象奴牵出象来看。不一时，象奴将那十数头驯象，一齐都牵至殿庭之下。众番人俱注目而观，要看他怎么样擎杯跪献。不想这些象儿，举眼望殿上一看，只见殿上南面而坐者，不是前时的天子，便都僵立不动，怒目直视。象奴把酒杯先送到一个大象面前，要他擎着跪献。那象却把鼻子卷过酒杯来，抛去数丈。左右尽皆失色，众番人掩口窃笑。禄山又羞又恼，大骂道："孽畜，恁般可恶！"喝把这些象都牵出去，尽行杀讫。于是辍宴罢席，不欢而散。当时有人作诗讥笑道：

有仪有象故名象，见贼不跪真倔强。
堪笑纷纷降贼人，马前屈膝还稽颡。

禄山被象儿出了丑，因疑想那些舞马，或者也一时倔强起来，亦未可知，不如不要看它罢，遂命将舞马尽数编入军营马队去。后来有两匹舞马，流落在逆贼史思明军中。那思明一日大宴将佐，堂上奏乐；二马偶系于庭下，一闻乐声，即相对而舞。军士不知其故，以为怪异，痛加鞭垂。二马被鞭，只道嫌他舞得不好，越发摆尾摇头的舞个不止。军士大惊，榻棒交加，二马登时而毙。贼军中有晓得舞马之事者，忙叫不要打时，已都打死了。岂不可笑？正是：

象死终不屈节，马舞横被大杖。
虽然一样被杀，善马不如傲象。

话分两头，不必赘言。只说禄山在西京恣意杀戮，因闻前日百姓乘乱盗取库中所藏之物，遂下令着府县严行追究，且许旁人讦告。于是株连蔓引，搜捕穷治，殆无虚日。又有刁恶之人，挟仇诬首，有司不问情由，辄便追索，波及无辜，身家不保。民间虽然无日不思念唐王，相传皇太子已收聚北方劲兵，来恢复长安，即日将至；或时喧称太子的大兵已到了，百姓们便争相奔走出城，禁止不住，市里为之一空。贼将望见北方尘起，也都相顾惊惶。禄山料长安不可久居，何不早回雒阳；乃以张通儒为西京留守，安忠顺为将军，总兵镇守关中；又命孙孝哲总督军事，节制诸将，自己与其子安庆绪，率领亲军，又诸番将还守东都，择日起行。却于起行之前一日，大宴文武官将，于内府四宜苑中凝碧池上，先期传谕梨园子弟，教坊乐工，一个个都要来承应。这些乐工子弟们，惟李谟、张野狐、贺怀智等数人，随驾西走，其余如黄幡绰、马仙期等众人，不及随驾，流落在京，不得不凭禄山拘唤；只有雷海青托病不至。

那日凝碧池头，便殿上排设下许多筵席。禄山上坐，安庆绪侍坐于旁，众人依次列坐于下。酒行数巡，殿陛之下，先大吹大擂，奏过一套军中之乐，然后梨园子弟、教坊乐工，按部分班而进。第一班按东方木色，为首押班的乐官，头戴青霄巾，腰系碧玉软带，身穿青锦袍，手执青幡一面，幡上书‘东方角音’四字，其字赤色，用红宝缀成，取木生火之意；幡下引乐工子弟二十人，都戴青纱帽，着青绣衣，一簇儿立于东边。第二班按南方火色，为首押班的乐官，头戴赤霞巾，腰系珊瑚软带，身穿红锦袍，手执红幡一面，幡上书“南方徵音”四字，其字黄色，用黄金打成，取火生土之意；幡下引乐工子弟二十人，都戴绛绡冠，着红绣衣，一簇儿立于南边。第三班按西方金色，为首押班的乐官，头戴皓月巾，腰系白玉软带，身穿白锦袍，手执白幡一面，幡上书“西方商音”四字，其字黑色，用乌金造成，取金生水之意；幡下引乐工子弟二十人，都戴素丝冠，着白绣衣，一簇儿立于西边。第四班按北方水色，为首押班的乐官，头戴玄霜巾，腰系黑犀软带，身穿黑锦袍，手执黑幡一面，幡上书“北方羽音”四字，其字青色，用翠羽嵌成，取水生木之意；幡下引乐工子弟二十人，各戴皂罗帽，着黑绣衣，一簇儿立于北边。第五班按中央土色，为首押班的乐官，头戴黄云巾，腰系密蜡软带，身穿黄锦袍，手执黄幡一面，幡上书“中央宫音”四字，其字以白银为质兼用五色杂宝镶成，取土生金，又取万宝土中生之意；幡下引乐工子弟四十人，各戴黄绫帽，着黄绣衣，一簇儿立于中央。五个乐官，共引乐人一百二十名，齐齐整整，各依方位立定。

才待奏乐，禄山传问：“尔等乐部中人，都到在这里么？”众乐工回称诸人俱到，只有雷海青患病在家，不能同来。禄山道：“雷海青是乐部中极有名的人，他若不到，不为全美；可即着人去唤他来。就是有病，也须扶病而来。”左右领命，如飞的去传唤了。禄山一面令众乐人，且各自奏技。于是凤箫龙笛，象管鸾笙，金钟玉磬，秦筝羯鼓，琵琶箜篌，方响手拍，一霎时，吹的吹，弹的弹，鼓的鼓，击的击，真个声韵铿锵，悦耳动听。乐声正喧时，五面大幡，一齐移动，引着众人盘旋错纵，往来飞舞，五色绚烂，合殿生风，口中齐声歌唱。歌罢舞完，乐声才止，依旧各自按方位立定。禄山看了心中大喜，掀髯称快，说道：“朕向年陪着李三郎饮宴，也曾见过这些歌舞，只是侍坐于人，未免拘束，怎比得今日这般快意。今所不足者，不得再与杨太真姊妹欢聚耳。”又笑道：“想我起兵未久，便得了许多地方，东西二京，俱为我取。赶得那李三郎有家难住，有国难守，平时费了许多心力，教成这班歌儿舞女，如今不能自己受用，到留下与朕躬受用，岂非天数。朕今日君臣父子，相叙宴会，务要极其酣畅，众乐人可再清歌一曲侑酒。”

那些乐人，听了禄山说这番话，不觉伤感于心，一时哽咽不成声调，也有暗暗堕泪的。禄山早已瞧见，怒道："朕今日饮宴，尔众人何得作此悲伤之态！"令左右查看，若有泪容者，即行斩首。众乐人大骇，连忙拭去泪痕，强为欢颜。却忽闻殿庭中有人放声大哭起来。你道是谁？原来是雷海青。他本推病不至，被禄山遣人生逼他来。及来到时，殿上正歌舞的热闹，他胸中已极其感愤，又闻得这些狂言悖语，且又恐喝众人，遂激起忠烈之性，高声痛哭。当时殿上殿下的人，尽都失惊。左右方待擒拿，只见雷海青早奋身抢上殿来，把案上陈设的乐器，尽抛掷于地，指着禄山大骂道："你这逆贼，你受天子的厚恩，负心背叛，罪当万剐，还胡说乱道！我雷海青虽是乐工，颇知忠义，怎肯伏侍你这反贼！今日是我殉节之日，我死之后，我兄弟雷万春，自能尽忠报国，少不得手刃你等这班贼徒！"禄山气得目瞪口呆，一句话也说不出，只教快砍了。众人扯下举刀乱砍，雷海青至死骂不绝口。正是：

昔年只见安金藏，今日还看雷海青。
一样乐工同义烈，满朝愧此两优伶。

雷海青已死，禄山怒气未息，命撤去筵席，将众乐人都拘禁候发落。正传谕时，忽探马来报：皇太子已于灵武即位，年号都有了。今以山人李泌为军师，命广平王、建宁王与郭子仪、李光弼等，分统军马，恢复两京。又报令狐潮屡次攻打雍丘，奈雍丘防御使张巡又善守，又善战，令狐潮屡为所败。禄山闻此警报，遂下令即日起马回东京，另议调遣军将应敌。其西京所存宫女宦官、奇珍玩物，及一切乐器与众乐人，尽数带往东京去。

临行之时，禄山乘马过太庙前，忽勒住马，命军士将太庙放火焚烧。军士们领命，顷刻间四面放起火来。禄山立马观之，火方发，只见一道青烟直冲霄汉。禄山方仰面观看，不想那烟头随即环将下来，直冒入禄山眼中，登时两眼昏迷，泪流如注，不便乘马，另驾轻车而去。自此禄山害了眼病，日甚一日，医治不痊，竟双瞽了。正是：

逆贼毁宗庙，先皇目不瞑。
旋即夺其目，略施小报应。

禄山至东京后，二目失视，不见一物，心中焦躁，时常想要唤那些乐人来歌唱遣闷；又因雷海青这一番，心中疑虑，不敢与他们亲近；欲待把他们杀了，又惜其技能，且留着备用。

且说雷海青死节一事，人人传述，个个颂扬，因感动了一个有名的朝臣。那臣子不是别人，就是前日于上皇前奏对钟馗履历的给事中王维。他表字摩诘，原籍太原人氏，少时尝读书终南山，开元年间进士及第，天性孝友，与其弟王缙，俱有俊才。王维更博学多能，书画悉臻其妙，名重一时，诸王驸马，俱礼之为上宾。尤精于乐律，其所著乐章，梨园教坊争相传习，曾有友人得一幅奏乐画图，不识其名，王维一见便道："此所画者，乃霓裳第三叠第一拍也。"当时有好事者，集众乐工，奏霓裳之乐；奏到第三叠第一拍，一齐都住着不动，细看那些乐工，吹的弹的敲的击的，其手腕指尖起落处，与画图中所画者，一般无二。众人无不叹服。天宝末年，官为给事中。当禄山反叛，上皇西幸之时，仓卒间不及随驾，为贼所获，乃服药取痢，佯为病疾，不受伪命。禄山素重其才名，不加杀害，遣人伴送至雒阳，拘于普施寺中养病。王维性本极好佛，既被拘寺中，惟日以禅诵为事。或时闲坐，想起昔年上皇梦中，见钟馗挖食鬼眼，今禄山丧其二目，正应此兆。如此看来，鬼魅不久即扑灭矣，独恨我身为朝臣，不及扈从车驾，反被拘困于此，不知何时再得瞻天仰圣。

正在悲思，忽闻人言雷海青殉节于凝碧池，因细询缘由，备悉其事，十分伤感，望空而哭。又想那梨园教坊所习的乐章中，多是我的著作，谁知今日却奏与贼人听，岂不大辱我文字？又想那雷海青虽屈身乐部，其平日原与众不同，是个有忠肝义胆的人，莫说那贼人的骄态狂言，他耳闻目见，自然气愤不过；只那凝碧池在宫禁之中，本是我大唐天子游幸的所在，今却被贼人在彼宴会，便是极伤心惨目的事了。想到其间，遂取过纸笔来，题诗一首云：

万户伤心生野烟，百官何日再朝天？
秋槐叶落空宫里，凝碧池头奏管弦。

王维这首诗，只自写悲感之意，也不曾赞到雷海青，也不曾把来与人看。不想那些乐工子弟，被禄山带至东京，他们都是久仰王维大名的，今闻其被拘在普施寺，便常常到寺中来问候。因有得见此诗者，你传我诵，直传到那肃宗行在。肃宗闻知，动容感叹，因便时时将此诗吟讽。只因诗中有“凝碧池”三字，便使雷海青殉节之事愈著。到得贼平之后，肃宗入西京褒赠死节诸臣，雷海青亦在褒赠之中。那些降贼与陷于贼中官员，分别定罪。王维虽未曾降贼，却也是陷于贼中，该有罪名的了。其弟王缙，时为刑部侍郎，上表请削己之官，以赎兄之罪。肃宗因记得凝碧池这首诗，嘉其有不忘君之意，特旨赦其罪，仍以原官起用，这是后话。正是：

他人能殉节，因诗而益显。
己身将获罪，因诗而得免。

且说禄山自目盲之后，愈加暴戾。虐待其下，人人自危；且心志狂惑，举动舛错。于是众心离散，亲近之人，皆为仇敌矣。所谓：

恶贯已将满，天先褫其魄。

未知后事如何，且听下回分解。

第九十四回　安禄山屠肠殒命　南霁云啮指乞师

词曰：

逆贼负却君恩重，受报亲生逆种。家贼一时发动，老命无端送。
渠魁虽殄兵还弄，强帅有兵不用。烈士泪如泉涌，断指何知痛？

调寄《胡捣练》

君之尊犹天也，犹父也；而逆天背父，罪不容于死。然使其被戮于王师，伏诛于国法，犹不足为异。唯是逆贼之报，即报之以逆子。臣方背其君，子旋弑其父，既足使人快心，又足使人寒心。天之报恶人，可谓巧于假手矣。乃若身虽未尝为背逆之事，然手握重兵，专制一方，却全不以国家土地之存亡为念，只是心怀私虑，防人暗算，忌人成功，坐视孤城危在旦夕；忠臣义士，枵腹而守，奋身而战，力尽神疲，疼心泣血，哀号请救，不啻包胥秦庭之哭，而竟拥兵不发，漠然不关休戚于其心，以致城池失陷，军将丧亡，百姓罹灾，忠良殒命，此其人与乱臣贼子何异？言之可为发指！

且说安禄山自两目既盲之后，性情愈加暴厉。左右供役之人，稍不如意，即痛加鞭挞，或时竟就杀死。他有个贴身伏侍的内监，叫做李猪儿，日夕不离左右，却偏是他日夕要受些鞭挞。更可笑者，那严庄是他极亲信的大臣了，却也常一言不合，便不免于鞭挞。因此内外诸人，都怀怨恨。禄山深居宫禁，文武官将稀得见其面。向已立安庆绪为太子，后有爱妾段氏，生一子，名唤庆恩。禄山因爱其母，并爱其子，意欲废庆绪而立庆恩为嗣。

庆绪因失爱于父，时遭箠楚，心中惊惧，计无所出，乃私召严庄入宫，屏退左右，密与商议，要求一自全之策。严庄这恶贼，是惯劝人反叛的，近又受了禄山鞭挞之苦，忿恨不过。平日见庆绪生性愚呆，易于播弄，常自暗想："若使他早袭了位，便可凭我专权用事。"今因他来求计，就动了个歹心，要劝他行弑逆之事；却不好即出诸口，且只沉吟不语。庆绪再三请问道："我目下受父皇的打骂，还不打紧，只恐偏爱了少子，将来或有废立之举。必得先生长策，方可无虑，幸勿吝教。"严庄慨然发叹道："从来说母爱者子抱，主上既宠幸段妃，自然偏爱那段氏所生之子，将来废位之事，断乎必有。殿下且休想承大位了；只恐还有不测之祸，性命不可保。"庆绪愕然道："我无罪，何至于此？"严庄道："殿下未曾读书，不知前代的故事。自古立一子，废一子，那被废之子，曾有几个保得性命的？总因猜嫌疑忌之下，势必至驱除而后止，岂论你有罪无罪？"庆绪闻言，大骇道："若如此则奈何？"严庄道："以父而临其子，惟有逆来顺受而已。"庆绪道："难道便无可逃避了？"严庄道："古人有云：小杖则受，大杖则走。此不过谓一家父子之间，教训督责，当父母盛怒之时，以大杖加来，或受重伤，反使父母懊悔不安，且贻父母以不慈之名；不若暂行逃避，所以说大杖则走。今以父而兼君之尊，既起了忍心，欲杀其子，只须发一言，出片纸，便可完事，更无走处，待逃到那里？”庆绪道：“此非先生不能救我！”严庄道：“臣若以直言进谏，必将复遭鞭挞，且恐激恼了，反速其祸，教我如何可以相救！”庆绪道：“我是嫡出之子，苟不能承袭大位，已极可恨，岂肯并丧其身？”严庄道：“殿下若能自免于死亡之祸，便并不致有废立之事矣！”庆绪道：“愿先生早示良策，我必不肯束手待死！”

严庄假意踌躇了半晌，说道：“殿下，你不肯束手待死么？你若束手，则必至于死；若欲不死，却束不得手了。俗谚云：君要臣死，不得不死；父要子亡，不得不亡。说便如此说，人极则计生。即如主上与唐朝皇帝，岂不是君臣；况又曾为杨妃义子，也算君臣而兼父子了；只因后来被他逼得慌了，却也不肯束手待死，竟兴动干戈起来，彼遂无如我何，不但免于祸患，且自攻城夺地，正位称尊，大快平生之志。以此推之，可见凡事须随时度势，敢作敢为，方可转祸为福；但不知殿下能从此万无奈何之计，行此万不得已之事否？”庆绪听说低头一想，便道：“先生深为我谋，敢不敬从？”严庄道：“虽然如此，必须假手于一人，此非李猪儿不可，臣当密谕之。”庆绪道：“凡事全仗先生大力扶持，迟恐有变，以速为贵。”严庄应诺，当下辞别出宫，恰好遇见李猪儿于宫门首，遂面约他：“晚间乘闲到我府中来，有话相商。”

至夜李猪儿果至，严庄置酒肴于密室，二人相对小饮。严庄笑问道：“足下日来，又领过几多鞭子了？”李猪儿忿然道：“不要说起，我前后所受鞭子，已不计其数。正不知鞭挞到何日是了？”严庄道：“莫说足下，即如不佞忝为大臣，也常遭鞭挞；太子以储贰之贵，亦屡被鞭挞。圣人云：君使臣以礼。又道：为人父，止于慈。主上恁般作为，岂是待臣子之礼？岂是慈父之道？如今天下尚未定，万一内外人心离散，大事去矣！”李猪儿道：“太子还不知道哩！今主上已久怀废长立幼、废嫡立庶之意，将来还有不可知之事。”严庄道：“太子岂不知之？日间正与我共虑此事。我想太子为人仁厚，若得他早袭大位，我和你正有好处，不但免于鞭辱而已。怎地画个妙策，强要主上禅位于太子才好。”李猪儿摇手道：“主上如此暴厉，谁敢进此言？如何勉强得他？”严庄道：“若不然呵，我是大臣，或者还略存些体面，不便屡加挞辱。足下屈为内侍，将来不止于鞭挞，只恐喜怒不常，一时断送了性命。”李猪儿听说，不觉攘臂拍胸道：“人生在世，总是一死，与其无罪无辜，俯首被戮，何如惊天动地做一场，拚得碎尸万段，也还留名后世！”

严庄引他说出此言，便抚掌而起，说道：“足下若果能行此大事，决不至于死，到有分做个佐命的功臣哩！只是你主意已定否？”李猪儿道：“我意已决，但恐非太子之意。他顾着父子之情，怎肯容我胡为？”严庄道：“不瞒你说，我已启过太子了。太子也因失爱于父，怕有祸患，向我说道：‘凡事任你们做去罢。’我因想着足下必与我同心，故特约来相商。”李猪儿道：“既然如此，事不宜迟，只明夜便当举动。趁他两日因双眸作痛，不与女人同寝，独宿于便殿，正好动手；但他常藏利刃于枕畔，明晚先窃去之，可无虑矣！”言毕作别而去。

次日，严庄密与庆绪约会。到黄昏时候，庆绪与严庄各暗带短刀，托言奏事，直入便殿门来，值殿官不敢阻挡。禄山此时已安寝于帏账之内，不妨李猪儿持刀突入账中，禄山目盲，不知何人；方欲问时，李猪儿已揭去其被，灯火之下，见禄山袒着大腹，说时迟，那时快，把刀直砍其肚腹。禄山负痛，急伸手去枕畔摸那利刃，却已不见了，乃以手撼账竿道："此必是家贼作乱！"口中说话，那肚肠已流出数斗，遂大叫一声，把身子挺了两挺，呜呼哀哉了。时肃宗至德二载正月也。可恨此贼背君为乱，屠戮忠良，虐害百姓，罪恶滔天，今日却被弑而死。乱臣受弑逆之报，天道昭彰。后人有两只《挂枝儿》词说得好，道是：

安禄山，你做张守珪的走狗，犯死刑，姑饶下这驴头。却怎敢恃兵强，要学那虎争龙斗。你不是狼子野心肠，人道是猪首龙身兽，到今日作孽的猪龙，也倒死在猪儿手！

安禄山，你负了唐明皇的宠眷，不记得拜母妃，钦赐洗儿钱。怎便把燕代唐，要将江山占？可笑你打家贼的鞭何重，那禁他斫大腹的刀太尖。则见你数斗的肠流也，为甚赤心儿没一点！

禄山既被杀，左右侍者方惊骇间，庆绪与严庄早到，手中各持短刀，喝叫不许声张。众人一则平日被禄山打毒，今日正幸其死。二来见庆绪与严庄作主，便都不敢动。严庄令人就床下掘地深数尺，以毡裹其尸而埋之，戒宫中勿漏泄。次早宣言禄山病骤危笃，命传位于庆绪。于是庆绪僭即伪位，密使人将段氏与庆恩缢死，伪尊禄山为太上皇，重加诸将官爵，以悦其心。过了几日，方传禄山死信，命众臣不必入宫哭灵，密起其尸于床下。尸已腐烂，草草成殓，发丧埋葬。严庄见庆绪昏庸，恐人不服，不要他见人。庆绪日以酒色为事，凡禄山所宠的姬侍，都与淫乱；凡大小诸事皆取决于严庄，封他为冯翊王。严庄以庆绪之命，使伪汴州刺史尹子奇引兵十三万攻睢阳城，睢阳太守许远求救于雍丘防御使张巡。

且说张巡在雍丘，那南霁云与雷万春，已投入麾下为郎将。当车驾西幸之时，贼将令狐潮来攻雍丘，张巡率南、雷二人，及诸将佐，悉力拒贼。令狐潮与张巡原系旧同学，因遣使致书，申言夙契，且云："天下存亡未卜，守此孤城何益？不如早降为上。"张巡部下有大将六人，亦劝张巡出降。张巡大怒，设天子画像于堂，率众朝拜涕泣，谕以大义，众皆感奋。张巡乃斩来使，并斩劝降六将，于是人心愈坚。拒守既久，城中缺少了箭，张公命作草人千余，蒙以黑衣，乘夜缒下城去。贼兵惊疑，放箭乱射，遂得箭无数。次夜，仍复以草人缒下，贼都大笑，更不为备。张巡乃选壮士五百人，缒将下去，径到贼营。贼出其不意，一时大乱，弃营而奔，杀伤甚众。

令狐潮忿怒，亲自督兵攻城。张巡使雷万春登城探视。时万春因传闻得其兄雷海青殉难的消息，十分哀愤，才哭得过，便咬牙切齿的上城来，方举目而望，不防贼兵连发弩箭。雷万春面上连中六矢，仍是挺然立着不动。令狐潮遥望见，疑为木偶人，及见其用手拔箭，流血被面，方询知是雷万春，大为骇异。正是：

草人错认是真，真人反疑为木。

笑尔草木皆兵，羡他智勇具足。

少顷，张巡亲自临城，令狐潮望着楼上叫道："张兄，我见雷将军，知足下军令矣！然知天道何？"张巡说："足下未识人伦，安知天道？你平日也谈忠说义，今日忠义何在？勿更多言，可即决一胜负。"遂率兵与战，兵皆奋勇争先，生获贼将十四人，斩首八百余级。令狐潮败入陈留，余众屯于沙涡。张巡乘夜袭击，又大破之，奏凯而回。

忽探马来报说："贼将杨朝宗，欲引兵袭取宁陵，断我归路。"张巡乃分兵守雍丘，自引兵将星夜至宁陵，恰直许远亦引兵到来，遂合与贼战，昼夜数十回合，大破杨朝宗之众，斩首数千级。

捷音至行在，肃宗诏以张巡为河南节度副使，许远亦加官进秩，仍守睢阳。至是尹子奇来攻睢阳，许远因兵少，遣使至张巡处求救。张巡以睢阳要地，不可不坚守，乃自宁陵引兵三千至睢阳，合许远所部兵不过七千人。张巡与南霁云、雷万春等数将，并力出战，屡次得胜。张巡欲放箭射尹子奇，奈不识其面，乃以篙为矢射去，贼兵疑城中箭已尽，遂将篙矢呈于子奇。于是张巡识其状貌，命南霁云射之，中其左目。正是：

禄山两日俱盲，子奇一目不保。
相彼君臣之面，眼睛无乃太少。

自此许远将战守事宜，悉听张巡指挥。张巡真是文武全才，不但善战，又极善谋，行兵不拘古法，随机应变，出奇制胜。其生性忠烈，每临战杀贼，咬牙怒恨，牙齿多碎。却又能于军务倥偬之际，不废吟咏。因登城楼，遥闻笛声，遂作军中闻笛诗云：

苕荛试一临，敌骑附城阴。
不辨风尘色，安知天地心。
门开边月近，战苦阵云深。
旦夕更楼上，遥闻横笛音。

闲言少说。且说许远向于睢阳城中，积军粮百余万石，后被宗藩虢王臣调其半分给他郡，不由许远不肯。因此睢阳城中粮少。到那时渐已告匮，每人日只给米一二合，杂以茶纸树皮为食。贼兵攻城愈急，造为云梯，其状如虹，使勇卒三百立于上，推梯临城，欲便腾入。张巡预知，使人于城墙潜凿三穴，俟梯将近，每穴出一大木，以一木拄定其梯，使不得进；一木上有铁钩挽住其梯，使不得退；一木上置铁笼盛火药，发火焚之，梯即中断，梯上军士都被火烧，跌落地而死。贼兵又作木驴攻城，张巡命熔金汁灌之，登时消铄。凡此拒守之事，俱应机立办，贼服其智，不敢来攻；但于城外列营围困。张巡、许远分城而守，与众同食茶纸，亦不复下城。那时大帅许叔冀在谯郡，贺兰进明在临淮，俱拥兵不救，而临淮与睢阳尤近，张巡乃命南霁云赴临淮借粮，乞师援救。

霁云领命，引三十骑出城突围而走，贼众数万挡之，霁云直冲其众，左射右射，矢无虚发，贼皆披靡，遂出重围。至临淮，见贺兰进明涕泣求救。谁知进明素与许叔冀不睦，恐分兵他出，或为所袭；二来又心怀妒忌，不欲许远、张巡成功，竟不肯发兵，亦无粮米相借。说道："此时睢阳当已失陷，我即发兵借粮，亦无及矣！"霁云道："睢阳死守待救，大兵速去，必不至于陷；若果已失，我南八男儿，请以死谢大夫。"进明只不允。霁云奋然道："睢阳与临淮如皮毛之相依，睢阳若陷，即及临淮，岂可不救？"说罢仰天号恸。进明爱其忠勇，意欲留之，乃用温言抚慰，且命设宴款待，奏乐侑酒。霁云大哭道："仆来时，睢阳城中，已不食月余矣，今即欲独食，安能下咽！大夫坐拥强兵，并无分灾救患之意，岂忠臣义士之所为乎？"因发狠，自咬下一指，以示进明道："仆已不能达主将之意，请留此指以示信，归报主将与同死耳！"一时指血泪血，有如泉涌，座客俱为之挥涕。进明决意不救，又度霁云不可留，竟谢遣之。此真千古可恨之事，所以至今张睢阳庙中，铜铸一贺兰进明之像，裸体绑缚，跪于阶下，任人敲打，来泄此恨。后人也有两只《挂枝儿》说得好，正是：

进明呵，你也食唐家禄否？人望你拯灾危，冒险的求救；谁知你拥强兵，竟不能相救。不曾见你兴师去，倒要将他勇士留。可怜那南八男儿也，十指儿只剩九。

进明呵，你不顾千年的唾骂，任南八苦求救，只不听他，眼睁睁看他将指头儿咬下。他当时临去空咬指，我今日说来亦咬牙，好把你睢阳庙里铜人，也尽力的狠敲打！

南霁云自临淮奔至宁陵，与偏将廉坦引步骑数百，冒围至睢阳城下，与贼力战，砍坏贼营，方得入城门。城中人闻救兵不至，无不号哭，或议弃城而走。张巡、许远婉言晓谕众人道："睢阳乃江淮保障，若弃之而去，贼必长驱东下，是无江淮也。况我众饥疲，即走亦不能远，徒遭残杀耳！临淮虽不来相救，诸镇岂无一仗义者？不如坚守以待之。但是城中绝粮，何忍留尔众同受饥寒，今任尔众自便。我二人为朝廷守土，义当以身守之，不敢言去也！"众人闻言感激，愿同心竭力，以守此城。茶纸食尽，杀马而食；马食尽，罗雀掘鼠而食；雀鼠亦尽，张巡杀其爱妾，许远烹其家僮，以享士卒。人心愈加衔感，明知必死，终无叛志。

又挨过了数日，军将都羸瘦患病，不能拒守，贼遂登城。张巡西向再拜道："臣力竭矣！不克全城以报朝廷，死当为厉鬼以杀贼！"今盛京慈仁寺，所塑青魑菩萨，赤发蓝面，口衔巨蛇，如夜叉之状，云即张睢阳自矢所为厉鬼像也。城既破，张、许二公及诸将俱被执。尹子奇将许远解赴雒阳，张巡与南霁云等共三十六人皆遇害。张巡至死，神色如常，万春、霁云俱骂不绝口而死；其余三十余人，亦无一肯屈节者。后人有诗赞曰：

张巡先殒固尽忠，许远后亡亦矢节。
从死不独有南雷，三十六人同义烈。

睢阳失陷三日之后,河南节度使张镐救兵到来。原来张镐闻睢阳危急,倍道来援,犹恐不及,先遣飞骑驰檄谯郡太守闾丘晓,使速引本部兵先往。闾丘晓素傲狠,不奉节制,竟不起兵。及张镐至,城已破三日矣。张镐大怒,令武士擒闾丘晓,至军前杖杀之。正是:

恨不移此闾丘杖,并杖临淮狠贺兰。

未知后事如何,且听下回分解。

第九十五回　**李乐工吹笛遇仙翁　王供奉听棋谒神女**

词曰：

> 声音入妙感仙家，月夜引仙槎。只嫌笛管未全佳，吹破共嗟讶。
> 更惊弈理通仙道，决胜负数着无加。止将常势略谈些，国手已堪夸。
>
> 调寄《月中行》

人生世上，不特忠孝节义与夫功勋事业、道德文章足以流芳后世：垂名不朽，就是那一长一技之微，若果能专心致志，亦足以轶类超群，独步一时；且其艺既精妙入神，不难邀知遇于君上，致感动于神仙，使其身所遭逢之事，传为千秋佳话。

却说张镐既杖杀闾丘晓，即移书于贺兰进明，责其不救睢阳。恰闻朝廷有旨，命张镐镇临淮，着进明移驻别镇。张镐乃率兵攻打睢阳城，与尹子奇大战。子奇正战之间，忽然阴云四合，寒风扑面，贼众都闻鬼哭神号之声，空中如有鬼兵来冲突，一时大乱，四散狂奔。正是：

> 死为厉鬼忠臣志，须信忠魂自有灵。

尹子奇兵溃，只得弃了睢阳城，退奔陈留；谁想陈留百姓，恨其荼毒睢阳，痛惜忠良被害，遂出其不意，杀将起来，斩了尹子奇，开城迎降。张镐安民已毕，分兵留守；一面引众回镇，一面将睢阳死难诸臣，具表奏闻朝廷。恰好上皇有手诏至肃宗行在，命褒录死节之人。

且说上皇在蜀中，眼前少了个杨妃，常怀愁闷。那些梨园子弟，又大半散失，供御者无多人，更加不快。还亏有高力士日夕侍侧，时为劝解。及闻安禄山焚毁祖庙，杀害宗室，残虐臣民，遂抚心顿足，十分哀痛。随又传闻禄山已死，乃叹恨道："朕恨不及手自寸磔此贼也！"

因追念故相张九龄，昔年曾说禄山有反相，不宜宥其死，此真先见之明，当时若从其言，何至有今日之祸？于是特遣中使往曲江，致祭于其墓，御制祭文一道，手书付中使赍赴墓前宣读。其文云：

> 惟卿昔者曾有谠言，谓安禄山反相昭然，不宜宥死，宜亟歼旃。朕听不聪，轻纵巨奸，既宽显戮，更予大藩，酿兹凶祸。追悔从前，卿今若在，朕复何颜！追念老臣，曷胜涕涟。特遣致祭，侑以短篇，嘉卿先见，志吾过愆。尚飨。

上皇既遣祭张九龄，且厚恤其家，因即降手诏，命朝臣查录一切死难忠臣，申奏新君，并加恤典，不得遗漏。

又闻雷海青殉节于凝碧池，不胜嘉叹。张野狐因乘机启奏道："梨园旧人黄幡绰，向羁贼中，今从东京逃来，欲请见驾；只因失身陷贼，恐上皇爷欲加之罪，故逡巡未敢。"上皇道："汝等俳优之辈，安能尽如雷海青这般殉节？失身贼中，不足深责。黄幡绰既从贼中来，必知雷海青殉节之详，朕正欲问他，可便唤来。"左右领旨，即将黄幡绰宣到。幡绰叩首阶前，涕泣请罪。上皇赦其罪，问道："雷海青殉节于凝碧池之日，你也在那里么？"幡绰道："此事臣所目睹。"上皇道："汝可详细奏来。"幡绰便把那安禄山如何设宴奏乐，众乐工如何伤感坠泪，禄山如何要杀那坠泪的，雷海青如何大哭，如何抛掷乐器，骂贼而死，一一奏闻。上皇叹息道："海青乃能尽忠如此，彼张均、张垍辈，真禽兽不若矣！"因问幡绰道："汝于此时亦曾坠泪否？"幡绰道："触目伤心，那得不坠泪？"

时内监冯神威在侧，向日幡绰曾于言语之间戏侮了他，心中不悦，奏道："此言妄也。奴婢闻人传说，幡绰在贼中，把安禄山极其谄奉。禄山在宫中梦纸窗破碎，幡绰解云：此为照临四方之兆。禄山又梦自身所穿袍袖甚长，幡绰又为之解云：此所谓垂衣而天下治。如此进谀，岂是肯坠泪者？"上皇即问幡绰："汝果有此言否？"那黄幡绰本是个极滑稽善戏谑的人，平日在御前惯会撮科打诨，取笑作耍的，那时若惊惶抵赖，便没趣了，他却不慌不忙，从容奏道："禄山果有此梦，臣亦果有此言；臣因禄山有此不祥之二梦，知其必败，故不与直言以取祸，只以巧言对之，正欲留此微躯，再睹天颜耳。"上皇道："怎见得此二梦之不祥，汝便知其必败？"幡绰道："纸窗破者，不容糊做也。袍袖长者，出手不得也。岂非必败之兆乎？"上皇听说，不觉大笑，遂命仍旧供御。正是：

闻之既堪为解颐，言者自可告无罪。

自此上皇时常使黄幡绰侍侧，询问东西二京之事。幡绰恐感动圣怀，应对之间，杂以诙谐，常引得上皇发笑。

忽一日，又有一个梨园旧人到来。你道是谁？却是笛师李谟。原来李谟于圣驾西行时，同着一个从人奔走随驾，不想走迟了，却追随不及，失落在后。遇着哥舒翰的败残车马冲来，前路难行，急慌慌的奔窜，一时无处逃匿，只得权避入一山谷中。其中有古寺一所。寺僧询知是御前供奉之人，不敢怠慢，因留他暂寓，一连住了五七日。一夕月朗风清，从人先自去睡了，李谟心中烦闷，且不即睡，又爱那风清月白，徘徊观玩了一回，便向行囊中取出平日那枝所吹的笛儿来，独自步出寺门，在一大树之下石台上坐着，把那笛儿吹起。真个声音嘹亮，响彻山谷。才吹罢，遥见园林中走出一个彪形大汉，大踏步行至前来，仔细视之，乃一虎头人也。李谟大骇。那虎头人身穿一件白褡单衣，露脚赤足，就寺门槛上箕踞而坐，说道："笛声甚妙，可再吹一曲。"李谟那时不敢不吹，只得按定了心神，吹起一套繁靡之调。虎头人听到酣适之际，不觉瞑然睡去，横卧于槛上，少顷之间，鼾声如雷。李谟欲待跨入寺门槛去，又恐惊醒了他不是要处；回首四顾，没处藏身，只得将笛儿安放草间，尽力爬上那大树，直爬到那极高的去处，借树叶遮身，做一堆儿伏着。

不移时，虎头人醒来，不见了吹笛人，即懊悔道："恨不早食之，却被他走了。"遂立起身来，向空长啸一声，便有十余只大虎，腾跃而至，望着虎头人俯首伏地，状如朝谒。虎头人道："适有一吹笛小儿，乘我睡熟，因而逃脱。我方才当槛而卧，量彼不敢入寺，必奔他处，汝等可分路索之。"众虎遂四散奔去，虎头人依然踞坐不动。约五更以后，众虎俱回，都作人言道："我等四路追寻不获。"正说间，恰值月落斜照，见有人影在树。虎头人笑道："我道有云行雷掣，却原来在这里！"乃与众虎望着树上，跳身攫取。幸那树甚高，跃攫不及。李谟此时却吓得魂不附体，满身抖颤，几乎坠下，紧紧抱着树枝。正在危急，忽闻空中有人大喝道："此乃御前之人，汝等孽畜，不得猖獗！"于是虎头人与众虎一时俱惊散。少间天曙，仆从来寻，李谟方才下树。且喜那笛儿原在草间无损，仍旧收得。正是：

箫能引凤，笛乃致虎。
岂学虞廷，百兽率舞。

李谟受此惊恐，卧病数日。病愈之后，方欲起身，适有旧日相知的京官皇甫政，新任越州刺史，因赴任途次，偶来山寺借宿，遇见了李谟，各叙寒暄，问李谟："将欲何往？"李谟道："将欲西行，追随大驾。"皇甫政道："近日西边一路，兵马充斥，岂可冒险而行？不如且同我到越州暂住，俟稍平定，西行未迟。"李谟应诺，遂别了寺僧，随着皇甫政迤逦来至越州，即寓居于刺史署中。那越州有个镜湖，是名胜之处，皇甫政公事之暇，常与李谟到彼观览。李谟道："湖光可人，尤宜月夜。"皇甫政点头道："我亦正欲为月夜泛湖之游。"乃于月明之夜，具酒肴于舟中，约集僚友，同了李谟泛湖饮宴；但见月光如水，水光映月，放舟中流，如游空际，正合着苏东坡《赤壁赋》中两句，道是：

桂棹兮兰桨，击空明兮溯流光。

众官饮酒至半酣，都要听李谟的妙笛，说道："昔年勤政楼头一曲笛音，止住了千万人的喧哗，天下传闻绝技。今夕幸得相叙，切勿吝教。"皇甫政笑道："李君所用之笛，我已携带在此了。"众官都喜道："可知妙哩！"李谟谦逊了一回，取出笛儿吹将起来，其声音之妙，真足以怡情悦耳，听者无不啧啧称叹。

一曲方终，只见前面有扁舟一叶，一童子鼓棹而行，船上立着一个老翁，口中高声的叫道："大好笛音，肯容我登舟一听否？"众人于月下视之，见他：

数髯瑟瑟，一貌堂堂。野服葛巾，绝似仙家妆束；开襟挥麈，更饶名士风流。果然顾盼非凡，真乃笑谈不俗。

众官看了，知其非常人，不敢轻忽，即请过大船中，以礼相见。老翁道：“山野之人，多有唐突，幸勿见罪。”众官揖之就坐。那老翁道：“偶游月下，忽闻笛声甚佳，故冒昧至此，欲有所陈。”李谟道：“拙技不足污耳，承翁丈闻声而来，定是知音，正欲请教大方。”老翁道：“顷所吹者，乃《紫云回》曲也。此调出自天宫，今尊官已悉得其妙，但婉转之际，未免微涉番词，何也？”李谟惊叹道：“翁丈真精于音律者！仆初学笛时，所从之师，实系番人。”老翁道：“笛者，涤也，所以涤邪秽而归之于雅正也，岂可杂以番调邪？宜尽脱去为妙。”李谟拱手道：“谨受教。”

老翁道：“尊官所吹之笛，是平日惯用的么？”李谟道：“此笛乃紫纹云梦竹所造，出自上赐，正是平时用熟的。”老翁道：“紫纹竹生在云梦之南，于每年七月望前生；但今年七月望前生，必须于明年七月望前伐，若过期而伐，则其音窒；先期而伐，则其音浮。适间细听笛音，颇有轻浮之意，当是先期而伐者。但可吹和平繁靡之音调，若吹金石清壮之调，笛管必将碎裂。”众官听了，都未肯信。李谟口虽唯唯，也还半信半疑。老翁道：“公等如不信，老朽请一试之。”说罢，便取过李谟所吹的笛儿，吹起一曲金石调来，果然其声清壮，可以舞潜蛟而泣嫠妇。李谟与众官都听得呆了。及吹至入破之时，众人正听得好，忽地刮剌一声，笛儿裂作两半，众方惊叹信服。老翁笑道：“损坏佳笛，如之奈何？老朽偶带得二笛在此，当以其一奉偿。”遂向衣裾中取出二笛，一极长，一稍短，乃以短者送李谟道：“便请试吹。”李谟接过来，略一吹弄，果然应手应口，迥非他笛可比，心中欢喜，再三称谢。

皇甫政笑道：“从来说宝剑赠与烈士，红粉寄与佳人。老丈既以敝友为知音，何不并将那一枝惠赐之？”老翁道：“非敢吝惜？其实那一笛，非人间所可吹者；即使相赠，亦未必能吹。”李谟道：“小子愿一试之。”老翁便把那笛递过来，李谟吹之再四，都不入调，且亦不甚响亮。老翁道：“此非人间笛，固未易吹也。”李谟道：“此笛量非老丈不能吹，必求赐教。”老翁摇头道：“人间吹不得。”李谟道：“人间吹了便怎么？”老翁笑道：“尊官前日山谷中所吹，不过是人间之笛，尚有虎妖闻声而至；今于湖中吹动那一笛，岂不大惊蛟龙乎？”众人闻言，都道：“不信有这等事。”老翁道：“诸公如必欲吹，老朽试略吹之；倘有变动，幸勿惊讶。”于是取过那笛来，信口一吹，其声震耳，树头宿鸟俱惊飞叫噪；到五六声之后，只见月色惨黯，大风顿作，湖水鼓浪，巨鱼腾跃，举舟之人大骇，都道：“莫吹罢！莫吹罢！”老翁呵呵大笑，收过了笛，起身告别，众人挽留不住。李谟道：“还不曾拜问尊姓大名。”老翁笑道：“前宵于空中喝退虎妖者即我也，不须更问姓名。”言讫，耸身跃入小舟，童子鼓棹如飞，顷刻不见。众人又惊又喜，都赞叹李谟妙笛，能使仙翁来降。正是：

笛既能致虎，亦复可遇仙。
虎因畏仙去，仙还把笛传。

李谟自得了仙翁所授之笛，其技愈精。皇甫政因他是御前侍奉的人，不敢久留，打听得路途稍通，遂赍送盘费，遣发起行。不则一日，来到蜀中。先投谒高力士，引至上皇驾前朝见。上皇怜其间关跋涉而来，赐与衣帽，仍令供御。李谟将途中遇仙之事，从容启奏。上皇本是极好神仙的，闻其所奏，十分叹异。高力士因奏道："老奴向闻翰林院弈棋供奉王积薪，亦曾于旅次遇仙。"上皇道："此事朕所未闻，王积薪今在此，当面问之。"于是传旨，宣王积薪。

且说那王积薪乃长安人，原是世家巨族的后裔。从幼性好弈棋，屡求善弈者指教，遂成高手。少年时曾与一班贵介子弟四五人，于长安城外一个有名的园亭上宴会。正酣饮间，忽有一人乘马至园门首下了马，昂然而入，看他打扮，不文不武，对众举手笑道："诸君雅集，本不当来吵扰，止缘渴吻，欲得杯酒润之，未识肯见赐否？"王积薪见其器宇轩昂，知非恒辈，不等众人开口，先自起身迎揖，逊之上座。那人也不推辞，便就坐了。积薪取大杯，斟酒送上。那人接来饮讫，叫再斟来。王积薪一面再斟酒，一面供他举箸。那些众少年尽是贵公子，平日不看人在眼里的，今见此人突如其来，又甚简傲，俱心怀不平，不知他是何等人，又不敢向前问他。其中一少年，乃举杯出令道："我等各自道家世，其最贵显者，饮三杯，请客先道。"那人笑道："吾请先饮三杯而后言。"积薪便令童子快斟酒。那人连进三杯，起身出席，举手向众人道："我高祖天子，曾祖天子，祖天子，父天子，本身天子。"说罢，大步出门，上马疾驰而走。众人方相顾错愕，早有内监与侍卫等人，策着马来寻问。原来那时玄宗常为微行。这一日改换衣装，出城闲玩，因偶与众少年相遇。次日，命高力士访知，那敬酒的少年是王积薪，特召入见，厚有赏赐，且云："诸少年自矜家世，真乞儿相，汝独大雅可喜。"因命送翰林院读书，后知其善弈，遂令为弈棋供奉。正是：

　　不因杯酒力，安得侍君王？

王积薪有此遭遇，日侍至尊。及安禄山作乱，车驾西幸之时，多官随行。积薪带着一个老仆，随众奔走；奈蜀道险隘，每当止宿时，旅店多被贵官占住，积薪只得随路于民家借宿。一日迂道，大宽转沿山溪而行，不觉走入一荒村。时已薄暮。那村中只有一家人家，茅舍三间，柴扉半掩。积薪主仆扣扉求宿。内里走出一个老婆婆来，说道："此间只老身与一个媳妇儿住着，本不该留外客在此；但舍此更无宿处，客官可权就廊檐下宿一宵罢！"积薪谢道："只此足矣！"婆婆取些茶汤与几个面饼来供客，叫了安置，关了柴门，自进去了。积薪听得他姑媳二人各处一室，各自阖户而寝。

积薪主仆卧于廊下。老仆先已睡着，积薪转辗未寐。忽闻那婆婆叫应了媳妇，说道："良宵无以消遣，我和你对弈一局如何？"媳妇应道："既如此甚妙。"积薪惊异道："乡村妇女，如何知弈？且二人东西各宿，如何对弈？"便爬起来从门缝里张看，内边黑洞洞，已皆灭烛矣，乃附耳门扉细听之。闻得婆婆道："饶你先起。"媳妇道："我于东五南九置子矣！"停了半晌，婆婆道："我于东五南十二置子起矣！"又停了半晌，媳妇道："我于西八南十置子矣！"又停了半晌，婆婆道："我于西九南十四置子矣！"每置一子，必良久思索，夜至四更，共下三十六子，积薪一一密记。忽闻婆婆笑道："媳妇你输了，我止胜你九枰耳！"媳妇道："我错算了一着，固宜败北。"自此寂然。

天明启扉，积薪整衣入见，看那婆婆鬓发斑斑，丰采奕奕，绝不似乡村老媪。积薪请见其媳，婆婆即呼媳妇儿出来相见，你道那媳妇怎生模样？

虽是村家装束，自然光采动人。举止安闲，不啻闺中之秀；丰姿潇洒，亦如林下之风。若遇楚襄王，定疑神女；即非蓝桥驿，宛似云英。

积薪相见过，即叩问弈理。婆婆道："我姑媳无以遣此良宵，偶尔对局，岂堪闻于尊客？"积薪再三请教，婆婆道："弈虽小数，其中自有妙理。尊官既好此，必善于此，今可率己意布局置子，使老身观之，或当进一言相商。"乃取棋局置子出来，积薪尽平生之长布置。未及四五十子，只见那媳妇微微含笑，对婆婆说道："此客可教以人间常势。"婆婆遂指示攻守杀夺、救应防拒之法，其意甚略，然皆平时思虑所不及。积薪更欲请益，婆婆笑道："只此已无敌于人间矣！大驾已前行，客官可速往。"积薪称谢而别。行不十数步，回头看时，茅舍柴扉都已不见，方知是遇了仙人，不胜叹诧。正是：

弈通太极阴阳理，妙诀从来原不多。
好向人间称莫敌，笑他空烂手中柯。

积薪自此弈艺绝伦。当日上皇因高力士言及，特召积薪面询其事。积薪把上项事奏闻，黄幡绰在旁，听了插诨道："弈称手谈，那家妈妈媳妇，却又口著，真是异事。"上皇笑道："常人之弈，以手为口，必须目视；不若仙人之弃，以口为手，不须用目也。"积薪道："臣常布置其姑媳对弈之势，虽罄竭心思，推算其所言九枰胜负之说，终不可得。"上皇道："此必非人间常势，存此以待后之识者可耳。"高力士道："积薪昔年饮酒，曾得遇圣人；今日弈棋又遇仙人，何其多佳遇也。"上皇道："李谟所遇吹笛仙翁，积薪所遇弈棋姑媳，总是仙人，但未知是何仙。此时若张果、叶法善、罗公远辈有一人在此，必知其来历矣！"

正闲谈间，肃宗遣使来奏言，永王璘谋反，称帝于江南。上皇大怒，命速遣将讨之。不一日，有中使啖廷瑶，赍奉肃宗告捷表文，奏称广平王与郭子仪屡胜贼兵，又得回纥助战，已恢复西京。今即移兵东向，将并恢复东京矣。上皇大喜。正是：

且喜耳闻好消息，会须眼看捷旌旗。

未知如何复两京，且听下回分解。

第九十六回　**拚百口郭令公报恩　复两京广平王奏绩**

词曰：

感恩思报英雄志，欲了平生事。因他冤陷，拚吾百口，贷他一死。
友朋情谊犹如此，何况为臣子？亲王奏凯，全亏大将，丹诚共矢。

调寄《贺圣朝》

从来能施恩者，未必望报，而能图报者，方不负恩。战国时的侯生，对信陵君说得好，道是："公子有德于人，愿公子忘之；人有德于公子，愿公子无忘之，无忘之者，必思有以报之也。"孔子曰："以直报怨，以德报德。"夫报德不曰以直，而曰以德者，报德与报怨不同：报怨不可过刻，以直足矣；且怨有当报者，有不当报者，有时以报为报，有时以不报为报，皆所谓直也。若夫德是必要报的，不可不厚报的，说不得个他如此来，我亦当如此答。一饭之恩，报以千金，岂是掂斤估两的事？我当危困之时，那人肯挺身相救，即时迫于事势，救我不成，他这段美意，也须终身衔感；况实能脱我于患难之中，真个生死而肉骨，我到后来建功立业，皆此人之赐。此等大恩，便舍身拚家以报之，诚不为过。推此报恩之念，其于君臣之间，虽不可与论报施，然人臣匡君定国，戡乱扶危，成盖世之奇勋，总也是不忘君恩，勉图报效而已。

却说肃宗自灵武即位后，即令郭子仪为武部尚书，灵武长史李光弼为户部尚书北都留守并同平章事，又特遣使征召李泌。那李泌字长源，京兆人氏，生而颖异，身有仙骨。幼时常闻空中有仙乐来相迎，其身飘飘欲举，家人共相抱持。后来每闻音乐，家人即捣蒜向空泼洒，自此音乐渐绝。至七岁，便能吟诗作赋，更聪慧异常。

上皇开元年间，下诏召集京中能谈佛老者，互相议论。有一童子姓员名俶，年方十岁，与众问答词辨无穷。上皇嘉叹，因问员俶："外边还有与你一般聪慧的童子么？"原来员俶乃是李泌的姑娘所生，与李泌为中表兄弟，当下便奏说："臣母舅之子李泌，小臣三岁，而聪慧胜臣十倍。"上皇即遣中使召之。李泌应召而至，朝拜之际，礼仪娴雅。其时上皇方与燕国公张说弈棋，遂命张说出题试之。张说使赋方圆动静，李泌请言其略，以便措辞。张说指着案上棋枰说道：

方若棋局，圆若棋子，动若棋生，静若棋死。

说罢，张说还恐他年太幼，未能即解，又对他说道："此是我借棋以为方圆动静之喻，汝自赋方圆动静四字，不可泥棋为说也。"李泌道："这晓得。"即信口答道：

方若行义，圆若用智，动若骋才，静若得意。

张说听了，大为惊异道："此吾小友也！"因起身拜贺朝廷得此神童。正是：

堪使老臣称小友，共夸圣主得神童。

上皇厚加赐赉，命于翰林院读书；及长，欲授以官职。李泌再三辞谢，乃赐与太子为布衣交，太子甚相敬爱。李林甫、杨国忠都忌之，李泌因遂告归，隐居颍阳。至是肃宗思念旧交，遣使征至行在，待以宾礼，出则联骑，寝则对榻，事无大小，皆与商酌。欲命为右相，李泌固辞，只以白衣随驾。

一日，肃宗与李泌并马而出，巡视军营。军士们窃相指道："黄衣的是圣人，白衣的是山人。"肃宗微闻此语，因谓李泌道："艰难之际，不敢以官职相屈；但且衣紫，以绝群疑。"遂出紫袍赐之，李泌只得拜受，肃宗即令左右为之换服。李泌换服讫，正欲谢恩，肃宗笑道："且住，卿既服此，岂可无称？"乃于袖中取出敕书一道，以李泌为参谋军国元帅府行军长史。李泌犹固辞，肃宗道："朕非敢相屈，期共济艰难耳。俟贼平，任行高志。"李泌拜受命。

肃宗欲以建宁王倓为大元帅，李泌道："建宁王果堪作元帅，然广平王居长；若建宁王功成，岂可使广平王为吴泰伯？"肃宗道："广平王系冢嗣，何必以元帅为重？"李泌道："广平王未正位东宫，今艰难之际，人心所属在于元帅，若建宁大功既成，陛下即欲不以为储贰，彼同立功者，其肯已乎？太宗、上皇即其事也。"肃宗点头道："卿言良是，朕当思之。"李泌退朝，建宁王迎谢道："顷传闻奏对之言，正合吾心，吾受其赐矣。"李泌道："殿下孝友如此，真国家之福也。"于是肃宗以广平王俶为天下兵马大元帅，郭子仪、李光弼等所部之军，俱属统率。

时李光弼驻防太原，其麾下精兵俱调往朔方，在太原者仅万人。贼将史思明等共引兵十余万人来攻城，诸将皆议修城以待之。光弼道："太原城周四十里，修之非易，贼垂至与兴役，是未见敌而先自困也。"乃令士卒于城外凿濠以自固，掘坑堑数千。及贼攻城于外，光弼即令以坑堑中掘出的泥土增垒于内，为守御。贼围攻月余，无隙可乘。光弼访得钱冶内有铸钱的佣工兄弟三人，善穿地道，以重赏购之，使率其伙伴，掘地道以俟贼。有贼将于城下仰面侮骂城上人。光弼即遣人从地道拽其足而入，缚至城上斩之，自此贼行动必低头视地。光弼又作大炮，飞巨石，每一发必击死几十人，贼乃退营于数十步外。光弼遣使诈称城中粮尽，与贼相约刻期出降。史思明信以为真，不复为备。光弼暗使人穿地道，直至贼营，支之以木；至期使二千余人，走马出城，恰像要去投降的一般。贼方瞻望喜跃，忽然营中地陷，压死者无数，贼众惊乱，官军鼓噪而出，斩杀万计。史思明乃引众纷纷遁去。光弼上表奏捷。广平王正以太原要地被围，欲遣兵往救，因得捷报而止。

郭子仪以河东居两京之间，得河东而后两京可图。时贼将崔乾祐守河东，郭子仪密使人入河东，与唐官陷于贼中者，约为内应，内外夹攻。崔乾祐不能抵敌，弃城而逃。

子仪引兵追击，斩杀其众，乾祐仅以身免。河东遂平。正是：

从来郭李称名将，战守今朝各奏功。

肃宗以郭子仪为天下兵马副元帅，正谋恢复两京，忽闻报永王璘反于江陵，僭称帝号。原来永王璘出镇江陵，自恃富强，骄蹇不恭。及闻肃宗即位灵武，乃与部将属官等共私议，以为太子既遽自称尊，我亦可据有江表，独帝一方。正在谋议起事，肃宗恶其骄蹇，诏使罢镇还蜀。永王竟不奉诏，至是举兵反，自称皇帝。思欲招致有名之士，以为民望。闻知李白退居庐山，距江陵不远，遣使征之。李白辞不应赴。永王使人伺其出游，要之于路，劫取至江陵，欲授以官。李白决意不受。永王不能屈其志，但只羁縻住他，不放还山。

肃宗闻永王作乱，一面表奏上皇，一面遣淮南节度高适、副使李成式，共引兵征讨。时内监李辅国阴附宫中，张良娣专权用事，那降贼的内监边令诚，因为贼所忌，乃自贼中逃至行在，依托李辅国图复进用。李泌上言道："令诚以宦官蒙上皇委任，外掌兵权，内掌宫禁，而贼至即降，且以宫门锁钥付贼，如此叛逆，罪不容诛！"肃宗遂命将边令诚斩首，为降贼者示警。于是李辅国奏称："原任翰林学士李白，现为逆藩永王璘谋主，宜诏刑官，注名叛党，俟事平日，按律治罪。"

你道李辅国为何忽有此奏？只因李白当初在朝时，放浪诗酒，品致高尚，全不把这些宦官看在眼里，所以此辈都不喜他。今辅国乘机劾奏，一来是私怨，二来迎合朝廷显诛叛党之意，三来怪李泌奏斩了边令诚。他今劾奏李白，见得那文人名士，受过上皇宠爱的，也不免从逆，莫只说宦官不好。当日肃宗准其奏，传旨法司。

却早惊动了郭子仪，他想："昔年李白救我性命，大恩未报，今日岂容坐视？"遂连夜草成表章，次日即伏阙上表。其表略云：

臣伏睹原任词臣李白，昔蒙上皇知遇之恩，将不次擢用，乃竟辞荣遁隐，高卧庐山，斯其为人可知。今不幸为逆藩所逼，臣闻其始而却聘，继乃被劫，伪命屡加，坚意不受，身虽羁困，志不少降；而议者辄以叛人谋主目之，则亦过矣。臣请以百口保其无他。白故有恩于臣，然臣非敢以私恩为白游说也，事平之后，当有众目共见者可为援证；倘不如臣所言，臣与百口甘伏国法。

肃宗览表，命法司存案，待事平日察明定夺。

后来永王璘兵败自尽，该地方有司拘系从逆之人，候旨处决，李白亦被系于浔阳狱中。朝廷因郭子仪曾为保救，特遣官查勘。回奏李白系被逼胁，与从逆者不同，罪宜减等。有旨李白长流夜郎，其余从逆者，尽行诛戮。至乾元年间，诏赦天下，李白乃得放归。行至当涂县界，于舟中对月饮酒大醉，欲捉取水中之月，堕水而卒。当时江畔之人，恍惚见李白乘鲸鱼升天而去，这是后话。正是：

有恩必报推英杰，无罪长流叹谪仙。
英杰拼家酬昔日，谪仙厌世再升天。

此事表过不题。

且说肃宗既以广平王为元帅，即欲立为太子。李泌道："陛下灵武即位，止为军事迫切，急须处分故耳；故立太子，宜请命于上皇，不然后世何由知陛下不得已之心乎？"广平王亦固辞道："陛下尚未奉晨昏，臣何敢当储副？"肃宗因此暂停建储之事。建宁王私语李泌道："我兄弟俱为李辅国、张良娣所忌，二人表里为恶，我当早除此害。"李泌道："此非臣子所愿闻，且置之勿论。"建宁不听，屡于肃宗前，直言二人许多罪恶。二人乃互相谗谮，诬建宁欲谋害广平，急夺储位，激怒肃宗，立即传旨，赐建宁王死。李泌欲谏阻，已无及矣。可惜一个贤主，被谗殒命。想肃宗居东宫时，为李林甫所忌，受尽惊恐，岂不知戒；今巨寇未灭，先杀一贤子，何忍心昧理至此！后人有诗叹云：

信谗杀其子，作俑自上皇。
肃宗心忍父，可怜建宁王。
不记在东宫，时恐罹祸殃。
何今循故辙，谗口任翕张。
君子听不聪，佳儿被摧戕。
遗恨彼妇寺，寸磔宁足偿！

至德二载，肃宗驾至凤翔，命广平王与郭子仪等出师恢复两京。子仪以番人回纥的兵马甚精锐，请旨征其助战。回纥可汗遣其子叶护领兵一万前来助战，肃宗许以重赏。叶护请于克城之日，土地士庶归朝廷，金帛子女归回纥。肃宗急于成功，只得许诺，聚朔方等处军马，与回纥西域之众，共一十五万，刻日起行。

李泌献策，拟先攻范阳，捣其巢穴。肃宗道："大军既集，正须急取长安，岂可反先劳师以攻范阳？"李泌道："今所用者皆北兵，其性耐寒而畏暑，今乘其新至之锐，攻已老之师，两京必克。然贼收其余众，遁归巢穴，关东地热，春气一发，官军必困而思归。贼休兵秣马，伺官军一去，必复南来，是征战之未有已时也。不如先用之于寒乡，除其巢穴，贼退无所归，然后大兵合而攻之，必成擒矣！"肃宗道："此言诚善，但朕定省久虚，急欲先恢复西京，迎回上皇，不能待此矣！"遂不用李泌之言，兵马望西京进发。

行至长安城西，列阵于沣水之东。李嗣业领前军，广平王、郭子仪、李泌居中军，王思礼统后军。贼众数万，列阵于沣水之北。贼将李归仁出挑战，子仪引前军迎战，贼军尽起，官军少却。李嗣业肉袒执戈，身先士卒，大呼奋击，立杀数十人。于是官军气壮，各执长刀，如墙而进，贼众不能抵当。都知兵马使王难得，被贼射中其眉，皮垂遮目，难得手自拔箭，扯去其皮，血流满面，力战不退。贼伏精骑于阵之东，欲击官军之后。子仪探得其情，急令朔方左厢兵马使仆固怀恩引回纥兵，突往击之，斩杀殆尽。李嗣业又引回纥兵出贼阵后，与大军夹击，王思礼亦引后军继进，并力攻杀；自午至酉，斩首六万余级，贼兵大溃，余众退入城中，一夜嚣声不息。至天明，探马来报，贼将李归仁、安守忠、田乾真、张通儒等俱已遁去。广平王遂帅众入西京城，百姓老幼，夹道欢呼。

叶护欲如前约，掠取金帛子女。广平王下马，拜于叶护马前道："今方得西京，若便俘掠，则东京之人，必为贼固守，难以复取了。请至东京，乃如约。"叶护惊跃下马答拜，跪捧王足道："愿为殿下即往东京。"遂与仆固怀恩引了西域及本部之兵，从城南过，更不停留，径向东京进发。众人见广平王为百姓下拜，无不涕泣感叹。

为民屈体非为屈，赢得人人爱戴深。
番众亦因仁义感，不缘贪利起戎心。

广平王驻西京三日，即留兵镇守，自引大军东出。捷书至行在，百官称贺。肃宗即日具表，遣中使啖廷瑶赴蜀奏闻上皇，请驾回京复位。一面遣宫人西京祭告宗庙，宣慰百姓；一面以快马召李泌于军中。李泌星驰至凤翔入见，叩问何故召见。肃宗道："朕得西京捷报，即表奏上皇，请驾东归复位，朕当退居东宫，以尽子职。未识卿意以为何如？欲急召面询。"李泌愕然道："此表已赍去否？"肃宗道："已去。"李泌道："还可追转否？"肃宗道："已去远矣，为何欲追转？"李泌咄嗟道："上皇不肯东归矣！"肃宗惊问何故。李泌道："陛下正位改元，已历二载，今忽奉此表，上皇心疑，且不自安，怎肯复归？"肃宗爽然自失，顿足道："朕本以至诚求退，今闻卿言，乃悟其失。表已奏上，为之奈何？"李泌道："今可更为群臣贺表，具言自马嵬请留，灵武劝进，及今克复两京，皇上思恋晨昏，请即还宫，以尽孝养。如此则上皇心安，东归有日矣。"肃宗连声道是，便命李泌草表，立遣中使霍韬光入蜀奏闻。

不则一日，啖廷瑶自蜀回，传上皇口谕云："可与我剑南一道自奉，不复归矣。"肃宗惶惧无措。数日后，霍韬光还报，言上皇初得皇帝请退东宫之表，彷徨不能食，欲不东归；及群臣贺表至，乃大喜，命食作乐，下诰定行期了。肃宗大喜，召李泌入宫告之道："此皆卿之力也！"因命酒与饮。是夜留宿于内，肃宗与之同榻而寝。正是：

御床并坐非王导，帝榻同眠胜子陵。

李泌本不乐仕进，久有去志，因乘间乞身道："臣已略报圣恩，今请仍许作闲人。"肃宗道："卿久与朕同忧，朕今将欲与卿同乐，何忽思去？"李泌道："臣有五不可留：臣遇陛下太早，陛下宠臣太深，任臣太重，臣功太大，迹太奇。有此五者，所以断不可留也！"肃宗笑道："且睡，另日再议。"李泌道："陛下今就臣同榻同卧，尚不允臣所请，况异日香案之前乎？陛下不许臣去，是杀臣也！"肃宗惊讶道："卿何疑朕至此？朕岂是欲杀卿者？"李泌道："杀臣者非陛下，乃五不可也。陛下向日待臣如此之厚，臣于事犹有不得尽言者；况他日天下既安，臣未必能尚邀圣眷，尚敢言乎？"肃宗道："卿此言，必因朕不从卿先伐范阳之计也。"李泌道："臣不因此，臣实有感于建宁王之事耳。"肃宗道："建宁欲害其兄，朕故不得已而除之耳。"李泌道："建宁若有此心，广平当极恨之；

今广平王每与臣言其冤,为之流涕。况陛下昔欲用建宁为元帅,臣请用广平,若建宁果有害兄之意,宜深恨臣,乃当日以臣为忠,愈加亲信,即此可察其心矣。”肃宗闻言,不觉泪下道:“卿言是也,朕知误矣,然既往不咎。”李泌道:“臣非咎既往,只愿陛下警戒将来。昔天后无故鸩杀太子弘,其次子贤忧惧,作黄台瓜词,其中两句云:一摘使瓜好,再摘使瓜稀。今陛下已一摘矣,幸勿再摘。”李泌这句话,因知张良娣忌广平王之功也,常谗谮他,恐肃宗又为其所惑,故言及此。当下肃宗闻言,悚然道:“安有是事!卿之良言,朕当谨佩。”李泌复恳求还山。肃宗道:“且待东京报捷,朕入西京时再议。”

自此又过了几日,东京捷报到了,报说贼将自西京战败后,收合余众保陕城,安庆绪遣严庄引兵助之。郭子仪与贼战于新店,叶护引本部兵追击其后,腹背夹攻,贼兵大溃,尸横遍野,贼将弃陕而走。子仪遣兵分道追击。严庄奔回东京,劝安庆绪弃东京城,率其党走河北,临行杀前被擒唐将哥舒翰等三十余人,独许远自刎而死。子仪奉广平王入东京城,出府库中物与叶护,又命民间助输罗锦万匹与之,免于俘掠,百姓欢悦。正是:

大帅用番兵,贤王赖名将。
土地得恢复,其功同开创。

肃宗闻报大喜,即具表遣韦见素入蜀奏捷;随后又遣秦国模、秦国桢往成都迎接上皇。一面择日起驾,先入西京,候上皇回銮。

李泌上表,请如前谕。恳放还山。肃宗知其去志已决,乃降温旨,许其暂归。李泌即日谢恩辞朝,隐居衡山去了。后来广平王嗣位,复征李泌出山,又历事两朝,正有许多嘉言善策,都不在话下。最可惜肃宗不曾从其先伐范阳之计,以致两京虽复,贼氛未殄,安家父子乱后,又继以史家父子之乱,劳师动众,久而后定。究竟安禄山既为其子庆绪所杀,而庆绪又为其臣史思明所杀,而史思明又为其子朝义所杀,乱臣贼子,历历现报。这些都是后话,如今且只说上皇还京之事。正是:

前日兴嗟行路难,今朝且喜回銮稳。

未知如何,且听下回分解。

第九十七回　**达奚女钟情续旧好　采苹妃全躯返故宫**

词曰：

缘未了，慢说离多欢会少，此日重逢巧。　已判珠沉玉碎，还幸韬光敛耀。笑彼名花难自保，原让寒梅老。

调寄《长命女》

大凡人情，莫不恶离而喜合，而于男女之间为尤甚。然从来事势靡常，不能有合而无离，但或一离而不复合，或暂离而即合，或久离而仍合，甚或有生离而认作死别，到后来离者忽合，犹如死者复生。此固自有天意，然于此即可以验人情，观操守。彼墙花路草，尚且钟情不舍，到底得合，况贵为妃嫔者乎！使当患难之际，果不免于殒身，诚可悲可恨，若还幸得保全此躯，重侍故主，岂不更妙。且见得那恃宠骄妒的平时不肯让人，临难不能自保；不若那遭妒夺宠的，平时受尽凄凉，到今日却原是他在帝左右，真乃快心之事。

话说肃宗闻东京捷报，即遣太子太师韦见素入蜀奏闻上皇，复请回銮。随后又遣翰林学士秦国模、秦国桢前往迎驾。秦国桢奏言东京新复，亦当特遣朝臣赍诏到彼，褒赏将士，慰安百姓。肃宗准其所奏，乃仍命中使啖廷瑶与秦国模赴蜀，迎接上皇。改命秦国桢以翰林学士，充东京宣慰使；又命武部员外郎罗采为之副，一同赍诏往东京，即日起行。

那罗采乃故将罗成的后裔，与秦国桢原系中表旧戚，二人作伴同行，且自说得着。罗采对国桢说道："当初先高祖武毅公有两位夫人，一窦氏，一花氏，各生一子，弟乃花氏所生一子一支的子孙。那窦氏所生一支，传至先叔祖没有儿子，只生一女，小名素姑，远嫁河南兰阳县白刺史家，无子而早寡，守志不再醮，性喜的是修真学道。得遇仙师罗公远，说与我罗氏是同宗，因敬素姑是个节妇，赠与丹药一粒，服之却病延年。今已六十余岁，向在本地白云山中一个修真观中焚修。彼处男女都敬信他。自东京乱后，不见有书信来，我今此去，公事之暇，当往候之。"国桢道："他是兄的姑娘，就是小弟的表姑娘了。弟亦闻其寡居守节，却不知又有修道遇仙的奇事，明日到那里与兄同往一候便了。"当下驰驿趱行。

不则一日，来到东京，各官迎接诏书，入城宣读。诏略云：

西京捷后，随克东京，且见将帅善谋，士卒用命，国家再造，皆卿等之力也。已经表奏上皇，当即论功行赏，所有士庶，宜加抚慰。其未下州郡，还宜速为收复；城下之日，府库钱粮，即以其半犒军，毋得骚扰百姓。又访有汲郡隐士甄济,及国子司业苏源明,向在东京,俱能不为贼所屈,志节可嘉。其以济为秘书郎,源明为考功郎知制诰,即着来京供职。其降贼官员达奚珣等三百余人,都着解至西京议处。

原来那甄济,为人极方正,安禄山未反之时,因闻其名,欲聘为书记。甄济知禄山有异志,诈称疯疾,杜门不出;及禄山反,遣使者与行刑武士二人,封刀往召之,甄济引颈就刀,不发一语。使者乃以真病复命,因得幸免。那苏源明原籍河南,罢官家居;禄山造反之时,欲授以显爵,源明以笃疾坚辞,不受伪命。肃宗向闻此二人甚有志节,故今诏中及之。当时军民人等闻诏,欢呼万岁,不在话下。

且说秦国桢与罗采宣谕既毕,退就公馆,安歇了两日,即便相约同往访候罗氏素姑。遂起身,至兰阳县,且就馆驿歇下。至次日,二人各备下一分礼物,换了便服,屏去驺从,只带几个家人,骑着马,来至白云山前,询问土人。果然山中深僻处,有一修真观,名曰小蓬瀛。观中有个老节妇,在内修行,人都称他为白仙姑。土人说道:"这仙姑年虽已老,却等闲不轻见人,近来一发不容闲杂人到他观里去。二位客官要去见他,只恐未必。"罗采道:"他是我家姑娘,必不见拒。"遂与国桢及家人们策马入山,穿冈越岭,直至观前下马。见观门掩闭,家人轻轻叩了三下,走出一个白发老婆婆来,开门迎住,说道:"客官何来?我们观主年老多病。闭关静养,有失迎接,请回步罢!"罗采道:"我非别客,烦你通报一声,说我姓罗名采,住居长安,是观主的侄儿,特来奉候姑娘,一定要拜见的。"那婆婆听说是观主的亲戚,不敢峻拒,只得让他们步入。观中的景象,果然十分幽雅。有《西江月》词儿为证。道是:

炉内香烟馥郁,座间神像端凝。悬来匾额小蓬瀛,委实非同人境。
双鹤亭亭立对,孤松郁郁常青。云堂钟鼓悄无声,知是仙姑习静。

那婆婆掩了观门,忙进内边去通报。少顷出来,传观主之命,请客官于草堂中少坐,便当相见。又停了一会,钟声响处,只见素姑身穿一件蓝色镶边的白道服,头裹幅巾,足踏棕履,手持拂子,冉冉而出。看他面容和粹,举止轻便,全不像六旬以外的人,此因服仙家丹药之力也。正是:

少年久已谢铅华,老去修真作道家。
鬓发不斑身更健,可知丹药胜流霞。

罗采与秦国桢一齐上前拜见。素姑连忙答礼,命坐看茶。罗采动问起居,各叙寒暄。素姑举手向国桢问道:"此位何人?"罗采道:"此即吾罗氏的中表旧戚,秦状元名国桢的便是。"素姑道:"原来就是秦家官人。"说罢,只顾把那"秦"字来口中沉吟。国桢道:"愚表侄久仰表姑的贞名淑德,却恨不曾拜识尊颜,今日幸得瞻谒。向因山川间阻,以致疏阔,万勿见罪。"于是国桢与罗采各命从人,将礼物献上。素姑道:"二位远来相探，足见亲情，何须礼物？”二人道：“薄礼不足为敬，幸勿麾却。”素姑逊谢再三，方才收下，因问：“二位为何事而来？”罗采道：“我二人都奉钦差赍诏到此。请问姑娘，前日贼氛扰乱之时，此地不受惊恐么？”素姑道：“此地幽僻，昔年罗公远仙师，曾寄迹于此。他说道当初留侯张子房也曾于此辟谷，居此者可免兵火，因指点我来此住的。我自住此，立下清规，并不使俗人来缠扰。因你二位是我至戚，我又忝居长辈，既承相顾，不妨随喜一随喜。”便叫那老婆婆与几个女童，摆上点心素斋来吃了，随即引着二人，徐步入内边，到处观玩。

只见回廊曲槛，浅沼深林，极其幽胜。行过一层庭院，转出一小径，另有静室三间，门儿紧闭，重加封锁，只留一个关洞，也把板儿遮着。二人看了，只道是素姑习静之所。正看间，忽然闻得一阵扑鼻的梅花香。国桢道：“里边有梅树么？此时正是冬天，如何便有梅香，难道此地的梅花开得恁早？”素姑微微而笑，把手中拂子，指着那三间静室道：“梅花香从此室之中来，却不是这里生的，也不是树上开的。”罗采道：“这又奇了，不是树上开的，却是那里来的哩？”国桢道：“室中既有梅花，大可赏玩，肯赐一观否？”素姑道：“室中有人，不可轻进。”二人忙问：“是何人？”素姑道：“说也话长，原请到外厢坐了，细述与二位贤侄听。”

三人仍至堂中坐下。素姑道：“这件事甚奇怪，说来也不肯信，我也从未对人说，今不妨为二位言之。我当年初来此地，仙师罗公远曾云：‘日后有两个女人来此暂住，你可好生留着。二女俱非等闲之人，后来正有好处。’及至安禄山反叛，西京失守之时，忽然有个女人，年约三十以外，淡素衣妆，骑着一匹白驴，飞也似跑进观来。我那时正独自在堂中闲坐，见他来得奇异，连忙起身，扶住他下驴。他才下得来，那驴儿忽地腾空而起，直至半天，似飞鸟一般的向西去了。我心中骇异，问那女人时，他不肯明言来历，但云：‘我姓江氏，为李家之妇，因在西京遭难欲死，遇一仙女相救，把这白驴与我乘坐，叫我闭了眼，任我行走，觉得此身行在空中，霎时落下地来，不想却到这里。据那仙女说，你所到之处，便且安身，今既到此，不知肯相容否？’我因记着罗仙师的言语，知此女子必非常人，遂留他住在这静室中，不使外人知道，也不向观中人说那白驴腾空之事。那女人自在静室中，也足不出户。我从此将观门掩闭，无事不许开。不意过了几日，却又有个少年美貌的女子，叩门进来要住。那女人是原任河南节度使达奚珣的族侄女，小字盈盈，向在西京，已经适人。因其夫客死于外，父母又都亡故，只得依托达奚珣，随他到任所来。不想达奚珣没志气，竟降了贼。此女知其必有后祸，立意要出家，闻说此间观中幽静，禀知达奚珣，径来到此。我亦因记着罗仙师有二女来住之言，遂留他与那姓江的女人，同居一室之中，闭关静坐，只在关洞里传递饮食。两月之前，罗仙师同着一位道者，说是叶法善尊师，来到此间。那姓江的女人却素知二师之神妙，乃与达奚女出关拜谒。叶尊师便向空中幻出梅花一枝，赠于江氏说 道：‘你性爱此花，今可将这一枝花儿供着，还你四时常开，清香不绝，更不凋残，直待还归旧地，重见旧主，享完后福，那时身命与此花同谢耳。’自此把这枝梅花，供在室中瓶里，直香到如今，近日更觉芬芳扑鼻。你道奇也不奇。”

秦、罗二人听了，都惊讶道：“有这等奇事！”因问：“这二位仙师见了那达奚女，可也有所赠么?”素姑道:“我还没说完。当下罗仙师取过纸笔来,题诗八句,付与达奚氏说道:‘你将来的好事,都在这诗句中。你有遇合之时,连那江氏也得重归故土了。’言讫,仙师飘然而去。”国桢道:“这八句怎么说,可得一见否?”素姑道:“仙师手笔,此女珍藏,未肯示人。那诗句我却记得,待我诵来,二位便可代他详解一详解。”其诗云:

避世非避秦,秦人偏是亲。
江流可共转,画景却成真。
但见罗中采,还看水上苹。
主臣同遇合,旧好更相亲。

二人听了,大家沉吟半晌,国桢笑道:“我姓秦,这起两句倒像应在我身,如何说非避秦,又说秦人偏是亲?”素姑道:“便是呢,我方才听得说是秦家官人,也就疑想到此。当日达奚女见了这诗句,也曾私对我说,在京师时,有个朝贵姓秦的,与他家曾有婚姻之议,今观仙师此诗,或者后日复得相遇,亦未可知也。这句话我记在心里,不道今日恰有个姓秦的来。”罗采道:“这一发奇了,如今朝贵中姓秦的,只有表兄昆仲,赫赫著名,不知当初曾与达奚女有亲么?”国桢沉吟了一回,说道:“此女既有此言,敢求表姑去问他一声,在京师的时节住居何处?所言姓秦的朝贵是何名字?官居何职?就明白了。”素姑道:“说得是,我就去问来。”遂起身入内。少顷欣然而出,说道:“仙师之言验矣!原来所言姓秦的,正是贤表侄。他说向住京师集庆坊,曾与状元秦国桢相会来。”国桢听了,不觉喜动颜色,道:“原来我前所遇者,乃达奚盈盈,几年忆念,岂意重逢此地!”便欲请出相见。素姑道:“且住,我才说你在此,他还未信,且道:“我既出家,岂可重题前事,复与相会?”罗采笑道:“表兄昔日既有桑间之喜,今又他乡逢故,极是奇遇,如何那美人反多推阻。你二人当初相会之时,岂无相约之语?今日须申言前约,事方有就。”国桢笑道:“此未可藉口传言。”遂索纸笔,题诗一首道:

记得当年集庆坊,楼头相约莫相忘。
旧缘今日应重续,好把仙师语意详。

写罢,折成方胜,再求素姑递与他看。

盈盈见了诗,沉吟不语。素姑道:“你出家固好,但详味仙师所言,只怕俗缘未断,出家不了,不如依他旧好重新之说为是。”看官,你道盈盈真个立志要出家么?他自与国桢相叙之后,时刻思念,欲图再会;争奈夫主死了,母亲又死了,族叔达奚珣以其无所依,接他到家去,随又与家眷一同带到河南任所,因此两下隔绝;今日重逢,岂不欣幸?况此时达奚珣已拿京师去了,没人管得他。只是既来出了家,不好又适人,故勉强推却;及见素姑相劝,便从直应允了。国桢欣喜,自不必说;但念身为诏使,不便携带女眷同行,因与素姑相商:“且叫盈盈仍住观中,等待我回朝复了命,告知哥哥,然后遣人来迎。当下只在关洞前相见,盈盈止露半身,并不出关。国桢见他丰姿如旧,道家妆

束,更如仙子临凡;四目相视,含悲带喜,不曾交一言。正是:

相思无限意,尽在不言中。

是晚秦国桢、罗采不及出山,都就观中止宿。素姑挑灯煮茗,与二人说了些家庭之事,因又谈及罗公远这八句诗。国桢道:"起二句已应,却那画影一句,也不必说了,其余这几句却如何解?今盈盈虽与江氏同居,行将相别,却怎说江流可共转?"素姑道:"那江氏突如其来,所乘之驴,腾空而去;看他举止,矜贵不凡,我疑他是个被谪的女仙,只是罗仙师道:'达奚有遇合之时,连江氏也得归故土。'此是何意?"

二人闲话间,只见罗采低头凝想,忽然跌足而起,道:"是了是了,我猜着的了!"素姑道:"你猜着什么?"罗采低声密语道:"这江氏说是江家女李家妇,莫非是上皇的妃子江采苹么?你看诗句中,明明有'江采苹'三字。他便性爱梅花,宫中称为梅妃。前日传闻乱贼入宫,获一腐败女尸,认是梅妃,后又传闻梅妃未死,逃在民间。或者真个遇仙得救,避到这里,日后还可重归宫禁,再侍上皇,也像达奚女与秦兄复续旧好一般。不然,如何说'主臣同遇合'呢?"国桢点头道:"这一猜甚有理。但据我看来,表兄姓罗名采,诗语云:"但见罗中采,还看水上苹。"却像要你送他归朝的。"素姑道:"若果是江贵妃,他既在我观中,我侄儿恰到此,晓得贵妃在这里,自然该奏报请旨。"罗采道:"只要问明确是江贵妃,我即日就具表申奏便了。"素姑道:"要问不难。他见达奚氏矢志不随那降贼的叔叔,因此甚相敬爱,有话必不相瞒,我只问达奚,便知其实了。"当晚无话。

次日,素姑至静室中见了盈盈,说话之间,私问道:"小娘子,你不日便将与江氏娘子相别了。这娘子自到此,不肯自言其履历。他和你是极说得来,必有实言相告,你必知其祥,毕竟是谁家内眷?"盈盈笑道:"他一向也不肯说,昨日方才说出。你莫小觑了他,他不是等闲的女人,就是上皇当日最宠幸的梅妃江采苹哩!我正欲把这话告知姑娘。"素姑闻言,又惊又喜,顿足道:"我侄儿猜得一些不错。"

看官听说,原来梅妃向居上阳宫,甘守寂寞;闻安禄山反叛,天下骚然,时常叹恨杨玉环肥婢,酿成祸乱;及贼氛既近,天子西狩,欲与梅妃同行,又被杨妃阻挠,竟弃之而去。那时合宫的人,都已逃散。梅妃自思:"昔日曾蒙恩宠,今虽见弃,宁可君负我,不可我负君。若不即死,必至为贼所逼。"遂大哭一场,将白绫一幅,就庭前一株老梅树上自缢。

气方欲绝,忽若有人解救,身子依然立地,睁开眼看时,却是一个星冠云帔的美貌女子立在面前。梅妃忙问:"你是那一宫中的人?"那女子道:"我非是宫中人,我乃韦氏之女,张果先生之妻也,家住王屋山中。适奉我夫之命,乘云至此,特地相救。你日后还有再见至尊之时,今不当便死。我送你到一处去,暂且安身,以待后遇。"遂于袖中取出一个白纸折成的驴儿,放在地上,吹口气,登时变成一匹极肥大的白驴,鞍辔全备,扶梅妃骑上,嘱咐道:"你只闭着眼,任他行走,少不得到一个所在,自有人接待你。"说罢,把驴一拍,那驴儿冉冉腾空而起。梅妃心虽骇怕,却欲下不能,只得手绾丝缰,紧闭双眸，听其行止。耳边但闻风声谡谡，觉得其行甚疾，且自走得平稳。须臾之间，早已落地，开眼一看，只见四面皆山。驴儿转入山径里，竟望小蓬瀛修真观中来，因此得遇罗素姑相留住下。当时不敢实说来历，素姑又见那白驴腾空而走，疑此女是天仙，不敢盘问。

那罗公远诗中，藏下江采苹三字，他人不知，梅妃却自晓悟；今见诏使罗采姓名，与诗相合，盈盈又得与秦状元相遇，诗中所言，渐多应验，又闻两京克复，上皇将归，因把实情告知盈盈，要他转告素姑，使罗采表奏朝廷。恰好罗采猜个正着，托素姑来问；当下盈盈细说其事。素姑十分惊喜，随即请见梅妃，要行朝拜之礼。梅妃扶住道："多蒙厚意，尚未报谢，还仗姑姑告知罗诏使，为我奏请。"素姑应诺，便与罗采说知。

罗采与国桢商议，先上笺广平王，启知其事；广平王遂于东京宫中，选几个旧曾供御的内监宫女，都到观中参谒识认，确是梅妃无疑，乃具表奏闻。罗采亦即飞疏上奏，疏中并及国桢与达奚盈盈之事，竟说盈盈是国桢向所定之副室，因乱阻隔，今亦于修真观中相遇，虽系降贼官员达奚珣之族女，然能心恶珣之所为，甘作女冠，矢志自守，其节可嘉。肃宗览表，一面遣人报知上皇，一面差内监二人，率领宫女数人，赴白云山小蓬瀛迎请梅妃速归故宫，候上皇回銮朝见；并着该地方官厚赏罗素姑，仍候上皇诰谕褒奖；又降诏达奚盈盈，即归秦国桢为副室，给与封诰。

那时国桢与罗采别过了素姑，起马回朝。中途闻诏，即差家人速至修真观中传语盈盈，叫他仍唤达奚珣家人仆妇女使随侍，跟着梅妃的仪从，一齐进京。当下梅妃与盈盈谢别了素姑，即日起程。梅妃自有内监宫女拥卫，香车宝马，望西京进发。盈盈与仆从女使们，亦即随驾而行。梅妃车前，有内侍赍捧宝瓶，供着那枝仙人所赠的梅花，香闻远近，人人叹异。梅妃于临行时，手书疏启，差中使星夜赍奉上皇驾前呈进。正是：

昔日楼东空献赋，今朝重上一封书。

未知后事如何，且听下回分解。

第九十八回　遗锦袜老妪获钱　听雨铃乐工度曲

词曰：

人逝矣，宝髻花钿都委地。锦袜独留余媚，见者犹惊喜。
万里归程迢递，正追思往事，被雨滴愁肠碎碎，愁歌曲内。

调寄《归国遥》

凡人于男女生死离别之际，不但当时的悲伤，不可言论，至事后追思，更难为情。倘那人竟如冰消雾散，一无流遗，徒使我望空怀想，摹影拟形，固极悲楚，若还那人，平日服御玩好之物，留得一件两件，这些余踪剩迹，一发使人触目伤心。此即旁人不关情的，犹且慕芳踪而愿睹，观遗物而兴嗟；何况恩爱宠幸之人，平时片刻不离，一旦变起意外，生巴巴的拆开，活剌剌的弄死，其悲痛何可胜言！到后来痛定思痛，凡身之所经，目之所睹，耳之所闻，无一不足以助其悲思，于是托之歌咏，寄之声音，此真以歌当哭，一声一泪。

话说梅妃自小蓬瀛修真观中，起行回西京，临行之时，先具手疏，遣内侍赴蜀进呈上皇。原来上皇在蜀中也常思念梅妃，因有人传说："贼人曾于宫中获一女尸，疑是梅妃之尸。"上皇闻此信，只道梅妃已死，十分伤感。时有方士张山人在蜀，上皇召至宫中，命其探幽冥索，访求梅妃魂魄所在。那张山人结坛默坐一日一夜，回奏言："臣飞魂遍游三界，搜访仙魂，俱无踪影。"上皇怅然道："芳魂何往耶！若梅妃之魂可访，则太真之魂意亦可访，今皆不可得矣！"因挥泪不止。高力士见上皇悲思甚切，乃求得梅妃画真一幅，进呈御览。上皇看了嗟叹道："此画像绝肖，惜不活耳！"展看再三，御笔亲题绝句一首于其上云：

惜昔娇娃侍紫宸，铅华懒御得天真。
霜绡虽似当年态，怎奈秋波不顾人。

自此上皇时常展图观玩。

后又有人说："梅妃并不曾死，前所获死尸，不是梅妃之尸。"上皇闻之，疑其散失民间，乃下诏军民士庶，有知妃子江采苹所在者，即行奏报候赏；或有遇见奉送来京者，予六品官，赐钱百万。诰谕方下，恰好肃宗见了罗采的表章，遣使来奏闻。那时上皇已发驾起行，途次得奏，龙颜大悦，传旨罗采等俟驾回京颁赏，江采苹着回宫候见。过了一日，梅妃所遣的内使，亦途次迎着车驾，随将梅妃的手疏进献。其疏略云：

臣妾白楼东献赋，多有触忌。荷蒙圣恩，不加诛戮，幸得屏处，以延一息；凄凉之况，甘之如饴。客岁之夏，逆贼犯阙，乘舆西狩，事起仓卒。圣心眷妾，欲与偕行，有言间之，使俟后命。事势既蹙，后命不及。当此之时，举宫骇散。妾之一命，轻于鸿毛，殉节投环，气已垂绝。忽有仙姬，从空而降，手为解救，绝而复苏。询厥所由，来自王屋，韦家女子，张果其夫。云奉夫言，指妾远遁。袖出纸驴，化为骏骑，乘以行空，顷刻千里。任其所止，则在兰阳。白云深处，蓬瀛道院，中有女冠，实系节妇。素姑罗氏，公远族属，讶妾来踪，疑以为仙，引处奥密，奉事惟谨。妾亦韬晦，不与明言。有与同处，达奚闺秀，秦姓所聘，状元侧室。二女同居，人莫能知。前此公远，预言罗姑，谓有二女，暂来即去，各归其主，当在异日。两月以前，罗师忽来，所同来者，叶师法善。赠妾以梅，从厥攸好，阆苑天葩，常花不谢。更吟诗句，字里藏机。罗秦二使，访亲而来。妾缘达奚，因秦及罗，藉以奏报，适符仙语，奇迹怪踪，妾所身经，敢具手疏，上达天听。残喘余生，不宜再渎，邀恩格外，许归故宫。旦夕之间，与梅同落，随逐花魂，渺焉空际；较之惨死，何啻天渊？是所深幸，夫复何求？若蒙异数，不忘旧眷，俾兹朽质，重睹天颜。有如落英，复缀枝头，非敢所期，伏候明诏。临疏涕泣，不知所云。

上皇前得肃宗奏报，已略知其事，今见梅妃手疏，更悉芳衷，深为叹异，遂温旨批去，云：

贤妃遇难自经，具见殉节之志；仙女临期相救，正因矢志之诚。千里行空，异焉蓬瀛之托迹；一枝寓意，美哉花萼之留香。朕方观画题诗，索芳魂而不得；卿已逸仙赠句，卜嘉会于将来。种种奇迹，历历动听，斯皆真诚感召，故有遇合因缘。今其遄返紫宸，勿复徒悲清夜。缅怀旧眷，伫俟新恩。

中使赍旨，驰报梅妃。此时梅妃已至西京，承肃宗之意，入居上阳宫了。

上皇行至凤翔府，传命护从军士，将衣甲兵器，都交纳凤翔府库中。李辅国奏请肃宗发精骑三千迎驾。及驾将到，肃宗率百官出都门奉迎，百姓遮道罗拜，俱呼万岁。肃宗俯伏上皇车前，涕泣不止；上皇亦涕泣抚慰。肃宗奏请避位，上皇不允。时肃宗不敢穿黄袍，只穿紫袍，上皇立命取黄袍，令内侍与肃宗换了。车驾即日至太庙告谒，因见太庙残毁，仰天大哭，臣民无不感伤。告谒毕，车驾回朝。肃宗步行御车，上皇屡却之，方乘马傍车而行。上皇顾谓诸臣曰："朕为天子五十年，不自见为尊；今为天子父，乃真尊之至耳。"诸臣皆俯首称万岁。上皇车驾入朝，不御大殿，只就便殿，暂只下诰："朕尊为太上皇。以南内兴庆宫为娱老之所，朝廷政事，不复与闻。"后人读史至此，谓上皇纳甲兵于府库，是何意思？肃宗子迎父驾，却用精骑三千，又是何意？有诗叹云：

甲兵输库非无意，父子之间亦远嫌。
迎驾只须仪从盛，何劳精骑发三千？

上皇既至兴庆宫，即召梅妃入宫见驾。梅妃朝拜之际，婉转悲啼。上皇意不胜情，好言慰劳，即以所题画真与看。梅妃拜谢道："圣人之情，见乎辞矣，臣妾虽死，亦当衔感九泉。"因又把当日投环，遇仙避难，逢仙之事，面奏一番，道："妾若非张果先生使其妻远来相救，安能今日复见天颜？"上皇道："昔年朕欲以玉真公主与张果为婚，他坚却不允，原说有妻韦氏在王屋山中，不意你今日蒙其救援。那纸驴儿想即张果巾箱中物也。"梅妃又将叶法善所赠梅花，呈于上皇观览。上皇见花色晶莹，清香袭人，不觉惊异道："你得此仙梅，庶不愧梅妃之称矣！"梅妃又将罗公远诗句奏闻道："此诗虽赠达奚女，而妾得罗采奏报之事，已寓于中。"上皇点头嗟叹道："罗公远昔曾寄书与朕，说安不忘危，这安字明明说安禄山；又寄药物名蜀当归，是说朕将避乱入蜀，后来仍当归京都。仙师之言，当时莫解其意，今日思之，无有不验。我正在这里想他。"

梅妃回奏，言罗采与罗素姑就是他的戚属。上皇遂传命，加罗采官三级，赐钱百万；封罗素姑为贞静仙师，赐钱二百万，增修观宇。又命塑张果、叶法善、罗公远三仙之像，于观中虔诚供奉。梅妃又念达奚盈盈同处多时，互相敬爱，情谊不薄，因奏请上皇，以虢国夫人旧宅赐与居住，这正应了罗公远诗中'画景却成真'一句。当初盈盈把虢国宅院的画图，与秦国桢看了，隐过了自家的事，谁想今日就把那画图中的宅院赐与他，却不是弄假成真？

当下秦国桢接到了盈盈，一面告知亲兄秦国模，不说是旧好，只说在修真观中相遇，承罗采为媒两个订定的。国模因他已奉旨准娶，便也由他罢了。盈盈就于赐第中，与秦国桢相聚，重讲旧情，这一段的恩爱，非可言喻。有一曲《黄莺儿》为证：

> 重会状元郎，上秦楼，卸道装，从今勾却相思账。姓儿也双，名儿也双，前时瞒过难寻访。笑娘行，今须听我低叫耳边厢。

原来秦国桢的夫人徐氏，就是徐懋功的裔孙女，极是贤淑，因此妻妾相得，后来各生贵子。国桢与哥哥国模，俱以高官致仕。盈盈常得入宫，谒见梅妃。又常遣人往候罗素姑。那罗素姑寿至百有余岁，坐化而终。此皆后话，不必再说。

且说梅妃当日朝见上皇过了，便要辞回上阳宫。上皇道："朕年已老，无人侍奉，得卿相叙，正好娱我晚景，如何还要到上阳宫去？"梅妃道："臣妾自翠华西阁得侍至尊，触忌遭谗，自分永弃，今以未死余生，复觏天颜，已出望外。至于侍奉左右，当更择佳丽，以继前宠。妾衰朽之质，自宜退避。"说罢，挥泪如雨。上皇亲手抚慰道："向来与卿疏阔，实朕之过；然珍珠投赠，未始无情，今当依仙师'旧好从新'之语，岂忍弃朕别居？"梅妃见上皇恁般眷顾，乃遵旨留兴庆宫，与上皇同处。正是：

> 杨花已逐东风散，梅萼偏能留晚香。

上皇复得梅妃侍奉，甚可消遣暮年，但每常念及杨妃惨死，不胜悲痛。前自蜀中回京，路过马嵬，特命致祭，彼时便欲以礼改葬。礼部侍郎李揆奏云："昔日龙武将士，因诛杨国忠，故累及妃子。今欲改葬故妃，恐龙武将士疑惧生变。”上皇闻奏，暂止其事；及回京后，密遣高力士潜往改葬，且密谕：若有贵妃所遗物件，可以取来。高力士奉了密旨，至马嵬驿西道之北坎下，潜起杨妃之尸，移葬他处。其肌肤已都销尽，衣饰俱成灰土；只有胸前紫罗香囊一枚，尚还完好。那紫罗乃外国贡来冰丝所织，囊中又放着异香，故得不坏。力士收藏过了。又闻得有遗下锦裤袜一只，在马嵬山前一个老妪钱妈妈处，遂以钱十千买之。

原来杨妃当日缢死于马嵬驿中，匆匆瘗埋。车驾既发，众驿卒俱至驿中打扫馆舍。其中有一姓钱的驿卒，于佛堂墙壁之下，拾得锦裤袜一只，知道是宫中嫔妃所遗，遂背着众人，密自藏过，回家把与母亲钱妈妈看。那个妈妈见这裤袜上用五色锦绣成一对并头合蒂的莲花，光彩炫目，余香犹在，便道：“此必是那亡过的妃子娘娘所穿。这样好东西，不容易见的哩！”正看间，恰有个邻家的妈妈走过来闲话，因便大家把玩了一回。于是传说开了，就有那好事的人来借观，这个看了去，那个也要来看。钱妈妈初时还肯取将出来与人瞧瞧，后来要看的人多了，他便索起钱钞来，越索得越多，越有人要看；直索至百文一看。那妈妈获钱几及数万，好不快活。原来杨妃的裤袜，有名叫做藕履。你道那藕履二字如何解？这因杨妃平日，最爱穿绣莲裤袜。天子常戏语之云：“你的裤袜上，正宜绣着莲花，若不是莲花，何故内中有此白藕？”杨妃因此自名其裤袜为藕履。不想身死之后，遗下一只于驿庭，为众人之所争看，到作成那钱妈妈着实得利。后来刘禹锡作《马嵬行》，也说及那遗袜之事。道是：

履綦无复有，文组光未灭。
不见岩畔人，空见凌波袜。
邮童爱踪迹，私手解鞶结。
传看千万眼，缕绝香不绝。

又有人说，那遗袜毕竟有时消毁，不能长留于世，亦殊不足看。有诗云：

锦袜传观只一时，凌波今日有谁知？
不如西子留遗迹，人到灵岩便系思。

当下高力士闻遗袜在钱妈妈处，将钱来买。钱妈妈不敢不与。力士把这锦裤袜与那紫罗香囊，一并献与上皇履旨。上皇见了这二物，嗟悼不已，即命宫人藏好，闲时念及，常取来观看叹惜。梅妃欲排遣圣怀，令高力士访求旧日那梨园子弟来应承。

一夕，上皇乘月登勤政楼，凭栏眺望，烟云满目，追思昔日此楼中盛事，恍如隔世，不觉怆然，因抗声而歌道：

庭前琪树已堪攀，塞外征人殊未还。

歌未竟，只闻得远远地亦有歌唱之声。上皇静听良久，虽听不出他唱些什么，却觉得音声清亮，回顾左右道："此歌者莫非也是梨园旧人么？"高力士奏道："此或是民间男妇偶然歌唱，未必便是梨园旧人。昨闻黄幡绰已病故，梨园旧人供御的，亦渐稀少了。"上皇闻奏，愈觉怆然道："朕近日所作《雨淋铃》曲，幡绰唱来最好，今不可得闻矣！"时李谟、张野狐二人侍侧，力士因奏言此二人的技艺，亦不亚于幡绰。上皇遂命野狐，将《雨淋铃》曲奏来，李谟可吹笛和之。二人领旨，野狐顿开喉咙唱将起来，李谟即将仙翁所赠短笛相和，音声清彻，真个如怨如慕，如泣如诉，足使近听增悲，远闻兴慨。

看官，你道那《雨淋铃》曲，为何而作？当时上皇自成都起驾回京，路途之间，思念杨妃，满腔愁绪。至斜谷口，值连雨经旬。车驾过栈道，雨中闻车上铃声，隔山相应，其声甚觉凄凉，因顾黄幡绰道："你听这铃声何如？朕愁耳听来，甚是不堪。"幡绰便插耳听道："这铃儿大不敬，当治罪。"上皇道："你又来作戏了，铃声如何是不敬？"幡绰道："铃声如话，臣独解之，但不敢奏闻。"上皇晓得他是戏言，便道："汝尽管说来，朕不罪汝。"幡绰道："臣细听其声，明明说道'三郎郎当'，'三郎郎当'，岂非大不敬？"上皇闻言，不觉失笑，于是采其声，为《雨淋铃》曲，以自写其郎当之意。正是：

> 雨声铃响本凄凉，愁耳听来更断肠。
> 叹息马嵬人已杳，三郎空自怨郎当。

次日，上皇与梅妃闲话，谈及归途中闻铃声而兴感的事，因道："朕那时正心绪作恶，忽得小蓬瀛之信，顿开愁绪。"梅妃道："妾闻上皇正下诰访求，妾身乃知圣心不弃旧人，衔恩无地。"

正说间，内侍传到肃宗的表章，为欲请命赦宥两个降贼的朝官。正是：

> 欲屈皋陶法，愿施尧帝仁。

未知后事如何，且听下回分解。

第九十九回　赦反侧君念臣恩　了前缘人同花谢

词曰：

天王明圣，臣罪当诛。恩流法外，全生更矜死，赖官中推爱。
岂意宫中人渐惫，看梅花飘零。无奈佳人与同谢，叹芳魂何在？

调寄《忆少年》

古人云：求忠臣必于孝子之门。又云：移孝可以作忠。夫事亲则守身为大，发肤不敢有伤；事君则致身为先，性命亦所不顾。二者极似不同，而其理要无或异。故不孝者自然不忠，而尽忠者即为尽孝。古者尚有其父不能为忠臣，其子干父之蛊，以盖前愆者；况忝为名臣之子，世受国恩，乃临难不思殉节，竟甘心降贼，堕家声于国宪。国之叛臣，即家之贼子，不忠便是不孝，罪不容诛，虽天子思想其父，曲全其命，然遗臭无穷，虽生犹死了。倒不如那失恩的妃子，不负君恩，患难之际，恐被污辱，矢志捐躯，却得仙人救援，死而复生，安享后福，吉祥命终，足使后人传为佳话。

却说上皇正与梅妃闲话，内侍奏言："皇帝有表章奏到。"上皇看时，却为处分从贼官员事。肃宗初回西京时，朝议便欲将此辈正法。同平章事李岘奏道："前者贼陷西京，上皇仓卒出狩，朝廷未知车驾何在，各自逃生，不及逃者，遂至失身于贼，此与守土之臣，甘心降贼者不同。今一概以叛法处死，似乖仁恕之道。且河北未平，群臣陷于贼中者尚多，若尽诛西京之陷贼者，是坚彼附贼之心了。"肃宗准奏，诏诸从贼者，始从宽典。后因法司屡请正叛臣之罪，以昭国法，上皇亦云"叛臣不可轻宥"，肃宗乃命分六等议处。法司议得达奚珣等一十八人应斩，家眷人口没官；陈希烈等七人，应勒令自尽；其余或流或贬或杖，分别拟罪具表。肃宗俱依所议，只于新犯中欲特赦二人。那二人即故相燕国公张说之子原任刑部尚书张均，太常卿驸马都尉张垍。

你道肃宗为何欲赦此二人？只因昔日上皇为太子时，太平公主心怀妒嫉，朝夕伺察东宫过失纤微之事，俱上闻于睿宗，即宫中左右近习之人，亦都依附太平公主，阴为之耳目。其时肃宗尚未生，其母杨妃，本是东宫良媛，偶被幸御，身遂怀孕，私心窃喜，告知上皇。那时上皇正在危疑之际，想道："这件事，若使太平公主闻之，又要把来当做一桩话柄，说我内多嬖宠，在父皇面上谗谮。不如以药下其胎罢！只可惜其胎不知是男是女。"左思右想，无可与商者。时张说为侍讲宫，得出入东宫，乃以此意密与商议。张说道："龙种岂可轻动？"上皇道："我年方少，不患子嗣不广，何苦因宫人一胎，滋忌者之谤言？吾意已决，即欲觅堕胎药，却不可使闻于左右，先生幸为我图之。"张说只得应诺，回家自思："良媛怀胎，若还生子，非帝即王，今日轻易堕胎，岂不可惜？且日后定然追悔。但若不如此，谗谤固所不免。太子已决意欲堕，难与强争。他托我觅药，我今听之天数，取药二剂，一安胎，一堕胎，送与太子，只说都是堕胎药，任他取用那一副。若到吃了那安胎药，即是天数不该绝，我便用好言劝止了。”至次日，密袖二药，入宫献上道：“此皆下胎妙药，任凭取用一副。”

上皇大喜，是夜尽屏左右，置药炉于寝室，随手取一剂来，亲自煎煮好了，手持与杨氏，谕以苦情，温言劝饮。杨氏好生不忍，却不敢违太子命，只得涕泣而饮之。上皇看了饮了，只道其胎即堕，不意腹中全无发动，竟沉沉稳稳的，直睡至天明，原来到吃了那剂安胎药了。上皇心甚疑怪，那日因侍睿宗内宴，未与张说相见，至夜回东宫，仍屏去左右，密置炉火，再亲自煎起那一剂药来，要与杨氏吃。正煎个九分，忽然神思困倦，坐在椅上打盹，恍惚之间，见屋宇边红光闪闪，红光中现出一尊神道，怎生模样？

赤面美髯，蚕眉凤眼。身长约一丈，披一领锦绣绿罗袍；腰大可十围，束一条玲珑白玉带。神威凛凛，法貌堂堂。疑是大汉寿亭侯，宛如三界伏魔帝。

那神道绕着火炉走了一转，忽然不见。上皇惊醒，忽起身看时，只见药铛已倾翻，炉中炭火已尽熄，大为骇异。

次日张说入见，告以夜来之事，且命更为觅药。张说再拜称贺，因进言道：“此乃神护龙种也！臣原说龙种不宜轻堕，只恐重违殿下之意，故欲决之于天命。前所进二药，其一实系安胎之药，即前宵所服者是也。臣意二者之中，任取其一，其间自有天命。今既欲堕而反安，再欲堕则神灵护之，天意可知矣！殿下虽忧谗畏讥，其如天意何！腹中所怀，必非寻常伦匹，还须调护为是。”上皇从其言，遂息了堕胎之念，且密谕杨氏，善自保重。杨氏心中常想吃些酸物，上皇不欲索之于外，私与张说言之。张说常于进讲时，密袖青梅木瓜以献，且喜胎气平稳。未几，睿宗禅位。至明年，太平公主以谋逆赐死，宫闱平静，恰好肃宗诞生；幼时便英异不凡，及长出见诸大臣，张说谓其貌类太宗，因此上皇属意，初封忠王；及太子瑛被废，遂立为太子。正是：

调元护本自胎中，欲堕还留最有功。
又道仪容浑类祖，暗教王子代东宫。

张说因此于开元年间，极被宠遇。

肃宗即位时，杨氏已薨，追尊为元献皇后。他平日曾把怀胎时的事，说与肃宗知道，肃宗极感张说之恩。张家二子张均、张垍，肃宗自幼和他嬉游饮食，似同胞兄弟一般。张说亡后，二子俱为显官，张垍又赘公主为驸马，恩荣无比，不意以从逆得罪当斩，肃宗不忘旧恩，欲赦其罪。却因上皇曾有“叛臣不可轻宥”之谕，今若特赦此二人，不敢不表奏上皇；只道上皇亦必念旧，免其一死。不道上皇览表，即批旨道：

张均、张垍世受国恩，乃丧心从贼，此朝廷之叛臣，即张说之逆子，罪不容逭。余老矣,不欲更闻朝政,但诛叛惩逆,国法所重,既来请命,难以徇情,宜照法司所拟行。

你道上皇因何不肯赦此二人?当日车驾西狩,行至咸阳地方,上皇顾问高力士道:“朕今此行,朝臣尚多未知,从行者甚少。汝试猜这朝臣中谁先来,谁不来?”力士道:“苟非怀二心者必无不来之理。窃意侍郎房琯,外人俱以为可作宰相,却未蒙朝廷大用,他又常为安禄山所荐,今恐或不来。尚书张均、驸马张垍,受恩最深,且系国戚,是必先来。”上皇摇首微笑道:“事未可知也。”及驾至普安,房琯奔赴行在见驾。上皇首问:“张均、张垍可见否?”房琯道:“臣欲约与俱来,彼迟疑不决,微窥其意,似有所蓄而不能言者。”上皇顾谓高力士道:“朕固知此二奴贪而无义也。”力士道:“偏是受恩者竟怀二心,此诚人所不及料。”自此上皇常痛骂此二人,今日怎肯赦他!

肃宗得旨,心甚不安,即亲至兴庆宫,朝见上皇,面奏道:“臣非敢徇情坏法,但臣向非张说,安有今日?故不忍不曲宥其子,伏乞父皇法外推恩。”上皇犹未许,梅妃在旁进言道:“若张家二子俱伏法,燕国公几将不祀,甚为可伤;况张垍系驸马,或可邀议亲之典。”肃宗再三恳请,上皇道:“吾看汝面,姑宽赦张垍便了。张均这奴,我闻其引贼搜宫,破坏吾家,决不可活。”肃宗不敢再奏,谢恩而退。上皇即日乃下诰云:

张均、张垍,本应俱斩,今从皇帝意止将张均正法,张垍姑免死,长流岭南。达奚珣于逆贼安禄山奏请献马之时,曾有密表谏阻,今止斩其身,其家免入官,余俱依所拟。

诰下,法司遵诰施行,张均遂与达奚珣等众犯,同日俱斩于市。正是:

昔日死姚崇,曾算生张说。
今日死张说,难顾生张均。

当初张说建造居住的宅第,其时有个善观风水的僧人,名唤法泓,来看了这所第宅的规模,说道:“此宅甚佳,富贵连绵不绝,但切勿于西北隅上取土。”张说当时却不把这句话放在意里,竟不曾吩咐家人。数日后,法泓复来,惊讶道:“宅中气候,何忽萧条,必有取土于西北隅者!”急往看时,果因众工人在彼取土,掘成三四个大坑,俱深数尺。张说急命众工人以土填之。法泓道:“客土无气。”因叹息不已,私对人说道:“张公富贵止及身而已,二十年后,其郎君辈恐有不得令终者。”至是其言果验。后人有诗云:

非因取土便成灾,数合凶灾故取土。
卜宅何须泥风水,宅心正直吾为主。

闲话少说。只说上皇自居兴庆宫,朝政都不管,惟有大征讨、大刑罚、大封拜,肃宗具表奏闻。那时，肃宗已立张良娣为皇后。这张后甚不贤良，向从肃宗于军中，私与肃宗博戏打子，声闻于外；乃潜刻木耳为子，使博无声。其性狡而慧，最得上意；及立为后，颇能挟制天子，与权阉李辅国比附，辅国又引其同类鱼朝恩。

时安、史二贼尚未殄灭，命郭子仪、李光弼等九节度各引本部兵往剿，乃以宦官鱼朝恩为观军容使，统摄诸军，于是人心不服。临战之时，又遇大风昼晦，诸军皆溃。郭子仪以朔方军断河阳桥守东京。肃宗听鱼朝恩之言，召子仪回朝，以李光弼代之。子仪临发，百姓涕泣遮道请留，子仪轻骑竟行。上皇闻之，使人传语肃宗道："李、郭二将，俱有大功，而郭尤称最，唐家再造，皆其力也。今日之败，乃不得专制之故，实非其罪。"肃宗领命，因此后来灭贼功成，行赏之典，李光弼加太尉中书令，郭子仪封汾阳王。

子仪善处功名富贵，不使人疑忌，虽握重兵在外，一纸诏书征之，即日就道，故谗谤不得行。其子郭暧尚代宗皇帝之女升平公主。尝夫妇口角，郭暧道："你恃父亲为天子么？我父薄天子而不为。"公主将言奏闻天子，子仪即囚其子待罪。天子知之，置之不问。又恐子仪心怀不安，乃谕之曰："不痴不聋，做不得阿家翁。儿女于闺阁中语，不必挂怀。"其历朝恩遇如此。子仪晚年退休私第，声色自娱，旧属将佐，悉听出入卧内，以见坦平无私。七子八婿，俱为显官；家中珍货山积。享年八十有五，直至德宗建中二年方薨逝。朝廷赐祭，赐葬，赐谥，真个福寿双全，生荣死哀。《唐史》上说得好，道是：

> 天下以其身为安危者，殆三十年；功盖天下而主不疑，位极人臣而众不嫉；穷奢极欲，而人不非之。自古功臣之富贵寿考，无出于其右者。

这些都是后话，不必再述。

且说上皇常于宫中想起郭子仪的大功，因道："子仪当初若不遇李白，性命且不可保，安能建功立业？李白甚有识英雄的眼力，莫道他是书生，只能作文字也。"此时李白正坐永王璘事，流于夜郎。上皇特旨赦归，方欲便朝廷用之，旋闻其已物故，不觉叹息。梅妃常闻上皇称赞李白之才，因想起前事，私语高力士道："我昔年曾欲以千金买赋，效长门故事，汝以世间难得才子为辞；若李白者，宁遽逊于相如乎？"力士道："彼时李白尚未入京，老奴无从访求。且彼时贵妃之宠方深，亦非语言文字所能夺。若不然，娘娘《楼东》一赋，岂不大妙，然竟不能移其宠。"梅妃点头道："汝言亦良是。"

正说间，内侍来禀说，江南进梅花到。原来梅妃服侍上皇之后，四方依旧进贡梅花；但梅妃既得了那枝仙梅，把人间凡卉，都看得平常了。这仙梅果然四季常开，愈久愈香，花色亦愈鲜洁，梅妃随处携带把玩。

忽一日早起，觉得那花的香气顿减，花色也憔悴了，把手去移动时，只见花瓣儿多飘飘零零的落将下来。梅妃惊骇道："仙师云：我命当与此花同谢。今花已谢矣，我命可知。"自此心中恍惚不宁，遂染成一病，卧床不起。太医院官切脉进药，梅妃不肯服药，道："命数当终，岂药石所能挽回？"上皇亲来看视，坐于床头，遍体抚摩，执手劝慰道："妃子偶病，遂尔瘦损，还须服药为是。"梅妃涕泣道："臣妾自退处上阳，自分永弃，继遭危难，命已垂绝，岂意复侍至尊，得此真万幸。今福缘已尽，仙师所云，与花同谢，此其期矣！妾死之后，那枝仙梅留在人间，难以种植；若然殉葬，又恐亵渎，宜取佛炉火焚之。”上皇道：“妃子何遽言及此？”梅妃道：“人谁无死。妾今日之死，可称令终，较胜于他人矣。况妾死后，性灵不泯，当入佳境，谅无所苦。但圣恩如天，图报无地，为可叹恨耳！”上皇道：“以妃子之敏慧清洁，自是神仙中人，但何由自知身后的佳境？”梅妃道：“妾前宵梦寐之间，复见那韦氏仙姑于云端中，手执一只白鹦鹉，指谓妾道：‘此鸟亦因宿缘善果，得从皇宫至佛国，今从佛国来仙境，何以人而不如鸟乎？汝两世托生皇宫，须记本来面目，今不可久恋人世，蕊珠宫是你故居，何不早去？’据此看来，或不致堕落恶道。”上皇垂泪道：“妃子若竟舍朕而仙去，使朕暮年何以为情？”梅妃就枕上顿首道：“愿上皇圣寿无疆，切勿以妾故，有伤圣怀。”言讫，忽然起身坐，举手向空道：“仙姬来了，我去也！”遂瞑目而逝。正是：

昔日纵教梅下死，胜他驿馆丧残躯。
于今幸与花同谢，还与芳魂到蕊珠。

上皇不意梅妃一病遽死，放声大哭。高力士极力劝慰。上皇道：“此妃与朕，几如再世姻缘，今复先我而逝，能无痛心？”遂命以贵妃之礼殓葬，又命其墓所多种梅树，特赐祭筵，自为文以诔之。其略云：

妃之容兮，如花斯新。妃之德兮，如玉斯温。余不忘妃，而寄意于物兮，如珠斯珍。妃不负余，而几丧其身兮，如石斯贞。妃今舍余而去兮，身似梅而飘零。余今舍妃而寂处兮，心如结以牵萦。

上皇记念梅妃的遗言，即命将这一枝仙梅，以佛炉中火，焚化于其灵前。说也奇怪，那梅枝一入火中，香气扑鼻，火星万点，腾空而起，好似放烟火的一般。那些火星都作梅花之状，飞入云霄而没。正是：

仙种不留人世，琪花仍入瑶台。

昔人有以枯梅枝焚入炉中，戏作下火文。其文甚佳，附录于此：

寒勒铜瓶冻未开，南枝春断不归来。者番莫入梨花梦，却把芳心作死灰。恭惟炉中处士梅公之灵，生自罗浮，派分庾岭。形如槁木，棱棱山泽之癯；肤似凝脂，凛凛雪霜之操。春魁占百花头上，岁寒居三友图中。玉堂茅屋总无心，调鼎和羹期结果。不料道人见挽，遂离有色之根；夫何冰氏相凌，遽返华胥之国。瘦骨拥炉呼不醒，芳魂剪纸竟难招。纸账夜长，犹作寻香之梦；筠窗月淡，尚疑弄影之时。虽宋广平铁石心肠，忘情未得；使华光老丹青手段，摸索难真。却愁零落一枝春，好与荼毗三昧火。惜花君子，你道这一点香魂，今在何处？咦！炯然不逐东风去，只在孤山水月中。

且说当日肃宗闻知梅妃薨逝，上皇悲悼，遂亲来问慰；即于梅妃灵前设祭，各宫嫔妃辈，也都吊祭如礼。只有皇后张氏托病不至。上皇心甚不悦，因对高力士说道："皇后殊觉骄慢。"力士密启道："内监李辅国阿附皇后，凡皇后之骄慢，皆辅国导之使然。"上皇愕然曰："朕久闻此奴横甚，俟吾儿来，当与言之。"力士道："皇后侍上久，辅国握兵权，其势不得不为优容，所以皇帝亦多不与深较。太上即有所言，恐亦无益，不如且置勿论。"上皇沉吟不语。正是：

顽妻与恶奴，无药可救治。
纵有苦口言，恐反为不利。

未知后事如何，且听下回分解。

第一百回　迁西内离间父子情　遣鸿都结证隋唐事

词曰：

最恨小人女子，每接踵比肩而起，搅乱天家父子意。远庭闱，移宫寝，尊养废。　　晚景添憔悴，追思旧宠常挥泪。魂魄还堪寻觅来，遇仙翁，说前因，明往事。

调寄《夜游宫》

百行莫先于孝，而天子之孝，又与常人之孝不同。孟子云：孝子之至，莫大乎尊亲；尊亲之至，莫大乎以天下养。尊之至，方为孝之至。顽如瞽瞍，而舜能尽事亲之道，故孔子称之为大孝。迨乎后世，偏是帝王之家，其于父子之间，偏是易起嫌疑，易生衅隙。此不必皆因亲之不慈、子之不孝，大抵多因势阻于妻子、情间于小人。即如唐肃宗之奉事上皇，原未尝不孝；上皇之待肃宗，亦未尝不慈，却因媳妇骄悍，宦竖肆横，遂致为父的老景失欢，为子的孝道有缺。乃或者云：上皇当年听信谗言，一日杀三子，且纳寿王之妃杨氏为贵妃，有伤伦理，后来受那逆妇逆奴的气，正是天之报施，往往如此。上皇与杨妃，原因宿世有缘，所以今生会合，其他诸人，或承宠幸，或被诛戮，当亦各有宿因，事非偶然。此系仙翁所言，见之逸史，今编述于演义之末，完结隋炀帝、唐明皇两朝天子的事，好教看官们明白这些前因后果。

话说上皇自梅妃死后，愈觉寂寥，又因肃宗的皇后张氏骄蹇不恭，失事上之礼。上皇且闻宦官李辅国内外比附弄权，心上甚是不悦，要与肃宗说知，教他严加训饬。高力士再三谏阻，上皇只是忍耐不住。一日，肃宗来问安，上皇赐宴，饮宴之际，说了些朝务。上皇道："从来治国平天下，必先齐其家。今闻阉奴李辅国附此宫中，怙势作威，汝知之否？"肃宗闻言，悚然起应道："容即查治。"上皇道："此时若不即为防禁，恐后将不可复制。"肃宗唯唯而退。原来那皇后恃宠骄悍，肃宗因爱而生畏，不敢少加以声色。李辅国掌握兵权，阿附张后，恃势弄权。肃宗虽亦心忌之，却急切奈何他不得，故虽承上皇严谕，且只隐忍不发。正是：

堪笑君王也怕婆，奴乘婆势莫如何。
小人女子真难养，一任严亲相诋诃。

肃宗便隐忍不发，那知上皇这几句言语，内侍们忽私相传说，早传入李辅国耳中。辅国密地启知皇后，各怀怨怒，相与计议道："上皇深居宫禁，久已不预朝政，今何忽有烦言？此必高力士妄生议论，闻于上皇故也。力士为上皇耳目，当图去之，更须使官家莫要常与上皇相见，须迁上皇于西内为妙。”自此肃宗欲往朝上皇，都被张后寻些事情阻隔住了。

上皇所居南内兴庆宫，与民间闾阎相近，其西北隅有一高楼，名长庆楼，登楼而望，可见街市。上皇时常临幸此楼，街市过往的人遥望叩拜。上皇有时以御膳余剩之物，命高力士宣赐街市中父老，人都欢忻共呼万岁。李辅国便乘机借端密奏肃宗道：“上皇居兴庆宫，而高力士日与外人交通，恐其不利于陛下。且兴庆宫与民居逼近，非至尊所宜居。西内深严，当奉迎太上居之，庶可杜绝小人，无有他虞。”肃宗道：“上皇爱兴庆宫，自蜀中归，即退居于此，今无故迁徙，殊拂逆圣意，断乎不可。”辅国见肃宗不从其言，乃密启张后，使亦以此言上奏。肃宗恐惊动上皇，也不肯听。张后忿然道：“此妾为陛下计耳，今日不听良言，莫叫后日追悔！”说罢，拂衣而起。

肃宗默默含怒，适又偶触风寒，身上不豫，暂罢设朝，只于宫中静养。辅国遂乘此机会，与张后定计，矫旨遣心腹内待及羽林军士，整备车马，诣兴庆宫奉迎上皇，迁居西内，请即日发驾。上皇错愕不知所谓，内侍奏称皇爷以兴庆宫逼近民居，有亵至尊，故特奉请驾幸西内，皇爷现在西内，候太上驾到。上皇心下惊疑，欲待不行，又恐有他变。高力士奏道：“既皇帝有旨来迎，太上且可一往，俟至彼处，与皇帝面言，或迁或否，再作计议。老奴护驾前去。”上皇无奈，只得匆匆上辇。高力士令军士前导，内侍拥护銮舆缓缓行动。

将至西内，只见李辅国戎服佩剑，率领军士数百人，各执戈矛，排列道旁。上皇在辇上望见，大惊失色。高力士见这光景，勃然怒起，励声大喝道：“太上皇爷驾幸西内，李辅国戎服引众而来，意欲何为？”辅国蓦被这一喝，不觉丧气，忙俯伏奏道：“奴辈奉旨来迎护车驾。”力士喝道：“既来护驾，可便脱剑扶辇！”辅国只得解下腰间佩剑，与力士一同护辇而行。力士传呼军士们且退，不必随驾。既入西内，至甘露殿，上皇下辇，升殿坐定，问：“皇帝何在？”辅国奏道：“皇爷适间正欲至此迎驾，因触风寒，忽然疾作，不能前来，命奴辈转奏，俟即日稍痊，便来朝见。”上皇道：“皇帝既有恙，不必便来，待痊愈了来罢。”辅国领旨，叩辞而去。

上皇叹息，谓高力士道：“今日非高将军有胆，朕几不免。”力士叩头道：“因太上过于惊疑耳，五十年太平天子，谁敢不敬？”上皇摇首道：“此一时，彼一时。”力士道：“今日迁宫之举，还恐是辅国作祟，皇后主张，非皇帝圣意。”上皇道：“兴庆宫是朕所建，于此娱老，颇亦自适；不意忽又徙居此地，茕茕老身几无宁处，真可为长叹！”上皇说罢，凄然欲泪。后人有诗叹云：

> 三子冤诛最惨凄，那堪又纳寿王妻？
> 今当逆妇欺翁日，懊悔从前志太迷。

李辅国既乘肃宗病中，矫旨迁上皇于西内，恐肃宗见责，乃托张后先为奏知。肃宗骇然道：“毋惊上皇乎？”张后奏道：“太上自安居甘露殿，并无他言。”肃宗方沉吟疑虑间，李辅国却率文武将校等，服诣御前俯伏请罪。肃宗暗想：“事已如此，追究亦无益。”

且碍着皇后，不便发挥，又见辅国挟众而来请罪，只得倒用好言安慰道："汝等此举，原是防微杜渐，为社稷计。今太上既相安，汝等可勿疑惧。"辅国与将校都叩头呼万岁。后人有诗叹云：

父遭奴劫不加诛，好把甘言相呴嚅。
为见当年杀子惯，也疑今日有他虞。

那时肃宗病体未痊，尚未往朝西内；及病小愈，即欲往朝，又被张后阻住了。一日，忽召山人李唐，入西殿见驾。肃宗抚弄着一个小公主，因谓李唐道："朕爱念此女，卿勿见怪。"李唐道："臣想太上皇之爱陛下，当亦如陛下之爱公主也。"肃宗悚然而起，立即移驾往西内，朝见上皇；起居毕，上皇赐宴，没甚言语，惟有咨嗟叹息。肃宗心中好生不安，逡巡告退。回至宫中，张后接见，又冷言冷语了几句，肃宗受了些闷气，旧病复发。

上皇闻肃宗不豫，遣高力士赴寝宫问安。肃宗闻上皇有使臣到，即命宣来。那知张后与李辅国正怨恨高力士，要处置他，便密令守宫门的阻住，不放入宫。遣小内侍假传口谕，教他回去罢。待力士转身回步后，方传旨宣召；力士连忙再到宫门时，李辅国早劾奏说："高力士奉差问疾，不候旨见驾，辄便转回，大不敬，宜加罪斥。"张后立逼着肃宗降旨，流高力士于巫州，不得复入西内。一面别遣中官，奏闻上皇，一面着该司即日押送高力士赴巫州安置。可怜高力士夙膺宠眷，出入宫禁，官高爵显，荣贵了一生，不想今日为张后、李辅国所逐。他到巫州，屏居寂寞，还恐有不测之祸，栗栗危惧。后至上皇晏驾之时，他闻了凶信，追念君恩，日夜痛哭，呕血而死。后人有诗云：

唐李阉奴多跋扈，此奴恋主胜他人。
虽然不及张承业，忠谨还推迈群伦。

此是后话。

且说上皇被李辅国逼迁于西内，已极不乐，又忽闻高力士被罪远窜，不得回来侍奉，一发惨然。自此左右使令者，都非旧人，只有旧女伶谢阿蛮，及旧乐工张野狐、贺怀智、李谟等三四人，还时常承应。一日，谢阿蛮进一红粟玉臂支，说道："此是昔日杨贵妃娘娘所赐。"上皇看了，凄然道："昔日我祖太宗破高丽，获其二宝：一紫金带，一红玉支。朕以紫金带赐岐王，以红玉支赐妃子，即是物也。后来高丽上言本国失此二宝，风雨不时，民物枯瘁，乞仍赐还，以为镇国之宝器。朕乃还其紫金带，惟此未还。自遭丧乱，只道人与物已亡，不意却在汝处。朕今再睹，益兴悲念耳！"言罢不觉涕泣。

又一日，贺怀智进言道："臣记昔年，时当炎夏，上皇爷与岐王于水殿围棋，令臣独自弹琵琶于座侧。其琵琶以石为槽，鹍鸡筋为弦，以铁拨弹之。贵妃娘娘手抱着康国所进的雪猧猫儿，立于上皇爷之后，耳听琵琶，目视弈棋。上皇爷数棋子将输，贵妃乃放手中雪猧猫跳于棋局，把棋子都踏乱了，上皇爷大悦。时臣一曲未完，忽有凉风来吹起贵妃领带，缠在臣巾帻上，良久方落。是晚归家，觉得满身香气，乃卸巾帻贮锦囊中，至今香气不散，甚为奇异。今敢将所贮巾帻，献上御前。”上皇道：“此名瑞龙脑香，外国所贡。朕曾以少许贮于暖池内玉莲朵中，至再幸时，香气犹馥馥如新，况巾帻乃丝缕润腻之物乎？”因嗟叹道：“余香犹在，人已无存矣！”遂凄怆不已，自此中怀耿耿。口中常自吟云：

刻木牵丝作老翁，鸡皮鹤发与真同。
须臾舞罢寂无事，还似人生一世中。

其时有一方士姓杨，名通幽，自称鸿都道士，颇有道法。从蜀中云游至西内，闻得上皇追念故妃，因自言有李少君之术，能致亡灵来会。李谟、张野狐俱素知其人，遂奏荐于上皇，召入西内，要他作法，招引杨妃与梅妃魄魂来相见。通幽乃于宫中结坛，焚符发檄，步罡诵咒，竭其术以致之，竟无影响。上皇不怪，咨嗟道：“前者张山人访求梅妃之魂而不得，因其时梅妃实未死故也。今二妃已薨，而芳魂不可复致，岂真缘尽耶！”通幽奏道：“二妃必非凡品，当是仙子降生。仙灵杳远，既难招求，定须往访。臣请游神驭气，穷幽极渺，务要寻取仙踪回报。”

于是俯伏坛中，运出元神，乘云起风，游行霄汉。只见云端里有一只白鹦鹉，展翅飞翔，口作人言道：“寻人的这里来。”通幽想道：“此鸟能知人意，必是仙禽。”遂随其所飞之处而行，早望见缥缈之中，现出一所宫殿，那鹦鹉飞入宫殿中去了。看那宫殿时，但见：

瑶台如画，琼阁凌空。栋际云生，恍似香烟霭霭，帘前霞映，浑疑宝气腾腾。果然上出重霄，真乃下临无地，景象必非蜃楼海市，规模无异蓬岛瀛州。

通幽来至宫门，见有金字玉匾，大书“蕊珠宫”三字。通幽不敢擅入，正徘徊间，忽见二仙女从内而出；一穿绣衣，手执如意，一穿素衣，手执拂子。那绣衣女子把手中如意指着通幽道：“下界生魂，何由来此？”通幽稽首道：“下界道士，奉唐王命，访求故妃魂魄，适逢灵禽引路，来至此间，幸得见二位仙娥，莫非二仙娥即杨太真、江采苹乎？”绣衣仙女笑道：“非也，我本郭子仪之小女，河伯夫人也。”通幽道：“河伯夫人，如何却是郭公之女？又如何却在此间？”绣衣仙女道：“昔日吾父出镇河中时，河流为患。吾父默祷于河伯，许于河治之后，以小女奉嫁，及河患既平，我即无疾而卒。我父葬我于河神庙后，我遂为河伯夫人。此事世人所未知。”指着那素衣仙女道：“此位乃内苑凌波池中的龙女，昔日上皇曾于梦中见之，为鼓胡琴，作《凌波曲》，醒来犹能记忆，因立龙女庙于凌波池上，即此是也。龙女与河伯有亲，我常得与相会。后来龙女被选入蕊珠宫，我因是亦得常常至此。那梅妃江采苹，宿世原是蕊珠宫仙女，两番谪落人间，今始仍归本处。他尘缘已尽，今虽在此，汝未可得见。那杨阿环宿孽未偿，幸生人世，以了尘缘，却又骄奢淫佚，多作恶孽。今孽报正未已，安得在此？汝欲访他，可往别处去。”通幽道：“梅妃既不可见，必须访得杨妃踪迹，才好复上皇之命，望仙女指示则个。”素衣仙女道：“你只顾向东行去，少不得有人指示你。”说罢，拉着绣衣仙女，转步入宫去了。

通幽果然趁着云气望东而行，来到一座高山上，说不尽那山上的景致。遥见苍松翠柏之下，坐着三位仙翁：二仙对弈，一仙旁观。通幽上前鞠躬参谒。二位辍弈而笑。通幽叩问二位姓氏，那坐上首的仙翁道：“我即张果，此二人即叶法善、罗公远也。我等与上皇原有宿因，故尝周旋于其左右；奈他俗缘沉着，心志蛊惑，都忘却本来面目，故且舍之而去。他今已老矣，嬖宠已都丧亡，也该觉悟了。却又要你来访求魂魄，何其不洒脱至此？”通幽道：“梅妃在蕊珠宫中，弟子适已闻之矣；只不知杨妃魂魄在何处，伏乞仙师指引一见，以便复上皇之命。”

张果道：“你可知上皇与贵妃的前因后果么？”通幽道：“弟子愚昧，多所未知，愿闻其详。”张果道：“上皇宿世，乃元始孔升真人，与我辈原是同道。只因于太极宫中听讲，不合与蕊珠宫女，相视而笑，犯下戒律，谪堕尘凡，罚作女身为帝王嫔妃，即隋宫中朱贵儿是也。贵儿在世，便是大唐开元天子了。”通幽道：“朱贵儿何故便转生为天子？”张果道：“贵儿忠于其主，骂贼殉节而死。天庭最重忠义，应得福报，况谪仙本宜即复还原位的，只因他与隋炀帝本有宿缘，又曾私相誓愿，来生再得配合，故使转生为天子，完此一段誓愿。”

通幽道：“请问朱贵儿与隋炀帝有何宿缘？”张果道：“炀帝前生，乃终南山一个怪鼠，因窃食了九华宫皇甫真君的丹药，被真君缚于石室中一千三百年。他在石室潜心静修，立志欲作人身，享人间富贵。那孔升真人偶过九华宫，知怪鼠被缚多年，怜他潜修已久，力劝皇甫真君，暂放他往生人世，享些富贵，酬其夙志，亦可鼓励来生悔过修行之念。有此一劝，结下宿缘。此时适当隋运将终，独孤后妒悍。上帝不悦，皇甫真人因奏请将怪鼠托生为炀帝，以应劫运。恰好孔升真人亦得罪，降谪为朱贵儿，遂以宿缘而得相聚。不意又与炀帝结下再世姻缘，因又转生为唐天子，未能即复仙班。”通幽道：“贵儿便转生为唐天子了，那炀帝却转生为何人？”张果笑道：“你道炀帝的后身是谁，即杨妃是也！炀帝既为帝王，怪性复发，骄淫暴虐，况有杀逆之罪，上帝震怒，只判与十三年皇位，酬其一千三百年静修之志；不许善终，敕以白练系颈而死；罚为女身，仍姓杨氏，与朱贵儿后身完结孽缘，仍以白练系死，然后还去阴司，候结那杀逆淫暴的罪案。当他为妃时，又恃宠造孽，罪上加罪。如今他的魂魄，正好不得自在，你那里去寻他？”

通幽道：“原来有这些因果，非仙师指示，弟子何由而知？但弟子奉上皇之命而来，如今怎好把这些话去回复？”张果沉吟未答，叶法善道：“上皇也不久于人世了。他身故后自然明白前因，你今不妨姑饰辞以应之。”通幽道：“饰辞无据，恐不相信。”罗公远笑道：“你要有凭据，还去问适间所见的二仙女，不必在此闲谈，阻了我们的棋兴。”正说间，遥见一簇彩云，从空飞来。叶法善指着道：“你看二仙女早来也！”言未已，云头落处，二仙女向前与三仙讲礼罢，回顾通幽笑道："你这魂道士，还在此听说因果么？"张果道："我已将杨妃的两世因果与他说来。但他必欲亲见杨妃，以便复上皇之命，烦二仙女引他到彼处一见罢！"

二仙女领命，复引通幽驾云，望北而行，须臾来至一处。但见：

> 愁云幂幂，日色无光；惨雾沉沉，风声甚厉。山幽谷暗，浑如欲夜之天；树朽木枯，疑是不毛之地。恍来到阴司冥界，顿教人魄骇魂惊。

那边有一所宅院，门上横匾大书"北阴别宅"，两扇铁门紧闭，有两个鬼卒把守。二仙女敕令鬼卒开门，引通幽入去，只见里面景象萧瑟，寒气逼人。走进了两重门，遥见里面一妇人，粗服蓬头，愁容可掬，凭几而坐。仙女指向通幽道："此即杨妃也，你可上前一见，我等却不该与他相会。"

通幽遂趋步进谒，杨妃起身相接。通幽致上皇之命，杨妃悲泣不止。通幽问："娘娘芳魂，何至幽滞此间？"杨妃涕泣道："我有宿愆，又多近孽，当受恶报。只等这些冤证到齐，结对公案，便要定罪。如今本合囚系地狱候审，幸我生前曾手书般若心经念诵；又承雪衣女白鹦鹉，感我旧恩，常常诵经念佛，为我忏悔，因得暂时软禁于此。多蒙上皇垂念，你今去回奏，切勿说我在此处，恐增其悲思，只说我在好处便了。"通幽道："回奏须有实据，方免见疑。"杨妃道："我殉葬之物，有金钗二股，钿合一具，是我平日所爱，前托雪衣女衔取在此。今分钗之一，盒之半，以为信物可也。"言罢，即取出钗盒付与通幽收了。通幽沉吟道："此二物亦人间所有，未足为据；必得一事，为他人所未知者，方可取信。"杨妃低头一想道："有了，我记得天宝十载，从上皇避暑骊山宫。于七月乞巧之夕，并坐长生殿庭中纳凉，时已夜半，宫婢俱已寝息，我与上皇密相誓心，愿世世为夫妇。此事更无一人知道，你只以此回奏，自然相信。"通幽再欲问时，只见二鬼卒跑来催促道："快去！快去！"通幽不敢停留，疾趋出门，二仙女已不见了。

一阵狂风，把通幽吹到一个所在，定睛一看时，却原来就是适间那山上，见三仙依然在那里弈棋，方才收局哩！张果呼通幽近前说道："你既见杨妃，讨了凭据，可回去罢！"通幽道："还求仙师一发说明了梅妃江采苹的前因，好一并回奏。"张果道："梅妃即蕊珠宫仙女，也因与孔升真人一笑，动了凡念，谪降人间两世，都入皇宫：在隋时为侯夫人，负才色而不遇主，以致自尽；再转生为梅妃，方与孔升真人了一笑缘，却又遭妒夺宠，此皆上天示罚之意。后固临难矢节，忠义可嘉，故得仙灵救援，重返旧宫，复从旧主，正命考终，仍作仙女去了。"

通幽又问道："朱贵儿与隋炀帝有私誓，遂得再合；今杨妃与上帝也有私誓，来生亦得再合否？"张果道："贵儿以忠义相感，故能如愿；杨妃无贞节，而有过恶，其私誓不过痴情欲念，那里作得准？即如武后、韦后、太平、安乐、韩、秦、虢国等，都狂淫无度，当其与狎邪辈纵欲之时，岂无山盟海誓？总只算胡言乱语罢了。"通幽道："如今武后、韦后等诸人，以及反贼安禄山等的魂魄，都归何处？"张果道："武后乃李密后身，故杀戮唐家子孙，以报宿愆，还是劫数当然。独可恨他荒淫残虐，作孽太甚，今已与韦后、太平、安乐等，并当时那些佞臣酷吏，都堕入阿鼻地狱，永不超身。至如反贼安、史辈，与那助逆的叛臣、致乱的奸相，以及本朝前代这些谗妒的不仁的后妃宦竖，都是一班凶妖恶怪，应劫运而生，生前造了大孽，死后进入地狱，万劫只在畜生道中轮回。此等事未可悉数。你今回奏，只说杨妃所言，竟说他也是仙女，不必说他受苦，更须劝上皇洗心忏悔，勿昧前因。若能觉悟，至临终时，我等还去接引他便了。”言讫，把袖一挥，通幽却在方台上惊醒。

宁神定想了一回，摸衣袖内，果有钗钿二物；遂趋赴上皇御前启奏，将张果所说的前因，都隐过不题，只说梅妃、杨妃，俱是那蕊珠宫仙女，梅妃未得一见，杨妃却曾见来，据云：“上皇系仙真降世，与我有缘，故得聚会。今虽相别，后会有期，不须悲念。奉劝上皇及早明心养性，千秋万岁后，当仍复仙真之位。”因将钗、盒献上为信。上皇看了，虽极嗟叹，却还半信半疑。通幽再把七夕誓言奏上，说道：“臣亦恐钗、盒未足取信，更须一言，贵妃因言及此。但此系私语，并无人知，以此上奏，必不疑为新垣平之诈也。”上皇闻言，呜咽流涕，乃厚赏通幽而遣之。后来白乐天只据了通幽的假语，作《长恨歌》，竟道杨妃是仙女居仙境，遂相传为美谈。那知其实不然。正是：

讹以传讹讹作诗，不如野史谈果报。
阿环若竟得成仙，祸善福淫岂天道！

上皇自此屏去纷华，辟谷服气，日夜念诵经典。至肃宗宝应元年，孟夏月明之后，偶弄一紫玉笛，略吹数声，忽见双鹤飞来，庭中徘徊，翔舞而去。时有侍婢宫嫒在侧，上皇因对他说道：“我昨夜梦见张果、叶法善、罗公远三位仙师来说，我宿世是元始孔升真人，谪在人间，已经两世，今命数已终，特来接我到修真观去修行，忏悔一甲子，然后复还原位。今双鹤来降，此其时矣！”遂命具香汤沐浴，安然就寝，谕令左右：“勿惊动我。”至次早，宫嫒及诸嫔御辈，俱闻上皇睡中有嬉笑之声，骇而视之，已崩矣。正是：

两世繁华总成梦，今朝辞世梦初醒。

上皇既崩，肃宗正在病中，闻此凶信，又惊又悲，病势转重，不隔几时，亦即崩逝。张后意欲废太子，别立亲王。李辅国杀张后，立太子，是为代宗，于是辅国愈骄横。后来辅国被人刺死，这刺客实代宗所使也。那安、史辈余贼，至代宗广德年间，方行殄灭。代宗之后，尚有十三传皇帝，其间美恶之事正多，当另具别编。看官不厌絮烦，容续刊呈教。

今此一书，不过说明隋炀帝与唐明皇两朝天子的前因后果，其余诸事，尚未及载。有一词为结证：

闲阅旧史细思量，似傀儡排场。古今账簿分明载，还看取野史铺张。或演春秋，或编汉魏，我只记隋唐。　　隋唐往事话来长，且莫遽求详。而今略说兴衰际，轮回转，男女猖狂。怪迹仙踪，前因后果，炀帝与明皇。

调寄《一丛花》

五代史演义

许慕羲　著

胡学亮　点校

例言

一、本书材料悉本正史,凡属朝野大事采取无遗,可作正史读。

二、本书既名五代演义,上起朱梁篡唐即位,下迄陈桥兵变为止以明统系,其余偏安窃据之国,间亦附载,以期赅博。

三、本书以白话为主体,务使妇孺都解。且俱用北方官音,以期普及。

四、一本书记载各事,均一气贯串,无间断淩躐诸弊。

序

往年在甬江，得见俞曲园太史题钱武肃王五世画像，有断句一首云："凤舞龙飞虽已矣，锦袍玉带固依然。梁唐晋汉周天子，难得绵延到五传。"长言咏叹，感慨甚深，今统观五代得国，梁仅十六年，中更二主；唐仅十三年，中易四主，且非本宗；晋仅十一年；汉仅四年；周仅九年，俱不过再传而已。且复篡弒相寻，善终者盖寡。当时之人，视易姓改国如摧枯拉朽，恬不为奇。无怪乎冯道以长乐老自诩也。推原其故，为君者既以不仁得之，复以不仁守之。为将者自不能不拥兵自卫。估据地盘其甚者，或且媚事，翼异种欺凌同胞，称子称孙，不知羞耻为何事。上以是逞，下以是应。此必败之道也。推之近世如前年欧陆之战，德皇威廉以陆军鸣于时，当其盛时，几欲气吞大陆。卒之为公理所败，枯木朽株尽起为难，遂致一败涂地。可见古今中外，同此一辙。独怪乎今之军阀者流，借手武装争权攘利，阴谋倾轧，行同盗贼。其结果更可知矣。余为撰唐宋元各史演义，陆续付手民。友人告余曰："小说之兴，以能惊世为贵。君前所为书，既各因事设为劝惩曷，再为若辈痛下铁砭，醒其醉梦乎？"余曰唯唯，因复成此篇，倘能谲谏易入巽语能从化竞争为和平，合群力以对外，使余得如华山处士之额手称庆曰："天下从此定矣。"岂不善哉。

張夫人
梁太祖朱溫
朱友文
友文妻王氏
朱友珪

段凝
梁末帝朱友貞
王彥章
皇甫麟

劉皇后
唐莊宗李存勗
張承業
李繼岌
郭崇韜

安重誨
唐明宗李嗣源（本姓名爲邈佶烈）
王淑妃
李從益
李從榮

張敬達
唐閔帝李從厚
唐廢帝李從珂
本姓王
李重美
劉皇后

李皇后
晉高祖石敬瑭
桑維翰
景延廣

石延煦
晉出帝石重貴
馮皇后
張彥澤

王章
漢高祖劉知遠
楊邠
史弘肇

郭允明
漢隱帝
劉承祐
李太后
劉贇

柴夫人
周太祖
郭威
符彥卿
柴守禮

符皇后
周世宗郭榮
（本姓柴）
周恭帝郭宗訓
王朴
韓通

劉守光
氾延光
丁茂貞
楊光遠
趙延壽

杜重威
馮道
李崧
高行周
李守貞

蜀後主王衍
前蜀主王建
吳王楊行密
南唐主李昪
徐溫

蜀後主孟昶
後蜀主孟知祥
南海王劉隱
南漢主劉龑
花蕊夫人徐氏

楚王馬殷
閩王王審知
吳越王錢鏐
南平王高季興
北漢主劉崇

王溥
范質
趙弘殷
宋太祖
趙匡胤
慕容延釗
遼述律后
遼太祖
耶律阿保機
遼太宗
耶律德光
蕭翰

第一回　禅大梁全忠称帝　攻夹寨存勖解围

却说李唐末造，方镇跋扈，早成了尾大不掉之势。其初不过驱逐主帅，任意推举，因为朝廷懦弱，不能禁止。后来遂弄到各霸一方，以致大好河山，四分五裂。其中最强盛的，一个便是朱全忠，一个便是李克用，分投占据了东西二京。为争权夺利的上头，弄得兵连祸结，世为仇敌，干戈扰攘，生灵涂炭。后来到底被全忠篡夺了李家三百余年的天下。当时一切详细情形，在下所著的那部唐史演义里面早经叙述，现在无须再赘。但是全忠虽然得了天下，却是全靠武力，本没有什么德泽及人。所以群雄窃据，各霸一方。虽然号为五代，不过是就统系的关系说话。其余同时称帝称王，还有拥兵自卫，雄视一隅的，约有五国十镇。当时这些人，又看惯了那篡夺杀逆的事情，恬不为怪。所谓以暴易暴，能得而不能守。所以五代数十年之间，姓氏屡更，而且没有到三传的。而且就这一二传的天子，不是遭杀害，就是被驱逐，能得善终的甚少。因此倒把这部历史穿插得五花八门，波谲云诡，大有可观。演成小说，自然更是花团锦簇了。如今我这部书，既名五代演义，自然该从朱梁说起。

且说朱全忠自从在沧州与李克用大战，败了回来，威名大挫，深恐怕中外离心，须要早日受禅才好。回到大梁，路上又受了些感冒，唐昭宣帝便派御史大夫薛贻矩来慰劳他。贻矩到了大梁，请用君臣礼相见，山呼舞蹈，全忠直受不辞。贻榘早明白他的意旨，连忙回来告诉昭宣帝说，元帅有受禅的意思了。昭宣守着宝位，专等这句话，当下传了禅位的诏旨。一面派宰相张文蔚、杨涉，同着薛贻矩、苏循、张策、赵光逢等，捧了玉册、传国宝等，带领百官，备齐法驾，送到大梁来。全忠见了大喜，便择定登基吉日。又因为自己名叫全忠，乃是人臣用的，现在做了天子，甚不相宜。改为单名一个晃字。到了这天，文蔚等几个人驾了玉辂，捧着册宝，直送到金祥殿。朱晃换了衮龙袍，戴上冕旒，登坛即皇帝位，便是后梁太祖。

文蔚等也上坛，将玉册玉宝打开，高声朗诵的念了一遍，然后下来带同百官排班跪下，舞蹈庆贺。礼成之后，梁主留他们在殿上饮宴。亲自过来把盏，着实慰劳了一番。说今天这事，全是诸君推戴的功劳。文蔚等又羞又惧，伏在地下，说不出话来。只有苏循同薛贻矩两个，却行所无事，满嘴里歌功颂德，不外乎天与人归、应天顺人这些套话，恭维了一番，散了出来。

第二天梁主又在宫里治酒，请他的亲戚宗族饮宴。又拿出赌具来，叫他们随意赌博。因为梁主自从贫贱的时候，性最嗜赌，苦无资本。所以富贵之后，每逢大典或是良辰佳节，总要聚赌，才算尽兴。这回登基，更是破天荒第一件大喜事，赌得格外高兴，酒也吃得不少。梁主的哥哥全昱，着了草衣，戴了草冠，早吃得东歪西倒，也斜着眼向梁主道："朱三，你本是砀山一个小百姓，跟着黄巢去做强盗，天子不但不杀你，已是万分的恩典，又用你做到四镇节度使，富贵极了。应该知足才是，怎样反夺了他三多百年的社稷？只怕天理也不容，将来灭族的日子有呢。”梁主气得变色，又不好说什么，大家都不欢而散。后来梁主封全昱为广王，全昱终看不过梁主的行为，不肯住在京师，仍回到砀山旧屋里去住下，这才是算得高士了。

梁主又废了唐帝，封为济阴王，叫他搬到曹州去居住。四面都用荆棘围了起来，派了甲士看守。后来到底放心不下，次年叫人去把他弑了。这是后话。

当下想起晋王的仇恨不可不报，派定康、怀贞为大将去攻打潞州。守将李嗣昭得报，闭城紧守。怀贞昼夜攻打，半个月不下。只好筑了一条长堑，把潞州围困起来。这堑名叫蚰蜒堑。因为蚰蜒这种虫子，虽然软弱，却最利害，只要把他的蜒画在墙上。无论蜈蚣、蝎子，都不敢走过。怀贞以为这堑筑成之后，便可断绝晋人内外的交通，所以取这个名字。

晋王得信，赶紧派了周德威为行营都指挥使前来救应，直到高河驻扎。怀贞屡次派亲兵来攻，不能取胜。梁主怕他有失，又叫李思安来代他。思安到了潞州，在城下又筑了一道城，围得水泄不通，名为夹寨。德威却毫不在意，今天抄他的粮道，明天劫他的营盘，诸将士轮流休息，一昼夜出来十几次，弄到梁兵东奔西忙，不知接应哪边好，关起营门不敢出来。

守过残年，到了第二年春天，德威得了晋王病重的信息，方才把大营退屯乱柳，匹马入宫见驾。克用昧已垂危，命兄弟克宁、监军张承业、大将李孝璋、吴珙、掌书记卢质等几个人，同心辅导儿子存勖嗣位。说此子志气远大，将来定可成就我未了事业。又说嗣昭现在围城里面，我来不及见他了，等我下葬之后，你们务必帮助德威竭力去救他。又向克宁说道：“我把亚子（存勖小名）累你了。”说乃便死了。

原来克宁久掌兵权，晋王病重，军中议论起嗣位的人来，都以为一定是他，后来定了存勖，克宁不免失望。存勖也怕弄不过他，先来尽让叔父。克宁道：“你是长子，又有先王的遗命。谁还敢不听么？”诸将听了，才来谒见幼主。存勖方在柩前痛哭，迟回没有出来。张承业大踏步的闯进去说道：“大孝全在能守先人基业，多哭有什么用处？”一手把存勖拉了出来，登殿袭了晋王位兼河东节度使。克宁虽然首先带领诸将叩贺，心里十分不服，不久作乱，晋王挥泪将他斩首。这是后话。

再说嗣昭在围城里面，百般固守，转晦已是一年。梁主屡次派人来谕他投降，都被他焚毁诏书，将使臣杀死。梁主亲自到了泽州，叫人与诸将商量退兵。诸将都说，李克用新死，晋兵不能远出，上党孤城，更容易破，不如再守他个把月看。梁主只得答应。后来正值周德威回去，夹寨守兵忙来报告，说是晋兵已去，梁主也以为晋兵不会再来，便命驾回大梁，夹寨也不防备。

早有探马报到河东，晋王召集诸将商量道：“上党虽止一州，乃是河东的藩蔽。若是失了上党，还能保河东么？况且朱温（即梁主旧名）所怕的只有先王。现在听说我新继位，年纪又小，不懂得军务，一定不在他眼里。若趁这时候拣选精兵，星夜前去，出其不意，给他个迅雷不及掩耳，倒可以操必胜之权。盛衰与废，都在此一举。这机会万不可错过。”张承业也在旁撺掇势在必行。乃定期大阅，选了五万人马，派丁会为都招讨使，帅同周德威等从晋阳启行。

五月初一这天，离潞城不远，晋王伏于三垂岗下。次日清晨，恰巧遇着大雾，对面不见人，进兵直抵夹寨。沿途梁兵连巡逻守望的都没有一个，将士们都在高卧，睡兴正浓。晋王下令，命周德威、李嗣源分兵马为两道，填沟烧寨，呐一声喊，杀了进去。梁军将士才从梦中惊醒，人不及甲，马不及鞍，只得各顾性命，望南逃溃。梁招讨使符道昭手忙足乱，仓皇出营。胯下战马，被乱石绊倒，道昭翻了下来，被兵杀死。其余的兵士，伤亡逃失共约一万多人，委弃资粮器械，堆积成山。德威先到城下，呼嗣昭道："先王已经薨逝，新王亲来破贼，幸而大获全胜，贼兵不留一个。还不赶快开出门来，迎接你哥哥进城么？"嗣昭听了，哪里肯信。说这一定是德威被梁兵所擒，逼胁着他来骗我的。传谕四门格外固守，不可上当。

德威只得回去请晋王亲自前来，在城下高声喊叫。嗣昭在城头上看见晋王头顶白盔，身披白甲，才晓得是真的。天性所感，不由得抚胸恸哭，晕倒城上。城中无不痛哭，马上开门迎晋王进城。兄弟相见，悲喜交集。嗣昭问起先王可有什么遗嘱，晋王道："父王因为你同德威素来有隙，很不放心。临终时还提起说，进通忠孝，我所深爱。此次德威不能刻期把他救出围城，莫非他不忘旧怨么。若潞围不解，我死不瞑目了。其实德威何尝不尽力，听了这话，格外感奋。现在这场大战，也是他的功劳居多。你须要慰劳他一番才是。"嗣昭追念先王，又哭了一回。便命大排筵谦，亲自延德威上坐，开怀畅饮，尽释前嫌，比从前还要亲密，又谈了些军国正事方散。

再说梁主那边，听说夹寨不守，不觉大惊。但事已至此，也就无可如何，只好另图报复。不觉叹口气道："生子当如李亚子，也不枉教养一场。克用可以算得不死了。要想我那些儿子，还不同豚犬一样么。"

当下晋王住了几天，仍回晋阳。有功的各各加了赏赐，命兵士各回汛地休息。令州县举贤才，黜贪残，宽租赋，抚孤穷，伸冤滥，禁奸盗。不到一年，境内大治。又订了战守的规约，令士卒遵守，犯者必斩。因此行军也有了纪律。凡事必先向张承业商量，然后举行。相待同自己手足一般，登堂拜母，赏赐无算。这且慢表。

再说此时燕赵一带，各自为政，卢龙节度使刘仁恭骄侈贪暴，因大安山四面悬绝，在顶上筑行馆，非常壮丽。其中满住美女，并道士在内炼丹，又把境内所有的铜钱都搜刮了来，埋在山上，令民间用堇泥为钱。因爱妾罗氏与次子守光私通，仁恭晓得了，杖守光一顿，驱逐出去。后来梁兵来伐，仁恭在山上置之不问，幸亏守光引兵前来，才把城守住。他便自称节度使，派部将李小喜到大安山上，把他父亲仁恭擒下，拘禁起来。

其兄守文不服，用了重赂去招结契丹与吐谷浑的兵马，合四万人屯蓟州。守光迎战，又把守文擒住，也拘囚起来。却遣人到梁主处告捷，梁主封守光为燕王。守光欲僭帝号，哪里在他意中，派大将元行钦去把沧州攻破，擒其侄延祚回来。另派大将张万进、周知裕两人，辅助自己儿子继威镇沧州，回来又叫人去把守文暗中杀死。又怕难以见人，归罪于动手的人，也杀害了。

过了一年，梁主疑惑赵王镕暗中联络晋王，想趁赵王绍威故后收回镇定。约燕王守光发兵侵定州，又派供奉官杜延隐、丁延徽两人监督魏博兵三千，分屯深冀，面子上说是助赵守御。赵将石公立戍守深州，连忙去报知赵王，说是拒而不纳为是。赵王哪里肯听，公立只得回去。临出城的时候，回首指着城门流泪说道，“朱氏忍心灭唐社稷，三岁小孩子也晓得他的为人。独我王还把他当做好人，靠着同他有些瓜葛，便想把四境都托付他保护。只怕现在世界上没有这样忠厚的人，这才叫做开门揖盗呢。可惜好好的满城百姓，我看着他们做人家俘虏就是了。”说毕拨马而去。

果然深冀两州的百姓，看见魏博的兵到来都吓得手足无措，四散逃走。杜延隐等乘乱以禁止迁徙为名，便把四门紧闭，所有赵王原有的戍卒，一齐杀死。他倒登城固守起来。赵王这才慌了，晓得中计，赶紧命公立攻打，无奈已经被人家占了先着，哪里还能济事。正是：

吾谋适不用，莫谓秦无人。
疾风知劲草，板荡识忠臣。

要知后事如何，且看下回分解。

第二回　救深冀李存勖主盟　帝幽燕刘守光肆虐

却说赵王见梁将在深冀反宾为主，公立连打了几回败仗，知事不妙，连忙派人到燕、晋与义武节度使王处直三处求救。幸而三处都答应了。择日出兵，共推晋王为盟主，合兵攻梁。晋王先召集将佐，问他们有什么意思，不妨陈说出来，共同讨论。诸将道，“王镕从前甘心事奉朱温，既献贿赂，又结婚姻，交情不浅。这回事只怕是假做的圈套。大王不可不防。”晋王道：“你们这话太把他看重了。这种人不过惟利是图，有什么情义？王镕在前唐的时候，尚且或臣或叛，他能够做朱氏的忠臣么？现在他既上了朱氏的当，救死还来不及，哪里还有工夫算计他人？我们如果不出兵，那才真是上了朱温的圈套呢。”当下便派周德威将兵出井陉，屯驻赵州。

再说刘守光这边，虽然口头答应，却并没有出兵之意，终日在外面打猎作乐。孙鹤恐怕误了正事，骑了匹马，赶到围场里来劝道：“赵人来请兵，这正是天意帮助大王成功业的时候，机会不可错过。”守光道，“何以见得呢？”孙鹤道：“一向他们交情如胶似漆，我心里很是担忧，因为朱温志向非尽吞河山不止。现在难得他们自相仇敌，大王如能趁此并力破梁，则镇定等郡谁敢不来朝燕呢？况有晋人在旁，我们如果出兵稍迟，这权利都被他夺去了。”守光不以为然，说：“王镕屡次负约，听其与梁自弊，我可以坐收其利。何必救他呢？”孙鹤晓得他不能有为，只得叹息而去。从此镇定复用旧唐天祐年号。

梁主又派王景仁添了一支兵前来攻击，进驻柏乡。赵王镕又派人赴晋告急。晋王亲自督兵东下，王处直也派大将带兵五千前来助战。到了赵州，遇见周德威合兵一处，离柏乡五里，在野河之北下寨。晋王欲速战，德威道：“镇定的军队向来只会守城，不会攻战。就连我们也全靠的是马队，但马队须要平原旷野才施展得开。如今已经逼近敌军垒门，用不着驰突。而且彼众我寡，相去甚远。若被他晓得了我们的虚实，那时就坏了。”晋王见议论不合，大为不悦，拂衣而起，走进后帐，倒在床上便睡。

诸将见这样子，哪个敢作声。德威只得找了张承业去说道：“大王初次出兵得胜，心怀骄傲，未免轻敌，不自量力，一味的只想速战。现在离贼咫尺，中间只隔开一条河，他若造起桥梁赶了过来，我们这几个人还够他打的吗？不如退军高邑，诱了他出来，伍子胥多方误楚的法子，彼出则归，彼归则出。然后另遣轻骑，出其不意，去劫他的粮草，不上一个月，还怕他不败么。”承业走进后帐，揭开晋王帐子道：“这是大王安睡的时候么？德威老将知兵，他说的都是阅历之谈。大王不可轻忽才是。”晋王一咕碌爬起来道：“我也正在此细想，哪里能睡得着呢。”后来得着梁军那边的降兵，问起来，才晓得王景仁正在预备造浮桥渡军。晋王笑向德威道：“果然不出将军所料！”当日拔寨而起，退保高邑。

过了些时，梁军不出。周德威带同别将史建塘、李嗣源率领精兵三千，至梁垒门，百般辱骂。王景仁、韩勍不觉大怒，率众齐出。德威等且战且退，景仁等紧追不舍，将到高邑以南，早有李存璋带领步兵在野河上策应。梁兵争欲上前夺桥，又见一枝兵马杀出，乃是晋指挥使李建及。上前拦住去路，两军大战，自巳至午，胜负未决。晋王在门旗下观看。向德威道："两军已合，势难遽罢。我之兴亡，即在此呼吸之间。我如果不出力，谁还肯出力？现存只有我策马先登，汝等随后赶来。"德威道："梁军兵势浩大，只能以智胜，未可以力取。此地离他本营已是三十余里。他们身边纵然带有干粮，也没有工夫去吃。人身体不是铁打的，到了日斜之后，饥渴内迫，矢石外攻，没有不劳倦的。到那时候，我再加上生力军冲出，没有不取胜的。现在还非其时呢。"晋王只得罢了。果然到了未牌，梁军饥疲，渐渐懈怠。德威忽然大喊道，"梁军败走了！"晋军齐声附和，大为哗噪，夺勇上前。梁军惊怖，不能支持，顷刻溃散。李存璋又挥步兵上前喊道："梁人也是一样的百姓，父老子弟有来送饭食饷军的，不可乱杀。"战士听了，个个感激，争解甲投兵，堆弃地上，不愿再战。赵人因为深冀的事，恨梁兵切齿。此时不顾剽掠。但挺起白刃，遇见梁兵便杀，穷追不放。因此梁军精锐殆尽，所失粮食资械尤其不可胜计。共约斩首二万级，河朔大震。

晋王收兵暂屯赵州。杜延隐等打听得梁军不利，也离开深冀而去。

晋王又欲乘胜取邢魏，遣周德威、史建塘取澶魏，张承业、李存璋攻邢州，自统大军继后，移檄河北州县。顺我者生，逆我者亡，本有一往无前之意。不料刘守光从中作梗，他听说梁兵大败，便派人到赵王镕与王处直两处，说是"闻得二镇与晋王合力破梁兵，举军南下。鄙人不武，亦有精骑二万，打算亲自领了来与诸公开路，谅不致遽遭摒弃。但四镇连兵，必有盟主，号令方可统一。我若到来，请问诸公怎样位置我呢？"

王镕即便来告知晋王，晋王笑道："从前赵人第一处先到他那里告急，守光不敢出一兵发一矢。现在见我大功已成，他又妒忌起来。想要仗着兵威离间二镇，也算其愚不可及了。"诸将道："虽如此说，但我云代二州处处与燕接壤，他若扰我城戍，动摇人情，却也是腹心之患。不如等先取了守光，然后再一意南伐不迟。"晋王道："此言正合吾意。"

适遇梁主派了杨师厚引兵来救邢魏，晋王乃解围而回，师厚留屯魏州。周德威等亦各各来见，晋王便命德威带兵戍守赵州。王镕十分感激，谒见晋王，大犒将士。又叫自己养子德明，带领三十七都之众从晋王征讨。不久杨师厚又将兵移屯邢州，与赵逼近。王镕又危惧起来，赶到承天军来见晋王。晋王因为他是父辈之交，呼之为叔，相待很为敬礼。乃安慰他道："朱温现在恶贯满盈，不久皇天必加诛讨。靠着师厚辈几个武夫，有何能为？倘若他敢侵入汝地，我自当率众前来惩罚他。叔父可不必过虑。"王镕又上卮酒为寿，呼晋王为四十六舅。晋王又把女儿许给他幼子昭诲为妻，王镕这才放心，从此晋赵交情更加亲密了。

再说刘守光误以为各镇都不敢惹他，荒淫暴虐，肆无忌惮。每学商纣砲烙的变相，将人放在铁笼里，四面用火熠拢来，观其躲避，至死为止。又做铁丝刷子，刷人面皮以为快乐。又做了一件赭黄袍，尝穿起来，向诸将吏道："方今天下大乱，英雄角逐，我这里兵强地险，还不该做个皇帝么？"孙鹤道："现在内难新平，公私困竭。太原窥吾西，契丹伺吾北。忽然妄自尊太，遽潜帝号，只怕时机未至罢。”守光听了，好像兜头一盆冷水，很不高兴。又叫人到镇定去授意赵王，请尊己为尚父。其实他也不懂尚父是个何等名称。王镕又来告知晋王，晋王大怒道，“他这不是明欺人么。”便欲兴兵去问罪，诸将忙劝道：“他本是梁主第二，也要恶贯满盈快了，将来必定族灭。大王何不索性推尊他，早点为民除患不好么？”

晋王是从谏如流的，便与赵王镕、义武王处直、昭义李嗣昭、振武周德威、天德宋瑶，六路节度使联名奉册，推守光为尚书令尚父。守光居之不疑，更加骄横。又去上表梁主，说是晋王等齐心崇奉臣，意甚诚恪，但臣蒙陛下厚恩，未敢遽受。陛下何不授臣为河北都统，则并镇不难平了。梁主也晓得他在那里梦呓，乐得不去唤醒他，看他弄出何等笑话。真个授他为河北道采访史，也派了使臣去册命。

守光见两面所求都如了愿，不觉大喜过望，叫僚属去预备受册的仪注。僚属乃检取李唐册太尉的仪节，送了上来。守光约略看了一遍问道：“怎么没有郊天改元的礼节呢？”僚属都忍着笑说道：“尚父虽贵，也不过是人臣的官衔，有什么郊天改元的事呢？”守光老羞成怒，将仪注册子往地下一丢，说道：“我地方三千里，带甲三十万。真做河北天子，谁敢拦我？要这尚父作什么，快去查出天子即位的仪注来献与我看。”一面叫把大梁及六镇来的使者都囚起来。

守光从此终日预备称帝的事。将佐在背后都纷纷议论，以为万不可行。守光命人拿斧锧来放在庭上，下令有敢谏的，马上动刑。孙鹤道：“前次破沧州的时候，我本当死。蒙大王生全，得有今日。断不敢忘恩负义，闭口不言。据我看起来。此刻断非称帝之时。”守光不等他说完，叫人抓下去剥了孙鹤的衣裳，放在砧板上。叫军士过来，把他身上的肉，一块块割下来嚼着生吃。孙鹤呼道：“照王这种行为，不出百日，定有急兵。那时就想着我的话了。”守光不要听这种话，又叫人用土将他嘴堵住，然后鱼鳞寸剐。八月即皇帝位，国号大燕，改元应天。

受册这天，边疆来报，契丹攻陷平州，燕人大为惊扰。晋王听说守光僭号，大笑道：“等他卜年，就是我问鼎的时候了。”张承业请遣使往贺，有意骄纵他。晋王乃派太原少尹李承勋前去，用邻国通使之礼。到了那边，燕典客逼承勋称臣庭参。承勋道：“我乃受命唐朝为太原少尹，燕王安能臣我。”守光大怒，把他拘留几天。承勋始终不屈，仍放了回来。

再说梁主身体痴肥，素来怕热，又性好女色，荒淫无度。听说河南尹张宗奭家多妇女，颜色姣丽。这年夏季，便以避暑为名，命宗奭特在家中备了一所园亭，预备御驾临幸居住。宗奭晓得他不怀好意，但自己从前受过他的厚恩，自然不敢违拗。便在家里特造了几间幽雅精致的轩馆。梁主居然惠然肯来，又叫他妻女子媳出来服侍。岂知不到一月工夫，家中妇女无论妍媸老幼，都被梁主奸淫遍了，几乎不留一个完璧。宗奭虽知，只好假作痴聋。他的儿子继祚羞愤交加，实在忍不过，把身边一把佩刀，磨得雪亮，早晚跟在梁主后面，想行弑逆的事。宗奭看见，连忙止住，将继祚叫到后堂吩咐道：“我家前次在河阳被李罕之围困，吃草根木屑过日子，全亏主上救我出来，才有今日。此恩万不可忘。那时你年纪小，无怪你不清楚。我劝你快点打消这念头罢。”继祚迫于父命，只得把一顶绿头巾硬戴在头上。

梁主直住到秋凉，还是恋恋不舍。后来重阳已过，不知从何处得来的谣传，说是晋赵同起大兵，指日南伐。梁主不得已，亲自动身出去拒战，一路上无精打彩。到了卫州，大军驻下，正要埋锅造饭，又有探马报说，晋军已出井陉。梁主也怪其神速，又恐怕被李亚子占了先着，立刻命启辇，朝北直往邢洺进发，无分昼夜，倍道兼程，不准稍有停留。将士们都饿着肚腹，走得人困马乏。赶到相州，才打听得晋王安坐家中，并无出兵之事。梁主气得半死，又遇着相州刺史李思安。他按程途计算，梁主至快也须要十余日方能前来。万想不到他昼夜兼程，三四日已经到了。所有饮食供张，一点也没有预备，弄得梁主饥渴交加，不觉大怒，削去李思安官爵。

不久梁主到了洹水，边吏又来报说晋赵兵南下，梁主又命即时前进。到了魏县，但听得道路上的人都传说，“沙陀来了，沙陀来了。”（沙陀乃克用起兵之地，其兵最强）梁军听见了，个个惊惶失色，不按部伍，纷纷逃窜。梁主命军政司杀了几个，仍然禁止不住。及至打听清楚，哪里有晋军的踪影，上上下下这才镇静下来。究竟不知谣言从何处说起，真是俗语说的时衰鬼弄人了。

原来梁主恣意声色，病已经年。因为从前夹寨柏乡两次失败，实在没有面目见人。所以力疾出巡，想一雪旧耻。所以一路上闷闷不乐，躁忿无常，无论宿将功臣，偶然犯了些小过处，便命推出斩首。弄得众人兢兢不能自保，越发离德离心。及至白跑了一趟回来，到了怀州，又看见刺史段明远的妹子，生得美貌，纳为美人。明远乐得借此献媚，馈送供应，一切丰盛完备，梁主这才欢喜起来。不意回到洛阳，旧病又作。比前更加重了。正是：

高明之家，鬼瞰其室。伐性戕身，首在美色。

要知晋赵是否出兵，下回交代。

第三回　梁主宣淫宫闱内乱　郢王篡位夫妇同诛

却说梁主虽然有病，还可以支持。到了次年正月，晋王命周德威东出飞狐，连合赵将王德明、义武将程岩，在易水会齐。攻燕祈沟关，燕人败走，德威乘胜克了涿州，直抵幽州城下。守光派人赴梁求救，梁主此时巴不得有事，又下令亲自督兵前往。从官文武尝过他的脾气，哪个不想规避，有的告病，有的请假，梁主大怒，一概不准。到了白马顿，有意赐从官宴饮，试看人数齐否。果然寥落如晨星的几个人，便叫快马回去催促。散骑常侍孙骘等三人来的最迟，梁主怒不可遏，立命在阶前用金爪扑打，竟扑得脑浆迸裂而死。到了魏州，命杨师厚、李周彝围枣强，贺德伦、袁象先围蓨县。自己却又昼夜兼行，抵下博。遇着赵将苻习带了几百马队在城外巡查，先锋回来大惊小怪的报说，晋兵大队又到了。梁主不问真假，早吓得弃盔掼甲，一溜烟跑到枣强，藏在杨师厚肘腋底下躲起来，两军便合并一处。师厚急攻破了枣强，下令屠城。贺德伦在蓨县也想仿照办理，无奈晋将李存审已到，把守下博桥。正派史建塘、李嗣肱分道巡逻奸细，遇着梁军出来打柴的，生擒了数百人回去，就在军前斩首，只留了六七个人砍去右臂，放了回去。归行时对他们说，替我告诉朱公，晋王大军这回真个到了。

原来梁主仗着师厚的威名，打起他的旗号又去攻蓨。方才走到，来不及安营下寨，建塘、嗣肱每人带着三百马队，换了梁军的旌旗服色，混在梁军采樵的里面，不慌不忙的走来。到了营门，已是黄昏时候，分不出彼此。晋兵点起火把，到处放火，呐喊前进，弓矢乱发，营中人不知是兵变，还是敌人，顷刻乱作一团。正在东逃西窜的时候，又看见那几个断臂的人走来喊道："晋王大军这回真个到了。"

梁主这一惊非同小可，自己放火烧营，连夜逃走。左右跟随的只有二三十人，个个心慌意乱。又值夜色苍茫，辨不出道路，只向无人的地方走去。转了几个弯，约莫已走了一百五六十里。却仍旧没有出蓨县境界。走了一夜，看看天将破晓，村庄里的农夫，都起来耕种。老远的望见他们身穿军服举步慌张，晓得是梁军败回来的，心里恨如切齿，拿着手里的锄头、木棒都来追赶驱逐。梁主不敢耽搁，只得忍气吞声落荒而走，这回委弃的辎重器械更多。出险之后，又派探马回去仔细侦查。转来报说，晋军实在并没有来，刚才遇见的不过是史先锋的游骑而已。弄得梁主又羞又气，半晌说不出话来，从此病更沉重了。五月回到洛阳，便卧床不起，向侍臣道："我经营天下三十年，哪一天敢忘太原余孽？想不到不能除此大患，反被他猖獗至此。我看亚子志不在小。有我在还可以同他抵抗抵抗。天意偏又不叫我多活几年，到了我后辈手里，怕不是他砧上肉么。我没有葬身之地了。"说到此哽咽不能成声，晕厥过去，好容易才叫了转来。

却说晋王此时方留意人才。幽州参军冯道劝守光不可轻启兵端，守光非但不听，反把他下在监狱里，好容易放了出来，冯道即奔河东。张承业荐他文才可用，晋王即命补了掌书记。后来周德威遣副将攻克瓦桥关，莫州刺史李严同将吏等都来投降。晋王听说李严博通书史，命他做儿子继岌的师傅。李严一定不肯，晋王一时下不来，喝令推出斩首。教练使孟知祥上来劝道："现在强敌未灭，大王正在延揽人才还恐来不及。若是因为些须小故，杀戮慕义之士，天下晓得了，谁还敢再来呢。"晋王忙叫把李严放了。

再说刘守光听说晋兵入境，忙遣大将单延珪带了精兵一万出来抵挡。走到龙头岗地方，两军相遇。单延珪身体魁梧，素称无敌，手使一枝八十斤重的梨花枪，尤有神出鬼没之妙。这天老远望见晋军人马不多，先向左右说道："今天若不生擒周杨五（德威小名）献与我皇台下，誓不回营。"这边周德威使的是两把铁挝，也有百斤来重，上下飞舞，旋转自如。鼓声起处，两军合在一处，战了有五十余合，不分胜负。德威暗想此人武艺出众，果然名不虚传。只好用智取，不能以力胜。又战了三合，虚晃一挝，回身便走。延珪哪里肯舍，匹马紧紧追来，举起梨花枪向德威后心便刺。德威早料到他有这一着，将身体朝左边一闪，恰好躲过。右手乘势回敬了他一挝，正打在面门上。鲜血迸流，跌下马去，早有跟随的亲兵上前将延珪擒住。燕兵见了，四散逃命。德威挥兵追赶，杀了三千余级。

这单延珪乃是幽燕第一名大将，守光全靠他做个长城。当下败兵回去报告，上下都震惧起来。守光别无他法，只有再派人到洛阳去求救。岂知梁朝生了内乱，正在父子喋血的时候，哪里有功夫顾得到燕呢？

原来梁主长子名叫友裕，封为郴王，死得最早。第二个乃是抱养的名叫友文，最得梁主的宠爱，常命他留守东都。第三个名叫友珪，乃是梁主纳了亳州营妓李氏养的。虽也封为郢王，梁主却最不喜欢他，派他做个控鹤指挥使。第四个乃是均王友贞，为东都指挥使。梁主虽然荒淫，从前皇后张氏在的时候，性最严厉，人又机警聪明，处处防闲着他，所以还有些忌惮。后来皇后故了，梁主更恣意宣淫。后宫人数虽多，他却视同家常饭菜，早经腻烦，专想弄些新奇野食，来换换口味。从前淫到大臣妻女，已是闻所未闻，后来更异想天开，把几个儿子都打发出去，却叫几房媳妇入宫陪侍，还有意叫他们妒宠争妍，以为快乐。其中又以友文的娘子王氏生得最美，最为有宠。又因为爱媳妇的上头，牵连着便想立友文为太子。其余二人心中如何能甘服，尤以友珪最为愤恨。到了现在梁主病势渐渐沉重，自知不起，便命王氏暗中去叫友文进来，托付他后事。岂知被友珪的娘子张氏晓得了，忙去告知丈夫道："今天我看见大家把传国宝递给王氏嫂嫂，叫她藏在衣襟底下，送往东都。我们几个人还有命吗。"友珪听了一时也想不出主意，携了张氏的手，彼此对哭起来。有人在旁说道："这不是哭的事，须要早些想个计策才好。俗语说，的先下手为强。难道殿下忘了么。"友珪也恍然大悟。

过了两天，梁主又叫敬翔出来传命，以友珪为莱州刺史，并叫他即日去到任。友珪听了更如火上加油，怒不可遏，当下换了衣裳，扮做禁卫军士模样，走进左龙虎军，求见统军韩勍。将适间情事详细告知。韩勍也为着梁主多杀功臣，自己也有朝不保暮之虑。两人便秘密商量，派了三百牙兵帮助友珪，混在控鹤队兵士里面，趁着昏夜时候斩关闯进宫禁，一直到了寝殿。梁主吓得坐了起来，见为首的乃是友珪，恨恨的说道："我早疑惑此贼定要造反，只可惜没有早些一刀杀死。但你如此悖逆，天地也不能容的。"友珪也回骂道："老贼再敢开口，马上斩做万段。"他的仆人冯延谔听了，早从腰间拔出一把明晃晃的牛耳尖刀,上前看准梁主的肚腹刺了进去。因用力过猛,那刀尖直从背上透了出来,梁主登时气绝。友珪便叫找了一条破毡来,将尸身胡乱裹了,埋在寝殿角里,身后大事便算完了。一面派供奉官丁昭溥驰赴东都,命友贞将友文就地杀死。矫故主遗诏,说是友文谋反,全亏友珪忠孝,将兵平乱,应令友珪权主军国事务。韩勍又劝友珪多拿出金帛来,赏给将士大小百官,好买他们归心,然后发丧即位。内中有几个老成宿将,虽然受了友珪的敬礼,心中终愤怒不平。护国节度使冀王友谦哭着说道:"先帝数十年开创基业,不是容易。前日宫中变起,死得不明不白。我们备位藩镇的,有何颜面见人呢?"友珪听说,又加友谦侍中,征他入朝。友谦向来使说道:"先帝怎样晏驾,谅友珪自己明白。我正要到洛阳来问罪。他还敢来叫我么?"使者回去说了,友珪便派韩勍带兵攻打河中。友谦即将土地归附晋王,请他出兵援救。

还有个杨师厚,自从得了魏博之后,又兼着都招讨使,所有宿卫劲兵都在他麾下。连外面各镇的兵,也都归他任意调遣,威权显赫,眼睛里早看不起友珪。遇事任性,并不奏达。友珪怕他作乱,遣人叫他进京。师厚见诏便要动身,心腹人都劝他不去为是,恐遭不测。师厚笑道:"友珪为人早被吾看穿,何须过虑。"当下带着精兵万人渡河。友珪听了,果然心惊胆战。师厚不日到了都门,却只带了十数人进城,其余都令驻扎外面,友珪方才放心。见面时候,言语之间,格外做得谦恭,赏赐甚厚。师厚安安稳稳带兵回去。

友珪以为有了这个保驾将军,得他承认,可以无事,从此放心大胆,终日在宫里恣意取乐,弄得内外离心,怨声载道。这天驸马都尉赵岩奉派到大梁有事,两人谈起朝廷情状,叹息了一回,友贞便有讨贼之意。赵岩道:"此事成败,全在杨令公(指师厚)一人身上。杨公如肯赞成,只要他一句诰谕禁军,那得还敢帮助逆贼?事情总算成功了。"友贞便派心腹马慎交到魏州向杨师厚道:"郢王篡弑,事成之后继以荒淫,人神怨愤,久已属望大梁。将军如肯相助,真乃不世的大功。而且均王的意思,除升官授爵之外,另出金钱五十万犒师。"师厚听了,一时没了主意,先命马慎交退去,召集将士出来商量。

师厚道:"郢王弑逆,固然有罪。但我当时没有即刻声讨,到了现在,君臣名分已定,忽然改图,倘事不成,岂不被天下人耻笑么?"一个部将说道:"做事须要明白顺逆,自然不致后悔。郢王弑君篡位,乃是逆贼。均王起兵报仇,乃是义举。奉义讨贼,还顾什么君臣名分。况我公如果推却了他,万一他向别处借兵,把贼驱逐了,正了大位,请问我公那时置身何地呢?"师厚拍案而起道:"幸亏你提醒了我,不然我几乎误了大事。"次日便派副将王舜贤星夜奔往洛阳,暗中与龙虎统军袁象先商量。此时赵岩已从大梁回到洛阳,也去谒见象先。三面定计,约好日期,象先等带领禁兵五千人,突然入宫。友珪见事不妙,晓得无可逃避,仍叫冯延谔拔出那把牛耳尖刀,先把己妻张氏杀死,然后再杀自己,延谔一一如命行事。忽然想起朱氏两代皇帝,都是我亲手杀的,谅世间也不能容我。回过刀来,向颈上一抹,也跟随友珪去了。象先赵岩进来,将三个尸首,分别收殓,命人将宫殿打扫干净。两人奉了传国宝,亲自到大梁去迎均王。

王见大事已定,而且办理非常神速,先慰劳了一番。然后说到大梁本是国家创业的地方，何必定要洛阳。当下就在大梁即位，改名锽字，后来又改名瑱字。论功以杨师厚为首，加升兼中书令，赐爵邺王。又派人去招抚友谦，友谦也愿归藩。这且慢表。

再说晋王伐燕。周德威进逼幽州南门，守光自失大将军单延珪后，自知万不敌，不敢再战，只有遣人致书求和。书中措辞非常悲哀，做尽摇尾乞怜的样子。德威看了笑道："才做了一年的大燕皇帝，还没有郊天，怎么做出巾帼妇人的口吻？这六龙御天的威风到哪里去了。我此来只晓得奉命讨罪，其余我一概不问。"便将来书丢开，置之不理。后来渐渐卢龙属地，非破即降，已都归了晋王版图。守光无法，只得去向契丹求援。契丹也晓得他素无信义，反复无常，不肯出兵。守光穷蹙无计，几次三番，派人到晋军求降。周德威等总疑他是狡诈，不敢轻于答应，非要他亲到不可。又支持了些天，天气渐渐寒冷，兵士更无斗志。守光登城亲自向德威道："等晋王一到，我马上开门。俯首听命。"德威便去报知晋王。到了十一月，晋王便道到了幽州，单骑站在城下，叫守光上城，吩咐道："朱温篡逆，罪大弥天。我的初意本想同你联络河朔的兵，杀进关去，重兴唐祚。事果可成，那时是何等威风，何等的名望。哪晓得你不会打算，非但计不出此，反去效法朱温的行为。及至镇定二帅，俯首听命，尚有可为。岂知你仍是贪图目前安逸，置之不顾，所以才有今日的事。我也是出于不得已。但是既已到了这种地步，大丈夫做事，须早有解决，岂能终久依违两可。你究竟是战是降，快此说来。"正是：

到头恶贯终当满，烹割于今只听人。

要知守光如何出降，下回自见。

第四回　破幽燕刘守光遭擒　分相魏贺德伦归晋

却说晋王在城下叫守光赶紧打定主意，守光听了句句刺进心坎，此时顾命要紧，低头答道："现在我砧俎上的肉一般，听大王处置就是了。"晋王听他说得可怜，顺手向腰间箭壶里拔出一枝狼牙箭来，一折两断。向守光说道："你如果肯来相见，我一决保你安全。倘若口是心非，就同这支箭一样。你快些想定主意，限你明日给我回话。"晋王说罢。拨马而回。

守光下去，便把他的爱将李小喜叫过来商量。小喜道："我主平日所行所为，很不满人意，到了他们手里，如何肯放过。晋王当面虽然说得好听，常言说的兵不厌诈，倘若到了那里，他变起卦来，我们又怎样抵制他？我看起来，还是不出去的稳当。"守光本来游移，又听了他这一席话，更怕起来，只得过了一刻是一刻。

谁知小喜骗住守光，自己却连夜缒出城去降了晋了。原来小喜最善迎合，哄得守光言听计从。守光平日所有荒唐举动，大半都是他迎合成功的。现在看见大势已去，晓得守光不免一降，自己如果跟了过去，便不见什么功劳，因此用几句话，将守光骗住，一人先取抢夺头功，弄得守光进退两难。小喜见了晋王，又说城中兵粮俱尽，捉拿守光，与瓮中捉鳖无异。晋王果然亲自督同诸将四面急攻，一战便把城打破。晋王进了幽州，先把刘仁恭搜捕了来，守光却早带着妻子逃了出去。晋王将诸事略为安排，用周德威为卢龙节度使，李嗣本为振武节度使。正要预备班师，忽听辕门上小校报进来说是刘守光将奔沧州，走到半路上，迷了道途，被人擒住，特地献了来。晋王大喜道："这才叫天网恢恢，疏而不漏呢。一半也是他生平作恶多端，没有人肯指引他的缘故。"便命将守光用大练绳捆起来，同刘仁恭父子两人，系在一个囚车里。诸事料理妥当，这天便从幽州动身。三军敲着金镫，齐唱凯歌，好不得意。

但人到了得意时候，举动轻浮，精神疏懈，最容易弄出笑话。晋王临走想起古有打了胜仗，总有一篇露布，便命掌书记的王缄去起草经办。谁知这王缄生平没有读过刘勰的《文心雕龙》，不晓得这露布乃是露版不封、布诸观听的意思，又没有地方去请教人，只得独出心裁，以意为之的做了一篇文章，写在白布上，叫几个人曳起来，一路上跟着走。还要叫刘仁恭父子带着重枷，随在底下，一步一蹩的，又羞又气。可怜他们这场苦，却是多吃的，也害在这位书记先生学问"太渊博"的上头，引得旁边看的人无不大笑。

闲言少叙。单说晋王不上几天率众回到晋阳，先将所得俘虏，献于太庙，然后绑赴市曹，明正典刑。到了斩守光的时节，晋王亲临监视。守光还想贪生，大声喊道："我早就要降的。是李小喜叫我不要降。都是上了他的当。"小喜此时正在晋王身旁伺候，听了这说，瞪圆了两个怪眼，走到守光面前喝道："我何尝阻止你，你又何肯听我的话？难道你干的那些内乱，禽兽行为，也是我教你的不成？"守光无言可对。倒是晋王大怒道："此人在我面前，对他临危的故主，尚且敢如此无礼，平日之凶横，可知。"命先将小喜斩首，然后再杀守光。剩了一个仁恭，直押解到代州，刺出心血，祭了先王坟墓，然后斩首。

却说灭燕的信息传到镇定，有人向赵王镕道："大王所称尚书令，乃是梁官。大王既与梁为仇，不应该仍称他的官职。况且尚书令这个官名，自从唐太宗由此践祚以来，没有人敢当这个名号的。现在晋王为各国盟主，何不把尚书令让给他呢。"王镕便去约了义武王处直，各遣使人推晋王为尚书令。晋王谦让三次，然后受下。从此才开府置行台，一切仿照从前太宗的办法。这且按下不表。

且说西蜀王建看见天下纷扰，此处称王，彼处称帝，便也商量要改换尊号，将佐都已赞成。只有冯涓献议，说是不如仍用蜀主称制行事的好，果然朝廷兴盛起来，我仍是臣子的职分，就是贼人一时不能驱除，我也不算扶同为恶，最为两全之道。王建哪里肯听，冯涓便回家高隐，杜门不出。王建乃采用副使掌书记韦庄的谋划，择期即帝位，国号大蜀，建元武成。以王宗佶、韦庄为宰相，唐道袭为内枢密使。这时候唐朝衣冠臣族在蜀避乱的甚多，蜀主正当草创用人之际，一一礼聘前来，令其修举故事。因此西蜀的典章文物，独有唐朝遗风。

王建有十几个儿子，另有假子一百二十人。即位之后，立长子元膺为太子，其余的假子，都封了王爵。虽然姓氏排行都照弟兄的样子，仍旧可以互通婚姻。这假子的风俗，本是从唐末宦官典兵起的。宦官没有儿子，多择军中壮士养作自己的儿子，也是自树党羽的意思。后来各镇将帅也都仿照他的办法，亲子之外，养子愈多愈好。所以五代时候，这个风俗最盛。

闲言少叙。单说这太子元膺，素常看不起唐道袭。因为他本是舞僮出身，为蜀主所嬖幸，居然由枢密使两三年工夫升了少保。两个人在蜀主面前，不是我毁谤你，就是你倾陷我，早有誓不两立之势。这天七夕，太子一时高兴，请诸王大臣到府里来宴会。王宗翰同枢密使潘峭、翰林学士毛文锡不到。元膺大怒，告诉蜀主，说潘峭文锡有意离间我们手足之情，非贬官治罪不可。太子才退出去，道袭早走进宫来奏道："东宫打算造反，盼望早几年做皇帝，所以想把诸王同文武大臣骗到他府里去，锁禁起来，他好起事。"蜀主道："真有这等事么，这便如何是好呢？"道袭道："陛下不必惊惶，我们只要先调兵进来保护，自然有备无患。"太子得信，晓得又上了道袭的圈套，大为惊骇，又不好去辩论，便叫军使徐瑶起兵攻入道袭家里。道袭逃走，被追兵赶上，一箭射过去，正中要害，堕马而死。蜀主闻报，更当是太子真个造反，反命王宗侃等起了大兵来捉拿。徐瑶被擒斩首，太子元膺逃到跃龙池船里面躲避。这船专备蜀主游玩之用。平日无人看守，空系在那里。太子饿了一夜，次日不能不出来寻饭吃。被卫兵看见，上前杀死。蜀主命追废为庶人。

当时几个儿子，都要想谋这东宫的地位。第十一子宗衍年纪最幼，乃是徐贤妃生的。这时候贤妃最有宠，大臣谁不想巴结联络。徐妃趁此替儿子宗衍设法，派飞龙使唐文扆去授意张格，叫他上表，请立宗衍为太子。张格巴不得这一声，以为借此可以巩固自己的位置，将来又可以居定策功劳。他便格外讨好，将表写好了，乘夜跑到各宗王大臣家里,骗他们说这是主上的密旨。王宗侃等信以为真,都一一的签了名字。次日早朝,张格便把这表呈了上去。蜀主看了诧异道:“宗衍年纪最小。性格又懦弱。他能够胜任么?”后来看见诸王大臣等既已同意,也就答应了,当下便立宗衍为太子。这且慢表。

再说梁朝的天雄军节度使杨师厚自恃功高位显,手下的兵马又多,他便擅割财赋,另招银枪队、效节队各数千人,出入跟随,想恢复从前牙兵的盛况。梁主面子上虽加敬礼,心里很为猜忌。这年梁主改元贞明,二月里师厚病故,梁主自以为万千之幸。赵岩同邵赞两人献计,请分天雄六州为两镇,以免魏州方面兵权太盛,成为尾大不掉之势。梁主深以为然,以贺德伦为天雄军节度使,另置昭德军于相州,将檀卫两州割归昭德,以张均为节度使。所有魏州原有的将士府库金帛均平分一半入昭德。当下天雄军大乱起来,因为魏兵向来父子相承,姻党盘结,一听说有分徙的信息,都连营聚哭起来,互相商量道:“朝廷为着怕我们军府强盛,才想出这法子来摧残我们。不知六州的人旧为藩府,从来没有远出河门一步。如今一旦骨肉分离,生不如死。索性一不做二不休,看他怎样。”乃各持刀仗,攻入牙城,杀死数百人,擒住贺德伦放在鼓楼上。

将士没了统系,都欲自由行动起来。幸有向来在效节军的军校张彦还懂些道理,带着部众拔出白刃来,向众人说道:“我们此行第一须戒抢劫,叫人也好晓得我们的志趣。敢有妄动民间一草一木的,先叫他来试我的刀看。”众人不敢不遵。转瞬已过两月,梁主派供奉官扈异来招抚众人,见张彦还可压服得来,便同他说话,许他事平授为刺史。张彦道:“只要还我三州,刺史非所敢受。”扈异往返数次,梁主也不肯答应。张彦将诏书接来,扯得粉碎,丢在地下,用手指着南方大骂。又向贺德伦道:“现在天子可称昏君。同牯牛一样,听人穿着鼻孔要东就东,要西就西。只有求救于晋王,还可以有生全的指望。”当下逼着德伦写了一封信,送到河东。晋王得信,先命李存审进据临清。到了五月,晋王亲统大兵东下,与存审会在一处,犹恐怕魏人有诈,按兵不进。

德伦遣判官司空颋远来犒军,请晋王屏退左右说道:“魏军中只有张彦一人最为狡诈凶狠,非先将他除去,永无安静的日子。”晋王点头下令,将兵进屯永济。张彦带了银枪效节约五百人,手执兵器,前呼后拥的到了军门求见。晋王登了驿楼老远的向他说道:“你凌胁主帅,残虐百姓。我今举兵远来,原为的安抚百姓,并无贪图土地之意。你对于我,虽然有功,但我不敢因私废公,所以只好将你斩首,才对得住魏人呢。”张彦还想分辩,早有伏兵在旁,将他擒住,又寻出他的密党七个人来,一并斩首。其余带来的人早吓得屁滚尿流,面无人色。晋王叫到面前吩咐道:“罪止八人,业经就诛,其余的一概不问。”众人这才放心,都跪倒磕头,口呼万岁。

次日晋王脱去铠甲,轻裘缓带而来。两旁夹马伺候的都是张彦手下的这班银枪效节队,手里都拿着明晃晃的刀戟。晋王谈笑从容,和他自己的亲兵一般,众人更加佩服。入城之后,德伦连忙将印绶节钺献上,晋王再三谦让,然后受了,德伦带领将吏前来叩贺。王承制授德伦为大同节度使,到了晋阳,被张承业留住。这是后说。

原来梁主当初打算分相魏的时候,原也防备魏人不服,遣刘鄩将兵六万,从白马渡河,虚张声势,以资镇慑。刘鄩又派了澶州刺史王彦章带五百马队直驻魏州,防备有变。后来魏人果然起事，先攻王彦章于金波亭。彦章众寡不敌，只得南走。刘鄩进屯洹水，后来探得晋军已到，晓得不敢轻敌，急忙选了精锐一万人进取魏县。晋王也派了史建塘去拒战，一面自引亲军与刘鄩夹河驻扎。等到晋王得了魏州，遂分兵先取德州，又陷澶州，并获彦章妻子。晋王命优加礼待，不许难为了她。一面写信，派人去约彦章前来归降。彦章告知刘鄩，将使人就军前斩了。晋人得信大怒，也把彦章一门杀害。到了晋王诸事安排就绪，亲赴魏县劳军，手下不过带了百十个马队。劳军既毕，循河而上，想就便察看刘鄩安营的地势。谁知早被刘鄩觉察了，趁着这天天气阴晦，雨雾迷濛，便在河曲埋伏下五千人马。晋王一到，一声鼓响，呐喊齐出，早把晋王围了数重，晋王在垓心跃马大呼，所向披靡，那个敢来近他。还有个裨将夏鲁奇，也是奋不顾身，一可抵千，手里使了一柄短刀，逢人便砍，遇敌便亡，从午牌直杀到申牌，方才杀了一条血路出来。点点自己这边兵马，止少了七个人。恰好遇着李存审救兵赶到，敌兵不敢追赶，才得脱险回去。晋王嘉奖夏鲁奇骁勇，赐姓名为李绍奇。

却说刘鄩一计不成又思一计，忽然想起晋兵尽在魏州，晋阳一定空虚，乘这时候去袭他的根本，岂不甚好。乃暗中引兵从黄泽西去。晋人见刘鄩将士几天没有出战，深为诧异，叫探马去探望时，只有城墙垛口上有旗帜隐隐约约的往来。晋王道："刘鄩用兵本来有名的一步百计，内中一定有奸诈无疑。再派人去详细察看，果然都是用草扎就的人，路上披着军服，手里绑了旗帜，缚在驴背上，在城头上走来走去，连一个人影也不留。"正是：

自古用兵宜用诈，从来制敌贵知人。

此后晋王与刘鄩孰胜孰负，阅者谅已猜着八九了。

第五回 将机就计三破刘鄩 攘外安中独驱胡骑

当下晋王闻报笑道："果然不出我之所料！但是刘鄩为人，我所深知。虽然长于袭人，却最短于决战。现在我屈指计算，他的行程不过刚到山下。"即派李嗣恩带着马队赶紧追了上去。此时恰好遇着连旬阴天，道途既险，泥深没膝。刘鄩那边的兵，道路既生，又是不服水土，患腹泻与足肿病的不计其数，往往坠马落崖而死，十成里先去了二三成。李嗣恩轻车熟路，早倍道先入了晋阳，告知城中将守御的器械预备齐全。刘鄩又迟了几天才到，带的粮草俱已告罄，又听说晋阳早已有了预备，后面追兵看看赶到，军心惶急，马上就有溃散之势。刘鄩再三抚慰道："人生哪个不要性命？我也不好强留你们。但是现在既已深入敌人的境地，背腹受逼，前有高山，后有深谷，请问向哪里逃走？只有各人尽力死战，还有一线的生路，即不幸死了，也是光明正大，上可以报答君亲，留名后世。"众人听了哭了一场，方才止住。

周德威听说刘鄩西上，也从幽州带了一千马队，回救晋阳。走到土门，刘鄩正在整队下山，屯于宗城，马匹倒毙了大半。听说晋阳的积蓄都聚在临清，便要去占据，好断绝晋军粮道。德威得信，马上追到南宫，擒住梁军一个奸细，断了他的一只膀子放回去，叫他报告主帅，说是周侍中早已据住临清了。次日清晨晋兵掠刘鄩营垒而过，进了临清。刘鄩引军赴贝州，在堂邱下寨，德威攻打不能下。次日刘鄩又移营莘县，筑堑固守，又筑了一条甬道，直通河岸，以运粮饷。晋人屡次来挑战，刘鄩均不肯出。晋人乃将甬道拆毁，梁主晓得了，下诏责备他畏缩不前。刘鄩复奏："晋兵甚多，且又精于精射，诚为劲敌，未可轻视。倘若有隙可乘，臣岂有偷安养寇之理。"梁主览奏大怒，又派了两个中使前来督战。刘鄩乃召齐将士问道："主上深居禁中，哪里明白疆场上的事，不过听几个少年新进的计策，不晓得战事。顷刻万状，全在临机应变，如何可以老远的拿定成见？现在晋军正强，如果出去，一定失败。请问诸君如何处置？"将士齐声答道："胜负终久总要一决，照这样旷日持久拖延下去，如何是好呢？"

刘鄩听了不好再说，心里更加烦闷，背后向自己亲信人说道："主上如此昏暗，内臣个个谄谀，武将自骄，兵卒偷惰，有不败的么？连我也不晓得死在何处呢。"过了几天，只好带了万余人，想出晋人不意，攻击镇定营，营中大为惊扰，又被李存审带了二千马队横冲过来，刘鄩大败。晋军齐出追赶，擒斩一千余人。刘鄩仍旧奔回莘县，从此更有得他说嘴，一连守了几个月，再也不肯出来。晋王只得留李存审守住大营，自己到贝州去劳军，故意使人扬言出去，说顺道便回晋阳。刘鄩听了果然忍不住，奏知梁主，请袭魏州，梁主自然照准。刘鄩下令调澶州刺史杨延直将兵一万，到魏州取齐。存审得信，连夜进城，选了五百名壮士，趁延直军队没有调齐的时候，猛出攻击，众皆溃散。延直不敢违令，仍旧带了败残余众到城外等候。次日黎明，刘鄩从莘县悉众而来，到了城东与延直合在一处。谁知李存审带领营中大队也跟踪而来，李嗣源开门，挥城中兵出战。

晋王在贝州晓得刘鄩已经中计，也折了回来，与嗣源并马当先，拦住梁军的去路。刘鄩一见，晓得上当，这一惊非同小可，拨马便回，晋王紧紧跟随，到了故元城（即玉莽城）西面，彼此均将营扎住。晋王在西北角列成方阵，存审在东南角列成方阵，把刘鄩夹在当中。他所摆的又是圆阵，因此四面受敌，战了许久，梁兵大败。刘鄩不能支持，突出重围便走，步兵七万不是被杀，就是落水，一个也没有剩。刘鄩渡河保守滑州。后来梁主宣召，他也不敢前去，就叫他做了宣义节度使，带兵屯黎阳，再也不敢多事了。

又有匡国节度使王檀，自告奋勇，秘密上书，请调关西兵暗袭晋阳，直到城下，方才举旗伐鼓。这回晋人却真没有防备，几乎措手不及，倒吃了一大惊。关西大汉又都是身强力壮，精神抖擞，昼夜不息，杀得晋人筋疲力尽，几次三番被王檀将城墙攻破。晋人竭力堵塞救护，勉强总算守住。幸亏安金全，乃是代北故将，早已退伍，闲住太原，此时看见大事不妙，往见张承业说道："晋阳乃是我王立国根本重地，关系成败兴亡，与别处不同，倘若有个蹉跌，大局一败涂地。我虽衰朽龙钟，置身田野，不敢把国家置之度外。相公如果能把武库里的兵器铠甲交给我，情愿一尽死力。"承业正愁诸将在外，无人御敌，见他说得慷慨挚诚，料不至于偾事。命人将武库开了，任他自取。金全叫出他的子弟宗族，还有同时退伍诸将的家属，集合了约有数百人，把同仇敌忾的意思向众人宣布了一番，各各授以兵器，乘夜开城杀了出来。梁兵大惊，向后便退。

李嗣昭也派了牙将石君立带领五百马队来救晋阳，人人踊跃争先，清晨才从上党出发，傍晚已到了城中，口中大喊道："昭义侍中的大兵，已经全到了。"梁兵听得呆了，不由的闪出一条大路，让他过去。石君立进城，与安金全会合商议。当夜分四门出来攻打，梁兵大败，十成中早去了二三成。王檀不敢恋战，引兵远遁，晋阳才保住。安金全的功劳却也不小，只因晋王生性骄夸，自是不愿见人家胜过自己，这回事为着不是自己画的计策，所以听了不过点了点头，始终没有行赏。这种度量也就不是君人的气概了。

从来说的有是君必有是臣。张承业因见贺德伦当时降晋，原非出于本心，时刻防备，又见他的部下时常逃回梁军，深恐留着终是祸根，到底借故将德伦斩首。

再说梁主两次得着损兵折将的信息，不觉失声长叹道："吾事去矣。"原来晋王连年在经营河北，不遗余力，先命李存审攻贝州，刺史张源德固守不下，存审围之不退。后来卫磁洺相邢等州，都被晋人攻破，沧州也投了降。源德围困城内已经一年，也想出降，倒是他的部众不肯，齐心将源德杀死。又守了些时，无奈城中粮食完了，才央求晋人，许他穿了盔甲，拿着兵器出降。晋人也答应了，出降的共有三千人。晋人等他解甲释兵之后，一齐围住，坑陷而死。于是河北州县完全都入了晋人之手。只有黎阳有刘鄩在那里驻扎，自以为前曾屡次图晋，不敢来降，还在那里替梁固守。

再说契丹主按巴坚看见中原你也称王，我也称帝，他也称起帝号来。设置百官，改元神册，便有窥伺中原之意，先取了晋新州，又围幽州。周德威遣人来向晋王告急，晋兵都在河上与梁对垒，往救既恐兵力单弱，不救又怕失了幽州。又召诸将商量，只有李嗣源、李存审、阎实三个人说是应当派人去救为是。晋王便命嗣源带兵先进，存审、阎实陆续随后，共有步兵七万人，到了易州会齐。嗣源向存审商量道："契丹都是马队，利于平原。我们何不从山谷小路过去，直赴幽州，果然遇见了敌兵，也可以随地择险拒守。”存审亦以为然，当下一同渡过了大防岭，朝东直下。嗣源与从珂共带三千人马，作为前锋。离幽州六十里果然遇着契丹兵，竭力冲了过去。

进至山口，契丹又有一万人拦住去路，晋军因为众寡不敌，都惊惶起来。嗣源带了一百人，匹马向前，左手摘了铁盔，右手举着马鞭，口里操着契丹土白，向来将说道：“你们无故犯我边疆。晋王命我特来问罪。手下共带有一百万大兵，现在已到西楼（即按巴坚在上都新造的楼台名为西楼）。誓必杀进去，不灭了你的种族不止。”说着又把马加上几鞭，手持两把百余斤重的铁挝，使得同风轮一样，深入敌人阵中，没有一个人敢来近前。往返三次，如入无人之境。第三次杀了他一个酋长，手中提了血淋淋的首级出来。部下将士见了，个个勇气百倍，早排山倒海的杀了过去，顷刻间契丹兵退却数里，晋兵才得出险过去。

到了幽州，契丹军早布阵等待。存审指挥步兵，陈列后面，吩咐他不准轻动，先择一班老弱残兵在前面，个个马尾上都缚上枯柴，点起野草，令灰尘烟焰飞扬起来，对面看不见人。趁此鼓噪声中，与契丹合战。契丹见来势凶猛。不知有多少人马。哪里敢怠慢，杀得力尽筋疲。晋军后面的生力军，一涌上前，契丹大败，被擒被斩的约有一万多人，这才解围而去。

晋王因见军事暂时可以结束，便想回到晋阳，料理军府的政事。为着一连这几年，自己南征北讨，政事一概委给监军使张承业管理。幸亏承业一生忠耿，竭力尽心，百废俱举，晓得国家须先要富了，方才可以说到强。况在争战的时候，粮饷更是要紧，他便先从劝课农桑入手，历年积蓄金钱，收买马匹。遇着有抗租的，无论皇亲国戚，也要提来追缴，因此地方肃清，转运无误。凡晋王军事上有所征求，无不立刻办到。所以几年工夫，晋王很相信他。这次回到晋阳，心里本欲借此休息，不免触动了少年时的嗜好，今日喝雉呼卢，明日征歌选舞。有时发起豪兴来，樗蒲一掷百万，缠头赏赐千金，不免都要向承业处去支付。承业的款项都是铢积累来的，深知此中艰难，哪里肯如此浪费，不免有些吝惜起来，不肯照数拨发。

晋王想了一条计策。这天在银库里置酒，请承业前来饮宴，饮到半酣，晋王笑道：“我们吃这清酒很是寂寞，何不叫继岌来舞一回，替老监军下酒。”承业不好推辞。左右早把小王子唤到在筵前，舞了一回，承业连声称妙。等他舞罢，站起来说道：“有劳王子，深抱不安，此间有玉带一条，名马一匹，聊以相赠罢。”晋王听了，指着一个银柜说道：“和哥（即继岌小名）这两天正没钱用，你何不把这个给他一柜。这区区玉带马匹算什么呢？”承业道：“这钱乃是我替大王留着，预备赏有功的战士用的，怎好拿来作为我的礼物，私相授受？”晋王怒道：“我家的钱，用你管么？我就是将这满库的钱都给和哥，又谁敢说个不字。况且我几年在外面，无暇稽核。不知被你侵冒了多少。此时在我面前，却来假撇清么？”承业也大怒起来道：“我本是前朝老敕使（即宦官），不要说儿子，连女儿也没有一个，要钱来何用？所以爱惜这库钱，不过为要辅佐大王成王定霸。大王果真要用，尽可自取，何必问我？不过是财尽人散，只怕连家也不保了。”晋王更是火上浇油，见李绍荣在旁，喝令往取宝剑，便欲亲自动手杀承业。承业连忙拉住晋王衣裳,哭着说道:“我受先王顾托之命,誓不灭朱梁不止。今日若果为了爱惜库财的缘故,死在大王手里,就是到了地下,见着先王,也可以无愧了。”

正在闹得不可开交的时候,忽然内苑走出一个大丫鬟来,说是太夫人有请大王进去。原来晋王生母曹氏,本是克用的宠姬,自从存勖嗣位之后,封为晋国夫人。性最严正,教子有方。晋王虽是勇夫,却天性最孝,侍奉太夫人极尽敬礼。虽在戎马仓皇的时候,每年总要回来几次,以尽定省之礼。太夫人也晓得这儿子生性暴躁,生怕不免过失。每逢他在家的日子,总要叫几个丫鬟暗中远远侦察。若是有了过分的举动,进来告诉,便好随时规正。这天丫鬟们看见晋王与张承业起初不过拌嘴,后来竟至拿刀弄杖,事情弄大了,不敢不从实禀报。太夫人便要叫他进来,问个实在。

当下晋王闻命,好像顶心上打了一个霹雳吓得不敢进去,先向张承业叩头谢过,请他再痛饮一番,两人一同进内,大家担些不是。承业不肯,晋王只好自己入宫。太夫人问明情由,叫人出来谢承业道:“小儿得罪了特进,我已经用家法惩治,请特进不可动气。”次日太夫人又亲自领着晋王到承业府第谢过。过了些时,又承制授承业开府仪同三司左卫上将军燕国公,承业固辞不受,终身只称唐朝官职。

这年冬天,晋王见河水已合,以为时不可失,又亲自督兵攻梁杨刘,一鼓而下。梁主本欲在洛阳行南郊大典,闻报晋军深入,不敢行礼,匆匆奔回大梁去了。正是:

皇天无亲,所辅惟德。奔命往来,国将不国。

要知后事如何,且看下回分解。

第六回　宗衍嗣蜀大肆奢淫　承业为唐独抒忠荩

却说梁主郊祀已经定期，所以乘舆服饰一概应用的东西，也部制备齐全。忽然听说杨刘失守，谣传晋兵已经破了大梁，扼守汜水。这一惊不小，不敢再等郊祀，奔了回来，谁知不见晋军踪迹。派人去探察时，回报晋军早从梁濮郓一带大掠回去了。宰相敬翔遂上疏道："国家连年损兵折将，土地也失掉的不少。陛下天天在身边计议大事都是些近习小人，求其能够揣量敌国的情形，比登天还难。李亚子那边即位之后，攻城野战，无不亲当矢石。就拿最近攻杨刘而论，填塞城濠的时候，自己先负了柴薪，士卒那个敢不踊跃，所以才一攻便破。像陛下这样温文尔雅，喜逸恶劳，所用的又是贺环这班人，要求其能够复仇制胜，只怕是没有的事。陛下若不趁此时咨询老臣意见，别访奇材，只怕还有可忧的在后呢。"梁主听了起初也很动心，被赵张等一班小人都说敬翔因为怨望，所以发他自己的牢骚，梁主才不在意了。这且慢表。

再说现在天下称帝的，又有越王刘岩、吴王杨隆演，都建号改元。梁贞明二年，吴越王钱镠遣判官皮光业间道至大梁入贡。钱镠为人素极谨慎，因此所进表文，措辞很为恭顺。梁主见了很是欢喜，即降诏授为诸道兵马元帅。刘岩晓得了，大为不平，说钱镠已经封了国王，自己还是南平郡王，也上表求封为南越王，梁主不许。刘岩向僚属们说道："现在中国纷纷，那个是真命的天子。我又何必梯航万里，老远的去事奉这伪朝做什么。"从此永不遣使入贡，后来便自称皇帝，国号大越，改元乾宁。

吴王隆演为人懦弱，一切军政尽为都军使徐知训把持。知训骄倨淫暴，藐视吴王，毫无君臣礼节。有一回同吴王上台串戏，自己扮了参军，却叫吴王去扮苍头。又一次同吴王荡舟游戏，吴王先起，知训在后面用弹弓去弹他。幸亏吴王躲得快，没有弹中。又有一次侍吴王饮酒，三杯之后，拍案叫骂，吴王吓得哭起来，左右拥护着上船躲避。知训放下酒杯，追上前来，差了一步，没有赶上，只得挝杀两个亲随出气。将士怕他威权，没有敢说话的。副都统朱瑾因为同知训不合，降为静淮节度使，心中甚为怏怏，外面待知训却格外谨慎。这天又备了上好酒席，请他来赴宴。大厅后面，早伏下壮士。知训一到，朱瑾假作恭敬，自己拜罢，又叫妻子盛妆出来拜见，知训连忙回礼。朱瑾趁他拜倒的时候，抽出牙笏，照头狠命一击，知训倒在地下，爬不起来，壮士闻声一齐走出，将知训首级割下，朱瑾提了头一直跑到吴王府里去，向吴王道："我已替大王除害，有首级在此。"隆演见血淋淋的一颗人头，忙用袍袖掩了面，朝里便跑。口里说道："你须要一身做事一身当，不可牵累别人。"内城使翟虔闻乱，叫关起府门来，调兵讨贼。朱瑾见无人做主，拔刀自刎。

徐知诰在润州得着信，便用宋齐邱的计策，即日过江前来，抚定军府，徐温便留下知诰辅政。原来知训、知诰等都是徐温的儿子。徐温执掌内外大权，军事内政都在他手里。这回入朝广陵，想起知训死于非命，欲图报复，疑惑诸将都与朱瑾同谋，想大行诛戮。知诰同严可求在旁劝阻，说实在是知训平日过恶多端，自取杀身之祸，找出许多证据来给徐温看了，气才稍为平些。却又怪到知训的将佐身上，说他们平日为什么不能规劝，到底杀了几个。只有刁彦能属次上书劝谏，拿出信稿为凭，徐温没得说的，只好加了奖赏。事情办完了，忙着要回全陵，便以知诰为行军副使，知谏权管润州团练事。

徐温去后，一切政事都归知诰专断。虽然有权，却与知训不同，待吴王甚为敬礼，接待僚屡异常谦和，御下人也宽厚，自奉却非常俭约，因此全国没有不说他好的。后来徐温看见人心已得，自嫌权重位卑，向吴王隆演说道："大王与诸将同为节度使，不相统属，怎好驾驭他们。不如即就吴国自称皇帝。庶几可以永霸一方。再图进取。"隆演不以为然。这年梁贞明五年，徐温又约齐了将吏藩镇联名重申前说，吴王依旧不肯答应。徐温无法，只得请就吴国王位，大赦改元，建宗庙社稷，置百官，宫殿文物都改用天子体制。吴王不好再不从他。即位之后，升徐温为大丞相都督中外诸军事，封东海郡王。知诰为左仆射，参政事兼知内外诸军事。王令谋为内枢使，严可求为门下侍郎，骆知祥为中书侍郎。后来吴越屡次来攻，俱为徐温将击退，吴越不能得志。次年徐温因为两国临近，长此兵连祸结，徒然苦了百姓，便奏知吴王，遣使带了国书，连同无锡战事所得的俘虏，一齐送还吴越王。吴越钱镠也正派人来求和，从此两国结盟休兵，无虞无诈。从此南方三十几州县的百姓，安居乐业，享受升平日月二十余年。这且不在话下。

再说蜀主王建年纪已老，久病昏沉，这年六月看看不起，乃以王宗弼为都指挥，向诸大臣说道："太子为人过于仁弱，朕当时碍着诸君的公意，勉强立了他。倘若将来看着他果然不堪造就。可以在宫里另外弄一间房屋给他居住，切不可害他的性命。诸君可在王姓子弟中另择一人为君，仍请诸君同心辅助。至于徐妃的兄弟们，不妨多给他些俸禄，或赏给他些虚荣。切不可叫他掌兵，或干预朝政，借此可以保全他的宗族。"宗弼等一一答应，退了出来。谁知内飞龙使唐文扆听说蜀主病重，便想谋为不轨。自恃兵权政柄一手把持，令人将宫门把守起来，先把诸大臣除去。不意事机不密，宗弼等已经晓得他这计策。约众闯进宫门，将文扆的诡谋奏明蜀主，请下手诏宣召太子入宫侍疾，贬文扆为眉州刺史，以内监宋光嗣为内枢密使。原来蜀主的官虽然仿照唐制，至于枢密使却专用士人。现在自以为诸将里面都是从前在许州时的旧交，恐怕他们不甘心事奉幼主，所以才想到光嗣身上。但是从此又开了宦官用事的路了。

蜀主故后，太子宗衍即位，尊徐贤妃为太后，徐淑妃为太妃，命人去将唐文扆杀死。谁知宗衍非但年少懦弱，自从嗣了大位，遇事任性，奢纵无度，尊其父为高祖，作原庙于万里桥。这天带领后妃百官去上祭，所用的都是猥亵物品。另外还用了一班剧场的吹手，在庙里敲打起来，将俎豆钟鼓都废弃了。大臣明晓得不合道理，都不敢说。倒是华阳尉张士乔上疏谏道："天子祭祀宗庙，自有一定的祭器祭品，岂可随意胡行。被邻国听见，不要笑话么。"蜀主大怒。喝命拿下斩首。还是太后劝住，说士乔直言，罪不至死。乃命流配黎州。士乔感愤填胸，过河时跳在水里死了。蜀主又欢喜穿了便服游行，常奉着太后太妃今天到这个大臣家里，明天到那里贵族府第。所到之处，还要叫他们预备酒宴戏文，流连到夜才回去。后来各家都去遍了，又到近郡去游山玩水，赏赐一切,所费不可胜计。

教坊使刘旭更助桀为虐,为自己希荣固宠计,强取民间子女,送进宫里去,弄得怨声载道。他却升了某州刺史。太后太妃各下教令卖官,每逢出缺,甚至明定价值,再叫人自认贿赂。哪个出资最多,便给哪个。文思殿大学士韩昭,颇有口才,专善巴结,遂为两宫所宠信。这天到韩昭家里,见他所住房屋,不甚宏敞,问他为何不另造。韩昭道:“臣久想迁移,实苦于财力不足,只好将就着。”太后问需款若干,命由库中拨给。韩昭道:“恩赐实不敢当。倘蒙太后见怜,只须将几个刺史缺归臣去卖,尽够造宅有余了。”太后含笑点头。这种事都可以当面求得,真可算得肆无忌惮了。

徐耕有孙女,即太后之内侄女,姿容姣好,当时有国色之称。蜀主一见大喜,太后忙把她领进后宫来。蜀主宠爱专房,便把皇后高氏放在脑后。又怕人说他娶母党的女儿,叫他改姓韦氏,作韦昭度的孙女,不久封到元妃。后来蜀主北巡回来,索性把皇后废遣还家。

蜀主又欢喜击球,常作锦步障,累月兼旬,住在里面,不见外人。所以他有时远出,臣民均不得而知。宫中常年焚烧各种香料,氤氲缭绕,远望如同云雾一般。后来闻得厌烦了,又叫多烧皂荚,混乱他的气味。又在山上用五色彩绢结成宫殿楼阁,绚烂缤纷,果然好看。但每逢风雨摧残,满山更换新绢,毫无吝惜。彩山上笙歌杂奏,酒肉如林。蜀主每一游幸,一连十几天不肯下山。山前引水为渠,直通宫内,以便乘船往来。每遇回宫,多在夜间。令宫女浓妆艳抹,手中持蜡炬千余作为前导,粉光脂腻,照耀水面,如同白昼。蜀主心犹不足,又常微服到外面去游行,无论酒肆娼寮,都有他的踪迹。识者早晓得他的国祚不久了。这且按下。

再说晋王屡次胜梁,蜀主吴王屡次写信来劝他早正帝位,晋王拿着来书向僚佐们说道:“从前自从王太师(即王建)时候,也曾写了信来,劝先王自帝一方。先王将我叫到跟前吩咐道,前朝天子被贼臣逼迫,逃到石门,全靠我去起兵救驾。这时候我的威名震动天下,如果挟了天子据关中,自作九锡禅文,谁敢拦阻我。但是我终不肯为的是我家世代忠孝,勤劳国家,宁可死了也不做那等背礼的事。总想将来重兴唐室,我死后你便当礼会我的意思,万不可以蹈贼臣的覆辙。现在言犹在耳,我岂敢依他们自帝的话呢。”说着早泪流满面。僚属们哪里肯信他的话,过了些时,倒去联络了全营将士以及各处藩镇都来劝导。晋王也动了念,令人在外面访求美玉,预备制造法物。

这个风声一传出去,便有魏州和尚来献传国宝。这和尚名叫传真,据他说这传国宝还是他师父当黄巢造反破长安的时节,在乱兵间得的,已经藏了四十多年。师父死后,传真将这东西当做寻常玉器,拿出来卖,被识货的看见。说这是自秦以来历代帝王互相授受的传国玉玺,要有福的才能承受。不遇识主,哪个肯出重价。倘遇识主,又不敢买。不如献到晋王行台,或者还可以得着重赏,也未可知。和尚所以才来献的。晋王得着这宝,也自信天命有归,心更变了八九。诸将佐得信,都来奉觞庆贺,普王并不推辞。只有张承业却早慌了,连忙跑到魏州来谏晋王道:“大王世世忠于唐室,救其患难。所以老奴三十余年拼死替大王撙节财赋,招补兵马。不过希冀早平逆贼,重整李氏山河。现在河北才平,朱氏尚在,大王已经议登大位。天下志士有不寒心的么?大王何不等到灭梁之后，先替列圣报仇，然后求唐室之后，立以为君。南取吴，西取蜀，扫清宇内，四海一家。那时候就是高祖太宗复生，还要让大王居上呢。且老奴这话也并非全为唐室，实是受过先王的大恩，不能不替大王谋万年永固的基业。请大王仔细一想就明白了。”晋王道：“这本不是我的初意，被将士所逼，不好十分违拗。”承业见无可挽回，恸哭说道：“连年血战，我以为都是为的唐家，大王忽然取为己有，连我的名节都被大王误了。”说毕自回晋阳，忧抑成病，再不出来了。晋王也因为各处干戈扰攘，应接不暇，更没工夫理会到称帝的事，又耽搁了一年。

这一年里面，赵王镕耽于富贵，起造宫室，专事游嬉，不理军政。为其养子张文礼（即王德明）所弑，自称节度使，遣人向晋王告礼，并求节钺。晋王正在置酒作乐，闻得这种信息，不觉将酒杯落在地上，流泪不止，便要兴兵问罪。僚佐连忙劝住，说现在要紧的敌手在梁，岂可多添仇怨，不如且自由他再说。晋王听他说得有理，承制授文礼为成德留后。文礼为人存心忌刻，见赵故将甚多，深恐不利于己，大加诛戮。都指挥使符习带着赵兵万人，方在德胜助晋王征战。文礼忽然写信给晋王，要调苻习回去，另派他将来代。苻习料着他不怀好意，回去难免一死。哭着来见晋王，将上项情形说了，请求设法援救。宁可死在面前，不愿意回去。晋王道：“此时眼前我虽然可以救你。但你是赵王的人，将来叶落归根，终是要回去的。如何是好？现在我却有一法，不知你们办得到办不到。”正是：

前徒倒戈，以诛不义。失道寡助，天心人意。

不知晋王说什么计策，看到下回自然明白。

第七回　攻镇州符习报故君　建唐国存勖称皇帝

当下晋王接着说道："从前我与赵王同盟讨贼，患难相随，本同至亲骨肉一样。不意他祸生肘腋，先我而去，我心里怎的不要悲痛。久已要想替他报仇，实在是兵力不及。你们倘若不忘旧君，能够去报仇雪恨，我这里情愿助你粮饷。"符习等三十余人，一齐投地恸哭道："大王果念故主昔日一线勤劳，准与伸冤。我等不敢再望大王有所劳费，愿自领所部回去，与逆竖决一死战。虽死无怨！"晋王道："如此甚好。"恰逢此时德胜这边军事清简，晋王便以符习为成德留后，另外派了阎实、史建唐两人带兵三千，帮助他从邢洺北下。

再说文礼这边多行不义，想来也是天道看不过，肚腹上忽然生起一个大疽来，痛楚异常，日夜叫唤，卧床不起。这天忽闻探马报说赵将符习带着晋兵已经拔了赵州，惊得心胆俱裂，疮溃而死。其子张处瑾与死党韩正时带兵前来抵御。晋兵遂围镇州，史建唐中流矢而亡。晋王听说损了一员大将，大怒道："何物狂童。敢如此猖獗。"便欲分兵自将攻镇州。这信息传到梁军，梁将戴思远定计，偃旗息鼓来袭德胜。也是晋不该败，这天有一个梁军小卒前来投降。晋王亲自叫到面前，和颜悦色的问话。梁兵十分激感，把思远的计策一一说了出来。晋王叫他不要张扬，乃将计就计，假作动身，一命李嗣源带一千人马在戚城埋伏，李存审带三千人马屯德胜旧营，另派游骑出去诱敌。戴思远看见，以为晋兵中计，挥军前进。将士们也想争功，个个争先恐后，走到晋军大营不远，伏兵齐起，晋王亲率三千铁骑，从后面杀了上来，断其归路，梁军大败，损失三万余人。晋王这才放心大胆望镇州进发。

岂知义武节度使王处直（在定州），深恐镇定乃是唇齿之邦，镇亡则定州势处孤立，忽然从中作梗，亲见晋王，扣马固谏。说是应该同心合力御梁寇要紧，至于文礼纵有犯过，宜令其带罪图功。晋王道："文礼敢于亲弑其君，岂有邀免之理。况且还听说他在暗中勾结梁兵，只怕连易定也在他筹画之内呢。"处直见晋王不从，心中很为忧惧，便叫人去告诉儿子王郁，叫他用贿赂去送给契丹。招他兴兵来犯晋边界，好解镇州之围。

原来处直虽有几个儿子，年纪都还幼小，只有王郁稍为大些，乃是侍婢所生，处直不大在意，却最宠爱抱养的一个儿子，原名刘云郎改名王都的。王都为人便佞谲诈，最喜逢迎。处直令统新军，并假以副大使的名目，预备将来传位给他。王郁见势不妙，逃往晋国。晋王克用将幼女给他，招为驸马，并官至新州团练使。为着王都夺了他的地位，心中很为愤懑不平。现在得了处直的吩咐，便借此要求事成之后，废去王都，用已为嗣，处直只好答应。谁知部下将士没有一个赞成招契丹的，王都尤其是对头，马上下令调新军数百人，伏在帅府两旁，大声呼噪道："将士不愿将全城送给契丹，请令公赶紧退归西第。"处直毫无预备，只好束手就擒。王都挥兵入府，凡是处直妻妾眷属，一齐幽禁起来，王氏子孙不分长幼，俱绑出斩首，连他平日亲信的几个心腹将士也不能免。王都将原委禀明晋王，晋王承制授他为节度使。不久处直忧愤而死。这是后话。

当下晋王又派人回到晋阳，探听王郁作何举动，不知何时撇下妻子逃走，只剩了一所空屋，料他一定逃往契丹，只有付之一叹。一面定计令李存审、李嗣源守德胜，自将大兵攻镇州，半月不克。这天夜里，忽然看见一员大将，带着百余马队突围而出，向北直奔。晋军知道是去求助的，如何肯放松，连忙追上将大将斩首，其余的兵士也生擒了几个。问起来才晓得这大将正是张文礼的死党韩正时。现在处瑾看见军情危急，叫他冒险去到定州告急的，不料反损了一员骁将，城中更加惊惶。

再说王郁见了契丹主，说是镇州地方美女如云，金帛更堆成山邱一样，天皇一去便可卷了回来，不然只怕都便宜了晋王。契丹信以为真，这年十二月兴兵来攻幽州，李绍宏闭城固守。又特别将南破涿州，进围定州，王都叫人来告急。晋王亲自带了五千人马前去救应。走到新城，探马来报说，契丹兵已经渡过沙河。将士听了都惊慌失色，当下逃去的不少。晋王下令有再逃者斩，仍不能禁止。诸将也都劝晋王还师自救的多，晋王也犹豫起来。只有郭崇韬、李嗣昭以为可进不可退，因契丹本为财货而来，并无救镇州之意。晋王乃亲率五千铁骑先进新城，契丹看见不战而走。晋王分兵追赶，擒获契丹主太子。契丹主退守望都，晋王便到了定州，王都亲到马前迎接，愿把自己爱女许给王子继岌为妻。晋王小住了几天，仍赶到望都与李嗣昭轮流夹攻，契丹大败，一直追出易州。又遇着天降大雪，十日不止，平地积深数尺，契丹人马死的不计其数，契丹主才带了败兵回去。深怪王郁说话靠不住，以致上了这场大当，将他锁在马足上带了回去，从此永不听他的话了。

且说镇州这边，阎实筑起长围来以为困守之计，又决滹沱河水灌之，内外断绝。城中粮早已尽，派了五百余人出来求食。阎实想放他出去，再用伏兵来攻他。岂知这五百人便攻起长围来，阎实又不设备，城中出来的人愈聚愈众，顷刻多至数千，又放火烧营，阎实抵敌不住，退保赵州。晋王派李嗣昭为招讨使来代阎实，恰好遇着张处瑾千余兵出城迎粮，被嗣昭伏兵攻击，几乎全军尽没。嗣昭还在奋勇上前，乱兵中忽然发出一箭，正中嗣昭额角，深入脑子。嗣昭连忙拔下，扣在弦上，向发箭人射去，其人应弦倒下马来。嗣昭回营，到夜也死了。晋王得信，甚为伤悼，几天不饮酒食肉。嗣昭遗命叫把泽潞兵暂归判官任圜管滞，仍进攻不息。任圜谨遵嗣昭旧法，号令严明，因此军中虽失大将，镇人毫不觉得。

嗣昭共有七个儿子，长子继俦最为懦弱无能，被其弟继韬囚起来，自称节度使。晋王因各路军务正忙，哪里有工夫来理会他，命将昭义改为安义，以继韬为留后。一面派李存进为招讨使，督兵前进。存进到了军前，在东垣渡下寨，营栅还没有立好，镇兵赶到。存进把住桥口奋勇战斗，杀死镇兵无数，存进亦力尽身亡。晋王又派李存审前代他。城内粮食告尽，早有投降之意。屡次来说，无人做主。存审兵一到，才安下营寨，城中守将李再丰先送了密书来，请为内应。又从城上缒下布疋绳索来招晋兵上去，有些胆大的便跟着他上去，直往帅府。先把处瑾兄弟捆起来，连同他的密党高濛等，一齐送往晋王行台。赵人都恨极了，求着将处瑾等尸体发还，每人割一块肉来烹食。晋王乃命将处瑾寸斩，又把张文礼的尸棺发出来斩了。又有王镕旧仆来说晓得王镕尸体埋藏的地方，晋王即命寻着，另用棺椁，以礼改葬，晋王亲往祭奠，符习在旁着了麻衣，恸哭行礼。晋王拟授为成德节度使，符习固辞。适逢赵人也来请晋王兼领成德，情词恳切，只得答应。符习自陈愿领河南一镇，乃授为天平节度使。各方战事，至此总算暂告结束。晋王遂回晋阳。

这年冬天张承业病故，曹太妃亲到他府第去祭送，穿了一套素服，照侄辈行礼。晋王亦唏嘘，数日不食。次年春月，各将佐僚属都来报告，典礼法物已经备齐，请晋王即皇帝位。晋王不能再辞，择定四月吉日，在魏州牙城之南，筑起坛场，及期登场祭告天地宗庙，即皇帝位，国号大唐，建元同光。尊母曹氏为皇太后，嫡母刘氏为皇太妃，以豆卢革、卢程同平章事，郭崇韬、张居翰为枢密使。以魏州为兴唐府建东京，又于太原府建西京，又以镇州为真定府建北都。时唐国所有共有十三节度五十州，建宗庙于晋阳。次年遣李嗣源取梁郓州，即授嗣源为节度使。信息传到大梁，敬翔见李氏渐危，朱氏渐危，便预备了一根麻绳，藏在靴统中，入宫去见梁王说道："臣在先帝手下，言听计从，所以赞助先帝得有天下。今日李氏更加强盛，陛下置臣言于不顾，臣身无益于世，不如死的好。"说着抽出麻绳便要上吊。梁王忙拦住道："你有什么意见，尽管说出不妨。"敬翔道："现在事已危在早晚，别样方都嫌缓不济急，只有赶紧用王彦章为大将，还可以救得眼前。"梁王道："这有何不可。"即下诏授彦章为招讨使，并以段凝为副使。

唐王闻信，自将亲兵屯澶州，命朱守殷守德胜，临行再三叮嘱道："王铁枪勇冠三军，素称无敌。是你所晓得的。此去须要格外小心防守才是。"原来彦章善使一枝铁枪，连枪杆都是纯钢造成的，临阵大呼，人不敢近，举枪一刺，可以穿透数人。威名震动远近，人都叫做他王铁枪。听说他来了，连小孩子都不敢啼哭。在梁朝可算有勇有谋的一员大将。唐主也晓得朱守殷不是他的对手，因为这守殷乃是唐主自幼驱使的苍头，不妨直言相告，借此也可激励他一番，叫他警觉警觉。闲言慢表。

单说梁主召见时，便问彦章几天可以破敌。彦章伸着三个手指头道，只要三天准取德胜。左右官员听了几乎要笑起来。彦章道："倘若不胜，愿甘领罪。"梁主点头道："如此甚好。"彦章辞了出来，手下人已经给他预备了快马。彦章跨上马一口气奔了下去，两天工夫到了滑州。命人置备酒筵，大宴僚佐，猜拳行令，热闹非常。彦章趁人不留神的时候，离座起来，命人预备快船在杨村等候。另选壮士六百人，腰间都插了巨斧。又传了几十名铁匠，带了风箱焦炭，一齐上船，顺流开去。彦章看那饮酒的客人时，还都兴致横飞，一个没散，又上来斟了一巡酒。说是我要入内更衣，暂且失陪了。出门之后，引精兵数千，直趋德胜。这天正值微雨濛濛。守殷以为敌不能来，毫无准备。船上的壮士铁匠先到，早把拦江铁锁烧断，又用大斧子砍断浮桥。一面彦章亲带兵士急攻南城，顷刻打破。果然没有三天的期限。守殷得信来救，已无及了。彦章进攻诸寨，更有那里敢当，到一处胜一处，真是势如破竹，声威大振。唐主得信，深恐杨刘有失，命内监焦彦宾骑着快马跑到，会同镇使李固固守。

彦章也为着杨刘是紧要隘口，率十万人马，用全副精神进攻。城打破了几次，都被李固竭力守住。处处与士卒同甘苦，所以才肯用命。彦章提了一枝铁枪，跃出跃进，见不能得胜，气得暴跳如雷，只得仍回城南驻扎。唐王引兵来救，六月到了杨刘。见梁军堑垒甚坚，无法攻进，问郭崇韬有何计策。崇韬道："现在只有在博州东岸添筑一城，既可以固河津的形势，又可以接连东平，并可以分敌军的势力，诚一举而数善备。所怕的彦章时时带兵来攻，我的工程不能成就，依然无用。现在若要他不来，除非募些敢死之士日日前去挑战，将他缀住。只要他十日不来。我的大功便告成了。"

唐主也以为然，便派崇韬带领一万人，昏夜动身，倍道前进，至博州马家口，筑起城垒来。畚牌齐施，昼夜不息。唐主在杨刘与梁人昼夜苦战，使他不暇兼顾。六日工夫，崇韬那边才将城筑就。只见旗旌招飐，鼓角齐鸣，彦章已带领大兵数万赶到。崇韬自念城墙虽有，守备之具毫无，士卒早慌了手足，只得将他们先抚慰了一番。然后当先出马，四面拒战，幸而唐主救兵到来。彦章知难取胜，才退保邹家口。七月唐主引兵南还，彦章等又到了杨刘，被李绍荣等用火攻战退。彦章走保杨村，计点兵马，前后共损失一万余人，才解了杨刘的围，问起来城中粮食已断了三日了。依着彦章的意思，还想收拾残兵，再图恢复。岂知这天奉了梁主手诏，令其克日班师，只得垂头丧气而回。正是：

将相不和，功名难立。自古已然，于今为烈。

要知后事如何，且看下回分解。

第八回　漆头颅朱友贞末路　施粉墨李存勖登场

原来王彦章深恨赵岩、张汉杰两人乱政，素来与他们不对。常时向自己亲信人道："等我成功回来，别的升赏我都不要，定须先把奸臣诛灭了。好谢天下。"赵张听见也暗中商量道："他要想成功，不要做梦。咱们宁可死在沙陀手里，决不被彦章得着。"从此凡有可以陷害彦章的地方，无不同心协力的做去。段凝自己没有本领，见彦章功高位重，十分妒忌，也来趋附赵张。每逢彦章出征，便从中千方百计的阻挠他，惟恐其得志。前次几番捷报到京，赵张都说是段凝的功劳。彦章那边非但没有升赏，连句嘉奖的话都没有。彦章自己虽洒洒落落不以为然，无奈他手下这班将士，见朝廷赏罚颠倒，谁还肯出力，因此不能有功。后来连梁王都疑惑彦章起来，深恐他成功之后，骄傲难以驾驭，索性下诏把他叫了回来，又派段凝至河上监军。敬翔、李振屡次奏说此人万不可用，请赶紧撤回。梁主道："段凝没有过处，叫我如何措词呢。"李振道："等他有了过，连社稷都危亡了。"岂知在段凝心还未足，又预备了丰厚的贿赂，来献给赵岩、张汉杰，求代王彦章为招讨使。两人真个在梁主前竭前保荐，梁主马上答应。虽有敬翔、李振两人在旁力争，都同耳旁风一样。

果然段凝到任之后，军中宿将个个愤怒，士卒也不服，几乎哗变起来。梁主又命王彦章带领保銮骑兵一万人屯在兖郓交界地方，谋恢复郓州。但总放心不下，又派张汉杰为监军，去监察牵制着他，自领御营屯驻朝城。帐下有一员宿将名叫康延孝，素有远见，眼看着梁主大势已去，不甘埋没，奔到唐军来投降。唐主见其人一表不俗，不觉大喜，亲自下来，将他扶起，从身上解下锦袍玉带来，给康延孝披在身上，授为招讨指挥使。问他梁主现在的情形，延孝感激知遇，喜出望外，开怀尽说："论起梁朝的土地来，本不算窄，养的兵也不算少。无奈主上既昏暗懦弱，赵张又揽势擅权，内结宫廷，外纳贿赂。段凝本是毫无智勇之人，却叫他当此重任。只晓得克扣搜括行伍里的钱，去给交权贵。再加上梁主多疑，遇着真是好人，反不信任，另外派内臣去监督，弄得这人行为动作都不能自由，如何有得胜的希望。近来又听说梁主打算分数路出兵，令董璋趋太原，霍彦威寇镇定，王彦章攻郓州，段凝当陛下，决定十月大举前进。据我看起来，梁兵聚起来虽然不能算少，散开来却并不算多。愿陛下养精蓄锐，等他既分之后，自帅精兵五千，从郓州直抵大梁，不须旬日的工夫，天下大势定了。"

唐主大喜，过了些时，就把诸将召齐，商议道："我现在得着可靠的信息，梁人将举大兵，分道前来攻打。不知诸君可有什么高见。"李绍宏等都说道："郓州地方难守，最好与梁调换卫州及黎阳。我们并不吃亏。然后与他订立和约。永远休兵息民。最是上策。只要挡过这一阵，将来遇机，仍旧可以再举。"唐主听了这些只图苟安目前的话，心中大不以为然。暗想照这样子，我还有葬身之地么。晓得只有郭崇韬还有些胆量见识，等众人散后，独留他到别殿商量。崇韬道："陛下奔走道途，衣不解甲，十五年工夫，原望着替国家报仇雪耻。现在已经正了尊号,才得着郓州尺寸之地。听说敌兵将到,便不敢守,又要预备弃掉。只怕将士从此解体,将来粮食告罄,大家一散,就是想要画河为界,谁还肯替陛下守呢?至于大梁那边的情形,臣也向康延孝详详细细的盘问过,谈起来彼此意见都还相合。臣因此日夜思量,以为成败之机,就在今年。头一样难得的是所有梁朝精兵,都在段凝手里,来只晓得决黄河自保,以为有恃无恐,别处都无防备。这种无勇无谋的人,怕他什么?我又屡次听降兵来说,大梁无兵。陛下如果酌留精兵守魏州,固保杨刘,自己带了精兵与郓州合在一处,长驱直进汴梁,先把那假皇帝头割了下来,悬竿示众。各方镇虽有武艺,谁敢不降呢?若是再一个因循,今秋一个荒歉下来,军粮一完,永无成功之日。俗语说得好,道旁筑室,三年不成。果然是真命天子,自有百灵护佑。只要陛下不可三心两意就是了。”唐主道:“你这话正合我的意思。大丈夫得则为王,失则为虏。本是一样的,这又何妨。从此便一言为定,照你的话行事,决不更改。”

谁知正在这时候,王彦章已出兵攻郓州。李嗣源派李从珂出马,打了一仗,将梁军前锋杀退,彦章退还中都。捷报一到,唐主大喜道:“难得出马得利,我军壮气不少。”便下令军中,凡有家眷的一概打发回去,自己也把夫人刘氏同儿子继岌送还魏州。临行向他们诀别道:“事业成败,在此一举。倘若事机不顺。我决不来再与你们相见。你们得着信息,可将全家聚在魏州宫里,放火一烧。便是我李氏的结局了。”将士在旁听了,个个感奋。当晚唐主率众渡过河去。到了郓州,已是三更时分。唐主下令派李嗣源为前锋,进攻梁军,梁军败走。便把中都围起来,梁兵无心恋战,望风溃散。彦章也从重围中冲了出来,要想逃遁,被将军李绍奇看见,追了上去。彦章早经身带重伤,马又被乱石绊倒,绍奇跃马上来擒住。部下将士也一拥上前,将张汉杰等二百余人,也都一一擒住。其余兵卒被杀及投降的不下七八千人。

唐主回营,绍奇先拥彦章上来参见。唐主爱惜彦章英勇,当面劝他投降。彦章道:“我不过一勇之夫,蒙梁主厚恩,官为上将,与皇帝争战十五年。现在兵败力穷,自应该一死。这种朝秦暮楚的事,岂是我王铁枪肯做的么。”唐主也不再劝,便命推下。当下便有在营诸将都来叩贺,唐主命在御帐大排筵宴,亲自斟了一杯酒,送到嗣源面前道:“今日这场功劳,都是你与崇韬二人之力。我若早听了绍宏他们的话,大事早去了。还有这场显耀么?”又回头向着众将道:“从前一向所怕的只有彦章一人,现在倒是他首先就擒,这不是天意要灭梁么?但还有段凝在河上未动,我们现在从何处进兵为是呢。”康延孝道:“依臣愚见,宜急取大梁。”说了几次,唐主终有些踌躇。嗣源道:“兵贵神速,须叫他如疾雷不及掩耳。今日彦章被擒,段凝不见得晓得。就算晓得了,要发救兵,直路先被决河阻住,须绕到白马去过渡。一时也没有现成的船只,如何能够快得来。我们此地到大梁,却没有多少路。又不必爬山越岭,都是极平坦的大路,就是摆着方阵也可以过去。只要昼夜兼程,两三日便到大梁。只怕段凝还没有离老营,友贞已经被绑了。康延孝的话不错,请陛下督率大军缓缓进发,臣愿带一千兵马前驱。”

唐主深以为然。席散之后,即便下令,全军莫不踊跃。嗣源当晚动身,次日唐主也从中都启驾。想起彦章既不肯降,先命提出营门斩首,以绝后患。过了两天,到了曹州，守将迎降，唐主抚慰了一番，依然前进。这且按下慢表。

再说梁主在宫里，闻报彦章被擒，唐军将到，吓的一天到晚只剩了揩眼抹泪，毫无主意。把个传国宝藏在枕头上，一夜要抚摩他几遍。这天夜里又想拿出来观看，谁知只剩了空匣子。追究起来，才晓得早被左右偷去，迎唐军去了。知道大事已去，向指挥使皇甫麟道："国亡家破，本不妨出去投降。仍旧可望一身富贵。无奈李氏与我世仇，不好向他去低头服小，又不好坐在宫里等他的刀锯。要想自尽，我又不敢动手。还是托你把我这脑袋砍下来罢。"皇甫麟哭着摇手道："陛下若命臣到唐军去拼命，我不敢违。这话我却不敢奉诏。"梁主道："你想卖我么？"皇甫麟也不去理他，拔剑便欲自刎。梁主自前拖住道："要死死在一起。"皇甫麟被缠不过，先弑梁主，然后自刎。

再说李嗣源走了五天，到了大梁，王瓒开门迎降。唐主也随后赶到，排队进城。嗣源得信，迎了出来，在马前叩头贺喜。唐主得意极了，手舞足蹈，不知怎样才好。一把拉住嗣源衣服，将头撞个满怀。口中说道："吾有天下全靠了你家父子的功劳，将来与你各分一半。"嗣源也大笑。便帮着唐主下诏，许梁臣自新。将朱友贞的头收了来，用漆漆好了，装在木盒里带回去，藏在社库，永留纪念。

李振向敬翔道："新主有诏许我们洗涤，你意中可想去朝见么？"敬翔道："我二人身为梁朝宰相，君昏不能谏，国亡不能救。新君倘若问起来，拿什么话去对答他呢。"说罢散了回去。这天晚上，天还未亮，有人来报告敬翔，说是李太保一个人已先去上朝了。敬翔叹口气道："这才叫知人知面不知心呢。李振平日侃侃而谈，何等气节！我总拿他当个丈夫。到了临危连妇女都不如。不知他拿甚面目入这建国门。"说罢自缢而死。

赵严逃到许州，被温昭图擒住斩了，将首级送来。最好笑的是段凝，听说唐军已入大梁，假做应援，派杜晏球为前锋。到了封邱，遇见李从珂，晏球下马请降。段凝手下还有五万人马，一仗都没有打，也随着完全投降。唐主不免当面奖励他几句，他便骄傲起来。出入公卿间，扬扬自得，毫无愧色。梁旧臣见了未有不恨的。当下唐主将郑珏等十一人，本是前唐旧臣，甘心事梁的都贬了宦。又因敬翔、李振、赵严、张汉杰等竭力帮助朱温，篡夺前唐社稷，一概诛其九族。赐段凝姓名为李绍钦，杜晏球姓名为李绍虔。命外面各方镇，入朝觐见的，赏还原官，概不更调。当下便有宋州节度使袁象先首先入朝，带来金银珠宝装载几十辆大车，价值数十万。偏送当道要人，从宫内刘夫人起，下至亲贵大臣，以及伶官内监宫娥使女，没有不到的。因此内外同声称赞他，唐主的恩宠，自然也与众不同了。

却说唐主既并大梁，南方各国都来贡献，只有吴国未到。唐主特遣使臣去告知他已灭朱梁的话。徐温向严可求埋怨道："当初他起兵伐梁的时候前来关照，我本想派兵在沿海去帮助他的。现在他胜了，岂不有面子？都是你拦阻我，没有成行。现在他又拿这话来恫吓我们。这却如何对付呢？"可求笑道："请你不必惊慌，我早探听过来唐主自从得了中原之后，气骄志满，与前大为大同。再加上御下无法，不到几年，必然内变。怕他怎的，我们只要卑词厚礼，保境安民，等着他就是了。"唐使到后，将欲宣诏，可求不受。唐主乃照敌国礼改用国书。回书自称大吴国主，辞句照笺表体载，唐主更不来理会他。

原来严可求的话不为无因。唐主自幼便懂音律,欢喜看戏,自己也会唱几出。连年志在报仇,南征北讨,才把这事丢开。自从得了中原之后。以为天下一家,终日寻欢取乐。首先招集起一班戏来,三日两朝在宫中演唱,自己同宠妃刘夫人坐出来观看。有时高起兴来,也在脸上涂了粉墨,亲自上台演一出,为的是博刘夫人一笑。自己起了个优伶名字叫做李天下,尝与优伶们混在一起诙谐谈笑。因此最优待他们,替他们设了最尊贵的品级,极丰厚的俸禄,名为伶官。其中有个叫景进的最为得宠,便叫他做领班。又有个做丑脚的名叫敬新磨,也最亲昵。因此无论内外大小公私事件,有大臣谏不了的,只要他们两个一句话,没有不立刻施行的。就连刘夫人面前,两人也随时可以进见,无话不谈。一般热衷奔竞想做官发财的都来走这条门路。记得有一天,唐主在台上与敬新磨合扮一出什么戏,唐主叫着自己优名道:"李天下,李天下。"不提防敬新磨上来,当面便是一个巴掌,打得唐主倒是一愣,正待发作,只听他嘴里慢慢说道:"理天下的只有当今皇帝。你是何人,敢冒名么?"唐主大喜,下台之后,厚加赏赐。又有一次,敬新磨扈从唐主到中牟去打腊,御马踏损田苗,中牟县令跪在马前谏道:"陛下为民父母,应该怜惜子民。现在把这庄稼毁了,叫他们吃什么呢?"唐主见他话太粗莽了,喝命左右推下斩首。正是:

惟有忠言多逆耳,好教谲谏善批鳞。

要知这县令性命如何,请向下回观看。

第九回　逞畋猎唐主荒游　侈门第刘后逐父

当时众人看见主上动了气，那个还敢劝。只有看着这县令砍头罢了。敬新磨早追上去，将他横拖倒曳的送到唐主马前，向着中牟县骂道："你身为命官，难道不晓得圣天子最好田猎么？怎样不早些出告示禁止百姓耕种，任令这些青苗妨碍御道？到了现在还敢借口百姓挨饿。等主上多打些獐鹿狐兔来，还不够他们一年的吃用吗？这真是罪该万死。快些拖去杀了。"唐主早大笑起来，叫赶快将他释放，回去办公。

看官们须知这班人对于天子的尊严，尚且玩弄得如同儿戏，平日在这班士大夫面前，其凌辱侮慢也就不问可知了。因此满朝侧目，都敢怒而不敢言。有些无耻的，反去趋附伶官，希冀恩泽。四海藩镇争献贿赂，奔走门庭。尤以景进为最，专采市井间琐碎事故，走进宫中去报告。唐主也最欢喜刺探外事，便拿他当做耳目。每逢景进奏事，常常屏退左右。他便借此谗间忠良，干预政事。李绍钦（即段凝）用金钱来结交他，又借着他去结交宫掖，因此得为泰宁军节度使。

又有温韬入朝，也带着许多金帛分送刘夫人及伶官权贵，赐姓名为李绍冲，不到旬日，即遣还镇。郭崇韬谏道："温韬掘发唐朝帝后山陵，几乎不留一处。罪恶与朱温相等，岂可仍旧叫他再居方镇。天下义士，谁还看得起我们呢？"唐主没得说的，只得推说："我从前入汴时候，已经赦过他了，不好反悔。"温韬竟安安稳稳去了。

又有荆南节度使高季昌，为避唐讳改名季兴，亲自入朝，伶官们都向他索取贿赂，永无厌足。季兴因为所带无多，不能足数，伶官果然入宫说他的坏话，唐主便打算不放季兴回镇，郭崇韬谏道："陛下新得天下，各路诸侯不过打发子弟将佐前来进贡，只有高季兴亲身到此，最为恭顺。应该格外优待，也好叫别处做个榜样。如果羁留住他，弃信亏义，沮四海之心，这算什么计策呢？"这才放了回去。季兴倍道出都。星夜前进，到了江陵，携着僚属梁震的手说道："我不听你的话，几乎难逃虎口。但是我看他兴旺也不久了。唐朝百战得的河南，不知残害了多少生灵，损失了多少大将。唐主对人谈起来，每每举着两手，说是自己在十指上得的天下。岂不是把别人的功劳都一笔抹煞了么？狂妄到这种样子。叫这些功臣岂不寒心呢。谁还肯替他再出力。再加上外好田猎，内迷酒色，大约没有几年支撑。我们还忧什么？"回镇之后，修城积粮，招募兵卒，预备战守。

又有李继韬，晓得唐主空了，头一个总要寻着他，打算逃往契丹。谁知没有来得及，已经下诏征他赴阙，不敢不去。好在他母亲杨氏最会积蓄，家资百万。便带了四十万现银子，四十万货物，跟着他一同前去。一到京城，各处馈送，先从伶官送起。果然个个替他说好话，说是继韬本没有异心，都是旁边人不好。况且他父亲嗣昭，本是国家至亲，又有功劳，不可无后。杨氏又自己到宫里刘夫人面前哭求，送了些贵重珠宝。唐主果然答应赦了他，宠待如故。无奈继韬心不自安，常起恐慌，这天忽然写信给兄弟继远,叫他在镇上放起火来,希冀唐主派他去安抚。岂知事情漏泄,这信被唐主看见,将他兄弟两个一同斩首。

唐主非但纵容伶人,又最宠信宦官,所有内诸司使,早经改用士人的,现在又都用起宦官来,且渐干预政事,又置诸道监军,怙势争权,欺陵主帅,因此藩镇无不愤怨。又听了宦官的话,把天下财赋分为内外,府州县上供的入外府,充行政经费,各方镇贡献的归内府充赐宴,于是外府常不足,而内府常有余,堆积如山。

明光二年春天,举行南郊大祀典礼,郭崇韬将自己所得方镇馈送财物献出来,充作劳军钱,共有十万缗。一面奏明唐主说道:"臣已倾家所有助成大礼,愿陛下也拿出些内府钱财来,赏给有司不好么?"唐主吝惜财物,回答不出,停了半天才说道:"我晋阳那边还有些积蓄,等我叫租庸使运送过来就是了。"岂知他不过是一时搪塞的话,始终不曾实行。因此军士大不满意,人人怨恨。又加上孔谦体贴上意,专会聚敛,凡恩诏上蠲免的粮赋,他仍旧照常征收,催逼甚紧。因此百姓也都愁怨,上下离心,后来就有皇皇诏旨,没人肯信了。

再讲到后宫。唐主共有三位夫人,正室韩氏,次为伊氏,再次才是刘氏。这刘夫人生性凶悍狡狯,淫荡妒忌,又加上贪财,唐主偏最宠爱她,屡次想立为皇后。因一则碍着正室尚在,二则太后素嫌恶她,三则有郭崇韬从外面谏阻,因此未能实行。这时候郭崇韬位兼将相,权侔人主,有些嬖臣来托他事情,不能人人如愿,已不免有些怨言。崇韬又自己附托为郭子仪后人,自居膏粱胄裔,现分流品,引进浮华,薄待勋旧。因此勋旧也都恨他,崇韬倒弄的孤立无助,郁郁不得志。便同自己亲信人商量,想到外镇去暂避众口。亲信人都拦阻他,说去不得。倘若去了,恐连性命不保。有的便替他出主意,不如请立刘夫人为皇后,主上一定大喜。内里又有了皇后的帮助,伶官虽然有权,哪个还摇得动你呢。崇韬深以为然。次日便去约了宰相,带同百官联名上疏。说刘夫人四德俱优,请早正位中宫。唐主准奏,择期行册封礼。刘夫人果然深为感激。

原来这位刘后乃是魏州安城人民,出身甚是低微。他的父亲本是走方卖药的,有时还带着替人起课算命。这年遇着安成地方荒歉,刘后年纪不过十岁,父亲顾不了她,被人拐了出来,辗转卖到宫里。到了十五六岁,出落得有几分姿色,为人也还聪明。跟着唐主在魏州的时候,他父亲因为贫苦难度,打听得女儿在宫里安享富贵,赶到营门求见。刘后正在与诸夫人争宠,自己夸耀门第,捏称是某贵官的女儿。见他来了,深怕证穿了谎,如何肯承认?乃转羞为怒道:"我离乡里的时节,年纪虽然幼小,父亲相貌事迹,我都记得。这年碰着地方扰乱,我父因保守家财不舍,致被乱兵杀死。我还穿了孝服,哭了他一场,才出来的。现在不知是那里的田舍翁竟敢前来冒认。这还了得!"命人在宫门口痛打一顿,驱逐出境,永远不许再来。可怜这老头儿,不知是真是假,哪里敢分辨,只得回去了。

刘后自幼身受贫难,所以爱财如命。只知积聚,却不会使用,甚至于发出本钱,叫人到各处去贩了薪炭水果蔬菜来卖,他好于中取利。这个风声传出去,各方镇会巴结的,逢时按节贡献。都分作两份,一上天子,一送中宫,因此货财堆积如山。他的用处,不过是烧香念佛,写经布施,送给尼姑和尚罢了。当时太后所下的诰命,及皇后所下的教令，同皇帝的制敕并行，方镇一体遵行，毫无别区。

再说伶人中有一个唱旦脚的名叫周匝，唐主最为爱幸。常令随在身边，虽有事不离。前几年在胡柳打仗，军营失散，被梁军擒去，送往大梁，唐主每思念不已。直到破汴梁这天，唐主进城，首先命人寻访。岂知周匝早得信了，当晚便来叩见。唐主一见如获至宝，仔细问他别后的事。周匝哭着说道："臣到大梁之后，身无分文，处处受人欺侮，几次欲寻自尽。全亏了梁朝的教坊使陈俊同、内园使储德源两人屡次援救保护，才能活到今日。此恩此德不敢忘报。臣当时曾允许他们，如果重见我主，不怕没有官做。今日果然如愿。请陛下每人给他一个州刺史去做，才见得陛下待臣的恩典。臣亦可以借此践言。"唐主喜得无可无不可。连说这自然是应该的。这天早朝，便吩咐执政，遇有刺史缺出，先尽这两人补授。郭崇韬谏道："陛下百战方才得了天下，所靠的全是这班英豪忠勇之士。现在为着诸事草草就绪，来不及封赏的不知凡几，都在那里等得不耐烦。只为着缺少人，他们才不敢抱怨。若是先补了伶人为刺史。怎样对得住有功的人呢？"唐主无可驳他。这事便搁压了一年。这一年中。伶人屡次来催逼。唐主又向崇韬道："你上次说的话固然是正理，但我已经允许了周匝，只好请你勉强依我一次罢。"崇韬不好再说。陈俊、储德源便都授了刺史，亲军中身经百战，未得一官的很多，背后都在叹气。

唐主哪里理会到这些，终日只管东去蹴球，西去打猎。弄得近郊稼穑，都践踏无存。群臣屡谏，虽当面嘉许，游戏如故。到了年底时候，忽然穿着便服，携了刘后两人，双双到河南尹张全义家去游玩。全义将自己贡献的东西锦绣珠玉陈列庭上，五光十色，灿烂夺目。刘后见了，笑的嘴都合不拢。少顷又盛陈筵席，山珍海错，水陆杂陈。刘后不觉多饮了几杯，借着酒意，向唐主奏道："妾幼失父母，每每自伤孤苦。现见全义年高有德，情愿拜他为父，岂不多个照应。"唐主道："你既有此意，有何不可。"全义在旁听了，固辞不敢当，说是皇后金枝玉叶，天降鸾凤，以臣草野微末，况又老朽无能。如何敢当。唐主道："皇后话既出口。万难收回。况且你的门第亦颇相当。"至此早不容分说，叫左右宫娥太监上来，将全义推拥到上座，朝南坐下。两面按住，不容他起立。刘后早过来插烛似的拜了下去，口中叫了一声义父。拜完又将全义夫人请出见礼，当下一庭欢笑，竟同家人父子一样。全义夫妇又重新备了一份极贵重的贡献，专送皇后作为见面礼。重整杯盘，洗盏更酌，直饮到月上花梢，才尽欢而散。全义叫人备了几部大车，送礼物进宫。次日皇后命翰林学士赵凤起草，拟缮一封谢书，去答谢全义。赵凤道："皇后乃是天下之母，自古没有听说天下之母拜人臣为父的。"唐主心里虽晓得他话说的不错，哪里能听他。

次年春天，唐主乘兴游幸到了兴唐，想到义武节度使王都不久欲来朝觐，素常听说王都最善蹴球，心中又添了兴致。命人将行宫阙廷拆毁，改建球场，预备等王都一到，便可一观其技，还可以同他比较个高下。又吩咐这球场并要格外筑得宽敞宏壮，精致华丽，以免为外藩所笑。副留守张宪奏道："行宫改球场，别样并无妨碍。但是陛下当日告天即位的坛坫在内，关乎陛下顺天应人巩固万年有道始基在内，似乎不可拆毁，请另择他处为是。行宫西首有地数亩，臣曾去勘量一过，甚合球场之用。不如改在此地。

岂不两全么。”唐主起初亦无不可。后来听说，倘用此地，则另筑基址，必须延迟数日。唐主嫌其太缓，仍用前议，命速毁即位坛。张宪心终不谓然，不敢再谏，又去同郭崇韬商量。说是这主上受命之地，拆毁恐怕不利市，虽然近于迷信，却关乎敬天的意思，还请相公设法挽回才好。崇韬往见主上。又委婉劝了一回。唐主跳起来道：“他们还没有动工么？照这样狐疑，何日可成。都是为着这坛的缘故，他们如怕惹祸，我却不怕。”说着命左右立刻叫两个虞候去，赶紧将坛拆了回说。崇韬只得退了下来，告知张宪。张宪叹道，忘天背本，只怕不是好兆呢。正是：

人生第一休忘本，天道从来最近民。

要知唐主尚有何失德之事，下回再表。

第十回　**作坤陵罗贯受冤刑　伐西蜀继岌领帅印**

却说唐主球场方才造成，内监们因宫中事体清简，无可谋利，又撺掇唐主多置妃嫔，分立宫名，唐主随口答应。内监惟恐迟缓，又妄造谣言，说是宫里夜夜见鬼。有穿黑衣裳的，有穿白衣裳的，高高低低，往来乱撞。个个大惊小怪，夜夜前来报告。唐主便要去请法师来设法驱除。内监们都说用不着，实在是因为内廷苑囿广阔，房廊深邃的缘故。从前咸通乾符的时候，六宫何止上万的人，热闹繁盛，自然鬼物不敢见形。现在掖庭空虚，自然妖魔鬼怪都出来了。若再不早些想法子，只怕还要变成鬼窟呢。唐主便派太监首领王允平同了伶人景进，分赴各路去采择民女，共选了三千人送进后宫。这不是冤枉么。

这年夏天，唐主才说了一句天气炎热，太监们又说道："从前长安全盛的时候，宫中楼台殿阁，至少也有百几十处，那一处不是宏阔华丽。现在官家也是一朝的天子，连个纳凉避暑的所在都没有。岂不令人好笑吗？"唐主道："我想另建一座高楼，就派王允平去打样监工，不必惜费，总以高爽华美为主。你们看怎样呢？"内监深恐唐主不能实行，又激他一句道："奴婢们看起来，这楼不见得能成。"唐主道："何以见得呢？"太监道："陛下不看见郭崇韬终日皱紧眉头，总愁着国用不够，常叮嘱孔谦叫他不许滥支滥放。陛下现在无故的要兴土木，看起来不过说说罢了，终是没有的事。"唐主道："我用内府钱去造，不动正项经费，他难道还能管我么？"然嘴里虽如此说，心里终怕崇韬谏起来讨厌。又叫亲信侍臣到他家里去传谕道："今天暑天酷热，向来所没有的。我记得从前在河上行营里的时候，地方低洼潮湿，日里还要披着又重又厚的铠甲，骑在马上，冲冒矢石，都还不觉有这样热。现在住在高堂广厦里面，反觉得蒸的难过。如何是好呢。"崇韬道："大概境地的冷暖，是跟着人心转移的。陛下在河上的时节，外面对着劲敌，心里想着仇耻。就是再热些。也不在心上。现在大患是平了，大小各国都来贡献，安居无事，就是住在水阁凉台，也是要热的。陛下既然问到臣，惟有请圣心，不要忘记艰难的日子，自然暑气就退了。"

这侍臣回来覆奏，唐主没得说的。禁不起太监们在旁笑道："果然应了奴婢们的话了，他这一关到底难过。"又一个接口说道："崇韬也只说得好听罢了，他只会拘管官家。既然如此，他自己的府第为什么造得如此阔绰，比皇宫上苑还要讲究，为什么不照从前做穷学究时候的样子呢？自己有了避暑的地方，就把主上的热忘记了。"唐主道："这也不必去议论他。我们造我们的就是了。"便命王允平督工起造清暑楼。先发内库银子二十万，不够再来补领，限半月完工，以便圣驾移过去居住。允平借势作威，每日役使民夫不下万人，各处采办材料，大为骚扰。崇韬看不过，又来谏道："今年河南水旱成灾，连军粮都没有充足，何不暂且停工，等到丰年再造呢？"唐主非但不肯听，从此深不以崇韬为然。

这时候有个士人名叫罗贯,为人生性戆直,办事干练,崇韬极其赏识,用为河南令,乃是辇下第一冲要繁难要职。罗贯到任,秉公办事,不避权贯,遇着伶官内监请托的事,一概置之不理。有些太离奇的,罗贯便连原信部拿来给崇韬看,崇韬又带进朝去奏知主上。因此这班近倖恨如切齿。张全义也因为曾托他一件事,没有办到,也同罗贯不对,打发了一个极聪慧极伶俐的丫鬟进宫去告诉刘后,刘后正想借事报答义父,因此唐主左右没有一个不说罗贯坏话的。唐主两耳已经装满,只因无故不好发作。这年曹太后、刘太妃先后病故,唐主听了中书门下的话,为曹太后作坤陵于寿安县。这年八月陵工完竣,御驾亲临送葬。走在路上,看见道途泥泞,桥梁损坏,唐主大怒,说是罗贯身为地方官,明知遇此大典,办差尚且不慎,平日路政不修可知。将他拿下牢狱,次日下诏命斩首。崇韬谏道:"罗贯虽然有罪,但尚不至于死。"唐主大怒道:"太后灵驾经过的地方,又加天子朝夕往来,桥道俱不经意。你还说他无罪,这不是庇护你一党么?"崇韬道:"陛下以天子万乘之尊,严同一个区区县令作对,使天下后世的人,都说陛下用刑不平。这便是臣的罪名。至于党字,臣却不敢承认。"唐主道:"既是你所喜爱的人,你要怎样办(就)怎样办,我不敢作主好么。"说着站起来,拂衣进去了。崇韬也跟了进去,反复辩论。唐主早经执定主意,不去听他。崇韬还要再说,唐主自起将殿门关了起来,崇韬只得出去。有司便照前诏行事,将罗贯杀死,尸首放在府门示众三天。远近晓得,没有不喊冤枉的。这且慢表。

再说蜀主王衍终日游宴,不理政事,使韩昭、潘在迎、顾在珣等为狎客,终日陪同饮博游戏。又叫他们和宫人们杂坐一起,或弹丝竹,或唱艳歌,打情骂俏,无所不至,蜀主看着大笑。其余的文武宰相枢密等官,只晓得当面逢迎,背后盗窃威柄。又有些(官)只顾保住自己的禄位,置国事于不问。潘在迎等又屡次劝蜀主诛戮谏官,说是免得他们谤国。有一次,嘉州司马刘赞画了一张陈后主三阁图来讥讽他,蜀主不过付之一笑。这年又是重阳,蜀主兴高采烈,宴群臣于宣华苑。酒至半酣,嘉王宗寿极言社稷将危,须要趁早改变方针,还不知来得及来不及。说时泪流满面,呜呜咽咽的哭个不了,蜀主一场高兴早被他打消了一半。韩昭连忙上来凑趣道:"嘉王素来的酒品不好,吃醉酒走心经,总是这样哭哭啼啼的。你们难道不晓得么?"众人都顺着他诙谐谭笑了一阵。蜀主重又鼓起兴致来,把正事早忘在九霄云外了。次年上巳,蜀主又在宫内怡神亭大排筵宴,举行修禊故事。三杯过后,君臣上下,宫娥妃嫔,个个脱冠露髻,谈笑喧哗,毫无忌惮。知制诰李龟祯谏道:"满朝沈湎不要紧,国事交谁去管。只怕我们在此寻欢取乐的时候,北敌已经在那里谋算我们哩。"蜀主总嫌他们过虑。

果然不久,唐主派李严来察看动静,夸张唐主威德,有统一天下之志。又奚落当时诸侯无能,没有一个敢替李唐勤王雪恨的。王宗俦请将李严斩首,蜀主不敢动手。宋光葆也请早些选将练兵,把守要隘,囤积粮草,修治战舰,防备他来。蜀主勉强派了光葆为梓州观察使,叫他自己去备办。李严回去把蜀主童騃荒纵的行为,向唐主说了一遍。又说倘若陛下要去伐他,臣敢保大兵一到,立刻土崩瓦解,不必踌躇。唐主连连点头,又问起托他购办的巴蜀物品。李严道,王衍新定的法律,凡是巴蜀出产的锦绮珠宝等珍贵物件,无论何人不许带到中原。只有他拣下来的粗夯恶劣的东西,才准许出境,名为入草物。臣因此不敢带来。唐主大怒道："货物不许运输也罢了。我是拿金钱来交易，不是来抢劫你的，已属可恶，还要定这种刻薄名称。他自己能保不做入草人么？"

这年九月，唐主与宰相商量兴兵伐蜀。李绍钦即段凝大施运动手段，素来谄媚李绍宏。绍宏便荐他有奇才，可以大用。郭崇韬道："段凝亡国之将，专靠奸谄为事，万不可信。"又有人举李嗣源，崇韬又说是"契丹正在强盛，总管乃是河朔屏障，如何可以离开？据臣看起来只有魏王，虽然已为太子，却没有立过大功。何不派他去做伐蜀都统，立些威名不好么？"唐主道："话虽说的不错，但吾儿年纪尚轻，不能独当大任，总要有个好副帅才好。"低着头沉吟了一回，向崇韬道："这事莫过于你了，就请你去帮助他一趟罢。"崇韬至此，倒也不便推辞，连忙答应。第二天诏以继岌充西川行营都统，崇韬充都招讨制置等使，军事一概托付他身上，带兵六万人，即日西下伐蜀。又诏工部尚书任圜、翰林学士李愚并参预军机事务。崇韬想起从前全亏了孟知祥荐引才有今日，恩犹未报，临行向唐主道："知祥为人信厚有谋，破蜀之后，可用他为西川主帅。张宪谨慎持重，可为宰相。"唐主一一答应。

却说西蜀这边，有个内监王承休，官至龙武指挥使，心犹不足，还要想谋节度使。向蜀主奏道："秦州地方女子姣好的多，臣若到了那边，一定多采择些来，送进后宫。为陛下取乐不好么？"蜀主乃授他为天雄节度使，驻节秦州。承休部下有个副将名叫安重霸，本是因巧佞贿赂得幸的，希望富贵，自恨没有在皇帝面前献些殷勤，便劝承休上表，请蜀主到秦州来游玩。将府署拆毁，改建行宫，强取民间美貌女子，教给歌舞，分宫居住。还怕主上不来，画了图像，寄给韩昭，托他转呈御览，就便从旁撺掇。谁知蜀主一见，立刻就要启行。群臣谏阻，一概不听。太后晓得了，也叫他不要去，哭了几天，连饭都不吃，始终也没有拦住。又有前秦州节度判官蒲禹卿上表极谏，洋洋二千言。韩昭气极了，向他说道："你做的好大文章，我替你谨密收好了。等圣驾从秦州回銮，我再叫狱吏数着字，一个一个来问你。"谁知连韩昭也在鼓里空着急，蜀主万无不去之理，表面上似乎为着嬉游，其实承休的娘子天生丽质，蜀主早与私通，自从随承休东去，阔别已久，两地相思，这回叫他去续旧，岂有失约的理。正是俗语说的：一念向前，泰山也挡不住。闲话休提。蜀主择定十月三日，从成都动身，调兵数万，沿途护卫。武兴节度使王承捷追上来报告，唐兵有西来的信息，不可不防。请陛下暂缓启行。蜀主睁圆两眼道："唐主正怕我，哪里敢来送死？是谁造的谣言，惑乱人心，阻我行程，先该问斩。就真有这事，我更要去耀武扬威，镇慑一番才是。"说罢早扬鞭去了。一路上吟诗玩景，何等清闲自在。

再说郭崇韬一直进了散关，馈运不继。诸将都说，巴蜀地方险固，不宜乎长驱。崇韬便去同李愚商量，李愚道："蜀地虽然险要，但也要有人肯守。蜀主如此荒淫，臣民怨苦已久，谁还肯替他出力。正应该趁他这离心离德的时候，给他个疾雷不及掩耳。人人破胆，虽有险也同平地一样。据我看起来，兵势万不可缓。"崇韬乃下令倍道前进，一面李绍琛（即康延年）攻破威武城，纵其败卒万余人逃去，直趋凤州。李严飞书谕知王承捷，承捷捧了凤兴文扶四州印节前来迎降。共得兵八千名，粮米四十万斛。蜀主到了利州，遇见威武城的败卒，问起来才相信唐兵真个到了，便派王宗勋、王宗俨、王宗昱为三招讨,带兵三万迎战。刚好遇着李绍琛从兴州来,便在三泉地方开仗,蜀军大败,斩首五千余级,其余的四散奔逃。蜀主得信,倍道奔回成都,绍琛也在后面昼夜追赶。

崇韬营里这天忽然接到宋光葆的来信,说是如果唐兵不入梓州地界,当举辖境内附;倘不肯如约,惟有背城死战而已。崇韬回信答应照办,同着继岌到了兴州驻扎,所有光葆该管的城镇都来望风降附。最可笑的是王承休在秦州,听见蜀兵屡次失利,叫了安重霸来埋怨道:"都是你劝我迎驾,现在闯了大祸,我想去掩袭唐军。你看如何?"重霸忙拦道:"唐兵正盛,倘若打不过他,大事便去了。不如去勤王。元帅既受国厚恩,叫人看了,既有体面又不至于冒险。我愿奉陪一行。"承休见他说的有理,信以为真,当下分兵三千,叫他统带了同行。走到路上,重霸忽然赶到承休马前来说道:"主上叫我们来镇守地方,我若跟着元帅一同还朝,军务交给何人?倘若主上问起来。岂非无言可对。不如元帅先行,重霸愿回去固守。决不致于误事。"承休听了,明晓得又中了他的奸计,断乎留不住他,只得随他去了。重霸回城,即便修书献秦陇二州,向唐营投降。崇韬见入蜀之后,兵不血刃,所得城池已经不少。便又写了一封信给王宗弼,叫他赶紧自求生路,不然懊悔就来不及了。宗弼见信,弃了利州,想奔回去,被三招讨追上,彼此携着手痛哭道:"现在事已至此。我们生死总要在一起。"当下四人商量定了,联名写了一封密信,送至唐军,愿为内应。再说蜀主不止一日到了成都,文武百官以及三宫六院都分班出来接驾。蜀主见了大臣,一句话也不问,连忙将身体钻进妃嫔队里,手舞足蹈的做出许多丑态,叫她们簇拥着进宫去了。正是:

久别初逢,且图话旧。国破家亡,暂置脑后。

可怜蜀主牵羊舆榇就在目前,作者将笔暂停,让他且苟延一夜罢。

第十一回　信谗言伶宦得志　杀功臣勋旧离心

却说蜀主回宫之后，过了几天王宗弼赶到，自登太元门，用了多少兵拥护着，下令将蜀主同太后后宫妃嫔、宗室亲王，一齐迁往西宫居住，所有皇帝玺绶，及一切内库金帛，都搜括了送到自己家里，自称西川兵马留后。一面遣使带着礼物去犒劳唐军，写了一封信，作为王衍出面，送给李严。说是我公一到，立刻出降。李严得书大喜，即日进城，抚谕官吏百姓，告诉他们大军随后就到，吩咐将防守城池用的楼橹一概撤去。蜀主这边便叫翰林学士李昊草起降表来，又叫平章事王锴写了降书，派了兵部侍郎欧阳彬带了，先去迎继岌、崇韬。继岌到了成都，李严指引蜀主同百官仪卫到营投降。蜀主身穿白衣，头顶草帽，嘴里衔了一块璧，右手牵了一头羊，在前面走。百官也穿了素服，赤足步行，推着一口棺木在后面跟着，做成哀哀欲绝的样子，跪在营外听命。继岌见了，连忙将璧接过，扶蜀主起来。崇韬上前解开绑绳，命将棺木烧毁，承唐主命，赦他们君臣无罪。然后调大军进成都驻扎，市肆不惊，居民安堵。屈指计算起来，出师到成功才七十天，得了十镇、六十四州、二百四十九县，降兵三万。其余甲仗钱粮金银绢疋不下千万，总算迅速了。

阅者想还记得，高季兴来朝，因为蜀地艰险，曾有劝唐主先伐蜀的话，想不到他失的如此容易。信息传到荆南，季兴正在吃饭，吓的连匕箸都落在地下。说道："岂不是我一句话害了他么。"梁震在旁说道："我看这倒不足忧虑。唐主本来是王衍一流人物。得蜀之后，更加骄纵，指日就要失败。安知不是我们的利益。"季兴连连点头。还有楚王殷得信，吓的将印信送了上来，请保余龄。唐主下诏，叫他放心。

闲言少叙。再说王宗弼送蜀主出降之后，自以为曾做唐军内应，可算大功，想做西川节度使，便将此次所得蜀宫美人珍宝，拿出来送给魏王继岌与崇韬两人，作为运动费，望他们照准。继岌笑道："我军战胜，蜀宫金帛子女都是我家应有的东西。何用他来做人情。叫把物件留下，来人赶了出去。"宗弼心终不死，又另备了一份礼物，单送给崇韬，当面去说明自己来意。崇韬假作答应他，却不去向继岌说。宗弼等了许久，杳无信息，晓得上了当。想着无故的丢了许多珍宝，这恨如何不报。便带同全蜀父老百姓上了一件公呈给魏王，请留崇韬做西川节度使，为的好叫他们两帅不和，自己于中取利。

果然军中有一个内监名叫李从袭，乃是唐主派他跟魏王前来，仿佛监军的意思。从袭到了军中，自以为天子的钦使，遇事总想干预。谁知崇韬偏看不起他，凡事专断，独行己意，有时连继岌都不关照，从袭大为不平。现在借着这事，便去向魏王道："郭公父子强横霸道，哪里有大王同主上两人在眼里。如今一同有功，他偏买出蜀人来，留他做元帅，置大王于何地。将来只怕还要弄出不轨的事来。请大王须要早些防备他才好。"继岌信以为真，请崇韬来问道："主上倚畀侍中（指崇韬）恩同岳，将来军事完毕，一定要请侍中回朝重用,决无留在这蛮夷地方的道理。况且此事我也不能做主。叫他们递呈的人自己向朝廷去请求就是了。”说时气得面色改变。崇韬见这情形,晓得他一定受了小人的谗间,也不屑同他辩论,辞了出来,想着只有杀死宗弼,方能表明自己心迹。次日便把宗弼传来,叫他献白银八万两,作为犒军之用。宗弼诉穷,不肯拿出来。崇韬向士卒道:“你们听见了吗?宗弼家资丰富,叫他拿出些来作为犒赏,他都如此吝惜。你们有本事的自己去取。”当夜军士果然纵火哗噪起来,跑到宗弼家中,抢劫一空。崇韬告知继岌,说此等不忠不义之人,万不可留。将宗弼擒到,把他不忠的事一一宣布,然后连他家族一同斩首。正在这时候,王承休等赶到,继岌也叫一齐杀了,以为误国者戒。

崇韬深恐从袭不免再有离间的情事,便将近日的事故,原原本本写了一道本章,奏知唐主。唐主见这回的事,都为争夺节度使而起。这个位置不定,深恐再有纷争。想起崇韬临行时,曾经力保孟知祥,就叫他去,谅来不致更有别说。但孟知祥现在做着北都留守,也是一个要职,非调贤才替代不可。次日临朝,命廷臣会议。枢密承旨段徊等都恨邺都留守张宪人太刚直,不愿他在京,想借此将他排挤出来。齐声说道:“张宪固然是宰相器度,但宰相在天子眼前办事,有了过失,立刻就好更改。所以这种人材,还容易求得。至于北都留守,关系一方的安危,责任更重。臣等以为非张宪去不可。”唐主见众人异口同声,当下降了几道诏旨,以孟知祥为西川节度使,张宪为太原尹,王正言为兴唐尹,史彦琼为邺都监军。正言年老不能办事,一切军政都由彦琼把持。他本是伶官出身,因为善于巴结主上,便把六州地方都交给他。彦琼擅作威福,侮辱将佐,那个敢不怕他。这且不提。

单说西川既然有了主帅,继岌等便该班师回朝。无奈蜀中盗贼群起,恃险扰乱。崇韬深恐大军去后,养成巨患,更难收拾,派任圜、张筠两人带兵分道入山搜讨追捕,所以大军屯扎成都等候。唐主等他们不来,命内监向延嗣去催促。崇韬自以为出将入相,此次又有了大功,自有大臣体制,不肯屈己趋奉他。延嗣怪他倨傲,大不以为然,又去见李从袭谈及此事。从袭乘间说道:“郭公遇事专权,眼睛里连魏王都没有,不要说是你我了。还有他儿子廷诲,一天到晚,不是与军中骁将饮酒,便是和蜀地豪杰结识。鬼鬼祟祟,不知做些什么。近来听说有求着他父亲上表保他做西川节度使的话。我看现在营里,都是他们郭家一门的势力,连魏王在此也同寄身虎口一样,朝不保暮。倘若一朝有什么变故,咱们更是死无葬身之地了。”说着两人相对痛哭了一回。

延嗣回京,便把这话告诉了刘后。当天晚上,唐主进宫,刘后便揩眼抹泪的告诉了一番,请快救继岌的性命。唐主前次听蜀人留崇韬为帅,心里本有些不平,现在又听了这话,更不免满腹疑团。及至看到军中送到盘点蜀宫府库的账册,向左右说道:“人家都晓得西蜀货财丰富,何以照账看起来如此之少呢?”延嗣在旁接口道:“郭家父子所得的太多,自然县官所得就少了。这还用明说么。”唐主遂大怒,另外又派了太监马彦珪驰驿前往成都,察看动静。临行嘱咐道:“崇韬如果奉诏班师,自然没有话说。如果他有了迁延跋扈的形迹,你便同继岌商量,再定办法。”彦珪下来,又去见刘后说道:“主上的吩咐,自然应该遵守。无奈蜀中的情势变起来就在早晚,若到三千里外来请示办法。如何来得及呢。总要请娘娘做主才好。”刘后又来探主上的口气。唐主道：“我为着这事始终是传来的话，不知真假。如何可以当真呢。”刘后见主上仍旧含糊，并没有办崇韬的意思。回到自己宫里，下了一道教令，缮好了交给彦珪带去。谕令继岌务必将崇韬杀死。

阅者须知这班内监为什么个个都与崇韬不对呢。原来崇韬素恨宦官。平蜀之后，秘密向继岌说道：“我们此次回京，主上一定立我王为太子。将来嗣位做了皇帝，头一件德政便须斥去宦官，一概不用，所有员缺都改补士人。”谁知这话被宦官暗中听见，恨如切骨，誓不与他两立。

单说继岌在成都，见唐主催促紧急，将诸事料理齐备。正要动身，马彦珪赶到，暗中将皇后的手教取出来给魏王看了。继岌很是为难，向左右道：“崇韬并没有犯什么大罪，叫我怎好动手。况且主上并没有旨意。仅凭着皇后的教令，就好杀招讨使么？”从袭等在旁，你一声我一句，造了许多不经的典故。说是主上本来想杀他的，因为他屡次有功，不愿意落杀功臣的名，所以才叫皇后出面。倘若错过这机会，将来受起主上埋怨来，后悔也无及了。说得继岌心才活动起来，微微点头。从袭又替他想定计策，当下叫人去请崇韬父子来议事。崇韬带着儿子廷诲廷信前来，继岌早在帐后埋伏下壮士李环。手使铁挝，见崇韬到来，出其不意，当头便是一下，将崇韬打的脑浆迸裂而死。廷诲等正要动问，又走几名壮士来，一刀一个也都杀了。

推官李崧见继岌并不宣读诏敕，向前说道：“殿下这祸闯的不小。试问行军三千里外，没有敕旨，怎样好杀大将。崇韬虽死，还有他手下将士。如过来责问起来，殿下如何对付。殿下做这种危险事，难道不思前想后么？”继岌顿足叹道：“我没想到这层，你的话真是不错，现在可有挽回的法子？”李崧便去叫了几个书吏跟着魏王上楼，将楼梯撤去，在楼上造了一道假诏旨，写好之后，独缺皇帝的宝玺。又寻出旧文书来照样式用黄蜡做了一颗假盖上。等了几个时辰，方才办妥。拿到庭前，当着众人宣读了一遍。说是崇韬父子有罪，止诛他一身，其余一概不问。这时候军中将士已经交头接耳，将要作乱。听见将诏念完，才安静了下来。只有崇韬几个亲信的将官属僚，都藏躲的无迹无踪。剩了掌书记的张砺，他非但不藏，却走到魏王府去，抚定郭公尸体痛哭。继岌倒也无可奈何他，命他将三个尸体领回去殡殓，所有军政暂令任圜代理。这一来，深恐军心不安，只得将班师日期改缓。

其实继岌心里不知唐主究竟存何意见，也愿意等他发表了再定行止。当下打发马彦珪先回洛阳，将此事详细奏明。谁知主上非但不责备刘后私下教令，擅杀功臣的罪过，反以崇韬之死当做万幸的事。真所谓欲加之罪，何患无词。当即下诏宣布崇韬的罪状，连他在京的几个小儿子也都捕来杀了。朝野臣民听见这事，个个惊骇惋叹，喊着冤枉。

谁知这些宦官们心还不死，想起睦王存义（唐主之弟）乃是崇韬的女婿。深恐他将来报仇。须给他个一网打尽。乃向唐主说道：“存义想替他丈人报仇，天天指着朝门嫚骂，不可不早些防备。”唐主信以为真。又叫人去将存义杀了。伶官们看着，都得了意。想起护国军节度使李继麟，平日我们向他需索财货。他总不肯爽爽快快的如数给我们。倚仗着他是主上的故人,又立过大功,无可奈何他,现在趁这案里就可要了他的性命。便串通宦官,天天向唐主耳傍啰唻。今日说他曾经与崇韬约定里应外合,明日说他要与存义起兵造反,不除他恐怕养痈贻患。继麟得信,便欲入朝以明心迹,亲友都拦阻他。继麟道:"郭侍中的功劳比我大,尚且不免,现在我只有拿至诚去感动主上,小人的谗间自然行不动了。"谁知不由他打算,唐主早命朱守殷将继麟杀死,复还他的本名为朱友谦。景进又同内监商量谋害李嗣源,唐主命朱守殷暗中察看他的动静。守殷见勋旧死亡殆尽,老大不忍。私向嗣源道:"令公功高震主,须要早些谋备归藩,否则恐难免祸。"嗣源道:"我只要良心对得住天地,至于祸福这一层。只好听命罢了。哪里管得了这些。"后来屡次几乎不免,都亏了李绍宏从中维持营救,才得保全了性命。但勋旧心中不安,天下从此多事了。

先说蜀中自郭崇韬死后,人心不安。幸亏孟知祥到成都后,抚慰吏民,犒赏将士,才得渐渐安帖。魏王继岌急于回朝,留下李仁罕、潘仁嗣、赵廷隐、张业、武璋、李延厚六人在成都驻守,才得动身。

当时民间为着不晓得崇韬犯的何罪,谣言四起。有的说皇后弑了皇帝的,有的说皇上杀了太子的,人心皇皇不安。有魏博指挥使张二晸带兵从瓦桥关回来,唐主深恐邺都空虚,兵卒有变,命仁晸屯扎贝州防守。他部下有个兵士名叫皇甫晖,趁着人心不安,造起反来。先杀仁晸,推一小校为帅,小校不肯,也被他杀死。效节指挥使赵在礼闻信逃走,被皇甫晖追上,拿两颗人头给他看。在礼怕起来,唯唯听命,乱兵便奉他为帅,杀人放火,将贝州全城抢劫一空。南走临清,有人走到邺都去告诉史彦琼,请他派兵守城。彦琼不慌不忙的说道:"何用大惊小怪,等贼兵到了再预备不迟。"岂知当晚贼兵前锋已经赶到,直攻北门,因无预备,守兵溃散,彦琼只有单骑逃往洛阳。赵在礼带着贼兵踞了邺都,就在宫城住下。次日授皇甫晖、赵进俱为指挥使,纵兵四出抢劫。王正言正在书房办公,家人进来报告,忙叫备马,不意马夫早逃的无迹无影,只得步行去求见在礼,磕头请罪。在礼谕令回去,正言如同得了赦旨,随同众人共拥在礼为留后。正是:

世事荆榛,上下无道。各逞干戈,以暴易暴。

要知东崩西应,尚有几处扰乱,下回再详。

第十二回　赵在礼固守邺郡　李嗣源攻据大梁

却说在礼虽然被众人拥为留后,心总不安。听说张宪家眷在邺都,优加礼待,一面派人去请张宪前来。张宪斩了来人,奏明唐主。朝议派归德节度使李绍荣去招抚,史彦琼也跟在军中。绍荣到了邺都,在礼闭门不纳。绍荣向南门攻打,叫人拿了诏敕去给他看。在礼在城楼上跪拜迎接,向绍荣道:"将士们为着思家,擅自回去,并没有别的意见。相公如果能够婉转替他们陈奏,得免一死。那个敢不自新呢。"彦琼在旁不等绍荣开口,早咬牙切齿的指着城上大骂道:"你们这群死贼,等我把城攻破了,个个碎尸万段。还想望活命么?"皇甫晖听了,向众人道:"你们可听见史监军的话,皇上还会赦我们么?"大家都哗噪起来,将上面供的诏敕,抢过来扯碎丢在地下。矢石俱下,勇气百倍。绍荣败了回来,将情形奏明。唐主不去喝责彦琼,只说了句快调各路大兵,誓不攻破不止,城中人一个不留。

谁知一波未平,一波又起,李绍琛在剑州又造起反来,自称西川节度使。原来李绍琛与董璋都是崇韬部下健将。此次平蜀,绍琛的战功最多,官职又在董璋之上。但是崇韬素来亲信董璋,乃是多年的密友,遇着军中有事,总是单叫他到帐中秘密商量,附耳低言,半日方才出去。绍琛因此十分妒忌,常向董璋骂道:"你在郭公面前鬼鬼祟祟,想倾害哪个?我是都将,难道不能以军法从事么?"董璋又去告诉崇韬。崇韬道:"叫他不要狂,我自有道理。"不久表荐董璋为东川节度使,又解除了他的军职,不在绍琛管辖之下。绍琛更加气忿道:"我亲冒白刃蹈险阻得来的两川,倒叫他去坐享现成么。"跑来见崇韬,当面说道:"东川重地,必须有文武全才的方能胜任。相公为什么不保荐任尚书[指任圜]去呢?"崇韬大怒道:"你敢是反了么?我的调度,你都敢异议起来。"绍琛不敢再言,退了下来。

崇韬死后,绍琛向董璋道:"你再到何人门下去说你的私话呢?"董璋晓得他不忘前事,连忙谢罪。这回继岌班师,两人一同跟了回来。走到武连[即今剑州]地方,遇见诏使西下。宣读之后,乃是命董璋带兵去诛朱令德。绍琛此时将后军,离中军只有三十里远近,顷刻得了信息。因为主上没有委他,大为惊慌。董璋马上又拿起架子来,走过后军营门也不进去谒见。绍琛大怒,向诸将道:"国家南取大梁,西定巴蜀,都是郭公的谋略、我的汗马功劳。至于朱友谦当初弃暗投明,国家破大梁,得他的力量不少,也是有功无过。现在郭朱二公无故族灭,归朝之后,不该轮到我了么?"说时连连向天喊冤,搓手跌足的问诸将如何是好。绍琛部下本都是河中兵,有一员裨将焦武,也是河中人,此时在军门大哭大叫。说道西平王(即友谦封号)无罪,全家被朝廷剁做肉酱,这是我们的榜样。咱们到京,自然刀锯轮到头上。不犯着去送死。我是打定主意,决不朝东一步了。绍琛道:"既然如此,我同诸君西去,生死在一处。"便拥众西还,自称西川节度使,移檄成都,招谕蜀人,约略可有五万人马。

继岌在军中得信，命任圜为副招讨使，会同董璋前往追杀。追到汉川，果然赶上。绍琛迎战大败，剩了十几个亲兵，想逃往绵竹，被追兵赶上擒住。继岌命装了囚车，带同回朝。走到汉州，碰见孟知祥带了几百坛美酒，几百头牛羊鸭豕来犒军。当下在营里排开筵席，大吹大擂的开怀畅饮。当中一席，魏王占了首座，任圜董璋左右相陪，知祥坐在下面。其余各席，诸将挨着次序也都坐下。酒至半酣，叫把囚车推了出来，放在筵前。知祥亲自斟了一大杯酒，递给绍琛，接过来一饮即尽。知祥道："将军还怕不富贵么，为何要做出这等事来？"说时手指着魏王肩下一个座位道："这便是替将军预备的。坐在上面。岂不显耀。却要弄到这囚车里来。"绍琛冷笑道："诸位不要得意太过了。座上客阶下囚，本是一转移的事，那个敢保终身显耀。只要看郭侍中，本是佐命元勋，功臣第一，兵不血刃，平定两川。还有比他显耀的么？尚且不免族诛。所以我今日在此，毫无后悔。不过早晚些罢了。"魏王不愿再听，喝命将槛车推了下去。后来走到凤翔，遇着向延嗣赍了诏旨前来，将绍琛就地斩首。

却说唐主平日选军中骁勇将士为亲军，呼为从马直，命优人郭从谦为从马直招挥使，归他统带。从谦优名为郭门高，因为从前在德胜挑战有功，遂为唐主所宠信，屡次越级超升。从谦见崇韬方执掌大权，认为同族，以叔父之礼相待。又做了睦王存义的假子，自以为根深蒂固，没人敢动他了。不料未到几年，两人都得罪而死。从谦常拿出私财来办了酒席，请军中将校们饮宴。席间谈及崇韬死的冤枉，一面说一面痛哭。近来军士王温等五人作乱，被擒斩首。这天没事，唐主戏向从谦道："你近来性格大变，既看不起我，去趋附崇韬存义，又叫王温等造反，到底存的是什么主意？"从谦含糊答应下来，心里更加害怕。又向将校们道："主上因为王温的缘故，心中怀恨不忘，等着平了邺都，一齐都要把你们坑死。我劝你们家里如有钱财，早些拿出来，多买酒肉吃了是正经。免得撇下，便宜了别人。"亲军听了，都不自安。

再说李绍荣围攻邺都，因城中固守，不能有功。而邢州沧州以及河朔各州县都陆续告乱，唐主便欲亲征邺都。大臣劝说京师根本重地，车驾不可轻动。唐主道："既然如此，有哪个可以替我走一趟呢？"廷臣都说李嗣源最为相宜，论勋旧没有及得他呢。唐主心里怕他有功难制，面子上不好露。只得说道："我正为着勋旧无多，留他在宿卫里才放心。"后来张全义、李绍宏屡次面陈，除嗣源无人可使，唐主才勉强答应了。嗣源到了邺都，预备明早攻城。当夜便有从马直军士张破败等率众放火焚营，鼓噪起来。嗣源亲自出来斥问何事，张破败越众上前道："军士们从主上十年，大小数百战，得了天下。前为贝州守卒思归，已有永远不赦的话。近来王温等五个人喧吵，又欲尽诛全体。我们现在也不望什么好处，不过求其免死罢了。今日我们已与城中会合，把土地分开，请主上做河南的皇帝，令公（指嗣源）做河北的皇帝，更无别说。"嗣源也感动流泪，才要把不可的道理向众人剖说，军士不等他开口，都拔出刀来，推拥嗣源、绍真进城。城中人恐有意外，只许嗣源、绍真两人入城，余兵一个不准进去。出兵迎击，外兵溃散。赵在礼带领城中将校向嗣源拜谢，哭着说道："此次之事，实在对不住令公。今日令公既然降临，以后当惟命是听。"

嗣源哪里肯听，又恐不能脱身，当下心生一计，向在礼道："凡举大事，全靠兵多为主。适才进来的外兵，你们不应该推他出去。谅现在走还未远，让我去招他转来。”在礼信以为真，开城送嗣源、绍真一同出来。两人当晚直奔魏州，散兵果然来的不少。再说李绍荣大营扎在城南，约有一万人马。嗣源一到便派兵牙将去请他来，商议合兵攻城的计策。绍荣不肯前来，嗣源一连打发了七个牙将去催他，始终置之不睬。等到看见嗣源进邺城，他索性引兵拔寨而去。嗣源现在魏县，所招散兵不上百人。幸亏有绍真所部的镇兵五千，听说他们安稳出城，重又归附，军声稍振，嗣源便想就此归藩待罪。中门使安重诲劝道：“公为元帅，不幸为乱兵迫协，以致事无结果。李绍荣却坐视不救，安然带兵回去，置身事外。回朝之后一定把过处都推在我公身上。今若归藩，明明是据地要君，更证实了他的诬谎。据我看不如星夜赶进京城，面见主上，自然不辩而明。”嗣源道：“此言甚是。”即动身南行。到上相州，又遇着马坊使康福，得了几千匹马，分配营中，军威才振作起来。

果然绍荣这边，退保卫州，即便上疏说是嗣源造反，与叛党联合一气。已经进了邺城。臣为保全计，只得退守。嗣源赶紧上表分辩。无奈走到路上，被绍荣截留，不能上达。嗣源急得一日中遣几批人，都是如此。并且听说唐主命嗣源长子从审前来谕话，走过卫州，也被绍荣拦住，几乎被害，好容易才得脱身，仍旧回京。嗣源更加疑惧。石敬瑭道：“办大事的人全在果决，不可稍有犹疑。须知身为上将的人，跟着叛兵进了贼城，再叫贼人送出来，还要望天子不疑，安然无恙，这是古今来万万没有的事。令公如果想送掉这头颅，那就不用说了；如果还想保全头颅，现在只有先取大梁。大梁居天下之中，乃是天下之要会。请给我三百人马，愿作前锋，先去攻城。然后公领大兵速进，除此更无别法。康义诚道，主上无道，军民怨离。你若仍拿常理待他，必死无疑。”嗣源被他们你一言我一句，逼迫不过，只得依从，弄假成真，造起反来。先叫安重诲撰了一篇檄文，布告远近。有愿相从的，会兵一处。虞候王建立得信，先把监军杀死，因此没有被害。李从珂将所部兵趋镇州，约了建立，合兵一处，倍道来从嗣源。嗣源真个分了三百马队给石敬瑭，令为前驱，李从珂将所部断后，军势大盛。

早有探马报进洛阳，唐主命白从晖统带马步把守河阳桥。临时发的时候，拿出内库金帛分赐三军。军士在背后骂道：“我们妻子老小都饿死了，要这东西何用。”白从晖再三抚慰，勉强成行。唐主又听了李绍荣的话，说是邺都乱兵将要济河袭郓汴，愿陛下向关东招抚。这天御驾预备启行，景进上来说道：“现在西南多故，王衍的家族住在京的不少，万一趁车驾东征的时候，作起乱来，如何是好。不如先除掉他，免去一害。”唐主亲手写了一张手敕，派中使赍去照敕行事。这手敕只有八个字，乃是“王衍一行，并从诛戮”，已经印玺画押，被张居翰接过来覆看，大为不忍。趁中使不见，就在殿柱上将行字揩去，改写了一个家字，因此保全了一千数百人，只杀了王衍一家，其余族党才得不死。王衍母亲徐氏临死时大喊着骂道：“我儿子以一国迎降，到头来不免全家被害，信义两个字都没有了。我看你自己受祸也就不远了。”

当下唐主从洛阳动身，到汜水驻下。嗣源这边也到了滑州，果然有符习、安审通各各引兵来会。知汴州孔循两面都不敢得罪，派了两个使人，一个明着去迎唐主，一个暗中向嗣源通诚，说我这城池看哪个先到便送给哪个。石敬瑭早领动兵进了封邱门，先把城池据住。倒派人来催嗣源，嗣源遂入大梁。这大唐主的行程才到荥泽，惟恐来不及，先命龙骧指挥使姚彦温将三千马队作前驱。彦温带众便去投降嗣源，嗣源收了他的兵众。唐主随后赶到万胜镇，听说嗣源已经据了大梁，回顾自己，众叛亲离，神色大为沮丧，无聊中骑了匹马，登高望了一望，叹口气道："照这样子，过河也无益，不如回去罢。"是夜回到汜水，查点扈驾兵丁，来时共有二万五千人，不知不觉已经逃去一半了。还过罂子谷，遇着卫士，便和颜悦色的抚慰他们，惟恐其再走，又哄骗他们道："适才有京使来报告，魏王二次又献进五十万两银子来，都是西川得的。我一到宫，都分给你们，一概不入内库。"众人齐声答道："可惜陛下赏的太晚了，哪个来感激圣恩。"唐主何曾受过这种抢白，不觉泪流满面。不久又叫拿出袍带来，赏给从官。内库使张容哥回答已经赏完了，卫士在旁喝道："都是你们这班阉官从中把持，弄的吾主失了社稷。事到今日，还敢胡说么？"拔出刀来，便要赶过去，从官上前拖住。其实容哥为人，性子也颇激烈。事后向同事内监们说道："皇后爱财如命，平日都是她吝惜，不肯拿出来，弄出事来，都归罪我们身上。将来国家真有个长短，我们就是碎尸万段，也不能赎罪。我不忍见这惨状。"容哥乘人不备，跳在河内死了。这是后话。

且说唐主回到洛阳，石敬瑭的前锋早到汜水，收抚散兵，嗣源也随后赶到，李绍虔李绍英又引兵来会。金鼓震天，干戈耀日，远近振动，指日杀进都城。宰相枢密无法可施，仍请唐主亲往汜水扼守。同光四年四月初一日，车驾都已备齐，严装待发。唐主正在用膳，忽然听见外面人喊马嘶，叫左右去打听，回来报说，从马直指挥使郭从谦造反，带所部兵，从兴教门攻了进来。唐主放下筷子，挥卫兵出去抵当，一面去传朱守殷，进宫保驾。岂知非但朱守殷假作不闻，就连宿将近臣，也没一个到的。正是：

今日之事我为政，袖手且宜壁上观。

未知唐主如何御敌，下回再叙。

第十三回　安重诲献计灭唐宗　李嗣源监国继大位

上回书说到郭从谦反进皇宫,近臣宿将没有一个前来保驾。朱守殷带着军队,拣了个树荫多的地方去乘凉,置诸不问。乱兵放火,将兴教门烧着,一拥而进。只有平日投闲置散的几个武员李彦卿、何福进、王金斌带着十余名兵丁出来抵敌。战了没有几合,乱兵一箭,正中唐主额上,不能再战。管鹰坊的人善友,看见忙走过来,将唐主扶到绛霄殿廊下休息。拔出箭头,用布裹好,唐主连呼口渴。刘后明明听见,却置之不理。过了些时,才打发了一个小太监送了一杯牛乳来,唐主未饮便死了。彦卿等走来恸哭一场而去,所有身旁宫娥内监纷纷四散逃生,一个守尸的都没有。善友深恐尸骨为乱兵作践,一时以无从掩埋,只得敛了些乐器来,盖在尸首上,付之一炬。刘后在宫里收拾金珠细软,打了一个包袱,拴在马鞍上,跟着申王存渥同李绍荣等一齐逃走。临去时散了一把火,将嘉庆殿烧着。朱守殷等他们走后,这才进来,将宫女美貌的选择了三十门几个,送到自己家内。当下乱兵四散抢劫,锦绣都城,顷刻男号女哭。

再说李嗣源到了罂子谷,得着乱信,痛哭向诸将道:“主上素来抚惜士卒,都是被这班小人蒙蔽,才弄到离心离德。现在我到何处是好呢?”诸将都劝着仍向洛阳。嗣源进城后,便回自己私宅,一面出示禁止焚掠,一面叫人去向灰烬里检出庄宗骸骨,用棺殡殓。向朱守殷道:“你可好生弹压,等待魏王。宫里还有淑妃德妃住着,供给尤不可缺。我等到先帝山陵毕事,社稷有主,便要归藩去了。”

这天宰相豆卢革等带领百官上笺劝进,嗣源道:“我本是奉诏讨贼的人,不幸部下叛乱。本想回朝辩明,又为绍荣谗言所阻,以致弄得如此。倘若依了你们的话,心迹如何自明。请你们劝进二字从今不可再提。”豆卢革等都说国家不可一日无君,又听说魏王继岌走到兴平,晓得都中有变,引兵向西,谋保凤翔去了,如不肯称帝,请改为监国名义。嗣源依然退让,百官上笺到第三次,方才答应搬到兴圣宫居住,下令称教,以安重诲为枢密使,张延朗为枢密副使。监国入宫之后,很注意各亲王的行动。闻得太祖诸子中有通王存确、雅王存纪均藏匿民间,便下教令人访求。

安重诲逢迎意旨,便与李绍真商量道:“现在殿下既然监国主丧,所有李氏亲枝嫡派都应该渐渐扫除,方使内外人心归顺,免得他们三心两意。”暗中派人去把通王、雅王都杀了。过了一月,监国方才晓得,面子上不能不将重诲斥责一番。人家都明白他是假的,重诲等依然暗中进行,所有庄宗幼子继嵩等几个人,都不知下落。只剩了邕王存美,因为身带残疾,总算保全了性命。又打听得刘后不甘孤寂,在路上便与存渥通起奸来,商量着要同赴晋阳。还没有走到,存渥被部下谋害而死。刘后十分悲恸,到晋阳后便找了个佛寺,去削发为尼。监国仍派人去到庙中,寻着杀死,这就是悍妇的下场了。还有个李绍荣,乃是监国的顶头冤对,不但是在庄宗面前说了许多坏话,而且监国在大梁的时候,庄宗曾叫监国长子继璟去劝他进京,保他无事。继璟走在路上,被绍荣搁截杀死。所以现在哪个不想捉了绍荣来,夺这首功。绍荣也见机,听说嗣源得志,他便奔往河中躲避。谁知暗中算计他的人,比画景图形追拿的还利害。不上几天,早被一个军官捉住,如获至宝,还怕路上有什么意外,先把他两只足砍断,然后送到洛阳来。监国大喜,先把这军官越级超升,然后叫把绍荣绑上来。亲自临问道:“你要想逃命。却藉口将我陷害也罢了。我有什么待亏你的地方,连我的儿子也杀死。”绍荣睁圆两眼,向监国喝道:“我也要问你,先帝有什么待亏你的地方,你……”一句话还没有说完,两旁卫士上来一刀,头早落地了。这且慢表。

再说魏王继岌退到武功。从袭道:“近日风闻嗣源自从监国之后,近枝宗室被他杀害不少,何况大王乃是先帝太子,他断不能容。退到何处是安稳的地方?好在现有大兵在大王手中,与其退,不如进。何不索性东行。去平内乱呢。”继岌自然没有不听的,下令回兵。谁知人心早去,走到渭河,留守张籛预先将浮桥拆断,不容他前进。只得顺着河边,觅小船慢慢渡过去。等到渭南,查点人马,已经散去大半,连平日最为骁勇心服可靠的大将吕知柔等都已不知所往。从袭见势不妙,又劝继岌道:“人心如此,时局可知了。大王免得取辱,还是早作打算。”继岌搓手顿足的哭了一回。想着除死更无别路,自己又抖抖颤颤的不敢下手。只得伏在床上,将两眼紧闭,命仆夫李环,拿了根绳子来在颈上勒死,这情状也就可惨极了。遗下人马由任圜代将东去。李从袭离开军营,想去别寻门路,被华州都监李冲杀死。这是后话。

当下魏王死讯到了洛阳,百官又劝监国正位。监国更不推辞,李绍真、孔循两人都奏说,唐朝的气数已终,殿下应天顺人,请另建国号才好。谁知监国连国号两字都不懂得,当下不好问得,只得含糊答应。退朝之后,向左右太监们问道:“什么叫做国号呢?”内监奏道:“改姓受命,总要有个名称,这就叫做国号。各人不同,先帝的姓本是前朝赏的,又替唐朝报仇,所以国号不能不称唐。如今满朝大臣中,还是梁朝的旧人居多,所以不愿意殿下再称唐朝,就是这个意思。”监国道:“照这样说起来,这国号是万不能改的了。我从十三岁上就侍奉献祖(即存勖之祖),献祖因为我是同姓,拿我当儿子看待又与武王先帝共事五十余年,经营天下,没有一次大战不在一起。武皇的基业,便是我的基业。先帝的天下,便是我的天下。安有同家而异国的呢?”李琪也奏道:“若是改了国号,则先帝便同路人一样。这梓宫怎样处置呢?不但是殿下不应该忘三世旧君,就是我们做人臣的,心也不安。从前朝代由远枝入继大统的很多,何不依照嗣子柩前即位的办法呢?”众人都说甚好。当即议定,监国先换了斩衰在柩前即位,百官都穿了素服站立。礼成之后,才着起衮冕临朝受贺,改元天成,大赦天下。所有后宫宫女年轻的一概放了出来,只留年老有职事的百余人,其余只留宦官三十人,教坊百人,鹰坊二十人,御厨五十人。令中外不许再献鹰犬及一切奇巧玩物,所有闲曹均加裁汰。

唐主目不识丁,见四方章奏甚多,只得命安重诲在旁一一诵读。无奈重诲虽多识得几个字,文理也是不通的。深恐误事,只好奏明,请选文学重臣帮助自己,新添了端明殿学士两缺。后来听说冯道、赵凤文理优长,便将两人补了这缺。但两人虽通文墨,于国朝掌政却不甚了了。重诲遇着这种事,便去问孔循。因他从小生长宫禁,应该有些经验,而且朝臣的根底他都晓得。拿他当做个老前辈,孔循也居然以老前辈自居。

当时有添设宰相的话,孔循先荐郑珏,已经用了,现在又荐崔协。任寰回洛阳之后,也授为同平章事,见屡次宰相都是孔循荐的,心里甚为不平,便荐李琪来抵制他。

郑珏素来最恨李琪,便同孔循两人从中挤轧。这天当着唐主面前商议,任圜道:“重诲没有知人的见识,专喜以耳为目,上了他人的当。崔协虽然出自名门,识字甚少。臣已经是没有学问,有惭相位,岂可再弄一个没字碑来,岂不更被天下人好笑么?”唐王道:“宰相职任甚重,你们总要谨慎斟酌就是了。我记在河东的时候,听说冯书记多才饱学,又不与人争竞。像这种人做个宰相,倒还不愧。”孔循听了,大不以为然。退朝的时候,竟敢不行礼,拂袖出去。从此推病,几天没有上朝。重诲想从中调停,向任圜道:“现在人才缺乏,哪里去寻十全的人?还是用崔协来备位,以后再说罢。”任圜道:“放着李琪不用,倒去用崔协。我却有一个比方,譬如薰衣裳的,丢掉苏合丸不用,却去寻马粪来烧。有这种愚笨的事么?”重晦终不以为然。拜相的事,因此搁置了许久。后来到底被孔循战胜,用冯道、崔协同拜平章事。不久连任圜也站不住,只得自请罢官,到磁州去闲住去了。

这年冬天,唐主命驾亲到汴州巡视。路这荥阳,忽然民间起了一种谣言,说是皇帝要来裁制东方诸侯。宣武节度使朱守殷想起自己从前做过亏心事,头一个惊慌起来,判官孙晟乘机劝他造反。守殷便关起城门,不许唐主过去。调兵遣将,如临大敌。唐主不欲多事,派范延光去谕话。延光道:“这种蛮而无理的人,况且他造反已经露了形迹,只怕不是口舌所能挽回。万一耽延时日,汴城守备更加坚固,再想破他可就难了。不如给我五百马队带去,见机行事。”唐主答应。延光当晚动身,天不亮已经走了二百里,到了大梁城下,与汴兵开战。御营使石敬瑭也带着亲军随后赶来,汴兵如何抵敌得住,连败了几阵,退进城去。守殷见事不妙,自刎而死。唐主也亲自赶来,守城的看见皇帝的乘舆,争先出来开门迎降。一场大事,顷刻冰消瓦解。

当军事紧急的时候,有人向安重诲道:“任圜凭空失官,不免怨望。万一趁着外贼未平,圣驾在外,他如果造起反来,深为可虑。不如早些除了他。岂不放心。”重诲奏知主上,派人到磁州去赐任圜死。赵凤哭着向重诲劝道:“任圜平日何等忠义,岂是谋逆的人。不过他性子过于刚正不屈,所以权贵都恨他。明公正该保护他才是,照这样滥用刑威,如何赞助主上呢?”重诲只做不闻,使者到了任圜家里,任圜接诏,谢恩笑道:“我早料到有这事。”叫人去将所有亲族都请来,预备酒筵,谈笑饮啖,吃到大醉,才起立作别而死,始终神色不变。

唐主由汴回来,见儿子均已长成,长子从荣为天雄军节度使;次子从厚为河南尹,判六军诸卫事。从荣得信,心中很为妒嫉。次年又改从荣为北都留守,又想替幼子娶安重诲的女儿做媳妇。叫人去做媒人。重诲最听信孔循的话,便请他来商量。孔循忙拦阻道:“明公做到这样重要近密的官,如果再与皇子结婚,未免更招人闲话,于公甚为不利。”重诲深信不疑,便饰词向媒人婉说,好容易才辞掉了。过了些时,忽然听说皇子订婚。再一打听,所定的乃是孔循的女儿,并且还是孔循暗中展辗托人去结纳了王德妃,才把女儿献进去的。重诲才晓得孔循为人狡猾,不觉大怒,调他出去做东都留守。但重诲为人也未免有些刚愎自用,成德节度使王建立曾上疏参重诲有不轨之意。后来建立入朝，又面奏重诲与宣徽使张延朗结为姻亲，表里为奸，擅弄威福。唐主大怒，便令重诲、延朗出守外，令王建立代为枢密使。不久因宣徽使朱弘昭劝说，仍把重诲召了进来，但相待总不及从前了。

这年唐主立曹淑妃为皇后。淑妃容色姣丽，本是刘鄩家的婢女。刘鄩死后，妃母家又无人，流落得无依无靠。有人来告诉安重诲，重诲才把他送进唐主府中，大为宠爱，即位之后，封到淑妃，自然心里十分感激。不意现在正位中宫，从前事迹早抛向九霄云外，宫中事事奢侈，连唐主向来守着俭约家风的，至此也跟着挥霍起来。重诲每每规谏。这天曹后又派人到外库来取锦缎几疋裁作地毯之后，重诲又进宫切切实实的谏了一番。说是刘后前事不远，不可不引以为戒。曹后面子上虽然嘉纳，心中大为忿怒，因此常在唐王前说重诲的坏话。又重诲与李从珂不合，唐主在真定的时节，曾亲见他们两个在一席吃酒，醉后争论口角起来。从珂挥拳便打，重诲不敢与较，只得躲开。从珂醒后懊悔，亲去谢过，重诲终怀恨在胸。现在从珂授了河中节度使，重诲屡次在唐主前说他的短处。唐主晓得他们素来的嫌隙，置诸不睬。重诲急于报复，便捏造了一道主上的诏旨，命何中牙内指挥使杨彦温驱逐从珂。彦温暗中厉兵秣马，预备行事。正是：

只图私仇，不问国事。不义不昵，行将自致。

要知从珂如何免难，下回交代。

第十四回　失河中小愤成大怨　割阆州两川怀二心

却说彦温诸事备齐，正遇着从珂这天出城阅马。彦温一声号令，早把四门关了起来，各派重兵把守。从珂闻变，赶了回来，才到吊桥，矢石乱下，忙叫人去问他变乱的缘故，彦温亲自上到城楼上答道："我本不敢忘恩负义，实是奉到枢密院的寄谕，不敢不从。请你还朝就明白了。"从珂见他说得理直气壮，谅来不假。只得在野外扎下营盘，一面派人到洛阳请旨。唐主便问重诲，这事从何说起。重诲不敢承认，说一定是奸人的诡计，推在朝廷身上，非调征讨不可。唐主大为疑惑，想把彦温弄来，问个水落石出。重诲一定催着发兵，唐主才命西都留守索自通、都指挥使药彦稠带兵往讨。临行又再三嘱咐，无论如何，总要生擒彦温回朝，我有话当面问他。兵才发出，从珂已经奔了回来，想当面辩白。唐主因一面之词不好深信，叫他姑且回家等候，预备同彦温对质。岂知过了些时，索自通的红旗报捷，连彦温的头也装了木匣送了来。说是一到河中，便将城攻破，深恐中途有失，已将彦温斩首。唐主大怒，将彦稠等痛加申斥一番。已是无可如何了，只好作为疑案，将此事暂搁起来。

岂知重诲心总不甘，又授意冯道、赵凤两人，叫他们奏劾从珂失守城池，应该从重治罪。唐主冷笑道："我这孩子无端的被奸党陷害了，始终不知谁曲谁直。你们不出来说句公道话也罢了，何至于不能容他再活在世上呢。我看你们平日和他无冤无仇，这话决不是你们的本意，一定有人指授来的。当我不晓得么？"两人默然退去。重诲嫌他们无用，次日又亲自面奏，非杀从珂不能伸国法。唐主道："我从前做小校的时候，家中贫寒，人口又众，全亏这孩子到营里去拾马粪卖钱来贴补，全家才不致冻饿。这种苦况你们哪里晓得？现在我做了皇帝，别的不能补报他，要庇护他一命都不能么？你如果嫌他碍眼，实在容不得他，应该怎样办法，随你去办去。索性不必来告诉我。"重诲听了，还不肯退，依然说请陛下裁断。唐主道："依我现在叫他退居私第，不给他事做，也就是了。何必多话。"重诲才退了下来，另筹别法。

原来前次索自通等杀死彦温灭口，也是重诲嘱托他们的。当时大将宁可违了堂堂圣旨，不敢错了枢密的私托，他的权势也就可想而知了。过了几天，有旨命索自通镇守河中。自通到任之后，又仰体重诲意旨，细细盘查军府甲仗，造了一本册子奏上去，说是过了定额，显见从珂私造，谋为不轨无疑。唐主也疑惑起来。幸亏王德妃从中解说，才保全了性命。从珂在私第，士大夫都怕重诲记恨，没有敢同他往来。只有礼部郎中吕琦，因为住在贴邻，时常见面。从珂遇有奏请的事，都向他商酌。这且按下慢表。

这年两川节度使董璋、孟知祥连兵造起反来。原来巴蜀山川险要，出产富饶，两人据险拥兵，久有雄视一方之意。任圜判三司的时节，曾派赵季良为三川制置转运使，想取蜀中财赋，知祥不肯与。季良见几，反与他联合一气。重诲为着知祥乃是庄宗姻亲，想暗中图他。派李严为西川都监。临行的时候，他母亲向他说道："前次灭蜀本是你的主谋,蜀人必定恨如切齿。这回你再去了,还想回来么?”李严正在高兴,踊跃图功,哪里肯听这话。果然一到蜀中,知祥先两旁陈列了许多刀斧,才叫他进来。一见便喝道:“你前回来使王衍,回去就请兵伐蜀,弄得两国都亡在你手里。这回你又来了,可知回去后一定再带兵来。蜀人那个不怕?况且现在天下正是革除监军,你为何偏来监我军,到底是什么意思?”李严吓得跪下,哀求饶命。知祥道:“众怒难犯,你还想逃死?”喝命刀斧手,推下斩首。却捏造了别项罪名,去报告朝廷。又因蜀中盗贼未清,正需廉吏治理,附奏请留季良在蜀。朝廷不得已,一切照允,并命季良为西川节度副使。因此董璋、知祥气焰更盛。

次年唐主祀南郊,派李仁矩去诏谕两川献钱助费。仁矩不明事理,自以为本是唐主旧将,又与安重诲交情甚厚,恃恩骄纵,目中无人。到了梓州,董璋设宴款待。等到下午还不见来。叫人去看时,仁矩方在挟妓酣眠。董璋大怒,亲自带了兵役,明刀执仗,到他馆驿里,将仁矩拖到,站立阶下。大骂道:“你可晓得西川斩李监军的事么?你莫当我刀钝,不会杀人,敬礼不识,倒放肆起来。”仁矩吓得叩头如捣蒜,哀求许久,方才保住头颅回来,向朝廷说董璋必反。安重诲主意拟削小西川范围,割阆果二州置保宁军,就用仁矩为节度使,并托他就近侦察董璋造反的形迹。仁矩时时无中生有,任意装点了来报告。重诲便放了自己表兄武虔裕为绵州刺史,叫他带了重兵去到任。又命夏鲁奇修浚遂州城池,增缮兵甲,添军把守。董璋大为恐慌。道路谣传又有朝廷将割绵龙另置节镇的话,孟知祥也怕起来。两个人本来是不和的,几年没有通过音问,现在看见大势不能不联络。董璋先派人到成都,为自己儿子求亲,娶知祥女儿,预备同心并力,抗拒朝廷。董璋在剑门新筑七寨。工成之后,便与知祥一同上表,说走两川听说朝廷在阆中建节,绵遂添兵,吓得不知怎生是好。唐主但下诏抚慰。其实董璋早把绵州刺史武虔裕唤到,拘囚起来。重诲奏明朝廷,深恐阆州兵力单薄,又遣指挥使姚洪带兵千人,帮助李仁矩镇守。

董璋有个儿子名叫光业,现在京都充宫苑使。这天光业接到他父亲的家信,说是“朝廷割吾支郡,另置节镇,又添兵驻守。这不明明是想杀我么。你替我告知枢密当道。若是再发一兵一马,进斜谷来,我定必造反,不能再顾你了”。光业便拿这信去给枢密承旨李虔徽观看。不久果然重诲又派别将荀咸又添兵赴阆州。光业向虔徽道:“吾父前信,决非儿戏。大约不等到这枝兵走到。他已经反了。你可有法子止住这枝兵不去么?我说这话并不是怕死,不过为朝廷息事宁人起见。至于吾父那一方面,我敢保他不动。”虔徽真个去告知重诲。重诲道:“他不要拿这话来恫吓我。让他反去,我不能平他么。”仍催荀咸又前进。果然未到阆州,董璋得信先反。利阆遂三镇告急本章,纷纷到京。唐主召安重诲计议出兵,重诲道:“臣久已料到有这事。都是陛下含容不讨酿成大患的。”唐主道:“我向不肯负人,等人负我,再讨不迟。”

这时候西川有奏事官在洛阳,得了这个信息,忙派急足飞奔回去告诉知祥,说是朝廷欲大发兵讨两川。知祥同副使赵季良商量,季良道:“此时阆州最为吃紧。自然是会合东川先取遂阆。然后并兵固守剑门。”知祥也以为然。遣人去约会董璋,董璋引兵攻阆州。知祥派指挥使李仁罕、赵廷隐、张业将一支兵攻遂州。侯弘实、孟思恭将一支兵帮助董璋攻阆州。不久阆州攻破,李仁矩阵亡,生擒姚洪。原来姚洪曾在董璋部下做过小校,此刻绑了上来。董璋一见喝道:“我从前待你不薄,你敢负恩来谋我。”姚洪大骂道:“老贼,你从前不过李七郎家的一个奴才。李七郎乃是汴州富人,名李让,在梁朝为朱友让。董璋、高季兴、孔循等都是他的家僮,终日扫马粪。得着一块残肴冷炙,便感恩无穷。现在天子用你做到节度使,也待你不薄。你何故造反,不是负恩么?我宁可为国家死,不愿在人奴底下做奴才。”骂得董璋羞惭无地。命左右拿大锅来,底下烧上炭火,另叫壮士十人,剜姚洪肉,且煮且吃。姚洪至死,骂不绝口。

后来唐主晓得了,将姚洪两子都补了内廷近卫,厚恤家属。董璋儿子光业先行诛戮,并灭其家族。下诏削夺董璋官爵,兴兵往讨。命天雄节度使石敬瑭为招讨使,夏鲁奇充当副使,孟知祥兼馈运使。朝廷明晓得他已经出兵攻遂州,唐王总想趁他反状未露,只做不知,借此笼络他,且又可离间他与董璋的交情,所以才有这道谕旨。后来知祥不肯受,一并削去官爵,命石敬瑭征讨。敬瑭进了散关,阶州刺史王弘贽、泸州刺史冯晖,与前锋王思同、赵在礼引兵出人头山,超过剑门南面,袭取剑门。剑州也被他们攻破,杀东川兵三千人。弘贽等本想据守,无奈大军不到,只得焚烧卢舍,运了些资粮,仍回剑门保守。

再说董璋那边,自从陷了阆州之后,将赴利州,遇雨而还。探马报入西川,孟和祥大惊道:“董公退回阆州,远弃剑阁不守,计策大错,必为官军所得。”立刻调了兵去帮助,董璋辞谢不用。后来剑门果然失守,董璋才派人到成都来告急。知祥顿足道:“连我的大事都被他误了。”忙遣指挥使李肇带领五千人马前去,临行嘱咐道:“你须倍道兼行,先把剑州占住,北兵自然无计可施。”又拔了两枝令箭,一枝交赵廷隐带一万人马屯守剑州,帮助李肇。一枝给李筠带领四千人马直趋龙州,把守要害。官军这边,石敬瑭本无进征意,处处逗留,如何能成功。唐主屡次派人催促,回来都说道路险峻,难以进兵。且关右之民疲于转饷,流为盗贼。唐主听了,不免愁烦,向近侍们说道:“哪个能够替我了这事呢。只有我自己去走一趟了。”

次日重诲入朝奏说:“军威不振,乃臣之罪。臣愿自往督战。”唐主自然照准。重诲马上拜辞启行,日夜奔驰数百里。西路藩镇得信,都惊惶起来,钱帛粮草昼夜运赴军前,惟恐落后得罪,人畜疲困死的不知多少。内中有凤翔节度使朱弘昭,本因谄媚安重诲才得出领大镇,听说重诲将到凤翔,老远的就出来在马前拜接,将重诲请到府舍里住宿,命妻子都出来罗拜,亲自斟酒献食,比伺候父母还要谨慎些。重诲也拿他当个知己,酒后不免发起牢骚来,流泪说道:“我近来屡被谗人陷害,几乎性命不保。幸亏主人明察,一家才得无事。”重诲无意中的一句话,岂知弘昭听了,以为他已经失势,早变了心,趁此便要下石。重诲去后,立刻一本奏章,纠劾重诲怨望,咒诅皇帝。怕他到了行营,难保不夺敬瑭的兵权。一而又写信去给敬瑭,说重诲举动孟浪,恐将士疑骇,最好能够半路上拦阻他才好。敬瑭以为重诲不知是个什么怪物,大怕起来。也上奏说重诲来一定激成兵变,请急召还。刚好孟汉琼从西方回朝。也将重诲过恶说了又说。唐主见各方面都不以重诲为然,恐他不洽众情,下诏追回。敬瑭上奏之后,因为遂阆两州已陷,粮运不到。他本不以征蜀为然,便烧营回去。

重诲走到三泉，方才接奉诏书，赶紧回朝。过凤翔的时候，又去找弘昭，谁知吃了他的闭门羹。重诲晓得他是走顺风的人，这一来知道不妙，大怕起来，飞奔而去。再说两川兵追敬瑭到了利州，昭武节度使李彦琦弃城逃走，孟知祥便以赵廷隐为留后。

重诲回朝见驾，赵凤先向唐主说道："重诲乃是陛下家臣，谅来不至背叛。不过他不能圆到，为小人谗间。陛下如果不原谅他的心迹，重诲还有命么？"唐主疑惑他们朋党，更加了一层不悦，授重诲为护国节度使。唐主见重诲已经出了枢院，将从珂叫来，相对流泪。唐主哽咽道："我早听了重诲的话，今日如何还能再见你面。"即日授为左卫大将军。又遣使去开复吴越王钱镠的官爵，说从前勒令你致仕，都是安枢密矫诏妄为，与朝廷无涉。再说重诲虽在河中护国节度使任，听说朝廷事事与他反对，心甚不安，连上疏请退闲。朝命以太子太师致仕，一面令李从璋去接他的任，又命步军指挥使药彦稠将兵赴河中示威。

重诲子崇赞、崇绪深恐破巢之下不留完卵，都逃到重诲处来。重诲大惊道："你们来做什么？"沉吟了半晌。又说道："这一定是受了歹人的指使，我只有一死殉国，还有什么话说。"自将二子绑了，连表送入朝廷。次日忽然有太监前来，见了重诲放声痛哭。重诲忙问何事。太监道："有人说令公心怀不轨，朝廷已经派药彦稠带着大兵就到了。"重诲道："吾受国恩，万死难报。更何敢再有二心，劳动国家兵力，烦主上耽忧，罪过岂不更重了么？"皇城使翟光邺素来也最恨重诲，唐主派他到河中去监察重诲，叫他但见重诲有不轨的动作，先杀死他，再来奏闻。正是：

臣固不臣，君亦不君。未正典刑，先致纠纷。

要知安重诲性命如何，下回再表。

第十五回　并邻镇知祥据两川　恃武力从荣招横祸

却说业邺到了河中，新任护国节度使李从璋便带领甲士，将重诲府第围起来。从璋一个人穿了军服，走进庭前，望见重诲，倒身便拜。重诲不知是计，连忙走到阶下回礼。从璋向背后抽出铁挝来，罩头一下，打得重诲脑浆迸裂。张氏夫人闻声，出来救护，也被从璋一挝打死。唐主闻奏，才把心放下。一时想不出他的罪名，只得捏造说是他主持枢院几年，离间孟知祥、董璋，以致两川激变；又说他要攻击淮南，借图兵柄。当下依据这种毫无影响的话，下了一道诏书，怎样能服人呢？又叫人带重诲二子逃回本道，追上去一齐杀死。唐主以为借此可以平两川之气。遣西川奏事官苏愿、东川军将刘澄俱各回去，告知主帅。说安重诲擅自兴兵，被主上晓得，已经伏法了。孟知祥也想借此下台，遣使来约董璋，一同上表谢罪。董璋大怒道："孟公亲族团聚，自然应该归附。我连家族都灭了。还有什么罪可谢呢？"使者回去，知祥再遣人来，说主上既然纡尊降贵来迁就我们，若再不随风转柁，奏表谢罪，等到再派大兵来致讨，胜败是不能定的，岂不悔之无及？一连遣了三次人来，董璋执定不从，从此两家又成了仇敌。

次年五月，知祥又叫李昊到梓州痛陈利害，董璋大怒，将李昊骂了回来，晓得知祥不肯甘休，先召集将士，谋取成都。众人齐说一定得胜，只有王晖说是剑南万里，成都最大，天气又值盛暑，师出无名，必无成功之理。董璋哪里肯听，自领大兵，一到便将白杨林镇打破，声势大盛。知祥得信，命赵廷隐充都部署，将三万人马迎战。廷隐未到，董璋又克了汉州。知祥自领八千人赶到，廷隐设阵鸡踪桥，张公铎设阵稍后，董璋设阵武侯庙下，未及交锋。只听得帐下健儿哗噪道："战又不战，退又不退，烈日底下，晒我们做什么？"董璋听了，只得上马。前锋正在交手，指挥使张守进已赴知祥军前投降，而且说是东川的兵尽在于此，没有继后了，须要从速攻打为是。知祥亲站在高墩顶上督战。廷隐战了三合，渐渐退却。知祥恐慌起来，用马鞍指挥后阵，张公铎挥众呐喊向前，东川兵大败，阵斩数千人。董璋带着几个亲兵落荒逃走。余众七千人，一齐解甲投降。知祥带兵追赶董璋到赤水方才回来，留廷隐攻梓州。

董璋回到府中，催着造饭。正要进餐，忽然听得外面人声鼎沸，连忙立起观看，但见王晖带着兵卒三百余人呼噪着进来。董璋见势不妙，带领妻子登城，叫人去唤指挥使潘稠速讨乱兵。潘稠走到，一刀将董璋杀死。割下首级。交王晖拿去开城迎降。廷隐回至西川报告，赵季良便带领全军将士请知祥兼领东川。唐主听说董璋已死，知祥据有全蜀，即派知祥外甥供奉官李存怀赐知祥诏。知祥泣拜受命，上表谢罪。从此虽仍然算作藩镇，不过更比从前骄倨无礼了。先请用墨制补授刺史以下官员，后来又请授赵季良为节度使，朝廷均一一答应。次年又封祥为蜀王。这且慢表。

单说皇子从荣，羡慕风雅，欢喜做诗，幕府里弄了高辇等一班浮薄文人来放在左右，终日所谈的无非是些风云月露的话。又把自己与诸人唱和的诗词刻成本子，时常拿出来给人看，自以为屈宋再世，李杜复生。唐主甚不以为然，常劝诫他道："我虽然不认得字，然遇着真正儒士，谈起圣经贤传来，我却也听得津津有味，为的是可以增长人的见识，开发人的聪明。我记得从前庄宗在太平无事那两年，也欢喜做诗。但我们将门之后，骑在马上一刀一枪惯了的，弄到这些文墨上头，虽好总不免外行，徒然被人家看了在背后耻笑。这又何苦呢，你切不可学他才好。"从荣如何肯听。岂知学诗还是小事，他这为人，举动轻佻，性情峻急，自从封了秦王，参预朝政之后，渐渐骄纵起来。近来安重诲被诛，王淑妃、孟汉琼两人表里为奸，把持诏敕。范延光、赵延寿两人虽为枢密使，不敢出一些主意。从荣都看不起他们，任意侮慢。石敬瑭兼充六军诸卫副使，尚永宁公主。这公主与从荣乃是异母姊弟。本来你多嫌我，我多嫌你，同冤家一样。又是宋王从厚名誉比自己好，心中更为妒忌。幸而从厚善于低声下气，顺容着他。所以心中虽如水火，外面一丝不露。敬瑭因此不愿在京里与从荣共事。常想弄个差使出去，好回避他。延光、延寿两人也怕受他的累，惹出祸来，屡数辞职。

这年有契丹入寇的信息，良主命择一个文武具备、智勇兼全的人，去做河东节度使，好防备外患。延光、延寿先保石敬瑭、康义诚可以胜任，李崧以为非敬瑭去不可，敬瑭也巴不得出去。唐主便授了他。敬瑭奉诏，即日动身。到晋阳之后，以部将刘知远、周环为都押衙。两人本是他的心腹，知远专管军队，周环专管钱粮，已有久据河东之意。唐主这天早朝，见致仕太仆少卿何泽递进一本。展开看时，乃是请立从荣为太子。唐主看了，把从荣才德是否堪胜大任这一层，且丢开不论，眼眶里先流下泪来。左右侍臣不解其故，都吓呆了。只见唐主哽哽咽咽的说道："群臣都有立太子之意。把我放在何处。只有回到太原旧府第里去做个闲人了。"踌躇了几天，才把这本章发交宰相枢密会议。

从来说的知父莫如子，从荣早看透他父亲的意思，连忙进宫奏道："臣年纪幼小，情愿学治军民，不愿当这虚名目，有何好处。"唐主却很听得进，连连点头。从荣去见范延光、赵延寿说道："执政的想夺我兵柄，所以才想法子把我拘束在东宫里去。"延光等见他们父子的口吻都别有见解，与人不同。真可谓有是父必有是子，即便去奏明主上。次日下诏以从容为天下兵马大元帅，品级在宰相之上。从荣见兵符在手，甚是欢悦。还嫌外观不显赫，请拨严卫（即左右羽林改名）捧圣（即唐主亲兵）两军步骑两指挥充作牙兵。每逢出进，前呼后拥，数百马队跟从，招摇过市。从荣在马上十分得意，常向亲信人说道："政府里这班人，实在可恶。我有一天做了皇帝，一概都要诛了他们的九族，才晓得我的手段。"

段延光、延寿听了，更怕起来，屡次求恩外补，好躲避开去。岂知唐主又误会了。近来年老多病，卧在床上，便当是他们为着自己有病，所以避开，大怒道："既然要去，尽管走干净。还要奏知我做什么。"延寿的夫人乃是唐主女儿齐国公主，也在内廷替他丈夫竭力运动，才授了宣武节度使出去，所遗的枢密使同平章事员缺，便补了朱弘昭。弘昭也不愿意做，当面力辞，被唐主喝住，才不敢说了。延光见延寿已去，更急起来，晓得不走内线是没有指望的。便用金帛去走王淑妃、孟汉琼的门路，果然不到一个月，也授了成德节度使。即日陛辞去赴任，唐主赐宴饯行，问道："你明日就要远别，政事上有应该说的话,尽管奏上来。”延光道:“以后遇着朝廷大事,请陛下务必与内外辅臣商量,不可听小人们的话要紧。”说着,君臣都流下泪来,延光叩辞下去。其实他所指的就是孟汉琼招权揽势,趋附他的人,结为朋党,朦蔽主上,所以才有这话。他不想想自己也靠了汉琼才能出去,真可算做过河拆桥了。此外重要大臣为避秦王的祸,一时出去的不少,也记不了许多,独苦了亲军都指挥使康义诚。唐主爱他为人忠朴,十分亲信,一刻都离不了他。料着不能脱身,只好叫自己儿子去事奉秦王,做了个骑墙派,希冀将来免祸。

到了这年十一月里,唐主得病,渐渐垂危,秦王从荣进宫探望。见主上低了头,不能作声,慢慢退了出去。才到宫门,听见里面妇女们哭做一团,好像举哀的样子。仍只管望外走,回到自己府里。第三天也告了病假,不再进去。大约他自己也晓得平日的行为动作,众人都不以为然。这回嗣位的事,未必十拿九稳。暗中邀了他的心腹党羽来,内中便有一个替他想出一条计策,叫他带兵进宫侍病,好把这班权臣镇吓住了,不敢妄生异议。一面派都押衙马处钧去知照朱弘昭、冯赟两人,说秦王带兵进宫,为的是仓猝之间,好防备意外的变故。两人齐声答道:“主上正在纳福的时候,偶然些小病痛。殿下正该尽心在医药上才是,岂可听信浮言,轻举妄动。”处钧回报,从荣大怒,叫他再去说道:“你们的家族都不想保了么?敢来驳回我的主意。”弘昭、冯赟晓得同他没有理讲,只得进宫告知王淑妃、孟汉琼请示办法,淑妃又传进康义诚来商量。岂知义诚仍旧抱定他的骑墙宗旨,一言不发,弄得没有结果而散。

这边从荣手里有的是兵,第二天早调了一千人马陈列在天律桥上,再叫马处均到冯赟家中说道:“秦王目下决计进宫,你们的祸福就在顷刻。听你们自取就是了。”说着扬长而去。冯赟也骑了匹快马跑进右掖门,见弘昭、义诚、汉琼还有三司使孙岳都聚在一处,上前向义诚大声喝道:“你不要倚仗着有个儿子在秦府左右,以为跑不了的富贵。须知主上提拔我们从白衣做到将相。倘若放秦王进了这道门限,主上体统何在,我们又怎样对得起主上?”义诚未及答言,早有管门的进来说,秦王带兵已经离端门不远了。汉琼披衣先进殿门,弘昭、冯赟也跟着进去。义诚本预备出去迎接的,这一来拘住面子,只好也跟了进来。这时候唐主的病有些转机,正明白过来。汉琼等走近床前奏道:“从荣造反,兵已快进端门了。”唐主用手指了指天,流下一泡痛泪,向义诚道:“你快去赶紧平伏了,不要惊动我百姓。”转过头来,又看见从珂的儿子控鹤指挥使李重吉在旁,点手叫他近前吩咐道:“我与你父亲千辛万苦平定天下,从荣这班人有什么功劳?现在竟敢受了歹人的唆使。做这悖天逆理的事情。我不会将兵柄交给你父亲么。”重吉便带控鹤兵将宫门守住,汉琼便去传令马军指挥使朱洪实带五百马队讨从荣。

从荣本来没有经过阵仗,见这边有人抵御,早缩回府第,才晓得府中的僚佐见势不妙,早逃窜一空,连守卫的牙兵都溃散得不留一个,吓得连声叫苦。早有皇城使安重益赶来,一刀将从荣杀死,又寻着他儿子也杀了。提着两颗首级,进宫献与唐主。唐主一见,又是惊骇,又是悲痛,啊哟一声,厥了过去。叫了半晌才醒转过来,从此病势加重。自知不起,命汉琼到天雄节度使任上将宋王从厚叫来,追废从荣为庶人。过了几天,唐主病逝,从厚即位,改元应顺,谥先帝为明宗。

原来在明宗手下有功的大将，只有从珂与石敬瑭两人，都为国人所钦服。其余朱弘昭、冯赟两人，功劳威望，都在从珂等之下，相差甚远。现在弘昭等反在朝中掌管大权，因此从珂等很为不服。明宗丧事，从珂假托有病，不来哭临。弘昭等已经疑惑又有使臣从凤翔来，说是探得从珂私事甚多。弘昭等便将他儿子重吉放了出去做亳州团练使，不许他典禁兵。从珂有个女儿在洛阳庵里做尼姑，亦叫进宫禁里去，看禁起来。因此从珂更加疑惧。弘昭等又怕敬瑭久在太原作为根据地，未免不相宜。便把从珂调到河东，又把敬瑭调往成德，却都不下制书，只派了两个使臣嘴里宣诏，分别监送赴任。一面又派洋王从璋署理凤翔，去接从珂的手，逼着他立刻动身。这从璋为人粗蠢，幸灾乐祸。从前去代安重诲，撺掇害死重诲的就是他。从珂看见他来，心里老大的不愿意，便叫将佐进帐商议。诸人都说主上年纪幼小，朝政都被朱冯二人把持。大王功名震主，今天一离镇，明天就被他们害了，万不可陷入他们的奸计。只有观察判官冯胤孙以为古人说的君命召不俟驾，自然应该先到京师临丧，便道赴新任，方是正办。话未说完，早被众人喝住。从珂便移檄邻道，宣布弘昭冯赟专制侵权的罪恶，现在举兵入朝，以清君侧，深恐独力难支，请邻藩帮助。正是：

内相外将，不能相容。互争权利，相见兵戎。

要知从珂胜败如何，下回分解。

第十六回　五节度溃败凤翔城　三宰相争上劝进表

却说从珂宣布檄文，分遣使者向邻镇求助，想起西都留守王思同正当东出孔道，非与他结连不可。当下打发了一个能言善辩的人前去，将这事的利害向思同反覆陈说。晓得思同好色，又拣了几个美妓送给他。岂知思同大不以为然，向将士们说道："我受明宗大恩，如果与凤翔一同造反，就算事成了得些虚荣，尚不免被人呼作叛逆。况且事情一败，受辱无穷，留千古的骂名。如何使得？"便叫把来使押起来，飞奏朝廷。其余各镇得信，也都仿照办理。只有陇州防御使相里金倾心归附，派了判官薛文遇往来商议计策。

再说朝廷得信，预备出师征讨。康义诚深恐命他出去督师，力保王思同为统帅。再派严卫指挥使尹晖、御林指挥使杨思权两个人为副将，护国节度使安彦威为都监，同向凤翔进发。但思同这人虽然有些忠义之气，讲到打仗，本非其所长。况且所对敌的又是从珂，老于行阵，极有经验的人。再加上他部下将士，贪图富贵，个个奋勇当先。巴不得从珂做了皇帝，都是开国元勋。因此不必对垒，已经可定胜负了。安彦威也晓得思同无用，又去约了山南西道张虔钊、武定孙汉昭、彰义张从宾、静难康福五路节度使合兵讨凤翔。凤翔城墙本来不高，濠沟又浅，守御的器具又没有预备。众心惊慌起来，从珂走到城楼上，痛哭流涕的向外面军队说道："我从十几岁上跟着先帝打仗，几次从死里逃出来，至今伤疤满身。这夺得现在的天下，这是你们大家眼见的事，可知我非捏造。朝廷不知怎样忽然信任这班奸人的离间，不拿我当骨肉看待。我怎样肯甘心受诛呢？"说着又恸哭起来。外面将士听了，不免兔死狐悲，也都伤心落泪。只有张虔钊本是一个莽汉，从珂的话他始终没有入耳，挥起一把大砍刀来，赶着兵卒登城。当时动了公愤，兵卒们不约而同的回转头来向虔钊大骂，举刀便要杀他。幸亏他的马快，才得脱身。只听见杨思权手里举着令旗大喊道："大相公便是我们的主人，有愿意跟我投降的，一齐丢掉手里的兵器随我来。"话才说了，地下的刀仗堆积如山，都向从珂叩首请降。从珂大喜，开门出见，向思权抚慰一番，叫他等待功成受赏。谁知思权本是热中噪进，见利忘义的人，哪里等得，袖管里早摸出一张纸条子来递上去，上面写着愿大王直进京城，授臣为节度使。从珂心中也觉得好笑，面子上仍是很恳切的。就在这纸条后面批道，"杨思权可授为邠宁节度使"，仍还了他，思权跪倒谢恩。

可怜王思同还在那里做梦，仍旧催促兵卒攻东城。尹晖在阵中大喊道："西城官军已经进去受赏了，我们不要落后才好。"兵卒听了，解甲抛兵，惟恐来不及，也都降了从珂。天到午牌时分，军队全数进城，有不降的，也都溃散了。单剩下思同等六个节度使，只得各各逃回本镇。独苦了思同，好容易奔到长安，又被副留守刘遂雍关住城门，不许他进来，责备他不应该损兵伤财，父老百姓俱不肯容。思同只得投奔潼关去了。

再说从珂见降兵进城之后，纷纷扰扰，一时不易安插，深恐滋事。晓得他们都是为利而来,不可不偿他们的心愿。便把城中金银搜括拢来作为赏犒,无奈人数太多,城中积蓄有限,哪里够用。只得搭赏物件,后来甚至于连铜铁锅子都估了价钱赏给他们,才平静下来。从珂建起大将旗鼓,直向京师进发,用孔目官刘延朗为谋主。

遂雍在长安听说从珂将到,将库里的金帛都取出来,放在城门口。军士先到的,即刻给赏令过,不许进城。等得从珂一到,遂雍上前迎接,献民财充赏。都监王景从早吓得奔回京师报告,中外大惊。唐王惊惶失措,不知如何是好。议欲迎从珂将大位让给他,朱弘昭、冯赟都不敢开口。康义诚早又打算带宿卫兵迎降作为进见的功劳,向唐主道:"侍卫军队不少,臣请带了择紧要地方把守,然后招集散亡,再图后效。陛下尽管放心。"唐主信以为真,召将士进来,当面慰谕一番,又拿出内藏金帛来给赏。

义诚这天与朱洪实讲起用兵的利害,洪实说:"最好是将禁军固守洛阳,敌军自然不敢前进,然后再图进取。不是万全的法子么?"义诚大怒道:"洪实敢是要造反么?"洪实也骂道:"你自己要造反,还敢说别人么?"彼此争论,声音越大起来。被唐主听见,叫进来问是何事。两人各说自己的理长,竟在御前争论起来。唐主听了,始终辨不出孰是孰非,命将洪实绑出斩首,因此军情更加愤怒。又命将从珂儿子重吉在宋州就地斩首,女儿尼姑惠明也从宫中拖出斩了。再说从珂到了昭应,听得前军报告,已将王思同擒获,向左右道:"思同虽然失计,但人臣各为其主。应该奖励他才是。"说着到了灵口前军果然把思同解了上来,从珂面子上不能不诘责。思同道:"我自从行伍投效,蒙先帝拔擢,做到节镇,常恨不能立功,报答圣恩。这回事起,我难道不晓得早附大王,立刻可得富贵。帮助朝廷,徒然自取祸殃,为的是怕将来死在地下,没面目去见先帝就是了。现在既然败了,大王拿我来衅鼓,我是应该的。但请早些行刑,别无可说。"从珂听了,不觉肃然起敬,叫他下去休息,很有开脱他的意思。无奈杨思权这班人,与他走了极端。相见之下,心中实在惭愧。尹晖早当思同必死,将他的家资妓妾都据为己有,更觉对不住他,屡次向刘延朗说如果留了思同,军心一定不安,请他劝着潞王不可因一人而失众心。延朗也以为然。这天趁从珂饮宴大醉,尹晖上来报告思同谋乱,不等回话,出去便将思同和他的妻子一并杀死。从珂次日酒醒才晓得,将延朗埋怨了一顿,叹惜了几天,才过去了。

从珂前进到了阌乡,沿途遇见朝廷几次所发官军,都是望风投降,没有一个愿战的。康义诚引兵从洛阳出发,唐主下诏命安从进为京城巡检,保护治安。岂知从进早受了从珂的密札,布置心腹,预备做内应了。从珂进到灵宝,安彦威、安重霸都降,只有保义节度使康思立还想固守陕城。从珂前锋一到,在城下喊道:"禁军十万早来伺候新皇帝了。你们这几个人。还有何用。不要连累一城人性命。"当下城内兵士抢着出来投降,思立如何拦得住,不得已也跟着众人降了,迎接从珂进城。从珂作书晓谕洛阳文武士民,不必惊慌,只诛朱弘昭、冯赟两族,其余一概不问。康义诚惟恐落后,带领所部赶到陕城来投降。从珂怒骂道:"先帝晏驾,嗣位的事都是你们做主,现在新君在守孝期内,政事又是你们做主,为什么有始无终,害吾弟到这种地步。"义诚一句话不敢说,只有叩头请死。从珂素常晓得他利欲熏心,贪生怕死,毫无可取,此时不好遽杀他,喝令下去。当下各镇帅也都来输款。只有兴元张虔钊、武定孙汉韶,听说孟知祥在巴蜀自称皇帝,都将所辖土地降蜀去了。

再说唐主在宫,见大事已去,只有逃走一法。命太监去叫朱弘昭来,想与他商量逃往何方是好。岂知弘昭先已投井死了,冯赟也被安重进就他家中杀死,将两人首级献与从珂。唐主想要逃往魏州,召孟汉琼来先行做个前站。汉琼置之不理,自己骑了匹马,奔向陕城去了。唐主不得已,带了五十骑出城而去。大臣们都还没有晓得,冯道、刘昫依然衣冠齐楚的来上朝,走到端门,才有人告诉。两人只得退出,想要还家,走到天宫寺,安从进遣人追上,向他们说道:"潞王倍道而来,顷刻便到。两位相公还不带领百官到谷水去迎驾么?"两人自己是谨遵台命的,便进了天宫寺,打发从人分头去传百官。

等待片刻,中书舍人卢导先到。冯道劈头便问:"劝进文书你带来了么?如果没有带到,也须要赶紧起草才是。"卢导假作痴呆道:"什么劝进文书?难道是相公要想登大宝么,还没有加九锡呢。"冯道急的跺足道:"你这人好糊涂,难道潞王大驾到了,你还在梦里么?"卢导道:"我何尝糊涂,潞王入朝,百官班迎,自可一定仪注。就是有什么废立的消息,也该等候太后的教令,劝进文书要来何用?"冯道道:"我同你说的是老实话,事已至此,用不着这些虚文。"卢导道:"我不管什么虚文实事,总而言之,没有天子才出都门,人臣便把大位劝人做人情的。倘若潞王恪守臣节,竟拿大义责问起我们来,请教拿什么话对他?我看相公不如带着百官进宫递职名问安,听太后的吩咐,该怎样办怎样办,自然不会错的。"冯道未及答言,从进早又叫人来连催几次。众人深恐误事,纷纷出城迎接。等了半天,不见从珂前来。冯道、李愚、刘昫三个宰相又不敢回去,只得在上阳门外一个草棚里息足。看见卢导走过,冯道又叫住他,仍旧是这件事,卢导也拿前番的话对答。李愚道:"卢舍人的话真是不错。我们的罪恶已经大了,不宜再逼他。"正说着,有人来报,"潞王有笺请太后的示,大约有两三天才来呢。"众人听了,才纷纷散去。这且按下。

再说唐主出城之后,这天过了卫州数里地方,遇着石敬瑭。唐主大喜,以为有了泰山可靠。问他对付时局的大计,又把近来朝中的事一一告诉了他。敬瑭听到义诚叛去的话,低着头叹息了几声,一言不发,很露着为难的样子,便去同卫州刺史王弘贽商量。弘贽不肯招留主上在他境内,恐费供给,托词说道:"从前天子蒙尘在外的原也不少,但都有宰相侍卫跟随,又有随带的府库法物,才能够令百姓信仰。现在除了五十骑之外,一些也没有。就是我满怀忠义,也没法子可想了。"敬瑭不好将这话当面去向唐主说,便来告诉弓箭库使沙守荣、奔洪进两人。两人虽然官卑职小,却还有些天良。洪进上前指着敬瑭脸上道:"你乃是明宗皇帝的爱婿,富贵的时候既然共享,难道现在遇着患难就不能相顾恤么?主上既然到了这末路穷途,求你出个计策,满望可以兴复。你就是赴汤蹈火,也不好推辞,怎样想出这四件事来搪塞?这与附贼卖天子的人,又有什么分别呢?"越说越气,抽出佩刀便刺过来。敬瑭亲将陈晖在旁看见,疾忙上前救护。守荣也过来帮助洪进,三个人扭做一团。守荣偶一不慎,被陈晖刺中要害而死。洪进知不能敌,亦拔也自刎。唐主身旁又去了这两个得用的人,更不能成行。正在进退两难,却见敬瑭牙将刘知远带了几名亲兵进来,不问情由,凡是唐主身边用人护卫,见一个杀一个，顷刻五十骑杀个干净。剩唐主单身，独自放在馆驿里。知远便随从敬瑭向洛阳去了。

再说潞王从珂路过渑池，遇见孟汉琼跪在路旁痛哭。原来从珂由河中回来，失势住在私第的时候，王淑妃曾屡次派孟汉琼到来慰问他。因此汉琼自以为与从珂有些旧交，所以特地迎上来，在路上遇见便要痛哭乞怜。从珂一见是他，便摇手止住道："不用再说，我都晓得。"喝命左右推下，就在路旁斩首。又前进到了蒋桥，早见百官排班迎接，即命牙官传下令去："不概挡驾，等叩过先帝梓宫之后，再来相见。"冯道到底等不到，早托别人弄了一张劝进表送上去，从珂置之不睬。入宫谒见太后太妃，然后到西宫梓宫前伏地恸哭，说明此次专为清君侧而来。冯道又带了百官上来磕头，从珂连忙回礼。冯道开口便提劝进的话，从珂仍是推辞，说我这回本是不得已而来，等皇帝回宫，山陵礼毕，仍旧要回凤翔去，劝进的话不必再提。到了第二天，太后下令，废少帝为鄂王，令潞王知军国事。从珂更不谦让。又过了一天，便登了皇帝位了。当下派了王弘贽的儿子王峦去到卫州，将少帝从厚毒死回报。正是：

成败争持笑蜗角，帝王性命类鸿毛。

未知从厚性命如何，下回再叙。

第十七回　徐知诰建立南唐国　石敬瑭谋逆河东镇

却说王峦奉了新帝命令去害鄂王，那敢怠慢，带了毒药星夜赶到卫州。先叩见过父亲，问起废帝所在。弘贽道："我怕奸人借口滋事，早把他接到廨中看管起来。你既奉有密诏，早些给他吃下去，我也可以卸肩。"王峦令将鄂王请到，拿毒药给他看了。鄂王自以为无罪，那里肯饮。王峦早叫人预备下麻绳，不由分说，便将他勒死了。取到证据，回京覆命。唐主又想起还有他的妃子孔氏带着四个小儿子在宫里，遣人将鄂王已死的话告诉她，想叫她早寻自尽。孔妃还想求恩，唐主又遣人去说："我的重吉惠明在哪里？你交出来，我便饶你。"说罢，将孔妃并他四子一同杀死，真所谓破巢之下无完卵了。又命将康义诚从营中提出斩首，连他家族一齐灭了。

且说石敬瑭进京朝贺之后，为着自己与唐主都是从前明宗帐下有名的战将，因此素来你妒忌我，我嫌恨你。现在一旦变做君臣，他要报复还不容易么。所谓在人矮檐下，不敢不低头。因此在京一住两三个月，不敢提回镇的话，心里好不郁闷。再加上久病之后，骨瘦如柴，从来妇人疼爱女儿，没有不疼爱女婿的。太后见敬瑭形状可怜，又禁不起魏国公主（即敬瑭妻永宁公主本年进封魏国后来又进封晋国）日夜在耳旁絮聒，便乘间在唐主前替他说了许多好话，求着早些放他回镇调养。外面只有凤翔带来的旧将佐思深虑远，说是放敬瑭回镇，如同放虎归山，不如留在都中为是。只有韩昭胤、李专美两人说是有赵延寿在汴梁，不应该猜忌敬瑭。唐主也看见他瘦得剩了一把骨头，料难久于人世，做不出什么大事来。乐得做个人情，仍旧命他到河东本任去了。这且慢表。

先将各国情势略叙一遍。吴国徐知诰身兼将相，大权独揽，久有受禅之意，所怕的只有吴主之弟临川王濛，为人精明强悍，难以制伏。便使出人来诬告他藏匿亡命，私造兵器，有谋反之意，降为历阳公，发到和州去拘囚起来。其余满朝都是自己的私党。乃加知诰大元帅，封为齐王，备殊礼。知诰拟在金陵另建齐国，授意太尉李德诚、中书令周本，叫他们帅众推戴。周本原不肯的，说我受先王厚恩，不能救杨氏危亡，岂可再推戴别姓，被他儿子宏祚劝着方才答应。约了德诚先到江都向吴主陈说知诰两世的功德，请赶紧下册命，又到金陵见知诰，当面劝进。宋齐邱见他们忙得好笑，当面不好说得，向德诚儿子建勋道："令尊乃是太祖元勋，谁不晓得。这一来完结了。"当下知诰改金陵为江宁府，建告太庙社稷，以宋齐邱、徐玠为左右丞相，周宗、周廷玉为内枢使，自己又改为单名诰字。

过了一年，王令谋年老多病，人有劝他致仕的。令谋道："齐王大事未完，我怎敢偷懒呢？"病势渐渐沉重。又两面上表请行禅让礼，吴王乃下诏让位。这回只有李德诚一人往来奔忙，亲到金陵帅百官劝进，只有宋齐邱不肯签名。十月徐诰在金陵即帝位，国号唐，当时都称为南唐，改奉吴主为让皇。最好笑的宋齐邱，前回讥讽李德诚，自己却做了齐国丞相，现在又不肯签名，却怨望南唐主不给他执政。这天南唐主在天泉阁大宴群臣，李德诚便将齐邱两次反对的话当面奏知唐主。唐主道："子嵩（即宋齐邱号）乃是我三十余年旧交，谅来决不致负我。"不久加齐邱大司徒，制词上有布衣之交四字。齐邱听见，大声说道："我做布衣的时候，陛下不过是个刺史，所以才认得我。现在陛下做了天子，用不着我了。"南唐主晓得了，仍置之不睬。久后齐邱自己觉着闹得没趣，反倒惊惶无措起来，搭讪着上了一本表章，请把让皇迁往远州。又晓得旧吴太子杨琏娶的是南唐主的女儿，上表请疏远她，不可放在左右，最好与她离婚。南唐主非但不听他，又进封这女儿为永兴公主。倒是这女儿深明大义，自己觉得父亲做的事对不住丈夫，听见人称呼她公主，便哭着辞谢。宋齐邱这班朝秦暮楚的人，听了能不愧死么。

再说西蜀这边，知祥病了一年，临终时命司空赵季良、节度使李仁罕、赵任隐等辅太子孟昶嗣位。至于福建那边，闽主王璘先同他父亲的侍婢陈金凤私通，即位之后，立金凤为皇后。相貌生得极其丑陋，性格又最淫荡。不上两年，闽主得了风病，不能起床。陈后便与他的嬖臣归守明及百工院使李可殷两人有了密切关系。通国之人没有不恨他的。记得有一回，闽主命织绵坊里定织一项九龙帐子，百姓便给他编了一个歌谣唱道："九龙帐，九龙帐，真龙天子坐在旁，当中惟卧一妇郎。"闽主只做不听见。他们既然做了这种无耻的事，还不安分些，可殷常在闽主面前说皇城使李倣的坏话。陈后的族兄陈匡胜又得罪了福王继鹏，因此两个人格外恨他们，誓不两立。趁闽王病重的时候叫人先把可殷杀了。陈后这一气非同小可，立刻去告知闽王。叫几个人扶掖了他勉强出来坐朝，追究杀李可殷的凶手。李倣吓得逃避出去，到晚便带着步兵，擂鼓呐喊杀进宫去。闽主仓猝之间躲在床底下，被乱兵用枪头刺死。李倣与继鹏便直闯入宫，寻着陈后，一刀也送了命。翻身出去，又寻着后族陈守恩、陈匡胜，归守明及继鹏兄弟继韬，一齐杀死。继鹏便篡了大位，更名昶字。后来想着不好，又自称权知福建节度事，派人到李唐那边去上表。也私通了他父亲一个侍婢，名叫李春燕，立为德妃，使李倣判六军诸卫事。李倣自恃功高，遇事专擅，又暗中招养了许多敢死之士。闽主晓得他不怀好意，这天借着大享将士，请李倣到来。酒至半酣，掷杯为号，伏兵齐起，将李倣擒住，割下首级，悬挂朝门示众，宣布罪状，告谕中外。这且慢表。

却说敬瑭回到河东之后，惟恐不能保全性命，见了外人，总说自己衰病，不堪独当一面。两个儿子都有内廷差使，叫他们就近买通太后左右，刺探唐王举动。因此无论大小事件，他没有不晓得的。当时契丹屡次派兵来在北边骚扰，禁军多在幽并防守。敬瑭同赵德钧请添兵运粮，急于星火。朝廷下诏，借河东粮食，派镇州纳绢五万疋，运送到总管府。又派镇冀各出车一千五百辆，送粮往代州。民间为着连年的旱涝灾荒，已经难谋一饱。敬瑭又故意叫人催促紧急，因此山东一带，怨声载道，都想谋乱。朝廷又派石敬瑭为北面总管，将大军屯驻忻州。这时候正是六月，天气炎热。唐主特派使臣赏军士们每人葛布夏衣一套，并传诏慰问。军士们感激皇恩，连呼万岁，真同暴雷一般。谁知倒触了敬瑭的疑忌了，深恐他们心里都有了皇帝，自己将来便不好举事了。连忙去同慕僚段希尧商量，希尧道："先要把起首呼万岁的打听出来，杀他几个，自然就不敢了。”敬瑭便命刘知远去办理。知远到营里,凡是可疑的都杀了,共斩下三十六颗首级,分挂各营示众。事后被唐主晓得,又加了几分疑忌。不久又派了张敬达为北面副总管,屯扎代州,为的是分开敬瑭兵权。次年正月唐主生日,晋国长公主远来拜寿。唐主在宫里大摆筵席。酒过三巡,公主重新洗盏,又敬了唐主一杯,才从容告辞,说起要回晋阳的话。唐主此时已经有些醉意,也斜着眼说道:“你忙什么呢?老远的来了,何妨多住几天,莫非是想早些回去与石郎商量着造反么?”公主只得又住了几天,回去告诉敬瑭,更怕起来,真个上紧预备。把自己向来留存在洛阳同寄放在各道的货财都收回来,全数运赴晋阳。人有问他的,托词帮助军费。那个肯相信呢?都晓得他不久必有变故。

谣言渐渐传入唐主耳内,唐主这天夜里同近臣们谈起这事,说石郎与朕本是至亲,原不应该疑他。但谣言太盛,万一真有个长短,怎样办法呢。近臣没有一个敢回答的。退下去之后,端明殿学士李崧向吕琦道:“我们都是受过厚恩的,岂可以跟着众人观望。你总要想条计策,替主上分忧才好。”吕琦道:“我看河东如果真有反意,一定先去结交契丹求他帮助,朝廷不如先下手。我记得契丹也曾屡次来求和亲,现在何不答应他,再许他些岁币,契丹自然欢喜承命。那时河东还有什么本领。就是真造反,也不怕他了。”李崧拍手称妙。过了一天,夜里两人便把这话密奏。唐主大喜,便要照办。这天与枢密直学士薛文遇谈起来。文遇奏道:“陛下乃是中原天子,何等尊严,岂可屈身夷狄,已属羞辱的事。倘若他照旧例求尚公主,怎样对付他呢?”几句话早把唐主意思说变了。立刻传了李崧吕琦来,放下脸来大骂道:“亏你们还是读过书通今博古的人,想要靠你们致太平,想出这种法子来给我上当。我只有一个女儿,乳臭未除,你们忍心害理送她到沙漠去么?至于说到岁币,更是把中国养兵的钱送给外国。更不知道你们存的是什么心。”两人吓得爬在地下磕头如捣蒜的请罪,唐主只做不看见。两人一连磕了有几百个头,吕琦气力都用尽了,磕的稍微慢了些,唐主又指着他骂道:“吕琦更加胆大。眼睛里还有主上么?”过了一刻,唐主气平了,吩咐每人各赏美酒一杯压惊,才叫他们下去。从此满朝都晓得,没有那个再敢提和亲的话了。

这天忽然接到敬瑭一件本章,说是自己身弱多病,不能领兵,请调闲散地方调养。唐主召集廷臣会议,打算将敬瑭移到郓州去。房皓李崧吕琦都说:“这是敬瑭来试探陛下意思的,万不可上他的当。”唐主游移不能决。过了些时,又单同薛文遇商量,文遇道:“无论调与不调,河东早晚总是要反的,倒不如预先下手。”唐主大喜道:“这话正合吾意!无论成败,我总照此办法。”便拟定了一道谕旨,移敬瑭为天平节度使,所遗河东节度使缺,派宋审虔接替。宣诏时候,文武两班听到敬瑭名字,都吓了一跳。谁知这还不算,又命张敬达为西北都部署,督催敬瑭即刻赴郓。

再说敬瑭这边得信之后,也召齐将士商量。只有判官赵莹劝他到郓州赴任。刘知远道:“元帅在军营多年,兵卒久已归心。趁现在据着形势的地方,士马精强,一旦传檄起事,就做皇帝也不难。为什么奉他这一张诏纸,去自投虎口呢?”掌书记桑维翰也说道:“主上初登极的时候,元帅进京朝见,他难道不晓得蛟龙不可放入大水么?居然放元帅仍回河东原任,这不是暗中有天意么。况且明宗的恩德,百姓都还念念不忘。现在主上不过是庶出的小儿子，众人本不附他，不如元帅乃是明宗的爱婿。再说还有契丹主从前与明宗订盟，如同兄弟一般。元帅如果肯诚心屈尊去就他，他没有不愿意的，一呼便到。有这个靠山，还怕不成事么？”敬瑭方才定计，上表说主上乃是养子，不能继续李氏的香烟，请赶紧传位许王。

唐主看毕大怒，将来表扯得粉碎，丢在地下，用手诏回答他道：“讲起亲情来，你同鄂王总算近格了，为什么在卫州的时候逼得他孤掌难鸣，走投无路，天下那个不晓得？现在又想拿许王来骗人，还有那个肯信。”一面用制书削夺敬瑭官爵，命张敬达为太原四面兵马都部署，杨光远为副先锋，带领大兵前往征讨。敬瑭令桑维翰撰表上契丹主，自己称臣，又请照父子之礼事奉契丹。又约定将来大事成功，将卢龙一道，同雁门关北面的州郡都割了送给契丹。刘知远在旁谏道：“只要称臣已经尽够了，何必再要当他父亲，岂不太过。就是将来的谢礼，也只要多许他些金帛，自然不怕他不出兵。何必割到土地。只怕将来成了中国的祸患，后悔就来不及了。”敬瑭哪里肯听，看着将表缮好送去。契丹主自然喜出望外，回信允许。仲秋调全国兵马前来援助。正是：

只为武臣谋篡逆，却延异种杀同胞。

未知两面胜负如何，下回再表。

第十八回　恃外兵石敬瑭代唐　信妖言范延光作乱

却说张敬达到了晋阳，命兵士连筑长围，预备进攻。敬瑭将军事委托刘知远，所有马步军士均归他指挥，新降兵卒亦归他训练。知远一例看待，不分彼此，因此全军不敢有二心。敬瑭也亲自登城，虽矢石如雨，不肯稍离。知远劝道："我看敬达他们毫无出奇的本领，元帅尽管放心到外面去料理正事。这里守城较为容易，我一个人尽可胜任了。"敬瑭抚着他的肩背奖励一番，又再三嘱托，这才下去。岂知敬达这边始终没有筑成，每一动工，不是大风就是暴雨，甚至才筑成一半又被大水冲坏，这不是天意么。唐主也听说契丹有仲秋来救的话，因此屡次督催进攻，无奈越急越不能成功。转眼已是九月，契丹主带了五万人马从阳武谷南来，到了晋阳，在虎北口下寨。这天唐将高行周、符彦卿到来，合兵大战。敬瑭派刘知远也出兵帮助。张敬达、杨光远、安审琦各领步兵在城西北山下列阵，契丹遣三千马队不盔不甲直冲过来。唐兵追杀到汾曲地方，契丹伏兵齐起，将唐兵冲做两段，首尾不能相顾，顷刻大败，折兵约在一万人左右。敬达只得收拾残众，退保晋安，契丹主也引兵回到虎北口。敬瑭疾忙出城迎接，说了许多感恩的话。将兵会合一处共围晋安，在城南结了一个大营。约有百余里长，五十里阔，中间安排了许多响铃吠犬，生人一步都不能走过。此时敬达部下还有五万多人，一万多匹战马，为着四面无路可走，只得向唐主前告败。唐主吓得不知如何是好，张延朗等替他做主，命符彦饶领兵屯河阳，一面派天雄范延光、卢龙赵德钧、耀州潘环共救晋安，一面下诏亲征。其实唐主那里肯行，张延朗、刘延皓等又再三劝驾，唐主不得已才动了身，先叫符彦饶带兵赴潞州，作为大军后援。唐主到了河阳，看着离前敌渐渐近了，心里不愿再朝北去。卢文纪早看出主上的意思，便逢迎着说道："国家根本重地在河南，胡兵忽来忽去，本不能久留，晋安那边目前还无大碍，已经发了三镇兵去救，也就是了。陛下不如暂驻河阳，此地也是天下冲要，南北均可顾得到，而且可以先派近臣去督战，等到实在不能解围，再去不迟。"张延朗在旁听了也会意，乐得附会了几句。唐主就此住下，商量派那个近臣去督战，延朗同翰林学士和凝都保举赵延寿，说他父亲德钧带着卢龙的兵来赴难，自然应该叫他儿子去会面，也算一举两得，公私兼顾。便拨给延寿二万人马前赴潞州。

这天唐主召集群臣问起破契丹的计策，吏部侍郎龙敏上前奏说："臣现有一计，可令胡人即刻出境。只要请朝廷撰一道明谕，遍处张贴，册立李赞华为契丹主，令天雄、卢龙两镇分兵送他去登位，从幽州直趋西楼。契丹主晓得了，不能不顾根本，自然惊惶起来，哪里还有心恋战？我们却选募精锐出去攻打，还怕不能得胜么？"唐主连呼妙计，无奈被这班执政的庸懦无能，恐怕不能万全，议论始终不决，因此没有实行。后来弄得唐主终日愁眉不展，早晚借酒来消遣，吃醉了便用箸敲着桌案悲歌一回。群臣有提到北行的，便摇手止住道："你们不许再提石郎。我心胆都碎了。"

再说契丹主这回本专为利而来，急于想得土地，见战事一时不能了，早焦躁起来，向敬瑭道："我带着若干人马，走了三千多里路来救你，决不能空手而回。我看你面肥耳大，很有福气，做人又有见识器量，何不就做了中原皇帝，算是我吩咐的就是了。"敬瑭假意辞让了一番，将吏们也乘机劝进，自然答应。契丹主命他的文臣仿照中国样子，做了一道策书来，命敬瑭为大晋国皇帝，即日登位。一时衮冕来不及预备，契丹主将自己身上穿的一套脱下来，给敬瑭披上。众人便拥护着上坛，这就是晋高祖。当下割了幽、蓟、瀛、莫、涿、檀、顺、新、妫、儒、武、云、应、寰、朔、蔚十六州送给契丹，外加每年贡献绢帛三十万疋。改长兴七年为天福元年，一切制度仍照明宗旧式，立晋国长公主为皇后，桑维翰升了翰林学士，暂署枢密使，刘知远为侍卫马军都指挥使。这且慢表。

却说卢龙节度使赵德钧素怀异志，也想趁乱夺取中原，所以自告奋勇去救晋安寨，唐主便委了他诸道行营都统。走到西阳，恰好遇着儿子延寿奉命来督战，便把所带的两万兵马一齐归了德钧。他还不满意，又想夺范延光的兵。延光也在辽州，因此德钧也逗留不进。连奉几道诏书催促，才移营团柏谷口，依然按兵不动。离晋安不过百里路光景，声息都不相通。反几次上表替儿子延寿求成德军节度使。唐主大怒道："赵氏父子，我待他不薄。只要他能够打退胡兵，那怕他要代我的位子，我也甘心愿让。倘若像这样借寇要君，只怕连性命难保。"德钧听了，只得变计，取出些金帛，派人拿去送给契丹，向契丹主道："如果能立我做皇帝，马上带着现有的兵去平洛阳，永远约为兄弟之国。至于石氏那边，仍许他常镇河东。"契丹便要答应他。晋王这一惊非同小可，忙叫桑维翰去说道："赵德钧父子久有异心，他们的说话万靠不住。将来晋国有了天下，情愿将全国的金钱搜括了来送给贵国，岂是他那区区小利可比？求贵君主不可打错了主意，这将成的功，岂不可惜呢？"契丹主尚在踌躇，桑难翰便跪在帐外，从早晨直到晚上，哭泣苦求，契丹主方才答应。叫德钧来使进来，将带来的金帛仍旧携了回去。又指着帐前一块大石头说道："我已经允许了石郎了。要我改变，除非这石头烂了。"

此时晋安被围已是几个月了，高行周、符彦卿屡次出战不能取胜，粮草也要完了，烧死马来吃，救兵还不见到。张敬达为人刚正，人都叫他做张生铁。杨光远、安审琦等都劝他迎降契丹。敬达道："我受过明宗同主上的厚恩，身为元帅，致令损兵折将，罪恶已经大了。还敢降敌么？现在救兵早晚必到，诸君且不可烦躁，等到势穷力尽，再斩我出降不迟。"依着光远当下就要动手杀敬达，见审琦不忍，也只好止住。高行周看在眼里，恐光远日后行刺。常带壮士跟在敬达身后，暗中保护。敬达莫明其故，反倒怪了他，行周只得罢了。这天营中又召集议事，行周到得稍微迟了些，光远已将敬达头砍下捧了去降契丹。契丹主敬他忠义，叫把敬达尸体好好埋葬，亲临祭奠。祭毕，向诸将及自己部下诸人道："这才是为人臣的好榜样，你们都该效法的。"

这边事既大定，契丹主送晋主南下，用大将高谟翰为前锋，走到团柏，赵德钧父子先已远遁，其余诸将自然一哄而散，士卒逃溃不及的被契丹追杀万余人。刘延朗、刘在明赶到怀州，唐主才晓得敬瑭已经做了皇帝，杨光远杀敬达投降，此时断难再住。群臣劝车驾幸魏州，唐主才想起李崧说的话不错，又叫他来商量。薛文遇不知究里，随后也跟了进来。唐主正在盛怒的时候，深悔两次被文遇所误，弄到这种地步。李崧暗中用足踢了文遇一下，他才会意，溜了出来。唐主转眴不见文遇，切齿说道："这怪物逃走了么？我适才看见这东西，身上肉都跳起来，恨不抽佩刀刺进他肚腹里，方才出气。"李崧道："这种小人没有见识，致误国家大事。今日刺死他也无益，反被外人耻笑。目前陛下且南旋回宫要紧。"唐主答应，回到洛阳，命诸将将南北城门牢牢把守。

且说契丹主将晋主送到潞州，赵德钧父子忽然出来迎接叩拜，还想投降了契丹，希图富贵。谁知契丹主也看不起他的行为，吩咐上了锁镣带回国去。晋主又要动身前进，命置酒请契丹主饮宴。契丹主向晋主道："我送你至死此，也可以交代得过了。前面都是坦途，谅无别故。我如果再朝南进，恐怕河南百姓见了不免惊骇了他。我们便可从此地分手，我回国去。你带了汉兵南下，再不放心，我还叫高谟翰将三千马队护送你到河梁，其余的契丹兵驻扎此地候信。倘若有什么意外，马上写封信来，就可前去救急。"晋王再三致谢，契丹主又道："你手下刘知远、赵莹、桑维翰三个人，都是帮你创业成功的，倘若不犯什么大罪，将来不可轻易弃去。"晋主一一答应。契丹主上马回国去了。晋主向洛阳进发，看看将到。

唐主还要打算再到河阳，下令出发时，将校一个都不到，问起来，才晓得都去迎接新皇帝去了。唐主见大势已去，同着曹太后、刘皇后，儿子重美，还有宋审虔等携带传国宝登元武楼，放起一把火来，顷刻烈焰冲天，全家都烧成灰烬。皇后临死时本想将宫室一同放火烧毁，雍王重美忙拦阻道："房子烧掉本不要紧，但恐新皇帝来了，决不能露天寝息办事，势必重新另造，劳民伤财，都要怨到我们身上。这又何苦呢。"总算保住了。唐主眷属只剩了王淑妃同许王从益，因为藏躲在球场里，没有遭难。当晚晋主进了都城，唐兵都解甲待罪。晋主命刘知远维持京城秩序，知远将番汉各兵一一安排部署，井井有条。因此居民安堵，市肆不惊。晋主下诏追废唐主从珂为庶人，用冯道、李崧同平章事，桑维翰兼枢密使。晋主打算迁都大梁，命宰相枢密会议，桑维翰道："大梁居天下之中，北方可以控制燕赵，南方又可流达江淮，真是水陆都会，财产富饶。况且近来天雄节度使范延光招聚兵马修缮器械，其心甚不可问。大梁离魏不过十站，他若果真有些变乱，早上得信，当晚大军便可赶到，这才真叫疾雷不及掩耳呢。"晋主当即下诏，托词洛阳粮运不便，东巡汴州。原来这范延光从前没有发达的时候，曾遇着一个相面的，名叫张生，说他将来必然出将入相。延光起初也还不在意，后来果然做到节镇，富贵俱全，想起张生的话来甚是灵验，便派人去请了他来，住来衙署里，待为上客，遇事都去请教他。这天晚上延光又做了一梦，梦见一条大蛇从自己肚脐眼钻到肚腹里去。清晨起来便请张生详解，他自然是信口奉承，当下说道："俗语说的，蛇钻七窍，必主大贵，况且元帅已经官居极品，蛇与龙本来同种，只怕还有帝王之兆呢。"延光听了大乐，从此常以皇帝自命。现在又看见晋主从镇帅一步做了天子，何等容易。自己向来又与唐潞王相好，心里更觉不安，因此暗中布置。他平日一切军政都委托押牙孙锐管理，孙锐恃恩专横，趁延光病在床上，去叫了澶州刺史冯晖来逼着延光起事。岂知延光本久有此意，一口答应。即日起兵，渡过河去，先将草市放火焚烧，然后调了步骑共两万人马，就令冯晖、孙锐两人带领了直向黎阳口前进。朝廷得信，命马军指挥使白奉进屯白马津，都军使杨光远屯滑州，护圣都指挥使杜重威屯卫州，分道抵御。内中有魏府部署张从宾,也随诸将出师。延光派人去约他同举大事,从宾便与联络一气,倒戈相向,出不意先将晋主之子、河阳节度使重信杀死,便领兵进了洛阳。又将晋主儿子东都留守重义杀了,遂直攻汜水关,将逼汴梁,声势浩大。告急文书如雪片般到来,朝臣都慄慄危惧起来,只有桑维翰还能镇定,从容布置,接待宾客,众人才略为安静了些。这天有谣言说是汜水关将要破了,晋主穿起军服,下令预备轻装快马,将要逃往晋阳。维翰叩头再三拦阻,说贼锋虽盛,不过一时,未必见得能够持久。大驾一动,岂不增长他的气焰呢。晋主才又住下。

且说白奉进到了滑州,当晚便有军士抢劫的事,忙命捕捉了来,共有五名兵士。内有三名属于本部,还有两个乃是符彦饶帐下的人。奉进命一齐斩首示众。彦饶晓得了大为震怒,次日奉进忙去赔礼。彦饶当面发话道:"军中各有统帅,你连主客的道理都不懂么?"奉进道:"我只晓得犯法的便应该办罪,不能够显非彼此,况且我已经亲身登门谢罪,你如果再要动气责备,不是与范延光同反么?"说着拂衣而去。彦饶也不挽留,依然高坐。帐下军士观看风色,都哗噪起来,追上白奉进,一刀砍于马下,顷刻全军大乱,不能禁止。正是:

一言不合,白刃相加。军中纪律,纷乱如麻。

未知如何平乱,且看下文再说。

第十九回　媚契丹晋廷招侮辱　耽麴药闽主召危亡

却说义成军中，正在扰乱的时候，左厢指挥使马万带了手下步兵出来，也要跟着附和。走到营前碰见右厢指使卢顺密，也带了手下兵马，大喝一声道："你想到那里去，顺逆的道理你都看不出么？符公因为小故，擅将白公杀死，一定是与魏城通谋无疑。此地离主上行宫才二百多里路程，我们一举一动，主上都晓得的。岂可以不去报国，反来助乱，不是自寻族灭么？为今之计，只有擒住彦饶送给主上去治罪，便是我们的大功劳。兵士们遵令的有赏，违背的我就是一刀。"马万部下兵士听了，还只顾乱跳，被顺密上去杀了几个，才安静下来。马万无法，只得跟着顺密攻进牙城，将符彦饶擒住，送到大梁正法。当扰乱的时候，杨光远的部下也想趁势附和，推光远为主，光远喝住道："你们不要胡闹！皇帝是你们贩弄取利的东西么？从前晋阳的事，原是迫于不得已，偶然一次还可，若是时常改节，真成了反叛了。"众人才不敢再提。紧了两天，有探马报说，冯晖孙锐带领叛兵到了六明镇，光远便挥众出战，起初诈败，引得他们渡河，渡了一半，杀上前去，叛兵大败，溺死的不计其数，冯晖、孙锐都逃了回去。再说杜重威、侯益到了汜水，遇着张从宾将兵万余人出来迎敌，被重威擒斩得片甲不回。从宾慌忙渡河，跌在河里溺死。便把他的党羽张延播继祚等擒住，送往大梁斩了。范延光看见事体失败，都归罪在孙锐身上，将他全家问斩。派人来上表请罪，朝廷不去理他。杨光远仍在进兵，冯晖先投降了，说是延光粮草已尽，势甚穷困。光远便去攻打广晋（即魏州），无奈攻了一年多，始终没有攻破。晋主深恐劳民伤财，打发内臣朱宪进城去谕知延光：如果早降，立刻移调大镇。又指着天上太阳发下重誓，倘若降后害了你的性命，叫我丧家亡国。延光道："主上既然许我不死，说一句算一句，又何必起什么誓呢。"说着马上下令撤了四城防守，一面派人奉表随朱宪进京请罪。晋主下诏释免，并调为天平节度使，赏给铁券。所有跟着他投降的一班将佐，都升做防围刺史，牙将也升了侍卫亲军。这且慢表。单说这年契丹改国号为辽，一切公卿官名均仿中国制度，又杂用中国人，以赵延寿为枢密使，又兼充政事令。晋主便商量着去给辽主同辽太后上尊号，拣选朝臣中最会恭维，说话圆到的，只有冯道刘昫两个。当派两人为册礼使，到了北朝。辽主览表，果然大喜，为的他写的非常谦恭谨顺，自己称臣，称辽主为父皇帝。另外还献了许多金珠缎匹作为贺礼，太后那边另外一份，也是如此。冯道等山呼跪拜，都得了赏赐回来，很是得意。原来平日晋主事奉辽主，比儿子事奉老子还恭敬几倍。遇有辽使臣到来，必然到别殿上去跪接，磕过了头，然后敢拆诏书。除照例每岁献纳金帛三十万之外，遇着吉凶庆弔四时八节，另外还有馈送。使臣沿途不断。其余太后太子诸王文武大臣面前都有礼物。稍微有点不如意，便骂了下来，说的话真同父亲教训儿子一样，口气骄慢狂妄，实在令人难堪。旁人看了，又是羞愧又是可恼，都想同他翻脸。只有晋王却甘心忍受，总说是自己事奉不周，毫无怠惰之意。替他想想却也不错，他只要受了实惠，何必管这外表虚名。就算每年多出些金帛，也不过几县的租赋，譬如本是别人的。后来辽主倒过意不去，屡次命他不必上表称臣，止要写做儿皇帝，作为家人父子的样式，更加亲近些，晋主也都遵照。只有成德节度使安重荣心中狠不以然，每逢辽国使臣从他境内走过，他一定叫来痛骂一顿，连辽主也骂在里面。有时候派人跟随辽使，到无人地方便将他杀死。因此辽主常向朝廷责问，晋主只有逊谢自己管束不严罢了。后来辽主又派使臣伊呼前来，重荣将他拘囚不放，一面出兵抢掠幽州边境，上表说是吐谷浑等情愿各领部众帮助中国伐辽，党项等也派人来说受契丹陵虐不少，愿出十万兵众听中国指挥。又指斥晋主不应该将胡虏当亲父看待，竭中国财力都送给外人。另外又写几封信，分送王公大臣并各藩镇，说我这里面已经兴兵动众，誓与契丹决个你死我活，诸君但有一分羞愧心的，谅必许可。晋王见了，很不以为然，只为重荣手握强兵，无可奈何他。刘知远桑维翰也奏说："陛下从前在晋阳命在呼吸，后来非但免难，而且有了天下，全亏了契丹的功劳，岂可无故负他。至于重荣，不过一时血气之勇，断靠不住。吐谷浑等更是借重中国报他自己的仇，于我毫无利益。天下扰乱了多年，好容昔才安静了些，元气还没有大复，调养还怕来不及，岂可乱动？契丹与国家恩义匪轻，信誓尚在。他没有间隙，倒是我来启衅。就算胜了，将来后患无穷。倘若不胜，大事更不可问了。"晋主道："我这几天心里烦懑，被他们弄得犹疑不决，听了你们这番议论，才同醉醒了一样。"即命刘知远为北京留守，防备重荣跋扈。这年秋天，御驾幸邺都，下诏谕重荣道："我靠着契丹得的天下，你又靠着我才有功名富贵。我还不敢忘恩，你倒先背德了么？我有天下之大，尚且向他称臣。你要拿一镇来反抗他，你说难不难呢？我劝你须要三思，不要自贻后悔才好。"重荣见诏，非但不改，以为晋主怕他，反更骄傲起来。听说山南东道节度使安从进有背叛朝廷的意思，暗中通信，极力同他联络。这回晋主出都，从进果然趁这机会，举兵先攻邓州。节度使安审晖早已有了预备，从进只得退到花山（在南阳府），又遇见汴京派来的张从恩也带兵赶到。从进想不到他来的如此之快，疑是飞将军从天而下，心中吃惊不小，合战大败，逃到襄州去了。原来晋主临行的时候，命嗣子郑王重贵留守。这重贵乃是晋主兄敬儒的儿子，晋主因为他相貌生得与自己相像，养做儿子。前次晋主在河阳，曾叫诸子出来叩见契丹主。契丹主便狠赏识重贵，说这个大眼睛的最有福气，其余万不能及。晋主因此更另眼看待，当时授为北京留守，这回又叫他代理军国事务。此时和凝早看出安从进心怀不轨，上来奏道："陛下动身之后，安从进一定造反。请秘密留下空白敕书几道，交给郑王。遇有不测的时候，可以随时将诸将姓名填在上面，可以不致误事。"晋主真个照他说款式写了交给重贵。果然晋王去后，不上两月，从进起事。重贵便拿出空白敕书来，填了高行周宋彦筠张从恩三员大将的名字，即日出发，真叫疾雷不及掩耳。从进再也想不到，所以败了。安重荣那边先听说从进起事，便聚集境内饥民数万，向邺都进发，言要去面见主上。晋主得信，当派杜重威招讨使，马全节为副使，带兵出来抵御。走到宗城西南，遇见重荣，打了两仗，不分胜败。重荣毫无退却之意，杜重威这边倒胆怯起来，想要后让他。指挥使玉重胤进账劝道："兵家最忌的是退后。看着他那边声势虽大，都是些没有训练过的饥民。真个精兵都在中军。明日再出阵，请元帅尽管带着精锐攻他的左右翼，让我来冲他的中坚。左右一乱,中间也站不住,自然狼狈了。”重威答应。第二天到了阵上,镇州全军果然溃散,重荣匹马回去,闭城固守,部下兵士连战死与冻死的共有二万多人。重荣不能支持,城破之后,被晋军擒获斩首。晋主叫把重荣首级用木盒盛了,送给辽主去了。谁知辽主还不满意,倒怪着中国不应该招纳吐谷浑,遣使臣来问罪。原来刘知远派亲将郭威去招纳吐谷浑酋长白承福,本是为的减削安重荣的势力,所以才用了重赂,重荣果然就擒,现在晋主却有冤难诉,又是恐惧,又是忧郁,便成了病,卧床不起。这天冯道一个人进见,晋主看见左右无人,将小儿子重睿唤了出来,命他给冯道磕头。又叫太监抱起重睿来,放在冯道怀里,意思是叫他将来辅立重睿,却不好开口,冯道也就假做不懂。不久晋主薨逝,冯道便去同侍卫马步都虞候景延广商量,推说国家多难,当立长君,乃奉齐王(由郑王晋封)重贵即位。延广从此招权揽势,不许人偶语。先帝临终的时候,本有旨叫刘知远来辅政的,新主重贵和他不对,将这道旨压住不发。后来被知远晓得,君臣之间仇隙更深了。至于契丹那边,大臣都以为须要上表称臣告哀,才是正办。延广一定不肯,说是只要写封信去,自称孙皇帝,不必称臣。李崧道:“陛下如果照这办法,直是同契丹宣战,快些穿起甲胄来,预备同他打仗就是了。万一打不过他,后悔也无益了。”延广固争自己办法不错,冯道仍是东来东倒,西来西倒,不敢出一声主意,晋主到底听了延广的话。辽主见表大怒,派使臣来严词责问。延广非但不肯认罪,又说了许多狂妄的话。使臣回去说了,辽主商议起兵南伐。卢龙节度使赵延寿久有做中国皇帝之意,巴不得想望辽主户废了石晋立他。现在看见有了间隙,更在旁极力撺掇南征,辽主更加决计。晋主得着信息,连忙从邺都迁回汴梁。面子上却依然不敢决裂,每月总有使臣送礼问候。这且慢表。却说南唐主徐诰听了群臣的奏请,复姓李氏,立唐宗庙,以义祖配享高祖太宗。群臣又请上尊号,唐主道:“这些虚名要他何用,而且又是古来没有的。”一定不肯受。后来子孙都效法他,所以南唐始终没有上尊号的。又立法不许外戚辅政,宦官不准干预外事,这几条都是当时别国所不能及的。唐主改名昇字,几个儿子之中,宣城王景达为人刚毅,性质开爽,唐主最欢喜他,屡次要立为太子。又想起有长子璟在着,只得罢了。这天信步走到长子璟宫里,遇见他正在亲手调弄丝竹,气得骂了一顿回来。走到宠妃种氏宫里。种妃也养过一子,名叫景逷,年纪还幼小。唐主余怒未息,谈起这事,种妃以为主上既与长子不对,便撒娇撒痴的,求立景逷为太子。唐主喝道:“儿子有了过处,教训他一番,本是常有的事。这立储大计,也是妇女应该干预的么?”当下把种妃赶出来嫁了。不久封长子璟为齐王。无奈他藩府里所用的如掌书记冯延己同宋齐邱陈觉魏岑等,都是些邪佞小人,屡被给事中常梦锡等奏参。唐主才渐渐醒悟过来,还没有来得及更调,背上发了一个大疽,命太医吴延裕诊治。延裕看见主上病危,派亲信人去请齐王璟进宫侍病。唐主在枕上道:“我服食道士炼的金石,原望着可以延年益寿,想不到反更伤生。你将来切不可上当。”当晚便晏驾了。内延秘不发丧,下制令齐王监国。后来诸大臣商量奉璟正式即位。再说闽主昶,即位之后,专募壮士为心腹,名为宸卫都,赏赐甚厚。因此从前旧有的拱宸控鹤都俱不平起来,口出怨言,将要作乱。闽主仍旧是终日在醉乡里,深夜召群臣入宫陪宴。不会吃酒的,又要强灌下去,不到天亮不止。吃醉之后,又叫左右伺察他们的过失,立刻办罪,作为笑乐。闽主从弟继隆,因为醉后失仪,拖出斩首。又有叔父延义深恐不能免祸,假作颠狂,闽主赏他一套道士衣服,在私宅里拘禁起来。拱宸控鹤军使朱文进、连重遇两人常被侮辱,本在怨望。这天北宫失慎,闽主派重遇带兵去挥除余烬。士卒已是苦不堪言,闽主又疑大惑放火的事,重遇知情,预备杀他,被内学士陈郯晓得了,暗中告知重遇,叫他准备。重遇便起了二都的兵,迎延义为主,杀进宫去。闽主带了皇后李氏同几个儿子,逃到宸卫都营里去。第二天宸卫都军士大败,奉着闽主等逃出北关。到了梧桐岭,军士沿路逃溃,散去不少。延义又叫侄儿继业带兵追赶。到了一个乡村里,闽主弄得走投无路。继业晓得他欢喜吃酒,就在村庄上买了许多土酒来给他吃得烂醉,用绳将他勒死,其余李后同诸子也都一个个害了,才回来报告。延义便做了闽国王,改名曦字,派人到晋国来,上表称藩。正是:

篡窃相寻,何论骨肉。虽云自取,报亦太酷。

要知后事如何,且看下回便悉。

第二十回　朱文进弑主称闽王　景延广当国召辽寇

却说闽王曦为人骄淫苛虐，对于宗族尤为猜忌，与兄弟建州刺史延政最为不合，屡次调兵相攻，互有胜负。侄儿继业此时已授泉州刺史，无故教他还朝赐死，叫人去到泉州，将继业之子也杀了。其余宗族勋旧被诛戮的不知凡几，人人朝不保暮。谏议大夫黄俊想去谏他，晓得必死，叫人抬了一口棺材，跟了上朝闽王笑道："这老东西又发疯了。"喝了出去，立刻贬官。这天在九龙殿大宴群臣，有侄儿继柔在座。继柔素性不会饮酒，闽王强逼着他吃三大杯。继柔乘人不见将怀中酒泼在地下，适被闽王回头看见，大怒道："我劝你吃酒，并无恶意，你疑心我害你么？"命左右拖下去，连在旁斟酒的一齐斩首。又有一回令近臣侍宴，从日间饮到深夜，还不叫罢。群臣都逃席而去，只剩了翰林学士周维岳在座。闽王笑道："维岳身体甚为矮小，酒却吃得不少。装在哪里去了呢？"左右都说道："饮酒本来另有别肠，不在乎身体大小的。"闽王道："既如此，好极了！我正看看他这条肠子。"便叫人快拖下去，破开肚腹来寻觅。左右正言劝阻，哪里肯听。后来还是有一个伶俐的说道："维岳死了，以后叫谁陪陛下吃酒呢？"闽王一笑，才把他放了。不久自称大闽皇帝，兄弟延政在建州也称起皇帝来，国号殷。闽主荒淫，用度奢侈，正赋不够，设种种苛法，征取于民。泉州刺史余延英贪赃枉法，甚至略卖民间子女，被参拿问。延英献钱一万串，名为买宴钱。闽主立刻召见，笑着问道："宴已经买了，还有皇后那边呢，你不该孝敬些么？"延英连连答应。下来之后又献了一万串钱给皇后，名为买花钱。非但免了治罪，不久便用他为相。延英这两万串钱，总算用的值得了。还有个李仁遇，本是闽主的外甥，因为年轻貌美，闽主爱他做了男宠，也授为左仆射同平章事。用这两个好宰相，国事也就可知了。再加上这位皇后李氏，生性本来凶悍，也是欢喜吃酒，醉后无所不为，比闽主还要狠毒。因为闽主宠爱贤妃尚氏，因妒生恨，以为这种有名无实的丈夫，不如不要，便想把闽王杀死，立儿子亚澄做皇帝。打听得武臣当中有拱宸都指挥使朱文进与阁门使连重遇，都是从前杀闽主昶案里的人，深恐国人讨他，心里正在不安。李后叫人去向二人道："主上狠不放心你们，如果爱惜性命的，须要早些打主意。"二人听了会意，预备兵队要想行刺。无奈闽主曦终日烂醉，深居简出，没有下手的机会。这天皇后的父亲李真偶然感冒，李后借此为由，向闽主道："我父亲病重，陛下也该去探望一回才是，免得叫养女儿的寒心。"闽主不敢怠慢，便预备车驾，直到傍晚才出宫门。这边文进重过早已得信在沿途等候，闽主走了没有一里，便被马步使钱达一刀砍于马下。满朝文武闻信赶到，文进等出场大声宣布道："王氏的气运已经满了，应该另外选有德有能的做皇帝。"说了多时，没人敢回答。重遇便推文进升殿，拿出衮冕来给他穿戴好了，自己先下去带领百官山呼舞蹈。文进自称闽主，将王氏宗族五十多人，一齐收来斩首，派重遇总统六军。群臣中只有礼部尚书郑元弼抗辞不屈，被文进害了。殷王延政派统军使吴成义带兵来攻打，不能取胜。文进也派人到晋国来，上表称藩，晋主照例封他为闽国王。过了一年，吴成义激动闽人，一同起义，先将连重遇刺死，然后攻进皇宫，将文进也杀了，提着两颗首级，送到建州，延政得了全闽，仍归福州，改国号为闽。这是后话。且说辽晋既已开衅，当时有一个人名叫乔荣，本是河阳牙将，随同赵延寿入辽。辽主派他做了回图使，（专管通商互市的事，仿佛现在的的领事。）往来贩卖。在大梁也造了一所大商店，辽人来做生意的都住在他家里。景延广便去奏知晋主，先将乔荣囚起来。凡辽人在大梁及各道做生意的，命地方官都擒住杀死，所有货物，一概入官。大臣再三劝阻，说不应该背盟，至于使臣更属无关，才把乔荣放了出来，慰谕一番，令其回国。乔荣到延广署内辞行，延广信口说大话道："你回去告诉你们国主，先帝为着是北朝立的，所以格外谦虚，称臣上表。现在皇帝是我们中国自己立的，与你们无涉。照这样待你们，总算客气极了。也不过看着先帝面上，照着交邻国的办法，称孙已经过分，万无称臣的道理。老公公如果不满意，尽管来开战。孙子这里有十万横磨剑等着他呢。可不要打不过孙子，大败回去，惹天下人耻笑才好。到了那时，后悔可就迟了。"乔荣听了，又是可气，又是可笑，想要将来问着他，生恐他赖掉，非得个凭据不可。当下说道："相公说的谨当遵命，回去报告。但恐话多，倘若遗漏错误，得罪不小。请相公赏一张纸给我写上罢。"延广道："你真是个没用的东西。"命书吏照适才的话，切切实实写了一张给他。乔荣收下，带回去奏知辽主，辽主气得拍案大怒，这才决计伐晋。凡是晋主派来的使臣，一个个都拘系起来。桑维翰屡次请晋主向辽赔礼，都被延广阻住。晋主因为他有定策大功，群臣格外另眼看待，他又掌着宿卫兵权，谁敢同他较量？河东节度使刘知远明知延广惹了大祸，嘴里不好说得，只得添募些兵丁暗中准备。这年晋主立了他的婶母冯氏为皇后。这冯氏乃是高祖少弟重胤的夫人，生得容貌美丽。重胤死后，青年孀守，晋主即位之后，便迎进宫里来。冯氏为人聪敏，正位中宫，渐渐干预朝政。有个哥哥名叫冯玉，也升了端明学士，在外面招权揽势，政事更不可问了。又加上这年上半年大旱，下半年大水，飞蝗大起，原野山谷城镇庐舍，没一处不是满的，竹木叶子都吃尽了，田中禾苗更可知了。官中却依旧催百姓照完钱粮，督责的格外紧急，因为完不足数，办死罪的不少。州县官稍有天良的都纷纷挂印而去，其余百姓饿死的数十万口，流徙道路的不计其数。朝廷因为恒定两州最苦，免予搜括，倒是杜威不肯。（即杜重威因避晋主讳去重字）说为什么便宜他们呢？用判官王绪的计策，挨户搜查，看见有米谷就拿去，通共搜得一百万斛。杜威止奏报了三十万斛，其余的都运到自己家里去了。平卢节度使杨光远本来怨恨朝廷，高祖手里曾借给他三百马匹，现在景延广忽然矫称主上诏旨，逼着他索还。光远大怒，秘密派人去告知辽主。说是晋国大饥，民死无数。如果趁此时来攻打，一举可得。赵延寿也在旁怂恿。辽主乃调兵五万，命延寿为大将，经略中国。临行的时候向延寿道："你此次如果真能旗开得胜，马到成功，便立你做中原皇帝。"延寿信以为真，十分踊跃尽力。晋主得信，也调兵预备。次年正月，辽兵到了贝州。延寿同赵延照为前锋，竭力攻打。这贝州本是南北要道，水陆冲途。因此朝廷在此地多屯粮草，足供大军数年之用。节度使王令温却也是谋勇兼全，上年为着军校邵珂凶横悖理，革了出去。邵珂怀恨在心，派人到契丹去，说是贝州城不坚固,唾手可取,此次辽主所以首先前来。却遇着令温进京朝见,政府派吴峦来暂行代理州事。这吴峦本是文弱书生,对于军队里的人物,又不甚熟悉。听说辽兵一到,已经慌的手足无措。邵珂趁此跑来自请效力赎罪,吴峦信以为真,派他带兵守南门,自己督众守东门。辽主亲身督兵来攻城,吴峦竭力抵,将辽军攻具焚烧殆尽。无奈邵珂这边,早将南门大开,接引辽军进城。吴峦见大势已去,投井而死。贝州遂为辽主占踞,晋兵损失万人。晋主得信,御驾亲征。派景延广为御营使,高行周为前锋,先行动身前进。一切用兵方略号令,都归景延广一手把持。延广乘势欺凌诸将,连晋主也无可奈何他。晋主到了澶州,辽兵屯驻元城,另遣别将去攻太原,刘知远与白承福合兵抵御。下诏以知远为招讨使,杜威为副使,马全节为都虞侯,另派张彦泽在黎阳把守,一面叫翻译写信给辽主求和。辽主回信说是你既有言在先,叫我前来攻战,现在不能改悔了。发信之后,便拔寨渡河,晋博州刺史周儒迎降,一面与杨光远暗中沟通,引着辽兵从马家口渡河,在东岸攻打郓州。晋主派李守贞皇甫遇梁汉璋薛怀让带兵万人,沿河边水陆并进。辽兵又有一枝往戚城,将高行周、符彦卿及前锋石公霸等围得水泄不通。高行周派急足到御营告急,被景延广搁住,过了几天,才奏知晋主,亲统大兵往救,才把辽兵打退。高行周等三将上前见驾,伏地痛哭,说因为救兵来迟,损失已经不少,臣等几乎不能再见陛下了。请问救兵因何不早发?晋主道:"延广前天有令,吩咐诸军各分地段,不许相救。你们难道不晓得么?所以朕也不好调别处的军队,只得亲自前来。但是昨天才得的信,中间并未耽误。"高行周等才明白,又是延广的弊,几误大事。再说李守贞等四员大将到了马家口,辽兵分遣步兵万人,在东岸摆成一个方阵,四面都有马队包护,其余兵卒数万,正从河西渡过来。守贞等他渡了一半的时候,挥众上前猛攻。辽兵无心恋战,纷纷退走。晋兵乘胜追赶,将他的方阵打破,辽兵大败,擒斩数千人,溺水死的不计其数,败残余众都痛哭而去,回到元城大营报告。辽主聚诸将商议,辽主道:"我有一计,可以转败为胜。此时假做将元城弃去,所有精锐都埋伏在古顿邱地方,晋军得信,必然赶到。岂不是一鼓成擒么。"连将连声称妙,当下将元城退出。果然邺都留守奏报上去,说敌虏远飏,请旨定夺。延广见了非常得意,首先主张大军一齐追赶。也是晋朝数尚未绝,天忽然下起大雨来,一连几天不住,只得罢了。辽主这里等了几天,粮草看看完了,人马饥乏,不能再候。赵延寿道:"晋军都在河上,晓得我们利害,如何肯来。在此等候无益,不如去攻澶州城,四面围困,只要能得了浮梁,天下大势就定了。"辽主也以为然,三月初一日这天,亲将大兵十余万,在澶州城北摆下阵势。高行周出马当先,从午时战到申时,不分胜负。辽主心中焦躁,抽了一千精锐,向中军直冲过来。晋主也亲自上阵,辽主老远看见晋军漫山蔽野,心里先有些慌怯起来。向左右道:"杨光远骗我说是晋兵饿死大半。这些人都是那里来的呢?"不得已挥精骑上前掠阵,晋军安然不动。但见弩箭像飞蝗似的,从中军发了出来,着人便倒。辽军渐渐退后,两军死伤不计其数。天色已近昏夜,对面不见人,辽兵趁此遁去。中军账中有一个小校跑来投降,说是亲见辽主发出令牌收军回国。景延广疑惑其中有诈,下令紧闭营门,不许追赶。辽主乐得安安稳稳的回去,所过地方放火抢劫,民间粮食牲口,所余无几了。晋主下诏命高行周王周留镇澶州,自领大军回大梁。从此上上下下,没有不恨延广的，晋主也忌惮他。桑维翰趁势奏延广不救戚城，贻误军机，降为西京留守，所遣侍卫马步都指挥使命高行周补授。延广不得志，只有日夜拿酒来解闷。再说冯道虽然做了几年首相，不过摆个样子。遇事总是依违两可，不敢决断。有人向晋主道，这种人天下承平用他固然是好的，现在时局艰难，譬如叫打坐的和尚去纵鹰犬，放如何使得。晋主见说的不错，乃改授冯道为匡国节度使。又有荐桑维翰的，遂授为中书令，兼枢密使，无论朝廷大小事，都归他决断，朝政才有了转机。维翰深恐辽兵再来，请晋主下诏，以刘知远为行营都统，杜威为招讨使，督率十三镇节度使备辽。这道诏旨一下，人人都服维翰的胆量。当此武人横行的时代，一句话调拨十五个节镇，居然没有一个敢违抗的，非胸有成算如何敢呢。再加上军书旁午，各处来的文书，每天总有几十件。维翰随事裁决，毫不停留。人都诧异，疑惑他不加思虑，未免疏忽。然而回去仔细想想看，要想比他办的再好些，却断乎不能了。就是爱增任性，恩怨必报，是他的短处。当晋班师时，令李守贞移兵讨杨光远，围攻青州，光远遣人赴辽求救。过了两个月，辽兵不到，城中粮食已完。光远急得向辽主方面磕了几个头，嘴里说道，"皇帝皇帝，你误了我了。"光远儿子承勋深恐城破之后，家族不免诛灭，劝他父亲早降。光远不许。承勋便强自做主，将当初劝光远造反的判官邱涛等杀了，将首级送到守贞营里。一面放火，纵兵大噪，逐其父出居私第。上表待罪，开城迎接官军。正是：

一门之中，叛逆相继。父子君臣，都同儿戏。

要知后事如何，下回再表。

第二十一回　破敌阵安审琦仗义　逼签名杜重威降辽

却说守贞受降之后，奏报上去，朝廷因为光远罪犯大逆，儿子归命，应赏应罚，势处两难，只得批令守贞便宜行事。守贞想了一个两全的法子，叫人暗中去把光远害死，面子上却说病病死的，一面授承勋为汝州防御使，总算掩耳盗铃过去。后来辽主进了大梁，说是承勋不该害死父亲，将他杀了。原来辽主心总不甘，第二年又举了大兵南伐，赵延寿打头阵，向邢州一路前进。晋主得报，本打算亲自督兵抵御，不意生起病来。只得分派天平节度使张从恩、邺都留守马全节、护国节度使安审琦会诸道兵屯邢州，武宁节度使赵在礼屯邺都。辽主大兵也到，便在元氏扎下大寨。晋主听说辽军军势浩大，深恐有失，寄谕张从恩等不可逼近，宁可退后。当下全军不知怎样误会，顷刻恼惧，就像有大敌当前，个个丢了盔甲，部伍大乱。经过地方，放火抢劫，无所不为，直到相州，再也整齐不来。幸而晋主的病已经痊愈，下诏令赵在礼还屯澶州，马全节还邺都，另派张彦泽取黎阳，景延广屯胡梁渡。因为这一耽搁，辽兵已经在邢洛磁三州大肆杀掠，进了邺都境界。张从恩马全节安审琦将所有的兵一齐陈列在相州，安阳水南面。皇甫遇和僕州刺史慕容彦超带了几千兵前去探路，刚到邺都便碰见辽兵数万。皇甫遇同彦超只得且战且退，杀到榆林店，看见辽兵如同潮水一般，翻江倒海而来，两人商量道："我们的命，大约送在此地了，但不能白死，也须要杀他几个方才值得！"说着便命部下布阵，几千人均拼死上前，从午时杀到未时，战了不下百余合，两面死伤不计其数。皇甫遇坐下的马吃苦不起，已先死了，跳下地来步战。他的仆人杜知敏跟在后面，看见主人无马，连忙将自己的马献了过去。皇甫遇上马再战，才杀出了重围。回头看见知敏已被辽军擒住，皇甫遇大喊道："知敏虽是仆人，忠义可敬，断无弃而不顾之理。"约同慕容彦超重复杀进阵去，将知敏夺了回来。又碰着辽军一队生力军，两人道："吾辈一逃，大势便去。只有拼了性命，报答国恩就是了。"说罢，各挺手中兵器迎了上去。且说安阳大营中诸将，看见天色渐晚，派去探路的两人不见回来，狠为诧异。安审琦便欲上马前去救应，从恩拦住道："敌兵众多，倘或一齐到来，你去了不是徒然送死，有什么益处呢？"审琦道："事情成败，全靠天命。我们既然在一起共事，祸福总要同受才是。倘若敌兵不再南来，凭空的失了皇甫大将，有何颜面去见主上呢？"说着将马加了一鞭，渡过河去。辽军见有救兵到来，纷纷散去，才把皇甫等救了回来。辽兵北去，忽然自相惊扰，说是晋军全数赶到，辽主在邯郸得信，立刻回国去了。此时晋主病已渐愈，河北相继告急，晋主从床上跳起来道："现在岂是安睡的时候。"便指挥诸将启行。马全节奏说："据降兵报告，虏众不多，可趁他散归部落，大举径袭幽州。"晋主以为然，一面下诏调诸道兵，御驾遂从大梁启行，二月到了澶州。马全节等诸君次第北上，杜威等亦带兵会于定州。攻辽泰州降之，连取满城遂城等处。赵延寿部下有来投降的说是辽主本要回国，已经走到虎北口，听说泰州有失，从复拥众南向，约有八万人马，计算行程，明天晚上总可到此地了。杜威等吃惊不小，即下令退保阳城。辽兵果然大队掩到，彼此互战，奔逐十余里，辽兵逃过白沟而去。晋军便在白团卫村，埋鹿角，将要下寨，辽军又到，围之数重，奇兵出寨后断粮道。这天晚上东北风大起，营中挖井的，才挖一半，就被风吹倒，人马都渴得要死。到天亮风更大了，辽主坐在奚车（奚人所造之车）里面，命铁鹞（呼辽精骑为铁鹞）来劫寨，从四面拔鹿角而进，人人都拿了短刀，逢人便砍。又顺风放火扬尘，以助兵势。晋军都愤怒道："都招讨使为何不出战，叫我们坐着等死么？"越喊声音越大，诸将也都进账请战。杜威道："等风停了再看不迟。"李守贞道："彼众我寡，趁着风沙里面还看不出来。何人出力，便可望胜。这阵风实在是天公有意帮助我们的。如果等到风住了，我们还有命么？"说罢，走出帐外喊道："有心杀贼的赶紧上前！"回头又向杜威道："元帅尽管看守老营，我去杀入中军，不死不休。"马军排阵，使张彦泽召诸将问他们打算怎样，有些个怕死的，都说要等转了风，再说符彦卿道："与其束手等他来擒，不如出去杀了一个是一个。还可以落个以身殉国的美名。"便约了张彦泽药元福皇甫遇等三员猛将，带领精兵，开西门杀了出来，诸将愿战的也跟在后面。辽兵不能取胜，退数百步。风沙蔽天，昏暗同夜里一样。彦卿挥兵万余，大喊一声，从拦腰杀了过来，辽兵大败而走，同山崩海倒一样，不能制止。守贞也叫步兵拔了鹿角出来，追赶二十余里。铁骑已经下马，仓猝之间，不能再上。抛弃马匹刀仗，遍地都是。辽主在奚车里走了十余里，深恐追兵赶上，换了一头骆驼，逃出边关，才把心放下。诸将有要去追赶的，杜威大喊道："饶了他这条命，我们借此也可以索衣装不好么。"守贞也因为人马都渴了，须觅水草，不能前进，保守定州。辽主逃到幽州，招集散兵，十去七八。怪这些酋长不肯出力，每人打了数百军棍，方才出关而去。晋主也班师回大梁。桑维翰奏道："连年用兵，劳民伤财；边地百姓，肝脑涂地。此次虽然得胜，得不偿失，还是请和为是。"辽国舒噜太后也向辽主道："叫汉人来做我们北朝的皇帝可以么？"辽主道："那自然是不行的。"太后道："既如此，你为何想做南朝皇帝呢？"辽主道："我尝想做他们皇帝，过为着石家背盟负恩，不能不争这口气罢了。"太后道："你就得了汉地也无用。万一失败，岂不后悔。"又向左右道："汉人也真是瞌睡未醒，自古只有汉和番，没有听说番和汉的。他果然回心转意，两家仍讲和不好么？"有人将这话传到中国，晋主又听了桑维翰的主意，真个遣使上表称臣，向辽赔礼。不知怎样被翻译不善措辞，从中误事，说是辽主非要景延广桑维翰两人亲到，还要割弃镇定两道归辽，方能讲和。辽主听了，以为他无意讲和，故意出此难题目，遂作罢论。这年桑维翰被冯玉李崧等倾轧去位，赵瀛做了首相。冯玉等又叫杜威写信去劝赵延寿归国，延寿回信叫他派兵来接应。辽主又叫瀛州刺史赵延祚写信给乐寿监军王峦假作要举城内附，王峦与杜威屡次上表奏说瀛莫两州趁此可以恢复，冯玉李崧信以为真，奏知朝廷，请发大兵迎接赵延寿赵延祚。晋主当派杜威为都招讨使，李守贞为副使，又挂了一张御笔赏格，到处张贴。上面写道"专发大军往平黠虏，先收瀛莫，安定关南。次复幽燕，荡平塞北。有能擒获虏主的，除上镇节度使，赏缗钱一万串，绢帛一万疋，白银一万两。"谁知挂了些时，非但无人应募，而且从六月大雨，且十月未曾放晴，道途泥泞，行军及远饷诸多阻碍，怨声载道。杜威虽守贞约定在广晋会齐北行，实在不愿前进，屡次叫长公主人奏请添兵。（杜威尚长公主）因此禁军都在他麾下，宿卫反空虚了。十一月到了瀛州，看见城门大开，并无一人把守。疑有诡诈，不敢前进。打听得辽将高谟翰先已带兵逃走，乃派梁汉璋带领二千人前去追赶。不久探马来报汉璋战败阵亡，二千人都已覆没，杜威吓得逃回来了。走在路上，又有探马报说辽主又起大兵前来，直取恒州。杜威只做不晓得，催军南行，越发快些。过了贝州，遇见张彦泽从恒州来，说辽军种种易破，现成的功名不可错过，杜威才肯向恒州进发。派彦泽为前锋，与辽夹滹沱河扎营驻下。辽军以为晋军必然渡过河去，与恒州会合一处，恐不易破，打算拔寨回去。及至打听得晋军在河边上筑垒，为持久之计，晓得他无能为，这才放心住下。再说杜威为人本来怯懦无能，手下几个偏裨都是节度使，平日享受富贵惯的，专会逢迎。终日置酒作乐，从未提到军事。磁州刺史李穀来献计策，向杜威同李守贞道："大军离恒州不远，彼此烟火都望得见。何不用三股木放在水里，上面用柴草浮土铺满，可以当做桥梁，渡过人去，密约城中举火为号，募壮士乘夜砍进辽营。两面受敌，他岂有不逃遁的。"诸将听了都拍手道妙，只有杜威不以为然，反把李穀调去督催怀孟军粮。辽主那边用大兵陈列晋军营前，却暗中派了大将萧翰带领一百马队抄到晋军后面，去截粮道，并拆断晋军归路，连晋营打柴挑水的一齐擒了去。间或有两个逃了回来的，无非张扬辽军如何强盛，粮草如何堆积，军中听了，更加害怕。李穀见情形危急，自己单独上了一封密奏，沥陈大军危急，请驾幸滑州，并发兵守澶州河阳，以备奔卫。杜威也上了一封表章，无非是请添兵，晋主只得将守宫禁的禁军又搜括了几百人去。杜威又遣使上表告急，走到路上被辽军擒获，从此朝廷与军前声问断绝，不通消息。桑维翰此时降为开封尹，因国家危在旦夕，叩宫门求见言事。谁知晋主正在上苑调鹰试犬，那里肯打断高兴。叫人出来回报不见。维翰又去找着执政的陈说一番，也都笑他迂腐，讨了一场没趣回来。向亲信人叹道："石氏香火，只怕就要断了。我总算尽我心罢了。"过了些时，晋主想亲到军前督战，又被李彦韬拦住，诏派高行周符彦卿守澶州，景延广守河阳。再说大营里只有指挥使王清还有些胆量，见主帅缩头不出，终不是事，便上帐来自告奋勇，向杜威道："愿领二千步兵为先锋，去夺桥抢关，请元帅带大兵随后赶到。只要能够进恒州城便不要紧了。"杜威答应，添派了宋彦筠帮助他前去。王清奋勇当先，杀上前去，辽军退却。诸将见都请上前，被杜威按住不许动。辽兵见无后继，重复杀了回来。宋彦筠早逃得不知去向，只剩了王清孤掌难鸣，屡次向大营求救。杜威冷笑道："谁叫他自己要充好汉呢。"始终不肯发一兵一矢。王清向部众道："主帅忍心袖手旁观，一定要我们死，其心不可问了。我们以身报国，天下后世自有公论。"众人都激动义气，战到天晚，没有一个退后的。辽军那边又换上生力军来，王清等都战死了。从此官军个个不平，哪个还肯出力呢？辽人便把大营围了起来，营里粮草也吃完了，杜威李守贞宋彦筠三个人预备降辽。杜威贪心不足，又瞒了李宋两个，另派心腹人，到辽主帐中去要求重赏。辽主早晓得他的来意，向来人道："你去回报杜将军，请他放心。我本来想立赵延寿做中国皇帝的，无奈他资格太浅，恐中国人不服。如果杜将军来降，正合皇帝身分。"心腹人回来说了，杜威大喜，决定降计。次日从营门起，排列下许多兵士，手里都拿着雪亮的刀枪。然后召诸将进来，取出降表，逼着他们签名。诸将见这阵仗，吓得抖颤，哪个敢违拗。又叫兵士都出营站定,兵士以为要开仗了,都踊跃争先。杜威亲自出来吩咐道:“我因食尽途穷,替你们筹了一条活路,还不却去盔甲、丢了刀箭等什么?”兵士才晓得是投降,都大声号哭,原野震动。辽主又打发赵延寿穿了赭黄袍来抚慰士卒,另外又备了一件赭黄袍,给杜威穿起来,其实拿他们当小孩子玩弄罢了。杜威喜出望外,亲到辽营叩见后,自己做了顶马,引导辽主进恒州城。顺国节度使王周老远望见,早出来迎降。辽主进城,安抚一番,次日便带兵南下,杜威带着部下降兵在后面扈驾。派张彦泽带二千马队先取大梁,通事传住儿为都监。彦泽得令,那敢怠慢,倍道飞驰,星夜前进,夜渡白马津。且说晋主在宫,闻得警报,忙召冯玉李崧李彦韬入禁中议事,打算下诏令刘知远发兵前来勤王,诏旨尚未写就,彦泽早从封邱门闯了进来,城中沸乱,火光烛天。晋主见大事已去,也在宫中放起火来,手里提了一把宝剑,先赶着后宫妃嫔等入火,然后自己也要跳进去。正是:

武臣不臣,致召异族。果能一死,亦可免辱。

要知后事如何,再看下回分解。

第二十二回　**称孙男晋主贪生　载帝羓辽君毕命**

却说晋主见大势已去，拼着葬身火窟，与后宫一同殉国，忽被人在身后一把抱住，回头看时，乃是亲军将薛超。晋主将他埋怨一顿，早把一股勇气散了。不久便有张彦泽走来，传辽主与太后的信，安慰一番，并传桑维翰景延广两人到营问话。晋主吩咐将宫里的火救灭了，守着后妃几个人对哭。一面叫范质进来草降表，表上自称孙男臣重贵祸至神惑，运尽天亡，今与太后及妻冯氏，举家面缚待罪。遣男延煦延宝捧国宝出迎。太后也另外上了一表，自称新妇李氏妾。表上之后，辽主命博住儿来宣诏。晋主脱去黄袍换上青衣叩拜受命。左右伺候的人见了，都感伤流泪。晋主叫人去请张彦泽来，打算托他在辽主面前说句好话。彦泽对来人冷笑，不肯前来。辽主晓得大臣中只有桑维翰还有些骨气，传晋主命令去传他来。维翰走到天街，遇见李崧，正在驻马谈话。一语未了，见有两名军吏上前，向维翰长揖道："请相公到侍卫司里去走走。"不由分说，便押着去了。维翰晓得不免一死，回头向李崧道："你做宰相，把国家都送掉了，倒叫我来死难么？"李崧羞愧，无可回答。维翰到了侍卫司，见彦泽高坐堂皇，维翰大骂道："你身居大镇，手握强兵，忍于辜恩负德，要我来何事？"彦泽喝命兵士将维翰看守起来，然后退堂。叫人去逼着晋主让出宫禁，带着老小，搬到开封去住，马上催着动身，一刻不许停留。可怜狼狈情形，看见没有不下泪的。晋主想把内库金珠带去，彦泽在旁喝道："这些东西是你的么？还不快些献上去。"晋主连忙归还库内，早被彦泽拣好的拿去一大半。临去时命指挥使李筠用兵看守晋主，内外不许通气。连上辽主的表章，也要先给彦泽看过，方才敢发。晋主为着天气寒冻，叫人到库里去取些绢帛添做衣裳，管库的非但不给，倒把来人奚落了一顿，说你为什么不早些来呢？现在有了主儿了。又有一天，向李筠讨些酒来取暖，李筠也说我担不起这干出系，请你安静些罢。又叫人去唤李彦韬，彦韬自顾功名要紧，那里肯来。还有那平日最亲信的冯玉，早去巴结彦泽，想运动送国宝的差使，希冀得个一官半职。只有桑维翰始终不屈，已被彦泽害死。拿了一条带子放在他颈项上，告诉辽主，说是他自已吊死的。辽主很敬重维翰为人，吩咐将他家属厚加抚恤。其余高行周符彦卿也都到辽营投降了。辽主下了一道手诏，给晋主，说是我的孙儿，不必担心害怕，总给你个吃饱饭的地方就是了。晋主连忙向来使磕头谢恩。辽主又看出所献傅国宝不是真的，要办他欺骗之罪。晋主连忙奏道："从前从珂自焚的时候，真宝已经不知所在。这个传国宝，乃是先帝拣着美玉命良工造的，此事群臣都晓得。孙儿不敢谎言。"这才罢了。辽主定期进城，军政司定下礼节，要叫晋主衔璧牵羊，大臣舆榇在郊外迎接。辽主看了不以为然，说我带了奇兵，来取大梁的，不是来受降的，何必弄这些把戏。又诏晋朝文武大小臣僚，一切照旧，概不更动，朝廷制度仍用汉礼。又派了一队兵赶到河阳去把景延广擒了来。延广走到封邱，遇见辽主，望风便拜。辽主问道："今日这场事，都是你弄出来。你的十万横磨剑在那里，请你给我看看。"又叫乔荣在旁做个质证。延广抵死不肯承认,说陛下不要误听。辽主笑着,乔荣把他所记的纸片拿出来给他看。延广见自己所签的墨迹簇新,这才没得说了,伏在地下,连呼死罪。辽主叫人将他锁起来,带在马后。转瞬腊尽春回,辽主择定进城的日子,乃是晋天福十二年正月初一。旧晋主也就是这天动身出城,百官都不敢去见面,在城北遥拜一番,也算尽了送行之礼。回来赶紧换上素服小帽,匍匐路旁,迎接辽主请罪。辽主坐在銮舆里,卫士传呼命他们起来,赏还朝服,抚慰了几句,这才进城。百姓见了,老远的就吓得逃走。辽主叫几个通事分路去传话道:"我也是个人,不过衣服打扮两样些。你们大家不必害怕,我是来苏息你们的。至于我本来安住北方,无意南下,都是你们汉兵引我到此地的。"说着已经到了明德门。辽主见规模宏丽,气象森严,连忙下轿,朝着门下拜了两拜,才走进去。当天晚上,仍旧出来,屯扎赤岗过夜。张彦泽这时候得意非常,冤仇必报。从前在晋朝做官,与阁门使高勋不对,及至现在,带领辽兵破城,先到高勋家里,寻勋不见,便将他叔父同兄弟一齐杀害。高勋投降之后,奏明辽主,辽主也正怪彦泽不该纵兵抢劫京城,下诏将彦泽枷锁示众。百姓乘此递呈告他的不少,辽主才晓得他的奸恶。命同传住儿一并绑赴北市斩首,就派高勋监斩。彦泽生平所害士大夫不少,此时各仇家子孙得信,都跑来穿起麻衣,号哭痛骂,有的拿着砖瓦上前掷打。高勋叫先剖腹挖出心来,祭奠亡灵,然后割下头来,带去覆命。这班市人上前生抢活夺,你也抽筋,我也剥骨,有的割块肉去嚼来吃,尸体顷刻都尽了。辽主又命先把景延广送回国去,走到陈桥地方,延广趁着深夜监守的人睡去,自己掏断喉咙,气绝而死,这就是误国奸臣的下场了。辽主封晋主为负义侯,叫他带同家眷住在封禅寺里,派兵四面把守,常时打发内监来问讯。虽然已交正月,北风雨雪,一连下了十几天,供应不周,上下人等个个饥寒交迫。太后不得已,叫人去向本寺里和尚道:"我从前也曾在你这里施过僧饭,动辄数万,难道今日没有一个肯可怜我的么?"和尚推托道:"我们不是没有这心。敌兵在外,谁敢多事。大家都为的保住头颅要紧。"太后听了,对着儿子媳妇,好不悽惨。又不敢放声大恸,三个人呜呜咽咽哭了一场。后来还是晋主在守兵面前用了些贿赂,才买了些烧饼来吃,肚腹才不饿了。不久辽主仍不放心,又命搬到黄龙府去,辽主带兵进宫,有久住之意。守宫门的卫士,都换用辽兵。又照他胡人的规矩,每门上都要磔死一条狗,将狗血涂在门上,再挂上一张羊皮,算是厌胜的意思。这天临朝,(辽主)向一班晋臣说道:"从此南北一家,兵甲可以不用,天下太平不好么?"辽主改着中国衣冠,命群臣用中国礼节拜舞。冯道也从邓州来,入朝叩见。辽主素闻他同李崧的名字,当下降诏。以李崧为太子太师,充枢密院使。冯道守太傅在枢密院祗候,辽主尝讥诮冯道,这天问道:"你是什么老子?"冯道奏道:"臣乃无才无德痴顽老子。"又问道:"天下百姓怎样才可救呢?"冯道道:"现在就让活佛出来也没办法救,只有皇帝可以救得。"辽主点头,也以为然。当时人的议论,都说冯道对答的好,因为蕃汉种族不同,恐怕辽主大加诛戮,这两句话保全不少。闲话休提。辽主又分遣使臣带了诏书去赐谕晋朝所管各藩镇,内中只有彰义节度使史匡威据泾州拒绝,雄武节度使何重建以秦阶成三州降蜀,使臣仍旧将诏书带回。其余的各藩镇,见使臣一到,个个争先上表称臣。还有个痴心妄想做皇帝的杜重威,辽主南下的时候,先把他部下的兵甲铠仗都收来封存库内,又把他的马匹送回国去,吩咐重威带领部众空手徒步,跟在后面,还怕他为变。到了河边,又要用辽兵铁骑将他全军挤下河去,做个水葬。幸亏有个谋臣劝住,说晋兵在别处的甚多,如果听说投降的都杀了,那个还肯再降?不如且留着他,随后再想法子,辽主便命重威屯驻陈桥。却说晋主从前惟恐河东节度使刘知远难于驾驶,命他为北面行营都统。知远因此广招兵马,又得了吐谷浑的赀财牲口,一变而为富强,有马步士卒五万人。又看见晋主与辽启衅,晓得晋主必然吃亏,他却乐得袖手旁观,从来没有规谏过。辽兵南下屡次经过他的境界,也不出来遮拒。现在听过辽主破了大梁,一面分兵把守四境,一面派人来奉表称臣。辽主下诏奖励一番,也称他做儿子,又赏了一枝拐杖。使者回来之后,河东将佐都劝知远称帝号,以便号令四方。知远不肯答应,听说辽主送旧晋主回北朝,知远打算出兵去到半路上邀截了回来,叫指挥使史弘肇召集部众,定期出师。军士顷刻喧嚷起来,都说现在天下没有皇帝,能主持天下的。只有我主(时知远封北平王),请先定了位号,再去出兵。一片万岁之声,喊得山摇地动。知远派人出来弹压,用好言劝慰,说辽兵正强,我们总要先去立件大功,也好振振军威。军士们那里肯听。孔目官郭威同都押卫杨邠都进来劝道:“此事谅是天意,不可过于违反。倘若人心一去,反受其害。”知远这才答应,择期登坛即皇帝位,仍称晋国,称为天福十二年,仍旧自己带兵去迎旧晋主。到了寿阳,打听说是已经过去几天了,这才回来。原来旧晋主被辽主驱迫北去,带着家族老幼男女,通共上上下下约有一百人,却用三百马队跟着押送,又叫赵莹冯玉李彦韬三个人陪伴同行。沿途供给不周,饱一顿,饿一顿,已是苦不堪言,到了出塞之后,更连饭食都没有了,路旁买些干粮过活。不知过了几时,这天到了锦州,令旧晋主去拜投巴坚坟墓。旧晋主何曾受过这种屈辱,哭着说道:“都是薛超害我!让我跳在火里死了,岂不干净?拉住我来吃苦。”同冯后两个屡次想服毒自尽,都被人阻住。这才叫求死不得呢。再说辽主在宫里住了几个月,虽然天天置酒高会,任意取乐,心里总不快活。这时刚交四月,向百官道:“天气渐渐热了,我要回国避暑,就便省视太后。”改汴州为宣武军,命萧翰为节度使。辽主动身这天,文武百官诸军吏卒愿意跟随同去的各有数千人,后宫宫女宦官跟随的也各数百人。所有府库中历朝所存的宝贝,一齐捆载带去。在路上向宣徽使高勋道:“我在本国,终日行围打猎,何等快乐。到了中国住在宫里,几乎把人闷死。现在得能回去,我就死也瞑目了。”走到相州,知远那边派的守将梁晖闭城固守,不放他过去。辽主恨极了,用大兵将城攻破。命将城中男子一齐杀死,所有女子一并掳到北城去。等他去后,统计全城仅剩了七百人,骷髅到有十几万。其余所过州县,大抵都是一片荒凉。辽主心中也觉不忍,叹口气向左右道:“把中国蹂躏到如此地步,不要怪我。都是燕王赵延寿的罪孽。”又回头向张砺道:“你也有份的,不能置身事外。”辽主走到临城得病,到了杀狐林便死了。正值天气炎热,国人怕他尸首变烂,没有交代,只得用腌猪肉的法子,将他肚腹剖开,用几斗盐塞满,装在车上,载了回去。当时晋人给他起了雅号,叫做“帝羓”。赵延寿因为辽主负约,自己没做成功皇帝,正在怨气冲天,得了这个信息,即日带兵踞住恒州。谁知辽主侄儿永康王鄂约也带兵跟了进来,诸将秘密商议奉他为主。延寿还在梦里,自称奉辽皇帝遗诏,权知南朝军国事,将鄂约与普通将士一律看待，鄂约心中甚为愤恨。延寿为着与辽皇家联络，曾与鄂约夫人认为兄妹。这天鄂约置酒请赵延寿与张砺饮宴，吃到半酣，鄂约向延寿道："你妹妹现从本国到此，你们常久不见了，何不进去谈谈呢。"延寿站起来，跟了鄂约同到上房里。席面上等了许久，只有鄂约一个人出来，向张砺等道："燕王谋反，我已经将来锁禁起来。先帝在汴梁的时候，曾给我一根木简，许我知南朝军国。所以后来临死，没有别的遗诏。燕王趁此捏造诏旨，这不是岂有此理么？"众人听了，因事关重大，不敢回答，当时席散。过了几天，鄂约诏集番汉大臣，就在府署宣布辽主遗诏，正式即皇帝位。不到一个月的工夫，又想着辽主虽死，尚有亲生儿子在本国里，我是他侄儿，贸然袭位，又没有舒噜太后的命令，如何能够常久呢。当下派辽主从弟满达勒为中京留守，自己却将辽主从前拣剩了的宫女太监教坊女乐又带了许多，派兵押着回国去了。正是：

胡虏横行，起灭自由。朝廷无主，中国之羞。

要知后世如何，下回自有交代。

第二十三回　诛汉奸杜重威授首　叛幼主李守贞连衡

却说刘知远即位之后，用兄弟刘崇为太原尹，又用堂弟刘信与史弘肇均做侍卫指挥使，杨邠为枢密使，郭威为副使，王章为三司使，又用苏逢吉苏禹珪同平章使。这天聚群臣商议进取之策，诸将都要从井陉出师攻取镇魏两州，知远拟从石会趋上党，郭威独以为宜从陕晋下手，既得陕晋，不到二十天，汴洛自然在我手中了。知远深以为然。遂从太原出师晋绛，又派史弘肇攻泽州，刺史翟令奇固守不下。知远怕弘肇兵少，要调他回来。先打发人去问他，弘肇道："势已至此，可进不可退。"一面派李万超去开导令奇，居然不久就来投降，辽将崔廷勋耿崇美奚王伊喇带兵逃回本国去了。再说萧翰在汴梁，听说知远统领大兵前来，晓得必有一场恶战，也想溜回国去。又怕国中无主，到那时候一定大乱，不能从容携带财宝。忽然想起唐明宗的小儿子许王从益同他母亲王淑妃现住在洛阳，不如把这难题目套在他头上，自己好预备脱身之计。主意已定，便假造了一道辽主遗诏。命从益知南朝军国事，令自己速赴恒州。派人到各处去寻从益。直到徽陵下宫，才将他母子二人寻着。在别人得了这梦中想不到的荣华，岂有不快乐的。淑妃却晓得一定不能成事，再三推辞。来人那里肯依，强推硬拽的将他母子拖到皇宫里来。萧翰见了，更是不容分说，推从益到正殿宝位上座下，带着各酋长倒头便拜，口中连呼万岁。百官也跟着叩贺之后，又到后宫去见淑妃。淑妃满面泪痕的说道："我们母子形单影只，好好住在家里，被你们诸人弄到此地来，这不是明明移灾嫁祸么？"百官又走向萧翰说了，才留下一千北兵给从益保驾，当下便一溜烟回北朝去了。从益叫人去找明宗手下的旧臣高行周武行德来相助，两人都不肯来。淑妃更加危惧，召大臣进来说道："我们母子被萧翰所逼，灭亡不远，大约也是前世冤牵。你们诸公本无罪过，各人前程要紧，何不早些去迎接新主。只当我母子不在此地就是了。"说着又垂下泪来。众人都为感动，倒不忍起来，有的便说："现在搜集各营兵丁，连那一千北兵，可以把京城坚守起来。等上一个月，北朝救兵总要到的，还怕什么？"淑妃道："我母子亡国之余，安敢再与人争天下。新皇帝到了，果然是明白的。见我们没有动手，总可饶恕。若是照方才所说的计策，非但招祸，还要累及他人，弄得阖城生灵涂炭，这又何苦呢？"众人听了，还要想拒守的计策。三司使刘审交在旁说道："都城经北虏骚扰搜括，公私穷困，遗民无多。若再受围一月，连人类都没有了。我看你们不必费心。还是听太后的吩咐怎说怎好罢。"众人只得散去。后来从益用了赵远翟光邺的计策，自称梁王，知军国事。遣使奉表称臣到知远军前，请他早来即位。并将宫禁让了出来，住在私宅里等候，这也总算小心恭谨了。不久知远到了洛阳，汴州百官都去奉表迎接。知远下谕凡受遇辽人官职的一概不问，将告牒都收来用火烧了，众人这才放心。命郑州防御使郭从义先到大梁去清宫禁，暗中叫他将李从益与王淑妃杀死。淑妃临死，以为知远也是侍奉过明宗的，望他生些恻隐心，哭着说道："我儿子所犯何罪，定要弄死他？难道留着他每年到寒食这天，携一盂麦饭到明宗陵上去祭扫祭扫都不能够么？”话未说完，早已首身异处。倒是旁边听的人，见他说得可怜，没有不洒泪的。知远随后也从洛阳动身，有晋枢密使魏仁浦从辽逃了回来，到军前求见。知远叫郭威去接见，问了些北朝兵间情形，同晋朝掌故，仁浦一一对答如流，从此信任起来。这且慢表。当下知远到了大梁，晋藩镇都来归附，改国号为汉，年号仍称天福，复似汴州为东京。且说鄂约回国，走到路上，听说舒噜太后为着他在中国矫诏自立的事，大不以为然，派兵抵御，不许他进国门。鄂约哪里肯服，令伟王为前锋，两军在石桥地方开起仗来。太后这边所用的排阵使乃是这回陪伴晋主赴辽的李彦韬，一到阵前，便降了伟王，弄得太后这边大败。鄂约回国，便把太后拘禁在按巴坚坟屋里，自称天授皇帝，改元天禄。羡慕中华风俗，多用晋臣，为的他们善于迎合献媚。终日在宫里荒淫女色，饮酒取乐，轻慢各部酋长。因此国人不肯附从他，各部也时常离叛，从此一连几年，没有侵犯中国边境。这是后话。再说满达勒在恒州贪猾残忍，任性妄为。听说民间有什么珍宝美女，一定要夺到手为止。又诬村民为盗，捕了来用种种非刑，或括剥面皮，或抉出两眼，结尾用火焚炙而死。又克扣汉兵军粮，加给胡兵。众心怨愤，闻得汉主已入大梁，都想南归。武将何福进李荣暗结军中壮士，定期起事。夺府门而进，先将武库据住，召汉兵同百姓进来，各人给与兵甲，就在牙门放起火来，鼓噪进去。满达勒等大惊，先将宝货同家属搬了出来，打算走保北城。遇着此时汉兵没有一定的统率，晓得他有财物，都去生抢硬夺。满达勒崔廷勋奔往定州，城中大乱。众人去将冯道请来，托他安抚兵民，才稍为安静下来。群推指挥使白再荣权知留后，一面具状报告朝廷，且请救兵，汉主命飞龙使李彦从带兵前去。且说杜重威想起自己降辽，对不住中国，时常疑惧不安。汉主下诏，将他调为归德节度使，重威拒不受命。一面将自己儿子押在满达勒处，请他派兵来救。这时候恒州尚未起乱事，满达勒派辽将杨衮带兵千五百人，会同幽州兵赴援。汉主下诏革去重威官爵，命高行周为招讨使，慕容彦超为副使，前往征讨。行周等驻扎邺都，围守数月，毫无功效。依着彦超的意思，急于要想攻城，行周以为从缓为是，两人意见不合。行周的女儿嫁与重威为媳妇，彦超扬言，说行周卫护儿女亲家，有意迟缓，弄得狠有意见。汉主深恐生出别样变故来，打算自己去走一趟，又不知胜败如何，心次委决不下。刚好李涛上疏请亲征，汉主大喜，说他有宰相器度，便以李涛同宝贞固俱同平章事，一面下诏赴澶魏劳军。当下动身，十一月，汉主到了邺都，高行周出帐迎接，当晚御驾便住宿行周营里，问起用兵的话。行周忙奏：“城中粮食未尽，把守甚属牢固。此时纵然攻打，不过徒然损伤士卒，不能成功。不如等他粮尽时，自然就溃散了。”汉主点头。彦超见不能得志，仍处处欺侮行周，行周哭着去告诉扈从大臣苏逢吉杨邠。汉主晓得了。就派两人去和解。又把彦超叫到御帐申饬一顿，命他向行周赔礼了事。这天探马来报说，城中汉兵都有愿降之意，只有辽将张琏带领幽州兵二千，从中帮助，最为利害。汉主派人去劝谕张琏来投降，言明决不伤他性命。张琏向来人道：“你不用甜言蜜语来骗我。你回去问问你们主人，从前繁台底下的幽州兵何罪？我决不肯再来上当！一天能守，我总要守一天，到死为止。”原来汉主入大梁的时候，辽主曾留幽州兵一千五百人，在汴梁驻守，汉主无故都将他们杀死在繁台之下。因此张琏寒心,格外将城固守。又过了一个月,无奈城中粮食真个完了,饿死的倒去了十分之八。还是杜重威先开门出降,张琏还要邀求信誓,汉主许放他回乡里。张涟信以为真,及至出降,依然将他杀了。当下会议处置重威,郭威请把他的牙将一百余名一齐正法,再抄没他的家产,分赏战士。汉主都命照办,却授重威为太傅。百姓都恨重威切骨,每逢出进,路人都用瓦石抛掷诟骂,他也无可奈何了。单说汉主班师回大梁,改名一个暠字,次年春天得病,渐渐不起。杨邠素忌侍卫指挥使刘信,奏准令他立刻赴镇,不许面辞,刘信只得洒泪而去。汉主临终,召苏逢吉杨邠史宏肇郭威四人入宫受顾命,呜咽说道:“长子承训上年已死,现在只有承祐,年纪幼弱。将来国事,全靠你们了。”众人唯唯答应。停一了停,又勉强张开眼睛道:“杜重威反覆小人,第一要好生防备他。”说罢便薨逝了。逢吉等祕不发丧,拟了一道诏旨,说重威父子乘朕小恙,妄造谣言,摇动人心,一并拿问斩首,磔尸市上,市民争啖其肉以泄愤。立承祐为周王,然后发丧,奉周王即皇帝位。李守贞听说重威被诛,未免兔死狐悲,暗有谋反之意。想着自己素有战功,好施与,得士卒心,又值汉室得天下不久,新主年幼,政府里都是些后辈,资望甚浅,如何看得起。一面招纳亡命,昼夜修城池缮甲兵。他门下有个和尚名叫总伦,自称善于望气相面,说守贞必为天子,守贞更加得意。后来赵思绾据凤翔作乱,派人来上表,做了两套衮龙袍,献给守贞。守贞更以为天与人归,居然举兵起事,自称秦王,派骁将王继勋带兵将潼关据住。将军王景崇叛汉降蜀,暗中并受守贞官爵。朝廷派郭从义讨赵思绾,白文珂王峻讨李守贞。无奈出兵数月,毫无寸功。汉主深为焦急,欲派重臣亲临督战,乃命枢密使郭威为西面军前招慰安抚使,所有前敌军队一概听他节制调遣。郭威膺此重任,想起冯道阅历数朝,经验宏深,问他有何计策,冯道道:“守贞自以为旧将。为士卒所附。我公此次前去。只要将所得的官俸赏赐,一概不入己家,与士卒均分。不怕他们不归心。守贞自然没得可靠了。还怕他么。”郭威连连称妙。又聚集诸将商当从何处进攻,有要先取长安凤翔的,镇国节度使扈彦琦道:“现在三镇同叛,连络一气,推守贞为主。守贞一亡,则两镇不攻自破。如果舍近攻远,万一他们夹攻起来,王赵战于前,守贞缀于后,我们不是自处危地么?”郭威道:“汝言甚是。”马上下令约会各军,分三路进兵。自己从陕州,白文珂刘词从同州,常思从潼关,三道攻河中。郭威在军中专以收服人心为事,与士卒同甘苦,稍有微功,立施重赏;有了小伤,亲往抚视;有来上条陈的,无论说的对不对,总和颜悦色的听他;就是有了过处,也假作没看见,不加责罚。果然行之不久,兵心归附。只晓得有郭公,不知有朝廷了。当下诸军到了河中,便要攻城。郭威道:“守贞前朝旧将,屡立战功,有勇有谋,未可轻视。况城临大河,楼堞坚固,非一时所能破。现在只有设长围之一法。”乃拨民夫二万,命白文珂领了,专办挖壕沟筑连城二事。偃旗息鼓,不许出战。沿河多火铺,连延数十里,步卒轮流守候。水路另外有兵船把守,无论出城进城的人,见一个擒一个,内外交通断绝,守贞早成了釜底之鱼了。先说赵思绾在长安,被郭从义围困,支持到次年五月,城中粮食先尽。好在思绾有个怪脾气,平日最欢喜吃人肝,又时常用酒吞人胆,到了现在只好杀人当粮,都是些妇女幼孩晦气。每逢犒军,一杀几百个。后来城中人也被他杀完了,才急起来。跑去向李肃求计。这李肃曾官左骁卫上将军,现在退归林下。思绾少年贫贱的时候,自己到要肃家投靠,愿做一名家僮。李肃肩见他为人眼睛扰乱,说话无根,说此人将来一定造反,不肯收留。夫人张氏忙劝道:“既然如此。相公过于拒绝了他,不怕他将来报仇么。据妾愚见,不如姑且留下他,过些时有了机会,多送他些金帛,叫他去求取功名不好么?”李肃道:“夫人主意不差。”后来思绾居然做到镇帅。及至据了长安,常时来叩见故主,仍照家童礼节。李肃却不以为然,说这人时常来往,岂不连我清白名誉都带累坏了么,便要自尽以明心迹。张夫人道:“相公徒死,于国家无益。何不劝他反正归朝呢?”等到危急,思绾又来求计。李肃便同判官程让能劝思绾道:“将军本来与国家无怨无仇,这回的事,不过为避罪起见。现在果真回心转意,后半世富贵可保。岂不免得在此劳心费力么?”思绾连连点头。回去便叫人奉表求降,朝廷允了,授他为华州留后,命他就去赴任。思绾在长安所得的金银财产不少,收拾了多日,总收拾不完。又舍不得丢下,一连三次请展行期。郭从义怕他又有别的变故,起了疑心,暗中去告诉郭威,定下密计。从义回营,假作置酒,给思绾饯行,酒席上掷杯为号,两面伏兵齐起,将思绾拿下,连他部曲三百人,一同斩首。正是:

虎噬狼贪,到死不悟。覆辙相寻,至今如故。

要知如何平定河中,下回再表。

第二十四回　开饯筵将相存意见　争权利君启杀机

却说郭威既将思绾诛戮，长安平定，遂专心对付河中。守贞屡次出兵来攻长围，俱被郭威打败，将其大将魏延朗擒获。王继勋知事不妙，带其部众来降。郭威便命诸军分百道进攻，七月外城先破，守贞带同妻子放火自焚而死。内城无人把守，郭威进去，将守贞烧剩的一个儿子名叫崇玉，连同一切文武伪官，并军师总伦和尚，都装入囚笼，送往大梁凌迟处死。郭威翻阅守贞府中文书，看见朝廷及各藩镇来往的信函不少，都是恭维秦王，辱骂朝廷。郭威原想带回去奏知主上，按名办罪。秘书郎王溥在旁劝道："这些人同妖魔鬼怪一样，趁着深夜出来，一见太阳自然消灭了。何不用火销毁，使他们安心呢。"郭威果然亲自看着烧尽，即日班师回朝。

路过洛阳，听说西京留守王守恩性情贪鄙，专以敛钱收费为事，百姓家有婚丧事，他都要收钱才可以举办。郭威到境，守恩坐了轿子出来迎接。守贞怪他看不起自己，挡驾不见，即刻用札子将他撤任，委白文珂代理西京留守。王守恩固然不好，但以留守重职，用枢密的札子，轻轻的就更换了，朝廷居然置之不问。尤妙的（是）守恩后来进京，恐怕治罪，带了许多金宝上下运动，也得安然无事，回去做富家翁去了。过了些时，郭威到了大梁，进朝见驾。汉主再三慰劳，厚加赏赐，当下升了侍中。郭威叩头道："臣在外虽稍有军功，但一切维持京师治安，供给粮饷，都靠诸大臣尽心办理，臣岂敢独邀懋赏。请陛下也要匀给他们些才好。"汉主准奏。将史弘肇加了中书令，宝贞固加了司徒，苏逢吉加了司空苏禹珪、杨邠都加仆射，郭威这才同着众人一同谢恩。后来大臣们又议说，内里既然普加恩典，单叫藩镇向隅，似乎不公。难免不有怨望。汉主又各按地方大小加了封赏。当时便有人说，郭威让功不受，固然是好处，但因为他一个人有功，遍赏中外文武，朝廷名器岂不太滥了么。据说书的看起来，这种不可为训的事，郭威难道不晓得？不过他另有作用就是了。

闲言少叙。且说当时三镇已平了两处，只剩了王景崇在凤翔，孤立无助。他虽归附了西蜀，无奈相离太远。蜀人国势不振，也顾不了他。赵晖又将城围了上紧攻打，周璨便劝景崇投降。景崇道："话虽不错，等我再仔细想想看。"说着又耽搁了几天，外面攻势更急。景崇也照守贞的办法，放火自焚而死，其余诸将开门迎降，赵晖奏报上去。汉主着见三镇既平，渐渐骄纵起来，终日不理朝政，欢喜同左右几个佞臣说些笑话。太常卿张昭屡次劝谏，置之不睬。次年四月，有谣言说是辽兵又要南来侵伐，朝议派郭威为邺都留守，督同诸将前去镇守。史弘肇主张令郭威仍兼领枢密使官职，苏逢吉说是历朝未有这种办法。弘肇奏道："陛下既许郭威在外便宜从事，非兼领枢密使不可，否则诸将那个肯听他的调度。军中号令不行，还能有功么？"汉主准奏。又另外下了一道诏旨：所有河北甲兵钱粮，但凭郭威文书一到，马上照付，不得迟延。弘肇自以为战胜了逢吉，反怪他不该异议，从此将相不和。

过了几天，诸大臣备了筵席，在政事堂上给郭威饯行。虽然都到了，却各人怀着意见。酒过三巡，弘肇便满满的斟了一大杯酒，送到郭威面前，指桑骂槐的厉声说道："昨日在主上面前，汹汹之势你见了么？再过些时，我们连立足之地都没有了。你还不该替我喝这一杯么？"逢吉听了，也斟了一杯酒，向杨邠道："这是国家之事，大家不要介意才好。"弘肇又厉声道："安邦定国全靠我们长枪大戟，你们这种文绉绉的人，拿着一枝毛锥子。有什么用处？"王章道："没有我们毛锥子，国家财赋从那里来，你们那长枪大戟卖得出钱么？"又过一天，轮到王章做东，大家都吃到半醉。王章举起酒杯一口饮干说道："我们照这样静吃，有何趣味。我有个酒令在此，每人说古诗一句，内中须要暗藏数目字，照本人坐次，一面还要用手势比出来，有一样说错的，罚酒一杯。"大家都说赞成。只有史弘肇乃一勇之夫，胸无点墨，刚要推托，早有客省使阎晋卿在他衣襟上扯了一下。晋卿坐位恰好与弘肇贴近，轮到弘肇行令时，都是晋卿暗中教他，因此这令行了三轮，弘肇始终没有吃着罚酒。后来被逢吉看出破绽，笑着说道："他有姓阎的在身旁，自然难不倒他。还怕有罚酒吃么？"岂知弘肇的夫人恰好姓阎，乃是娶的酒家娼妓，因此弘肇便疑心逢吉有意讥诮他，不觉勃然大怒，开出口来，句句诟骂逢吉，结衿捋臂，大有挥拳之意。逢吉站起身来想避出去，弘肇拔剑在手便要追赶。杨邠连忙站起来当门拦住，哭着劝道："逢吉固然不好，但念他是天子的宰相，如今杀了他，置主上于何地呢？请将军仔细想想看。"当下总算劝住。从此将相显分畛域，面和心不和。后来汉主得知，又派宣徽使王峻办筵席，替两面解和，依旧毫无效验。

郭威临行，朝廷又用他义子郭荣为贵州刺史。郭荣本姓柴，乃是郭威的内侄，郭威没有儿子的时候，养作义子，改姓郭氏。本是天雄牙将，遥领刺史。次日郭威上朝谢恩，就便陛辞请训向汉主道："陛下春秋正富，遇事须要禀明太后。太后跟随先帝多年，天下事历练的不少，说来总不错的。至于廷臣之中，陛下须要亲近忠直，远避谗佞，善恶之间，第一要明白。像苏逢吉、杨邠、史弘肇这几个人都是先帝的旧臣，愿陛下尽管放心委任。至于边疆上一刀一枪的事，臣虽无能，自问还可以效劳。"汉主正色一一答应。

郭威叩头下去，不止一天，到了邺都。看见河北地方凋敝，尚未复元，当下出令诰诫边将谨守疆场，严饬守备。就是辽兵有来侵扰的，不许同他打仗，只要用坚壁河野的法子对待他。因此边疆上总算无事，谁知内里倒出了怪物了。自从闰五月以来，宫里屡起大风，风里还夹杂着黑球，或是血腥气，有时还看见青面獠牙的怪物。风最利害的时候，连房子都吹倒，几围的大树都拔了起来。大梁城朝西的一道城门，名字叫做郑门，乃是南来第一道门户，两扇大门用铁皮包的，每扇至少也有六七百斤。会得被风吹到半天上，像风车般在空中旋转，有一刻工夫才落了下来。汉主害怕起来，忙去宣召司天监赵延义，问他可有禳解的法子。延义对道："所管的乃是天文时日，至于禳祷，却没有学过。但古人说的帝王欲免灾异，最好是修德。"汉主听了不懂，又问什么叫修德呢。延义道："只要请陛下常把贞观政要放在左右观看，照他行事就是了。"谁知事体一过，汉主早已置诸脑后了。原来当时将相虽然各怀意见，却还都能称职。杨邠主管机务，郭威在外面掌征伐，史弘肇典宿卫兵马，王章管财赋，天下正在想望太平。无奈汉主左右嬖倖甚多,渐渐用事。太后的亲族也来干预朝政,都被杨邠裁抑,不容他们出头。因此太后兄弟武德使李业屡次运动宣徽使不能到手,又有内客省使阎晋卿照资格也应该顶补宣徽使,没有补着。聂文进、后匡赞、郭允明三个人都受主上宠爱,许久不得迁官。前平卢节度使刘铢因为贪赃开缺,好容易谋着开复了功名,杨邠却不肯给他补缺。因此这班人聚在一起,都埋怨执政不好,在汉主面前说了许多坏话。汉主除服之后,天天听戏。听到得意起来,宣诏赏给伶人锦袍玉带。弘肇大怒。在主上前不敢说什么,只得拿这班优伶来出气。向他们骂道:"士卒守御边疆,忍饥挨冻,出生入死,吃了多少苦楚,还没有受赏。你们有什么功劳,配穿这个?"叫从人将他们所得的袍带,肇身上剥下来。这班伶人少不得向主上面前去哭着诉苦,汉主心里也很不平,觉得这班大臣太煞风景。杨邠弘从这天在御前议事,汉主问这样问那样,他们嫌烦了,两人齐声奏道:"陛下不必开口,随我们办去,保你不错就是了。"汉主心里更加不平。这班小人,趁势奏说,照杨邠这样专权,总有一天要造反的。苏逢吉又与弘肇不对,自己虽然不出面,却在背后用话来激动李业等人。汉主便与这班人定计要杀杨邠等几个重要大臣,先去告知太后。太后道:"此事不可轻举妄动,须要同宰相商量。"李业道:"先帝曾经说过,遇着军国大事,不许同书生商量,为着他们懦弱误事,太后一定不答应。"汉主动起气来,将袍袖子一甩出去了。嘴里说道:"国家大事,妇女懂些什么?"李业下来,便去告诉阎晋卿。晋卿本是胆小的人,深恐事体不成,反受其害。不如去告知弘肇,较为稳当。谁知走到弘肇家里讨了个没趣,托辞不见,弘肇自与杨邠王章进朝去了。刚到殿门,两旁甲士突出,将三人一刀一个,都杀倒在门外。文进听说事体已成,忙去传宰相朝臣诸军将校,一同进宫。汉主亲自将三人罪恶宣布了一番,叫他们分投去捉拿三家的家属亲党,连用人僮仆,都绑赴市曹正法。另外派供奉官孟业带了密诏,先谕知镇宁李洪义,叫他不动声色,将弘肇同党步军指挥使王殷杀死。然后再谕知行营指挥使郭崇威、曹威去杀郭威,连监军王峻一同杀死。又用加紧的诏书,飞召高行周、符彦卿、郭从义、慕容彦超、李谷六个人即刻入朝。一面命苏逢吉权知枢密院事,刘铢权知开封府,李洪建权判侍卫司事。逢吉虽然与弘肇不对,这回事却并未预闻。得信之后,十分惊怪。私向亲信人说道:"这件事办得太卤莽了。但得事前主上在我面前露一些口风,决不至于弄到如此决裂。"岂知李业等还嫌杀得不痛快,想起郭威、王峻、王殷几家眷属都住在京里,分派刘铢到郭威、王峻两家去诛戮。刘铢居心残毒,到了两家,无分男女大小,杀得连怀抱的婴孩都不留。又派李洪建去杀王殷家属。洪建到了,不过将他大门看守起来,仍旧供给他的饮食,也算是有幸有不幸了。

再说孟业到了澶州,拿出密诏给洪义看了。洪义见事关重大,不敢动手。王殷得信,早把孟业拘囚起来,拿密诏去给郭威观看。郭威召郭崇威、曹威并部下将领一同聚齐,先把杨邠等冤死的情形说了一遍,"现在又有密诏来杀我,我与杨史诸公出生入死,跟着先帝取天下。先帝临崩,又同受托孤重任,竭力保卫国家。现在他们既死,我还有何心留在世上呢?你们快遵奉诏书行事,将我的头砍了去覆命。不要连累了你们。"崇威等都哭着说道:"主上年纪幼小,一定是左右小人们的主意。如果叫这班人得志,国家还能太平么?我们情愿跟了相公入朝,荡平鼠辈,以清朝廷。"翰林天文(官名)赵修己当时在座。也劝说相公空死无益，不如听了众人的话，拥兵南上，其中也有天意。郭威当下布置，留养子郭荣镇守邺都，命崇威为先锋，自领大兵随后，向南进发。暂且慢表。

却说汉主所召的那五员大将，只有慕容彦超最为踊跃。这天正坐在家里吃饭，看见诏书一到，放下碗筷立刻动身。到得京里，汉主朝见大喜，将所有军事一概委托了他。连日得着边关警报，说是郭威所过地方，李洪义、王殷都同他联络一气，派兵帮助，已经到了滑州，马上就要渡河。汉主这一惊不小，不觉懊悔起来。私向窦贞固道："这回事是我办得太草率了。现在怎样呢？"李业也束手无策，只有请将库里的金钱，一起拿出作为军队赏犒。禁军每人二十缗，下军减半。凡将士在北方的家属，都加厚赏。又替他们寄带家信，借此想摇动那边军心。过了两天，又得探报，郭威已经到封邱，人心更惶惧。太后流泪说道："不听李涛的话，大约气数该尽了。汉主便要自己出去劳军。"太后拦挡不住。此时扈从的兵不少，当晚不战而回。第二天又要出去，太后仍然拦阻，汉主那里肯听。到了两军对垒，慕容彦超奋勇向前，战了不上几合，坐下战马忽然绊倒，只得鸣金收军，损失了约有一百多人，诸军大为气馁。因此投降北军的不少。彦超见势不妙，带了十余员马队，逃回兖州去了。正是：

平日君臣，但知有己，临难相遗，弁髦敝屣。

要知撇下汉主如何结局，稍待自见分晓。

第二十五回　军变澶州郭威兴周　地辖忻代刘崇延汉

却说慕容彦超既去，扈从将士也都一哄而散。汉主身旁，只剩了三个宰相，同几十员文官，不能再战。当晚在七里寨过了一夜，第二天想要还宫。走到元化门，但见城门紧闭。刘铢站在门楼上，挥众向汉主左右乱射。汉主见事不好，拨转马头向西北便走，看看将到赵村，被后面追兵赶上。汉主下马，走进一家乡农篱笆里面躲避，遂被乱兵杀死。苏逢吉、阎晋卿、郭允明也都拔剑自刎。郭威赶到元化门，刘铢仍是用箭乱射。郭威改从迎春门进城，回到私第住下。各路军队大肆抢劫，满城大乱，通夜不止。第二天将刘铢、李洪建都擒了来，派诸将出外各各约束部下军队，禁止抢掠。直到未牌时分，方才定了下来。郭威先命备梓宫将汉主尸体入殓，停在西宫。有的说应该照曹魏高贵乡公故事，用公礼葬故汉主的，郭威不肯，说是事起仓猝，我不能来保驾，罪过已经大了，那有贬君的道理呢？因谥为隐帝。冯道头一个带领百官谒见郭威，郭威仍旧拜见，冯道照常受拜，缓缓的说道："侍中这回辛苦了。"郭威带领百官进宫，到太后面前请安。奏说天下无主，请早立嗣君要紧。太后道："现在刘氏亲枝所余无几，只有河东节度使刘崇，忠武节度使刘信，都是高祖兄弟。其余武宁节度使刘赟，开封尹刘承勋，乃是高祖之子。你们去商议，择立一个就是了。"郭威下去，又同王峻商量，因刘赟乃是刘崇生的，高祖不过爱他，养作儿子，只有承勋乃是亲子。便去覆奏，请立承勋为嗣。太后道："承勋有弱症，不能起床。"诸将士那里肯信。太后叫太监进去将承勋连床抬了出来，给大家看，众人才相信了。郭威、王峻商议改立刘赟，带同百官上表，请太后正式下诏。派太师冯道，偕同枢密直学士王度、秘书监赵上交到徐州去奉迎。郭威又领衔上奏："国家不可一日无君。新天子未到以前，请太后临朝。"郭威吩咐将刘铢、李洪建并其党羽一概斩首，枭首市曹示众。刘铢眷属以为郭威必然借此报仇，都自分不免一死。郭威向同僚说道："刘铢不讲人道，屠戮我的家属。我若再杀他的家属，也不为过。但恐冤冤相报，闹到几时为止呢？"众人都颂扬他的宽宏大量，当把几家眷属都赦免了。王殷想报洪建大恩，屡次替他求情。只为不好同罪异罚，仍不免一死。

且说冯道等到了徐州，刘赟留右都押牙巩廷美、教练使杨温守徐州，然后动身西上。沿路用藩王仪仗，侍卫人等改称万岁。此时郭威已先北去，在滑州逗遛不进，刘赟先派人来深加慰劳。诸将都你看看我，我看看你，不肯下拜受命。交头接耳的说道："我们几次打破京城。如果仍旧姓刘的做了皇帝。咱们还有命吗？"跟着郭威勉强走到澶州。这天又要动身，忽闻得营门外，几千将士声如鼎沸，大喊着说道："须要郭侍中自己做皇帝，我们都肯保驾。姓刘的是我仇人，怎好立他。"有的不容分说，走过去将黄旗掣了一块下来，硬披在郭威身上，暂且算做滚龙袍。前推后拥的，弄得郭威手足都不能动。全营高呼万岁，震得山摇地动，要说话也没人听见。几个人夹住郭威坐马，朝南便走。郭威只得命记室作笺上太后，请奉祀汉宗庙，待太后当母亲一样。一面布告大梁百姓，不必忧虑。到了七里店，早有窦贞固带领百官出郊迎接，叩首劝进。

王峻、王殷两人先晓得澶州军变，又打听的刘赟已经走到宋州，马上派郭崇威带七百马队到宋州去拦阻，不许刘赟前进。刘赟见崇威来得蹊跷，知有变故，即命关门，亲自登楼问他来意。崇威道："因为澶州兵变，郭公派末将来保驾的。"刘赟开门令崇威上楼，携手流泪不止。当时跟刘赟来的军队，本有护圣指挥使张令超算是宿卫，徐州判官董裔已随同南上。董裔向刘赟道："崇威来意不善，现在只有命令超乘夜去偷营劫寨，夺了他的兵柄，北向晋阳，再作道理。"刘赟游移不决。当晚便被崇威先下手，反把令超诱去，手下军队都归了他，刘赟才惊惶起来。冯道也得了郭威的密信，叫他先回京。刘赟向冯道说道："我所以肯放心前来，本是靠着你乃是三十年的旧宰相，不至于骗我。现在弄到事处危急，你可有甚法子呢？"冯道无言可答。阶下武将贾贞屡次使眼色做手势想杀冯道，刘赟回头看见，连忙止住道："你们不可卤莽，这事本与冯公无关，大家总好从长计议的。"

冯道去后，崇威便将刘赟搬出馆外，软禁起来，将董裔、贾贞等几个人杀死。都中早有太后诰废刘赟为湘阴公，刘信也在许州自尽。太后先命郭威监国，百官藩镇都上表劝进。太后又下诏，将符宝等件送交监国，即皇帝位。郭威下制道："朕周室之裔，虢叔之后，改国号为周，改元广顺。大赦天下。"将汉太后迁到西宫去住，名为昭圣太后。

再说刘崇在河东节度使任上，起初听说汉主被害，便要起兵南向，后来又听说新皇帝乃是他的儿子刘赟，心才平了。说道："我的儿子做了皇帝，我还想什么呢？"出兵之事作为罢论。太原少尹李骧秘密献计道："我看郭公的举动，终不免自取天下。元帅何不赶紧带兵渡过太行去，据住孟津。等徐州相公真个登了大位，然后还镇。郭公有所忌惮，自然不敢动手，这叫做借虎镇山之计。不然恐不免上他的当。"刘崇听了，大怒道："你这不是离间我家父子么？"喝命左右推出斩首。李骧大喊道："我怀抱经济大才，本不该替这种愚人谋画计策。是我自己错了，死也甘心，但是我还有老妻在家，索性死在一起罢。"刘崇余怒未息，真个连他妻子也拖来杀了。现在果然应了李骧的话，刘崇十二分懊悔，也来不及了。只得派人进京面求放刘赟还晋阳，自己严加管束。周主回报他道："湘阴公现在宋州，我正要去接他来京，总可得所。请你放心，不必悬念。"刘崇也无可如何。

徐州那边巩廷美、杨温两人，听说湘阴公被废，奉了他的妃子董氏为主，据徐州拒守，一面写信到河东请救。周主得信，先叫人到宋州将湘阴公杀死。刘崇晓得了，大哭一场，说："我不该背弃忠臣之言，致有今日！"立刻替李骧造了一所祠庙，将他夫妇木主请了进去，岁时祭祀。一面预备即皇帝位，国号北汉，仍用乾祐年号，以晋阳为都城，所管地方只有并汾忻代岚宪隆蔚沁辽麟石十二州。以判官郑珙、赵华为左右丞相，次子承钧为侍卫亲军都指挥使，副使李存环为代州防御使。诸将朝贺已毕，北汉主宣谕道："我今日不过为的高祖创业艰难，不忍就此废了。不得已才僭了位号。这能算的什么天子，你们又能算得什么节度使呢？因此连宗庙都不建，逢时按节就在家里祭祀，同百姓一样。宰相俸禄每月不过一百缗，节度使止有三十缗，其余不过略略津贴而已。"

周主自从即位之后励精图治，这天临朝向王峻道："朕本来寒微出身，备尝艰苦。

遇着天下扰乱，一朝做到帝王，何敢自奉太厚，再劳百姓供养？你将我这意思，出去宣布：凡四方贡献珍美奇异用品食品一概停止，所有汉朝宫中原有的宝玉器皿，都叫拿出来当庭打碎了。”说做帝王的何必用这些无益的东西呢。吩咐左右凡是新奇悦目的玩物，永不许拿进宫来，又下诏说是朕生长军旅之间，无暇学问，不懂得治天下之道，无论文武大小官员，凡有益国利民的善策，尽管具封奏上来。命养子郭荣为镇宁节度使，拣选朝臣中有道德经济的充他的僚佐，用王敏崔颂为判官，王朴为掌书记。

次年春天，北汉主命儿子承钧带兵来问罪，如何是周朝的敌手，败了回去。北汉主便想去联络辽国，好借重他的兵力。恰巧辽主正命招讨使潘伊纳克写信来给承钧通候。北汉主趁此机会，命承钧覆信说是本朝不幸沦亡，刻下偏安一方，想照从前石晋故事，求北朝援助。辽主志向不过如此，见信大喜，答应愿意效劳尽力。北汉主便派使臣去请兵，辽主也派使臣来报命。北汉主又叫郑珙代笔写信给辽主，自己称侄，又送了许多金帛，作为伴函，请他来行册封礼。辽主乐得派大臣来册封刘崇为北汉皇帝，令其改名旻字。不久北汉主遣兵伐周，辽主想起他曾经来请兵，不好不出兵帮助，便召各部落商议。那个肯奔走数千里路去替别人家打仗？都不愿去。辽主用出专制手段来，逼迫前进，因此弄得怨声载道。

到了新州，燕王舒斡乘势作乱，将辽主鄂约刺死，带兵回去，自己做了皇帝。齐王舒噜逃入南山，诸部落奉他为主，回兵将舒斡杀死，立舒噜为辽帝。北汉主仍称他为叔父，请会兵一同攻打晋州。但舒噜年少好嬉戏，这种事那里在他心上？每夜在宫里饮酒作乐，非天亮不归寝，白昼却只顾酣睡，国人都称他做睡王。直到十月，草黄马肥，派萧裕矩将兵五万，会同北汉兵伐周。北汉主却只有兵二万，攻打晋州，志在必破，三面设寨，昼夜轮攻。晋州巡检使王万敢，同都指挥使史彦超、何徽等竭力拒守。周主深恐有失，命王峻带兵往救，又令前敌各军均听节制，并以便宜从事。

王峻陛辞之后，到了陕州，逗遛十余天，不肯前进。周王得信，急如烈火，说晋州危在旦夕，这如何使得。立刻下诏亲征，拟由泽州路进发，限三日与王峻在城下会齐。十二月初一下令，限初三日备办齐全。王峻就原使臣之便上疏奏道：“晋州城池坚固，一时断不能拔。刘崇气焰正锐，不宜用武力相争。臣所以迟迟前进，正是等他气衰的缘故。陛下新即宝位，不可轻动。只怕车驾走到汜水，慕容彦超已经引兵进了汴梁了。岂不是因小失大么？”周王听了，恍然大悟，自己扯了耳朵说道：“几乎误了大事！”下诏将亲征的话取消。

再说北汉主攻晋州半年不能破，军中粮草都吃完了，辽人也都思乡，无心恋战，听说王峻将到，都烧营夜遁。城中诸将开门，将王峻接进城去。将士争告奋勇，要去追赶，王峻又迟疑起来，直到第二天才派药元福、康廷治蓟了飞马追赶。北汉兵四散奔逃，跌落岩谷里死的不计其数。辽兵也大败，损失十分之三四。北汉主从此吓得心寒，回去之后，再也不敢提进取的话了。而且所辖区域类多土瘠民贫，内供军国费用已经来不及，还要逢时按节奉与辽人。赋敛繁重，百姓困苦，逃入周境的不少。

却说慕容彦超前次因为帮助汉主，打了败仗，逃回泰宁镇去。后来听说周主登了帝位，彦超忙遣人进贡。周主赐诏安慰他，叫他不必疑虑。彦超总觉得提心吊胆，后来看见周师平了徐州，巩廷美败死，更加害起怕来。暗中去结交北汉，又到南唐去求援。周主假做不晓得，命人来同他立誓，彦超心更不安，渐渐露出造反之意。判官崔周度谏道："此间鲁地，从古称为诗书之国，自伯禽以来，世代懦弱，没有霸过诸侯。惟有谨守礼义，还可以长世。元帅与周朝并没有什么私仇，不过各为其主。现在天子既屡次来开导，不如趁此归诚，不是安如泰山么？"彦超不听，借故将周度杀了。一面搜括民财充饷，有敢隐匿不报的，坐以死罪。一面发乡兵入城，预备战守，又去招募远近盗匪，抢劫邻右郡县。周主见他不能理喻，以曹英为都部署，向训为都监，药元福为都虞侯，带兵征讨。唐主派兵来救彦超，驻扎下邳，先被周兵打败。曹英等到了兖州，先筑起长围来。彦超屡次出战，俱被药元福打败。诸军遂合围进攻，彦超抵死守御，诸军守了三个月，毫无功效。

周主性急起来，下诏亲征。御驾到了兖州，先叫人去招彦超投降，许他不死，彦超不肯答应。周主下令四面进攻，城中诸将见势不妙，渐渐懈怠，出城投降的不少。官军遂将城攻破，彦超投井而死。各路军队进城，纷纷抢掠，见人便杀，无辜被害的约有一万多人。周主还不满意，要把文武官吏一并诛戮，一个不留。翰林学士窦仪连忙去见冯道范质，约他们一同谏阻。说这些人实在被彦超威迫，并非本意。好容易才求下来，保全性命不少。周主进城，命大臣盘查府库，安抚居民。住了月余，一切事粗有头绪。想着既到山东，不可不顺路一游曲阜，进谒孔圣人祠宇。命文臣扈从前往。正是：

方见兵戈平反侧，又陈俎豆仰宫墙。

要知周主如何行礼，下回再表。

第二十六回　鉴发掘遗命薄葬　辟众论锐意亲征

却说周主到了孔子祠里，掌礼官先上来请旨怎样行礼。周主道："自然是叩头行礼。"左右有些不懂道理的说道："孔子不过一个陪臣，陛下乃是一朝天子，给他行礼，他如何敢当呢？"周主道："孔子乃是百世帝王之师，在师长前有不恭敬的么？"遂虔虔诚诚的磕了几个头。又到孔子墓上，也是照样行礼，吩咐地方官永远禁止樵采。又访求孔子颜渊后人做曲阜县令，及主簿等官。周主回京之后，同平章事李谷因右臂有病不能动，上书辞职。周主派内监去到他家里慰留道："卿所管都是重要事务，朕一时想不着人来替代，只有望你仍力疾任事。只要公务不致贻误，一切朝见礼节都可从权。"李谷不得已，只好仍出来办事，但右手不能拿笔。周主又准他刻一个名氏图记，盖在公牍上，就算签字了。

这年冬天，黄河开了口子，郑滑一带俱被淹没。朝廷发款修堵，另派重臣王峻亲赴沿河一带巡视监工。再说郭荣自从到了泰宁节度使任上，屡次上表请入朝，都被王峻忌他英武明察，设法阻止。这回王峻在河工上，郭荣又来请朝，周主当下亲笔批准，郭荣迎折进京。陛见时，周主问起外间情形，又问他带来共有几员武将，郭荣一一奏了。周主听到马全义名字，记得乃是从前李守贞部下一名骑士，前在河中对敌时，曾屡次受他的挫折，忠勇无比。立刻叫上来陛见，抚慰一番，授为殿前都指挥。又向殿下诸将说道："此人忠于所事，奋不顾身。你们都该效法他才是。"马全义谢恩下去。

再说王峻在郑州河工上，听说郭荣入朝，深恐于己不利，星夜赶回京来，屡次面求兼领大镇。朝廷不肯得罪他，即授为平卢节度使。谁知王峻更狂妄起来，渐渐忘其所以。过了些时，忽然上表请用颜衎、陈观为宰相，而且立刻就要下诏，周主仍旧和颜悦色的说道："进退宰相，关系天下治安，不是仓猝之间可以办的事。等我再斟酌斟酌看。"岂知王峻倒大不以为然起来，大声说道："我荐的人还会错么，有什么可斟酌的？我与你本是平等比肩的人，难道只有你会做皇帝，做了皇帝就变成圣人了么？"说着气忿忿的出去了。周主命侍卫跟他去，先看守起来。一面传冯道等进殿，流泪说道："王峻欺凌朕太甚！"便将方才的话说了一遍，冯道等也很不平。周主又道："他要将你们都驱逐尽了，明明剪朕羽翼，不知是何存心。最可恶的，是明晓得我只有一个儿子，一定要离间开去，不许我父子见面。照这样放肆，不要说是君臣，就是常人能容他么？"冯道等同声请治罪。周主即日下诏，贬王峻为商州司马，派兵押解就道，到商州不久便病故了。这是后话。当下周主将郭荣留在汴京，授为开封府尹，封晋王。

这年秋天，周主得病。太医诊视，说是风痹，开方服药，毫无效验。又叫了算命的来看八字，说是今年应该多破些财，病就好了。周主筹度破财的法子，"只有祀南郊最好，礼成放赏须用银数万，也可算得破财。但是自朱梁以来，行这大典虽然没有几次，行起来却总在洛阳。照我病体，起动不便，如何能去呢？"因此又烦躁起来。这天召大臣进来商量,都说凡是天子建都之处,都可以祭祀百神。何必一定要到洛阳才算数呢？周主大喜,立刻命工部在大梁相择地势,建筑圜丘、社稷坛、太庙,即日大兴土木,限年内完工,俟工成亲往行礼。

原来这风痹病,本是时愈时发的,有时好了仍旧可以照常办事。这天邺都留守王殷入朝,周主打听得他在外面恃功专横,凡河北镇戍一切调遣事宜,照例须请谕旨办理的,他一概独断独行,用堂帖解决,又借事敛钱,吸取百姓脂膏,心里甚为震怒。趁他进京,马上下了一道谕旨,留充京城内外巡检。又扶病起来,升坐正殿,等王殷进殿请安,喝命两旁侍卫将他拿下。跟着一道旨意,说王殷带兵进京,预备乘郊祀这天动手造反,绑赴市曹斩首。十二月初间,太庙先造成了。周主见奏,甚为高兴,力疾起床,乘坐太平辇前往行礼。岂知病势已深,才拜过第一代始祖,已经气喘吁吁,站立不起,左右连忙过来,搀扶出去。只得命晋王荣代叩,勉强成礼。当晚不及回宫,在南郊行宫过夜。周主经这番劳动,病势更加危急,昏厥几次,天将明,才略有转机,群臣拥护回宫。后来天坛造成,周主择定元旦前往祭祀,届期仍令晋王行礼,周主不过命人抬到坛前瞻仰致敬罢了。内外臣民见这样子,东宫又没有立定,都惊惶起来。宰相奏请以晋王荣判内外兵马事,人心才安定下来。

周主病势日见危殆,命将各部事务不必进奏,遇有紧要大事,由晋王荣面禀定夺,然后宣布。这一来,晋王的事格外繁冗起来,天天打起精神,手披目览,事必亲躬。从天明进政事堂,到继烛方才回府。真可算得办事认真了。这天又在伏案批答公牍,忽闻有人旁"嗤"的一声笑起来,抬头看时,正是本府幕僚曹翰。此人本是小吏出身,周主在邺都的时候,最赏识他的才能,命他跟随则大梁。郭荣封了晋王,便命他充当晋府幕僚,郭荣也另眼看待。当时便问他笑什么,曹翰附耳说道:"大王既是国家储嗣,与诸臣不同,不必因办事见长。现在主上御体病重,大王正该在宫里伺候医药,才是正办。这些日行公事,自有人料理,不劳大王费心。"郭荣听了,明白这话别有道理,连连点头,当晚便搬进禁中住宿。周主自知不起,叫郭荣近前嘱咐道:"我从前西征的时候,经过地方不少。看见唐朝十八陵,没有一处不被掘发的,或是营兵,或是盗匪,都说不定。弄得棺骨暴露,甚是可惨。推究起缘故来,无非为着多藏金珠宝贝,倒反害了他。我死之后,只要用纸做衣裳,瓦做的棺,椁圹里面不许用石头,只要拿砖瓦来代。造圹的工人,照民间发给工食,不许扰累他们。将来守圹的,就在陵前招募三十户,永免差徭,须听其自愿。至于下宫更不必修造,不用宫人殉葬,不许立石人牛马。你倘若怕人笑话,只要在圹前立起一块石头,上面刻上'周天子平生好俭约,遗命用纸衣瓦棺,嗣天子不敢违背'二十二个大字,又可使盗匪看见免起贪心。你如果不照我话行事,我在地下也不保佑你。"晋王唯唯答应。周主又叫赶紧草制,用王溥同平章事,当即宣布出去。周主道:"我的心事已完,死后也没有遗恨了。"当晚崩逝。晋王在柩前即皇帝位。

北汉主正在养精蓄锐,得了周太祖故的信息,大喜,又要兴师伐周。先赴辽请兵,辽主派了政事令杨衮带着一万马队赴晋阳。北汉主自己起兵三万,命白从晖为都部署,张元徽为前锋,与辽兵会合一处,直向潞州进发。昭义节度使杨筠驻扎城内,闻信即派部将穆令均出马,与张元徽交战,不上三合,元徽诈败逃走。令均赶上前去,不上一里路，伏兵齐起。元徽回马，将令均砍于马下。李筠遁往上党，闭城固守，一面派人进京告急求救。周主召集群臣说道："刘崇目中无人，非给他个利害不可。"便要自将亲征。群臣都劝道："陛下新即位不久，先帝梓宫还没有安葬，人安最易摇动，不宜轻出。只要派大将前去，还怕不马到成功么？"周主道："刘崇原是趁我大丧，以为我年幼新登大位，所以才放胆前来，一定身在军中。我所以不能不亲去，被他料着。"冯道仍力阻，说是天子应该养尊处优，不可亲临战阵。周主道："从前唐太宗定天下，不是全靠身经百战么，我何散偷安藉口呢。"冯道道："陛下自问可能做唐太宗么？"周主道："总而言之，我的兵力虽不算强，但比起北汉来，如泰山压卵一样。"冯道说："陛下自问兵力真能像泰山么？"周主晓得他向来是懦弱怕事的人，便不去理他。又见王溥在旁极力劝驾，遂决计亲征。留冯道在京专办先帝山陵工程的事，点起大兵动身，不日到了怀州。又闻探马报说前敌军情紧急，周主下令催促倍道前进。到泽州住下，远远看见北汉主在高平南面扎营，次日周前锋先到，打了一个胜仗。周主深恐北汉兵遁去，催诸军齐进。次日对垒，北汉主在巴公原摆下阵势，张元徽一支兵在左，杨衮一支兵在右，旌旗飘荡，戈戟森罗，好不整肃威武。而周军这方面，尚有后队河阳节度使刘词未曾到齐，将士都心寒胆战。只有周主仍是勇往直前，从容不迫，指挥调度。分大军为三路，命白重替、李重进将左军在西面，樊爱能、何徽将右军在东面。向训、史彦超将马队在中央，张永德带领禁兵保护御帐，自己骑了一匹金鞍玉辔宝马临阵，催督照料。

北汉主在对阵看见，那里在他意中，反倒后悔。早晓得如此，不该去叫辽兵，未免过于招摇。倒是辽将杨衮有些经验见识，策马向阵前望了一遍，退入中军向北汉主道："周军布置得宜，定有名将在内指点。恐怕不易取胜，切不可轻看了他。"北汉主一手捻着胡子笑道："请君不必多言。如果胆小不必上前，试看我来对付他便了。"这时候东北风正紧，忽然转了南风。汉北主手执令旗，挥左军先进，攻周军东面。战了不上几合，樊爱能、何徽骑着两匹快马落荒先遁，部下马队登时溃散，所剩步兵千余人来不及走，一齐解甲投降。周主见势不妙，自领亲兵在枪林箭雨中督战。宿卫将赵匡胤随在阵后，看不过，向同事诸人道："主上尚且不顾死活，平日养我们做什么，难道就此袖手旁观么？"又向张永德道："我看敌兵，处处自满。古人说的骄兵必败，这是最容易破的。请元帅为左翼，末将愿为右翼，两面夹攻，国家安危在此一举！大家都要尽力才是。"永德道："说得甚是。"各将二千人马进战。匡胤出马，奋勇当先，挥众杀了过去。这些士卒都是他训练惯的，个个英勇，一人当百，北汉兵早让开一条血路。张元徽想上前略阵，不提防马被周兵砍倒，跌了下来，被周兵砍为两段，北汉兵早吓的呆了。这时候南风更大了，周兵个个得意，耀武扬威，北汉兵大败。杨衮在旁看着，晓得周兵利害，不敢援救。又恨北汉主说的话太满了，乐得全军而回。北汉主检点残兵，还有一万多人，在水边扎下营盘。天气已是黄昏时候，刘词的后军也赶到了，听说诸军已经打了胜仗，自己没有立功，未免觉得惭愧，便不等休息，带着生力军杀将过去，又把北汉兵杀了个落花流水，直追到高平。但见尸横遍野，血流成渠，丢掉的器械马匹粮草辎重不计其数。

当天晚上，周主在草地上过夜。所有降了北汉的步兵，此时茫无所归，成了丧家之犬。周主命杀了示众。樊爱能、何徽带了马队在乡间躲避，听说周主大胜，贪恋官位，重复回来。周主想要将二人正法，又碍着他们都是先帝旧人，心中游疑未决。叫张永德来商量，永德道："爱能等本来没有什么大功劳，升到镇帅，官不算小。应该怎样报恩才是。居然望敌先逃，死有余罪。况且陛下正要统一天下，如果赏罚不明，就有谋勇兼全的奇材，百万的人众，也不能用啊。"周主连连点头，吩咐将爱能、何徽连他部下将校七十余人，一并擒到帐前，亲自走出来数落道："你们都是堂堂七尺之躯，真不能战么？你们的意思我也晓得，不过想将我当做奇货卖给刘崇，借此换了新朝，又可邀些恩典。谁知这回主意打错了。"说完，喝命推出斩首。从此骄将隋卒，才有了些怕惧，军中肃静了许多。永德又力荐赵匡胤智勇兼全，这回恶战如不是他，还不晓得怎样呢。周主立刻叫来御坐，再三奖励，超升殿前都虞侯。其余出力将校也有八九十人，都一一升赏了。这才鞭敲金镫，人唱凯歌的班师回去。

却说北汉主兵败之后，剩了百余骑，抛盔撩甲，朝北走去，昼夜不敢停留。一路上几回埋锅造饭，刚拿起碗筷要吃，听得传说周兵追下来了，匆匆忙忙，丢下又跑。北汉主年纪已经将近古稀，那里禁得起这番狼狈，早伏在马鞍上不能支持。好容易盼得到了晋阳，这才保住性命。休息了几天，又叫招集散兵，添造军器，修浚城池，深怕周军赶到。还要打发王得中送杨衮回国，就便申谢，又订下将来还并力图周，辽主也答应了。正是：

再接再厉，前赴后起，鞠躬尽瘁，死而后已。

要知周辽有何战事，下回详述。

第二十七回　**富国强兵周主图治　丧师失地唐帝求和**

却说王得中使辽回来，走在路上，正遇周兵，将他当奸细拿住，送进御营，请周主发落。周主出见，命左右给他松了绑，又叫赏了一副新冠带，给他换上，安慰他道："人臣各为其主，这又何妨呢。但不知你这回赴辽请兵，他允许你几时能来呢？"得中叩头道："臣此次实在是奉命专送杨衮回国，并无别事，不敢隐瞒。"周主也不想追究，吩咐左右带他到别营待饭。吃饭时有人劝他道："你这人太老实了，今日既然到了此地，便插翅也飞不出去。你难道是不怕死的么？方才在万岁面前不肯说实话，将来契丹兵一到，你还有命么？"得中叹口气道："诸君见教，心感之至。但我也有我的愚见，第一样我吃着刘氏的俸禄，应该卫护刘家，况且我一家老小都在晋阳城里。我此刻说了实话，周主一定要在紧要隘口添兵把守，北汉主的一场计画全归失败。那时一定怨我漏泄消息，将我全家杀害。国破家亡，我就保全了性命，又有何乐趣。所以我不如舍身保全家国了。"众人却也无可奈何他，过了几天，用绳子将得中勒死了。

周主回朝之后，又命符彦卿督诸将攻北汉，临行时密谕彦卿道："此次出兵，到了晋阳，不过示威耀武，使他以后不敢生心。不必一定攻取他的土地。"彦卿受命启行，岂知一到北汉境内，百姓都预备了牛酒米面表示欢迎。有些年纪大的走到军前哭着，诉说刘氏赋役如何烦重，百姓实在担负不起，惟有盼望周师早来援救，百姓情愿输助军饷攻克晋阳。其余宪岚两州都来请降。彦卿回朝将情形奏明，周主遂有统一四海之意。休息了两个月，又亲统大兵十万，直到晋阳城下。旗帜环城四十里，金鼓之声相闻。辽主遣兵救北汉，有数千马队，屯扎忻代交界地方。周主令符彦卿先破辽军。史彦超为先锋，自恃骁勇，直攻向前，被辽军伏兵杀死，兵士死伤甚众。符彦卿只得领余众回晋阳。时方夏令，阴雨连绵，军中大半患病，不能起床。又听说彦超战死，更无斗志，只好预备班师。匡国节度使药元福随在军中，向众道："进军固然不容易。退军却也要小心。"便把自己所部排成队伍，作为后殿。北汉兵果然出城追赶，被元福力战打退，不致大受损失。然虽如此说，统计这一趟，因为退的过于仓猝，一切辎重均不能带。又恐怕便宜了敌人，只得放火烧毁。共弃粮草六十三万余担，其余器械马匹，不计其数。就连前次所得州县，也被北汉夺回去了。周主却不以为意，回都之后，锐意进取，事无大小，都亲自决断。各部院官员，不过遵奉行事罢了。又看见宿卫兵士，大半老弱居多，而且骄蹇不听上官命令，平日养尊处优，遇着临阵打仗，首先逃走，再不然就是报降。推原起这个弊病来，却也非一朝一夕之故。自从累朝以来，在武人手里得天下，这班禁军都是攀龙附凤。天子左右的亲信，那个肯来得罪他们，所以姑息优容，从来没有简阅过。因此好像人家儿子一样，娇养惯了。看着更换朝代，如同儿戏一般。所以弑君篡位，不费吹灰之力。周主这天向侍臣道："古人说的兵在精不在多，统算起来一百个农夫养不了一个甲士，朘削了百姓多少膏血。县要一人得一人之用才好，像我在高平的时候，看见这些无用之物,要来何用。况且好歹不分,就有壮士也被带累坏了。”乃命司天监选定了日期,亲自披挂了,到校场里大加简阅。拣精锐的升为上军,优加月饷。其余不,堪造就滥竽充数的,却被淘汰了十分之七。又为着骁勇之士被诸道罗致的不少,所以弄得本轻末重,尾大不掉。下诏募天下豪杰,遣送进京,再命赵匡胤重复挑选,拔取最上等的充当殿前值班。其余马步各军,分令将帅各司训练。从此士卒渐渐精强起来。又因为各道盗贼甚多,抢劫累累,日久破获。推原其故,皆因累朝分命使臣巡检,弄的藩侯守令有所推诿。当将巡检使臣一齐废除,专委集节镇州县管理缉捕等事,以专责任。

再说北汉主自从兵败回国,忧愤成病,渐渐沉重,将国事交给儿子承钧办理,延至十二月身故。大臣派人赴辽告哀,辽主册命承钧为北汉皇帝,改名钧字。刘钧当下嗣位,奉表向辽谢恩,自称男某,辽有诏书称之为儿皇帝。好在刘钧为人素来谨慎,勤政爱民,因此境内还算安静。到了第二年春天,辽人屡次来侵扰河北,仗着他的弓马娴熟,忽来忽去,又无藩篱限制,住在城外的人,被他抢劫丧命的不少。当时朝廷有人提议,说是深州冀州一带,有条葫芦河,长有数百里,可惜日久凝浅,如果将河挖深了,便可以拦阻辽人马匹,使他冲不过来。周主下诏,命王彦超、韩通带兵役挑浚葫芦河,并在李晏口筑起一道长城,留兵驻守。又召张藏英入朝,问他备边的政策。藏英下去具了一道本章,绘成图说,详陈地形要害,某处应该置斥堠,某处应该添守兵,说得了如指掌。又请就边地招募壮士,从丰给饷,自己愿任统领训练之责。周主览奏大喜,便授他为沿边巡检使。藏英到任数月,募得千余人,日日操练,遂成精兵。王彦超、韩通动工之后,几次被辽人围困,都亏了藏英驰往解救,才得完工。辽人被杀伤的不少,不敢再来,河南百姓才得安息了。

周主又嫌大梁城中地方窄小,不像首都的体统,又扩充了一层外城。画成图样,插好标志,命工部等冬令农务清闲的时候再行动工,一到了春作农忙,即行停止,放百姓回乡耕种,等来年再来。一年不成,等两年三年都不要紧,因此百姓不觉其苦。此时冯道已死,计算他一生,事过四朝十个皇帝,非但不觉得愧耻,反以老成旧德自居。每到了丧君亡国的时节,他毫不为意。好在总有新君来,不怕没有官做。晚年自己做了一篇长乐老传,将累朝所得阶勋官爵宠赐物品都叙上去,夸示荣耀。岂知稍微有些见识的人,没有不鄙薄他的。当时继他任的乃是王溥。

周主见国内兵精粮足,又动了进取之意,打算先从西蜀入手,谋取秦凤两州。命王溥保举将才,王溥荐宣徽使向训有谋有勇。周主便命向训随同凤翔节度使王景起兵伐蜀,攻打秦州。蜀主未得信之先,已经秘密派人到北汉唐国两处去,说周主年少气盛,终日练兵聚饷,有并吞天下之志,我们三国须要联兵抵制他才好。两国都应允了,不料未及出兵,王景大军已经到了秦州。守将飞报上去,蜀主命李廷珪、伊审微将兵出来迎敌。王景派裨将带一千兵趋唐仓,先把他的归路截断。军心先惊惶起来,及至对垒,蜀军大败。秦州判官赵玭开城迎降,成阶二州得信,也都先后来降。不费吹灰之力,已连得三州。王景、向训班师奏捷,百官都入朝叩贺。周主命在殿庭上设庆功宴,大排筵席。百官入座,周溥先斟满了一杯酒,送到王溥面前道:“这回成功,都是你举帅的功劳。”王溥谢恩,接杯一口饮干,然后分班入座,开怀畅饮。

再说西蜀那边,李廷珪、伊审微带了残兵回去,入朝请罪。蜀主道:“胜败兵家常事,一概免议。”一面修书向周求和,周主拆书见他用平行礼,并无服输之意,置之不睬,又暗中调兵去攻打凤州。蜀节度使王环闭城拒守,派人去劝谕,终不肯投降。坐守了几个月,才将城打破,王环同都监赵崇溥俱被擒住,装入囚笼解赴汴京,崇溥在路上绝食而死。周主召见王环,喝命左右松绑,为着他有志不降,当面奖励一番,授为右骁卫将军。王环感激知遇,愿效力图报。

这年十一月,周主命李谷为淮南前军都部署,王彦超为副将,督同侍卫都指挥使韩令坤等十二员大将,领兵五万伐南唐。原来唐主为人,性情温柔蕴藉,最好文学,诗词歌赋无所不精。有了余暇,更欢喜调丝品竹。但有一样不好,讲起话来,无论何事,总要人顺着他说,怕听逆耳之言。因此左右都是一班谄佞小人,政事还会弄得好么。自从前年取了建州,又破了湖南,更加骄傲,以为从此兵出无敌,也有并吞天下的志愿。所以前次李守贞、慕容彦超两次举兵造反,他都出师观望,想乘机取事。又分遣两个能言善辩的使臣,一个赴辽,一个赴北汉,约他们合力共图中国。辽主面子上虽然赞成,其实不过贪图他的金帛,虚与往来,那里肯出过一个兵。

这回唐主听说周人大举来伐,命刘彦贞为都部署,带二万人马直赴寿州把守,皇甫晖、姚凤共带三万人马屯扎定远。又叫了镇南节度使宋齐邱星夜回金陵,商议退敌之策。这边李谷到了正阳,造成一道浮桥,渡过淮河。王彦超与刘彦贞在寿州城下相遇,彦贞大败,进城固守。此时吴越王钱俶见周主善政流行,国势正盛,连忙遣使到大梁上表进贡。周主下诏叫他出兵帮助攻唐,使臣回去奏知。吴越王那敢不遵,当时同宰相吴程商量,吴程道:“我国与唐常州境地毗连,出兵最近。臣愿领兵攻打常州。”元德昭在旁谏道:“周主的话固然不敢不从。但唐也是大国,不可轻动。万一我们的兵进了唐境,周军反迟迟不到,岂不危险么?还请斟酌万全才好。”吴程志在邀功,那里肯听,带兵直攻常州。唐主得信,派柴克宏为右武卫将军奔往援救。吴程已经破了常州外城,一意向前,不提防柴克宏掩旗息鼓,先偷劫他的营寨,四面放火,吴程只得退兵还救。城中兵又追出,内外夹攻,吴越兵大败,斩首万余级。吴越王奉表奏知周主,周主心里很是不安,当即下诏,定期次年正月御驾亲征,先派侍卫都指挥使李重进为前站清道,先赴正阳。元宵一过,周主便从大梁启銮。

且说李谷在寿州城下围攻了几个月,城中多方守备,迄不稍懈,又派了刘彦贞移兵来救,李谷只得退保正阳。刘彦贞本是骄贵惯的,因门第官至镇帅,毫无谋略。当下看见李谷退走,以为自己的威名把他吓退了,在马上哈哈大笑,用马鞭一指,令部下直追上去,不到正阳不许停止。刘仁瞻同池州刺史张全约再三谏阻,说周兵正在强盛,其中必有诡诈,不可深入,恐蹈危险。彦贞道:“你们怕他,请先回去,照这样畏首畏尾,还能上战场么?”说着,把马加上一鞭,扬扬得意的去了。到得正阳,正碰着李重进渡过淮来,全队的生力军,好像潮水一般涌将上来。彦贞如何抵敌得住,只得勉强支持,战了不上十合,被重进一刀砍于马下。其余将士都惊慌起来,内中有咸师朗等数员,都是唐国著名的勇将,也被重进指挥健儿生擒过来。其余士卒纷纷四散,抱头逃命,被周军赶上去,一个个同切瓜割菜一般。顷刻尸横遍野,血流成渠。检点首级,不到两万也有一万八千多个。张全约只得收拾余众奔往寿州。刘仁瞻飞报上去,一面请兵援救。皇甫晖、姚凤退保清流关。可怜江淮一带百姓过惯了承平日子,那里晓得兵革,当下得信,远近震惊,扶老携幼,迁徙一空。

周主这边论功行赏,升李重进为都招讨使,李谷判寿州行府事。此时寿州尚未打破,周主亲至城下,督同诸军四面围困,又叫把正阳的浮桥移到下蔡来,周主亲自督工。桥成之后,命赵匡胤倍道袭清流关。皇甫晖、姚凤得信,又逃往滁州,将大桥拆断,闭门自守。岂知匡胤骑的是龙马,临流一跃,早跳了过去,部下兵士也都跟着到了城下。皇甫晖弄得手足无措,只得哀求道:"我与你两面不过各为其主,往日无冤,近日无仇。请你等我摆好下了阵势,你再来打好么?"匡胤听了这无赖的声口,不觉大笑起来道:"好好,你快去摆来,我总等你就是了。"皇甫晖无奈,捱了许久,只得支撑了出来。匡胤突阵过去,军士当着便死,碰着便亡,好像鹞鹰抓小鸡一样,早到门旗下,将皇甫晖生擒过来。姚凤见了,正想改装逃遁,被匡胤轻舒左臂,也擒了过来,遂进了滁州。唐主闻报,遣人奉表到军前求和,自称唐皇帝,愿以兄事周主,周主置之不理。唐主更怕起来,看见屡次出兵不利。深恐就此亡国,因选了两个能言善辩之士,翰林学士钟谟,文理院学士李德明,奉表称臣,再去求和。正是:

敌忾于今无灌绛,退兵惟有仗仪秦。

要知周主能否罢战,且看下回分解。

第二十八回　扮僧装留守弃地　去帝号唐主求和

却说钟谟、李德明到了周主御营，周主早明白他们来意，命军中先陈列了兵仗，刀枪耀日，戈戟如林，然后叫两人进见。两人早吓得面如土色，近前行礼。周主喝道："你家国主自称唐室苗裔，应该晓得礼义，与别国不同才是。今与我国止隔一水之遥，从来不见他打发一个使臣来通讯，倒跑海外去结交契丹。舍近就远，弃华取夷，是何道理？你们两人平日以苏秦、张仪自居，想来游说我罢兵么？那就错打了主意了。须知我不是六国昏庸之主，由着你们纵横摆布，用口舌建功劳。赶紧回去告诉你们国主，真能悔过，立刻到帐前磕头谢罪，我便饶了他。否则我带领儿郎们拿金陵权当做游戏场，借府库做赏稿，那时可不要后悔。"钟谟李德明都吓的汗流浃背，退了下去。周主等了几天，仍无信息。又打听的扬州那边，唐人毫无准备。便叫韩令坤带轻兵偃旗息鼓的去袭取他。令坤得令，鸦默雀静的到了扬州。但见城里城外市廛栉比，阛阓如林，居民像穿梭似的往来，正是贸易繁盛的时候，做梦也没有想到有敌兵到来。令坤带了几员战将，都骑着马，一直闯进城去，拉着一个百姓，问他留守衙署在那里。这人倒被他吓了一跳，连忙站住，将他上下一打量，见他是军官模样，还道是金陵有什么公事来的，忙赔笑道："军爷初到此地，无怪你不认得。我们这城里地方宽大，我领你去便是。"说着就在前引导，令坤等在马上随后跟着，果然转了几个弯子，早看见两根旗杆高高矗起，已到留守府门前。先谢了这百姓，叫他自去。然后打起大周的旗号来，叫人进去通报，叫留守赶紧出来交割。这人见来势不善，吓得屁滚尿流的跑了进去。

此时只有副留守冯延鲁在署，日长无事，正请了延寿寺的和尚来下围棋消遣，当下闻报，都吓得索索的抖，这和尚早钻进床底下去。还算冯延鲁不愧副留守，胆量稍微大些。一想城中所有的只得几十个老弱残兵，器械大半锈坏，所存的不够三日之粮，战无可战，守无可守，如何是好。当下情急智生，向管门的说道："你去请来人在门外稍等，我就更衣出来见他。"管门的下去，他便趁这功夫，将和尚拖了出来，叫他将自己头发剃去。又叫和尚脱下一件罩袍来披在身上。这和尚也想不到百忙中剃度了一个徒弟，传了他的衣钵，暗自好笑。回头见延鲁向他说道："你还不走等什么？"说着早叫家人开了后门逃了出去，和尚只得跟了他走，其余上上下下都逃得东零西散。

这边令坤在门前等得不耐烦，大喝一声，闯了进来，看见前后门户洞开，连个人影儿都不见，晓得已经逃遁。料道走得不远，忙派部下四出追赶。少顷但见擒了两个和尚进来，认得一个便是延鲁，喝命囚在军中，那个真和尚当下释放。一面出示晓谕百姓各安职业，不必惊恐。

唐主得信，想起扬州离泰州不远，那边人马更少，守备空虚。还有让皇杨氏家族都住城里，万一他乘势作起乱来，或者有人借他的名号复辟，深为可虑。当下派了园苑使尹延范去把杨氏家族，不问男女老少，一齐搬到润州指定地方居住。润州军队尚多，可以就近监察。延范领命下来，想起这差事徒劳跋涉，毫无好处。而且戴着偌大的风火，办得好也是有过无功。但因上命差遣，不敢违拗，踌躇了几天，只得到部里请了二百人马，预防意外，带着去了。到得泰州，见了让皇，宣布旨意，让皇只得遵命，聚齐家属，择日动身。延范一看，早又双眉紧皱。原来杨氏族众，单是男丁已有六七十人，妇女小儿更加一倍，还有男女仆婢，总算起来约有三百多人口，再加上行李，沿途水陆并进，雇车叫船，受累不浅。倘若有个疏虞，如何是好？况且他是从前一国之主，人心自然归向他。万一在路上造起反来，我如何是他敌手。不如将他家男子一齐杀死，单剩些妇女幼孩就好摆布了。一来我可以免许多辛苦，二来李氏国基也可以一劳永逸，料着主上听了也欢喜，我又可以借此邀功。主意已定，又怕这些兵丁不从，当下想了一条毒计。先把管带的几个军校叫过来吩咐道："你们大家都是有眷属的，平日拿他几两银子军饷已经不够敷衍，现在还要出来当这苦差使，冲风冒雨，叫人实在看不过。我有意调剂你们，不知你们肯听我话么？"军校都说，得蒙格外体恤，感恩不尽。延范道："让皇这回动身，带的金银细软不少。只要把他拿过来，一世吃着不尽。"众人不等他说完，都摇手道："这如何使得呢？"延范道："我自有道理。拿了他的非但不犯法，还有功劳呢。"说着走上前一步，附着他们耳边说道，只要如此如此。说毕又大声道："事成之后，无论所得多少，我却分文不取，都随你们俵分。至于主上那边，自有我去担当，你们不必顾问。"众人谗都答应了，照他计策行事。

且说让皇动身之后，头几天还算太平。这天走到一个荒野地方，四面都是森林，黑压压的一望无际。天气已是日落西山的时候，前不巴村，后不着店，让皇心里早慌起来。回头看看那二百护卫的兵丁，连一个都不见。正待问时，只听见呼哨一声，四面树林里蹿出许多强人，个个都用粉墨涂了脸，手里拿着明晃晃的尖刀，见了男子便砍。顷刻间杨氏六十几个丁壮都被他杀净。剩下些妇女吓得哭做一团，那里还顾得所带的行李物件，早被这班强人拣好的驮在马上，先到前路等候去了。延范躲在一边，见这班妇女哭得甚是悲哀凄惨，出来假做好人，就近替他们报了地方官，将几十个死尸备棺盛殓，另外派差将他们送到润州。看官至此，大约都晓得这班强人，就是那二百护兵装扮的，此刻早在前路等候。延范赶上前去，会在一处，迳回金陵去了。延范入朝覆命，捏造一片谣言，说是让皇结交盗匪，约了一班强人在半途拦劫，奉他为帝，举旗起事。因此事机仓猝，不及奏闻，只得便宜行事。将杨氏男丁一并杀死，以绝后患。唐主见他言语支离，揆情度理，绝无此事。就这欺君的罪名，已经当斩，再加上擅将故君族灭，更是罪大恶极，喝命推下去腰斩。

果然周师不久又取了泰州，光舒蕲三州，也不能固守，相继迎降。周主又命朗州王逵出兵帮助攻唐。王逵奉诏，不敢怠慢，即日起了全部兵马，旌旗耀日，金鼓连天，声势甚为浩大。这天路过岳州，乃是他的属境，团练使潘叔嗣老远的出城迎接，赶忙预备供给，当晚王逵命在岳州下寨。叔嗣办的酒席十分丰盛，其余随从人等，以及大小将士均有馈赠。无奈这班人都是贪得无厌的，便任意需索起来，稍为来的慢些，便叫嚣嫚骂，甚至举手就打。王逵听见问起来，又说上叔嗣许多坏话。王逵听信一面之词，当面将叔嗣申斥了一番。叔嗣愧愤交加，下来便向手下人道："现在他才出兵，就摆出这种势焰,将来他如果打了胜仗回来,还有我们活的分儿么?不如先下手为是。”当下带了三千人马去掩袭朗州。

王逵得信,连忙退回援救,却被叔嗣先据了城,反宾为主。王逵气得三尸暴跳,亲自踊马杀过吊桥,被城上擂木炮石滚了下来,连人带马都被压死。兵遂大败,一大半都弃械投降。叔嗣便叫鸣金收军,进城安民。当时便有劝他据守朗州,自称镇帅的。叔嗣道:“我此次行军,本为着自己救死起见,原出于不得已。倘若贪恋他的土地官爵,岂不变成贪利犯上的小人了么,谁还能原谅我呢?”下令整队仍回岳州,一面派部下将吏到潭州去请周行逢来做主帅。行逢接事之后,有的说:“潭州那边无人,何不就叫潘叔嗣去,作为报答他呢?”行逢道:“叔嗣擅杀主帅,照犯上作乱办起来,本来死有余辜。不过因为他请了我来,所以不忍马上动手。本没有什么情可报答,现在如果将潭州给了他,岂不叫别人看起来,杀王逵都是我主使的么?只有叫他来做个行军司马,看他有什么伎俩使出来。”便令幕府办了札子送去,叔嗣接到文书,果然大不满意。推托有病,不肯到任。行逢道:“这种跋扈的样子还能用么,再不下手,又要来谋杀我快了。”当下定计,推叔嗣为武安节度使,叫他亲自来府,有当面交代的话。一面却在两廊下埋伏着刀斧手,等叔嗣一到,立刻拿住,宣布罪状,推出斩首。行逢便自称武平留后,奉表告知周主,听候调度。

再说周主亲征,到了淝桥,亲自下马拾起一块石头,带到军前,说是预备炮石之用。从官看了,那个敢偷懒,都下来每人拾一块石头带在马上,在寿春城濠边扎下水寨,誓不攻破不止。唐主窘急,只有求和一法。又派了司空孙晟同礼部尚书王崇质到周主御营上表,请奉正朔,保守土地。孙晟临动身的时候,向冯延巳道:“这趟差使本来应该左相去的,但我若推辞,又怕负了先帝,只好听命罢了。”走在路上,晓得万无生还之理。这天晚上,宿在驿站里,翻来覆去,再也睡不着,只顾叹气。向王崇质道:“你家里亲丁众多,须要早些想法子安顿。我早盘算好了,拼着一死。无论如何总须对得住先帝便了。”到得周营,周主不等他们开口,叫都捆了,派四个太监押着。

到寿春城下,令孙晟传唐主命,叫守将刘仁瞻赶紧降周。仁瞻穿了盔甲,正在雉堞上巡城,朝下一看,认得是孙晟,在城上倒身便拜。孙晟抬起头来,大声喊道:“刘将军,你受李氏厚恩,务要死守,无论如何不可降敌,第一要紧。我此刻身不由己,不能多嘱咐了。”周主听了大怒,喝命拖了回来问道:“我叫你去谕降,你为什么反劝他们死守呢?”孙晟不慌不忙的答道:“臣为唐宰相,岂有教节度使外叛的道理。倘陛下有这种大臣,能容他么?”周主见他说得有理,放他回去。后来唐主见事不成,又派李德明、孙晟到周军,情愿撤去帝号,割献六州,每年输白金一百万两,绢帛一百万匹,请求退兵。周主嫌土地太少,非尽献江北诸州不可。李德明道:“容臣回去奏明唐主遵办就是了。”孙晟奏道:“臣前次同王崇质一同来的,现在尚留军中。此次愿与他一同回去。”周主也答应了。又下了一道诏旨,命他们带给唐主。大概说是,江北诸郡一到,马上退兵。至于帝号去不去,无关紧要。从来说的君子不为已甚,你倘若不以为然,也不必再遣使臣,各凭武力就是了。

孙晟德明回去,将诏呈给唐主看了。唐主还要上表空言叩谢,德明在旁,将周主的威德竭力铺张了一番。又说周军兵马如何强盛,我们万敌不过,不如早些割了江北土地,还可保全一隅。唐主听了,很为懊恼。宋齐邱又说:“德明的话,帮助外人,有意恫吓,万靠不住。况且周主志在并吞天下,纵然割地,不过安静一时,如何能保他不再来?”枢密使陈觉同副使李效古平日也与孙晟、李德明两人不对,趁此便奏德明等有意卖国求利。唐主大怒,因孙晟尚在周军未回,先命将德明斩首。一面派御弟齐王景达为诸路兵马元帅,出兵抵御周师,命陈觉为监军使。中书舍人韩熙载上表奏道:“陛下用到亲王,可谓亲信极了;大兵尽归调遣,责任可谓重了。还要派监军使何用,不是徒然掣肘么?”唐主那里肯听。

景达带兵动身,渡过江去,离六合二十余下寨。原来唐主先听说泰州失守,已经派了大将陆孟俊带兵去收复。孟俊一到,周兵弃城逃遁。孟俊又乘胜进攻扬州,韩令坤也想逃走。周主早料着这班人都靠不住,先派了赵匡胤带兵去驻扎六合,阻止监察他们。匡胤一到便下令,只要看见扬州兵有过六合的,先擒来斩断两腿。令坤走在路上,晓得匡胤利害,缩了回去,闭城固守,才把唐兵打退。现在部下将士打听得唐兵离此不远下寨,都想出去立功。匡胤道:“我们人马不满二千,原是为堵截自己的军队来的。如过去击敌军,被他看出了虚实,一定大败。不如等他来了,将机就势,方能取胜。”过了几天,景达那边等不得了,带兵前来直攻六合。匡胤乘众人勇气可用,一鼓出迎,果然大获全胜。唐兵被杀及投降的,约共五千多人,落水溺死的还不在内。唐国精锐,损失十之七八。正是:

有谋有勇,以少胜多。一鼓作气,不可蹉跎。

要知两家最后胜利,下回分表。

第二十九回　仗大节孙晟报国　造战舰周主破唐

却说周军虽在别处打过几回胜仗，但寿州围了年余，终不能破，将士失亡也就不少，用费更不待言了，未免得不偿失。而且粮草远道输运，时常断绝，周主便有班师之意。有人来报说涡口新造的浮桥完工，周主又亲到涡口去了一趟，又要想到扬州去。范质等苦谏，说是兵士们已经疲乏，再加上粮食缺少，万不可再劳动。说时流泪不止。周主才下令还大梁。一切战阵攻取的事，都交给李重进主持。唐主那边听说周主已去，屡次添兵。员外郎朱元因奏事历陈用兵的方略，唐主见他说得有本有原，以为真是名将，便派他带兵去收复江北诸州。朱元出兵不到三个月，果然把舒和蕲三州都收了回去。原来内中有个缘故，朱元适逢其会，并不是他有什么特别的本领。

唐人向来有一种苛法，乃是用茶盐向百姓掉换米谷布帛，定了官价，不问百姓愿意不愿意，名为博征。民间吃了亏，没处去伸诉。又在淮南兴办营田，大半强占。因此心中怨恨，已非一日。所以周师一到，都捧了牛酒去欢迎归附。谁知周军将帅毫不顾恤，只晓得俘掠妇女，强夺货财。百姓大为失望，都灰了心，想着天下做官在上的，没有一个可靠，到东到西，总是一个师傅传授的，只会拿我们当做鱼肉，不如还是聚集山林去做强盗，倒还有些道理。可怜他们又不会打造戈矛，只得拿些耕田的锄锸，当做兵器，拿些破纸烂布糊厚了，当做铠甲，当时人都唤他做白甲军。好在他们人心齐一，遇着打起仗来，奋勇向前，再加上道路熟悉，因此周师去征服他们，一连打了几次败仗，却转无可奈何他。但是这班百姓乌合之众，没有粮饷，不能持久，刚巧朱元兵到，他们见是父母国的人，所以立刻归服。朱元得手，大有破竹之势。

淮南节度使向训见事不妙，上疏请将广陵兵马并力助攻寿春，周主批准。向训便把府库封好，交给主管人看守，带兵离了汛地。滁州守将得信，也仿照办理，弃了城池，都来聚集寿春城下。唐师这边只有齐王景达驻扎濠州，老远的做个声援。军政全由陈觉做主，他只晓得拥兵保护自己，虽有五万人马，决无出战之意。将吏们都怕他威严，没有一个敢问他的。监军的好处没有见，害处却先见了。

且说周主将唐使者孙晟钟谟带到大梁，甚为优待，时常叫进宫中谈话。有时宴会臣僚，便命两人坐近御前，说说笑笑，劝他们多饮几杯。无意中谈到唐国闲事，孙晟总处处谨慎，不肯乱道。但说是唐主怕陛下神武过人，只有谨慎事奉，再不敢有二心。周主一刻之间也抓不着他的错处。后来前敌诸将中，有张永德与李重进不和，永德密表参奏李重进受了唐主的贿赂，所以不肯尽力攻战。周主正在信任重进，不肯信他的话。重进不知有此事，依然常到永德营中谈笑饮宴，坦然无疑。永德倒惭愧起来，意见也就涣然冰释。唐主得信，怕他们和好了于自己不利，寄了一封蜡书招诱重进，想离间他们军心。重进拆开一看，里面都是辱骂周主的话，牵连着先世，任意污蔑。重进不敢存留，连忙原封奏进京去。周主将孙晟叫来，把信丢给他看道："你说唐主无二心，这是小国事大国的道理么？”孙晟毫无恐惧，正色说道：“兵不厌诈，军旅之间，如何能讲求礼节，臣只晓得不辱君命。请陛下早些赐死，便是臣卸肩之日了。”周主道：“你既然谈到军事，不知你国中现有多少兵马，粮草可以支持几年，详细奏来，或者可以放你回去，重见故主。”孙晟低头不答，问急了，便推说不知。周主也不肯逼迫他，命都承旨曹翰送孙晟到右军巡院去住，慢慢骗他的实话。过了几天，曹翰又备了酒菜来，假作知己，左一杯右一杯的将孙晟灌醉了，互倾心腹，海阔天空，无话不谈。独有问到国事军情，孙晟始终一句不漏。曹翰本是奉了命令来的，站起来从怀中掏出诏书向孙晟道：“有旨赐相公死。”孙晟神色不改，命从人拿出衣冠袍带来，慢慢的穿戴好了，朝着南面遥向唐主磕了几个头，口中说道：“臣谨以死报国。”早有行刑的进来，将他押赴市场斩首。还有跟来一百多人，一齐杀死。独有钟谟却早做了周朝的官，授为耀州司马。过了些时，周主想起孙晟一片孤忠，可怜可敬，深悔不该杀他，已是无可如何，倒把钟谟叫进京升为卫尉少卿。这是后话。

却说唐齐王景达见周师久围寿州，非决一胜负不可，派大将边镐、朱元每人带兵两万，往救寿州，务将周师打退。两人得令，那敢怠慢，直奔紫金山下寨。此地离寿州不过十余里，扎了十四座大营，与城中遥遥相对。白昼举旗，夜间烽火，都可以看得见的。又筑了一条甬道运粮，绵亘数十里，粮草堆积如山，声威可算盛了。无奈周军这边早有了准备，李重进连打几次胜仗，唐军大败，死五千人，两座大寨也被重进夺去。

刘仁瞻在城中愤不能平，连夜出城来见齐王景达，请调边镐进去守城，自己出马决一死战。景达不以为然，仁瞻闷闷而回。从此满怀抑郁，病倒床上。他有个最小的儿子，名叫崇谅，现在只有十六岁。是仁瞻平日最钟爱的，未免娇惯了些。因久困围城，气闷不过，趁着父亲有病的时候，顾不到他，想到亲戚家去游玩几天。这天夜里看见月明如画，他便带了两名小厮，叫了一只小船，渡过淮去。正在荡漾中流，胸襟开朗，得意的时候，遇着两个巡逻的小校上前盘诘。小厮将来历说了。小校道：“奉老将军令，无论何人不准渡过淮去，任凭你是小将军，也须遵奉军令。”崇谅无可如何，只得听他们押了回来，叫开府门禀报仁瞻。仁瞻大怒道：“我的军令，别人都还谨守，你倒先冒犯起来，这种逆畜，要来何用。”喝命推出腰斩。说罢惟恐有人来求情，先叫把中门关上。麾下这些将官，都是晓得仁瞻脾气的，又正在病中，肝火旺的时候，那个敢来央求。只有监军使周廷构得信之后，三步当两步的走进来想说情。但见中门紧闭，喊了半晌，无人敢开，便在中门外大哭起来，仁瞻置之不睬。廷构无法，想着妇人总是怜爱幼子的，又去求夫人搭救。碰着这位薛氏夫人，也是深明大义的，隔着一重门帘说道：“崇谅是妾亲生的儿子，岂有不怜爱他的，肯叫他身首异处？无奈军中法令为重，做官名节要紧。今日如果放了他，将来老将军怎样管别人呢？我刘氏岂不成了不忠的罪人，妾与将军有何面目再与诸君相见呢？”反命左右去催着赶紧行刑。顷刻间血淋淋的人头献了上来，薛夫人抚了恸哭，吩咐备棺成殓，丰厚治丧。从此全军感泣，威令更加整肃了。

原来周军所以不及唐军的缘故，就在这水军，所以围了两年功夫，寿州不能下，周主深以为恨。前次从寿春回去，便在汴梁城西汴水旁边搭了棚敞，造了几百条战船，用唐地带回来的降兵来教练。数月之后，教会了水战，驾驶着战船在水面上纵横出没，收放自如,比唐兵还要胜些。次年三月,桃花浪暖,周主又下诏亲征。车驾从大梁动身,命王环带了战船,也从水路进发,沿着颍水入淮。唐人见了,才惊惶起来。到了中旬,周主大驾直抵寿春城下,亲自穿了甲胄,在紫金山南驻扎。命赵匡胤领了大队,直攻唐军大寨。唐军不能支持,一半弃寨逃走。匡胤又将他的甬道拆断,唐主首尾不能相顾,截成两段。朱元带领残兵万余人,举寨投降。余众沿河纷纷溃散,像遭了雨的蚂蚁一般,向东逃窜。周主亲自督同几百马队,与诸将士分两岸追赶,唐兵连杀死生擒投降溺水,总算起来,有四万人之外。刘仁瞻在枕上得着败信,接连晕厥几次。景达、陈觉自己顾命要紧,奔回金陵去了。周主叫把大军都陈列在寿州城北门外,昭示威严。刘仁瞻此时早已不省人事,由着监军使周廷构作主,写了一道降表,仍用唐清淮节度使刘仁瞻出面。还恐周主不信,命几名夫役将仁瞻连床榻抬出城去,直到周主营前。可怜仁瞻随他们摆布,已是失了知觉,如同死人一般。周主敬重他为人忠义,再三慰劳,赏赐甚厚。亲自下来,揭开衾被,抚视一番,叫赶紧抬回城去养病。将府库兵甲不过大略点验一番,改在下蔡为州治。一面下诏说是刘仁瞻尽忠所事,抗节无亏,前代名臣,可有几个能够比他。改授天平节度使兼中书令。仁瞻闻诏当天便死了,周主闻奏,又追赐爵彭城郡王,命将清淮军改名忠正军,以彰仁瞻大节,永留纪念。唐主得信,也甚伤悼,追赠太师。

周主班师,四月回到大梁。进宫之后问起左右近来都中可有什么新奇的事,左右道:“只有洛阳十阿父恃势横行,百姓受害不浅。听说柴守礼为了点小事,与人口角,弄出人命来了。”周主连忙喝住,不许再往下说。原来这柴守礼乃是周主的亲父,周太祖当时既养柴荣为子,叫他与本生那边断绝关系,无论何人不许提起。及至后来太祖故后,柴荣便承受了他的基业。心里虽然明晓得是守礼所生,为着难于处置,也就不敢承认,只拿守礼当舅父看待,授为光禄卿。却又不好当庭受老子的跪拜,叫人劝他致仕回去,仍照原品加赔支给俸禄。至于守礼那边,自以为亲生儿子做了当今皇帝,自然尊贵无极,看着地方长官如同奴隶。住在洛阳,便结交了王溥、王晏、韩令坤的几位老封翁,年纪都不相上下,都是靠了儿子势力,恣意横行。百姓见了老远就避开,呼为十阿父,提起来没人不晓得。其中大约守礼更加放肆些,这回索性弄出人命来了。地方官吏那里敢拿他,只好拿出些钱来,贴给苦主,作为私和了事,周主更乐得装聋做哑。这且慢表。

周主趁这闲暇时候,命廷臣制定刑律,讨论礼仪,考正钟律。转瞬已是半年有余,十一月又下诏自领大兵伐唐。先从濠泗两州进攻,泗州守将范再遇举城来降。周主骑了匹马,亲自巡视城下,下令军中不许骚扰百姓。濠州团练使郭廷谓听了,先派人来上表,说是臣本应早降的,但家眷都在江南,若是不去设法,势必为唐主所诛戮,请陛下暂缓进兵,等臣派人回去请示,唐主如果不能出兵援救,那时就不能怪我了。周主笑着答应。廷谓果然派急足到南京,不久回来说,唐主无兵可派。廷谓便命参军李廷邹赶办降表,廷邹道:“将军既受了国家重寄,就该与城同存亡。怎好借口没有救兵,未战先降呢?我箧中只有露布的稿子,没有降表的稿子。”廷谓大怒,喝命手下人拔出刀来,逼着他写。廷邹将笔丢在地下,大骂道:“大丈夫只知以死报国,岂有替奸贼作降表的道理。”话未说完,廷谓手起刀落,一颗头早滚在地下。到底找别人写下降表,出城投降。周主受了,又商量进攻楚州的计策,廷谓上前说道:“末将新降,尚未立功。愿去冲打头阵。”周主便派他带了濠州兵去攻天长,另派指挥使武守琦带兵直奔扬州。才到高邮,唐人得信,料着不能守,将扬州百姓都驱迫着渡过江去,然后放火将所有官府厅宇居民庐舍尽付一炬。又过了几天,周兵才到。周主又听说泰州没有守备,也去占据了。周主又想起从前几次打仗,为着水师不及唐军,吃了多少亏,现在有那新造的几百只战舰,何不拿来试一试,便叫从淮水开到长江里来。无奈被北神堰阻住,不能前进。派人沿江察看,算来算去,只有凿开鹳水,才能通这条道。又叫人去估工,回来奏说,为着地形不便,非但劳民伤财,且非旷日持久不可。周主道:“那有这等事,人不可以先存畏难之见,凡事都不能成了。”骑了匹马,亲自跑到河边,周围看了一遍,指点着从何处开挖,如何程工。果然不上半月,事半功倍,早已将鹳水凿通,几百艘大舰顺流而下,都到了江里,一字排开。唐人见了,这一惊非同小可,都当做有神灵护佑,从空飞下。正是:

大陆方惊金鼓震,浮江又见轴轳来。

要知周主如何破唐,下回自见交代。

第三十回　地割江北唐主称臣　兵变陈桥赵家一统

却说周水师渡江之后，每战必胜。周主亲到扬州，驻扎迎銮镇，遣水师四出征讨。唐主得信，深恐周主就此南渡，金陵便不能保守，要想求和，又耻于降号称藩，只得派陈觉到军前上表，说是唐主已经知罪，情愿将大位传给太子冀，叫他遵奉中国号令，不敢违背。当淮南只剩了庐舒蕲黄四州尚归唐有。陈觉到了军前，见周兵旌旗蔽野，篷帐连绵，晓得断难抵挡，便向周主说："现已派人回去，叫唐主再上一表，尽献四州之地，以江为界。但求饶恕，不必再动干戈。"周主见他说得可怜，不免动了恻隐之念。便向陈觉道："朕起兵本意，原只为取江北，现在你们国主既然举国来降附，朕没有不答应的。"便写了封复信，叫陈觉带回去，信上写着皇帝恭问江南国主好，所称愿献四州土地，具见诚意。当饬有司归入版图，君子不为已甚，尽管放心。唐主又上表，自称唐国主，请献江北四州地，恳祈俯纳。此外另输贡品数十万，以为犒师之费。从此江北都归周有，共得十四州，六十县。周主又复信给唐主，说是大兵已退，可以不必传位。唐主又上表谢恩，因为避周讳，改名景字，下令撤去帝号，自称国主，一切天子仪制大加降损，革去年号，用周正朔。又因为当初主张拒敌中原的，都是冯延巳、严续、陈觉的计策，将三人一同革职。

周主方才班师回朝，利了次年四月，想起南方虽平，北鄙尚未收复，乃下诏伐辽，仍是御驾亲征，命亲军都虞侯韩通等，带领水陆各军先行动身。韩通得令，先从沧州开水道直至辽境，在乾宁军南面扎驻大寨，将所有溃坏堤防修缮完整，开游口三十六个，遂通瀛莫两州。过了几天，周主卤簿到了沧州，即日带步兵数万人，向辽境进发。因为经过的地方不是通行大路，乃是新辟的捷径，所以民间都不晓得。宁州刺史王洪见大兵压境，措手不及，只得举城迎降。周主进城休息数日，下诏以韩通为陆路都部署，赵匡胤为水路都部署，自己坐了龙船到益津关。辽守将终廷辉也开门迎降。过关之后，水路渐渐狭窄了，御舟不能通过，遂改由陆路前进。赵匡胤奋勇当先，所过瓦桥关等处守将姚丙斌、刘楚信等都望风降附。到了五月里，侍卫都指挥使李重进又带兵随后赶到，军威更盛，瀛州刺史高彦晖都不战而降，于是自关以南，均已平定。周主便在行宫召齐各路将帅，大开筵宴，席间商议进取幽州之策，诸将齐道："陛下离京屈指计算起来，不过四十二天功夫，不伤一兵，不折一矢，已将燕南之地全归掌握，这真是铄今震古未有的奇功。现在听说敌兵都屯在幽州北面，似宜暂缓深入为是。"周主听了，大为扫兴，宴罢，便催着先锋都指挥使刘重进先行出马据住固安，御驾也赶到安阳水，下令造起桥来过渡。看看天色渐晚，恐来不及，只得仍回到瓦桥住宿。谁知乐极悲来，当夜周主便起了病，进征的话，遂作罢论。次日大将孙行友到营前来禀报，攻破易州，擒了辽刺史李在钦来献，周主下令绑赴军市斩首。又诏改瓦桥关为雄州，益津关为霸州，命韩令坤、陈思让分投把守，奏凯回朝。

到了大梁，早有唐主派来的使臣钟谟入贡，等候多时。周主立命入朝觐见，问他道："你们国里近来可曾招募兵丁，预备战守么？"钟谟连忙奏称不敢，既然一心服事大国，岂有再怀二心之理。周主正色道："这话不是这等说。从前虽然是仇敌，现在和好了，便算一家一样。我同你们国主大义已定，自然不必尔诈我虞。但一个人在世上，是说不定的。况且到了后世子孙手里，那个还保得定怎样。你回去赶紧告诉你国主，趁我在这时候，把城墙修缮坚固，甲兵也添制些，要害地方多驻些守兵，不要贻后悔才好。"钟谟回去，直个奏明唐主，才把全城各门修理完备，各处有颓败的，也都添补了些。又招了兵去戍守。这且慢表。

却说周主的病渐渐不起。从前宰相屡请封诸皇子为王，周主因为功臣儿子都还没有加恩，心总不安，等到现在才封宗训为梁王，年纪只有七岁了。这天又把殿前都点检张永德撤任，换了赵匡胤为殿前都点检。永德乃是太祖驸马，既属至亲，又有勋劳，众人颇觉诧异。细打听起来，才晓得周主病中多疑。此次征辽南旋的时候，在路上观看文书，忽然在文书箱里，得着一枝三尺来长的木板，上面题着"点检作天子"五个字，周主看了，非常纳闷，当时放过一边，吩咐左右不许张扬。到京后想起张永德威望隆重，未免有些嫌疑，所以才有这番更调。

这天，周主自己晓得不起，召范质等进宫受顾命，周主伏枕说道："王着乃是我藩邸旧人，伺候我最久，人心诚实可靠。我死之后，务必用他做宰相。"范质当面只得唯唯听命，退了出去向同列道："主上这真可算乱命了，王着为人虽然读过两句书，酸气扑鼻，终日闲游浪荡，有了钱便入醉乡，诸事置之度外。这种人如何能叫他做宰相？好在主上这话只有你我晓得，我们只要隐瞒起来，只做没有这件事，切不可泄漏要紧。"同列一一答应。当日周主便崩了，诸臣奉宗训即位，以赵匡胤为归德军节度使。当下无事。

到了次年春天，忽然镇定两州发起一种谣言，说是北汉又联合了辽兵，要来犯边，渐渐成了事实。两州守将只得飞章告急，朝议派赵匡胤带了大兵，前往抵御，殿前副都点检慕容延钊带领所部前军先已动身。这时候中外臣民为着主上年纪幼小，又调动大兵外出，人心本已惶惑不安，一班武将暗中都怀着推戴匡胤之意。于是都城内外，又起了一种谣言，说是等到大军临启行这天，便要册点检作天子。这种没头没脑的谣言，众人也不暇研究明白。一人传十，十人传百，居然个个信以为真，恐怕临死，不免扰乱，都扶老携幼，纷纷逃避。外面虽然闹的烟雾漫天，只有内廷却安然不知，如同做梦一般，还在那里预备元宵点缀景物。

正月十三这天，大军出发，军校苗训素来懂得天文的，走在路上，看见太阳底下，又生出一个太阳来，摇摇晃晃，四面都是黑影拥护着，连忙指给匡胤亲信小吏楚昭辅看道："这是天命应该如此。你还不相信么？"昭辅假做不解，胡乱答应。当天晚上，驻扎在陈桥驿，将士聚集在一起商量道："主上年幼不懂事，咱们此次冒险出去打仗，就是用尽平生气力，战胜攻取，有谁晓得？不如真个应了谣言，册点检作天子，然后再朝北去打仗不迟。"众人都一致赞成，扦了花押，公推都押衙李处耘，将军中意见，详细告知匡胤兄弟供奉官都知赵匡义，同归德军掌书记赵普。两人得信，将部下将佐先布置停妥，人不解甲，马不卸鞍，环立伺候到天亮。一面派牙队军使郭延赟骑了匹快马，直奔汴京，联络殿前都指挥使石守信、都虞候王审琦，托两人运动内城军队作内应，预备临时不致阻碍。守信、审琦本是归心匡胤的，自然乐于从命，顷刻都接洽了。

再说陈桥这边。到了次日黎明，军队早已排齐队伍，直逼匡胤寝帐。匡胤上一天晚上，才赴了地方官的宴会，吃的烂醉，正在好睡。忽然听的外面人喊马嘶，不知何故，朦胧朦胧的，伸出头来，方要动问，只见匡义、赵普喘吁吁的跑进来，将众人预备的计策说了一遍。匡胤才伸了个懒腰，坐了起来，从帷幕缝中望过去。见了许多将校环立中庭，手里都露着明晃晃的兵器，大声喊道："诸将无主，愿请太尉做皇帝，替我们作主！"匡胤未及答言，早有两个将校，拿着一件黄袍，披在自己身上。余人见了，走上一步，跪倒地下，口呼万岁。不由分说，前呼后拥，掖着匡胤上马回汴梁。匡胤揽住马辔头说道："你们掇弄我上场，无非为的各人贪恋富贵，但此后须要听我的号令行事，否则我决不能做你们的傀儡。"众人下马，齐声说道："愿请吩咐。"匡胤道："此去到了京城，头一件，太后同周主，都是我北面伺候过的，不可有丝毫惊犯；第二件，公卿百官，都是我的比肩同寅，不许欺负；第三件，朝市府库，都是公家财产，不许抢掠。是这样子，事成之后，各有重赏。不然的时候，我可也不能饶恕。"众人暴雷价一声，都答应了。这才排起队伍前进，果然格外整齐严肃。

第二天便进了汴城，先派楚昭辅骑马到自己家里，安慰家人，不必惊恐。一面派客省使潘美到政府去见执政，说明此次来意。原来宫里早朝还没有完事呢。得了警信，你望着我，我望着你，都没了主意。范质握了王溥的手说道："这事我们大错，当初仓猝遣将，未免失于斟酌。"说话时指爪掐进王溥掌心，鲜血淋漓，几乎透出手背。王溥吓得不敢出声，连痛也忘了。只有侍卫都指挥使韩通素性忠猛，与匡胤誓不两立，此时闻信，仓皇跑出殿门，要想回去，召集官兵，尽力抵御。被军校王彦升看见，想借此邀功，跟在后面追赶。韩通手无寸铁，三步当两步的跨进家门，回手来关门时，早被彦升赶上，一脚踢了进来，举刀便把韩通砍于地上。妻子出来救护，也被彦升一刀一个，一齐杀死。彦升割下三颗首级，报功去了。

单说匡胤进了明德门，命甲士暂且归营，自己也退到公署休息。将士们早把范质簇拥了来，匡胤一见挥泪说道："我受世宗厚恩，万无违背之理。这件事，实在是被六军逼迫，无可奈何，现在事已至此，实无颜面对着天地。你看怎样是好呢？"范质未及答言，列校罗彦环在旁听了，拔剑在手，大声喝道："我们没有主人，不能做事，今日须要拿出天子来给我，其他都可随后再议。"范质等吓得手足无措，不知怎样才好。王溥见机，先降阶朝匡胤行了大礼，范质不得已，也跟着跪下磕头，遂同声劝进，请匡胤到崇元殿行禅让礼，派人遍告满朝文武。已牌时分，陆续到齐，各按品级入班伺候。宰相忽然想起禅诏还没有撰拟，又惊惶起来。只见翰林承旨陶谷走上来道："学生却僭拟一篇在此，未知可能用得。"说着已从袍袖中摸了出来，众人大喜，接来看了一遍，没有不妥之处，就此用了。此时早有宣徽使过来导引着匡胤上殿，仍朝北面跪了，听受宣读。礼毕退了下来，到暖阁里，更换衮衣冕旒，然后命侍臣扶掖升殿，即皇帝位，是为宋太祖。当下降旨，封周主为郑王，上殿谢恩。又封符太后为周太后，搬到西宫去住。大赦天下，改元建隆。又遣使臣分投遍告郡国藩镇，各人加官晋爵有差。未几镇州来报说，北汉兵本来要来犯边，得信之后，带兵回去了。后周自太祖起，传了两代，共得九年。五代演义至此，便算告了结束。华山有个得道的隐士，名叫陈搏，听说宋太祖登极，举手加额说道："天下从此太平了。"当时天下尚分五国三镇，到了乾德元年，先收了荆南湖南两镇，三年平蜀，开宝四年灭南汉，八年灭南唐，太平兴国四年灭北汉，吴越王献地来归，天下从此乃归一统。正是：

南征北讨为谁忙，五代纷纷梦一场。点检居然作天子，有人执梃长降王。孤儿寡妇最堪伤，覆辙厓山本已张。千古葫芦依样画，何须黄雀笑螳螂。